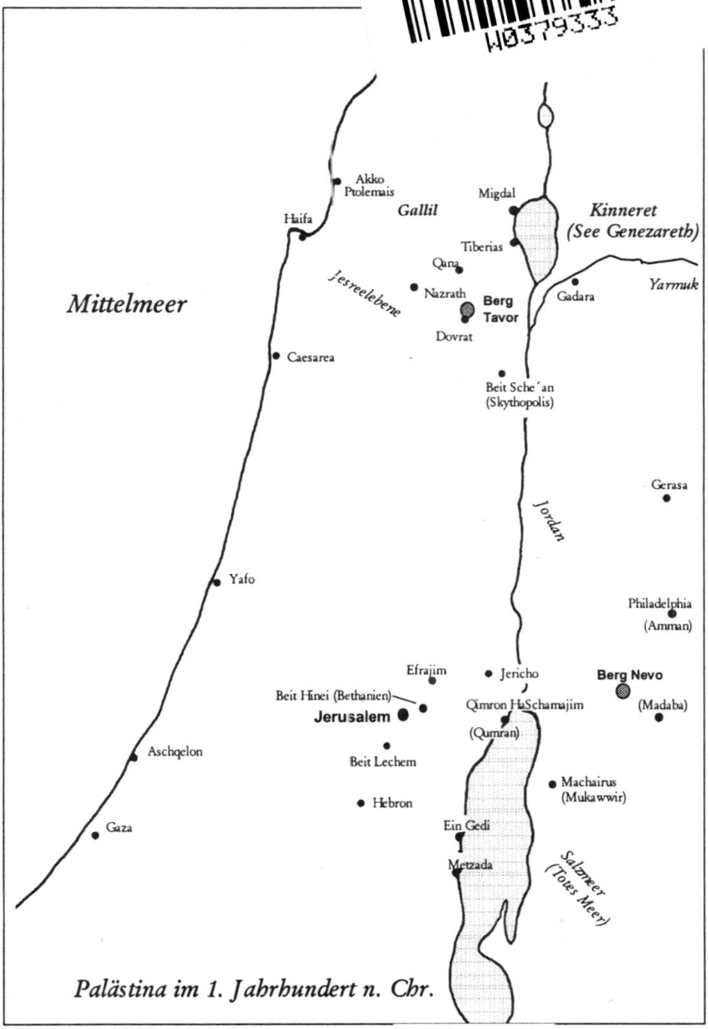

Palästina im 1. Jahrhundert n. Chr.

Regina Berlinghof

# MIRJAM

## Maria Magdalena und Jesus

Roman

Verlag Dietmar Klotz

Dieser Roman könnte die religiösen Gefühle von Lesern verletzen. Es ist ein Liebesroman um Maria Magdalena und Jesus. Die Handlung ist frei erfunden und erhebt keinen Anspruch auf historische oder theologische Wahrheit. Jede Ähnlichkeit mit lebenden oder verstorbenen Personen ist rein zufällig.

Die Deutsche Bibliothek – CIP Einheitsaufnahme:
Ein Titeldatensatz für diesen Band ist bei der
*Deutschen Bibliothek, Frankfurt am Main,* erhältlich.

ISBN 3-88074-466-1



Erstveröffentlichung im Internet:
http://www.literatur.de, 1995



Die Landkarten wurden mit freundlicher Genehmigung der C.H. Beck'schen Verlagsbuchhandlung, München
aus „Günter Stemberger, Das klassische Judentum, Beck'sche Elementarbücher" eingescannt und für den Roman angepaßt.

# Inhaltsverzeichnis


Prolog ..... 6

Yoram I

1. Kapitel: Jericho ..... 18
2. Kapitel: Unrein ..... 33
3. Kapitel: Schoschana ..... 56
4. Kapitel: Die Nazranijim ..... 70
5. Kapitel: Die Heimkehr ..... 85
6. Kapitel: Auf dem Berg ..... 107

Mirjam I

7. Kapitel: Die Heirat ..... 115
8. Kapitel: Jehuda ..... 139
9. Kapitel: Die Entfremdung ..... 162
10. Kapitel: Die Besessene ..... 196
11. Kapitel: Die Begegnung ..... 217
12. Kapitel: Der Rav und seine Schüler ..... 245
13. Kapitel: Der Rav ..... 263

Mariam

14. Kapitel: Mariams Erzählungen ..... 279

Mirjam II

15. Kapitel: In Caesarea ..... 306
16. Kapitel: Die Höhle ..... 337
17. Kapitel: Die Schüler ..... 389
18. Kapitel: Jeruschalajim ..... 404
19. Kapitel: Der Verrat ..... 423
20. Kapitel: Der Präfekt ..... 453
21. Kapitel: Der Prozeß ..... 480
22. Kapitel: Der Gekreuzigte ..... 491
23. Kapitel: Jeschua ..... 515
24. Kapitel: Der Tod ..... 533

Yoram II

25. Kapitel: Der Aufbruch ..... 562

Anhang

Personenverzeichnis ..... 578
Register ..... 581
Zitate ..... 602
Nachwort und Danksagungen ..... 606

# PROLOG

*Meldung der Vereinigten Nachrichtendienste*
*Jordanien, Amman, 24. April ..., 17.32 Uhr*

*„Unbestätigten Berichten zufolge wurden in einer Höhle am Ostufer des Toten Meeres Schriftrollen aus frühchristlicher Zeit entdeckt, darunter ein bisher unbekanntes 'Evangelium der Maria Magdalena'".*

Die Meldung wurde augenblicklich von allen Tickern und Nachrichtendiensten ausgestrahlt. In Europa, in Nord- und Südamerika und in vielen Ländern Afrikas und Asiens mit überwiegend christlicher Bevölkerung unterbrachen die Rundfunk- und Fernsehsender die laufenden Programme, um über den Fund zu berichten.

*****

Die Abendnachrichten in Europa brachten bereits ausführlichere Informationen. Da alle Sender auf eine einzige Quelle, nämlich den Bericht eines zufällig vor Ort anwesenden Journalisten zurückgreifen mußten, glichen sich die Sendungen, wie es nur Kopien einer einzigen Vorlage tun können:

*„Junger Wissenschaftler bricht Mauer des Schweigens*

Einem jungen Archäologen ist es zu verdanken, daß die Welt Kenntnis von dem bisher spektakulärsten archäologischen Fund aller Zeiten erhält. Er übertrifft in seiner Seltenheit und Tragweite noch die Funde der Schriftrollen von Qumran, die Entdeckung des Grabes des Tut-Ench-Amun und die Ausgrabung Trojas! Uns ist ein uraltes Zeugnis geschenkt worden, ein Zeugnis von dem Mann, der die Geschichte der Menschheit wie nur wenige bewegt hat: ein Zeugnis von dem Manne, der für viele Gottes Sohn ist und zu dem Millionen und Millionen heute wie vor zweitausend Jahren ihre Hände zum Gebet erheben. Es ist Jesus Christus, der am Kreuz gestorben und nach drei Tagen wieder auferstanden ist. Das Einzigartige und Sensationelle an diesen Rollen ist, daß es sich um unversehrt und vollständig erhaltene Originalhandschriften handelt, die um 50 n. Chr. verfaßt wurden, also nicht einmal zwanzig Jahre nach Jesu Tod. Damit wären sie älter als das älteste Evangelium des Neuen Testamentes, das Markusevangelium, dessen Entstehungszeit auf 70 n. Chr. geschätzt wird.

Aber weder das Markusevangelium noch eines der anderen Evangelien des Neuen Testamentes liegt uns in seiner Urschrift vor. Wir verfügen nur über die Abschriften von Abschriften, die von den Kopisten oft genug noch verändert und mit Ergänzungen versehen worden sind. Erst im vierten Jahrhundert wurden die Evangelien in der uns heute vorliegenden Fassung festgeschrieben und kanonisiert. Und während man sich bei den biblischen Evangelien nicht einmal sicher ist, ob die Evangelisten Markus, Matthäus, Lukas und Johannes wirklich die Verfasser sind und ob sie Jesus selbst noch gekannt haben, stammen die Schriftrollen vom Ostufer des Toten Meeres von Hand einer der engsten Jünger und Vertrauten Jesu: von einer Frau, die uns – zumindest dem Namen nach – von Kindheit an vertraut ist: von Maria Magdalena selbst.

Was wird sie berichten? Was wird sie uns zu sagen haben?

Die Schriftrollen wurden schon im vergangenen Sommer gefunden, aber zunächst unter höchster Geheimhaltung untersucht. Angesichts der epochalen Bedeutung wollte man ganz sicher gehen, daß es sich bei diesen Rollen wirklich um echte Schriftstücke aus der frühchristlichen Zeit handelt und nicht um Fälschungen der nachfolgenden Jahrhunderte. Unter den Wissenschaftlern, die vom 'Christlichen Archäologischen Institut' in Jerusalem an das Ostufer des Toten Meeres entsandt wurden, um nach frühen Spuren christlichen Lebens zu suchen, bildeten sich früh Meinungsverschiedenheiten über den Zeitpunkt der Veröffentlichung. Die Leitung übergab die Angelegenheit dem Vatikan, der die strenge Geheimhaltung des Fundes veranlaßte. Das 'Evangelium der Maria Magdalena' scheint von solch theologischer Brisanz zu sein, daß die Entscheidung, mit den Funden an die Öffentlichkeit zu treten, von allerhöchsten kirchlichen Stellen immer weiter hinausgeschoben wurde.
Wir verdanken es dem jungen niederländischen Archäologen und Jesuitenpater Aloysius van der Muylen, daß der Bann des Schweigens gebrochen wurde. In einem mutigen Schritt hat er heute die Presse informiert und Abschriften der Rollen Fachleuten aus aller Welt zukommen lassen. Text und Inhalt der Schriftrollen stehen damit endlich der wissenschaftlichen Forschung zur Verfügung. Und nicht zuletzt hat auch die breite christliche Öffentlichkeit ein berechtigtes Interesse, umfassend über alle Erkenntnisse von Jesu Leben und Wirken informiert zu werden."

Die Nachrichtensendungen brachten dann kurze Stellungnahmen oder Nichtstellungnahmen von kirchlichen und theologischen Seiten. Der Vatikan wies entschieden alle Vorwürfe der Geheimniskrämerei und Vertuschung zurück und erinnerte an den Skandal, den die Hitlertagebücher ausgelöst hatten. Solange die Echtheit der Schriftrollen nicht gesichert sei, dürfe man nicht mit einer vorschnellen Veröffentlichung die Gläubigen in aller Welt in Verwirrung stürzen. Noch weniger dürfe man die Person Jesu Christi einem ähnlichen, nur der Sensationsgier dienenden Wirbel aussetzen. Die Sprecher der orthodoxen Kirchen erklärten, es sei noch zu früh, um eine Stellungnahme abzugeben. Die protestantischen Kirchenvertreter äußerten sich ähnlich vorsichtig, gaben aber der Hoffnung Ausdruck, daß sich die Schriftrollen als echt erweisen würden. Man sei sehr daran interessiert, neue, wissenschaftlich fundierte Erkenntnisse über Jesu Leben und Wirken zu gewinnen. Dies werde die Wirkung seiner Botschaft nur erhöhen. Die charismatischen amerikanischen Fernsehprediger frohlockten und bezeichneten die Entdeckung der Schriftrollen als Zeichen Gottes für die Respiritualisierung der Welt. Jesus Christus werde bald selbst wieder zu den Menschen sprechen – 'zu uns Menschen von heute!' Jesus helfe und heile alle – auch die Erde und die gefährdete Umwelt! Das 'New Age' breche mit Jesus an! Dann beteten sie und baten um Spenden, um den Heilungsprozeß zu beschleunigen. Fundamentalistische Vertreter forderten die Gläubigen zu Buße und Umkehr auf, denn die Wiederkunft des Heilandes und der Tag des Gerichts seien nahe.

******

Die größeren Rundfunk- und Fernsehanstalten schlossen ihre Berichterstattung mit dem Interview eines theologischen 'Experten' ab. Die Fragen und Antworten schienen einem vorgegebenen Raster zu folgen.

„Sie, Frau/Herr Professor, gelten als eine der größten Kapazitäten auf dem Gebiet der frühchristlichen Kirchengeschichte. Was sagen Sie zu dem sensationellen Fund?"

„Nun, äh – wenn sich erweisen sollte, daß es sich hier tatsächlich um Schriftrollen von der Hand Maria Magdalenas handelt, dann – äh – kann man diesen Fund wahrhaft als sensationell bezeichnen."

„Wer war Maria Magdalena? Können Sie unseren Zuschauern/Zuhörern einen kurzen Abriß über ihr Leben geben? Was steht von ihr in der Bibel, was wissen wir von ihr."

„Leider nicht sehr viel. In den Evangelien wird sie an zwei Stellen genannt: einmal als eine Frau, die von Jesus geheilt wird. Bei Lukas lesen wir zum Beispiel in Kapitel 8, Vers 1 und 2: 'Und es begab sich darnach, daß er reiste durch Städte und Märkte und predigte und verkündigte das Evangelium vom Reiche Gottes; und die Zwölf mit ihm – das sind seine Jünger –, dazu etliche Weiber, die er gesund hatte gemacht von den bösen Geistern und Krankheiten, nämlich Maria, die da Magdalena heißt, von welcher waren sieben Teufel ausgefahren.' Ich habe hier nach der alten Lutherübersetzung zitiert. Magdalena ist kein zweiter Name, sondern bezeichnet ihren Herkunftsort Magdala, heute Migdal, das am Westufer des Sees Genezareth, etwas nördlich von Tiberias liegt. Richtig müßte es also heißen: Maria aus Magdala oder Migdal. Später finden wir Maria Magdalena erwähnt als eine der Frauen, die am dritten Tag das Grab offen und leer vorgefunden haben. Sie und die anderen Frauen waren die ersten, denen der auferstandene Christus erschienen ist. Mehr wird von ihr nicht berichtet."

„Aber was hat es dann mit der 'Sünderin' Maria Magdalena auf sich? Woher kommt diese Bezeichnung? Stammt sie nicht auch aus der Bibel?"

„Im Lukasevangelium wird im siebten Kapitel die Geschichte von einer Frau erzählt, die eine Sünderin war. Jesus war bei einem Pharisäer zu Gast, als sie weinend zu ihm trat, seine Füße küßte, salbte und mit ihren Haaren trocknete. Der Pharisäer warf Jesus vor, daß er sich von einer unreinen Sünderin berühren ließe, worauf Jesus sagte, wer so viel liebe, dem seien die Sünden vergeben. Nun wird in dieser Episode der Name der Frau nirgends erwähnt. Die drei anderen Evangelien berichten – mit nur geringfügigen Abweichungen voneinander – ebenfalls von einer Salbung, die sich aber später in Bethanien ereignet hat. Von einer Sünderin ist bei ihnen nie die Rede. Markus und Matthäus erwähnen nicht einmal ihren Namen. Bei Johannes spielt sich die Salbung im Haus des Lazarus ab, wobei unklar bleibt, ob es sich bei der genannten Maria um seine Schwester oder um Maria Magdalena handelt. Noch in frühchristlicher Zeit flossen die ungenannte Sünderin und Maria Magdalena zu einer einzigen Person zusammen. Diese Überlieferung – man sollte sie besser eine Legende nennen – hat sich durch die Jahrhunderte verfestigt und bis heute erhalten. Die Texte der Bibel geben selbst – äh – keinerlei Anhaltspunkte hierfür."

„Halten Sie es für wahrscheinlich, daß eine Frau, die man wohl als eine Jüngerin Jesu bezeichnen könnte, einen eigenen Bericht verfaßt hat? Wenn ja, warum ist dann ihr Evangelium nicht auch überliefert?"

„Nun, äh – Sie müssen bedenken, daß die Frau in der griechisch-römischen Antike und ebenso in der jüdischen Kultur zur Zeit Christi öffentlich praktisch nicht in Erscheinung trat. Es ist erstaunlich genug, daß die Bibel davon berichtet, daß sich Frauen im Gefolge Jesu aufhielten. Das ist ein absolut außergewöhnliches Phänomen. Die Frauen unterstanden damals vollständig der Gewalt des Mannes – erst der ihres Vaters, dann der ihres Ehemannes. Wir finden ähnliche Verhältnisse noch heute in einigen muslimischen Staaten, gerade was die rechtliche Stellung der Frauen und ihre Bewegungsfreiheit betrifft. Allerdings hat es auch damals schon Frauen gegeben, die lesen und schreiben konnten. Insofern könnte sie durchaus ein eigenes Evangelium verfaßt haben. Es ist aber kaum wahrscheinlich, daß ihre Schriften an die Öffentlichkeit gelangten. Bedenken Sie, eine Frau hatte keine eigene Rechtsfähigkeit. Was sie sagte, hatte soviel Geltung und Bedeutung wie das Lallen eines Kindes. Selbst die Jünger schenkten den Frauen keinen Glauben, als sie von der Erscheinung des auferstandenen Christus erzählten. Andere hätten ihre Berichte als Ausgeburt einer Wahnsinnigen abgetan. Ob sie zu den Menschen von Jesus sprach oder schrieb – ihrem Zeugnis als Frau kam keinerlei Autorität zu. Eine Frau als Geschichtsschreiberin – das war für die damalige Zeit undenkbar. Ihre Schriften wären totgeschwiegen worden. Wir können also nicht erwarten, daß ein Evangelium Maria Magdalenas (oder das irgendeiner anderen Frau) in den biblischen Kanon aufgenommen oder wenigstens mit den apokryphen Schriften überliefert worden wäre. Kein männlicher Autor der damaligen Epoche würde das Zeugnis einer Frau aufgreifen, zitieren oder nur dessen Vorhandensein erwähnen. Wenn Maria Magdalena tatsächlich ein eigenes Evangelium geschrieben hat, so war es für ihre Zeitgenossen so gut wie nicht vorhanden."
„Frau/Herr Professor, wir danken Ihnen für dieses Gespräch."

*****

*Brief des Pater Aloysius van der Muylen, SJ,*
*aufgegeben in Mukawwir (Machärus) bei Libb am 24. April …*
*Empfängerin: Yael Atzmany, Professorin für Semitistik an der University of California, Berkeley, Calif., USA:*

„Liebe Yael,
wenn Du dieses Paket erhältst, wird der Rummel schon losgebrochen sein. Weitschweifige Erklärungen erübrigen sich also. Ich vertraue Dir die Abschriften der Rollen an und hoffe, daß sie genau und leserlich

sind. Du als Nichtchristin und Spezialistin für Althebräisch und Aramäisch wirst für eine wissenschaftlich fundierte Veröffentlichung und Übersetzung sorgen. Ich kann heute nur die Gelegenheit nutzen, die Rollen in die Außenwelt und damit in Sicherheit zu bringen. Der Gedanke beschäftigte mich schon seit einiger Zeit. Heute wurde die Tat unumgänglich.
Durch unser Institutsblättchen war Dir sicher bekannt, daß ich die trockene Büroluft mit der noch trockeneren Wüstenluft vertauscht hatte, um bei den Ausgrabungen der Herodesfestung Machärus dabei zu sein. Wir suchten in der Nähe des Palastes, in dem Johannes der Täufer und Salome den Tod gefunden haben sollen, nach Resten einer christlichen Siedlung. Wir fanden unsere Annahme bald bestätigt. An Hauswänden, ja selbst an Felsen außerhalb der Stadt fanden wir den eingeritzten Fisch und das Kreuz. Aufregend für uns war es, daß sich unter den vielen unbestimmbaren Graffiti öfter drei längs gewellte Linien wiederholten, denen wegen ihrer Häufigkeit eine gewissen Bedeutung zukommen mußte. Wir waren so mutig, darin das Zeichen für Johannes den Täufer zu sehen – die Wellenlinien als Sinnbilder des fließenden Wassers bei der Taufe. Eine solche Ausbeute hatten wir kaum zu erhoffen gewagt. Die Bestimmung der Keramiken und der sonstigen Funde ergab, daß es sich um Siedlungsschichten aus dem ersten Jahrhundert unserer Zeit handelt, und zwar aus der Zeit vor der Zerstörung der Festung durch Titus und seine Legionen.
Am Ende der Sommerexpedition vergangenen Jahres geschah es dann. Ich hatte mich mit einem Beduinen befreundet, der uns mit großen Augen öfter von weitem zusah und sich nie um die Hilfsarbeiterjobs drängelte wie die anderen. Eines Tages fragte er mich, warum wir denn immer in der Vergangenheit stochern müßten. Wir sollten doch die Toten ruhen lassen und in der Gegenwart leben. Wir kamen in ein herrliches philosophisches Gespräch, das nur getrübt wurde durch mein holpriges Arabisch. Salama nahm mich dann manchmal zu seinen Zelten mit und zeigte mir die Schönheiten der Berge und Wadis. Als er erfuhr, daß unser Aufbruch in den nächsten Tagen bevorstand, kam er sehr aufgeregt zu mir. Ob wir wirklich gingen? Ob wir im nächsten Sommer wiederkämen? Wir waren beide sehr traurig, als ich ihm sagen mußte, daß wir nicht genug Geld hätten, um die Ausgrabungskampagne fortzusetzen. Außerdem würden wir kaum noch Funde von besonderer Bedeutung erwarten. 'Ich werde dich sehr vermissen', sagte er. 'Du bist mein Freund. Freunde sollen nicht voneinander scheiden.' Und dann kam es: Ob wir blieben, wenn wir noch wichtige Dinge finden würden? Ich: Wenn es wirklich wichtige Dinge

wären, würde unser Institut vielleicht weitere Geldmittel auftreiben können. Aber sicher wäre ich nicht. Diese Worte genügten ihm. Er versprach, mir am nächsten Tag etwas zu zeigen, das bestimmt die Macht hätte, mich in Mukawwir zu halten. Es sei ein großer Schatz. Das weitere kannst Du Dir denken. Die Geschichte des Fundes der Schriftrollen von Qumran (nun Qimron HaSchamajim – Himmelsgewölbe?) wiederholte sich auf der Ostseite des Toten Meeres.
Ich weiß, Du gehörst zu den wenigen, die wirklich nachfühlen können, was in mir vorging, als Salama mich in die Höhle mit den Tonkrügen führte. Kein einziger war beschädigt! Alle bis auf einen waren sogar noch versiegelt. Diesen einen hatte Salama geöffnet, um herauszufinden, was sich darin befand. Erst als er auf die Schriftrollen stieß, wurde ihm klar, daß sich die Krüge seit urdenklichen Zeiten in der Höhle befunden haben mußten. Die unbeschädigten Tonkrüge selbst hatten mich schon in helle Aufregung versetzt. Als Salama mir die Schriftrollen zeigte, muß ich tótal die Beherrschung verloren haben. Ich glaube, ich brach in Tränen aus und lachte und tanzte wie ein Besessener. Dann überfiel mich die Furcht, er könnte mich zum Narren gehalten und mir geschickt präparierte Stücke dargeboten haben. Dann hörte ich wieder Salamas Stimme, und ich wußte, daß er mich nie betrügen würde. Ich weiß nicht mehr, wie ich ins Lager gekommen bin.
Nach meiner Rückkehr geriet das ganze Team in eine ähnlich euphorische Stimmung. Es war uns klar, daß wir die ganze Sache strikt geheimhalten mußten, wenn wir in Ruhe die Rollen erforschen wollten. Wir dachten mit Schrecken an den Ansturm der Medien und an all die fragwürdigen Gestalten und Schatzsucher, die solch ein Fund herbeilocken würde. Sie würden die Höhlen der Umgebung nach weiteren Schriftrollen durchwühlen und alles kaputttrampeln, was noch an Ton- und Keramikscherben herumlag. Um jede Gefahr des vorzeitigen Durchsickerns unserer Entdeckung zu vermeiden, unterließen wir es sogar, den Kreis der Wissenschaftler zu erweitern, wie es eigentlich nötig gewesen wäre. Nur an allerhöchste kirchliche Stelle wurde Meldung gemacht. – Du weißt, in unserer Kirche lernt man schweigen. Wir bekamen Geld, um unsere 'Grabungen' wie bisher fortzusetzen. Niemand schöpfte Verdacht. Da man an unsere früheren Exkursionen gewöhnt war, fiel es gar nicht auf, als ich mit Salama heimlich Stück für Stück die kostbaren Krüge in unser Lager transportierte. Ich wurde – soweit es nach außen zu vertreten war – von meiner archäologischen Alltagsarbeit befreit und sollte die Schriftrollen sichten und eine Rohübersetzung anfertigen, soweit es der Zustand der Rollen erlaubte. Ich begehrte zunächst dagegen auf – es widersprach allen

wissenschaftlichen Regeln. Zuallererst mußten schließlich die Rollen gesichert werden. Ich hatte Angst, sie würden mir beim Lesen unter den Händen zerfallen. Es wird einen Aufschrei in der Fachwelt und in der Öffentlichkeit geben, wenn bekannt wird, wie dilettantisch und leichtfertig wir mit diesem unschätzbaren Material umgegangen sind. Schon damals hätte ich meinen Mund auftun müssen. Aber damals siegte noch der Kirchenmann über den Wissenschaftler. Ich hatte zu gut gehorchen gelernt. Natürlich versorgte ich mich unauffällig mit Informationen über die Präparierung der Rollen und tat, was ich unter den Campbedingungen tun konnte. Es war herzlich wenig. Aber die Papyrusmischung, aus der die Rollen hergestellt waren, war besonders widerstandsfähig. Die Rollen litten weniger, als ich befürchtet hatte.

Glaube mir, ich ging mit dem schlechtesten Gewissen der Welt an die Entzifferung der Rollen – und war gleichzeitig überglücklich, ja selig, daß *ich* es war, der sie als erster Mensch unserer Zeit lesen durfte. Ich war völlig hin- und hergerissen. Als gehorsamer Kirchenmann mußte ich schweigen, als verantwortlicher Wissenschaftler hätte ich aufschreien und die Fachwelt informieren sollen und als besessener Forscher wollte ich alles selbst entdecken, alles selbst erkunden.

Es hätte ein Blitz neben uns einschlagen können, ohne daß wir etwas davon bemerkt hätten, als ich zu der Rolle kam, aus der eindeutig hervorging, daß es sich um Aufzeichnungen eines zum Christen bekehrten jungen Esseners, Yoram Bar Am, handelt, der etwa zwanzig Jahre nach Christi Tod in Jericho auf Maria Magdalena gestoßen war und ihre Lebenserinnerungen – neben seiner eigenen Geschichte – aufgezeichnet hat. In diesen Anfangstagen war ich beim Übersetzen selten allein. Um bei Außenstehenden nicht Verdacht zu erregen, fertigte ich meine Übersetzungen abends 'beim gemütlichen Zusammensein' an, wo wir die Büroarbeit und die Feinarbeiten erledigten. Du kennst das ja von Deinen eigenen Ausgrabungszeiten.

Du wirst Dir vorstellen können, welche Diskussionen bei uns ausbrachen. Wir stritten um die Echtheit der Rollen, um ihre Datierung – und vor allem um die Glaubwürdigkeit dieses Yoram bar Am. Konnte man ihm glauben, oder hatte er sich alles aus den Fingern gesogen? War er vielleicht selbst auf eine Schwindlerin hereingefallen? Für mich selbst wurden diese Formalien allerdings bald immer unwichtiger, denn ich war schon viel zu fasziniert vom Inhalt der Texte und von dem, was sie in mir auslösten. Ohne es gleich zu merken, geriet ich zunehmend in die Rolle des Außenseiters. Irgendwann fiel es selbst mir in meinem Entdeckerrausch auf, daß die anderen kaum noch an den Inhalten und den theologischen Konsequenzen interessiert waren, son-

dern nur noch an deren taktischer Behandlung. Während ich mich fragte, was die Berichte der Rollen für mich und meinen Glauben bedeuten, fragten sie, ob diese Berichte gut oder schlecht für unseren Glauben, für die Gläubigen und die Kirche seien. Sie fingen an, mich zu meiden. Gespräche verstummten, wenn ich zu ihnen trat.
Sie fragten mich nicht mehr nach meinen Übersetzungen – als sei es gefährlich, mit den Worten der Rollen in Berührung zu kommen. Sie wollten mit den Inhalten nichts mehr zu tun haben. Rom sollte entscheiden. Es war, als sei ihre wissenschaftliche Ausbildung wie Lack von ihnen abgeplatzt, und zum Vorschein kamen mittelalterliche Menschen – voller Angst um ihren Glauben und ihre Seligkeit. Eines Tages fing ich an, die geheimen Abschriften von den Rollen anzufertigen. Wir hatten keinen Fotokopierer – und wenn, hätte ich ihn nicht benutzen können. Es war kein bewußter Entschluß – mehr eine innere Notwendigkeit. Die Rollen, ihre Texte, ihr Evangelium schienen mir bedroht, obwohl kein konkreter Anlaß gegeben war. Weder damals noch heute glaube ich, daß man die Rollen vernichten wollte und mit ihnen ihren gefährlich-unliebsamen Inhalt. Aber man konnte sie in den Mauern des Vatikans verschwinden lassen, wo kein Archäologenteam sie je wiederfinden würde. Man konnte sie totschweigen oder durch eine neue Übersetzung so ‘redigieren’,, daß ihr Text sehr viel kirchenfreundlicher ausfallen würde. Anfangs hatten sie auch mit mir in dieser Weise diskutiert: Ob das wirklich so dastünde, ob man es nicht ganz anders übersetzen könnte und müßte etc. Ich mußte den originalen Text der Rollen retten. Ich arbeitete die Nächte durch. Abends die offizielle Übersetzung, später die einsame ‘Kontrollübersetzung’, die in Wahrheit das Abschreiben der hebräisch/aramäischen Originale war.
Als ich gestern nach Amman fahren wollte, um einen guten Freund zu treffen, der gerade in Jordanien unterwegs ist, hielt man mich mit vorgeschobenen Gründen fest. Nicht daß man mich einsperrte oder mir direktes Redeverbot erteilte, man gab mir nur einen deutlichen Wink. Ich fürchtete das Schlimmste, wenn ich an die Rollen dachte. Denn sind sie einmal im ‘Hort der Kirche’ verschwunden, kann ich in der Öffentlichkeit alles über sie erzählen – mich wird man dann als Rebellen und Häretiker abtun, der zuviel Phantasie entwickelt, sich ruhmsüchtig in den Vordergrund drängelt und keinerlei Beweise für seine Behauptungen vorlegen kann.
Aber Gott scheint für die Rollen und nicht für seine treue Kirche zu sein. Wenn ich nicht mehr in die Welt darf, kommt die Welt in die Wüste zu mir und zu den Rollen. Heute morgen tauchte plötzlich ein Journalist auf, jung, unbedarft, eine faszinierende Mischung aus Nai-

vität und Gerissenheit – ein Amerikaner, was sonst! Er schien sich in Amman zu langweilen, wollte einen kleinen Ausflug übers Land machen und benutzte unsere Ausgrabungen als Vorwand für seinen Besuch. Er stolperte direkt in meine Arme. Die anderen waren alle draußen im Feld, so konnte ich ungestört mit ihm reden. Wir haben einen Handel geschlossen: Er schmuggelt meine Abschriften aus dem Lager und schickt sie an dich – und ich gebe ihm die Story seines Lebens. Damit schlage ich zwei Fliegen mit einer Klappe. Die Abschriften kommen auf sicherem Weg zu Dir, und die Öffentlichkeit wird dafür sorgen, daß die Rollen nicht in der kirchlichen Versenkung verschwinden. Ich fürchte nur, daß wir bald sehr viel zu dementieren haben werden. Genau wie der Vatikan, wenn auch aus anderen Gründen. Denn der junge Harris hat von Archäologie keine Ahnung, und die Anfänge des Christentums sind ihm so nah und fern wie die letzte Eiszeit. Alles, was er verstand oder in seiner Aufregung über die 'unglaubliche Story' verstehen wollte, war: Fund, Schriftrollen, Maria Magdalena – also 'Das Evangelium der Maria Magdalena'! Ich berichtigte ihn, versuchte ihm klarzumachen, daß nicht Maria Magdalena selbst, sondern Yoram ihre Lebensgeschichte aufgezeichnet hatte – noch dazu zwanzig Jahre nach Jesu Tod. Er machte sich Notizen, hörte aber kaum noch zu. Mit seinen Gedanken war er schon beim Abfassen seiner Meldung, die er jetzt – mir schräg gegenüber – in seinen Notebook tippt. Währenddessen habe ich gerade noch Zeit, Dir diesen Brief zu schreiben.
Liebe Yael, ich habe in diesen Tagen oft und lange über uns nachgedacht. Was du mir bedeutet hast und noch bedeutest – und warum ich damals ohne ein Wort abgereist bin. Hast Du mir je verzeihen können? Ich möchte Dich gerne wiedersehen und mit Dir sprechen. Ich hoffe, Du hast die Tür noch nicht ganz zugeschlagen. Es hat sich vieles bei mir verändert. Die Schriftrollen haben mich verändert. Und doch mußte ich damals vor Dir fliehen. Damals konnte ich nicht anders handeln. Ich mußte wählen: zwischen Dir und meinem Glauben. Heute scheint dieses strenge Entweder-Oder zu verschwimmen und sich aufzulösen. Ich muß mir noch über vieles klar werden. Ich habe in Yoram Bar Am einen Bruder gefunden, einen Bruder über die Zeiten hinweg, der mir näher steht als viele Menschen um mich herum.
Ich bleibe noch ein paar Tage hier, um den Sturm zu erwarten. Ich fürchte mich mehr vor dem Eiswind, der von der anderen Seite kommen wird. Ich werde bald ein Ausgestoßener und Heimatloser sein. Heimat war mir bisher immer die Kirche. Aber ich kann nicht mehr zurück.

Ich muß den Brief beenden. Harris drängt auf die Abfahrt und hat schon demonstrativ seinen Landrover gestartet. Ich habe viel ausführlicher geschrieben, als ich eigentlich vorhatte.
Ich werde mich als 'Hans Groot' bei meiner verheirateten Schwester in einem kleinen Dorf in Deutschland verkriechen. Bitte bestätige den Empfang der Abschriften und sende mir Fotokopien. Und bitte lasse mich wissen, wie es Dir geht. Meine Adresse: Hans Groot, Postlagernd, D-35305 Göbelnrod bei Grünberg, Germany.

Schalom, Dein Ali

P.S. Göbelnrod liegt nur eine knappe Autostunde von Frankfurt und seinem Flughafen. Ich freue mich, wenn auch Du mich wiedersehen willst."

*Brief der Yael Atzmany aus Berkeley, USA an Hans Groot, Postlagernd, D-35305 Goebelnrod bei Gruenberg, West Germany, vom 6. Mai ...*

„Lieber Hans-Ali,
Deine Abschriften sind wohlbehalten hier angekommen. Ich habe mich hingesetzt und gelesen und gelesen und erst aufgehört, als ich durch war. Unglaublich – der Fund, die Rollen, der Inhalt. Du hast phantastische Arbeit geleistet. Nicht auszudenken, wenn die Schriftrollen nie entdeckt oder gleich wieder 'verschwunden' wären. Ich bewundere Deinen Mut. Ich weiß, was Dich das alles gekostet hat. Hoffentlich hast Du den Medientrubel inzwischen gut überstanden. Selbst hier lauern schon Reporter – jeder Theologe, jeder Religionsgeschichtler, jeder Semitist, jeder Archäologe mit Spezialgebiet Palästina wird für sie zur Honigbiene.
Auch ich möchte Dich sehr gerne wiedersehen. Aber erwarte nicht zuviel von mir. Vier Jahre sind eine lange Zeit.
Ich komme im September zum Kongreß 'Frühchristentum in Palästina' nach München. Du und Deine Rollen werden dort sicher ganz im Mittelpunkt stehen. Ich kann Dich aber auch gerne in Deinem Dorf besuchen. Ich hoffe, daß ich bis dahin eine gute Rohübersetzung fertig habe, die ich dem Kongreß vorlegen kann. Schreibe mir, ob Dir der Termin paßt. Ich freue mich auf unser Wiedersehen.
Ich umarme Dich,
Deine Yael

P.S. In der Mischnah, Sanhedrin, gibt es eine wunderbare Stelle, die sinngemäß so lautet:
'Wenn einer einen einzigen Menschen getötet hat, so ist es, als ob er eine ganze Welt getötet hat. Wenn einer einen einzigen Menschen gerettet hat, so ist es, als ob er eine ganze Welt gerettet hat.'
Jetzt möchte ich mit Mirjam und Yoram den Spruch erweitern: 'Und wenn einer einen einzigen Menschen liebt, so ist es, als ob er eine ganze Welt liebt'."

# YORAM I

## 1. Kapitel: Jericho

Ich, Yoram Bar Am, benannt nach zwei unbedeutenden Königen der alten Reiche Jisrael und Jehuda und ein Sohn des Volkes, seit ich mich von meinem Vater losgesagt habe, ich, Yoram Bar Am also, schreibe diesen Bericht, um nicht den Verstand zu verlieren. Ich zermartere mir den Kopf wegen einer alten Frau, der ich im Vorübergehen auf der Straße keinen zweiten Blick schenken würde. Entweder ist Mirjam eine Verrückte, eine Närrin – nur geschützt durch ihre Harmlosigkeit und Wohltätigkeit – oder sie ist eine wahrhaft kluge, ja sogar weise Frau, die mehr weiß und mehr erfahren hat – und dem Herrn vielleicht näher ist als alle Lehrer und Weisen, bei denen ich Rat und Hilfe gesucht habe.

Wem soll, wem darf ich Glauben schenken? Ich weiß es nicht mehr. Nichts mehr weiß ich – nicht, woran ich mich halten, nicht, was ich tun soll. Alles in mir dreht sich in einem wilden Durcheinander. Finde ich dann einen Ruhepunkt, sehe ich rings um mich nur abgrundtiefe Schwärze, die mich aufs neue schwindeln läßt. Ich drehe mich im Kreise meiner Qualen und sehe keinen Ausweg. Und die alte Frau, die mich aufgenommen und gepflegt hat, stürzt mich in die tiefste Verwirrung. Was soll ich nur tun?

Ich fange an, einfach alles aufzuschreiben. Vielleicht gewinne ich dann Klarheit und Frieden. Wonach in all den Jahren meines Lebens habe ich denn gestrebt, wenn nicht nach Klarheit des Geistes und Frieden des Herzens? Überall habe ich gesucht. Und überall habe ich nur Zwietracht, Haß, Verleumdung, Rachsucht und Bosheit gefunden, Habgier und Eigennutz, Hochmut und Selbstgerechtigkeit. Dafür werden Reinheit, Güte, Mitleid und Barmherzigkeit mit Spott und Hohn verlacht.

Die Römer unterjochen alle Völker und nennen das 'ihren Frieden bringen'. Auch den Söhnen Jisraels haben sie ihre 'Pax Romana' gebracht. Zum Dank pressen sie erbarmungslos das hungernde Volk aus. Die römischen Prokuratoren suchen nur, sich selbst zu bereichern. Und wo sie mit Steuern und Verordnungen nicht weiterkommen, nehmen sie sich die Beute mit Gewalt. Sie schrecken nicht einmal davor zurück, gemeinsame Sache mit Räubern und Wegelagerern zu machen, vor denen sie die Menschen schützen sollten. Wer aber hörte das Jammern und Klagen des bedrückten Volkes und käme zu

Hilfe? Die mit fetten Böden gesegneten Syrer verachten die anderen Völker, denen es noch schlechter geht; die Nabatäer am Rande der großen Wüsten verachten die Küstenvölker, weil es ihnen nicht gelungen ist, sich mit Tributzahlungen die Römer vom Leibe zu halten; die Ägypter verachten alle anderen Völker, weil sie noch jung und ungestüm sind und noch in Zelten lebten, als die Pyramiden die Größe Ägyptens und seiner Pharaonen verkündeten. Die Griechen fühlen sich so überlegen, daß sie sich nicht einmal herablassen, die Barbaren zu verachten. Und alle verspotten und verhöhnen die Juden mit ihrem einen einzigen Gott, den man nicht einmal sehen kann. Und die Juden verachten wiederum alle anderen Völker, weil diese die Überlegenheit und Allmacht des Herrn nicht erkennen und nicht verstehen.

Aber wer bin ich, daß ich mich über die Menschen und ihre Verirrungen erhebe! Der gleiche Zwist, der gleiche Haß, der gleiche Unfrieden, die gleiche Verachtung wüten in meiner Brust. Mein ganzes Leben habe ich danach gestrebt, das Richtige zu tun und ein Leben zu führen, das dem Herrn ein Wohlgefallen ist, damit seine Verdammnis mich nicht ereile. Es hat Zeiten gegeben, da ich glaubte, meinem Ziel, ein 'Gerechter' zu werden, ganz nahe zu sein. 'Aber alles ist ganz eitel', spricht der Prediger des Herrn. Meine Gerechtigkeit war nichts als Eitelkeit und Überhebung. Meine Gelehrsamkeit zerfiel zu Staub wie ein Haus, das aus schlecht getrockneten Ziegeln gebaut ist. Meine Liebe war Wahn – denn die Frau, die ich liebte und noch immer bis zur Verzweiflung liebe, habe ich geschändet und ihre Liebe zertreten. Schoschana hat sich von mir abgewandt und ist geflohen.

Wahrheit und Güte finde ich einzig bei einer alten Frau, die alle eine Närrin nennen. Ich weiß nicht mehr, ob mein Verstand verwirrt ist oder diese Welt, in der alle Übel gedeihen und Liebe und Barmherzigkeit der Lächerlichkeit preisgegeben werden.

Es war die verrückte Mirjam, die mich blutendes und ausgeplündertes Stück Fleisch vom Straßenrand aufgelesen und in ihr Heim mitgenommen hat. Keinem anderen, der mich so liegen sah, wäre das eingefallen. Kein Parusch, kein Zedoki hätte mich anzufassen gewagt, denn ich hätte ja ein unreiner Heide oder ein ebenso unreiner Jude sein können, der das Gesetz mißachtete. Kein Römer warf auch nur einen längeren Blick auf mich – ein Römer hätte die Reise von Jeruschalajim nach Jericho nur mit einer bewaffneten Eskorte angetreten. Das übrige Völkerpack interessierte einen Römer nicht. Und die anderen Reisenden, Händler, Pilger, Landstreicher, hatten einfach zuviel Angst, daß die Räuber, die mich so übel zugerichtet hatten, im Hinterhalt noch auf weitere Opfer lauerten. Darum beschleunigten sie ihre Schrit-

te und trieben die Tiere an, um die offene Ebene vor Jericho zu erreichen oder Zuflucht in der sicheren Karawanserei in den Bergen zu finden, die auf der Mitte der Wegstrecke liegt.
Ich war so zerschlagen und vom Blutverlust so geschwächt, daß ich das Bewußtsein verloren hatte. Ich kam erst in Mirjams Haus wieder zu mir. Ein süßer, zarter Duft weckte mich – so lind und lieblich, daß ich mich einen Augenblick lang fragte, ob ich gestorben und im Garten Eden wiedererwacht sei. Wie ich später erfuhr, war mein Eindruck gar nicht so falsch. Es war der Blütenduft Jerichos. Es war Frühling, und die Palmen- und Oasenstadt in der unwirtlichen Wüste am Rande des Salzmeeres blühte, und die duftgeschwängerte Luft erfüllte jeden Winkel des Hauses. Jericho ist wahrhaft ein Wunder – wirklich ein Garten Eden in unserer grausamen Welt.
Alle Städte stinken – selbst die heilige Stadt Jeruschalajim. Schon weit vor den Stadttoren überfallen den Reisenden die üblen Schwaden, die von den Rinnsalen ausgegossenen Unrats aufsteigen. Seine Nase wird gebeizt von den scharfen und übelriechenden Dämpfen der Färber. Von dem ranzigen und verbrannten Öl, das aus den Garküchen dringt, verkrampft sich sein Magen. Betritt er dann die Stadt, verliert er in dem widerwärtig überwältigenden Gedünst die letzte Erinnerung an die klare, frische Landluft. Die Stadtbewohner sind an den Gestank gewöhnt. Die Armen schenken ihm keine Beachtung mehr, die Reichen halten sich ihre Nasen mit duftgetränkten Tüchern zu. Nach drei Tagen hat sich auch der Reisende an den infernalischen Städtegestank gewöhnt. Nur Jericho empfängt den Ankömmling mit süßem Blütenduft.
Man hatte meine Wunden ausgewaschen und verbunden, mich auf ein sauberes Lager gebettet und mit einer weichen Decke aus Kamelhaar zugedeckt. Trotzdem fror ich. Eine Frau saß neben mir. Ich begriff nicht, wo ich war. Sie mußte meine Verwirrung bemerkt haben. Mich traf ein langer gütiger Blick aus tiefliegenden Augen, ihre Hände drückten mich sanft nieder, dann sagte sie: „Ganz ruhig, alles ist gut. Schlafe und erhole dich." Sie sprach aramäisch und wiederholte die Worte auf Griechisch und Latein. Ich ließ mich wieder ins Dunkel sinken und muß fast einen vollen Tag durchgeschlafen haben.
Als ich das nächste Mal aufwachte, brachen die Schmerzen über mich herein. Insgesamt mußte es meinem Körper aber schon besser gehen, denn mein Magen tat laut und vernehmlich kund, daß er leer war. Die Frau saß noch genau so neben meinem Lager wie bei meinem ersten Erwachen, so daß ich glaubte, nur eine kurze Weile eingenickt zu sein. Sie betrachtete sehr aufmerksam mein Gesicht, ohne daß es mir aufdringlich oder unangenehm erschienen wäre. Sie war eine alte Frau.

Gesicht und Hals waren von kleinen Fältchen durchzogen, die schütteren Haare grau bis weiß. Als sie mit mir sprach, entstellten schwarze Zähne und Zahnlücken ihr sonst fein geschnittenes Gesicht. Aber ihre Augen waren lebhaft wie die eines jungen Mädchens. Sie blickten mich wieder sehr freundlich, aber auch sehr wach und durchdringend an. Die Frau war einfach, aber nicht ärmlich gekleidet. Sie nannte mir ihren Namen – Mirjam. Ich konnte nicht erkennen, ob sie Sklavin oder Dienerin in diesem Hause war. Ich wollte etwas sagen, ihr danken, aber außer einem heiseren Knurren kam kein Laut aus meiner Kehle. Sie gebot mir, still zu sein und ruhig liegenzubleiben. Dann brachte sie mir eine Schale mit Brühe. Trotz meines Hungers muß ich unwillkürlich eine abwehrende Bewegung gemacht haben. „Sie ist kascher", sagte Mirjam, und ich glaubte, in ihren Augen einen Schimmer von Belustigung zu entdecken. Ich dachte nicht weiter darüber nach, sondern nahm dankbar die Schüssel entgegen und stillte meinen Hunger.

Dank Mirjams Pflege erholte ich mich sehr schnell von meinen Verletzungen. Bald konnte ich aufstehen und im Zimmer umhergehen. Dann führte man mich in den Innenhof. Ich befand mich in einem großen Haus, das einem reichen Herrn gehören mußte. Aber nirgends gab es Anzeichen von Luxus. Alles war einfach und zweckmäßig eingerichtet, ohne ärmlich oder vernachlässigt zu wirken. Von den Mitgliedern des Haushaltes sah ich nur meine ältliche Pflegerin Mirjam, dann eine Magd, Nurit, die jeden Tag das Zimmer wischte. Den Hausherrn lernte ich nicht kennen, nur einen jungen Mann von etwa siebzehn oder achtzehn Jahren, Jehuda ben Jehoschua, offenbar der Sohn des Hauses. Er gefiel mir. Jehuda war nur mittelgroß, aber schlank und mit schönen Gesichtszügen. Seine Augen glichen denen Mirjams. Aber während ich in Mirjams freundlichem Blick ein waches Beobachten fand, in das sich oft ein heiter nachsichtiges Lächeln hineinschlich, als ob sie sich und ihre Umwelt nicht ganz ernst nahm, war Jehudas Blick ernsthaft und noch voller Vertrauen und Unschuld. Er redete frei und offen, wie es nur ein Mensch vermag, der immer Liebe und Verständnis erfahren hat.

Jehuda war es auch, der mich in den großen Innenhof geleitete und lächelnd meine Überraschung genoß. Wie in Jericho üblich, erhob sich in der Mitte des Hofes schlank und hoch eine Palme. Aber statt einen scharfen Schatten auf einen gekachelten oder gestampften Lehmboden zu werfen, verlor sich ihr Schattenriß in einem Meer aus bunten Blumen und blühenden Büschen, die in verschwenderischer Pracht den ganzen Boden bedeckten. Sie verströmten einen so intensiven Duft, daß es mich fast betäubte. Jehuda führte mich auf kaum sicht-

baren Pfaden durch das Blütendickicht. Von einer überdachten Seitenwand drang lautes Vogelgezwitscher. Die ganze Nordseite war mit Käfigen aller Größen zugestellt. Die meisten enthielten Vögel, deren Gesang sich beim Näherkommen in einen ohrenbetäubenden Lärm verwandelte. Wie enttäuscht war ich, als ich in der großen Schar der Vögel nur ganz gewöhnliche Sperlinge, Finken, Kiebitze und Wiedehopfe entdeckte, die man sowieso überall findet. In einem sehr großen Käfig stand ein Storch, dessen linker Flügel verbunden war.
„Wie du siehst, bist du nicht der einzige Pflegling hier", sagte Jehuda, „meine Mutter liest alles auf, was verletzt ist. Auch hilfsbedürftige Nestlinge. Wenn sie gesund und kräftig genug sind, um fliegen zu können, gibt sie ihnen die Freiheit wieder."
Daß meine Pflegerin seine Mutter war, hatte ich bis dahin nicht gewußt. Nie hätte ich die einfach gekleidete alte Frau für die Herrin dieses doch recht großen Hauses gehalten. Verwirrt stolperte ich hinter Jehuda her, der mich am Ende der Käfigwand zu einem größeren Hundezwinger führte. Laut bellend warfen sich die Hunde gegen die Gitterstäbe, als wir uns näherten. Die meisten trugen einen Verband.
„Kümmert sich deine Mutter denn auch um Straßenköter?" fragte ich erstaunt und etwas angeekelt. Ich war froh, daß der Käfig fest und sicher gezimmert war.
„Mutter macht keinen Unterschied. Für sie sind es alles lebendige Wesen, die leiden und Hilfe brauchen."
Er zeigte mir noch ein paar Eidechsen, dann zu meinem großen Schrekken einen Geparden, der in eine Falle geraten und übel zugerichtet war. Ein paar Katzen liefen frei herum. Die Gegenwart so vieler Tiere stieß mich ab und verleidete mir die Freude an dem blühenden Innenhof. Für einen König oder für die Gojjim mochte es angehen, zu ihrer Belustigung wilde Tiere zu halten – die Gojjim schrecken ja nicht einmal vor Schweinen zurück –, aber in einem jüdischen Haus störte mich die Ansammlung von so viel wildem Getier. Denn selbst die Gojjim würden die Bestien nicht in ihrer Nähe, sondern in Zwingern weitab von den Gemächern und Höfen der Menschen verwahren. Warum Mirjam die Tiere aufnahm, um sie zu pflegen und dann wieder in die Freiheit zu entlassen, schien mir noch rätselhafter. Wenn man sich schon all diese Mühe machte, dann doch nur, um die Tiere später zu schlachten oder auf dem Markt zu verkaufen. Am wenigsten gefiel mir, daß Jehuda zwischen mir und diesen Tieren keinen Unterschied machte, sondern mich als 'Mirjams Pflegling' auf eine Stufe mit ihnen stellte. Ich aber bin ein Mensch und kein Tier. Der Herr schuf den Menschen am sechsten Tag und machte ihm die Erde und alle anderen Geschöpfe unter dem Himmel untertan. Der nied-

rigste Sklave würde wütend aufbegehren, wenn er sich mit Tieren gleichgesetzt sähe. Ich war Mirjam zu Dank verpflichtet, darum bezähmte ich mich und unterdrückte jede Äußerung meiner Verwunderung und Befremdung. Ich fragte mich allerdings im stillen, warum der Hausherr eine solche Wirtschaft zuließ. Ob er ein Kaufmann war, der in fernen Ländern seinen Geschäften nachging?
Dies war meine erste Begegnung mit Mirjams 'Absonderlichkeit'. Damals hielt ich die Aufnahme und Pflege der Tiere für eine Marotte – für die Schrulle einer Matrone, die ihr übervolles Herz nicht mehr an kleine Kinder im Haus verschenken kann und daher mit Tieren als Ersatz vorliebnahm.
Ich bat Jehuda, mich dem Hausherrn vorzustellen, damit ich ihm meinen Dank für die Rettung und die gastliche Aufnahme abstatten konnte. Jehuda fing an zu lachen. „Du brauchst mir nicht zu danken. Wir haben dich gerne aufgenommen und deine Gesellschaft ist uns sehr angenehm." Er überging meine Verwirrung und fuhr fort: „Mein Vater, Jehoschua ben Josef, starb bald nach meiner Geburt. Ich bin der einzige Sohn. Außer mir gibt es keine männlichen Verwandten. Meine Mutter ließ sich hier nieder, und wir leben sehr zurückgezogen. Offiziell bin ich natürlich der Hausherr, aber ich überlasse meiner Mutter weiterhin alle Entscheidungen. Wenn du jemandem danken willst, dann ihr. Sie hat dich gefunden und mit nach Hause gebracht." Jehuda blickte mir voll in die Augen. „Willst du mir nicht auch von dir erzählen? Bis jetzt hast du uns nur deinen Namen genannt. Du hast sicher viel erlebt. Aber natürlich nur, wenn du willst. Ich will dich nicht ausfragen."
Das war der Moment, den ich gefürchtet hatte, seit es mir besser ging. Was sollte, was konnte ich diesen freundlichen Menschen von mir berichten? Daß ich am Ende war, gescheitert in all meinen Absichten und Bestrebungen? Daß ich alle Menschen, die ich liebte, enttäuscht und verraten habe?
„Ich kann dir jetzt nicht viel sagen", begann ich zögernd. „Mein Vater war Chanan bin Avdat aus Sela in Nabatäa, das die Griechen und Römer Petra nennen. Meine Mutter war Rachel bat Micha, eine Jüdin, die mich in den Geboten des Herrn unterrichtete. Sie setzte auch durch, daß ich als Knabe beschnitten wurde, zum Zeichen, daß ich zum Volk des Bundes gehöre. Ich habe Sela sehr jung verlassen, um in das Land des Herrn und in die heilige Stadt Jeruschalajim zu ziehen. Ich war Schüler einiger Rabbanim und lebte eine Zeitlang bei den Weißen Brüdern in Qimron HaSchamajim am Salzmeer. Später schloß ich mich in Jeruschalajim einer anderen Gemeinschaft an, den Nazranijim, die die Liebe des Herrn verkünden und lehren, daß ein gewis-

ser Rav Jeschua ben Josef aus Nazrath der Maschiach ist. Er ist am Kreuz gestorben und am dritten Tag von den Toten auferstanden. Rav Schim'on bar Yonah und Rav Ya'akov ben Savdai, die zu den ersten Anhängern des Maschiach gehörten und seinen Tod und seine Auferstehung bezeugen können, waren meine Lehrer. Letzten Monat erreichte mich die Nachricht, daß meine Mutter gestorben ist. 'Ich war auf dem Weg zu ihrem Grab, als die Wegelagerer meiner Reise ein Ende machten."

Damit gab sich Jehuda zufrieden. Mirjam, die die Mahlzeiten nicht mehr an unserem Tisch einnahm, seit meine Genesung fortgeschritten war, leistete uns an diesem Abend Gesellschaft. Wieder fühlte ich ihren wachen, beobachtenden Blick auf mir ruhen. Sie lag auf ihrem Divan, ohne sich an der Unterhaltung zwischen Jehuda und mir zu beteiligen. Ich hatte das unbehagliche Gefühl, als ob sie unser Gespräch nicht ganz ernst nahm. Jehuda war ein sehr wohlerzogener, fast erwachsener Knabe und war so taktvoll, nicht auf Fragen zu beharren, auf die ich nicht eingehen wollte. Ich hatte bisher bewußt alle heiklen Themen wie Politik und Religion vermieden, aber an diesem Abend sprachen wir über mein heimatliches Nabatäa, über Rom, über Roms Prokurator und die Politik der Pruschim, der Zedokijim, der Zeloten und anderer jüdischer Gruppierungen. Mirjam folgte unseren Worten mit jener inneren Erheiterung, die sie beim Betrachten spielender junger Hunde oder Kätzchen zeigte. So dankbar ich ihr für meine Rettung war, so ärgerlich machte mich ihre belustigte Miene. Was hatte sie, eine Frau, sich über ein Gespräch zwischen zwei Männern zu belustigen!

Ich hatte gelernt, Gefühle wie Zorn und Wut zu beherrschen. So ließ ich den Unmut nicht anschwellen, sondern bedachte meine Situation als Gast, der seiner Gastgeberin und Retterin zu Dank verpflichtet ist. Um so schmerzlicher empfand ich meine hilflose Lage. Ich hatte keinerlei Mittel, um meine Reise fortzusetzen oder in einer Herberge abzuwarten, bis Geld von meinen Brüdern aus Sela eintraf. Ich war völlig auf Mirjams und Jehudas großherzige Gastfreundschaft angewiesen. Als ich erneut meinen tiefen Dank aussprach und verlegen stotternd vorbrachte, wie es mich bedrücke, ihnen weiterhin zur Last zu fallen, wies Mirjam freundlich, aber entschieden jeden Dank zurück. Sie gab mir zu verstehen, daß ich ihr nichts schulde und als Gast willkommen sei, solange ich bleiben wolle.

So verbrachte ich viele Tage in Mirjams Haus. In der Kühle des Morgens und Abends machte ich lange Spaziergänge durch Jericho und seine Umgebung, auf denen mich der junge Jehuda manchmal begleitete. Jericho ist keine sehr große, aber geschäftige Grenzstadt. Sie liegt

an der viel bereisten Handelsstraße von Jeruschalajim nach Philadelphia, der Hauptstadt des Zehnstädtebundes. Auch der Weg nach Gerasa, Peraía oder in mein heimatliches Nabatäa führt über Jericho. Die Früchte, die in den Oasen rund um das Salzmeer angebaut werden, kommen hier auf den Markt, um dann nach Jeruschalajim oder in die Länder östlich des Jarden gebracht zu werden. Die Balsahölzer aus den Hainen von Jericho und aus Ein Gedi liegen hier aufgestapelt, um auf dem Jarden nach Norden verschifft zu werden. In Jericho trifft man Reisende und Kaufleute aus aller Herren Länder. Die Römer und reichen Bürger Jeruschalajims haben sich hier vornehme Residenzen gebaut, um in der milden Witterung der Jardensenke den strengen Wintern Jeruschalajims zu entfliehen. Es gibt mehrere Bäder und sogar ein Stadion und ein Theater.
Meistens suche ich, dem Gedränge und dem Lärm der Stadt schnell zu entkommen und wende mich dem Wüstengebirge zu. Ich steige die steilen Felshänge hinauf, setze mich oben auf dem flachen Gipfel auf einen Stein und blicke stundenlang in die Weite. Unter mir liegt Jericho – ein grünes Meer aus Palmen, Büschen und Bäumen, in dem die Häuser und die bunten Blumen fast verschwinden. Wieder erscheint mir Jericho wie der Garten Eden inmitten unserer feindseligen und harten Welt. Ein Garten Eden inmitten der öden Wüste und der schroffen Gebirge, die im Süden am Ost- und Westufer des Salzmeeres unwirtlich aufragen. Kaum ein anderer Fleck in der Welt kann so schön und liebenswert erscheinen wie Jericho in dieser weißgelben Felswüste. Aber ich liebe auch die Wüste – vielleicht noch mehr als das grüne Jericho selbst.
Meine Liebe zur Wüste begann schon zuhause in Sela. Irgendwann hatte ich entdeckt, daß man den großen Berg im Westen erklimmen konnte, von dessen Kamm aus der Blick weit über die Ebene Mo'av bis zu den Bergen von Jehuda reicht. Wenn ich dem Kessel von Sela und dem lärmenden Treiben entronnen war, erfaßten mich die Stille und die schier unendliche Weite rings um mich wie mit Zaubermacht. Ich selbst wurde still und weit. Und wie Blasen, die sich im kochenden Wasserkessel vom Boden lösen und hochperlen, stieg manchmal eine heitere Leichtigkeit in mir auf, daß ich mich fast schwerelos fühlte und wie berauscht. In diesem Reich der Weite und der Stille spürte ich den Atem der Unendlichkeit, und es schien mir, als ob der Herr selbst aus der Stille spräche. Auch jetzt, wenn ich zu den Bergen des Salzmeeres schaue, vergesse ich all meine Sorgen und Qualen. Was sind die kleinen Händel der Menschen im Angesicht dieser Berge? Sie werden noch so dastehen und mit ihren Spitzen in den Himmel reichen, wenn wir Menschen uns in Wut und Haß erschlagen haben. In

ihrer Gegenwart wird auch meine Seele frei und taucht für Augenblicke in die Ewigkeit.
Die Mittagshitze in der Senke des Salzmeeres war selbst im Frühjahr schon so groß, daß jede Bewegung des Körpers und Geistes erlahmte. Ich verbrachte diese Stunden in meinem Zimmer – dösend oder schlafend, wie die Tiere in ihren Käfigen im Hof. So verlebte ich eine Zeit äußerer Ruhe und steten Gleichmaßes. Wenn sich doch etwas von der Ruhe des gleichförmigen Alltags in meinem Innern wiedergefunden hätte!
Ich fürchtete die Nächte – denn ich fand keinen Schlaf. Es war, als ob die Dämonen der Finsternis nur auf den Einbruch der Dunkelheit lauerten, um ihren Kampf zu beginnen. Einziges Ziel ihrer Attacken war ich selbst.
Ein Dämon in Gestalt Schoschanas umschlang mich, daß ich vor Liebe und Sehnsucht erzitterte. Ich sah wieder die Hingabe in ihren Augen, dann ihr Entsetzen, ihren Abscheu. Wieder riß sie sich aus meinen Armen, verfluchte mich und floh. Schoschana, mein Weib, warum hast du mich verlassen? Du hast mich doch geliebt und liebst mich noch! Aber ich selbst war es ja, der dich aus dem Haus gejagt hat. Mein Leib schreit nach dir, aber meine Seele fürchtet dich. Wie kann ich gerecht und rein bleiben, wenn ich dich so begehre? Wie kannst du vor dem Herrn bestehen, wenn das Fleisch so aus dir spricht? Ich habe dich für deine Hingabe an die Lüste des Fleisches verachtet und deinen Leib getreten und geschändet. Du bist vor meiner Grausamkeit und Verachtung geflohen und hast mir nur die Sehnsucht gelassen. Jeden Tag, jede Nacht sehne ich mich nach dir – und würde dir doch mit derselben Verachtung wieder begegnen. Du hast mir ins Gesicht geschrien, daß ich die Liebe verraten habe. Vielleicht ist es so. Ich habe immer die verraten, die ich geliebt habe und die mich liebten. Alle habe ich sie verraten: meinen Vater, weil er ein heidnischer Götzenanbeter war, und meine Mutter, die ich mit leeren Versprechungen im Heidenland zurückließ. Meinem Lehrer und Meister, Schim'on ben Ahasja in Qimron, der mich als seinen Nachfolger vorsah, habe ich den Rücken gekehrt. Herr Jeschua, der du als unser Erlöser und Maschiach gekommen bist, dich liebe ich. Und doch hat sich in meine Liebe der Zweifel eingeschlichen. Bist du wahrhaft der Erlöser und Retter? Werde ich auch dich verraten, wie ich alle verraten habe?
Ich habe meinem Vater das Herz gebrochen, als ich mich von ihm und seinem Götzen Du-Schara lossagte. Mein Vater war der gütigste und freundlichste Mann auf Erden. Er hat geweint, als ich ihm meine Verachtung für seinen Gott und seinen Glauben an den Kopf warf. „Sind wir denn nicht alle Söhne der Götter, wie sie auch immer heißen

mögen: der Adonai der Juden, unser Du-Schara, der Baal der Kanaaniter, der Zeus der Griechen und der Iuppiter der Römer?" flehte er mich an. „Jeder möge zu seinem Gott beten und sehen, daß er bei ihm Hilfe finde, um als guter und rechtschaffener Mensch zu leben! Ist das nicht wichtiger als der Name des Gottes, den wir anrufen?"

„Du sollst den Namen des Herrn nicht unnütz führen", antwortete ich kalt und ließ den alten Mann stehen, der sein ganzes Herz an mich, seinen jüngsten Sohn, gehängt hatte.

Mutter war mit mir zufrieden. Es war ihr gelungen, mich in der Hauptstadt Nabatäas und unter den Augen meines heidnischen Vaters zu einem Juden zu erziehen. „Du bist Jude, weil du der Sohn einer jüdischen Mutter bist. Als Jude mußt du die Gesetze des Herrn befolgen." Sie war es, die mich lehrte, den Götzen Du-Schara und sein Weib Al-Lat zu verachten. Ich lernte meine Lektion so gut, daß ich nicht nur die Götzen und ihre Bilder, sondern auch ihre Anbeter verachten lernte – darunter als vornehmste Zielscheibe meinen Vater. Ich war noch ein Kind, als meine Mutter mich eines Tages den steilen Weg zum Tempelberg hinaufführte. Am Eingang standen die beiden großen Standbilder des Götterpaares Du-Schara und Al-Lat. Wunderbar und heilig erschienen sie mir damals – so wie allen Pilgern und Betenden um uns herum, die ehrfürchtig auf die Knie gesunken waren. „Willst du tote Steinbilder anbeten wie diese da – oder dem lebendigen Gott dienen, der alles erschaffen hat?" fragte sie mich. Der Ausdruck lebendiger Gott verwirrte mich, und meine Mutter begann zu erklären. So hörte ich zum ersten Mal von dem Gott Avrahams, Jizchaks und Ya'akovs. Ich hörte von Mosche und den Gesetzestafeln, von dem Bunde mit dem Herrn. Ich hörte von den Richtern, von den Propheten des Herrn, von den großen Königen David und Schlomo und von dem Bau des ersten Tempels. Ich hörte von der Spaltung des Königreiches, von der Vernichtung des Hauses Jisrael und der zehn nördlichen Stämme. Ich hörte von dem Untergang des Hauses Jehuda, von der Verschleppung seines Volkes nach Bavel, von der wunderbaren Errettung und Rückkehr und vom Aufbau des zweiten Tempels. Meine Mutter erzählte mir von der Eroberung durch die Griechen, von den Freiheitskriegen der Maqqavim, von den Königreichen der Chaschmona'im, von der Auslieferung Jehuda HaMaqqavis an die Römer und sie erzählte mir von dem prunkvollen Ausbau des Tempels durch den verhaßten Goj Hordus, den die Römer Herodes den Großen nennen. Aber ihre Augen leuchteten voll Stolz, wenn sie vom Tempel und seiner Schönheit sprach.

„Wenn ich noch einmal in meinem Leben den Tempel wiedersehen könnte!" Mutter beschrieb mir die heilige Stadt Jeruschalajim, die sie nur ein einziges Mal in ihrem Leben gesehen hatte, als sie auf ihrer Brautfahrt, von Norden her kommend, nach Sela gezogen war. „Du kannst dir gar nicht vorstellen, wie schön Jeruschalajim ist. Es liegt hoch oben auf den Bergen. Der Tempel, die Burgen und Häuser ragen in den Himmel, als wollten sie sich dem Herrn entgegenstrekken. Nicht so wie hier in Sela, das sich ins Tal duckt und versteckt. Hier ist alles eng und dunkel zusammengedrückt – aus dunklem, roten Fels gebaut. In Jeruschalajim strahlen die Häuser aus lichtem Stein. Alles ist frei und luftig. Mitten in der Stadt kannst du weit ins Land sehen – hier fängt sich der Blick zwischen engen Schluchten und hohen Felswänden. Die Häuser und Höhlen von Sela kleben an der Erde, an dem Fels – und die Herzen der Menschen auch. In Jeruschalajim spürst du die Nähe des Herrn – alles ist so weit und offen und der Himmel ist nahe. Und von überall siehst du das goldene, strahlende Haus des Herrn. Jeruschalajim wird ewig bestehen – aber Sela ist verdammt zur Wüste, wie es der Prophet geweissagt hat!"

Wenn meine Mutter vom Tempel und Jeruschalajim sprach, strahlte eine ungewohnte Wärme und Lebhaftigkeit von ihr aus. Sonst war Mutter streng und kühl. Sie war kein Mensch, der Gefühlsüberschwang und Vertraulichkeiten liebte. Wenn sie den Dienstboten Anweisungen erteilte, gehorchten sie ihr aufs Wort. Es gab kein verstecktes Maulen und Herumtrödeln, wie ich es in den Häusern von Verwandten und Freunden oft gesehen hatte. Meine Mutter hatte die Zügel fest in der Hand, alles lief glatt und reibungslos. Es schien nichts zu geben, das sie erschüttern könnte. Auch meinem Vater, meinen Halbgeschwistern und mir gegenüber war sie so kühl und bestimmt. Nie fiel ein 'unnötiges' Wort. Nur wenn sie mir vom Herrn und seinen großen Taten erzählte, sprangen auf einmal Feuer und Glanz aus ihr, und sie war schön wie ein Engel. Manchmal scheint es mir, als sei es mir deshalb so leicht gefallen, inmitten eines heidnischen Volkes den Glauben meiner Mutter anzunehmen und zu bewahren, weil in ihren Erzählungen vom Herrn und seinem Volk meine wahre Mutter zu mir sprach. Nur in diesen Stunden war sie mir nah. Sie richtete mein Herz auf Jeruschalajim aus, die heilige Stadt, zu der jeder Jude wenigstens einmal im Jahr pilgern sollte, um im goldenen Beit HaMikdasch dem Herrn zu opfern.

Mit ihren leuchtenden Augen lehrte meine Mutter mich, nicht nur die Götzen und ihre Bilder zu verachten – sie lehrte mich auch, die zu verachten, die ihnen dienten: meinen Vater und meine Geschwister. Sie entfremdete mich gleichermaßen von meinen Freunden und den übrigen Bewohnern Selas und von Sela selbst. Waren meine Freunde, meine Spielkameraden, mit denen ich meine Tage bis dahin ver-

bracht hatte, nicht auch gottlose Götzendiener wie einstmals die Söhne Jisraels, als sie um das Goldene Kalb tanzten? Ich begann, mich erhaben über sie zu fühlen. Sie rächten sich dafür, indem sie sich über die Juden und ihren unsichtbaren Gott lustig machten. Sie nannten mich nicht mehr bei meinem Namen, ich war nur noch 'Al-Jahud' für sie. Mein Gefühl der Erhabenheit und Überlegenheit steigerte sich im Angesicht der Feinde des Herrn ins Unermeßliche.
Mein Vater liebte mich, nahm aber meinen plötzlichen Glaubenseifer nicht sehr ernst. Ich haßte ihn fast dafür. Er war ein reicher Kaufmann, dessen Verbindungen von Syrien bis in das Südreich Teman, von Ägypten bis zu den Parthern reichten. In den großen nabatäischen Handelsstädten entlang der Karawanenstraßen wachten seine Leute sorgsam darüber, daß sich in diesen unruhigen Zeiten keine räuberische Hand nach seinen Karawanen und Gütern ausstreckte. Meine älteren Brüder, Söhne seiner ersten, lang verstorbenen nabatäischen Frau, kümmerten sich ebenfalls um die Geschäfte unseres Hauses. Ich weigerte mich rundweg, ihnen nachzueifern und das Kaufmannshandwerk zu erlernen. „Aber was willst du denn tun?“ fragte mich mein Vater bekümmert. „Ich bin Jude und will Jude sein“, antwortete ich. Mein Vater war gütig und klug genug, um mir nicht mit Zwang zu begegnen. Im Gegenteil: als ich alt genug war, ließ er mich mit zwei besonders vertrauenswürdigen Bedienten nach Jeruschalajim ziehen. Wie einen Prinzen staffierte er mich aus, versah mich mit Empfehlungsschreiben an seine Handelsfreunde und gab mir so viel Silber für das Pessachlamm, daß ich ein ganzes Jahr lang jeden Schabbat ein Lamm hätte opfern können. Zum Dank schlug ich es ihm aus der Hand. „Dein unreines Silber nehme ich nicht, das du mit Du-Schara gewonnen hast.“ Und dann schleuderte ich ihm meine Verachtung ins Gesicht und sagte mich von ihm los.
Seitdem sind mehr als zehn Jahre vergangen. Aber in diesen schlaflosen Nächten steigt immer wieder das Gesicht meines Vaters vor mir auf. In seinen Augen das Staunen, das Nichtbegreifenkönnen, dann der Schmerz. Keine Wut, keine Schläge, nur der Schmerz – und mir bricht der Schweiß aus. Habe ich so etwas gesagt, so etwas getan? Damals hat mich sein Schmerz ungerührt gelassen. Nur das Bild ist geblieben, und dieses Bild peinigt mich nun – zehn Jahre nachdem dies geschehen ist – und mehr als vier Jahre nach dem Tod meines Vaters.
Meine Mutter, die mir die Sehnsucht nach Jeruschalajim eingepflanzt hatte, hatte gehofft, daß ich sie auf diese Reise mitnehmen würde. Wie oft hatte sie davon geträumt, einmal wieder das Land ihrer Väter und die heilige Stadt Jeruschalajim zu sehen. Ich ließ sie zurück. Ich

war jung, ich war ein Mann – ich wollte dem Herrn dienen und ihm nicht am Schürzenbändel einer alten Frau entgegentreten. Am Ziel meiner Wünsche angelangt, versprach ich ihr in jedem Brief, sie bald zu holen und in die heilige Stadt zu geleiten. Die Jahre vergingen, und eines Tages löste sich mein Versprechen in Staub auf, so wie sich der Leib meiner Mutter in Staub auflösen wird, jetzt da sie gestorben ist. Bis zu ihrem Tod hatte sie gewartet und gehofft, daß der Sohn sie zum heiligen Tempel führen würde. Immer wurde sie enttäuscht. Dann hob der Tod mein Versprechen auf und machte ihren Enttäuschungen ein Ende.

Erst heute frage ich mich, wieso meine Mutter an einen Nabatäer und Goj verheiratet wurde. Meine Mutter hat nie darüber gesprochen. Auch nicht über ihre eigene Familie und Herkunft. Jüdische Eltern aus gutem Haus geben ihre Töchter nicht in eine heidnische Familie. Selbst wenn sich der Bräutigam bereit erklärt, Jude zu werden und sich beschneiden zu lassen, verweigern sie für gewöhnlich die Zustimmung. Es war wohl der Reichtum meines Vaters, der alle Hindernisse und Bedenken überwand. Aber kaum war er in das heimatliche Sela zurückgekehrt, war er wieder seinen alten Göttern verfallen. Vielleicht konnte er die Vorstellung von einem unsichtbaren, strengen Gott nicht ertragen. Vielleicht hielten ihm die Verwandten und Nachbarn vor, daß er um einer schönen Frau willen seinen Glauben und seine Götter verraten hatte. Ich glaube nicht, daß meine Mutter es je verwunden hat, daß mein Vater vom Herrn abgefallen ist. Dies muß der Grund gewesen sein, daß ihr ehemals schönes Gesicht herb und verschlossen wurde und ihr ganzes Wesen so streng und kühl, wie ich sie nur gekannt habe. Sie war nicht unfreundlich zu meinem Vater – aber ich merkte doch, daß es ihr lieber war, wenn er ging, als wenn er kam.

Der nächste, den ich enttäuschte und verriet, war Schim'on ben Ahasja. Voller Hoffnungen und als demütiger Schüler war ich zu ihm und der Gemeinschaft von Qimron HaSchamajim gezogen. Nachdem ich meine Eltern und das rosenrote Sela verlassen hatte, wurde ich zunächst Schüler von einem gewissen Rav Elieser ben Nachum, der in Tveriah am Kinneret-Meer, dem römischen Tiberias, lehrte. Er war ein frommer und gerechter Parusch, freundlich und sanft in seinem Wesen. Er erinnerte mich an meinen Vater. Vielleicht zweifelte ich allein deshalb an ihm. In meinen Augen legte er das Gesetz viel zu sanft und nachgiebig aus – besser geeignet für Frauen und Kinder, denen man die ganze Härte der Gebote nicht auferlegen kann. Aber so billig wollte ich mich vor dem Herrn nicht davonstehlen. Ich brannte darauf, die volle Schärfe seiner Gesetze zu spüren, um zu der Schar der Gerechten zu zählen. Ich lernte darum voll Eifer die Regeln der Torah und Halacha und bedrängte den Rav mit meinen Fragen. Die anderen Schüler zogen mich wegen meiner nabatäischen Herkunft oft als Heiden auf. Aber während ich mich in Sela selbst abgesondert hatte, wurde ich hier von den anderen ausgeschlossen. Es tat weh und machte mich wütend. Es stachelte mich nur noch mehr an, alle Gebote und Vorschriften peinlichst genau zu befolgen – gründlicher und genauer als selbst Rav Elieser, der mir immer weichlicher und nachlässiger erschien. Da hörte ich von der Gemeinschaft von Qimron HaSchamajim am Salzmeer, einer kleinen Gruppe, den Söhnen Zadoks nahestehend.

Ihnen ging es nicht nur darum, die Gesetze des Herrn auszulegen und seinen Geboten zu folgen – sie stellten ihr ganzes Leben in den Dienst des Herrn und versuchten mit aller Strenge, ein reines und heiliges Leben zu führen. Sie redeten nicht nur, sie handelten! Während die Zedokijim die Worte der Torah noch drehten und wendeten, während die Pruschim noch die Auslegung des einen berühmten Ravs mit der eines anderen, ebenso berühmten Ravs verglichen, setzten sie die Worte des Herrn in die Tat um! Sie strebten danach, ihre Seele zu läutern, um am Ende aller Tage nicht als Sünder in die kalten Tiefen des Sche'ol verbannt zu werden, sondern als Söhne des Lichts vor dem Herrn zu bestehen. Alles in ihrem Leben – ihr Denken, Handeln und Fühlen und sogar die Dinge um sie herum – mußte darum schon jetzt rein und makellos werden. Sie trugen nur weiße Kleider und wurden darum im Volk die 'Weißen Brüder' genannt.

Sie entsagten allem, was die Reinheit der Seele gefährden konnte. Darum enthielten sie sich aller leiblichen Genüsse und versuchten, frei von Begierden und Lüsten der Sinne zu werden. Sie verachteten Reichtum und Besitz und lehnten auch die Ehe ab. Selbst den Umgang mit Frauen mieden sie. Sie lebten in inniger Gemeinschaft und halfen sich gegenseitig im Dienste des Herrn. Die Güter teilten sie untereinander auf. Sie verwarfen jede Regung, die zu Mißgunst, Streit und Haß führen konnte. Angesichts des Unfriedens überall im Lande zog mich ihre Lehre magisch wie ein klarer, reiner Ton an.

Ich verließ Rav Elieser ben Nachum und zog am Jarden entlang zu der kleinen Siedlung der Weißen Brüder am Westufer des Salzmeeres. Bei ihnen fand ich, was ich suchte – zunächst jedenfalls. Sie lebten tatsächlich in strengster Armut und Askese. Jedes selbstsüchtige Begehren wurde unbarmherzig bekämpft. Das galt für die Gelüste des Leibes, aber auch für die Gelüste nach Macht oder Besitz. Der Geist stillen Friedens und Ehrfurcht vor dem Herrn lag über der Gemeinschaft – so klar und rein wie der Himmel in der Wüstenluft. Wenige

Tage nach meiner Ankunft bat ich um Aufnahme und ließ mich in die Aufgaben und Gemeinschaftsdienste des Probejahres einweisen. Von der Gemeinschaft erhielt ich alles, was ich zum Leben brauchte. Die Gemeinschaft sorgte auch für Waisenkinder und die Armen aus der Umgebung, die nur zu froh waren, eine volle Schüssel am Tag zu erhalten. Vorsteher der Brüder war Schim'on ben Ahasja, ein strenger und gerechter Rav, dem die Anstrengungen der Enthaltsamkeit und Bedürfnislosigkeit tiefe Falten ins Gesicht gegraben hatten. Er war groß und hager, von dem unbeugsamen Willen beseelt, dem Herrn mit seiner ganzen Kraft zu dienen. Wenn er zu den Brüdern trat, erstarrten sie in Furcht. Er tadelte nicht mit Worten – ein Blick genügte, und ihnen stand überdeutlich vor Augen, welche Regel sie gerade übersehen, vergessen oder übertreten hatten. Dieser furchterregende Mann war mir gerade recht.

Mit Feuereifer begann ich das Jahr der Probe. Ich fürchtete mich nicht vor Schim'on ben Ahasja – mit seinem durchdringenden Blick, mit seinen seltenen Ermahnungen verhalf er mir doch zu einem vollkommeneren und gottgefälligeren Dasein. Ohne Mühe bestand ich das Probejahr, wurde getauft und in die Gemeinschaft aufgenommen. Nach weiteren zwei Jahren gehörte ich zum Kreis der voll verantwortlichen Mitglieder. Schim'on ben Ahasja war zu mir genauso streng wie zu den anderen – vielleicht sogar strenger. Im Laufe der Zeit lud er mir mehr Verantwortung auf als den anderen Brüdern. Ich spürte, daß er etwas mit mir vorhatte. Eines Tages bekannte er mir seine Absichten: Ich sollte, so jung wie ich noch war, sein Nachfolger werden, wenn der Herr ihn eines Tages zu sich berief. „Du hast das rechte Feuer und den rechten Geist", sagte er. „Du wirst nicht nachlassen und nicht müde werden, wie ich es so oft bei anderen erlebt habe. Wir streben zwar alle danach, am Ende aller Tage zu den Söhnen des Lichts gezählt und nicht verworfen zu werden. Aber der Weg dorthin ist mühevoll und voller Dornen und Steine. Viele verlieren ganz den Mut, die anderen reiben sich im Kampf gegen ihre sündigen Triebe und Begierden auf, so daß ihnen keine Kraft mehr bleibt. Einzig bei dir sehe ich kein Nachlassen, keine Müdigkeit, kein Aufgezehrtwerden. Dein Feuer, deine Beharrlichkeit, deine Geistesschärfe sind so groß, daß du die Müdegewordenen weiterziehen kannst."

Als er mich entlassen hatte, verspürte ich zum ersten Mal Furcht. Ich fürchtete mich vor der großen Aufgabe und vor der Verantwortung – und noch mehr fürchtete ich mich vor dem Stachel des Stolzes, der sein Haupt zu regen begann. Ich hatte aber schon so viel Selbstbeherrschung gelernt, daß ich meine Aufgeregtheit, meine Ängste und

Überheblichkeit bald abstreifen konnte und meine innere Ruhe wiederfand.
Draußen wird es hell. Ich habe die ganze Nacht durchgeschrieben, ohne daß ich merkte, wie die Stunden vergingen. Statt von Mirjam zu schreiben habe ich fast nur von mir geredet. Aber hätte ich denn je Mirjam Beachtung geschenkt ohne diese Verwirrung, ohne die Geschichte meiner Verzweiflung? Hätte ich nicht wie alle anderen auch nur über die 'verrückte Mirjam' gespöttelt und nicht weiter über sie nachgedacht? Die Leute in Jericho machten kein Hehl daraus, was sie von meiner Gastgeberin hielten, wenn ich auf meinen Streifzügen mit ihnen ins Gespräch kam. Erzählte ich nach dem üblichen Woher und Wohin von dem Überfall und meiner Rettung, brachen sie in heiter nachsichtiges Lachen aus: „Ach, die verrückte Mirjam! Da hast du aber Glück gehabt!" Sie gönnten mir von Herzen meine Rettung, aber anstatt in meinen Dank einzufallen und Mirjams Tat geziemend zu würdigen, lachten sie nur. Sie lachten über alles, was Mirjam tat – sie verschwendeten keinen Gedanken daran, ob ihr Tun vielleicht gut, sinnvoll oder vernünftig war. Was Mirjam auch tat – für die Leute war es bizarr, ausgefallen, überspannt und in jedem Fall höchst lächerlich. Sie erzählten mir 'Mirjam-Geschichten' und lachten sich dabei Tränen in die Augen. Mir, der ich Mirjams klugen Blick kannte und ihre Hilfe und Freundlichkeit erfahren hatte, blieb das Lachen im Hals stecken. Sicher waren die Geschichten großenteils entstellt, übertrieben oder sogar erfunden. Wenn ein Mensch in seinem Tun und Treiben einmal aus dem Rahmen fällt oder nur ungewohnte, fremdartige Ansichten äußert, dann unterstellt man ihm dies leicht auch in allen anderen Dingen. Alles was er tut, erhält das Siegel des Absonderlichen und Abwegigen, mag es noch so vernünftig und sinnvoll sein.
Aber über Mirjam und ihre 'Wunderlichkeiten' will ich das nächste Mal schreiben. Ich bin müde geworden. Meine Augen brennen, meine Hand zittert und gehorcht mir nicht mehr. Vielleicht bringt der Schlaf Erfrischung.

## 2. Kapitel: Unrein

Ich fing an, ernsthaft über Mirjam nachzudenken, als das Unglück mit dem Hund geschah. Es war Schabbatbeginn, und Jehuda und ich waren unterwegs zum Beit HaKnesset, während die Frauen zu Hause das Schabbatmahl vorbereiteten. Jerichos Beit HaKnesset ist ein großes, schönes Gebäude in griechischem Stil. Säulen aus weißem Marmor tragen das Eingangsportal, und auch die Einrichtung im Innern verrät mit jeder Einzelheit den Reichtum der Gemeinde. Als wir uns dem Marktplatz näherten, an dessen Ende das Beit HaKnesset gelegen ist, hörten wir schon von weitem ein ungewohntes, dumpfes Lärmen. Wir fanden den Platz voll von Menschen. Wütend schreiende Juden reckten ihre Fäuste wild und drohend zum Himmel und erinnerten in nichts an die ernsten und würdevollen Männer, die sich sonst leise miteinander murmelnd vor dem Gebetshaus zusammenfinden. Am Vorschabbat war es nicht einmal den Jungen gestattet, herumzutoben oder sich in irgendeiner Weise laut und auffällig zu betragen – und nun schäumten und rasten würdige alte Männer mit weißen Haaren unter ihrem Tallit wie blutgierige Krieger vor der Schlacht.

'Unrein, unrein' war alles, was wir aus dem wirren Gebrüll verstehen konnten. Dann aber gelang es Jehuda, ein paar Wortfetzen hier, ein paar Satzbrocken da aufzufangen.

„Ein kleiner römischer Junge hat einen toten Hund in das Beit HaKnesset gebracht", schrie er mir entsetzt zu. „Wir müssen verhindern, daß sie ihn steinigen, sonst gibt es ein Blutbad!" „Es ist der Sohn des Stadtkommandanten!" brüllte einer neben mir mit wutverzerrtem Gesicht. „Jetzt kämpfen sie schon mit Kindern gegen uns, diese Götzenanbeter und Schweinefresser!" Und aller Haß gegen die Römer richtete sich auf das römische Heidenkind, das gewagt hatte, das Bethaus mit einem Hundekadaver zu entweihen. Ich spürte, wie die allgemeine Empörung auch mich packte, wie das Blut hitzig in meinen Adern pochte und mein Zorn aufloderte. Ich wurde eins mit der aufgewühlten, nach dem Tod des Frevlers brüllenden Menge. Dieser Frevler, auch wenn es noch ein Kind war, mußte sterben. Aber Jehuda hatte recht: Wenn dem Jungen etwas geschah, wäre die Vergeltung der Römer fürchterlich.

„Ich muß Mutter holen", schrie Jehuda und rannte los. Selbst in dem heiligen Zorn, der jetzt in mir kochte, mußte ich über diesen halberwachsenen Knaben lachen, dem nichts anderes einfiel, als zu seiner Mutter zu laufen. Er war schon genauso verrückt wie Mirjam selbst. Alle römischen Soldaten Jerichos würden das Kind nicht schützen können – was sollte da eine alte zahnlose Frau ausrichten! Ein Heidenkind mit einem toten Hund im Beit HaKnesset, noch dazu am Schabbat! Es war ungeheuerlich! Einer schrie mir die Einzelheiten ins Ohr: Ein scheuendes Pferd hatte den Hund des kleinen Marcellus Cassius getreten und schwer verletzt. Das verschreckte Tier hatte sich durch die geöffneten Tore ins Innere des Beit HaKnesset geflüchtet, und der Junge war ihm nachgerannt und hatte seinen Hund tot in einer Ecke gefunden. Als er sich mit dem Kadaver in den Armen aus dem Gebäude schleichen wollte, war er von einem Diener entdeckt worden. Dessen gellende Entsetzensschreie hatten den Aufruhr verursacht und die vor dem Beit HaKnesset versammelten Menschen in einen nach Blut und Rache brüllenden Haufen verwandelt.

Jehuda kam mit Mirjam im Gefolge zurück. Sie lief an mir vorüber, ohne mich zu sehen. Ihre Miene zeigte Sorge, aber keine Verzweiflung. Im Gegenteil: Sie machte den entschlossenen Eindruck, als könnte und würde sie das drohende Unheil abwenden. Und das Merkwürdige war, daß ich mit einem Mal glaubte, daß es ihr gelingen könnte – aber wie sie es anstellen wollte, überstieg meine Vorstellungskraft. Sie zwängte sich durch die Menschentraube vor dem Portal des Beit HaKnesset, und ich verlor sie aus den Augen. Der Tumult nahm noch zu. Vom Lärm angelockt, strömten Neugierige in Scharen herbei. Kaum hörten sie von der Schändung des Gebetshauses durch einen toten römischen Köter, wurden sie eins mit der tobenden Menge.

„Tod dem Frevler! – Tod dem Frevler!" Das wilde Wutgeheul hatte sich zu einem dumpf-rhythmischen Chor vereinigt. Jüngere Männer hoben schon Steine auf. Jeden Moment konnte sich der geballte Zorn in Aufruhr und Gewalt entladen. Noch gefährlicher wurde die Situation, als sich am anderen Ausgang des Platzes die schimmernden Rüstungen römischer Soldaten zeigten. Aber auch die Römer warteten noch ab. Der Sohn des Stadtkommandanten war in der Hand der aufgebrachten Juden. Wenn sie jetzt gegen die tobenden Menschen einschritten, war sein Leben verloren.

Plötzlich ging ein Raunen durch die Menge. Der Gemeindevorsteher zeigte sich am offenen Fenster im Obergeschoß des Beit HaKnesset und gab Zeichen, daß er sprechen wollte. Es wurde still. Ich stand zu weit ab, um irgend etwas hören, geschweige denn verstehen zu können. Aber dann hob der Vorsteher einen Hund hoch, der heftig strampelte und zu bellen anfing. „Er lebt – er ist gar nicht tot!" Der Hund lebte, und das Beit HaKnesset war nicht unrein geworden! Von irgendwoher hörte man helles Lachen – und dann lachten die Menschen. So wie sie eben noch vor Wut und Empörung gebrüllt hatten, schrien sie jetzt wie irrsinnig vor Lachen, klopften sich gegenseitig auf die Schultern und japsten nach Atem. Dann begannen sie zu tanzen. Ich lachte und tanzte mit. Es war die große Erleichterung, dem drohenden Gemetzel gerade noch entronnen zu sein. Denn hinter aller Wut, hinter all den verwegenen Drohgesten hatte auch die Angst vor der Vergeltung der Römer gelauert. Der Vorsteher sprach ein kurzes

Dankgebet und schickte uns nach Hause. Unsere Herzen seien viel zu aufgeregt, um in der nötigen Ruhe und Sammlung das Wort des Herrn zu hören. Vor Mirjams Haustor traf ich Jehuda und seine Mutter. Wir freuten uns alle, daß der Vorfall ein so harmloses und friedliches Ende gefunden hatte.
Am nächsten Morgen – ich war gerade von meinem Spaziergang zurückgekehrt und saß mit Jehuda und Mirjam im Innenhof, wo es noch angenehm kühl war – kündigte sich durch lautes Pochen an der Haustür Besuch an. Ich traute meinen Augen nicht, als ich den römischen Stadtkommandanten Publius Marcellus Cassius, eskortiert von seinem Adjutanten, eintreten sah. Ich bin kein Mann des Schwerts – aber meine Augen suchten nach einer Waffe. Der offizielle Besuch eines Römers konnte nichts Gutes bedeuten.
Dann sah ich erstaunt, wie Marcellus Cassius sich ehrerbietig vor Mirjam verneigte und ein paar freundliche Worte an Jehuda richtete. Auch ich wurde mit einem Gruß bedacht. Cassius erschien mir unglaublich jung. Einen Stadtkommandanten stellte ich mir unwillkürlich als einen älteren, gesetzten Mann mit grauen Haaren vor. Cassius aber war sogar jünger als ich – fünfundzwanzig Jahre vielleicht. Die Römer geben ihren jungen Leuten schon früh große Verantwortung. Liegt darin ihr Erfolg begründet, daß sie zu Herrschern über alle anderen Völker geworden sind? Trotz seiner Jugend ließen Gesicht und Haltung nichts von der Offenheit und Unbestimmtheit unserer jungen Männer erkennen, sondern strahlte die ruhige, sichere Willenskraft und Selbstbeherrschung aus, wie sie bei uns erst die Erfahrung eines langen Lebens bringt. Sein straffer Körper verriet, daß er viele Stunden des Tages im Gymnasion verbringen mußte. Auch sein Adjutant zeigte die gleiche äußere Glätte und Beherrschtheit, obwohl er noch jünger als der Kommandant war.
„Ich bin gekommen, um dir für das Leben meines Sohnes zu danken", begann Marcellus Cassius. Er sprach mit Wärme und wirklich empfundener Dankbarkeit. „Er hat mir alles erzählt. Ohne dein Eingreifen wäre dieser Tag zu einem Trauertag für mich und alle Einwohner dieser Stadt geworden – besonders für die Juden."
Erst jetzt erfuhr ich, was tatsächlich geschehen war. Mirjam kannte den kleinen Gnaeus Marcellus Cassius und auch seinen Hund. Sie schien alle Kinder und Tiere Jerichos zu kennen. Als Jehuda gestern abend zu ihr gestürzt kam, hatte sie sich einen Hund aus dem Zwinger im Hof geschnappt, der dem Spielgefährten des Gnaeus sehr ähnlich sah, hatte ihn unter ihrem weiten Gewand versteckt und war losgerannt. Das drohende Blutvergießen vor Augen hatte sie sich durch die Menge zum Beit HaKnesset gekämpft, bis sie im Innern

des Gebäudes den Jungen und seinen toten Hund in den Händen der Knessetdiener gefunden hatte. „Ich will den Hund sehen – vielleicht ist er gar nicht tot. Vielleicht kann ich helfen", hatte sie gerufen, und man hatte ihr Platz gemacht. Alle wußten, daß die verrückte Mirjam in der Heilkunde wohl bewandert war. Bei der Untersuchung des Hundes gelang es ihr, beide Tiere miteinander zu vertauschen. Mit rotem Farbstoff und Ruß färbte sie das lebendige Tier, bis es dem toten Vorbild glich. Dann verkündete sie, daß der Hund noch lebe, und hob den zappelnden Beweis hoch.

Ich war entsetzt. Sie hatte mit einem Gaukelspiel den Vorsteher, die Ältesten des Beit HaKnesset und uns alle auf dem Vorplatz getäuscht. Sicher, sie hatte ein Blutbad verhindert – aber das Beit HaKnesset war geschändet und unrein geworden, und niemand außer uns wußte davon. Am Schabbatmorgen war in dem entweihten Gebäude gebetet worden, ohne daß Reinigungszeremonien stattgefunden hatten. Die heiligen Gebete, die Anrufung des Herrn in einem unreinen Beit HaKnesset! Ich spürte, wie Mirjams Blick auf mir ruhte. Sie schien zu verstehen, welcher Kampf in mir tobte. Sie sagte nichts – und wartete ruhig ab, was ich tun würde. Marcellus Cassius hatte von alldem nichts bemerkt und gab Höflichkeiten von sich. Er bewunderte den blühenden Innenhof und fragte Jehuda nach seinen Zielen und Plänen. Ich konnte nichts sagen, nichts tun. Ich glaube, ich wollte es auch nicht. Mirjam hatte das einzig Richtige getan. Und das Beit HaKnesset würde wieder rein werden. Dafür wollte ich sorgen. Vielleicht hatte sich Mirjam auch selbst schon darum gekümmert.

„Ich möchte mich gerne erkenntlich zeigen", hörte ich Marcellus Cassius sagen. „Nenne mir einen Wunsch – und ich werde ihn erfüllen." Da sprach der stolze Römer, der einer Jüdin zu nichts verpflichtet sein wollte – nicht mehr nur der dankbare Vater.

„Du schuldest mir nichts", entgegnete Mirjam, gar nicht hochmütig, aber sehr ruhig und sicher. „Ich hätte es für jeden getan."

Marcellus Cassius mußte schlucken – sein Sohn war nicht jedermann. Ich hätte Mirjam in diesem Moment vor Freude und Bewunderung umarmen können. Alle Juden im Land haßten die Römer, aber wenn sich ein Vorteil von Römerhand bot, schwand bei vielen der Haß schneller als der Tau in der Morgensonne.

„Es muß doch etwas geben, das du gerne hättest oder was dir Freude bereiten kann. Sag mir deinen Wunsch – und wenn es in meiner Macht steht, werde ich ihn erfüllen."

„Ich habe keinen Wunsch, den du mir erfüllen könntest", sagte Mirjam. „Wir sind gesund, wir haben genug zu essen, und die Steuern können wir auch zahlen. Mehr bedarf es nicht." Sie sagte es ganz schlicht –

nicht der Funke einer Herausforderung lag in ihrer Stimme. Marcellus Cassius mußte einsehen, daß er bei dieser Frau auf Granit biß. Ihre aufrechte Haltung, das einfache Gewand, das sie trug, die klare, schmucklose Ausstattung des Hauses verlieh ihren Worten Würde und Wahrhaftigkeit.

„Ich sehe, du bist durch nichts zu bewegen“, ergriff er wieder das Wort. „Ich achte dich um so mehr für deine Tat.“ Es schwang wirklich Hochachtung in seiner Stimme. „Aber wenn du irgendeinmal Hilfe brauchst, so gib mir Nachricht.“

Er erhob sich zum Aufbruch. „Vielleicht gibt es doch etwas, um das ich dich bitten möchte“, sagte Mirjam mitten in seine Abschiedsworte.

„Ja?“ Er dehnte die Silbe fragend in die Luft, als spüre er den Fisch an der Angel und wollte ihn noch eine Weile zappeln lassen.

„Ich gehe gerne vor die Stadt, um wilde Kräuter und Pflanzen zu sammeln, die ich für meine Arzneien brauche. Deine Soldaten verwehren mir oft den Weg. Sie halten mich wohl für eine Spionin oder für einen Kurier der Räuberbanden. Bitte weise sie doch an, daß ich mich ungehindert bewegen darf. Hier in Jericho weiß jedermann, daß ich mich um die Kranken kümmere. Du kannst dich überall erkundigen.“

„Auch wir Römer wissen, daß du eine gute Ärztin bist“, antwortete Marcellus Cassius gefaßt, obwohl er mit dieser Bitte bestimmt nicht gerechnet hatte. „Es ist uns bekannt, daß du dich um die Kranken und Hilflosen kümmerst.“ Er räusperte sich. „Wenn meine Soldaten dich behindert haben, dann nur, weil sie um deine Sicherheit besorgt sind. Es gibt viel räuberisches Gesindel in dieser Gegend – dein Gast kann ein Lied davon singen.“

„Ihr wißt von mir?“ fiel ich überrascht ein.

„Wir wissen gern alles über die Fremden, die sich länger in unserer Stadt aufhalten“, sagte er freundlich herablassend.

„Die Räuber tun mir nichts, sie kennen mich“, ergriff wieder Mirjam das Wort und lachte etwas dabei. „Ich habe nämlich auch einige von ihnen geheilt.“

Marcellus Cassius fuhr auf. „Du hilfst diesem Räuberpack?“

„Ich helfe kranken Menschen und solchen, die in Not sind. Ich habe auch einem kleinen Römerjungen geholfen, der fast gesteinigt worden wäre, weil er unser Beit HaKnesset entweiht hat.“

„Ich werde den Befehl ausgeben, daß man dich gehen läßt, wohin du willst – auf deine eigene Gefahr. Du bist eine mutige Frau.“

„Ich danke dir, Kommandant – und grüße mir deinen Jungen. Würdest du ihm bitte ausrichten, daß Ketani, wie er bei mir hieß, es ganz besonders liebt, wenn man ihn unter dem Kinn krault? Außerdem frißt er gerne Innereien – und hinterher braucht er dann eine gute Portion Gras für seine Verdauung."

„Ich werde es ausrichten", sagte Marcellus Cassius und verzog den Mund zu einem Lächeln.

Nachdem wir den Kommandanten und seinen Adjutanten mit aller Ehrerbietung zur Tür begleitet hatten, blieben wir für eine ganze Weile schweigend zurück. Dann blickte mich Mirjam an.

„Ich mußte etwas tun", sagte sie. „Es war die einzige Lösung, die mir einfiel. Wirst du schweigen?"

Ich nickte. „Es fällt mir schwer, denn es ist furchtbar, was du getan hast. Aber es war der einzige Weg, um viele jüdische Menschenleben zu retten."

„Und ein römisches Kind."

„Du hast doch nicht das Beit HaKnesset unrein und entweiht gelassen, nur um einem römischen Heidenjungen das Leben zu retten!"

„Doch – und auch, um das Vergießen von jüdischem Blut zu verhindern. Aber Blut ist Blut, und Menschenleben ist Menschenleben. Ich frage nicht danach, ob es sich um einen Juden oder einen Römer handelt."

„Aber ..."

„Ich habe auch dich gerettet, obwohl ich deiner nackten Haut nicht ansah, ob sie jüdisch oder römisch war. Es gibt auch beschnittene Heiden..."

Ich konnte nichts mehr sagen und entgegnen. Ihre Worte hatten mich wie Pfeile getroffen. „Bitte entschuldige mich." Ich mußte mich zurückziehen.

Es war, als hätte sie in mein Herz gesehen und meinen Vater darin entdeckt. Meinen Vater, der ein Heide, ein Anbeter Du-Scharas war, mein Vater, der sich hatte beschneiden lassen um einer schönen Jüdin willen, die er zur Frau wollte. Mirjam hätte auch ihn gerettet. Selbst er wäre ihr wichtiger gewesen als die Reinheit des Beit HaKnesset, daran zweifelte ich keinen Augenblick.

In meiner kleinen Kammer wanderte ich wie ein wildes Tier hinter Gittern auf und ab. Ich fand keine Ruhe. Was waren für die kluge und hilfsbereite Mirjam die Gesetze unseres Glaubens, die Gesetze unserer Väter? Sie schien einem anderen Gesetz zu folgen und dieses höher zu stellen als die Gebote des Herrn. Gab sie sich etwa ihre eigenen Gesetze? Gesetze, die kein frommer Jude billigen oder auch nur hinnehmen konnte?

Ich hatte ja selbst schon die Gesetze und Gebote des Herrn gebrochen, als ich Qimron HaSchamajim und die Gemeinschaft der Weißen Brüder verließ. Es war nicht nur wegen Schoschana und meiner Liebe zu ihr – es war auch meines Vaters wegen, dessen schmerzerfüllte Augen mich aus dem Dunkel anblickten, wenn wir zum Herrn beteten und ihm dafür dankten, daß wir am ewigen Leben teilhatten. Und wieder fragten mich seine Augen – 'gilt dies wirklich nur für die Juden, das auserwählte Volk, und nicht für alle Menschen, die sich bemühen, Gutes zu tun?'

„Du bist von dem Herrn abgefallen und hast dich vor Du-Schara in den Staub geworfen! Du bist ein Abtrünniger. Deine Seele ist darum dem Sche'ol verfallen. Warum hast du den Herrn verleugnet?"

„Ich war schwach. Es ist so schwer, dem Herrn zu folgen, wenn all meine Nachbarn und Freunde Du-Schara anbeten, der ja auch der Gott meiner Väter und Vorfahren ist! Ich hätte nicht mehr zu ihnen gehört."

„Du hättest ja Sela verlassen und dich im heiligen Land niederlassen können."

„Und meine Geschäfte im Stich lassen? Wovon hätte ich dich, deine Brüder und deine Mutter ernähren sollen? Wie hätte ich ein neues Handelshaus in Judäa eröffnen können, wo schon die Juden unter den Steuern der Römer jammern und seufzen?"

„Wer dem Herrn vertraut, den wird er den rechten Weg führen. Es wird ihm nichts mangeln."

So versuchte ich immer, das Bild meines Vaters wegzuschieben. Aber ich kam mir jämmerlich dabei vor – hartherzig und selbstgerecht. Es wäre viel leichter gewesen, wenn er hart und ungerecht zu seinen Kindern und den Dienern gewesen wäre, lieblos und tyrannisch zu meiner Mutter, geizig gegenüber den Armen und falsch und betrügerisch gegenüber seinen Handelsfreunden. Mit welcher Genugtuung hätte ich ihm all seine Laster vorgeworfen und den Zorn des Herrn herabbeschworen! Wie hätte ich ihm die ewige Verdammnis seiner Seele vor Augen gemalt! Aber es quälte mich, ihn, einen gütigen, nachsichtigen und mildherzigen Vater, der nur ein wenig zu schwach war, der Macht der Finsternis anheimgegeben zu wissen.

Ich zweifelte an mir – und irgendwann zweifelte ich an dem Herrn und seinen Geboten. Jedes Mal, wenn wir seine Güte und Barmherzigkeit priesen, fügte ich unwillkürlich hinzu: 'Aber nicht für meinen Vater und die Ungläubigen.' Denn was Güte und Barmherzigkeit wahrhaft bedeuteten, hatte mich mein Vater gelehrt. Mein Vater fragte nicht danach, ob der andere sein Wohlwollen verdiente, ob seine Großzügigkeit und Freigebigkeit nicht vielleicht ausgenutzt oder verspottet würden. Er trat dem schlimmsten Halunken vertrauensvoll entgegen – und wenn der ihn zweimal hereinlegte, so bezwang er ihn beim dritten Mal mit seiner Freundlichkeit und seinem unerschütterlichen Vertrauen. Er verdammte niemanden. Und weil er an das Gute im Menschen glaubte, weckte er es, und die Menschen liebten ihn. Insgeheim wünschte ich manchmal, der Herr möge etwas mehr von der großherzigen Güte und Nachsicht meines Vaters aufweisen. In Qimron hatte ich solche Gedanken schnell und schuldbewußt abgewürgt. Der Herr hatte uns doch seine Gebote zur Reinigung und Läuterung geschenkt, damit wir, sein Volk, am Tag aller Tage rein und gerecht vor sein Gericht treten konnten! Wer kein Sohn des Bundes war, wer sogar – wie mein Vater – dem Bund abtrünnig geworden war, hatte keinen Teil an der ewigen Welt. Der Tod würde ihn auslöschen und seine Spuren auf ewig tilgen – so wie das Strafgericht des Herrn die gottlosen Bewohner von Sdom und Amorah für alle Zeit ins Sche'ol verbannt hatte.

In Mirjam begegnete ich – seit ich Sela verlassen hatte – zum ersten Mal einem Menschen, der ähnlich gütig und mildherzig wie mein Vater war, ohne deswegen feig und unterwürfig zu sein. Ich begriff es erst jetzt: Sie machte wie er keinen Unterschied zwischen den Religionen und ihren Anhängern. Aber während mein Vater mit diesem frevelhaften Gleichsetzen – denn frevelhaft war es, den lebendigen Gott mit Götzen gleichzusetzen – seine Nachgiebigkeit und Schwäche entschuldigte, entsprang Mirjams unterschiedsloses Helfen einer inneren Überzeugung, ja einer Gewißheit – auch wenn ich nicht wußte, worauf diese Gewißheit beruhte. Und während ich meinem Vater, wenn er so sprach, voller Verachtung und Zorn ins Gesicht gelacht hatte, nötigte mir Mirjams Handeln Respekt ab und verstärkte mein heimliches Rechten mit dem Herrn. Mein Vater hätte um den kleinen Sohn des Kommandanten geweint, weil er ein mitleidiges Herz hatte. Aber nie wäre er ihm zu Hilfe gekommen wie Mirjam. Er hätte den Geboten nicht zu trotzen gewagt. Mein Vater war wie das schwache Gras, das im Winde zittert und sich wie alle anderen Gräser neben ihm demütig in jede Richtung neigt, wohin der Wind es drückt. Mirjam dagegen zitterte und beugte sich nicht. Wie ein hochgewachsener Baum, der tief in der Erde wurzelt, behauptete sie sich gegen alle Unwetter. Mochte der Sturm Blätter und Äste zausen – sie blieb aufrecht und unbeugsam stehen.

Und auch sonst waren die beiden so grundverschieden wie Honig und Fels. Das goldene Herz meines Vaters schimmerte aus jeder Pore. Er strahlte Freundlichkeit und Heiterkeit aus, so daß sich auch ein Fremder augenblicklich in seiner Gegenwart wohlfühlte – so wie sich mein Vater in der Gegenwart von Menschen am wohlsten fühlte. Aber wie zähflüssiger Honig waren seine Gedanken weich und formbar und paßten sich süß und willig jeder äußeren Form an. Was seine Freunde und Nachbarn dachten und glaubten, das wurde auch bald sein Denken und Glauben. Er beugte sich vor den Meinungen der Menschen und vergaß Gott darüber – erst seine nabatäischen Heidengötter, dann den Herrn selbst.

Mirjam war in ihrem Wesen viel spröder und kühler. Dem Fremden, dem sie half, näherte sie sich freundlich, aber ohne aufdringliche Vertraulichkeit. Sie gab nichts von sich preis. Während sie mich pflegte, hatte ich wohltuend gespürt, wie gut sie es mit mir meinte. Später, als wir uns nur noch bei Tische trafen, war sie viel zurückhaltender und verschlossener. Ihr kluger und manchmal spöttischer Blick, der uns manchmal wie aus der Ferne zu beobachten schien, erinnerte in nichts an die überströmende Herzlichkeit meines Vaters. Mein Vater liebte die Menschen – und um der Menschen willen wurde er schwach und verriet den Herrn. An Mirjam war nichts schwach. Sie lebte in Jericho als 'die verrückte Mirjam', und es schien ihr nichts auszumachen – höchstens zu belustigen. Wie ein Fels die aufschäumende Brandung ließ sie das Getuschel, das Gelächter und den Spott an sich abrinnen. Ihr war es völlig gleichgültig, was die Leute von ihr dachten. Offensichtlich schätzte sie die Meinung ihrer Mitmenschen nicht allzu hoch ein. Sie half und handelte, wie sie es selbst für richtig hielt, und trotzte damit den Menschen und sogar dem Herrn.

Ja, was mich an ihr so erschreckte, war nicht einmal so sehr, daß sie das Gesetz gebrochen und die Entweihung des Beit HaKnesset hingenommen hatte – ich selbst war doch ein Gesetzesbrecher und Verräter am Herrn –, was sie mir so unheimlich machte, war, daß ihr der Frevel nicht das geringste auszumachen schien. Und wer würde sich nicht entsetzen vor dem Grauen des Sche'ol, das den Gesetzesbrecher am Ende aller Tage erwartet? Während ich vor Angst und Schuld zitternd mit der Strenge des Herrn haderte, mißachtete sie kaltblütig seine Gebote, als ob der Herr über sie keine Macht hätte – er, der doch allmächtig ist!

Für mich stellte sich immer bohrender die Frage: Ist es frevelhaft, die Gebote des Herrn zu brechen? Und immer konnte ich darauf nur mit 'ja' antworten. Aber wenn ich mich dann fragte, ob das, was Mirjam getan hatte, falsch oder richtig war – so war die Antwort 'richtig'. Sie mißachtete die heiligen Gebote – und doch handelte sie richtig. Ich fragte mich nach der Quelle ihres Handelns. Irgendeiner inneren Richtschnur mußte sie doch folgen! Aber ich sah und erkannte nichts. Die Quelle ihres Tuns blieb mir verborgen und rätselhaft.

Was würde wohl Mirjam zu meiner Verbindung mit Schoschana sagen? So plötzlich wie der Gedanke aufkam, so schnell drängte es mich, ihr die verworrene Geschichte meiner Liebe und Ehe zu erzählen, die auch die Geschichte meines Verrats an den Weißen Brüdern und Schim'on ben Ahasja ist.

Es dauerte aber noch einige Zeit, die mir in meiner Ungeduld wie eine Ewigkeit vorkam, bis ich Gelegenheit fand, allein mit Mirjam zu sprechen. Am Tage, wenn sie sich den Kranken und Armen widmete, sah ich sie kaum, und bei ihren Verrichtungen im Haus wollte ich sie nicht stören. Abends, wenn wir mit dem noch kindlich-unschuldigen Jehuda zusammensaßen, war mir der Mund erst recht versiegelt. Der Zufall war es, der mir die ersehnte Gelegenheit schenkte – und in einer Weise, wie ich sie mir besser gar nicht hätte wünschen können.

Eines Morgens war ich unterwegs zu meinem Lieblingsplatz oben auf dem Berg mit dem Blick auf Jericho und die Senke des Salzmeeres, als ich eine Frau vor mir auf dem Weg sah. Unmut erfaßte mich. Es war mir nichts verhaßter, als in dieser erhabenen Stille durch das übliche nichtssagende Geplauder über das 'Woher und Wohin' gestört zu werden. Die Frau mußte meine Schritte gehört haben. Sie drehte sich um – es war Mirjam.

Sie kam mir lächelnd entgegen – fast übermütig. „Sie lassen mich jetzt wirklich frei umherstreifen", sagte sie zur Begrüßung. „Gehörst du auch zu denen, die die Stille hier draußen lieben?"

Ich nickte und beschrieb ihr den Platz mit der weiten Aussicht, den ich immer aufsuchte. Natürlich kannte sie ihn.

„Hast du etwas dagegen, wenn ich dich begleite?" fragte sie. „Ich war schon lange nicht mehr dort oben. Und jetzt, wo du die Aussicht erwähnst, habe ich große Lust, wieder hinaufzusteigen."

Es dauerte nicht lange, und wir hatten die Höhe des Berges erreicht, die sich flach und eben hinstreckte, als habe eine übermenschliche Hand den einstmals spitzen Gipfel wie mit einem Messer abgeschnitten. Wir saßen schweigend nebeneinander, und die Stille ergriff Besitz von uns. Irgendwann machte einer von uns eine Bemerkung, und wir fingen an, uns zu unterhalten.

„Du weißt, daß ich auch einmal zu denen von Qimron HaSchamajim gehörte", begann ich und deutete auf die Bergkette, die sich in steilem Bogen am Westufer des Salzmeeres hinzog. Und dann war es ganz einfach, ihr von Schoschana zu erzählen. Es war, als spräche ich zu den Bergen und als hörten die Berge mir zu.

„Sie war eine Waise und kam schon sehr jung zu den Weißen Brüdern. Vielleicht weißt du, daß sie elternlose Kinder aufnehmen und sie in den Gesetzen des Herrn unterweisen, damit auch sie am Tag aller Tage gerettet werden. Je früher sie im Wort des Herrn erzogen werden, um so leichter fällt es ihnen, seine Gebote zu befolgen. Und

wenn sie – wie in Qimron – fernab von allen verderblichen Einflüssen der Welt leben, haben auch die Sinnentriebe, wenn sie erwachen, nicht diese Macht ...“
Ich wußte, daß Mirjam sehr aufmerksam zuhörte, auch wenn sie still und reglos neben mir saß. Ich sprach weiter.
„Schoschana war schon einige Jahre bei uns, ohne daß sie mir aufgefallen wäre. Ich kümmerte mich nicht um die Zöglinge, schon gar nicht um die Mädchen. Ich lebte nur dafür, mich zu einem reinen und gerechten Menschen zu vervollkommnen. Ein Mitbruder war es, der mich auf sie aufmerksam machte, indem er sie in der wenigen freien Redezeit, die uns erlaubt war, in den höchsten Tönen pries: nicht ihre Schönheit, sondern ihren Geist, ihren Lerneifer, ihren Ernst, ihre Reife, die sie weit über die anderen Schüler, selbst ältere Knaben, erhebe. Seine Reden beunruhigten mich. Ich fürchtete für seine Seele. Wie leicht konnte solch unschuldige Begeisterung in sündige Leidenschaft umschlagen! Wir hatten doch der Ehe und jedem fleischlichen Umgang mit Frauen abgeschworen. Ich hatte nicht nur in Sela, sondern auch im heiligen Land, in Tveriah, Beispiele für die betörende Macht der Frauen erlebt. Sie können Herzen und Sinne der Männer so entflammen, daß sie über ihrer Leidenschaft alle anderen Menschen vergessen – selbst Vater, Mutter und Geschwister. Sie kümmerten sich nicht mehr um ihre Geschäfte und verschwendeten ihr Vermögen für die Gebieterin ihrer Sinne. Um einer Frau willen konnten sie sogar den Herrn vergessen! Sie vernachlässigten die Einhaltung der Gebote oder befolgten sie nur noch mit leerem Herzen. Ich schämte mich für diese Männer und dachte an das furchtbare Strafgericht, das sie einmal ereilen würde. Ich mußte auch immer an meinen Vater denken, der um meiner Mutter willen seinen Göttern abgeschworen und den Bund mit dem Herrn geschlossen hatte. Aber kaum war er mit seiner jungen Frau nach Sela zurückgekehrt, wandte er sich vom Herrn ab und betete wieder zu seinen alten Götzen! Der Herr als Kaufpreis für meine Mutter! So war es mir immer erschienen. Er hat den Herrn fallenlassen wie eine fremdländische Kupfermünze, die im Lande ja doch nichts gilt.
Deshalb war ich auch zu den Weißen Brüdern von Qimron HaSchamajim gegangen: Nichts sollte mich vom Dienst am Herrn ablenken! Mein Erbteil trat ich froh an die Gemeinschaft ab – um Geld und Geschäfte brauchte ich mich fortan nicht mehr zu kümmern. Mit Frauen wollte ich nichts zu tun haben – keine sollte mich verführen, und ich wollte mich auch nicht um eine Familie und Kinder sorgen müssen. So hatte ich mir mein Leben vorgestellt – und so hatte ich die

ersten sechs Jahre in Qimron gelebt, ohne daß ich sonderlich unter der Enthaltsamkeit leiden mußte.
Wenn ich geahnt hätte, daß nicht mein Mitbruder, sondern ich es war, der vor der Gefahr 'Schoschana' geschützt werden mußte, hätte ich damals nur gelacht – so sicher hatte ich mich meiner selbst gefühlt. Um meines Mitbruders willen suchte ich also herauszufinden, welcher unserer Schützlinge diese Schoschana war, und erkundigte mich unter einem Vorwand nach ihr. Sie war ein mageres, dunkelhäutiges Mädchen von dreizehn oder vierzehn Jahren. Obwohl schon heiratsfähig, war sie wie die meisten Mädchen bei uns noch sehr kindlich. Von ihrem gerühmten Ernst konnte ich nicht viel entdecken. Als man sie mir zum ersten Mal zeigte, stand sie mit ein paar Mädchen zusammen und lachte aus vollem Hals. Nun ist das Lachen in der Gemeinschaft von Qimron HaSchamajim nicht verboten, denn auch unsere Stammutter Sarah lachte, als sie vom Engel erfuhr, daß sie noch gebären sollte. Aber so wie in der Gemeinschaft keine unnützen und nichtigen Gespräche geführt werden durften, genausowenig sollte aus nichtigen Anlässen gelacht werden. Wie alles andere hatte auch Sprechen und Lachen im Dienst des Herrn zu geschehen – zu seiner Ehre und aus Freude an seiner Schöpfung allein. Aber wenn man jung ist, lacht man aus tausend Gründen, ohne seine Seele zu erheben – und kindisch lärmend und albern war das Lachen Schoschanas. Als sie merkte, daß mein Blick auf ihr ruhte, brach sie ihr Gelächter schuldbewußt ab. Ich sah lebhafte, dunkle Augen, in denen sich Widerspruchsgeist und Klugheit ein Gefecht zu geben schienen. Ja, dieses Mädchen konnte meinem Mitbruder gefährlich werden.
Unverzüglich sprach ich deswegen mit Schim'on ben Ahasja, dem alles zu Ohren gebracht werden mußte, was die Gemeinschaft oder einzelne ihrer Mitglieder bedrohen könnte. Schim'on ben Ahasja hörte mir nachdenklich zu und sagte dann: 'Mir ist auch schon aufgefallen, daß Nechemijah dieses Mädchen öfter lobend hervorhebt. Ich hatte mir vorgenommen, ihn durch einen anderen ablösen zu lassen. Von nun an wirst du den Unterricht bei unseren Zöglingen übernehmen.'
Ich wehrte ab, so gut ich konnte. Ich spürte nicht das geringste Verlangen, einer Schar ungebärdiger und teilweise auch unlustiger Halbwüchsiger die Gebote des Herrn einzubleuen. Ich würde mich unnötig aufregen und ärgern und mein Seelenheil in Gefahr bringen. Wie gut mich Schim'on ben Ahasja kannte! Als könnte er meine geheimen Einwände hören, sagte er mit einem endgültigen und abschließenden Ton in der Stimme: 'Du wirst nicht dadurch ein reiner Mensch, daß du allen Gefährdungen aus dem Weg gehst. Betrachte deine neue Auf-

gabe vielmehr als eine Prüfung! Ich will sehen, ob du deine innere Ruhe auch vor diesen ungestümen Kindern bewahrst. Wenn es über deine Kräfte geht, werde ich dich ablösen lassen, wie heute Nechemijah durch dich abgelöst wird.'

Augenblicklich entbrannte in mir der Ehrgeiz, keiner solchen Schwäche zu erliegen. Ich wollte dem Sturm der Jugendlichen unerschütterlich standhalten, um so gefestigter und stärker daraus hervorzugehen. Nichts sollte mich wanken oder zittern machen. Ich erflehte den Beistand des Herrn und stürzte mich mit gestärktem Vertrauen in meine neue Aufgabe.

Die anfänglichen Befürchtungen erwiesen sich als grundlos. Meine jungen Schüler machten mir kaum Schwierigkeiten. Ich stellte überrascht fest, daß ich große Freude darin fand, junge Menschen in den Geboten des Herrn zu unterweisen. Ich muß wohl die Gabe besitzen, so zu lehren, daß die Schüler leicht und gerne lernen. Sie hingen an meinen Lippen, und meine Begeisterung für den Herrn trug uns alle fort. Schoschana behandelte ich wie alle anderen und hütete mich davor, sie besonders zu beachten, obwohl es mir manchmal schwerfiel, denn ihr Geist leuchtete so klar und tief vor allen anderen, daß ich gegen meinen Willen beeindruckt war.

Drei Jahre lang ging so alles gut. Schim'on ben Ahasja sprach schon davon, mir eine neue Aufgabe zu übertragen. Ein anderer sollte sich als Lehrer bewähren. Ich dagegen, der sich anfänglich so heftig gegen dieses Amt gesträubt hatte, war ganz unglücklich, daß ich nun nicht mehr die jungen Seelen zum Herrn führen durfte. Das Unterrichten war meine ganze Freude geworden. Jede andere Arbeit erschien mir dagegen schal und tot. Dann geschah das Ungeheuerliche, das meinen Fall und den Schoschanas herbeiführen sollte.

Eines Abends kamen ein paar Schülerinnen in großer Aufregung zu mir gelaufen. Es war Frühling. Einige heftige Regenfälle hatten die ausgetrockneten Bach- und Flußtäler der Wüste gefüllt und die fruchtbare Erde getränkt, so daß Gräser, wilde Kräuter und Blumen aufgeschossen waren. In diesen Tagen waren wir alle draußen, um das schnell sprießende Gras zu schneiden, bevor es vertrocknete, und die Kräuter zu sammeln, die wir für die Krankenpflege brauchten – so wie du jetzt auch sammeln gehst."

Ich sah alles wieder ganz lebendig und deutlich vor mir, und das Entsetzen von damals wollte mich wieder überkommen. Es brauchte einige Zeit, bis ich weitersprechen konnte.

„Schoschana war nicht mit den anderen heimgekehrt. Ihr Ausbleiben wurde jedoch erst bemerkt, als sich die Schüler zum Abendbrot sammelten. Ihre Gefährtinnen hatten sie zuletzt in einem kleinen Seitental gesehen, viel tiefer in den Wüstenbergen als alle anderen. Ich gab Alarm. Fast alle Brüder und die älteren Schüler gingen auf die Suche. Ich rannte los, außer mir vor Angst und Sorgen. Ich sah Schoschanas Leib zerrissen von einem wilden Tier, ich sah sie zerschmettert von einem Felsbrocken, der ins Tal gerollt war, ich sah sie in der Wüste umherirren, von Hunger und Durst gepeinigt. Vor meinen Augen jagten sich alptraumhafte Schreckensbilder – nur das eine, das furchtbar wirkliche Bild kam mir nicht in den Sinn. Als ich schon tief in jenes Seitental eingedrungen war, taumelte sie mir entgegen. Sie war nackt und hatte nichts, um ihre Blöße zu bedecken. Die Haare hingen ihr wirr ins Gesicht, Arme und Hände waren blutig zerkratzt, ihr Mund blutete, das rechte Auge war rundum geschwollen und blau verfärbt. Auch ihr Körper zeigte Kratzspuren und blaue Flecken. Über ihre Schenkel zog sich eine lange Blutbahn. Sie warf sich mir in die Arme – keuchend, stöhnend, mit einem Schluchzen, das wie trockener Husten klang. Dann wurde sie ohnmächtig. Ich riß mir das Obergewand vom Leib, hüllte sie darin ein und nahm sie wie ein Bündel auf. Sie schien mir leicht wie eine Feder. Ich trug sie rennend den ganzen Weg und hielt nur kurz an einem Felsloch, in dem noch klares Regenwasser stand, um ihr die Stirn zu kühlen. Am Tor von Qimron kamen mir einige Frauen entgegengelaufen und nahmen sie mir ab.

In dieser Nacht konnte ich nicht schlafen. Immer sah ich Schoschana vor mir, ihren verwundeten Blick, ihren geschundenen Leib. Ich spürte wieder ihre Arme, die sich an mich klammerten. Ein Gefühl regte sich in mir, wie ich es noch nie gespürt hatte. Ich wollte sie wieder in die Arme nehmen, sie beschützen, sie trösten, sie an mich drücken. Ich sah wieder ihren nackten Leib. Aber diesmal sah ich nicht nur die blutigen Spuren der Mißhandlung – ich sah das bräunlich schimmernde Fleisch, die zarte Haut, die runden Formen. Sie war noch immer schmal. Aber sie war nicht mehr das Kind, das ich noch immer in ihr gesehen hatte. Ich dachte an das, was der Mann mit ihr getan hatte, und der Zorn schoß in mir hoch und würgte mich. Und dann wußte ich, daß ich es war, der sie in den Armen halten, der ihren Leib spüren – und der ihre Augen in Liebe erstrahlen sehen wollte. Die Erkenntnis kam so plötzlich wie überwältigend: Ich liebte sie. Ich liebte und begehrte sie. Ich liebte sie aus ganzem Herzen und mit ganzer Seele – so, wie ich immer nur den Herrn lieben sollte und wollte, und noch viel mehr. In diesem ersten Moment wurde alles in mir ruhig und klar. Die Liebe zu Schoschana erfüllte mich ganz, und ich fühlte die Liebe unschuldig und rein. Meine Liebe war schön – und mein Begehren war schön. Was hatte ich denn von Liebe, von Begehren gewußt? Ich hatte beidem entsagt, ohne zu ahnen, was ich

so leichthin aufgab, und ohne zu wissen, was ich mir für alle Zeiten verbot.
Erst am Morgen, beim Frühgebet, wurde mir das Wahnwitzige, das Frevlerische meiner Liebe bewußt. Ich hatte den Herrn verraten – verraten um einer Frau willen. In meinem Innersten hatte ich die Eide der Gemeinschaft gebrochen. Ich hatte Enthaltsamkeit und Keuschheit geschworen und gelobt, nie eine Frau auch nur anzusehen, geschweige denn zu begehren. Aber die Liebe in mir wollte davon nichts wissen. Mit ihr war ein neuer Trotz erwacht – und das Gefühl, betrogen worden zu sein. Wie konnte man mich einen Eid schwören lassen, ohne daß ich wußte, was ich schwur? Läßt man denn ein Kind schwören und an seinen Eid binden? Ja, ein Kind war ich noch, als ich Keuschheit gelobt hatte, ein Kind – nicht nach Lebensjahren –, aber ein Kind, weil ohne eigene Erfahrung, ohne Wissen. Stand nicht in der Schrift, daß Adam sein Weib Chava erkannt hatte? Ich mußte etwas abschwören, obwohl ich es noch nicht erkannt hatte!
Mein Gelöbnis vor dem Herrn und meine Liebe zu Schoschana begannen, in meinem Innern einen erbitterten Kampf auszutragen. Glücklicherweise wurde ich davon krank – so merkten die Brüder nichts von meiner Zerrissenheit und meinen Qualen. Auch Schim'on ben Ahasja schenkte meiner Krankheit anfangs keine Beachtung. Man vermutete, daß ich mich an jenem Abend überanstrengt und meine Kräfte erschöpft hatte, als ich mit Schoschana in den Armen den ganzen Weg zurückgerannt war. Man gab mir stärkende Speisen – und glaubte mich noch seelisch aufzurichten, indem man mir fast stündlich von Schoschanas Befinden berichtete.
Inzwischen hatte man die Ereignisse jenes schrecklichen Tages bruchstückweise aus Schoschana herausgebracht. Sie hatte sich bei der Suche nach hohem Gras und frischen Kräutern immer weiter in das Seitental gewagt und sich dabei von den anderen abgesondert. Als die Dämmerung hereinbrach, und sie sich heimwärts wandte, war sie von hinten angesprungen worden. So sehr sie sich auch wehrte – der Mann, dessen Gesicht sie nicht erkennen konnte, weil er ihr ein Tuch übergeworfen hatte, hatte sie überwältigt und geknebelt, um sie am Schreien zu hindern. Dann hatte er ihr die Kleider vom Leib gerissen und sich wie ein wildes Tier auf sie gestürzt. Sie beschrieb den Mann, so gut sie konnte. Er war wohl von mittlerer Größe und nicht zu alt, denn er hatte festes Fleisch, und sein Atem war übelriechend. Die Beschreibung paßte auf Hunderte. Es konnte ein beliebiger Fremder gewesen sein, aber auch – der Gedanke erschreckte uns – einer von den Brüdern. Wir haben den Schänder nie ausfindig machen können.
Man erzählte mir, daß Schoschana anfangs sehr viel weinte. Dann sei

sie ruhig geworden. Aber sie sei noch sehr schwach. Sie schrecke beim kleinsten Geräusch zusammen und wage kaum, nach draußen zu gehen. Man hoffte, daß ich bald gesund würde, damit ich Schoschana in ihrer schweren Zeit geistlichen Beistand leisten und sie festigen könnte. Ich mußte mit aller Macht die Zähne zusammenbeißen, um nicht in wildes Gelächter oder in Wutgebrüll auszubrechen. Als ob ich in meiner Verfassung geistlichen Beistand geben konnte – und von allen ausgerechnet Schoschana. Meine Liebe nahm nicht ab. Sie beherrschte mich ganz und gar – selbst in meinen Gebeten zum Herrn. Irgendwann kam mein Körper wieder zu Kräften, so daß ich aufstehen konnte. Man führte mich bald zu ihr. Sie war völlig verändert. Aus dem lebensfrohen, vor Einfällen sprühenden Mädchen war eine bleiche, hagere Gestalt geworden, die mit stierem, teilnahmslosem Blick durch mich hindurchsah.

Die Frau neben mir stieß sie leicht an und sagte: 'Schoschana, Bruder Yoram ist gekommen. Willst du ihn nicht begrüßen?' Sie zuckte zusammen und fing an zu zittern. Ihr Blick streifte mich – so voller Scham und Furcht, daß es mir das Herz zusammenkrampfte. Als ich auf sie zugehen wollte, wich sie wie ein verängstigtes wildes Tier vor mir zurück, so daß ich innehielt. Ich wußte nicht, was ich sagen sollte. Ich setzte mich zu ihr auf den Boden und wartete nach außen hin ruhig ab, während in meinem Innern die eingeübte Selbstbeherrschung und meine Sehnsucht, sie in die Arme zu nehmen, sie zu trösten, zu streicheln und ihr zu sagen, daß ich sie liebte und alles gutmachen würde, einen unbarmherzigen Kampf kämpften. Sie hatte meine Bewegungen mißtrauisch verfolgt, aber sie sagte nichts. Wie eine steinerne Statue saß sie da, sagte nichts und rührte sich nicht. Als ich sie nach einer Stunde verließ, blickten ihre Augen leer und starr auf die gegenüberliegende Wand.

Ich suchte sie in den nächsten Tagen immer wieder auf. Etwa am zehnten Tag zeigte sich eine kleine Reaktion. In einer plötzlichen Eingebung hatte ich ihr ein Junges aus dem Wurf eines unserer Wachhunde mitgebracht. Ich setzte es ihr auf den Schoß, und winselnd und hechelnd leckte es ihre Hand. Dieses warme, hilflose, lebendige Etwas brach den Damm. Unwillkürlich fast fing sie an, es zu streicheln. Dann wandte sie den Kopf von mir ab, jedoch nicht schnell genug. Tränen hingen in ihren Wimpern. Ich verließ sie schweigend. Am nächsten Morgen berichteten mir die Frauen, daß sie die ganze Nacht geweint hatte.

Es ist doch erstaunlich, daß die Menschen ihr Herz immer wieder an Tiere hängen, besonders wenn diese noch jung und hilflos sind. Dein Römerjunge brachte sich in Lebensgefahr, nur um seinen Hund zu

retten, und Schoschana vergaß zum ersten Mal ihren eigenen Kummer, als ich ihr den kleinen Hund gab. Kein Mensch schaffte, was diesem Welpen mühelos gelang.
„Vielleicht kommt es daher, daß Tiere nicht zu unserem Kopf, sondern unmittelbar zum Herzen sprechen“, sagte Mirjam. „Sicher hast du das auch versucht, aber du konntest nie so hilflos wie dieses Hundejunge erscheinen. Du konntest ihr nur Angst machen, denn du bist ein Mann. Und was ein Mann sein kann, hatte sie ja gerade erfahren.“
Während ich erzählte, war die Sonne hochgestiegen und begann zu stechen. Die Luft war still und schwer von der Hitze. Die Berge schienen alle Farbe verloren zu haben. Wo es vorher noch sandrot, schwarz und gelb geleuchtet hatte, war nun alles in ein eintöniges fahles Grau getaucht. Das Salzmeer hatte sich in einen bleiern matten Spiegel verwandelt, und das grüne Jericho war von einem grauen Schleier überzogen. Mirjam zeigte auf einen großen, überhängenden Felsbrocken, der ausreichend Schatten für uns beide bot. Wir wechselten hinüber, und ich konnte in meinem Bericht fortfahren, froh darüber, daß Mirjam diese Unterbrechung nicht genutzt hatte, um zum Aufbruch zu mahnen.
„Schoschanas Augen, Schoschanas Bewegungen füllten sich allmählich wieder mit Leben, manchmal lachte sie sogar. Aber ihr Übermut, ihre unverhüllte Lebensfreude, ihr übergroßer Lerneifer, ihre unbändige Wißbegier waren geschwunden. Schließlich war ihre Genesung doch so weit fortgeschritten, daß sie nach Schwuot zum Unterricht zurückkehren konnte. Zwei Tage vor dem Fest rief mich Schim'on ben Ahasja zu sich und eröffnete mir, daß Schoschana nicht mehr zum Unterricht zugelassen werden sollte.
'Und warum nicht?' Ich war wie vor den Kopf geschlagen.
'Es gibt zwei Gründe', sagte mein strenger Meister mit ungewohnt freundlicher Stimme.
'Der erste Grund ist, daß alle wissen, was geschehen ist – auch die Schüler. Du weißt ja, was das für eine Verwirrung in ihren Köpfen hervorgerufen hat.'
Ich nickte. Das Böse hatte sich nicht nur des Körpers von Schoschana bemächtigt – es hatte auch Unruhe und Geheimniskrämerei unter den Mädchen und Jungen ausgelöst. Oft sah ich sie in kleinen Gruppen wispernd zusammenstehen. Sie verstummten, wenn ich zu ihnen trat. Zwei der älteren Knaben musterten mich mit Blicken, wie sie es vorher nie gewagt hätten – wenn sie solcher Blicke überhaupt fähig gewesen wären. Wissen lag in ihren Augen – böses schlimmes Wissen. 'Wir wissen, wie es um Mann und Frau bestellt ist', sagten ihre Blicke. 'Wir lassen uns von euch nichts mehr vormachen! Wir sind

selber Männer.' Auch einige Mädchen zeigten ein ungewohntes Verhalten. Hatten sie sich mir bisher vertrauensvoll und unbefangen genähert, so scheuten sie jetzt vor mir und den Brüdern zurück, schlugen die Augen nieder und im Unterricht antworteten sie nur das Notwendige. Sie hatten die Unschuld des Herzens verloren.
'Wenn Schoschana wieder in die Gruppe aufgenommen wird, wird allein ihre Anwesenheit alle an das Furchtbare erinnern und ihr Denken nicht zur Ruhe kommen lassen.'
'Und der zweite Grund?'
'Der zweite Grund bist du.'
'Ich?'
'Ja, du. Meinst du denn, ich bin blind? Ich habe sehr wohl bemerkt, mit welchen Augen du Schoschana verfolgst, wo sie auch geht und steht! Du bist nicht mehr ihr Lehrer! In deinem Herzen bist du ihr Geliebter, und sie scheut vor dir wie vor dem Bräutigam. Oder willst du das abstreiten?'
Wie konnte ich leugnen, wo er die reine Wahrheit gesprochen hatte. Eine furchtbare Angst ergriff mich. Es war der Gedanke, von Schoschana getrennt zu werden und sie zu verlieren. In der Sorge um ihr Wohlergehen hatte ich mir keine weiteren Gedanken um meine Liebe, geschweige denn um eine mögliche Zukunft dieser Liebe gemacht. Jetzt stand ich vor einer Entscheidung – und nicht ich hatte sie getroffen. Ich war auf nichts vorbereitet – vor meinen Füßen hatte sich die Erde aufgetan.
'Was willst du tun?'
'Schoschana muß von uns gehen. Sie ist zum faulen Apfel geworden, der alle anderen Äpfel mit seiner Fäulnis ansteckt, wenn man ihn nicht entfernt.'
'Aber was kann sie denn dafür? Sie ist doch selbst das Opfer! Was hat dieser Kerl aus dem Mädchen gemacht! Warum fassen wir nicht den Wüstling und bestrafen ihn? Er allein ist der Schuldige!'
'Wenn wir wissen, wer das getan hat, wird er der gerechten Strafe zugeführt. Und wo wir versagen, wird die Hand des Herrn ihn treffen. Aber nun zu Schoschana: Was kann der Apfel dafür, wenn ihn die Fäule befällt und er verdirbt? Er muß doch entfernt werden um der anderen Äpfel willen. Schoschana muß fort, damit hier wieder Ruhe und Frieden einkehren. Dann wirst auch du deine Ruhe wiederfinden.'
Meine Verzweiflung muß sich deutlich auf meinem Gesicht abgespielt haben, denn er sagte gütiger und freundlicher, als ich ihn je erlebt hatte:

'Dir ist widerfahren, was jedem von uns einmal geschieht. Denn wir sind Nachfahren Adams und Chavas. Einmal pflücken wir alle die Frucht vom Baum der Erkenntnis, die so süß und verlockend duftet – und hernach so bitter schmeckt. Du begehrst Schoschana, denn du bist jung und dein Körper hat noch Macht über dich. Wenn es nicht Schoschana wäre, würde es dich früher oder später nach einer anderen verlangen. Du wirst darüber hinwegkommen und dem Herrn in Keuschheit und Reinheit dienen, wie es ihm wohlgefällig ist.'
'Aber ich liebe sie', brachte ich nur hilflos stammelnd heraus. 'Ich liebe sie ja fast so sehr wie den Herrn!'
'Um so schlimmer. Sie hat dich stärker verhext, als ich vermutet habe. Aber auch das geht vorüber. Wenn sie erst fort ist, wirst du sie vergessen. Es geht schneller, als du denkst. Schau mich an, Yoram Bar Am. Hättest du es für möglich gehalten, daß ich mich einst fiebernd und weinend vor Sehnsucht nach einer Frau Nacht für Nacht schlaflos auf dem Lager gewälzt habe? Und doch ist es so – und hast du es einmal überwunden, bist du frei, wirklich frei. Frei für den Herrn. Dann hast du das Böse wahrhaft besiegt, und der Tag des Gerichts hat seinen Schrecken verloren.'
Ich sah ihn an – sah sein hageres, durchfurchtes Gesicht, darin die überraschend warmen, freundlichen Augen. Er sprach mit gütiger Stimme. Und gütig und freundlich erwartete er von mir, daß ich hart und unnachgiebig die Liebe zu Schoschana aus meinem Herzen reißen würde, genauso hart und streng wie er einst seine Liebe – wenn er je wirklich geliebt hatte – herausgerissen und auf den Dunghaufen geworfen hatte. Und dann sah ich mein Gesicht, so wie es vielleicht in zehn oder zwanzig Jahren aussehen würde – mit ähnlich strengen, harten Zügen wie seines. Ein kalter Priester – bereit, sich im Dienst des Herrn zu opfern, mit einem liebeleeren Herzen. Ich sah mich eine andere Schoschana aus der Gemeinschaft weisen. Natürlich würde man für sie sorgen. Man würde einen braven Ehemann für sie finden, der um einer kleinen Mitgift willen bereit wäre, sie trotz ihrer Schande zu nehmen. Ich sah mich am Tor stehen und ihr nachblicken, wie einst der Erzengel Gavriel Adam und Chava nachgeblickt hatte. Ich hielt zwar kein flammendes Schwert in Händen – aber meine flammenden Worte und Befehle würden eine unüberwindliche Schranke zwischen ihr und den 'Reinen' aufrichten.
'Ich kann es nicht – und wenn sie gehen muß, gehe ich mit ihr!'
'Beruhige dich, Yoram, bete zum Herrn und erflehe seine Hilfe, daß er dir den rechten Weg weise. Denke daran, daß du bei seinem Namen Eide geschworen hast! Ich weiß, du wirst die Gebote des Herrn und deine Gelübde halten.'

Damit entließ er mich. Es war das letzte Mal, daß wir uns sahen.
Er hätte mich nicht an die Gelübde erinnern sollen. Was war Reinheit, wenn sie nicht aus dem Herzen kam? War es noch Reinheit, wenn sie mir um eines alten Eides willen abgepreßt wurde? Auf einmal schien es mir, als ob nicht ich es wäre, der vom Wege des Herrn abwich, sondern Schim'on ben Ahasja. Waren Adam und Chava nicht schon gestraft worden, als sie nach dem Genuß der verbotenen Frucht aus dem Paradies vertrieben wurden? War das nicht gerade ihre Strafe, einander in Liebe anhangen zu müssen, um ein Fleisch zu sein? Was war lästerlicher: den Weg Adams und Evas in Liebe zu gehen oder vor der Schuld davonzulaufen und sich mit erzwungener Reinheit wieder in den Garten Eden einzuschleichen?
Solange Schim'on ben Ahasja mit dieser neuen, ungekannten Güte in der Stimme zu mir gesprochen hatte, hatte ich ihm vertraut, hatte ihn ernst genommen. Vielleicht hätte ich sogar auf seine Worte gehört. Aber meine Liebe zu Schoschana vergessen, nur weil ich Eide geschworen hatte, deren Maß, Gewicht und Preis ich vorher nicht hatte prüfen dürfen? Arglos und unwissend hatte ich mich binden lassen, so wie ein Fisch arglos zwischen den Maschen eines Netzes schwimmt, bis sie sich immer enger um ihn legen und dann ganz zusammenziehen. Als Schim'on ben Ahasja mich an die Eide erinnerte, fühlte ich, wie sich das Netz um mich legte, das mich in eine tödlich-kalte, lieblose Welt ziehen würde. Wie der Fisch im Netz zu zappeln anfängt, begehrte ich unwillkürlich gegen Schim'ons Versuch auf, mir die neu erwachte Liebe auszureden. Kann man denn ein Küken wieder in das Ei stopfen, wenn es einmal geschlüpft ist und die Schalen zerbrochen sind?
Schoschanas Schicksal war besiegelt. Schon am nächsten Tag, noch vor dem großen Fest, sollte sie uns verlassen. Eine Familie hatte sich bereit erklärt, Schoschana vorübergehend aufzunehmen, bis ein Gatte für sie gefunden war.
So rebellisch ich Schim'on ben Ahasjas Worten getrotzt und mich zu Schoschana bekannt hatte, so jämmerlich fühlte ich mich, als ich in meiner Zelle allein war. Ich warf mich zu Boden und betete zum Herrn. Ich bat ihn um ein Zeichen. Ich wußte nicht, was ich tun sollte und was vor ihm Bestand haben würde. Aber der Herr gab mir kein Zeichen und sprach nicht zu mir. Was Schim'on ben Ahasja dachte, wenn ich die Gemeinschaft mit Schoschana verließ, wußte ich – oder glaubte ich zu wissen. In seinen Augen war ich dann nicht nur ein Eidbrüchiger und Verräter – für ihn hatte ich mich dann als zu schwach erwiesen. Für ihn war Schoschana nichts als eine Prüfung – die letzte und härteste Versuchung –, und für ihn zählte einzig, ob ich sie be-

stand oder nicht. Entschied ich mich für Schoschana und gegen meine Eide, war ich für ihn nichts als ein Abtrünniger, der den Lockungen der Finsternis erlegen war. Seine Enttäuschung und seine Verachtung über mein Versagen schnitten wie Peitschenhiebe in mein Fleisch. Wenn ich daran dachte, fortzugehen, spürte ich seinen Blick auf meinem Rücken brennen.

Aber wenn ich dann wieder Schoschana vor mir sah – allein der Welt draußen ausgeliefert, ohne mich, ohne meinen Beistand, ohne meine Liebe –, zerfloß die Schattengestalt des Schim'on, und ich war bereit, alle Schläge der Erniedrigung, alle Anstrengungen und Mühsal auf mich zu nehmen, um sie zu schützen und bei ihr zu sein.

Als der Morgen graute, wußte ich immer noch nicht, wofür und für wen ich mich entscheiden sollte. Wenn ich an den Herrn und meine Gelöbnisse dachte, schauderte es mich vor der ewigen Verdammnis im Sche'ol. Dann sah ich wieder Schoschanas Gestalt vor mir – und es war mir, als würden sich die Pforten des Sche'ol schon zu meinen Lebzeiten auftun, wenn ich ohne sie leben müßte.

Unentschieden und innerlich zerrissen hatte ich mein Bündel gepackt und bereitgelegt. Draußen hörte ich Schritte. Das mußte sie sein. Man führte sie schon hinaus – jetzt, wo alles noch schlief. Selbst ihr Fortgehen mußte im Verborgenen geschehen, damit die Reinen ihre reinen Gedanken behielten und die schon Verstörten nicht in noch tiefere Verwirrung gerieten. Ich nahm mein Bündel, rannte nach draußen und folgte ihr. Schoschana wirkte noch kleiner und schmächtiger als sonst, als sie langsam und gebeugt auf das Tor zuging. Der kleine Hund, den ich ihr gegeben hatte, trippelte und hüpfte aufgeregt um sie herum. Er glaubte wohl, sie wolle ein neues Spiel mit ihm spielen. Als man ihr die schwere Tür öffnete, ließ man auch mich hinaus, ohne Fragen zu stellen. Von den Bergen Edoms auf der anderen Seite des Salzmeeres leuchteten die ersten Strahlen der Sonne zu uns herüber. Das Tor schlug hinter uns zu. Für immer, endgültig. Am liebsten wäre ich zurückgelaufen. Schoschana erging es nicht anders. Während ich immerhin im Schutze meiner Familie großgeworden war, zu der ich jederzeit zurückkehren konnte, war sie, die Waise, in diesem Moment ganz allein. Ich mußte sie stützen, damit sie weitergehen konnte. Jeden Augenblick drohte sie umzusinken.

Ich faßte ihre Hand. Zum ersten Mal faßte ich sie im Bewußtsein meiner Liebe. Schwach und kraftlos fühlte sie sich an – und doch so köstlich. Feine zarte Finger hatte sie – ich jubelte, daß sie mein waren, daß ich sie beschützen durfte.

'Höre, Schoschana', sagte ich und hielt bestürzt inne. Sie wußte weder von meiner Liebe noch davon, daß ich die Gemeinschaft verlassen

hatte, um mit ihr zu gehen. Von meinen gewandelten Gefühlen – ich müßte eigentlich genauer sagen: von meinen erwachten Gefühlen – hatte ich ihr nichts gesagt. Und sie war nicht in der Verfassung, auf die kleinen verräterischen Zeichen zu achten, die dem wachsamen Schim'on ben Ahasja sofort ins Auge gesprungen waren. Sie glaubte sicherlich, daß ich sie im Auftrag der Gemeinschaft zu der Familie brachte, bei der sie fürs erste bleiben sollte. In ihr Schicksal ergeben ließ sie sich von mir führen. Ich war für sie immer noch der Lehrer der Gemeinschaft. Ich gehörte zu denen, die sie vertrieben.
Mein abruptes Innehalten und Schweigen, mein bestürztes Gesicht ließen in ihr die Ahnung aufsteigen, daß meine Gegenwart eine andere Bedeutung haben konnte. Zum ersten Mal seit dem entsetzlichen Geschehen sah sie mich an. Ihr Blick kam aus weiten Fernen, fern und unnahbar wie die schneebedeckten Hänge des Chermon. Ich konnte noch nicht von meiner Liebe zur ihr sprechen.
'Ich verlasse die Gemeinschaft wie du', sagte ich. Es löste keine besondere Reaktion aus. Ich hatte mit Staunen oder Erschrecken gerechnet – aber ihr Blick blieb fern, wie gefroren. 'Ich kann nicht länger zu ihnen gehören, wenn sie dich so grausam verstoßen.'
'Warum?' Kühler und unbeteiligter hätte sie die Frage kaum stellen können.
Ich geriet ins Stottern. 'Ich kann es nicht ertragen, daß man dich behandelt wie eine Aussätzige. Du kannst nichts dafür – genausogut hätte es eine andere treffen können.'
'Aber ich bin unrein.' Eine Feststellung – keine Klage. Sie hatte viel zu gut gelernt. Ihr wacher Geist hatte sich alle Regeln und Gebote eingeprägt. Nun wandte er sie an. Ich stellte verblüfft fest, daß nicht sie, das Opfer, sich gegen die Gesetze des Herrn auflehnte wie einst Ijov, sondern ich, der Lehrer, der sie diese Ergebenheit gelehrt hatte. Es hatte keinen Sinn, jetzt mir ihr über die Schriftauslegung zu streiten.
'Weißt du, daß man dich in diese Familie gibt, bis sich ein Mann gefunden hat, der dich heiraten wird?'
'Ja – wenn mich noch einer haben will.'
'Würdest du meine Frau sein wollen, wenn ich dich fragen würde?'
'Du?' Ihre Stimme hatte sich kaum verändert – aber eine zarte Röte überzog ihr Gesicht.
'Du – du kannst mich doch nicht haben wollen, nach all dem, was ... passiert ist.'
'Ich kann mir nichts Schöneres denken und wünsche mir sehnlich, daß du meine Frau wirst. Für alle Zeit.'
Ich hielt noch immer ihre Hand. 'Willst du mich zum Mann nehmen, Schoschana? Du würdest mich zum glücklichsten Menschen machen.'

Sie schwieg.
'Laß dir Zeit und überlege gut. Ich will dich nicht drängen. Aber bedenke, daß die Gemeinschaft dir einen Mann bestimmen wird, den du nicht kennst und der dich vielleicht nur nimmt, weil er keinen Kaufpreis zahlen muß. Aber ich, ich habe dich lieb. Mehr, als ich dir je in Worten sagen kann.'
Sie wurde noch röter und sah mich nicht mehr an. Ich nahm es als gutes Zeichen. Wir setzten unseren Weg fort. Ich brachte sie zu der kleinen Siedlung weiter südlich am Ufer des Salzmeeres, wo eine kleine, aber sichere Quelle eine bescheidene Landwirtschaft erlaubte.
Als ich mich von ihr verabschiedete, sagte sie schnell und kaum hörbar: 'Ich willige ein und danke dir.' Sie wollte schon ins Haus zurücklaufen, als sie umkehrte und mir die Hand gab.
Ich hätte sie in diesem Augenblick an mich drücken und küssen mögen. Aber ich hielt nur ihre Hand fest in meinen Händen und sagte: 'Ich komme bald wieder. Ich muß mir nur von meiner Familie Geld beschaffen und eine Tätigkeit finden, mit der ich uns ernähren kann.'
Das war unser Verlöbnis.
Mit dem Oberhaupt der Bauernfamilie, einem rechtschaffenen Mann, besprach ich das weitere. Er war froh, von der Aufgabe befreit zu sein, einen Bräutigam für ein entehrtes Mädchen zu finden. Er kannte meinen Namen und vertraute meinem Wort. Ich war erleichtert, daß er keine neugierigen Fragen stellte, wie es viele an seiner Stelle getan hätten. Er gehörte zu den einfachen Leuten, die das karge Leben am Rande der Wüste gelehrt hat, Dinge und Menschen hinzunehmen, wie sie sind.

## 3. Kapitel: Schoschana

Meine nächste Aufgabe war es also, Geld aufzutreiben und Arbeit zu finden. Den nicht unbeträchtlichen Besitz, den ich der Gemeinschaft eingebracht hatte, konnte und wollte ich nicht zurückfordern. Ich hatte den Eid gebrochen, ich hatte nichts zu erwarten. Ich schrieb meiner Mutter und bat sie um Geld. Sie schickte mir überreichlich. Sie hielt nicht viel von der Sekte der Weißen Brüder. Ihr galt, was die Pruschim aus der Schrift lasen: Der Herr hat geboten, seid fruchtbar und mehret euch. Mit meinem Gelöbnis hatte ich dieses Gebot in Qimron mißachtet. Ich glaube, auf ihre alten Tage wurde meine Mutter weich und träumte von einer Schar Enkel, die sie umringten. Jetzt kam ich in ihren Augen wieder zur Vernunft, verließ diese absonderliche Gemeinschaft und nahm mir endlich eine Frau. Sie schickte nicht nur Geld und etwas Schmuck für Schoschana, sie drängte auch meine Brüder, alte Verbindungen wieder aufzunehmen und mich ihren Geschäftsfreunden zu empfehlen. Ich sollte die Interessen der Familie in Jeruschalajim vertreten.

Ich war glücklich. Alles entwickelte sich besser und reibungsloser, als ich hoffen konnte. Nachdem ich ein Haus in Jeruschalajim gefunden und mit dem Notwendigsten ausgestattet hatte, zog ich zurück zum Salzmeer. Als ich mich Qimron HaSchamajim näherte, wurde ich von einer heftigen Erregung ergriffen. Jeden Augenblick erwartete ich, Schim'on ben Ahasja vor das große Tor treten zu sehen. Er würde mich zur Rückkehr auffordern, und ich würde ihn statt dessen zur Hochzeit einladen. Ein heftiges Streitgespräch würde sich zwischen uns entspinnen, in dem ich ihm all das sagen konnte, was mir nach unserem letzten Zusammensein eingefallen war. Aber niemand zeigte sich. Niemand kam, um mich zu holen oder mit mir zu rechten. Ich fühlte mich leer und müde, als ich so vorüberzog. Im Mund hatte ich einen schalen Geschmack. Aber ich bereute meine Entscheidung nicht. Schoschana wartete auf mich. Mit ihrem Bild vor Augen verschwand das Gefühl der Leere und Niedergeschlagenheit. Am nächsten Tag wurden wir in einer schlichten Zeremonie Mann und Frau.

In den Wochen bis zur Hochzeit hatte Schoschana Zeit genug gehabt, sich mit dem Gedanken vertraut zu machen, meine Frau zu werden. Nach dem ersten inneren Widerstand, wieder der Nähe eines Mannes ausgesetzt zu sein, gewannen freundlichere Vorstellungen die Oberhand. In ihr steckte doch die Frau, die gelernt hatte, daß es ihre gottgewollte Bestimmung war, Frau und Mutter zu sein, einen Haushalt zu führen und für den Mann zu sorgen. Es gefiel ihr, daß sie nun Herrin eines Hauses und die angesehene Mutter vieler Söhne und Töchter werden sollte. Sie war mit zehn Jahren nach Qimron HaSchamajim gekommen, und all unsere Lehren, die Erziehung zur Keuschheit, zum gottgeweihten, heiligen Leben in der Gemeinschaft, verblaßten vor jenen älteren und mächtigeren Bildern und Lehren, die sie von klein auf in sich aufgesogen hatte. Ich wechselte zwischen demütiger Dankbarkeit und einem übermütigen, fast stolzen Hochgefühl, als sie mir zu erkennen gab, daß sie gerne meine Frau werden wollte und froh war, mir und keinem anderen in die Ehe gegeben zu werden.

Die Trauung hatte am frühen Morgen stattgefunden. Gleich danach brachen wir nach Jeruschalajim in unser neues Heim auf. Ich wollte sie so schnell wie möglich zu mir nehmen und sie aus der Gegend, die mit so schlimmen Erinnerungen für uns beide verbunden war, wegbringen. Wir rasteten in der Herberge zwischen Jericho und Jeruschalajim. Wir fielen todmüde in unser Bett und schliefen auf der Stelle ein. Das war unsere Hochzeitsnacht. Am nächsten Tag führte ich sie in unser Haus. Sie lief durch alle Räume und besah sich alles – zunächst noch schüchtern und unsicher, vor allem in Gegenwart der Bediensteten. Sie stammte aus einer armen Familie, hatte noch nie Dienstboten befehligt, und die neue Aufgabe schreckte sie. Aber dann gewann sie Zutrauen – die Räume gefielen ihr, in der Küche fehlte es an nichts. Es war eine Freude, Schoschana bei der Eroberung ihres neuen Heimes zuzuschauen. Das Schönste für sie aber war, daß wir vom Dachgarten den goldenen Tempel vor uns liegen sahen – in der Sonne fast blendend nah. Als wir von unserem Rundgang ins Innere des Hauses zurückkehrten, schloß ich Schoschana unwillkürlich in die Arme – zum ersten Mal, seit wir verheiratet waren –, und berauscht von ihrem Körper, den ich an mich gedrückt hielt, begann ich sie zu küssen und zu liebkosen. Ich hätte genausogut eine der marmornen Statuen der Griechen umarmen können. Sie wehrte sich nicht – aber sie erstarrte, als ob ein böser Zauber sie getroffen hätte. Als ich sie losließ, begann sie am ganzen Leib zu zittern. Es gelang mir mit einiger Mühe, sie wieder zu beruhigen. Ich versprach ihr, sie nur dann zu berühren, wenn sie es erlaubte. Irgendwann werde sie es schon begreifen, daß es etwas anderes sei, von einem Mann in Liebe umarmt als mit Gewalt genommen zu werden.

Das ganze erste Jahr lebten wir wie Bruder und Schwester zusammen. Es fiel mir nicht einmal so schwer. Ich war in Selbstbeherrschung geübt, und Schoschanas ängstliches Zurückschrecken hielt mich leichter in Schranken als alle Keuschheitsgebote und guten Vorsätze.

Am Anfang ging alles gut. In den Augen unserer Nachbarn, Freunde und Verwandten führten wir eine vorbildliche Ehe. Nie fiel ein böses Wort zwischen uns. Unsere Zuneigung wuchs von Tag zu Tag. Dank ihrer Erziehung bei den Weißen Brüdern war Schoschana weitaus gebildeter als die meisten Mädchen. Ich konnte vor ihr alle meine Gedanken ausbreiten, selbst geschäftliche, und auch meine Auslegungen der Torah und der Gebote, obwohl wir beide solche Gespräche eher mieden. Ich hatte meinen Eid gebrochen, und wenn ich es auch nicht bereute, so erhob sich bohrend immer wieder eine innere Stimme und fragte, ob ich das Richtige getan, ob ich den Herrn nicht verraten und bei seiner Prüfung versagt hatte. Schoschana neigte noch mehr zu Selbstvorwürfen: Sie fühlte sich schuldig, weil ich um ihretwillen mein Heil verworfen hatte. Es war leichter, meine eigenen Zwei-

fel abzuschütteln, um so mehr, als meine Liebe zu Schoschana wuchs und von ihr erwidert wurde. Schoschanas Anwandlungen von Düsternis zu zerstreuen war sehr viel schwerer, gerade weil sie ihrer Liebe zu mir entsprangen. Aber langsam verwandelte sie sich wieder in das lebhafte, offene und lebenslustige Mädchen, das sie vor dem Schreckenstag gewesen war.
Ich stürzte mich mit Eifer in den Aufbau der Handelsniederlassung und stellte zu meiner großen Freude und Befriedigung fest, daß ich mehr davon verstand, als ich gedacht hatte. Zu Hause bei meinem Vater hatte ich mich immer verächtlich und mit stolzer Überlegenheit von den Geschäften und den Gesprächen darüber ferngehalten. Ich hatte mich ganz dem Studium der Torah gewidmet. Nur abends, wenn wir alle bei Tisch lagen, konnte ich mich den Gesprächen meines Vaters und meiner Brüder nicht entziehen. Sie kreisten unaufhörlich um die Güte von Waren und ihren Wert, um die Sicherheit der Straßen und Herbergen, um die Geschäftsfreunde, um die Lasttiere und die Karawanen, die unterwegs waren – und natürlich um die erhofften Gewinne und wie man sie am ehesten erzielte. Fast gegen meinen Willen war mir vieles davon haftengeblieben, und zu meiner großen Verwunderung merkte ich, daß ich mit den Tätigkeiten und Aufgaben eines Kaufmanns wohlvertraut war. Das alles kam mir jetzt zugute. Obwohl ich nie mit Leib und Seele Kaufmann wurde, konnte ich mit den meisten Geschäften einen Gewinn erzielen, und nach kurzer Zeit mit der Rückzahlung der Schulden an meine Brüder beginnen. Wenn ich die Mahlzeiten mit Schoschana einnahm und ihr von meinen Erfolgen berichten konnte, freuten wir uns beide. Ich war mit meinem Kaufmannsdasein ganz zufrieden, wie ich überrascht feststellte.
Nachdem einige Monate verstrichen waren, fragte meine Mutter besorgt an, wie es denn bei uns mit Kindern bestellt sei. Von den Ereignissen in Qimron hatte ich ihr natürlich nichts geschrieben.
Nachts schreckte Schoschana oft noch hoch, zitterte und weinte. Sie ließ sich dann von mir in die Arme nehmen und trösten. Irgendwann fing sie von selbst an, sich an mich zu schmiegen. Es begann die glückliche Zeit, in der wir vorsichtig Zärtlichkeiten auszutauschen begannen. Wir näherten uns langsam, immer wieder einhaltend durch Schoschanas jäh aufsteigende Angst und ihr erschrecktes Abwehren. Dann kam, unerwartet und unverhofft, die Nacht, in der Schoschana mich nicht mehr zurückwies und die mich zum glücklichsten aller Männer machte. Ihre Ängste waren noch nicht vollständig geschwunden – immer wieder verkrampfte und versteifte sie sich. Aber dennoch drängte ihr Leib sich mir entgegen und ließ mich Erfüllung fin-

den. Von da an gab es für mich kein größeres Glück, als in ihren Körper, in ihre Liebe zu tauchen und eins mit ihr zu werden.
Die Stimme des Zweifels, die mir einzureden versuchte, mit dem Verlassen der Gemeinschaft von Qimron auch den Herrn verlassen zu haben, verstummte allmählich. Hatte der Herr nicht Mann und Frau geschaffen, damit sie einander liebten und fruchtbar waren? Erfüllten wir nicht die Gebote des Herrn, wenn unsere Leiber sich vereinigten? Schoschana gab sich mir immer williger hin. Es erfüllte sich, was in der Schrift stand – wir waren ein Fleisch. Schoschana blühte auf und wurde schön. Wenn ich sie ansah, traf mich ihre Schönheit manchmal so unvermittelt und heftig, daß mir fast das Herz zersprang. Ein selig weher Schmerz war Schoschana. Nie hätte ich geglaubt, daß die Liebe so schön, so herrlich und so quälend süß sein könnte. Nichts hatte mich darauf vorbereitet – woher auch! Wenn meine Eltern sich jemals so geliebt hatten, so war diese Liebe vor urdenklichen Zeiten verloschen und hatte zwei ausgebrannte Einzelwesen zurückgelassen. Meine Mutter hatte sich in kühle Unnahbarkeit und die Führung des Haushaltes geflüchtet, mein Vater fand Trost im oberflächlich-geselligen Treiben mit Jedermann und Niemand. In meinem Liebesglück trauerte ich um meine Eltern, denen diese Liebe nicht vergönnt war. War Mutter je glücklich gewesen? Die Frage hatte ich mir nie gestellt. Aber sie war nicht glücklich mit meinem Vater, sie war es nicht einmal mit mir. Froh und glücklich schien sie nur, wenn sie von der heiligen Stadt Jeruschalajim träumte und sprach.
Aber solche Gedanken konnten mein seliges Entzücken nur flüchtig trüben. Dann kehrten sie wieder zu Schoschana zurück, meiner strahlenden, leuchtenden Schoschana, die mein Herz zum Himmel jauchzen ließ. Schoschanas Haare waren seidig schwarz und glänzten wie ihre ebenso schwarzen Augen, aus denen ihre ganze Liebe zur mir sprach. An ihrem schmalen Körper war nichts eckig. Weich und biegsam war er und fein geschwungen. Ihre Brüste waren rund und voll, und ich wurde nicht müde, sie in meinen Händen zu wiegen und zu streicheln. Schoschana war, wie es geschrieben steht: 'Kraft und Schönheit sind ihr Gewand, und sie lacht des kommenden Tages.'
Es steht aber auch geschrieben: 'Wer aber nach Unglück ringt, dem wird's begegnen' und 'Ein verkehrtes Herz findet nichts Gutes'. Eines Abends, als wir eng umschlungen beieinanderlagen, nachdem wir unser Beilager genossen hatten, gab mir Schoschana ihr Geheimnis preis: Sie erwartete ein Kind. Meine Freude, mein Glück waren unbeschreiblich. Ich sollte einen Sohn bekommen! Ein Sohn mußte es sein – etwas anderes konnte ich mir nicht vorstellen. Ich spürte, wie meine Freude Schoschanas Glück steigerte. Noch nie hatte ich mich ihr so nah ge-

fühlt; ganz tief spürte ich meine Liebe zu ihr und fühlte, wie sie meine Liebe ebenso tief empfand und erwiderte. Langsam, fast ohne zu wissen, was wir taten, begannen wir erneut, uns zu liebkosen. Diesmal nicht mit der drängenden Ungeduld der Leidenschaft, sondern zärtlich, spielerisch, schweigsam, in inniger Nähe. Sanft und langsam ging ich in Schoschanas Schoß ein, und langsam und zart zog er mich zu sich herein. Schoschana war mir vertraut wie noch nie – und zugleich schien sie mir fremd und geheimnisvoll. Es war, als tauchten wir in ein warmes, dunkles Mysterium, in dem sich alles mit unendlicher Langsamkeit und unendlicher Dichte ereignete. Unsere Körper bewegten sich, aber sie folgten nicht mehr unserem Willen, sondern bewegten sich wie von selbst – nach ihren eigenen, unergründlichen Gesetzen. Sie nahmen die Zügel selbst in die Hand, und wir ließen sie frei. Ich ließ es geschehen und fühlte nur noch, wie meine Liebe und die tiefe Liebe, die mir von Schoschana entgegenströmte, miteinander verschmolzen. Dann begann Schoschanas Leib zu zittern und zu zukken. Es war, als hätte eine fremde Macht Besitz von ihr ergriffen und schüttelte ihren Körper hin und her. Ihr Leib wand sich entfesselt in lustvollen Zuckungen. Eine ungeheure Welle der Lust ging von ihr aus, floß in meinen Körper, stieg von den Füßen aufwärts, durchströmte, durchflutete mein Fleisch. Und eine neue Welle drang herein, fand ihren Weg machtvoll und süß bis in die kleinste Faser, bis tief ins Knochenmark. Welle auf Welle schoß auf, jede süßer und durchdringender als die vorhergehende. Im nächsten Augenblick würde ich selbst von diesen unendlich ansteigenden, übermächtigen und süßen Wogen aufgehoben, fortgetragen und aufgelöst werden – ich schrak zusammen. Schoschana bäumte sich auf und sank mit einem kleinen Schrei zurück auf das Lager. Wir wußten beide nicht, was geschehen war.

Es war mir unheimlich. Was war das für eine Lust, die so gewaltig von ihr ausgeströmt und so übermächtig an mich gebrandet war? Was war das für eine Lust, die mich packen und mit sich fortreißen wollte? Während Schoschana erschöpft und glücklich neben mir lag, wirbelten Gedanken und Bilder in meinem Kopf wie toll durcheinander. Schoschanas jähes und wildes, lustvolles Aufbäumen machte mir Angst. Wie ein brünstiges Tier hatte sie jede Selbstbeherrschung verloren und sich willenlos dem Sinnenrausch ergeben. Das war nicht mehr meine liebevolle und scheue Schoschana – das war eine Herrin der Lust, die übermenschliche Begierden und Leidenschaften entfachen konnte! Und auch mich hätte sie beinahe in diesen Strudel dämonischer Lust hineingerissen! Ich hatte von den orgiastischen Mysterienspielen der Griechen gehört und von den Tempeln der Ischtar, in denen sich 'ehrbare' Frauen den Verehrern der Göttin hingeben – Bräuche, die jeden frommen Juden mit Abscheu erfüllen. Und nun lag statt meiner vertrauten Schoschana, meinem Weib, eine verzückte Jüngerin des Dionysos neben mir, eine Dienerin der Ischtar – nicht viel besser als eine Hure.

Sie tastete nach meiner Hand und hielt sie fest. Dann hörte ich an ihren gleichmäßigen Atemzügen, daß sie in Schlaf gefallen war. Daß sie jetzt so ruhig neben mir schlafen konnte, schien mir genauso unheimlich wie vorher ihre hemmungslose Hingabe. Ihr schweißnasser, warmer Körper erinnerte mich an ein schlafendes Raubtier, das jederzeit erwachen und sich auf mich stürzen konnte. Ich löste mich von ihr, schlüpfte aus dem Bett und suchte mir ein Lager in einem anderen Raum.

Als ich am nächsten Morgen aufwachte, war eine Mauer zwischen mir und Schoschana hochgewachsen, die ich nicht mehr überwinden konnte. Kurze Zeit darauf kam sie zu mir, verwundert, daß ich 'vor ihr aufgestanden' war. So glücklich und gelöst war sie noch nie. Es schmerzte mich, sie so zu sehen. Sehnsucht und Liebe trieben mich zu ihr. Mein Körper loderte auf, schrie nach ihrem Leib – da sah ich sie wieder vor mir, schamlos und schlangengleich sich windend, mich lokkend, es ihr gleich zu tun. „Sie ist wahrhaft eine Hure", flüsterte eine kleine, böse Stimme in mir, und wie unter einem Frosthauch erstarben meine Liebe und Zärtlichkeit. Schoschanas blühender Anblick war mir unerträglich. Ich wandte den Kopf ab. Sie verstand nicht, was in mir vorging, eilte liebevoll herbei und fragte besorgt, ob ich krank wäre. Ich sähe ganz elend aus. Ja, elend fühlte ich mich – meine Liebe war dahin, verschwendet an ein zuchtloses Weib. Ich stieß sie zurück. Aber sie ließ nicht ab. Sie umschlang mich, flehte mich an, ihr doch zu sagen, was mir fehlte. Schließlich gelang es ihr, meinen Kopf zu sich zu drehen. In meinem Blick konnte sie alles lesen. Jetzt erschrak sie. Aber sie wollte es nicht wahrhaben, nicht glauben, was sie doch deutlich erkannte. Dann wurde sie plötzlich ganz ruhig.

„Du verachtest mich für das, was gestern zwischen uns geschehen ist", sagte sie. „Und doch habe ich dich nie mehr geliebt als in dieser Nacht. Es war die Liebe zu dir, die mich so fortgetragen hat. Wenn du mich darum verachtest, verachtest du auch meine Liebe zu dir. Verrate nicht deine und meine Liebe!"

Sie sprach mit einer Ruhe und Selbstsicherheit, die mich verblüffte. Sie schien größer geworden zu sein, ihre Stimme voller. Ich konnte nichts erwidern. Furchtbar war sie und schön – wie eine Göttin der Gojjim. Alles drängte mich danach, mich vor ihr niederzuwerfen und sie anzubeten. Ja, es ging eine Kraft von ihr aus, wie sie nur eine

Göttin haben kann. Aber ich war kein Goj – ich war Jude, und es gab keine Göttinnen, sondern nur den einen einzigen Herrn, den Gott Avrahams und Jisraels. „Gottloses Weib, gottloses Weib“, war das einzige, was ich hervorstammeln konnte. Ohne ein Wort zu sagen, drehte Schoschana sich um und ging hinaus.
Die nächsten Tage verbrachten wir wie Fremde nebeneinander. Wir wechselten kaum ein Wort, mieden den Blick des anderen und gingen uns soweit wie möglich aus dem Weg. Wenn ich es über mich gebracht hätte, mit ihr darüber zu sprechen, wäre vielleicht alles wieder gut geworden. Aber so blieb jeder mit seinen Gedanken allein. Der Dämon, der mir eingeflüstert hatte, daß mein Weib nichts als eine heidnische Hure sei, gewann immer größere Macht über mich. Ich übersah ihre schüchternen Versuche, das Vertrauen zwischen uns wiederherzustellen. Jeder Versuch einer Annäherung, Verständigung und Aussöhnung wurde unter dem schwarzen Blick des Dämons zu einem Eingeständnis ihrer Schuld und ihrer Lasterhaftigkeit. Jedes liebe Wort, jeder werbende Blick, jede zutrauliche Geste zeugten nur von ihrem schlechten Gewissen. Sie hatte sich mir nicht hingegeben wie eine Ehefrau – sie hatte mit mir gehurt. Der Teufel hatte von ihr Besitz ergriffen. Sie war zu Belials verführerischer Tochter geworden, zur Priesterin der Wollust, zur Dienerin Satans, die mich mit ihren Dämonenkünsten dazu verlockte, mit ihr in den abgrundlosen Strudel der Begierde zu tauchen und darin zu vergehen! So angewidert und entsetzt ich von der neuen Schoschana auch war – die Nacht hatte mir den bösen Stachel der Lust eingetrieben. Auch ich hatte in dieser Nacht Wollust in einem nie gekannten Ausmaß erlebt. Ah, noch einmal ihren zuckenden und sich aufbäumenden Leib zu spüren! Wie er sich mir entgegengedrängt, mich in sich hineingezogen hatte! Alles in mir sehnte sich danach, nicht mehr die heranbrandenden Wogen zu abzuwehren, mich ihrem süßen Sog zu ergeben und ein Fleisch mit ihr zu werden. Noch einmal so die Herrschaft über seine Sinne und seinen Willen zu verlieren! Aber es war böse, böse – ein Werk des Teufels und der Heidengötter.
War sie nicht mit der Frau eines meiner griechischen Handelspartner befreundet? Ich hatte bisher nichts gegen diese Freundschaft einzuwenden gehabt. Eine Frau braucht eine andere Frau, mit der sie über die Dinge wie Haushalt, Kleider und Putz sprechen kann. Jetzt kam ich mir auf einmal wie ein Narr vor. Worüber hatte sie mit der Griechin, diesem Heidenweib, sonst noch geredet? In welchen Künsten hatte sie sich unterrichten lassen? Auf welche Wege des Lasters hatte sie sich führen lassen? Die Griechen verfolgen Unzucht bei ihren Ehefrauen aufs strengste, aber die Unzucht selbst ist bei ihnen keine

Sünde. Ihre Götter selbst wandeln ohne Bedenken auf den Pfaden der Lust. Es gibt abscheuliche Geschichten über die 'Liebesabenteuer' ihres obersten Gottes. Wenn ein Jude so von dem Herrn sprechen würde, wäre er augenblicklich des Todes. Die Griechen und Römer lachen bloß darüber! Sie lassen es sogar zu, daß sich gewisse Knaben und Frauen offen der Unzucht anbieten! Hatte Schoschana sich in ihre Künste einweihen lassen? Meine Gedanken wurden immer schwärzer und bitterer. Und was ich mich auch fragte, stellte mir der Dämon sogleich als Gewißheit dar. Ja, Schoschana stand im Banne der Venus und der Ischtar und hatte unser Ehelager in einen heidnischen Sündenpfuhl verwandelt. Sie hatte den Herrn und seine Gebote vergessen – und das Haus und mich mit ihren Hetärenkünsten besudelt. Sie war nichts anderes als eine wohlfeile Dirne. Wem mochte sie sonst noch ihre Gunst geschenkt haben?
Jeder, den Schoschana auf ihre freundliche Art ansah und ansprach, geriet bei mir augenblicklich in Verdacht. Selbst die Sklaven und Diener erregten meinen Argwohn. Schoschana hatte durch ihr fröhliches und bescheidenes Wesen ihr Herz gewonnen. Zeigten aber nicht manche Blicke eine Vertraulichkeit, die einem Diener und Sklaven der Herrin gegenüber nicht zukam? Zu meinem Schmerz, eine gottlose und liederliche Frau im Haus zu haben, gesellten sich Ärger und Wut, in den Augen meiner Diener, Nachbarn und Geschäftsfreunde als unwissender Hahnrei dazustehen, über den sie heimlich lachten. Am schlimmsten aber war meine Ohnmacht, denn trotz aller Verachtung, trotz allen Abscheus, liebte ich Schoschana noch immer und sehnte mich nach ihrem Leib wie ein Verdurstender. Ich hing an ihr, ich war ihr verfallen – und je mehr ich glaubte, sie verachten zu müssen, desto mehr verachtete ich mich selbst, weil ich nicht die Kraft fand, mich von ihr zu lösen. Wieder und wieder spürte ich ihren weichen, federnden Leib, wieder und wieder sah ich ihren entfesselten Körper zucken, sah die schmelzende Hingabe in ihren Augen – und wünschte mir nichts anderes, als eben diese grenzenlose Hingabe wieder zu erleben –, doch das, was ich ersehnte, konnte ich nicht lieben, sondern bekämpfte es bitter grollend, voller Zorn und Abscheu. Ich tauchte in einen Strudel von Haß und Wut, in dem meine Liebe unterging, während meine Sehnsucht und Begierde nach Schoschana ins Unermeßliche wuchsen.
Schoschana spürte meinen Groll, meine Verachtung, und wurde nun selbst immer verschlossener und unnahbarer. Es fachte meinen Zorn nur noch heftiger an. Wie – sie wagte es, den Kopf hochzutragen und mir mit dem abweisenden Blick der Unschuld entgegenzutreten, während sie sich jedem Beliebigen wie eine läufige Hündin darbot? Ich

trank mehr, als mir guttat. Und was immer der Dämon mir einflüsterte – so gemein und bösartig es auch sein mochte –, ich traute es Schoschana zu.

Eines Abends, spät, als ich mich angetrunken wieder einmal an quälerischen Phantasien berauschte und mir vorstellte, wie Schoschana sich lustvoll anderen Männern hingab, wie ihr schweißnasser Körper ekstatisch auf- und niedertanzte, wie sie sich vor Wollust aufbäumte, wie sie wohlig stöhnend zusammensank, da durchbrach dieses brodelnde, giftige Gebräu aus Lust und Haß alle Dämme. Sie hatte unser Haus durch ihr gottloses Tun entweiht, sie hatte mich zum Hahnrei und Gespött der Leute gemacht. Aber schlimmer als alles andere nagte die Demütigung an mir, daß ich sie immer noch liebte und mehr denn je begehrte. Ein neuer Gedanke tauchte auf. Wie war das damals in Qimron HaSchamajim gewesen? Hatte der Schänder verborgene Lüste in ihr geweckt – Lüste, die ich ihr nicht stillen konnte? Hatte sie sich in Hetärenkünste einweihen lassen, weil ich ihr nicht gut genug war? Glaubte sie, mich stärker aufreizen zu müssen? Es war ihr ja gelungen – mein Blut kochte, ich verzehrte mich nach ihr. Sie hatte sich zur Hure und mich zu ihrem Bock gemacht. Nun gut – wenn sie das wollte, konnte sie es haben. Heute wollte ich der Bock sein und sie zufriedenstellen.

Der Gedanke war noch nicht ausgedacht, da stand ich schon in dem Raum, den ich seit jener Nacht nicht mehr betreten hatte. Ich muß furchtbar ausgesehen haben. Ich sehe noch jetzt Schoschanas schrekkensbleiches Gesicht vor mir, das Entsetzen, die Angst in ihren Augen. Damals bereitete mir ihr Schrecken grimmige Genugtuung. Es gab kein Entrinnen. Die Tür, der einzige Ausgang, lag hinter mir, und ich war näher am Fenster als sie. Ich stürzte mich auf sie, riß ihr die Kleider vom Leib, und während ich brutal in sie eindrang, schlug ich ihren Kopf, ihre Brust mit Fäusten und beschimpfte sie mit den unflätigsten und gemeinsten Schimpfworten, die mir der Dämon eingab. Es kann nur ein böser Dämon gewesen sein, der so durch mich wütete. Ich kann mich an jene Nacht nur mit tiefster Scham und quälender Schuld erinnern. Aber ich war es, der sie so quälte und mißhandelte, der sich in gemeinster Weise an ihr verging, der sie demütigte und verfluchte. Ich war wie ein Wahnsinniger. Schoschana schrie nicht und bat nicht um Gnade. Sie rang mit mir, sie kämpfte gegen mich an, so gut sie konnte. Natürlich richtete sie gegen meine Kräfte nichts aus. Aber sie gab nicht auf – und das reizte mich noch mehr. Nur ein Keuchen und Stöhnen brach manchmal aus ihr heraus – diesmal nicht vor Wollust, sondern vor Schmerz. Und dies steigerte noch meine Lust. Erst im Morgengrauen ließ ich von ihr ab.

„Ist es dir recht so? Hab ich dir nun gegeben, was du wolltest, du Hure“, schrie ich sie an. „Wenn es dir nicht gefällt, kannst du ja zu deinen Liebhabern gehen und deine Lust kitzeln lassen! Geh nur – und nimm den Bastard in deinem Bauch mit dir!“
Schoschana rang noch nach Atem. Ihr Keuchen war ein rasselndes Spucken und Würgen geworden. Aber sie hob ihren Kopf, blickte mir gerade in die Augen und sagte: „Du hast ganz recht, *du* kannst nicht der Vater dieses unschuldigen Kindes sein.“
Sie sagte es in einer trockenen, fast beiläufigen Art, so wie man feststellt, daß es draußen regnet. In ihrem Blick, in ihrem Ton lag etwas, das ich nicht ertragen konnte. Ich ließ sie zurück – nackt und blutend auf dem Bett der Verwüstung. Ich schloß mich in meinem Zimmer ein und fiel in einen bleiernen Schlaf.
Als ich aufwachte, sah ich ihre Augen wieder vor mir, wie sie mich zuletzt angeblickt hatten. Mir wurde übel. Die klare durchdringende Sprache dieser Augen sagte nur eins: Schoschana war nicht das, was der Dämon mir eingeflüstert hatte. Mein Wahn brach in nichts zusammen. Ich begriff es nicht gleich und nicht ganz. Zu ungeheuerlich waren die Folgen für mich. Wenn sie nicht war, wofür ich sie gehalten hatte – wer und was war dann ich? Die furchtbare Erkenntnis, die langsam in mir heraufkroch, lähmte meine Glieder, ließ sie bleischwer werden. Ich blieb liegen, schloß wieder die Augen und hoffte, daß alles nur ein Alptraum gewesen war. Ich warf mich hin und her, konnte nicht mehr schlafen. Schoschanas Augen verfolgten mich – und mit ihnen die Wahrheit über mich: ein wüster Sched, ein reißendes Ungeheuer und ein Irrsinniger dazu! Wie sollte ich Schoschana oder irgendeinem anderen Menschen jemals wieder in die Augen schauen können? Wie sollte ich am Tag aller Tage vor den großmächtigen Richter hintreten? Selbst der Fürst der Finsternis würde mich voll Abscheu aus den kalten Grüften des Sche'ol hinausweisen.
Ein unsichtbarer, schwerer Stein drückte auf meine Brust, preßte mich auf das Lager. Ich konnte nicht aufstehen, nicht an Geschäfte denken. Ich konnte und wollte an gar nichts denken – nur vergessen und schlafen. Zwei Tage blieb ich in meinem Zimmer eingeschlossen – ein elendes, stinkendes Stück Fleisch, das kein Mensch mehr verachten konnte als ich mich selbst. Irgendwann öffnete ich Gadi, meinem Diener, die Tür. Ich wagte nicht, ihn anzusehen. Mein Verbrechen, meine Schuld hatten sich nur zu deutlich in mein Gesicht gegraben. Cajin hatte wieder einen Sohn gezeugt – und sein Mal brannte mir auf der Stirn.

Aber irgendwann bemerkte selbst ich in meiner Scham und Verzweiflung, daß Gadi etwas bedrückte. Er stand da, als litte er größeres Unglück als ich, seufzte und räusperte sich. Ich stellte ihn zur Rede. „Ach Herr", sagte er kummervoll, „während du dich in deinem Zimmer verschlossen hieltest und niemanden sehen wolltest, hat die Herrin das Haus verlassen."
„Ist recht", stieß ich heraus. Schoschana – was hätte sie auch anderes tun können? Im Hause ihres Peinigers bleiben? Etwas Kaltes stieg in mir auf. So ruhig und beherrscht wie möglich ging ich zu ihren Gemächern. Sie hatte nur ein paar Gewänder mitgenommen, wie Tirza, ihre Magd, aufgeregt hervorstotterte. Von dem Schmuck, den ich ihr geschenkt hatte, hatte sie nichts eingesteckt. Nur die Spange meiner Mutter fehlte. 'Sie sagte, sie nehme die Spange der gnädigen Frau Mutter, damit das Kind keine Not leiden müsse.' Tirza sprudelte die Botschaft so eifrig heraus wie ein Kind, das nicht weiß, was es sagt.
Das Kind! Mein Sohn! Ich hatte meinen Sohn vergessen, den Sohn, den Schoschana unter dem Herzen trug! Ich trommelte die Dienerschaft zusammen und schickte sie aus, Schoschana zu suchen und, koste es, was es wolle, wieder zurückzubringen. Ich muß geschrien und getobt haben wie ein Wilder. Alles stob davon. Auch mich hielt es nicht mehr im Haus. Ich lief hinaus, rannte durch die Straßen, fragte die Leute nach Schoschana und wurde immer verzweifelter, weil niemand sie gesehen hatte. Dann kam mir der Gedanke, sie könnte längst wieder zu Hause sein und hätte mich nur strafen wollen. Vielleicht hatte sie auch einer der Diener gefunden und nach Hause gebracht. Ich eilte zurück. Aber im Hause war sie nicht. Keiner der Diener, keine der Mägde hatte sie gesehen oder von ihr gehört. Keiner der Wächter und Zöllner an den Stadttoren hatte sie bemerkt. In meiner Verzweiflung begann ich zu rasen. Ich beschimpfte und verwünschte meine Diener – sie hätten sich wie Tölpel aufgeführt, sie hätten sich nicht angestrengt, Faulpelze und Tagediebe, die sie seien! Ich sandte sie wieder aus, schickte sie über Land. Schoschana blieb spurlos verschwunden – und mit ihr meine Liebe und mein Kind.
Bis heute weiß ich nicht, wo sie sich versteckt hält. Mein Kind, mein Sohn, müßte schon fast drei Jahre alt sein. Ich habe ihn noch nie gesehen, habe nicht sein Lachen erfahren, nicht sein Weinen. Ich habe ihn noch nie in den Armen gehalten und geküßt. Vielleicht ist er krank und muß im Elend leben, und ich kann ihm nicht helfen! Ich hasse Schoschana dafür – und sehne mich doch immer nach ihr. Ich kann sie nicht vergessen, so sehr ich es auch wünsche.
Der alte und immer gegenwärtige Schmerz übermannte mich. Ohne daß ich es verhindern konnte, liefen mir die Tränen aus den Augen.

Ganz leicht legte sich Mirjams Hand auf meine Schulter. Ich zuckte zusammen. Ich hatte ihre Anwesenheit völlig vergessen. Was hatte ich ihr alles erzählt! Nachdem es aber nun geschehen war, fühlte ich mich erleichtert. Zum ersten Mal hatte ich einem Menschen von Schoschana erzählt und dem finsteren Abgrund, der sich zwischen uns aufgetan hatte.
„Du weißt nicht, wo deine Frau und dein Kind ist?" Es war weniger eine Frage als eine Feststellung.
In meiner Verzweiflung konnte ich nur nicken.
„Suchst du nur deinen Sohn oder auch Schoschana? Würdest du sie wieder zu dir nehmen?"
Da war sie, die Frage. Plötzlich wußte ich, daß ich nur wegen dieser Frage Mirjam meine ganze Geschichte erzählt hatte.
„Ich weiß es nicht!" Die Vorstellung, Schoschana wiederzusehen und erneut ihre Nähe zu spüren, entzündete augenblicklich alles Verlangen, alle Sehnsucht – und weckte zugleich allen Abscheu, den ich seit jener Nacht der grenzenlosen Lust vor ihr empfand.
„Ich weiß nicht, was ich tun soll. Ich liebe sie noch immer. Und ich weiß nicht, wem ich glauben soll: ihren Augen oder dem Dämon, der mich auslacht, wenn ich an ihre Unschuld glauben will. Ich weiß es nicht: Ist sie eine Hure oder nicht? Und daß ich es nicht weiß, das ist das schlimmste. Ich hasse abwechselnd sie und mich – und dann quälen mich wieder die Zweifel, daß ich vor Scham und Reue wie gelähmt bin."
„Hast du je bei einer Hure geschlafen?" Ihre Frage kam so ruhig wie unerwartet.
„Nie!" Ich schrie es fast.
„Aber du weißt, wie Huren sind?"
„Das weiß doch jeder Mann – wie brünstige Tiere und blind vor Lust! Hinter jedem sind sie her, dem ein Bart wächst – und locken ihn mit ihren geilen Körpern."
Ich sah meine Mutter vor mir, wie sie mit Verachtung und Strenge die Mägde zurechtwies, wenn sie sich im Dunkeln an die Knechte drängten und mit Scherzen und Anzüglichkeiten reizten. Ich sah wieder Mutters Augen – kühl und streng, jede vertrauliche Berührung zurückweisend.
„Meine Mutter hätte so etwas nie getan!" entfuhr es mir.
„War deine Mutter nicht glücklich mit deinem Vater?"
„Ich habe sie nicht glücklich miteinander erlebt. Aber darauf kommt es doch nicht an."
„Dann willst du also in der Ehe nicht glücklich sein, sondern nur eine gute Ehefrau an deiner Seite haben – so wie deine Mutter?"

Sie trieb mich in die Enge. Nein, ich war ja glücklich mit Schoschana gewesen, sehr glücklich sogar, und ich war froh, daß Schoschana mir unverhohlen ihre Liebe gezeigt hatte. Wir hatten miteinander gelacht und uns verstanden wie zwei gute Kameraden. Aber ich ertappte mich plötzlich dabei, daß mir ihre anfängliche Abwehr und die nächtliche Scheu und Zurückhaltung wichtig waren. So sollte eine Frau sein – so hatte ich es bei meiner Mutter gesehen.

„Willst du denn mit deinen Fragen andeuten, daß eine gute Ehefrau sich so ... so schamlos verhalten kann?"

Mirjam brach in heiteres Lachen aus. „Ich weiß nicht, wie eine gute Ehefrau sich verhält", sagte sie. „Ich bin keine gute Ehefrau gewesen, fürchte ich. Aber wenn eine Frau liebt, wirklich von ganzem Herzen den Mann liebt, mit dem sie zusammen ist, dann kann so etwas schon geschehen. Ich weiß es von mir selbst und einer anderen Frau. Deine Schoschana muß dich unendlich geliebt haben. Aber vielleicht willst du gar keine solche Liebe! Vielleicht willst du lieber eine brave und kalte Ehefrau im Bett."

Ich saß stumm da. Wenn Mirjam recht hatte, dann war ich ein noch größerer Narr und Dummkopf als ich bisher selber geglaubt hatte. Aber sie konnte ja nicht recht haben – sie war eine alte Frau und keine gute Ehefrau, wie sie selbst bekannte. Vermutlich hatte sie sich auch in der Ehe über die Gebote des Herrn hinweggesetzt so wie kürzlich im Beit HaKnesset. Ich sah sie verstohlen von der Seite an. Sie blickte geradeaus über die Ebene zu den Bergen jenseits des Tales. Sie trug ihr Haupt frei, ja königlich, wie es mir unwillkürlich durch den Kopf schoß. Ihre Nase war zwar etwas stumpf und kurz, aber gerade. Auch jetzt waren ihre Lippen immer noch voll und weich. Ja, sie mußte früher einmal sehr schön gewesen sein. Ihre Schönheit erschien mir auf einmal gefährlich. Wie konnte sie so leichthin darüber lachen, keine gute Ehefrau gewesen zu sein? Hatte sie die Ehe gebrochen? Dann hätte sie die Steinigung verdient. Andererseits konnte ich mir nicht vorstellen, daß Mirjam sich wie eine unserer Mägde zu einem Stelldichein mit einem heimlichen Geliebten schlich. An ihr war nichts Verstohlenes, nichts Unaufrichtiges. Im Gegenteil. Sie war so frei, so offen, so geradeaus. Sie senkte nicht demütig den Kopf vor dem Mann, wie es Frauen tun. Wie eine Herrscherin hatte sie Marcellus Cassius empfangen. Da hatte ich sie bewundert – denn ihre aufrechte Haltung, ihr offener Mut galt einem Römer. Aber jetzt machte sie mir Angst. Ich wurde den Eindruck nicht los, daß sie immer und überall ihren Kopf so frei trug und nur tat und glaubte, was sie selbst für richtig hielt. Sie schien vor nichts und niemandem Angst zu haben – nicht einmal vor dem Herrn.

Ich stand auf.
„Ich glaube, wir sollten besser nach Hause gehen. Man wird uns sicher vermissen." Dann, etwas entschuldigend und wärmer im Ton als meine kalten, fast befehlenden Worte, fügte ich hinzu:
„Ich danke dir, daß du mir zugehört hast. Es war gut, mit dir darüber zu reden."
Ja, das Sprechen hatte mir gutgetan. Ich hatte mich leicht und wie befreit gefühlt. Aber mit dem, was Mirjam so gelassen gefragt und gesagt hatte, wollte ich mich allein auseinandersetzen. In ihrer Gegenwart fühlte ich mich auf einmal wie ein kleiner Junge, der seine Aufgaben nicht gemacht hat. Ich ärgerte mich eigentlich nur, weil ich nicht wußte, was ich ihr entgegnen konnte. Mirjam aber nickte mir mit einem freundlichen Lächeln zu und erhob sich behende wie ein junges Mädchen. Wir stiegen schweigend, jeder in seine eigenen Gedanken vertieft schnell bergab und erreichten bald die Stadt und Mirjams Haus, wo man schon in Sorge auf uns gewartet hatte.

## 4. Kapitel: Die Nazranijim

Jehuda kam uns im Haus entgegengelaufen. Glück und Erleichterung spiegelten sich in seinem Gesicht. Mutter und Sohn fielen sich in die Arme. Mirjam lachte ein bißchen über seine 'unnötige' Sorge. Dabei hielt sie ihn zärtlich und innig umschlungen. Ich stellte belustigt und etwas geringschätzig fest, daß der junge Jehuda für sein Alter recht kindisch und gefühlsselig an seiner Mutter hing. Dann gab es mir plötzlich einen Stich. Die beiden waren nur noch füreinander da, obwohl ich ganz dicht neben ihnen stand. Ich existierte nicht mehr. Ich war von dieser Liebe, von ihrer Zärtlichkeit und Vertrautheit ausgeschlossen – und wünschte mir in diesem Augenblick nichts sehnlicher, als ebenso innig und liebevoll von Mirjam umarmt zu werden wie ihr eigener Sohn. Nichts anderes wollte ich sein als Mirjams Sohn und von ihrer Liebe umfangen und eingehüllt zu werden. Aber mir blieb nur der stechende Schmerz, daß ich solch eine Liebe von meiner Mutter nie erfahren hatte. Es ist eines, zu wissen, daß die eigene Mutter eher streng und kühl ist, aber ein ganz anderes, diesen Mangel unmittelbar zu spüren, wenn man miterlebt, wie innig nah sich Mutter und Sohn sein können. Die langen Jahre der Entbehrung

wurden mir so schmerzhaft und übermächtig bewußt, daß ich den Anblick der beiden nicht mehr ertrug. Leise und unbemerkt von Mutter und Sohn zog ich mich in meine Kammer zurück.
Was war das für eine Frau – Mirjam! Wieder erschien sie mir in einem anderen Licht. Noch während des Abstiegs von den Bergen hatte auch ich angefangen, die Närrin in ihr zu sehen, für die alle sie hielten. Welche kluge und vernünftige Frau würde sich als schlechte Ehefrau bezeichnen? Das brachte wirklich nur eine Närrin fertig. Auch ihre verwegene Tat, mit der sie Jericho vor einem Blutbad bewahrt hatte, ihr selbstsicheres Auftreten dem römischen Kommandanten gegenüber – war das in Wahrheit nicht Ausfluß einer Narrheit, die sie dazu verleitete, sich tollkühn in ein gefährliches Abenteuer zu stürzen, ohne die Folgen ihres Tuns zu bedenken, bereit, den größten Frevel auf sich zu laden? Ihre Güte, ihre Hilfsbereitschaft gegenüber Bedürftigen konnten ebensogut Eigenschaften einer Verrückten wie einer edlen, mutigen Seele sein.
Nun schien es mir, als hätten meine Gedanken wieder zu kurz gegriffen. Das Bild einer törichten Mirjam, das ich mir auf dem Heimweg so schön zurechtgelegt hatte, verflüchtigte sich wie Frühnebel in den Strahlen der aufsteigenden Sonne. Mochte sie eine schlechte Ehefrau gewesen sein, mochte sie in ihrer Ehe gefehlt und gesündigt haben – ich konnte mir keine bessere und liebevollere Mutter denken als Mirjam. Nein, sie war nicht närrisch und nicht verrückt. Sie war nur anders als die meisten Menschen. Sie gehorchte einem anderen Gesetz – einem Gesetz, das aus ihrem Innern sprach. Sie hörte nicht auf das, was Menschen und Pruschim und Zedokijim sagten und lehrten. Ich wußte nicht einmal, ob sie auf das hörte, was der Herr gebot. Ich wußte nur, daß ich viel lieber Mirjam, die sich über alle Gebote hinwegsetzte, zur Mutter gehabt hätte, als meine eigene, die streng darauf bedacht war, die Gebote zu erfüllen, und meinen Vater und mich darüber übersah.
Ich erschrak über meine frevlerischen Gedanken. Wie Mirjam mich verwirrte! Jetzt glaubte ich schon besser als der Herr zu wissen, wen er mir zur Mutter hätte geben sollen! Ich hatte mich zwar aus der Gemeinschaft von Qimron HaSchamajim gelöst, aber damit hatte ich mich nicht vom Herrn, sondern nur von einer sehr engen und rigiden Auslegung seiner Gebote entfernt.
Etwa zwei Jahre nachdem Schoschana mich verlassen hatte, war ich zu einer anderen Gruppe gestoßen, die das Gesetz des Herrn viel freundlicher und milder auslegte: 'Liebet einander', ja 'liebet eure Feinde' lautete die Botschaft der kleinen Sekte, die daran glaubte, daß der verheißene Maschiach bereits gekommen war. Sie sprachen von ihm

als ‘Gottes Sohn’. Man hatte ihn deswegen ans Kreuz geschlagen, aber seine Jünger berichteten, daß er drei Tage danach von den Toten auferstanden und ihnen erschienen war. Durch ihn und seine Liebe seien alle Sünden vergeben. Und: Wer an Rav Jeschua glaube, der sei der Macht des Todes entrissen, und der Himmel sei ihm am Ende aller Tage gewiß.
Ich ging durch Jeruschalajims Straßen, als ein kleiner Junge von etwa zwei oder drei Jahren lachend und schreiend aus einem schmalen Seitengäßchen herausgerannt kam, verfolgt von einer Horde johlender Kinder. Damals konnte ich keinen Knaben dieses Alters sehen, ohne mit Wehmut an meinen Sohn zu denken, den ich noch nie gesehen hatte. ‘Ich bin dein Sohn’, schien mir jeder kleine Junge zuzurufen. Ich beugte mich unwillkürlich vor, um diesen kleinen, runden Wurm in die Arme zu schließen. Aber er achtete nur auf seine Verfolger und sah weder mich noch das Pferdegespann, das in schnellem Trab die Hauptstraße heranpreschte. Ich bin kein Mann der Tat. Ich zögere oft, meine Entschlüsse in die Tat umzusetzen, überdenke sie wieder, wäge erneut ab. Und selbst wenn ich gehandelt habe, zweifle ich oft, ob ich auch die richtige Entscheidung getroffen habe und schiebe die nächste um so länger vor mir her. Aber hier waren Sehen und Handeln eines. Ich riß den Jungen in meine Arme und hielt das zappelnde Bürschchen fest an mich gedrückt. Erst als die Pferde an uns vorbeigedonnert waren, erfaßte er die Gefahr, der er gerade entronnen war, und fing an zu weinen. Mittlerweile war die Verfolgergruppe herangerückt. Die älteren Kinder, vielleicht Geschwister, hatten das drohende Unheil schneller als der Kleine erkannt. Ihre Entsetzensschreie und die Warnrufe einiger Erwachsener, die zu weit entfernt gestanden hatten, um eingreifen zu können, hatten die Mutter des Kleinen aufgeschreckt. Laut klagend und schreiend kam sie angelaufen, riß mir ihren ‘kleinen Engel’, ihren ‘Wonnekloß’, ihren ‘Mäusezahn’ aus den Armen, weinte, lachte und drückte den Kleinen an sich. Ich war froh, daß alles so gut ausgegangen war und wollte mich durch die gaffende Menge davonstehlen, als mich die Mutter am Ärmel festhielt. Sie hatte sich inzwischen einigermaßen gefaßt und bestand übersprudelnd vor Dank- und Lobpreisungen darauf, mich zu sich einzuladen und mir eine Erfrischung anzubieten. Ich wollte nicht unhöflich erscheinen und folgte ihr und den Kindern. Während des ganzen Weges hörte sie nicht auf, mir überschwenglich ihren Dank zu bezeugen. Der Kleine thronte auf ihren Schultern, Kinder und Nachbarn zogen im Troß hinterher. Damals hörte ich zum ersten Mal den Spruch: „Gelobt sei Rabbi Jeschua, der Maschiach!“

Lachend und schwatzend hatte man mich in eines jener baufälligen Häuser des Armenviertels am steilen Hang des Kidrontals geführt. Der Schmutz auf den Straßen, der Gestank von Dung und Abfall waren unbeschreiblich. Die Hütte meiner Gastgeberin unterschied sich in nichts von den anderen heruntergekommenen Behausungen – winzig und dicht aneinander gedrängt, beherbergten sie in ihrem einzigen Raum Menschen, Tiere, armselige Vorräte, Abfälle und Unrat in schier überquellender Fülle. Die Ratten fühlten sich in dieser Umgebung so wohl und heimisch, daß sie erst im letzten Moment den Füßen der Menschen auswichen – nicht geängstigt, sondern gemächlich, eher wie belästigt. Um die triefenden Augen und Nasen der kleinen Kinder klebten Trauben von Fliegen, die die Kinder wie ihre Mütter teilnahmslos, ja ergeben sitzenließen. Die abgestumpften Mütter waren mit ebensolchen Fliegen im Gesicht großgeworden und wußten es nicht anders. Die Innenwände des Hauses waren von einer fettig-schwarzen Schmutzschicht überzogen. Ich hatte das Armenviertel noch nie zuvor betreten, und mit einer Mischung aus Ekel und Faszination nahm ich dies alles wahr. Die Menschen hier hatten nichts – aber von irgendwoher tauchte plötzlich auf einem plumpen Holzteller ein schmutziggraues Stück Brot vor mir auf, daneben eine handvoll schwarz gewordener Rosinen. Sie drängten mir ihre kärglichen Vorräte auf, und um ihren Stolz nicht zu verletzen, brach ich ein paar Bissen Brot ab und aß ein paar Rosinen. Dies wurde mit großem Beifall bedacht. Und dann begann ein Fest, so heiter und ausgelassen, daß ich Schmutz und Gestank vergaß und bei ihren Späßen wie toll mitlachte und mitschrie.

Als ich mich verabschiedete, war es der Abschied von neu gewonnenen Freunden. Ich empfand ihnen gegenüber tiefen Dank – in ihrer Runde war ich heiter und froh geworden. Ich war schon immer etwas ernsthafter, schwerfälliger und düsterer im Gemüt als meine Geschwister und Kameraden. Das leichte Lachen und Scherzen war meine Sache nicht. Bei den Brüdern in Qimron hatte ich das Lachen fast verlernt. Und nach meiner furchtbaren Tat, und nachdem Schoschana mich verlassen hatte, dachte ich noch weniger ans Lachen. Die Welt war für mich dunkel und freudlos geworden. Ich lebte, weil ich nun einmal da war. Den Handel betrieb ich nur noch aus Pflicht. An diesem Tag kam wieder etwas Licht in mein Leben – und dies verdankte ich den Ärmsten der Armen, die selbst in ihrer bedrückenden Not noch Freude und Heiterkeit verschenken konnten! Es war mir peinlich und beschämte mich, als sie mir nochmals für die Rettung des kleinen David aus tiefstem Herzen dankten. Nicht der kleine David,

nicht die Mutter – ich war der Gerettete und Beschenkte. Aber ich konnte es ihnen kaum begreiflich machen.
Es war später Abend, als ich heimkehrte. Zwei junge Männer hatte man mir zur Begleitung mitgegeben, damit ich sicher den Weg fand. Vor dem Tor meines Hauses ließ ich die beiden warten. Dann raffte ich an Früchten und Süßigkeiten zusammen, was ich finden konnte. Im Warenlager suchte ich nach einem schönen Gewand für den Jungen. Beladen bis unters Kinn kehrte ich zu meinen Begleitern zurück, die nun ihrerseits verlegen die 'Schätze', mit denen ich sie überhäufte, entgegennahmen. Die Armen stammelten Dank und Schuld – dabei war in Wahrheit ich der Arme. Ich gab ihnen nur tote Dinge – sie aber hatten mich wieder zum Leben erweckt.
Von da an ging ich im Haus des kleinen David ein und aus. Im Geist sah ich in ihm meinen Sohn. Ich nahm ihn oft zu mir, spielte mit ihm und überschüttete ihn und seine Familie mit Geschenken. So lustig und dreist wie der Kleine die Straße entlanggerannt war, so ungestüm und unbefangen eroberte er mein Haus, mein Warenlager, die Stuben der Dienstboten – er eroberte unsere Herzen im Sturm. Überall hörte man sein Lachen und Krähen. Mir war, als ob ich aus einem eisigen Keller in die warme Sonne stieg. Ich staunte über seine Phantasie, seine Unternehmungslust. Ich lernte, welchen Spaß es bereiten kann, Klötzchen zu einem gewaltigen Turm aufzuschichten und ihn dann mit einem Schlag niederzureißen. Ich lernte, die Spannung beim Versteckspiel zu genießen und das freudige Auflachen, wenn wir uns wiederfanden. Ich war mir nicht zu schade, das Reittier für einen kleinen Jungen zu spielen. Die Dienstboten staunten, die Nachbarn, meine Geschäftspartner und Freunde – und am allermeisten ich selbst. Ich fragte mich oft, was ich denn in meiner eigenen Kindheit getan und gespielt hatte. In meiner Erinnerungen sah ich mich bei meiner Mutter sitzen und hörte ihren Erzählungen von Jeruschalajim zu. Ich hatte dann als Kind davon geträumt, selbst in die heilige Stadt zu ziehen. Ich konnte schon früh lesen und schreiben und saß gerne über den Büchern der Torah. Aber ich konnte mich nicht erinnern, mit Lust und Geschrei herumgetobt zu sein wie der kleine David. Mit ihm wurde ich wieder Kind und lernte eine andere Kindheit kennen – eine sonnigere, fröhlichere.
Umgekehrt achteten seine Mutter Rivka und ihre Familie sehr darauf, wie es bei mir zuging. Ich bemerkte, daß sie begannen, den Schmutz von den Wänden zu kratzen. Ich hatte Rivka genug Stoffe für die ganze Familie gegeben – David hatte noch zwei Brüder und drei Schwestern –, so daß nun jedes Familienmitglied mehrere Gewänder besaß. Rivka sorgte dafür, daß die Kleider regelmäßig gewechselt und

gewaschen wurden. Sie achtete darauf, daß sich die Kinder täglich reinigten und kämmten. Sie räumten den Dreck vor ihrer Haustür fort. Sogar einige Nachbarn fingen an, sie nachzuahmen. Andere hingegen lachten darüber, wie dumme Menschen eben über alles lachen, das anders ist, als sie es kennen und gewohnt sind. Nur eines gelang mir nicht: Rivka dazu zu bewegen, mit ihrer Familie bei mir einzuziehen oder ein Haus in einem besseren Stadtviertel anzunehmen. Weder die Lockungen meines Reichtums noch die ernsthaftesten Gründe und Vorhaltungen konnten ihre ablehnende Haltung erschüttern. Immer, wenn ich sie in die Enge getrieben hatte, verschanzte sie sich zuletzt hinter dem einen Spruch, der jedes weitere Argument ins Leere laufen ließ: „Das kann nur mein Mann entscheiden. Ich muß ihn erst fragen." Ihr Mann war aber auf einer langen Reise unterwegs und nicht zu erreichen. Im Laufe der Zeit packte mich heftiger Zorn, wenn sie nur den Namen ihres Mannes erwähnte. Wie konnte er in fremden Landen umherziehen und die Seinen allein zurücklassen, ohne sich um ihren Unterhalt zu kümmern! Ich hatte schnell herausgefunden, daß der 'Ernährer' der Familie nicht in Geschäften unterwegs war, wie es einem Kaufmann oft genug auferlegt wird. Nein, er reiste umher, um in fremden Ländern die Lehre des Rav Jeschua zu verkündigen und Anhänger zu gewinnen. Seine Familie erhielt von ihm nicht eine Prutah. Andere sorgten für sie, und die älteren Kinder boten sich um ein paar Kupferstücke zu Handlangerdiensten an. Die Familie lebte in bitterster Armut – aber ihr Oberhaupt schien das nicht zu kümmern.

Mit dieser Abneigung gegen den mir noch unbekannten Natan entwickelte sich eine ebensolche Abneigung gegen Rav Jeschua, den ich für die Wurzel des Elends der Familie hielt. Ich war darum auch gar nicht sehr begierig, seine Lehren kennenzulernen. Es gab in dieser aus den Fugen springenden Zeit sowieso viel zu viele selbsternannte Prediger und Erlöser, die als Maschiach auftraten und den getretenen und ausgepreßten Menschen den Himmel auf Erden verhießen, wenn man ihnen nur folgte. Jeruschalajim war voll von fragwürdigen Rabbanim und Sekten, die sich lautstark bekämpften, verleumdeten und manchmal sogar handgreiflich gegeneinander vorgingen. Ein Erlebnis mit einer Sekte schien mir genug. Dieser Rav Jeschua ging mich nichts an, dachte ich in meiner Torheit.

Ich hatte darum auch keine sonderliche Lust, dem kleinen David zu folgen, als er eines Tages freudestrahlend angelaufen kam und mir schon von weitem die Rückkehr seines Vaters entgegenschrie. Ich sollte sofort mitkommen und ihn kennenlernen. Er hing sich an mei-

nen Ärmel und ließ nicht locker, bis ich dem Tyrannen meines Herzens widerwillig nachgab und mich mit ihm auf den Weg machte.
Natan war ein kleiner, drahtiger Mann, der mich mit Freude als den Wohltäter der Familie willkommen hieß und mir lebhaft und ohne jede falsche Scham und Bescheidenheit dankte. Er lachte und scherzte dabei, eilte geschäftig umher, bot mir den besten Sitzplatz an und drückte zwischendurch Rivka und die Kinder, die ihm vor die Füße liefen, so herzlich an die Brust, daß ich ihn einfach gernhaben mußte. Es war, als wäre die Quelle der Heiterkeit und der Freude, die ich in dieser Familie kennengelernt hatte, heimgekehrt und füllte alle Herzen mit ihrem Segen. Wenn er abreiste, konnte er sicher sein, daß seine lebendige Heiterkeit und Freude bis zur nächsten Wiederkehr vorhalten würden. Ja, er *war* der Ernährer der Familie – in einem ganz anderen Sinn, als ich gedacht hatte. Nahrung, Essen, Kleidung, ein warmes Haus – gerade im hochgelegenen Jeruschalajim – waren für ihn von gänzlich untergeordneter Bedeutung. Wie ich bald erfuhr, lebte er in der Freude, durch Rav Jeschua frei von aller Schuld vor dem Herrn zu sein. Und diese Freude teilte er freigebig mit allen, die um ihn waren. Er nährte die Herzen seiner Frau, seiner Kinder und seiner Freunde. Er war so übersprudelnd der Mittelpunkt des Geschehens, daß ich erst geraume Zeit später einen anderen Fremden in dem halbdunklen Raum bemerkte, der sich still und friedlich an dem Wiedersehensglück der Familie mitfreute. Es war ein großer, aber durch sein hohes Alter schon gebeugter Greis mit zergerbtem Gesicht. Sein Bart war weiß und dünn. Aber mit seiner kräftigen Stimme und den offen lächelnden Kinderaugen wirkte er merkwürdig jung. Man begegnete ihm mit großer Ehrerbietung, ja Ehrfurcht. Er stammte aus einem kleinen Dorf am Kinneret-Meer und hieß Schim'on bar Yonah. Als man uns einander vorstellte, flüsterte mir Natan ins Ohr: „Er ist selbst ein Schüler unseres Rav Jeschua gewesen! Ich durfte ihn auf seinen Reisen in den Norden begleiten!" Inzwischen war ich von der allgemeinen Freude und Verbundenheit selbst so erfüllt, daß mein geheimer Groll gegen diesen Rav Jeschua und seine Künder und Anhänger dahinschmolz und einem verhaltenen Interesse Platz machte.
Und dann geschah es. Als sich der allgemeine Trubel gelegt hatte und der kleine David längst im Schoß von Rivka schlummerte, begann Schim'on zu sprechen. Mit einem Schlag wurde es still in der Hütte. Alle hingen gebannt an seinen Lippen. Nur das leise regelmäßige Atmen Davids war zu hören. An der Tür drängten sich die Menschen, so viele, daß die meisten draußen bleiben mußten – nur ihre Köpfe schauten herein. Er erzählte von seiner Reise – leise und ruhig,

mit einfachen Worten. Wegen Schim'ons breitem galiläischen Zungenschlag verstand ich anfangs nicht viel. Er übermittelte Grüße von Mitbrüdern und Mitschwestern im Norden, berichtete von der segensreichen Entwicklung in einigen Gemeinden und von kleineren Streitereien und Hader in anderen. Von jeder Gemeinschaft zählte er auf, wie viele neue Mitglieder gewonnen waren, wie viele Seelen sich zu Rav Jeschua bekehrt hatten.

Das Sprechen fiel ihm nicht leicht. Er rang nach Worten, stotterte oft, verhaspelte sich, mußte noch einmal von vorne anfangen. Es störte nicht. Er sprach aufrichtig und eindringlich. Ich hatte das Gefühl, als ob er die Menschen, von denen er sprach, lebendig und leibhaftig vor Augen sähe. Er erzählte, wie er durch die frohe Botschaft des Rav Jeschua die bestehenden Gemeinden im Glauben gefestigt und in vielen Städten und Dörfern neue Gemeinschaften ins Leben gerufen hatte. Und während er so seine Predigten wiederholte – erfüllt von einem Feuer, einer inneren Freude und Begeisterung, die sich allen unmittelbar mitteilte –, hörte ich die Botschaft selbst zum ersten Mal. Während er so mit leuchtenden Augen zu uns sprach, stieg auf einmal das Bild meiner Mutter vor mir auf, wie sie mir als Kind von der heiligen Stadt Jeruschalajim erzählt hatte. In ihrem Eifer und ihrer Freude glichen sich Schim'on und meine Mutter. Und doch war bei dem alten Schim'on alles anders. Seine Worte waren immer an die ihn umgebenden Menschen gerichtet. Er schloß sie in seine Rede, in sein Glück, in seine Erhebung mit ein. Wenn meine Mutter von Jeruschalajim sprach, teilte sie etwas von einer Freude mit, in der nur sie selbst lebte, die nur für sie galt. Ich, der ja als Kind die heilige Stadt noch nie besucht hatte, hörte von Jeruschalajim wie von einer Märchenstadt, von einem fernen Wunder, von einem Schatz, den ich nicht greifen konnte. Nur die Sehnsucht danach wurde geweckt, so wie sich meine Mutter alle Tage ihres Lebens im roten dunklen Sela nach der hellen lichten Stadt Jeruschalajim gesehnt hatte, als ob dort das ewige Glück und Heil auf sie wartete. Schim'on weckte keine Sehnsucht. Sein Glück, seine Freude waren hier und jetzt und bei uns, und wir hatten teil daran. In der Liebe Rav Jeschuas war er ein neuer Mensch geworden – und die Liebe des Maschiach wartete nur darauf, auch uns zu neuen Menschen zu verwandeln. In seiner Liebe waren unsere Sünde, unsere Schuld vergeben. Etwas bewegte sich in mir, schmolz. Meine Härte, meine ungeheure Schuld, mein Gram schwanden dahin – und plötzlich wußte ich, daß dieser Rav Jeschua, der die Liebe des Herrn gelehrt und gelebt hatte, wahrhaft der Maschiach war. Er selbst schien aus Schim'on zu sprechen. Rav Jeschua war für mich auf die Welt gekommen. Er hatte mich von aller Schuld,

von allen Sünden befreit. Durch den Glauben an ihn war mir vergeben. Am Tag des Gerichts brauchte ich nichts zu fürchten – ich war gerettet! Ich fühlte mich auf einmal so frei und leicht, als sei eine ungeheure Last von mir abgefallen. Das Glück dieser unerwarteten und unverhofften Gnade trieb mir die Tränen in die Augen, und ich weinte wie ein Kind und schämte mich nicht. Nicht nur ich, wir alle waren von diesem Geist der Vergebung und Freude erfaßt. Der heilige Geist weilte unter uns, wie Schim'on mir erklärte, und Gott, der Herr, schenkte uns durch seinen eingeborenen Sohn unseren Retter und Erlöser, seine unendliche Gnade und Barmherzigkeit.
Etwas Neues hatte mich ergriffen und in einen neuen Menschen verwandelt. Ja, ich fühlte mich so rein wie ein neugeborenes Kind – und so unschuldig, als hätte ich in den Garten Eden zurückgefunden und ein gnädiger Engel hätte mir den Einlaß nicht verwehrt. Und ich fand eine neue Gemeinschaft. Ich fand die Gemeinschaft der Menschen, vor denen ich mich bisher nicht stolz, sondern eher scheu zurückgehalten hatte. Ich erkannte nun in jedem Menschen meinen Bruder, meine Schwester. Ich fühlte mich ihnen innig verbunden. Ich dachte nur daran, ihnen Gutes zu tun, ihnen zu helfen. Früher, so wurde mir überraschend bewußt, hatte ich nur an mich gedacht – an meine Frömmigkeit, an meine Reinheit, an meine Rechtfertigung vor dem Herrn. Nun, da ich wußte, daß ich Gnade vor Gott gefunden hatte, war mein Herz frei und leicht und konnte sich anderen öffnen und zuwenden. Auch bei den Weißen Brüdern von Qimron war ich für andere dagewesen, hatte ihnen geholfen, sie geleitet. Aber damals war es ein Muß, ein Zwang – eine Pflicht, geboren aus Geboten, nicht überströmend aus meinem Innern. Nun floß alles so leicht. Als wäre eine Quelle in mir entsprungen, und ihre Wasser trügen mich zu all dem, wofür ich früher Kraft und Mühe aufwenden mußte. Sonderbarerweise gewann ich nun größeren Einfluß bei meinen Brüdern, als ich ihn je mit all meinen Ermahnungen und Belehrungen erzielt hatte. Es machte mich nicht einmal stolz – nur dankbar und demütig. Ich wußte, diese neue Kraft, diese Quelle in mir, floß nur durch die Gnade unseres Herrn Jeschua, der uns durch seinen Tod am Kreuz von allen Sünden erlöst hatte.
Dieser glückliche, ja selige Zustand hielt etwa vier Monate an. Er verdrängte alle anderen Gedanken. In meinem schier unendlichen, beschwingten Glück war ich freundlich zu jedermann. Ich schenkte meinen Sklaven die Freiheit und behielt diejenigen, die bei mir bleiben wollten, mehr als Freunde denn als Diener. Den anderen gab ich die nötigen Mittel, damit sie ein Geschäft oder Handwerk aufnehmen konnten. Die Gemeinde unterstützte ich mit Geld und Gütern.

Vor allem sorgte ich dafür, daß die Ärmsten eine bessere Bleibe als die elenden Hütten im Armenviertel fanden. Ich war sehr glücklich, als Natan endlich ein Haus für seine Familie von mir annahm und der kleine David nicht länger in dieser Brutstätte von Schmutz und Unrat aufwachsen mußte. Für die Kinder bezahlte ich einen Lehrer, damit sie die Torah lesen und studieren konnten. Wenn sie lesen und schreiben lernten, würden sie überdies besser für sich und ihre Familie sorgen können. Das alles tat ich gern und mit Freuden – je mehr ich gab, desto glücklicher fühlte ich mich als der wahrhaft Beschenkte.
Ich beriet mich oft mit Schim'on und den anderen Vorstehern der Gemeinde Jeruschalajims, die großenteils selbst noch Schüler des Rav Jeschua gewesen waren. Ich wurde nicht müde, mir vom Leben und Wirken unseres Rav und Maschiach erzählen zu lassen. Von den Wundern, die er vollbracht hatte. Wie er Tote wieder zum Leben erweckt, wie er mit wenigen Körben von Brot oder Fischen Tausende gespeist und wie er Wasser in Wein verwandelt hatte. Wie er sich gegen die Pruschim behauptet hatte, die ihm überall Fußangeln legten, weil er in ihren Augen das Gesetz brach. Früher hatte ich ebenso gedacht: Wer am Schabbat nur leicht Erkrankte heilt, bricht das Gesetz. Wer sich zu Sündern und Ehebrechern setzt, verstößt gegen das Gesetz und wird selbst unrein. Aber wie Rav Jeschua ihnen geantwortet hatte! Welch eine Macht aus den Worten sprach: Wer ohne Fehl ist, der werfe den ersten Stein! Am liebsten jedoch hörte ich die Predigten und Gleichnisse, aus denen seine Güte und Liebe rein und ungeteilt flossen: Ich liebte die Seligpreisungen und seine tröstlichen, verzeihenden Worte noch vom Kreuz herab. Empörung und Zorn packten mich, wenn auf Judas, den Mann aus Kriot, die Rede kam. Daß irgendein Mensch, noch dazu einer seiner Schüler und Jünger, dazu fähig war, ihn, dessen Leben nur Liebe und Güte war, zu verraten und dem Sanhedrin zu übergeben! Schim'on versuchte, mich zu beruhigen: „Es war sein Los, für uns zu sterben. Judas hat nur ausgeführt, was beim Herrn beschlossen war. Er hat mit dem Tode für den Verrat bezahlt. Friede sei seiner Seele. Unser Herr Jeschua ist gestorben, um sich allen als der Maschiach zu erkennen zu geben. Er ließ sich verraten und kreuzigen, um am dritten Tag wieder von den Toten aufzuerstehen. Nur als der Auferstandene, als der Bezwinger des Todes, konnte er uns das ewige Leben schenken." Seine Worte leuchteten mir ein, aber der Groll wich nur langsam.
Mit dem neugewonnenen Glück sprangen aber auch die schweren Türen wieder auf, hinter denen ich meine Liebe und mein Glück mit Schoschana verschlossen gehalten hatte. Aus dem tiefsten Winkel des Vergessens kroch die Sehnsucht, erst unmerklich, dann ergriff sie

mich machtvoller denn je. Ich sah Schoschana wieder vor mir wie in unseren glücklichsten Tagen, sah ihr Lächeln, fühlte ihren Leib und spürte, wie mein Körper wieder erwachte, der seit ihrem Weggang wie abgestorben war. Die alte Wunde riß wieder auf, begann von neuem zu bluten und ließ sich nicht mehr schließen. Meine Schuld war durch den Glauben an Rav Jeschua, den Maschiach, vergeben und gesühnt. Aber meine Liebe war nicht erloschen. Im Gegenteil. Nur ein Gedanke beherrschte und verzehrte mich – die Sehnsucht nach dem verlorenen Glück, nach Schoschana. Wenn ich betete, tanzte Schoschanas Gesicht vor meinen Augen. Nachts verwandelte sich die Decke in ihren Leib, der sich an mich schmiegte und mich wieder in Lust entbrennen ließ. Wenn ich mit den anderen beisammen war und alle gebannt den Erzählungen Schim'ons lauschten, hörte ich kaum zu, weil sich seine Stimme in die Schoschanas verwandelte. Dann stand sie wieder vor mir – jung und schön –, und ich sah die Liebe und Hingabe in ihren Augen, die ich in meiner Torheit und Besessenheit geschändet und verflucht hatte. Ich starrte die Frauen auf den Straßen an – jede konnte doch Schoschana sein! Das brachte mir viel Ärger und Streit.
Schließlich sonderte ich mich wieder ab, scheute die Menschen und verlor mich immer mehr in den Tagträumen und Bildern, die mir Schoschanas Gegenwart vorgaukelten. Die Geschäfte wurden mir zur Last. Nur der kleine David konnte mich aus den traurig sehnsüchtigen Träumereien reißen. Nur er hielt mich in der Welt, die mir ohne Schoschana kalt und freudlos erschien.
Ich sprach mit Schim'on über meine unstillbare Sehnsucht. Aber er, der seine Frau und seine Kinder verlassen hatte, um dem Herrn nachzufolgen und dessen Lehren zu verkünden, blickte mich nur hilflos an. „Ich kenne solche Gefühle nicht, wie du sie deiner Frau gegenüber hegst", sagte er. „Ich muß gestehen, daß ich am Anfang meiner Ehe die Lust genossen habe. Aber dann wurde meine Esther die Mutter meiner Kinder und rund und behäbig. Als unser Rav Jeschua erschien und mich aufforderte, mit ihm zu kommen, traf es mich wie ein Blitz: Das ist es, das ist das Wahre, das Eigentliche – die Liebe zu allen Menschen, die Liebe des Geistes. Das war für mich mehr als die Sinnenlust und die Liebe zu meiner Frau." Ich versuchte, ihm klarzumachen, daß zwischen mir und Schoschana mehr als nur Fleischeslust gewesen war, daß wir uns aus ganzer Seele geliebt hatten. Ich fragte ihn, was denn Rav Jeschua zu der Ehe und der Liebe zwischen Mann und Frau gelehrt hatte.
„Unser geliebter Meister hat gesagt: 'Mann und Frau sind ein Fleisch' und: 'Was Gott zusammengefügt hat, soll der Mensch nicht schei-

den'. Er hat aber auch gesagt: 'Und wer verläßt sein Haus oder Bruder oder Schwester oder Vater oder Mutter oder Weib oder Kinder oder Äcker um meines Namens willen, der wird hundertfältig ernten und das ewige Leben erben'."
Ich war seltsam enttäuscht. „Aber wie kann ich das vereinbaren: Mann und Weib ein Fleisch, die Scheidung verstößt gegen den Willen des Herrn – und andererseits sollen wir unsere Frauen verlassen und ihm nachfolgen, um das ewige Leben zu erringen?"
Schim'on fing wieder an zu stammeln, wie immer, wenn er etwas erklären mußte. „Das mußt du doch sehen. Die Liebe und Ehe mit einer Frau ist das eine und etwas Heiliges. Aber höher und heiliger ist es, dem Herrn nachzufolgen. Wenn du dich scheiden läßt, weil dir deine Frau nicht mehr gefällt oder weil du eine andere begehrst, so ist das Ehebruch. Aber wenn du deine Frau verläßt, um für den Herrn zu leben, dann ist das kein Ehebruch – denn dann dienst du dem Heiligen."
„So ist es eigentlich besser, gar nicht erst eine Frau zu lieben und zu heiraten, sondern immer nur dem Herrn zu leben? Hat der Rav das gemeint?"
Schim'on strahlte mich erleichtert an. „Ja, so ist es. Er sagte einmal etwas dunkel: 'Manche kommen verschnitten auf die Welt, andere werden von Menschen verschnitten – und wieder andere verschneiden sich selbst um des Himmelreichs willen'. Bedenke, das Himmelreich ist nahe – es wird anbrechen, bevor wir gestorben sind!"
„Aber dasselbe lehren auch die Weißen Brüder von Qimron, deren Gemeinschaft ich einmal angehört habe. Auch sie sagen, daß es besser ist, keusch zu leben und nur dem Herrn zu dienen ..."
Schim'on spürte meine Unzufriedenheit auf seine Antwort. „Ich kann das alles nicht so gut erklären. Du solltest mit Bruder Scha'ul darüber sprechen, er ist viel gebildeter als wir alle. Er war ja Parusch und hat uns Nazranijim früher erbarmungslos verfolgt. Aber dann ist ihm auf der Reise nach Damessek der Herr erschienen und hat ihn gewandelt. Frage ihn, er kommt bald zu uns nach Jeruschalajim."
Von dem größten Feind und Verfolger der Anhänger des Rav Jeschua hatte ich schon gehört. Von seiner Bekehrung wurde in der Gemeinde ehrfürchtig wieder und wieder erzählt. Ich lernte den berühmten Mann etwa zwei Wochen später kennen. Er war groß, schlank und dunkel, mit langen schmalen, lebhaft gestikulierenden Händen, die seine Worte eindrucksvoll unterstrichen. Er war ein kluger und leidenschaftlicher Mann, hitzig, ungeduldig. In seinen dunklen Augen brannte ein Feuer, mit dem er jedem bis auf den Grund seiner Seele zu schauen schien. Er war mitreißend wie Schim'on, aber auf eine

andere Art. Schim'ons Freude und Begeisterung kamen aus einem gütigen und ehrlichen, wenn auch einfältigen Herzen. Scha'uls Wesen war geistiger, unbedingter und dadurch auch härter. Ich konnte ihn mir gut als gnadenlosen Verfolger vorstellen. Das gleiche Feuer, der gleiche Schwung, mit dem er gegen die Schüler des Rav Jeschua vorgegangen war, trieb ihn jetzt, im Namen dieses Ravs zu predigen und die Menschen für ihn zu gewinnen. Er erinnerte mich an Schim'on ben Ahasja, den Vorsteher der Gemeinde von Qimron HaSchamajim. Sie hätten Brüder sein können. Ich war von Scha'ul beeindruckt, wie jedermann es sein mußte. Ich bewunderte seine unermüdliche Tatkraft, seine Sprachgewalt – aber es fehlte ihm jene Wärme des Herzens, die uns einen Menschen lieb und teuer macht. Er blieb mir fremd. Trotzdem sprach ich zu ihm von meiner Liebe zu Schoschana. Ich teilte ihm nur mit, daß Schoschana mich verlassen hätte, daß sie inzwischen ein Kind von mir geboren haben müßte und daß ich nicht wüßte, was ich tun sollte. Ich sehnte mich immer noch nach ihr.

Er sah mich lange und verwundert an. Ich konnte seine Gedanken lesen: „Du bist doch klug und gebildet. Wie kann eine Frau dir so viel bedeuten? Wie kann das Fleisch eine solche Macht über dich haben – über dich, einen Mann des Geistes!" Aber Scha'ul war viel zu klug, um solche Gedanken laut in Worte zu fassen.

„Du kennst doch das Gleichnis von unserem geliebten Rav: Ein Mensch fand einen Schatz im Acker. Da ging er hin und verkaufte alles, was er hatte und kaufte den Acker. Und das andere Gleichnis: Ein Kaufmann suchte gute Perlen. Als er eine köstliche Perle fand, ging er hin, verkaufte alles, was er hatte, und kaufte die eine Perle. Du hast den Schatz und die Perle gefunden, du hast die frohe Botschaft vernommen, du weißt, daß das Himmelreich nahe ist – und anstatt dich zu freuen und alles fahren zu lassen, was dich an diese Welt bindet, trauerst du deinem Weib nach, das dir entlaufen ist?"

„Rabbi", wandte ich ein, „seit ich von der Gnade weiß, die uns durch den Rav und Maschiach zuteil wurde, bin ich so glücklich und froh, wie seit langem nicht. Die Fesseln um mein Herz sind zerschnitten, und ich bin befreit wie von einer schweren Last. Aber seit dem Tag, an dem die Freude bei mir einkehrte – die Freude über das nahe Himmelreich –, steigt auch die Erinnerung an die Freude, die ich mit Schoschana erlebt habe, wieder empor. Und die Sehnsucht nach ihr hält mich wie ein wildes Tier in seinen Klauen."

„Wenn das Fleisch dich noch so machtvoll gefangenhält, dann weißt du noch nichts vom Himmelreich. Aber wenn der Heilige Geist dich erfüllt, wirst du das wahre Himmelreich sehen! Dann erst bist du wirklich frei vom alten Gesetz und von den Lüsten Satans. Der Hei-

lige Geist macht uns frei von allen sündigen Bindungen – und deine Begierden sterben wie von selbst ab, weil das wahre Leben Einzug hält. Die Sehnsucht nach deinem Weib wird vergehen, so wie der Mond verblaßt und unsichtbar wird vor dem Strahlglanz der aufgehenden Sonne."
Er sah meine zweifelnde Miene und fuhr noch eindringlicher fort:
„Auch wenn du mir jetzt nicht glauben kannst, lieber Yoram, so bedenke doch: Selbst nach dem alten Gesetz ist die Frau dem Manne untertan und nicht der Mann der Frau – denn sie ist näher der Schlange und der Mann ist näher dem Herrn. Du hast ein sündig-weibisches Verlangen nach deiner Frau – so sagt das alte Gesetz, und es hilft dir nicht. Aber der neue, heilige Geist wird in dich fahren und dich von deinem Verlangen erlösen, damit du das ewige Himmelreich erlangst."
„So verlangt auch Rav Jeschua, daß wir alles fahrenlassen – selbst die Liebe unserer Frau – um der anderen Liebe willen, der Liebe zum Himmelreich? Ist das Himmelreich nicht auch für die offen, die ihre Frau oder ihren Mann lieben?"
„Ich habe immer wieder gepredigt, daß es besser ist zu heiraten, als sich in Leidenschaft zu verzehren oder Huren aufzusuchen. Aber du weißt doch: Der Leib ist der Tempel des Heiligen Geistes – und besser wäre es, frei von allen Leidenschaften und Begierden des Leibes zu sein. Denn wenn du dem Fleischlichen Raum gibst, so wird dein Geist fleischlich, und du bist dem Tod verfallen. Wenn du aber den Heiligen Geist in deinem Herzen wohnen läßt, dann bist du geistlich gesinnt und wirst selig werden."
Er redete mir zu, wie man einem bockigen Esel zuredet, damit er die ihm aufgebürdete Last weiterträgt. Er malte mir Glanz und Herrlichkeit des ewigen Lebens aus. Und die Hölle derer, die dem Fleische verfallen blieben – Tod, Verdammnis und ewige Pein. Er riß mich mit. Ich spürte wieder das Glück und die Freude über meine Rettung in Ewigkeit. Ich schauderte vor den Leiden und Qualen, die den Sünder erwarten. Ja, Scha'ul konnte mitreißen und bewegen. Ich verstand, wie er so viele Menschen bekehren konnte. Aber immer wieder schob sich mir das Bild Schoschanas vor Augen – und die Erinnerung an unsere Liebe, die auch die Liebe unserer Körper war, sich darin aber nicht erschöpfte. Wie war mir Schoschana so lieb und nah, auch wenn wir uns gar nicht berührten. Ich liebte sie wie meine Schwester – und mehr. Ich liebte sie wie meine nächsten Freunde – und mehr. Schoschana war mir Körper und Seele, Herz und Verstand. Doch davon sprach Scha'ul nicht. Eine solche Liebe zu einer Frau schien er nicht zu kennen, nie erfahren zu haben. Ich zweifelte, ob er überhaupt

je eine Frau geliebt hatte. Nach seinen Erzählungen hatte er wohl Frauen begehrt – die ‘Fleischeslüste’ waren ihm nicht unbekannt. Er sah in den Frauen nur ihren Körper, und er verabscheute sich dafür, daß sein Leib voll Lust nach einer Frau entbrannte. Aber geliebt hatte er eine Frau noch nie. Nicht von ganzem Herzen und nicht aus tiefster Seele. Nicht so, wie ich Schoschana liebe und auch unseren Herrn, den Maschiach, liebe.

Sein Eifer, seine glühende Rede erinnerten mich wieder an Schim‘on ben Ahasja und das letzte Gespräch, das ich mit ihm geführt hatte. Auch damals war es für mich um Schoschana und für den Rav um eine belanglose Frau gegangen, um deretwillen ich das Himmelreich und das ewige Leben preisgeben wollte. Aber was sollte mir ein ewiges Leben ohne Schoschana? Was sollte mir das Himmelreich nach meinem Tod, wenn schon die Erde ohne Schoschana die Hölle war? Ich behielt diese verzweifelten Gedanken für mich, denn sie entsetzten mich selbst. Eine solche Liebe konnte in Scha’uls Augen nur von Satan stammen, der mir eine zweite Lilith in Gestalt meines entflohenen Weibes gesandt hatte. Ich konnte Scha’ul nicht einmal den Grund nennen, weshalb Schoschana fortgelaufen war. Wenn ich ihm von meiner furchtbaren Schändung erzählte, würde er darin nur das Zeichen des Bösen sehen, der durch meine maßlose Liebe Besitz von mir ergriffen hatte. Wenn er schon meine Liebe zu Schoschana nicht verstand – wie sollte er meine Wut, meine Verzweiflung und mein Verbrechen verstehen! Ich fürchtete, er würde von mir verlangen, Schoschana aufzugeben. Doch diesen Preis konnte ich nicht entrichten. Auch nicht für die Vergebung meiner Sünden. So schwieg ich beharrlich auf alle Vorhaltungen Scha’uls und bereute, daß ich ihn überhaupt um Rat gefragt hatte.

Scha’ul merkte, daß er meinen inneren Widerstand nicht bezwingen konnte. Er lehnte sich plötzlich zurück, lächelte mich an und sagte: „Deine Schoschana hat eine große Macht über dich – größer, als ich und meine Worte sie je haben werden. Darum solltest du den bitten, dem alle Macht gegeben ist, damit Er dir helfe. Bete zum Herrn! Er wird dir den rechten Weg weisen.“

Diesem Rat konnte ich ohne Vorbehalt folgen. In den nächsten Tagen und Wochen betete ich mit einer Hingabe und Inbrunst wie kaum zuvor. Ich wartete darauf, daß eine innere Stimme mir sagte, was ich tun sollte. Ich wartete darauf, daß mich der Heilige Geist ergriff und mein Herz und meine Gedanken erleuchtete. Ich wartete darauf, daß mir Rav Jeschua erschien, wie er Schim‘on und Scha’ul nach seinem Tod erschienen war. Ich bat und flehte. Ich fastete, um mich zu reinigen. Aber nichts geschah. Ich betete, und der Himmel blieb stumm.

Kein Wort, kein Zeichen – der Heilige Geist fuhr nicht herab. Die Tage schleppten sich eintönig dahin. Der einzige Lichtblick in dieser Zeit waren die Besuche des kleinen David.
Dann kam die Nachricht vom Tod meiner Mutter und machte die Rückkehr nach Sela erforderlich. Was den täglichen Geschäften und Verrichtungen nicht gelungen war: die Vorbereitungen zu der Reise lenkten mich ab von meinem inneren Ringen und Fragen. In Gedanken an meine Mutter und meine Geschwister zog ich die Straße nach Jericho entlang. Dann kam der Überfall, der mich in Mirjams Haus führte.
Während ich dies niederschreibe, stockt mir plötzlich die Hand. Mein Kopf ist seltsam leer, als wolle er nicht glauben, nicht wahrhaben, was grell und plötzlich wie ein Blitz aufleuchtete: Ja, ich *war* in Mirjams Haus *geführt* worden – zu Mirjam! Mirjam, die mir plötzlich zum Inbild einer Mutter geworden war. Mirjam, für die ich meine eigene Mutter hingegeben hätte. Mirjam, zu der ich sprechen konnte, wie zu niemandem sonst, der allein ich sagen konnte, wie schändlich ich mich an Schoschana vergangen hatte! Die kühne, unbeirrbare, selbstherrliche Mirjam! Der Gedanke war so ungeheuerlich, daß mir schwindelig wurde. Hatte der Herr mich selbst zu Mirjam geführt? Fand ich hier die Antwort auf all meine Gebete?

## 5. Kapitel: Die Heimkehr

Mirjam, alles zeigte auf Mirjam! Fassungslos, zunächst fast noch ungläubig, nahm ich diesen Gedanken auf. Immer wieder mußte ich mir vordenken und vorsagen: Mirjam! Es ging mir wie dem kleinen David: Immer wieder muß er ein neues Wort nachfragen, es nachplappern und von neuem wiederholen. Man kann etwas schlagartig begreifen, aber der Verstand will es auch geordnet und in Übereinstimmung mit seinen bisherigen Erfahrungen nachvollziehen. Alles muß man ihm Bissen für Bissen noch einmal eingeben, damit er es aufnehmen und verdauen kann.
Es brauchte einige Zeit, bis auch mein Kopf überzeugt war. Mirjam! Sie war die Antwort auf all meine Fragen! Ja, der Herr hatte mich zu ihr geführt. Mirjam – es war wie eine Offenbarung! Die Betäubung war mit einen Schlag verschwunden. Ich sprang auf, rannte aus mei-

nem Zimmer und suchte Mirjam. Meine Gedanken rannten dabei noch schneller als meine Füße.
Jetzt fiel mir auf, daß Mirjam die einzige war, die nicht versucht hatte, mir meine Liebe auszureden. Bei meiner Erzählung war sie auch nicht in jene aufgeregte Rührseligkeit verfallen, in die sich Frauen – vor allem ältere – gerne hineinsteigern, wenn man von Liebe spricht. Sie hatte sich alles ganz ruhig angehört. Ohne erst lange über das Ob und Wie nachzudenken, hatte ich ihr sogar von meinem schändlichen Verbrechen an Schoschana erzählt. Sie hatte sich auch das angehört – ohne Erschrecken, ohne Entsetzen.
Sie hatte keinen Abscheu, nicht einmal Mißfallen gezeigt, aber auch keine Billigung meiner Tat zu erkennen gegeben, keine Besorgnis über meine maßlose Liebe zu Schoschana. Sie hatte nur ein paar merkwürdige Fragen gestellt. Ganz praktische Fragen, die meine Liebe, mein Tun einfach als gegeben hinnahmen – so wie man einen Stein am Wegesrand hinnimmt und nicht lange danach fragt, warum er ausgerechnet an dieser Stelle liegt.
Wieso hatte ich mich darüber aufgeregt, als Mirjam sagte, daß sie selbst keine gute Ehefrau gewesen war! Hatte sie nicht auch gesagt, daß Schoschana mich unendlich geliebt haben müsse? War das nicht das Entscheidende? Kam es überhaupt darauf an, eine gute Ehefrau oder ein guter Ehemann zu sein – war es nicht unendlich viel wichtiger, sich einfach zu lieben? 'Sie muß dich unendlich geliebt haben.' Sie hatte nicht mißbilligt, nicht gerichtet. Im Gegenteil – sie schien etwas von Schoschana verstanden zu haben, das mir entgangen war. Und sie hatte auch meine Liebe, meine Sehnsucht und sogar meine Enttäuschung und Wut verstanden! Mirjam hatte das erlösende Wort gesprochen! Von ihr kam der Trost – der erste Trost seit langem. Schoschana hatte mich geliebt – unendlich geliebt! Der Dämon, der mir immer noch seine Verdächtigungen zuflüsterte, wenn ich vor Sehnsucht nach Schoschana verging, dieser Dämon war nichts als ein leeres Trugbild – gesponnen aus meinem Mißtrauen und Argwohn. Und Mirjam hatte das Lügengewebe zerrissen! Lautlos wie er gekommen war, flog der schwarze Schatten davon, als plötzlich helles Licht in meine Finsternis fiel. Ja, der Herr hatte meine Gebete erhört, und Rav Jeschua selbst hatte mich zu Mirjam geschickt!
Glücklicherweise fand ich Mirjam allein. Sie war im Hof und kümmerte sich um die Tiere. „Mirjam, Mirjam“, rief ich ihr entgegen. Obwohl es nur eine kleine Strecke von meinem Raum bis zum Hof ist, keuchte ich – nicht vor Anstrengung, sondern vor Aufregung. Sie hob ihren Kopf, sah mir entgegen, und auf einmal kam ich mir sehr kindisch vor. Ich, ein fast dreißigjähriger Mann, kam zu ihr gelaufen wie

ein kleiner Junge. Aber es stimmte ja: Ich brauchte sie, ich brauchte ihre Hilfe, wie ein kleiner Junge die Hilfe seiner Mutter braucht.
„Mirjam, du mußt mir helfen! Du kannst es, nur du allein! Der Herr hat mich zu dir geschickt! Ich weiß es! Hilf mir und sag mir, was ich tun soll!"
Sie verriegelte die Tür des großen Vogelkäfigs, den sie gerade verlassen hatte, legte die Leinenstreifen zum Verbinden aus der Hand, setzte sich und wies mir einen Platz neben sich.
„Welcher Herr soll dich zu mir geschickt haben?"
„Unser Herr im Himmel! Unser Erlöser, der Maschiach, Rav Jeschua, der von den Toten auferstanden ist! Ich habe zu ihm gebetet und ihn angefleht, mir ein Zeichen zu senden. Wegen Schoschana – du weißt ja. Ich war schon ganz verzweifelt – es gab kein Zeichen, kein Licht im Dunkel. Dafür kam die Botschaft, daß meine Mutter gestorben war. Ich brach nach Sela auf und zweifelte am Herrn, an seiner Güte und Liebe. Aber er schenkte mir das Zeichen, auch wenn ich es nicht gleich verstanden habe. Er schickte mich zu dir! Ich habe bald gespürt, daß du etwas Besonderes bist. Du bist anders als alle Menschen, die ich kenne. Deshalb habe ich dir auch von Schoschana erzählt. Ich habe dir von meiner Missetat so schonungslos berichtet, wie ich es mir selbst kaum eingestanden habe. Ich habe dir erzählt, was ich bisher keinem erzählt habe, nicht einmal den Rabbanim des Herrn. Sie konnten mir auch nicht helfen. Sie haben nichts verstanden. Sie wissen nichts von der Liebe, die mich zu Schoschana erfüllt. Für sie zählt nur das ewige Himmelreich. Aber die Liebe zu Schoschana war für mich das Himmelreich auf Erden! Nur war ich so dumm und töricht, es nicht zu sehen und zu verstehen! Statt dessen habe ich es geschändet und zertreten! Ich kann einfach nicht glauben, daß Rav Jeschua von mir verlangt, Schoschana aufzugeben, wie sie es alle tun! Er hätte unsere Liebe verstanden! Oder glaubst auch du, was sie glauben: Daß der Mann die Frau verlassen und die Frau den Mann vergessen soll um des Himmelreichs willen? Meinst auch du, daß Mann und Frau, wenn sie sich lieben, das Himmelreich preisgeben? Du hast gesagt, daß Schoschana mich unendlich geliebt haben muß! Woher weißt du das? Hat mich darum der Maschiach zu dir geschickt? Hast du vielleicht selbst noch Rav Jeschua gekannt? Hast du ihn lehren gehört? Du hast nie davon gesprochen, aber du bist gewiß auch eine Anhängerin unseres Rav! Deshalb hilfst du den Armen und Kranken. Deshalb hast du dich auch so leicht über die Entweihung des Beit HaKnesset hinwegsetzen können. Du gehörst doch zur Gemeinde der Nazranijim, nicht wahr?"

„Du irrst, ich gehöre nicht zu ihnen", sagte sie ruhig und so bestimmt, daß kein Zweifel übrig blieb.
„Aber du mußt etwas wissen, du kennst doch die Lehren unseres Rav! Hast du ihn selbst einmal sprechen gehört?"
Sie fing an zu lachen. Wieder dieses belustigte Lachen! So wie man nachsichtig über Dummheiten lacht, die man als Kind selbst einmal begangen hat. Der Zorn auf diese unverschämte Alte wollte mich packen, da sagte sie unvermittelt:
„Du hast schon recht. Ich habe Jeschua gekannt."
Dann war Stille. Sie schaute mich nicht an. Ihr Blick zog sich nach innen zurück. Ich war für sie nicht mehr da. Sie schien in eine andere, fremde Welt, die Welt ihrer Erinnerungen gegangen zu sein. Ich mußte schlucken, als sie den Namen unseres Maschiach, Gottes eingeborenen Sohnes, so nackt und unverfroren in den Mund nahm. Es war ungehörig, fast eine Beleidigung. Mirjam konnte wohl nicht anders, als ungehörig handeln und reden. Nachdem die erste Entrüstung abgeklungen war, kam mir die Bedeutung ihrer Worte zu Bewußtsein. Sie kannte ihn – sie hatte ihn wirklich gekannt, sie hatte ihn gesehen, vielleicht sogar ein paar Worte mit ihm gewechselt. Ich frohlockte. Ja, der Herr hatte mich zu ihr geführt! Er hatte mir sein Zeichen gegeben! Mirjam hatte ihn gekannt! Sie würde mir von ihm berichten. Sie konnte mir sagen, was der Meister gelehrt hatte. Ich mußte ihr nur etwas Zeit lassen, dann würde sie alles erzählen, was ich wissen wollte.
Mirjams Blick kehrte wieder zu mir zurück. „Ich kann dir nichts sagen und nichts von ihm erzählen." Sie hielt ein, aber ihr Blick blieb fest auf mich gerichtet. „Ich weiß, daß ich dich damit sehr enttäusche. Aber selbst wenn ich dir Wort für Wort alles genau wiederholte, würdest du nichts verstehen und nichts glauben. Du würdest alles nur verdrehen – wie sie es verdreht haben."
Ich begriff nicht, wovon sie redete.
„Warum sollte ich nicht verstehen? Hältst du mich für so dumm? Woher willst du wissen, daß ich nicht verstehen oder dir nicht glauben würde? Ich weiß, daß du die Wahrheit sagen wirst! Bitte vertraue mir doch! Ich werde nichts entstellen und nichts verdrehen – dazu schätze ich dich viel zu sehr."
„Ja, so sehr, daß es dir die Sprache verschlagen hat, als ich sagte, daß ich keine gute Ehefrau war."
Wie sie mich durchschaut hatte! Aber so leicht gab ich nicht auf.
„Du hast ja recht. Deine Worte haben mich zunächst entsetzt! Aber wäre ich zu dir gekommen, wenn ich noch immer so dächte?"
„Gut, du hast dich anders besonnen. Aber das ändert nichts. Ich kann dir nichts erzählen."

„Aber warum nicht?“ Ich bockte und bohrte wie ein kleines Kind, dem man einen Wunsch abschlägt.
„Weil es nichts zu erzählen gibt. Es gibt keine Lehre, es gibt kein Gesetz und es gibt keine Schriften. Wenn du Lehren und Gebote willst, frage Schim'on oder diesen Scha'ul. Sie tun ja nichts anderes als lehren ...“
„Aber ihren Lehren fehlt etwas. Ich sagte dir doch, sie wissen überhaupt nicht, wie die Liebe zwischen Mann und Frau sein kann. Sie reden nur vom Fleisch, von der Sünde und von dem Himmelreich, das uns von all den Begierden befreien soll.“
„Nein, sie wissen nichts von dieser Liebe. Da hast du recht.“
„Dann sage mir wenigstens, ob Rav Jeschua diese Liebe gekannt hat! Hat er sie bejaht – oder verworfen um des Himmelreichs willen? Wenn er sie nämlich verworfen hat, weiß ich nicht mehr, was ich tun und glauben soll! Dann lehrt er nichts anderes als die Brüder von Qimron HaSchamajim! Dann hätte ich auch bei ihnen bleiben und schon damals auf Schoschana verzichten können! Ich kann und will nicht glauben, daß der Herr im Himmel Mann und Frau und ihre Liebe füreinander geschaffen hat, nur um sie verächtlich zu machen und abzuweisen.“
„Warum sagst du dich dann nicht von ihm los?“ fragte Mirjam ungerührt.
Ihre Frage war so ungeheuerlich, so frevelhaft, daß mir der Kopf schwindelte.
„Und was geschieht dann mit uns nach dem Tode? Werden wir auf ewig im Sche'ol büßen und leiden müssen? Wie finde ich sonst einen gnädigen Herrn? Du weißt nicht, was es für mich bedeutet hat, daß wir durch Rav Jeschua von unseren Sünden erlöst sind und das ewige Himmelreich gewinnen werden! Verstehst du nicht, daß ich weder auf das Himmelreich noch auf Schoschana verzichten kann? Rav Schim'on sagt: Nimm das Himmelreich und sage dich los von Schoschana. Du sagst: Nimm Schoschana und vergiß das Himmelreich. Das kann ich nicht! Ich kann weder das eine noch das andere preisgeben! Es muß doch einen Weg geben, beide zu gewinnen! Das Himmelreich in der Ewigkeit *und* auf der Erde!“
„Ich kann dir nichts sagen“, wiederholte Mirjam, „ich habe mich um Jeschuas Lehren nicht gekümmert.“ Sie legte mir die Hand auf den Arm, als ich entsetzt aufbegehren wollte. Sie hatte den Maschiach gekannt – und seine Lehren hatten ihr nichts bedeutet!
„Willst du etwas von Jeschuas Lehren hören, dann frage seine Schüler. Willst du aber eine Antwort auf deine Frage, ob du mit Schoschana das ewige Himmelreich erlangen kannst, dann will ich dir einen Rat

geben: Suche Schoschana. Wenn du sie findest, wirst du vielleicht eine Antwort erhalten. Jetzt frage mich nicht weiter. Mehr kann ich dir nicht sagen."
Mit diesen Worten stand sie auf und ließ mich allein zurück. Ich blieb lange auf meinem Fleck sitzen – verletzt, verärgert, zurückgestoßen. Sie sprach zu mir wie zu einem Kind, das noch nicht reif ist, den Gedanken eines Erwachsenen zu folgen. Und das Schlimme war, daß ich mich in ihrer Gegenwart tatsächlich wie ein Kind fühlte und aufführte. Sie hatte ja recht. Ihre Worte klangen in meinen Ohren: 'Suche Schoschana. Wenn du sie findest, wirst du vielleicht eine Antwort erhalten.'
Das konnte Mirjam so leicht sagen. Als ob ich Schoschana nicht all die Jahre gesucht hätte! Und als begüterter Kaufmann hatte ich dazu die besten Voraussetzungen: Geld und vor allem Verbindungen, die weit über Jeruschalajim und das Land Jehuda hinausreichten. Ich hatte alles versucht – ich hatte meine Scham überwunden und meine Geschäftsfreunde um Hilfe gebeten. Aber niemand hatte auch nur den Schatten von Schoschana gesehen. Wie und wo sollte ich also noch suchen?
Jehuda trat zu mir. Ich war so in meine Gedanken versunken, daß ich ihn nicht kommen gehört hatte. Er freute sich, als er mich so unversehens überraschen konnte. Ich fing an, mich zu ärgern. Was wußte er von meinen Sorgen und Kümmernissen? Er konnte und durfte sich seines Lebens freuen, während ich mich mit meiner Sehnsucht nach Schoschana und der Suche nach dem Heil quälte. Im gleichen Augenblick schämte ich mich. Er war noch jung – sollte er lachen und sich freuen. Die Sorgen würden früh genug auch zu ihm kommen. Dann blitzte ein Gedanke auf, der mich aus meinem Hadern und Zagen riß.
„Sag, Jehuda, hat dir deine Mutter je von Rav Jeschua erzählt, dem Maschiach, der den Tod überwunden und uns von unseren Sünden erlöst hat? Sie hat ihn doch noch selbst gekannt!"
Jehudas Blick blieb offen und zutraulich. „Nein, nie. Ich wußte gar nicht, daß sie ihn gekannt hat." Nein, Jehuda war viel zu ehrlich, als daß er mich angelogen hätte. „Aber es gibt in Jericho einige Nazranijim, die dir vielleicht von ihm erzählen können."
„Kennst du sie?" fragte ich begierig, und als er nickte: „Kannst du mich zu ihnen führen?"
„Heute abend noch, wenn du willst."
Der Abend war eine einzige Enttäuschung. Jehuda brachte mich zu einem Haus im Viertel der kleinen Handwerker. Ich kann verstehen, daß vor allem die armen Leute bereit sind, Rav Jeschua nachzufolgen, hat er doch gesagt: 'Selig sind die Armen, denn ihrer ist das Himmel-

reich.' Sie waren durch Rav Ya'akov ben Savdai bekehrt worden, einen der ersten Schüler des Maschiach, der von Jeruschalajim aus die Städte und Dörfer im Umkreis besucht hatte, um die frohe Botschaft zu verkünden. So war er auch nach Jericho gekommen und hatte nach seinen ersten Predigten im Beit HaKnesset großen Zulauf gefunden. Keiner der Ansässigen hatte den Maschiach selbst noch gehört oder gesehen. Nachdem Jehuda mich den Ältesten vorgestellt hatte, begab er sich zu der kleinen Gruppe der Jüngeren, die wie alle Halbwüchsigen anfingen, ihre eigenen Reden zu führen und Späße zu treiben, solange ihnen keiner der Älteren Einhalt gebot. Der Vorsteher, ein freundlicher alter Mann, auf dessen Wort alle hörten, lud mich ein, neben ihm Platz zu nehmen und zeigte sich hocherfreut, als ich mich ebenfalls als Anhänger des Rav Jeschua zu erkennen gab.
Als ich ihm sagte, daß es für die Gemeinde doch ein großes Glück sei, Mirjam in ihrer Mitte zu haben, die den Maschiach noch selbst gekannt habe, erntete ich nur einen sehr erstaunten Blick. Davon höre er zum ersten Mal. Außerdem gehöre Mirjam nicht zur Gemeinde der Nazranijim. Sie kümmere sich wohl um die Armen und die Kranken und pflege diese sogar selbst, anstatt nur Almosen zu schicken. Viele Juden, die am alten Gesetz festhielten, erklärten sie für verrückt, denn sie verunreinige sich dabei. Und die Gojjim könnten eine solche Handlungsweise sowieso nicht verstehen.
„Sie tut mehr für die Bedürftigen als mancher von uns. Sie handelt im Geiste des Erlösers, auch wenn sie sich nicht zu ihm bekennt", sagte er. „Sie pflegt sogar die kranken Tiere wieder gesund, obwohl der Maschiach davon nicht gesprochen hat. Im Gegenteil: Hat er nicht gesagt, daß ein Mensch um vieles mehr wert sei als ein Sperling und um vieles mehr als ein Lamm? Aber Mirjam geht immer ihre eigenen Wege. Sie ist klug und gütig – nur manchmal etwas wunderlich."
Ich glaube, er hielt sie genauso für verrückt wie alle anderen auch und war nur zu vorsichtig und zu höflich, um das vor mir, einem Gast in Mirjams Haus, so unverblümt zum Ausdruck zu bringen. Seine Worte berührten mich merkwürdig. Er sprach genau das aus, was ich selbst empfunden hatte, als ich zum ersten Mal im Hof die Käfige für die verletzten Tiere gesehen hatte. Ich hatte seitdem nicht mehr darüber nachgedacht. Aber als der Alte so überzeugt erklärte, daß der Mensch mehr wert sei als die Tiere, erregten seine Worte plötzlich heftigen Widerwillen in mir. Wie mich Mirjam durcheinandergebracht hatte! In den wenigen Tagen und Wochen, die ich ihr Pflegling und Gast war, schien alles zusammenzufallen, woran ich bisher geglaubt hatte, ohne daß ich neuen Halt gefunden hätte.

Ich konnte der Rede des Alten nichts entgegensetzen. Für ihn war alles klar und gewiß. Der Maschiach hatte gesprochen – da gab es nichts mehr zu fragen. Für mich war nichts mehr sicher. Ich stand auf schwankendem, sandigen Boden und fand keinen Grund mehr – denn Mirjam, zu der mich der Maschiach geführt hatte und auf deren Hilfe ich baute, hatte sich mir entzogen. Ich war allein mit meinen Grübeleien, und niemand beantwortete meine Fragen.
Jetzt fragte mich der Alte: „Hat sie ihn wirklich gekannt, unseren Rav? Warum hat sie dann nie von ihm gesprochen?"
Aus seiner Stimme klang Unglauben. Wenn mir aber noch eine Gewißheit blieb, dann war es Mirjams Aufrichtigkeit. Sie hatte mich nicht angelogen und sie hatte Rav Jeschua gekannt. Aus irgendwelchen geheimen Gründen wollte sie jedoch mit niemandem darüber sprechen.
„Ich kann auch nicht verstehen, daß sie nie etwas erzählt hat. Vielleicht habe ich aber ihre Worte mißverstanden, und sie hat mir nur sagen wollen, daß sie vom Leben und Wirken unseres Maschiach gehört hat."
„Das wird es sein", nickte der Alte erleichtert. Dann sprachen wir über andere Dinge.
Der Abend hatte mich kein Stück weitergebracht. Nur eine Kleinigkeit hatte sich für mich erhellt, die mir aber doch etwas Trost brachte: Mirjam schwieg nicht nur mir gegenüber. Nicht einmal ihr Sohn hatte gewußt, daß sie den Maschiach zu Lebzeiten gekannt hatte. Der Grund ihrer Verschwiegenheit blieb ein Geheimnis – aber ich wollte alles tun, um es zu lüften.
In dieser Nacht konnte ich nicht einschlafen. Ich fand keine Ruhe. Mirjam hatte neue Hoffnung in mir entzündet – und sie ungerührt wieder ausgelöscht. Oder hatte der Herr mich nur zu ihr geführt, um mein Unglück noch zu vergrößern und mich zu prüfen – so wie er einst Leid über Leid auf Ijov gehäuft hatte? Mirjam hatte Rav Jeschua gekannt – und weigerte sich, seine Lehre weiterzugeben! Dazu war nur ein Verrückter fähig! Wieder war ich nahe daran, Mirjam als Närrin abzutun, von der man keine vernünftigen Handlungen und Entscheidungen erwarten konnte. Ich haßte diese Wechselbäder, in die sie mich tauchte. Erst Freundlichkeit und Güte, dann Härte und Verschlossenheit. Erst tiefes Verstehen, dann Abweisen und Abwenden. Sie streckte mir die Hand entgegen, aber ich durfte sie nicht ergreifen und mich festhalten. Jedesmal, wenn ich auf sie zuging, entzog sie sich.
'Suche Schoschana.' Ich wollte wissen, was Rav Jeschua sie gelehrt hatte, und sie gab mir nur einen dürftigen, praktischen Rat! Anderer-

seits – ich konnte froh sein, daß sie mir nur einfache, praktische Fragen stellte und mich nicht verständnislos über die Liebe belehrte wie Schim'on und Scha'ul. 'Willst du Schoschana wiederhaben?' hatte sie noch gefragt. Und als ich diese Frage im Dunkel der schlaflosen Nacht wieder hörte, blickten mich Schoschanas liebe Augen an, und ihre Gestalt schimmerte licht vor mir. Ich streckte sehnsüchtig meine Arme nach ihr aus – da verschwand ihr Bild. Ich blieb zurück in öder Leere und Düsternis – und bang stieg eine Frage auf, kroch mir kalt durch alle Poren: Liebte *sie* mich denn noch? Hatte ich nicht alles getan, um Schoschanas Liebe auszulöschen, sie auszutreten und hinauszuprügeln? Konnte sie mir, wenn ich sie je wiederfand, jemals verzeihen? Und wenn ja – konnte sie mich noch lieben?

Wie dumm ich gewesen war! Wie gedankenlos! Nie hatte ich darüber nachgedacht! Ich war allein beseelt von dem Wunsch, sie wiederzufinden und zurückzubringen. Und nun hatte Mirjam mich gefragt, ob ich sie denn noch wollte – und unversehens die Frage aufgeworfen, ob Schoschana mich noch haben wollte! Und was sprach denn dafür! Sie war fortgelaufen und nicht wiedergekehrt! Wenn sie mich noch liebte, hätte sie doch nach dem ersten Zorn, nachdem sich Abscheu und Bitterkeit gelegt hatten, wieder zurückgefunden! Aber Schoschana war ferngeblieben. Sie war nicht gekommen. War das nicht die Antwort auf meine Frage? Ich zitterte in kaltem Schweiß – denn diese Antwort war so furchtbar, daß ich nicht wußte, wie ich sie ertragen sollte.

Ich sandte Gebete zum Herrn und flehte um Hilfe. Aber mein Herz blieb unruhig. Angstvolle, quälende Gedanken schossen wirr durch meinen Kopf. Einzig Mirjams ruhige Worte 'Suche Schoschana' vermochten manchmal den Wirbel der Bilder und Gedanken zum Stillstand zu bringen. Ich beschloß auf Mirjams Rat zu hören und alle Ängste und Zweifel zu verbannen. Wenn ich Schoschana wiederfand und ihre Liebe wirklich erloschen war, würde der Herr mir die Kraft geben, mich ihrer Ablehnung oder Gleichgültigkeit zu stellen. Vielleicht konnte ich dann auch noch einmal zu Mirjam kommen und sie um Rat und Hilfe bitten. Sie war eine Frau und hatte Schoschana verstanden. Und sie war so klug und erfahren! Sie ließ dumme Fragen erst gar nicht zu. Auf einmal mußte ich lachen – und gleich darauf schlief ich erleichtert ein.

Am nächsten Morgen beschloß ich, die Reise nach Sela fortzusetzen und Abschied von meiner Mutter zu nehmen. Ich dachte auch an meine Brüder, die ich vor über zehn Jahren verlassen hatte. Ich war körperlich wieder ganz gesund und kräftig. Meinem Aufbruch stand nichts mehr im Wege. Als drei Tage später eine Karawane in Jericho

Rast machte, die über Sela in das Südreich Teman zog, sprach ich mit dem Führer und bat darum, mich ihnen anschließen zu dürfen. Glücklicherweise war ihm mein Name als der eines redlichen Kaufmanns aus Jeruschalajim bekannt, ebenso kannte er natürlich das Handelshaus meines Vaters. In diesen Zeiten war es gefährlich, einen Unbekannten in eine Karawane aufzunehmen. Auf diese Weise hatten sich Kundschafter von Räuberbanden eingeschlichen und dann den Untergang von Mann und Tier herbeigeführt. Es war ihm auch eine Beruhigung, daß ich Gast in Mirjams Haus war. Mirjam galt zwar als verrückt, sie war jedoch vermögend genug, um dem Haus und allem, was dazu gehörte – auch seinen Gästen –, Ehrbarkeit und Vertrauenswürdigkeit zu verleihen.

Der Abschied von Mirjam bewegte mich. Und auch sie blickte mich weicher an als sonst. Jehuda umarmte mich und weinte. Beide baten mich, bald wiederzukommen und länger bei ihnen zu bleiben. „Wenn ich meine Pflichten erfüllt habe, sehr gerne", erwiderte ich. Und Mirjam verstand, was ich damit meinte.

Die Reise verlief ohne Zwischenfälle. Als wir den Boden von Nabatäa betraten, faßte mich eine leichte Erregung, die wuchs, als wir die kahle Hochebene verließen und uns westwärts auf die zerklüfteten Berge zubewegten, in denen, versteckt wie die Perle in einer Muschel, mein rosenfarbenes heimatliches Sela liegt. Freude und Bangigkeit zugleich ließen mich erzittern, als wir die schmale lange Schlucht erreichten, die der einzige Zugang zu unserer Stadt ist. Fremde mögen diese rotschwarzen Felswände, die steil zu ihrer Linken und Rechten aufragen und den Himmel zu verdunkeln scheinen, bedrohlich empfinden. Mir waren sie lieb – vertraute Boten einer wieder lebendig gewordenen Vergangenheit. Mit welch verächtlicher Gleichgültigkeit war ich damals durch diese Schlucht hinausgezogen, alle Sinne nur nach vorn gerichtet, auf die andere Stadt, die helle, lichte, oben auf den Bergen. Das dunkle, sich bergende und schirmende Sela wollte ich damals nur hinter mir lassen. Jeruschalajim war alles. Jetzt war Jeruschalajim so weit weg, die lichte Stadt, die Stadt des Herrn. Ich dachte an sie – kalt, wie an eine ferne Erinnerung. Die enge, dunkle Schlucht, das war jetzt meine Wirklichkeit. Und diese Wirklichkeit war voller Bilder: Gesichter und Gestalten meiner Kindheit umringten mich, als wollten sie mich willkommen heißen. Sie winkten mir zu, luden mich zu den altvertrauten Spielen, die wir zu Füßen dieser mächtigen Felswände gespielt hatten. Längst vergessene Ereignisse traten so deutlich vor meine Augen, als hätte ich sie vor wenigen Tagen und nicht schon vor Jahren erlebt. Schließlich durchquerten wir den letzten Knick der Schlucht, ein heller Spalt tat sich auf, und überwältigend in seiner

Schönheit leuchtete uns der Totentempel des Königs Haretat entgegen. Als sei er aus der roten Wand herausgewachsen und nicht von Menschenhand gemeißelt, als sei er aus weichem Wachs geformt und nicht dem rauhen Felsen abgetrotzt, so zierlich rundeten sich die Säulen, so fein ziseliert umsäumten ihn die Friese, so schwebend leicht krönten die Giebel seine Höhe – ein Wunder an Ebenmaß und Vollkommenheit. Nur schwer löste ich mich aus der Verzauberung und folgte meinen Begleitern. Ein kurzes Stück noch, dann öffnete sich vor uns das Rund der Stadt.

Wie vertraut und doch fern und fremd lag Sela vor mir. Aber ich hatte keine Zeit, lange darüber nachzudenken. Wir tauchten in das Getümmel der Stadt, und schneller als geglaubt stand ich vor dem Haus meines Vaters. Es war ein stattliches Gebäude, das den Wohlstand seiner Bewohner bezeugte: geschmückt mit Säulen im griechischen Stil, darüber erstreckte sich ein gewaltiger Fries aus steinernen Figuren. Das Haus war groß im Vergleich zu den Häusern der Nachbarschaft – aber ich hatte es größer und mächtiger in Erinnerung, und ich verspürte eine leise Enttäuschung. Dann wurde das große Portal aufgerissen, und meine alte Amme kam weinend und lachend mit ausgebreiteten Armen auf mich zugelaufen. Und ich, ein erwachsener Mann, stürzte ihr entgegen und nahm sie ebenso weinend in die Arme. Sie hatte in den vorderen Gemächern zu tun gehabt, hatte mich vor dem Haus stehen sehen und mich mehr mit Instinkt als nach der leibhaftigen Erinnerung wiedererkannt. Wie hätte sie in dem gereiften Mann mit dem dunklem, dichten Bart ihren milchgesichtigen, schmächtigen Liebling wiedererkennen können, wenn nicht andere, unwandelbare Merkmale, die Art der Haltung, die Neigung des Kopfes, ein unbewußtes Verziehen des Mundes, mich verraten hätten.

Unsere tränenreiche Begrüßung lockte die Diener und schließlich auch meine Brüder herbei. Große, ernste, gewichtige Männer – nur Chaldu, mein nächstältester Bruder, hatte etwas von der Weichheit der Züge und der zierlichen Gestalt meines Vaters. Wie Fremde standen sie vor mir. Und wie ein Fremder mußte ich ihnen erscheinen. Scheu und eher zögernd schlossen wir einander in die Arme. Dann führten sie mich ins Haus.

Überall fanden sich Zeichen der Trauer, wie es Sitte ist, wenn ein Bewohner des Hauses gestorben ist. Meine Brüder trugen allerdings keine Trauergewänder, denn meine Mutter war nicht ihre Mutter. Auch die Familiengötter brauchten ihretwegen, die immer streng Jüdin geblieben war, nicht angerufen zu werden. Es war an mir, ihrem Sohn und Glaubensgenossen, die rituellen Gebete zu verrichten. Dazu hatten sie mich gerufen, und dazu war ich gekommen.

Schamsija, meine Amme, strahlte wie ihr Sonnenname und ließ es sich nicht nehmen, mich selbst zu meinen alten Gemächern zu geleiten und mir beim Säubern und Umkleiden zu helfen. Dabei stand ihr Mund keinen Augenblick still. Sie erzählte von meiner Mutter und ihrer letzten Stunde. Sie selbst hatte ihr die Augen zugedrückt. Meine Mutter war leise und still gestorben. „Wie eine Kerze verlischt, wenn das letzte Wachs verzehrt ist. Ihre letzten Gedanken galten dir. Sie hat so sehr gewünscht, dich noch einmal zu sehen. Aber der Herr hat es nicht so gewollt, und sie hat sich darein gefügt. Aber sie hat dir ein besonderes Vermächtnis hinterlassen – ihren größten Schatz. Du kannst ihn dir jederzeit ansehen." Sie warf mir einen bedeutungsvollen Blick zu. Die Hinterlassenschaft meiner Mutter schien ihr so wichtig zu sein, daß sie erwartete, ich würde auf der Stelle mit ihr kommen, um mein Erbe zu besehen.
Ich schützte Müdigkeit vor und bat sie, mich allein zu lassen. Widerwillig und enttäuscht verließ sie den Raum.
Ach, mein Sinn stand nicht nach Schätzen. Auch nicht nach denen, die mir meine Mutter hinterlassen hatte. Hier in den vertrauten Räumen meiner Kindheit und Jugend wollte ich meiner Mutter gedenken und um sie trauern. Ich sah sie wieder in dem blauen Gewand, wie sie leise durch die Hallen und Gemächer geschritten war. War ihr Gesicht wirklich so müde gewesen, wie ich es jetzt auf einmal sah? Warum war mir das früher nie aufgefallen? Was hatte ich von meiner Mutter gewußt, was von ihr verstanden? Warum hatte ich Mutter nie nach Jeruschalajim geholt, wie sie es sich so sehr gewünscht hatte? Warum hatte ich diesen so leicht zu erfüllenden Wunsch immer vor mir hergeschoben, bis er nicht mehr zu erfüllen war? Im gleichen Augenblick sah ich wieder Mirjam und Jehuda bei ihrer zärtlichen Begrüßung. Blitzartig wurde mir klar, wie gerne ich meine Mutter bei mir und Schoschana in Jeruschalajim empfangen hätte, hätte sie mir nur je solche Liebe entgegengebracht wie Mirjam ihrem Sohn. Hatte sie überhaupt je Liebe empfunden? Jetzt erkannte ich, daß ich meine Mutter nie zu mir geholt hatte, weil ich es nicht wollte. Ich hatte mich davor gefürchtet, ihre Kühle und Strenge wieder um mich zu spüren. Ich hatte Angst, sie könnte das warme und so kostbare Glück, das ich mit Schoschana erlebte, gefährden, wenn nicht zerstören. Wo Mutters Blick hinfiel, gab es kein Lachen, kein Scherzen, kein unbefangenes Fröhlichsein. Es gab keine zärtlichen Berührungen, keine geflüsterten Liebesworte. Wie der Nordwind die ersten zarten Frühlingsblüten erfrieren läßt, hätte meine Mutter alles im Haus zum Erstarren und Erfrieren gebracht. Ich hätte Mutter noch weniger bei mir aufnehmen können, nachdem Schoschana mich verlassen hatte. Auch meinem

Schmerz wäre sie mit der gleichen kühlen Strenge begegnet. Ich hätte es nicht ertragen.
Ich trauerte um meine Mutter. Dabei trauerte ich nicht, weil ich einen Verlust erlitten hatte. Ich merkte deutlich, daß ich meine Mutter nicht vermißte – jedenfalls nicht die, die ich gehabt hatte. Ich vermißte eine andere Mutter. Eine, die ich nie gehabt hatte, eine wie Mirjam. Um meine eigene Mutter trauerte ich weniger um meinetwillen als um ihretwillen. Ich trauerte darüber, daß sie nie das Glück erlebt hatte, das ich erleben durfte. Ich trauerte sogar darüber, daß sie nicht solche Schmerzen durchlitten hatte, wie ich sie durchleiden mußte. Nein, ich durfte nicht vorschnell urteilen. Sicher hatte sie Schmerzen gelitten: Der Abfall meines Vaters vom Herrn, das Leben an der Seite eines Heiden inmitten eines heidnischen Volkes muß eine Qual für sie gewesen sein. Aber der Schmerz hatte jedes Gefühl in ihr abgetötet. Er ließ keine menschliche Regung, kein Lieben, kein Mitfühlen mehr zu – nicht einmal mehr für den eigenen Sohn. Ihr Herz schlug nur noch für den Herrn und Jeruschalajim. Es schlug nicht mehr für Menschen. Meine Mutter muß sehr einsam gewesen sein. Darum trauerte ich. Nichts schien mir schlimmer im Leben als ein liebeleeres, totes Herz. So wunderlich es klingen mag – aber selbst der Schmerz, den ich um Schoschana litt, schien mir auf einmal wie eine Gnade. Bisher hatte ich nur danach gestrebt, ihn so schnell wie möglich loszuwerden – Schoschana wiederzufinden, ihre Liebe zurückzugewinnen und unser altes Glück neu zu beleben. Ich gab nun diesen Wunsch nicht etwa auf oder weidete mich gar an meinem Schmerz. Nein, ich litt. Und wie bei einer gefährlich entzündeten Fleischwunde hofft man nur darauf, daß sich die Wunde bald schließt und der Körper wieder gesund und heil wird. Und doch war mein Schmerz ein guter Schmerz. Er machte mich leiden, aber er hatte mich nicht überwältigt, mich innerlich nicht in eine Salzsäule verwandelt. Ich fühlte doch und war ein lebendiger Mensch. Ich litt ja nur, weil ich liebte. Nur wenn man nicht mehr liebt, fühlt man auch nichts mehr. Aber welch graues, einsames und totes Dasein muß es sein, wenn man nicht mehr liebt, nicht mehr leidet und nichts mehr fühlt!
Ich fragte mich, wie tief wohl meine Mutter gelitten haben mußte, daß der Gram ihre Gefühle fast gänzlich abgetötet hatte. Sie war die Herrin des Hauses und erfüllte ihre Aufgaben nur noch, wie es die Pflicht gebot – ohne Liebe, ohne Freude. Sie lebte – aber das Leben war ihr gleichgültig geworden.
Ich trauerte um das ungelebte Leben meiner Mutter, und meine Sehnsucht nach der Liebe und Wärme Schoschanas stieg ins Unermeßliche. Dann fraß sich ein Gedanke in meine Seele, der mich aus meiner

wehmütigen Stimmung riß. Wieder hatte sich das Bild unserer letzten Liebesnacht vor meine Augen geschlichen. Wieder spürte ich das Entsetzen vor dem entfesselten Körper Schoschanas, meine Angst vor den Wellen der Lust, die auch mich fortzuschwemmen drohten, und wieder spürte ich den Abscheu vor Schoschana, die solch ungeheure Lust zu entfachen vermochte. Und plötzlich wußte ich, daß ich sie damals wie jetzt nicht mit den Augen der Liebe, sondern mit den kalten Augen meiner Mutter angesehen hatte. Meine Mutter mit ihrer Kälte und Selbstbeherrschung hätte Schoschana und mich so angesehen. Sie hätte nur die Lust, aber nicht die Liebe zwischen uns erkannt. Wie die beiden alten Männer Schim'on und Scha'ul hatte auch sie nie das Glück einer Liebe erfahren, die Herz und Sinne umfaßt und bis an den Himmel reicht. Mein Vater hat meine Mutter zweifelsohne sehr geliebt, und auch sie hatte seine Liebe in den ersten Tagen ihrer Ehe sicher erwidert. Aber als er zu seinen alten Göttern zurückkehrte, war ihre Liebe zerbrochen und gestorben. Danach war seine Liebe für sie nur noch Lust, der sie als gehorsame Ehefrau zu willfahren hatte. Sie fing an, die Lust zu verachten.

Ich hatte den kalten verächtlichen Blick angenommen, mit dem meine Mutter Knechte und Mägde maß, wenn sie ihre warmen Körpern aneinanderdrängten und Erregung und Lust suchten. Eine Welle heißer Scham durchflutete mich – wie konnte ich das, was zwischen Schoschana und mir gewesen war, mit diesen einfachen körperlichen Sehnsüchten vergleichen! Und selbst wenn es so gewesen wäre – was wäre daran so schlecht? Ihre Körper waren warm und lebendig, während Seele und Leib meiner Mutter kalt geworden waren.

War nicht die Liebe das Größte? Hatte es nicht so unser Rav Jeschua gelehrt? Mit einem Mal war ich mir sicher: Er hätte die Liebe zwischen mir und Schoschana verstanden und gutgeheißen. Hatte ich mich mit Schoschana nicht rein und unschuldig gefühlt? Wie konnte eine solche tiefe Liebe sündig sein oder weniger im Vergleich zu der Liebe zu unserem Rav und Maschiach? Entweder man liebt – dann liebt man den Maschiach und seine Frau und die Menschen. Oder man liebt nicht – dann liebt man auch nicht den Herrn und keinen Menschen. Was meine Mutter für die heilige Stadt Jeruschalajim empfand, das war keine Liebe, sondern eine Hoffnung – eine steingewordene Himmelsleiter, die sie zum Herrn führen sollte. Hoffnung, aber nicht Liebe.

Ein Diener, der lautlos die Tür geöffnet hatte, erinnerte mich an das Nachtmahl. Ich riß mich aus meinen Gedanken und folgte ihm. Meine Brüder warteten schon. Auch meine Schwestern und ihre Männer waren inzwischen eingetroffen, um mich zu begrüßen. Während des

Essens wich die Fremdheit. Die gemeinsamen Erinnerungen brachten uns einander wieder näher. Sie erzählten von meinem Vater, von meiner Mutter. Meine Brüder berichteten stolz von ihren geschäftlichen Erfolgen, von den Neuerungen, die sie Verbesserungen nannten, von den Verschönerungen im und am Haus. Sie fragten mich nach meinen Geschäften, und ich gewann ihre Anerkennung, weil ich mich als kundiger Kaufmann erwies. Ich erzählte ihnen nichts von dem, was mich wirklich bewegte – es hätte bei ihnen nur Verwunderung und Kopfschütteln ausgelöst. Auch alle Fragen der Religion rührten wir nicht an. Aber als Kaufleute verstanden wir uns gut. Wir verbrachten den Abend in angenehmer Stimmung, und meine Brüder gingen sicher mit der Überzeugung zu Bett, daß ich nach der Verwirrung meiner Jugendjahre schließlich zur Vernunft gekommen war.
Am nächsten Morgen lauerte mir Schamsija auf. Mit der gebieterischen Selbstverständlichkeit einer alten Dienerin, die ihren Herrn in Windeln gesehen hat, saß sie vor meiner Tür und wartete auf mich. Ich gab mich geschlagen.
„Also dann zeige mir deine Schätze“, sagte ich mit betont leichter Stimme. Aber sie ließ sich davon nicht beirren. Sie nahm mich bei der Hand und führte mich zu den Frauengemächern.
„Du mußt wissen, daß das, was ich dir jetzt zeige, das Wichtigste und Schönste für deine Mutter war. Und sie will, daß du dich in Achtung und Ehrfurcht ihrer annimmst und dich um sie kümmerst, wie es sich gehört.“
Ihre Worte waren dunkel. Aber ich hatte keine Lust nachzufragen. Wahrscheinlich sollte ich mich um irgendwelche Sklaven oder Diener kümmern, die meine Mutter bis zuletzt umsorgt hatten. Ich würde früh genug sehen, was sich hinter der so bedeutsamen und geheimnisvollen Ankündigung verbarg.
Ich war auf alles gefaßt – nur nicht auf das eine und einzige: Schoschana selbst. Sie stand da, klein, zierlich, dunkel – wie immer. Und schön, so schön, daß ihre Schönheit mir wie mit Messern ins Herz schnitt – war sie doch vor mir geflohen, galt ihre Schönheit doch nicht mehr mir. Neben ihr stand ein kleiner Junge, schmächtig und still, und sah mich mit großen erstaunten Augen an.
„Das ist dein Sohn Chanan“, sagte sie. Sie hatte ihm den Namen Chanan gegeben – den Namen meines Vaters.
Ein Sturm von Gefühlen und Gedanken brach in mir los. So war sie also hierher nach Sela geflüchtet und hatte in meiner heidnischen Vaterstadt, bei meiner kühlen Mutter Zuflucht vor mir gesucht und gefunden. Und das war mein Sohn! Wie klein und still er war – ganz

und gar nicht der lebendige Quirl wie der kleine David, in dem ich meinen Sohn zu sehen begonnen hatte. Aber so zart und still mußte Schoschana als Kind gewesen sein. Ich beugte mich vorsichtig zu ihm hinunter.

„Vater?“ fragte er leise und unsicher.

Da konnte ich nicht mehr an mich halten. Ich schloß ihn in die Arme, weinte und schluchzte. Ich erhaschte einen Blick von Schoschana. Auch sie weinte – lautlos. Die Tränen liefen ihr übers Gesicht, aber sie sagte nichts.

„Schoschana, kannst du mir verzeihen?“ Ich brachte es nur stammelnd und immer heftiger weinend hervor. Ich wagte nicht, sie anzusehen. Dann spürte ich ihre Hand an meinem Gesicht. Im nächsten Augenblick hielten wir einander umklammert. Alles brach aus mir heraus und löste sich auf in einen Strom von Tränen – Kummer, Schuld, Angst und Qual wurden fortgeschwemmt. Schoschana war da! Ich hatte sie wiedergefunden, ich hielt sie in meinen Armen. Sie schreckte nicht vor mir zurück. Und ich hatte meinen Sohn gefunden. Ich hatte einen Sohn, so wie ich es mir immer vorgestellt hatte! Und ausgerechnet in meiner alten Heimatstadt, die mir so fremd geworden war, waren wir zur Familie vereint worden!

„Ich wußte nicht, wohin ich sonst gehen sollte. Ich war schwanger und mußte an mich und das Kind denken“, sagte Schoschana. „Ich hatte ja keine Familie. Da fiel mir deine Mutter ein, die sich immer nach Enkeln gesehnt hatte. Ich bin zu ihr gegangen. Und sie hat mich wie eine Mutter aufgenommen. Ich habe ihr verboten, dir von mir und Chanan zu schreiben. Ich hätte sonst Sela auf der Stelle verlassen. Das wußte sie. Deine Mutter hat dich sehr vermißt. Sie hat dich sehr geliebt.“

Schoschana hatte sich wieder aus meinen Armen gelöst. Sie mochte mir verziehen haben, aber ihr Vertrauen und erst recht ihre Liebe waren damit noch nicht zurückgewonnen. Sie blickte mich mit dem scheuen, vorsichtigen Ausdruck an, den ich aus den Anfängen unserer Ehe kannte. Diesmal würde es tausendmal mehr Geduld und noch mehr Zeit erfordern, um die Wunden der Angst, des Schreckens und des Entsetzens zu schließen. Diesmal hatte nicht ein Fremder sie verletzt, sondern ich selbst, ihr Ehemann, dem sie sich in Liebe hingegeben hatte.

Aber da war noch Chanan, mein Sohn. Chanan ben Yoram war sein Name – so wie mein Name in früheren nabatäischen Tagen Yoram bin Chanan gewesen war. Mein Sohn! Ich mußte staunen, wie er so vor mir stand. Dieser schmale, großäugige Junge war mein Fleisch und Blut. Es war, als sähe ich zum ersten Mal ein Kind. Vergessen waren in diesem Augenblick all die Kinder, die auf den Gassen der Straßen

und Dörfer herumsprangen, vergessen war der kleine David in Jeruschalajim. Ich stand vor dem Wunder, daß aus meinem Samen ein Mensch geworden war, daß mein Same in Schoschanas Schoß zur Frucht herangereift war, bis er als blutiges, nacktes, schreiendes Bündel das Licht der Welt erblickt hatte. Eines Tages würde er groß sein, seinen Samen ausspritzen und neues Leben zeugen, während Schoschana und ich dahinwelken und sterben würden. Und nach ihm würde sein Sohn die Kette des Lebens fortsetzen, über Geschlechter und Zeiten hinweg. Das war der Mensch – er wurde geboren, er zeugte neues Leben, er starb. So war es auch bei den Tieren, den Pflanzen. Eine ewige Kette aus Geburt und Tod – geschaffen vom Herrn, der uns den Lebensatem einhauchte und eines Tages wieder nehmen würde. Eine geheimnisvolle Reihung, deren Sinn ich nicht verstand, die mich aber mit dem Gefühl höchster Bedeutung und Zufriedenheit erfüllte.
„Chanan", stammelte ich und strich ihm mit der Hand über die Wange. Er steckte schüchtern seine Hand in meine.
„Bist du wirklich mein Vater? Habe ich jetzt auch einen Vater wie alle anderen Kinder? Warum bist du nie gekommen?"
„Ich bleibe jetzt für immer bei euch! Und ich nehme euch mit nach Jeruschalajim – wenn ihr wollt."
Chanan ließ mir keine Zeit, in Schoschanas Augen zu lesen oder ihre Antwort abzuwarten. Er zog mich an der Hand durch Haus und Höfe und mußte mir alles zeigen. Für ihn war ich der Fremde, der sich natürlich nicht auskannte. Zugleich zeigte er dem Haus und aller Welt, daß sein Vater endlich zu ihm gekommen war. „Das ist mein Vater," rief er allen zu, denen wir auf unserem Rundgang begegneten. Sein kleines Gesicht glühte vor Stolz und Glück, und er klammerte sich an meine Hand, als wollte er sie nie mehr loslassen.
So sah ich mit den Augen meines Sohnes mein Vaterhaus wieder, durchstreifte mit ihm die Höfe und Gänge, kroch mit ihm in die verborgenen Winkel, in denen auch ich gespielt und mich versteckt hatte. Wir zogen durch die Wohnräume, durch die riesige Küche, die Gesinde- und Vorratskammern. Wie war mir das alles vertraut – und mit welcher Gleichgültigkeit hatte ich die Stätte meiner Kindheit verlassen. Nun fand ich sie wieder mit meinem Sohn, und die Mauern und Balken hallten wider von unserem Lachen und Jauchzen. Ich war wieder wie früher der verwöhnte Sohn des Hauses, der überall freundlich lächelnde Gesichter antraf und dem gern jede Gunst, jeder Beistand erwiesen wurde. Ja, ich war glücklich in diesem Haus gewesen, lange bevor ich gelernt hatte, Jude zu sein und meinen Vater und

meine Brüder zu verachten. Jetzt kehrte dieses lang vergessene Glück mit Chanan wieder zurück.
Es war auch der kleine Chanan, der mir und Schoschana half, die Fremdheit und Verlegenheit zu überwinden, die sich unweigerlich einstellten, wenn wir uns unvermittelt allein miteinander im Gespräch fanden. Am Abend bestand Chanan darauf, daß wir ihn beide zu Bett brachten. Ich erfüllte ihm diesen Wunsch nur zu gern. Nach den verlorenen ersten drei Jahren ohne ihn genoß ich jede Minute unseres Zusammenseins wie eine Kostbarkeit. Jeder Augenblick, der uns voneinander trennte, schien mir nun eine Ewigkeit zu dauern. Welche Zärtlichkeit, welche Freude erfüllten mich, als ich ihn ruhig atmend einschlummern sah. Am liebsten hätte ich die ganze Nacht an seinem Bett verbracht. Mit seinem feinen zarten Gesicht sah er aus wie ein Engel – so konnte ich mir jedenfalls einen Engel vorstellen. So schön, so sanft und so friedlich.
Eine Bewegung Schoschanas riß mich aus meiner verzückten Betrachtung. Sie gab mir durch ein Zeichen zu verstehen, daß wir gehen sollten. Wir verließen schweigend den kleinen Raum. Dann waren Schoschana und ich miteinander allein.
In meiner Unsicherheit und Verlegenheit machte ich einen Schritt auf sie zu – und augenblicklich wich sie zurück. Sie zeigte keine Angst. Sie beobachtete mich mit wachen Augen. Kein Lächeln, keine Vertrautheit spiegelten sich in ihrem Blick. Es blieb mir nichts anderes übrig, als mich zu verneigen, ihr eine gute Nacht zu wünschen und mich in meine Gemächer zurückzuziehen.
In den folgenden Tagen wechselten wir dank Chanans Zutraulichkeit das eine oder andere Wort. Es ging um Kleinigkeiten wie die Mahlzeiten, die Gesundheit und ähnliches – und natürlich um Chanan. Ich wollte alles über ihn wissen. Wie er als Säugling ausgesehen hatte, welche Krankheiten er gehabt, wann er zum ersten Mal gesprochen hatte, was er gerne aß und tat, womit er spielte. Schoschana gab bereitwillig Auskunft. Sie sprach in gleichmütig gefaßtem Ton – nur wenn es um Chanan ging, erwärmte sich ihre Stimme, wurde lebhaft und gewann Fülle. Dann war sie wieder die Schoschana, die ich gekannt hatte. Allmählich wurden wir natürlicher miteinander. Nur wenn ich den kleinsten Versuch unternahm, über das zu sprechen, was zwischen uns vorgefallen war, verkrampfte sie sich augenblicklich, wurde steif und förmlich, und ihre Stimme gefror in Abwehr. Sie erinnerte mich dann merkwürdig an meine Mutter.
Ich fing an, mit ihr über Mutter zu sprechen. Vielleicht war das ein Weg, der mich wieder zu ihr führte. Ich liebte sie mehr denn je. Es wurde mir immer schwerer, die schmerzhafte Sehnsucht zu unter-

drücken, meine Hand nach ihr auszustrecken und sie zu berühren. Einzig die Gewißheit, daß ich sie damit noch weiter von mir entfernen würde, hielt mich zurück.

„Wie kommst du darauf, daß meine Mutter mich sehr geliebt hat?" fragte ich sie, und wie aus weiter Ferne drangen Mirjams Worte an mein Ohr: 'Schoschana muß dich unendlich geliebt haben.' Müssen es mir immer andere sagen – daß ich dort Liebe finde, wo ich keine sehe? Schoschanas Bemerkung bei unserem unerwarteten, ersten Wiedersehen hatte sich mir eingegraben, auch wenn damals nicht die Stunde war, darüber zu sprechen.

„Weil es stimmt. Du hättest ihre Stimme hören sollen, ihre Augen sehen, wenn sie von dir sprach. Und ich glaube, sie sah immer dich, wenn sie mit Chanan spielte und redete. Sie hat ihm ihre ganze Liebe und Zärtlichkeit geschenkt. Sie liebte ihn – und in ihm liebte sie dich."

„Zärtlichkeit! Meine Mutter war niemals zärtlich! Nicht mit mir – noch mit irgend jemandem sonst."

„Du hättest sie mit Chanan erleben sollen. Er hing geradezu abgöttisch an ihr!"

Wir hätten genausogut von zwei verschiedenen Menschen sprechen können. Bitterkeit und ein Gefühl von Verlust stiegen in mir hoch.

„Vielleicht war Mutter zärtlich zu Chanan. Zu mir war sie es nie."

Schoschana warf mir einen schnellen Blick zu. Einen Augenblick lang verschwand ihre gläserne Sprödigkeit. Ich sah einen Schimmer von Interesse und warmer Anteilnahme. Als ich ihren Blick erwiderte und festzuhalten versuchte, zog sich der Vorhang vor ihrem Inneren wieder zu. Aber ich wußte, ich hatte den richtigen Weg gefunden. Es war mir gelungen, eine Bresche in ihre Unnahbarkeit zu schlagen. Ich konnte sie zurückgewinnen. Ich durfte nur nicht von meiner Liebe zu ihr sprechen. Aber alle anderen Gefühle und Erlebnisse, die nicht unmittelbar sie betrafen, konnte ich zur Sprache bringen. Auf diese Weise würden wir uns näherkommen, so konnte ich sie mir wieder vertraut machen. Behutsam fuhr ich fort:

„Gerade in der letzten Zeit hatte ich oft Gelegenheit, über Mutter nachzudenken. Manchmal wünschte ich mir, nicht sie, sondern eine andere Frau wäre meine Mutter gewesen – Mirjam in Jericho zum Beispiel."

Ich hatte ihr natürlich von dem Überfall und meiner Rettung erzählt, mich aber auf die äußeren Umstände beschränkt und nichts von Mirjam selbst und dem tiefen Eindruck, den sie auf mich gemacht hatte, berichtet. Meine Geschwister hätten nicht verstanden, worum es mir ging, und das Verhältnis zu Schoschana war anfangs noch so verkrampft, daß ich eher das Gegenteil meiner Absichten erreicht

hätte, wenn ich damit vorgeprescht wäre. Aber nun war der Zeitpunkt gekommen. Schoschanas Gesicht zeigte unverhülltes Interesse – ihre Anteilnahme war geweckt.
Ich schilderte alles der Reihe nach. Wie Mirjam zunächst auf mich gewirkt hatte. Dann der Vorfall im Beit HaKnesset. Auf dem Berg vor den Toren Jerichos der Bericht meines Lebens und meiner Schandtat. Ich erzählte ihr auch von meiner Bekehrung zu Rav Jeschua, von den Nazranijim, und wieder von Mirjam, die den Rav gekannt hatte, aber nichts von ihm berichten wollte.
Als ich getreulich wiederholte, wie Mirjam sich als schlechte Ehefrau bezeichnet hatte, zog ein herbes, spöttisches Lächeln über Schoschanas Gesicht. Meine Worte schienen sie an die Flüche und Vorwürfe zu erinnern, mit denen ich sie überschüttet hatte. Ich sprach schnell weiter und stellte klar, daß Mirjam keinerlei Reue oder Bußfertigkeit an den Tag gelegt hatte. Schoschanas spöttische Abwehr verwandelte sich wieder in aufmerksames Zuhören. Als ich gestand, daß Mirjam bei mir sogar Abscheu und Entsetzen hervorgerufen hatte, weil sie sich so frei und ohne Scham zu einem schlechten und vielleicht sogar sündhaften Lebenswandel bekannte, nickte Schoschana freudig, sah mich aber nicht an. Meine Einstellung dazu schien ihr nicht sehr rühmlich zu sein.
Während ich ihr von Rav Jeschua und den Nazranijim erzählte, hörte sie mehr aus Höflichkeit denn aus echtem Interesse zu. Sie merkte erst wieder auf, als ich vorsichtig auf den Zwiespalt zu sprechen kam, der sich in mir aufgetan hatte: zwischen meiner Liebe zu Rav Jeschua und dem Herrn und meiner Liebe zu ihr, die in meinem neuen Glück wieder lebendig geworden war. Sie nahm die Kommentare und Ratschläge von Rav Schim'on und Rav Scha'ul ohne große Regung auf. Erst als ich auf Mirjam zu sprechen kam, lauschte sie wieder gespannt. Sie lächelte, als ich Mirjams Frage wiedergab, ob ich schon einmal mit einer Hure geschlafen hätte. Die andere Frage, ob ich Schoschana wiederhaben wollte, unterschlug ich. Und auch Mirjams Bemerkung, daß Schoschana mich unendlich geliebt haben müsse. Schoschana war noch so scheu wie ein geschlagenes und getretenes Tier. Jeder Versuch, zu schnell die alte Bindung wiederherzustellen, würde sie nur erneut in die Flucht schlagen. Aber Mirjams Rat konnte ich bedenkenlos wiederholen:
„Sie sagte, ich solle dich suchen. Dann würde ich die Lösung finden."
Schoschana sagte nichts dazu, schien aber zufrieden. Ich hielt es für klüger, nicht weiter von Mirjam und meinen Erfahrungen und Erlebnissen seit ihrer Flucht zu reden. Ich war sicher, daß ich ihr genug Stoff

zum Nachdenken gegeben hatte. Nach zwei Tagen kam Schoschana von selbst auf Mirjam zu sprechen.
„Ich würde diese Mirjam gerne kennenlernen. Sie scheint eine bemerkenswerte Frau zu sein. Meinst du, wir könnten auf dem Weg nach Jeruschalajim bei ihr Station machen?"
Ich mußte schwer an mich halten, um nicht hoch in die Luft zu springen. Mein Herz tanzte vor Freude. Sie hatte das Wort gesprochen, auf das ich so sehnlich gewartet hatte. Sie war bereit, mit mir nach Jeruschalajim zurückzukehren. Schoschana wollte bei mir bleiben!
„Mirjam wird sich sehr freuen, dich kennenzulernen. Sie hat mich gebeten, auf dem Rückweg wieder bei ihr einzukehren. Wie wird sie sich freuen, wenn ich dich und Chanan mitbringe. Und ich – ich freue mich noch mehr!" fügte ich hastig und verlegen hinzu. „Ich danke dir, daß du mit mir kommen willst, Schoschana. Du wirst sehen, daß ich diesmal dein Vertrauen nicht enttäusche."
„Ich komme mit. Aber in erster Linie wegen Chanan. Er soll nicht ohne seinen Vater leben. Er hat dich jetzt schon lieb. Und dir soll es nicht wie deiner Mutter ergehen, die sich in Sehnsucht nach ihrem Sohn verzehrt hat."
Eine herbe Antwort und bitter wie Ysop. Aber mehr konnte ich zu diesem Zeitpunkt nicht von ihr erwarten. Sie schluckte und strich sich mit einer fahrigen Bewegung durch die Haare.
„Du mußt mir noch eins versprechen. Ich komme nur mit, wenn du mich nicht anrührst. Du weißt, was ich meine." Sie schaute mich nicht an.
„Mein Versprechen hast du. Die Hauptsache ist, daß du mitkommst", sagte ich schnell. Und das sollte die Hauptsache für mich sein. Sie kehrte zu mir zurück! Ihre Ängste, ihr Mißtrauen würde ich schon zerstreuen, wenn sie wieder ganz bei mir war. Aber endlich war die Zeit des Abwartens und der Ungewißheit vorüber. Freude und Zuversicht erfüllten mich wieder, und ich ließ mich von ihnen beflügeln. Seit unserem Wiedersehen lebte ich im Hause meines Vaters wie im Traum, unfähig, an Geschäfte in Sela oder Jeruschalajim zu denken. Jetzt, da ich wußte, daß Schoschana bei mir bleiben würde, gewann ich wieder Richtung und Ziel. Ich bereitete alles für die Abreise vor, frischte alte Verbindungen mit Handelsfreunden auf, knüpfte neue, besprach Lieferungen und Vertragsbedingungen, beriet mich mit meinen Brüdern, die sich erfreut über meinen wiedererwachten Handelsgeist zeigten.
Ich erzählte Chanan von der bevorstehenden Reise und dem künftigen Leben in Jeruschalajim. Er hörte mit großen Augen und voller Aufregung zu. Ein wunderbares Abenteuer wartete auf ihn, und er

konnte es kaum erwarten. Seine unverhüllte Freude, bei seinem Vater bleiben zu dürfen, rührte mich bis ins Mark und machte mich überglücklich. Die Liebe meines kleinen Sohnes gab mir Kraft und Mut, weiter an eine vollständige Versöhnung mit Schoschana zu glauben. Drei Wochen später reisten wir ab. – Wie anders verliefen diesmal Aufbruch und Reise im Vergleich zu der traurigen Fahrt, die ich von Jeruschalajim aus unternommen hatte! Wie anders sah ich diesmal das karge Land, die wild zerklüfteten Berge, die kahlen Wüstenebenen, die kleinen grünen Oasen und die Städte. Ich sah sie mit Chanans Augen, der sich mit kindlicher Begeisterung an jeder Kleinigkeit erfreuen konnte.

Wir zogen mit einer kleinen, aber gut ausgerüsteten und bewaffneten Karawane. Diesmal durfte ich nicht so töricht sein, die Gefahren für Leib und Leben zu mißachten. Damals hatte ich mir keine Sorgen um meine Sicherheit gemacht. Ich hatte nur in meinem Kummer um meine Mutter, um Schoschana und in der Sorge um die ewige Seligkeit gelebt. Aber jetzt hatte ich Frau und Kind bei mir. Die Freude über unser neues Zusammensein erhöhte meine Wachsamkeit und Fürsorge.

Die Erfordernisse der Reise brachten Schoschana und mich einander näher. Wir reisten so bequem wie möglich, und es galt schon als Luxus, wenn eine Familie nachts ein Zelt für sich allein bewohnte. In Sela hatte ich jede Andeutung, jede Geste vermieden, daß ich meine Rechte als Ehemann wieder geltend machen wollte. Ich hatte die Nächte in den mir zugewiesenen Gasträumen verbracht, während Schoschana und Chanan in den Frauengemächern blieben. Auf der Reise ergab es sich nun ganz natürlich, daß wir wieder beieinanderlagen. Ich spürte Schoschanas warmen Leib neben mir berauschend wie schweren syrischen Wein. Aber ich hielt mich an unsere Abmachung. Auch wenn ich zitternd und glühend vor Sehnsucht neben ihr lag, drang noch durch meine benebelten Sinne, daß sich Schoschana so steif wie möglich machte und daß sie ihre Verweigerung ernst meinte. Aber es gelang mir, ihr in der ersten Nacht vorm Einschlafen sanft übers Haar zu streichen, ohne ihren Widerwillen zu erregen. In der zweiten Nacht wagte ich einen brüderlichen Gutenachtkuß. Sie schrak ein wenig zusammen, entspannte sich aber, als ich sie sofort wieder freigab. Den Kuß vorm Einschlafen behielt ich bei, und sie ließ es geschehen.

Sicher und ohne Verzögerungen erreichten wir die Senke des Salzmeeres. In seiner üppig grünen Pracht lag Jericho vor uns und hieß uns willkommen. Chanan staunte mit aufgerissenen Augen, verschlang jede Blume mit seinen Blicken, sog den Duft der Blüten und Gewürz-

hölzer ein und bestaunte jede Dattelpalme, die so unermeßlich hoch bis an den Himmel zu reichen schienen.
Ich konnte es kaum abwarten, zu Mirjams Heim zu gelangen. Als wir endlich die kleine ruhige Straße erreichten, und das Haus rötlich überhaucht von der Abendsonne vor uns lag, spürte ich Erleichterung und Freude. Es war mir so wichtig, Mirjam wiederzusehen, daß mich unmerklich die Angst beschlichen hatte, mein Aufenthalt in Jericho könnte nur ein Traum gewesen sein und Mirjams Haus ein Trugbild, das mir mein verwirrter Geist vorgegaukelt hatte. Aber nichts hatte sich seit meiner Abreise verändert. Fest und schlicht stand es da – und die ersten Diener kamen herausgelaufen, um uns willkommen zu heißen. Dann trat Mirjam selbst vor das große Tor.

## 6. Kapitel: Auf dem Berg

Die nächsten Tage in Mirjams Haus verbrachten wir in einer eigentümlichen, in Freundlichkeit gefrorenen Atmosphäre. Mirjam hatte Schoschana und mir wie selbstverständlich einen gemeinsamen Raum zur Verfügung gestellt. Das nahe Zusammensein mit Schoschana war daher gesichert. Aber nichts weiter ereignete sich zwischen uns beiden. Schoschana ließ sich den abendlichen Gutenachtkuß gefallen, dann rollte sie sich am Rand des Bettes zusammen – mit dem Rücken zu mir und so weit entfernt wie nur möglich. Die Botschaft war eindeutig.
Schoschana war es klar, daß Mirjam über die Ereignisse und die Entfremdung in unserer Ehe Bescheid wußte. Ich hatte ihr in Sela nicht verschwiegen, daß ich Mirjam wirklich alles und schonungslos gegen mich selbst offenbart hatte. Mirjam ihrerseits konnte aus Schoschanas verkrampft freundlichem Verhalten mühelos lesen, daß Schoschana wußte, daß sie wußte. Jeder hatte Kenntnis vom Wissen des anderen. Aber weil wir nicht darüber sprachen, kam keine wirkliche Vertrautheit, keine echte Herzlichkeit auf. Am unbefangensten von uns dreien war Mirjam, die immer wieder zu einem natürlichen Ton fand. Aber da wir zwei nicht darin einfallen konnten, blieben Mirjams Versuche im Ansatz stecken.
Glücklicherweise lenkten uns Chanan und Jehuda die meiste Zeit von den niedergeschwiegenen Fragen und Problemen ab. Die beiden

freundeten sich schnell an. Chanan hängte sich mit kindlicher Dankbarkeit und Ergebenheit an den fast erwachsenen Knaben, der sich nicht zu erhaben fühlte, um sich mit dem Knirps abzugeben. Jehuda mit seiner oft noch kindlichen Art nahm sich wie ein wohlwollender großer Bruder des Kleinen an, führte ihn überall herum, zeigte ihm neue Spiele und beantwortete mit unerschöpflicher Geduld alle Fragen, die auf ihn einprasselten.

Eines Morgens nahm Mirjam Schoschana auf einen ihrer Krankenbesuche im Armenviertel mit. Auch das bildete einen Teil ihrer 'Narrheit', und die Bewohner von Jericho begleiteten ihr Tun kopfschüttelnd, verständnislos und daher mit viel Gelächter und Spott. Natürlich gehörte es sich, daß reiche und wohlhabende Bürger Almosen an die Armen und Kranken verteilten. Man spottete über Mirjam auch nicht, weil sie etwas für die Armen und Kranken tat, sondern weil sie zuviel tat. Die Reichen halfen, indem sie durch ihre Diener kleine Geldbeträge schickten oder abgetragene Kleider oder das eine oder andere Gerät, das vom Holzwurm zerfressen war, überbringen ließen. Man wunderte sich auch nicht über die Reichen, die den Bedürftigen entweder gar nichts spendeten oder nur an den großen Feiertagen, wo jeder es sehen konnte und sollte. Man sah mit großer Gelassenheit den Widerwillen in ihren Mienen, den Abscheu vor den schmutzigen, zerlumpten Gestalten, wenn sie ihre kärglich bemessenen Gaben verteilten. All dies nahm man wie selbstverständlich hin – Geiz und Habsucht waren zu wohlvertraute Züge, als daß man sich darüber aufregt hätte. Aber daß eine wohlhabende Bürgerin sich selbst in die Hütten der Armen begab, sich ihrem Dreck und Gestank aussetzte, stinkende Eiterbeulen aufstach, Wunden verband und die Hebamme spielte – das ging weit über Sitte und Anstand hinaus. Das war lächerlich und dumm und alles andere als vornehm. Es war anstößig, wenn nicht sogar verwerflich. Mirjam machte sich mit dem einfachen und unreinen Volk gemein, das die Gesetze nicht einhalten konnte, und wurde damit selbst zu einer Unreinen. Da sie zu begütert war, war sie vor offenen Angriffen geschützt. Man belächelte sie eben als Verrückte, und die reichen Juden und Römer mieden in ungewohnter Eintracht den Umgang mit ihr. Mirjam schien diese Ächtung nicht einmal zu bemerken, so wenig gab sie auf die Meinung der Leute. Sie tat, was sie für richtig hielt – alles andere war ihr egal.

An diesem Morgen blieb ich gespannt zurück. Würden Schoschana und Mirjam endlich offen miteinander reden? Würden sie an das Unausgesprochene rühren, um das unaufhörlich unsere Gedanken kreisten? Die beiden Frauen kehrten zurück wie gute Freundinnen,

aber keine machte auch nur eine Andeutung, worüber sie gesprochen hatten. Was Schoschana und mich betraf, blieb alles im Ungewissen. Am nächsten Tag traf ich Mirjam zufällig im Hof, als sie die Tiere fütterte. Sie war allein. In kurzen Worten erzählte ich ihr hastig, was sich in Sela ereignet hatte – auch von Schoschanas Bedingung und meinem Versprechen, sie nicht anzurühren.
„Kannst du mir nicht helfen, Mirjam?" fragte ich. „Ich habe sie gefunden, aber genausogut könnte ich nachts neben einem Stück Holz liegen. Ich weiß nicht, was ich tun soll."
„Was meinst du, was ich die ganze Zeit tue", brummte Mirjam, „natürlich helfe ich euch. Aber du mußt Geduld haben. Du kannst doch nicht erwarten, daß dir Schoschana sofort wieder glücklich in die Arme fällt, kaum daß du aufgetaucht bist. Es ist schon viel, daß sie mit dir gekommen ist. Vergiß das nicht."
Ich nickte ergeben und half ihr beim Füttern der Tiere. Ich verstand immer noch nicht, warum Mirjam einen solchen Aufwand um das Getier trieb – fast wie um Menschen. Meine Achtung für sie war inzwischen jedoch so gestiegen, daß ich bereit war, ihr zuzugestehen, daß es einen Sinn für ihr Tun gab – auch wenn dieser Sinn mir noch verborgen war.
Nachts waren, überraschend für die Frühsommerzeit, ein paar schwere Wolken aufgetaucht und hatten ihre nasse Last in einem Schwall dicker, klatschender Tropfen entladen. Am nächsten Morgen dampfte die Erde. Die feuchtwarme, stickige Luft in den Räumen trieb uns aus den Betten in die angenehmere Kühle des Hofes. Es versprach, ein unerträglich heißer Tag zu werden. Mirjam sagte, daß sie das Geschenk des Regens nutzen und in die Wüstenberge ziehen wollte, um frische Kräuter zu sammeln. Sie schlug mir und Schoschana vor, sie zu begleiten.
„Es ist dort zwar auch heiß, aber viel trockener als hier unten im Kessel. Vielleicht geht es euch auch so wie mir: ich kann mich nie an den winzigen Wüstenblümchen sattsehen, wenn sie nach einem Regen wie ein Teppich die Wüste bedecken. Man kann fast zusehen, wie sie aus der Erde schießen und aufblühen, sobald es nur genug Wasser gibt. Als wüßten sie, daß sie keine Zeit ans Wachsen verschwenden dürfen – daß Wachsen und Blühen zusammenfallen müssen! – Für Chanan wird der Weg sicher zu lang und beschwerlich. Ich schlage vor, daß er mit Jehuda die römischen Bäder besucht. Für einen solchen Tag genau das richtige. Nicht alle Einrichtungen der Heiden sind zu verachten!"
Sie lächelte bei diesen Worten – fast verschmitzt. Wenn sie so lächelte, zog sich ein Netz von Fältchen und Runzeln über ihr ganzes Ge-

sicht. Ja, es sah aus wie ein Spinnennetz. Und ihre wachen leuchtenden Augen waren die Spinne, die auf ihre Opfer lauerte. Eine Spinne allerdings, die ihre Opfer nicht aussaugte, sondern mit neuer Zuversicht und neuem Leben erfüllte.
Ohne uns anzusehen, erklärten Schoschana und ich fast gleichzeitig, daß wir sie in die Wüste begleiten würden.
Am Fuß des hohen Tafelberges folgten wir dem schmalen Flußtal, das tatsächlich mit einem grünbunten Schleier aus winzigen Pflänzchen überzogen war. Mirjam sammelte hier und da – aber eher nachlässig, wie mir schien. Sie ließ viele Kräuter stehen, die sie sonst gepflückt hätte. Nein, Mirjam war nicht zum Kräutersammeln ausgezogen. Sie schlug zielstrebig den Pfad nach oben ein, den wir schon einmal zusammen gegangen waren. Der Anstieg war diesmal viel beschwerlicher. Wir kämpften uns durch die Gluthitze wie durch eine unsichtbare Wand und mußten mehrmals einhalten, um im Schatten einer Akazie oder eines Felsvorsprungs zu rasten. Aber oben auf der Felsplatte wurden wir für unsere Anstrengung entschädigt. Ein sanfter Wind umfächelte uns und gab Kühlung. Ich atmete befreit auf und fing an zu lachen und zu scherzen. Mirjam lächelte und wies uns einen Platz im Schatten.
In einiger Entfernung war uns ein Diener mit einem Maultier gefolgt. Er richtete nun eine Tafel, reichte uns Wasser, das mit dem Saft der Limone frisch und schmackhaft geblieben war. Dann breitete er Fleisch, Geflügel, Käse, Brotfladen und Früchte vor uns aus, und Mirjam bat uns zuzugreifen. Erhitzt, erschöpft, durstig und hungrig, wie wir waren, fielen wir über die Getränke und Speisen her. Erst danach begannen langsam die Stille und Weite der Landschaft auf uns zu wirken. Mirjam saß zwischen mir und Schoschana. Wir sprachen nicht viel. Ich wurde schläfrig und nickte ein.
Ein plötzlicher Schmerz weckte mich. Etwas mußte mich gestochen haben. Schoschana sprach. Meine Augen waren noch geschlossen, als Mirjams Hand schwer auf meine Schulter drückte und mir bedeutete, mich ruhig zu verhalten.
„Ich weiß nicht, ob ich ihn noch liebe, ob ich ihn je wieder lieben kann“, in Schoschanas Stimme schwang verhaltene Erregung. „Vielleicht klingt es verrückt, aber es ist nicht einmal die Vergewaltigung selbst. Die körperlichen Schmerzen spüre ich nicht mehr. Ich habe sie vergessen. Was ich nicht vergessen kann, sind seine Augen! Wie sie mich angesehen haben! Daß keine Liebe mehr in ihnen war, sondern nur noch Verachtung! Daß er das Vertrauen zu mir verloren hatte! Daß seine Liebe so plötzlich in Wut und Verachtung umschlagen konnte! Es war ja nicht erst der Überfall – nicht nur seine Schläge,

seine Beschimpfungen! Es begann nach der Nacht, als ich ihn am meisten liebte. Als ich ganz weich und offen war. Als ich mich ihm gab – ganz, mit Leib und Seele! Ich kann einfach nicht vergessen, wie er mich am Morgen danach angeblickt hat. Wenn er mir einen rostigen Dolch in den Leib gebohrt hätte – es hätte nicht so weh getan wie sein Mißtrauen, seine Verachtung und sein Ekel. Und er verachtete mich nicht, weil ich etwas Schlechtes oder Niedriges getan hatte – er verachtete mich, als ich ihn liebte, wie ich ihn noch nie zuvor geliebt hatte und wie mein Körper ihn noch nie geliebt hatte!
Wie soll ich ihm je wieder vertrauen und an seine Liebe glauben können? Jedesmal, wenn ich ihm mein Herz wieder öffnen möchte, kommt die Angst wieder hoch – die Angst, er könnte mich wieder so anblicken, als wäre ich eine Hure. Ich habe ihn nie betrogen! Nicht einmal in Gedanken! Seine Verachtung hat mich tiefer getroffen als die Gewalt jenes Unbekannten, der mich bei Qimron überfallen hatte. Yoram hat dir wohl davon erzählt. Ich begreife bis heute nicht, daß ausgerechnet er, den ich so liebte und dem ich ganz vertraute, plötzlich nur noch Abscheu und Haß für mich empfand. Das war schrecklicher als alles, was mir je widerfahren ist. Ich habe es anfangs nicht glauben wollen. Ich habe versucht, seine Liebe wiederzugewinnen, ihm meine Liebe zu zeigen und zu beweisen. Ich dachte, im Laufe der Zeit würde er doch noch verstehen und wieder zu mir finden. Aber es wurde nur schlimmer. Dann kam die Nacht, in der er wie ein wildes Tier über mich herfiel – kein Fremder, sondern der Mann, den ich liebte und dem ich vertraute! Danach konnte ich nicht mehr bleiben. Ich hatte Angst um mein Leben und um das meines Kindes.
Nachdem ich Yoram verlassen hatte, reichten meine Kräfte gerade noch, um bis nach Sela zu seiner Mutter zu gelangen. Dort brach ich zusammen. Drei Monate lang wußten die Ärzte nicht, ob ich körperlich und geistig je wieder gesund werden würde.
Ich verstehe immer noch nicht, wie er auf meine tiefste Liebe mit einem Ausbruch von Haß und grenzenloser Verachtung antworten konnte. Und das ist es, was mir am meisten Angst macht: daß es jederzeit wieder geschehen könnte."
Ich mußte mit aller Kraft an mich halten, damit ich nicht mit irgendeinem Laut, mit irgendeiner Bewegung verriet, daß ich alles mitanhörte.
„Wie dumm die meisten Männer sind", sagte Mirjam spöttelnd und ließ ihre Hand weiter schwer auf mir ruhen. „Nein, entschuldige, ich habe mich falsch ausgedrückt. Dumm sind sie nicht, aber töricht und voller Angst! Ist dir das noch nie aufgefallen?"
Von Schoschana kam kein Laut.

Mirjam fuhr fort: „Die Männer scheinen oft viel mutiger zu sein als wir Frauen. Sie ziehen in den Krieg. Sie müssen kämpfen und ihr Leben aufs Spiel setzen. Dabei sind sie mutig, das stimmt. Dazu werden sie auch erzogen. Vielleicht liegt es in ihrer Natur, sich immer messen zu müssen und miteinander zu ringen und zu kämpfen. Jedes Knabenspiel scheint das zu bestätigen. Aber lasse einen Mann auf etwas Neues stoßen, auf etwas, das er noch nie erlebt und von dem er noch nie etwas gehört hat, und er wird vor Angst zittern. Aber ein Mann darf seine Angst nicht zeigen. Und meistens wird er noch nicht einmal den Mut haben, sich selbst einzugestehen, daß er Angst hat. Aber die Angst macht seinen Blick trübe und eng. Sie verdunkelt auch sein Denken, zwängt es ein, drückt es nieder. Er benutzt seinen Verstand nicht mehr, um das Neue zu erforschen, sondern um es abzuwehren. Statt die Angst zuzugeben und dem Neuen ins Auge zu sehen, klammert er sich einfach an Vertrautes: an die überlieferten Erklärungen für längst bekannte Erscheinungen, die mit dem Neuen gar nichts zu tun haben. Dann muß er keine Angst mehr vor dem Unbekannten haben, sondern kann nun seinen Schrecken, seine Furcht gegen etwas Vorhandenes richten. Ich glaube, so ist es Yoram ergangen, als ihr euch so geliebt habt – so wie es nur selten geschieht."
Schoschana fiel ein. „Du meinst, es war auch für ihn neu und unbekannt? Und er bekam es mit der Angst – und hat er lieber geglaubt, es mit einer Hure zu tun zu haben, als sich einzugestehen, daß ihm diese unbekannte Erfahrung Angst macht?"
„Ich fürchte, so wird es gewesen sein. Yoram ist nicht schlecht oder bösartig. Ich glaube, er ist einfach mit dem Neuen nicht fertig geworden, das er plötzlich mit dir erlebt hat. Deshalb brauchst du aber nun umgekehrt nicht ihn geringzuschätzen."
„Aber wird er beim nächsten Mal nicht wieder Angst bekommen und mich wieder verabscheuen?"
„Das nächste Mal wird ihm dein Verhalten nicht mehr ganz so neu und unbekannt sein. Er hat in den vergangenen Jahren auch sicher darüber nachgedacht. Ich glaube, er weiß selbst, wie töricht er war."
Mirjams Hand gab mich nicht frei. Ich hätte die Unterredung der beiden Frauen aber auch um nichts in der Welt unterbrechen mögen.
„Wenn du so sprichst, dann scheinst du erlebt zu haben, was ich erlebt habe", sagte Schoschana nach einer Pause.
„Ich habe viel erlebt, mein Kind. Ich habe viel Liebe und viel Schrekken und Schmerz erfahren – und bin darüber eine alte Frau geworden." Sie lachte leichthin. „Vielleicht ist das der Sinn unseres Lebens: Glück *und* Leid zu erfahren – so wie der alte Vater Ijov. Man kann nur darum bitten und darauf vertrauen, daß der Anteil der Liebe immer

überwiegt. Sie ist das einzige, was uns Kraft gibt. Woher nähmen wir sonst den Mut, weiterzuleben? Woher das Vertrauen, daß auch unsere Kinder in dieser wahnsinnigen Welt leben können?"
„Du hast recht", rief Schoschana, „wenn ich vorher mit Yoram nicht so glücklich gewesen wäre, wäre ich verzweifelt. Ich glaube, ich hätte mich vor den Toren Jeruschalajims von einem Felsen gestürzt."
Sie hielt einen kurzen Augenblick inne und fuhr dann leiser fort: „Du hast so viel erlebt und verstehst so viel. Willst du mir nicht aus deinem Leben erzählen? Yoram schläft noch, und wir sind ganz ungestört. Oder ist es unverschämt, dich darum zu bitten? Aber vielleicht hilft es mir, wieder zu Yoram zu finden. Ich glaube, es könnte mir Mut geben für mein eigenes Leben."
Wie gerne hätte ich in diesem Augenblick Schoschana in die Arme geschlossen und geküßt, so zart und verletzlich klang ihre Stimme – und so aufmerksam gespannt und vertrauensvoll zugleich. So hatte sie früher zu mir gesprochen. Offen, ohne vorgehaltene Maske, ohne Harnisch. Jetzt hörte ich diese Stimme zum ersten Mal wieder. Aber sie galt nicht mir, sondern jemand anderem – Mirjam.
Mirjam schwieg lange. Dann seufzte sie.
„Ich habe noch nie über mein früheres Leben gesprochen, seit ich nach Jericho gekommen bin", sagte sie langsam. „Nicht einmal mit meinem Sohn. Ich weiß nicht, ob es so sinnvoll ist, anderen sein Leben, seine Erfahrungen mitzuteilen. Ich glaube nicht, daß man aus Erfahrungen anderer lernen kann. Jedes Leben ist neu und anders. Und jeder Mensch muß *sein* Leben leben. Aber wenn es dir Mut machen könnte, will ich nicht schweigen. Ich will nur nicht, daß du meinst, du solltest dein Leben nach meinem ausrichten. Aber das tust du auch nicht. Du willst selbst entscheiden. Und das ist gut. Die meisten Menschen suchen nur nach einem Vorbild, dem sie nacheifern können. Sie ahmen jemand anderen nach – dessen Leben, dessen Denken, dessen Handeln – und begreifen dabei nichts. Wenn sie nur selbst nie eine Entscheidung treffen müssen! Wenn ihnen nur immer ein anderer sagt, was sie denken und tun sollen! In ihrer Unsicherheit und Angst suchen sie nach Antworten – aber immer bei anderen! Sie suchen sie bei den Mächtigen, bei den Klugen und bei den Gelehrten, bei den Priestern – nie bei sich selbst und zuallerletzt bei dem lebendigen Gott. – Aber Mosche hat nicht auf den Pharao gehört und auch nicht auf die Priester und Gelehrten! Er hat allein auf die Stimme gehört, die aus dem brennenden Busch zu ihm sprach. Er hat seinen eigenen Ohren getraut! Er brauchte keine Heerscharen von Priestern und Pruschim, die ihm Gottes Worte auslegten!"

Diese Worte trafen mich. Hatte sie eben nicht mich beschrieben? Hatte sich Mirjam darum geweigert, mir von Rav Jeschua zu erzählen, weil sie fürchtete, ich würde ihm blind nacheifern? Mirjam sprach weiter.

„Einzig den Machtgierigen ist an blinden Nacheiferern und Nachbetern gelegen. Dann können sie die schwachen Menschen zu ihrem eigenen Vorteil lenken. Aber auch wenn einer wirklich aus einem liebevollen, selbstlosen Herzen spricht, hilft das den Menschen nur wenig. Ich habe erlebt, wie göttliche Offenbarungen der tiefsten Geheimnisse und Wahrheiten des Lebens mißverstanden, verdreht und schließlich in ihr Gegenteil verkehrt wurden. Ich habe erlebt, wie man Menschen Liebe, Verzeihen und Barmherzigkeit lehrte und sie mit Haß, Verrat und Verfolgung darauf antworteten. Der Mensch versteht immer nur das, was in ihm selber ist. Sprich zu den Menschen von der unendlichen Liebe, und sie werden glauben, daß diese Liebe nur den wenigen Menschen und Dingen gelten soll, die sie selbst lieben können. Alles andere werden sie ablehnen, verurteilen und um so gnadenloser verfolgen, je fremder und beängstigender es ihnen erscheint."

Sie seufzte und lachte dann plötzlich auf. „Und jetzt fange ich selbst noch zu predigen an! Von allen Übeln das schlimmste. Dabei hast du mich nicht nach einer Lehre, sondern nach meinem Leben gefragt. Also gut – wo soll ich beginnen?"

„Ganz am Anfang."

Ich mußte lächeln. Schoschana wußte, was sie wollte. Sie sagte es so einfach und geradeaus wie ein Kind, das es für selbstverständlich hält, daß man seinen Wunsch erfüllt.

Mirjam zögerte nicht lange und begann.

# MIRJAM I

## 7. Kapitel: Die Heirat

Ich kam als Jüngste von drei Schwestern und vier Brüdern zur Welt. Meine Eltern hatten ein recht ansehnliches Landgut in Migdal bei Tiberias, woher unsere Familie stammt. Wie meine Vorfahren es von einfachen Bauern zum Besitz bedeutender Ländereien gebracht haben, weiß ich nicht. Die Familie breitete den Mantel des Schweigens darüber. Sehr ehrenhaft werden sie die Güter nicht erworben haben. Sonst hätten meine Eltern bestimmt stolz davon erzählt. Ich nehme an, daß sie die verworrenen politischen Verhältnisse genutzt haben. Wahrscheinlich haben sie schon früh mit den Römern kollaboriert. Es ging uns also gut, und meine Eltern verwöhnten uns Kinder und ließen uns die beste Erziehung und Bildung zukommen. Sogar wir Mädchen wurden in allen Bereichen der Torah unterwiesen. Es gab genug junge hungrige Rabbanim, die froh waren, wenn sie in einer wohlhabenden Familie unterrichten durften. Mein Vater hielt sich für einen guten Juden. Er achtete auf die Einhaltung der Gesetze. Ein strenger Parusch hätte bei uns nur wenig auszusetzen gefunden. Aber mein Vater sagte auch, daß die Heiden nicht unbedingt dümmer seien als das auserwählte Volk des Herrn und daß man von ihnen lernen könne, jedenfalls in den Bereichen, wo sie den Juden überlegen seien. Er gehörte zu den aufgeschlossenen Juden, die ohne Scheu mit den Römern verkehrten und die griechische Lebensweise und Kultur für die einzig zivilisierte hielten. Mein Vater gab uns also auch griechische Lehrer, die uns in allen 'heidnischen' Künsten wie Philosophie, Mathematik, Gesang und Tanz unterrichteten. Er ließ meine Brüder sogar in den Leibesübungen und Kampfspielen der Griechen ausbilden. Meiner Mutter war es recht, denn ihr bedeuteten Macht, Geld und Ansehen alles. Im Grunde dachte mein Vater genauso, nur gab er es nicht so deutlich zu erkennen. Er sprach von Bildung und Fortschritt und meinte damit Wissen, Macht und Verbindungen. Wenn wir Mädchen die gleiche Erziehung erhielten wie unsere Brüder, so nur deshalb, weil dies den Wohlstand unserer Familie bewies und unsere Heiratschancen in den philhellenischen Kreisen förderte. Dies waren die mächtigen und einflußreichen Kreise um Herodes Antipas, den damals regierenden Tetrarchen des Gallil und Peraías, und die römischen Gesandten, die eigentlichen Herrscher an seinem Hof. Wenn

wir in diesem Sinne erfolgreich heirateten, würde dies der Familie zugute kommen.
Meine beiden älteren Schwestern konnten die Wünsche meiner Eltern über alle Erwartungen hinaus erfüllen. Denn sie waren nicht nur gesittet und klug, sondern auch sehr schön. Meine älteste Schwester heiratete den Sohn eines vermögenden Handelsherrn aus Alexandria, der dort zum Vorstand der reichen jüdischen Gemeinde gehörte. Meine zweite Schwester wurde mit einem Höfling des Herodes Antipas verheiratet, einem schon älteren Mann, was sie zunächst sehr unglücklich machte. Aber dann ließ sie sich von seinem Reichtum und dem prächtigen und einflußreichen Leben am Hof darüber hinwegtrösten.
Drei meiner älteren Brüder, die danach an die Reihe kamen, machten zwar nicht ganz so vorteilhafte, aber doch gute Partien, die meine Eltern zufriedenstellten. Auch für Ya'akov, den jüngsten Bruder, gab es vielversprechende Heiratspläne. Die größten Hoffnungen setzten meine Eltern jedoch auf mich. Mir war das Lernen von allen nicht nur am leichtesten gefallen, ich hatte eine natürliche Freude daran. Ich war wißbegierig und machte schnellere und größere Fortschritte als meine Geschwister. Ich liebte das Streitgespräch mit meinen Lehrern. Die Torah kannte ich besser als mancher Parusch, wie mein Lehrer, Rabbi Akiva, zur Freude meiner Eltern allen versicherte. Die Sprachen fielen mir leicht. Ich sang gerne und hatte eine wohlklingende Stimme – und ich versprach noch schöner zu werden als meine Schwestern. Meine Eltern betrachteten also meine Entwicklung mit dem größten Entzücken, hätschelten und verwöhnten mich – und erwarteten von mir eine Heirat, die die glänzenden Verbindungen meiner Geschwister völlig in den Schatten stellen sollte. Ich glaube, wenn es einem der königlichen Prinzen eingefallen wäre, um meine Hand anzuhalten, hätten sie das wie selbstverständlich aufgenommen. Als ich in das heiratsfähige Alter kam, wurden meine Schwestern und Tanten immer öfter eingeladen und hinter verschlossenen Türen zu Rate gezogen. Man bemühte die Heiratsvermittlerin, plante meine Zukunft, führte Verhandlungen, ohne daß darüber auch nur ein Wort mit mir gesprochen wurde. Wie jede andere gehorsame Tochter auch hatte ich die Wahl und Entscheidung meiner Eltern hinzunehmen und den Mann lieben zu lernen, den sie mir aussuchten.
Ich wußte, was mich erwartete. Und ich hatte auch gar nichts dagegen. Ich dachte, ein Prinz sei gerade gut genug für mich. Ich kokettierte mit dem Gedanken, eine jüdische Kleopatra oder eine ebenso vom Volk geliebte, aber klügere und raffiniertere Mariamne neben einem noch größeren Herodes zu werden – der strahlende Mittelpunkt eines Kö-

nigshofes, umgeben von Glanz, Pracht und Gelehrsamkeit. Das waren meine kindischen Träume, wenn ich nicht mit dem zwei Jahre älteren Ya'akov zusammen studierte, in dem großen Garten herumtobte oder unsere Diener neckte. Ya'akov war glücklicherweise recht gutmütig und, was das Lernen betraf, ein bißchen faul. Er ritt lieber auf die Jagd oder fuhr hinaus zum Fischen. Darum beleidigte es seine Eitelkeit nicht allzusehr, wenn das Lernen und Verstehen bei ihm langsamer ging als bei mir. Fühlte er sich ab und an doch in seiner männlichen Ehre gekränkt, spielte er sich als der ältere und überlegene Bruder auf und behauptete, wenn er nur halb so fleißig wäre wie ich, würde sich schon zeigen, wer der Intelligentere von uns beiden sei. Es kränkte mich natürlich, als fleißige Arbeitsbiene abgetan zu werden. Ich saß tatsächlich immer länger als er über den Büchern. Aber nicht, weil mich der Fleiß trieb, sondern weil es mir einfach Spaß machte, alles zu lesen und zu lernen.
Als ich etwa dreizehn Jahre alt war, starb plötzlich unser geliebter Rav Akiva, der uns in der Torah unterrichtet hatte. Er muß damals nur wenig älter als ich jetzt gewesen sein. Uralt erschien er mir mit seinem schlohweißen Haar und den verrunzelten Händen. Dabei war er eigentlich noch ganz rüstig. Er besaß noch fast alle Zähne, die er auch gerne zeigte. Seine einzige, kleine läßliche Eitelkeit. Er war auf einem seiner Spaziergänge in den nahen Bergen unglücklich ausgerutscht und hatte sich einen langen und tief klaffenden Riß am Bein zugezogen. Das Fleisch fing an brandig zu werden, und bevor man etwas unternehmen konnte, war er der Blutvergiftung erlegen. Er hatte von seiner Verletzung und den Schmerzen, die ihn gepeinigt haben müssen, nichts verlauten lassen. Erst als alles zu spät und sein fiebriger Zustand nicht mehr zu verheimlichen war, erfuhren wir von dem Unfall. Er hatte mich oft auf seinen Wanderungen mitgenommen. Ich liebte es, im freien Land umherzustreifen und den Landleuten bei der Arbeit zuzusehen oder vom Berg weit über das fruchtbare Tal und das Kinneret-Meer zu blicken, so wie wir jetzt auf Jericho und auf das Salzmeer hinuntersehen. Was ich in den Unterrichtsstunden gelernt hatte, wurde mir erst dort oben auf den Bergen anschaulich klar: daß die Welt viel größer ist als unser Anwesen mit seinem weitläufigen Garten und größer und weiter als unsere Stadt Migdal. Weiter südlich am Ufer des Kinneret konnte ich die riesige Baustelle erkennen, wo die neue Stadt Tiberias entstand, die Herodes Antipas zu seiner neuen Hauptstadt machen wollte. Ich sah mich in dieser neuen Hauptstadt eine große Rolle spielen. Ich lebte in meinem riesigen Marmorpalast, umringt von Höflingen und Bittstellern, die um meine Gunst buhlten. Die besten und berühmtesten Dichter Roms und

Athens würden auf meine Einladung herbeieilen, um vor mir ihre Verse vorzutragen und mein Urteil zu hören, die klügsten und bedeutendsten Gelehrten würden darum wetteifern, mit mir Gespräche über Religion, Philosophie und Mathematik zu führen ... Im Norden sah ich die schneebedeckten Hänge des Chermon, zu denen ich einmal reisen würde und weiter noch in das fruchtbare Land Syrien. Ich würde die zehn Städte der Dekapolis jenseits der Berghänge am Ostufer des Kinneret besuchen, im Süden warteten die heilige Stadt Jeruschalajim und der Tempel auf mich – und noch weiter südlich Alexandria mit seiner berühmten Akademie. Dann im Westen, jenseits der Berge in meinem Rücken, jenseits des großen Meeres Rom und weiter nördlich Athen, die beiden Zentren der Macht und der Zivilisation. Ich träumte davon, dort ebenso prunkvoll einzuziehen wie einst Kleopatra neben Caesar. Und unweigerlich, unaufhaltsam endeten meine Träume bei der süßen und geheimnisvoll lockenden Frage: Wer würde mein Caesar, mein Alexander, mein König David oder mein Jehuda HaMaqqavi werden?
Der Mann meiner Träume kam in Gestalt des jungen Rav Jehuda ben Matthitiyahu, des Nachfolgers von Rav Akiva, – schön wie der griechische Apollon und beredt wie Aharon vor dem Pharao, gepaart mit dem Feuer und Ernst des großen Mosche. Er war ein strenger Parusch. Und während wir Kinder uns unter den nachsichtigen Augen meiner Eltern noch über seinen religiösen Eifer und seine strenge Gesetzestreue mokierten, riß er Stück um Stück mein bisheriges Denk- und Vorstellungsgebäude bis auf den Grund nieder. Er begann mir zu imponieren, weil er nicht kriecherisch wie die anderen um meine Gunst warb. Er war nicht servil – weder bei mir noch bei meinem Bruder oder meinen Eltern. Nicht einmal in seinem Blick fand ich Unterwürfigkeit, was ich zunächst sogar als Frechheit empfand. Ich war damit groß geworden, daß die Diener und Sklaven um mich herumsprangen und mir jeden Wunsch von den Augen ablasen. Wer es wagte, nachlässig oder gar aufsässig zu sein, wurde auf der Stelle bestraft und bei schwereren Vergehen entlassen. Jehuda war der erste, der es wagte, mir Widerstand zu leisten. Ich lernte zwar gerne – aber an dem Tag und zu der Stunde, die ich festsetzte und nicht der subordinierte Lehrer. Jehuda bestand auf festen Zeiten und Regeln. Auch konnte ich die Unterrichtsstunden nicht mehr abbrechen, wann es mir gerade gefiel – weil ich lieber eine Freundin besuchen oder heimlich eine neue freche lateinische Satire lesen wollte oder weil draußen die Berge zum Herumstreifen lockten.
Er sagte: „Das Wort des Herrn hört man zu seiner Stunde und solange es dem Herrn gefällt. Glaubst du, Mosche hätte den Herrn bei der

Verkündung der zehn Gebote unterbrochen, nur um nachzusehen, was das Volk Jisrael während seiner Abwesenheit trieb? Und er hätte wahrlich allen Grund dazu gehabt!"
Ich war empört und verlangte die Entfernung dieses unverschämten Lehrers. Mein rebellisches Aufbegehren war meinen Eltern peinlich. Jehuda ben Matthitiyahu entstammte einer alten und angesehenen Gelehrtenfamilie, die zwar verarmt war, aber doch sehr viel höheres Ansehen genoß als unsere unbedeutende neureiche Familie. Meine Eltern betrachteten es als Ehre und Glück, einen solch würdigen und klugen Lehrer für ihre Kinder gewonnen zu haben. Sie baten mich daher fast verzweifelt, auf die Eigenheiten und Launen dieses Rav etwas Rücksicht zu nehmen und zu bedenken, daß wir von seiner hohen Gelehrsamkeit großen Nutzen ziehen könnten. So verärgert ich war, mußte ich doch zugestehen, daß er so klar und elegant die Torah erklärte, wie es dem einfacheren Rav Akiva niemals gelungen war. Unter lautem Murren und der Bedingung, daß dies nicht das letzte Wort in dieser Sache war, trat ich den Rückzug an und erklärte mich bereit, einen weiteren Versuch mit diesem hochfahrenden Lehrer zu wagen. Insgeheim aber hatte Rav Jehuda damit meine Achtung erregt. Ich spürte, daß er es ernst meinte und nicht um seinetwillen auf der festen Stundenregelung bestand, sondern um Gottes willen: aus Achtung und Ehrfurcht vor dem Herrn, dessen Wort er lehrte, auslegte und lebte.
Rav Jehuda gehörte zu einer Art von Menschen, die ich bisher nicht kennengelernt hatte. In unserer Familie dachte jeder nur an sich – an seine eigenen Wünsche und Bedürfnisse. Wenn ich verwöhnt wurde, so geschah das nicht so sehr um meines Glücks willen. Es geschah im Interesse der Familie, gewissermaßen als Vorleistung für die Dienste und Gefälligkeiten, die man nach meiner erfolgreichen Verheiratung erwarten durfte. Jehuda dachte nicht an sich, sondern an den Herrn und daran, wie er Gottes Gebote erfüllen könnte. Er sah es als seine heilige Aufgabe an, uns 'Griechenjuden' wieder dem Herrn zuzuführen und unseren Geist streng auf die göttlichen Gebote auszurichten. Natürlich kannte ich aus Büchern und Erzählungen die Geschichten edler Menschen, deren Handeln einer höheren Gesinnung als dem puren Eigennutz entspringt. Oidipos, Sokrates, Antigone, Esther, Jehudith, Jehonathan und David, die Propheten – aber sie waren für mich ferne, unwirkliche Gestalten, die vielleicht einmal gelebt haben mochten, aber mit unserem Leben, mit den Menschen von heute nichts zu tun hatten. Wer nicht an sich dachte, war dumm und blieb auf der Strecke. Die Gespräche meiner Eltern und meiner älteren Geschwister drehten sich offen und lautstark um die Vorteile, die sie

aus der einen oder anderen Handlung ziehen würden. Wen mußten sie bestechen, um ihn für ihre Zwecke zu gewinnen, wer ließ sich wie am besten beeinflussen, wo lagen die Stärken und Schwächen des Gegners, wem mußte man Honig mit dem Schöpflöffel um den Bart schmieren – und wen konnte man gefahrlos links liegenlassen? Das waren die Gedanken, die ihr Leben bestimmten – und es waren auch meine Gedanken.
Natürlich hielten wir Jehuda, der nicht an sich, sondern an Gott dachte, für dumm und naiv. Dann stellten wir erstaunt fest, daß er sich sehr wohl behaupten konnte. Er argumentierte geschickt. Er trieb mich mit meinen Auslegungen oft so in die Enge, daß er mir – ob ich wollte oder nicht – Respekt abnötigte. Nachdem er meine Achtung gewonnen hatte, fing er an, mich zu faszinieren. Sein Idealismus, seine Andersartigkeit, die ich eben noch verlacht hatte, weckten nun mein Interesse. Ich versuchte, die Quelle dieses Andersseins zu finden. Ich versuchte, ihn zu verstehen und seine Gedanken nachzuvollziehen. Mein Respekt verwandelte sich in Bewunderung, schließlich in blinde Heldenverehrung. Sicher spielte eine nicht unbeträchtliche Rolle dabei, daß er so gut aussah. Er hatte ganz ebenmäßige Gesichtszüge, lange, nach oben gebogene schwarze Wimpern, und das Feuer in seinen Augen und seiner dunklen Stimme riß mich mit.
Eine ganz neue Welt eröffnete sich mir. Es war ein berauschender Gedanke, nicht mehr nur für sich selbst und seine kleinen privaten Ambitionen zu leben, sondern für den Herrn und sein Volk. Ein Abscheu vor den Römern ergriff mich, die uns Juden unter dem Deckmantel der Freundschaft unterworfen und unser Land in eine römische Provinz verwandelt hatten. Ich verachtete diese römischen Besatzer, die unsere Länder und Güter nur nach dem möglichen Tribut abschätzten, den sie aus ihnen herauspressen konnten. Ich haßte die arroganten römischen Präfekten und ihre Soldaten, die uns als viertrangiges, unbedeutendes kleines Volk behandelten und es – in unserem eigenen Land! – nicht einmal für nötig befanden, unsere Sprache zu lernen, sondern ganz selbstverständlich erwarteten, daß man ihr Verwaltungslatein verstand oder wenigstens griechisch mit ihnen sprach. Ich verfluchte diese römischen Barbaren, die es wagten, unseren Gott und unsere Gesetze zu verlachen. Und noch mehr haßte und verabscheute ich die Juden, die mit diesen Römern zusammenarbeiteten, Geschäfte mit ihnen trieben und sich auf Kosten ihres eigenen Volkes bereicherten wie die schlimmsten römischen Blutsauger. Glücklicherweise war mir damals nicht ganz klar, daß meine Eltern zu den verhaßten 'Speichelleckern der Römer' gehörten. Und nur in diesem Fall war Jehuda so rücksichtsvoll oder einfach klug genug,

mir nichts davon zu erzählen. Es hätte ihn sicher seine Stelle gekostet. Daß ich darüber den Mund nicht halten würde, muß ihm klar gewesen sein, denn in meiner neuen Begeisterung für alles Jüdische und meinem Haß auf alles Römische nahm ich kein Blatt vor den Mund. Mein Vater lachte nur, wenn ich bei Tisch anfing, auf die Römer und ihre Helfershelfer zu schimpfen. Von meiner Mutter erntete ich argwöhnische und mißbilligende Blicke, und bald darauf unterzog sie mich einer ihrer Befragungen. Wer mir solche Gedanken eingegeben hätte, wer solche Reden in unserem Haus führte ... Glücklicherweise richtete sich ihr Mißtrauen niemals gegen Jehuda, dessen Entlassung ich so heftig gefordert hatte. Aber von da an verschloß ich meinen Mund. Ich wollte Jehuda nicht verlieren. Ich redete und sprach wieder, wie es sich für eine wohlerzogene Tochter gehörte, und meine Eltern, die mich nicht weiter nach meinen Gedanken und Studien befragten, stellten zufrieden fest, daß ich mich in Gegenwart von Gästen gesittet zu benehmen wußte, daß ich artig in allem antworten konnte, wenn ich gefragt wurde, und daß die Lehrer voll des Lobes über meine Fortschritte waren.
Jehuda wurde mein Held. Ich, die ich als Kind gelernt hatte, daß die Welt von Egoismus regiert wird – ich lernte nun, daß ich an das Gute glauben durfte und daß es ein größeres Glück bedeutet, sich für den Herrn und sein Volk einzusetzen, als nur seinen eigenen, kleinen Vorteil im Auge zu haben. Ich lernte, daß es schön ist, Gutes zu tun – denn ich fühlte, wie ich selbst dabei 'gut' wurde. Mein Leben gewann einen neuen Sinn. Wie verachtete ich meine früheren Träume von Macht, Reichtum und Vergnügungen. So grandios meine früheren Pläne waren, so grandios nahmen sich allerdings auch die neuen aus – nur der Inhalt hatte sich geändert. Ich wollte nun für mein Volk einstehen und dabei mitwirken, es auf die Pfade des Herrn zurückzuführen. Von der Rolle einer mächtigen, klugen und verführerischen Kleopatra wollte ich nichts mehr wissen. Ich glaubte, bescheiden geworden zu sein, und sah mich statt dessen als die neue Dvorah, die neue Jehudith, die neue Esther meines Volkes!
Jehuda zügelte mich zwar, bremste mich aber nicht. Es war gerade sein Ziel, die Reichen, Mächtigen und Gebildeten wieder zum wahren Judentum zu führen, denn das Volk sah auf sie und hielt für wichtig, was sie für wichtig hielten. Ich glaube, es schmeichelte ihm auch, daß er mich hatte gewinnen können, nachdem ich ihn verlacht, verspottet und als Lehrer abgelehnt hatte. Der wiedergefundene verlorene Sohn ist dem Vater immer der liebste ... Für einen Lehrer war es natürlich auch sehr viel angenehmer und erfreulicher, mit einer wißbegierigen Schülerin zu arbeiten, die jede Frage, jedes Problem mit

Begeisterung aufnahm und sofort zu lösen versuchte. Mit meinem längst nicht so lernwilligen und langsameren Bruder allein hätte er es viel schwerer gehabt. Wie immer, wenn zwei gut zusammenpassen, wird der Dritte, der nicht Schritt halten kann, an den Rand gedrängt und zu einem Schattendasein gezwungen. Mein Bruder war zwar oft eifersüchtig, aber seine Erleichterung, im Unterricht in Ruhe gelassen zu werden und seinen eigenen Gedanken nachhängen oder sich unter einem Vorwand entschuldigen und auf die Pirsch gehen zu können, überwog. Jehuda gab sich anfangs zwar alle Mühe, Ya'akov miteinzubeziehen, aber da auch wiederholtes Nachfragen nichts nützte, gab er es bald auf. Er richtete Fragen nur noch der Form halber an ihn – und wenn Ya'akov nicht antwortete, ließen wir ihn links liegen und gingen in unserem eigenen Tempo voran.
Ich war inzwischen sechzehn Jahre alt geworden und körperlich eine Frau, was mich sehr stolz machte. Ich wußte, daß bald über meine Zukunft als Ehefrau entschieden würde. Mir war klar geworden, daß ich Jehuda liebte, daß er der einzige Mann war, den ich je lieben würde – und daß er mein Mann werden mußte. Ich spürte, daß ich auf Jehuda anziehend wirkte. Manchmal ruhte sein Blick lange auf mir, dann wandte er sich abrupt ab und wich meinen Augen aus. Ich war sehr schön. Jedermann sagte es. Ich sah es in den aufleuchtenden Augen aller, wenn ich kam, und ich sah es selbst im silbernen Handspiegel und deutlicher noch im spiegelnden Wasser des Gartenteichs. Für mich – wie auch für ihn – war es aber ebenso eine unumstößliche Tatsache, daß meine Eltern ihn nie als Ehemann akzeptieren würden. Wenn er auch einer ehrbaren, angesehenen Gelehrtenfamilie entstammte, so war er doch das Kind einer völlig verarmten Seitenlinie. Sein Vater lebte nicht mehr, und er mußte von seinem Verdienst als Lehrer nicht nur die Mutter und drei jüngere Geschwister, sondern auch noch die Großeltern mütterlicherseits und zwei Tanten versorgen.
So frohlockte und jubilierte ich, wenn ich sah, wie seine Augen aufglänzten, wenn er mich erblickte, wie seine Stimme tiefer und männlicher klang, wenn er mit mir sprach, wie sein Körper sich straffte, sein Gang sich belebte, wenn er wußte, daß ich in der Nähe war. War ich dann allein und dachte an meine Eltern und ihre sichere Ablehnung, wurde ich wütend und dann immer verzweifelter. Mein Glück, mein ganzes Lebensglück war gekommen in Gestalt von Jehuda – und meine Eltern würden mir dieses Glück verwehren!
Jehuda selbst gab mir niemals offen zu verstehen, daß ich ihm etwas bedeutete. Ich war immer nur seine Schülerin, die er meist lobte, selten tadelte – stets von der höheren Warte des beurteilenden Lehrers.

Er wagte nicht, mich zu berühren, er wich jeder Vertraulichkeit aus, er unternahm nicht einmal den Versuch, mich um einen gemeinsamen Spaziergang im Garten zu bitten.
Aber was ich mir in den Kopf gesetzt hatte, mußte geschehen. Und ich wußte auch, wie ich es bewerkstelligen konnte. Am liebsten wäre ich ihm um den Hals gefallen, hätte ihm meine Liebe gestanden und ihn gebeten, mich zu heiraten. Aber Jehuda war als Erzieher viel zu pflichtbewußt und verantwortungsvoll, um das Vertrauen meiner Eltern zu mißbrauchen. Außerdem: Wovon sollte er mich ernähren – mich, die verwöhnte Tochter reicher Leute, die keine Hand zu rühren brauchte, und die gewohnt war, von Luxus umgeben zu sein?
Ich mußte also auf Umwegen zum Ziel kommen und suchte nach Mitteln und Wegen, wie ich Jehuda zum Sprechen bringen konnte. Meine beiden verheirateten Schwestern rühmten sich, jeden Mann um den Finger wickeln zu können, der ihnen gefiel. Sie wagten zwar nicht, die Ehre ihrer Ehegatten und ihrer Häuser zu beflecken, aber sie genossen es, als Schönheiten bewundert und von Verehrern umschwärmt zu werden. Schließlich gehörten sie nicht zu den Ehefrauen, die sich vor Fremden in den Frauengemächern verstecken mußten wie die Frauen der strengen Pruschim. Sie waren griechisch-römisch-zivilisiert und konnten an allen Empfängen und Festen mit ihren Männern zusammen teilnehmen. Und wenn ein Mann unverschämterweise nicht gleich ihren Reizen verfiel, wußten sie dem nachzuhelfen. Darüber sprachen sie ohne Hemmungen auch in meiner Gegenwart. Sie prahlten mit ihren Eroberungen und versuchten noch, sich gegenseitig mit der Zahl ihrer Opfer zu übertrumpfen. Ich war zwar noch 'unschuldig', aber ich kannte bereits sämtliche Listen meiner Schwestern, mit denen sie die Männer reizten und verführten. Aber bald wurde mir klar, daß ihre Methoden bei einem Mann wie Jehuda nicht verfangen würden. Bei ihm würde es nichts nutzen, die Verführerin oder die Kokette zu spielen. Im Gegenteil – es hätte ihn nur abgestoßen und meine Pläne zunichte gemacht. Nichts konnte seinen Zorn und Eifer so entfachen wie die sündigen Reize und Künste der Töchter Bavels, mit denen sie die Männer ins Verderben lockten. Wenn ich es auf diese Weise versuchte, würde er in mir nur eine zweite Lilith, eine Tochter der lasterhaften Jesevel, eine jüdische Schwester der verderbten Caesarentochter Iulia sehen. In seinen Augen wäre ich nichts als eine neue Chava, die sich von der Schlange dazu verführen ließ, die verbotene Frucht zu pflücken, sie ihm darzureichen und ihn zur Sünde zu verlocken.
Nein, ich mußte das ansprechen, das anrühren, was ihm am wichtigsten in der Welt war: seine Liebe und Ergebenheit zu Gott, dem

Herrn. Und ich mußte ihn darin bestärken, daß auch ich nichts anderes wollte, als dem Herrn zu dienen – in aller Reinheit und Strenge. Das stimmte ja auch: Ich wollte es nur zusammen mit Jehuda tun und mit keinem anderen Mann. Dem ganzen noch ein gutes Stück Eifersucht beigegeben, und er würde von sich aus darauf bestehen, daß ich ihn heiraten und mit ihm fliehen müßte.
Ich dachte mir eine kleine Geschichte aus, die ich Jehuda vorsetzen wollte. Ich war sicher, daß sie ihren Zweck erfüllen würde. Ich hatte als Kind Geschichten jeglicher Art geliebt. Am meisten die schaurigen, die von Geistern und Gespenstern, die meine Amme mir erzählt hatte. Dank einer blühenden Phantasie fing ich an, mir selbst Geschichten auszudenken. Ich merkte, daß man meinen Erfindungen sogar Glauben schenkte, wenn ich nur ein paar Körnchen Wahrheit hineinmischte. Ich brauchte lediglich ein oder zwei allen bekannte Ereignisse einzuflechten. Dann konnte die Geschichte selbst noch so bunt und abenteuerlich werden – das einfache Gesinde war bereit, jedes Wort für wahr zu halten. Manchmal fielen sogar meine Eltern und Geschwister darauf herein. Ich erfand meine Geschichten, wie andere Mädchen mit ihren Puppen spielen oder sich ein Webmuster ausdenken. Ein wunderbares Spiel!
Erzähle eine kleine Wahrheit – und sie glauben dir die große Lüge! Wie schnell hatte ich diese Regel begriffen, wie oft bin ich ihr später noch begegnet! Priester, Rabbanim, Propheten und Politiker wissen sie meisterhaft für ihre Zwecke einzusetzen. Bei Kindern nennt man diese Kunst Lügen und bestraft sie dafür. Auch meine Eltern bekamen Angst, mit einem schönen, begabten, aber lügenhaften Kind geschlagen zu sein. Sie nahmen mich ins Gebet, hielten mir vor, wie sündhaft mein Lügen sei, daß ich großen Schaden anrichten könnte und all der weisen Ermahnungen mehr. Ich war sehr beeindruckt, daß mein Phantasieren so bedeutend war, daß meine Eltern deswegen eigens ein Gespräch mit mir führten. Da sie nicht gleich straften, sondern an mein Verantwortungsgefühl appellierten, war ich bereit, mein Geschichtenerfinden einzustellen. Es fiel mir nicht einmal schwer. Die Studien der wirklichen Welt begannen, mich völlig gefangenzunehmen.
Dies war alles geschehen, bevor Jehuda ins Haus gekommen war. Von meiner Gabe, höchst phantastische, aber dennoch glaubwürdige Geschichten zu erfinden, wußte er nichts. Da er mich als offene, ehrliche Schülerin kennengelernt hatte, die er noch nicht einmal bei einer harmlosen Notlüge ertappt hatte – denn das hatte ich als gute Schülerin und verwöhnte Tochter des Hauses auch nicht nötig –, würde er mir aufs Wort glauben, wenn ich meine Geschichte nur geschickt genug

inszenierte. Ich mußte nur noch eine günstige Gelegenheit abwarten, die meiner Komödie einen glaubwürdigen Rahmen gab. Ich brauchte nicht lange zu warten.
Durch meine Dienerinnen, die mir allen Klatsch zutrugen, der in den Gesinderäumen umlief, war ich auch mit dem Kommen und Gehen aller Besucher des Hauses bestens vertraut. Ich als unverheiratete Tochter des Hauses wurde natürlich nur hinzugerufen, wenn Verwandte oder sehr enge Freunde meiner Eltern bei uns vorbeischauten. Fremde, junge und unverheiratete Männer, mit denen ich nicht verwandt war, bekamen mich überhaupt nicht zu Gesicht. Ich hingegen betrachtete sie und die anderen Besucher, in deren Gegenwart ich mich nicht zeigen durfte, verstohlen durch ein Fenster, das auf den Hof führte, den sie zu den inneren Gemächern durchqueren mußten. Meinen Dienerinnen entlockte ich auch alle näheren Einzelheiten: wie alt sie waren, welcher Familie sie entstammten, wie reich sie waren, wodurch sie sich bisher ausgezeichnet hatten, ob sie lustig oder ernst waren und womit sie ihre Zeit verbrachten. Ich wußte über sie so gründlich Bescheid wie eine bezahlte Heiratsvermittlerin. Und was meine Eltern liebend gerne vor mir geheimgehalten hätten: die verschwiegenen Laster unserer Besucher, ihre heimlichen Neigungen – der Neugier der klatschsüchtigen Diener und Dienerinnen blieb nichts verborgen. Und ich wußte, wie man ihre Zungen durch Schmeicheleien, Druck und Belohnungen lösen konnte.
Ich setzte meine Geschichte an dem Tag in Szene, als ein reicher Römer, dem man Verbindungen bis in die kaiserliche Familie nachsagte, meinem Vater einen Besuch abstattete. Mir war berichtet worden, daß er noch recht jung und erst seit kurzem verwitwet war. Die junge Ehefrau war nach einer Totgeburt im Kindbett gestorben, so daß er sicher bald nach einer neuen Frau Ausschau halten würde – und sei es nur, um seiner Familie einen Erben zu verschaffen. Als ich Marcus Numilius Curtius den Hof durchschreiten sah, kam er mir steinalt vor – er kann damals noch keine Dreißig gewesen sein. Er weilte ein paar Tage in Tiberias, wo er dem Tetrarchen seine Aufwartung gemacht hatte und sich nun nach günstigen Geschäften umsah. Wenn eine königliche Hauptstadt aus dem Boden gestampft wird, ist das für einen findigen Geschäftsmann so gut wie die Entdeckung einer Goldmine: Wer gleich zu Anfang das Land billig von den Bauern und kleinen Grundbesitzern erwirbt, die sich noch glücklich preisen, daß sie ihren Steinacker oder Sumpf zu einem solch günstigen Preis losschlagen können, und darauf Häuser, Villen und Straßen errichtet und sie dann weiterverkauft, erwirbt in ein paar Jahren ein Vermögen, für das sonst eine Familie zwei bis drei Generationen

braucht. Alle verdienen: die Bauern, die neuen Grundherren, die Besitzer von Steinbrüchen, die Handwerker, die Holzhändler, die großen Kaufherren, deren Karawanen Marmor und Seide aus fernen Ländern herbeischaffen – allein für die Inneneinrichtung der Paläste und Villen des Adels hätten die Armen im ganzen Gallil und in Jehuda zehn Winter ernährt und gekleidet werden können. Meine Familie verdiente ganz besonders gut dabei. Nicht nur die örtlichen Grundbesitzer und Händler waren auf kräftige Gewinne aus – selbst aus Rom, Athen, aus Alexandria, Persepolis und Ktesiphon kamen sie angereist, um ihre Güter oder Dienste anzubieten. Auch die sehr Reichen und die Adligen kamen. Sie hatten es nicht nötig, selbst in die Niederungen der Geschäfte abzusteigen. Das Geld floß ihnen wie von selbst zu. Sie wurden mit Geschenken überschüttet, mit tausend Aufmerksamkeiten hofiert. Hatte man sie mit seinen Gaben ausreichend erfreut, ließen sie in freundlicher Herablassung ihre Verbindungen spielen und schufen sich selbst dabei neue. So wurden sie wie von selbst immer reicher und reicher. Der junge 'steinalte' Marcus Numilius Curtius gehörte zu jenen, die wie die Fliegen schon von weitem das Aas riechen, an dem sie sich sattfressen können. Er jagte dem Reichtum nach, um ihn um so verschwenderischer zu verprassen. Numilius Curtius war wegen der heißen Quellen nahe bei Tiberias gekommen, die, in marmorne Bäder gefaßt, arthritischen und gichtigen reichen Römern, Griechen, Syrern und Ägyptern Heilung oder wenigstens Linderung bringen sollten. Mein Vater war an der Verwaltung und den Einnahmen aus diesen Quellen beteiligt. Was die Quellen noch brauchten und was Numilius Curtius bot, war, daß ihre hervorragenden Heilkräfte bei den richtigen Leuten bekannt wurden. Wenn einmal die Mitglieder der großen römischen Patrizierfamilien Tiberias ihres Besuches für würdig befanden, würden all die in Scharen herbeiströmen, die sich von einer Verbindung zu den einflußreichen Adligen etwas versprachen oder sich im Glanz der patrizisch-kaiserlichen Vornehmheit sonnen wollten. Alle würden sie kommen und ihr Geld in Tiberias lassen. Für meinen Vater und Marcus Numilius Curtius steckte ein saftiger Gewinn in dieser Sache, und mein Vater empfing seinen Gast mit allen Ehren.
Er war noch jung seinen Jahren nach – aber wirklich steinalt, wie sein verlebtes Gesicht bewies. Tiefe Falten durchzogen seine grau und teigig gewordene Haut. Die Lider hingen herunter, als hätte er Mühe, sie noch zu heben. Unter seinen Augen quollen schwere, dicke Tränensäcke. Er mußte alle Laster der Welt durchlebt haben, um so schnell die Ruine seiner selbst geworden zu sein. Er war feist und schwitzte – kurz, einen abstoßenderen Mann hatte ich bis dahin über-

haupt nicht gesehen. Sein widerwärtiges Aussehen, sein selbst für römische Verhältnisse ausschweifender Lebenswandel kam meinen Plänen allerdings sehr zugute.
Er saß bei meinem Vater, als ich mit vorgetäuschter Ahnungslosigkeit in die Empfangshalle platzte. Mit gespieltem Entsetzen nahm ich nun den Fremden wahr, schaute ihn – wie es sich für eine Jungfrau aus gutem Hause gehört – verwirrt und verschüchtert an, und fing einen derart lüstern abschätzenden Blick von diesem Marcus Numilius Curtius auf, daß mich ein kalter Schauder überlief und ich, nun tatsächlich erschreckt und verlegen, meine Entschuldigung stammelnd wieder hinausstürzte. Obwohl es sehr heiß war, zitterte ich draußen im Gang vor Kälte. Mein Arme und Beine waren von einer Gänsehaut überzogen. Aber ich hatte den ersten Teil meines Spiels in die Tat umgesetzt, der allem weiteren Glaubwürdigkeit verleihen sollte.
Zwei Tage später besuchte ich vor dem Unterricht bei Jehuda meine Mutter in ihren Gemächern, plauderte ein wenig mit ihr und fing an, sie so ungeschickt und Desinteresse heuchelnd nach dem Römer auszufragen, als hätte ich das größte Geheimnis zu verbergen. Augenblicklich erwachte die Mutter in ihr und gab mir deutlich zu verstehen, daß eine Verbindung mit diesem Marcus Numilius Curtius völlig ausgeschlossen sei. Sie und mein Vater seien zwar aufgeschlossene Philhellenen, aber einem Heiden, noch dazu einem solchen, würden sie ihr Kind unter keinen Umständen zur Frau geben. Solche Hirngespinste sollte ich mir aus dem Kopf schlagen. Daraufhin brach ich in Tränen aus, schrie, daß ich ihn liebte, daß man ihn mir nur nicht gönne, weil er viel reicher und einflußreicher als meine Eltern sei, und dergleichen Dinge mehr.
Ich kam zur Schulstunde mit verheultem Gesicht, schnüffelte ab und zu wie gegen meinen Willen in meinen Ärmel, blieb aber stumm, und Jehuda wagte nicht, nach dem Grund meines Kummers zu fragen. Die nächsten Tage war ich wie abwesend. Im Unterricht schien mich nichts zu interessieren, mit meinen Gedanken schien ich ganz woanders zu sein. Jehuda mußte häufig seine Fragen wiederholen – ich antwortete zerstreut, ungenau oder falsch und völlig lustlos. Meine Aufgaben machte ich nicht mehr. Auch sonst hielt ich meine Rolle durch. Wie der Schatten meiner selbst wandelte ich durch Haus und Hof, saß meistens unter einer hohen Pinie im Garten und starrte in die Luft. Ab und zu wischte ich mir die Augen. Alle im Haus wußten, daß etwas vorgefallen war. Aber niemand wußte, was genau. Auch meine Mutter zeigte ein verändertes Gesicht. Sie gab sich ernst, streng und unwirsch und schien mich ständig zu beobachten. Meine Dienerinnen fragten – manche mit echter, manche mit geheuchelter Besorg-

nis –, was mich denn so bekümmere. Ich verweigerte jede Antwort. Auch meine Mutter hüllte sich in Schweigen – sie war viel zu klug, um über eine solch heikle Angelegenheit etwas verlauten zu lassen. Sie beobachtete mich und wartete ab. Meinem Vater hatte sie offensichtlich noch nichts gesagt. Sie wollte ihm wohl die Aufregung ersparen. Eine Woche nach dem Besuch von Marcus Numilius Curtius, als Jehuda mich immer besorgter und bekümmerter ansah, holte ich zum Schlag aus. Ich hatte Ya'akov am Vorabend ermuntert, am nächsten Morgen mit den Fischern hinauszufahren. Ich hatte versprochen, ihm den Rücken zu decken und ihn mit Krankheit zu entschuldigen. Am Morgen saß ich also allein mit Jehuda im Unterricht. Wir sprachen darüber, wie unser Stammvater Ya'akov mit dem Herrn gerungen und den Namen Jisrael erhalten hatte, als ich in einen Weinkrampf verfiel. „Unser Stammvater – *er* mußte noch zweimal sieben Jahre um Rachel dienen, bis er sie endlich bekam. Und heute werden die jüdischen Mädchen und Frauen um einen Batzen Gold an den Abschaum der Gojjim verschachert!“ Ich schluchzte erbärmlich und verbarg mein Gesicht in den Händen.

„Aber Mirjam, wie kommst du auf solche Gedanken, das ist doch Unsinn! Kein anständiges jüdisches Elternpaar wird seine Tochter einem Goj zur Frau geben, es sei denn er wird selber Jude.“

„Meinst du? Dann frag doch meine Mutter, und wen sie mir zum Mann bestimmt haben!“ Unter würgenden Schluchzern brachte ich dies heraus.

„Aber Mirjam – du willst doch nicht etwa sagen, daß du einem Goj zur Frau gegeben werden sollst?“ Seine Stimme klang schon nicht mehr so sicher.

„Was denn sonst“, schluchzte ich, immer noch das Gesicht verbergend. „Ich soll diesen schrecklichen Marcus Numilius Curtius heiraten, diesen grausigen, alten Wüstling! Wenn er mich ansieht, dann ist es, als ob er mich ...“ Ich stockte vor dem Unaussprechlichen.

„Nein!“ Jehuda packte mich an den Schultern und drehte mich zu sich. In seinem Gesicht stand ungläubiges Entsetzen. „Jetzt erzähle mir alles, was geschehen ist. Sicher handelt es sich nur um ein Mißverständnis!“

Glücklich stellte ich fest, daß er mich noch immer festhielt, und ich begann meine Erzählung, von Schluchzern unterbrochen, mal verhalten, mal als Gefühlsausbruch, den ich nicht mehr beherrschen konnte. Bei den Griechen und ohne solch begüterte Eltern wäre ich wahrscheinlich eine ganz gute Schauspielerin geworden. Jehuda hing an meinen Lippen. Am liebsten hätte ich ihm die ganze Wahrheit gestanden – daß ich ihm nur etwas vorspielte, weil ich ihn liebte und nicht wußte, wie ich ihm anders das Geständnis seiner Liebe entlokken konnte.

*Dieser Mensch hat vor einer Woche meinen Vater in geschäftlichen Dingen besucht. Ich wußte nicht, daß er bei meinem Vater war. Der Diener, der sonst vor der Tür steht, wenn fremde männliche Gäste zugegen sind, war nicht an seinem Platz.* (Ich hatte ihn bestochen, falls Jehuda auf den Gedanken kam, meine Geschichte zu überprüfen.) *So lief ich hinein, um meinen Vater um die neue Rolle des Avraham ben Jochai über die Berechnung des Tages des Jüngsten Gerichts zu bitten. Ich merkte erst gar nicht, daß noch jemand anwesend war. Mein Vater war aufgestanden und kam mir mit unwilligem Gesicht entgegen. Er hat sonst gar nichts dagegen, von mir gestört zu werden, und ich wollte ihn ein bißchen necken und aufmuntern, als ich diesen Widerling sah! Er stierte mich ganz unverschämt an – wie durch meine Kleider hindurch –, daß mir heiß und kalt wurde. Ich kam mir vor wie ein Stück Vieh, das man prüft, bevor es gekauft wird. Ich stotterte irgend etwas und rannte hinaus.*

*Ich hob meine tränenfeuchten Augen zu Jehuda. „Noch nie hat ein Mann es gewagt, mich derart dreist anzusehen!“* Dann sank ich wieder in mich zusammen und weinte.

„Erzähl weiter.“ Jehuda packte mich noch fester. So gern hätte ich mich der Süße seines Griffs hingegeben – aber ich mußte meine Rolle weiterspielen.

*Der Blick hat mir wirklich Angst gemacht,* fuhr ich fort (das war neben dem Besuch des Römers das einzige an meiner Erzählung, was stimmte).

*Aber als ich draußen war, beruhigte ich mich wieder. Was konnte mir dieser Mann schon tun? Ich dachte dann mehr an den Zorn meines Vaters, der mich sicher dafür zur Rechenschaft ziehen würde, daß ich mich vor einem heidnischen Fremden so zur Schau gestellt hatte. Aber es geschah nichts, und ich machte mir keine Gedanken mehr um den Vorfall. Erst zwei Tage später rief Mutter mich zu sich. Sie müsse mir etwas Wichtiges sagen. Allerdings solle vorerst alles geheim bleiben, aber ich als Hauptbetroffene solle eingeweiht werden. Ich hatte nicht die leiseste Ahnung, worauf sie mit dieser geheimnisvollen Einleitung anspielte, als sie mit bedeutender Miene und in gewichtigem Ton begann:*

*„Mein Kind, vor zwei Tagen war der ehrenwerte Marcus Numilius Curtius bei uns zu Gast.“ Ich unterbrach sie, denn ich dachte, daß sie mir nun Vorwürfe wegen meines unschicklichen Betragens machen würde. Ich begann, meine Entschuldigungen vorzubringen, als sie mich bei der Hand nahm, meinen Redeschwall abschnitt und sagte:*

*„Dein Verhalten war zwar ungehörig, doch es hat keinen Schaden verursacht – im Gegenteil." Wieder diese bedeutungsvolle Miene, aber ich begriff immer noch nichts.*
*„Unser Gast, der aus einer der vornehmsten und reichsten Familien Roms stammt, war – wie soll ich es sagen – von deinem anmutigen Wesen und deiner Schönheit zutiefst angerührt."*
*Ich wollte meiner Mutter gerade erzählen, wie frech mich dieser aufgedunsene Mensch gemustert hatte, als sie mir Einhalt gebot und fortfuhr: „Er war auch von deiner Bildung und deinem züchtigen Betragen so beeindruckt, daß er am nächsten Tag bei deinem Vater um deine Hand angehalten hat. Er ist erst seit kurzem Witwer – übrigens noch kinderlos – und wollte eigentlich erst nach der Trauerzeit an eine Wiederverheiratung denken. Aber als er dich sah, wußte er, daß du die Frau bist, die er sich an seiner Seite wünscht."*
*Ich konnte nur ein schwaches „Aber ..." hervorstottern. Sie sprach unbeirrt weiter.*
*„Dieser Antrag ist eine ganz große Ehre für dich und die gesamte Familie. Numilius Curtius verkehrt nicht nur am kaiserlichen Hof in Rom – er geht sogar beim Kaiser ein und aus. Und du als seine Frau wirst den Kaiser und die Kaiserin sehen und sprechen können, du wirst zu den ersten Familien des Reiches gehören und mit den vornehmsten Patriziern auf gleicher Stufe verkehren! Eine solche Heirat, eine solche Stellung hätte ich mir nicht einmal in den kühnsten Träumen für dich zu erhoffen gewagt!"*
*„Aber ich mag ihn nicht", warf ich endlich ein, „er ist alt und verlebt und ein widerlicher Wüstling! Es schaudert mich, wenn ich nur seinen Blick auf mir spüre!"*
*„Das ist nur, weil du zu jung und unerfahren bist, Kind", sagte meine Mutter. „Jedes junge Mädchen hat Angst vor dem Mann, den es heiraten soll. Das ist ganz natürlich. Aber das wird sich geben, wenn du erst einmal seine Frau bist. Unsere Entscheidung steht fest. Dein Vater fühlt sich sehr geschmeichelt, daß ein Mann wie Marcus Numilius Curtius unsere Familie einer so engen Verbindung wert erachtet."*
*„Aber er ist kein Jude!" – Dieses Argument würde mich retten. „Ich kann doch keinen Mann heiraten, der kein Jude ist! Oder will er vielleicht Jude werden und sich beschneiden lassen – er, ein Römer?"*
*„Das ist tatsächlich ein Problem", räumte meine Mutter ein, „aber kein unlösbares. Die Religion ist zwar wichtig, aber man sollte ihr auch nicht zu große Bedeutung beimessen. Curtius wird dich sowieso nach Rom mitnehmen. Er verlangt nicht, daß du deinen Glauben ablegst, aber du wirst den römischen Göttern die geziemende Ehre erweisen."*

*„Ich soll heidnische Götzen anbeten? Ich soll in ihren Tempeln Weihrauch und Opfer darbringen? Soll ich vielleicht auch das Standbild des Caesar anbeten?"*
*„Du bleibst unserem Herrn und Gott treu in deinem Herzen. Wenn du in den heidnischen Tempeln betest, werden deine Worte leere Hülsen sein, weil du an unseren Herrn denkst."*
*„Aber Mutter ..."*
*„Kein Wort mehr – die Sache ist entschieden. Und je eher du einsiehst, welches Glück dir damit widerfährt, desto besser für dich. Und keinen Ton zu irgend jemandem sonst!"*
*Damit entließ sie mich. Seitdem bin ich wie betäubt. Ich weiß nicht mehr, was ich tun soll – am liebsten würde ich in den Kinneret springen, dann hätte alles ein Ende!*
Jehuda hatte mir schweigend zugehört. Nur sein Kopf war hochrot geworden. An seinen Schläfen waren die Adern hervorgetreten und pochten so wild wie mein Herz.
„Das kann doch nicht wahr sein", stieß er hervor. „Ich weiß ja, daß deine Eltern den Gojjim gegenüber sehr aufgeschlossen sind – viel zu aufgeschlossen, wie ich meine. Doch es steht mir nicht zu, Kritik zu üben, solange sie die Gebote halten und ihre Kinder im rechten Glauben und nach dem Willen des Herrn erziehen. Aber ihre Tochter an einen römischen Heiden und Lebemann von übelstem Ruf zu verkuppeln, das ist sündhaft, ja lästerlich. Da sieht man, wohin dieser allzu nahe und freundschaftliche Umgang mit den Gojjim führt! Ich erlaube es einfach nicht. Bring mich sofort zu deiner Mutter. Das muß sie mir selbst erklären!"
Ich bekam es mit der Angst. Wenn meine Geschichte aufflog, hatte ich verspielt. Bei Jehuda und bei meinen Eltern auch. Jehuda aber war wild entschlossen und durch nichts aufzuhalten. Vergeblich bat ich ihn, noch abzuwarten – ich wolle meine Mutter selbst noch einmal zur Rede stellen. Ich hätte ihr doch versprochen, niemandem etwas zu verraten! Es half alles nicht. Er schleifte mich durch die Gänge. Sein entschlossenes und bestimmtes Auftreten öffnete ihm selbst die Türen zu den Gemächern meiner Mutter.
Ich zitterte vor Angst. Alles schien verloren.
„Ist das wahr, was Mirjam mir erzählt hat", stieß er hervor, „daß sie und dieser Römer ..."
„Ich weiß nicht, was Mirjam dir erzählt hat", unterbrach ihn meine Mutter hochmütig, „ich fürchte nur, es geht dich nichts an, mein lieber Jehuda. Das sind Familienangelegenheiten. Du solltest das selbst am besten wissen. Ich bitte dich doch, die Gesetze des Anstands und der Höflichkeit zu wahren."

„Anstand! Höflichkeit! – Etwas anderes fällt Euch dazu nicht ein? Dieser lasterhafte Römer und dieses unschuldige Kind! Eine Jüdin und dieser verrufene Goj! Ich mache den größten Skandal, wenn Ihr nicht augenblicklich erklärt, daß eine solche Heirat niemals stattfinden wird!“
„Wenn meine Tochter dir unverzeihlicherweise von diesem Römer erzählt hat, so war das ganz und gar dumm und ungehörig, denn es geht dich nichts an.“ In ihrer herrscherlichen Empörung fing sie an zu schnaufen. „Und im übrigen kann ich dir nur sagen ...“
Jetzt würde sich alles aufklären – ich wäre am liebsten in Ohnmacht gefallen. „Nein“, schrie ich, „nein, hört auf mit dem Streit, ich ertrage das nicht!“ Ich war außer mir vor Angst.
„Nun sieh, was du anrichtest mit deiner ungehörigen Einmischung!“ Sie war ganz vorwurfsvolle und besorgte Mutter und zugleich die hoheitsvolle und empörte Herrin, der ein Domestik zu nahe getreten war. In ihrem Hochmut gegenüber einem unbedeutenden Hauslehrer weigerte sie sich, meine Verliebtheit zum Gegenstand auch nur einer ernsthaften Erörterung werden zu lassen. Das einzige, was ihr dazu einfiel, war, ihn in seine Schranken zu weisen.
„Ihr könnt sagen, was Ihr wollt“, jetzt schrie auch Jehuda, „ich lasse es nicht zu, daß dieses Mädchen, meine Schülerin, für deren geistige und religiöse Entwicklung ich verantwortlich bin, einem lasterhaften Wüstling und Heiden zur Frau gegeben wird – eher heirate ich sie selbst! Ich liebe sie nämlich!“
Die Worte – die langersehnten Worte waren gefallen. Nicht liebevoll zugeflüstert, sondern herausgebrüllt wie eine Kriegserklärung. Mir klangen sie wie die süßeste Musik in den Ohren.
Die Augen meiner Mutter traten hervor, als hätte sich eine unsichtbare Schlinge um ihren Hals gelegt und schnüre ihr den Atem ab. Ihr Schnaufen ging in ein stoßweises Keuchen über.
„Hinaus – hinaus! Alle beide“, gurgelte sie. „Nein, du bleibst da!“ Das war an mich gerichtet. „Du bist entlassen, Jehuda – auf der Stelle! Und wage es nicht mehr, mir unter die Augen zu kommen! Hinaus!“
„Aber Mutter – es ist allein meine Schuld! Er kann doch nichts dafür! Ich hätte ihm nichts erzählen sollen! Er meint es doch nur gut!“
„Du undankbares, törichtes Kind! Noch ein Wort, und ich lasse euch beide vom Türsteher mit der Peitsche hinausprügeln! Geh mir aus den Augen! Ich kann deinen Anblick nicht mehr ertragen. Geh auf dein Zimmer und bleibe dort, bis ich etwas anderes bestimmt habe! Hinaus!“

Jehuda wollte so schnell nicht nachgeben. „Laß sie -", flüsterte ich ihm zu und zupfte ihn am Ärmel, „sie bekommt sonst einen Anfall!" Er ließ sich von mir hinausziehen. Ich führte ihn zurück in den Schulraum. „Hast du gehört, was ich deiner Mutter gesagt habe? Daß ich dich liebe und dich lieber zu meiner Frau mache als zuzulassen, daß dieser Goj dich besudelt? Mirjam – ich hätte nie gewagt, dir oder sonst jemandem etwas davon zu sagen! Ich kenne meine Stellung – ich bin arm und völlig unbedeutend. Aber ich liebe dich – schon seit der ersten Unterrichtsstunde! Du bist so schön und so klug und verständig! Und doch warst du mir so fern wie ein schöner Traum! Nie hätte ich gewagt, dir meine Liebe zu gestehen und dich zu bitten, meine Frau zu werden! Ich kann dir nichts bieten als Arbeit und Armut! Aber wenn deine Eltern dich um der Macht und des Geldes willen an einen Goj verschachern wollen, dann muß ich sprechen! Der Herr gebietet es mir. Mirjam – willst du dem Mammon und den lasterhaften Wegen der Heiden nachfolgen, oder willst du an meiner Seite den Weg des Herrn gehen? Du bist verwöhnt und kennst nur ein Leben in Reichtum und Luxus. Das Leben mit mir wird dir sauer werden, so wie es einst Adam und Chava sauer wurde, als der Engel sie aus dem Garten Eden hinauswies. Aber ich liebe dich von Herzen und werde dir helfen und dir beistehen mit meiner ganzen Kraft. Willst du, Mirjam?"

Wir standen uns gegenüber – Jehuda war wie verwandelt. Zum ersten Mal hatte er sein Herz laut sprechen lassen, und nun durchbrach die Liebe alle Dämme seiner bisherigen Zurückhaltung und Strenge. Ein neuer weicher Ton lag in seiner Stimme, seine Augen leuchteten warm. In allem, was er sagte, wie er es sagte und wie er mich ansah, erkannte ich seine grenzenlose Liebe zu mir. Mir schwindelte vor Glück. So lange hatte ich auf diesen Augenblick gewartet, daß ich kaum glauben konnte, daß er Wirklichkeit geworden war.

Jehuda mißverstand mein Schweigen. „Ach Mirjam", sagte er traurig, „ich weiß, daß ich dir sehr wenig biete im Vergleich zu dem, was du dir erhoffen konntest. Vielleicht ist es auch selbstsüchtig von mir, an mich zu denken, um dir zu helfen. Sicher findet sich auch ein reicherer Jude, der sich geehrt fühlen wird, dich zur Frau zu bekommen." Seine Demut rührte mich – ich floß über vor Liebe.

„Jehuda, weißt du denn nicht, daß ich dich liebe und mit dir gehen will, wohin du mich führst? Wo du hingehen wirst, da will auch ich hingehen; wo du bleibst, da bleibe ich auch. Wo du stirbst, da sterbe ich auch, da will ich auch begraben werden! Jehuda, ich liebe dich so sehr! Das ließ mich ja erst recht verzweifeln, als Mutter von diesem Römer anfing ..."

Ich konnte nicht mehr weiterreden, denn er zog mich in seine Arme, und wir küßten uns trunken vor Glück und sagten einander all die kleinen Zärtlichkeiten, die Liebende wohl zu allen Zeiten zueinander sagen.

Wir schraken auf, als wir draußen Schritte hörten. „Ich muß fort", flüsterte Jehuda, „aber noch heute sollst du meine Frau werden. Kannst du das Haus verlassen, ohne daß es jemand merkt?" Ich nickte. „Dann brich zwei Stunden nach Sonnenuntergang auf. Schleiche dich zu dem kleinen Pinienwald hinter dem Garten. Ich warte dort mit Pferden. Ich mache mich inzwischen auf die Suche nach einem Rav und einem weiteren Zeugen, damit wir heiraten können. Wenn ich ihnen von den Plänen deiner Eltern erzähle, werden sie keine Schwierigkeiten machen. Dann bringe ich dich zu meiner Familie."

Es klopfte an die Tür. Jehuda schwang sich durch das Fenster in den Hof und verschwand. Ich öffnete die Tür. Der Türsteher verneigte sich höflich vor mir und wich einen Schritt zur Seite, um meiner Mutter Platz zu machen.

Mutter rauschte herein. Sie verstand es meisterhaft, Menschen schon durch ihr gebieterisches Auftreten einzuschüchtern. So setzte sie sich meistens auf Anhieb gegen ihre ungeliebten Schwägerinnen, andere Verwandte und unsere Nachbarn durch. Eingeschüchtert unterwarfen sie sich ihrer Autorität, ohne je die Berechtigung ihrer Wünsche zu hinterfragen oder gar offen in Abrede zu stellen. Meiner Mutter kam das sehr zustatten. Denn wenn es darum ging, eine Sache ruhig und besonnen zu verhandeln, bot sie ein klägliches Bild, weshalb sie sich noch mehr bemühte, ihre Schlachten schon im Vorfeld zu gewinnen. Wo ihr anmaßendes Auftreten und das Pochen auf ihre Stellung als Gattin eines reichen Grundherrn versagten – wie bei meinem Vater und mir –, versuchte sie, ihren Gegner mit dick aufgetragenen Liebenswürdigkeiten und Schmeicheleien zu entwaffnen. Damit war sie bei meinem Vater immer noch sehr erfolgreich. Mir hatten jedoch Jehudas Geradlinigkeit und Ehrlichkeit die Augen geöffnet. Ich erkannte die Selbstsucht, die hinter den schönen Worten meiner Mutter lag. Ich sah ihren maßlosen Hochmut, ihre Verachtung für die einfachen, armen, unbeholfenen und schüchternen Menschen. Ich war nicht mehr das kleine Mädchen, das sich geschmeichelt von ihrer Aufmerksamkeit um den kleinen Finger wickeln ließ. Mutter zeigte sich irritiert, als sie bei mir auf eine unsichtbare Wand stieß, die sie nicht mehr durchdringen konnte. Sie wußte nicht, wie sie mit mir umgehen sollte, und hatte angefangen, mich zu meiden. Sie hatte genug andere Opfer, die sie mit ihren Wünschen und Aufträgen in Atem

halten konnte. Mich ließ sie in Ruhe – es zählte nur noch eines: meine großartige Verbindung mit einer hochgestellten und reichen Familie. Meine demonstrative Schwärmerei für Numilius Curtius hatte sie als vorübergehende, jungmädchenhafte Kälberliebe abgetan. Sie war sicher, daß ich darüber hinwegkommen und selbst das Ungehörige einer Heirat mit einem gänzlich verderbten Heiden einsehen würde. Daß ich mich aber so weit vergessen konnte, Jehuda einzuweihen, hatte sie aufgeschreckt. Wenn meine Verliebtheit so heftig war, daß ich sogar mit dem angestellten Lehrer darüber sprach, würde ich mit meinem unbedachten Liebesgerede bald mich und die ganze Familie bloßstellen. Wie sollte sich dann noch die glänzende Heirat bewerkstelligen lassen? Wie ernsthaft meine Mutter ihre größten Hoffnungen gefährdet sah, zeigte sich daran, daß sie alle Taktik, alle Überlegenheit außer acht ließ und mich, als die Tür noch nicht einmal geschlossen war, anfuhr:
„Wie kommst du dazu, dich mit deinen kindischen Gefühlen bei Jehuda auszuweinen! Wie kannst du unsere Familienangelegenheiten mit einem Domestiken besprechen! Wer garantiert uns, daß dieser Feuerkopf deine absurde Verliebtheit nicht überall hinausposaunt? Es gibt genug neidische und mißgünstige Leute, die nur darauf lauern, uns am Zeug zu flicken. Was meinst du, wie sie sich auf diese Gelegenheit stürzen werden! So eine Affäre könnte uns völlig unmöglich machen! Es paßt ohnehin einigen Leuten nicht, daß wir uns geschäftlich mit Römern einlassen. Nun, schließlich müssen auch wir von etwas leben. Aber unser Name in enger familiärer Verbindung mit diesem römischen Goj! Das könnte uns den Ruf kosten und die Familie völlig ruinieren!“
„Dieser unwürdige Heide war schließlich Gast in unserem Haus! Und Vater hat ihn mit allen Ehren empfangen!“
„Was verstehst du von Männergeschäften, du dummes Ding! Mit deinem albernen und kopflosen Gerede zwingst du mich dazu, Vater in diese Geschichte einzuweihen, obwohl ich ihm den Ärger ersparen wollte. Aber selbst wenn wir Jehuda entlassen – wir müssen ihm Geld geben, damit er den Mund hält! Unsere Tochter, in einen Römer verliebt! In deinem Alter hast du dich überhaupt noch nicht nach Männern umzusehen, geschweige denn, dich in sie zu verlieben! Und vor allem nicht in einen heidnischen Wüstling! Denn das ist dieser Unglücksmensch zu alledem! Du hast allein den Mann zu lieben, den deine Eltern für dich aussuchen und den du am Tag deiner Hochzeit – und nicht vorher – kennenlernen wirst! Hast du das verstanden! Glaubst du, ein anständiger, ehrenwerter Jude wird dich noch zur

Frau wollen, wenn du wie eine leichtfertige Dirne dein Herz bereits verschenkt hast – und an den denkbar unwürdigsten Goj noch dazu?"
„Jehuda würde mich trotzdem heiraten! Das hat er selbst gesagt!" Ich genoß es, meiner Mutter zu trotzen und ihr ins Gesicht von Jehuda zu sprechen.
„Da hast du auch was davon! Ein unbemittelter Lehrer, der jetzt schon fünf hungrige Mäuler zu stopfen hat! Da würde nicht viel für dich übrigbleiben. Und dann sitzt du bald in blanker Armut mit einem Haufen Kinder da und weißt nicht, wie du sie ernähren sollst, und in fünf Jahren bist du alt und grau und verhärmt wie die Frauen der Armen in Migdal! Du brauchst sie dir nur anzusehen!"
„Ich will ja nicht Jehuda! Ich will Marcus Numilius Curtius! Und der ist reich genug! Reicher als Vater und mächtiger dazu! Ihr gönnt ihn mir ja bloß nicht, weil ich dann in Rom beim Imperator Caesar ein- und ausgehe und mehr bin als ihr alle!"
Ich bekämpfte meine Mutter mit ihren eigenen Waffen.
„O du undankbares Kind – du wirst nichts als Schande über die Deinen bringen! Ich gehe jetzt zu deinem Vater und berichte ihm von deiner lästerlichen Frechheit! Er wird nicht mit sich spaßen lassen! Und du geh auf dein Zimmer, wie ich dir gesagt habe!"
Sie rauschte wieder hinaus. Ich folgte ihr, ging in mein Zimmer und begann langsam und vergnügt, ein paar Kleider und meine Schriftrollen herauszusuchen, die ich in die Ehe mit Jehuda mitnehmen wollte. Ich war noch mitten im Suchen und Auswählen, als ich zu meinem Vater gerufen wurde. Er empfing mich mit ernster und strenger Miene. Seine Stimme war kalt, als er zu mir sprach. Diese Stimme hatte ich nur gehört, wenn er unbotmäßige und widerspenstige Diener zurechtwies oder bei Verhandlungen mit den einfachen Bauern und Fischern von Migdal jeden Widerstand gegen seine Absichten von vornherein ausschalten wollte. Es war seine Geschäftsstimme, die zu mir sprach. Ein kalter Schauer lief mir über den Rücken.
„Stimmt das, was Mutter mir von dir erzählt? Daß du in diesen Marcus Numilius Curtius verliebt bist und mit dieser schamlosen Liebe nicht bloß deine Mutter zu behelligen wagst, sondern auch noch deinen Lehrer Jehuda, einen Fremden, damit bald der ganze Gallil von deiner und unserer Schande weiß?"
Ich war den Tränen nahe. Am liebsten wäre ich zu meinem Vater gelaufen, hätte ihn umarmt und gesagt, daß alles nicht stimme – daß ich nur Jehuda liebte und keinen anderen Weg gewußt hätte, um ihn für mich zu gewinnen. Aber was wäre dann aus Jehuda und mir geworden? Ich blieb standhaft und trotzig.

„Es stimmt", sagte ich leise und zitterte wie ein Papyrusstengel im Wind. Ich brachte es nicht fertig, ihm in die Augen zu sehen.
Es brach kein Donner los, wie ich befürchtet hatte, die Erde tat sich nicht auf. Aber die eisige Stille, die meinen Worten folgte, war so entsetzlich, daß ich wünschte, mein Vater hätte mich zornentbrannt mit Schmähungen und Flüchen überschüttet.
„Es ist also wahr", sagte er mit dieser kalten, dünnen Stimme. „Dies ist eine Enttäuschung, auf die ich nicht gefaßt war. Du, mein klügstes Kind! Ich hatte große Pläne mit dir. Aber statt dich deiner Herkunft, deiner Klugheit, deiner Bildung und deines Glaubens würdig zu erweisen, weißt du nichts Besseres, als wie eine läufige Hündin einem lasterhaften, römischen Heiden nachzulaufen und dies auch noch in die Welt hinauszuposaunen wie ein dummes, geschwätziges Klatschweib."
Die Verachtung, die in seinen Worten schwang, ließ mich frieren.
„Es bleibt mir nichts anderes übrig, als meine Pläne, meine Hoffnungen, die ich in dich gesetzt hatte, zu begraben und dich als das zu behandeln, was du bist: eine schamlose, unzüchtige Schlampe, die ihren Glauben und ihre Ehre und die Ehre ihrer Familie für das erstbeste Mannsbild preisgibt, das ihr unter die Augen kommt."
„Vater!"
„Schweig – du hast nichts mehr zu sagen. Du hast nur noch zu gehorchen. Wenn es nur um dich ginge und nicht auch um die Ehre unserer Familie, würdest du das bekommen, was du verdient hast. Ich würde dich glatt mit diesem Numilius Curtius verheiraten. Das wäre Strafe genug. In einem Jahr hätte er dich zu einem ausgebrannten Wrack gemacht. Aber um der Familie willen kann ich dich nicht mit einem übelbeleumdeten Goj verheiraten. Aber genausowenig kann ich eine brünstige Tochter im Haus behalten, die jeden Moment durch ihr Tun und Reden Schande über die Familie bringen kann. Ich kann und will die Verantwortung für dich nicht mehr tragen. Soll dies ein anderer tun. Dein Gatte wird von nun dafür sorgen, daß deine Triebe gezügelt werden. Ich werde dich noch heute verheiraten. Ein Ehemann ist auch schon gefunden."
Ich schrie auf. Ich hatte das Gefühl, in einem Alptraum gefangen zu sein und nicht aufwachen zu können.
„Glaube nicht, daß du mit Schreien oder Weinen irgend etwas ausrichten kannst", fuhr die Stimme meines Vaters unbarmherzig fort. „Du wirst verheiratet. Das wird deine Brunst stillen – und Jehuda ben Matthitiyahu wird sich hüten, ein Wort über die Torheit seiner Frau zu verlieren. Ihr heiratet heute noch vor Sonnenuntergang."

zählen wir uns immer abwechselnd Märchen und Sagen. Du kennst sicher viele, die wir noch nicht gehört haben."
„Ich erzähle auch gerne", sagte ich. „Und ich bin gespannt, eure Märchen zu hören. Ich mag nämlich auch Geschichten."
Das Eis war gebrochen. Nur Aharon hielt sich noch etwas verlegen zurück. Wahrscheinlich wäre er sich unmännlich und kindisch vorgekommen, wenn er sich der jungen Frau seines Bruders gleich zu vertraulich genähert hätte.
Jehuda stand auf und zog mich zu sich. „Komm, ich zeige dir das Haus und den Hof!" Dann führte er mich durch das kleine, spärlich eingerichtete Haus, das nur fünf winzige Räume enthielt. Gleich daran angrenzend lag der Stall der Hühner und der Ziege. Ich bemühte mich, mein Entsetzen zu verbergen. Ich wußte, es gab viel ärmlichere Hütten. Die wirklich Armen hatten meist nur einen einzigen Raum, in dem alle lebten und schliefen, manchmal sogar mit den Tieren. Aber ich kam aus dem Haus meiner Eltern, das im Stil einer römischen Villa gebaut war – mit großen, luftigen Räumen und mit Fenstern, die auf den Innenhof führten, wo ein stiller Teich, umpflanzt mit blühenden Büschen und Blumen, das Auge erquickte. Diese Räume hier waren kleiner und armseliger als unsere Gesindestuben, in die mich meine Amme – sehr zum Mißfallen meiner Mutter – manchmal mitgenommen hatte.
„Mutter wird ihr großes Zimmer mit dem Ehebett räumen und uns zur Verfügung stellen", sagte Jehuda stolz. „Sie zieht dann in meine bisherige Kammer." Den kleinen, dunklen und muffigen Raum als groß zu bezeichnen, erschien mir lächerlich. Aber ich sagte nichts. Wir würden ja nur vorübergehend in dieser Behausung aushalten müssen – so lange bis Jehuda das neue schöne Haus vom Geld meines Vaters für uns erbaut hatte. Bis dahin wollte ich gute Miene zu den armseligen Verhältnissen machen. Immerhin hielt Jehudith das Haus sauber. Ich hatte kein Ungeziefer entdeckt.
Die Schönheit der Landschaft versöhnte mich mit der bedrückenden Enge des Hauses. Die sanft abfallenden Hänge des Tavor waren mit Weinstöcken überzogen, soweit das Auge reichte. Zu unseren Füßen lag das Dorf Dovrat. Der Name der großen Richterin Dvorah schien sich darin verewigt zu haben. Nach Norden erstreckte sich eine fruchtbare Ebene, bunt gemustert von den unterschiedlich bepflanzten Äkkern und Feldern. Dahinter erhoben sich wieder die Berge des Gallil. Jehuda deutete in ihre Richtung. „Dort, an den Hängen, etwas weiter nach Westen, liegt Nazrath. An klaren Tagen kann man es sogar von hier aus erkennen. Von oben, vom Berg Tavor kann man es gut sehen. Ich muß dich bald hinaufführen. Der Blick von dort oben reicht weit

In meinem Kopf drehte sich alles. „Jehuda – ich soll Jehuda heiraten?" krächzte ich hervor, kaum fähig, Kraft für einen Ton zu finden.
„Dein Lehrer ist in dich verliebt, wie er deiner Mutter heute gestanden hat. Du wirst ihn heiraten, oder ich verstoße dich und werfe dich ohne eine Prutah auf die Straße. Jehuda ben Matthitiyahu ist ein ehrenwerter junger Mann. Das wird dir und uns genügen. Du wirst dein restliches Leben damit verbringen, ihm eine gute Ehefrau zu sein und seine Kinder zu gebären und großzuziehen. Alle anderen ehrgeizigen Hoffnungen auf Reichtum und Macht und Einfluß kannst du begraben."
„Hast du denn mit Jehuda schon gesprochen", brachte ich heraus.
„Er wird schon nicht nein sagen, der verliebte Narr. Mutter hat ihn zwar ungeschickterweise aus dem Haus geworfen, und dein feuriger Verehrer ist auch gleich verschwunden. Aber meine Leute suchen ihn. Und du kannst sicher sein, daß sie ihn finden. Ich lasse es nicht zu, daß dieser Hitzkopf deine Schande auch noch in alle Welt hinausschreit. Jehuda bekommt eine Mitgift, die ihn mehr als zufriedenstellen wird. Ich verzichte auf Kaufpreis und Ketubah und gebe ihm eine ausreichende Summe, damit er einen eigenen Hausstand gründen kann. Mehr werdet ihr von mir und der Familie nicht erhalten. Mit dieser Heirat werden alle Bande zwischen uns gelöst. Ihr werdet noch heute das Haus verlassen. Jetzt geh und such dir ein Kleid als Brautkleid aus. Du wirst dann gerufen."
In einem Aufruhr von Gefühlen verließ ich meinen Vater. Meine Gedanken wirbelten wie gedroschenes Stroh durcheinander. Mein Vater wollte mich Jehuda zur Frau geben! Mein größter und sehnlichster Wunsch wurde von meinem Vater erfüllt – ohne daß er wußte, daß dies der einzige Grund für mein so schändliches Betragen gewesen war. Mein Sieg war größer und vollständiger, als ich ihn mir je hätte träumen lassen. Aber noch nie hatte mir ein Sieg bitterer geschmeckt als dieser. Um welchen Preis hatte ich mein Ziel erreicht! Ich bekam Jehuda – und verlor meine Familie. Sicher, jedes Mädchen verläßt seine Familie, wenn es heiratet. Mit der Hochzeit werden die Bande zum Elternhaus zerschnitten. Ihre Familie ist von nun an die Familie ihres Mannes. Aber es bleiben doch die Bande der Liebe und der Freundschaft lebendig. Ich aber wurde in Schimpf und Schande davongejagt. Meine Eltern sagten sich von mir los, weil ich Unehre über sie gebracht hatte. Für sie war ich fast so schlimm wie eine Hure, die sich an die Römer verkauft.
Als ich mit Jehuda hatte fliehen wollen, wußte ich zwar, daß ich damit meine Eltern verletzen und kränken würde, aber ich hatte mich im Recht gefühlt. Ich hätte es aus Liebe zu Jehuda getan. Ich handelte

aus Liebe, und damit war in meinen Augen alles gut und gerechtfertigt. Ich hatte auch gewußt, daß dies die endgültige Trennung von meinen Eltern bedeuten würde. Aber das war bis zu diesem Vormittag nur eine nebelhafte Vorstellung gewesen, die von meiner Liebe zu Jehuda gänzlich überstrahlt wurde. Erst die kalte Verachtung meines Vaters machte mir klar, daß ich mit meiner kleinen 'Komödie' um Liebe gespielt und Liebe verloren hatte. Ich fing an zu begreifen, was ein Pyrrhussieg in Wirklichkeit bedeutet ...
Ich saß in meinem Zimmer und wartete. Ich hatte ein schlichtes Gewand als Hochzeitskleid ausgesucht und angezogen. Wie lange ich so gesessen habe, weiß ich nicht. Meine Mutter erschien, legte mir wortlos den weißen Schleier um und forderte mich dann in strengem Ton auf mitzukommen.
Die Hochzeitszeremonie fand in einem der Nebenhöfe statt. Man hatte eine kleine Chuppa aufgebaut. Nur Vater, Jehuda, der Rav aus Migdal und unser Türsteher warteten dort auf mich. Als ich Jehudas glückliches Gesicht sah, schwand meine Benommenheit. Die Starre, in die die Worte meines Vaters mich versetzt hatten, schmolz und wich einer zaghaften Freude. Mein Glück aber kehrte erst wieder, als Jehuda mich küssen durfte. Als ich mich dann umblickte, waren meine Eltern verschwunden. Statt dessen wartete der Türsteher auf uns, der uns zu einem Nebenausgang des Hauses führte, wo zwei Mulis für uns bereitstanden. Ich verließ das Haus meiner Eltern, ohne mich umzusehen und ohne es je wieder zu betreten. Meine Eltern und Geschwister habe ich nie mehr gesehen.

## 8. Kapitel: Jehuda

Jehuda führte mich nach Migdal in die Herberge, in der er einen Raum für uns gemietet hatte. Er spürte wohl, wie mir zumute war, als wir den Weg hinab zum Kinneret-Meer ritten. Er griff ab und zu nach meiner Hand, hielt sie fest und drückte sie. Dabei lächelte er mich voller Liebe an. Schmerz und Scham, von meinen Eltern wie eine Verbrecherin aus dem Haus gejagt zu werden, brannten noch immer wie Säure in meinem Innern. Eine dunkle Wolke hüllte mich ein. Jehudas Lächeln, seine Liebe brachen wie helle Blitze in das Dunkel und rissen allmählich die düstere Wolke auf. Das erste zaghafte Glück, das sich während der Trauung vorgewagt hatte, kehrte zurück, wurde mutiger und beständiger. Was sollte ich an meine Eltern denken, an die ehrgeizigen, hohlen Pläne, die sie für mich entworfen hatten! Ich folgte dem wahren Glück meines Lebens – ich war mit Jehuda verheiratet, den ich liebte und achtete und der mich wiederliebte!

Hinter uns trottete der kleine Esel, auf dessen Rücken der Rav schwankte. Er machte ein bekümmertes Gesicht – wohl, weil er auf eine große Feier und die übliche ausgiebige Bewirtung gehofft hatte, wie es von meinem Elternhaus zu erwarten war. Und nun hatte man ihn lediglich mit einem mageren Geldstück abgespeist! Wir waren froh, als wir ihn mit unseren schnelleren Mulis hinter uns gelassen hatten und endlich allein waren – allein als Mann und Frau. Jehuda blickte noch vorsichtig um sich, ob wirklich niemand in der Nähe war, dann nahm er mich in die Arme – so gut man das von Muli zu Muli tun kann – und küßte mich. Dieser Kuß sagte mir mehr als alles andere, daß ich nun wirklich seine Frau war. Nicht mehr die in Jehuda verliebte Tochter des Hauses, sondern Jehudas Frau! In manchen Augenblicken seines Lebens lebt und erlebt man mehr als sonst in vielen Tagen oder Wochen. In dem Augenblick, als Jehuda mich auf dem Weg nach Migdal küßte, wußte ich, daß meine Kindheit, meine Mädchenzeit vorbei waren. Ich stand am Anfang eines neuen Abschnitts – eine Frau an der Seite ihres Mannes. Ein Gefühl der Freiheit und zugleich auch der Geborgenheit überkam mich. Ich war erwachsen, ich war frei – und ich war sicher in Jehudas Liebe. Das neue Leben lag so glitzernd und einladend vor mir wie der Kinneret zu unseren Füßen – die ganze Welt lag offen vor mir! Jehuda und ich würden unser Leben dem Herrn weihen und die Menschen wieder auf seine Wege führen und den Römern, Griechen und all den Halbheiden, die unser Volk irre machten – wie meine Eltern –, mutig entgegentreten.

Geborgen in meinem neuen Glück der Liebe und Freiheit setzte ich an der Seite Jehudas den Weg fort. Der Wirt der ärmlichen Herberge, in der wir unsere Hochzeitsnacht verbringen sollten, empfing uns freundlich. Der kleine Raum, den er uns zuwies, war sauberer, als ich erwartet hatte. Mein Glück überstrahlte ohnehin alles, was mir vielleicht sonst häßlich, eng und schäbig erschienen wäre. Ich liebte – und sah die Menschen und Dinge mit liebenden Augen. Und als ob sie nur darauf gewartet hätten, antworteten sie dankbar, blühten selbst auf und strahlten voll Liebe zurück.

Unsere erste gemeinsame Nacht wurde von dieser Liebe getragen. Jehuda war so unerfahren wie ich. Wir waren unbeholfen und ungeschickt, ängstlich darauf bedacht, einander zu gefallen, und verkrampften uns nur. Mein Körper schmerzte, und Jehuda hatte Angst und Gewissensbisse, weil er mir weh tat. Aber wir waren beieinander. Wir hielten uns umschlungen, wir flüsterten uns Worte der Liebe ins Ohr. Ich hörte Jehuda neben mir atmen, spürte die Wärme seines Körpers, berührte seine glatte, überraschend zarte Haut – wir waren Mann und Frau, und ich war glücklich.

Am nächsten Morgen reisten wir weiter nach Süden bis Tiberias, von dort westwärts ins Landesinnere, zum Berg Tavor, in dessen Nähe Jehudas Familie einen kleinen Bauernhof bewirtschaftete. Wir ließen uns Zeit. Ich war noch nie über die Grenzen von Migdal hinausgekommen. Ich genoß den Weg ins Unbekannte. Zuerst die Straße am Kinneret-Meer entlang mit seinem Ufer aus schwarzen, glänzenden Steinen. Jedes Fischernetz, das am Strand zum Trocknen aufgespannt hing, mußte ich betrachten, jede Wegbiegung bot einen neuen Ausblick. Wir kamen durch kleine Fischerdörfer und Weiler, die sich in nichts von Migdal unterschieden – aber mir erschienen sie wunderbar und geheimnisvoll. Jedes Haus, jede Hütte war eine Welt, von der ich bisher nichts gewußt hatte. Jeder Esel, jeder Straßenköter war von der Aura des Neuen und Unbekannten umglänzt. Ich staunte über den Verkehr auf dieser Straße. Händler aus Ägypten kamen uns entgegen, ein nabatäischer Karawanenzug tauchte uns in eine Wolke aus Sand und Staub, und sogar ein kleine Gruppe dunkelhäutiger Kaufleute aus dem Südreich Teman zog an uns vorüber. Sie hatten die neue Stadt Tiberias, in der sich so gute Geschäfte machen ließen, hinter sich gelassen und zogen nun weiter nach Norden durch das Tal des Jarden nach Caesarea Philippi oder bis nach Damessek. Römische Soldaten patroullierten auf der Straße, manchmal preschte ein Reiter an uns vorbei, dann wieder überholten wir einen langsam dahinziehenden, schwerbewachten Troß von kostbaren, schwankenden Sänften.

Jehuda freute sich an meiner Begeisterung, machte mich auf Besonderheiten aufmerksam, nannte mir die Orte, durch die wir kamen, zählte Namen der Bergkuppen und der kleinen Flüsse auf, die zum Kinneret-Meer führten, und genoß es, den Wegführer zu spielen. Hinter uns, weit im Norden, leuchteten hell und beständig wie der Nordstern nachts die weißen Hänge des Chermon.

Dann erreichten wir Tiberias, das schon eine lebendige Stadt, aber immer noch eine riesige Baustelle war. Noch vor der Stadtgrenze kehrten wir dem Kinneret-Meer den Rücken und lenkten unsere Mulis auf die Straße nach Nazrath. Sie wand sich langsam die Hügel hinauf. Ich blickte jetzt öfter zurück als nach vorne. Von der Höhe konnten wir bald den ganzen Kinneret überblicken. Jetzt verstand ich die Legenden, die sich um seinen Namen rankten: Er war wirklich wie eine Harfe geformt. Aber lieber war mir noch eine andere Legende: Man nannte ihn Kinneret, weil das Rauschen seiner Wellen so zart und süß wie die Saiten der Kinor klingt. Dann entschwand er unseren Augen. Wir zogen in das Herz des Gallil. Zum ersten Mal in meinem Leben kam ich in ein Gebiet, das nur aus Äckern und Feldern, Hügeln und Bergen bestand. Kein Wasser – kein Meer, kein See, kein Fluß – festes Land überall, fest und sicher wie Jehuda, der neben mir ritt.

Aus den sanften Hügelwellen vor uns schob sich ein runder Kegel in den Vordergrund. Frei und vollkommen rund erhob er sich in den Himmel. Ich konnte meine Augen nicht von ihm lassen.

„Das ist der Berg Tavor", sagte Jehuda. Aber ich wußte es, schon bevor er es ausgesprochen hatte. Ja, das konnte nur der Berg Tavor sein, der Berg Gottes, von dem aus Barak den Feldherrn der Kanaaniter, Sisera, in die Flucht geschlagen hatte, so wie Dvorah, die große Richterin, ihm geboten hatte. 'Wohlauf, wohlauf, Dvorah! Wohlauf, wohlauf, und singe ein Lied!' klang es in mir. Wie eine unendliche Melodie sangen und kreisten die Worte in meinen Ohren. Dann erschrak ich. Ohne daß ich es gleich bemerkt hatte, hatte sich eine winzige Änderung in meinen inneren Singsang eingeschlichen: „Wohlauf, wohlauf, Mirjam! Wohlauf, wohlauf, und singe dein Lied!"

Jehuda bemerkte mein Zusammenzucken, ritt dichter heran, faßte nach meiner Hand und drückte sie beruhigend. „Wir sind bald da", sagte er. „Nur noch zwei Stunden, dann sind wir zuhause."

Zuhause. Mein neues Zuhause. Ich hatte mir noch keinen einzigen Gedanken um mein neues Heim gemacht. Bald würde Jehuda mich seiner Mutter vorstellen und seinen Geschwistern. Ich hatte ihn noch nie nach ihnen gefragt. „Erzähl mir von deinem Zuhause", bat ich. Das Neue, Unbekannte, das mich eben noch freudig und wie auf Flügeln vorwärts getrieben hatte, machte mir jetzt bang.

„Wir haben einen kleinen Hof auf einer Anhöhe, etwas außerhalb vom Dorf, das am Fuße des Tavor liegt. Es heißt Dovrat und ist sehr alt. Im Buch Jehoschua wird es schon erwähnt. So wie der Berg Tavor die Ebene bewacht, bewacht unser Dorf den Zugang zum Tavor. Es ist ein kleines, ein armes Dorf. Die Menschen werden gerade noch satt. Die Steuern drücken zu sehr. Seit Jahren wollen die Gemeindeältesten ein Beit Knesset errichten. Aber das Geld fehlt. Herodes Antipas preßt es aus uns heraus für sein Lieblingsspielzeug, das heidnische Tiberias, die neue Hure Roms!"

Seine Stimme wurde für einen kurzen Augenblick bitter und hart, dann, als er mich ansah, gewannen Lebhaftigkeit und Wärme wieder die Oberhand.
„Meine Mutter und meine Geschwister werden dich sicher herzlich und mit Freuden aufnehmen. Sie werden dir all das an Liebe ersetzen, was du verloren hast. Wenn sie erst hören, was deine Familie mit dir vorhatte ... Es ist einfach ungeheuerlich."
„Jehuda", sagte ich, „Jehuda – ich muß dir etwas gestehen." Ich wollte Jehuda nicht länger anlügen. Wir liebten uns, wir waren endlich miteinander verheiratet. Das Ziel der Lügen war erreicht, nun konnte ich sie fallenlassen.
Ich erzählte ihm die ganze Geschichte – mein Gespinst aus Lügen, in dem er sich selbst genauso verfangen hatte wie meine Eltern. Ich erzählte sie mit einem Gemisch aus Stolz und Beklommenheit. Ich war mir nicht ganz sicher, wie Jehuda die Wahrheit aufnehmen würde. Während ich sprach, wandelte sich meine Beklommenheit in drükkende Angst. Jehuda wurde immer schweigsamer, sein Körper steifer. Er sah mich kaum an. Sein Muli, das er eben noch dicht neben meinem gehalten hatte, trottete auf einmal außen am Straßenrand. Ich mußte meine Stimme heben, damit er mich überhaupt hören konnte. Als alles erzählt war, fragte ich leise:
„Bist du mir sehr böse? Ich habe es doch nur getan, weil ich dich so liebe. Und du liebst mich doch auch – nicht wahr?"
Jehuda schwieg.
Ich ritt zu ihm hinüber und zupfte ihn an der Seite. „Sag doch etwas!" Jehuda lachte auf. Ich wollte, er hätte mir die heftigsten und bittersten Vorwürfe gemacht – aber nicht so leichthin gelacht.
„Meine Ehe auf Betrug aufgebaut! Gott, wie dumm ich war! Bloß einer Lüge aufgesessen – und deine Eltern auch! Ein halbwüchsiges Mädchen bringt uns um den Verstand! Wie soll ich deinem Vater, wie soll ich den Menschen noch entgegentreten? Ich habe immer meinen Kopf hochtragen können, weil ich mich offen und ehrlich gegen jedermann erwiesen habe. Jetzt stehe ich da als ein Lügner, und jeder rechtschaffene Mann kann mit Recht verächtlich auf mich herabsehen!"
„Aber *du* hast doch nicht gelogen! Du bist doch genauso getäuscht worden wie meine Eltern! Du kannst doch nichts dafür. Im Gegenteil, du hast allein aus ehrenwerten Gründen gehandelt: Du wolltest verhindern, daß ich einem Heiden zur Frau gegeben werde!"
„Und wer wird mir das abnehmen? Alle werden glauben, daß wir ein Komplott geschmiedet hatten."

Zwei Wochen später betraten Jehuda und ich verschwitzt und staubig unser neues Haus in Tiberias. Es stand nahe bei der Toreinfahrt des Anwesens und war wohl als Behausung des Hausverwalters vorgesehen. Aber der Arzt Jochanan ben Ga'alyahu verzichtete auf einen Verwalter und überließ die Führung des Haushaltes seiner dikken, gutmütigen und sehr geschäftstüchtigen Frau Bathscheva. Im Vergleich zu meinem Elternhaus war unser neues Heim nur eine ärmliche Hütte. Aber im Vergleich zum Hause Jehudiths in Dovrat erschien es mir wie ein Palast. Noch dazu war es mit allem Notwendigen eingerichtet. Selbst eine separate Küche war da, mit allen Gerätschaften zweifach für die getrennte Milch- und Fleischzubereitung. Für Jehuda gab es einen kleinen Raum, den er zum Studieren benutzen wollte. Dort wollten wir auch unsere wenigen Schriftrollen und die Schreibgeräte aufbewahren. Das war der Raum, in dem wir unsere Gespräche aus unserer Lehrer-Schülerin-Zeit fortsetzen konnten. Ein Diener hatte uns das Haus aufgeschlossen. Wir waren mit dem Umsehen noch nicht fertig, als eine große und ungeheuer dicke Frau hereingewatschelt kam. Alles an ihr war Rundung und Wölbung: das kleine Stupsnäschen, das sich in den Fleischmassen des Gesichts verlor, das energisch vorspringende Kinn, das sich kaskadenartig nach unten vermehrte, die breiten überquellenden Brüste, die bis auf den Bauch hingen, der ihnen majestätisch erhaben einen festen Untergrund bot. Eine hohe piepsige Stimme sprach uns an, ohne daß ich gleich feststellen konnte, woher sie kam. Sie entsprang dem Fleischberg, dessen Fülle alle Kräfte aufzuzehren schien, so daß nichts mehr für die Stimme übrig blieb. Der Widerspruch zwischen den Körperausmaßen und der flachen Piepsstimme kitzelte mich zum Lachen, das ich nur mit Mühe unterdrücken konnte.

„Ich hoffe, es ist alles zu eurer Zufriedenheit", fistelte sie. „Ach, was für ein hübsches Pärchen ihr seid! So jung und schön! Eine Augenweide! So eine schöne Tochter hatte ich mir auch immer gewünscht! Statt dessen immer nur Jungen! Natürlich ist es gut, Söhne zu gebären! Söhne bedeuten Sicherheit und Ehre und sind dem Herrn ein Wohlgefallen. Aber so ein hübsches, feines Töchterchen hätte ich zu gerne gehabt ... Na ja, mal sehen, was für Schwiegertöchter wir bekommen. Lange wird es ja nicht mehr dauern. Avraham, Jitzchak und Ya'akov kommen schon in das bewußte Alter, wo sie unruhig werden!" Sie kicherte. Sie redete ununterbrochen, klatschte vor Begeisterung in die Hände und strich mir mit den fetten Fingern übers Gesicht. Ich

„Aber es muß ja niemand erfahren, daß ich gelogen habe. Außerdem: Wir lieben uns doch – und das ist das wichtigste!"
Wie wenig kannte ich damals Jehuda. Er reagierte ganz anders, als ich es mir vorgestellt hatte. Er sprach von Lügen, während ich um unsere Liebe gekämpft hatte. Warum verstand er denn nicht! Ich wehrte mich gegen eine nie gekannte Verzweiflung, die mir die Kehle zuzuschnüren drohte.
„Nicht erfahren! Und wie willst du erklären, daß deine Eltern dich ausgerechnet an mich armen Schlucker verheiratet haben? Jeder wird doch Fragen stellen!"
„Und wenn wir gar nichts sagen?"
„Weißt du, was dann geschieht? Dann werden sie erst recht versuchen, hinter das Geheimnis zu kommen. Notfalls reimen sie sich die Antwort selbst zusammen. Und welche Antwort ist wohl näherliegender als die, daß ich dich, meine Schülerin, im Hause deiner Eltern verführt habe und daß durch diese ungleiche Heirat der 'Schaden' wieder gutgemacht werden soll. Oder sie werden glauben, daß du dich bereits einem anderen hingegeben hast. Und ich war der freundliche Trottel, an den sie dich verheiraten konnten. So werden sie denken, und so werden sie reden. Mein Name, mein Ruf, meine Ehre sind ruiniert – begreifst du das nicht?"
„Und wenn wir bei der Geschichte bleiben, daß ich einen Heiden ..."
„Keine weiteren Lügen mehr!" unterbrach mich Jehuda mit zorngerötetem Gesicht. Und dann stieß er hervor: „Ich wollte, daß diese Heirat nie stattgefunden hätte! Denn was auf Lügen gebaut ist, das geht durch Lügen zugrunde, und der Herr wird sich von uns abwenden."
Wir ritten stumm nebeneinander her, jeder von uns gefangen in einem Wirbelsturm aus Wut und Enttäuschung. Nur die Gründe waren verschieden.
Als wir Jehudas Haus erreichten, dunkelte es schon. Seine Mutter und Geschwister empfingen uns mit der größten Überraschung und Freude. Sie waren begierig, alles über unser Eheglück zu erfahren. Das glückliche Brautpaar antwortete lustlos und einsilbig. Unser erster Streit hatte uns völlig ausgelaugt. Wie sollte ich seiner Familie von unserer Liebe und unserem Glück erzählen, wenn noch in meinen Ohren dröhnte, daß er mich am liebsten nie geheiratet hätte! Unsere Wortkargkeit, unsere hängenden Köpfe fielen auf und wurden mit Müdigkeit nach den Strapazen der Reise entschuldigt. Eiligst wies man uns in Jehudas Raum, der immer für ihn bereitgehalten wurde. Worte des Segens und der Glückwünsche begleiteten uns bis zur Tür. Dann waren wir allein.

Ich war wie betäubt. Jehuda nestelte schweigend an seinem Gewand, um es auszuziehen. Ich schlüpfte schnell aus den Kleidern und kroch in das schmale Bett. Meine Hoffnung kehrte zurück. In diesem Bett mußten wir ganz eng zusammenliegen. Wir würden uns berühren, und die Zärtlichkeit würde von selbst wieder erwachen und unsere Herzen wieder zusammenführen. Wir würden ganz ruhig miteinander sprechen, und alles würde wieder gut.
Dann lag Jehuda neben mir – still und unbewegt. Ich wagte nicht, mich zu rühren, ja kaum zu atmen. Ich wartete auf ihn – auf eine zarte Berührung, auf einen Kuß, auf ein Wort. Ich mußte nur geduldig sein und warten. Ich fühlte meinen Körper nicht mehr. Ich war nur noch Warten. Ich hörte einen Laut. Schüchtern und doch begierig nach einem Wort, nach einer Geste, fragte ich: „Hast du etwas gesagt?"
„Ich weiß nicht, was ich sagen soll", kam es endlich und wie nach einer Ewigkeit von ihm. Dünn und mutlos war seine Stimme. Meine Hoffnung zerrann in nichts. „Wie soll ich dir je noch etwas glauben, wenn du so schamlos lügen kannst?"
„Aber Jehuda – ich habe dich sonst nie belogen. Das war nur dieses eine Mal. Nur einmal, weil ich dich liebe und weil ich dich zum Mann wollte."
„Und wann wird das nächste Mal sein? Wann wird es dir das nächste Mal unbedingt notwendig erscheinen? Ich werde es nicht merken, weil du mit derselben Stimme Lügen wie Wahrheiten erzählst. Wie soll ich noch an deine Wahrheiten glauben, wenn sie jederzeit Lügen sein können?"
„Wenn es mir nur ums Lügen gegangen wäre, hätte ich dir nie die Wahrheit gesagt. Ich werde dir immer die Wahrheit sagen – ich habe dir ja auch heute die Wahrheit gesagt."
„Nachdem du mit den Lügen dein Ziel erreicht hast", kam es müde von ihm. „Ich werde die Wahrheit immer erst hinterher erfahren."
Jetzt wußte ich nicht mehr, was ich sagen sollte. Eine furchtbare Angst hatte mich ergriffen. Ich lag im Dunkeln neben einem Mann, der mein Mann war und doch ein Wildfremder. Was hatte ich getan. Wen hatte ich geheiratet? Warum verstand er mich nicht?
„Ich habe nichts Böses getan, außer daß ich dich liebe und allein aus Liebe gehandelt habe. Vor meiner Mutter hast du noch gesagt, daß auch du mich liebst. Ich habe dich nicht gezwungen, ich habe keine Liebe geheuchelt, ich habe dich nicht verführt. Ich habe dich geliebt. Und nur weil ich wußte, daß auch du mich liebst, habe ich diese ganze Geschichte aufgeführt. Ohne meine Lügen wären wir nie Mann und Frau geworden – und wenn dir das nicht mehr wichtig ist, dann sprich

doch die Scheidung aus! Ich gehe morgen sowieso zu meinen Eltern zurück. Ich bleibe nicht, wo ich nicht willkommen bin."
Die letzten Worte hatte ich nur noch unter Tränen hervorgebracht. Es war mein heiliger Ernst. Und der Gedanke, allein, ohne Jehuda, die lange Rückreise anzutreten, überschwemmte mich mit solcher Trostlosigkeit, daß ich laut aufschluchzte.
„Ach, Mirjam, ich glaube, wir reden dummes Zeug."
Jehuda hatte sich aufgerichtet und beugte sich zu mir. Er strich sacht über meinen Rücken. „Deine Geschichte war ein solcher Schlag für mich. Ich muß erst darüber hinwegkommen. Ich habe immer die verachtet, die sich um jeden Preis durchsetzen wollen – ob mit Lügen, mit Schmeicheleien oder sogar mit Gewalt. Und jetzt bin ich durch eine Lüge der Mann der schönsten und klügsten Frau des ganzen Gallil geworden! Ein solches Glück habe ich doch gar nicht verdient. Ich bin ganz durcheinander. Ich weiß immer noch nicht, wie ich unsere Heirat erklären soll."
„Morgen wird uns etwas einfallen", sagte ich glücklich.
„Aber keine Lügen ..." Den Rest von Jehudas Worten erstickte ich mit Küssen.
Alle Enttäuschung, aller Groll, aller Streit zwischen uns waren vergessen. Unsere Liebe war stärker, und die Nacht besiegelte unser wiedergefundenes Glück.
Am nächsten Morgen standen wir früh auf. Trotzdem erwarteten uns schon seine Mutter und seine Geschwister. Die beiden Jüngsten, zwei etwa zehn und dreizehn Jahre alte Mädchen, bemühten sich krampfhaft, nicht zu kichern, wenn sie uns ansahen. Ihr albernes Verhalten ließ mich meine wieder aufgekeimte Befangenheit verlieren. Sie erinnerten mich zu sehr an meine eigenen Geschwister, vor allem an Ya'akov, der immer so furchtbar überlegen tat und doch mit höchster Aufmerksamkeit und innerer Abwehr beäugte und beurteilte, was seine älteren Brüder taten. Es war eine Familie wie alle anderen auch.
Jehudas Mutter begrüßte uns wieder sehr herzlich. Erst jetzt, nach der Versöhnung mit Jehuda, war ich fähig, ihr wirklich offen entgegenzutreten. Ich war überrascht, wie alt sie war. Sie wirkte viel älter als meine Mutter, die mit mir schon sechs Kinder in die Ehe gegeben hatte, während Jehudith, so war ihr Name, gerade erst ihren Ältesten, Jehuda, verheiratet sah. Ihre Wangen waren eingefallen, die Hände verrunzelt und verarbeitet, ihre Brüste zwei leere Schläuche. Sie ging vornübergeneigt, mit einem schleppenden Schritt. Sie wirkte müde und verbraucht. Auch in ihren Augen las ich Müdigkeit und demütige Ergebenheit. Nur ihr Haar war schön. Es war ganz weiß, aber dicht und wellig. Sie hatte es zu einem Knoten geschlungen, der ihr schwer

und voll im Nacken hing. Jehudas Vater war vor zehn Jahren am Fieber gestorben. Trotz der Hilfe der reicheren Verwandten war es sehr schwer für sie, allein die vier Kinder großzuziehen. Später erfuhr ich, daß sie den Jahren nach sogar jünger als meine Mutter war. Natürlich hatte ich auch in Migdal die Frauen der Armen gesehen. Die jungen Mädchen alterten schnell, wenn sie erst einmal verheiratet waren und Kinder hatten und weiter auf den Feldern arbeiteten. Aber ich hatte kaum mit ihnen zu tun und auch zu wenig Interesse, um ihr genaues Alter zu kennen und Vergleiche anzustellen. Bei Jehudith wurde mir zum ersten Mal klar, wie sehr Reichtum und Armut nicht nur die Lebensumstände, sondern die Menschen selbst prägen.
Meine Mutter, die ihre Kinder von einer Amme hatte nähren lassen, hatte immer ausreichend Zeit gefunden, sich pflegen und bedienen zu lassen. Ernsthafte Sorgen – außer vielleicht um das Wohlergehen und den Erfolg ihrer Kinder – hatte sie nie gekannt. So war meine Mutter immer noch eine gutaussehende, blühende Frau, die die Männer durchaus reizvoll fanden, und sie ließ sich es immer wieder gern bestätigen. Nun stand ich vor Jehudith, die an Leib und Seele von Arbeit, Entbehrungen, Leid und Sorgen gezeichnet war. Dafür spürte ich bei ihr eine Herzlichkeit und Wärme, die ich von meiner Mutter nie erfahren hatte. Wie sie ihre Kinder liebte! Sie versuchte es zu verbergen – aber Jehuda war ihr Liebling und ihr Stolz. Er hatte die Torah studieren können und war nun ein gelehrter Mann, der seiner Mutter und seiner Familie Halt und Ansehen gab.
Jehudas Besorgnis, meine 'Mißheirat' erklären zu müssen, war gänzlich überflüssig. Jehudith war so stolz auf ihren klugen und gebildeten Sohn, daß es ihrer Ansicht nach jeder Familie zur Ehre gereichen mußte, ihn zum Schwiegersohn zu bekommen. Und jedes Mädchen durfte sich glücklich preisen, einem Gatten wie Jehuda angetraut zu werden. So sah es nicht nur Jehudith – so sah es die ganze Familie. Es gab keine Fragen. Und die Nachbarn, einfache Bauern, denen der Name meiner Familie wenig sagte, fragten ebensowenig. Für Jehudith war ich eine neue Tochter, die sie gerührt in die Arme schloß, und dies um so lieber, als ich versprach, ihren und meinen geliebten Jehuda so glücklich wie nur möglich zu machen.
Jehudas jüngerer Bruder hieß Aharon. Er war gerade fünfzehn geworden, also nur ein Jahr jünger als ich, und hatte schon eine tiefe Stimme. Trotzdem kam er mir noch wie ein Kind vor und erinnerte mich an Ya'akov mit seinem manchmal übererwachsenen und betont überlegenen Auftreten, das gleich darauf in kindlich ausgelassenes Herumalbern umschlagen konnte. Er sah Jehuda sehr ähnlich, wenn auch seine Züge etwas kantiger und gröber waren. Dabei war er ma-

ger und immer hungrig. Es war wirklich erstaunlich, welch ungeheure Mengen an Hirsebrei, Brot, Linsen, Bohnen und anderen Gemüsen, Früchten und Kuchen in diesem mageren Ḳörper verschwinden und sich dort wie in Nichts auflösen konnten. Wie Ya'akov dachte er weniger ans Studieren als ans Jagen und Fallenstellen, an Wettkämpfe mit seinen Freunden und an die jungen Mädchen, die er heimlich beobachtete. Auf ihm lag die Hauptlast der Arbeit. Er pflügte und bestellte das Feld und kümmerte sich um alle notwendigen Ausbesserungen im und am Haus.

Von Jehudas Geldsendungen hatte sich Jehudith einen Webstuhl anfertigen lassen. Mit ihren gewebten Stoffen verdiente sie ein Zubrot, von dem die Familie leben konnte.

Schulamith und Esther, die beiden Mädchen, halfen der Mutter im Haus und versorgten die Ziege und die wenigen Hühner, die auf dem Hof herumliefen. Schulamith, die Ältere, war ein ruhiges, stilles Mädchen mit großen dunklen Augen, langsam in ihren Bewegungen, immer vor sich hin träumend. Esther dagegen war lebhaft, klein und rundlich und gab zu allem und jedem ihre Meinung ab.

Sie war es, die sich ungeniert an mich herandrängte und dann kennerisch mein Kleid befühlte, das trotz des Staubes und des Schmutzes von den Straßen viel zu prächtig und vornehm in diesen Räumen war. „Das muß aber teuer gewesen sein", sagte Esther, „dann sind deine Eltern sicher sehr reich! Meinst du, sie werden mir auch so ein Kleid schenken?"

„Nein, das werden sie nicht", sagte Jehuda rasch. „Sie haben mir ihren größten Schatz geschenkt – und das ist ihre Tochter. Mehr will ich nicht."

„Aber wir sind doch jetzt eine Familie", protestierte Esther, „warum sollen sie nicht ..."

Jehuda unterbrach sie. „Wir werden von Mirjams Eltern nichts erbitten und nichts annehmen. Ich wollte Mirjam und sonst nichts! Frag lieber Mirjam, was sie dich lehren kann. Sie weiß mehr und kann mehr als die meisten meiner Studienkameraden."

Esther zog eine Grimasse. Lernen war ihre Sache nicht, das war offenkundig. Sie musterte mich mit deutlicher Abwehr.

„Du brauchst keine Angst zu haben", versuchte ich sie zu beruhigen und für mich einzunehmen. „Ich bin nicht zu euch gekommen, um die Lehrerin zu spielen."

„Dann kannst du meine Freundin sein!" Esther hielt mir großmütig ihre Hand hin. Ich schüttelte sie ernst.

„Wenn du so viel weißt, kennst du vielleicht Geschichten?" fragte Schulamith schüchtern. „Ich höre so gerne Geschichten. Abends er-

nach allen Seiten. Du kannst sogar das Kinneret-Meer sehen und auch den Chermon und ganz im Nordwesten das große, das römische Meer! Und im Süden sieht man die Berge Gilboa, wo die Plischtim Scha'ul und Jehonatan geschlagen haben."
„Kannst du mich nicht gleich nach oben führen? Oder ist der Weg sehr weit?" Jehuda lachte. „Nein, es geht nur immer bergauf. Und wir müssen zu Fuß gehen. Die Mulis sind noch von gestern müde."
„Dann laß uns losgehen."
Der Anstieg wurde anstrengender und beschwerlicher, als ich gedacht hatte. Der Weg war nicht steil, aber endlos schien er sich um den Berg herumzuwinden. Ich hatte bei Migdal schon öfter zusammen mit Rav Akiva den Berg Arbel erklommen. Aber der Tavor war noch viel höher. Endlich erreichten wir das Plateau. Eine große Ebene breitete sich vor uns aus. Es war wirklich ein ganz besonderer Berg. Eine Befestigungsanlage erstreckte sich fast über die ganze Fläche. Hinter den Mauern herrschte geschäftiges Treiben wie in einer Stadt. Und dann sah ich es selbst, so wie Jehuda es mir beschrieben hatte: die beiden Meere im Osten und im Westen, die Berge und den vertrauten Chermon in der Ferne. Es war tröstlich, daß mir in dieser Fremde alte Bekannte von weitem zuwinkten.
„Wie schön ist es hier", rief ich unwillkürlich aus, „du hast mir nicht zuviel versprochen, Jehuda!" Ich fiel ihm glücklich um den Hals.
„Doch nicht hier", murmelte Jehuda etwas verlegen und löste sich von mir. „Man kann uns ja sehen!"
„Aber wir sind doch verheiratet!"
„Trotzdem ist es nicht schicklich! Was werden die Leute sagen!" Er sagte es sanft. Aber ich meinte, dahinter einen fast ängstlichen Ton herauszuhören.
Die Leute, die Leute – immer dachte Jehuda an die Leute. Erst bei unserer ungewöhnlichen Heirat, jetzt, weil wir uns umarmten. Was fürchtete er die Leute! Als ob es zählte, was sie dachten! So hatte ich meinen mutigen, streitbaren Helden noch nie erlebt. Aber ich wollte keinen neuen Unfrieden heraufbeschwören. Eben waren wir noch glücklich gewesen. Ich ließ meinen Blick über die weite hügelige Landschaft bis zu dem Bergkamm im Norden schweifen.
„Ach Jehuda, ich bin einfach so glücklich – wir sind zusammen. Und hier oben ist es so schön. Am liebsten würde ich immer hier leben. Meinst du, wir könnten unser Haus hier oben errichten? Wenn ich mir vorstelle, jeden Tag mit diesem weiten Blick über das Land aufzuwachen ..."
„Was für ein Haus?" Jehuda warf mir einen verständnislosen Blick zu.

„Unser Haus natürlich! Vater hat dir doch Geld gegeben, damit wir uns ein Haus bauen können!"
„Du glaubst doch nicht im Ernst, daß ich dieses Geld antasten werde!"
„Aber es ist unser Geld!" Ich begriff nicht, warum Jehuda sich so sträubte.
„Lügengeld! Nicht eine Prutah rühre ich von diesem Lügengeld an! Glaubst du, dein Vater hätte uns Geld geschenkt, wenn er von deinen Machenschaften gewußt hätte?"
„Du willst also kein neues Haus für uns bauen?" Ich wagte kaum die Frage zu stellen, aus Angst vor der Antwort, die sich aufdrängte.
„Jedenfalls nicht von diesem Geld. Wir werden fürs erste bei der Familie wohnen. Vielleicht finde ich bald wieder eine Stelle als Lehrer. Wenn ich gut verdiene, können wir uns von unserem eigenen Geld ein Haus bauen. Und wenn es dann immer noch dein Wunsch ist, werden wir dieses Haus auf dem Berg Tavor errichten."
„Und was willst du dann mit dem Geld meines Vaters tun?" Die Aussicht, wahrscheinlich noch lange Jahre dicht gedrängt und auf engstem Raum mit Jehudas Familie leben zu müssen, ließ mich nicht los.
„Am liebsten würde ich es deinem Vater zurückgeben und ihm die Wahrheit über deinen Schwindel erzählen."
„Aber das kannst du nicht tun!" schrie ich entsetzt.
„Ich werde es wahrscheinlich auch nicht tun. Ich werde das Geld für dich aufheben. Es ist im Grunde dein Geld und dein Erbe. Es ist eine Sicherheit für dich. Wenn mir etwas passieren sollte, sollst du nicht so hilflos in der Welt stehen wie meine Mutter damals, als mein Vater starb." Er seufzte. „Und wenn ich zu deinem Vater hinginge und ihm die Wahrheit erzählte – was würde es für ihn ändern? Wir sind verheiratet. Es würde ihn nur noch mehr kränken, daß er selbst den Schwiegersohn ausgesucht hat, den er sonst nie in Betracht gezogen hätte. Nein, wir werden das Geld an einem geheimen Ort vergraben. Und was du für dich brauchst, kannst du dir nehmen. Ich will nichts davon wissen."
Das war ein kleiner Lichtblick. Aber mein Herz war schwer, als wir uns wieder talwärts wandten. Dann schalt ich mich selbst, daß ich mich wie eine verwöhnte Prinzessin bemitleidete. Schließlich hatte ich gewußt, daß Jehuda arm war. Aber ich hatte ihn gewollt – nicht einen geistlosen oder korrupten reichen Nichtstuer. Ich war Jehudas Frau, und sein Leben war von nun an mein Leben. Hunderttausende lebten so wie er und seine Familie oder waren noch ärmer dran und freuten sich doch ihres Daseins. Ich würde lernen, ihr Leben zu teilen

und zu leben, wie sie lebten. Mein größter Schatz war Jehuda und seine Liebe zu mir. Gerade weil er so offen und ehrlich war, weil er nicht nur auf seinen Vorteil und auf Geld bedacht war, hatte ich ja Jehuda lieben gelernt. Er hatte ganz recht, die Silberlinge meines Vaters nicht anzurühren, die er ohne meinen Betrug nicht bekommen hätte. Ich wollte mich seiner würdig erweisen und lieber jede Anstrengung auf mich nehmen, als nur an meinen Vorteil und meine Bequemlichkeit zu denken. So machte ich mir selber Mut und kehrte entschlossen, lernbegierig und tatendurstig mit Jehuda in mein neues Zuhause zurück.

An diesem Tag wurde noch einmal unsere Hochzeit gefeiert. Nachbarn eilten herbei, und Verwandte kamen von nah und fern, um das Brautpaar kennenzulernen und zu beglückwünschen. Alle lachten und waren freundlich. Die Männer beglückwünschten Jehuda wegen meiner Schönheit, die verheirateten Frauen tätschelten mich gerührt wie ein Schoßhündchen und flüsterten mir ihre Segenssprüche für einen gesunden Sohn und Erben ins Ohr.

Am nächsten Tag vergruben wir tatsächlich das silberne Kästchen, das mein Vater Jehuda mitgegeben hatte. Dann begann der Alltag. Ich, die in der Torah und in griechischer Philosophie und Mathematik bewandert war, merkte nur allzuschnell, daß mir diese Künste in meinem neuen Leben nicht weiterhalfen. Hier galt es für eine junge Frau, Hand im Haushalt anzulegen. Bisher hatte ich mich um die Arbeiten in Haus und Küche nicht kümmern müssen. Dazu gab es eine Schar dienstfertiger und williger Mägde. Als Tochter eines reichen und freisinnigen Juden gehörten zu meiner 'weiblichen' Ausbildung lediglich das Sticken, das ich bald aufgab, weil es mich langweilte, und die Leitung des Haushaltes – nicht aber die Verrichtungen selbst. Ich hatte gelernt zu organisieren, anzuordnen und zu beaufsichtigen. Ich konnte für ein festliches Gastmahl ein Menü zusammenstellen, konnte die Gäste bei Tisch angenehm unterhalten, wobei es mich immer überraschte, wie ernst die meisten eine solche Konversation und die damit verbundenen Schmeicheleien nahmen. Nun, dieses Leben hatte ich hinter mir gelassen. Ein Menü für hundert geladene Gäste brauchte ich mir nicht mehr auszudenken. Ich mußte von nun an nur für sechs Personen selbst kochen! Jede Arbeit, jeden Handgriff mußte ich mühsam erst erlernen. Wie man ein Haus sauber hält, wie man das Geschirr reinigt, wie man die Wäsche wäscht, wie man Weizen und Hirse schrotet, weichen läßt und schließlich kocht. Jehudith bewies eine unendliche Geduld, zeigte mir alles so oft, bis ich es begriffen hatte, und schimpfte nicht gleich, wenn ich etwas falsch machte oder zer-

brach. Schulamith und Esther dagegen amüsierten sich königlich über meine ungeschickten und oft hilflosen Bemühungen.
Schulamith lachte und kam mir dann zu Hilfe. Es war kein Lachen, das mich verspottete, sondern geboren aus der Komik meiner unbeholfenen Bewegungen und dummen Mißgeschicke. Wir verstanden uns gut. Wir erzählten uns gegenseitig Geschichten und Legenden, und sie bewunderte und verehrte mich fast ehrfürchtig, weil ich so viel studiert hatte. Wir lernten beide voneinander. Die kleine Esther fühlte sich dadurch wohl zu sehr an den Rand gedrängt. Bisher hatte sie die ungeteilte Aufmerksamkeit ihrer gutmütigen großen Schwester genossen – zusätzlich begünstigt durch die etwas einsame Lage des Anwesens. Schulamith und Esther kamen nur selten mit gleichaltrigen Mädchen zusammen. Jetzt richtete sich Schulamiths Interesse ganz auf mich. Da ich der Grund für diese Vernachlässigung war, ließ Esther ihren Groll an mir aus. Wenn ich mich im Haushalt dumm anstellte, was anfangs fast jede Minute geschah, lachte sie bald mit einem triumphierenden und manchmal sogar hämischen Unterton. Es war ihr ein Vergnügen, meine Mißgeschicke und Fehlgriffe am Abend, wenn wir alle zusammensaßen, genüßlich noch einmal aufzutischen und sie meiner blinden Verehrerin und meinem liebesdummen Mann unter die Nase zu reiben. Als sie meine Ungeschicklichkeiten einmal gar zu gehässig ausmalte, wies Jehuda sie mit strengen Worten zurecht. Von da an unterließ sie diese öffentlichen Herabsetzungen und griff mich nur noch an, wenn niemand zugegen war. Ich verstand ihre Eifersucht und schwieg. Ich steckte ihre boshaften Bemerkungen ein und übersah die kleinen Hindernisse, die sie mir absichtlich in den Weg stellte. Aber ich litt mehr darunter, als ich mir selbst eingestehen wollte. Ich mußte vor der kleinen Esther ständig auf der Hut sein. Sie entwickelte eine Meisterschaft darin, ihre eigenen Fehler, Vergeßlichkeiten und Nachlässigkeiten als die meinen hinzustellen. Und nach meinen anfänglich zahllosen Mißgeschicken war jeder bereit, mir auch dann noch jeden Schaden, jedes Ungeschick zuzuschreiben, als ich im Haushalt schon viel sicherer und gewandter geworden war.
Mit Aharon verstand ich mich zunehmend besser. Er liebte Tiere und ganz besonders Pferde. Er ließ keine Gelegenheit aus, sich auf ein Pferd zu schwingen und übersah dabei großzügig die Kleinigkeit, daß es ihm nicht gehörte. Er handelte sich und Jehuda manchen Ärger dadurch ein, denn nicht jeder Eigentümer war davon begeistert, daß irgendein pferdenärrischer Halbwüchsiger sein kostbares Acker- oder Reitpferd in wildem Galopp über die Felder jagte und müde ritt. Reisende, die am Wegesrand Rast gemacht hatten, fanden beim Aufbruch ihr Tragtier nicht mehr vor – Aharon hatte es losgebunden und

war auf dem 'ausgeliehenen' Roß stolz davongetrabt. Wenn er zurückkam, fand er einen aufgelösten Besitzer vor, der sein Pferd schon für immer verloren geglaubt hatte. In ihrer Erleichterung, das Reittier überhaupt zurückzuerhalten, machten die Besitzer ihrer Empörung nur mit Worten Luft, was Aharon nicht im geringsten beeindruckte. Fröhlich pfeifend kehrte er nach einem solchen Ausritt nach Hause zurück und verschlang, mit sich und der Welt zufrieden, die dreifache Portion eines normalen Menschen.
Da auch ich Pferde liebte und schon früh reiten gelernt hatte, war Aharon froh, seine endlosen Pferdehymnen endlich bei einem halbwegs verständigen und interessierten Zuhörer loszuwerden. Ich hatte mich als Kind oft in den Ställen aufgehalten und den Reden der Stallburschen zugehört. Den einen oder anderen Kunstkniff bei der Pflege oder im Umgang mit Pferden hatte ich dabei aufgeschnappt und konnte nun Aharon damit beeindrucken und zunehmend seinen Respekt gewinnen.
Eines Tages tauchte nun ein erboster Pferdehalter aus dem Nachbardorf auf, dem Aharon einmal zu oft das Pferd entführt hatte. Wutschnaubend forderte er von Jehuda Schadenersatz für seinen lahmenden Gaul, den sein nichtsnutziger Bruder zuschanden geritten hätte. Das versprach eine teure Angelegenheit zu werden. Jehuda erschrak und wurde blaß vor Ärger, denn soviel Geld hatten wir nicht. Wir konnten uns ja nicht einmal selbst ein Pferd leisten. Aharon stritt alles ab. Er hätte den alten Ackergaul weder heute noch gestern gesehen, geschweige denn geritten. Der Nachbar, ein glatzköpfiger, schwitzender Mann, brach in alle Verwünschungen aus, die ihn und sein Haus treffen sollten, wenn er nicht die reine Wahrheit sagte. Jehudas Gesicht wurde immer ernster. Er wußte nicht, was er dem tobenden und klagenden Mann entgegenhalten sollte. Aus einem alten Ackergaul wurde mit der Zeit ein feuriges Pferd, das selbst der Caesar in Rom mit Freude und Stolz vor seinen Triumphwagen gespannt hätte. Ich glaubte dem Mann kein Wort. Er wirkte viel zu verschlagen, schien nur auf seinen Vorteil zu lauern. Ich hatte als Kind, bevor ich in die Frauengemächer verbannt wurde, oft bei meinem Vater gesessen und Menschen auf ähnlich unverschämte Weise erlebt. Ohne daß ich darauf besonders geachtet hätte, hatte sich mir eingeprägt, wie mein Vater sich in solchen Situationen zu verhalten pflegte. Ich mischte mich in das Gespräch ein.
„Bitte beschreibe uns doch dein Pferd", bat ich freundlich den habgierigen Kläger. „Ist es vielleicht der starke Rappe, auf dem du für gewöhnlich reitest?" Ich kannte seine Pferde – arme, geschundene

Gäule, die zu oft die Peitsche spürten und zu selten einen vollen Trog vorfanden.

Er stutzte einen Moment. Es war ungehörig von mir, einer Frau, mich in ein geschäftliches Gespräch einzumischen. Aber ich hatte mit einer solchen Selbstverständlichkeit und Autorität gesprochen, daß er unwillkürlich antwortete: „Nein, Herrin, es ist der Braune mit der Blesse. Er lahmt an der rechten Hinterhand."

„Oh", sagte ich ganz harmlos, „ist das nicht das Pferd, das heute den Karren nach Nazrath zum Markt gezogen hat? Der Wagen war so schwer beladen, daß er kaum vorwärtskam. Das arme Tier blieb oft ganz erschöpft stehen. Ich habe gesehen, wie dein Knecht es schon auf der Hinfahrt mit der Peitsche geschlagen hat. Was meinst du, in welchem Zustand sich der Gaul erst auf dem Rückweg befand? Und wenn es das Pferd war, das heute den Wagen nach Nazrath gezogen hat, dann war es den ganzen Tag nicht hier – und Aharon kann es kaum geritten haben. Vielleicht solltest du mal mit deinem Knecht sprechen."

Ich sprach ganz sanft, ohne Spitze in der Stimme. Aus dem bedrohlich tobenden Riesen wurde mit einem Schlag ein kleiner, sanfter Mann, der mit sichtlicher Verlegenheit und tausend geheuchelten Entschuldigungen und Verbeugungen den Rückzug suchte und so leise und unmerklich verschwand, wie er laut und polternd gekommen war. Dies brachte mir Aharons höchstes Lob ein. „Schnell, klug und weich im Maul – als Rennpferd wäre sie unschlagbar", sagte er anerkennend zu Jehuda, der es mir lachend weitererzählte. Von da an behandelte Aharon mich wie eine Schwester und schenkte mir sein volles Vertrauen.

Jehuda hatte mich damals froh und dankbar umarmt. Die Erleichterung, dieser maßlosen Forderung entronnen zu sein, war seinem Gesicht abzulesen. Aber ich hatte auch seine Überraschung und den Unwillen gespürt, als ich das Wort ergriffen hatte. Nur war er, genau wie der geldgierige Kläger, zu verdutzt gewesen, um seiner vorwitzigen Frau Einhalt zu gebieten. Der Erfolg hatte mir recht gegeben. Die Ablehnung hatte nur kurz aus seinen Augen geblitzt – wie ein Funken, der vom Feuer abstiebt und gleich darauf verlöscht. An diesem Tag dachte ich nicht weiter darüber nach. Aber später sollte ich mich an diesen Gesichtsausdruck wieder erinnern.

Jehuda war zu Beginn unserer Ehe viel außer Haus. Manchmal verschwand er gleich am Anfang der Woche und kehrte erst zum Schabbat wieder zurück. Er suchte nach einer neuen Anstellung. Da er nicht gewillt war, von meinem Vater irgendeine Hilfe anzunehmen, weder in Form von Geld noch von Empfehlungsschreiben, war die

Suche nicht einfach. Zu Anfang hatte er sich an seine reichen Verwandten gewandt, die ihm damals die Stelle bei meinen Eltern verschafft hatten. Der wohlhabende Hauptzweig seiner Familie lebte in und um Nazrath, nur ein paar Stunden von Dovrat entfernt. Er kam niedergeschlagen und enttäuscht zurück. Offensichtlich wollte man ihm keine Hilfe mehr gewähren. Als ich ihn nach Einzelheiten fragte, wich er aus. Er sagte niemandem ein Wort, auch nicht Jehudith, die ihn ebenso inständig und wortreich bat wie ich. Unser Drängen war vergeblich. Ich konnte mir ausrechnen, was passiert war. Seine weltläufigen Verwandten hatten sich im Gegensatz zu unseren einfachen und gutgläubigen Nachbarn nicht gescheut, sich eingehend zu erkundigen, warum er die ehrenhafte und gut bezahlte Stellung bei meinen Eltern aufgegeben hatte. Notgedrungen hatte er von unserer Heirat berichtet. Dabei war Jehuda viel zu stolz, um seine Frau als geschickte Lügnerin bloßzustellen, und viel zu ehrlich, um ihnen auch nur die harmloseste Notlüge zu erzählen. So war er seinen Verwandten auf viele Fragen Antworten schuldig geblieben, und sie vermuteten zu Recht, daß unsere Heirat nicht ganz freiwillig seitens der Brauteltern zustande gekommen war. In ihren Augen hatte Jehuda die Ehre der Familie befleckt und war ihres Schutzes nicht mehr würdig.
Ich wagte nicht, diese Mutmaßungen vor Jehuda offen zu äußern. Nur durch mich und meine Komödie war er in diese mißliche Lage geraten. Jehuda hielt mir meine Schuld nicht vor, und ich wollte ihn nicht mit Selbstbezichtigungen beschämen. So mieden wir das Thema, redeten von anderen, ungefährlicheren Dingen, während uns das Unausgesprochene beschäftigte und bedrückte. Danach begann Jehudas fieberhafte Reisezeit. Er besuchte alte Lehrer, Studienkameraden und folgte jedem Hinweis, der ihn einer Anstellung näherbringen konnte. Monate war er so unterwegs. Zunächst versuchte er es in der näheren Umgebung, zog nach Nazrath und in die kleinen Städte im Tal Jesre'el. Dann schlug er größere Kreise. Aber ohne Empfehlung seines bisherigen Brotherrn oder seiner einflußreichen Verwandten wollte sich niemand mit ihm einlassen. Jehudas Gesicht wurde immer ängstlicher und besorgter. Seine Ersparnisse, die er für seine Geschwister vorgesehen hatte, schmolzen dahin. Es tat mir weh, mitansehen zu müssen, wie er, der feurige, kluge Mann, von Angst und Sorgen zerrieben wurde. Sein Gesicht wurde fahl, die Augen lagen eingesunken in ihren Höhlen, und immer öfter las ich darin Hoffnungslosigkeit und Verzagtheit. Er wollte mich mit seinen Sorgen nicht belasten, erzählte mir kaum das Notwendigste und verschloß sich immer mehr in sich selbst. Wenn er bei uns war, brach er bei den kleinsten Störungen des täglichen Ablaufs in gereizte Vorwürfe aus. Niemand war vor

seinen barschen Ausfällen sicher. Hinterher taten ihm dann die harten Worte leid. Er entschuldigte sich, beherrschte sich eine Weile, bis ihn wieder der Unmut packte und jeder kleine Fehler, jede Widrigkeit ihn blind vor Zorn werden ließen. Besonders Aharon hatte unter den ungerechten Anwürfen seines großen Bruders zu leiden und zog sich oft gekränkt zurück. Es gelang mir zwar ab und zu, Jehuda zu beschwichtigen, so daß er die Haltlosigkeit seiner Beschuldigungen einsah. Aber um so mehr litt dann sein Stolz, der es nicht ertrug, daß er sich zu Ungerechtigkeiten hatte hinreißen lassen. In seiner Zerknirschung fingen Zweifel an, sein Selbstvertrauen zu untergraben. Er verlor den Glauben an sich selbst, er wußte nicht mehr, ob er zu etwas taugte. Ich mußte ihm wie einem kleinen Kind Mut zusprechen.

Acht Monate nach unserer Heirat, als Jehuda wieder einmal völlig entmutigt heimgekehrt war, kam mir ein Gedanke.

„Hast du es schon in Tiberias oder in Beit Sche'an probiert?" fragte ich ihn.

„Was, in den Städten der Heiden? Niemals!"

Zu dieser Zeit konnte ich Jehudas bedingungslose Ablehnung des Hellenismus, die seit unserer Heirat noch zugenommen hatte, auch als seine Schülerin und Ehefrau nicht länger gutheißen. Zu oft hatte er mir vorgehalten, daß allein der allzu vertraute Umgang mit den gottlosen Schriften der Gojjim mein Herz vergiftet und mich dazu verführt hatte, das Netz aus Lügen zu spinnen, das unsere Heirat zustande gebracht hatte. Unmerklich und ohne mir dessen gleich bewußt zu werden, hatte ich begonnen, Jehuda und Jehudas Meinungen und Äußerungen einer kritischeren Betrachtung zu unterziehen. Jehudas Bedingungslosigkeit, seine rückhaltlose Ehrlichkeit und Unbestechlichkeit, die ich im Haus meiner Eltern bewundern gelernt hatte, schienen mir nicht mehr wert, um jeden Preis durchgehalten zu werden. Nicht, wenn der Preis darin bestand, seine Familie Hunger leiden zu lassen. Sein unerschütterliches Gottvertrauen und seine Ehrfurcht vor den Gesetzen waren beeindruckend, solange nur er selbst Nachteile daraus tragen mußte, die im Haus meiner Eltern darin bestanden, daß man ihn anfangs nicht ganz ernst nahm. Aber daß er auch das Wohl und Wehe seiner Mutter und seiner von ihm abhängigen Geschwister aufs Spiel setzte, erschien mir immer unvernünftiger, weltfremder und verantwortungsloser – manchmal geradezu kindisch.

„Jehuda, wir müssen doch den Tatsachen ins Auge sehen. Du brauchst einerseits eine Anstellung und willst den Leuten andererseits keine glaubwürdigen Auskünfte und Gründe geben, warum du den Posten bei meinen Eltern aufgegeben hast. Du kannst keine Empfehlungen vorweisen, nicht einmal von deinen Verwandten. In strenggläubigen und gesetzestreuen Familien ist man viel zu mißtrauisch und vorsichtig, um dir allein wegen deiner Herkunft und deiner Gelehrsamkeit zu vertrauen. Aber in Tiberias und Beit Sche'an gibt es sicher genug jüdische Familien, die zwar hellenistisch denken und leben – so wie meine Eltern –, die ihren Kindern aber doch eine gute und streng jüdische Bildung geben möchten. Diese Leute sind liberaler und großzügiger. Sie werden nicht so viele Fragen stellen. Wenn du deine Kenntnisse in der Torah unter Beweis stellen kannst, wird ihnen das genügen. Versuche es doch. Schaue dir wenigstens die Familien an!"

Ich hatte einen glücklichen Moment erwischt. Jehuda brummte und knurrte zwar wie ein Löwe, den man an die Kette gelegt hat, aber allmählich ließ sein Widerstand nach, und da ich auch nur vorsichtig auf ihn eindrang, ritt er zwei Tage nach dem Schabbat wieder los. Diesmal mit dem Ziel Tiberias. Beit Sche'an, das zum Bund der Dekapolis gehört, lag zwar näher, stieß ihn aber mit seiner gänzlich griechisch-heidnischen Ausrichtung zu sehr ab.

Nach weiteren zwei Tagen kam ein anderer Jehuda zurück. Freudestrahlend, den Kopf hoch erhoben, wie ein König auf dem Muli thronend, winkte er uns schon von weitem zu. Ich stürzte ihm entgegen. „Geschafft, geschafft! Ich habe eine Stelle! Dazu eine fürstliche Bezahlung – und das Beste: Ich kann dich mitnehmen! Ich bekomme für uns beide sogar ein kleines Haus!"

Es brauchte einige Zeit, bis ich unser Glück fassen konnte. Zu lange war auch ich schon der guten Nachrichten entwöhnt. Erst jetzt merkte ich, wie sehr die Monate des vergeblichen Wartens und Hoffens auch an mir gezehrt hatten. Als ich in Jehudas Armen lag, weinte ich vor Erleichterung all die bitteren Tränen der Enttäuschung und der Schuld, die ich vorher nicht zugelassen hatte.

„Es ist ein jüdischer Arzt, der zwar auch bei den Griechen und Ägyptern studiert hat, aber sein Haus ganz nach den Geboten des Herrn führt. Er scheint bei Hofe zu arbeiten. Jedenfalls muß er sehr reiche Patienten haben, daß er mir soviel zahlt. Fast das Doppelte von dem, was ich bei deinem Vater verdient habe! Er wußte von unserer Heirat und von meiner Entlassung. Es störte ihn nicht. Er sagte, er hätte sonst nur das höchste Lob über mich gehört, und da ich jetzt verheiratet sei, sei wohl kein Ärger mehr zu erwarten! Ich wurde ganz schön wütend, als er das so einfach sagte. Aber er meinte es nicht bösartig, es war eher wie eine Feststellung. Da dachte ich an dich und beherrschte mich. Er meinte noch, er hätte außerdem keine Töchter, und wenn du mitkämst, würden die Dienerinnen und Mägde seiner Frau wohl sicher vor mir sein. Ich mußte lachen, als ich mich plötzlich als eine Art

Weiberheld wiederfand! Stell dir vor, man hält mich für so unwiderstehlich, daß alle Mädchen sich auf der Stelle in mich verlieben – als sei ich König David oder der junge Josef, von dem selbst die Herrin des Hauses träumt!"
„Wenn du nur so standhaft bleibst wie Josef gegenüber Potiphars Frau!" Ich fiel nur zu glücklich in Jehudas Lachen ein. Wie lange hatte Jehuda nicht gelacht! Ich küßte ihn, und unbeschwert und voller Freude auf unsere neue gemeinsame Zukunft kehrten wir zum Haus zurück.
Ich jubilierte. Endlich würde ich mit Jehuda richtig zusammenleben. Wir waren zwar bald ein Jahr verheiratet, aber in der letzten Zeit hatte ich froh sein können, wenn ich meinen Mann wenigstens am Schabbat zu Gesicht bekam. Ich lebte mehr mit seiner Familie als mit ihm. Ich beherrschte inzwischen alle Arbeiten im Haushalt. Jehudith war mit mir sehr zufrieden, und Esther fand immer weniger Gelegenheit, mir Stolpersteine in den Weg zu legen. Sie würde sich über Jehudas Stelle in Tiberias auch freuen. Endlich würde sie mich loswerden und Schulamith wieder für sich allein haben.
Ich hatte noch einen Grund, mich besonders über die Anstellung in Tiberias zu freuen. Einen Grund, den ich Jehuda verheimlichte und den ich mir selbst nur in wenigen schuldbewußten Momenten einzugestehen wagte. Ich hatte Jehudith und Jehudas Geschwister sehr liebgewonnen, zumindest Aharon und Schulamith. Mit Esther wurde ich inzwischen ganz gut fertig, auch wenn wegen ihrer Eifersucht keine große Sympathie zwischen uns herrschte. Aber je länger ich bei ihnen lebte, desto anstrengender empfand ich ihre Gesellschaft. Ich langweilte mich einfach bei ihnen. Außer Jehuda hatte ich niemanden, mit dem ich über Bücher, über Fragen der Schriftenauslegung oder über Philosophie und Mathematik sprechen konnte. Und Jehuda war ja meist nicht da. Anfangs hatte ich die Gespräche über diese Themen nicht so sehr vermißt. Ich hatte genug damit zu tun, alles zu lernen, was mit dem Haushalt und der Sorge für die Tiere verbunden war. Ich hatte putzen, waschen, flicken, nähen, weben und spinnen gelernt. Ich konnte kochen, Kräuter erkennen und sammeln, sogar einfache Arzneien anfertigen und die Stoffe färben. Ich konnte die Ziege melken und ihre Klauen zurückschneiden, ein Huhn schlachten und rupfen, Garben binden, Getreide dreschen und Weintrauben treten. Wie ich immer gerne gelernt hatte, hatte ich mich mit Feuereifer auch in diese Aufgaben gestürzt. Mit den Erfolgen kam die Langeweile. Ich arbeitete nicht mehr so angestrengt, hatte öfter Muße, und mit der Muße rückten die alten Interessen wieder in den Vordergrund.

Abends erzählte ich manchmal ein paar Sagen der Griechen und erklärte, wie sie sich die Entstehung der Welt dachten. Esther tat gelangweilt, hörte aber genau zu, und Schulamith und Aharon hingen an meinen Lippen. Jehudith sah es nicht gerne, wenn ich den Kindern 'mit dem heidnischen Zeug den Kopf verdrehte'. Auch Jehuda bat mich eines Tages, sie nicht unnötig zu verwirren. „Sie haben nicht die Bildung wie du und ich", sagte er, „aus dem wenigen, was du ihnen erzählen kannst, reimen sie sich falsche Dinge zusammen. Und denke auch daran: Wenn sie einmal in den Ruf gekommen sind, Gedanken der Gojjim im Kopf zu haben, werden die Leute sie meiden und ihre Kinder vor ihnen fernhalten. Und wer wird sie einmal heiraten wollen? Die meisten Bauern und einfachen Leute hier bewundern dich zwar wegen deiner Bildung, aber insgeheim sind sie auch argwöhnisch und haben tausend Ängste, du könntest heidnische Zauber ausüben und heidnisches Denken und Götzendienerei verbreiten."

Mit den Nachbarn Jehudiths über Dinge zu sprechen, die jenseits des alltäglichen Lebens lagen, hatte ich sehr schnell von selbst aufgegeben. Jeder meiner Versuche, sie aus ihrer dumpfen Unwissenheit herauszureißen, sie anzuspornen, selbst zu lernen, versank in ihrer trägen Hilflosigkeit und ihrer festen Überzeugung, zu dumm für 'das gelehrte Zeugs' zu sein. Ihre Welt beruhte auf einigen wenigen ehernen Grundsätzen, die keiner anzutasten wagte. Wenn ich an ihre Gültigkeit rührte oder mich nur erdreistete zu behaupten, daß man jedes Phänomen auch von einem anderen Standpunkt aus betrachten könne, schauten sie mich verständnislos und mißtrauisch an, und ich merkte, daß ich Worte gebrauchte und von Dingen sprach, die jenseits ihres Horizonts lagen.
Da nur im engeren Familienkreis Männer und Frauen beisammensaßen, blieb mir nichts anderes übrig, als mich auf die unter den Frauen üblichen Themen zu beschränken: Haushalt, Kinder und ihre Erziehung und Pflege, Männer und ihre Eigenheiten, die Zubereitung von Salben und Ölen, das Anfertigen von Kleidern und Gewändern, Jehuda und sein überragender Verstand, die jeweils nicht anwesenden Nachbarn, Geschichten von Heiligen und von Gespenstern. Und mit Aharon führte ich endlose Gespräche über Pferde und das Reiten.
Es war nicht so, daß ich solchen Themen nichts abgewinnen konnte. Warum sollte ich mich nicht dafür interessieren? Sie hatten mit uns und unserem täglichen Leben zu tun, und man mußte sich mit ihnen auseinandersetzen. Wenn nur auch mein Hunger nach Gesprächen über die Torah und ihre Auslegung gestillt worden wäre, nach Dis-

kussionen über Politik, Geschichte und Philosophie, wenn ich Zeit und Muße gehabt hätte, zu zeichnen und zu malen – dann hätte ich gerne weiter über die richtige Zubereitung von Speisen gestritten, die Mischung von Farben erörtert, aromatische Salben ausgetauscht und über Nachbarn geklatscht. Aber die Sehnsucht nach den anderen, nach bedeutenderen Fragen und Gedanken, ließ einen Widerwillen, einen Verdruß in mir wachsen, der sich gegen die alltäglichen Gesprächsstoffe richtete, auf die ich mich beschränkt sah. Sie kamen mir immer mehr wie die Mauern eines Gefängnisses vor, in das man mich eingesperrt hatte und das kein frisches Lüftchen von draußen hereinließ. Ich hatte es so satt, dieses endlose Wiederkäuen der immer gleichen Nichtigkeiten, das kleinliche Beobachten von jedermann, die ewigen Streitereien, ob in den Weizenbrei nun ein bißchen mehr oder weniger Öl gehörte und ob man das Lamm besser mit Thymian oder mit Salbei würzte. Mein Widerwillen verwandelte sich in Gereiztheit und Ablehnung. Jung und töricht wie ich war, fing ich sogar an, verächtlich auf die engen, beschränkten und niedrigen Interessen meiner Umgebung herabzusehen. Schließlich war mir das Zusammensein mit den Menschen selbst verleidet.

Mit Jehuda in Tiberias würde alles anders werden. Sicher, er mußte tagsüber seinen Pflichten nachgehen und die Söhne dieses Arztes unterrichten. Aber abends würden wir zusammensitzen und wie früher die Torah studieren, und ich konnte alles mit ihm besprechen, was mich bewegte.

Außerdem – dieser Gedanke war mir schon durch den Kopf geschossen, als ich Jehuda den Vorschlag mit Tiberias und Beit Sche'an gemacht hatte: Im hellenistischen Tiberias gab es sicher noch andere aufgeschlossene und gebildete Männer und Frauen, mit denen man Gespräche über die wirklich wichtigen Dinge führen konnte. In Tiberias würde alles besser werden. Ich würde wieder mit Menschen meines Schlages zusammenkommen, und ich würde mit Jehuda endlich das Leben führen, das ich mir immer vorgestellt hatte.

Unser neues Glück setzte sich auch in der Nacht fort. Jehuda hatte neues Selbstvertrauen gewonnen. Es gab ihm wieder Kraft und Wagemut. So stürmisch und leidenschaftlich hatte er mich noch nie umarmt und geliebt. Er erweckte Sinne der Lust in mir, die bis dahin noch geschlummert hatten. In dieser Nacht wurde ich wirklich zur Frau.

war viel zu verwirrt, um etwas sagen zu können. Jehuda ging es nicht anders. Sie zwitscherte auf uns ein, streichelte uns und hüpfte im Zimmer umher wie ein großer Ball, der aus der Form geraten ist. Bei all ihrer Masse war sie erstaunlich beweglich und behende. Sie steckte ihren Kopf in unsere Sachen, begutachtete sie, lobte den Schnitt und die Qualität meiner Kleider, beäugte wohlwollend die Schriftrollen und bekannte, daß sie kaum schreiben und lesen könne. „Alles muß mein armer Kopf machen, alles muß er behalten, alles muß er rechnen! Aber es ist ein guter Kopf! Ich bin mit ihm zufrieden!" Sie redete von ihrem Kopf wie von einem eigenständigen Lebewesen.
„Bevor ich es vergesse – bitte kommt heute abend an unseren Tisch. Ihr seid sicher erschöpft von der langen Reise! Das kleine Frauchen soll heute nicht kochen müssen! Außerdem lernt mein Mann dich so gleich kennen und meine Söhne ihren Lehrer. Bitte erweist uns die Ehre, macht uns die Freude! Es ist nur ein ganz kleines bescheidenes Abendessen im engsten Familienkreis. Wenn ihr euch etwas eingelebt habt, bekommt ihr euer Willkommensfest."
Dann war sie draußen, bevor wir ein Wort des Dankes oder der Begrüßung sprechen konnten. Wir schlossen die Tür, sahen uns an und brachen in wildes Gelächter aus.
„Warte nur ab, bis du ihren Mann siehst", japste Jehuda, „ich bitte dich bloß um eines: Beherrsche dich und lache nicht!"
Seine Warnung war berechtigt, obwohl meine Lachlust dadurch erst recht gereizt wurde und ich Jehuda eine ganze Weile nicht ansehen durfte, als ich vor dem Herrn des Hauses stand.
Als wir das geräumig helle und luxuriös eingerichtete Haupthaus betraten, empfing uns Bathscheva mit ihrem hohen Gezwitscher und stellte uns ihren Söhnen vor. Fünf junge Burschen reihten sich vor uns auf – bis auf einen alle mit dem sichtbaren Hang zu späterer Fülle. Jetzt waren sie gerade noch schlank. Das Fleisch polsterte erst ihre Knochen, aber es war deutlich zu erkennen, daß sich diese Polster auswachsen würden. In ein paar Jahren würden sie ihrer Mutter, was den Umfang betraf, in nichts nachstehen. Nur der Zweitjüngste, Josef, war klein, zierlich, drahtig und hatte einen neugierigen, wachen Blick. Bathscheva bat uns sogleich zu Tisch, „denn mein lieber Jochanan ist wieder mal bei einem Kranken, und es kann noch Stunden dauern, bis er zurück ist."
Das kleine, bescheidene Abendessen bedeckte mehrere Tische, die sich unter ihrer Last durchbogen. Solche Köstlichkeiten hatte mein Auge schon lange nicht mehr gesehen: Fische aller Art, frisch aus dem Kinneret-Meer gefangen und in allen möglichen Weisen zubereitet – gebraten, gekocht, gebacken. Dazu frisch duftendes, leichtes Brot,

Weizenbrei, Hirse mit allen Gemüsen, die es gerade gab – und das waren im Spätsommer nicht wenige –, wohlriechende Früchte und schwerer dunkler Wein, der mir betäubend zu Kopf stieg. Als ich schon so satt war, daß ich mich kaum rühren konnte, wurden die Kuchen und Süßigkeiten aufgetragen. Bathscheva und ihre Söhne griffen herzhaft zu, als wenn sie gerade erst mit dem Essen angefangen hätten. Dabei hatten sie von jedem Gericht nicht nur einmal genommen. Sie mußten ungefähr das Dreifache von meiner umfangreichen Portion vertilgt haben.

„Warum ißt du denn nichts?" fragte mich Bathscheva leicht vorwurfsvoll, „du ißt ja nur wie ein Vögelchen. Schmeckt es dir nicht? Magst du keine Kuchen?"

Es war schwer, sie zu überzeugen, daß ich mir wie ein gemästetes Lamm kurz vor Pessach vorkam. Sie fand sich wohl oder übel mit meiner Erklärung ab. Aber in ihren Augen hielt sich der Zweifel. Plötzlich fuhr sie hoch.

„Oder ist es, daß du ... daß du ... Ist etwas Kleines unterwegs?" Ihre Augen leuchteten hoffnungsfroh.

Da war sie wieder, die Frage, die mich seit den ersten Wochen unserer Ehe ständig ansprang. Jede Frau, mit der ich zusammenkam, fragte mich über kurz oder lang, ob ich schon guter Hoffnung sei. Ihre Augen glänzten dabei immer in freudiger Erwartung, als sei es auch ihr Kind, das geboren werden sollte. Auch Jehudith hatte mich öfter mit großen, fragenden Augen angesehen, aber nichts gesagt. Doch jeden Monat, wenn die Zeit der Blutung kam, beobachtete sie mich, ob ich meine Wäsche aussonderte oder nicht. Wenn sie sah, daß ich den alten verbeulten Waschkessel für die unrein gewordenen Sachen herbeischleppte, wandte sie sich stumm ab. Sie schien mir dann noch gebeugter und noch schleppender ihrer Arbeit nachzugehen.

Ich enttäuschte sie alle, die darauf warteten und hofften, daß sich neues Leben in mir regte, und ich haßte das Zerfallen der fragend erwartungsvollen Gesichter in Enttäuschung und Mitleid. Ich war immer noch nicht schwanger. Und ich war nicht unglücklich darum. In Dovrat hatte mich allein schon der Gedanke, mein Kind in der Enge und Armseligkeit von Jehudiths Haus zu bekommen und dort aufziehen zu müssen, mit Entsetzen erfüllt. Die Angst hatte mich sogar vergessen lassen, daß ich mir viele Kinder – Jehudas Kinder – wünschte. So war ich insgeheim froh, wenn die Blutungen einsetzten, und erleichtert, weil Jehuda keine drängenden Fragen stellte.

„Mach dir nichts draus. Was nicht ist, wird bald noch werden. Der Herr wird es richten. Amen!" so sprach auch Bathscheva, langte zu mir herüber und tätschelte meinen Arm. „Du mußt viel Knoblauch essen und Melissentee trinken! Das reinigt und entspannt den Körper und bereitet ihn auf den Samen des Mannes vor", flüsterte sie mir zu, wobei ihr hohes Flüstern den letzten Winkel des großen Speisesaales ausfüllte. Jehuda rutschte unruhig auf seinem Lager hin und her, und die jüngeren Söhne grinsten und stießen sich verstohlen an. Der Älteste, Avraham, der sechzehn Jahre alt war, blickte mit rotem Kopf auf seinen Teller. Die offene Rede Bathschevas brachte uns alle in schöne Verlegenheit.

Mir blieben weitere peinliche Fragen und Ratschläge erspart, denn die Tür wurde geöffnet und der Herr des Hauses trat herein. Mit einem Schrei des Entzückens sprang Bathscheva auf, hüpfte ihm entgegen und begrub ihn in ihren wogenden Fleischmassen. Jochanan ben Ga'alyahu war ein schlanker und eher kleiner Mann. Wenn er sich in den Straßen von Tiberias bewegte, fiel er im Getümmel sicherlich nicht auf. Aber hier neben seiner Frau – oder vielmehr unter ihr begraben – wirkte er nur noch lächerlich wie ein Zwerg an der Brust eines junonischen Riesenweibes. Die beiden erinnerten mich an manche Insekten, bei denen das Weibchen viel größer als das Männchen ist, das nach der Begattung verschlungen wird.

Unserem neuen Herrn und Gastgeber gelang es, sich mit einiger Würde aus der Umklammerung seines ihn liebenden Weibes zu befreien. Er ging zu Jehuda, den er sehr freundlich begrüßte. Als ich ihm vorgestellt wurde, sah er mich aufmerksam an, dann lächelte er, und ich wußte, daß wir es gut bei ihm haben würden.

Bis zum Eintreffen des Hausherrn hatte sich das Gespräch, das vorwiegend aus Monologen Bathschevas bestand, um das Essen, die unverschämten Preise der Händler und das unerträglich heiße Wetter in Tiberias gedreht. Wie auf Geheiß einer unsichtbaren Macht verstummte nun das hohe Piepsen und gab einer männlich sonoren Stimme Raum. Während Jochanan mit Jehuda die Unterrichtspläne für seine Söhne besprach, hatte ich Muße, ihn und seine Söhne genauer zu betrachten.

Jochanan ben Ga'alyahu war, wenn er sprach, ein beeindruckender Mann. Die tiefe, volle Stimme füllte den großen Raum, ohne daß er sich anstrengen mußte. Er sprach wohlüberlegt, bedächtig und mit sichtlichem Genuß, wenn ihm eine elegante und treffende Formulierung gelungen war. Genauso liebte er es, seine Rede mit der derbdrastischen Sprache des Volkes zu würzen und seine Zuhörer damit zu überraschen. Er hatte den wachen, prüfenden Blick des Arztes, mit dem er jeden auf offenkundige oder versteckte Krankheiten abschätzte. Seine Bemerkungen verrieten einen weitgereisten und gebildeten Mann. Er hatte in Griechenland und in Ägypten studiert und war also gründlich bewandert in den neuesten Erkenntnissen der Heilkunde. Jochanan ben Ga'alyahu war einer der ersten Ärzte, die sich in Tiberias niedergelassen hatten. Seine Entscheidung hatte ihm eine Goldgrube eröffnet. Nicht nur der Königshof mit seinem reichen adeligen Troß bescherte ihm reichliche Einkünfte, auch die heißen Quellen brachten ihm Patienten, die aus der ganzen Welt angereist kamen, um sich hier behandeln zu lassen. Er hatte keine Hemmungen, seine reiche Klientel kräftig zu schröpfen. „Wenn sie mich ständig mit ihren Wehwehchen behelligen, sollen sie dafür auch zahlen", sagte er, „wie soll ich sonst die Armen und die wirklich Kranken behandeln?"

Seine Freude, in Jehuda einen klugen Mann zu finden, der sich als ebenbürtiger Gesprächspartner erwies, war offensichtlich und machte mich glücklich. Seine Söhne beteiligten sich wie ihre Mutter kaum an der Unterhaltung. Bei dem drahtigen Josef und dem massigen Ya'akov stellte ich ein waches Interesse am Verlauf der Unterhaltung fest, während die beiden Ältesten, Avraham und Jitzchak mit stumpfen Gesichtern wahllos Süßigkeiten in sich hineinstopften und der achtjährige Benjamin, der Jüngste, auf seinem Lager herumzappelte und Brotkügelchen drehte und viel lieber draußen gespielt und tausend Streiche verübt hätte. Mit diesen dreien würde es Jehuda schwer haben. Ihnen würde man Wissen und Weisheit löffelweise eingeben, wenn nicht einprügeln müssen.

Jochanan berichtete von den neuesten politischen Entwicklungen und Verwicklungen, von denen wir im verschlafenen Dovrat nichts mitbekommen hatten. Wie immer setzte Herodes Antipas alles daran, Herr von ganz Jehuda zu werden wie vor ihm sein Vater, den die Römer bereits 'den Großen' nannten. So wie er früher schon versucht hatte, seine Brüder Philippos und Archelaus gegeneinander auszuspielen, so intrigierte er nun auch gegen die römischen Präfekten, nachdem der beim Volk verhaßte Tyrann Archelaus abgesetzt worden war. Er beschwerte sich wechselseitig beim Präfekten über Philippos und beim Prokurator in Syrien über den Präfekten, mittlerweile den fünften: ein Emporkömmling aus der Provinz Gallia mit Namen Pontius Pilatus. Dieser hatte sein Regiment mit harter Hand begonnen und fast einen Volksaufstand ausgelöst, als er gewagt hatte, die Legionsadler mit dem Bild des Caesar in die heilige Stadt Jeruschalajim zu bringen. Herodes Antipas schürte den allgemeinen Haß gegen den römischen Statthalter, vermochte aber dessen Stellung nicht ernsthaft zu erschüttern. Die Intrigen des Herodes Antipas, seine wechselnden Bündnisse mit Philippos oder gegen ihn, die Verträge mit den Römern oder gegen sie, seine Großmannssucht, verbunden mit der Unfähigkeit, seine Ziele zu erreichen, waren der Gesprächsstoff in Tiberias. Das einzige, was ihm im blinden Nacheifern seines Vaters gelungen war, war der Bau einer neuen Stadt: Tiberias. Aber auch hierbei zeigte sich sein dürftiges Format nur zu deutlich: Während sein Vater im ganzen Land Städte und Paläste errichtet hatte, Jeruschalajim von Grund auf erneuert und den seit der Rückkehr von Bavel nur notdürftig reparierten Tempel in Pracht und Größe erneuert hatte, mußte sich sein unfähiger Sohn und Möchtegernnachfolger mit dem Bau einer einzigen Stadt bescheiden, die im Volk noch verhaßter war als die neuen Städte seines Vaters, Caesarea und Sebaste. Herodes Antipas hatte es gewagt, seiner Stadt – im Lande des Herrn! – den Namen eines heidnischen Kaisers und widernatürlichen Wüstlings zu geben, der den Frevel begangen hatte, sich als Gott anrufen und verehren zu lassen! Schlimmer noch, der Palast des Herodes Antipas, so munkelte man hinter vorgehaltener Hand, sollte auf einem Gräberfeld errichtet sein. Der herrliche, weiß schimmernde Marmorpalast – erbaut auf unreinem Grund und dadurch selbst unrein und besudelt, wie alle, die ihren Fuß hineinsetzten: der ganze Hofstaat vom Minister bis zum Küchenjungen, und allen voran der Tetrarch selbst! Herodes Antipas hatte gegen die Verbreitung dieser Gerüchte strenge Strafen angedroht. Er hatte eigens Priester aus Jeruschalajim herbeiholen lassen, die vor dem versammelten Hof und hohen geladenen Gästen und Rabbanim bestätigen mußten, daß die Erde unter dem Palast nicht durch Gräber befleckt war. Dann hatte eine große Reinigungszeremonie stattgefunden, die alle Zweifel ausräumen sollte, aber beim Volk genau das Gegenteil bewirkte: denn wozu ließ er eine solche Zeremonie durchführen, wenn sein Palast nicht tatsächlich unrein war!

Ich beteiligte mich nicht am Gespräch, das mich brennend interessierte. Wir waren zwar im familiären Kreis, aber es wäre ungehörig gewesen, als Frau das Wort zu ergreifen. Ich hoffte jedoch zuversichtlich, daß die Gebote der Höflichkeit und Schicklichkeit, die bei einer ersten Begegnung unumschränkt galten, im Laufe der Zeit und durch den vertrauteren Umgang gelockert und zugunsten der freieren Praxis der vornehmen Römer und Griechen aufgegeben werden würden. Erschöpft, aber hoch zufrieden kehrten wir in unser neues Heim zurück.

Jehudas Gehalt war so großzügig bemessen, daß er nicht nur die Zahlungen an Jehudith und seine Geschwister wieder aufnehmen, sondern auch eine junge Dienstmagd 'für das Gröbste' anstellen konnte. „Du bist solch schwere Arbeiten nicht gewohnt“, sagte Jehuda, „du bist wie eine Prinzessin aufgewachsen und sollst auch meine Prinzessin bleiben! Ich wünschte, ich würde so viel verdienen, daß du überhaupt nicht im Haushalt arbeiten müßtest!" Ich sträubte mich zwar gegen die Einstellung einer Magd, weil ich fürchtete, daß sie Jehuda zuviel kosten würde, aber als ich nicht mehr die Böden schrubben, nicht mehr die Butter schütteln oder Gerste und Weizen schroten mußte, war ich doch froh und dankbar für die Hilfe. Merav war erst dreizehn und schüchtern und verschreckt, wie eben ein junges Mädchen ist, wenn es zum ersten Mal seine Familie verlassen hat. Ich wußte noch zu gut, wie ihr zumute sein mußte und war so freundlich zu ihr wie zu einer jüngeren Schwester. Merav war mein Schützling – und ich ihre große Freundin, die sie bewunderte und verehrte. Ich kam mir schon sehr erwachsen vor.

Bis auf die Mahlzeiten war Jehuda tagsüber im Herrenhaus und widmete sich seinen Schülern. Abends beim Abendbrot erzählte er mir von ihren Fortschritten – wenn es welche gab. Meist schimpfte oder klagte er über die dummen und störrischen Esel, die man besser Bauern werden lassen sollte, als sie mit Schreiben, Rechnen und der Torah zu plagen. Dann bereitete er die Stunden für den nächsten Tag vor, wobei ich ihm oft half. Mehr noch mußte ich ihn wegen der drei widerspenstigen Jungen trösten, gegen deren stumpfes Beharren er verzweifelt anrannte, ohne Zugang zu ihrem Geist zu finden. Vielleicht hätte er mehr Erfolg gehabt, wenn er sie mit mehr Ausdauer und Beharrlichkeit angesprochen hätte. Einen großen Felsblock kann man auch nur anschieben, wenn man sich mit Kraft und Geduld gegen ihn stemmt. Jehuda aber tänzelte wie ein feuriger Vollblüter vor ihnen her und versuchte, sie dazu zu bewegen, ihm nachzugaloppieren, während sie ihn träge wie Ochsen im Joch mit großen verständnislosen Augen anblickten und genau da stehenblieben, wo sie standen. Aber ich war damals selbst noch viel zu jung, um zu begreifen, daß jeder Schüler seine eigene Lehrmethode braucht. Hätte Jehuda sie hartnäckig wie ein Bauer fest ins Geschirr genommen und ihnen liebevoll und mit Geduld zugeredet, hätten sie wohl den Pflug gezogen, und er hätte das Feld bestellen können. So rieb er sich auf, weil sie sich nicht rührten, und fand nur geringen Trost darin, daß die beiden mittleren Brüder sich als aufgeweckte und intelligente, wenn auch faule Schüler erwiesen. Jochanan ben Ga'alyahu fragte kaum nach den Fortschritten seiner Söhne. Er war viel zu oft zu seinen Patienten unterwegs, und selbst an den Abenden, an denen er zu Hause war und uns zu seiner Tafel lud, erkundigte er sich nicht – wohl im klaren Bewußtsein der beschränkten Fähigkeiten seiner Sprößlinge.

Diese erste Zeit in Tiberias war die glücklichste unserer Ehe. Tagsüber besorgte ich mit Merav unseren kleinen Haushalt, abends saß ich bei Jehuda im Studierzimmer. Manchmal machten wir nach dem

Abendessen einen kleinen Spaziergang außerhalb der Stadt. Jehuda liebte diese Spaziergänge nicht sehr. Überall wurde noch gebaut. Im Sommer klebte die aufgewirbelte staubige Erde in Augen, Nase und Mund – im Winter verwandelten die Regenfälle die Straßen in einen tiefen, matschigen Sumpf. Alles starrte vor Dreck und Schmutz. Mehr als ich selbst fürchtete er um meine Sicherheit. Die Stadt war voll von Fremden: Händler, Handwerker, Wagenlenker und Träger aus aller Herren Länder hatten sich hier zusammengefunden – ein rauhes Völkchen, das schon viel herumgekommen war und nicht viel nach den Sitten und Gewohnheiten des Landes fragte. Die Bauarbeiter riefen lose Sprüche von den Baugerüsten herunter, wenn eine Frau die Straße entlangging, und die Händler machten ihr blumige Komplimente. In meinen Augen waren sie weder bösartiger noch gefährlicher als die Einheimischen. Über ihre frechen Bemerkungen und Witze mußte ich oft lachen, auch wenn ich nach außen hin ganz gleichgültig tat, wie es sich für eine ehrbare Frau gehörte. Aber Jehuda war entrüstet und machte die notwendigen Besorgungen in der Stadt lieber selbst und ließ mich zu Hause.
Wenn er in Tiberias unterwegs war, brachte er mir kleine Geschenke mit. Ihr Wert war unbedeutend. Aber für mich waren es Zeichen seiner Aufmerksamkeit und Liebe, und ich nahm sie dankbar entgegen. Damals war ich glücklich. Ich wünschte mir nur manchmal, daß wir nicht so abgekapselt lebten. Wir kannten in Tiberias keinen Menschen außer Jochanan ben Ga'alyahu und seiner Familie. Das Band zu meiner Familie, die ja ganz in der Nähe lebte, war für immer zerschnitten und damit auch die Verbindung zu den weiteren Verwandten und Freunden. Ich hätte gerne – vor allem tagsüber, wenn Jehuda nicht da war – eine Freundin oder befreundete Familie gehabt, mit der ich über die Dinge, die mich wirklich interessierten, sprechen und diskutieren konnte. Es war nicht einfach, ohne Freunde oder Empfehlungsschreiben Zugang zu den guten Familien und den gebildeten Kreisen zu finden. Meine Hoffnung gab ich jedoch nicht so schnell auf.
Bathscheva lud mich oft zu sich ein oder besuchte mich. Ich fand das Zusammensein mit ihr recht anstrengend. Wie eine Glucke um ihre Küken war sie besorgt um mein Wohlergehen, redete unaufhörlich auf mich ein, ließ mir außer einem knappen Ja oder Nein keine Gelegenheit zu einer Antwort, beglückte mich mit diesem oder jenem Geschenk, das ich nicht ablehnen konnte, drängte mir ihre Ratschläge auf und erwartete, daß ich sie sogleich befolgte. In ihrer Gegenwart fiel mir zunehmend das Atmen schwer. Ich begann ihre ständigen Einladungen und Besuche mehr zu fürchten als eine herannahende

Gewitterfront. Ich wußte nicht, wie ich ihr ausweichen sollte. Ich wollte sie, die es gut mit uns meinte, nicht verletzen, und noch weniger die Frau unseres Herrn und Brotgebers kränken.
In Dovrat hatte ich geglaubt, dem täglichen Klatsch und dem Gerede um Nichtigkeiten entrinnen zu können, wenn wir nur endlich Tiberias erreicht hatten. Mit Bathscheva war ich ihm mehr denn je ausgeliefert, denn ihr, anders als Jehudiths bäuerlichen Nachbarn, konnte ich mich nicht entziehen. Bathscheva hatte zwar schreiben und lesen und die Regeln und Gebote der Torah gelernt, aber, wie sie freimütig bekannte, keinen Geschmack daran gefunden. Freiwillig hatte sie nie eine Schriftrolle in die Hand genommen. Als sie mit sechzehn Jahren verheiratet wurde, war sie vielleicht keine Schönheit, aber mit ihren ebenmäßigen Gesichtszügen war sie sicherlich ein hübsches und anziehendes Mädchen. Sie fand ihre Bestimmung in der Ehe und Mutterschaft. Sie war stolz darauf, daß der Haushalt wie am Schnürchen lief. Sie hatte einen guten Blick für Dienstboten, die sie scharf kontrollierte. Aber die Leute arbeiteten willig und gerne für sie, weil sie echten Anteil an ihren kleinen und großen Kümmernissen nahm.
Ich fragte mich manchmal, wie der kluge und gebildete Jochanan ben Ga'alyahu es mit dieser geschwätzigen und keiner geistigen Regung zugänglichen Frau aushielt. Aber er machte keinen unglücklichen Eindruck. Sie war die Mutter seiner Söhne und konnte den Haushalt nicht geschickter führen. Mehr verlangte er nicht. Im Gegensatz zu mir konnte er ihr auch aus dem Weg gehen, wann immer er wollte. Entweder besuchte er seine Patienten, oder er empfing Freunde zu Streitgesprächen über die politischen Verhältnisse und die Auslegung der Torah. Dabei blieben die Männer selbstverständlich unter sich. Ansonsten konnte er jederzeit Arbeit vorschützen und sich in seine Bibliothek zurückziehen.
Diese Bibliothek hielt er streng verschlossen. Nur er allein besaß den Schlüssel. Nicht einmal Bathscheva ließ er zum Saubermachen herein. Das Ordnen der Rollen übernahm er selbst, und das Säubern überließ er als ehrenvolle Pflicht seinem jeweiligen Lehrling und Famulus. Diese Bibliothek einmal betreten zu dürfen, war mein geheimer Wunsch, seit ich von ihrer Existenz erfahren hatte. Ich hatte mir vorgenommen, Jochanan ben Ga'alyahu in einer guten Stunde um die Erlaubnis zu bitten, die Rollen in seiner Bibliothek lesen zu dürfen. Aber ich wollte mich nicht aufdrängen und erst warten, bis wir uns besser kannten.
Es waren noch keine sechs Monate seit unserer Ankunft vergangen, als Jehuda eines Abends zum Essen kam und mir freudig erregt mitteilte, daß Jochanan ben Ga'alyahu ihn zu einem freundschaftlichen

Gespräch in seine Bibliothek eingeladen hatte. Ich freute mich für Jehuda – und verspürte einen kleinen Stich, weil sich die Einladung nicht auch auf mich erstreckte. Jehuda merkte mir die Enttäuschung an. Zu oft schon hatte ich sehnsüchtig von dieser Bibliothek gesprochen. Unsere wenigen Rollen kannte ich in- und auswendig. Ich hatte Hunger auf neue. Die mir verschlossene, unbekannte Bibliothek erschien mir bald als Hort aller Gelehrsamkeit und der herrlichsten Dichtkunst. Ich war sicher, daß sie all die Bücher enthielt, die ich wieder lesen wollte, und alle, die ich noch nicht kannte und auf deren Lektüre ich brannte. Alles Gold und Geschmeide, mit dem König Schlomo die Königin von Sch'va überschüttet hatte, konnte meine Begehrlichkeit nicht so entzünden wie die unzugängliche und geheimnisvolle Bibliothek des Jochanan ben Ga'alyahu. Ich hätte mir genausogut wünschen können, ins Allerheiligste des Tempels vorgelassen zu werden.
„Ich werde Jochanan ben Ga'alyahu fragen, ob du das nächste Mal mit dabeisein kannst. Heute war es nicht möglich. Er sagte es ganz beiläufig, als er gerade zu einem Patienten aufbrechen wollte und schon in der Tür stand. Ich war viel zu überrascht, um gleich daran zu denken. Ich glaube, ich habe mich nicht einmal bedankt!"
Jehudas Worte beruhigten mich und gaben mir neue Zuversicht. Das übernächste Mal würde ich mit Jehuda zusammen die Bibliothek betreten. Woher sollte Jochanan ben Ga'alyahu denn auch ahnen, daß ich nach einem Wissen ganz anderer Art hungerte, als er bei mir vermutete. Wahrscheinlich hielt er mich für ein hübsches Gänschen, das Fragen der Torah oder der griechischen Philosophie gegenüber so aufgeschlossen war wie seine Bathscheva. Wie sollte er wissen, daß ich eine gebildete und wissensdurstige Frau war! Es hatte seit dem ersten gemeinsamen Mahl nur drei oder vier weitere Abende gegeben, an denen wir zusammen an einem Tisch gesessen hatten. Bei den ersten Malen war ich noch zu zurückhaltend oder zu vorsichtig gewesen, um das Wort zu ergreifen. Beim letzten Mal, als ich beschlossen hatte, auf jeden Fall etwas Geistvolles von mir zu geben, das seine Aufmerksamkeit wecken würde, war ich die meiste Zeit so verkrampft, daß mir nur unsäglich banale Dinge durch den Kopf schossen. Nur einmal, als das Gespräch auf die verschiedenen Kosmologien der Griechen zusteuerte und ich gerade die absonderliche Vorstellung von der Kugelgestalt der Erde erwähnen wollte, platzte Bathscheva dazwischen, es sei bester weißer griechischer Marmor in Tiberias eingetroffen, mit dem endlich das Atrium ausgelegt werden könne. Ich hätte sie in diesem Moment erwürgen können – wenn das bei ihrem fetten Hals überhaupt möglich war.

Den ganzen Abend wartete ich unruhig und voller Ungeduld auf Jehudas Rückkehr. Eine Ewigkeit schien vergangen zu sein, als ich endlich seine Schritte hörte. Er ging beschwingt und pfiff leise eine Melodie vor sich hin. Seine Augen leuchteten, als er mich in die Arme nahm.

„Eine wunderbare Bibliothek", fing er an. „Stell dir vor, die medizinischen Rollen bilden nur einen kleinen Teil des Bestandes – und dabei hat er auf diesem Gebiet wirklich alles, was man haben muß! Er hat Bücher zu allen Wissenschaften und Künsten – Philosophie, Geschichte, Mathematik, Musik, Dichtung – und die neuesten Schriften von Philon! Er hat die Lebensbeschreibung des Mosche, seine Schriften zur Ethik und Metaphysik und seine Kommentare zur Torah! Und dann sagte er plötzlich, daß mir die Bibliothek jederzeit offenstehe, selbst wenn er nicht da sei! Ein wirklich großzügiger Mann! Denk nur, er hat eigens einen Schlüssel für mich anfertigen lassen! Ach Mirjam, diese Bibliothek ist kostbarer als jede Schatzkammer – und ich kann mich glücklich preisen, daß ich sie benutzen darf!"

„Hast du ihn auch gefragt, ob ich das nächste Mal mitkommen kann? Darf ich auch in die Bibliothek?"

Sein freudiges Gesicht fiel in sich zusammen. Noch bevor er sprach, spürte ich die ersten Wellen bitterer Enttäuschung.

„Ach Mirjam, bitte sei mir nicht böse. Er war so freundlich und großzügig, da wollte ich ihn nicht gleich mit Bitten um eine weitere Gefälligkeit behelligen. Ich hatte dich nicht vergessen, aber die rechte Gelegenheit ergab sich nicht. Weißt du, ich glaube, er wollte mir etwas auf den Zahn fühlen. Er wollte wissen, was ich denke, wer ich bin. Er hat mir das Angebot mit der Bibliothek erst ganz zum Schluß gemacht. Es steckt noch etwas anderes dahinter, glaube ich. Er und seine Freunde treffen sich einmal im Monat zu Gesprächen über die Torah und ihre Auslegung. Sie sprechen dabei auch über die politische Lage und die unerträglichen Zustände im Land. Er sammelt Leute um sich, um gegen den zu starken heidnischen Einfluß in unserem Lande vorzugehen! Er sagt, was er am Hof an Verderbnis und Verkommenheit erlebe, widere ihn an! Er wolle nicht länger nur zusehen. Wie ein Geschwür breite sich das Übel im ganzen Land aus. Korruption und Sittenverfall seien an der Tagesordnung, und niemand rege sich mehr darüber auf. Und das Schlimmste sei, daß die Menschen den Herrn vergäßen und nur noch dem äußeren Anschein nach seinen Geboten folgten! Und dann wollte er herausfinden, auf welcher Seite ich stehe – ob ich zu den Treuen des Herrn gehöre oder zu den Philhellenen, die es mit den Geboten nicht so genau nehmen. Ausgerechnet ich! Ich habe Jochanan ben Ga'alyahu klargemacht, daß ich dem Herrn

von Herzen ergeben bin und meine ganze Kraft dafür einsetzen wollte, das Volk wieder zum Herrn zurückzuführen! Ich hatte den Eindruck, daß er mit meiner Antwort ganz zufrieden war. Er fragte mich, ob ich ein gutes Gewand besäße! Ich bin sicher, daß er mich zu dem nächsten Treffen einladen wird! Bitte hab doch noch ein wenig Geduld. Ich frage ihn ganz bestimmt! Und nun gib mir einen Kuß!"
Ich hörte seine Worte und sah sein Gesicht, ich fühlte seine Arme, aber ich hörte, sah und fühlte nichts. Nur die große Enttäuschung und Leere, die sich in mir ausbreiteten. Wie hatte ich mich gefreut – für ihn. Und gebangt und gehofft – für mich. In welcher Spannung hatte ich die letzten Stunden verbracht! Und dann kam nichts! Jehuda hatte nicht einmal gefragt! Wußte er denn nicht, was die unbekannten Schriftrollen für mich bedeuteten? Wußte er nicht, daß ich den ganzen Tag während der langweiligen Hausarbeit und während Bathschevas Redeschwall an nichts anderes dachte als an den Abend und an unsere Gespräche, die oft genug viel zu kurz waren, weil er sich für die Unterrichtsstunden am nächsten Tag vorbereitete oder die Aufsätze und Rechenaufgaben seiner Schüler durchsah? Hatte ich ihm nicht oft genug gesagt, wie sehr ich mich nach dieser Bibliothek sehnte? Daß ich lesen und studieren und nicht bloß im Alltag, im Alltäglichen aufgehen wollte? Hatten wir nicht beide für den Herrn und sein Volk streiten wollen? Bald würde Jehuda in der Bibliothek sitzen und studieren, er würde dort mit Jochanan ben Ga'alyahu diskutieren und an seinem Gesprächskreis teilnehmen – und ich? Ich würde in unserem kleinen Haus sitzen und auf ihn warten und weiter nichts als über Bathschevas Geschwätz nachdenken dürfen!
„Mirjam, glaube mir doch, es war heute nicht möglich, ihn darum zu bitten. Ich frage ihn mor –, das nächste Mal! Ganz bestimmt!"
Ich beruhigte mich allmählich. Aber das Gefühl, von Jehuda im Stich gelassen worden zu sein, wollte nicht weichen. Ich war mir sicher, daß ich im umgekehrten Fall Jochanan ben Ga'alyahu ganz sicherlich gefragt hätte. Es fiel doch leichter, für einen anderen als für sich selbst zu bitten – noch dazu, wenn es im Bewußtsein geschah, daß der Betreffende dieser Gunst wirklich würdig war! Im Bett drehte ich Jehuda den Rücken zu. Als er anfing, mich zart zu liebkosen, tat ich, als ob ich schliefe. Mit einem Seufzer drehte er sich um und fiel gleich darauf in Schlaf. Ich lag noch lange wach. Enttäuscht wie ich war, kränkte mich selbst sein schnelles und, wie es mir vorkam, gedankenloses und fühlloses Einschlafen.
Am nächsten Morgen bereute ich meine stummen Vorwürfe gegen Jehuda und schalt mich kindisch und selbstsüchtig. Ich hatte viel zu viel auf einmal von ihm verlangt. Er hatte nur das getan, was ich bisher

auch getan hatte: das freundliche Entgegenkommen Jochanan ben Ga'alyahus nicht gleich mit Bitten zu beantworten. Ich hatte bei den letzten gemeinsamen Abenden meine Wünsche auch nicht vorzubringen gewagt. Ich verlangte von Jehuda mehr, als ich selbst zu tun bereit war. Jehuda gab mir beim Aufwachen denselben liebevollen Gutenmorgenkuß wie jeden Tag. Von meinem Groll gegen ihn hatte er nichts bemerkt. „Ich werde noch heute mit Jochanan ben Ga'alyahu wegen der Bibliothek sprechen", sagte er, als er mich verließ, und ich blieb wunderbar getröstet zurück.

Jehuda traf den Arzt allerdings den ganzen Tag nicht zu Hause an. Ein hoher Beamter des Hofes war über Nacht schwer erkrankt. Man hatte nach Jochanan ben Ga'alyahu gerufen, und er blieb am Bett seines Patienten. Die ganze Woche verbrachte er dort. Dann starb der Beamte. Man machte Jochanan ben Ga'alyahu keine Vorwürfe. Aber er kehrte verstimmt zurück. Für ihn war noch jeder Tod eine persönliche Niederlage. Er hatte gekämpft und mit dem Kranken gegen den Tod gerungen – er hatte verloren. Er schloß sich in die Bibliothek ein und ließ niemanden zu sich. Es war klar, daß Jehuda ihn in einer solchen Situation nicht um irgendwelche Gefälligkeiten bitten konnte. Die Sorge um das Wohlergehen der anderen Patienten riß den Arzt allmählich wieder aus seiner Trübsal, und Jehuda wartete auf eine günstige Gelegenheit, bei der er seine Bitte vorbringen konnte. Ich beherrschte mich in dieser Zeit nur mit Mühe, Jehuda abends nicht sofort mit der Frage zu überfallen, ob mir nun endlich auch die Bibliothek offenstünde.

Eines Abends kehrte Jehuda bedrückt vom Herrenhaus zurück. Irgend etwas war schiefgelaufen. Es stand in seinen Augen, auch wenn er meinen besorgten Fragen auswich und nur einsilbig antwortete. Er brachte es nicht übers Herz, mir unangenehme Dinge ins Gesicht zu sagen. Als er damals erfolglos von seinen Verwandten in Nazrath zurückgekehrt war, war mir dieser Zug zum ersten Mal aufgefallen. Noch ohne daß ein Wort gefallen war, wußte ich plötzlich, daß es mit der Bibliothek zu tun hatte. Mein Magen krampfte sich vor Angst zusammen. Aber ich wollte Klarheit. Ich setzte Jehuda solange zu, bis er endlich Stück für Stück mit der unerfreulichen Wahrheit herausrückte. Ja, er hatte gefragt – und Jochanan ben Ga'alyahu hatte rundweg abgelehnt.

„Was hat er denn gesagt?" fragte ich. „Er muß doch irgendeinen Grund genannt haben!" Als ob ich nicht von meinem Vater wüßte, daß der Herr gegenüber seinen Dienern keine Gründe und keine Rechtfertigung braucht! Jehuda druckste herum, aber da ich nicht nachließ, platzte er schließlich heraus:

„Er sagte, er halte nichts davon, daß Frauen sich in Gelehrsamkeit übten und ganz unnötig ihre hübschen Köpfchen mit Dingen vollstopften, die sie doch nicht verständen. Frauen sollten sich auf ihre Angelegenheiten beschränken und den Haushalt führen und Kinder bekommen, aber nicht die Männer nachäffen. Als ich widersprach und anfing, deine Klugheit und Gelehrtheit zu rühmen, die jetzt nutzlos dahinkümmere, antwortete er, daran sehe man ja, wohin es führte, wenn Mädchen völlig überflüssigen Unterricht erhielten. Die Hausarbeit würde sie langweilen, und das viele Denken und Grübeln mache sie unzufrieden und unfruchtbar. Kinderlose Mißheiraten kämen dabei heraus, sagte er mir ins Gesicht! Wenn ich nicht auf diese Stelle angewiesen wäre, hätte ich ihn niedergeschlagen und ihm diesen undankbaren Bettel hingeworfen! Wenn seine Söhne nur halb so gescheit wären wie du, könnte ich mich glücklich preisen! Aber für diese Schwachköpfe sind der beste Lehrer und der beste Unterricht gerade gut genug! Und du, die du die Zierde jeder Akademie wärst, sollst deinen Geist brachliegen lassen, nur weil der Herr dich zur Frau gemacht hat! Ich beherrschte meine Wut und erinnerte ihn sehr ruhig an Dvorah, die wegen ihrer Weisheit zur Richterin Jisraels wurde, an Esther und ihre Klugheit, der die Juden in Persien ihr Leben verdankten, an Athalja, die als Königin das Nordreich Israel regierte, an die Königin von Sch'va, deren Klugheit selbst der weise König Schlomo geehrt hatte. Ich sprach von der klugen Kleopatra, die solche Männer wie Caesar und Marcus Antonius zu beherrschen gewußt hatte, und von der griechischen Sappho, die von allen als große Dichterin anerkannt wird. Er tat alles ab. Von den Heidenweibern wolle er gar nichts wissen und nicht reden, und Dvorah, Athalja und Esther seien Ausnahmen, die in alten Zeiten gelebt hätten. Der Herr aber habe die Frau dem Manne als Gehilfin beigegeben, wie es in der Torah stehe, und nicht als Meisterin. Der Herr habe geboten, daß der Mann über die Frau herrsche, denn wenn sie ihrem eigenen Willen folgte, würde sie wieder auf die Schlange hören und den Mann zur Sünde verlokken und ins Elend führen, wie unsere Urmutter Chava es getan hat – und wie es meine hübsche Mirjam offensichtlich immer noch versuche, denn sonst wäre ich sicherlich nicht mit einem solchen Anliegen zu ihm gekommen! Nachdem er mir die Schriftstellen hochtrabend an den Kopf geworfen hatte, sagte er noch beiläufig und fast entschuldigend, daß er es im übrigen nicht vor seiner Frau rechtfertigen könne, wenn er dir den Zutritt zur Bibliothek gewährte und ihr nicht. Sie würde ihm sonst die Hölle heiß machen. Außerdem brauche er ein Refugium, wo seine Frau nicht hinkäme. Und dann sagte er, er müsse jetzt zu den Kranken, und verschwand. Das ist alles."

Ich war wie vor den Kopf geschlagen. Das konnte der kluge und freundliche Jochanan ben Ga'alyahu doch nicht gesagt haben! Ein Blick in Jehudas traurig-mitleidvolle Augen bestätigte die unglaubliche Wahrheit. In den Augen dieses Arztes war ich nichts als eine hübsche, dumme Ehefrau, die ihren Mann zu versorgen, zu bedienen und ihm gesunde Söhne zu gebären hatte – und so dumm hatte ich auch zu bleiben.

„Ich mußte ihn ziehen lassen und konnte nichts mehr sagen", fuhr Jehuda fort. „Aber ich lasse nicht locker – heutzutage dürfen auch jüdische Frauen gebildet sein! Ich werde noch einmal mit ihm darüber reden!"

Endlich fand ich die Sprache wieder. „Unsinn", sagte ich, „was willst du mit ihm diskutieren? Er hat ja deutlich genug zu erkennen gegeben, was der eigentliche Grund ist: Er hat Angst vor seiner Frau. Und er will von ihr in Ruhe gelassen werden. Ich kann es ja verstehen! Ich bin schließlich den ganzen Tag gezwungen, ihr dummes Geplapper zu ertragen! Er kann sich in die Bibliothek zurückziehen. Ich muß ein freundliches Gesicht machen und zuhören!"

„Aber Mirjam!" Jehuda sah mich ganz erstaunt an. „So schlimm kann Bathscheva doch nicht sein. Sie ist so großmütig und gutherzig! Denke nur daran, wie freundlich sie uns aufgenommen und was sie dir alles geschenkt hat!"

„Ich wollte, sie würde ihre Sachen behalten und mich in Ruhe lassen! Ich weiß, sie ist großherzig und gutmütig. Aber sie ist auch eine Plage, ein unerträgliches Klatschweib, und glaubt, sich in alles einmischen zu dürfen. Du mußt dich natürlich nicht mit ihr abgeben. Du grüßt sie morgens, nickst ihr im Vorübergehen zu – und das ist alles. Dich läßt sie in Ruhe – du bist ja auch ein Mann! Aber mir glaubt sie etwas Gutes zu tun, wenn sie mich unter ihre Fittiche nimmt und mir den Kopf mit Weibergetratsch vollstopft. Sie vergällt mir den ganzen Tag. Hier ist es noch schlimmer als bei dir auf dem Dorf! Immer sitze ich in diesem Haus und komme niemals heraus! 'Tiberias ist viel zu gefährlich für eine Frau!' Zu Hause konnte ich ausreiten und in den Bergen herumstreifen. Selbst in Dovrat konnte ich manchmal auf den Tavor steigen oder mich auf dem Abhang irgendwo hinsetzen und in die Weite schauen! Hier sitze ich wie angekettet und mit einer dummen, geschwätzigen Frau als einziger Gesprächspartnerin! Du wirst ja immer häufiger fort sein!"

Mit diesen Worten brach sich meine ganze aufgestaute Wut und Enttäuschung Bahn. Bisher hatte ich mir die Langeweile des Alltags mit der Aussicht auf die Bibliothek versüßen können. Über Bathschevas erdrückende Fürsorge tröstete ich mich mit der Hoffnung,

ebenfalls zu den abendlichen Gesprächen bei Jochanan ben Ga'alyahu geladen zu werden. Jetzt aber gähnte mir ein öder, grauer Alltag entgegen, der aus Kochen, Putzen und Waschen bestand – und dem endlos um die gleichen Dinge kreisenden Geplapper Bathschevas. Jehuda würde nicht einmal mehr die Abende mit mir verbringen, sondern in der Bibliothek studieren oder mit Jochanan ben Ga'alyahu und seinen Freunden zusammensitzen.
„Aber Mirjam, wie kannst du nur so reden! Bisher hat es dir doch in Dovrat und auch hier gefallen. So harsch habe ich dich noch nie erlebt. Du bist doch meine süße kleine Mirjam und keine keifende Kratzbürste! Du bist jetzt nur enttäuscht wegen der Bibliothek, und das kann ich verstehen. Aber das wird sich legen, und wir werden eine andere Lösung finden."
„Bitte, Jehuda, laß uns eine andere Stelle suchen! Für dich ist es doch auch eine Qual, diese Rachim und Hohlköpfe zu unterrichten. Und ich halte es hier nicht mehr aus! Wenn ich in diesem Haus bleiben muß, werde ich noch verrückt."
„Mirjam, beruhige dich doch! Wir können das hier doch nicht alles aufgeben! Du weißt doch selbst, wie lange ich damals nach einer Stellung gesucht habe. Wovon sollen wir denn leben? Ich muß doch an dich und meine Geschwister denken! Wir haben keine Ersparnisse. Ich kann hier nicht fort – nicht jetzt jedenfalls. Vielleicht später. Ich werde durch Jochanan ben Ga'alyahu mit anderen wohlhabenden Männer zusammentreffen, die vielleicht einen Lehrer für ihre Söhne brauchen. Wenn sie mich erst kennengelernt haben, wird sich sicher die eine oder andere Gelegenheit auftun, und wir werden hier wegkommen. Aber jetzt geht es nicht."
„Aber wir haben doch Vaters Geld! Es liegt noch immer in unserem Versteck in Dovrat! Wir könnten ..."
„Mirjam, ich habe dir damals gesagt, daß ich dieses Geld niemals anrühren werde. Das gilt heute noch genauso und wird auch in Zukunft nicht anders sein. Bitte erwähne das Geld deines Vaters nie mehr! Laß mich noch eines sagen: Ich habe dich nicht geheiratet, weil du die Tochter reicher Eltern warst. Und du hast gewußt, daß ich nichts besaß. Wir haben einander geheiratet, weil wir uns liebten! Und das allein soll das Entscheidende zwischen uns bleiben und nicht, wieviel Geld wir haben oder wieviele Schriftrollen wir uns leisten können oder wie schnell ich eine neue Anstellung finde."
Er nahm mich in die Arme und hielt mich fest. Jehuda hatte so recht. Und doch wünschte ich schuldbewußt, er würde nicht ganz so unerbittlich von nie und niemals sprechen und die Dinge – vor allem Vaters Mitgift – praktischer sehen. In seiner Umarmung weinte ich

meinen Kummer über die kommenden Tage, Wochen, Monate und vielleicht Jahre heraus, die in trostloser Gleichförmigkeit vor mir lagen. Irgendwann hatte ich keine Tränen mehr. Ich schlief vor Erschöpfung in seinen Armen ein.
In den darauffolgenden Tagen kreisten meine Gedanken in einem endlosen Wirbel aus Wut, Verzweiflung, Trotz und Ohnmacht um die verbotene Bibliothek, um Jochanan ben Ga'alyahus echte oder vorgeschobene Gründe und um Jehudas starrsinnige Weigerung, das Geld meines Vaters anzurühren, um anderswo ein neues Leben anzufangen. Ich war wie betäubt. Meine Hände verrichteten die gewohnte Arbeit, während die Gedanken im Kopf rasten, ohne daß ich einen Ausweg fand. Ich war eingesperrt in dieses Haus, dessen Bibliothek ich nicht betreten durfte, ich war angewiesen auf Jehuda, der meine Mitgift verwarf und darum von Jochanan ben Ga'alyahu abhängig war, und ich war Bathschevas piepsender Stimme ausgeliefert, die Tag für Tag über mich hereinbrach.
Etwa drei Wochen später blieb meine monatliche Blutung aus. Angst packte mich. Ein Kind – hier, in diesem Hause, ausgerechnet jetzt? Ich schob jeden Gedanken an eine Schwangerschaft weit von mir. Ich beschwichtigte den ersten Schreck mit der Erinnerung an die vielen Erzählungen von Jehudiths Nachbarinnen, wie trügerisch das glückverheißende Ausbleiben der Blutung oft war. Krankheit, eine vorübergehende Schwäche, schlechte Ernährung, selbst ein böser Geist konnten der Grund dafür sein. Ich hielt es für Schwäche, denn in der letzten Zeit war ich oft sehr schnell müde und erschöpft. Die Hausarbeit ging mir schwer von der Hand, und ich mußte mich anstrengen wie nie zuvor. Das Essen schmeckte mir nicht mehr. Ich hatte wohl auch Gewicht verloren, denn meine Kleider hingen sehr lose an mir. Ich schob es auf die tiefe Enttäuschung, die mich nicht mehr verlassen hatte, seit Jochanan ben Ga'alyahu mir endgültig den Zugang zur Bibliothek verwehrt hatte.
Als auch die darauffolgende und die übernächste Blutung aussetzte, begann ich mir ernsthaft Sorgen zu machen. Ein Kind war das letzte, was ich in dieser Situation, in diesem Haus wollte. Ich verheimlichte das Ausbleiben der Blutung vor Jehuda und auch vor Bathscheva, selbst vor Merav. Ich verspritzte Blut von frisch geschlachteten Tauben auf meiner Wäsche, erklärte mich zur gegebenen Zeit für unrein und tat meine Kleider in den Verschlag für unreine Dinge. Einmal ertappte ich Bathscheva dabei, wie sie in diesem Verschlag wühlte. Bathscheva war neugierig, was die großen und kleinen Geheimnisse der Leute betraf. Ich lachte in mich hinein – meine Geheimnisse würde sie erst erfahren, wenn ich es wollte. Aber mich quälte die

Unsicherheit über meinen Zustand. Ich glaubte nicht mehr an eine vorübergehende Schwäche. Aber ich konnte und wollte auch nicht glauben, daß ich schwanger war. Schwanger! Damit wären wir endgültig an das Haus des Arztes Jochanan ben Ga'alyahu gefesselt – und ich auf das Dasein einer gehorsamen Ehefrau und Mutter beschränkt! Allein, ohne Amme, ohne Kindermädchen, würde ich statt zu lesen und zu studieren von nun an waschen, füttern, kleiden, Kinderspiele spielen – und jedes Jahr einen neuen schreienden Säugling im Arm halten.

Ich mußte mir Gewißheit verschaffen und zu einer der weisen Frauen in Tiberias gehen. Ich hatte nicht die üblichen Beschwerden – mir war nicht übel, ich hatte noch nicht zugenommen. Aber das brauchte nichts zu bedeuten.

An einem Tag, an dem Bathscheva wieder einmal zum Großputz aufrief und die Knechte und Mägde herumscheuchte und dabei selbst kaum zu Atem kam, entließ ich Merav nach Hause und schlüpfte durch eine kleine Lücke in der Außenmauer nach draußen. Durch die seltenen Spaziergänge mit Jehuda kannte ich mich ein wenig in den Straßen von Tiberias aus. Trotzdem mußte ich mich einige Male bei Passanten nach der kleinen Gasse erkundigen, in der die Frau wohnte, die ich suchte. Ich hatte ihren Namen bei Unterhaltungen zwischen Bathscheva und ihren Nachbarinnen aufgeschnappt. Es war nicht die Hebamme, die Bathscheva bei ihren Geburten beigestanden hatte. Diese Frau kam von vornherein nicht in Frage, weil sie Bathscheva noch immer nahestand und ihr einen Besuch von mir mit Sicherheit zugetragen hätte. Nein, es handelte sich um eine Frau, von der man nur hinter vorgehaltener Hand sprach. Sie hatte einen üblen Ruf. Keine ehrbare Frau würde sie offen zu sich rufen. Aber man bemühte sie, wenn ein voreiliges Mädchen wieder zur 'Jungfrau' gemacht werden mußte, damit in der Hochzeitsnacht das 'Blut der Unschuld' fließen konnte. Man munkelte auch, daß sie unglücklichen Mädchen und Frauen beistand, die ihre Frucht nicht austragen wollten. Zu dieser Frau also eilte ich, begleitet von der panischen Angst, es könnte mich jemand erkennen, obwohl ich tief verschleiert war.

Ich hatte Glück und traf die Frau allein in ihrem Haus an. Ich war überrascht, als ich Silpa sah. Ich hatte mir eine unheimliche, zahnlose, schmierige Alte vorgestellt, die in einem schmutzigen Stall mit ebenso schmutzigen Gerätschaften und Fingern mich abtasten und dabei Beschwörungen murmeln würde. Statt dessen stand eine noch junge, vierschrötige Frau vor mir, die mich, nachdem sie die Tür hinter mir geschlossen hatte, erst mißtrauisch, aber dann mit offenem, klarem Blick musterte und mich nach meinen Wünschen fragte. Wir befanden uns in einem nicht gerade hellen, aber doch erkennbar sauberen und aufgeräumten Raum, dessen Wände mit Regalen gesäumt waren, auf denen sich dicht an dicht kleine Krüge reihten, wie man sie zur Aufbewahrung von Kräutern und Heilpflanzen benutzt. Auf einem Seitentisch lagen Kräuter zum Trocknen aus. Sie verströmten einen so starken süßen und würzigen Duft, daß es mir fast den Atem nahm. Vielleicht war es auch die Erleichterung nach der großen Anspannung – denn mir zitterten die Knie, und ich mußte mit den Händen Halt suchen. Mit einem schnellen, festen Griff hatte sie mich umfaßt und führte mich zu einer Liege. Dieser Frau konnte ich vertrauen.

Ich berichtete ihr von dem Ausbleiben der Blutung und erzählte auch von der mangelnden Eßlust und der ständigen Erschöpftheit und Mattigkeit. Ich bat sie, mich zu genau zu untersuchen und festzustellen, ob ich schwanger war oder nicht. Sie nickte, nannte mir ihren Preis, der nicht so hoch war, wie ich befürchtet hatte, dann begann sie ihre Untersuchung. Sie betastete gründlich meinen Bauch, legte ihr Ohr darauf und befragte mich eingehend nach meinem körperlichen Befinden und meinen Lebensgewohnheiten. Sie arbeitete sorgfältig, sachlich und offensichtlich mit großer Erfahrung.

„Es ist schwer, so früh schon etwas Endgültiges zu sagen. Aber es deutet alles darauf hin, daß du tatsächlich guter Hoffnung bist. Ich meine, Bewegungen in deinem Bauch wahrgenommen zu haben. Hast du nicht selbst schon manchmal hier Ziehen oder Zerren gespürt?"

Natürlich hatte ich diese Bewegungen gespürt, aber mein sonst so scharfer Verstand hatte sich geweigert, sie richtig zu deuten. Ich wollte nicht schwanger sein, ich wollte kein Kind, nicht jetzt – und wie blind hatte ich alles mißachtet, was mir die Schwangerschaft bestätigen konnte.

„Es ist dein erstes Kind, nicht wahr?" fuhr Silpa mit wärmerer Stimme fort. „Du bist verheiratet und auch nicht gerade arm. Da könntest du ein freudigeres Gesicht machen! Hast du so große Angst vor der Geburt?"

„Ich weiß es noch nicht. Was soll ich sagen – ich will kein Kind, nicht jetzt!"

Sie blieb still.

„Würdest du mir helfen, wenn ich das Kind nicht behalten will?"

„Immer kommt ihr erst, wenn es zu spät ist!" sagte sie in bitterem Ton. „Weißt du nicht, daß es einfacher und schmerzloser ist, ein Kind zu verhüten, statt es zu töten? Ich hasse es, etwas Lebendiges, das genauso leben will wie du und ich, zu morden. Denn Mord ist es, darüber solltest du dir im klaren sein!"

Wie Ohrfeigen klatschte sie mir ihre Worte ins Gesicht.
„Aber du würdest mir helfen?" beharrte ich.
„Du müßtest mir schon sagen, warum ich ausgerechnet dir helfen soll. Du bist gesund, verheiratet, und dein Mann kann das Kind ernähren. Oder will er kein Kind?"
„Doch, natürlich", entfuhr es mir, und im selben Augenblick bereute ich, daß ich mir dieses Argument selbst aus der Hand geschlagen hatte. Es half nichts – ich mußte ihr die Wahrheit sagen.
„So einen Grund habe ich bisher noch nie gehört", sagte sie endlich, als ich fertig war. „Ich kann dazu jetzt nichts sagen. Ich muß es mir erst in Ruhe durch den Kopf gehen lassen. Und auch du solltest noch einmal reiflich darüber nachdenken – mindestens eine Woche. Vorher will ich dich nicht sehen!"
Es blieb mir nichts anderes übrig als zu gehen. Unbemerkt, wie ich gekommen war, gelangte ich wieder nach Hause und schlüpfte durch die Lücke in unseren kleinen Garten. Jehuda war noch beim Unterricht, und Bathschevas hohe fistelnde Stimme schrie immer noch Befehle an das schwitzende und stöhnende Gesinde.
Schwanger. Ich war wie betäubt. Hätte man mir mein Todesurteil verkündet, ich hätte nicht verzweifelter sein können. Es war ja auch wie ein Todesurteil, nur daß ich eine lebende Tote sein würde – eingesperrt im Haus des Jochanan ben Ga'alyahu, seinem geschwätzigen Eheweib ausgeliefert, bedrängt von saugenden und schreienden kleinen Kindern, die meinen Geist erstickten und keinen Raum mehr ließen für das, was mir wirklich wichtig war.
Silpa hatte von Mord gesprochen – von Mord an dem kleinen Wesen, das in mir wuchs. Aber war es nicht auch Mord, daß ich wie eine Sklavin an ein Leben in härtesten und engsten Ketten geschmiedet war? Ja, es war Mord – Mord an meiner Seele. In meiner Verzweiflung fing ich an zu beten. Aber ich fand keine Ruhe. Ich hörte immer nur die Worte: 'Du sollst nicht töten – du sollst nicht töten!' Aber ich wußte nicht, wer nicht getötet werden durfte. Das Kind in meinem Bauch oder ich selbst.
Als Jehuda abends heimkehrte und mich umarmte, kam mir eine Idee. Ich wartete ab, bis er seinen täglichen Ärger über die trägen und faulen Schüler losgeworden war. Als wir dann friedlich beieinandersaßen, umfaßte ich ihn und sagte etwas sorgenvoll:
„Jehuda, du würdest sicher nicht so unter deinen Schülern leiden, wenn wir selbst Kinder hätten. Sicher wünschst du dir so sehnlichst Kinder wie ich! Aber es gibt noch immer kein Zeichen! Ich habe Angst, daß ich unfruchtbar bin!"

Wieder log ich – und völlig bedenkenlos. Ich mußte herausfinden, wie Jehuda über Kinder dachte. Wir hatten bisher kaum darüber gesprochen.
Jehuda strich mir sanft über die Wangen. „Mach dir deswegen keine Gedanken! Wir werden schon noch Kinder bekommen. Du bist noch so jung! Denk an all die Aufregungen bei unserer Heirat, erst eine fremde Umgebung in Dovrat, dann in Tiberias! Immer neue Menschen und neue Aufgaben für dich. Wenn du zur Ruhe gekommen bist, wirst du schon empfangen!"
„Aber du? Bedauerst du es nicht, daß wir keine Kinder haben? Sehnst du dich nicht nach einem kleinen Sohn oder einer kleinen Tochter?"
„Mirjam, ich bin froh, daß ich dich habe! Ich bin so glücklich mit dir! Es ist schön, daß wir noch eine Weile für uns sein können! Ich glaube, ich wollte jetzt noch gar keine Kinder! Sie würden uns in unserem Glück nur stören! Wir sollten dem Herrn dankbar dafür sein! Warum sollte ich mich nach Kindern sehnen, die alles nur besabbern und naß machen und mich mit ihrem Geschrei keinen klaren Gedanken finden lassen?"
Er lachte. „Schau nicht so entsetzt – natürlich werde ich mich über Kinder freuen! Der Herr hat gesagt: Seid fruchtbar und mehret euch! Aber ich fühle mich immer etwas hilflos, wenn mir Säuglinge in den Arm gelegt werden und wenn ich Dididi oder Dadada machen soll! Solange ich mit Kindern nicht vernünftig reden kann – und das beginnt frühestens mit vier, fünf Jahren –, weiß ich nichts mit ihnen anzufangen. Ich glaube, ich habe zu oft meine jüngeren Geschwister hüten und auf die Schule und die Torah verzichten müssen, um dem noch etwas abzugewinnen! Wie gut, daß du dich um die Kinder kümmern wirst, wenn es einmal soweit ist. Vielleicht können wir uns dann auch eine Amme und später ein Kindermädchen leisten!"
Es war merkwürdig. Im dem Augenblick, als Jehuda so offen und klar seine Abneigung gegen kleine Kinder kundtat, hüpfte und kollerte es in meinem Bauch – als wollte sich dieses winzige Wesen gegen seine Worte wehren. Ein ungläubiges Staunen packte mich. Es war ja wirklich lebendig, was sich da in meinem Bauch regte! Ein kleiner Mensch bewegte sich und brachte strampelnd seinen Protest zum Ausdruck. Ja, es war lebendig und etwas ganz Eigenes, Eigenwilliges, was da in mir heranwuchs – und doch zugleich so hilflos! Wie seltsam und wunderbar! Dann flutete eine Welle der Zärtlichkeit in mir hoch. Nein, diesem kleinen Geschöpf durfte nichts geschehen! Es war mir anvertraut und ich mußte es beschützen! Schützen vor Jehudas Abneigung und Abwehr – und schützen auch vor meiner Angst, die es mich nur

als Fessel, als Bürde hatte sehen lassen. Eine große Ruhe und Stille breitete sich in mir aus.
Wie konnte es geschehen, daß dieses Etwas im Bauch mir eben noch so fremd, unheimlich und lästig erschienen war und im nächsten Augenblick so kostbar, schützenswert und unendlich nahe? Es war unmöglich, dieses Geheimnis zu ergründen. Aber ich kostete es, schmeckte es, ließ mich ganz von seinem Zauber umfangen. Die Entscheidung war von selbst gefallen. Und auf einmal war alles ganz leicht. Dieses lebendige Etwas war mein Kind, und ich würde es zur Welt bringen und aufziehen. Mochte es anfangs auch nur lallend und schmatzend an mir hängen: Es war ein neues Leben, etwas Wunderbares – so wunderbar wie die Erschaffung allen Lebens überhaupt.
Ich schaute zu Jehuda hinüber. Mein plötzliches Schweigen schien ihm gar nicht aufgefallen zu sein. Er hatte keine Antwort von mir erwartet. Aber ganz sicher würde auch Jehuda erkennen, welches Wunder uns geschenkt worden war. Er würde die Bewegungen des Kindes zwar nicht unmittelbar spüren wie ich, aber er konnte es wie Silpa mit seinen Ohren hören und mit seinen Händen fühlen. Und wenn das Kind erst da war, würde er selbst sehen und verstehen. Jetzt dachte er noch wie ich nur wenige Augenblicke zuvor. Aber für mich hatte der Gedanke an ein sabberndes, vernunftloses Bündel Fleisch seinen Schrecken verloren. Sicher, anfangs würde das Kleine hilfloser und dümmer sein als jeder Welpe, jedes Fohlen oder jedes Kätzchen. Es würde an mir hängen, meine ganze Aufmerksamkeit beanspruchen, mir keine Zeit mehr zum Lesen und Studieren lassen. Es würde kein ruhiges Gespräch mehr mit Jehuda erlauben. Es würde mich an das Haus des Jochanan ben Ga'alyahu binden, weil Jehuda auf diese Stellung angewiesen war. Aber diese bisher alles beherrschende und Widerwillen einflößende Vorstellung war auf einmal zu einer bedeutungslosen Nebensächlichkeit geschrumpft. Ein neuer Mensch begann sein Leben, ein Kind kam auf die Welt! Und ich durfte von Anfang an dabeisein und zusehen, wie es wuchs und sich entfaltete, ich durfte erleben, zu welchem Menschen es sich entwickelte. Welchen Samen hatte der Herr in meinen Leib gesenkt? Was für ein Kind würde er uns schenken? Welche Begabungen würde es haben? Würde es klug und scharfsinnig werden oder tatkräftig und lebenspraktisch – oder vielleicht beides? Würde es groß oder klein werden, schön oder häßlich, ein Junge oder ein Mädchen, würde es wild herumtoben oder mehr still seinen Gedanken nachhängen? Fragen über Fragen würde uns dieses neue Lebewesen stellen. Es war kein Ersatz für die Bibliothek und die Bücher, die ich studieren wollte. Es war viel, viel mehr: es war das Leben selbst, das ich studieren würde! Wie dumm hatte ich

geglaubt, daß man nur aus bereits vorhandenen Büchern, Schriften und Bibliotheken lernen könnte! Ich würde mein Kind genau beobachten, ich würde sein Wachstum verfolgen und aufschreiben, jeden Tag würde ich seine Fortschritte und kleinen Eigenheiten festhalten und meine eigenen Gedanken dazu vermerken. Ich würde wie die ersten Philosophen meine eigenen Schriften schreiben und mir meine eigene Bibliothek erschaffen! Als ob die Menschen nicht gedacht hätten, als es noch keine Bücher gab! Wie waren denn sonst die ersten Bücher entstanden!

Die Freude auf mein Kind verwandelte mich wieder in die lebensfrohe und tüchtige Mirjam, die ich zu Beginn unserer Ehe und in den ersten Monaten in Tiberias gewesen war. Jehuda, der mich in den vergangenen Wochen manchmal besorgt gemustert und gefragt hatte, ob ich mich nicht überarbeitet hätte, weil ich so müde aussähe, blieb nicht verborgen, daß eine Veränderung mit mir vorgegangen war.

„Du bist so schön und strahlend", sagte er oft. „Ich glaube, jetzt hast du dich doch gut eingelebt."

Ich sagte nichts dazu und behielt den Grund meiner Freude für mich. Erst als die nächste Blutung ausblieb, teilte ich ihm dies überglücklich mit. Ich stellte mich dabei etwas unsicher, so wie man es beim ersten Ausbleiben der Blutung ja auch ist.

Jehuda zog mich in seine Arme. „Ist es wahr? Du bist schwanger?" fragte er. Aber er freute sich nicht. „Wir sollten eine Hebamme kommen lassen, die dich gründlich untersucht. Bathscheva wird uns sicher eine vertrauenswürdige Person nennen können. Wenn die Hebamme bei dir war, werden wir wissen, ob der Herr unser Haus gesegnet hat!"

Die Hebamme, die mir Bathscheva freudestrahlend zuführte, bestätigte meinen 'Verdacht'. Bathscheva kümmerte sich rührend um mich. Sie sandte mir eine Magd, die mir die schwere Arbeit abnehmen sollte, die mir trotz Merav blieb. Täglich schickte sie mir Leckerbissen, kleine Kuchen und Früchte, um mich und das Kind zu stärken. Sie selbst kam jeden Tag und erkundigte sich besorgt, wie ich die Nacht verbracht hatte: „Kein Erbrechen, keine Übelkeit, keine Rückenschmerzen?" Sie beruhigte sich erst, wenn ich ihr strahlend versicherte, daß es mir noch nie so gut gegangen sei. Ich fühlte mich stark und kräftig und zu jeder Arbeit fähig und bereit. Aber es war vergebens, Bathscheva davon zu überzeugen.

„Du mußt essen, mein Kind! Du bist ja so schmal und leicht wie ein Vögelchen! Denk daran: du mußt jetzt für zwei essen!" Dann häufte sie meinen Teller noch einmal voll. Nur mit Lachen und freundlicher Abwehr konnte ich mich ihrem unablässigen Drängen entziehen, mehr

und immer mehr zu essen. Hätte sie gewußt, daß ich mich mit meinem immer noch völlig schlanken Körper bereits im vierten Monat befand, hätte sie mich erbarmungslos wie eine Gans gemästet.
Ich war so glücklich, daß selbst Bathscheva mich nicht mehr aus der Ruhe bringen konnte. Im Gegenteil, ich nahm ihre Anteilnahme, ihre Güte und ihre Aufmerksamkeiten dankbar entgegen. Bathscheva hatte nichts für 'das Wunder des Lebendigen' übrig, wenn sie an Schwangerschaft und Geburt dachte. Für sie war es das Natürlichste auf der Welt: Es war die Bestimmung der Frau, den Samen des Mannes zu empfangen und die Frucht auszutragen. Und wenn sie ihm Kinder und vor allem Söhne gebar, errang sie Ehre und Ansehen, denn der Herr zeigte ihr seine Gnade. Aber in der Freude und Sorge um das werdende Kind waren wir auf neue Weise miteinander verbunden.
Als feststand, daß ich schwanger war, schrieb Jehuda sofort seiner Mutter. Jehudiths Antwort kam umgehend. Sie drängte mich, 'nach Hause', nach Dovrat zu kommen. Ich sollte im Schoß der Familie mein Kind zur Welt bringen. Am besten, ich käme auf der Stelle. Die Ruhe und die gute Luft am Tavor würden mir und dem Kind besser bekommen als das staubige, lärmige Tiberias. Ich wollte nicht. Ich wollte bei Jehuda bleiben. Er war meine Familie. Aber auch Jehuda hielt es für besser, daß ich die Zeit der Schwangerschaft und Geburt bei seiner Mutter verbrachte.
„Ich kenne mich in Frauendingen nicht aus, Mirjam. In deinem Zustand bist du sicherlich besser bei Mutter aufgehoben. Sie freut sich auf dein Kommen! Das befreit dich auch von der Gegenwart Bathschevas, über die du dich doch ständig beklagst!"
„Aber ich will bei dir bleiben! Ich will nicht nach Dovrat! Es geht mir hier gut! Und es ist doch auch dein Kind! Willst du nicht miterleben, wie das Kind heranwächst?"
Er blickte mich verständnislos an. „Aber natürlich werde ich erleben, wie das Kind heranwächst! Wenn du nach der Geburt wieder zu Kräften gekommen bist, hole ich dich wieder!"
„Das meine ich nicht. Willst du nicht miterleben, wie sich das Kleine im Bauch bewegt und wie es auf die Welt kommt?"
„Mirjam! Was soll ich dabei? Ich bin ein Mann! Das ist doch Frauensache! – Geh lieber zu Mutter. Du siehst doch, wie sie sich auf einen Enkel freut! Sie kann sich viel besser um dich kümmern als ich oder Bathscheva!"
Ich setzte meinen Kopf durch und blieb in Tiberias. Aber obwohl oder gerade weil ich bei Jehuda blieb, fühlte ich in seiner Gegenwart manchmal einen merkwürdigen Zwiespalt. Ich freute mich auf das Kind – auf das Neue, das Andere, das in mir heranwuchs. Für Jehuda bedeu-

tete es einen Zuwachs für die Familie – für ihn war es das erste Kind einer neuen Generation. Und Schwangerschaft und Geburt waren Dinge, um die sich die Frauen der Familie, allenfalls noch die Hebamme zu kümmern hatten, die ihn selbst aber nicht weiter betrafen. Um das kleine Wesen selbst machte er sich keine Gedanken. Jehuda war liebevoll und aufmerksam zu mir, erkundigte sich noch fürsorglicher und häufiger als sonst, ob ich mich auch wirklich wohl fühlte – eine völlig überflüssige Frage bei meinem strahlend glücklichen Aussehen. Aber keine Bemerkung, keine Frage galt dem Kind in meinem Bauch. Er verhielt sich, wie sich wohl schon mein Vater verhalten hatte und nicht anders als die meisten Männer auch. Trotzdem war ich irgendwie enttäuscht.

Als es die vorgespiegelte Dauer der Schwangerschaft erlaubte, daß ich die Bewegungen meines Kindes laut verkündete, nahm ich anfangs ein paar Mal Jehudas Hand und legte sie auf meinen Bauch, damit er selbst das neue Leben spüre. Aber er zog seine Hand jedesmal schnell wieder zurück und rutschte dann von mir fort. Fast schien es, als schreckte er vor der Berührung mit etwas Unreinem zurück. Aber ich wollte es erzwingen. Als wir einmal nachts beieinanderlagen und wegen der Hitze nicht einschlafen konnten, tanzte das kleine Lebewesen in mir auf und ab. Ich griff schnell nach Jehudas Hand.

„Spür doch, es bewegt sich wieder!“

Jehuda riß seine Hand los.

„Bitte laß mich doch mit diesen Dingen in Ruhe! Immer wenn ich deinen Bauch berühren soll, komme ich mir vor, als hätte ich es mit einem trächtigen Tier zu tun! Was reitest du auf einmal ständig auf diesen körperlichen Vorgängen herum? Man redet doch auch nicht dauernd von seiner Verdauung! Und dieses ‘kleine Wesen’, von dem du immer sprichst! Wir müssen dem Herrn danken, daß er uns in seiner Gnade und Güte ein Kind schenken will. Aber bedenke – das Ungeborene hat noch nicht teil am Geist des Herrn! Es ist nichts als ein Klumpen Fleisch – ohne Verstand und ohne jegliche menschliche Empfindung! Wenn es einmal geboren und verständig genug ist, die Lehren und Gebote des Herrn zu empfangen, dann wirst du schon sehen, wie ich mich um unseren Sohn – so der Herr uns gnädig ist – kümmern werde!“

„Aber es ist unser Kind, Jehuda! Ein neues Leben – ein Geschenk des Herrn und wunderbar!“

„Das ist jedes heranwachsende Tier im Bauch seiner Mutter auch. Aber wir sind Menschen und die einzigen, denen der Herr seine Gebote verkündet hat. Solange ein Kind unfähig ist, die Gebote des

Herrn zu lernen und zu verstehen, solange ist es kaum besser als ein Tier."

„Aber Jehuda ..."

„Mirjam, ich bin sehr müde und habe morgen einen anstrengenden Tag vor mir. Bitte laß uns ein andermal darüber reden."

Jehuda drehte sich von mir ab, und nach wenigen Augenblicken hörte ich seine Atemzüge langsamer und tiefer werden und bald darauf in ein sanftes Schnarchen übergehen.

Ich verstand nicht, warum Jehuda nicht begriff und nicht begreifen wollte. Seine Worte klangen in mir nach: 'Ein Klumpen Fleisch – kaum besser als ein Tier ...' Ab wann war der Mensch denn Mensch? Erst wenn er geboren war – oder sogar erst, wenn er die Gebote studiert hatte? Woher nahm Jehuda seine Gewißheit? Das wurmte mich am meisten: daß er nicht einmal bereit war, in Betracht zu ziehen, daß er sich irren könnte. Er war ja nicht einmal bereit, mit mir darüber zu sprechen! Oder war ich es, die sich irrte? Lehrten die Rabbanim nicht, daß ein Mensch, der in der Torah unterwiesen ist, Vorrang vor dem hat, der das Gesetz nicht kennt? Hat nicht sogar ein gesetzeskundiger Bastard Vorrang vor einem unwissenden Hohepriester? Aber auch wenn der Gesetzesunkundige nur einen geringen Rang hatte, so war er doch ein Mensch. Und selbst ein lallender Säugling war ein Mensch und kein Tier! Hatte der Herr nicht erst am sechsten Tag Adam und Chava nach seinem Bild geformt, nachdem alle Tiere erschaffen waren? Und Adam und Chava hatten noch nichts von den Geboten gewußt! Und trotzdem war ihre Erschaffung einem besonderen Tag vorbehalten! 'Und der Herr sah, daß es gut war ...' Wenn es dem Herrn so viel bedeutete, Menschen seinen Lebensodem einzuhauchen – warum sollte es dann nicht auch für uns bedeutend sein?

Dies alles wollte ich Jehuda am nächsten Tag sagen. Doch irgendwie kamen wir nicht dazu – auch nicht während der folgenden Tage und Wochen. Nie gelang es mir, Jehuda in ein Gespräch darüber zu ziehen. Er mußte arbeiten, er war müde, er mußte ins Herrenhaus zu Jochanan ben Ga'alyahu. Jehuda verbrachte die Abende immer öfter nicht bei mir, sondern bei Jochanan ben Ga'alyahu oder dessen Freunden. Wenn ich dagegen aufbegehrte, sagte er verwundert und etwas vorwurfsvoll:

„Mirjam, ich weiß nicht, was du willst. Die ganze Zeit liegst du mir in den Ohren, daß ich mir eine andere Stelle besorgen soll. Aber wie soll ich denn eine finden, wenn ich immer bei dir hocke? Ich muß hinaus und Menschen kennenlernen und neue Freunde gewinnen. Dann werde ich auch eine neue Aufgabe finden!"

Ich war beschämt und schwieg still. Aber ein kleiner böser Gedanke begann in mir zu keimen und wuchs still und langsam zur Überzeugung heran: Jehuda wollte nur einer anstrengenden oder lästigen Auseinandersetzung mit mir aus dem Weg gehen. Es ärgerte mich gewaltig, daß er sich dem Gespräch einfach entzog. Wenn ich mich nach den Gründen fragte, schoben sich wie riesige, graue Regenwolken zwei Antworten nach vorne, gegen die ich mich anfangs heftig wehrte, weil sie – wenn sie zutrafen – Jehudas immer noch glanzvolles Bild in meinem Herzen verdunkelten. Wenn ich auf sie hörte, kam ich mir wie eine Verräterin an unserer Liebe vor. Die eine sagte: 'Er nimmt dich nicht ernst. Du bist für ihn noch immer die unmündige Schülerin, auf deren kindisches Gerede der Lehrer und Erwachsene nichts geben muß.' Die andere Antwort lautete: 'Er hat Angst. Er fühlt sich deinen Argumenten nicht gewachsen und weicht lieber aus.'
Jehuda ließ mich mit seinem Schweigen und mit meinen Antworten allein. Ich wußte nicht mehr, mit welchem Jehuda ich es zu tun hatte: dem ehrlichen, dem Herrn ergebenen Jehuda, der mich liebte, wie ich ihn liebte, oder einem stolzen, überheblichen Jehuda, der es wie der Arzt Jochanan ben Ga'alyahu nicht für nötig befand, die Worte seiner Frau ernst zu nehmen, oder einem feigen Jehuda, der es nicht ertragen konnte, daß seine Frau anders dachte als er. Mißtrauen gegen Jehuda hatte sich eingeschlichen und trieb immer tiefere Wurzeln. Als er das Kind einen Klumpen Fleisch nannte, hätte er irgendein Fremder sein können. Wen liebte ich, wen hatte ich geheiratet? Den Jehuda, den ich zu kennen glaubte, oder einen fremden Mann, bei dem ich erst herausfinden mußte, ob er meines Vertrauens und meiner Liebe würdig war?
Weil ich nicht mehr wußte, woran ich war, begann ich, ihn zu beobachten und auf eine andere Weise als früher auf seine Worte zu achten. Ich beobachtete ihn nicht mehr mit blind liebenden Augen und Ohren, sondern – insgeheim und verstohlen – mit der kühlen und kritischen Wachsamkeit, mit der man die Vertrauenswürdigkeit eines Fremden prüft. Es war, als wäre ich einen Schritt von ihm weggetreten und sähe ihn nun – nicht mehr verwirrt durch seine Nähe – klarer, schärfer, aber auch mit kälterem Herzen. Ich wußte, es war Verrat – Verrat an unserer Liebe. Aber dieser Blick aus größerem Abstand war so neu, so faszinierend, daß ich mich nicht losreißen und wieder in die vertrauensvolle Nähe zurückkehren konnte, als hätte ich nichts wahrgenommen. Erst mußte ich dieses neue Bild gründlich erkunden. Mein unbeschäftigter Geist stürzte sich gierig auf Jehudas Worte, auf ihre offene oder verdeckte Bedeutung. Ich horchte auf den Klang seiner

Stimme, ich achtete auf seine Mimik und Gestik. Sagten sie dasselbe wie seine Worte, oder drückten sie etwas anderes aus?
Dann entdeckte ich kleine Nachlässigkeiten in seinem Verhalten. Ich hatte ihn zum Beispiel gebeten, mir vom Markt ein bestimmtes Garn mitzubringen. Als er zurückkehrte, brachte er mir zwar ein paar süße Kuchen mit, aber das Garn hatte er vergessen. Es war nur eine Kleinigkeit, aber ich ärgerte mich. Nicht nur über das fehlende Garn, sondern über seine Gedankenlosigkeit, die mir wie Rücksichtslosigkeit vorkam, denn ich war in solchen Dingen auf ihn angewiesen, da ich ja nicht allein auf den Markt gehen durfte. Über die Kuchen, um die ich nicht gebeten hatte, konnte ich mich kaum freuen. Jehuda merkte es und war seinerseits enttäuscht. Ein andermal hatte ich mit viel Liebe und Mühe ein Gewand für ihn gewebt und genäht – das Weben hatte ich von Jehudith gelernt. Er hatte sich sehr darüber gefreut und trug es mit Stolz, denn es war sehr schön gemustert. Eines Tages, als ich es in der Wäsche suchte, um es zu reinigen, fand ich es nicht. Als ich ihn fragte, stotterte er verlegen heraus, daß einer der Freunde Jochanan ben Ga'alyahus sein Gewand so bewundert hatte, daß er es ihm geschenkt hatte. Ich war wütend. Dieser Freund war ein stadtbekannter Geizhals – reich wie einst König Kroisos, was ihn aber nicht daran hinderte, sich von anderen, weniger reichen Leuten schenken zu lassen, ohne sich je zu einer Gegengabe veranlaßt zu sehen.
„Ich habe es ihm einfach nicht abschlagen können", sagte Jehuda. „Wenn man ihm einen Wunsch abschlägt, kann er sehr unangenehm werden. Ich wollte seinetwegen keine Schwierigkeiten mit Jochanan ben Ga'alyahu bekommen."
In die Wut, meine Liebesgabe so leichtfertig verschleudert zu sehen, mischte sich die Verachtung, daß Jehuda diesem verschlagenen Raffer aus Angst und Feigheit willfährig geworden war.
Dann erschrak ich wieder über meine kritischen Fragen, über mein heimliches Mißtrauen und mein kaltes Beobachten. Dann wollte ich alles wieder gutmachen, was ich in Gedanken an ihm gesündigt hatte, umarmte und küßte ihn ohne Unterlaß, daß er sich lachend meiner erwehren mußte. Ich setzte ihm alle seine Lieblingsgerichte vor, ohne innerlich über das endlose Werken in der Küche zu murren. Im Gegenteil: jedes Waschen, Schälen, Schneiden, Stampfen, Rühren verrichtete ich wie einen Liebesdienst, wie eine Buße, und fühlte mich glücklich dabei. Alles, was Jehuda tat und sagte, war gut und richtig, und ich liebte ihn. In solchen Phasen liebte ich ihn glühend, aus ganzem Herzen und mit ganzer Seele. Von einem Tag auf den anderen war dann dieses Hochgefühl verschwunden, und mein Kopf gewann wieder die Oberhand und setzte sein kühles Beobachten fort.

Mein kritischer Verstand fand reichlich Nahrung. Ich gelangte zu der traurigen Erkenntnis, daß mein mutiger, streitbarer Jehuda nur mutig und streitbar gegenüber weltoffenen, philhellenischen Juden wie meinen Eltern war, nicht aber gegenüber den buchstabengläubigen, engherzigen und frömmelnden Eiferern, die jedes Wort der Torah zu Stroh zerfaserten und jedem neuen, frischen Gedanken aus dem Weg gingen und ihn von vornherein als lästerliches Heidendenken verwarfen – erst recht, wenn er von einer Frau kam. Immer mehr geriet er unter den Einfluß von Jochanan ben Ga'alyahu und dessen Freunden. Was er dachte und sprach, speiste sich immer mehr aus ihrer Gedankenwelt – aus den politischen Vorstellungen der Zeloten. Es genügte ihm bald nicht mehr, das jüdische Volk durch Lehren und vorbildliches Handeln wieder zurück auf die Wege des Herrn zu bringen. Mit zunehmendem Eifer wetterte er gegen die übermäßige Macht der Gojjim und ihre verderblichen Einflüsse. Die Römer müßten wieder aus dem Land gejagt werden – und überhaupt müßte alles Fremde und Heidnische aus den Köpfen der Menschen verbannt werden. Vor allem das griechische Denken und Philosophieren richte üble Verwirrung an. Es verführe die Menschen dazu, sich zu überheben und den Gott ihrer Väter zu vergessen oder sogar zu verachten. Sie setzten sich frech an seine Stelle und wollten selbst wissen und entscheiden, was gut und böse sei! Darum sollte Griechisch gar nicht mehr gelehrt, griechische Bücher sollten am besten gar nicht mehr gelesen werden. Was Jochanan ben Ga'alyahu und seine Freunde dachten, das war ihm bald Wahrheit und Wirklichkeit. Anderen Gedanken wurde er immer unzugänglicher.
Wenn er die Abende außer Haus verbrachte, fielen mir beim Abschiednehmen die ungewohnt fahrigen und nervösen Bewegungen auf, die plötzlich hektische Sprechweise, die gepreßte, flache Stimme, und eine unbestimmte Angst ergriff mich, er könnte froh und erleichtert sein, endlich wegzukommen und von mir in Ruhe gelassen zu werden. War ich denn für ihn zu einer zweiten Bathscheva geworden? Eine ewig redende, fordernde und ihre Gegenwart aufdrängende Frau, die man zwar liebt, aber nur zu oft als lästig und anstrengend empfindet? Ich erschrak. Denn wenn ich mein eigenes Verhalten betrachtete, mußte ich entsetzt feststellen, daß ich mich abends tatsächlich wie eine ausgehungerte Hyäne auf Jehuda stürzte, ihn mit meinen Alltagserlebnissen und -widrigkeiten überschüttete, ihn dann ausfragte, oder besser verhörte, wie der Unterricht gewesen war, was seine Schüler wieder angerichtet hatten, was es im Herrenhaus zu essen gegeben hatte, wer als Gast dabei gewesen war, was jeder gesagt hatte, ob ihm mein Essen geschmeckt hatte, das ich ihm nach einem

Rezept Jehudiths zubereitet hatte. Und wenn wir dann im Studierzimmer saßen, machte ich seine Aufgaben zu meinen eigenen, versuchte alles an mich zu reißen, und verleidete ihm das Arbeiten zu Hause und in meiner Gegenwart. Ich hatte mich zu einer wahren Schwester Bathschevas entwickelt. So sehr, daß ich mich selbst verabscheute, als ich mich in diesem Spiegelbild wiedererkannte.
„Aber“, so fragte ich mich erbittert, nachdem sich das erste Entsetzen über diese Spiegelfratze gelegt hatte, „warum ist denn alles so gekommen? Wenn man mich nur in die Bibliothek gelassen hätte, wenn ich bei den abendlichen Gesprächen an Jochanan ben Ga'alyahus Tafel hätte mitreden dürfen, wenn ich nur eine Freundin mit ähnlichen Interessen wie ich gehabt hätte, dann wäre diese Verwandlung nie geschehen. Warum mußte ich denn so eingeschlossen wie eine Gefangene leben? Warum durfte ich nicht hinaus und Menschen kennenlernen, die besser zu mir paßten als Bathscheva und die Nachbarinnen? Warum durfte ich nicht an einer Akademie studieren und theologische und philosophische Fragen diskutieren, so selbstverständlich wie ein Mann? Warum mußte ich mich immer zu Hause verstekken, warum durfte ich mich mit nichts anderem als mit Kochen, Waschen, Putzen beschäftigen – und auf mein Kind warten? Warum durfte er so selbstverständlich alles von seinem Unterricht und seinen Problemen erzählen – ich aber nichts von dem Wachstum unseres Kindes? Warum durften Männer alles und Frauen nichts?
Ich spürte voll Wut und Schmerz, wie Jehuda mir entglitt, wie ihm Jochanan ben Ga'alyahu und seine Freunde wichtiger wurden als ich. Im Haus meiner Eltern war ich die einzige, die sich für ihn und seine Gedanken interessiert hatte. Das hatte ihn mir nahegebracht. Er hatte offener und ernsthafter mit mir gesprochen, als er es wohl sonst getan hätte. Nun hatte er in einen Kreis gleichgesinnter Männer zurückgefunden und brauchte mich nicht mehr, um seine Gedanken und Gespräche mitteilen zu können. Ich zählte nicht mehr. Ich war nur noch seine Frau, die sich um ihn, die kommenden Kinder und den Haushalt zu kümmern hatte. Ich fühlte mich alleingelassen, und wenn Jehuda kam, war ich meist nur noch mürrisch und gereizt.
Und doch konnte er mich noch glücklich machen, wenn ich in seinen Augen die Liebe zu mir aufleuchten sah. Noch verwirrte es mich, wenn ich bemerkte, daß er ungeduldig mit den Fingern schnippte, wenn wir abends im Studierzimmer saßen und über Probleme mit seinen Schülern sprachen und ich irgendeinen Vorschlag machte.
Dann wieder war ich zuversichtlich, daß zwischen uns beiden doch noch alles gut werden könnte, wenn es mir nur gelänge, mich besser zu beherrschen und Jehuda mehr in Ruhe zu lassen – wenn ich mich

nicht gleich auf ihn stürzte, sondern wartete, bis er von selber kam. Ich versuchte, mit Jehuda darüber zu sprechen. Längst war er nicht mehr der strahlende Held und Lehrer, in den ich mich verliebt hatte. Aber ich liebte ihn noch immer und suchte immer wieder einen Weg, das frühere Einvernehmen, die frühere Nähe wieder herzustellen. Wenn ich nur die richtigen Worte fände, würde sich sein Herz wieder öffnen, und er würde meine Not verstehen.

Ich erzählte Jehuda von meiner Angst, ihm nicht mehr wichtig, sondern zu einer lästigen zweiten Bathscheva geworden zu sein. Er hörte schweigend zu. Er schwieg auch, als ich ihm sagte, daß ich mich in dieses Haus eingesperrt fühlte und wie sehr ich das Studium vermißte, wie sehr anregende Gespräche, andere Menschen, Freundinnen und daß ich ihn nur deshalb so belagerte, weil ich allein auf ihn angewiesen war. Er hörte mir zu, wurde aber merklich unruhig. Als ich die Frage aufwarf, warum Frauen nicht wie Männer auch in den öffentlichen Schulen studieren und die Torah auslegen dürften, lachte er lauthals los.

„Mirjam, du weißt, daß ich nicht wie viele Rabbanim sage, daß Frauen überhaupt nicht in der Torah unterrichtet werden sollten. Ich gehöre nicht zu denen, die sagen, daß gelehrte Frauen schlimmer seien als alle Plagen Ägyptens, die zusammen an einem einzigen Tag hereinbrächen. Aber Frauen öffentlich beim Auslegen der Torah – das ist einfach lächerlich! Wenn der Herr gewollt hätte, daß die Frauen den Kopf hoch tragen, hätte er Chava aus dem Kopf Adams erschaffen und nicht aus seiner Rippe! Nicht einmal die Heiden sind so verrückt, daß sie ihre Frauen in die Akademien lassen! Am Ende wollen die Frauen noch über die Dinge des Staates bestimmen und über die Männer herrschen!“

„Und was ist mit Kleopatra, Esther, Dvorah und Hulda und Jehudith? Und was ist mit Livia, der Kaiserinmutter, die alle Fäden in der Hand hält? Was ist mit Diotima, von der selbst der weise Sokrates noch gelernt hat?“

„Das waren außergewöhnliche Frauen und waren immer nur Ausnahmen! Stell dir doch nur mal Bathscheva als Rav vor!“

„Oder einen ihrer Söhne“, warf ich nicht ohne Sarkasmus ein.

„Unsinn, diese Hohlköpfe würden keine Aufnahmeprüfung bestehen.“

„Und Bathscheva sicherlich auch nicht. Aber vielleicht deine Frau und gelehrige Schülerin. Oder meinst du, ich hätte keine Chancen? Und kluge Frauen bleiben keine Ausnahme mehr, wenn man sie studieren und ihren Verstand üben läßt. Dann können sie sogar wie Männer dem Staat dienen und nützlich sein! Das hat schon der große

Platon gesagt. Lies doch einmal die Politeia! Aber leider hat niemand auf ihn gehört. Wenn es um Frauen und Studium geht, sind auch die Gojjim verstockt wie der ägyptische Pharao!"
„Mirjam – diese ganze Diskussion hat doch keinen Sinn. Wir sind Juden und haben allein den Geboten des Herrn zu folgen und nicht dem, was irgendein noch so kluger Heide gesagt oder gelehrt haben mag. Es ist gut, wenn Frauen die Torah und die Gebote kennen. Sie sorgen dann dafür, daß die Küche wirklich nach den Reinheitsgeboten geführt wird und daß die Kinder von klein auf nach den Geboten des Herrn erzogen werden. Mehr bedarf es nicht. Die Auslegung der Torah ist allein Sache der Männer."
„Dann habe ich also nach deiner Meinung viel zuviel gelernt – Griechisch, Latein, Philosophie, Mathematik, Musik – das war dann alles überflüssig?"
„Das meiste davon ist heidnisch und nicht gut für einen jüdischen Mann, noch viel weniger für eine jüdische Frau. Dein Vater war viel zu lax in seinen Ansichten. Er hätte dich nie all diese Studien treiben lassen dürfen. Jochanan ben Ga'alyahu hat ganz recht. Wenn du dieses unnütze Wissen der Gojjim nicht studiert hättest, hättest du nicht solch absurde Ideen und wärst damit zufrieden, eine Frau zu sein wie alle anderen auch."
Es war ein drückend heißer Abend – aber bei Jehudas Worten begann ich zu frieren.
Als er geendet hatte, stand ein fremder Mann vor mir, mit dem mich nichts mehr verband, außer der Tatsache, daß er mein Ehemann war. Alle meine Hoffnungen, mein Glaube, daß er mich ernst nehmen, daß er mir zuhören würde, daß er in mir Mirjam sah – und nicht nur eine Ehefrau, die zu sein hatte 'wie alle anderen auch' –, waren zerschlagen. Mein Vertrauen, meine Liebe waren dahin, zerstört von ihm selbst, von seinen gewandelten Überzeugungen, die dumpf und eng geworden waren, und von seinen neuen Freunden, deren Anerkennung ihm wichtiger war als meine geistige Entwicklung – und wichtiger als unser gemeinsames Glück.
Von da an bedeutete mir Jehudas Liebe nichts mehr. Seine Berührungen wurden mir zuwider. Ich schützte oft Müdigkeit oder Unwohlsein vor, wenn er im Bett an mich heranrückte. Er schob alles auf meine Schwangerschaft und fand sich damit ab.
Jehuda merkte nicht, wie ich mich innerlich von ihm entfernte. Seine Augen leuchteten wie immer, wenn er nach Hause kam. Da ich ihn nun gleichmütig zu seinen Treffen ziehen ließ und bei den gemeinsamen Abenden im Studierzimmer eher in meine Gedanken versunken blieb, fing er von selbst wieder an, von seiner Arbeit zu sprechen – so,

wie es ganz zu Anfang gewesen war. Seine Ahnungslosigkeit, sein mangelndes Gespür vertieften noch den Graben, den er vielleicht hätte schließen können, wenn er von sich aus versucht hätte, wieder zu mir zu finden. Aber er wußte ja nicht einmal, daß er mich verloren hatte! Er liebte mich, war glücklich und dankbar für jedes gute Wort, für jede Aufmerksamkeit von mir. Aber wie mir zumute war und was ich dachte, davon wollte er nichts wissen. Ich glaubte nicht mehr daran, daß ich Jehuda aus seiner Blindheit reißen könnte. Irgendwie hatten sich unsere Wege getrennt. Ich konnte ihn nicht mehr erreichen. Ich spürte das neue Leben in meinem Leib – nicht nur die Bewegungen des Kindes. Es war, als ob meine Sinneswahrnehmungen sich schärften und klarer wurden. Mein Gemüt wurde weicher, empfänglicher und tiefer für alles, was um mich herum vorging. Stimmungen überkamen mich mit ungekannter Heftigkeit und Eindringlichkeit. Es gab Zeiten tiefen, satten inneren Glücks, dann überfielen mich jähe Traurigkeit und Schwermut, daß ich ständig den Tränen nahe war. Es war, als ob ich durchlässiger würde und auf alles empfindlichst reagierte, was früher an mir abgeprallt war. Dieses winzige Kind, das in mir heranwuchs, krempelte mein Fühlen und Denken völlig um. Mein Geist, der seine Nahrung bisher ausschließlich in Büchern und gelehrten Gesprächen gesucht hatte, fand sich auf einmal mitten im Leben – und das Leben erwies sich als fruchtbarere, frischere und ergiebigere Weide als die meisten Bücher und die endlosen Diskussionen, die über sie geführt wurden.
Das Bild von der frischen saftigen Weide des Lebens gefiel mir. Warum sollte man nicht selbst eine neue Ernte einfahren dürfen? Warum sollten wir uns immer nur von altem, vertrocknetem Heu nähren, immer nur die altbekannten Ideen und Vorstellungen früherer Denker wiederkäuen, sie allenfalls ein wenig abwandeln oder abändern? Jehuda gab sich wie alle anderen damit zufrieden. Es kam ihm nicht einmal in den Sinn, über den Rand der Torahrollen hinauszuschauen und links und rechts nachzusehen, ob es nicht auch dort etwas Sehenswertes und Lernenswertes gab. Jeder Gedanke daran wäre ihm frevelhaft erschienen, als lästerliche Vermessenheit. Ich mußte an Platon und sein Höhlengleichnis denken. War dieses Gleichnis vielleicht mehr als eine Überlegung, mehr als ein Gedankenspiel, wie ich bisher immer geglaubt hatte? Wie war Platon denn zu diesem Gleichnis gekommen? Hatte er vielleicht ein Erlebnis gehabt, das ihm die Augen für anderes, neues Denken geöffnet hatte – so wie ich es eben erfuhr? Hatte Platon nicht nur gedacht, sondern auch erlebt und gefühlt? Hatten sich auch ihm plötzlich neue Wege geöffnet, die er vorher nicht wahrgenommen hatte? Und wenn es so war – konnten

uns dann nicht immer und überall neue und tiefgreifendere Umbrüche und Erfahrungen geschehen? Gab es noch weitere, unbekannte Möglichkeiten des Sehens und Erkennens, von denen ich nur noch nichts ahnte? So wie ich blind und voller Angst vor der Schwangerschaft zurückgeschreckt war, bis mir das Wunder des Lebens die Augen für ein neues Sehen und Denken aufgetan hatte?
Jehuda würde nicht einmal von der Existenz anderer, neuer Wege wissen wollen, geschweige denn sie betreten und erkunden! Während ich mich durch unbekanntes Gelände schlug und oft ängstlich, aber voller Wißbegier alles Neue beobachtete und studierte, gab sich Jehuda mit den vertrauten Straßen und Wegen zufrieden. Wir bewegten uns auseinander, weil ich vorwärtsschritt und mir neue Pfade bahnte, während er auf der sicheren Straße blieb und auf der Stelle trat. Und wie der, der stehenbleibt, in den Augen des Davonziehenden immer kleiner und unscheinbarer wird, so wurde mir Jehuda, der früher so übermächtig und strahlend wie Apollon mein Denken und Fühlen bestimmt hatte, immer unbedeutender und unwichtiger. Er war ein Fremder geworden, mit dem ich über das, was mir am wichtigsten war, nicht mehr sprechen konnte. Ich wußte, daß Jehuda mich noch immer liebte. Aber seine Liebe war und blieb die gleiche, die sie von Anfang an gewesen war. Er liebte mich als das kluge, übermütige junge Mädchen – mit aller Zartheit, Nachsicht und Fürsorge und der unerbittlichen Härte und Strenge, mit der man eine unmündige Schülerin leitet und ihr seinen Willen aufzwingt. Er liebte mich nicht als ihm ebenbürtige Frau und Gefährtin. Aber ich hatte mich geändert – und seine Liebe hatte nichts mehr mit mir, der veränderten Mirjam, zu tun. Sie bedeutete mir nichts mehr. Seine Liebe schien mir so trokken und dürr wie seine Buchstabenweisheiten, so eng und starr wie seine Auslegung der Gebote, so fern und unberührbar wie die Torah selbst, die Frauen nicht vorlesen, nicht auslegen und nicht lehren durften.
Ich dachte an eine Scheidung. Aber die Scheidung mußte von ihm ausgehen. Ich als Frau hatte nicht das Recht, die Scheidung zu verlangen. Vorsichtig sprach ich das Thema an.
„Würdest du dich von mir scheiden lassen, wenn ich dir keine gute Ehefrau mehr wäre?“ fragte ich ihn eines Abends.
„Scheidung? Ausgeschlossen! Wie kommst du denn auf so etwas Verrücktes! Erstens bist und bleibst du meine liebste und beste Ehefrau, und ich will keine andere als dich, und zweitens steht es geschrieben, daß es dem Herrn mißfällt, wenn sich der Mann von seiner Frau trennen will, nur weil sie ihm Verdruß bereitet. Es ist nicht gut, daß so viele Rabbanim jetzt die Scheidung zulassen – das liegt nur an dem

schädlichen Einfluß der Heiden! Für mich kommt eine Scheidung nie in Frage, und ich würde sie bei keinem anderen gutheißen!"
Ich kannte Jehuda viel zu gut, um auf eine Änderung seiner Meinung zu hoffen. Ich war gefesselt. An dieses Haus, an Jehuda. Und erst der Tod eines von uns beiden würde Erlösung und Befreiung bringen. Wenn ich nicht ganz der Verzweiflung erlag, so war es der Gedanke an das Kind, das sich in meinem Leib regte. Auf das neue Leben konzentrierte ich all meine Hoffnungen und meine Liebe. Ich fing an, mit ihm zu reden und ihm alles zu sagen, was mir auf dem Herzen lag – meinen Kummer über Jehuda, mein freudloses Eingesperrtsein. Aber ich erzählte ihm auch von den schönen Blumen im Garten. Ich beschrieb ihm das zarte, bläuliche Weiß der Lilien und den süßen Duft der Rosen. Ich sang ihm Lieder vor und spürte beglückt, wie eine stille Zufriedenheit sich in mir ausbreitete, die nicht nur meine Zufriedenheit war.

## 10. Kapitel: Die Besessene

Im siebten Monat meiner Schwangerschaft, dem vorgetäuschten vierten, begannen die Blutungen. Diesmal fügte ich mich ohne Murren der entschiedenen Anordnung Bathschevas, mich hinzulegen und auch die leichteste Arbeit Merav zu überlassen. Bathschevas Fürsorglichkeit war rührend: Sie schickte auf der Stelle eine ihrer Frauen zu meiner Bedienung und ließ ihre Hebamme herbeiholen, die mich bereits untersucht und die Schwangerschaft festgestellt hatte. Ich hatte schon damals für diese Frau keine besondere Sympathie empfunden. Sie war unruhig, redete zuviel und hauptsächlich von sich und ihren großen Erfolgen. Ihre Reden zielten nicht so sehr darauf ab, mir Vertrauen einzuflößen, sondern Bathscheva zu beeindrucken, die als Frau eines reichen Arztes für sie eine wertvolle Gönnerin und die Vermittlerin guter Verdienste bedeutete. Ich dagegen war für sie eine völlig belanglose Person – ohne Einfluß und ohne die Mittel, ihren Lohn mit Geschenken aufbessern oder ihr Leckereien anbieten zu können, wie das in den Häusern der Wohlhabenden üblich war. Sie redete darum auch nicht mit mir, sondern nur mit Bathscheva – wie Käufer und Verkäufer auf dem Markt über einen Ochsen oder einen Hammel sprechen, während der Käufer Gebiß und Hufe untersucht. „*Sie* ist gesund, *sie* ist schwanger", sagte sie statt: „*Du* bist gesund, *du* bist schwanger." Als Bathscheva einmal herausgerufen wurde, um eine dringende Angelegenheit im Herrenhaus zu entscheiden, blieb die Hebamme mit dem schönen Namen Avigail stumm neben mir zurück und starrte gelangweilt zur Decke. Sie war etwas kleiner als ich. Als junges Mädchen mußte sie ganz hübsch gewesen sein. Inzwischen – ich schätzte sie auf etwa vierzig – war das großflächige Gesicht rund und etwas teigig geworden. Aber die Augen waren groß und mandelförmig und die Lippen voll, nur etwas nach unten gezogen, so daß ihr Mund einen verächtlichen Zug bekam.

Nun kam sie wieder, um mich erneut zu untersuchen. Sie tastete mich mit kundigen Händen ab, aber wie damals hielt sie es nicht für nötig, nur ein Wort an mich zu richten. Als wäre ich ohnmächtig oder geistesschwach, sprach sie über meinen Kopf hinweg nur mit Bathscheva, die es sich in einem Gemisch aus echter Anteilnahme und Neugier natürlich nicht hatte nehmen lassen, dabei zu sein.

„Ich kann mir diese Blutungen nicht erklären", sagte sie zu Bathscheva. „Sie macht einen gesunden und kräftigen Eindruck. Hat sie in letzter Zeit vielleicht etwas Schweres gehoben oder einen Schreck bekommen?"

Ich schüttelte den Kopf.

„Ist ihr vielleicht ein schwarzer Ziegenbock über den Weg gelaufen oder im Traum erschienen? Hat etwa um Mitternacht der Uhu dreimal vor ihrem Fenster geschrien, oder sind schwarze Käfer über ihr Bett gekrochen?"

Ich mußte über diesen abergläubischen Unsinn laut lachen. Bathscheva und Avigail sahen mich entsetzt an.

„Ein böser Geist muß einen Zauber auf sie geworfen haben", flüsterte Avigail beschwörend und mit gewichtig ernster Miene. Sie genoß sichtlich den ehrfurchtsvollen Schauder Bathschevas.

Mit der gleichen beschwörenden Stimme fuhr sie fort:

„Sie hat gelacht, als ich nach dem Bösen fragte. Ein Diener oder eine Hexe des Aschmodai muß einen Fluch über sie gesprochen haben. Ach, weh der Unglücklichen! Aschmodai liebt das zarte Fleisch der Ungeborenen, das noch nicht dem Herrn geweiht ist! Ein mächtiger Fürst des Gehinnom ist er, der Herr des Bösen und des Unrats. Er schickt seine höllischen Geister oft zu stolzen und übermütigen, jungen Frauen, und am liebsten zu schönen wie dieser da. Ach, grausam und gnadenlos greifen diese furchtbaren Teufelsdiener nach dem Leib der Verfluchten. Sie martern sie und das Kind, sie öffnen vorzeitig die Pforten des Mutterleibes, und sie saugen das Blut von Mutter und Kind und bringen es ihrem schrecklichen Herrn als Opfergabe! Ach, weh, dreimal weh dem, der im Joche Aschmodais gefangen ist!"

Ihr Flüstern hatte sich zu einem heulenden Klagen und Jammern gesteigert. Ich begann zu zittern, obwohl ich wußte, daß alles nur darauf angelegt war, uns Angst einzujagen. Die nachfolgende Heilung würde um so beeindruckender für ihre Künste sprechen. Und wenn ihre Mittel versagten – wer konnte ihr schon einen Vorwurf daraus machen, im Kampf gegen den obersten Herrn der Geister und Dämonen unterlegen zu sein? Ich zitterte nicht vor Angst, sondern vor Abscheu und Widerwillen gegen diese Frau, die so grausam, dumm und erbarmungslos ihr Spiel mit uns trieb.
Bathscheva vertraute ihr blind. Angst und Entsetzen standen in ihrer Miene. „Aber kann man denn nichts tun? Wir können dieses arme Würmchen doch nicht in den Klauen des bösen Fluches lassen!"
Unwillkürlich verzog sich das Gesicht Avigails zu einer grinsenden Grimasse, ihre Augen sprangen in wilder Gier fast aus den Höhlen. Dann war sie wieder die berufsmäßige, fürsorgliche Hebamme, die nur an das Wohl ihrer Schützlinge dachte.
„Es gibt Zauberformeln, es gibt Riten und Zaubertränke, die, wenn man sie nur kennt, die Macht der bösen Geister und selbst den Bann des Herrn Aschmodai zu brechen wissen ..."
„Gibt es jemanden, der uns helfen kann? – Kennst du einen Geisterbeschwörer oder einen Rav, der diesen furchtbaren Fluch abwenden kann? Er soll gute Silberschekel bekommen! Geld spielt keine Rolle!"
Das gute Herz der redseligen Bathscheva! Ich war gerührt. Sie glaubte dieser gerissenen Gauklerin jedes Wort. Kein Händler, kein Handwerker, kein Bettler brachte bei Bathscheva zuwege, was Avigail mit ein paar Worten über Dämonen, Flüche und Magie spielend gelang.
Jetzt schlug Avigails große Stunde. Ihre Stimme verwandelte sich in geheimnisvolles Raunen.
„Es gibt einen großen Wundermann, der so tief in die finsteren Geheimnisse der Dämonen eingedrungen ist, der so gut ihre teuflischen Bräuche und Riten kennt, daß vor seinen Bannsprüchen ihre höllische Macht versagt! Selbst ihr oberster Fürst ist seinem Wort untertan!"
„Und wo ist dieser Mann? Kannst du ihn herbeibringen?" Bathscheva hing an ihren Lippen.
„Er ist inzwischen alt und krank und kann die Mühen einer langen Reise nicht mehr auf sich nehmen. Aber deine ergebene Dienerin war eine Zeitlang seine Schülerin, seine Lieblingsschülerin sogar, wie ich mir schmeicheln darf. Und er gab mir sein Wissen um die höllischen Geister weiter – und lehrte mich auch, wie man sie austreibt und die Kraft ihrer Flüche auflöst oder umlenkt!"

„Ach Avigail, das ist ja wunderbar! Davon hast du ja nie erzählt! Ich wußte gar nicht, daß du eine Geisterbeschwörerin bist!"
„Mit dem Wissen von solchen Dingen muß man sehr vorsichtig umgehen. Die bösen Geister darf man nicht unnütz bereden. Und man darf sich der Macht über sie nicht rühmen, sonst verfällt man ihnen. Und wie hätte ich mich erdreisten dürfen, vor dir damit zu prahlen? Ich bin doch nur deine demütige Dienerin."
Ihre geheuchelte Bescheidenheit verursachte mir Übelkeit, aber bei Bathscheva fiel sie auf fruchtbaren Boden.
„Ach, gute Avigail, wenn ich nur geahnt hätte, über welch mächtige Künste du gebietest! Verzeih mir, wenn ich in meiner Unwissenheit je deinen wahren Rang mißachtet habe. Ich will alles wieder gutmachen und mich entschuldigen."
„Liebe Herrin, du hast mir stets nur Großmut und Güte erwiesen. Deine Dienerin wird dir immer zutiefst dankbar dafür sein."
Sie spielte immer noch die Bescheidene, aber Haltung und Miene drückten kaum merklich Stolz und Überlegenheit aus. Früher hätte sie nie gewagt, Bathscheva so vertraulich mit 'liebe Herrin' anzusprechen. Das Verhältnis der beiden hatte sich umgekehrt: Bathscheva war die Bittende, die Demütige, und Avigail war die Mächtige, Gewährende.
„Avigail – wenn du mir gut gesinnt bist und mir nichts nachtragen mußt –, so bitte ich dich inständig: Hilf meiner armen Freundin! Vollziehe die Riten, sprich die Beschwörungsformeln und gib ihr geisterbannende Kräuter und Tränke! Du bekommst von mir Silber, soviel du nur willst! Aber vertreibe die bösen Geister, und laß das Kind gesund auf die Welt kommen!"
„Die Herrin befiehlt, die Dienerin gehorcht! Wir werden den bösen Fluch bannen, so der Herr und seine Engel uns gnädig sind!"
Ich nahm alle Kraft zusammen, bäumte mich auf: „Nein!"
Ein stechender Schmerz im Bauch, dann ein heftiges Ziehen ließ mich zusammenkrümmen. Das kleine Wesen trat mit aller Macht gegen meinen Leib. Aber ich wußte, die Tritte galten nicht mir, sie galten dieser Welt, in der eine dummdreiste und geschäftstüchtige Frau ihren schwarzen Aberglauben verbreiten durfte. Mein Schrei ließ die beiden, die bisher über meinen Kopf hinweg miteinander verhandelt hatten, herumfahren. Sie schauten mich erschrocken an.
„Ich will keine Geisterbeschwörung und Teufelsaustreibung von der da! Sie soll gehen! Bathscheva, ihre einzige Kunst ist die, dir das Geld aus der Tasche zu ziehen! Schaff sie weg! Ich ertrage sie hier nicht länger!"

Ein empörter Schrei, aus tief gekränkter Seele kommend, brach aus Avigails Kehle.
„Oh wie undankbar, wie gemein! Ich denke an nichts als an ihr Wohl und Wehe, und sie unterstellt mir solche schlimmen Dinge! Aber da sieht man, wie das Böse schon in ihr wirkt und ihren Geist verwirrt! Es ist Ba'alsevuv selbst, der Herr der Fliegen, der aus ihr spricht – er wehrt sich gegen seine Austreibung! Er will seine Wohnstatt behalten! Er hat sie schon ganz in Besitz genommen! Wäre nicht jeder Mensch froh, wenn ihm Hilfe gegen das Böse angeboten würde? Nur wer selbst von den Dämonen besessen ist, fürchtet den Teufelsaustreiber!"
Sie war viel schlauer, als ich gedacht hatte. Die Pfeile, die ich auf sie geschossen hatte, schleuderte sie mit vergifteter Spitze zurück. Ich sah es an Bathschevas Augen, die mich plötzlich nicht mehr voller Mitleid, sondern mit Entsetzen anblickten. Es schauderte ihr vor mir.
„Mirjam", flüsterte sie, „du darfst dem Bösen keinen Raum in deinem Herzen geben! Laß dir doch helfen! Avigail meint es wirklich gut mit dir! Sie wird den bösen Geist aus deinem Herzen und deinem Körper vertreiben! Denke doch auch an das Kleine in dir! Willst du es dem Bösen überlassen?"
Sie brach in Schluchzen aus. Ich versuchte mit aller Macht, ruhig bleiben.
„Bathscheva, diese Frau hat es auf nichts als auf deinen Geldbeutel abgesehen. Sie ist eine heuchlerische Quacksalberin und wird mich eher noch kränker machen, als ich schon bin. Ich habe kein Vertrauen zu ihr. Ich möchte eine andere Frau als Hebamme. Bitte laß Silpa holen! Sie soll sich in allen Frauenkrankheiten auskennen."
Wieder ein gurgelnder Schrei der Empörung von Avigail.
„Was, Silpa, diese Hexe? Diese Teufelsanbeterin, die Dirnen wieder in Jungfrauen verwandelt und die Frucht im Leibe abtötet, um sie ihrem Herrn Aschmodai darzubringen? Keine ehrbare Frau würde den Namen dieser Verrufenen kennen! Kein Mann, der gesunde Söhne will, würde dieses üble Weib in sein Haus lassen! Mirjam ist wahrlich von bösen Geistern besessen, wenn sie nach Silpa, der Tochter Belials, ruft!"
Sie hatte sich in eine rasende Mänade verwandelt. Sie raufte sich die Haare, rang die Hände, und ihr Schreien ging in ein wildes Heulen über.
„Ach, welch ein Unglück hat dieses Haus befallen! Armer, unglückseliger Mann, von dessen Weib der Herr seine Hand abgezogen hat! In diesem Haus herrscht der Böse, der Pestbringer, der Kinderfresser! Er wird Unglück und Verderben über alle seine Bewohner bringen!"

Bathscheva stand bleich und zitternd an der Wand. Sie stierte in die Luft, als sähe sie schon alle bösen Geister im Raum versammelt. Avigails durchdringendes, schrilles Heulen nahm kein Ende. Es lockte das Gesinde in Scharen herbei. Sie schoben sich durch die Tür, drängten sich am Fenster. Jehuda hörte das Geschrei. Die Diener ließen ihn nicht lange im unklaren darüber, woher das Lärmen kam und vor wessen Haus sich der Menschenauflauf gebildet hatte. Er zwängte sich an den gaffenden Knechten und Mägden vorbei, ging mit einem schnellen Schritt auf die kreischende Avigail zu und klatschte ihr mit der Hand ins Gesicht. Das Geheul verstummte.
„Raus hier, alle miteinander", sagte er in einem Ton, der keinen Widerspruch duldete. Avigail warf den Kopf hoch und ging mit einer verächtlichen Bewegung zu mir hinaus. Das Gesinde folgte ihr wie eine aufgescheuchte Hühnerschar. Als Jehuda sich Bathscheva zuwandte, fuhr sie aus ihrer Erstarrung hoch und flüchtete mit schreckgeweiteten Augen hinaus.
Jehuda setzte sich zu mir ans Bett und nahm mich tröstend in seine Arme.
„Mirjam, was ist los – geht es dir nicht gut? Was hat dieses Weib in deinem Zimmer geschrien?"
Ich war völlig erschöpft und zitterte noch am ganzen Leib. Das schmerzhafte Ziehen im Bauch hielt unvermindert an. Aber Jehudas Umarmung tat wohl. Wie ein Tier flüchtete ich mich in seine bergende und schützende Wärme. Die Schmerzen bohrten und zerrten in mir, als wollten sie mich auseinanderreißen.
Ich erzählte Jehuda von Avigails bösen Machenschaften und Verleumdungen, daß sie mir nicht mit Kräutern und Salben beistehen wollte und konnte, sondern mit einer Dämonenaustreibung den Blutfluß bezwingen wollte.
„Jehuda, bitte hilf mir – laß dieses dumme, böse Weib nicht mehr in dieses Haus! Und bitte hole sofort Silpa – sie soll eine mit allen Kräutern erfahrene und sehr weise Frau sein. Sie wird meine Blutungen bestimmt zum Stillstand bringen! Bitte geh und schaff sie herbei! Ich will mein Kind nicht verlieren! Ich habe starke Schmerzen im Leib!"
Auf Jehudas Gesicht breiteten sich Angst und Entsetzen aus. Er sprang auf.
„Ich laufe und hole diese Silpa – koste es, was es wolle", flüsterte er mir zu. Er war schon an der Tür, da kehrte er noch einmal um, küßte mich und wischte mir den Schweiß von der Stirn.
„Sorge dich nicht! Ich lasse Merav bei dir. Ich bin bald wieder zurück."
Ich sank erschöpft und trotz der Schmerzen getröstet und erleichtert zurück. Dann muß ich eingeschlafen sein. Als ich wieder wach wurde,

war es dunkel. Von draußen drang Stimmenlärm herein. Es war ein Schreien und Toben, schlimmer noch als am Nachmittag mit Avigail und Bathscheva. Ich rief nach Merav. Aber mein Mund war völlig ausgetrocknet, und aus meiner Kehle drang kein Ton. Ich versuchte, mich zu räuspern und den Mund zu befeuchten, aber es war, als ob alle Kraft aus meinem Körper gewichen wäre. Der Kopf, die Arme und Beine – sie hingen an mir, aber ich hatte keine Macht mehr über sie. Ich versuchte, Jehuda zu rufen. Dann versank ich in der Schwärze.

Als ich wieder aufwachte, saß Jehuda an meinem Bett und dicht neben ihm eine fremde, rundliche Frau mit einem Mondgesicht.

„Endlich, du bist wieder aufgewacht! Der Herr sei gelobt und gepriesen! Er hat dich gerettet! Bleib liegen, du bist noch sehr schwach! Du hast viel Blut verloren. Fast zuviel. Wir wußten nicht, ob du wieder ins Leben zurückfinden würdest!"

Die Frau stand auf.

„Ich hole eine Schüssel Fleischbrühe. Sie braucht jetzt Stärkung!"

„Ist das Silpas Magd oder Hilfe?" fragte ich, noch sehr mühsam. Mein Mund war noch immer trocken, er schien zu brennen. Über Jehudas freudig strahlendes Gesicht fiel ein Schatten von Verlegenheit.

„Silpa konnte nicht kommen. Ich mußte eine andere Frau holen. Sie heißt Ne'ema. Wir verdanken ihr dein Leben! Dank sei dem Herrn, der alles so gefügt hat! Nun ist alles wieder gut."

Ne'ema kam mit einer dampfenden Schüssel zurück. Ich verspürte auf einmal einen großen Hunger. Der Duft der Hühnerbrühe stieg mir köstlich in die Nase. Ich war noch zu schwach, um den Löffel selbst zu führen, aber ich schluckte gierig die Brühe, die Ne'ema mir einflößte.

Ne'ema war dick und ihr Fleisch rosig und fest. Die kleinen Wurstfinger hantierten behende mit dem Löffel, hielten die Schüssel, setzten sie ab, zogen das Bettuch gerade und beschäftigten sich unentwegt. Die wachen Augen in dem runden, unschönen Gesicht standen zu dicht über der kurzen Nase und verloren sich in dem breiten Gesicht mit den dicken Backen. Ein paar Fältchen um die Augen, die es geschafft hatten, sich in die fleischigen Polster einzugraben, zeugten von Lachlust und machten sie mir sympathisch.

Schon wenige Löffel der Fleischbrühe genügten, um mich wieder zu beleben – und die Schmerzen kehrten zurück.

„Was ist denn passiert?" fragte ich.

Jehuda machte eine Bewegung, als wollte er Ne'ema ein Zeichen geben. Da sie aber nur auf mich achtgab, hatte sie seine Geste nicht bemerkt und sprudelte los, offensichtlich froh darüber, daß ich das Wort an sie richtete.

„Na, ich hab dich vielleicht in einem Zustand gefunden, Kindchen! Erbarmungswürdig! Alles schwamm in Blut, und du warst schon ohnmächtig! Und draußen alles schwarz von Leuten und dazu ein Geschrei und Gezeter! Meinst du, es wäre auch nur einem eingefallen, dir zu helfen oder nach dir zu sehen? Ganz allein im Dunkeln lagst du, als ich kam!"
Ein vorwurfsvoller Blick ging zur Seite, wo Jehuda saß.
„Wäre dein Mann gleich zu mir gekommen, als die Blutungen begannen, hätte ich vielleicht das Kindchen retten können – aber so!"
„Was sagst du da?" flüsterte ich. Aber Ne'ema war so in Fahrt, daß sie meine Worte nicht hörte.
„Ich weiß gar nicht, wer deinen Mann auf den verrückten Gedanken gebracht hat, erst zu dieser Silpa zu gehen. Dieses verrufene Weib! Kein Wunder, daß man sie nicht hereingelassen hat. Kein anständiges Haus würde so einer Person den Zutritt erlauben. Aber dadurch ist natürlich wertvolle Zeit verloren gegangen. Wenn ich gleich geholt worden wäre, hätte ich etwas tun können – ganz bestimmt sogar!"
Bei ihren letzten Worten nickte sie bekräftigend mehrmals mit dem Kopf. Ich hörte Ne'emas Worte – aber ich ließ ihren Sinn nicht an mich herankommen. Was für einen Unsinn diese Frau schwätzte! Jehuda hatte doch gesagt, daß alles gut sei. Was konnte diese Frau da reden! Meine Augen suchten Jehuda. Er mußte ihr doch ins Wort fallen, ihr Einhalt gebieten. Aber Jehuda schwieg still. Er war sehr bleich und hielt seine Augen gesenkt, als wagte er nicht, mich anzusehen. Wie ein schuldbewußtes Kind, das etwas angestellt hat und auf seine Strafe wartet, saß er vor mir. Ohne Worte bestätigte er alles, was Ne'ema so munter daherplauderte. Trotzdem konnte und wollte ich das Ungeheuerliche nicht glauben.
„Jehuda – ist das wahr? Das Kind ...?"
Er nickte verzweifelt. Seine Augen wichen mir aus.
„Mein Kind ist ..."
„Es tut mir leid, daß ich damit so herausgeplatzt bin", sagte Ne'ema. „Es kam tot zur Welt. Wir hatten Mühe, dich zu retten, Kindchen. Um beide konnte ich mich allein nicht kümmern. Es war sowieso nur ein Mädchen."
„Nur ein Mädchen ...", unwillkürlich wiederholte ich ihre Worte. Ich hatte ein Mädchen im Leib getragen, und dieses Mädchen war gestorben. Nicht einmal gesehen hatte ich mein Kind. Nur ein Mädchen! Was hatte mir dieses Kind, dieses Mädchen bedeutet! Mir wurde übel und schwindlig. Aber ich kämpfte dagegen an. Ich wollte wissen – ich wollte jetzt alles wissen.
„Und Silpa war hier?" fragte ich Jehuda.

Stille. Dann wieder Ne'emas eilfertige Erklärungen.
„Dein ahnungsloser Mann kam mit dieser Hexe, von deren Dasein eine ehrbare Frau nicht einmal etwas ahnt! Sie hatte den Sack mit ihren Teufelskräutern dabei, mit denen sie die Leibesfrucht abtötet! Denn das ist das wahre Gewerbe dieser Schändlichen. Sie ist eine Gefahr für alle Frauen! Ich weiß nicht, warum man sie überhaupt frei herumlaufen läßt. Aber sie scheint einflußreiche Gönner – oder besser Gönnerinnen – bei den Römern und am Hofe zu haben. Die halten die Hand über sie, damit sie ihr lasterhaftes und ausschweifendes Leben weiterführen können. Aber die Herrin Bathscheva hat deinen Mann schon aufgeklärt, welch übles Weib er da zu dir führen wollte. Sie hat dieser Giftmischerin strikt verboten, auch nur eine Zehe über die Schwelle des Hauses zu setzen. Und als dein argloser Mann ihr in Sorge um dich widersprach, hat sie den Hausherrn herbeigerufen, den berühmten und verehrungswürdigen Arzt Jochanan ben Ga'alyahu, und der hat diesem schwarzen Zauberwerk schnell ein Ende gemacht. Wie traurig, daß man soviel Zeit mit diesem Weib vertrödelt hat, bis man mich endlich holte! Vielleicht hätte ich dein Mädchen retten können."
Ich begriff. Vor meinen Augen sah ich, wie sich alles abgespielt hatte. Jehuda war mit Silpa zurückgekommen, und Bathscheva hatte Silpa mit entrüstetem Geschrei empfangen und ihr den Zutritt zum Haus verwehrt. Sie hatte wahrscheinlich den Aufruhr verursacht, der mich kurz aus meiner Ohnmacht geweckt hatte. Aber anstatt Silpa einfach zu packen und ins Haus zu ziehen, hatte Jehuda sich mit der Frau seines Herrn auf einen Wortwechsel eingelassen. Schließlich war der Hausherr gekommen und hatte mit befehlsgewohnter Autorität Jehuda angewiesen, die übel beleumdete Frau zurückzuschicken und eine andere Hebamme zu holen. Und Jehuda, der nie gelernt hatte, selbst zu befehlen und seinen Willen durchzusetzen, ließ sich beeindrukken und beugte sich dem dummen Aberglauben, wenn er durch das Machtwort des Arztes Jochanan ben Ga'alyahu besiegelt wurde. So war die kostbare Zeit verstrichen, das Blut war weitergeflossen – und mein Mädchen mußte sterben.
Eine glühende Wut stieg aus meinem Bauch empor. Wie kochende Lava bahnte sie sich ihren Weg, alles verzehrend, alles verbrennend. Dann begann ich zu schreien. Alles brach heraus – meine Enttäuschung, meine Ohnmacht, meine Verachtung für Jehudas Feigheit, seine Beschränktheit, seine Lüge, mein Haß auf den selbstgerechten Jochanan ben Ga'alyahu und seine törichte Bathscheva, auf die bösartige Avigail, meine Wut über meine eigene Dummheit, so voreilig geheiratet zu haben, und mein Schmerz über mein verlorenes, totes

Kind, das ich nie in meinen Armen wiegen würde. Ich schrie und schrie, und alles, was sich in mir aufgestaut hatte, kam nun heraus – mit all den gemeinen und unflätigen Worten, wie sie sich im Geheimen bilden, wenn Wut, Enttäuschung und Haß sich zu einem faulenden und stinkenden Gemisch aufstauen, zusammengären und darauf warten, wie aufplatzende Eiterbeulen ihren übelriechenden, giftigen Inhalt nach außen zu schleudern.

Ne'ema ließ Schüssel und Löffel fallen und rannte aus dem Zimmer. Wenn sie bisher Avigails Verleumdungen keinen Glauben geschenkt hatte, weil sie deren Geschäftspraktiken wohl gut genug kannte, würde sie jetzt meine 'Besessenheit' bestätigen und vor aller Welt bezeugen.

Jehuda blieb zurück, starrte mich mit schreckensweiten Augen an und versuchte mit hilflosen Gesten und Worten, mich zu besänftigen. Aber ich wollte mich nicht besänftigen lassen. Im Gegenteil. Er hörte mir immer noch nicht zu, nahm mich immer noch nicht ernst. Für ihn war ich nichts als eine Kranke, der Schmerz und der Verlust ihres Kindes den Kopf verwirrt hatten. Seine ungeschickten und täppischen Beschwichtigungsversuche stachelten Wut und Haß nur immer weiter auf. Wie eine giftige, boshafte Schlange überschüttete ich ihn mit meinem Hohn, warf ihm voller Verachtung alle Fehler und Dummheiten, die er je gemacht hatte, an den Kopf und beglückwünschte mich sarkastisch zu diesem Trottel von Ehemann, der in der schwersten Stunde seiner Frau versagt hatte.

Ich lauerte nur darauf, daß Jehuda sich wehren würde, daß er sich verteidigen oder mich angreifen würde, sei es mit Worten oder mit seinen Händen. Ich hatte keine Angst vor ihm. Sollte er mich doch schlagen, wie es die anderen Männer mit ihren Frauen taten, sollte er mich doch zu Tode prügeln – mir lag nichts mehr am Leben. Der Tod wäre eine Erlösung gewesen. Ich reizte ihn, ich forderte ihn heraus. Jehudas Gesicht wurde immer bleicher und bekümmerter. Aber meine Wut fand keinen Gegner, keinen Widerhall.

Als ich mit meinen Worten und Kräften fast am Ende war, richtete er sich schließlich auf und ging zur Tür.

„Ich ertrage es nicht, wenn du so mit mir sprichst, Mirjam“, sagte er. „Du bist krank und halb irrsinnig vor Schmerz. Aber es geht über meine Kräfte, dich so wüten zu hören.“

Er ging hinaus, und ich weinte in die Kissen, bis ich vor Erschöpfung einschlief. Als ich wieder aufwachte, brannten Wut und Schmerz noch immer wie flüssiges Feuer in meinem Innern. Dicht an meinem Bett saß die kleine Merav und schaute mich mit erschreckten Augen an. Sie reichte mir wortlos und mit zitternden Händen Wasser zum Trinken. Ich trank, bis der Krug geleert war, dann ließ ich mich fallen, schloß die Augen und schlief weiter. So müssen Tage vergangen sein. Einmal abends fand ich Jehuda an meinem Bett. Als er merkte, daß ich aufgewacht war, streckte er seine Hand aus.

„Rühr mich nicht an“, schrie ich und warf mich zur Seite, so daß er nur meinen Rücken sah. Ich hörte, wie er nach einer Weile den Raum verließ.

Für Jehuda empfand ich nichts als bitteren, rachsüchtigen, schwarzen Haß. Durch ihn hatte ich mein Kind verloren – das einzige, worauf ich mich in dieser Welt noch gefreut hatte. Ihm war das Kind ganz gleichgültig gewesen, und das Kind hatte es gespürt und Angst vor dieser Welt bekommen. Meine Blutungen hatten eingesetzt, weil es sich fürchtete, geboren zu werden. Und anstatt Silpa zu mir zu bringen, hatte er sich von dem Geschwätz Bathschevas verwirren lassen und hatte sich dem Machtwort Jochanan ben Ga'alyahus gefügt, hatte Silpa weggeschickt und sich auf die Suche nach dieser Ne'ema gemacht und kostbare Zeit verschwendet, während ich in meinem Blut lag. Wie ich ihn haßte – ihn und alle anderen! Bathscheva, Jochanan ben Ga'alyahu, die bösartige Avigail, Ne'ema, die zu spät gekommen und für die mein Kind 'nur ein Mädchen' war. Selbst die unschuldige Merav haßte ich, weil sie zu diesem Haus gehörte, in dem mich alles an mein totes Kind erinnerte, an meine Gefangenschaft, an mein Sklavendasein. Ich haßte alle und alles – die Menschen, das Haus, Tiberias, meine Eltern, mich selbst, die ganze Welt und Gott, der die Frauen geschaffen hatte, aber sie fern von sich hielt und nicht für würdig befand, ihm zu opfern und sein Wort zu lehren, sondern sie allenfalls als gehorsame Dienerinnen seiner gehorsamen Diener zuließ.

Diese Welt und dieses Leben bedeuteten mir nichts mehr. Wenn ich nicht daran dachte, dem elenden Dasein, das nun bis zum Jüngsten Tag vor mir lag, ein Ende zu bereiten, so nur deshalb, weil ich von Haß und Rachgier erfüllt war. Jehuda, Jochanan ben Ga'alyahu, Bathscheva, Avigail und alle anderen sollten büßen für das, was sie mir angetan hatten, wenn ich auch noch nicht wußte, wie meine Rache aussehen sollte.

Mein Haß, mein Schmerz, meine Wut richteten sich gegen alles und jeden – auch gegen mich selbst. War ich es nicht gewesen, die das Kind anfangs nicht gewollt hatte? Hatte ich es nicht in den ersten drei Monaten als unerträgliche Fessel und Last empfunden und abgelehnt? Hatte ich mich nicht geweigert, zu Jehudith zu gehen und mich ihrer Fürsorge anzuvertrauen? War der Tod vor dem Geborenwerden nicht die Strafe des Herrn für die Mißachtung seines Geschenkes?

Hatte ich nicht schwer gesündigt, als ich vor dem neuen, keimenden Leben voller Entsetzen zurückgeschreckt war? Haß und Schuld hielten mich in ihren Klauen. Wenn ich wach war, überfielen sie mich mit ihren bösen, quälenden Gedanken, und wenn ich schlief, verfolgten mich furchtbare Alpträume. Tote Kinder liefen mir weinend nach und verlangten nach Leben. Ich träumte, Jehuda hätte mein Kind lebendig begraben, und es schriee nun aus der Erde nach mir. Ich sah im Traum Marcus Numilius Curtius, wie er mich lüstern ansah und dabei mit schmatzendem Wohlbehagen ungeborene Kinder verschlang. Ich wachte schreiend aus diesen Alpträumen auf und fand mich in einer Welt wieder, in der kein Platz für mich war.
Ich weiß nicht mehr, wie lange es gedauert hat, bis ich endlich wieder aufstand. Mechanisch fing ich an, kleine Arbeiten im Haus auszuführen und merkte, daß mich die körperliche Bewegung und Beschäftigung ein wenig von den schwarzen Gedanken ablenken konnten. Als ich einmal mehr zufällig in den Spiegel blickte, den ich von zu Hause mitgenommen hatte, verstand ich, warum Merav mich immer so ängstlich anschaute, und Jehuda meinen Blick mied. Ich hatte mich verändert. Harte Linien durchzogen mein Gesicht. Unter den zusammengezogenen Augenbrauen blickten böse Augen hervor, der Mund war nur noch ein Strich aus schmalen, zusammengepreßten Lippen, die Kieferknochen traten hervor, als mahlte ich unentwegt mit den Zähnen. Ich erschrak bei meinem Anblick – und dann lachte ich. Wer hätte mich jetzt noch schön gefunden! Armer Jehuda! Er hatte eine leibhaftige Medusa in seinem Heim! Wer mich sah, mußte zittern! Es bereitete mir fast Genugtuung, mich so verwandelt zu sehen. Es schien, als seien Avigails Worte wahr geworden: ein böser Dämon saß in meinem Innern und schaute aus meinen Augen!
Jehuda ging mir aus dem Weg, wenn es nur irgend möglich war. Ich merkte, wie er mich ängstlich und besorgt beobachtete und bereitwillig jedes Zeichen von mir, das eine mildere Gesinnung zu versprechen schien, als Besserung meines verwirrten Geistes deutete. Wenn er dann hoffnungsfroh eine Annäherung wagte, überschüttete ich ihn mit einem Schwall derart unflätiger Flüche und böser Anschuldigungen, daß er sich verschreckt zurückzog.
Ich blieb in meiner dunklen, haßerfüllten Welt. Alles, was ich in den vergangenen Monaten nur schuldbewußt in meinem Innern an Jehuda auszusetzen gewagt hatte, warf ich ihm nun mit bösen Worten und kalter Verachtung an den Kopf. Ich verhöhnte ihn aus dem nichtigsten Anlaß – selbst wie er sprach, wie er ging und wie er sich setzte, wie er aß und wie er kaute. Alles wurde meiner ätzenden Kritik unterzogen. Schon zu Anfang unserer Ehe war mir aufgefallen, daß Jehuda sich

bei Streit und Schwierigkeiten lieber in Schweigen oder eine besonders bedächtige Redeweise flüchtete. Seine Bewegungen verlangsamten sich dann und wurden plötzlich gemessen, fast umständlich zeremoniell. Nun fiel ich mit aller Boshaftigkeit darüber her und auch über sein ständiges Sorgen um seinen guten Ruf, den er schon bei jeder kleinen Unschicklichkeit und jedem winzigen Fehler, der ihm unterlief, gefährdet sah. Immer hatte er Angst, etwas Falsches oder Unpassendes zu sagen oder zu tun, und er haßte Ungenauigkeiten und Nachlässigkeiten bei sich und bei anderen. Er achtete mit besonderer Sorgfalt darauf, sich vor unserem Hausherrn und dessen Freunden keine Blöße zu geben, und ich erkannte mit grimmiger Verachtung seine heimliche Furcht, ich könnte ihm in den Augen Jochanan ben Ga'alyahus Schande bereiten.
Ich erkannte ebenso, daß sein Feuer, seine Begeisterung, mit denen er mein Herz erobert hatte, nur hell und mitreißend strahlten, wenn er für den Herrn stritt und seine Schriften auslegte. Dann glänzte er mit der ganzen Schärfe seines Denkens, dann bezeugte die Fülle seiner Argumente den Umfang seiner Torahkenntnisse, dann bewies er seine schier unerschöpfliche Ausdauer, wenn er nimmermüde die Einwände seines Gegenübers aufgriff und ihnen bis in die feinsten Verästelungen nachfolgte, bis er die Schwächen der gegnerischen Behauptungen ausfindig machte und sie dann so elegant und schlüssig widerlegte, daß er siegreich das Feld behauptete. Was ich als seine Schülerin nicht gewußt hatte, war, daß sich die Feinheit und Schärfe seines Denkens auf die Auslegung der Torah beschränkte. Alles andere war in seinen Augen nicht wert, bedacht oder geprüft zu werden. Was in der Torah nicht geboten oder wenigstens angesprochen war, verdiente keine Aufmerksamkeit. Was die heidnischen Griechen, Babylonier, Ägypter und andere Völker gedacht und studiert hatten – in seinen Augen war es nichts als überflüssiger, ja schädlicher Plunder. Durch Jehuda und noch mehr durch Jochanan ben Ga'alyahu hatte ich langsam und schmerzhaft lernen müssen, daß ein scharfes, ja überlegenes Denken nicht mit Weite und Offenheit des Geistes gekoppelt sein muß. Seine buchstabengetreue Auslegung der Torah, sein überstrenges Festhalten an den Geboten, seine abweisend gleichgültige Haltung dem neuen Leben gegenüber, seine ganze geistige Enge fand ich nun in allen Zügen seines Wesens wiedergespiegelt, selbst in seinem Äußeren.
Die Ebenmäßigkeit seines schönen, glatten Gesichts mit den langen, weichen Wimpern, in das ich mich einst verliebt hatte, wurde zum Zeichen seiner Unlebendigkeit und Starre, seine vorsichtig gemessenen Bewegungen verrieten seine Angst vor tiefen, ursprünglichen

Gefühlen, sein Ausweichen und Schweigen zeugten von mangelndem Vertrauen. Hatte ich ihn früher für seine selbstlose und unerschütterliche Einhaltung der Gebote der Torah bewundert, so sah ich jetzt in ihm einen blinden Eiferer, für den jeder Buchstabe der Torah ein Halt, jedes Gebot ein sicherer Weg war, der es ihm ersparte, selbst zu sehen, selbst zu denken und selbst entscheiden zu müssen.
Ich stellte erstaunt fest, daß der feurige Jehuda, der in meinem Elternhaus die Worte der Torah wie flammende Schwerter vor sich hergetragen hatte, innerlich von Angst zerfressen war. Er fürchtete sich vor den Strafen des Herrn. Und er konnte dieser Furcht nur dadurch begegnen, daß er sich peinlich genau an die göttlichen Gebote hielt. Ich zweifelte damals die Gültigkeit der Gebote nicht an. Aber ich befolgte sie nicht aus Angst. Hatte der Herr nach der Erschaffung des Menschen nicht gesagt, daß seine Schöpfung gut war? Der Herr hatte uns die Gebote gegeben, um uns zu helfen, ein gutes, rechtschaffenes Leben zu führen. Wegsteine, Warnzeichen hatte er uns gegeben, damit wir uns nicht verirrten. So wie wir unsere Straßen kennzeichnen, damit der Wanderer nicht unversehens in die Wüste gerät und darin umkommt. Der Herr war doch kein böswilliger Wächter, der nur darauf lauerte, daß einer den Blick von seinen Geboten abwendete und die Beschaffenheit der Landschaft links und rechts zu betrachten wagte!
Jehudas Ängstlichkeit und Kleinlichkeit in allem forderte meinen Spott heraus. Es machte mir Spaß, ihn mit Widersprüchen, die ich in der Torah entdeckte, zu konfrontieren.
„Steht nicht in der Torah, daß der des Todes sterben soll, der bei seines Vaters Weib schläft? Ist es nicht verboten, die Blöße seiner Mutter aufzudecken? Sollen Bruder und Schwester nicht ausgerottet werden vor den Leuten des Volkes, wenn sie ihre Blöße aufgedeckt haben? Dann sage mir doch, wie Avel, Cajin und Seth zu Kindern gekommen sind, ohne mit ihrer Mutter Chava oder ihren Schwestern geschlafen zu haben?“
Jehuda, der bis dahin mit unendlicher Geduld schweigend meine Beschimpfungen und Vorwürfe hingenommen hatte, fuhr auf und schrie mich wütend an.
„Hör auf, den Herrn zu lästern und seine Gebote und die Schrift zu schmähen! Jetzt ist es genug! Ich habe es hingenommen, daß du mich beschimpfst und erniedrigst, wie es kein Mann hinnehmen sollte. Ich war langmütig, weil dich der Schmerz um das verlorene Kind krank gemacht und deinen Geist verwirrt hat. Aber wenn du anfängst, den Herrn zu lästern, muß ich dir Einhalt gebieten!“
Ich lachte ihm ins Gesicht.

„Steht nicht in der Torah, daß der des Todes sterben soll, der einen Menschen stiehlt und ihn verkauft? Warum wurden dann die Brüder Josefs, die ihn an die Midianiter verkauft hatten, nicht mit dem Tode bestraft? Warum segnete Ya'akov sie sogar und gab ihnen Land, so daß sie die Väter der Stämme Jisrael wurden?"
„Du böses, lästerliches Weib, willst du wohl deine Zunge bezähmen! Ich verbiete dir, so zu reden!"
„Lautet das zehnte Gebot nicht: Laß dich nicht gelüsten nach dem Haus deines Nächsten? Warum hat dann der Herr versprochen, die Kna'ani, die Chivi, die Chitti und die Plischtim aus ihren Häusern zu jagen und diese den Söhnen Jisraels zu übergeben?"
Jehuda sprang auf, versuchte mich zu packen und mir den Mund zuzuhalten. Aber mein Körper hatte sich erholt und war kräftig geworden: Wenn man täglich Weizen schrotet, Butter schüttelt und die Wäsche wäscht, bekommt man starke Muskeln. Jehuda hingegen saß immer nur über den Schriftrollen und bei seinen Schülern. Und natürlich hielt er auch nichts von dem griechisch-heidnischen Brauch, seinen Leib durch Übungen zu ertüchtigen. Ich war nicht nur stärker als er, Haß und Wut vervielfachten noch meine Kräfte und halfen mir, ihn niederzuringen und zu Boden zu werfen und ihm dabei immer weiter verfängliche Zitate aus der Torah entgegenzuschleudern.
Als er hilflos keuchend vor mir lag, fing ich seinen verzweifelten Blick auf. Etwas löste sich in mir – unwillkürlich bot ich ihm meine Hand, um ihm aufzuhelfen. Als streckte ich ihm die krallenbewehrten Pranken einer Löwin ins Gesicht, schrak er zurück.
„Bleib weg von mir, Weib. Ich habe es bisher nicht glauben wollen und dich immer verteidigt. Aber du bist wahrhaft von einem bösen Geist besessen, sonst könntest du nicht solch gotteslästerliche Dinge von dir geben! Und du hättest nie die Kraft, einen Mann niederzuringen! Der Böse spricht aus dir, Satan hat dich in der Gewalt, Aschmodai ist über dir und hat dich verflucht!"
Ich brach in wildes Gelächter aus. Wie damals Avigail und Bathscheva mein Lachen als Beweis meiner Besessenheit ausgelegt hatten, so faßte dies nun auch Jehuda als Bestätigung seiner neuen Erkenntnis auf.
„Dann sprich doch die Scheidung aus – und du bist dein böses Weib endlich los!"
„Niemals! Dem Herrn ist die Scheidung ein Greuel! Nein, Satan, dein Angebot kann mich nicht verlocken! Ich vermag zwar nichts gegen dich auszurichten. Aber es gibt Kundigere und Weisere als mich! Die werden dich wieder in die Abgründe des Gehinnom zurückschicken, aus denen du gekrochen bist. Du wirst den Leib dieser Frau verlas-

sen, und sie wird wieder so sanft und süß werden, wie sie es bisher gewesen ist!"

Jehuda wollte einen Geisterbeschwörer holen! Ich sah Avigail schon wieder ins Haus kommen und mich mit Zaubersprüchen und reinigenden Tränken traktieren.

Ich mußte bald feststellen, daß ich Jehuda unterschätzt hatte. Seine Langmut gegenüber meinen Beschimpfungen hatte ich als Kleinmütigkeit und Schwäche ausgelegt. Aber er hatte wirklich nur die Kranke in mir gesehen, die mit aller Nachsicht und Schonung behandelt werden mußte. Nun, da er überzeugt war, daß er es nicht mit einer Kranken, sondern mit einem bösen, gotteslästerlichen Geist zu tun hatte, war nicht mehr geduldiges Warten, sondern schnelles Handeln am Platz.

Drei Tage später kam er in Begleitung eines Mannes nach Hause, dem er äußersten Respekt bezeugte. Sein Name war Rav Gerschon. Er war groß, knochig und mager und dunkel. Er mußte viel gefastet haben. Die Wangen waren eingefallen, seine Augen lagen in tiefen Höhlen, aus denen sie stechend leuchteten, als brenne in ihnen ein weißes, kaltes Feuer. Eine große Spannung und Energie ging von diesem Mann aus. Ich spürte, er besaß Macht über Menschen und wußte sie zu nutzen. Er reizte meine Neugier. Angst empfand ich nicht. Wovor hätte ich in meinem Haß auch Angst haben sollen! Unsere Blicke kreuzten sich – der Kampf begann. Seine Augen versuchten, mich in ihren Bann zu zwingen. Ich spürte, wie sie in mich drangen, wie meine Lider schwer wurden und sich senken wollten. Ein kalter Strom rann durch mein Gesicht und ließ das Fleisch meiner Wangen erstarren. Es schien, als ob alle Kraft, alles Leben aus ihnen flössen. Dann erwachte plötzlich Zorn in mir über diesen frechen Versuch, meinen Willen zu beugen. Die lähmende Schwere war verschwunden. Ich war wieder hellwach und sah diesen Mann frei und höhnisch an.

„Sie hat wahrlich den Teufel im Leib", waren seine ersten, leise, aber deutlich gesprochenen Worte in meiner Gegenwart. „Dieser böse Geist muß ausgetrieben werden – dafür werde ich sorgen!"

Eine Welle der Angst stieg in mir hoch. Ich rang nach Fassung. Diesen Mann würde ich nicht so leicht abtun können wie Avigail. Er hatte große innere Kräfte. Und ich wußte nicht, was er mit mir vorhatte und wie ich ihm Widerstand leisten sollte. Dann war auf einmal alles ganz leicht. Er wollte einen bösen Geist aus mir austreiben, wo nur Haß, Schmerz, Enttäuschung und Wut in mir hausten. Wozu Widerstand leisten? Sollte er den bösen Geist doch suchen! Wenn tatsächlich einer von mir Besitz ergriffen hatte, würde ich ihn gerne

loswerden. Ich wurde ganz ruhig und sah seinen Vorbereitungen mit Neugier und Interesse zu.
Er holte Räucherstäbchen aus seinem Mantel, zündete sie an, steckte sie in Schalen und verteilte diese in die Ecken des Raumes. Dann ließ er sich Wasser bringen und wusch sich umständlich die Hände, während er magische und mir unverständliche Sprüche murmelte. Ich mußte mich mitten in den Raum stellen, und er schritt dreimal um mich herum, seine heiligen Beschwörungen mit singsangartiger Eindringlichkeit wiederholend. Schließlich blieb er vor mir stehen, versuchte wieder, meine Augen unter seinen bannenden Blick zu zwingen und begann:
„Im Namen des Herrn, der Himmel und Erde geschaffen hat, sage mir, Dämon, deinen Namen!"
„Wenn du mich meinst – mein Name ist Mirjam."
„Nenne mir deinen Namen, Satan! Der Herr der Heerscharen auf seinem Feuerwagen gebietet es dir!"
Diesmal schwieg ich.
Er setzte die Beschwörung und Anrufung des bösen Geistes unbeirrt fort, und ich blieb ebenso unbeirrt an meinem Platz stehen. Schließlich fing er an, mich wiegend und stampfend zu umtanzen. Immer schneller und heftiger wurden seine Bewegungen. Er schien sich in einen Rausch zu tanzen, hielt dabei aber seine Augen fest auf mich gerichtet. Seine Fragen prasselten nun auf mich ein – flüsternd, schreiend, drohend, gebietend. Er keuchte, zündete ein Räucherstäbchen an und streckte es nach mir aus, als wolle er mich damit streifen. Weiter tanzend nahm er nun aus jeder Schale die glimmenden Hölzchen und schwenkte den feurigen Fächer in einem schlangengleichen Aufundab um meinen Körper. Als er mit den Feuerstäbchen immer näher kam, meine Augen und Haare fast berührte, riß Jehuda ihn zurück, der bisher stumm und ohne einzugreifen an der Tür gestanden hatte. Das war das Ende des Dämonenaustreibers Rav Gerschon in unserem Haus.
Aber es sollten andere folgen – Männer, Frauen, Alte, Junge. Sie versuchten es mit Beschwörungen, flößten mir mit Gewalt scheußliche Tränke ein, zwangen mich, widerliche Gerichte zu essen, unterzogen mich Waschungen und Bädern, fesselten mich an mein Bett, gruben mich bis zum Kopf in Schlamm ein und verspritzten das Blut von Opfertieren auf meinem entkleideten Körper. Rings um das Haus, um mein Schlafgemach und um mein Bett häuften sich Schrifttäfelchen mit dem heiligen Namen des Herrn und anderen Beschwörungsformeln.

Die Geisteraustreiber preßten Jehuda alles Geld ab, das wir mühsam erspart hatten, und zogen schließlich erfolglos und mit wüsten Verwünschungen meines teuflischen Dämons davon. Rav Gerschon war noch der Bedrohlichste von ihnen gewesen. Von ihm war wirklich eine geistige Kraft ausgegangen, über die keiner seiner Nachfolger verfügte. Bei ihnen war es Blendwerk, ein oberflächliches Angsteinjagen, das bei einfachen Gemütern vielleicht sogar wirken mochte, mir aber in seiner Armseligkeit und Plattheit nur lächerlich vorkam. Als Jehudas Geld versiegt war, brach auch der Zustrom der quacksalberischen Teufelsaustreiber ab. Mein Zustand hatte sich nicht geändert.
Seit Jehuda in mir nur noch die von einem bösen Dämon Besessene sah und die Geisteraustreiber ins Haus geholt hatte, war der letzte Faden zerrissen, der mich noch an ihn gebunden hatte. Jehuda und ich lebten wie Fremde nebeneinander her. Er hatte sich ein Bett in die Studierstube gestellt und schlief dort. Mit einem besessenen Weib wollte er nicht sein Lager teilen. Mir war es recht. Ich hatte seine Berührung schon vor dem Tod meines Mädchens nicht mehr ertragen.
Bathscheva besuchte mich nicht mehr. Ich weinte ihr nicht nach. Wenn wir uns zufällig in den Höfen begegneten, was sehr selten vorkam, da ich unser Haus am Tor kaum verließ, tat sie, als ob sie mich nicht sähe und wechselte notfalls die Richtung. Wenn sie mich zu spät erblickte, sah ich das Entsetzen in ihren Augen. Sie fuhr zusammen, duckte sich und tauchte in den nächsten Hofeingang. Für ihre Knechte und Mägde war ich zu einem schreckerregenden Ungeheuer geworden. Sie rannten schreiend vor mir davon – und hielten dann verstohlen hinter geschlossenen Türen und Fenstern nach mir Ausschau und beobachteten mein 'sündhaftes Treiben'. Auch Merav wagte sich nicht mehr zu mir, nachdem selbst Jehuda und anerkannte Geisteraustreiber meiner Besessenheit nicht hatten Herr werden können.
Ich verbrachte die Tage vollkommen allein, sprach nur mit mir selbst, durchlebte immer wieder die vergangenen Ereignisse, zergrübelte mir den Kopf, wie alles gekommen war, las mechanisch immer wieder die Schriftrollen, die ich längst auswendig konnte, und hatte jegliches Interesse an den Dingen und dem Leben um mich herum verloren. Ich vernachlässigte den Haushalt, ich vernachlässigte schließlich auch mich selbst. Oft blieb ich im Bett liegen, träumend, wachend – ich wußte nicht mehr, wie die Zeit verging, wußte nicht mehr, ob es Morgen, Mittag oder Abend war. Bald starrte das Haus vor Schmutz. Das Ungeziefer lief ungestört über Tische und Böden. Ich sah es mit Gleichgültigkeit. Ich wechselte meine Kleidung und Wäsche kaum noch. Ich muß schlimmer als die Aussätzigen gestunken haben. Wenn Jehuda

abends heimkehrte, nahm er selbst Besen und Wischlappen, um notdürftig wenigstens den schlimmsten Schmutz zu beseitigen. Er wusch das Geschirr ab, das ich hatte stehenlassen und bereitete sich selbst seine Mahlzeit, wenn er nicht im Herrenhaus oder auswärts eingeladen war, was sehr oft vorkam. Sein müdes, von Sorgen überschattetes Gesicht bereitete mir eine innere Genugtuung. Er litt – aber was war sein Leiden gegen das meine! Manchmal sprach er zu mir – versuchte, an meinen Verstand, an meine frühere Liebe zu appellieren. Ich hörte ihn, aber seine Worte fielen in einen leeren Abgrund.
Dann fand ich eines Morgens den Schlüssel zu Jochanan ben Ga'alyahus Bibliothek auf dem Boden im Studierzimmer. Er mußte Jehuda beim Ankleiden aus der Tasche gefallen sein. Da wir dicht am Tor wohnten, drang der Straßenlärm fast ungedämpft zu uns herein. Wenn draußen ein schwerer Karren vorbeifuhr und der Wagenlenker seine Tiere peitschenknallend vorwärtstrieb, hatten wir uns früher fast anschreien müssen, wenn wir uns unterhielten. Der Schlüssel war zu Boden gefallen, und Jehuda hatte es nicht gehört. Da lag er nun – der Schlüssel zum Ort meiner Sehnsucht. Verheißungsvoll glitzerte er mich an. Jehuda war im Herrenhaus und unterrichtete die Söhne des Arztes. Jochanan ben Ga'alyahu war wahrscheinlich unterwegs auf Patientenbesuch. Die Bibliothek würde leer und frei sein, jedenfalls frei von den verhaßten Menschen. Und Schriftrollen über Schriftrollen lagen dort und warteten darauf, gelesen zu werden. Sie warteten auf mich. Ich mußte nur ungesehen ins Herrenhaus gelangen und in die Bibliothek schlüpfen.
Ich wusch mir Gesicht und Hände und zog ein sauberes Gewand an. Merkwürdig, es war mir egal, ob das Haus oder ich selbst von Schmutz überkrustet war oder ob ich Speisen aß, die ich mit verdreckten Händen zubereitet hatte. Aber Schriftrollen mit schmutzigen Fingern anzufassen – dazu war ich selbst in meinem maßlosen Haß auf die Welt nicht imstande.
Ich hatte Glück und gelangte in die Bibliothek, ohne daß mich eine Seele gesehen hätte. Da lagen sie, die Schätze – dicht an dicht, säuberlich aufgerollt und wohlgeordnet. Fast ehrfürchtig schritt ich an den Regalen mit dem kostbaren Inhalt entlang. Und als ob Spannung und Leben zu mir zurückkehren wollten, spürte ich das Blut in den Adern pulsieren. Durch Jehudas Erzählungen wußte ich, wo ich die Katalogrolle finden würde. Ich suchte die Schriften Philons, begann zu lesen, und die Zeit stand still.
Ich schrak hoch, als die Türe aufgerissen wurde und Jehuda hereinstürmte. Ohne ein Wort zu sagen, packte er mich am Arm und zerrte

mich so ungestüm vom Platz, daß die Rolle, die ich noch in Händen hielt, fast zerrissen wäre.
„Paß doch auf die Rolle auf", schrie ich.
„Mit dreckigen Händen Schriftrollen anfassen und das Haus in Schmutz und Ungeziefer verkommen lassen! Warum hat der Herr mich mit dieser Frau gestraft! Aber ich weiß schon – es ist die Vergeltung dafür, daß ich meine Augen zu hoch erhoben habe! Ich wollte die Schönste, die Klügste, die Feinste! Und was habe ich bekommen? Eine bösartige, verluderte und zerlumpte Schlampe, die den Herrn lästert und eine stinkende, brandige Wunde in meinem Fleisch ist!"
„Wenn ich die Schriftrollen lesen dürfte, würde ich deinen lumpigen Haushalt schon sauberhalten!"
„Ah, du willst also Bedingungen stellen! Seit wann bestimmt ein ehrvergessenes Weib, was ihm zukommt? Du hast dich um deine Pflichten zu kümmern, Frau, und sonst um gar nichts! Es soll dich nicht gelüsten nach deines Nächsten Eigentum, böser Geist! Und wenn du auf die Gebote nicht hören willst, dann werde ich sie dir einprügeln!"
Ich hatte Jehuda noch nie so brüllen hören. Er war völlig außer sich.
„Schreist du vielleicht so, weil du Angst hast, Jochanan ben Ga'alyahu könnte dir den Schlüssel zur Bibliothek wieder abnehmen, weil er vor deinem besessenen Weib nicht sicher ist?" Ich lachte, und mein Lachen machte ihn noch rasender. An der herbeigeströmten, gaffenden Dienerschaft vorbei, die sich ein solches Schauspiel nicht entgehen ließ, zerrte er mich in unser Haus, drängte mich in mein Schlafgemach und sperrte mich ein.
Am nächsten Morgen erschien er mit einem Knecht des Herrenhauses, beide in Reisekleidung. Sie packten mich, führten mich nach draußen, wo drei Mulis warteten und setzten mich auf eines der Tiere.
„Solange der böse Geist in dir herrscht, kannst du nicht mehr hier im Hause bleiben. Gestern hättest du beinahe die Bibliothek zerstört! Wer weiß, was für ein Unheil du morgen anrichtest. Ich bringe dich zu meiner Mutter. Dort bleibst du so lange, bis der Dämon von dir gewichen ist."
Ich wehrte mich nicht. Es war mir völlig egal, wohin man mich brachte und wo man mich einsperrte. In Dovrat konnte ich wenigstens das Haus verlassen und mich in die Einsamkeit des Tavor flüchten.
Jehudith empfing mich freundlich, als wenn nichts geschehen wäre. Aber an dem kurzen besorgten Blick, den sie Jehuda zuwarf, erkannte ich, daß ihr Jehuda von meiner 'Besessenheit' geschrieben hatte. Esther und Aharon musterten mich neugierig, als warteten sie darauf, daß ich irgend jemandem an die Gurgel springen oder unflätige Worte von mir geben würde. Nur Schulamith freute sich ohne Vorbehalt. Sie

gehörte zu den Menschen, die nicht fähig sind, etwas Böses von anderen zu denken. Sicher hatte man ihr von meiner 'Besessenheit' erzählt, aber ausgerechnet sie, die so gläubig an meinen Lippen gehangen hatte, wenn ich meine Märchen von Gespenstern und Geistern erzählte, weigerte sich hartnäckig, auch nur ein Wort der Schreckensgeschichten über mich zu glauben.
Ich bekam das Zimmer, das Jehudith bewohnt hatte, als Jehuda und ich in ihr Ehegemach eingezogen waren. Am nächsten Tag kehrten Jehuda und der Knecht nach Tiberias zurück.
Ich setzte mein Leben der Untätigkeit, der Nachlässigkeit und des Inmichvergrabenseins fort. Esther stichelte, weil ich nicht im Haushalt half, Aharon war enttäuscht, daß er die Gespräche über Pferde mit mir nicht fortsetzen konnte, Jehudith lief mit noch unglücklicherem Gesicht und hängenderen Schultern herum als früher. Nun fiel mir zum ersten Mal die körperliche Ähnlichkeit zwischen Jehuda und seiner Mutter auf. Kummer und Sorge hatte die Verwandtschaft auch in Gestalt und Haltung deutlich werden lassen. Schulamith war gleichbleibend freundlich und zeigte auch keine Verstimmung oder Enttäuschung, wenn ich abends nur noch stumm bei der Familie saß, keine Geschichten mehr erzählte oder sie allein ließ und mich auf den Berg verzog.
Ich gewöhnte mir an, jeden Tag fernab von den stark begangenen Wegen und Pfaden auf den Tavor zu steigen und mich auf einen Felsen zu setzen, der inmitten einiger Büsche verborgen vor den Blikken zufällig vorbeiwandernder Menschen lag. Es tat wohl, den Menschen zu entfliehen, in die Stille des Berges zu tauchen und den Blick bis zur Grenze zwischen Himmel und Erde schweifen zu lassen. Wenn ich so dasaß und stumm in die Weite blickte, spürte ich, wie mein Atem freier floß, wie mein Kopf leichter und freier wurde und wie mein Bauch sich entspannte, dessen dauernde Verkrampfung mir bis dahin gar nicht aufgefallen war. Jede Stunde des Tages hatte auf dem Berg ihren eigenen Reiz. Frühmorgens, wenn es noch dunkel war oder gerade erst graute, stieg ich auf den Osthang und erwartete das heller werdende Licht hinter den Bergen Gil'ads, die ersten hervorbrechenden Strahlen der Sonne und die langen Schatten im warmgelben Morgenlicht. Gegen Mittag war es dann oft so heiß, daß die Luft flirrte und alles erstarren ließ. In der großen Mittagshitze verkrochen sich Mensch und Tier. Nichts bewegte sich, nicht einmal ein Lufthauch. Es war, als ob sich die Ewigkeit öffnete und die Zeit stillstand. Abends dann wieder das Nachlassen der Hitze, das gleichmäßige Schlagen der Zikaden. Ein zarter Wind begann die Haut zu umfä-

cheln, und die Sonne stieg als roter Glutball zum großen Westmeer hinab. Dann die Dunkelheit, die ersten glitzernden Punkte am Himmel, das Rascheln der Tiere am Boden, die in der abendlichen Kühle die Nahrungssuche wieder aufnahmen. Dann der sternenübersäte schwarze Himmel oder ein leuchtender Mond, der alles in ein freundliches, kühles Licht tauchte.
Auf dem Berg vergaß ich die Menschen, vergaß Jehuda, Jochanan ben Ga'alyahu und Bathscheva. Ich vergaß sogar mein totes Kind. Ich gab mich willig und dankbar dem Frieden und der Stille der Schöpfung hin, die mir nichts aufzwang, nichts verlangte, nichts verbot und mich sein ließ, wie ich war.
Wenn ich zum Berg hinaufstieg, ging ich mit schnellen, leichten Schritten, keine Anstrengung war mir zu groß. Nur abwärts wurden die Beine schwer und langsam. Unten erwartete mich die bedrückende Enge des Hauses. Unten erwarteten mich die mißtrauisch prüfenden Blicke Jehudiths und Esthers, die schwatzenden, neugierigen Nachbarn, deren Gesichter nur aus der Frage zu bestehen schienen: 'Warum hat Jehuda seine Frau nach Dovrat geschickt, wenn es ihm jetzt so gut geht?' Ich kehrte aus dem Land der Freiheit in mein neues Gefängnis zurück.

## 11. Kapitel: Die Begegnung

Eines Tages hatte ich mich wieder in die Stille und Einsamkeit des Berges geflüchtet. Ich saß auf dem Felsen, in mich versunken, an nichts denkend, den Blick starr in die Weite gerichtet, als ich unter mir eine Bewegung wahrnahm. Abseits von den Wegen schlug sich eine kleine Gruppe von Männern durch Gestrüpp und Buschwerk nach oben. Ich duckte mich etwas. Aber sie hatten die reglose Gestalt über ihnen gar nicht bemerkt. Sie gingen dicht beieinander und waren so vertieft in ihr Gespräch, als wäre der Berg, als wäre die Landschaft rings um sie her nicht vorhanden. Als sie näherkamen, konnte ich Einzelheiten ausmachen. Es waren etwa acht, neun Männer in der derben Kleidung des einfachen Volkes. Einfach und derb waren auch ihre Gesichter, kräftig und ungeschlacht ihre Körper. Nur einer, um den sie sich drängten und der ihr Anführer zu sein schien, war von mittlerer, fast athletischer Statur mit lockeren, weichen Bewegungen

wie die einer Katze. Während seine Gefährten heftig gestikulierend und untereinander streitend auf ihn einredeten, blieb er merkwürdig ruhig und unbeteiligt. Er schien zuzuhören und war doch in seine eigenen Gedanken versunken. Er hielt seinen Kopf von mir abgewandt, so daß ich sein Gesicht nicht sehen konnte. Seine Begleiter kämpften unaufhörlich um einen Platz an seiner Seite. Wer außen ging, versuchte, den Ring der Gefährten zu durchbrechen und seine Aufmerksamkeit zu gewinnen. Diejenigen, die dicht neben ihm gingen, schlossen den Kreis eifersüchtig enger und versuchten, die Außengehenden draußen zu halten.
Der Anführer lenkte seine Schritte jetzt etwas seitwärts zu einer Mulde, die ich von früheren Streifzügen gut kannte. Sie lud mit einem Polster aus dürrem Gras über der ebenen Erde zur Rast ein. Die Männer ließen sich auch sichtlich erleichtert nach dem anstrengenden Aufstieg wohlig zu Boden sinken, wo sie anfangs ihre Gespräche fortsetzten, dann aber allmählich stiller wurden, vor sich hindösten und schließlich einnickten. Ab und zu wehte der Wind ein paar Schnarchtöne zu mir hinauf. Nur ihr Anführer blieb aufrecht sitzen und schaute in die Tiefe. Als seine Gefährten eingeschlafen waren, stand er auf, verließ die Mulde und ging zu einem weiter entfernt liegenden Felsvorsprung. Dort stand er lange, in sich versunken. Dann breitete er seine Arme weit aus und ließ seinen Kopf nach hinten fallen, als ergäbe er sich der Stille des Berges und ließe sich von der Weite des Raumes umarmen. Ich hatte das Gefühl, als beobachte ich einen Menschen in seinem innersten Gebet mit dem Herrn – und als ob ich dabei nicht zuschauen dürfte. Aber ich konnte meinen Blick nicht abwenden. Lange stand er so da. Dann kehrte er zu seinen Gefährten zurück, legte sich zu ihnen und schlief ein wie sie.
Ich saß verwundert da und versuchte zu fassen, was ich eben gesehen hatte. Ging es diesem Menschen wie mir? Liebte er die Stille und die Einsamkeit? Mußte er wie ich ab und zu dem Lärm und dem Gedränge der Menschen entrinnen? Sprachen Land und Weite zu ihm wie zu mir? Bisher hatte ich keinen Menschen gefunden, der ähnlich wie ich den Drang nach Einsamkeit verspürte und dem Himmel, Erde und Berge mehr waren als nur der stumme und leblose Teil der Schöpfung. Zu Beginn unserer Ehe in Dovrat und in der ersten Zeit in Tiberias war ich mit Jehuda öfter auf den Tavor oder auf die Berge um Tiberias gestiegen, so wie ich früher mit Rav Akiva in den Bergen von Migdal auf Kräutersuche gegangen war. Bei den Ausflügen mit Rav Akiva ließ mich die Stille der Berge oft innehalten. Ich fing an, in die Weite zu starren und spürte, wie ich selbst ganz still und friedvoll wurde. Rav Akiva ließ mich dann ungestört träumen und suchte allein

weiter. Mit Jehuda war es anders. Wir lachten und schwatzten während des Anstiegs und stritten um die Auslegung der Torah. Wenn wir dann oben waren, und das Land zu unseren Füßen lag, die Augen frei und ungehindert über die endlose Weite schweiften und ich entzückt Jehuda auf die Schönheit des Ausblicks aufmerksam machte, warf er einen Blick in die Richtung, in die ich gedeutet hatte und sagte: „Ja, sehr schön", und setzte seine Rede, seine Argumente genau an der Stelle fort, wo ich ihn unterbrochen hatte. Er sah, was ich sah, aber es bedeutete ihm nichts. Ich sprach zu ihm von der Stille, die ich hörte – und er hielt ein und schwieg für ein paar Augenblicke. Aber dann griff er den letzten Punkt wieder auf, führte seine Beweiskette fort, und ich wußte, er hatte die Stille nicht gehört. Für ihn hatte sich nichts geändert. Für ihn waren Stadt und Berg gleich. Nur war der Berg beschwerlicher, weil man ihn erst erklimmen mußte. Jehuda liebte diese Spaziergänge nicht sehr. Und wenn ich mit ihm zusammen war, spürte auch ich immer weniger die Schönheit und die Stille der Berge. Nach und nach wurden unsere Ausflüge immer seltener, bis wir sie ganz eingestellt hatten. Erst seitdem Jehuda mich nach Dovrat verbannt hatte, hatte ich die Gewohnheit wieder aufgenommen, durch die Felder zu gehen und auf den Berg zu steigen. Für Jehudas Familie waren meine einsamen Streifzüge ein Zeichen meiner Besessenheit. Es war ihnen jedoch ganz lieb, wenn sie für eine Weile von meiner bedrückenden Anwesenheit befreit waren.

Die Sonne stand schon tief, als die ersten der Gruppe unter mir wieder erwachten. Es dauerte nicht lange, und alle standen schwatzend zusammen und scharten sich wieder um ihren Anführer. Wie hungrige Wölfe hingen sie an seinen Lippen, an seinen Augen, kämpften um seine Nähe wie um ein Stück Beute. Dann setzten sie ihren Weg nach oben fort. Jetzt konnte ich einzelne Worte und Gesprächsfetzen auffangen: „Torah, Herr, Vergebung, Gebote und Liebe ..." Es war ein Rav mit seinen Schülern!

Ich mußte lachen, wie sich die Männer durch das wilde Gestrüpp arbeiteten, ohne einen Blick nach links oder rechts zu werfen. Sie schauten nicht einmal hoffnungsvoll hinauf zu dem runden Gipfel, nicht zu dem, was sie dort erwarten könnte. Sie schauten auch nicht zurück in die Tiefe, wo Häuser und Dörfer auf die Größe von Spielsteinen geschrumpft waren und die Menschen so winzig und unbedeutend erschienen wie kleine schwarze Fliegen. Sie sahen nichts. Sie hatten nur die Torah und ihre Auslegung im Kopf. Wenn der Herr sie unversehens in das finsterste Verlies der Feste Antonia geworfen hätte, hätten sie es nicht einmal gemerkt.

Was hatten sie hier zu suchen, diese trockenen Buchstabenanbeter, die nicht dankbar verspürten, wie die weiche Luft des Abends über ihre Wangen strich, die nicht auf das Rascheln der aufgestörten Tiere zu ihren Füßen achteten, die nicht die scharlachrote Sonne und den Himmel purpurn über sich leuchten sahen! Was hatten sie mich zu stören in meiner Einsamkeit, diese blinden, engherzigen Gesetzesausleger! Warum blieben sie nicht in den Gemäuern der Schulen und Bibliotheken, diese Ebenbilder des Herrn, die die Weisheit nur in alten Büchern fanden und eifersüchtig vor den Frauen, diesen armseligen, aus ihrer Rippe erschaffenen Geschöpfen, hüten mußten! Ich brauchte sie nur zu beobachten und fand alles bestätigt, was ich an gesetzestreuen Pruschim wie Jehuda und Jochanan ben Ga'alyahu zu verabscheuen gelernt hatte.
Zorn und Verachtung fingen wieder in mir zu brodeln an, als ich einen Blick ihres Ravs auffing, der mich als einziger in meinem gut geschützten Ausguck entdeckt hatte. Er lächelte grüßend herauf und zuckte dabei in komisch hilfloser Ergebenheit mit den Schultern, als wollte er sagen: „Ich wollte, ich könnte mit dir tauschen! Aber du siehst ja: Sie lassen mich nicht!“ Er hatte ein ovales Gesicht mit ungewöhnlich großen Augen für einen Mann, eine gerade, fleischige Nase und einen vollen, wohlgeschwungenen Mund. Es war ein nicht ganz regelmäßig geschnittenes, aber in sich sanft gerundetes, fast weiblich schönes Gesicht, das ohne feste Kanten oder scharfe Züge gesammelte Energie und Konzentration ausstrahlte. Seine Begleiter, die jede seiner Bewegungen und Gesten mit den Augen verfolgten, hoben nun auch ihre Köpfe und versuchten zu erspähen, was ihr Meister wohl gesehen haben mochte. Zwei oder drei bemerkten mich nun auch, aber dann wanderten ihre Augen suchend weiter. Ihrem Rav mußte etwas Bedeutenderes aufgefallen sein als eine einsame, einfach gekleidete Frau, die stumm auf einem Felsen kauerte.
Der Rav, der mich nur kurz gegrüßt hatte, war weitergegangen. Wie ein aufgeregt summender Bienenschwarm folgten sie ihm nach.
Sie waren schon aus meinem Gesichtskreis entschwunden, als eine ungeheure Erregung mich packte. Es war alles so schnell gegangen, daß es mir nicht gleich aufgefallen war. Während ich diese Männer und ihren Rav gemustert hatte, während ich den Gruß ihres Meisters wahrgenommen hatte, hatte er mich angesehen. Er hatte mir einen Blick gesandt. Und dieser Blick, den ich nur kurz aufgefangen hatte, hielt sich vor meinen Augen, und seine Bedeutung drang erst jetzt, nachdem der Mann fort war, langsam in mich ein. Unglaublich, unfaßbar war die Botschaft des Blicks, wenn ich sie wirklich verstand. Denn der Blick sagte nichts anderes als: „Ich verstehe dich. Ich weiß, warum

du da oben sitzt. Ich weiß und verstehe, warum du dort allein sitzt und in die Weite starrst. Es ist schön, in der Stille und Weite zu sein. Das Gewusel und Gedränge der Menschen, ihr ewiges Wollen, Streben, Gieren, Gängeln und Zwingen ist manchmal kaum zu ertragen. Ich verstehe dich – und du verstehst mich! Wir sind Geschwister der Einsamkeit und der Stille."

Wie ein warmer Regen die ausgetrocknete Erde durchrieselt, sie wohltuend befeuchtet und wieder zum Leben erweckt, drang der Blick dieses Mannes in mein versteinertes Inneres und rührte an die versiegte Quelle des Hoffens. Ich hatte längst vergessen, daß ich jemals gehofft und gewünscht hatte, ein Mensch könnte meine innersten Regungen verstehen und teilen. Mit der Hoffnung meldete sich der alte Schmerz der Enttäuschung, die Bitterkeit der Kränkung und eine wehe Trauer. Dieser Blick hatte mich angerührt, aufgewühlt und verwirrt. Ich las seine Botschaft, aber ich konnte sie nicht glauben.

Als ich mich schließlich aufraffte und zu Jehudiths Haus zurückkehrte, als mich die vertrauten lauernden oder absichtlich seitwärts gewandten Blicke empfingen, war alles wieder im alten Lot. Ich war wieder versteint, nur von kaltem Haß und Widerwillen gegen alle erfüllt. Ich fragte mich, was wohl in mich gefahren war, daß ich diesen Mann für anders als die übrigen Menschen gehalten hatte. Ich hatte in seinen Blick etwas hineinphantasiert, das es gar nicht gab, und das war alles.

Aber manchmal vorm Einschlafen – abends, wenn ich die Augen schon geschlossen hatte – sah ich wieder diesen Blick und das tiefe, innige Verstehen darin. Und ein warmer Strom quoll in mir auf und wollte antworten. Wenn ich mich dabei ertappte, lachte ich mich selbst aus und schalt mich eine dumme Gans, die immer noch nicht die Dummheit und Bosheit der Welt begriffen hatte. Dann wurde ich wieder hart und böse und schlief endlich ein.

Einige Tage nach der Begegnung fragte ich Schulamith und Aharon beiläufig nach den Männern, die ich auf dem Berg erblickt hatte. Aber sie hatten sie nicht gesehen und nichts von ihnen gehört. Ich fragte nicht weiter, denn das hätte ihr Mißtrauen erregt. Noch weniger wagte ich, mich bei der schlauen und alle Neuigkeiten wie ein Schwamm aufsaugenden Esther zu erkundigen. Sie hätte etwas in meiner Frage hineingewittert, das nicht darin lag – oder vielleicht doch? Sie hätte aus alter Feindschaft ein Drama daraus gesponnen, in dem ich fremden Männern nachlief oder fremde Männer mich bedrohten. Es würde darauf hinauslaufen, daß man mir meine ohnehin kaum geschätzten Ausflüge in die Bergeinsamkeit verbot, und diese Gefahr mußte ich unbedingt vermeiden. Ich war zwar von einem bösen Geist beses-

sen. Aber ich war noch immer Jehudas Ehefrau. Die Familie würde alles daransetzen, um seine Ehre zu schützen. Normalerweise ging Esther von selbst mit allen Neuigkeiten, die sie irgendwo aufgeschnappt hatte, tagelang hausieren und prahlte damit. Da sie die Männer nie erwähnte, konnte ich davon ausgehen, daß auch sie von deren Anwesenheit in unserer Gegend nichts wußte.
Ein oder zwei Wochen später kam Aharon vom Markt in Nazrath zurück und erzählte wie üblich, welche Preise zu erzielen waren, welche neuen Verordnungen es gab und natürlich auch den neuesten Klatsch, der alle am meisten interessierte.
„Alle reden von einem neuen Wunderrav, der Kranke heilt und böse Geister vertreiben kann."
Auch wenn sie mir nicht in die Augen sahen, spürte ich, wie alle Blicke auf mich gerichtet waren.
„Er soll aus Nazrath stammen, der jüngste Sohn des Zimmermanns Josef ben Eli."
„Sohn eines Zimmermanns", spöttelte Esther.
„Ich sage ja nur, was ich gehört habe. Jedenfalls bringt man von überall die Kranken und Besessenen zu ihm. Er soll sie heilen."
In dem Schweigen, das dieser Eröffnung folgte, konnte ich fast sehen, wie ihre Gedanken um mich kreisten, sich mit Hoffnung aufluden und schließlich in das klare „Wir müssen Mirjam zu diesem Rav bringen, vielleicht kann er sie heilen" mündeten. Sie sagten nichts – aber der Entschluß stand wie in großen Lettern auf ihrer Stirn geschrieben. Am nächsten Morgen hörte ich zufällig, wie ein Bote nach Tiberias geschickt wurde. Wenige Tage später traf Jehuda ein.
Wir standen uns als Fremde gegenüber. Jehuda war sehr schmal geworden. Mit dem gebeugten Rücken und der Sorge in seinem eingefallenen Gesicht war die Ähnlichkeit mit seiner Mutter nun überdeutlich. Aber ungleich Jehudith ergab er sich nicht so leicht in sein Schicksal. In seinen Augen brannte noch immer der unbeugsame Wille, dem Herrn bedingungslos zu dienen und allen seinen Geboten zu gehorchen. Nun war er geschlagen mit einer von bösen Geistern besessenen Frau. Für Jehuda war es eine Prüfung, die der Herr ihm auferlegt hatte, so wie einst Ijov, der Vater aller Leiden, vom Herrn geprüft worden war.
„Ich werde dich morgen zu dem Rav nach Nazrath bringen, der große Wunder tun soll. Der böse Geist in dir muß endlich bezwungen werden."
„Wenn du mich in Ruhe ließest, ginge es mir schon viel besser", sagte ich kalt. „Du brauchst nur die Scheidung auszusprechen, anstatt dein mühsam verdientes Geld sinnlos an Scharlatane zu verschwenden."

Jehuda wandte sich abrupt ab. Den ganzen Tag richtete er das Wort nicht mehr an mich, sondern saß bei Jehudith und seinen Geschwistern und ließ sich von allen Ereignissen seit seinem letzten Besuch berichten. Wenn die Stimmen sich senkten, wußte ich, daß sie über mich sprachen. Ich lauschte nicht. Es war mir völlig egal, was sie sagten, dachten oder beratschlagten.
Jehuda und Aharon brachten mich am nächsten Tag nach Nazrath. Manche lachten höhnisch, als Jehuda sich nach dem Haus des Rav Jeschua ben Josef erkundigte.
„Was, ihr glaubt an den verrückten Zimmermannssohn? – Der hatte doch noch nie alle beisammen!"
Andere gaben bereitwillig und fast ehrfürchtig Auskunft. Sie berichteten, daß der Rav die Stadt bereits verlassen hatte und zu einem kleinen Dorf in der näheren Umgebung weitergezogen war.
„Er war schon immer etwas Besonderes! Als Kind hat er im Tempel mit den gelehrten Rabbanim gesprochen, als wäre er einer von ihnen! Er hat der alten Zipporah die Hand aufgelegt – und sie konnte wieder sehen! Er hat Meïr von seinen bösen Geistern befreit! Er legt die Torah auf eine ganz neue und wunderbare Weise aus! Er ist ein großer, mächtiger Rav und gesegnet vom Herrn!"
Wir zogen weiter zu dem Dorf Qana, in dem sich der Rav aufhalten sollte. Der Weg war steinig und selbst für unsere Maultiere beschwerlich. Die ganze Zeit ging es bergauf. In Qana wies man uns weiter den Berghang hinauf. Dort, hinter dem Dorf, würden wir ihn und seine Gefährten finden.
Als wir den Hang hinaufstiegen, sahen wir die Gestalten der Männer – schwarze, scharf umrissene Schatten vor dem weißglühenden Mittagshimmel. Wie riesige dunkle Vögel schienen sie auf uns zu lauern. Als wir schließlich schweißüberströmt und am Ende unserer Kräfte bei ihnen angelangt waren, erkannte ich in ihnen die Männer vom Berg Tavor.
Jehuda fragte nach dem Rav – und er, der mich auf dem Tavor als einziger entdeckt hatte, nickte uns grüßend zu.
Jetzt, von nahem sah der Rav neben den ungeschlachten Leibern seiner Begleiter trotz seiner kräftigen und athletischen Statur fast mädchenhaft zart und grazil aus. Wie jung er war – wie unglaublich jung! Er war der Rav und schien doch jünger als seine Schüler zu sein! Dann erkannte ich, daß es seine Augen waren, die ihn so jung aussehen ließen. Er blickte uns freundlich und offen entgegen – so offen und vertrauensvoll wie ein kleines Kind, das nichts Böses von einem Fremden befürchtet. Innerlich mußte ich lachen. Mit welch mächtigen Zaubern wollte dieser zarte, freundliche Mann, der sich nicht

einmal seiner Begleiter erwehren konnte, meinen 'bösen Geist' niederringen und gefügig machen? Mit welchen Mitteln wollte er mich wieder in die liebevolle und gehorsame Ehefrau verwandeln, die sich ohne Widerworte mit dem begnügte, was die Gebote für sie vorsahen?

Mit aller Ehrerbietung, die einem Wunderrav gebührt, grüßte Jehuda den Rav und stellte Aharon vor. Die Schüler des Rav bedachte er mit einer leichten Neigung des Kopfes.

„Herr, dieses unwürdige Weib ist meine Frau Mirjam bat Schimschon. Sie ist von bösen Dämonen besessen. Ihr Geist ist verwirrt, sie lästert den Herrn. Ihr Herz ist verdunkelt und zu Stein geworden. Ihr Leib ist wie ein wüster Acker, den ich nicht bestellen kann. Sie hat sich mir ganz verschlossen. Hilf ihr und hilf mir, und befreie sie von den üblen Geistern! Ich war mit ihr schon bei dem besten und berühmtesten Dämonenaustreiber von Tiberias, dem großen Rav Gerschon. Ich war bei unzähligen Rabbanim und weisen Männern und Frauen, denen man Heil- und Wunderkräfte nachsagt. Keiner konnte helfen. Nun erschallt dein Ruhm in allen Dörfern und Städten des Gallil. Darum bringe ich sie dir. Du bist meine letzte Hoffnung und Zuversicht. Du allein kannst ihr noch helfen."

Er verneigte sich tief und demütig.

„Und du möchtest also, daß deine Frau geheilt wird?" fragte der Rav. Seine Stimme war weich und angenehm.

„Natürlich", sagte Jehuda und nickte. „Das wäre mein größtes Glück. Ich möchte, daß sie wieder so schön und so strahlend wird, wie sie es einmal war. Sie ist außerdem sehr klug – auch wenn es heute schwerfällt, das zu glauben, wenn sie so stier blickt."

Der Rav sah mich an und lächelte plötzlich.

„Ich kenne dich", sagte er. „Du warst die Frau auf dem Berg Tavor."

Ich nickte und mußte auch ein bißchen lächeln. Sein Blick tauchte in meine Augen – sanft, freundlich, mit einer unglaublichen Wärme und Zartheit. Ich erschrak. Ich hatte bis dahin nicht gewußt, daß Augen eine solche Liebe ausstrahlen können. In seinen Augen stand Liebe und nichts als Liebe. Sie blickten Liebe, sprachen Liebe, waren Liebe. Ich wehrte mich dagegen. 'Es ist eine Falle', dachte ich. 'Das ist doch gar nicht möglich!' Aber ich spürte, wie ich unter seinem Blick weich wurde, wie meine Härte, wie mein Haß zu schmelzen begannen. In seinen Augen las ich nicht die bewundernde und fordernde Liebe eines Mannes, der eine Frau schön und begehrenswert findet. Solche Augen kannte ich. Seine Liebe war klar und einfach. Sie wollte nichts von mir. Sie sagte nichts weiter als 'Du bist schön und gut – schön und gut, so wie du bist.' Es tat weh, so angesehen zu werden. Ich hatte

nicht den Mut, diesem Blick, dieser Liebe standzuhalten, ihr zu vertrauen. Im nächsten Augenblick würde ich erkennen, daß ich mich getäuscht hatte, daß seine Liebe Verrat und Betrug war. Und der Schmerz der Enttäuschung würde über meine Kräfte gehen. Ich wandte den Blick ab – und wie magisch angezogen, suchte ich doch wieder seine Augen. Sein Blick war unerträglich mit dieser Liebe.
„Nein“, schrie ich, „du machst mich nur weich und nachgiebig, damit ich zu Jehuda zurückgehe und wieder seine brave, gehorsame Ehefrau werde! Aber ich will nicht! Hörst du, ich will nicht! Ich kann nie mehr seine Frau sein!“
„Du willst nicht mit deinem Mann leben?“ fragte er. Kein Vorwurf. Nur Aufmerksamkeit, Interesse in seiner Stimme – und dieselbe klare, reine Liebe.
„Nein“, schrie ich. „Sonst ersticke ich! Er tötet alles in mir, was lebendig ist! So wie er das Kind getötet hat, das ich getragen habe! Ich will nie mehr zu ihm zurück!“
„Wer sagt, daß du zu ihm zurückmußt?“
Ich war verwirrt. Auf alles war ich gefaßt, nur nicht darauf, daß er mit mir ein Spiel treiben würde. Aber in seinen Augen entdeckte ich nicht den geringsten Funken von Ironie oder Spott – nur Aufmerksamkeit, warme Anteilnahme und Liebe. Er meinte seine Frage ganz ernst.
„Wer?“ stammelte ich schließlich. „Alle – Jehuda, die Familie! Die Schrift, die Gebote, der Herr!“
„Ganz recht“, fiel Jehuda ein, „das weiß doch jeder, selbst das kleinste Kind! Es steht geschrieben: Er soll dein Herr sein! – Und wenn der Mann die Frau nicht entläßt, muß sie bei ihm bleiben!“
„So steht es geschrieben“, wiederholte der Rav nachdenklich und fuhr fort:
„Mirjam – so heißt du doch, nicht wahr –, wohin möchtest du gehen, wenn du nicht mehr zu deinem Mann zurückwillst? Sehnst du dich nach einem anderen Mann?“
„Ein anderer Mann?“ rief ich verächtlich. „Das wäre doch genau dasselbe! Ich wäre genauso ins Haus und in die Küche verbannt wie bei Jehuda! Vielleicht würden ihm Kinder mehr bedeuten als nur die Erfüllung des Gebots ‘Seid fruchtbar und mehret euch’. Aber die Torah und andere Bücher dürfte ich genausowenig studieren wie bei Jehuda und Jochanan ben Ga’alyahu mit seiner großen Bibliothek.“
Ich weigerte mich trotzig, dieser Liebe in seinen Augen zu glauben und zu vertrauen. Hatte mich nicht auch Jehuda geliebt? Und hatte mich seine Liebe nicht zu einer erbärmlichen Sklavin gemacht? Während es mir jedoch immer schwerer fiel, mich dem trügerischen Sog seines Blicks zu entziehen, kam mir der Gedanke, wie ich diesen Lie-

be sprechenden Augen widerstehen könnte. Man brauchte seine Liebe nur auf die Probe zu stellen.

„Ich will keinen anderen Mann“, rief ich, „ich will die Torah studieren! Ich will weiterlernen. Rabbi, laß mich bei dir bleiben! Ich will von dir lernen!“

Sein liebender Blick ruhte unverwandt auf mir.

„Mirjam, ich habe keine Schriftrollen bei mir, aus denen ich dich lehren könnte. Aber wenn du bei mir bleibst, wirst du die Liebe Gottes erfahren und wieder lebendig werden.“

Er sagte es sanft und leichthin. Aber es war Ernst. Er meinte, was er sagte! Und nicht nur das. Er sprach vom Leben. Als könnte er meine geheimsten Gedanken und Wünsche lesen! Leben, Lebendigsein, das hatte ich gefunden, als ein neues Leben in mir gewachsen war. Da hatte ich seine Bedeutung begriffen. Aber mit dem Tod meines Kindes war nicht nur sein Leben, sondern auch meines erloschen. Die ganze Welt erschien mir von diesem Tage an wie tot, bevölkert von lebenden Leichnamen, wie ich einer geworden war. Und Jehuda und Jochanan ben Ga'alyahu und Bathscheva und auch Jehudith und Jehudas Geschwister. Aber dieser Mann vor mir war kein lebender Leichnam. Er war lebendig und er wußte, was Leben bedeutet. In einem zitternden Taumel begriff ich es. Ich durfte ihm glauben, durfte ihm vertrauen. Ich hatte die Liebe in seinen Augen gesehen. Und jetzt ließ ich sie in mich hineinfluten, ich ließ mich von ihr tragen, verschmolz mit dieser Liebe. Alles löste sich darin auf – mein Trotz, mein Mißtrauen, meine steinerne Härte, mein Schmerz über das verlorene Kind, meine Enttäuschung über Jehuda. Die Liebe, die mich durchdrang, wusch alles weg. Weinend und schluchzend brach ich zu seinen Füßen zusammen.

Ich hörte Jehuda scharf protestieren, die Männer des Rav murrten, hielten sich aber abseits. Ich umklammerte die Füße des Rav, bis er mir aufhalf und beruhigend meine Hand festhielt.

„Deine Frau ist geheilt. Sie wird bei uns bleiben, um den lebendigen Gott zu finden“, sagte er zu Jehuda, der den Rav fassungslos und noch bleicher als sonst aus glühenden Augen anstarrte.

„Geheilt“, wiederholte er mit dumpfer Stimme. Seine Augen irrlichterten zwischen mir und dem Rav hin und her. „Geheilt!“ Dann wich seine Lähmung. Er wollte mich am Arm packen und fortreißen, aber der Rav hatte mich noch schneller an sich gezogen und schützte mich. Jehuda spuckte in ohnmächtigem Zorn vor mir aus.

„Schöne Heilung nenne ich das!“ Seine Stimme zitterte in bitterer Wut. „Das ist doch ein abgekartetes Spiel! Wieviel Geld hast du ihm denn gegeben, damit er dich heilt? Oder hast du ihm einen anderen

Lohn versprochen? Was hast du mit Aharon angestellt, daß er mir dieses Märchen über den Wunderrav erzählt hat? Hast du keine Scham, diesen unschuldigen Jungen in dein Lügennetz hineinzuziehen! Aber du mußt ja alles in den Treibsand deiner Gaukeleien reißen! Es steht geschrieben, du sollst Vater und Mutter ehren – aber du hast deine Eltern schamlos belogen und betrogen, nur um mich zum Ehemann zu bekommen! Es steht geschrieben, du sollst kein falsches Zeugnis reden wider deinen Nächsten – aber du hast böswillig deine Eltern verleumdet, nur um mir das Geständnis meiner Liebe abzupressen! Und als es zu spät war, als dein Lügenwerk offenbar wurde, war unser Bund schon geschlossen, und ich hatte nicht die Kraft, dich zurückzuschicken und diese unheilige Ehe für nichtig zu erklären. Ich habe meine Ehre, mein Heil geopfert, weil ich dich liebte und weil ich mir einredete, der Herr würde die Sünde, die du aus jugendlicher Torheit und Verliebtheit begangen hast, gnädig verzeihen, wenn wir von nun an demütig und in Ehrfurcht seinen Geboten folgten. Aber der Herr hat uns für unsere Überhebung, für unsere Sünden gestraft. Er hat seinen Würgeengel ausgesandt, auf daß er uns Demut und Gehorsam lehre. Der hat die Frucht unserer sündigen Ehe in deinem Schoß berührt, daß sie vorzeitig verwelkte und ausgestoßen wurde. Der Herr hat deinen störrischen Sinn gestraft, daß er wirr wurde. Und mich, der ich dich immer noch liebte, hat er mit Blindheit geschlagen, daß ich mein Elend nicht erkannte. Aber jetzt sind mir die Augen aufgegangen. Ich habe mein Herz an ein sündiges, ehrloses Weib gehängt, statt dem Herrn anzuhangen und seinen Geboten. Aber nun wende ich mich reuig wieder zum Herrn und kehre mich von dir. Ich sage mich los von dir für immer. Ich scheide mich von dir in Ewigkeit! Geh du nur zu diesem Lügen- und Lumpenpack! Da gehörst du hin! Unsere Ehe hat mit deinen Lügen begonnen, soll sie auch mit deinen Lügen enden!"

Er hörte nicht Aharons entsetzten Aufschrei, noch viel weniger die liebevollen, begütigenden Worte des Rav. Er hatte mich inzwischen losgelassen, aber ich hielt mich immer noch dicht bei ihm, aus Angst, Jehuda könnte sich anders besinnen, mich packen und zurück zu seiner Familie schleppen.

Aber Jehuda hatte kehrtgemacht, hatte die Zügel seines Maultieres ergriffen und riß es in größter Hast, über die Ackersteine stolpernd, zurück in Richtung Qana. Aharon warf mir einen stummen, feindseligen Blick zu, nahm die Zügel meines Maultieres, zog es herum und folgte seinem Bruder nach.

Jehuda hatte sich von mir losgesagt und die Scheidung ausgesprochen! Was ich in den Tagen, Wochen und Monaten seit der Totgeburt

meiner Tochter ersehnt hatte – jetzt war mein Wunsch in Erfüllung gegangen. Und das Verrückte war, daß es überhaupt keine Rolle mehr spielte! Ich wäre auch ohne den Scheidungsspruch nicht mehr mit ihm gegangen.
Dann wurde mir bewußt, daß ich mit dem Rav und seinen Männern allein zurückgeblieben war. Ich suchte seine Augen. Der Rav legte seinen Arm um mich und führte mich zu seinen immer noch abseits stehenden Gefährten. Ihre Gesichter waren wie versteinert.
„Mirjam wird von jetzt an bei uns bleiben. Sie wird eine von uns sein, und ich bitte euch, sie mit der gleichen Liebe und Freundschaft anzunehmen, wie ihr es untereinander getan habt."
Die Männer würdigten mich keines Blickes. Sie hatten nur Augen für ihren Rav. Sie schauten ihn so verständnislos an, als spräche er in einer fremden Sprache. Er ließ sich davon nicht beirren. Er führte mich zu dem Ältesten der Gruppe, dem einzigen mit schon grauen Haaren, der seinen Rav, wie die meisten anderen auch, um einen Kopf überragte. Mit einem kindlich-naiven und erwartungsvollen Ausdruck schaute er seinen Meister an.
„Mirjam, das ist Schim'on bar Yonah, mein ältester Freund und Gefährte."
Nicht anders als ein gehorsames Kind, das seinem Lehrer zu gefallen sucht und tut, was von ihm verlangt wird, auch wenn es den Sinn nicht versteht, grüßte der Riese mich nun mit einem freundlichen Lächeln. Im nächsten Augenblick verschattete sich seine Miene, seine Augen wichen mir aus.
„Dies ist Andrai, sein Bruder."
Der Bruder war jünger und fast genauso groß, aber mit gröberen Gesichtszügen. Als sei ein fremder Geist in ihn gefahren, nickte er mir zu und zog dabei eine Grimasse, die wohl einen Willkommensgruß darstellen sollte.
Die anderen waren Ya'akov ben Savdai, Philippos, Libai oder Taddai, wie er meist gerufen wurde, Bar-Tolmai, Ya'akov ben Chalfai, Schim'on aus Qana, der sich erst vor zwei Tagen der Gruppe angeschlossen hatte, und Jehuda aus Kriot, der Jüngste von allen, der mir zuletzt vorgestellt wurde. Während alle anderen mehr oder weniger unwillig und steif meine Anwesenheit zur Kenntnis nahmen und mich nur auf Geheiß des Ravs mit einem Blick bedachten, sah ich, wie der Widerwille auf dem Gesicht des jungen Jehuda allmählich einer stillen Heiterkeit Platz machte, während seine Augen unablässig zwischen dem Rav, seinen Gefährten und mir hin- und herwanderten. Als wir uns schließlich gegenüberstanden, grinste er mich fröhlich an und gab mir die Hand.

„Wenn die Pruschim erfahren, daß jetzt auch eine Frau im Gefolge ist, werden sie wie die Schakale heulen und die Zähne fletschen. Ich bin gespannt, was du ihnen antworten wirst, Rabbi! Sicher werden sie lange daran zu kauen haben!“
Alles lachte, und die Situation entspannte sich ein wenig. Aber einige Gesichter wurden daraufhin noch sorgenvoller. Ich ahnte, was in ihren Köpfen vorging: ‘Wenn jetzt auch noch eine Frau bei uns ist, werden sie den Rav als gotteslästerlichen Sittenverderber hinstellen und seine Lehren für gänzlich verrückt erklären. Welcher ernsthafte Mann wird seinen Worten noch Glauben schenken, wenn er diese Frau bei uns sieht!’
Wenn der Rav ihre heimlichen Bedenken zu lesen verstand, ließ er sich davon nicht beeindrucken. Er setzte sich auf den Boden, wies mir einen Platz neben sich an und bat mich, aus meinem Leben zu erzählen. Ich vergaß seine Männer und ihre Ablehnung und erzählte. Ich sah nur ihn – ihn, seinen reglos stillen Körper, der mit der Erde zu verschmelzen schien, sein offenes Gesicht, seine liebenden Augen. Und er hörte zu. Ich erzählte alles – von Anfang an, wahrhaftig und schonungslos gegen mich selbst. Meine kindischen Träumereien von einer reichen und mächtigen Heirat, meine Liebe zu Jehuda, mein lügnerisches Spiel, um ihn zu gewinnen, unsere Ehe, die Entfremdung, meine Schwangerschaft – zuerst ungewollt, dann freudig begrüßt –, der Verlust meiner Tochter, die Hebammen, der Arzt Jochanan ben Ga'alyahu und seine geschwätzige Bathscheva, mein Schmerz, meine Wut, das Absterben allen Lebens in mir und aller Liebe und Freude, mein Haß auf diese Welt, meine Besessenheit, die Geisteraustreiber und ihre vergeblichen Versuche, mich zu heilen. Alles berichtete ich so getreulich und umfassend wie möglich. Ich war wie verzaubert. Hier erzählte ich mein Leben, meine Taten – und dieser Mann hörte zu und verstand. Er wunderte sich nicht, er mißbilligte nicht, er verachtete nicht. Ich spürte nichts als die große Liebe, die mich so sein ließ, wie ich war, die mich trotz meiner Lügen, trotz meines Hasses und trotz meiner Wut, trotz meines rachsüchtigen Hohns immer noch umfing und nicht schwankte und nicht zerbrach.
„Du hast vieles falsch gemacht und viel gelitten“, sagte er schließlich, als ich geendet hatte. „Aber das zählt jetzt nicht mehr. Du wirst von jetzt an ein anderes Leben führen.“
Und ich wußte, es war wahr, was er sagte: Von jetzt an begann ein neues Leben. Das alte Leben war Vergangenheit und abgetan. Eine neue Mirjam schlug die Augen auf und fand sich in einer Welt der Liebe, der Freiheit und des lebendigen Lebens wieder.

Bar-Tolmai, ein wuchtiger, dunkler Mann mit buschigen Augenbrauen, die seine Augen fast verdeckten, räusperte sich.
„Rabbi“, begann er und in seiner Stimme schwang ein leichter Vorwurf, „es wird bald dunkel, und wir haben noch nicht zu Abend gegessen. Wir wissen nicht einmal, wo wir diese Nacht schlafen werden. Außerdem müssen wir ein Quartier für die Frau finden. Aber wir haben kein Geld mehr.“
Er sagte ‘die Frau’, obwohl er meinen Namen sicherlich gehört hatte. In seinen Augen war ich nichts anderes als ein lästiger Störenfried, um den man sich zu allem Überdruß auch noch kümmern mußte. Wenn der Rav mich geheilt meinem Ehemann überstellt hätte, wäre ich ihnen nicht zur Last gefallen. Und der dankbare Jehuda hätte sicher einige gute Geldstücke dagelassen.
„Mirjam, wo willst du schlafen? Sollen wir in Qana eine Schlafstatt für dich suchen, oder willst du bei uns bleiben?“
„Bei dir bleiben!“
„So soll es sein. Hat jemand eine Idee, wo wir etwas zu essen finden und schlafen können?“
„Rabbi“, meldete sich Schim‘on aus Qana zu Wort, „meine Familie wird sich glücklich schätzen, wenn du – wenn wir bei ihr einkehren. Mein Bruder führt ein gastliches Haus. Übermorgen heiratet sein ältester Sohn, und die Anwesenheit eines so großen Rav wird ihn und sein Haus ehren!“
„Wunderbar! Dann laßt uns aufbrechen.“
Ich war bezaubert von der Leichtigkeit und der heiteren Unbekümmertheit, mit der er auf Bar-Tolmais Einwurf reagiert hatte. Er gab seine Antworten, als sähe er überhaupt nicht die Sorgen, die wie bleigraue Wolken über Bar-Tolmai hingen, seine Miene verdüsterten und seine Stimme unheilschwer verdunkelten.
Wir brachen auf und folgten dem gewundenen Pfad nach Qana. Ich ging allein. Der Rav schritt mit dem Riesen Schim‘on bar Yonah voraus, die anderen folgten still, nur wenige Worte untereinander wechselnd. Das war nicht mehr die Gruppe, die sich heftig streitend um ihren Anführer drängte. Offensichtlich machte meine Gegenwart sie befangen.
Unser Gastgeber schien nicht so entzückt über unser Kommen, wie sein Bruder es prophezeit hatte. Er musterte uns mißtrauisch blinzelnd und versuchte wohl herauszufinden, ob er in uns die ehrenwerten Schüler eines ehrenwerten Rav sehen sollte oder eine Horde herumwandernder Strauchdiebe. Die unbeholfenen Erklärungen seines Bruders schienen ihm nicht zu genügen. Auch nicht, als Schim‘on den Namen des Rav nannte.

„So, so – Jeschua ben Josef aus Nazrath ist der Rav! Ich habe von ihm gehört. Man redet ja allerhand über ihn. Wo ist er denn?"
Rav Jeschua – erst jetzt nahm ich bewußt seinen Namen auf – war noch immer in das Gespräch mit dem anderen Schim'on vertieft, dem hünenhaften, kindlichen Mann, der sein ältester Begleiter war. Das ganze Vorstellungszeremoniell schien ihn überhaupt nicht zu interessieren. Es lag ihm anscheinend auch nichts daran, das Wohlwollen seines Gastgebers zu gewinnen und mit den üblichen, zierlich gesetzten Worten für die gastliche Aufnahme zu danken. Seine Gleichgültigkeit, ja Unhöflichkeit war irritierend für Ascher, unseren Gastgeber, wie für uns alle.
Schim'on führte seinen Bruder sichtlich verlegen zu Rav Jeschua, für den neben Schim'on bar Yonah die übrige Welt versunken schien.
„Rabbi, dies ist mein Bruder Ascher, der Vater des Bräutigams. Es ist ihm eine große Ehre, daß du mit seiner bescheidenen Hütte vorliebnehmen willst."
Wenn er gesagt hätte, daß Ascher es als übergroße Ehre betrachtete, wenn er den hergelaufenen Zimmermannssohn und Rav aus Nazrath in sein Haus aufnahm, hätte dies zutreffender Aschers Einstellung beschrieben. Seine bescheidene Hütte war das größte und reichste Haus von ganz Qana und sicher auch im Umkreis der nahegelegenen Dörfer. Und um so schärfer hüteten sein Mißtrauen und Argwohn das Anwesen vor hergelaufenem Diebsgesindel und Bettelpack. Nichts anderes waren wir in seinen Augen, noch dazu mit einem Rav als Anführer, der nicht einmal die einfachsten Benimmregeln zu kennen schien, die einem ärmlichen Gast anstanden. Ich ärgerte mich über Schim'on, der uns prahlerisch in dieses Haus geführt hatte, in dem wir offensichtlich nicht willkommen waren.
Rav Jeschua schien dies nicht zu verstimmen. Aber anstatt in den erwarteten Dankes- und Lobesschwall über den Gastgeber und sein Haus auszubrechen, sah er ihn nur freundlich an und sagte einfach: „Friede sei mit dir und deinem Haus."
Ascher mit den wieselflinken Augen und den scharfen Linien um seinen Mund erstarrte für einen Moment. Dann wurde der mächtige Bauer von Empörung gepackt. Man konnte sehen, wie es in ihm arbeitete, wie er zornig nach einer groben Antwort suchte. Er richtete ein strafendes Gesicht auf sein respektloses Gegenüber – und sah dem Rav zum ersten Mal in die Augen. Unter dem klaren Blick, der bis in die tiefsten Tiefen seiner Seele zu dringen schien, überlief ihn ein Zittern.

„Herr“, krächzte er mit heiserer Stimme und machte eine linkische Verbeugung, „mein Haus ist dein Haus. Der Segen des Herrn ruht auf diesem Haus, solange du darin weilst.“
Mit größter Ehrfurcht und Beflissenheit geleitete ein gänzlich verwandelter Ascher den Rav und uns, sein Gefolge, zu den vornehmsten Räumen seines Hauses, in denen er mit kostbaren Teppichen, edlem Zierat aus Gold und Silber, Kissen aus feinstem Leinen und sogar aus Seide seinen Reichtum mit dem Geschmack eines Nilpferdes zur Schau stellte. Ich mußte innerlich lächeln über die wahllos protzige Anhäufung. Aber meine neuen Gefährten stießen sich beeindruckt in die Seiten und machten einander flüsternd auf das eine oder andere Prunkstück aufmerksam, und Ascher verfolgte ihr Staunen und ihre Bewunderung mit tiefer Genugtuung. Nur Rav Jeschua bewegte sich durch diese edle Pracht, als ob sie nicht vorhanden wäre. Er setzte seine Füße auf die weichen, edlen Teppiche, als seien sie Matten aus Ziegenhaar. Er ließ sich auf den seidenen Kissen nieder, als seien sie aus Flicken zusammengestückelt, und ließ sich Wasser und Wein in Pokalen aus dünnem römischen Glas reichen und trank daraus, als seien es einfache Holzbecher. Ascher zerfloß vor Demut und Dienstfertigkeit. Ja, es mußte ein großer Rav sein, daß er seine kostbaren Schätze so geringachten konnte.
„Herr, mein nichtswürdiger, einfältiger ältester Sohn feiert übermorgen seine Hochzeit. Würdest du uns die unverdiente und große Ehre erweisen, den Segen über das Brautpaar zu sprechen?“
„Die Ehre liegt allein bei dem Herrn. Weder bei dir noch bei mir. Aber den Segen will ich sprechen.“
Ascher zog sich verwirrt über diese Antwort mit ein paar gestammelten Dankesworten zurück. Erleichtert über seine Abwesenheit, machten sich meine neuen Gefährten über die bereitgestellten Erfrischungen her. Ich hatte keinen Hunger. Die Ereignisse des Tages hatten mich zu sehr aufgewühlt, als daß ich so belanglose Dinge wie Hunger, Durst, Hitze oder Kälte empfand. Ich saß etwas abseits in einer Ecke und dachte staunend über die Verwandlung unseres Gastgebers nach. Ein einziger Augenblick hatte genügt, um aus einem abweisenden, geizigen und überheblich reichen Bauern einen demütigen Mann zu machen, der vor seinen ärmlichen Gästen das Beste ausbreitete, das er zu bieten hatte. Nur ein Mann wie Rav Jeschua konnte so etwas zustandebringen. Ich hatte seine unwiderstehliche Zaubermacht ja am eigenen Leib gespürt. Er hatte mich mit Liebe bezwungen. Aber liebte er auch Ascher? War er fähig, diesem Mann die gleiche Liebe zu schenken? Ich fand keine Antwort auf meine Fragen. Genausogut

hätte er vor unseren Augen einen fauchenden Löwen in ein Lamm verwandeln können, das hilfeschreiend nach seiner Mutter blökt.
Die Männer, die mich über ihren hungrigen Mägen vergessen hatten, wurden sich, als sie gesättigt waren und sich auf den behaglichen Polstern ausstrecken wollten, unmutig meiner Anwesenheit wieder bewußt. Aus ihrem versteckten Gemurmel hörte ich immer öfter Wortfetzen wie „die Frau da“, „was sollen wir mit ihr anstellen“, „sie kann doch nicht bei uns bleiben“. Verstohlene, abweisende oder sogar feindliche Blicke flogen zu mir herüber und wanderten sofort wieder weiter, wenn ich sie aufzufangen versuchte. Schließlich fand einer den Mut zu einem offenen Wort. Ich glaube, es war Bar-Tolmai, der sich später als mein härtester und ausdauerndster Gegner erweisen sollte. Ich nahm es ihm nicht einmal übel. Er sprach aus, was er dachte, und kämpfte einen offenen Kampf. Nicht wie einige andere, die mir in Gegenwart Rav Jeschuas brüderliche Freundschaft zeigten, mich aber ohne ihn nicht mehr wahrnahmen oder, schlimmer noch, sich feindselig verhielten.
„Rabbi“, sagte Bar-Tolmai, „die Frau da kann doch nicht die ganze Zeit bei uns bleiben und bei uns schlafen. Was werden die Leute sagen, wenn sich herumspricht – und das wird in einem solchen Fall mit Windeseile geschehen –, daß du eine entlaufene Ehefrau aufgenommen hast, die nun Tag und Nacht bei uns lebt? Bedenke auch, welche Schwierigkeiten es mit sich bringt, wenn wir eine Frau unter uns haben, die noch in dem Alter ist, in dem sie regelmäßig unrein wird! Es ist einfach unmöglich!“
„Bar-Tolmai, Bar-Tolmai!“ Der Rav lächelte ihn traurig an. „Wie oft habe ich es euch gesagt: Die Reinheit liegt nicht in den Dingen, sondern im Herzen allein! Ich weiß bald nicht mehr, wie ich es euch begreiflich machen soll. Warum soll eine Frau unrein sein, wenn sie ihren Blutfluß hat? Warum sollten du oder ich unrein werden, wenn sie bei uns bleibt? Ich weiß nur eines: Wenn du sie wahrhaft liebtest, wäre sie in deinen Augen rein. Und du würdest nicht danach fragen, ob sie Blutfluß hat oder mit Aussatz geschlagen ist.“
„Verzeih, Rabbi, ich wußte nicht, was ich sagte.“
Er schwieg zerknirscht. Aber ich hatte nicht das Gefühl, daß er sich wirklich mit meiner Gegenwart abgefunden hatte oder mich gar mit freundlicheren Augen betrachtete. Der Rav jedoch gab sich mit seiner Antwort freudig lächelnd zufrieden.
Unser Gastgeber Ascher kehrte zurück, erkundigte sich geflissentlich nach unserem Wohlbefinden und bemerkte zum ersten Mal, daß sich eine Frau unter seinen Gästen befand.

„Verzeiht, Herrin, daß ich Euch nicht gleich die gebührende Achtung erwiesen habe", begann er. „Euer unwürdiger Diener wird sogleich für Eure Unterkunft sorgen."

Er klatschte in die Hände. Ein Diener eilte herbei.

„Ruft die Herrin, und laßt ein Frauengemach für die Gattin des Rav herrichten. Aber schnell!"

Betretenes Schweigen unter den Schülern des Rav. Und auch ich wußte im ersten Moment nicht, was ich sagen sollte. Nur der Rav lächelte arglos und sagte einfach:

„Mirjam ist nicht meine Frau, aber sie wird dir dankbar für deine Fürsorge sein!"

„Es ist mir eine ebenso hohe Ehre, eure Schwester oder andere Verwandte in meiner bescheidenen Hütte zu beherbergen!"

„Oh, wir sind nicht miteinander verwandt. Sie ist meine Schülerin. Sie lernt – genau wie die anderen auch!"

Es war erstaunlich, wie dieser ehrbare, hartgesottene Bauer die Worte des Rav hinnahm, die allem zuwiderliefen, was seinen Vorstellungen von Anstand und Sitte entsprach. Wenn schon die Gefährten des Rav bei dem Gedanken an mein Bleiben erschraken – um wieviel mehr dieser Bauer, der nicht seit Tagen, Wochen oder Monaten die Lehren des Rav vernommen hatte. Hätte ein anderer dasselbe gesagt, Ascher hätte uns ohne viel Federlesens als sittenloses Gesindel aus dem Haus gejagt.

Es waren nicht seine Worte, die ja nicht einmal eine Erklärung gaben, es war sein Wesen, der Zauber seiner Person, die Macht seiner unbedingten Lauterkeit, Ehrlichkeit und Liebe – und die fast kindlich anmutende Selbstverständlichkeit, mit der er auf die gleiche Liebe und Weite des Herzens bei seinem Gegenüber vertraute und doch nichts erwartete oder verlangte. Das war es, womit er die Herzen der Menschen öffnete und bezwang.

Aschers Miene blieb hingebungsvoll auf den Rav gerichtet. Als seine Frau erschien, flüsterte er ihr einige Worte ins Ohr. Und sie nahm mich mit der gleichen ehrfurchtsvollen Haltung in Empfang, die Ascher dem Rav erwies. Zum ersten Mal seit Tiberias kehrte ich in die strenge Abgeschiedenheit der Frauengemächer zurück. Aber wie anders waren meine Gefühle. Vor allen hatte der Rav gesagt, daß ich bei ihnen bleiben durfte. Und mehr noch: Vor allen hatte er gesagt, daß ich seine Schülerin war! Er hatte keinen Unterschied gemacht. Er hatte in mir nicht jenes armselige Wesen gesehen, das nur dazu geschaffen war, Dienerin des Mannes und Mutter seiner Kinder zu sein. Er hatte mich in die Gemeinschaft seiner Schüler aufgenommen – ohne Einschränkung und Unterschied!

Ich weiß nicht mehr, wie ich den restlichen Tag verbracht habe, noch was der Rav sagte oder tat. Ich war glücklich. In einem Taumel des Glücks schwebte ich hoch über den Ereignissen um mich her. Ich wußte nur, daß ich bei Rav Jeschua war, daß ich bei einem Menschen war, der mich so sein ließ, wie ich war. Und niemand und nichts konnte mich von ihm trennen. Das war so viel, daß nichts anderes daneben Platz fand.

Ich erinnere mich dunkel, am nächsten Tag zu Füßen des Rav gesessen und seinen Reden gelauscht zu haben: Was er sagte, hörte ich und vergaß es wieder. Ich sah nur die Liebe in seinen Augen. Sie nährte mich wie das Manna das Volk Jisrael in der Wüste. Ich saß im Kreis der anderen Schüler – für mich existierte nur der Rav. Im Haus herrschte unruhige Geschäftigkeit, wie es vor einer großen Hochzeitsfeier nicht anders zu erwarten ist. Die ersten Gäste trafen ein. Wie Schemen wanderten sie durch mein Blickfeld. Kein Gesicht blieb haften. Ich hörte ihre Namen und vergaß sie im selben Augenblick. Irgendwann zeigte man mir den Bräutigam, der mir unglaublich jung und kindlich erschien. Vielleicht lag es an seinem mageren, verpickelten Gesicht mit dem spärlichen Bartwuchs. Ich war damals nicht älter als zwanzig, aber neben ihm kam ich mir wie eine alte Frau vor.

Man kümmerte sich kaum um ihn. Es war seine Hochzeit, sein Fest. Eigentlich hätte sich alles um ihn drehen sollen. Aber in seiner Schüchternheit und Verlegenheit war es ihm wahrscheinlich sogar lieb, daß Ascher seine Gäste voller Stolz erst zu Rav Jeschua, dem berühmten Wunderheiler, führte. Ascher sonnte sich genüßlich in dem Glanz, der durch die Anwesenheit des erlauchten Gastes auf sein Haus gefallen war.

Eine ältere Frau, die zu den Hochzeitsgästen gehörte, sprach mich plötzlich an. Wie ein Schlafender unmutig hochschreckt und den, der ihn aus süßen Träumen weckt, nicht gerade mit freundlichen Gefühlen anblickt, so starrte ich verärgert diese Frau an, die mich aus meinem schwerelosen Glück herausriß und in die Welt ihrer banalen Neugier herunterzuziehen wagte.

„Du bist also die Frau, die Jeschua geheilt hat und die bei ihm bleiben will!"

Sie schaute mich prüfend an – als ob ich ihr Rechenschaft schuldig wäre. Es ging also schon los, das Gerede der Leute! Eine Frau in der Schülerschar eines Rav!

„Meinst du mit Jeschua den Rav?" wies ich sie spitz zurecht.

„Ganz recht, Jeschua oder der Rav. Bist du in ihn verliebt?"

Das ging zu weit.

„Ich weiß nicht, was es dich angeht, ob ich bei Rav Jeschua bleibe oder nicht, ob ich bei ihm lerne oder nicht, ob ich in ihn verliebt bin oder nicht." Ich sagte es so kühl wie möglich. Aber ich spürte, wie mir das Blut ins Gesicht stieg.
„Entschuldige, natürlich geht es mich nichts an. Ich will auch nicht neugierig oder aufdringlich sein. Ich denke nur, daß es Zeit wird, daß er endlich eine Frau findet. Allerdings hatte ich mir nicht gerade gewünscht, daß es einmal eine entlaufene Ehefrau sein würde! – Ich bin seine Mutter, Mariam. Und wie heißt du?"
„Mirjam."
„Dann haben wir ja den gleichen Namen!"
Ich brachte nichts mehr heraus. Wir musterten uns. Seine Mutter stand vor mir! Und dann kam mir die Absurdität ihrer Worte zu Bewußtsein. Mir war der Rav, seitdem er mich mit seinen liebenden Augen angesehen hatte, wie ein Wunder erschienen: ein Rav mit einer übermenschlichen Liebe, die alle Menschen bezwang – sogar den argwöhnischen Ascher und selbst meinen Haß und mein Herz aus Stein. Für seine Mutter war er nichts als ein Mann, der immer noch nicht verheiratet war, wie es sich für sein Alter von etwa dreißig bis vierzig Jahren gehörte. Aus dem überirdischen Wesen, dem ich wie ein Kind ergeben war – nicht anders als seine übrigen Gefährten – wurde durch seine Mutter ein Mann, der verheiratet sein konnte, der Kinder haben konnte. Ein Mann aus Fleisch und Blut – ein Mensch wie wir alle. Die Worte seiner Mutter holten mich wieder auf die Erde zurück. Der Widerspruch zwischen dem Bild des erhabenen, übermenschlichen Rav und dem des Mannes, der zu lange Junggeselle geblieben war, war so komisch, daß ich anfing zu lachen. Ich lachte, bis ich Krämpfe und Stiche in der Seite bekam.
Mariam fiel in mein Lachen ein. Ich war mir nicht sicher, ob sie wirklich wußte, weshalb ich so lachte. Sie lachte mit der Unbefangenheit und Gutmütigkeit wirklich herzlicher Menschen, die gerne bei jeder Gelegenheit mitlachen, auch wenn sie den Witz nicht verstanden haben. Sie war frei von dem ängstlichem Mißtrauen, daß der Witz gegen sie gerichtet sein könnte. Sie war nicht sehr groß. Sie hatte die gleichen geschwungenen, vollen Lippen wie ihr Sohn und das gleiche arglos kindliche Lächeln. Ihre Augen waren dunkel und weich. Es fehlte ihnen der Glanz, das Strahlen, die bezwingende tiefe Liebe, das Wissen um den anderen, wie ich es in den Augen ihres Sohnes gefunden hatte. Ihre Haare waren schon stark ergraut und dünn. Die verarbeiteten Hände zeigten, daß sie älter sein mußte, als ich ihrem Gesicht und ihrer aufrechten Haltung nach geschätzt hatte.

„Ach“, sagte sie, „endlich einmal jemand in seinem Gefolge, mit dem ich lachen kann! Wenn ich sonst so etwas zu Jeschuas Leuten sage, zu Schim‘on oder Bar-Tolmai, starren sie mich immer ganz entsetzt an, als wäre er viel zu gut und heilig für die Liebe zwischen Mann und Frau, und Jeschua selbst bekommt einen verständnislosen Blick, als wäre er diesen Dingen ganz entrückt. Aber es ist nicht gut, wenn man von dieser Liebe nichts wissen will. Ein Baum muß seine Wurzeln tief in der Erde haben, wenn er gedeihen soll. Licht und Luft allein genügen nicht. Genausowenig kann der Mensch vom Geist allein leben! Aber Jeschua will davon nichts hören und nichts wissen. Vielleicht ist er auch noch nie der Frau begegnet, die ihm etwas bedeuten könnte.“
Sie zwinkerte mir zu und maß mich dann mit prüfenden Augen. Mein Gesicht muß scharlachrot angelaufen sein.
„Warum bist du von deinem Mann fortgelaufen?“
Ich schnappte nach Luft. Ihre unverblümte Offenheit verblüffte und erschreckte mich – und zog mich gleichzeitig an. Sie verschanzte ihre Neugier nicht hinter höflichen Umwegen und Finten. Während ich noch überlegte, ob ich ihr eine langatmige Antwort geben sollte, die sie doch nicht verstehen oder befriedigen würde, oder ob ich den einfacheren Weg wählen und ausweichen sollte, brach sie wieder in ihr helles Lachen aus.
„Entschuldige, daß ich dich so überfalle. Ich bin wohl etwas zu neugierig.“
„Nicht neugieriger als alle anderen auch“, lachte ich und dachte an Bathscheva. „Aber die wenigsten würden es zugeben. Ich weiß nicht, ob ich es fertigbrächte.“
„Komm, erzähl mir mehr von dir!“
Wir lächelten einander an – und ich hatte zum ersten Mal das Gefühl, eine Freundin gefunden zu haben. Wie lange hatte ich nicht mehr gelacht. Jehuda nahm alles viel zu ernst, um irgendetwas oder gar sich selbst komisch zu finden, Jochanan ben Ga’alyahu war in seiner Art ebenso ernst und gewichtig. Bathscheva lachte gern über die Dummheit anderer, aber niemals über ihre eigene, weil sie sie nicht sah. Jehudith hatte zu viele Sorgen, um lachen zu können, Aharon und Schulamith liebten harmlose und einfältige Späße, und Esther lachte gern triumphierend, wenn sie sich als die Schlauere erwiesen hatte. Mariam war die einzige, die sich selbst komisch finden konnte. Ich fing an, ihr von meiner Ehe, von Jehuda, dem totgeborenen Kind und meiner ‘Besessenheit’ zu erzählen und von der Heilung durch ihren Sohn. Sie hörte aufmerksam zu. Ähnlich wie der Rav zeigte sie kein Mißfallen, kein Entsetzen. Manchmal nickte sie verständnisvoll

mit dem Kopf. Ganz am Schluß, als ich berichtete, wie Jehuda mich zu ihrem Sohn und 'Wunderrav' gebracht hatte, brach sie plötzlich wieder in helles, zufriedenes Gelächter aus. Ich blickte sie verwundert an. „Ist es nicht wunderbar, daß du ausgerechnet deinem Mann die Heilung verdankst? Du hast sicher viel durch ihn erlitten. Aber er wollte dich wieder gesund machen. Und das ist ihm schließlich auch gelungen! Wenn auch etwas anders, als er sich das vorgestellt hat!"
Jetzt mußte auch ich lachen. So hatte ich meine Heilung oder Rettung, wie ich sie innerlich nannte, noch nicht gesehen. Aber Mariam hatte recht. Letztendlich verdankte ich Jehuda meine Rettung! Ein Gefühl von Verwunderung und Dankbarkeit stieg in mir auf. Mariam fragte weiter, berichtete auch von sich selbst. Wir versanken ins Gespräch. Unser Gastgeber ließ es jedoch nicht zu, daß wir uns zu lange absonderten. Mit überhöflichen Verbeugungen näherte er sich und geleitete die Mutter seines Ehrengastes wieder in die Mitte der Versammlung, um ihr neu angekommene Gäste vorzustellen. Bei der abendlichen Tafel mußte sie neben seiner Frau den Ehrenplatz einnehmen, während ich an einen weiter entfernten Tisch gesetzt wurde. Ich schenkte meiner Umgebung keine Beachtung mehr und ließ mich innerlich zurückfallen, um wieder in meinen glücklichen Schwebezustand einzutauchen. Es gelang mir nicht.
Allein mit mir selbst, wirbelten Mariams unbefangene, mütterlich-neugierige Fragen durch meinem Kopf und schoben sich wie eine prasselnde, dichte Regenwand vor das stille Land des seligen Glücks, in dem ich bis vor kurzem noch gewesen war. Ich fand den Weg nicht mehr zurück. Die Welt der Angst, der Schuld und des Zweifels hatte mich wieder. Selbst wenn ich in meinem neugefundenen Glück die Welt vergessen hatte – die Welt vergaß mich nicht. Eifersüchtig erinnerte sie mich daran, daß ich ein Mensch war wie alle anderen auch. Und eine Frau wie alle anderen auch: denselben Begierden und Sehnsüchten unterworfen wie jede Frau. Nicht umsonst war ich rot geworden, als Mariam mich gefragt hatte, ob ich in ihren Sohn verliebt war. Ich selbst hatte nicht einmal im Traum daran gedacht. Aber sie hatte plötzlich etwas freigelegt, um das mein Bewußtsein einen weiten Bogen gemacht hatte. Jetzt, als ich mit Mariams Fragen allein zurückblieb, brach jäh die Erinnerung an jenen kurzen Augenblick herein, als der Rav mich schützend in seine Arme genommen hatte. Und jetzt, ohne Jehudas bedrohliche Gegenwart, ohne meine Angst, von ihm gepackt und wieder nach Dovrat oder Tiberias gebracht zu werden, jetzt spürte ich wieder seine Umarmung, spürte den Druck seiner Hände auf meinem Leib, spürte die Nähe seines Körpers. Und mit der Erinnerung erwachte die Sehnsucht, wieder so gehalten zu wer-

den und wieder seine Nähe zu spüren – und nicht nur zum Schutz vor einem drohenden Angriff. Nun, in der Erinnerung, erwachte die Frau in mir und sehnte sich nach dem Mann, der sie umarmt hatte. Ich sehnte mich danach, daß seine tiefe Liebe, sein tiefes Verstehen nicht nur der Schwester, der Schülerin oder dem Kind, sondern auch der Frau galten, die ich war. Offen, klar und nackt stand es vor meinen Augen: Ich liebte ihn! Und ich liebte ihn nicht nur als Schwester oder als kindliche Schülerin, ich liebte als Frau und wollte auch als Frau wiedergeliebt werden.

Meine Unschuld war dahin. Dieser eine Tag des Glücks war für immer verloren. Einen Tag lang war ich die kindlich ergebene und glückliche Schülerin des Rav gewesen, die nichts anderes gewollt hatte, als für immer der Enge der Ehe zu entfliehen. Einen Tag lang hatte ich mir weismachen können, daß ich nicht einen anderen und besseren Liebhaber, sondern nur liebendes Verstehen gesucht und gefunden hatte. Mariams Fragen hatten die Ehebrecherin zum Vorschein gebracht, die ich auch war. Hatte ich mich nicht sogar schon in den Rav verliebt, als ich noch nicht einmal wußte, wer er war – als er auf dem Bergvorsprung stand und die Weite des Himmels und der Erde umarmte? Warum sonst hatte ich mich bei Aharon und Schulamith nach ihm erkundigt? Warum sonst hatte sich damals sein Bild in meine Seele eingebrannt und mich bis in die Träume heimgesucht? Ich hatte ihn gesehen – und meine Seele war erzittert. Er hatte zu mir hinaufgegrüßt, und wie ein Strom neuen Lebens war sein Blick in mich eingeflossen, hatte mich aufgeweckt, hatte meine Versteinerung durchdrungen und Hoffnung und Sehnsüchte aufkeimen lassen.

Ich wußte nicht mehr, wie ich ihm begegnen sollte. Er war für mich nicht mehr der Rav, den ich unbefangen wie eine Schwester lieben konnte. Er war für mich der Mann Jeschua, den ich als Frau liebte und begehrte. Das Bewußtwerden meiner Liebe, meines Begehrens ließ mich erschauern. Nur ein kurzer Taumel reinen Glücks – und plötzlich war ich nur noch eine schuldbewußte Sünderin, die schnell um sich blickte, ob nicht jemand meine ehebrecherischen Gedanken erriet.

Ich sah nur lachende, schwatzende Menschen, die sich lärmend begrüßten, einander umarmten, Männer, die sich gegenseitig auf die Schulter klopften, und Frauen, die sich verstohlen musterten. Der Rav begrüßte seine Mutter und seine Geschwister, und seine Schüler bildeten einen dichten Kreis um sie und beäugten eifersüchtig und mißtrauisch diejenigen, die ihren Rav schon soviel länger kannten als sie selbst und vom selben Fleisch geboren waren wie unser Meister. Ich hätte ebensogut allein in meinem versteckten Ausguck auf dem Berg

Tavor hocken können. Kein Mensch beachtete die abseits sitzende Frau, die verlegen um sich blickte und deren Kopf aus einem unerfindlichen Grund hochrot glühte. Ich verbot mir jeden weiteren Gedanken an Jeschua. Er war mein Rav und ich seine Schülerin – und sonst nichts. Um mich von den verbotenen Gedanken abzulenken, fing ich an, das Treiben der Gäste und Diener zu beobachten.

Am nächsten Tag begannen die Hochzeitsfeierlichkeiten. Der Rav sprach den Segen über das Paar. Seine Schüler machten sich verstohlen über einen mißmutig blickenden Mann lustig, der nahe bei den Eltern der Braut saß. Es war der Rav von Qana, der sich offensichtlich darüber ärgerte, daß ein dahergelaufener Wunderrav sein Amt versah.

Die Feier zog sich endlos hin. Es wäre unhöflich gewesen, vor dem Ende aufzustehen und sich zurückzuziehen. Wir mußten ausharren, unserem Gastgeber Ascher die Ehre erweisen und immer wieder den neu aufgetischten Speisen zusprechen. Für die meisten seiner Gäste war das eine der wenigen Gelegenheiten, bei denen sie Fleisch und jene seltenen und teuren Gerichte zu essen bekamen, die nicht zu der üblichen bescheidenen Kost der Landleute gehörten. Wie ausgehungerte Schakale stürzten sie sich auf die Fleischberge und Leckerbissen, die sich vor ihnen auftürmten. Ihre gierigen Augen verschlangen die Köstlichkeiten, und während sie in sich hineinstopften, was ihr Magen nur fassen konnte, ließen sie die Augen schon zu den Schüsseln und Platten weiterschweifen, die in einem nicht abreißenden Strom aus der Küche herangetragen wurden. Nichts davon wollten sie sich entgehen lassen.

Noch wichtiger fast als die reich gedeckten Tische und die vollen Schüsseln war der Wein, der reichlich fließen mußte. Welcher arme Bauer konnte schon Wein anbauen, keltern und gar selbst trinken? Nur bei den großen Feiern der Reichen war es den Armen vergönnt, die Süße des Rausches zu spüren. Und sie taten alles, um so schnell wie möglich in den trunkenen Taumel zu geraten, der sie ihre Armut, ihre Knechtschaft und ihre von der schweren Arbeit schmerzenden Glieder vergessen ließ.

Die Dunkelheit war noch nicht hereingebrochen, als ich auf ein immer lauteres Getuschel der Diener aufmerksam wurde.

„Der Wein geht aus! Es sind nur noch drei Schläuche da", hörte ich sie entsetzt und mit nur mühsam unterdrückter Stimme flüstern. Es war unüberhörbar auch für die Gäste neben mir. Hören und Weitertuscheln war eines. In staunendem Unglauben und boshafter Freude sprach sich in Windeseile herum, daß im Hause Aschers der Wein ausgegangen war.

Der reiche Ascher war nicht nur ein mißtrauischer, sondern auch ein geiziger Mann, der es nicht einsah, so viel kostbaren Wein an so viele arme, unwürdige Schlucker auszuschenken. Wahrscheinlich hatte er damit gerechnet, daß der Wein seine berauschende Wirkung schneller entfalten würde. Die unwürdigen Hungerleider an seiner Tafel erwiesen sich jedoch als trinkfeste Zecher, denen man noch kein Gepansche oder dünnen Traubensaft vorsetzen konnte.
Aschers Diener machten aufgeregt Meldung bei ihrem Herrn. Er hatte sich unter die Gäste gemischt und befand sich gerade in meiner Nähe. Wie es sich für den Gastgeber gehörte, erkundigte er sich leutselig nach ihrem Wohlergehen, ließ ihnen leckere Bissen auf den Teller legen und schenkte den wichtigen und besonders angesehenen Gästen den Wein selbst ein.
„Wenn sie wie Kamele saufen, sollen sie auch wie Kamele Wasser trinken", hörte ich ihn unwillig brummen. „Spart den Wein für die Ehrengäste auf!"
Er ließ die entsetzten Diener stehen und beugte sich, die Freundlichkeit selbst, zu einem alten Mann und schenkte ihm aus einem Krug Wein ein. Mit seiner aufrechten und würdigen Haltung, mit seinem wachen, klugen Blick gehörte er wohl zu den Dorfältesten.
Aschers Worte flogen von Mund zu Mund. Wie zornige Wespen sirrten und surrten sie durch den ganzen Saal. Inzwischen wurde an den Tischen der Armen aufgebrachtes Murren laut. „Wasser! Das ist ja nur süßes Wasser!" hörte ich es vereinzelt rufen. Immer offener und wütender verlangten sie nach Wein. Dann sah ich, wie Mariam, die auch an diesem Tag weit weg von mir bei den Ehrengästen saß, aufstand, zu ihrem Sohn ging und ihm etwas ins Ohr flüsterte. Der Rav erhob sich und schlenderte zu Ascher, der ihm eilfertig entgegenkam.
„Ascher, du sorgst wunderbar für uns", begann er. „Ich muß dir danken. Deine Großherzigkeit und Freigebigkeit werden von allen gerühmt. Selbst den einfachsten Gast bewirtest du mit edlem Wein. Wir wollen auf deine Gesundheit anstoßen und auf das junge Brautpaar und das ganze Haus: Mögen Glück und Frieden immer hier gedeihen, wo so gastfreie Menschen zu Hause sind."
Er sagte es so freundlich und herzlich, so gänzlich ohne Ironie und frei von versteckten Vorwürfen, daß Ascher abwechselnd rot und blaß wurde, aber nichts zu erwidern wagte. Der Rav hatte sich während seiner Rede zu einem der Tische der Armen bewegt, nahm dort einen Becher und wollte sich aus dem eben frisch gefüllten Krug einschenken. Ascher, dessen Stirn von kleinen Schweißperlen glänzte, war schneller. Er eilte an dem Rav vorbei und fegte mit einer ungeschickt ausholenden Bewegung den Krug vom Tisch. Es gab einen lauten

Krach, als das irdene Gefäß auf der Erde zerschellte. Dunkelrote Flüssigkeit rann über den Boden.
Mit tausend Entschuldigungen verneigte sich Ascher vor dem Rav, dessen Gewand einige Spritzer abbekommen hatte, und schrie nach seinen Dienern.
„Bringt neuen Wein herbei, den besten, den wir haben. Lauft, ihr faulen Burschen! Sollen unsere Gäste denn verdursten? Laßt den Wein fließen, schenkt ein! Aber schnell!"
Der Schenkmeister trat zu Ascher. Er sprach leise, aber ich konnte ihn gut verstehen.
„Herr, wir haben nur noch zwei volle Schläuche und einen halben von dem gewöhnlichen Wein. Im Keller stehen nur noch die sechs Krüge von Eurem besten Wein für besondere Gelegenheiten."
„Schaff die Krüge herauf und schenk aus und belästige mich nicht weiter mit deinen dummen Fragen! Siehst du nicht, daß unsere Gäste trinken wollen?"
Mit einem ungläubigen Blick auf seinen Herrn eilte der Schenkmeister davon. Dann kamen die Diener mit neuen Krügen, schenkten ein und trugen die alten Krüge fort. Das Murren verstummte. Statt dessen erklangen jetzt freudige Ahs und Ohs und LeChajjims. Der Becher des Rav war ebenfalls frisch gefüllt. Er hob ihn hoch und rief in den Saal:
„Frieden und Glück unserem freigebigen Gastgeber und seiner ganzen Familie! LeChajjim!" Er trank Ascher zu.
„Und Frieden und Glück unserem Rav, der Wasser in Wein verwandeln kann!" schrie ein Witzbold und wollte sich mit seinen Tischgenossen vor Lachen ausschütten. Jetzt floß der Wein wirklich in Strömen. Die Stimmung wurde ausgelassen. Auch mein Becher wurde neu gefüllt. Es war schon ein gewaltiger Unterschied, den ich zu schmecken bekam. Bisher hatte man uns den gewöhnlichen, leichten und manchmal sauren Wein eingeschenkt, der auf dem Land getrunken wird. Was jetzt durch unsere Kehlen lief, war ein herrlich schwerer, samtiger Wein, dessen edle Süße die Sinne benebelte und die Glieder weich und schwer werden ließ. Nicht einmal mein Vater hatte immer einen solchen Wein in seinem Keller. Es dauerte nicht lange, und einer nach dem anderen sank glücklich lallend auf sein Lager, überließ sich seinem Rausch und schlief bald schnarchend ein.
Nur ganz wenige waren am Schluß des Gelages noch imstande, aufzustehen und ihre Schlafstätte aufzusuchen. Darunter waren der Rav und ein paar der Schüler, Mariam, einige andere Gäste und ich selbst. Wir mußten über einen selig lächelnd am Boden ausgestreckten

Ascher hinwegsteigen, der seinen besten Wein bis zur Neige ausgekostet hatte.
Am nächsten Morgen, als alle vor dem großen Aufbruch noch einmal zusammensaßen, hörte ich das erste Gerede über den vergangenen Abend.
„Wir hatten doch Wasser in den Krügen! Erinnert ihr euch nicht? Der geizige Ascher hat doch nie genug Wein bei seinen Festen! Dann stand der Rav auf und sagte etwas – und das Wasser in den Krügen wurde zu Wein! Und was für ein Wein! Solchen Wein haben wir in Aschers Haus noch nie getrunken! Solchen Wein gibt es auf der ganzen Welt nicht mehr!" Sie leckten sich in der Erinnerung genüßlich die Lippen. „Nein, dieser Wein war kein Wein, der aus Trauben gepreßt wurde! Das war Wein, wie er im Garten Eden fließt! Und den haben wir dem Rav zu verdanken! Es war der Rav, der das süße Wasser in Wein verwandelt hat! Hat es nicht gestern schon einer gesagt? Er ist ein großer Rav, der Kranke und Besessene heilen kann. Und als gestern Aschers Wein ausgegangen war, hat er für uns Wasser in Paradieswein verwandelt! Der Rav hat ein Wunder getan! Gelobt sei der Name des Herrn! Er ist groß! Und groß ist der Rav, den er zu uns gesandt hat!"
Immer wieder hörte ich die Worte „Ein Wunder! Er hat Wasser in Wein verwandelt!" Sie wurden geflüstert, gerufen, herausgeschrien, beteuert, beschworen, wie eine Offenbarung verkündet. Einzelne widersprachen. Sie hatten wie ich gesehen oder gehört, wie Ascher seinen besten Wein kommen und ihn anstelle des Wassers ausschenken ließ. Aber man hörte nicht auf sie. Ihre Einwände, ihre Beobachtungen wurden hinweggefegt wie welkes Laub vom Wind. Hatten sie nicht Wasser trinken müssen, bis der Rav aufgestanden war und seine Zauberworte gesprochen hatte? Hatten nicht andere selbst gehört, wie Ascher befohlen hatte, Wasser vorzusetzen, als der Wein auszugehen drohte? War dann nicht das gesüßte Wasser im Becher wundersam zu schwerem, betäubendem Wein geworden? Niemals hätte der als der geizigste Bauer der Nazrathberge verschrieene Ascher einen solchen Wein an gewöhnliche Hochzeitsgäste verschwendet. Nein, der Rav hatte ein Wunder getan. Und sie lachten über die, die weiter daran festhielten, daß Ascher sich in dieser Nacht großzügig und freigebig gezeigt hatte. Das Lachen und Spötteln verwirrte die letzte klare Erinnerung. Einige fingen an, ihren eigenen Beobachtungen zu mißtrauen, räumten ein, daß sie sich geirrt haben könnten, und glaubten bald selbst daran, Zeugen eines Wunders gewesen zu sein. Nur ein alter zahnloser Mann, dessen Festkleidung darin bestand, daß er seine zerschlissenen und geflickten Lumpen gereinigt hatte,

beharrte zum steigenden Ärger aller anderen darauf, daß Ascher selbst seine Diener angewiesen hatte, den Wein heraufzuholen.
„Ist es nicht ein viel größeres Wunder, daß der Rav das habgierige, geizige Herz des Ascher mit Liebe und Großmut erfüllt hat, so daß er uns seinen Weinkeller aufgeschlossen hat?“ rief er. „Was ist das schon – Wasser in Wein verwandeln! Ist es nicht viel größer, daß er Aschers Herz gänzlich verwandeln konnte?“
„Ich höre nur, wie Aschers verwandeltes Herz vor Wut brüllt und das Gesinde beschimpft, weil es zwei Lämmer zuviel geschlachtet hat.“
In der Tat hörte man von den Wirtschaftsräumen Aschers tobende Stimme bis zu uns dröhnen. Mit wüsten Flüchen und Verwünschungen ereiferte er sich über die gottlose Verschwendungssucht, Nachlässigkeit und Faulheit seiner nichtsnutzigen Diener.
Wer wollte da noch an Aschers verwandeltes Herz glauben? Die Liebe Rav Jeschuas hatte ihn für einen Augenblick ergriffen und verwandelt. Er hatte sich seines Geizes und seiner Habsucht geschämt. Aber ohne die Gegenwart des Rav war er wieder der Alte geworden – eifersüchtig darauf bedacht, nichts von seinen Schätzen preiszugeben, alles für sich zu behalten und nach Möglichkeit zu vermehren.
Und auch später habe ich immer wieder erlebt, wie harte, selbstsüchtige Geizhälse, verbohrte, streitsüchtige Pruschim vor dem Blick des Rav weich wurden und Dinge taten oder sagten, die sie selbst einen Augenblick früher nicht für möglich gehalten hätten. Am nächsten Tag, in der nächsten Stunde, wenn sie nicht mehr im Banne seiner Liebe standen, fragten sie sich kopfschüttelnd, welche Macht sie zu Worten oder Taten getrieben haben mochte, in denen sie sich nicht mehr wiedererkannten. Wie andere Menschen sich ihrer bösen Gedanken oder Handlungen schämen, schämten sie sich ihrer guten Worte und Taten und verfluchten den Mann, der sie dazu gebracht hatte, sich selbst fremd zu werden.

Der tobende Ascher, der Gottes Fluch und alle Dämonen auf seine bedauernswerten Diener herabbeschwor, war der beste Beweis dafür, daß nicht er, sondern der Rav die Krüge plötzlich mit gutem Wein gefüllt hatte. Der Rav hatte ein Wunder getan: er hatte Wasser in Wein verwandelt. Alle hatten es erlebt, alle sprachen davon. Und bei ihrer Heimkehr würden sie es jedem erzählen, der ihnen über den Weg lief.
Mariam kam zu mir, um sich zu verabschieden.
„Es war ein schönes Fest. Schade, daß wir nicht länger zusammensitzen konnten. Aber wir werden uns sicher bald wiedersehen. Besuche

mich, sooft du willst. Mein Haus ist dein Haus. Der Segen des Herrn sei mit dir."

Sie umarmte mich und küßte mich leicht auf die Wange. Als sie sich schon halb abgewandt hatte, drehte sie sich noch einmal zu mir um und sagte aufgeregt und etwas kichernd:

„Du weißt doch auch, was wirklich geschehen ist, nicht wahr! Alle reden von nichts anderem, als daß er Wasser in Wein verwandelt hat! Selbst seine überernsten Schüler sind töricht genug, es überall zu verkünden. Sie glauben lieber an ein Wunder, als ihre Sinne und ihren Verstand zu gebrauchen! Du wirst es nicht leicht bei ihnen haben!"

Sie sah mich an, als wollte sie noch mehr sagen, und ich fühlte, wie mir wieder das Blut in die Schläfen stieg. Sie küßte mich schnell noch einmal auf die Wangen und ging mit leichten Schritten davon. Ich blieb verwirrt zurück.

## 12. Kapitel: Der Rav und seine Schüler

Auch wir verließen das Haus des Ascher und zogen weiter. Ascher verabschiedete widerstrebend seinen hochgeschätzten Ehrengast und überschüttete ihn mit Dank und Lobpreisungen. Der Rav sprach seinen Segen und entzog sich nur mühsam den plumpen Schmeicheleien unseres Gastgebers, der ihn zum Ruhm seines Hauses am liebsten noch länger bei sich behalten hätte. Schim'on bar Yonah drängte endlich seinen mächtigen Körper zwischen die beiden und schob den Rav sanft nach draußen. Die übrigen Schüler folgten nach, und ich schloß mich ihnen wie selbstverständlich an. Sie sahen mich, aber keiner widersprach. Von diesem Augenblick an gehörte ich zu ihnen. Ich war eine Schülerin des Rav geworden.

Erst jetzt, außerhalb Aschers Haus, auf dem Weg hinaus auf die Felder, wurde mir klar, wie endgültig ich mit meinem bisherigen Leben gebrochen hatte. Inmitten der festlich gestimmten Hochzeitsgesellschaft war die Trennung von Jehuda, das Ende des Daseins als eingesperrte Ehefrau in weite Ferne gerückt, fast unwirklich geworden. Es hätte mich nicht gewundert, wenn Jehuda plötzlich vor mir gestanden wäre, um mich wieder nach Tiberias oder Dovrat mitzunehmen. Jetzt erst, als wir Ascher und seine Leute verließen, die sich wieder ihren Alltagsgeschäften zuwenden würden, die nicht mehr die meinen waren, wurde die Trennung von Jehuda und meinem bisherigen Leben zur Wirklichkeit. Jetzt ging ich mit dem Rav und seinen Schülern einen neuen Weg – in eine neue, ungewisse Zukunft, die anders war als alles, was ich bisher gekannt und erlebt hatte.

In Aschers Haus hatte ich mich von dem Rav und seinen Männern ferngehalten. Auch jetzt, als unsere kleine Gruppe durch die Felder streifte, sah ich ihn nur von weitem. Mit seinen schnellen, leichten Schritten bestimmte der Rav das Tempo. Die Männer drängten sich an seiner Seite, versuchten, Schritt zu halten, während sie ihn mit ihren Fragen bestürmten und eifersüchtig darauf bedacht waren, ihren Platz in der Nähe des Rav zu behaupten oder näherzurücken. Sie umringten und umdrängelten ihn, wie es die Leibwache eines hohen römischen Beamten nicht besser gekonnt hätte. Wie ein lebender Schild, wie eine wandernde Festungsmauer umgaben sie ihn mit ihren schweren Leibern. Ich war froh darum. Sie schützten so den Rav – und sie schützten mich davor, ihm zu nahe zu kommen.

Ich spürte, wie trockener Neid mich zusammenkrampfte, wenn ich sah, wie unbefangen sie an seinem Ärmel zupften und ihn mit ihren Fragen überschütteten. Wie gerne wäre ich an ihrer Stelle gewesen. Wie gerne hätte auch ich gefragt und mit ihm gesprochen. Wie gerne hätte ich ihm Feld- und Ackerblumen gepflückt und ihm den Strauß überreicht. Aber er hätte in meinen Augen gelesen, daß ich ihn nicht mehr nur als Schülerin, sondern auch als Frau ansah – und ich fürchtete mehr als alles andere, daß er mich dann fortschicken würde. So blieb ich zurück und folgte der Gruppe in einigem Abstand. Manchmal schnappte ich ein paar Wortfetzen auf. Noch immer beschäftigte sie das 'Wunder' des vergangenen Abends. Aber die Worte, die zu mir herüberwehten, kamen zu vereinzelt, zu lückenhaft, um mir den Sinn zusammenreimen zu können. Schließlich hörte ich auf, nach vorne zu lauschen und betrachtete statt dessen die Landschaft, durch die wir schritten.

Nach der inneren und äußeren Enge in Tiberias und Dovrat war dieses Gehen unter der Weite des Himmels köstlicher als alle Schätze auf der Welt. Meine Augen, die die Welt fast nur noch so grau und tot, wie ich selbst gewesen war, gesehen hatten, gewahrten auf einmal die strahlenden, leuchtenden Farben der Felder, Bäume und Pflanzen. Ich sah das tiefe, kraftvolle Blau des Himmels und fühlte mich von neuem Leben erfüllt. Ich sah die Vögel, den wippenden braun-weißen Wiedehopf mit seiner kecken Haube auf dem Kopf. Ich fühlte mich so frei und leicht wie die Lerche, die trillernd in die Höhe stieg. Als es zu heiß zum Weitergehen geworden war, rasteten wir nahe einer Quelle im Schatten eines hohen Mandelbaums, in dessen Schutz sich tausend und abertausend Zikaden verborgen halten mußten.

Man sah sie nicht – aber ihr Lärm war überwältigend. Ein dumpf und wild hämmernder Stimmenchor, der sich plötzlich zu einem gleichmäßig rhythmischen Schlagen vereinigte, dann wieder den Takt verlor und sich in ein wirres Durcheinander einzelner Stimmen verlief. Schlagartig verstummten sie, wenn irgend etwas sie zu bedrohen schien. Und wie auf ein geheimes Kommando setzte nach einer Weile das ohrenbetäubende Hämmern wieder ein.
Ascher hatte uns reichlich mit Proviant versehen. Aber wir aßen nur ein paar getrocknete Feigen und tranken Wein, den wir mit dem frischen Wasser der Quelle verdünnten. Ich saß ein Stück weit entfernt hinter dem Rav. Die Männer taten, als sähen sie mich nicht. Nur der junge Jehuda grinste ab und zu herüber und reichte mir wortlos die Schale mit den Feigen und den Weinkrug. Ebenso wortlos dankte ich ihm. Dann richtete er seine Aufmerksamkeit wieder ganz auf die Gespräche mit dem Rav, die immer noch um das 'Weinwunder' kreisten. Irgendwann ertappte ich mich dabei, daß ich nicht mehr auf die Reden achtete, sondern ganz versunken auf den Rücken des Rav starrte. Ich hätte nie gedacht, daß mich die leicht geschwungene Linie eines vornübergebeugten Rückens in ein derartiges Entzücken versetzen könnte, wie ich es jetzt empfand. Als ich den Rav zum ersten Mal auf dem Berghang des Tavor gesehen hatte, war er mir nicht als schöner Mann aufgefallen. Jehuda war schön mit seinem schlanken, geraden Körper und den ebenmäßigen Gesichtszügen. Es war die Schönheit und Vollkommenheit der Form. Die Griechen, die der Schönheit des Körpers und der Form huldigten wie kein anderes Volk und die sich so weit vergaßen, die Schönheit anzubeten und zu vergötzen – sie hätten Jehuda einen Altar errichtet und ihm mit Freuden geopfert. Dem Rav würden sie nie einen Altar der Schönheit weihen. Dabei war er nicht häßlich, sein Körper nicht schlecht proportioniert. Aber seine Nase war eine Spur zu kurz und zu breit, seine Lippen zu voll, sein Haar zu schütter, seine Hände zu breit und der Oberkörper etwas zu lang und die Beine zu kurz. Aber für mich war er der schönste Mann, den ich je gesehen hatte. Schöner als Jehuda, schöner als die geschmückten Statuen des Apollon, schöner auch als die schönste Frau. Es lag nicht nur daran, daß ich ihn liebte – die Liebe umgibt den Geliebten mit ihrem eigenen Glanz und ihrer eigenen Schönheit, so daß selbst ein verunstalteter Krüppel, ein von Aussatz zerfressenes Gesicht in den Augen des Liebenden in Schönheit erstrahlt. Die Schönheit des Rav lag in der Anmut und Gelöstheit seiner Haltung und seiner Bewegungen. Wie ein Tier, dessen Seelenregungen unmittelbar in den Körper fließen und in jeder Bewegung ungeteilt und in vollkommener

Harmonie zum Ausdruck kommen, so waren er und sein Körper vollkommen eins. Wie ein Tier kannte er keine Pose, keine Verstellung. Mein Vater fiel mir ein, dessen Haltung und Körpergröße sich zu verändern schien, je nachdem, wie er sich und sein Gegenüber einschätzte. Zu uns Kindern war er der strenge, aber auch wohlwollende Vater. Ein mächtiger König und Zauberer, dessen überlegte Sprechweise, dessen gemessene Bewegungen uns unwillkürlich im Zaum hielten, auch wenn er uns mit ausgefallenen Geschenken überraschte. In seiner Gegenwart verbot sich ausgelassene Freude wie von selbst. Mit den Dienern war er der großmächtige joviale und manchmal auch zornige Herr: immer zwei Handbreit größer als der demütige Knecht vor ihm – mochte der ihn auch um einen ganzen Kopf überragen, wenn man die Meßlatte anlegte. Bei einem gleichrangigen Gegenüber gewannen seine Bewegungen an Lebhaftigkeit, je freundschaftlicher er diesem gesonnen war. Konnte er den anderen nicht leiden, erstarrte sein Körper in höflich steifen Gesten. Ich lernte, daß bei geschäftlichen Verhandlungen sein Körper um so gerader und ruhiger wurde, je unsicherer seine eigene Position war. War er in der Position des Starken, zeigte er eine liebenswürdige Verlegenheit und Schwäche, so daß sein Gegenüber, wenn er nur harmlos genug war, am Schluß glauben konnte, daß er gar nicht klein beigegeben hatte, sondern aus eigener, reiner Großmut meinem Vater entgegengekommen war. Wenn mein Vater meist den Eindruck von Sicherheit und Ruhe vermittelte, so zeigte er sich in Gegenwart meiner Mutter manchmal fahrig und nervös, geriet beim Sprechen ins Stocken, stieß beim Essen eine Schüssel um oder ließ den Löffel fallen, als wäre er ein unerfahrener, schüchterner Verehrer, und hörte sich demütig und schuldbewußt ihre Zurechtweisung an. In Gegenwart meiner Mutter schien er immer zu schrumpfen – er wurde kleiner, faltiger und fahler. Manchmal auch, wenn er sich unbeobachtet glaubte, krochen Angst und Sorge über sein Gesicht und ließen es um Jahre altern. Wenn dann jemand kam, strahlte er wieder Selbstvertrauen und Frische aus. Ich glaube, insgeheim hatte er Angst vor dem Tod und vor dem, was danach kommen würde. Und er hatte Angst vor meiner Mutter. Aber als weltoffener Jude mit griechisch-römischer Bildung verbarg er seine Ängste hinter der Maske stoisch-männlichen Gleichmutes.
Ich habe meinen Vater immer nur in verschiedenen Rollen erlebt. Er war sich immer bewußt, mit wem er zusammen war. Und darauf stellte er sich ein. So machten es die meisten Leute. Die Diener verhielten sich in Gegenwart meines Vaters oder meiner Mutter anders, als wenn sie unter sich waren. Jehuda war ein anderer mit mir allein als in der großen Runde an Jochanan ben Ga'alyahus Tisch. Ich selbst zeigte

ein anderes Gesicht bei Jehuda als bei Bathscheva oder bei Jehudith oder bei meinen Eltern oder bei den Mägden, die mich von klein auf umgeben hatten. Es war, als zögen wir den anderen, seine Stellung oder seine Meinung in Rechnung und zeigten nur den Teil von uns, der diesem anderen und der Situation angemessen wäre.
Der Rav war anders – er war immer ganz er selbst. Es spielte für ihn überhaupt keine Rolle, in welcher Gesellschaft er sich befand und welchen Rang die Leute einnahmen. Er sprach nicht freundlicher, strenger, zeremonieller oder ängstlicher, wenn sein Gegenüber wechselte. Er war er selbst – als Jehuda mich zu ihm brachte, dann in Aschers Haus und jetzt inmitten der Schüler. Er war dem mißtrauischen und hochmütigen Ascher nicht anders begegnet als später dem demütig dienernden Ascher, der seinem Ehrengast alle Wünsche von den Augen ablas. Es machte für ihn keinen Unterschied, ob Ascher uns allein empfing oder inmitten der Schar neugieriger Hochzeitsgäste. Er sprach zu einem Diener genauso freundlich und achtungsvoll wie zu Ascher und dem Dorfrabbi. Seine Stimme, seine Gesten, seine Worte flossen unverstellt aus ihm selbst. Er stellte nichts dar und wollte auch nichts vorstellen. Das war das merkwürdige. Es gibt wohl kaum einen Menschen, bei dem sich nicht irgendwann eine Verspannung zeigt – sei es, daß sein Gehabe plötzlich gekünstelt oder gespreizt wirkt, sei es, daß er allzu betont, allzu bedächtig oder überlegt spricht, sei es eine plötzliche Gehemmtheit, ein Stocken der Worte oder der Gesten oder eine Freundlichkeit, der man die Angst oder die Berechnung anmerkt, oder eine falsche Demut und Bescheidenheit, hinter der sich auftrumpfender Stolz verbirgt. Nichts davon bei dem Rav. Was er sagte und tat und wie er es sagte und tat, entsprang immer derselben Quelle – und darum floß sie so kraftvoll und rein. Er war immer eins mit sich, ganz und ungeteilt – rückhaltlos, unbefangen, frei. Seine Schönheit lag nicht in der Ebenmäßigkeit, Unveränderlichkeit und stillen Ruhe und Erhabenheit der Form. Sie lag in der Lebendigkeit, in der Intensität, in der Energie, in der Liebe und Lebensfreude, die er verströmte. Sie lag in der Leichtigkeit und heiteren Gelassenheit, mit der er alle Hindernisse überwand. In der Weichheit und fast tänzerischen Gelöstheit seiner Bewegungen, die bei aller Lebendigkeit frei von Unruhe und Überhitzung waren. Während die Männer um ihn angespannt und aufgeregt um das Wunder von Qana stritten und ich verkrampft vor Sehnsucht und Angst im Hintergrund hockte, aß er mit Hingabe und Genuß die Feigen und trank den Wein. Er schien den Baum zu spüren, unter dem wir saßen. Er hörte gleichermaßen die Reden der Männer und das pochende Lärmen der Zikaden. Er antwortete seinen Schülern – und sah die Landschaft

und schien eins mit ihr zu sein. Es war, als sammelte er in sich die stille Hitze des Mittags und strahlte sie wieder aus – zu uns und in die Landschaft und in die flirrende Luft. Wenn er so entspannt dasaß, war er ganz Stille und Frieden. Aber nicht die Stille und der Frieden des Todes sprachen aus ihm. Es waren Stille und Frieden – voller Kraft und unerschöpflicher Lebendigkeit.

Ich spürte, wie meine Verkrampfung wich, wie meine Ängste verflogen, wie meine Sehnsucht sich in eine warme Liebe verwandelte, die nichts mehr für sich selbst verlangt, nichts mehr begehrt, sondern nur noch Liebe und Glück für den Geliebten will. Das Gespräch der Männer wurde ruhiger, schläfriger.

„Ich möchte auch gerne Wasser in Wein verwandeln können", sagte der junge Jehuda. Die anderen lachten.

„Das könnte dir so passen – jeden Tag das Wunder eines kleinen hausgemachten Rausches!" Das war Philippos, dessen gutmütige Scherze niemanden verletzten.

„Habt ihr nichts anderes im Kopf als diese dumme Geschichte von gestern abend? Glaubt ihr, ich ziehe im Ernst umher, nur um den Leuten zu zeigen, daß ich Wasser in Wein verwandeln kann? Seid ihr nur deshalb meine Schüler geworden, um die Leute mit Wundern zu verwirren wie jeder heidnische Magier?"

Der Rav hatte seine Stimme nicht erhoben. Sie klang weniger unwillig als verwundert. Die Männer schwiegen beschämt. In der Mittagsglut wollte das Gespräch nicht mehr recht fließen. Schließlich lagerte sich jeder so bequem wie möglich, und bald mischten sich in das Zikadenkonzert sägende und pfeifende Schnarchtöne. Auch ich muß eingeschlafen sein, denn ich schreckte hoch, als die Sonne weiter westlich stand und mir mitten ins Gesicht schien. Die Männer schliefen noch. Nur der Blick des Rav ruhte auf mir – mich liebend umfangend wie ein Kind oder eine Schwester. Seine Liebe machte mich wehrlos. Ich lächelte zurück. Aber als sich unsere Blicke lösten, wurde ich unruhig und schließlich wütend. War das die einzige Liebe, die er kannte? Die gütige, grenzenlose und doch so harmlose Liebe eines Vaters oder einer Mutter – oder die eines Bruders? Ich mußte an Mariam, seine Mutter, denken. Hatte er noch nie eine Frau geliebt? Und wenn ja, warum nicht? Hatte er bisher nur nicht die richtige Frau gefunden? Ich spürte ein freudiges Zittern, als meine Gedanken wie Pfeile vorwärtsschnellten und Bilder und Phantasien wachriefen, die ich mir gleich darauf verbot. Mühsam versuchte ich, mein Augenmerk auf andere Bilder, auf andere Gedanken zu richten. Immer wieder sagte ich mir vor, daß ich hier nur Schülerin unter Schülern war und froh sein

durfte, dem engen, dumpfen Leben an der Seite Jehudas entronnen zu sein.
Wir zogen von Dorf zu Dorf, von Stadt zu Stadt. Ich genoß die Tage des ziellosen Umherwanderns. Wir strichen durch die Gegenden des Gallil, in denen sich die bestellten Felder dicht an dicht fügten. Dann kamen wir durch wüste und menschenleere Landstriche, wilde Gebirgsschluchten, die als Behausungen böser Geister verschrien waren. In meiner Erinnerung verlebten wir die Tage fast nur unter freiem Himmel. Sicher wurden wir gastlich in Hütten und Häuser aufgenommen. In den Regenmonaten hockten wir in dunklen Räumen, durchnäßt und zitternd vor Kälte, und wärmten uns an den Feuerstellen. In der feuchten, stickigen Luft, in der die widerwärtigen Gerüche von Unrat und Moder noch beißender und durchdringender als sonst über uns herfielen, konnten wir kaum atmen. Aber wenn ich mir jene Zeit zurückrufe, so sehe ich mich unter freiem Himmel, in der Weite der Landschaft, eingetaucht in Licht und Wärme, berauscht von der Klarheit und Reinheit der Luft.
Wir zogen langsam nach Osten, in die Gegend des Kinneret-Meeres. Wenn wir in die Dörfer kamen, rief das Geschrei der Kinder die Erwachsenen herbei. Die Kunde von dem Wunder von Qana und der Heilung der Kranken war uns vorausgeeilt. Wie ein Bienenschwarm seiner Königin überallhin folgt, fielen sie über uns her und bildeten eine dichte Traube um unser kleines Häuflein. Ich hatte jedesmal Angst, erdrückt zu werden. Später flüchtete ich gleich zur Seite, wenn die ersten Gaffer und die nur Leichtkranken mit großem Geschrei angelaufen kamen, und kümmerte mich dann um die Schwerkranken, die von ihren Angehörigen herbeigetragen wurden. Schim'on und die anderen sahen zu, daß sie einen großen Felsen oder ein Mauerstück fanden, von dem aus der Rav sprechen konnte. Manchmal führten sie ihn auch auf das Dach eines Hauses, damit jeder ihn sah und hörte. Dann sprach Rav Jeschua. Er brauchte gar nicht seine Stimme zu erheben. Nach wenigen Worten war es regelmäßig so still, daß man nur noch das leise Rauschen der Blätter in Wind, das Gurren der Tauben vom nahen Schlag oder manchmal das Weinen eines Kind hörte, das nach seiner Mutter verlangte.
Der Rav verzauberte alle, wie er schon Ascher und mich verzaubert hatte. Er sprach ganz einfach – in Worten, die jeder Bauer, jede Magd verstehen konnte. Das entscheidende aber war, daß die Männer und Frauen spürten, daß er wirklich meinte, was er sagte, daß seine Worte unmittelbar aus seinem Herzen kamen und nicht wägend und berechnend im Kopf ausgeklügelt worden waren. Er sprach, und in den von Arbeit und Sorgen zergerbten Gesichtern mit den großen, ängst-

lichen und demütigen Augen breitete sich Hoffnung aus, Erleichterung, Freude – und dann der Glaube an den neuen Propheten des Herrn, der ihnen alle Schuld, die Bürde der Unreinheit und den Schrekken der Verdammnis von der Seele nahm.
Welcher dieser einfachen Bauern war schon so vermögend, sich Geschirr zweifach für Milch und Fleisch leisten zu können! Welche Bäuerin oder Bauerntochter konnte sich abseits halten, wenn sie unrein war! Selbst am Schabbat, den alle einzuhalten versuchten, war es immer wieder notwendig, sich um das Vieh zu kümmern oder auf dem Feld nach dem Rechten zu sehen. Das einfache Volk hatte nicht die Zeit, die Gebote zu befolgen, und nicht die Mittel, um alle vorgeschriebenen Opfer zu erbringen. Die Pruschim und die Zedokijim hielten mit Verachtung, ja fast mit Ekel Abstand vom gemeinen Volk, um nicht von dessen Unreinheit angesteckt zu werden.
Wenn ich als Kind ein Gebot vergessen oder mißachtet hatte, hatte ich oft genug selbst solche Ermahnungen zu hören bekommen wie: „Willst du eine unreine Bauernschlampe sein, die vor dem Herrn verwerflicher ist als eine Heidin? Die Heiden sind verloren und haben keinen Anteil an der zukünftigen Welt, weil sie keinen Bund mit dem Herrn geschlossen haben. Aber auf ewig sind die verworfen, die dem Herrn Treue gelobt haben und doch seine Gesetze brechen! Sie werden vom Sche'ol verschlungen wie die Rotte Korachs. Sie werden in Feuer und Schwefel untergehen wie die Söhne Sdoms und Amorahs." In der Angst vor dem drohenden Sche'ol lernte ich schnell, die Gebote zu befolgen. Der Reichtum meiner Eltern ließ es mir auch nicht zu schwer werden. Das Einhalten der Gebote wurde mir früh zu einer alltäglichen Selbstverständlichkeit, über die ich nicht weiter nachdachte.
Wie anders mußte es das einfache Volk empfinden, das wohl gerne die Gebote gehalten hätte, es aber in der bitteren Armut nicht konnte! Die Menschen waren so arm, daß sie oft genug unter Hunger und Kälte litten. Aber schlimmer und wahrhaft grauenerregend war für sie die Vorstellung, daß sie nach ihrem Tod der ewigen Verdammnis verfallen waren. Während die anderen, die Reichen, die Pruschim und die Zedokijim, im Lichte des Herrn auferstehen durften, würden sie von der grauenhaften Finsternis des Sche'ol verschlungen.
Nun kam da ein Rav, der ihnen nicht finster drohend aufs Gewissen schlug. Er war heiter und freundlich. Aus seinen Augen sprachen Liebe und Güte. Und seine Worte waren Gnade und Barmherzigkeit.
„Es steht geschrieben, daß ihr die Gebote des Herrn befolgen sollt. Das höchste Gebot aber ist jenes, das sagt: 'Liebe deinen Nächsten

wie dich selbst'. Wer seinen Nächsten liebt, den liebt der Herr. Und wer darüber die anderen Gebote bricht oder vergißt, dem wird vergeben. Wer aber alle Gebote bis aufs kleinste Jud befolgt und dabei ohne Liebe im Herzen für seinen Nächsten ist, der wird selbst keine Liebe finden, auch nicht die Liebe des Herrn!"
Seine Worte waren wie berauschender Nektar. Alle wußten, was gemeint war und wer gemeint war: die Pruschim, die peinlich genau alle Gebote befolgten, und die Zedokijim, die glaubten, mit reichlichen Opfern im Tempel sei alles getan. Und wenn es etwas gab, das einen Parusch oder einen Zedoki in seiner Angst vor dem Herrn trösten und beruhigen konnte, so war es das Bewußtsein, daß die anderen, die Armen, die Unreinen, viel schlimmer sündigten als er selbst, so daß er vor dem Herrn noch einigermaßen gut dastand.
Ich sah Jehuda wieder vor mir, den ich so strahlend, selbstgewiß und begeisternd als Lehrer kennen- und liebengelernt hatte. Wie ängstlich, kleinmütig und streng hatte er sich gezeigt, wenn ich als seine Ehefrau Dinge sagte, wünschte oder tat, über die in der Torah nichts gesagt war, aber die vielleicht dem Herrn mißfallen konnten. Erst jetzt, geborgen in Liebe und in Sicherheit vor Jehuda, wurde mir klar, wieviel ich ihm abverlangt hatte und wie töricht und falsch es gewesen war, ihn mit meinem Netz aus Lügen in die Ehe zu locken. Wie ein Kind, das ein Spielzeug sieht und es auf der Stelle haben will, hatte ich ihn mir zum Ehemann erkoren und seine Ängste und Überzeugungen überrumpelt. In der Ehe hatten sie sich gegen mich gekehrt. Jetzt erkannte ich, daß ich nicht nur ihn, sondern auch mich selbst überlistet hatte. Ich hatte seine strenge Beachtung der Gebote, seine Redlichkeit, seine Prinzipientreue nur soweit wahrnehmen und respektieren wollen, als sie sich nach außen richteten – auf die Bekehrung und Zurückgewinnung der laxen Juden, die um eines Vorteils und der Römer willen ihren Glauben vergaßen und die Gebote des Herrn mißachteten. Ich hatte nicht sehen wollen, daß er sich immer und überall an die Gebote klammerte, selbst da, wo sie schwiegen oder Spielraum für die Auslegung zuließen. Jehuda war nicht der Mann, für den ich ihn in meiner kindischen Verliebtheit gehalten hatte, und es war mein Irrtum, mein Fehler, meine Schuld, daß wir uns aneinander gebunden hatten. Ihm nicht mehr ausgeliefert, konnte ich Jehuda zum ersten Mal sehen, wie er wirklich war: ein gesetzestreuer Parusch, von Herzen lieb und gut, aber in steter Angst, er oder die Seinen könnten ein Gebot verletzen und damit die Gnade des Herrn verlieren. Seine Angst vor der göttlichen Verdammnis war so groß, daß er aus Sorge, vielleicht ein Gebot zu übertreten, einen neuen Gedanken von vornherein verwarf und lieber gar nichts tat. Er beschränkte

sich auf das, was zweifelsfrei erlaubt war. Aber jeder Gedanke, jedes Tun, die in der Schrift nicht erwähnt waren, erfüllte ihn mit zitterndem Schrecken, weil er dem Herrn darüber Rechenschaft ablegen mußte und der Ausgang des Gerichts ungewiß war.
Es war diese Angst vor dem Herrn, die ihn gehindert hatte, Silpa, 'die Hexe', an Jochanan ben Ga'alyahu vorbeizulotsen und zu mir zu bringen. Es war die Angst vor dem Herrn, die größer war als die Angst, mich und unser Kind zu verlieren. Es war diese immerdrückende Angst, die ihm ein Kind als Forderung des Herrn, aber nicht als Quelle von Freude und Liebe erscheinen ließ. Ich sah Jehuda gefangen in seiner großen Angst, und die Angst vor dem Herrn hatte sein Herz eng und kleinmütig gemacht. Es war seine Angst, die über ihn und damit auch über mich geherrscht hatte. Es war diese unermeßliche Angst, die unsere Liebe und unser Kind getötet hatte. Ich weiß nicht, ob es wirklich so war, aber ich hatte das Gefühl, daß ich Jehuda zum ersten Mal wirklich verstand. Auch Jehuda war ein hilfloses Opfer, nicht nur ich und das tote Kind. Und ich konnte ihm verzeihen. Der Schmerz um mein verlorenes Kind blieb – aber Groll und Bitterkeit schwanden, und ich hörte auf, Jehuda vorzuwerfen, daß er nicht genug getan hatte, um unser Mädchen zu retten.
Alles, was Rav Jeschua sagte und tat, war das Gegenteil von Angst. Er predigte nicht Angst, sondern Liebe. Sein ganzes Wesen, seine Person war die Liebe selbst. Und wer in seine Nähe kam, erfuhr diese Liebe und verlor die allesbeherrschende Angst – wenigstens für einen Augenblick. Wenn er von der Güte und Barmherzigkeit des Herrn sprach, wenn er die Liebe des Herrn mit der Liebe eines Vaters zu seinen Kindern verglich, drängten sich die einfachen Bauern, die Knechte und Mägde um ihn. Das leuchtete ihnen ein. Hört denn die Liebe eines Vaters auf, wenn sein Kind gegen ein Gebot verstößt? Wie sollte die himmlische Liebe des Herrn je versiegen, die doch viel größer als die Liebe der Menschen ist! Und er, der dies verkündete, er lebte diese Liebe, er war diese Liebe. Das sah doch jeder selbst!
Die Kranken, die Schwachen schrien nach ihm. Wer einigermaßen gehen konnte, warf sich in seinen Weg, klammerte sich an ihn, versuchte, ihn oder wenigstens sein Gewand zu berühren. Die Bettlägerigen wurden von ihren Familien herbeigekarrt und herbeigetragen, alle beseelt von dem Glauben an die Liebe und Wunderkraft des Rav, der vom Herrn selbst gesandt war, um ihnen zu helfen. Sie öffneten sich seiner Liebe, wie ich es getan hatte. Und sie erfuhren wie ich, wie seine Liebe den trüb gewordenen, versickerten Lebensstrom wieder zu kräftigem Fließen brachte, so daß alles, was an Leib und Seele hart, krank und schwach geworden war, herausgeschwemmt und hin-

weggespült wurde und neue Freude und neue Lebenskraft aufblühen konnten.
Ich sah mit eigenen Augen, wie ausgemergelte, dem Tode nahe Kranke, die nicht mehr die Kraft besaßen, auch nur einen Finger zu rühren, von neuem Leben erfüllt aufstanden, wie ihre fahle Haut rosig wurde, wie stinkende Eiterbeulen und aussätzige Wunden sich schlossen, wie eingefallene, magere, faltige Körper sich strafften und wieder rundeten. Ich sah, wie Leben in müde, stumpfe Augen einzog und neues Verständnis aus ihnen leuchtete, wie brüllende, schreiende Wahnsinnige still wurden und den Herrn zu preisen begannen. Und wir alle, die dabei waren, fielen in die Lobpreisungen ein und dankten dem Herrn, der zu den Menschen so gnädig und barmherzig war.
Warum hatte nicht auch Jehuda diese Liebe gespürt und seine Angst verloren? Warum war er vor dem Rav in trotzige Flüche und Anklagen ausgebrochen und davongelaufen? Hatte er keine Augen und Ohren wie ich und wie die einfachen Bauern, für die der Rav bald von einem Wunderrav zum lang ersehnten Maschiach geworden war? Ich grübelte über diese Frage nach und fand lange keine Antwort.
Die Kunde von dem wundertätigen Rav flog von Dorf zu Dorf, von Stadt zu Stadt und zog nicht nur immer größere Scharen von Kranken und Hoffnungsuchenden an, sondern erregte auch die Neugier der Rabbanim, der Pruschim und der Zedokijim. Sie kamen herbei, um dem Wirken des vermeintlichen Wunderrav ein Ende zu bereiten. Ihre höhnisch verächtlichen Mienen wurden zu Stein, wenn der Rav die unendliche Liebe und Güte des Herrn verkündete. Ihre Augen quollen aus ihren Höhlen, wenn er die Hand auf die Wunden der Kranken legte und wenn er zu den Besessenen sprach. Wenn dann das Wunder geschah und die Kranken geheilt aufstanden, wenn Taube hörten und Stumme sprachen, Blinde wieder sehen konnten und aus Besessenen der klare Geist sprach, wandten sie sich in grimmigem Zorn ab und zogen mit Verwünschungen und Drohungen gegen den Scharlatan und sein gotteslästerliches Lehren und Treiben davon. Allerdings gab es auch den einen oder anderen, der demütig anerkannte, daß hier ein Größerer als er selbst im Namen des Herrn lehrte, segnete und heilte.
Unsere Gruppe war weiter gewachsen, und ich war nicht mehr die einzige Frau. Jochana, die Frau des Chusa, hatte sich uns angeschlossen und Schuschana, eine reiche Witwe, die dankbar für ihre Heilung den ganzen Reichtum mit uns teilte. Andere Frauen schlossen sich uns zeitweise an – zogen für eine Weile mit und kehrten dann wieder in ihr Dorf oder in ihre Stadt zurück. Es waren alles einfache, ungebildete Frauen. Keine von ihnen konnte schreiben oder lesen. Sie hingen

an den Lippen des Rav und beteten ihn an wie einen Gott und waren froh, wenn sie die niedrigsten Dienste für ihn verrichten durften. Was sie mir bisher einmütig verwehrt hatten, überließen merkwürdigerweise die Leibwächter, wie ich meine Mitschüler insgeheim getauft hatte, diesen Frauen bereitwillig: die Pflege der Kleider des Rav und die Zubereitung des Essens, wenn wir nicht irgendwo aufgenommen waren. Nur die Armen und Kranken versorgten wir gemeinsam, wenn sie mit letzter Kraft, hungrig und erschöpft zu uns gefunden hatten. Mir fiel auch auf, daß andere Schüler, die nach mir zu uns gekommen waren, wie Toma und Mattai, längst zum inneren Kreis um den Rav gehörten und von den anderen als gleichrangig behandelt wurden, während man mich immer noch ferne hielt. Man sprach kaum mit mir, hörte mir noch weniger zu, wenn ich etwas sagte oder fragte – wohingegen die 'Neuen' bei den abendlichen Gesprächen mitreden und mitfragen durften, als hätten sie von Anfang an dazugehört. Als spürten sie, daß ich anders war oder daß von mir eine Gefahr ausging, hielten sie sich immer noch fern von mir – und zogen einen Schutzwall zwischen mich und den Rav.
Ich dachte oft genug daran, gegen ihre Ausschließungstaktik zu protestieren. Aber dann sagte ich mir: 'Sie haben ja recht – ich bin nicht eine von ihnen. Ich bin nicht bloß eine Schülerin. Ich will mehr. Ich will den ganzen Mann – auch wenn ich nichts sage und mich so verhalte wie sie. Aber sie spüren es und sie mißtrauen mir zu Recht.'
Von den Leibwächtern erntete ich wütende Blicke, wenn ich auch nur versehentlich in den engeren Kreis um den Rav gelangte. Sie wagten es nicht, mir offen Einhalt zu gebieten. Aber abends sorgten sie dafür, daß ich den schlechtesten Schlafplatz erhielt, die letzte und kleinste, schon halb kalte Portion vom Essen. Aber nichts änderte sich daran, daß ich zu ihnen gehörte und mit ihnen dem Rav folgte. Da mir der Rav keine besondere Aufmerksamkeit schenkte, hörte ich bald auf, mich zu verkrampfen, wenn ich seinen Blick auffing. Ich blieb ruhig. Aber es war nicht mehr die glückliche innere Ruhe des ersten Tages, als ich mich in seiner Liebe ganz geborgen gefühlt hatte. Dieses kindliche Glück, diese völlige Hingabe fand ich auf den Gesichtern meiner Mitschüler, wenn der Rav zu uns sprach. Meine Ruhe war die Ruhe des Meeres, das der Wind aus heiterem Himmel zu tosenden Wellen auftürmen kann. Es war die Ruhe der Erde, die plötzlich grollend aufbersten und Tempel und Paläste zum Einsturz bringen kann.
Unwillkürlich beobachtete ich die anderen Frauen. Was war ihnen Rav Jeschua? Nur der Rav, an dessen Lippen sie hingen, oder auch der Mann, zu dem sich ihr Körper hingezogen fühlte? Bei ihnen merkte ich nichts von inneren Spannungen und Verkrampfungen. In ihren

Gesichtern, in ihren Augen fand sich kein Begehren, nur hingebende Liebe, Verehrung und Anbetung wie bei den Männern.
Es traf mich wie ein Schlag. Ich liebte und begehrte Rav Jeschua. Aber ich verehrte ihn nicht wie die anderen. Noch weniger betete ich ihn an. Ich liebte und achtete den wunderbaren Menschen, der er war. Ich ehrte ihn als den größten Rav und Propheten, den Gott seinem Volk Jisrael je geschickt hatte, und ich liebte ihn als Mann. Aber ich konnte ihn nicht verehren. Verehren und anbeten konnte ich nur den Herrn, den Allmächtigen, der Himmel und Erde erschaffen hatte – aber keinen Menschen. Wurde uns nicht von klein auf das erste Gebot eingebleut: 'Ich bin Dein Herr und Gott – du sollst keine anderen Götter haben neben mir'? Unterschieden wir Juden uns nicht gerade darin von den Heiden, daß wir Menschen nicht zu Göttern erhoben und sie nicht anbeteten und verehrten? Wir spotteten doch über die römischen Besatzer, die so barbarisch waren, daß sie ihren jeweiligen Caesar zum Gott machten und dann auch noch an seine Gottheit glaubten und zu ihm beteten! Fühlten wir uns nicht erhaben über die sonst so überlegenen Griechen, weil sie daran glauben konnten, daß große Menschen von den Göttern unsterblich gemacht und in den Olympos erhoben wurden?
Hier befand ich mich in der Schülerschar eines jüdischen Rav, eines wahrhaft außergewöhnlichen Rav, von Gott begnadet wie kein anderer – und doch war er ein Mensch wie sie und ich. Aber sie verehrten ihn wie einen Gott! Der Rav sprach von dem Herrn wie von einem liebenden Vater und bezeichnete sich oft als seinen Sohn und uns alle als die Kinder des Herrn. Für mich wollte er damit sagen, daß der Herr uns liebte, wie ein Vater seine Kinder liebt (wobei ich allerdings nicht an meinen Vater denken wollte). Sie schienen es ähnlich zu verstehen und fanden doch mehr darin: Er war Gottes Sohn und damit selbst göttlich. War seine Liebe zu den Menschen nicht so übergroß, ja übermenschlich, daß er selbst göttlich und ein Gott sein mußte?
Mittags und abends nach den Mahlzeiten zog sich der Rav oder Jeschua, wie ich ihn von jetzt an nennen will, oft zurück, um allein zu sein und zu beten. Keiner von uns wagte, ihn dabei zu stören. Wie eine Schar Kinder, deren Lehrer sie für einen Augenblick allein gelassen hat, erhoben wir um so lauter unsere eigenen Stimmen. Alles, was Jeschua gesagt und getan hatte, wurde unzählige Male wiederholt, wiedergekäut und ausgelegt. Jeder war fest davon überzeugt, allein seine Erinnerungen, seine Deutungen seien die wahren und vollständigen. Nach kurzer Zeit gab es Streit um die Einzelheiten: Hatte er die Hand dabei gehoben? Hatte er gelächelt oder ernst die Versammelten gemustert? Hatte er gesagt „Er stößt die Mächtigen vom Thro-

ne“ oder „Er weist die Mächtigen vom Thron“. Ich hatte etwas ganz anderes verstanden. Etwas, das mich verwirrte, weil es mir nicht einleuchtete. Aber seine Worte ließen mich nicht los:
„Wenn der Geist der Liebe Einzug hält, gleitet die Macht aus den Händen derer, die sie festhalten. Die Mächtigen werden erkennen, daß sie nicht größer und mächtiger sind als ein Sandkorn. Und die Geringen werden in sich die göttliche Liebe des Vaters spüren, die größer ist als alle Macht der Mächtigen zusammen. Der Mächtige wird über seine Ohnmacht lachen und der Geringe wird seine Macht demütig erkennen.“
Ich konnte mir nicht vorstellen, daß irgendein Mächtiger freiwillig die Macht aus den Händen geben würde. Mein Vater liebte meine Mutter und meine Mutter ihn – und dennoch liebten sie beide mehr noch die Macht. Und wir, ihre Kinder, sollten auf dem Weg der Macht fortschreiten. Unsere Ehemänner und Ehefrauen sollten die Macht der Familie, unseren Reichtum, unser Ansehen mehren. Alles andere zählte nicht. Und was war mit Jehuda? Jehuda und ich, wir hatten uns geliebt. Und trotzdem war ich an Grenzen gestoßen, die allein Macht gesetzt hatte. Jehuda hatte mir nicht seine eigene Macht entgegengesetzt. Aber die Macht, an die er glaubte. Die Macht des Herrn und Richters, die Macht der Gebote und der Sitte. Die für ihn ganz selbstverständliche Macht des Mannes über die Frau. Und die Macht seines Brotherrn Jochanan ben Ga'alyahu, der vor einer lernbegierigen Frau seine Bibliothek verschlossen halten durfte und der eine Hebamme fortschicken konnte, die sein angestellter Lehrer für seine verblutende Frau geholt hatte.
Und Jeschua selbst? Er war unser Rav und Führer, geliebt und verehrt wie ein Gott. Würde er seine große Macht über Menschen mit jemandem teilen oder auf sie verzichten können?
Plötzlich begriff ich. Ja, Jeschua würde loslassen. Er würde uns ziehen lassen. Er würde uns unsere Freiheit wiedergeben. Das heißt, er würde sie uns nicht geben, weil er sie nie genommen hatte. Wir hatten sie ihm zu Füßen gelegt – und er würde uns jederzeit gestatten, sie wieder an uns zu nehmen. Seine Macht über uns gründete sich darauf, daß er sie nicht ausübte! Er hatte es nicht nötig, Macht über uns auszuüben – es lag ihm gar nichts daran. Wie könnte er also etwas festhalten wollen oder vermissen, was ihm gar nicht wichtig war! Deshalb brauchte er auch nicht um seine Macht zu fürchten und sie zu verteidigen. Er brauchte unsere Hingabe nicht, um sich größer und bedeutender zu fühlen – und durch unsere Abwendung oder Ablehnung würde er sich nicht geringer oder verächtlicher vorkommen! Zum ersten Mal sah ich die große Angst, die sich unter dem glanzvollen

Mantel der Macht verbirgt. Die Macht, die die Herrschaft über Mensch, Tier und Länder und Völker braucht, um das ängstliche Zittern im eigenen Herzen vergessen zu machen. Die Macht, die Reichtum, Güter, Sklaven und ergebene Diener braucht, um den Kopf hochtragen zu können. Die Mächtigen, die Reichen, Caesaren und Könige – wie sie sich an ihre Macht klammern! Wie sie darum kämpfen, sie nicht zu verlieren! Wie sie nach immer mehr Macht streben – und wie jämmerlich abhängig sie in Wahrheit von ihren beherrschten Opfern sind! Denn was wären sie ohne die Zeichen der Macht, ohne ihre Diener, ohne ihre Ländereien, ohne die unterjochten Menschen und Völker: nichts als ein zitterndes Bündel Angst!
Meine Gedanken bewegten sich weiter. Ich sah Jehuda wieder vor mir – wie er mich und Jeschua haßerfüllt verfluchte. Ich sah die mit gleichem Haß eifernden und geifernden Pruschim, wie sie von Jeschua Rechenschaft forderten, als er am heiligen Schabbat mit uns Kornähren raufte, weil wir nirgends etwas zu essen bekamen. Wie sie zornbebend davonzogen, als Jeschuas einfache Worte ihnen die Sprache verschlug. Plötzlich erkannte ich die Angst, die sich auch bei ihnen verbarg – hinter ihrer Wut, hinter ihrem Haß und hinter ihrem Stolz. Sie klammerten sich an die Torah, an die Gesetze und Regeln, so wie sich Reiche an Geld und Könige an ihre Herrschaft über andere klammern. Ihre Macht war die Kenntnis der Gesetze und der Auslegungsregeln. Ohne diese Kenntnis waren sie hilflos der Angst preisgegeben. Das Zeichen ihrer Macht war nicht Herrschaft oder Reichtum: es war Wissen. Kein Wunder, daß sie es nicht ertrugen, wenn einer daherkam, der ohne ihre Angst die Worte des Herrn auf ganz neue, ungewohnte Weise auslegte und sie mit neuem Leben und Sinn erfüllte. Wenn ihr Wissen nichts mehr galt – was galten sie dann selbst? Wenn er sprach, standen sie mit ihrem Wissen da wie ein Kaufmann, der auf dem Markt die vertrockneten und schon wurmstichigen Feigen des vergangenen Jahres feilbot, während neben ihm einer die ersten köstlich frischen Früchte anpries – ihr Wissen war wertlos geworden. Der schützende Mantel war zu einem fadenscheinigen, zerschlissenen Fetzen voller Löcher geworden, und sie standen zitternd und bloß vor den Menschen. Sie waren nicht nur ohnmächtig – sie waren lächerlich geworden. Die Menschen liefen Jeschua nach und lachten über das alte Gesetz – und schlimmer noch: Sie lachten über die alten Verwalter des Gesetzes.
„Der Mensch ist nicht um des Schabbats willen da, sondern der Schabbat um des Menschen willen."
So einfach hatte Jeschua das gesagt – und uns und den Pruschim blieb der Mund offenstehen. Woher wußte er das? Woher nahm er

sein Wissen und woher den Mut, dies offen zu sagen? Und warum hatten die Pruschim es nicht gewußt? Selbst in der Erinnerung mußte ich wieder über ihre anmaßende Hilflosigkeit lachen. Dabei waren sie in der Regel viel besser in der Torah und in den Schriften bewandert als unser Rav. Jeschuas Vater war ein einfacher Zimmermann. Er verdiente zwar genug, um mit Jeschua wenigstens einmal in die heilige Stadt Jeruschalajim zu pilgern. Aber er konnte für seinen Sohn nicht die Kosten eines langwierigen Studiums bei einem Rav oder in einer Schule aufbringen. Jeschua hatte Lesen und Schreiben gelernt, und er las die heiligen Schriften, wo immer sich eine Gelegenheit fand. Aber er las ohne System und ohne Anleitung. Er las, ohne die strengen Auslegungsregeln zu kennen, ohne vollständig mit den mündlichen Ergänzungen und Erläuterungen der Halacha vertraut zu sein.
Es tat mir manchmal selbst weh, wenn er sich mit der Unbekümmertheit des Ungebildeten über die sorgsam gefeilten Auslegungen und Schlußfolgerungen ganzer Generationen von gelehrten Rabbanim hinwegsetzte, sie mißachtete oder ihre Argumente grob vereinfachte, verdrehte oder sie ganz verwarf. Die Pruschim, die Zedokijim heulten auf, wenn er die Früchte jahrhundertealter Gelehrsamkeit ohne großen Respekt prüfte oder einfach links liegen ließ. Sie waren ihm nicht gewachsen. Sie köderten ihn mit der Bitte, die Schrift für sie auszulegen, und er nahm ihre Köder bereitwillig auf. Dann, als seien es Kampfnetze römischer Gladiatoren, versuchten sie, die Regeln der Logik und des Schlußfolgerns über ihn zu werfen und ihn darin zu verfangen. Er aber war mit einer kaum merklichen Bewegung schon seitwärts getreten, so daß sie ihn nicht zu fassen bekamen. Er schien mit ihnen zu spielen. Ihre Wut war darum nur um so größer.
Während sie gelernt hatten, langsam und geduldig den Straßen und Wegen der Torah und der Halacha zu folgen, während sie ihre Köpfe mit dem überlieferten Wissen vollgestopft hatten, während sie so zurechtgestutzt nur noch das sehen und denken konnten, was sie sehen und denken sollten, hatte Jeschua das gelernt, was er lernen wollte. Und er dachte in seiner eigenen Weise über das nach, was er gesehen und gelesen hatte. Wenn ein Parusch oder ein Zedoki sprach, kannte ich seine Argumente im voraus. Durch die Diskussionen mit Jehuda und Rav Akiva oder bei den Mahlzeiten in Jochanan ben Ga'alyahus Haus war ich mit der üblichen und anerkannten Denk- und Argumentationsweise innig vertraut geworden – so innig vertraut, daß sie meine eigene geworden war. Wir stritten um die Feinheiten der Auslegung, um die erlaubte Dehnung oder Begrenzung eines Begriffs, allenfalls noch um die Zulässigkeit griechischer Bildung. Immer blieben wir in den vorgegebenen Bahnen. Erst durch mein Kind hatte ich

begonnen, alles neu zu überdenken. Aber wenn Jeschua sprach, wußte ich nie, was er als nächstes sagen würde. Er schien sich wie wir im Gelände der Torah und der Halacha zu bewegen – aber als nähme er für uns unsichtbare Hebungen und Senkungen des Bodens wahr, als könnte er durch Walddickicht hindurchsehen und über Wüstenstriche fliegen, als röche er das Wasser verborgener Quellen und Bäche, streifte er auf eine unerhört neue und andere Weise durch die vertraute Landschaft, und seine Pfade und Schneisen verbanden die Täler und Höhen auf eine viel einfachere, sinnvollere und einsichtigere Weise. Was er sagte, war so neu, so umwerfend, daß allen Zuhörern der Atem stockte. Aber es war auch so klar und einleuchtend, daß es für jedermann auf der Stelle einsichtig wurde. Nur warum hatte es dann vorher niemand gesehen? Warum hatte es vorher niemand gesagt?
„Der Mensch ist nicht um des Schabbats willen da, sondern der Schabbat um des Menschen willen."
Warum hatte das vorher keiner von uns selbst gesehen, selbst gedacht und selbst gesagt? Warum mußte erst Jeschua kommen, um das Offenkundige auszusprechen? Aber wir waren wie die Pruschim: gefangen in der Angst – und darum gefangen in dem Denken und Sprechen, wie wir es von Kind an gelernt hatten. Wir sahen nicht mehr selbst, wir dachten nicht mehr selbst. Ich hatte geringschätzig die geistige Enge von Jehuda und Jochanan ben Ga'alyahu verurteilt und gegen die Einschnürung meines Denkens und Handelns aufbegehrt. Jetzt, in Gegenwart Jeschuas, erkannte ich, daß ich schon immer im Gefängnis gewesen war – Jehuda und Jochanan ben Ga'alyahu waren nur besonders eifrige Wächter gewesen, nicht einmal besonders bösartige oder übelwollende. Ich entdeckte, daß das Gefängnis aus meinen eigenen Gedanken errichtet war, die mich nur das sehen ließen, was alle sahen. Jeschua sah auch nach links und nach rechts – darum sah er mehr als wir alle. Nur wenn er uns die Richtung wies, sahen auch wir plötzlich neue Dinge und Zeichen, die wir längst hätten entdecken können, wenn wir nur den Kopf ein wenig gedreht oder die Augen ein wenig weiter geöffnet hätten. Nur wußten wir nicht, was wir anstellen mußten, damit unsere Köpfe und Augen so frei und beweglich wurden wie Jeschuas.
„Und ich sage Euch, der Herr der Heerscharen wird mit seinen Engeln herabfahren und die Mächtigen vom Throne reißen. Und die Sanften und Demütigen werden frohlocken, denn sie werden zur Rechten des Herrn sitzen, der richten wird über die Hohen und die Niedrigen. So hat er gesagt, und so wird es geschehen."
Die düster dröhnende Stimme Bar-Tolmais holte mich wieder in meine Umgebung zurück. Wie ein Racheengel stand er im Kreis der

anderen. Hatte Jeschua denn von Gericht und Richten gesprochen? War das wahrhaft Erstaunliche nicht, daß die Mächtigen in der Liebe des Herrn ihre Macht freiwillig aufgeben würden? Jeschuas Rede nach meiner Erinnerung und Bar-Tolmais Worte wirbelten durch meinen Kopf. Warum widersprach ihm denn keiner? Sie nickten einträchtig mit den Köpfen. Sie hatten die Rede Jeschuas ebenso verstanden wie Bar-Tolmai.

Wir hatten alle dasselbe gehört – und doch hatten wir nicht dasselbe verstanden. Es war wie damals bei der Hochzeit in Qana. Wir hatten gesehen, wie der geizige Ascher nach der Rede Jeschuas den guten Wein heraufholen ließ. Aber nicht die Wandlung Aschers hatte sie verwundert. Erst mußte Wasser zu Wein werden – dann sahen sie das Wunder. Manchmal wußte ich selbst nicht mehr, was ich wahrgenommen hatte. Hatte Ascher wirklich nach dem besten Wein gerufen – oder hatte ich mir das alles eingebildet, und das Wunder war tatsächlich die Wandlung von Wasser zu Wein gewesen?

Bar-Tolmais Stimme dröhnte weiter. Sein zufriedener Gesichtsausdruck, während er die Greuel des Sche'ol ausmalte, die auf die Mächtigen und Stolzen und besonders auf die Römer und alle übrigen Gojjim warteten, fing an, mich zu ärgern. Genüßlich erging er sich in den Qualen, die für die Verworfenen vorgesehen waren. In ewigem Feuer würden sie brennen, Hunger, Durst und Kälte würden sie peinigen, das Gift von tausend Schlangen würde ihren Leib zerfressen, und ihre Seele würde in ohnmächtiger Pein zum Herrn und den Engeln und allen Gerechten schreien, aber nicht gehört werden. Ich konnte es nicht länger ertragen.

„Meinst du, daß es im Sinne unseres Rav ist, daß wir angesichts der Leiden und Qualen der 'Verworfenen' frohlocken?“

Ich fragte spitz und von oben herab in seinen Wortschwall hinein. Sein Gesicht gefror zu einer Maske. Stotternd erstarb seine Stimme. Die anderen, die ihm eben noch lautstark beigestimmt hatten, starrten betreten in die Luft. Mit boshafter Freude sah ich, wie Bar-Tolmai zusammenschrumpfte, wie er sich umständlich und verlegen zu Boden setzte. Jetzt war er selbst im Sche'ol und durfte seinen Stolz abkühlen. Im selben Moment sah ich mich selbst – genauso schadenfroh und genüßlich triumphierend, wie ich es ihm eben vorgeworfen hatte. Ich war kein Jud besser als er. Angewidert von mir selber, sprang ich auf.

„Entschuldige bitte, Bar-Tolmai, ich wollte dir nichts vorwerfen.“

Ich konnte ihm und den anderen nicht länger in die Augen sehen. Ich lief weg, hinaus in die Einsamkeit. Die Menschen waren mir uner-

träglich geworden. Und am unerträglichsten war ich mir selbst geworden.
Wir waren die Schüler des Rav Jeschua, der nichts als Liebe lehrte und lebte. Aber ohne ihn herrschte die gleiche Angst, die gleiche Bosheit, der gleiche Neid unter uns wie unter den starrsinnigen Pruschim und Zedokijim.

## 13. Kapitel: Der Rav

„Wohin läufst du, Mirjam?"
Es war Jeschua. Ich wäre fast über ihn gestolpert, wenn er nicht schnell die Beine eingezogen hätte. Er saß unter einem Baum. Sein Körper schien mit dem Stamm verschmolzen.
„Nirgendwohin. Ich will nur weg."
„Was ist passiert? Setz dich zu mir und erzähle, warum du fortwillst."
Ich wollte nichts als allein sein. Aber ich hatte nicht die Kraft, ihm zu widerstehen. Ich ließ mich auf dem Boden nieder, konnte aber nicht reden.
„Mirjam, du bist bedrückt. Willst du mir nicht sagen, warum? Ich bin dein Lehrer – ich möchte dir helfen. Hast du kein Vertrauen mehr zu mir?"
Ich fühlte seinen Blick. Ich spürte seine Liebe, seine Macht – die Macht, die mich nur darum gefangenhielt, weil sie mir alle Freiheit ließ. Ich hob den Kopf und sah ihm in die Augen. Ich sah seine tiefe Liebe. Aber ich hatte mich gewappnet. Mein Blick blieb leer.
„Mirjam, weißt du, daß wir beide nie allein miteinander gesprochen haben, seit du zu uns gekommen bist? Du hast mich nie gefragt, nie meine Nähe gesucht wie die anderen. Dabei weiß und fühle ich, daß du mich oft besser verstehst als alle anderen. Du bist nicht nur klug und gebildet, du läßt dich nicht so leicht durch Worte benebeln wie die anderen. Du schaust hin und prüfst alles mit eigenen Augen. Du allein achtest nicht nur auf die Worte, sondern auch auf den Sinn dessen, was ich sage. Warum weichst du mir also aus?"
Ich mußte auflachen. Wie gut ich den Sinn seiner Worte verstanden hatte. Viel besser als die anderen. Aber war ich darum besser als sie? Dachte und handelte ich darum besser und liebevoller als sie? Nichts davon. Meine Klugheit, mein Verständnis zeigten mir nur wie in einem klar gewordenen Spiegel um so schärfer, wie weit ich von dem

entfernt war, was Jeschua lehrte und was zu einem neuen Maßstab meines Denkens und Handelns geworden war.
„Warum lachst du so bitter? Ich dachte, du bist gerne bei mir?"
„Es ist nicht gerade leicht, mit dir zusammen zu sein! Ich fühle mich durch dich völlig umgekrempelt. Und dann entdecke ich, daß ich noch genauso böse und schlecht bin wie früher. Ich kann die Menschen nicht so lieben wie du – obwohl ich es möchte. Ich bin nicht gut genug, um in deiner Nähe zu sein."
„Mirjam, du sollst dich nicht zwingen, die Menschen zu lieben! Ich liebe sie auch nicht immer! Du glaubst gar nicht, wie oft ich mich über sie ärgere! Über mich und über euch übrigens auch. Ich ärgere mich so oft über die Dummheit der Menschen und darüber, daß sie das Naheliegende nicht sehen und begreifen! Über ihre Sturheit, mit der sie an unsinnigen Glaubenssätzen festhalten, über die Lieblosigkeit, mit der sie miteinander umgehen! Und ich ärgere mich über euch, wenn ihr glaubt, etwas Besseres als die übrigen Menschen zu sein, nur weil ihr meine Schüler seid. Ich ärgere mich, wenn ihr euch untereinander streitet, anstatt euch zu lieben. Und ich ärgere mich über meine Ungeduld, daß ich so wenig erreiche. Aber dann spüre ich die Liebe und Nähe des Einen, und alles wird wieder leicht. Der Ärger verschwindet wie von selbst, und ich sehe nur noch schwache, blinde und unglückliche Menschen, die in Angst und Schmerz so gefangen sind, daß sie der unendlichen Liebe und Güte unseres Schöpfers nicht vertrauen können. Zwinge dich nicht, die Menschen zu lieben, Mirjam! Vertraue der Liebe unseres Vaters, dann wirst du aus dieser Liebe die Menschen von selbst lieben können!"
„Wenn der Herr mich so liebt, wie mein Vater mich geliebt hat ...", murrte ich.
„Du weißt ganz genau, was ich meine! Damals bei Qana hast du jedenfalls begriffen, was Liebe ist! Ich spüre nur, daß du seitdem nicht so mehr so offen bist. Irgendwie verschließt du dich. Es ist, als ob du eine unsichtbare Mauer zwischen uns errichtet hättest. Dabei liebst du mich, wie ich dich liebe. Das weiß ich, Mirjam."
„Ich liebe dich viel zu sehr", brach es aus mir heraus. „Verstehst du denn nicht? Damals, als Jehuda mich zu dir brachte, als ich dich sah, als ich deine Liebe erkannte, da war ich wie ein Kind, das zum ersten Mal erfährt, daß es geliebt wird. Ich war glücklich, ich war selig! Und ich liebte dich wieder – wie ein Kind, von ganzem Herzen und in aller Unschuld. Ich liebe dich immer noch wie ein Kind, aber auch anders, mehr! Ich liebe dich auch als Frau – und darf es doch nicht! Du hast mich zum Schutz vor Jehuda in die Arme genommen, und ich habe die Nähe deines Körpers gespürt. Seitdem liebe ich dich nicht nur mit meinem Herzen und mit meinem Geist. Ich sehne mich nach deiner

Umarmung, ich möchte wieder deinen Körper spüren und in seiner Liebe erzittern. Ich sehne mich nach deiner ganzen Liebe – so wie ich dich ganz liebe, mit Herz, Sinn und Geist! Ich habe es immer vor dir und allen anderen verborgen gehalten, aus Angst, daß du mich sonst wegschickst. Und selbst wenn du mich liebtest, wie ich dich liebe, steht immer noch Jehuda zwischen uns! Ich bin noch immer seine Frau! Vor dem Gesetz sind wir noch nicht geschieden! Ich habe den Scheidebrief bis heute nicht erhalten."
Ich war froh, endlich offen mit ihm gesprochen zu haben. Er schwieg lange. Die Luft schien stillzustehen. Obwohl ich einige Fuß von ihm entfernt saß, hüllte mich seine Gegenwart völlig ein. Meine Haut schien seinen Körper zu spüren. Aber wir hatten uns nicht bewegt.
Dann kam es sehr leise von ihm: „Ich liebe dich auch mehr als ein Kind. Und mehr als ein Bruder oder als dein Freund und Lehrer. Wenn du nicht verheiratet wärst ..."
„Ich könnte zu Jehuda gehen und mir den Scheidebrief geben lassen. Er hat ja vor dir und allen Schülern damals die Scheidung ausgesprochen!" Ich konnte kaum fassen, was er sagte. War es denn möglich, daß das Glück so nahe war? So greifbar nahe? Jeschua liebte mich – und nicht nur wie eine Schwester und Schülerin!
„Du hast mich nicht aussprechen lassen", fuhr Jeschua fort. „Ich wollte sagen – wenn du *und* ich frei wären, könnten wir uns lieben wie Mann und Frau. Dann hätte ich dich schon längst gefragt, ob du nicht meine Frau werden willst. Mirjam, ich liebe dich, wie ich keine Frau je geliebt habe."
Wie können wenige Worte nur so unendlich glücklich und unglücklich zugleich machen? Er liebte mich wie ich ihn, und doch konnten wir nicht zusammenkommen? Ich hörte, was er sagte, und verstand nicht, was er meinte. Liebte er mich nun oder nicht? Und wenn er mich liebte, was konnte dann zwischen uns stehen? Heiße und kalte Fieberschauer jagten durch meinen Körper. Mein Kopf glühte, die Füße wurden eiskalt. Wo gab es in diesem schwindelnden Wirbel noch einen Halt?
„Wieso bist du nicht frei? Du bist der freieste Mensch, den ich kenne! Und Jehuda ist froh, daß er mich los ist! Was kann uns dann noch trennen?"
Aber während ich noch sprach, spürte ich voller Verzweiflung, daß etwas anderes, Gewichtigeres hinter seinen Worten stand. Etwas, das ich nicht sah, nicht verstand und das mir Angst machte.
„Ich kann sie nicht im Stich lassen. Deshalb bin ich nicht frei!"
„Wen – deine Schüler? Habe ich von dir verlangt, daß du sie verlassen sollst? Habe ich gesagt, daß du aufhören sollst zu lehren? Habe ich

dich gebeten, das Wanderleben aufzugeben und irgendwo seßhaft zu werden? Ich will doch nur deine Liebe und bei dir bleiben – sonst nichts! Ich werde dich so wenig stören wie bisher. Wir werden so zusammenbleiben wie jetzt auch, nur enger, näher! Wen willst du also im Stich lassen?"
„Und es würde doch alles anders werden! Mirjam, ich kann nicht mit einer Frau leben und weiterziehen und lehren wie bisher! Siehst du nicht, daß Schim'on und die anderen sich ausgeschlossen fühlen würden! 'Wo ist unser Rav?' würden sie sagen. 'Er ist in seinen Gedanken bei Mirjam!' Was würde aus den Kranken, den Verzweifelten werden, die auf mich hoffen? Ich liebe den Herrn – und ich liebe dich. Aber ich kann nicht dich und den Herrn zugleich lieben. Denn wenn ich an dich denke, denke ich an mich und mein eigenes Glück. Aber wenn ich an den Herrn denke, denke ich an all die Menschen, die seine Botschaft und seine Liebe brauchen! Verstehst du nicht: Wenn ich an dich denke, vergesse ich den Vater! Und meine Kraft ginge verloren – meine Kraft, die Menschen zu heilen! Wenn ich dich liebte, wie ich dich lieben wollte, würde ich die Menschen im Stich lassen und den Herrn verraten. Aber der Herr hat mich gerufen, und ich muß ihm gehorchen!"
„Sie sind doch jetzt schon eifersüchtig, Schim'on und die anderen. Nicht nur auf mich. Auch untereinander. Ich habe sie auf dem Berg Tavor gesehen! Wie jeder dir am nächsten sein wollte und die anderen wegschob. Es würde sich gar nichts ändern. Nur daß ich deine Frau wäre. Ich will mich nicht darauf berufen, daß andere Rabbanim verheiratet sind, denn du bist nicht wie die anderen Rabbanim. Nur der Herr steht zwischen uns! Aber hast du mir nicht gerade wieder seine unendliche Liebe und Güte ins Gedächtnis gerufen? Schenkt der Herr seine Liebe und seine Kraft nicht ganz? Schenkt er dir nicht Kraft und Liebe, um die Menschen zu heilen und Liebe zu lehren *und* eine Frau zu lieben?"
„Mirjam, du quälst mich mit diesen Worten! Ich habe darum gebetet und gefleht, daß er mir diese Liebe schenkt! Ich habe um ein Zeichen gebeten! Aber ich vergesse den Vater, wenn ich an dich denke! Ich fühle seine Liebe dann nicht mehr. Und wie soll ich die Menschen heilen und seine Liebe lehren, wenn ich sie selbst nicht mehr spüre? Ohne seine Liebe ist unsere Liebe eine selbstsüchtige, eine gottlose Liebe."
Die Kälte kroch von den Füßen hoch und zog durch meinen ganzen Körper. Unter der heißen Sonne fing ich an zu frieren. Ein kalter Zorn packte mich, als er so hilflos wie ein Kind vor mir saß und so selbstver-

ständlich wie ein Kind erwartete, daß ich verstand, daß er mir seine Liebe schenkte und im gleichen Augenblick wieder entzog.
„Warum sprichst du dann von deiner Liebe, wenn du mich doch nicht lieben kannst? Warum hast du mich überhaupt nach meiner Liebe gefragt, wenn unsere Liebe doch gottlos ist!"
„Ich wollte es nicht – es kam von selbst. Ich wollte dir nicht wehtun, Mirjam. Wir haben nur über das gesprochen, was zwischen uns ist. Ob wir darüber sprechen oder nicht – es ist vorhanden. Und wir beide haben es gespürt. Selbst den anderen ist es aufgefallen. Deshalb sind sie auch so eifersüchtig auf dich. Sie haben einen Ring um mich gebildet, weil sie spüren, wie gefährlich du bist – für mich und für sie. Manchmal war ich ganz froh um diesen Ring."
„So, froh warst du!" Aus dem kalten Zorn wurde rotglühende Wut. „Du warst also froh, daß du dich hinter ihnen verstecken konntest! Was taugt eigentlich die Liebe des göttlichen Vaters, wenn du deine Liebe zu einer Frau verstecken mußt? Du bist tatsächlich nicht frei, obwohl ich dich immer dafür gehalten habe! Du bist kein Jud besser als Jehuda, der sich hinter dem Gesetz und den Geboten verstecken mußte! Du versteckst dich hinter einem Haufen dummer, eifersüchtiger Schüler! Und du versteckst dich hinter einem liebenden Herrn und Vatergott, der keine andere Liebe erlaubt! Du bist genauso ein Feigling wie Jehuda und alle anderen! Mein Gott, wie dumm ich war, daß ich das nicht gemerkt habe! Der große Rav Jeschua ein Feigling!"
„Du hast ganz recht. Wenn ich die Liebe des Vaters nicht mehr spüre, erfaßt mich Angst. Und dann bin ich ein Feigling. Ich bestreite es ja gar nicht. Meine Liebe zu dir ist so groß und so übermächtig, daß sie den Vater auslöscht, wenn ich sie spüre! Es ist eine Liebe der Dunkelheit und der Angst!"
Sein Eingeständnis ließ meine Wut in nichts zusammenfallen. Nein, er war doch nicht wie Jehuda. Jehuda hätte seine Angst, seine Feigheit abgestritten. Oder er wäre einfach fortgegangen, um sich meinen Vorwürfen zu entziehen.
„Und was soll jetzt geschehen? Was sollen wir tun? So weiterleben wie bisher? Jetzt, da ich weiß, daß du mich liebst, wie ich dich liebe? Wie soll ich das vergessen? Ich kann keinen Ring um mich bauen! Und wenn du Tausende und Zehntausende von Schülern zwischen uns stellst – ich werde immer nur dich sehen! Ich spüre keine Liebe des Herrn, wenn ich deine Liebe nicht spüren darf! Ich kann nicht einmal beten wie du! Was soll ich also tun? Was rätst du mir?"
„Ich kann dir nicht raten. Ich weiß es nicht. Ich weiß nur, daß ich dich nicht verlieren möchte. Wenn einer von meinen Schülern versteht, was ich meine, dann du. Ich möchte, daß du mir hilfst, daß du den

Menschen hilfst, daß die Botschaft der Liebe weitergetragen wird! Nicht nur von einem, sondern von vielen!"
„Die Menschen, die Menschen! Auch ich bin ein Mensch! Wie soll ich die Botschaft der Liebe weitertragen, wenn ich selbst nicht den lieben darf, den mein Herz liebt?"
Wir schwiegen.
„Ich kann dir nichts sagen", sagte er schließlich sehr müde und stand auf. Er sah mich nicht an.
Die Wut kam wieder, heftiger und glühender noch als zuvor.
„So, du kannst mir nichts sagen! Du kannst nur die Liebe predigen! Aber wo ist die Liebe, die du angeblich spürst? Rede nicht von Liebe – wage doch zu lieben! Aber du versteckst dich hinter den Menschen, denen du helfen willst, wie hinter den Rücken deiner Schüler! Was ist denn deine Liebe, wenn du sie nicht leben willst? Das ist sie!"
Ich hatte in den sandigen Boden gegriffen und schleuderte ihm die Sandkörner ins Gesicht. Ich wußte, daß ich ungerecht war. Ich wußte, daß ich mich kindisch aufführte. Aber ich wollte ihm wehtun. Er sollte meinen Schmerz fühlen wie ich selbst. Und doch wußte ich, daß diese Handvoll Erde im Gesicht ihn kaum berührte, kaum schmerzte. Es steigerte meine Wut um so mehr.
„Die Menschen werden schon merken, was sie von deiner Liebe erwarten können! Wenn sie sie brauchen, wo bist du dann? Du wirst zum Gespött werden mit deinem Predigen, dem das Tun fehlt! Hörst du? Zum Gespött, zum Abscheu! Eines Tages werden sie erkennen, wie hohl du in Wahrheit bist! Ein tönerner Götze, der sich anbeten läßt! Ein Moloch, der nicht nur Kinder, sondern auch Erwachsene frißt! Ein Prediger, der Hungernde mit Worten abspeist! Einer, der ihnen Steine statt Brot gibt! Das bist du mit deiner Liebe! Warte nur ..."
Ich wurde nach oben gerissen. Arme griffen nach mir und hielten mich wie eiserne Zangen umklammert. Eine Hand preßte sich auf meinen Mund. Weder Jeschua noch ich hatten bemerkt, daß sich ein paar Schüler genähert hatten. Der junge Jehuda hielt mich mit seinen kräftigen Armen. Bar-Tolmai drückte mir seine derbe Pranke auf Mund und Nase, daß ich kaum Luft bekam.
„Laßt sie los", hörte ich Jeschua. Er sprach ruhig und fest. Aber Müdigkeit lag in seiner Stimme.
„Aber Herr, sie lästert dich!" Sie gehorchten dennoch. Man ließ mich los. Ich lachte.
„Ich lästere dich! Merkst du, was du für sie bist? Ein Gott, den sie anbeten und den man nicht lästern darf! Nur einen Gott kann man lästern! Und ein Gott, ein Götze bist du für sie! Und du läßt dich anbeten!"

„Die unreinen Geister sind wieder in sie gefahren", flüsterte Schim'on entsetzt. Das alte, verrunzelte Gesicht zeigte kindlichen Schrecken. Philippos und die anderen nickten und wichen einige Schritte vor mir zurück.

„Ja", schrie ich, immer noch lachend in meinem Zorn, „ich bin besessen. Aber fragt ihn doch, wessen Geist in mich gefahren ist! Es ist sein eigener! Ich bin von ihm besessen! Nun treibe dich selbst aus, du großer Rav und Heiler! Hilf mir und dir! Oder hebe dich hinweg! Oder willst du dich mit Liebe austreiben – wie damals, als Jehuda mich zu dir brachte? Ich warte ja nur darauf! Komm und schenk mir deine Liebe! Laß mich die Liebe in deinen Augen sehen! Laß mich deinen süßen Atem spüren! Laß die Liebe deine Hände führen! Laß deine Seele, laß deinen Körper vor Liebe erzittern! Ich bin bereit, dich und deine Liebe zu empfangen!"

Ich verfolgte mit grimmiger Genugtuung das Entsetzen, das meine Worte bei Bar-Tolmai und den anderen auslöste. Ungeheuerliches hatte ich auszusprechen gewagt. Sie sahen mich an, als erwarteten sie, daß ein Blitz niederfahren und mich erschlagen würde oder daß die beleidigte Erde sich auftun und mich verschlingen würde wie einst den Lästerer Korach und seine Leute. Sie wagten nicht, sich mir zu nähern.

„Ich kann dir nicht helfen", sagte Jeschua. „Ich habe dir alles gesagt, was zu sagen war. Ich werde für dich beten."

Er wandte sich ab. Die Männer folgten ihm langsam. Sie sahen sich nicht mehr nach mir um.

„Du willst für mich beten?", schrie ich ihm nach. „Bete besser für dich selbst – oder vielleicht für uns beide! Vielleicht hilft das!"

Meine Worte verhallten ohne eine Antwort.

Da ging er hin, müde und eingefallen, wie ich ihn noch nie gesehen hatte. Er, von dem immer nur Liebe und Kraft ausgeströmt war, ging gebeugt wie ein alter Mann, den das Leben verschlissen hat. Und ich, die ihn liebte, war schuld daran. Ich liebte ihn, wie ich bisher niemanden und nichts geliebt hatte – nicht meine Eltern, nicht meinen alten Lehrer, nicht Jehuda, nicht einmal meine tote Tochter. Ich liebte ihn mehr als den Herrn, in dessen Namen er von Liebe sprach. Sie war nichts als ein Häufchen Asche.

Ich blieb draußen auf dem Feld, bis ich fröstelte. Es war mein Körper, der aufstand und am Rande des Dorfes, in dessen Nähe wir uns aufhielten, einen Stall fand und sich zum Schlafen niederlegte. Mein Geist, meine Seele befanden sich noch draußen auf dem Feld bei Jeschua und spannen die Auseinandersetzung fort. Ich sah Jeschua, wie er überwältigt von der Liebe mir zu Füßen sank, wie er mich

umfing. Ich spürte seinen Körper, wir liebten uns. Dann stand er wieder vor mir – abweisend, müde, in seinem Herzen weit weg von mir. Ich haßte und verfluchte ihn – bis er sich wieder zu mir neigte, bis er mein Herz wiederfand. Dann stieß er mich fort und ging weg. Kam wieder und ging. Wir liebten uns, und er wies mich von sich.
Am nächsten Morgen war ich wie ausgebrannt. Die Glieder hingen bleischwer an mir, das Licht des Morgens blendete unerträglich. Mein Mund war trocken, die Zunge geschwollen. Ich fand einen Brunnen. Aber das Wasser erfrischte nicht, belebte mich nicht. Es hätte genausogut am Mund vorbeilaufen können. Die Lippen blieben rissig, die Zunge klebte am Gaumen. Jeder Sonnenstrahl bohrte sich wie eine glühende Lanze in die Augen. Wie ein verwundetes Tier verkroch ich mich, hielt mich im Stall versteckt – fast drei Tage. Ich schlief die meiste Zeit. Dann meldete sich mein Verstand wieder. Ich mußte essen. Ich mußte eine Behausung finden.
Zum dritten Mal hatte ich ein Zuhause verloren. Erst das Elternhaus, dann Jehuda – jetzt Jeschua. Ich wußte nicht, wo ich bleiben sollte, was ich tun sollte, wovon ich leben sollte. Sollte ich überhaupt noch leben? Ich wußte nicht mehr, warum und wofür. Ich fand keine Antwort. Und ich war so müde und schwach, daß mir selbst die Kraft fehlte, meinem Leben ein Ende zu machen. Ich war schwach – aber nicht so stumpf und eingeschnürt wie damals bei Jehuda. Auch wenn ich bei Jeschua nicht die Liebe fand, die ich gesucht hatte – so hatte er mich doch respektiert und mir keine Fesseln angelegt. Er hatte nicht bestimmt, wie ich mich zu verhalten hatte. Er hatte mir keinen Maulkorb umgehängt. Er hatte meinen Mitschülern sogar befohlen, mich loszulassen. Er ließ mich selbst entscheiden. Er hatte nicht versucht, meine Freiheit einzuschränken. Er hatte unsere Liebe nicht zugelassen, aber er hatte die Schuld nicht mir aufgeladen, sondern sich selbst.
Irgendwann fiel mir das Geld ein, das mein Vater Jehuda mitgegeben hatte – und das wir vergraben hatten, weil er das 'sündhafte Lügengeld' nicht antasten wollte. Ich war sicher, daß das Kästchen immer noch unberührt am Berg Tavor lag. Es war das Geld meines Vaters. Es war mein Erbe. Und ich konnte es gut gebrauchen. Der Gedanke, daß dieses Kästchen mit Geldstücken auf mich wartete, gab meinem Leben wieder Ziel und Richtung. Es sind manchmal nur diese kleinen Dinge, die uns vorwärtstreiben oder am Leben halten. Ich wußte jedenfalls mit einem Mal, was ich tun mußte, und brach auf.
Allein, ohne die Gesellschaft von Menschen zu suchen, zog ich als Bettlerin durch den ganzen Gallil. Ich muß wüst ausgesehen haben. Frauen und Kinder gaben mir nur scheu ihre Almosen. Als hätten sie Angst vor mir, wandten sie sich schnell wieder ab. Und die Männer,

deren Schritte sich beschleunigten, wenn sie mich allein durch die Felder streifen sahen, schlichen an mir vorbei, sobald sie mich von nahem betrachten konnten. Dabei war ich damals noch nicht alt oder häßlich. Ich glaube, es lag an meinem Blick. Sie erschraken, wenn sie meine Augen sahen, und ihre Begierde erlosch.

Ungehindert kam ich so nach Dovrat. Ich hielt mich abseits der Straße, denn ich wollte von niemandem erkannt werden. Ich sah von weitem Jehudiths Haus. Ich hätte sie und Aharon und Schulamith gerne begrüßt, aber ich hielt es für besser, ungesehen zu kommen und zu gehen. Ich fand das Silberkästchen unberührt in seinem Versteck. Törichter, halsstarriger Jehuda! Was hätte uns dieses Geld helfen können! Er hätte sich nicht mit den dummen Jungen von Jochanan ben Ga'alyahu herumschlagen müssen – und ich hätte meine Bibliothek gehabt und wäre vielleicht zufriedener gewesen. Aber seine Ehre, seine Rechtschaffenheit, sein Stolz hatten ihm so unendlich viel mehr bedeutet! Welchen Preis hatten wir dafür zahlen müssen. Ich öffnete das Kästchen. Es waren nicht Silbermünzen, sondern Golddinare! Mein Vater hatte uns mein Erbteil mitgegeben – mein ganzes Erbteil! Ich hielt ein Vermögen in Händen! Ich saß fassungslos vor dem Schatz, den wir vergraben hatten. Sinnlos hatte er in der Erde gelegen! Wie maßlos dumm und töricht wir gewesen waren! Ich, weil ich Jehuda nachgegeben hatte, ohne herauszufinden, wieviel mein Vater uns mitgegeben hatte. Und Jehuda, weil er unser Leben so unnütz schwer hatte werden lassen. Mit diesem Geld hätte Jehuda eine eigene Schule aufmachen können. Er hätte Jehudiths Haus vergrößern und verschönern können. Er hätte Schulamith und Esther mit einer stattlichen Mitgift versehen und Aharon edle Pferde kaufen können. Wir hätten uns ein Haus in Tiberias bauen können! Wir hätten den Boden mit Schriftrollen pflastern können, und ich hätte mir jede Dienerin und jede Hebamme leisten können – wenn wir dieses Geld nicht so blind und einfältig vergraben hätten. Ich war mit einem Schlag wieder reich und weinte beim Anblick der aufgehäuften Goldstücke über all die Entbehrungen, die wir uns so unnötig auferlegt hatten.

Auf meinem Weg zum Berg Tavor hatte ich keinen Gedanken daran verschwendet, was ich mit dem Geld meines Vaters anfangen sollte. Mein Körper war gewandert. Aber mein Geist und meine Seele waren noch dort, wo ich Jeschua verlassen hatte. Jeschua, der mich liebte – und doch nicht liebte oder nicht genug liebte. Jeschua, der so frei war wie kein anderer – Jeschua kannte Angst. Jeschua hatte Angst vor mir. Wieder und wieder stand sein Gesicht vor meinen Augen, ich spürte seine Nähe – liebend, dann wieder fern und müde. Ich versuchte eine Erklärung zu finden. Aber ich verstrickte mich nur tiefer und tiefer in

das Rätsel. Ich versuchte, ihn zu vergessen, ja zu verachten – und sah seine liebenden Augen. Selbst wenn ich es anders gewollt hätte, meine Gedanken kehrten zu ihm zurück, fanden sein Bild und kreisten um ihn und um nichts sonst. Jetzt, wo ich fern von ihm war, konnte ich meiner Sehnsucht ungehemmten Lauf lassen. Mein Herz, meine Seele, mein Leib schrien nach ihm – und das Bewußtsein, daß ich nie mehr seine Augen sehen, nie seinen Körper berühren würde, ätzte sich wie Säure in mein Inneres. Ich weinte, weil ich ihn verloren hatte, und ich weinte, weil ich ihn niemals in meinen Armen halten würde. Ich war weh und wund. Aber ich wies den Schmerz nicht zurück. Die Worte Jeschuas waren wahr geworden: Ich war wieder lebendig geworden, der Stein war geschmolzen und hatte sich in einen zitternden, weichen Kloß schmerzenden Fleisches verwandelt – eine Auster, der man die Schalen weggerissen hatte. Aber hinter meinem Schmerz, in meinem Zittern, in meinen Qualen verbarg sich eine Freude: die Freude, daß ich lebte, daß ich fühlte – daß ich immer noch lebendig war, daß ich nicht wieder tot war wie bei Jehuda. Jeder qualvolle Pulsschlag, mit dem sich der Schmerz tiefer in mich hineinfraß, bewies es mir: Ich war lebendig.
Nun saß ich vor den Goldstücken. Allmählich gelang es mir, die Gedanken auf die Zukunft zu richten. Was sollte ich tun, wie sollte ich leben? Ich brauchte neue Kleidung und etwas zu essen. Aber wenn ich so mager und zerlumpt mit einem Golddinar bezahlen wollte, würde man mich als Diebin ins nächste Verlies werfen oder mir so lange mit Schlägen zusetzen, bis ich verraten würde, wo ich 'den Schatz gefunden hätte'. Ich mußte mir etwas einfallen lassen, um auch äußerlich den Anschein des Rechts auf mein Geld zu wahren. Ein Geräusch schreckte mich auf – ich sah keinen Menschen. Sicher war es nur ein Tier, das sich bewegt hatte. Aber jetzt war nicht die Zeit, der Vergangenheit nachzutrauern. Ich durfte den Schatz nicht so offen vor mir liegen lassen, jedem habgierigen Blick preisgegeben, der zufällig darauf fallen konnte. Ich nahm eine Handvoll Münzen, vergrub den Rest und richtete die Stelle wieder so her, als hätte sich nie ein Mensch dort zu schaffen gemacht.
Nahe bei Jehudiths Anwesen gab es eine verfallene Hütte, die von jedermann gemieden wurde, weil ein böser Geist darin spuken sollte. Dorthin verkroch ich mich und dachte weiter darüber nach, wie ich, ohne Verdacht zu erregen, die reiche Frau werden konnte, die ich war. Ich schlief darüber ein. Am Morgen hatte ich die Lösung.
Ich beobachtete von einem guten Versteck aus Jehudiths Haus. Als Aharon aufbrach, um auf das Feld zu ziehen, als Schulamith und Esther die Eier im Hühner- und Gänsestall sammelten und Jehudith

in der Küche werkte, schlich ich mich schnell ins Haus, öffnete den großen Kasten, in dem Jehudith die Feiertagsgewänder aufbewahrte, nahm mir ihr Ehrengewand und legte an seiner Statt einen Golddinar hinein. Davon konnte sich Jehudith den ganzen Kasten neu füllen lassen – und mit Kleidern aus Seide, nicht bloß aus Wolle und Leinen! Das nächste Fest, Rosch-HaSchanah, das Neujahrsfest, stand erst in zwei Monaten bevor. Jehudith würde das Fehlen des Gewandes eine ganze Weile gar nicht bemerken. Heimlich und ungesehen, wie ich gekommen war, verschwand ich wieder und zog mich in die verrufene Hütte zurück. Nachts suchte ich eine Quelle am Fuße des Berges auf und badete und wusch mich gründlich darin. Ich wusch auch mein Kleid und trocknete es in der frühen Morgensonne. Dann zog ich das Unterkleid von Jehudiths Festkleid an, drapierte mein altes Gewand so gut es ging darüber – in der Weise, wie Dienerinnen in Tiberias ihr Kleid tragen.
In der Aufmachung einer respektablen Dienerin, die ein Gewand ihrer Herrin aufträgt, zog ich nun auf der Straße nach Tiberias. Diesmal hielt ich mich nicht fern von den Menschen. Diesmal konnte ich mich als Dienerin ausgeben, die zu Besuch bei ihren Verwandten war und nun zu ihrer Herrschaft zurückkehrte. Bald fand ich einen einfachen Bauern, der mit seiner Tochter ebenfalls nach Tiberias zog, um sie dort in Dienste zu geben. Ich war froh über seinen Schutz, und er und die Kleine dankbar für die Ratschläge und Hinweise, die ich ihnen über das Leben in der 'großen Stadt' und bei den 'feinen Leuten' geben konnte. Die beiden waren von meiner Sicherheit und meinen weltmännischen Manieren so beeindruckt, daß sie es wie selbstverständlich hinnahmen, daß eine so große Dame wie ich (eine Vorsteherin der Mägde war ich mindestens in ihren Augen) allein reiste, ohne die Begleitung eines männlichen Verwandten. Ich hätte ihnen eine herzzerreißende Geschichte erzählt, aber über meinen Erzählungen über die Stadt und das Leben der Adligen und Reichen waren sie so ins Staunen geraten, daß sie sich bald über gar nichts mehr wunderten und auch nichts mehr fragten.
In Tiberias suchte ich nach einem Haus 'für meine Herrschaft'. Ich hatte inzwischen Jehudiths Feiertagsgewand angelegt und konnte damit als Dienerin einer wohlhabenden Herrin durchgehen. Man wunderte sich nicht über die Goldstücke in meinem Besitz, und ich fand schneller als erwartet ein annehmbares Haus, das ich nun für die Herrschaft mietete und vorbereitete. Als vorgebliche Dienerin konnte ich mir auch Kleider für meine vornehme Herrin anfertigen lassen, denn sie hatte gerade dieselbe Größe und Figur wie ich. Und ich

konnte ihr die lästige Arbeit des Anmessens und Anprobierens abnehmen.
Dann schrieb ich an Mariam nach Nazrath und bat sie um ihren Besuch. Es war ein verrückter, ein wilder und ein anmaßender Einfall. Aber das war die Lösung, auf die ich in der Geisterhütte bei Dovrat verfallen war. Zuerst hatte ich daran gedacht, Mariam selbst aufzusuchen. Sie hatte mich nicht nur mit freundlichen Worten eingeladen – sie hatte mich mit solcher Wärme und Herzlichkeit verabschiedet, daß ich es wohl wagen durfte, auf diese Einladung zu vertrauen. Ich hatte auch das unbestimmte, aber sichere Gefühl, daß sie mich verstehen und mir helfen würde. Nur die Furcht, Jehudith könnte durch einen dummen Zufall doch zu früh den Verlust ihres Gewandes bemerken und mich als die Diebin erraten, hielt mich von diesem ersten Plan ab. Außerdem kam Aharon zu regelmäßig auf den Markt nach Nazrath, um mich dort nicht zu entdecken. Dann würden sie Jehuda verständigen und ihn mir auf den Hals hetzen. Ich wußte nicht, wie Jehuda inzwischen über unsere Scheidung dachte, und ich wollte nichts riskieren. Ich war dagegen sicher, daß sie nie darauf kämen, daß ich mich ausgerechnet in Tiberias verstecken könnte – in der Stadt, in der Jehuda lebte und in der die Amtsleute mich zwingen konnten, mich wieder unter die 'Obhut' meines Ehemannes zu begeben. Es war gefährlich, wenn nicht sogar tollkühn, nach Tiberias zu gehen. Und genau darum würde Jehuda mich dort am wenigsten vermuten.
Fast drei Wochen wartete ich – dann stand Mariam vor der Tür. Sie wollte mich in die Arme nehmen. Aber ich begrüßte sie ehrerbietig als ihre Dienerin. Ohne zu verstehen, welches Spiel ich spielte, fing sie den Ball auf und ließ sich als Herrin ins Haus führen. Kaum waren die Türen geschlossen, drehte sie sich um, packte mich an den Armen und schaute mir prüfend ins Gesicht.
„Kind, was ist los mit dir? Dein Brief war verworren, du selbst bist völlig durcheinander – du siehst aus wie dein eigener Leichnam! Was ist geschehen? Es hat mit Jeschua zu tun, nicht wahr?"
Ihr Gesicht verschwamm vor meinen Augen. Seit ich Jeschua verlassen hatte, hatte es kaum einen Tag gegeben, an dem ich nicht geweint hatte. Der Vorrat an Tränen schien sich in mir immer wieder und unerschöpflich zu erneuern. Jetzt schossen sie wie Sturzbäche hervor. Ich verstand nicht, wie ich überhaupt noch so viele Tränen in mir haben konnte. Aber Mariam nahm mich in ihre Arme und hielt mich fest. Ich weiß nicht mehr, was sie sagte, ob sie überhaupt etwas sagte. Aber sie hielt mich, als ob sie alles verstehen und mitempfinden könnte. Irgendwann versiegten die Tränen, und es kamen nur noch trockene Schluchzer. Ich war völlig ausgelaugt. Irgendwie brachte ich es

fertig, ihr einigermaßen zusammenhängend das Gespräch zwischen Jeschua und mir wiederzugeben.
Sie drückte mich noch fester an sich.
„Ich wünschte, ich könnte dir helfen", sagte sie. Und dann mit einem hilflosen Auflachen. „Ich wünschte, ich könnte ihm helfen!"
Erst am nächsten Tag kamen wir auf die praktischen Belange zu sprechen. Ich erzählte ihr von meinem neuen Reichtum und daß ich jemanden brauchte, der mich als reiche, respektable Frau einführen konnte.
„Ich brauche deine Hilfe vor allem noch wegen Jehuda. Ich bitte dich, zu ihm zu gehen und dir den Scheidebrief geben zu lassen."
Mariam versprach bereitwillig, mir zu helfen. Sie suchte Jehuda auf und fand ihn immer noch im Hause Jochanan ben Ga'alyahus. Ihre Mission hatte keinen Erfolg. Sie verschwieg Jehuda, wo ich mich befand. Als sie sich ihm als Mutter des Rav Jeschua zu erkennen gab, hatte er sie nur verächtlich gemustert, und war stillschweigend wohl davon überzeugt, daß ich noch mit dem Rav und seinen Schülern durch die Dörfer zog und den Scheidebrief wollte, damit ich Jeschua heiraten konnte.
„Er will von einer Scheidung nichts mehr wissen", sagte Mariam, als sie zurückkehrte.
„Was? Aber er hat sich doch selbst vor Aharon und Jeschua und allen anderen von mir losgesagt! Vor allen hat er verkündet, daß er sich von mir scheidet!"
„Er wird dich nie freigeben", sagte Mariam. „Er hat unentwegt von der Heiligkeit und der Unauflöslichkeit der Ehe gesprochen. Dabei hat er vor Eifersucht gezittert. Das ist der wahre Grund. Er liebt dich noch immer. Als ich ihm sagte, daß ich von dir komme, leuchtete sein Gesicht auf und wurde schön. Dann wurde er wieder ernst und verkniffen. Er tut mir leid, dein Jehuda. Auch er leidet unter der Liebe."
„Ich liebe ihn nicht mehr. Und selbst wenn: In dem Augenblick, in dem ich zu ihm zurückkehrte, würde er mich wieder einsperren – in das Haus, in seine Regeln und Gesetze. Ich würde langsam ersticken und zugrunde gehen. Vielleicht würde ich ihn vorher auch erschlagen. Manchmal tut er mir auch leid. Aber ich will ihn nicht mehr sehen."
Ich war wieder ganz ruhig geworden.
„Jedenfalls besteht er darauf, daß dein Platz an seiner Seite ist. Dann hat er ziemlich unfreundlich über Jeschua und sogenannte Wunderheiler gesprochen."
Wir lachten beide. Ich konnte mir vorstellen, wie 'unfreundlich' Jehudas Worte gewesen waren.

„Schade, ich hatte immer noch eine kleine Hoffnung, daß er inzwischen die Dinge gelassener sehen würde. Und daß er freigeben würde, was er ohnehin nicht festhalten kann. Nun gut. Ich werde ihn in Zukunft in Ruhe lassen und mein eigenes Leben führen – ob mit oder ohne seine Zustimmung."
„Aber er hat noch alle Rechte und alle Gewalt über dich! Wenn er dich findet, kann er dich zwingen, zu ihm zurückzukehren. Und wenn er es auf eigene Faust tut, wird dir kein Gericht beistehen! Er kann dein ganzes Vermögen beschlagnahmen!"
„Das wird er nicht tun – ich meine, er wird das Geld nicht anrühren. Ich fürchte mehr, daß er mich wieder in die Rolle der gehorsamen Ehefrau zwingt. Sein Herz hängt an jedem einzelnen Buchstaben des Gesetzes. Ich werde einen anderen Namen annehmen. Am besten gebe ich mich sogar als Fremde aus, als syrische Jüdin zum Beispiel, die ihren Mann verloren hat. Außerdem muß ich fort aus Tiberias. Er würde mich zwar nicht einmal erkennen, wenn ich ihm auf der Straße vor die Füße liefe. Er sieht die Menschen nicht, er hat nur Augen für das Gesetz. Aber Bathscheva und ihre Leute haben bessere Augen. Gestern bin ich einem ihrer Diener fast in die Arme gelaufen. Sie würden das Spektakel genießen, wenn sie mich zu ihm schleifen könnten."
„Warum gehst du nicht nach Caesarea, zu den Römern? Kein strenggläubiger Jude läßt sich dort nieder. Niemand wird dich dort kennen oder finden! Versteck dich unter den Heiden! Du kannst doch Römisch und Griechisch!"
So vernünftig ihr Vorschlag war, so sehr schockierte er mich auch. Sie sprach es selbst aus: Kein rechtgläubiger Jude, keine strenggläubige Jüdin würde sich in dieser heidnischen Zwingstadt niederlassen, die Sitz der römischen Präfekten war und das Götzenstandbild des Caesar beherbergte. Wie in allen Juden steckte auch in mir die tiefe Überzeugung, daß die heidnischen Götterstandbilder unser Land besudelten. Auch wenn ich sonst die Kunst der Griechen schätzte, ihre Philosophie, ihre Mathematik – ihr primitiver Götterglaube, ihre Statuenverehrung hatte mich wie alle Juden immer abgestoßen. Und die Römer trieben es auf die Spitze: Noch zu ihren Lebzeiten ließen sich die Herrscher zur Gottheit erklären und anbeten! Ich ekelte mich fast bei dem Gedanken an das kaiserliche Götzenbild, so wie ich mich vor Schweinen ekelte. In Caesarea zu leben war, als ob man von mir verlangte, Schweinefleisch zu essen. Allein die Vorstellung drehte mir den Magen um. Und in Caesarea gab es ja auch Schweine! Die Heiden verspeisten sie mit großem Genuß. Unreine Schweine, römische

Statthalter und Götzen – mir war, als ob Mariam mich den Dämonen des Sche'ol zum Fraß vorwerfen wollte.
Sie las mir die Gedanken vom Gesicht ab.
„Ich verstehe deinen Abscheu. Mir ginge es genauso. Aber du hast keine große Wahl! Entweder Jehuda oder ein gutes Versteck! Seine Verstecke kann man sich nicht immer aussuchen!"
„Was würde Jeschua dazu sagen?" fuhr es mir heraus.
„Ich weiß nicht, was er sagen würde. Aber ich sage dir: Es kommt nicht darauf an, ob die Leute von Caesarea Götzen anbeten oder Schweinefleisch essen! Es kommt darauf an, was du tust und ob du in deinem Herzen und in deinem Tun beim Herrn bleibst!"
Wir überlegten weiter und sprachen noch andere Möglichkeiten durch. Wir dachten an Caesarea Philippi, dann an Jeruschalajim, Beit Lechem und andere Orte im Süden. Im Laufe der Tage aber wurde immer klarer, daß allein Caesarea den nötigen Schutz vor Jehuda bieten würde. Allmählich konnte ich mich auch mit dem Gedanken anfreunden. Caesarea lag am Meer – an dem großen westlichen Meer, das ich nur aus der Ferne vom Berg Tavor gesehen hatte. Dort sollte die Luft immer angenehm frisch vom Wasser her wehen.
„Vergiß nicht, es gibt dort sicher viele gebildete und feinsinnige Griechen und Römer! Und sie sind in der Regel offener als wir Juden – das macht allein schon die Vielzahl ihrer Götter. Du wirst es als alleinlebende Witwe viel leichter bei ihnen haben als bei uns."
Ich starrte Mariam ungläubig an. Meinte sie wirklich, was sie sagte? Sie tat, als ob sie mein Erstaunen nicht bemerken würde. Wir kamen schließlich überein, daß ich am besten als Witwe eines syrisch-jüdischen Kaufmannes nach Caesarea ziehen sollte.
So redeten und beratschlagten wir über meine Zukunft. Wir besprachen die Mittel und Wege, wie wir die neue Marjama bat Schlomo in die Welt einführen konnten. In den kurzen Wochen, die wir zusammen in Tiberias verbrachten, drehte sich vordergründig alles um mein neues Leben, um meine neue, selbständige Existenz als syrische Witwe. Darum hatte ich Mariams Hilfe erbeten. Darum war sie gekommen und darum blieb sie, bis wir alles in die Wege geleitet hatten. Worüber wir aber eigentlich sprachen und was uns beiden wirklich am Herzen lag, war Jeschua. Wir liebten ihn ja beide. Wie von selbst kreisten unsere Gespräche immer wieder um ihn. Und wenn ich es mir eingestand, liebte und schätzte ich Mariam inzwischen schon mehr als jeden anderen Menschen (außer Jeschua natürlich) – aber ich liebte sie doppelt, weil sie auch seine Mutter war. Ich brauchte sie wie die Luft zum Atmen. Sie konnte mir so vieles von ihm erzählen: wie er als Kind war, was er gesagt und getan hatte. Und sie konnte mir von all

den kleinen, alltäglichen Ereignisse berichten, die darum so wichtig und so unendlich wertvoll sind, weil sie uns den geliebten Menschen näherbringen und seine Gegenwart herbeizuzaubern scheinen.
Sie erzählte mir all die kleinen Geschichten, die Jeschua selbst nie erzählt hatte. Seine Familie, seine Jugend, der Alltag schienen für ihn keine Rolle zu spielen. Er sprach von dem Herrn und dem kommenden Himmelreich – niemals von sich selbst und seiner Vergangenheit. Als hätte er ein Verbot verhängt, wagten wir Schüler auch nie, ihn danach zu fragen. Was wir wußten, stammte nicht von ihm, sondern von Mariam oder von seinen Geschwistern. Auch die Leute von Nazrath verbreiteten Geschichten über ihn. Bei alledem wußten wir nie, was davon erfunden, aufgebauscht oder Wirklichkeit war. Jetzt war Mariam, seine Mutter, bei mir. Und so begierig ich von Jeschua alles erfahren und hören wollte, so bereitwillig war Mariam, von ihrem Lieblingssohn zu sprechen und zu erzählen.

# MARIAM

## 14. Kapitel: Mariams Erzählungen

„Ich liebe alle meine Kinder", sagte Mariam, „aber auch wenn ich es vor allen und vor mir selbst zu verheimlichen suche – wenn ich ihn sehe, wenn ich an ihn denke, dann geht mein Herz auf. Ich will gerecht sein. Aber alle in der Familie wissen, daß Jeschua etwas ganz Besonderes für mich ist. Seine Brüder und Schwestern haben mir oft genug vorgehalten – erst eifersüchtig, später neckend –, daß ich ihn mehr liebte als sie und daß ich ihn maßlos verhätschelte und verwöhnte. Und so ist es ja auch.
Es ist nicht so, daß ich ihn nur deshalb so liebe, weil er der Jüngste ist. Der Herr muß den Jüngsten etwas mitgeben, daß ihnen die Herzen der Eltern zufliegen, so daß sie bereit sind, ihnen alles zu verzeihen, was sie bei den Älteren niemals hätten durchgehen lassen. So erging es schon unserem Erzvater Jisrael, der geradezu abgöttisch in Josef und dann in Benjamin verliebt war. Selbst der Herr liebte den Jüngsten mehr als den Älteren. War nicht Avel der jüngere Bruder von Cajin? Aus welchem Grund hat der Herr das Opfer Avels gnädig aufgenommen und das von Cajin nicht? Und hat er nicht Ya'akov vor Esav gesegnet?
Jeschua war nicht nur der Jüngste, er war ein ganz besonderes Kind. Selbst seine Geburt war besonders."
Ich brauchte nicht lange zu fragen, sie erzählte von selbst.
„Es klingt wahrscheinlich verrückt, aber er war das einzige Kind, das ich in wahrer Liebe empfangen habe.
Du weißt ja, wie es zugeht, wenn man als junges Mädchen verheiratet wird. Die Eltern bestimmen, und die jungen Leute gehorchen. Josef war um einiges älter als ich. Er war schon einmal verheiratet gewesen, und seine Frau, die er sehr geliebt hatte, war im Kindbett gestorben. Er hatte es lange nicht über sich gebracht, wieder zu heiraten. Aber schließlich gab er dem Rav und der Familie, die ihm alle in den Ohren lagen, nach. Ich glaube, er sah in mir nur ein Kind, eine hübsche Puppe. Er nahm mich gar nicht ernst. Er war gut zu mir – gütig sogar. Aber will ein junges Mädchen einen gütigen Mann, der es aber sonst kaum wahrnimmt? Er machte mich zur Frau und Mutter. Und ich fragte mich, ob das nun die Liebe war, über die hinter vorgehaltener Hand immer so geheimnisvoll geflüstert wurde. Ich hatte all die verrückten

und wunderbaren Vorstellungen von der Liebe, von der Ehe und von dem Mann und seinem Geheimnis wie jedes andere Mädchen auch. Und wie die meisten Mädchen wurde ich enttäuscht, ohne genau zu wissen, was ich mir eigentlich ersehnt hatte. Das große Wunder, die Liebe, von der ich geträumt hatte, entpuppte sich als plumpes, verlegenes Getatsche, als kurzes, unbeholfenes Genommenwerden von einem keuchenden, schwitzenden Mann. Ich weiß nicht, was schlimmer war: die anfänglichen Schmerzen oder die spätere Empfindungslosigkeit. Der Rest bestand aus Kinderkriegen, Kinderpflegen, Kochen, Waschen, Nähen und so weiter. Wie alle anderen Frauen verschlang mich die tägliche Arbeit. Ich wurde fett und träge. Hast du einmal darüber nachgedacht, warum hübsche, schlanke junge Mädchen nach kurzer Zeit der Ehe dick und häßlich werden? Sie vergehen vor Langeweile! Oh ja, sie schaffen rastlos, ihre Hände arbeiten unaufhörlich, aber ihr Geist und ihr Herz werden nicht angerührt. Sie haben geträumt – und man schaufelt ihre Träume mit der immer gleichen Arbeit tot. Man hat sie eingesperrt, sie dürfen nicht hinaus, sie dürfen nichts erleben. Man hat sie gelehrt, daß der Mann ihr Erlebnis ist. Und dann liegt er nachts auf ihnen, weiß nichts von ihrem Körper, weiß nichts von ihrer Seele und nichts von ihrer Sehnsucht. Und wenn sich sein Samen in sie ergossen hat und er sich seitwärts wälzt, um gleich darauf einzuschlafen, dann liegt sie wach da und fragt sich, ob das alles ist. Irgendwann ist sie dann von dem täglichen Einerlei so müde, daß sie nicht mehr fragt. Sie gibt sich seiner Lust hin. Und wenn er endlich abläßt, schläft sie erschöpft ein. Aus lauter Langeweile habe ich gegessen. Wenn mein Bauch voll und mein Kopf leer war, habe ich vergessen, daß sich mein Geist und mein Herz gelangweilt haben.

Josef war unendlich gut und unendlich gütig zu mir. Und er war unendlich langweilig und unendlich fade. Ich hatte längst aufgehört, mir Gedanken darüber zu machen, was ich mir von ihm wünschte, was ich mir vom Leben erhoffte. Ich träumte nicht einmal von anderen Männern. Wozu auch? Ich hörte doch von ihren Frauen, wie es ihnen erging – wie sie geschlagen wurden, wie sie hungern mußten, wie sie ihren Herrn wie eine Sklavin bedienen mußten. Ich konnte mich ja mit Josef glücklich preisen! Er schlug mich nicht, er gab mir genug Geld für die notwendigen Dinge – er half mir sogar manchmal beim Wasserholen, wenn die Last zu schwer war. Es machte ihm nichts aus, wenn er deswegen ausgelacht wurde. Ich war damals so töricht und schämte mich, wenn sich mein Mann so 'unmännlich' zeigte, obwohl ich natürlich auch froh war, wenn er mir den schweren Krug abnahm. Fünfzehn Jahre lebten wir so zusammen. Wir galten als glückliches

Ehepaar. In den fünfzehn Jahren hatte ich zwölf Kinder geboren: fünf Söhne und sieben Töchter. Nur ein Sohn und eine Tochter waren gestorben. Der Segen des Herrn ruhte offensichtlich auf unserem Haus. Ich war dreißig und uralt. Vom Leben konnte ich nichts anderes mehr erwarten als Kummer, Sorgen, Krankheit und den Tod. Meine älteste Tochter war selbst schon verheiratet und hatte Kinder. Der älteste Sohn sollte bald heiraten. In dieser Zeit wurden die alten, längst vergessenen Träume wieder lebendig. Sie fragten die alte Frau: Wo ist das junge Mädchen, das einmal vor Leben gesprüht hat? Was ist aus der Liebe geworden, die sie sich gewünscht hat? Die Sehnsucht überkam mich so schmerzhaft, daß ich wünschte, diese Träume wären nie wieder zurückgekehrt. Aber unerbittlich überfielen sie mich, wenn ich nur einen Moment ausruhte oder mich abends zu Bett legte. Josef ließ mich jetzt in Ruhe, und ich war froh darum. Dafür hielten mir die Träume den Spiegel meiner Jugend und meiner Sehnsüchte vor und das Bild der alten Frau, die ich geworden war. Dann konnte ich nicht mehr einschlafen und wälzte mich auf dem Lager, bis Josef erwachte und mich besorgt fragte, ob ich krank wäre.
Wie herzensgut Josef war, erkannte ich in dieser Zeit. Ich war oft gereizt und gab ihm schnippische oder gar keine Antworten. Er war geduldig mit mir. Das Arbeiten mit Holz macht wohl geduldig. Ich hörte ihn oft genug zu Jeschuas Brüdern sagen, daß sie das Holz nur dann richtig zuschneiden und bearbeiten könnten, wenn sie es liebten und Geduld mit ihm hätten. Er schien zu verstehen, daß mich etwas bedrückte. Eines Tages kündigte er an, daß wir eine Pilgerfahrt nach Jeruschalajim unternehmen würden. Nur wir beide – die Kinder würden wir zurücklassen. Seine Worte lösten einen Aufstand aus. Niemand in der Familie verstand, daß er nur mit mir nach Jeruschalajim ziehen wollte. Ohne weitere Begleitung? In diesen gefährlichen Zeiten? So freundlich und nachgiebig sich Josef sonst auch immer zeigte, in dieser Sache blieb er fest und war nicht umzustimmen. In mir begann etwas zu erwachen – Jugend, Freude, Leben. Allen fiel es auf. Ich sah jünger aus, ich vergaß das Essen und wurde wieder schlanker. Ich konnte es kaum glauben, daß Josef diesen Vorschlag gemacht hatte. Und doch war es wahr! Wir zogen zu Pessach nach Jeruschalajim und feierten dort das große Opferfest und das Fest der ungesäuerten Brote. Jeruschalajim war ein unvergeßliches Erlebnis. Allein schon die lange Reise! Sie galt als beschwerlich und mühsam. Und Josef war nicht so reich, daß er eine Sänfte für mich bezahlen konnte. Wir hatten nur einen Packesel und gingen zu Fuß neben ihm her. Aber ich jubelte. Jeder Schritt durch das unbekannte Land und seine Städte und Dörfer, deren Namen ich nur vom Hörensagen kannte, war zu

kostbar, um nicht genossen zu werden. Ich hätte es nicht bedauert, wenn der Weg doppelt oder dreimal so lang gewesen wäre. Dann die große Stadt Jeruschalajim – voll mit Pilgern und frohen Menschen wie wir, die den Alltag und seine Sorgen vergessen durften, um sich in diesen heiligen Tagen nur dem Herrn zu weihen! Nach dem Fest der ungesäuerten Brote kehrten wir nicht gleich nach Hause zurück, sondern besuchten noch Beit Lechem. Josef war vom Stamme Davids und Benjamins, wie er oft stolz erzählte, und sein Haus kommt aus Beit Lechem. Wir waren natürlich nicht die einzigen, die auf den Gedanken gekommen waren, die Stätte ihrer Vorväter aufzusuchen. Als wir abends eintrafen, gab es in keiner Herberge Platz für uns. Zum Glück war es schon warm. Wir schliefen draußen auf dem Feld. Ich danke dem Herrn, daß er mir dieses Glück vergönnt hat! Noch nie hatte ich unter freiem Himmel geschlafen. Zum ersten Mal *sah* ich den Nachthimmel mit den Sternen über mir. Sie funkelten und leuchteten in der Himmelsschwärze, daß ich die Augen nicht abwenden konnte. Es war eine 'dunkle', eine mondlose Nacht. Diese Dunkelnächte hatte ich bis dahin gefürchtet wie jedermann auch. Jetzt schien die klare, tiefe Schwärze mit den vielen glitzernden Sternen wie ein Tor zu einem großen, unendlichen Raum – und hinter diesem unendlichen, schweigend dunklen Raum schien der Herr selbst zu wohnen. Ich hatte nicht gewußt, daß der Nachthimmel so schön und so herrlich sein kann.
Josef schien es wie mir zu ergehen. Auf einmal spürte ich seine Hand nach mir tasten. Unsere Hände fanden sich. Und während wir in den schwarzen Himmel schauten, hielten wir einander fest. Weiter geschah nichts. Aber diese Nacht veränderte uns mehr als die ganze Fahrt und die Opferzeremonien im Beit HaMikdasch von Jeruschalajim.
Auf der Reise nach Jeruschalajim hatten wir viel miteinander geredet und uns auf die Besonderheiten der Landschaft und der Menschen, die wir antrafen, aufmerksam gemacht. Wir hatten die Bekanntschaft anderer Pilger gesucht, wir hatten begierig ihren Erzählungen zugehört – woher sie kamen, wohin sie gingen und was sie auf der Reise erlebt hatten. Wir hatten gelacht und gescherzt und uns wie Kinder auf das große Abenteuer Jeruschalajim gefreut.
Auf der Rückreise waren wir stiller. Anstatt die Gesellschaft anderer Reisender zu suchen, mieden wir die Menschen, wie wir vorher nur die römischen Soldaten gemieden hatten. Wenn wir rasteten, suchten wir einen ruhigen Flecken außerhalb der Dörfer und Städte. Wir sprachen auch weniger miteinander. Eine geheime Scheu hatte sich zwischen uns gelegt. Wir konnten nicht mehr wie früher die alltäglichen

Belanglosigkeiten austauschen. Aber wir wußten auch nicht, wie wir anders miteinander hätten reden sollen. Je länger die Heimreise dauerte und je näher wir Nazrath kamen, um so schwerer, wenn nicht unmöglicher wurde es, das wieder lebendig zwischen uns werden zu lassen, was wir in der Nacht bei Beit Lechem erlebt hatten.
Wir hatten längst wieder die Hügel des Gallil erreicht. Nazrath lag nur noch eine Tagesreise entfernt vor uns. Das Unausgesprochene lastete immer drückender zwischen uns. Wir wußten beide: In Nazrath, in der gewohnten Umgebung, im gewohnten Trubel mit den Kindern, Verwandten und Nachbarn, würde sich unser nächtliches gemeinsames Erleben verflüchtigen und nur noch als schöne, aber verblassende Erinnerung wie an eine Fata Morgana zurückbleiben.
Unser Packesel rettete uns. Wir zogen einen Feldhang hinauf, als er sehr unruhig wurde. Dann hörten wir in der Ferne das Schreien eines anderen Esels, worauf unser Tier erst wie angewurzelt stehenblieb und einen Antwortschrei ausstieß – dann tat er einen Sprung in die Luft und raste auf und davon, hin zu der verführerisch schreienden Eselsschönen. Wir waren auf eine so heftige Reaktion unseres bisher ausgesprochen ruhigen und gehorsamen Tieres überhaupt nicht gefaßt. Bevor wir nur einen Gedanken fassen konnten, war er schon entwichen. Wir stolperten hinterdrein. Glücklicherweise kam er nicht weit. Seine Leine verfing sich im Gehölz eines kleinen Pinienhaines. Erbärmlich schreiend, wie nur ein Esel schreien kann, fanden wir ihn gebunden vor. Die Verführerin lockte und schrie vergebens. Die Liebesqualen der beiden Esel waren so rührend und komisch zugleich, daß wir, kaum daß wir ihn aus seiner Fesselung gelöst und sicher an einen Baum geleint hatten, in unbändiges Gelächter ausbrachen.
'Der arme Kerl', sagte schließlich Josef, 'wie die Liebe ihm zu schaffen macht! Es geht ihm nicht anders als uns Menschen!'
Ein sanfter Wind umfächelte uns.
'Wie schön dieser Hain ist', sagte ich.
Wir lächelten uns an. Wie auf eine geheime Verabredung lösten wir die Satteltaschen vom Rücken unseres brünstigen Esels und bereiteten im lichten Schattenspiel der Pinien ein Lager. Wir waren nicht hungrig, aber nach dem Wandern in der Hitze und dem anstrengenden Einfangen des Esels erfrischte das lauwarme Wasser aus dem Wasserkrug. Wir streckten uns aus. Die Mittagsstille umfing uns. Wir lagen stumm nebeneinander. Mein Körper wurde warm und schwer. Er schien mit der Erde zu verschmelzen. Es schien mir nicht möglich, auch nur einen Finger zu rühren. Ich war so still und schwer wie die

Erde selbst geworden. Eine süße, dunkle Traurigkeit bemächtigte sich meiner, ohne daß ich wußte, woher und warum sie kam.
Als spürte er meine Traurigkeit, begann Josef plötzlich zu sprechen.
'Mariam', begann er stockend, 'ich habe dir viel abzubitten.'
Ich hielt den Atem an – er war ganz ernst. Ich wußte, irgend etwas Wichtiges würde er mir sagen, und etwas Wichtiges würde zwischen uns geschehen, aber ich wußte nicht, was. Ich war nicht fähig den Mund zu öffnen oder auch nur einen Ton von mir zu geben.
Josef fuhr fort.
'Die Reise mit dir hat mir für vieles die Augen geöffnet, was ich vorher nicht gesehen habe. Ich habe vieles für selbstverständlich gehalten, was nicht selbstverständlich ist. Ich dachte einfach, es müßte so sein. Du bist meine Frau, du hast mir Söhne geboren. Du warst immer da, wenn ich dich brauchte. Ich habe, was ich verdient habe, immer dir gegeben. Ich habe dich geehrt. Ich habe niemals meine Hand gegen dich erhoben. Ich dachte darum immer, daß ich ein guter Ehemann sei. Ich habe meine Arbeit getan, meine Steuern gezahlt und meine Kinder genährt und gekleidet. Wir haben keinen Streit mit den Nachbarn, und die Obrigkeit verfolgt uns nicht. Ich war zufrieden mit unserem Leben. Ich begriff nicht, warum du nicht ebenso zufrieden warst. Ich habe es wohl gespürt – deine Unruhe, deine Schlaflosigkeit. Manchmal hast du auch in schärferem Ton gesprochen als früher. Ich dachte, die Pilgerfahrt in die Heilige Stadt würde dir guttun. Vielleicht war dir nur die tägliche Arbeit zu schwer geworden. Ich dachte, das Opfern im heiligen Tempel würde deine Seele erheben und kräftigen. Ich dachte, es würde dich dem Herrn und auch mir wieder nahebringen.
Es kam ja auch so, wie ich gehofft hatte. Schon vor der Reise nach Jeruschalajim begannen deine Augen wieder zu leuchten. Deine Stimme wurde lauter, deine Bewegungen lebhafter. Ich erkannte wieder das junge Mädchen, das mir angetraut worden war. Ich war sehr glücklich über diese Veränderung. Ich betete zum Herrn, er möge dieses Glück nach unserer Rückkehr anhalten lassen. Ich bat ihn um ein Zeichen bei der Opferung im Tempel. Aber der Herr erhörte mein Gebet nicht und schwieg. Ich sah das Opfertier, ich sah die Priester und die Menschenmenge – ich suchte, aber ich wußte nicht wonach. Als ich dich später vor dem Frauentor wiedertraf, schweiften deine Augen ebenso ruhelos umher wie meine. Es ist merkwürdig. Ich habe mich auf den Besuch des Tempels so sehr gefreut – es sollte der Höhepunkt meines Lebens werden. Aber als ich die Priester die heiligen Opfer vollziehen sah, war ich innerlich ganz leer. Ich schaute ihnen so neugierig unbeteiligt zu, wie ich in Nazrath dem Schochet

zuschaue, wenn er einen Hammel für uns schlachtet. Ich war enttäuscht. Alles verlief in gesammeltem Ernst und großer Pracht. Ich hörte die Gebete und die Segenssprüche der Priester, aber der Herr war fern. Ich wollte es vor dir nicht zugeben und tat beeindruckt wie alle anderen auch. Ich war nur glücklich, daß du wieder lebendiger und froher geworden warst.

Dann kam der Tag in Beit Lechem, als wir keine Herberge fanden und auf dem Feld übernachten mußten. Ich schämte mich, daß ich so arm war. Ich war sicher, daß wir für einen Batzen Geld mit aller Bereitwilligkeit und Höflichkeit in einer Herberge aufgenommen worden wären. Ich schämte mich vor dir und vor mir, daß ich dir keine feste Bleibe verschaffen konnte. Als wir dann draußen lagen und die Nacht hereingebrochen war, zergrübelte ich mir immer noch den Kopf, und die Schande drückte mich nieder. Ich weiß nicht, was dann geschah. Ich merkte plötzlich, daß du ganz still lagst – geradeso wie jetzt. So still und unbeweglich lagst du neben mir, als wärest du tot. Eine furchtbare Angst ergriff mich. Einen Augenblick lang fürchtete ich, du seist gestorben, ein böser Windhauch hätte dich hinweggerafft oder dein Herz sei plötzlich stehengeblieben. In diesem Augenblick glaubte ich, ich hätte dich für immer verloren. Und dann hätte ich das Liebste, Schönste und Wichtigste in meinem Leben verloren. Erst in diesem Augenblick erkannte ich, wie unendlich wichtig du mir warst – so wichtig wie nur mein Leben! Und ich hatte es zu spät gemerkt! In meiner Verzweiflung wußte ich nicht, was ich tun sollte. Dann fiel mir ein, daß ich mich besser vergewisserte, ob du wirklich gestorben warst oder ob nicht noch Leben in dir war. Ich tastete nach deiner Hand. Und dann spürte ich deinen leichten Gegendruck – und deine Hand war warm und lebendig. Meine Angst schlug in Freude um: eine wilde Freude, daß ich hätte aufspringen und jubilieren mögen. Daß du noch da warst, daß du mir nicht verloren warst! Ich blickte zum Nachthimmel auf. Und es schien mir, als würde der Herr aus der Tiefe der Dunkelheit zu mir sprechen und mir das erbetene Zeichen geben: Er schenkte dich mir wieder! Er schenkte mir das Kostbarste, das ich mir wünschen konnte: dich selbst!

Mariam, in dieser Nacht wurde mir klar, daß ich den kostbarsten Schatz auf der Welt besaß – und ich Dummkopf hatte es nicht gewußt. Du warst für mich einfach meine Frau: die Mutter meiner Söhne und Töchter, die Herrin des Hauses. All das habe ich gesehen und gewürdigt. Aber ich hatte bis dahin niemals *dich* gesehen – dich einzige Mariam auf dieser Welt. Ich war dumm und blind und begriff nicht, wer da neben mir lebte und das Bett mit mir teilte. Ich habe deinen schönen Körper geliebt – aber von dir habe ich nichts gesehen. Als du

meine Frau wurdest, war der Schmerz über Michal, meine erste Frau, noch nicht verheilt. Michal hatte ich geliebt. Sie war so kräftig, zupakkend und unverblümt – voll Freude und Energie. Sie war die Quelle meiner Kraft. Als sie starb, starb ein Teil von mir. Sie fehlte mir. Ich fühlte mich allein und oft schwach. Dann kam unsere Verlobung. Du warst so schön, so jung, so zart. Du schienst mir wie ein Kind. Ich wollte dich beschützen. Später machte ich mir keine Gedanken mehr um dich. Du warst Mariam, meine Frau. Ich habe mich nie gefragt, was in dir vorging, was du dachtest, was du fühltest. Irgendwie warst du immer noch das Kind, ein Wesen, das meinen Schutz brauchte. Ich habe dich immer nur von außen gesehen – nie dich selbst.
Ich wollte dir all das seit jener Nacht in Beit Lechem sagen. Aber irgendwie fehlte mir immer der Mut – nie schien es der rechte Zeitpunkt zu sein. Jedesmal, wenn ich sprechen wollte, schob sich der alte Josef dazwischen und meinte: 'Das geht jetzt aber nicht! Siehst du nicht, daß erst der Esel getränkt werden muß, daß Mariam mit etwas anderem beschäftigt ist? Siehst du nicht die Leute um uns herum, die uns nur stören würden?' Ich war ein anderer geworden. Aber nach außen sprach und handelte noch immer der alte Josef. Ich hatte Angst, daß wir Nazrath erreichten, ohne daß ich dir das alles sagen konnte – denn in Nazrath hätte ich den Mund nicht mehr auftun können. Mariam, du bist so schön! Ich habe es immer gewußt. Und doch sehe ich dich seit Beit Lechem mit ganz neuen Augen! Du bist noch viel schöner, als ich je gewußt und geglaubt habe. Ich liebe dich so sehr, daß es schmerzt. Es will mich fast zerreißen, so mächtig ist mein Gefühl. Kannst du mir verzeihen, daß ich nicht begriffen habe, wer du bist – und was du für mich bedeutest?'
Während Josef so ernst und drängend sprach, schien er mir wie verwandelt – größer, strahlender und lebendiger. Als hätte ein Geist oder ein Engel von ihm Besitz ergriffen und sein Glanz leuchte aus ihm. Seine Worte bewegten mich. Und mehr noch ergriff mich sein verwandeltes Wesen, riß mich mit und verwandelte auch mich. Josef sprach von meiner Schönheit – aber nie waren er oder ein anderer Mensch mir schöner erschienen als er in diesem Augenblick. Ich sah immer noch seine schütter gewordenen Haare, seine abgearbeiteten, zernarbten Hände, die tiefen Falten in seinem Gesicht. Aber nichts und niemand war schöner und strahlender als er! Und ich sah seine Liebe, seine unendliche Liebe zu mir in seinen Augen. Alles, was hart und kalt in mir geworden war, schmolz dahin. Stumpfheit und Gleichgültigkeit fielen von mir ab wie alte Lumpen, die kein Faden mehr zusammenhält.

In dieser Mittagsstunde im Pinienwäldchen fanden sich unsere Augen und unsere Seelen – zum ersten Mal. So wie wir uns jetzt ansahen, hatten wir uns noch nie angesehen. Zum ersten Mal schauten wir ins Innerste des anderen, und wir fanden nichts als zitternde Liebe. Liebe, die wir aus Angst immer verborgen gehalten hatten. Unsere Hände fanden sich, unsere Leiber verschmolzen in nie gekannter Zartheit und Zärtlichkeit. Zum ersten Mal spürte ich Josefs Haut nicht als Haut und Oberfläche seines Leibes. Ich spürte seinen Körper als lebendigen Ausdruck seiner Liebe zu mir. Und ich wußte, daß er diesmal nicht meinen Leib streichelte, weil er schön war, sondern weil es *mein* Leib war. Und ich liebte seinen Leib, weil es *sein* Leib war. Etwas Neues hatte sich zwischen uns aufgetan. Nicht zwei getrennte Körper hielten sich schwitzend und verlangend umschlungen – unsere Seelen verschmolzen und es verschmolzen auch unsere Leiber. Feuerströme nie geahnter Lust stiegen in mir auf, breiteten sich wellenartig im ganzen Körper aus. Und ich ließ es geschehen – getragen von der Liebe zu Josef und seiner Liebe zu mir. Ich verlor die Beherrschung über meinen Leib. Ich ließ ihn in den Wellen der Lust schwingen, bis er sich zuckend aufbäumte und in Liebe und Seligkeit zerfloß. Es gab keine Schranken, keine Hemmungen zwischen uns. Josef hatte mich erkannt in meinem Innersten – und er liebte mich. Und mein Innerstes strömte nach außen. Meine Herz, mein Körper, mein Bewußtsein – wir waren eins. Und wir waren so, wie uns der Herr geschaffen hatte. In diesem Augenblick wußte ich mich geliebt. Geliebt in meinem Innersten – von Josef, von der Schöpfung, ja vom Herrn selbst. Wir waren nackt und wir schämten uns nicht. Wir liebten und wurden geliebt. In dieser Liebe gab es keine Scham mehr, keine Hemmungen, keine Sünde, keine Schuld.
Nie habe ich mich so rein und unschuldig gefühlt wie an diesem Tag in dem Piniengehölz kurz vor Nazrath. Die Liebe erfüllte uns ganz und gar. Wie konnte etwas schlecht oder böse sein, wenn es in Liebe geschah! Im Gegenteil – wir dachten voll Scham und Trauer daran, wie sich früher heimlich, verstohlen unsere Leiber gesucht hatten; wie ich Josefs Annäherungen, seine Berührungen, sein Eindringen erst neugierig und verwundert, dann widerwillig über mich hatte ergehen lassen. Wie war es möglich, daß ich etwas tat und geschehen ließ, das nicht aus mir selbst und meiner Liebe floß! Denn so wenig Josef mich gesehen hatte – so wenig hatte ich sein Innerstes erkannt, und schließlich war mir Josef gleichgültig geworden. Wieviel Zeit hatten wir vergeudet! Wir hatten zusammen gelebt und Kinder bekommen, wir hatten miteinander gegessen und gefeiert. Wir hatten Hunger und Krankheit gemeinsam durchlitten. Und immer hatten wir wie zwei

Fremde nebeneinanderher gelebt. Wir taten, was alle taten – aber unsere Herzen waren nicht dabei, und sie waren nahe daran gewesen zu verdorren.
Nun war die Liebe in uns erwacht und hatte ein mächtiges Feuer entzündet, und seine Flammen drangen bis in den letzten Winkel meines Körpers, meines Geistes und meiner Seele. Sie verbrannten und verzehrten meinen Groll, meine Unzufriedenheit wie verdorrtes, abgestorbenes Unterholz. Und so wie ein Brand den großen, saftstrotzenden Bäumen nichts anhaben kann, so verbrannte das Feuer der Liebe uns nicht und seine Flammen sengten uns nicht, wie der Prophet sagt.
Erst durch die Liebe fand alles seinen Sinn und seine Bedeutung. Mir war, als begriffe ich erst jetzt die Heiligkeit des Lebens und der Schöpfung. Ich kann es nur dir sagen, denn du bist mir näher als meine eigenen Töchter: Als unsere Herzen und Leiber und Seelen sich fanden, waren wir dem Herrn näher als in seinem heiligen Haus in Jeruschalajim. Der Tempel in Jeruschalajim ist heilig, weil die Priester es so sagen, und wir glaubten es bereitwillig. Aber als ich in den Armen Josefs vor Liebe verging, war mir so heilig zumute, als ob sich der lebendige Gott selbst und das Geheimnis allen Lebens offenbarte.
Wir kehrten erst am nächsten Tag in unser Heim in Nazrath zurück. Die Kinder, die Nachbarn und unsere Verwandten liefen zusammen, um uns zu begrüßen. Sie schauten uns mit großen Augen an – das Glück strahlte uns aus allen Poren. Wir waren Verwandelte. Sie staunten und hörten nicht auf, sich zu wundern: wie jung wir seien, wie freudestrahlend. Sie brachten unsere Verwandlung in Zusammenhang mit dem Besuch des Tempels, und wir berichtigten sie nicht. Was hätten wir ihnen auch sagen sollen? Es wäre schamlos in ihren Augen gewesen und eine Sünde, diese Liebe heilig zu nennen. Für uns war dieser Tag immer der Tag, an dem uns der Herr seine Gnade erwiesen hatte. Wir waren von unendlicher Dankbarkeit und Freude erfüllt.
Und nicht nur neue Liebe hatte uns der Herr geschenkt. Ich ahnte und fühlte, daß ich empfangen hatte. Ich brauche dir nicht zu sagen, wer das Kind dieser Liebe war. Ich freute mich unsäglich auf dieses Kind, und Josef erging es nicht anders. Ich hatte bis dahin gedacht, daß ich mich auf alle Kinder gefreut hätte – auch wenn mich die üblichen Schwangerschaftsbeschwerden wie Übelkeit plagten und ich zum Schluß unter der Schwere meines Körpers litt. Ich liebte meine Kinder, auch wenn sie mir Kummer und Sorgen bereiteten, wenn sie krank waren, wenn sie etwas angestellt hatten. Ich glaube, ich war

bis dahin eine gute Mutter – eine bessere Mutter als Ehefrau. Aber als ich Jeschua erwartete und in den warmen Mantel von Josefs Liebe eingehüllt war, fühlte ich mich so leicht und froh, daß ich die Übelkeit, die sich auch diesmal einstellte, darüber fast vergaß und später kaum unter der Unbeweglichkeit und den Kreuzschmerzen litt.
Die Geburt war sehr leicht. Jeschua war kein Kind wie alle anderen. Anfangs weinte und schrie er sehr viel. Dabei schien er keine körperlichen Schmerzen zu haben. Er war nicht krank. Aber in seinen Augen lag eine Traurigkeit, als hätte er etwas Kostbares verloren, als wollte er nicht auf dieser Welt sein. In seinen Augen lag soviel Wissen und Verstehen. Irgendwie war er kein Kind, obwohl er wie vorher seine Geschwister an meiner Brust hing und saugte, obwohl er gluckste und lallte und seine Ärmchen nach mir ausstreckte und lächelte, wenn ich ihn aufnahm. Mir fiel auf, daß er nicht wie die anderen gleich nach allem griff, sondern erst stumm die Umgebung betrachtete, als wollte er sie verstehen und in sich aufnehmen. Er verfolgte unsere Augen, wenn wir sprachen. Es schien, als verstünde er uns vom ersten Tage an. Dann gab es lange Momente, wo er völlig mit sich selbst beschäftigt war. Er wirkte in sich versunken und schien uns nicht mehr wahrzunehmen.
Ich versuchte, es vor mir und den anderen zu verbergen – aber mit keinem meiner Kinder fühlte ich mich so eng und innig verbunden wie mit Jeschua. Ich versuchte, allen die gleiche Liebe zu geben, aber wenn ich in Jeschuas Augen sah, so leuchtete mir eine solche Liebe entgegen, daß ich wie verzaubert war und an nichts und niemand anderes denken konnte. Es war eine ähnlich tiefe Liebe, wie ich sie mit Josef auf der Heimkehr nach Nazrath erlebt hatte – und später noch einige wenige Male. Der alte Josef, von dem er gesprochen hatte, gab nicht so schnell auf. Josef zog es wieder in den Zimmermannsalltag und in die Rolle des achtbaren und vernünftigen Nachbarn. Nur in den Abendstunden, in Augenblicken, wenn er sicher war, daß uns niemand beobachtete, ließ er den neuen Josef zum Vorschein kommen – in einem Blick, in einem kurzen Händedruck, in einem zarten, scheuen Streicheln über meine Haare oder Wangen. Nur bei Jeschua wagte er es, seinen Gefühlen freien Lauf zu lassen. Niemand wunderte sich, daß er in seinen Jüngsten vernarrt war – eine Schwäche, die er nicht allein mit unserem Stammvater Jisrael teilte. Und auch die älteren Geschwister räumten ihm eine Sonderstellung ein, die sie keinem anderen zugestanden hätten.
Es ging ihnen wohl wie Josef und mir. Jeschua zeigte seine Liebe so offen und unverhüllt, daß sie nicht anders konnten, als ihn wiederzulieben. Die Großen hatten ihn gerne bei sich. Er war glücklich, mit

ihnen zusammenzusein. Und wenn er für ihre Spiele noch zu klein oder unverständig war, so rannte er ihnen nicht quengelnd hinterher, sondern blieb sitzen, wo sie ihn hingesetzt hatten, spielte mit den Steinen im Staub, betrachtete die zitternden Grashalme oder beobachtete hingebungsvoll die endlosen Kolonnen der Ameisen. Er war das zufriedenste und glücklichste Kind. Er konnte nur furchtbar böse und zornig werden, wenn man in seiner Gegenwart einem Menschen oder Tier Leid zufügte, sei es mit Schlägen oder mit Worten oder einfach dadurch, daß man nicht mit ihm teilte, was man hatte.
Solange er klein war, war es reines Glück, das er uns täglich schenkte. Je älter er aber wurde, je mehr er von der Welt sah und verstand, desto schwieriger wurde das Zusammenleben mit ihm. Für ihn waren alle Menschen so nahe wie wir, seine Eltern und Geschwister. Wenn jemand in seiner Umgebung Kummer hatte oder Not litt, so war es für ihn, als wenn ich selbst oder eines seiner Geschwister leiden würde. Er setzte sich zu ihm, tröstete ihn – und beschenkte ihn mit dem, was er hatte.
Wer glücklich ist, teilt gerne und möchte auch seine Umwelt glücklich sehen. Wir selbst waren nie reich – und doch haben wir den Ärmeren immer gegeben, so gut wir konnten. In unserem neuen Glück seit der Rückkehr aus Jeruschalajim schenkten wir noch lieber und freigebiger als früher. Die Armen von Nazrath rühmten Josef und mich und stellten uns den anderen als Vorbilder hin, so daß es uns verlegen machte. Jeschua aber war es unmöglich, zwischen dein und mein zu unterscheiden. Was wir ihm schenkten, was seine Geschwister ihm gaben oder liehen – kam eines der armen Kinder und machte große, sehnsüchtige Augen oder bat ihn darum, so schenkte er es bedenkenlos weiter. Er verschenkte auch die kleinen Schätze seiner Geschwister – den weißen Schal von Naomi, auf den sie so stolz war, daß sie ihn nur zu Feiertagen und Festen trug, den Holzwagen von Gadi, den Josef ihm gezimmert hatte, die gehorteten Süßigkeiten von Gid'on. Er plünderte all die Kleinigkeiten, an denen ihr Herz hing. Auf einmal waren sie weg – und wenn sie nach ihnen suchten, fanden sie sie in den Händen von fremden Kindern wieder, die sie natürlich nicht herausgeben wollten, weil sie sie geschenkt bekommen hatten. In ihrem Schmerz und Zorn liefen die Geschwister zu Jeschua und stellten ihn zur Rede. Der reagierte erstaunt und völlig verständnislos, was ihre Wut nur noch mehr anfachte.
'Aber er war so unglücklich', pflegte er dann so oder so ähnlich zu sagen. 'Ich wollte ihm eine Freude machen. Es tat weh, ihn so traurig zu sehen. Da mußte ich es ihm einfach geben!'

Wenn dann seine Geschwister brüllten: 'Aber das war doch *mein* Schal, *mein* Holzwagen, *mein* Zuckerstück!', dann sagte er erstaunt über ihren Zorn und voller Mitgefühl für ihren Schmerz: 'Wenn du Tamar oder Amram gesehen hättest, hättest du ihnen auch deinen Schal gegeben (oder deinen Holzwagen oder dein Zuckerstück).' Das verschloß ihnen den Mund, und grollend zogen sie davon. Jeschua beschränkte sich nicht nur auf seine eigene Habe und die seiner Geschwister. Wenn wir nicht aufgepaßt hätten, hätte er nach und nach unseren ganzen Hausrat verschenkt. Selbst Josefs Werkzeuge waren nicht sicher vor ihm. In Gegenwart Jeschuas bekam ich ein schlechtes Gewissen, wenn ich an mein Festtagskleid in der Truhe dachte, das ich so gerne trug. Ich mußte am Morgen den Hennen hinterherrennen und die Eier gleich nach dem Legen einsammeln. Wenn ich später zum Sammeln kam, waren sie schon verschwunden. Kein Schekel, kein Versteck im Haus blieb ihm verborgen. Ich fing an, mit ihm zu schelten. Ob er uns arm machen wollte! Ob er seinen Schwestern die Mitgift rauben wollte und seinen Brüdern das Kaufgeld für ihre künftige Braut! Wovon Josef und ich im Alter leben sollten! Wovon wir unsere Steuern zahlen sollten! Ich hätte genausogut in den Wind reden können. Er sah mich mit großen Augen an. 'Aber Mutter, verstehst du denn nicht? Warum sorgst du dich so unnötig? Der Herr, unser Vater, wird doch für uns sorgen!' Anstatt zu versuchen, unsere Erklärungen und Vorhaltungen zu verstehen, erwartete er von uns, daß wir ihn begriffen! Und am meisten erwartete er es von mir.
Seine Geschwister und Spielkameraden fingen an, ihn für einen liebenswerten Trottel zu halten, und schlossen ihn mehr und mehr von ihren Spielen und Unternehmungen aus. Sie versteckten ihre Habseligkeiten vor ihm, sie weihten ihn nicht mehr in alle Gedanken und Pläne ein. Es verdarb ihnen jeden Spaß, wenn er mit seinen offenen, unschuldigen Augen dabeisaß und verständnislos zuhörte. Mit seinem arglosen 'Aber warum denn?' ließ er ihre kleinen Eitelkeiten, Eifersüchteleien und Anfälle von Habgier nur allzu offenkundig werden. Es wurde ihnen unerträglich, ihre Schwächen und Fehler in diesem klaren Spiegel abgebildet zu sehen. Für Jeschua hingegen war es schmerzlich, erleben zu müssen, wie seine Geschwister sich von ihm zurückzogen und ihr eigenes, vor ihm sorgfältig verborgen gehaltenes Leben zu führen begannen. Mit seinen Spielkameraden erging es ihm nicht anders. Sie hielten ihn zunehmend für kindisch, hielten sich für größer und erwachsener und verständiger und ließen ihn ebenfalls allein. Ich sah, wie er unter der Vereinsamung litt. Aber ich konnte nichts tun. Er liebte seine Gefährten und Geschwister nach wie vor – und verstand um so weniger, warum sie zwar freundlich zu ihm waren

(man konnte ihm nicht auf Dauer böse sein), aber ihn nicht mehr ernst nahmen.
Er wandte sich den kleineren Kindern zu, die glücklich waren, daß sich ein so großer Junge mit ihnen abgab. Aber wenn sie acht, neun Jahre alt wurden, machten sie es den Älteren nach, fingen an, nachsichtig zu lächeln, wenn er sprach, schüttelten den Kopf, wenn er verschenkte, was er hatte, und wurden zornig, wenn er Gleiches von ihnen erwartete. Dann verließen auch sie ihn – jüngere Kinder traten an ihre Stelle. Der Altersabstand zwischen Jeschua und seinen Gefährten wurde immer größer.
Josef beunruhigte diese Entwicklung.
'Wir hätten ihn strenger erziehen sollen', sagte er oft zu mir. 'Wir haben ihn zu sehr geliebt und dadurch verzogen. Wir haben ihm die Welt ganz falsch dargestellt! Wir hätten ihn auf Strenge, Härte und Falschheit vorbereiten müssen. Er glaubt noch immer wie ein Kind, daß die Welt und die Menschen nur gut sind. Wenn er so weitermacht, wird er als Narr durchs Leben gehen! Wie soll er sich ernähren, wenn er alles wegschenkt! Wie soll er einmal heiraten und seine Familie versorgen! Er will ja nicht einmal etwas Ordentliches lernen! Entweder spielt er mit den kleinen Kindern, oder er streunt draußen bei den Hirten herum! Er spricht jeden an, hält die Leute von der Arbeit ab und tut so, als wären sie gerade nur für ihn da! Wie soll da ein Mann aus ihm werden!'
'Er lernt gerne – er möchte alles sehen und verstehen. Vielleicht wird er ein guter Rav. Er muß ja kein Handwerker oder Händler werden wie die anderen! Wäre es nicht schön, wenn einer unserer Söhne ein Rav würde?'
Josef begann Geschmack an dieser Vorstellung zu finden. Welches Vaterherz würde nicht höher schlagen, wenn man von seinem Sohn, dem Rav, sprechen konnte! Er, Josef ben Eli, der arme Zimmermann, Vater eines hochgeehrten und gerühmten Rav! Josef war wirklich ein durch und durch bescheidener Mensch – aber der Gedanke, sein Sohn Jeschua könnte ein gelehrter Rav werden, weckte allen Stolz, zu dem er fähig war.
Nachdem ihn einmal der Gedanke gepackt hatte, glaubte er, daß der Rav von Nazrath und überhaupt jedermann in Jeschua den geborenen Rav erkennen müßte. Am nächsten Tag schon suchte er unseren Rav Mordechai auf, bei dem Jeschua Lesen und Schreiben lernte und in die Gebote des Herrn eingeführt wurde. Er kam verwirrt und enttäuscht zurück.
'Er wiegte sehr nachdenklich mit dem Kopf', berichtete er. 'Dann sprach er davon, daß ein Rav als erstes die Tugend der Bescheidenheit ge-

lernt haben müßte. Als ob das bei Jeschua eine Frage wäre – oder kennst du ein bescheideneres Kind als Jeschua? Dann sagte er, wer Rav und Meister werden wolle, müsse erst einmal seinen Lehrer ehren und ihm in allem gehorsam sein. Jeschua sei zwar klug, liebenswert und lerneifrig, aber aus den genannten Gründen als Rav nicht geeignet. Ich fragte ihn, ob Jeschua jemals aufsässig gewesen wäre, ob er ihm üble Streiche gespielt hätte. Er mußte immer wieder verneinen. Und doch blieb er dabei: In seinen Augen ist Jeschua nicht geeignet, ein Rav zu werden. Ich verstehe das nicht.'
Ich ahnte wohl, wovon der Rav sprach. Während Josef in seiner Werkstatt der Arbeit nachging, hatte ich Jeschua oft genug mit den Leuten reden hören. Er sprach ganz unbefangen aus, was er dachte. Wenn er in der gleichen Weise mit unserem Rav sprach – woran ich nicht zweifelte, weil Jeschua die Kunst der Verstellung, ja selbst höfliche Anpassung und Rücksichtnahme gegenüber Älteren oder Höhergestellten völlig fremd waren –, dann konnte der Rav von ihm nicht die demütige Ergebenheit erwarten, wie er sie von seinen Schülern gewohnt war. Weil wir immer gespürt hatten, daß Jeschua nicht aus Trotz oder gar aus Bosheit Widerworte gab, und mehr noch, weil wir ihn liebten, hatten wir ihm nie mit elterlicher Strenge das Wort abgeschnitten und ihn in seine Schranken verwiesen. Wir hatten mit ihm geredet wie mit einem Erwachsenen. Natürlich nicht mit denselben Worten oder Erklärungen, solange er noch klein war – aber mit demselben Respekt für seine Worte und Gedanken wie bei einem Erwachsenen. Wenn er widersprach, versuchten wir ihm klarzumachen, warum wir anders dachten. Entweder verstand er und folgte dann – oder er schaute uns verzweifelt an, beharrte auf seiner Meinung und hoffte, daß wir ihn verständen. Seine Gewohnheit, auch den Älteren zu widersprechen, wenn er es für richtig hielt, ließen die meisten hingehen, weil er seinen Widerspruch arglos und liebevoll vorbrachte. Der Rav fürchtete jedoch um sein Ansehen bei den anderen Schülern. Wenn er Jeschua erlaubte, zu widersprechen und seine lästigen Fragen zu stellen, würden sich dann nicht bald auch die anderen das gleiche Recht herausnehmen und sagen und tun, was sie wollten? Unser Rav war klug – aber Jeschua brachte ihn mit seinen einfachen Fragen und Antworten oft in Verlegenheit. Er kannte die Torah und die Schriften, als ob er darin lebte. Und wenn er in seiner Wahrheitsliebe und Wahrheitssuche eine Stelle fand, die dem, was der Rav lehrte, zu widersprechen schien, meldete er sich und trug ihm seine Entdeckung vor. Und nicht nur das. Jeschuas kindliche Liebe zum Herrn, sein unendliches Vertrauen in dessen Güte ließ ihn die Schrift oft so ganz anders lesen als die anderen – den Rav eingeschlossen.

Für sie war der Herr der Herr der Gerechtigkeit und des Gerichts, fern und unnahbar wie der Tetrarch in Tiberias und der Caesar in Rom. So fern und herrlich und mächtig, daß man sich nur unter Furcht und Zittern und mit größter Demut zu nahen wagte, um eine Bitte oder Frage vorzubringen. Jeschuas Mitschüler zogen ihn manchmal auf. 'Du tust gerade so, als ob du den Herrn selber kennst', spotteten sie, 'was hat er dir denn heute gesagt?' Unser Rav, der in Ehrfurcht und Bescheidenheit die Schriften studiert hatte und in Demut die Auslegungen seiner Vorväter wiederholte, fühlte sich vor den Kopf gestoßen und lächerlich gemacht, wenn Jeschua ihm vor allen widersprach und den Herrn in einem viel freundlicheren und liebevolleren Licht zeichnete als er, der den Herrn wahrhaft fürchtete. Der Schüler wollte mehr wissen als der Meister – wo hatte es so etwas schon gegeben! Das verstieß gegen alle Regeln, und war Überhebung vor dem Herrn. Eines Tages würde er den Zorn des Herrn zu spüren bekommen. So einer durfte kein Rav werden.
Aber Josef hatte sich in den Kopf gesetzt, daß Jeschua Rav werden sollte. Und hatte in seinem Schädel einmal ein Gedanke Wurzeln geschlagen, so war er nicht mehr so leicht herauszureißen. Als er am darauffolgenden Schabbat vom Beit HaKnesset nach Hause kam, sagte er nur: 'Ich habe heute einmal genau zugehört. Wie kann ein so kluger Mann so dumm sein? Er weiß nichts. Er weiß nichts von der Liebe! Und er will das Wort des Herrn predigen und die Schriften auslegen! Er tut mir leid. Das ist es, was ich denke. Und Jeschua wird doch Rav! Nächstes Pessach reisen wir mit ihm nach Jeruschalajim! Dort gibt es andere, weisere Rabbanim! Sollen die ihn prüfen! Wenn sie klug sind, werden sie den künftigen Rav in ihm schon erkennen!'
Es war herrlich zu sehen, wie mein vorsichtiger, scheuer Josef, der vor anderen nie laut seine Stimme erhob, mit einem Mal zu einer solchen Entscheidung fand und selbst vor die großen Rabbanim und Priester in Jeruschalajim zu treten wagte. Als wir später in der Kammer beieinander lagen, sagte er noch: 'Weißt du, ich habe immer davon geträumt, noch einmal diese Reise mit dir zu machen. Ich möchte einmal wieder aus diesem engen Nazrath heraus, einmal wieder mit dir unter dem offenen Himmel liegen und mich wieder jung und kräftig und fähig zu allem fühlen! Die Kinder sind schon groß, nur Jeschuas Zukunft ist noch ungeklärt. Ihm wird die Fahrt ebenso gut tun wie uns. Im Tempel und bei den Rabbanim und den Priestern – dort werden wir mehr für ihn tun können als hier.'
Obwohl die Reise erst in ein paar Monaten stattfinden sollte, erfaßte uns drei freudige Aufbruchsstimmung. Das Glück Jeschuas war unbeschreiblich. 'Ich werde das Haus meines Vaters sehen!' verkündete

er allen auf der Straße die frohe Botschaft, nachdem wir ihm Josefs Entschluß mitgeteilt hatten. Er erntete Befremden und Spott, manchmal sogar Entrüstung und Zorn, weil viele es als ungehörig empfanden, in solcher Weise von dem Herrn zu sprechen. 'Er tut gerade so, als ob er mit dem Herrn auf du und du wäre! Ein zwölfjähriger Bursche, dem noch die Muttermilch aus dem Mund duftet!' Sie erzählten auch uns davon – in einem leicht vorwurfsvollen Ton, der uns zu verstehen gab, daß wir unseren Sohn besser und in größerer Ehrfurcht vor dem Herrn hätten erziehen sollen. Wir lachten nur in ihre besorgten Mienen und sagten, daß Jeschua den Herrn ganz einfach und kindlich liebe. Wenn er älter werde, würde er schon vernünftiger und sein Verhalten ändern. Wie einfältig und ahnungslos wir doch waren!

Die Reise nach Jeruschalajim verlief so ganz anders, als wir gedacht und geplant hatten. Josef und mir schwebte eine ähnlich stille und beschauliche Fahrt vor Augen wie damals auf unserer Heimreise. Aber wie ein griechischer Weiser gesagt haben soll: 'Niemand steigt zweimal in denselben Fluß', so erging es uns auf dieser Reise. Wie es Jeschuas Art war, sprach er unbefangen mit allen Leuten, denen wir unterwegs begegneten: Bauern und Knechten auf dem Feld, anderen Pilgern und Fahrenden und den Herbergsleuten, bei denen wir einkehrten, und natürlich den Kindern, die auf den Straßen und Wegen spielten. Er redete, wie er empfand – und sprach von nichts anderem als von dem Besuch im Hause seines Vaters. Wenn ihn schon die Leute von Nazrath, die ihn schließlich kannten, oft genug für einen Narren hielten, so machte die Reaktion der Fremden für uns die Fahrt nach Jeruschalajim zu einem Spießrutenlauf. Alle starrten ihn an, dann uns, seine Eltern. Die überheblich grinsenden Mienen, das unterdrückte Lachen, das uns überall empfing, waren unangenehmer als der offen vorgebrachte, nachsichtige Spott in Nazrath. Noch schlimmer war die Empörung der Strenggläubigen, für die seine Worte Gotteslästerung waren. In ihrer Wut griffen manche nach Steinen und schleuderten sie uns nach.

Wir hatten gehofft, daß es in der Menschenmenge von Jeruschalajim besser werden würde. Wir hatten auch gehofft, daß der Glanz der Stadt und des goldenen Tempels Jeschua etwas einschüchtern und stiller machen würde. Aber die drei Tage in Jeruschalajim entwickelten sich zu einem Alptraum. Wie schon unterwegs ernteten wir von den anderen Pilgern in der Herberge nur Spott oder Empörung. Der Wirt hätte uns fast hinausgeworfen. Wir mußten bitten und flehen und ihn verzweifelt daran erinnern, daß wir sonst nirgends einen Schlafplatz in der überfüllten Stadt finden würden. Das erweichte

sein Herz. Als wir Jeschua darum baten, doch etwas Rücksicht auf unsere Lage zu nehmen, blickte er uns schmerzlich berührt an, als hätten wir etwas Unrechtes verlangt, und sagte nur: 'Warum vertraut ihr nicht dem Vater im Himmel? Nicht der Herbergsvater – unser himmlischer Vater ist es, der uns Leben und Wohnstatt gibt!' Wir schwiegen beschämt.
Dann der Tag der Opferung im Beit HaMikdasch. Wir betraten das Heiligtum inmitten einer riesigen Menschenmenge. In den Vorhallen hatten die Händler ihre Stände aufgeschlagen und boten die Pessachlämmer und anderes Getier als Schlachtopfer zum Kauf an. Um die Geldwechsler drängten sich die Pilger aus Syrien und Ägypten. Selbst aus Rom waren Juden gekommen, um im heiligen Tempel zu opfern. Das Geschrei war ohrenbetäubend. Jeschua merkte von alledem nichts. Mit verklärtem Gesicht schritt er durch die Menge, sah nur die großen Torbogen, die ins Innere des Tempels führten. Wir hatten unser Pessachlamm bereits am Vortag vor den Toren Jeruschalajims gekauft, wo man sie viel billiger bekam als im Tempel, und legten es nun einem der niederen Priester zur Begutachtung vor. Er drehte und wendete es mit argwöhnischem Gesicht. Wir hatten es vorher selbst gründlich untersucht. Das Lamm war gesund, kräftig und ohne jegliche Mißbildung. Ich wunderte mich schon, warum der Priester, der doch täglich Tiere beschauen mußte, das nicht gleich erkannte. Dann sah ich, wie Josef, der erfahrener in den Dingen der Welt war, ihm eine kleine Münze in den Gürtel schob. Kaum war dies geschehen, hob der Priester völlig gleichmütig den Kopf und sagte, daß das Tier in Ordnung sei. Ich bin sicher, daß Jeschua von der Geldübergabe nichts bemerkt hatte. Er hatte nur mit ungläubiger Verwunderung der kühl-gleichmütigen Untersuchung des Priesters zugeschaut. Dann trennten wir uns, und ich begab mich zum Hof der Frauen, um dort an der großen Opferung und den Gebeten teilzunehmen. Es war alles wie beim ersten Mal. Nur war es mir diesmal schon vertraut, und ich fand Muße, alles in Ruhe zu verfolgen. Diesmal fiel mir der leiernde Ton in der Stimme der Priester auf, ihre gelangweilten Gesichter. Während die Menge in Ehrfurcht erbebte, schienen ihre Gedanken ganz woanders zu weilen als bei den heiligen Worten, die sie vorbeteten. Ich erkannte diesmal deutlich, was ich beim ersten Mal nur dumpf gefühlt hatte: daß die Opferzeremonie, die für uns Pilger den Höhepunkt im Leben bedeutete, für die Priester alltägliche Verrichtung war – so wie für mich das Kochen und Waschen oder für Josef das Schneiden und Hobeln seiner Bretter und Balken.
Als ich nach der Zeremonie zur Herberge zurückkehrte, fand ich dort Josef und Jeschua vor. Jeschua war unruhig, aufgewühlt, fast verstört.

Er spürte meinen Blick und schaute hoch. Er sah mich mit unglücklichen Augen hilfesuchend an. 'Das war alles?' sprach sein Blick. 'Das soll das Schönste, das Heiligste, das soll das Gespräch mit unserem Vater sein? Sag mir, daß es nicht wahr ist!' Es tat weh, ihn so leiden zu sehen. So groß seine Freude gewesen war, so tief und herb war nun seine Enttäuschung. Er blieb den ganzen Tag stumm und bedrückt. Als wir in der Abenddämmerung Kühlung auf dem Dach der Herberge suchten, traten ein paar Spaßvögel zu ihm und fragten, gierig auf seine Antwort lauernd: 'Na, wie war's beim Vater? Hat's dir gefallen?' Er war glücklicherweise so versunken in seine Gedanken, daß er wie blind und taub an ihnen vorüberging.
Am nächsten Tag brachten wir Jeschua zu dem berühmten Rav Pinchas ben Gavriel, damit dieser ihn prüfte. Er sollte entscheiden, ob Jeschua sich zum Rav eignete oder nicht. Wir führten ein Empfehlungsschreiben unseres Rav aus Nazrath mit, der mit Pinchas ben Gavriel bei demselben Lehrer studiert hatte. 'Du hast meine Meinung gehört', hatte er zu Josef gesagt, als er ihm den Brief übergab, 'aber ich bin ein fehlbarer Mensch und nur ein unbedeutender Rav. Vielleicht irre ich mich auch. Wenn du nach Jeruschalajim gehst, bringe Jeschua zu Rav Pinchas. Er war schon damals klüger als wir alle – heute höre ich sein Lob aus aller Munde. Jeder sagt, daß er der weiseste Mann in Jeruschalajim ist. Er wird dir besser sagen können als ich, ob Jeschua zum Rav taugt oder nicht.'
Voller Dank für die Großmut unseres bescheidenen Rav Mordechai standen wir vor dem berühmten Rav – ein kleines, verhutzeltes Männchen, aus dessen zerfaltetem Gesicht klare, kluge Augen leuchteten. 'So, du willst also Rav werden', begann er gleich das Verhör, nachdem er den Brief unseres Rav gelesen hatte.
'Rav?' fragte Jeschua. 'Daran habe ich noch nie gedacht.'
Josef schaltete sich erklärend ein.
'Rabbi, es ist eigentlich unsere Idee. Wir haben darüber noch nie mit Jeschua gesprochen. Aber da er den Herrn wahrhaft liebt und für nichts anderes Augen und Ohren hat als für die Worte der Torah, dachten wir ...'
'Ich weiß nicht, ob ich Rav werden will', unterbrach Jeschua seinen Vater. 'Ich weiß nicht, ob das das Richtige für mich ist.'
Ein Donnerschlag hätte nicht überraschender in den Raum krachen können als diese Worte Jeschuas. Nach einer kurzen Pause wollte Rav Pinchas sich schon achselzuckend abwenden, da hielt er ein, ging einen Schritt auf Jeschua zu und betrachtete ihn lange.
'Du bist wenigstens ehrlich', sagte er schließlich. 'Ich glaube, kein anderer Knabe an deiner Stelle hätte dies hier zu bekennen gewagt.'

Er seufzte.
'Und warum willst du kein Rav werden? Du scheinst mir nicht dumm zu sein! Oder möchtest du nicht die Worte und Gebote des Herrn lehren?'
'Doch, das schon – aber ...'
'Sprich nur offen weiter – niemand wird dich hier schelten!'
'Ich habe keine Angst vor dir, aber wenn ich den Vater suche, finde ich ihn ganz selten in den Schriftrollen. Ich finde ihn, wenn ich mit Menschen zusammen bin oder draußen auf den Feldern herumstreife. Wenn ich Rav werde, muß ich dann nicht immer nur über den Schriftrollen sitzen? Wie kann ich denn in trockenen Papierrollen und Buchstaben das lebendige Wort finden? Und wie soll ich die Worte des lebendigen Gottes lehren, wenn ich mich vom Leben abwenden muß?'
'Du bist ein merkwürdiger Junge', der Rav schüttelte den Kopf. 'Ich glaube, noch kein angehender Rav ist auf diesen Gedanken gekommen. Und noch keiner hat die Aufgabe eines Rav ernster genommen als du. Aber deine Bedenken kann ich zerstreuen: Du wirst immer mitten im Leben stehen, ob du willst oder nicht, ob du über Schriftrollen sitzt oder nicht. Dem Leben und dem lebendigen Gott kann niemand entgehen.'
Der alte Mann seufzte wieder. 'Gibt es sonst noch einen Grund, weshalb du nicht Rav werden willst?'
'Ja, wenn ich unseren Rav in Nazrath sehe, wie er sich müht und darum kämpft, uns das Wort des Vaters nahezubringen! Muß denn ein Rav alle Kinder unterrichten, auch wenn sie gar nicht lernen wollen? So viele sitzen bei uns und langweilen sich und lachen hinter seinem Rücken. Muß ein Rav denn auch die unterrichten?'
'Sicher. Der Herr hat uns, seinem Volk, Gebote geschenkt, damit wir wissen, wie wir unser Leben nach seinem Willen führen sollen. Und nur der kann die Gebote des Herrn befolgen, der sie auch kennt.'
'Aber wenn einer nicht hören und nicht lernen will – soll man dann wirklich Perlen vor die Säue werfen? Und soll ich als Rav die Worte des Herrn billig wie welkendes Gemüse vor dem Schabbat verhökern, nur um damit mein Leben zu fristen?'
Mir fielen die Worte unseres Rav aus Nazrath ein. 'Er ist nicht bescheiden genug', hatte er gesagt. Und nun stand Jeschua vor einem der größten Rabbanim und warf ihm nichts als Unverschämtheiten an den Kopf. Sagte er doch nichts anderes, als daß dieser ehrwürdige Rav im Staub der alten Schriftrollen den lebendigen Gott nicht finden könnte – und daß er die Lehre des Herrn wie ein Krämer verhökerte. Rav Pinchas aber blieb weiter freundlich. Er legte sogar seine Hand auf Jeschuas Schulter.

'Du bist klug', sagte er, 'und deine Gedanken ehren dich. Aber zum Rav bist du wahrhaft nicht geeignet. Gehe in Frieden. Der Herr segne deinen Weg.'
Er grüßte auch uns freundlich. Und damit waren wir entlassen. Es war wieder eine stille Rückkehr in die Herberge. Josef brütete vor sich hin, Jeschua hing seinen Gedanken nach – und ich hütete mich, auf das Gespräch bei Rav Pinchas anzuspielen, aus Furcht, bei Josef einen Wutanfall auszulösen.
Den nächsten und letzten Tag hatten wir für die Besichtigung der Sehenswürdigkeiten der Heiligen Stadt vorgesehen. Auch wenn der Mörder Herodes schon lange tot war, war sein Name beim Volk noch immer verhaßt. Aber er war es, der den Tempel aus weißem Marmor und Gold gebaut hatte. Es war das Prächtigste und Schönste, das ich je gesehen habe. Der Palast des Herodes beherrschte die Westseite der Stadt. Ihre Türme ragten so hoch in den Himmel, als wollten sie den Turm von Bavel wieder auferstehen lassen. Die Straßen waren gepflastert, gesäumt von den prunkvollen Häusern der Vornehmen – Säulen, Zinnen, Portale, kunstvoll geschnitzte Fensterverkleidungen. Die Türsteher waren in Seide gekleidet, um Zeugnis vom Reichtum ihrer Herrschaft zu geben. Die Herren und Herrinnen verbargen sich hinter den schweren Samtvorhängen ihrer Sänften. Diener liefen voraus, um ihnen und den begleitenden Reitern im Gedränge einen Weg zu bahnen. Aus den Schauräumen der Händler drang der Duft kostbarer Gewürze und Salböle. Weihrauch, Aloe und Ambra gab es in Mengen wie bei uns Petersilie oder Knoblauch – nur zu unvorstellbaren Preisen. Schwere Ballen von Samt und Seide stapelten sich in den Gewölben, aus anderen glitzerten Gold und Juwelen, funkelten zarte römische und griechische Gläser, die sich nur die Reichsten auf den Tisch stellen konnten. Es gab so viel zu sehen und zu bestaunen! Ein Tag reichte nicht, um nur den Schimmer aller dieser Wunder erhaschen zu können.
Unsere Herberge lag an der Hauptstraße, die zum Beit HaMikdasch führte. Schon am frühen Morgen wimmelte es von Menschen, Tieren, Wagen und Karren aller Art. Als wir vor die Tür traten, blieben wir benommen von dem Lärmen und Schreien stehen. Es schien unmöglich, sich einen Weg durch dieses Geschiebe und Gedränge zu bahnen. Aber wir wollten nicht wieder abreisen, ohne Jeschua die Sehenswürdigkeiten der Stadt gezeigt zu haben. Als wir uns schließlich ein Herz faßten und losgingen, tastete meine Hand vergeblich nach Jeschua. Er stand nicht mehr neben mir, und ich konnte ihn in dem dichten Gewühl nirgends mehr entdecken. Er war plötzlich verschwunden – und Josef, der davon nichts bemerkt hatte, schlug sich

wie ein Rammbock durch die Menge und zog mich mit sich. Meine Rufe, mein Schreie drangen nicht zu ihm durch. Er merkte erst auf, als ihm klar wurde, daß ich und nicht der Druck der Menge ihn festhielt. Die Menschen, blind nur auf ihr eigenes Vorwärtskommen bedacht, schoben uns weiter. Angstschweiß brach mir aus. Endlich gelang es uns, einen ruhigen Winkel am Straßenrand zu erreichen. Josef versuchte, mich zu beruhigen. Aber die Angst stand auch ihm im Gesicht.

'Er wird sicher so vernünftig sein, zu der Herberge zurückzukehren. Oder er wird sich den Weg zur Feste Antonia erfragen und dort auf uns warten.'

Wir setzten den Weg zur Burg Antonia fort, die nicht mehr weit von uns lag. Die Sonne glänzte über den Türmen und Wehrgängen. Der Platz vor der Burg war schwarz von Menschen. Es war aussichtslos, Jeschua dort zu finden. Wir kehrten zur Herberge zurück. Niemand hatte ihn gesehen. Wir beschlossen, daß ich in der Herberge bleiben und auf ihn warten sollte, während Josef in der Stadt nach ihm suchte. Ich saß und wartete – die Angst schnürte mir die Kehle zu. Ich sah ihn schon krank und verletzt irgendwo am Straßenrand liegen. Ich sah ihn in der Gewalt eines Verbrechers oder in den Händen einer Bande, die Kinder entführte, um sie in Syrien oder Ägypten als Sklaven zu verkaufen. In meiner Not betete ich zum Herrn. Aber die Angst blieb. Nach zwei Stunden kam Josef abgehetzt und erschöpft und ohne Jeschua zurück. Er hatte Händler, Türsteher und Wächter nach Jeschua befragt, aber niemand hatte ihn gesehen. Die Herbergsleute und die anderen Gäste nahmen Anteil und zogen los, um bei der Suche zu helfen. Mich hielt es nicht mehr in der dunklen Herberge. Die zurückbleibenden Knechte und Mägde bekamen den Auftrag, Jeschua auf jeden Fall festzuhalten, bis wir wieder eingetroffen waren. Es trieb mich in den Tempel. Vielleicht hatte Jeschua im Beit HaMikdasch Zuflucht gesucht, als er merkte, daß er von uns abgedrängt worden war und sich verlaufen hatte. Ich kämpfte mich durch die Menschenmassen, die sich langsam zum Tempel schoben oder von dort kamen. Erst als ich bei den hohen Eingangstüren angelangt war und vor den Türstehern stand, fiel mir ein, daß ich ohne ein Geldstück davongestürzt war. Nicht die kleinste Münze konnte ich bei mir finden. Aber ohne eine Opfergabe würde man mich nicht einlassen.

'Zeige deine Opfergabe, Weib, und halte die Pilger nicht auf!' fuhren sie mich auch schon ungeduldig an. Ich versuchte, ihnen zu erklären, daß ich meinen Sohn suchte und nicht opfern oder beten wollte. 'Wenn du hier beten willst, mußt du opfern wie alle anderen auch – sonst verschwinde!' Schon drängten sie mich zurück. Und während ich es

wie gelähmt mit mir geschehen ließ, hörte ich inmitten des Geschreis der Menschen und des klagenden Blökens der Opfertiere neben mir auf einmal klar und deutlich die Worte:
'Hast du den Jungen gehört, der heute mit Rav Pinchas gekommen ist? Ganz erstaunlich, wie er redet und argumentiert! Ich weiß nicht, ob er ein Engel oder ein Gotteslästerer ist.'
Nun war alles klar. Keine Wache, kein Türsteher, nicht einmal der Engel mit dem Flammenschwert hätte mich mehr aufhalten können.
'Mein Sohn ist im Tempel, und ich muß zu ihm – er ist bei Rav Pinchas ben Gavriel!'
Ich muß es so fest und bestimmt gerufen haben, daß der Türsteher unsicher wurde. Ehe er sich wieder gefaßt hatte, war ich an ihm vorbeigewischt und ließ mich geduckt in der Menge vorwärtstreiben. Seitlich von dem großen Vorhof lagen die Gebäude der Schulen. Ich fragte mich zu Rav Pinchas durch. Man führte mich in einen kleinen Hof, der an einer Seite von einem Kolonnadengang gesäumt war. Dort saß der Rav, umringt von seinen Schülern. Und neben ihm saß wie selbstverständlich Jeschua und redete und gab seelenruhig ein Wort auf das andere, ganz ohne Scheu – gerade so, als ob er mit unseren Nachbarn zu Hause oder mit Rav Mordechai spräche. Ich stand wie angewurzelt da und konnte nicht glauben, was ich sah. Nicht er, sondern Rav Pinchas erblickte mich als erster. Er lächelte mir zu und winkte mich näher heran. Jeschua hatte mich noch immer nicht bemerkt. Ich hörte, wie er sagte:
'Es ist wichtiger, auf die Stimme des Herrn in seinem Herzen zu hören, als die Buchstaben in den Schriftrollen zu zählen.'
'Deine Mutter ist gekommen, Jeschua', unterbrach ihn Rav Pinchas. 'Sie will dich abholen. Sicher hat sie dich schon vermißt.' Und zu mir gewandt: 'Ich danke dir, daß du ihn mir noch einmal überlassen hast. Es war eine große Freude, mit ihm zu streiten. Gib gut acht auf deinen Sohn! Heute lächeln sie noch nachsichtig über ihn, weil er ein Knabe ist und unschuldig. Wenn er aber älter und ein Mann geworden ist, werden sie die Meßlatte an seine Worte legen. Er muß sie wägen lernen. Er soll nicht lügen und sein Herz verbergen – aber er muß lernen, was er zu wem und wie sagen kann.'
Jeschua war gehorsam aufgestanden. Aber ich merkte, daß er mir nur langsam und widerwillig folgte. Wenn es nach ihm gegangen wäre, hätte er noch Stunden und Tage im Tempel verbracht. Erst als wir eine stillere Straße erreicht hatten, stellte ich ihn zur Rede.
'Warum bist du zum Beit HaMikdasch gegangen, ohne uns ein Wort zu sagen? Wir haben uns solche Sorgen gemacht! Nur ein Wort! Wir hätten es dir nicht verboten!'

Seine Augen hätten nicht größer und erstaunter sein können.
'Ich dachte, das wäre nicht nötig. Wohin hätte ich denn sonst gehen sollen, wenn nicht zum Haus meines Vaters?'
Zum ersten Mal ärgerte mich sein Gerede vom 'Vater im Himmel' und dem 'Haus seines Vaters'.
'Dein Vater ist Josef ben Eli und niemand sonst. Und der Tempel ist das Haus des Herrn und kein Spielplatz für vorwitzige Knaben! Du machst uns nur Schwierigkeiten, wenn du so redest. Du bist doch kein kleines Kind mehr! Die Leute lachen über uns – und deinen Vater kränkt es!'
'Wie kann ich ihn kränken! Durch seine Liebe und Güte weiß ich doch erst, wie sehr uns der Herr liebt, der der Vater von allem ist!'
'Trotzdem hättest du uns sagen sollen, daß du zum Tempel gehst, anstatt dich einfach fortzuschleichen ...'
'Rav Pinchas ben Gavriel ließ mich rufen! Der Bote kam gerade, als wir die Herberge verließen und wollte mich gleich mitnehmen.'
'Hast du so wenig an deine Eltern gedacht und an die Sorgen, die wir uns machen, wenn du in so einer großen Stadt plötzlich verschwindest? In diesen unsicheren Zeiten kann so viel Schreckliches passieren!'
'Wieso sollte ich nicht sicher sein unter dem Himmel meines Vaters? Ich dachte, ihr würdet verstehen ...'
Es hatte keinen Sinn, ihm Vorhaltungen zu machen. Schweigend kehrten wir zur Herberge zurück. Ich dachte an die Bedenken unseres Rav Mordechai, an die warnenden Worte Rav Pinchas ben Gavriels. Aber Jeschua sagte nicht nur offen, was er dachte, er handelte auch, wie es ihm gerade in den Sinn kam und richtig erschien. Es fiel ihm nicht ein, die Folgen für andere oder für sich selbst zu bedenken. Auch heute als erwachsener Mann spricht und handelt er bedenkenlos, ja sogar rücksichtslos! Er denkt nicht an sich und auch nicht daran, daß er andere verletzen könnte. Seitdem habe ich immer Angst um ihn. Er geht wie ein Schlafwandler am Abgrund entlang. Ich weiß nicht, welche Dämonen er wecken wird, wenn er so achtlos seiner Wege geht. Er predigt den Menschen die Liebe und Güte des Herrn. Aber die Bilder und Gleichnisse, die er benutzt, sind oft hart und unnachsichtig. Er fühlt sich unter den Fittichen seines himmlischen Vaters so sicher und geborgen, daß er keine Angst und keine Sorgen kennt. Er versteht es nicht, wenn andere Menschen sich ängstigen. Als ich versuchte, es ihm klarzumachen, hätte ich genausogut parthisch oder römisch mit ihm reden können. Ich habe Angst um ihn. Er will nur das Beste für die Menschen. Er möchte sie alle glücklich sehen. Aber er kennt sie nicht. Und gerade die, die ihn am meisten lieben, wird er am

meisten enttäuschen. Er weiß nicht, was er ihnen antut – und ich wage nicht daran zu denken, was sie ihm dafür antun werden.
Josef war glücklicherweise in der Herberge, als wir dort ankamen. Er war so erschöpft, daß er Jeschuas eigenmächtiges Aufsuchen des Beit HaMikdasch wortlos hinnahm. Er brauchte nichts als Ruhe und ein Bett, um zu schlafen. Als er Jeschua heil bei uns wußte, ließ er sich fallen und schlief den Rest des Tages und auch die ganze Nacht. Er erwähnte den Vorfall nie mehr. Aber als wir nach Nazrath zurückgekehrt waren, fiel es allen auf: Josef war alt geworden. Ich fürchte, er hat sich Jeschuas Worte vom 'Haus seines Vaters' zu sehr zu Herzen genommen. Er fühlte sich nicht gut genug, um Jeschuas Vater zu sein. Die Kränkung fraß an ihm wie eine brandige Wunde. Innerhalb kurzer Zeit verwandelte sich der tatkräftige Mann in einen kraftlosen Greis. Ich konnte ihm nicht helfen. Er zog sich innerlich und äußerlich zurück. Er übergab sein Handwerk nun ganz Re'uven, unserem Ältesten. Er verlor das Interesse am Gespräch mit seinen Freunden über die Tagesereignisse und die Politik. Er hörte einfach nicht mehr zu. Wenn er angesprochen wurde, fuhr er zusammen und fragte hastig und schuldbewußt, wovon die Rede war. Im Jahr darauf starb er ...

Jeschua war bei seinem Entschluß geblieben, kein Rav zu werden. 'Ich will über den Rollen und Schriften nicht den lebendigen Herrn vergessen', sagte er und führte sein verträumtes Leben fort wie vor der Reise nach Jeruschalajim. Er folgte seinen eigenen Wegen. Er brachte unseren Rav zur Weißglut. Nicht mehr wegen seiner ungewöhnlichen Fragen oder Auslegungen, sondern weil er sich mit ihm nicht mehr auf Streitgespräche einließ. Er nahm ihn nicht mehr ernst. Er wußte, was er wußte – mochten tausend Rabbanim anderer Meinung sein, sie würden ihn nicht erschüttern. Nicht sehr erfreulich für die Autorität eines Rav.
Seine Geschwister und ich verfolgten mit wachsender Sorge sein zielloses Dahinleben – ohne Sinn für ein Geschäft oder ein Handwerk. Seine älteren Brüder, die hart arbeiteten, um ihre Familien zu ernähren, seine Schwestern, die um das Wohl und Wehe ihrer Männer und kleinen Kinder bangten, konnten rasend vor Wut werden, wenn sie ihn zur Rede stellten und fragten, wovon er denn leben wolle, und zur Antwort bekamen, der Vater im Himmel werde für ihn sorgen. Vielleicht entfachte angesichts seiner Sorglosigkeit ein Schuß Neid ihre Wut um so heftiger, aber auch ich machte mir Sorgen. Ich wollte, daß er mit ordentlicher, ehrlicher Arbeit sein Brot erwarb. Wenn er nichts lernte und nichts arbeitete, würde er als Bettler durch die Lande ziehen müssen. Ich schämte mich für ihn.

Jedes Ding hat zwei Seiten: Was wir an Jeschua so geliebt hatten, als er noch ein Kind war – seine Liebe und Freude, sein unendliches Vertrauen in die Güte des Herrn, seine Unschuld, seine Reinheit, die ihn nie an seinen Vorteil denken ließ –, all das wurde nun Grund zu Verdruß, Sorgen und Ärger. Er wurde größer und älter. Aber er blieb das gleiche Kind – mit der gleichen Liebe und mit dem gleichen Vertrauen, daß auf Erden immer für ihn gesorgt sein würde. Während ich ihm noch zusteckte, was ich entbehren konnte, lehnten es seine Brüder und Schwestern ab, für sein Brot und seine Kleidung aufzukommen. Selbst Sarah, die ihn immer herumgetragen hatte, dachte nun an ihre eigenen Kinder und weigerte sich, ihren kleinen Bruder, der zu einem kräftigen jungen Burschen herangewachsen war, weiter durchzufüttern. Jeschua war längst im heiratsfähigen Alter. Aber er dachte nicht an eine Ehe. Es hätte ihn auch keine ehrbare Familie als Schwiegersohn angenommen. Wovon sollte der Träumer (oder der Narr, wie sie ihn wahrscheinlich nannten, wenn niemand von uns dabei war) eine Frau und Kinder ernähren? Ich hatte gehofft, daß er wie alle jungen Männer anfangen würde, an ein Mädchen zu denken. Die Mädchen selbst fanden ja Gefallen an ihm. Er war doch ein recht ansehnlicher junger Mann! Aber keine brachte ihn aus der Ruhe, keine rüttelte ihn so auf, daß endlich seine Sinne erwachten. Keine weckte in ihm den Wunsch, eine Familie zu gründen und sich den Verpflichtungen des Broterwerbs zu stellen. Er träumte von dem Herrn und von der Liebe – sein Körper schien zu schweigen. Ich merkte nichts von der Unruhe an ihm, die die anderen jungen Männer umtrieb. Ich wartete vergeblich darauf, daß er die Gesichter und Gestalten der Mädchen aufmerksamer als früher betrachtete, daß seine Augen länger an einem Mädchen hingen, daß er eine Blume oder ein Tüchlein von einer zu erhaschen versuchte. Sein Blick blieb klar und ruhig, Er bebte nicht in der Gegenwart eines Mädchens. Sie waren und blieben ihm so lieb und wert wie seine Schwestern. Und mehr nicht.
Als die Geschwister aufhörten, ihn zu unterstützen, dachten sie, die schiere Notwendigkeit würde ihn zur Vernunft bringen. Selbst ich billigte ihre Entscheidung, weil dies die einzige Lösung schien, ihn ‘zum Mann’ werden zu lassen. Wie wenig wir ihn kannten! Als wir glaubten, ihn mit dem Rücken zur Wand stehen zu haben, als wir dachten, ihn festgenagelt zu haben und zwingen zu können, mit Arbeit sein Brot zu verdienen, sagte er uns freundlich und fast erleichtert:
‘Ich sehe, daß es euch schwerfällt, mich zu ernähren. Bitte entschuldigt, wenn ich euch zur Last gefallen bin. Es wird mir eine Lehre sein.’
Bis dahin hatten wir erfreut zugehört. Aber dann kam es:

'Anstatt dumm und töricht eure Hilfe anzunehmen, hätte ich ganz auf den Herrn bauen sollen. Eure Worte zeigen mir nur, daß ich immer noch nicht ganz seiner unerschöpflichen Liebe vertraut habe. Aber ich weiß jetzt meinen Weg. Schon oft habe ich gewünscht, ich könnte mich ganz dem Herrn ergeben, allein mit ihm sein und seine Gegenwart ganz erfahren. Aber hier in Nazrath, inmitten des Trubels ist es einfach nicht möglich. Es sind zu viele Menschen hier und sie reden zuviel. Deshalb bin ich so gerne bei den Hirten draußen vor der Stadt – dort ist Stille. Aber wenn ich zu euch zurückkomme, schwirrt mir der Kopf. Morgen breche ich auf. Ich gehe in die Wüste, zum Salzmeer. Das ist das Land des Herrn. Dort es ist wirklich still. Dort werde ich den Herrn selbst hören und seinen Willen erfahren. Ich danke euch, daß ihr mich aus meinem gedankenlosen Dahintreiben gerüttelt und mich an meine wahre Aufgabe erinnert habt!'
Unser Entsetzen hätte nicht größer sein können. Aber wie er es angekündigt hatte, verließ er uns am nächsten Tag. Alles Bitten und Flehen konnte ihn nicht mehr von seinem Entschluß abbringen. Nicht einmal das kleine Bündel, das ich ihm gepackt hatte, wollte er mitnehmen.
Er kam wieder als der Mann, den du kennst – klarer, entschiedener, energischer, bestimmter. Er wußte jetzt nicht nur, was er nicht wollte. Er wußte, was er wollte und was er tun mußte. Es war für mich schön und schrecklich zugleich, ihn so zu sehen. Ein Feuer war in ihm entzündet worden und leuchtet nun für alle sichtbar. Aber wohin es ihn führen wird, weiß ich nicht. Er blieb nur kurze Zeit bei uns. Dann zog er in die umliegenden Dörfer und zum Kinneret-Meer. Er begann zu lehren und sammelte die Männer um sich. Das weitere weißt du ja."

MIRJAM II

## 15. Kapitel: In Caesarea

Nach dem Abschied von Mariam fiel ich in eine düstere, trostlose Leere. Es war nicht nur die Trennung von meiner ersten wirklichen Freundin – mit der Mutter hatte ich auch noch einmal den Sohn verloren. Noch nie hatte ich mich anderen Menschen so nahe, so vertraut gefühlt wie diesen beiden. Durch Jeschua und Mariam hatte ich überhaupt erst erfahren, was Liebe und Nähe sein kann. Nun spürte ich schmerzlich mein Alleinsein als Abgeschnittensein. Die Rückkehr in Einsamkeit und Verlassenheit war plötzlich unerträglich.

Ich kam allein nach Caesarea und haßte diesen Ort. Caesarea war eine neue, eine reiche, eine protzige Stadt. Es wimmelte auf den Straßen von Menschen aus allen römischen Provinzen und noch ferneren Ländern. Es war ein heißes, feuchtes Loch. Das Fieber wütete in den Sümpfen des Hinterlandes. Das Meer, das frischen Wind zufächeln und Kühlung spenden sollte, lag im Sommer träge und glatt unter einem gleißenden Himmel. Die Luft stand und stank. Und ich lebte eingeschlossen in den vier Wänden des Hauses, das ich gemietet hatte und das mitten in der Stadt lag. Als Witwe war ich zwar vor Fremden und Neugierigen geschützt. Aber ich durfte auch nicht ausgehen, ich durfte keine Besucher empfangen – ich kannte ja auch niemanden. Wie eine Gefangene saß ich in meinem eigenen Haus. Die neuen Schriftrollen, deren Studium ich mir vorgenommen hatte, lagen kaum gelesen in der gut ausgestatteten Bibliothek. Ich kannte, sah und sprach niemanden außer meinen Dienern – der Dienerin Schura, dem Koch und dem Türsteher. Ich hatte mein Gefängnis bei Jehuda in Tiberias mit einem Kerkerloch vertauscht.

Anfangs fiel es mir nicht einmal auf. In einem unablässigen Strom kreisten meine Gedanken noch immer um Jeschua und Mariam und schnitten mich wie eine Insel von der Außenwelt ab. Das geschäftige Treiben Caesareas, die Menschen um mich herum erschienen mir wie Schatten einer unwirklichen Welt. Sie und ihre Belange gingen mich nichts an. Meine Welt war noch immer die Jeschuas. Die Hügel des Gallil, die Gemeinschaft der Schüler, die Heilung suchenden Kranken, die verärgerten Pruschim waren mir klarer und gegenwärtiger als die Stadt Caesarea mit den strahlend neuen Prachtbauten, Theatern

und Stadien, waren lebendiger als das Wimmeln und Lärmen der Händler und Fuhrleute auf dem Markt und beeindruckender als der große Hafen mit den ein- und ausfahrenden Schiffen.
Die einzige Verbindung zur Außenwelt, die ich noch hatte und die mir etwas bedeutete, war Mariam. Wir schrieben uns. Viel konnten wir uns nicht mitteilen. Mariam mußte ihre Briefe einem Schreiber diktieren, dem mehr an der Eleganz seiner Formulierungen und der Aufzählung aller gebotenen Höflichkeitsfloskeln lag, als daß er die Worte so einfach und klar wiedergab, wie Mariam sie sprach. Und derselbe Schreiber trug ihr laut meine Briefe auf dem Marktplatz von Nazrath vor, so daß alle Umstehenden und Vorübergehenden hören konnten, wie gut er seine Kunst beherrschte. Das taten alle Schreiber. Wir begnügten uns daher mit dem Notwendigsten und hüllten unsere Mitteilungen in Andeutungen und Anspielungen, mit denen niemand außer uns selbst etwas anfangen konnte. Durch Mariam erfuhr ich wenigstens, wo sich Jeschua gerade aufhielt und was man von ihm und seinen Wundertaten berichtete.
Manchmal schlug die Sehnsucht nach Jeschua und die Trauer um unsere ungelebte Liebe in Wut um. Nicht in die Wut der verschmähten Frau. Ich hätte es ertragen können, wenn er in mir nur die Schwester gesehen oder an meiner Stelle eine andere Frau geliebt hätte. Es war die Wut und Enttäuschung über seine Feigheit oder Dummheit, seiner Liebe zu mir nicht zu folgen. Dann verlagerte sich meine Wut auf den Herrn, der ihn so eifersüchtig für sich bewahrte. Ich rechtete mit ihm. Ich war nur eine Frau. Aber hatte es nicht schon Ijov gewagt, den Herrn zur Rede zu stellen, als dieser seinen gottesfürchtigen Knecht mit unendlichem Leid schlug? Nur: Ijov hatte allzeit demütig und ergeben dem Herrn gedient und nach seinen Geboten gelebt. Er war ein Gerechter und sprach mit reinem Gewissen. Ich war mir nicht so sicher, ob ich ebenso rein und schuldlos wie Ijov war. Ich wollte so gern an den Herrn der Liebe und Güte glauben, wie Jeschua ihn beschrieben hatte. Aber warum hütete er dann so eifersüchtig seinen Sohn Jeschua vor mir? Es gab keinen Tag, an dem ich zum Herrn nicht so oder ähnlich betete:
„Herr, wenn du wirklich unser Herr in Liebe und Güte bist, warum läßt du dann Jeschua mich nicht lieben? Ich fühle nichts als Liebe für ihn – soll das schlecht sein? Warum kann er nicht dich *und* mich lieben? Liebt eine Mutter nicht alle ihre Kinder und nicht nur eines? Du bist ein eifersüchtiger Gott. So steht es geschrieben, und so haben wir es gelernt. Bist du nun dieser zornige, eifersüchtige Gott – oder der Gott der Liebe, der Güte und der Barmherzigkeit? Hast du nicht Chava und Adam geschaffen, daß sie sich liebten? Du hast sie nach

deinem Ebenbild geformt! Soll zwischen Mann und Frau nicht auch das Ebenbild deiner unendlichen Liebe leben dürfen?"

Meine Gebete halfen nicht. Nachts lag ich oft wach, verfolgt vom Gesicht Jeschuas. Ich sah und hörte ihn reden, hörte wieder seine Worte, verfolgte seine Bewegungen, sah seine liebenden Augen, spürte die Berührung seines Körpers. Wie sollte ich ihn vergessen können?

Es war Schura, die mir zusprach und mich wieder zum Leben hinführte. Für sie war ich die trauernde Witwe, die im Schmerz um ihren verlorenen Gatten dahinsiechte. Sie fürchtete, ich könnte bald selbst den Gang ins Jenseits antreten, wenn ich weiter in meinen vier Wänden dahindämmerte und in der stickigen Luft meine Gesundheit und Schönheit ruinierte. Sie redete mir zu, ins Bad zu gehen, Schneider und Putzmacher kommen zu lassen. Es war mir alles so gleichgültig, daß ich nicht einmal Widerstand leistete, sondern ihren Rat befolgte. Sie hätten genausogut eine leblose Puppe ausstaffieren können.

Schura war ein einfaches, plumpes Mädchen, aber mit wachen Augen. Sie hatte die zahlreichen Schriftrollen im Haus bemerkt. Eines Tages kam sie und erzählte aufgeregt, daß sich ein Buchhändler aus Ephesos in Caesarea niedergelassen und einen großen Laden eröffnet hatte. Ganz Caesarea spreche davon. Die vornehmen Leute würden seinen Laden einrennen. Sicher würde ich dort die eine oder andere Schriftrolle finden, die mich erfreuen und von meinem Kummer ablenken würde.

Ein Buchladen. Ja, das reizte mich wirklich. Ich hatte die Rollen zwar kaum angerührt. Aber bei Schuras Worten erwachte die alte Neugier. Wie ein Jäger ohne Nachzudenken nach Speer, Pfeil und Bogen greift, wenn er hört, daß die Gegend wildreich und die Jagd vielversprechend ist, so lockte mich die Wißbegier, die nicht erloschen, sondern nur wie ein unterirdisch dahinströmender Fluß den Blicken entzogen war, wieder in die Außenwelt.

Es dauerte noch ein paar Tage, bis mich das Bild des Buchladens und der Schriftrollen ganz gefangennahm. Dann saß ich in einer Sänfte und ließ mich zu dem Ort meiner Verwirrung und Verirrung tragen. Denn von da nahmen die weiteren Ereignisse ihren Lauf. Ich hätte natürlich den Händler auch zu mir bestellen können. Er wäre sicher gerne mit seinen Schriftrollen in mein Haus gekommen. Aber wie ein Jäger lieber selbst das Wild aufspürt und es sich nicht zutreiben läßt, wollte ich mich nicht darauf verlassen, welche Auswahl der Händler für eine jüdisch-syrische Witwe treffen würde.

Der trockene Staub der Pergamente und Papyri in dem geräumigen Gewölbe, das mit kostbarem Marmor und edlen Hölzern ausgestattet war, stieg mir angenehm prickelnd in die Nase. Was Weihrauch, Mo-

schus, Ambra und alle Salböle und Dufthölzer nicht fertigbrachten: Der leicht muffige Geruch der Rollen machte mich wach und lebendig. Es war eine herrliche Sammlung. Im Raum anwesend waren einige vornehme und in der Stadt wohlbekannte Juden und auch ein paar Römer und Griechen, die der Ladeninhaber fachmännisch und mit gedämpfter Stimme beriet. Da ich allen fremd war, wurde nur ein junger Ladendiener abgestellt, der sich meiner annehmen sollte. Mit meinen Fragen nach weniger bekannten Schriften und alten Dichtern brachte ich ihn bald in Verlegenheit. Er war erst angelernt und kannte nur die großen und berühmten Schriftsteller und natürlich die Schriften, die gerade in Mode waren, über die jedermann sprach und die alle haben wollten. Immer wieder mußte er sich entschuldigend verneigen und Rat bei seinem Herrn suchen, der offensichtlich nur ungern mitten im Gespräch mit einem vornehmen und reichen Kunden wegen einer unbekannten syrischen Provinzlerin gestört werden wollte. Mir machte das Warten nichts aus – ich hatte alle Zeit. Ich überflog die Schriftrollen, die mir der junge Gehilfe vorgelegt hatte, und wartete, bis er mit den Antworten auf meine Fragen zurückkam.
„Eurydamas", hörte ich auf einmal eine amüsiert lachende Stimme, „diese Dame versteht mehr von deinen Büchern als deine ganze sonstige, kostbare Kundschaft zusammen!"
Als ich aufschaute, neigte sich lächelnd ein schlanker, elegant gekleideter Grieche in meine Richtung. Er war außer mir der einzig im Laden verbliebene Kunde. Er trat ein paar Schritte zu mir und verbeugte sich dann höflich.
„Bitte verzeiht, daß ich so dreist und unhöflich von Euch gesprochen habe. Einzig die Bewunderung für Eure Bildung und Euren Geschmack hat mich dazu hinreißen lassen."
Er sprach mit der selbstsicheren Liebenswürdigkeit des Weltmannes. Athen und Rom wehten durch die Gewölbe. Dieselben Gewölbe, die mich eben noch mit ihrer Vielzahl von Schriftrollen und mit der Großzügigkeit ihrer Ausstattung beeindruckt hatten, verwandelten sich in seiner Gegenwart in dürftige Provinzialität, die ihren Mangel auszugleichen sucht, indem sie sich erst recht aufdonnert. Unter dem kurzen, neugierigen und messenden Blick, der sich gleich darauf in die Maske der höflich lächelnden und aufmerksamen Miene verwandelte, wurde mir fast schmerzhaft die Plumpheit und Armseligkeit meines Kleides und meiner Frisur bewußt.
Solange ich noch bei meinen Eltern gelebt hatte, für die meine Schönheit Basis und Angelpunkt für die angestrebte hochrangige Heirat war, war ich immer in schön geschnittene Gewänder aus ausgesucht edlen Stoffen gekleidet – so wie man einen Edelstein in kostbares

Gold faßt, um seinen Glanz noch zu erhöhen. Die teuersten Schneider von Tiberias waren für meine Familie gerade gut genug. Im Angesicht dieses Mannes schienen mir die Kleider von damals ebenso protzig und überladen wie jetzt die Einrichtung dieses Buchladens. In der Ehe mit Jehuda hatte ich nicht mehr das Geld und später, infolge unserer Entfremdung und meiner 'Besessenheit', auch nicht mehr den Wunsch, mich mit Kleidern zu schmücken oder Gefallen zu erregen. Sicher, ich war schön. Aber deshalb war ich mit Jehuda nicht glücklicher geworden. Ich war mit einem dunklen Tuch zufrieden, das mich im Sommer vor den Mücken und im Winter vor der Kälte schützte. Dabei war es geblieben, bis Schura die Schneider und Putzmacher von Caesarea wieder in das Haus geholt hatte.
Der Mann vor mir war vielleicht dreißig Jahre alt. So sicher und leichthin wie er gesprochen hatte, so frei und graziös flossen seine Bewegungen. Mit der gleichen lässigen Ehrerbietung hätte er dem Caesar in Rom seinen Gruß entboten: höflich und ehrerbietig, wie es sich geziemte, und mit der gleichen inneren Belustigung, die alles – die Höflichkeitsfloskeln, sein Gegenüber und sich selbst – nicht ganz ernst nahm.
„Dies ist Alpheios, Sohn des Achates, aus Mytilene. Ein großer Dichter, der meinem bescheidenen Laden zu hohe Ehre erweist", fiel nun der Buchhändler beflissen ein und bot mir Erfrischungen an, wohl mit dem Willen, die Dame nun auch seiner höchstpersönlichen Aufwartung für wert zu erachten, die der geschätzte Alpheios mit seiner Aufmerksamkeit beehrte.
Alpheios – der Name war mir wohlbekannt. Er war berühmt für seine Epigramme. Ich hatte noch nichts von ihm gelesen. Aber als er so vor mir stand, konnte ich mir gut vorstellen, wie er seine Themen – wie schöne Schmetterlinge – mit feiner Nadel aufspießte und mit Geist und Witz garniert dem geschmäcklerischen Publikum präsentierte. Als sein Name fiel, glomm ein erwartungsvoller Funke in seinen Augen auf. Nun war ich es, die sich amüsierte. Was hatte er von all seiner Eleganz, von seinen geschliffenen Worten und von seinem weltmännischen Auftreten, wenn niemand da war, dem sein Name etwas sagte, wenn niemand seine Dichtungen würdigen und preisen konnte! Seine Eitelkeit rührte mich. Wie schwach wir Menschen doch sind! Wir hungern und lechzen nach ein bißchen Anerkennung und Liebe – mögen wir auch noch so mächtig und reich, klug und gebildet, vornehm und elegant sein.
„Ich freue mich, den Dichter Alpheios kennenzulernen. Und mehr noch freue ich mich, deine Epigramme kennenzulernen", sagte ich. „Ich bin Marjama bat Schlomo aus einem kleinen Dorf bei Sidon. Ich

bin erst seit kurzem in Caesarea und zum ersten Mal in einem Buchladen. In Kfar Schmu'el hat man keine große Auswahl. Leider."
Sein Lächeln war hinreißend. War er vorhin der überlegen-lässige Mann von Welt, so blühte er nun auf. Eurydamas mußte die Rollen mit seinen Epigrammen herbeiholen. Er breitete sie vor mir aus, las mit feuriger Stimme daraus vor. Ja, er schrieb brillant und witzig. Die Worte funkelten und blitzten. Seine Verse schwebten, so leicht und locker hielt er das Maß. Sein schneller Witz, sein heiterer Spott ergoß sich gleichermaßen über die törichten Menschen, die ränkesüchtigen Götter, die heuchlerischen Priester – über die Verliebten, über die Politiker, über Arme, Reiche, Geizige, Habgierige, Junge, Alte, über ehrwürdige Matronen und betrogene Ehemänner.
Seine Vortragskunst stand seinen scharf pointierten Epigrammen in nichts nach. Es war ein Genuß, ihm zuzuhören. Ich brauchte keine Bewunderung zu heucheln. Unwillkürlich fing ich an zu lachen, was ihn nur noch mehr befeuerte. Er las, ich lachte, wir vergaßen die Zeit. Erst Eurydamas' verlegenes Hüsteln ließ uns aufmerken. Es war längst dunkel geworden. Alpheios las im Schein der Lämpchen. Draußen auf der Straße war es schon still.
„Eurydamas, du hättest uns längst hinauswerfen sollen", sagte Alpheios lachend – und hätte sicher äußerstes Befremden gezeigt, sollte Eurydamas dies tatsächlich gewagt haben.
Ich gab schnell meine Bestellung auf, darunter die Epigramme des Alpheios über die Verliebten. Dieser ließ es nicht zu.
„Diese Rolle dürft Ihr nicht kaufen! Ihr müßt mir erlauben, sie Euch zu schenken! Ich bestehe sogar darauf. Ihr wißt gar nicht, welche Freude Ihr mir gemacht habt! Ihr seid eine wahre Kennerin der Dichtkunst. Ihr versteht, wovon ich spreche und wie es gemeint ist, Ihr wißt die Feinheiten des Versmaßes und der Wortwahl zu würdigen! Es mag hundert Käufer geben – aber eine Zuhörerin wie Ihr ist ein Geschenk des Himmels für jeden armen Dichter! Wenn ich Euch vorlese, weiß ich wenigstens, warum ich schreibe! Ich bin Euch unendlich dankbar! Glaubt Ihr, es macht Spaß, sie vor irgendeinem feisten Politiker vorzutragen, der dabei händereibend nur an seine Gegner denkt und nicht merkt, daß sie ihn genauso treffen? Wenn er dann mühsam meine Worte memoriert und sie mit dicker Zunge wieder ausspuckt und mich und mein Werk dadurch beleidigt? Oder die Kaufleute, die sich die Rollen gleich bündelweise ins Haus bringen lassen, um sie ihren Freunden in 'der Bibliothek' vorzuführen und mit ihrer Bildung zu protzen? Es ist schön, wenn man als Schriftsteller gekauft und gelesen wird und eine gewisse Berühmtheit erlangt hat. Aber was ist das alles gegen einen Zuhörer, noch dazu eine so bezaubernde Zuhö-

rerin, die alle Gedanken, die man sich gemacht hat, alle Anspielungen, alle Nuancen und Schattierungen wirklich versteht!"
Es blieb mir nichts anderes übrig. Ich mußte mir die Rolle schenken lassen. Und nach dem Vergnügen, das ich beim Zuhören empfunden hatte, machte es mir dann auch nichts mehr aus, daß ich eine so kostbare Schrift von einem Fremden annahm. Er bestand darauf, mich nach Hause zu begleiten, obwohl Schura und der Türsteher draußen auf mich warteten. In angeregter Unterhaltung gelangten wir zu meinem Haus. Nicht nur ihm, auch mir fiel der Abschied schwer. Was ich nicht mehr für möglich gehalten hatte – durch das gemeinsame Lesen und Lachen war mir ein Mensch wieder nahe gekommen. Näher, als meine schwermütige Verfassung oder die wenigen Stunden seit unserem Kennenlernen es unter normalen Umständen erlaubt hätten. Es war ganz natürlich, daß ich ihn einlud, mich demnächst zu besuchen, um für sein Geschenk und seine Begleitung zu danken. Und ebenso natürlich und selbstverständlich nahm er meine Einladung an.
Kaum war die Tür verriegelt, umfing mich die alte Düsternis. Es war kein langsames, sanftes Hinübergleiten in die lichtlose Dumpfheit der vergangenen Monate. Es geschah so abrupt, als sei ich mit einem Schritt von einer Welt in eine andere gelangt. Heiterkeit und Lachen verschwanden hinter einer Nebelwand, die alles, was mich eben noch bewegt hatte, aufsaugte und verschluckte.
Gleichgültig wie sonst auch aß und trank ich. Die Schriftrollen lagen auf dem Tisch. Ich rührte sie nicht an. Als ich zu Bett ging und Schura mir die Haare löste, griff ich nach dem Spiegel und betrachtete lange mein Gesicht. Ich war noch immer schön. Aber ich sah auch den müden Zug um meinen Mund, die Augen schienen kleiner geworden zu sein. Sicher war auch meine Haut fahler und glanzloser als früher, obwohl das in dem Silberspiegel bei dem trüben Licht nicht zu erkennen war. Trotzdem hatte Alpheios mich begehrenswert gefunden. Irgendwann hatte er mein unförmig-provinzielles Kleid, meine nachlässige Frisur übersehen und die Frau entdeckt. Ich merkte es am Aufleuchten seiner Augen, an den kleinen Gesten und am Klang seiner Stimme, die mir verrieten, daß er mich beeindrucken wollte. Ich blieb ruhig, als wir miteinander sprachen – und auch später, als ich an ihn dachte. Aber als ich ins Bett schlüpfte, spürte ich ein Lächeln auf meinen Lippen.
Am nächsten Morgen ließ sich Alpheios bei mir melden. Ich empfand seinen Besuch als Störung. Da ich ihn nun einmal selbst eingeladen hatte, ließ ich mich nicht verleugnen, sondern ging, um ihn kurz und höflich zu empfangen und bald wieder zu verabschieden.

Alpheios verstand es, meine offensichtliche Unlust, ihn wiederzusehen, elegant zu überspielen. Er stand strahlend vor mir, wünschte mir feurig und mit fein ziselierten Formulierungen einen wunderschönen Morgen und zog mich in ein Gespräch, ohne daß ich es eigentlich wollte. Ich ließ mich wie am Vortag von seiner unwiderstehlichen Munterkeit, von seinem Elan, seinem überlegen ironischen Witz – und vielleicht auch schon von seinen bewundernden Augen – aus meinem Trübsinn reißen.

Während wir sprachen, betrachtete er mich aufmerksam und ließ seine Blicke auch über den dämmrigen Raum gleiten. Wegen der großen Hitze waren alle Türen und Fensterläden geschlossen, und die Luft begann schon stickig zu werden. Alpheios in seiner makellos weißen Tunika schien dies nicht anzufechten. Sein Körper, sein Gewand waren so frisch wie sein sprühender Geist, mit dem er mich wieder zum Lachen brachte. Dann sagte er ganz unvermittelt:

„Herrin, dieses Haus ist nichts für Euch! Es ist dumpf und dunkel und hüllt Euch in Trübsal. Selbst ein Sarg ist offener und freundlicher als dieses enge Gemäuer, das nicht wert ist, Eure Behausung zu sein. Ihr solltet ein Haus am Meer bewohnen, durch das die Seebrise streifen kann. Es sollte groß und hell gebaut sein, damit Wände und Dekken die Seele nicht erdrücken. Hier könnt Ihr nicht frei atmen! Ihr seid blaß – und ich möchte Euch blühen sehen!"

„Ich bin Witwe", sagte ich. „Nicht das Haus ist trübselig. Ich bin es."

„Um so schlimmer, wenn Ihr Euch in dieser dumpfen Enge verkriecht! Bitte entschuldigt, wenn ich so offen spreche, aber wenn das Herz von Kummer gedrückt wird, sollte es Trost in Licht und Weite finden. Zieht in ein Haus am Meer! Laßt Euch von frischer Luft umfächeln, badet Euer Auge im Anblick der endlosen Wellen des Meeres. Euer Gatte ist es, der bei den Schatten im Hades weilt – nicht Ihr. Die Götter lieben es nicht, wenn der Mensch schon im Leben den Hades sucht! Oder ist das bei den Juden anders? Was sagt Euer Gott dazu?"

Ich mußte lachen – und fühlte mich von seinen Worten getroffen.

„Wir haben keinen Hades", wich ich vorsichtig aus. Ich wollte mit Alpheios, der für mich immer noch ein Fremder war, noch dazu ein so geistreich spottender Fremder, nicht ernsthaft über unseren Herrn und unseren Glauben sprechen. Alpheios ließ das Thema auch sofort fallen und erzählte vom Theater in Athen, das er in den höchsten Tönen pries und über alles stellte, was Rom selbst zu bieten hatte.

Als er ging, bedauerte ich, daß wir das Gespräch abbrechen mußten. Aber es wäre von ihm nicht schicklich gewesen, wenn er seinen Besuch länger ausgedehnt hätte und von mir nicht, wenn ich ihn gebeten hätte, länger zu bleiben.

Das Bild eines Hauses am Meer stieg vor mir auf. Alpheios hatte etwas tief in meinem Innern angesprochen, das sich nun rührte, lebendig wurde und mein Denken gefangennahm. Ein Haus am Meer – der Blick in die Weite, Wellen, die ans Ufer rollten, eine Sonne, die als roter Feuerball abends im Meer versank ... Einmal hatte ich solch einen fast beängstigenden und überwältigenden Sonnenuntergang erlebt. Noch nie hatte ich die Sonne so tief, fast zu meinen Füßen, gesehen. Als die rote Sonnenscheibe fern im Meer verschwand, schien es kaum vorstellbar, daß sie sich je wieder aus solcher Tiefe erheben könnte. Und doch war es wunderbar, die Quelle allen Lichts so sinken zu sehen und das Farbenspiel der Wolken am Himmel, die glutrote Sonnenscheibe, die ins Meer zu tropfen schien, das purpurne Band, das vom Horizont bis zum Strand hin über die Wellen tanzte. Eine neue Sehnsucht war aufgekeimt und brachte ein kleines, lockendes Licht in meine Dunkelheit.
Dann rief ich mich zur Ordnung. Häuser am Meer waren wahrscheinlich viel zu teuer für mich. Soviel Geld hatte ich nicht aus dem Versteck am Tavor mitgenommen. Ich konnte auch niemanden um Nachschub schicken. Und selbst die Reise auf mich nehmen wollte ich auch nicht. Dazu war meine Sehnsucht nach dem Meer wiederum nicht groß genug. Außerdem wollte ich nicht mein ganzes Dasein in Caesarea verbringen. Andererseits – ich brauchte das Haus ja nicht zu kaufen! Ich konnte es für ein paar Wochen, für ein paar Monate während der größten Sommerhitze mieten, wenn die reichen Leute in die Berge des Chermon oder in das hochgelegene Jeruschalajim flohen. Aus dem spielerischen Gedanken wurde ein Wunsch und aus dem Wunsch ein Muß. Innerhalb weniger Tage setzte ich alles in Bewegung, um ein Haus am Meer zu finden. Alles, was sich auftreiben ließ, war entweder viel zu teuer oder hatte einen gravierenden Mangel.
Während dieser Zeit besuchte mich Alpheios weiter fast jeden Tag. Wir sprachen von tausend Dingen. Das Haus am Meer erwähnte keiner von uns. Ich war es, die davon anfing, als ich jede Hoffnung bereits aufgegeben hatte. Alpheios versuchte mich gerade zu überzeugen, daß ich unbedingt reisen müßte.
„Du verstehst nichts von Athen und nichts von Rom, wenn du nur unsere Schriftsteller liest, Marjama." Es hatte sich von selbst ergeben, daß wir zu der vertrauteren Anrede übergewechselt waren. „Du lernst nichts aus Büchern und Erzählungen! Du mußt selbst hinfahren und mit eigenen Augen sehen. Erst dann wirst du begreifen, warum das Land der Griechen die Wiege der Philosophen geworden ist und warum die Macht Roms die aller anderen Länder überstrahlt! Was

weißt du von dem Geist Athens und Roms, was weißt du von der Welt, wenn du dich in diesem Provinznest vergräbst!"
„Und was weißt du von uns, den Juden, und unserem Herrn? Was weißt du vom Geist unserer Religion und unseren Menschen? Du bist hier, in unserem Land – aber du siehst nichts, solange du alles nur durch die Augen Roms und Athens siehst! Ist es nicht so, daß du uns Juden für verrückt hältst mit unserem unsichtbaren Gott – genau wie alle anderen auch? Wir sind zwar verrückt, aber welches Volk ist das nicht? Schau dir doch nur deine griechischen Götter an! Was ist denn an ihnen so göttlich und verehrungswürdig? Sind sie vielleicht darum göttlich, weil sie so rücksichtslos ihren Begierden folgen und listiger als Odysseus ihre Ränke schmieden? Der ganze Olympos ist nichts als ein liederliches und verlottertes Tollhaus! Und allen voran der oberste Gott – ständig auf der Suche nach Göttinnen, Nymphen und Menschenfrauen, die er bespringen kann! Und was ist mit den Römern? Die Götter, die sie am meisten verehren, sind Mars, der Eroberer, Ianus, der Krieg und Mercurius, der Verwalter der Beute! Und über ihrem unablässigen Denken an Krieg, Eroberung und Beute sind sie selbst zu Schwertern, Schilden und Rechenbrettern geworden. Sie schrecken vor nichts zurück! Sie haben nicht einmal mehr Ehrfurcht vor ihren eigenen Göttern! Sie beten nur noch die Macht an und ihre grausamen Spiele! Soll ich die etwa auch anbeten?"
„Marjama, du verstehst, gut zu antworten. Ich muß gestehen, daß ich von eurem Gott fast gar nichts weiß und eure Bräuche und Sitten verwirrend finde. Und wenn ich jemanden frage, dann schimpft der eine auf die Pruschim und der andere auf die Zedokijim und alle auf die Priester – wie überall natürlich. Und am meisten schimpfen sie auf Rom, von dem alles Übel und alle Verderbnis und vor allem die Steuern kommen."
Er sagte das so heiter und ruhig, daß ich lachen mußte und spontan sagte: „Ich habe mich nach einem Haus am Meer erkundigt. Aber entweder sind die Häuser unerschwinglich oder in einem miserablen Zustand oder in einer Gegend, die für mich nicht in Frage kommt. Schade, deine Idee war gut. Aber ich fürchte, du mußt mich weiterhin in diesem dumpfen Gemäuer besuchen."
Er schaute mich sehr verwundert an.
„Du hast selbst nach einem Haus gesucht?" Ich nickte. Zum ersten Mal fehlte es ihm an Worten. Er mußte um seine Fassung ringen.
„Aber – aber, warum hast du mich denn nicht um Hilfe gebeten?"
Wieder ein fassungsloser Blick, dann brach er in Gelächter aus.
„Du stolzes, starrsinniges Weib! Als ob du auf diese Weise ein Haus finden könntest! Glaubst du im Ernst, daß irgendeiner der wohlan-

ständigen Hausbesitzer mit dir, einer Unbekannten aus einem syrischen Provinznest, ein solches Geschäft abschließen würde? Du siehst doch selbst, welche Behausungen dir auf diese Weise angeboten werden! Laß mich mit ein paar Leuten sprechen, und du wirst die schönste Villa am Meer bekommen und zu einem anständigen Preis dazu."
Vier Tage später führte er mich gegen Abend wie ein Verschwörer zu einer kleinen Villa am Rand von Caesarea. Der Garten hinter dem Haus öffnete sich direkt zum Strand. Die Villa stand auf einem kleinen Sandhügel. Von den nach hinten gelegenen Fenstern blickte man direkt in die Weite des Meeres und des Himmels. Das Haus selbst war nicht groß. Aber es hatte geräumige, luftige Zimmer, die sparsam und geschmackvoll mit allem Notwendigen eingerichtet waren.
Vor Freude und Angst zitternd fragte ich nach dem Preis. Ja, dieses Haus sollte es sein! Ich hatte mich schon in sein leuchtend weißes Gemäuer verliebt, in den farbenprächtigen, duftenden Garten – und dahinter das Meer, das im Licht der schrägstehenden Sonne wie ein Silberspiegel schimmerte. Der Preis war lächerlich niedrig im Vergleich zu der Summe, die ich befürchtet hatte.
Alpheios sah mein aufkeimendes Mißtrauen. Bevor ich noch etwas sagen konnte, erklärte er:
„Das Haus gehört einer Familie, mit der ich befreundet bin. Der alte Portius Clemens hat es errichten lassen, um ungestört von der Familie seinen Studien nachgehen zu können. Vor zwei Jahren ist er gestorben. Seitdem vermieten sie das Haus an junge Beamte aus Rom, die für ein halbes oder ein volles Jahr nach Judäa abgeordnet werden und keine Lust haben, sich hier mit ihrer Familie häuslich niederzulassen. Die meisten haben Angst, sie könnten vergessen und begraben werden, wenn sie allzu feste Wurzeln schlagen. Das Haus, in dem ich wohne, ist übrigens gar nicht weit von hier: nur die kleine Straße entlang um die Ecke und dann das dritte Haus."
Ich war viel zu naiv und schon zu sehnsüchtig nach diesem Haus, um meinen Argwohn von diesen Worten nicht ausräumen zu lassen. Als ob es eine Rolle gespielt hätte, ob er mir sein eigenes Haus anbot oder für mein Haus zahlte und in nächster Nähe wohnte. Aber so weit dachte ich damals noch nicht. Ich beeilte mich, in mein neues Domizil zu ziehen, und lachte über Schuras dunkles Gemurmel, das von drohendem Unheil kündete.
Mit der Übersiedlung in das Haus am Meer, wie ich es immer nannte, begann eine Zeit des Glücks – leicht wie eine Meeresbrise und ebenso flüchtig. Ich fragte mich nun selbst, wie ich es in dem engen, stickigen Stadthaus hatte aushalten können. Meine Lebensgeister, die durch Alpheios wieder erwacht waren, wagten vorsichtig, wieder Füh-

ler nach außen zu strecken und sich in die unbekannte Welt vorzutasten.
Alpheios brachte nun manchmal auch Freunde mit – junge Römer und Griechen, Männer und Frauen aus guten Familien, die sich dem Müßiggang, der Geselligkeit, ihrem Vergnügen und den Künsten ergeben konnten, die neben Wein, Gesang und Tanz Gedichte rezitierten, philosophische Streitgespräche liebten, keine Aufführung im Theater versäumten – und sich wie Alpheios weigerten, irgend etwas oder irgend jemanden ernst zu nehmen.
Eine ganz neue Welt eröffnete sich mir. Eine Welt, die ich nur vom Lesen und Hörensagen gekannt hatte. Alpheios hatte recht. Die Wirklichkeit übersteigt jede Vorstellungskraft, jedes geschriebene Wort. Ich stammte ja aus einer durchaus wohlhabenden jüdischen Familie. Aber trotz seines Reichtums kümmerte sich mein Vater selbst um alle Geschäfte und dachte nicht daran, sie einem Verwalter zu überlassen. Meine Mutter führte den Haushalt mit fester Hand. Selbst wir Kinder hatten neben unseren Studien bestimmte Aufgaben im Haus. Wir Mädchen hielten das Geschirr für den Schabbat sauber und deckten am Schabbatabend selbst den Tisch. Wir versorgten die Blumenschalen und Vasen im Haus, und wir verzierten und bestickten die Talliot unseres Vaters und unserer Brüder. Meine Brüder wurden beizeiten in die Geschäfte eingewiesen. Sie führten den Schriftverkehr meines Vaters und hatten kleinere Aufträge zu erledigen. Ich hatte mich und meine Geschwister immer für verwöhnt gehalten. Aber diese jungen Leute kannten keine Arbeit, keine Pflicht, keine Verantwortung – nur ihr Vergnügen, ihre leichtsinnigen Spiele, ihr unbekümmertes Dahintreiben in Luxus und schier schrankenloser Freiheit.
Lachend und verspielt wie Kinder fielen sie ins Haus, und ich ließ mich von ihnen mitreißen – ins Theater, zu ausgelassenen Festen, zu lebhaften Streitgesprächen über die Dichtkunst und Philosophie, zum Tanzen und Weintrinken. Es füllte meine Leere nicht aus – aber es übertünchte sie, solange ich mit ihnen zusammen war. War ich allein daheim, saß ich meist an der höchsten Stelle des Gartens, von der aus man den Blick auf das Meer hatte. Dort fühlte ich mich wohl.
Dann kam es, wie es wohl kommen mußte. Ich wurde die Geliebte des Alpheios. In dem alten Haus, in dem er mich allein aufzusuchen pflegte, war ich mehr aus Schicklichkeitsgründen auf der Hut gewesen. Alpheios war zwar ein sehr anziehender Mann, noch dazu geistreich und von großer Liebenswürdigkeit, aber ich war mir angesichts seiner Eitelkeit und seiner Oberflächlichkeit, die ihn vor jeder ernsten Beschäftigung und vor tieferen Gefühlen zurückschrecken ließ, meiner viel zu sicher, um eine ernste Gefahr in ihm zu sehen. Wenn ich

vorsichtig an mein Herz zu rühren wagte, rief es schmerzend das Bild Jeschuas vor Augen. Was konnte mir Alpheios danach noch bedeuten!

Im Taumel der Feste und Vergnügungen mit diesen lebenslustigen Männern und Frauen änderte sich unmerklich auch mein Denken und Fühlen. Machte ich anfangs nur widerwillig und später mehr belustigt als aus innerer Freude bei ihren Unternehmungen mit, so sickerte durch die tägliche Gewohnheit und mangels anderer Gesellschaft allmählich die Frage in mein Bewußtsein, warum ich die Welt immer nur mit ernsten und traurigen Augen ansehen mußte. Warum konnte ich nicht auch so leicht und heiter dahinleben wie meine neuen Gefährten? Mit der Abkehr von Jehuda hatte ich ohnehin die Bande zu meinem Volk und meiner Religion durchschnitten. Keine ehrbare jüdische Familie würde mir mehr Zutritt gewähren, wenn sie erführe, daß ich mit den Schülern eines die Regeln der Halacha brechenden Rav übers Land gezogen war. Selbst wenn ich 'reumütig' zu Jehuda zurückkehrte, würde ich auf die größten Schwierigkeiten stoßen, wenn ich von der Gemeinschaft der Juden wieder in Ehren aufgenommen werden wollte. Als wäre dies noch nicht genug, hatte ich die Gemeinschaft der Schüler Jeschuas verlassen, war in die heidnisch römische Zwingstadt gezogen, die schon durch ihren Namen an die verhaßte Fremdherrschaft erinnerte. Ich wünschte, Mariam wäre bei mir gewesen. Ihr gesunder Menschenverstand hätte viele Dinge zurechtgerückt. In meinen Briefen erwähnte ich nur vage, daß ich in einer Buchhandlung einen griechischen Schriftsteller kennengelernt und später durch ihn einige neue Freunde gewonnen hatte. Ich schrieb aber nichts Näheres über diese neuen Freunde und die Art unserer Begegnungen. Es ist eines, einem Menschen sein Herz in einem vertraulichen Gespräch zu öffnen, und etwas anderes, sein Innerstes einem trockenen Stück Papier anvertrauen zu müssen.

Eines Abends kehrten wir von einem Fest im Haus einer gewissen Clodia nach Hause. Wie immer begleitete mich Alpheios. Ich hatte nicht einmal so viel getrunken wie die anderen. Aber ich war wie sie in einer übermütig ausgelassenen Stimmung. Wir gingen den Weg am Strand entlang, zogen in einer plötzlichen Laune unsere Schuhe aus und hüpften wie die Kinder durch Sand und Wasser und spritzten uns naß, bis die Kleider klatschnaß an uns klebten. Die Nacht war sehr warm und das Meer fast reglos und still. Irgendwie gelangten wir in tieferes Wasser, wir planschten, tauchten unter, unsere Leiber berührten sich. Ich nehme an, daß Alpheios mich sanft dabei steuerte – und wenn ich es auch ahnte, so ließ ich es geschehen. Er löste meine

Kleider, küßte meine Lippen, flüsterte mir tausend Liebkosungen ins Ohr und umfing meinen Körper. Ich ließ seine Hände meinen Leib betasten und streicheln. Wie ahnungslos und naiv ich bisher gewesen war. Wie wenig hatte ich von der Liebe und meinem eigenen Körper gewußt!

Alpheios war ein Liebhaber, der die Liebe wie eine Kunst – wie Musizieren oder das Deklamieren eines Gedichtes – zu zelebrieren verstand: spielerisch und mit höchster Konzentration. Ich hielt immer meine Ohren verschlossen, wenn er seine Götzen Aphrodite und ihren verwegenen Sohn Eros anrief und ihnen mit seinen Versen huldigte. Aber sein Liebesspiel kam einem Gottesdienst gleich. Seine Finger strichen zart wie ein Hauch über meine Haut – und entfesselten einen Glutsturm aus Lust, daß jede Faser meines Leibes entbrannte. Ich gab mich diesem lodernden Feuer hin. Alles in meinem Körper drängte sich ihm entgegen – seinen Händen, seinem festem Leib, dem Flaum auf seinen Armen und Schenkeln, seinem Geschlecht, das sich an mich preßte. Sein Atem, das Rauschen der Wellen, der salzige Dunst des Meeres, der um uns hing, der warme Sand, zu dem wir gefunden hatten – ich nahm alles mit überwachen, wonnedurchströmten Sinnen auf, öffnete mich, wurde weich. Mein Schoß schrie vor Lust, als sein Glied zart meine Haut berührte und sich dann machtvoll seinen Weg bahnte. Nicht lange, und das Fleisch meines Körpers erzitterte in Schauern, die durch mich hindurchfluteten und alles, was fest und abgegrenzt war, auflösten, wegschmolzen, bis ich in einer Woge reiner Lust zersprang. Eng umschlungen blieben wir im Sand liegen.

„Wie schön du bist, Marjama! Solch feine Gesichtszüge! Und dein Körper – welch ein Ebenmaß! Aphrodite selbst müßte bei deinem Anblick vor Neid erblassen – wenn sie nicht selbst deine Gestalt angenommen hätte. Ja, du bist eine Göttin! Solche Schönheit kann nur von den Göttern stammen."

Er hätte mich nicht jäher aus meiner wohlig-satten Erschlaffung reißen können. Ein Heide lag neben mir, ein Fremder! Ein Goj, der Götzen anrief und in seinem Wahn eine Göttin in mir sah. Und ich, eine Jüdin, hatte mich diesem Heiden in Lust hingegeben – und mich selbst und den Herrn vergessen und verraten. Ich hatte Jehuda und Jochanan ben Ga'alyahu und seine Freunde engstirnig gefunden, hatte im Gefolge von Jeschua aus dem Dickicht toter und mißverstandener Gebote herausgefunden und den Anfeindungen der Pruschim lachend Trotz geboten. Aber ich war immer noch eine Jüdin. Und ebensowenig, wie ich Schweinefleisch essen konnte, konnte ich Gemeinschaft mit einem götzenanbetenden Heiden halten.

„Ich will nach Hause“, sagte ich und stand auf, suchte meine Kleider, die im Wasser dümpelten, und zog mich an. Alpheios spürte wohl, daß ich plötzlich verstimmt war und daß der Zauber der Stunde keine Gewalt mehr über mich hatte. Er war viel zu feinfühlig, um nicht zu merken, daß er etwas Falsches gesagt hatte – auch wenn er nicht erriet, was es war.
Als wir ernüchtert und schweigend den Strand entlanggingen, erkannte ich, daß es einen tieferen Grund gab, weshalb ich Alpheios zurückgestoßen hatte: Ich liebte ihn nicht. Und ich wußte, daß er mich ebensowenig liebte. Er faszinierte mich mit seinem Geist, seinem Witz, seiner heiteren Unbekümmertheit, mit seiner Bewunderung. Aber ich liebte immer noch Jeschua. Nur ein Mann mit einer ebenso tiefen Liebe hätte die Sehnsucht nach ihm auslöschen können. Im Zauber der warmen Nacht am Meer, im Rausch des leichten Lachens und der erwachten Lust, hatte ich meine Liebe zu Jeschua für eine kurze Weile vergessen und den Schmerz betäuben können. Aber mit den huldigenden Worten, die im gleichen enthusiastisch amüsierten Tonfall von seinen Lippen flossen, in dem er sonst eine schöne Vase, einen mitreißenden Schauspieler oder einen edlen Wein lobte, hatte Alpheios den süßen Schleier, den er um mich gesponnen hatte, zerrissen. Er hatte mich genossen, wie man einen safttriefenden Pfirsich genießt – und er hatte seinen Dank ausgesprochen. Hätte ich ihn geliebt, hätte er mich geliebt, was hätten mich seine Worte gekümmert! Hätten wir uns wirklich geliebt, hätte er solche Worte nicht gesprochen, und ich hätte nicht daran gedacht, daß er ein Goj und ich eine Jüdin war.
Alpheios verabschiedete sich vor meiner Haustür mit einem leichten Kuß auf die Wangen. Ich dachte, es wäre unser letzter Abschied. Aber als sei nichts geschehen, fand er sich am nächsten Morgen wieder bei mir ein – lachend, scherzend, ohne jede Anspielung auf das nächtliche Geschehen am Meer. Ich war erleichtert und glaubte schon, daß wir unsere Freundschaft wie bisher fortsetzen könnten – ohne jene Intimität der vergangenen Nacht.
Als wir beim Essen lagen und Alpheios mir beim Zuprosten in die Augen sah, flammte mein Körper in neuem, fast noch heftigerem Verlangen auf. Ich versuchte, mir nichts anmerken zu lassen. Aber als schriee es ihm aus jeder Faser meines Fleisches entgegen, sprang er zu mir und nahm mich in die Arme. Seine Berührungen, seine Küsse jagten mir Schauer durch den Leib, denen ich nichts entgegenzusetzen hatte. In einem letzten widerwilligen Aufbäumen rief ich mir Jeschuas Bild vor Augen. Seine Liebe sollte mich schützen. Aber sein Bild sagte mir nur, daß er meinen Körper nicht geliebt hatte – nicht seine Berührung und nicht seine Lust. Schmerz, Groll, dann lachen-

der Trotz – was zählte überhaupt noch, wenn er mich nicht liebte? Ich ergab mich Alpheios lustspendenden Händen und der Leidenschaft unserer Körper.
Ich war fast drei Jahre lang die Geliebte des Alpheios. Seine griechischen und römischen Freunde und Freundinnen, die auch die meinen wurden, waren von Anfang an davon überzeugt. Für sie spielte es keine Rolle. Wie auf geheime Verabredung sprachen Alpheios und ich nie von Heirat. Auch wenn ich alle Gesetze unseres Volkes gebrochen hatte, ich konnte und wollte nicht heiraten, solange Jehuda noch lebte und ich nicht von ihm geschieden war. Dieser Umstand allein war so gewichtig, daß ich alle anderen Einwände und Hinderungsgründe – unsere verschiedenen Religionen, meine Angst, wieder einem Ehemann ausgeliefert zu sein – nicht zu bedenken und nicht abzuwägen brauchte. Ich vermute, daß irgendwo eine Ehefrau auf Alpheios wartete, weil er selbst das Thema Heirat sorgsam vermied. Ansonsten lebten wir wie Mann und Frau zusammen. Im Laufe der Zeit zog sich Alpheios sogar von den wilderen Unternehmungen seines vergnügungssüchtigen Freundeskreises zurück. Er durchzechte immer seltener allein mit seinen Freunden die Nächte, er schränkte das Würfelspiel ein und mußte meinetwegen sogar einigen Spott einstecken.
Alpheios überschüttete mich mit Geschenken – mit kostbaren Kleidern, Schmuck, kostspieligen arabischen Parfüms. Er versorgte mich mit edlen Weinen, die er dann meist selber trank, aber auch mit den ersten, noch sehr teuren Früchten und Gewürzen vom Markt. Er brachte seltene Schriftrollen, die wir gemeinsam lasen und diskutierten. Diese drei Jahre mit Alpheios waren bis dahin die längste Zeit, in der ich einigermaßen glücklich und zufrieden war. Ich führte das Leben einer begehrten und verwöhnten Frau. Ich konnte meinen Geist und meinen Körper pflegen. Zum ersten Mal, seit ich mein Elternhaus verlassen hatte, entwickelte ich wieder Freude an schöner Kleidung, an Schmuck, an wohlgefälligen Blicken. Ich salbte meine Haut mit kostbaren duftenden Ölen und Salben, raffte und legte die Kleider so, daß sie meinen schlanken Körper und die vollen Brüste, die runden Hüften und den Schwung des Halses zur Geltung brachten. Ich schwärzte die Augen, tönte die Haare mit Henna, rötete Wangen und Lippen und freute mich an Alpheios aufstrahlenden Augen, wenn er mich sah. Durch ihn vervollkommnete ich mein Latein und Griechisch. Ich sprach bald beide Sprachen ohne Akzent. Darauf war Alpheios besonders stolz – er betrachtete es als sein Werk.
Durch ihn lernte ich die Werke der großen griechischen und römischen Dichter kennen, die man mir jungem Mädchen vorenthalten

hatte, weil sie 'zu heidnisch' waren. Ich begann, die Dichtungen Homers zu lieben. Es störte mich nicht mehr, wenn darin die Götter – von eher menschlich anmutenden Leidenschaften getrieben – in die Geschicke der Menschen eingriffen. Ich liebte auch die spritzigen Satiren des Horatius, weinte und lachte bei Sophokles und Aristophanes. Aus irgendeinem Grund liebte ich besonders die Geschichte von Amor und Psyche – vielleicht weil sich der Gott vor Psyche verschloß und floh, als sie ihn zu früh in seiner wahren Gestalt erkannte. Die Geschichte erfüllte mich mit Wehmut und erinnerte mich daran, etwas verloren zu haben. Und Jeschuas Gesicht leuchtete mir aus dem Dunkel entgegen, in dem Amor sich verbarg.

Wenn Jeschua so unvermutet vor meinem inneren Auge auftauchte, war mir die Berührung durch Alpheios unerträglich. Ich zog mich dann zurück – manchmal nur für ein paar Augenblicke, dann wieder für Stunden oder sogar Tage. Alpheios kannte den Grund für meine plötzliche Abwehr nicht. Er gab mich frei – mit einem Lächeln, wie mir manchmal schien. Ich war ihm dankbar, daß er meine Regungen so respektierte. Wenn Jeschuas Bild wieder verblaßt war, begann ich, mich auf Alpheios zu freuen. Wenn wir uns wiedersahen, fielen wir uns mit neu entzündeter Leidenschaft in die Arme. Ich bin sicher, daß Alpheios es keine drei Monate mit mir ausgehalten hätte, wenn ich ihn nicht wieder und wieder zurückgestoßen hätte. Es machte mich reizvoll in seinen Augen.

Alpheios begann sogar, sich für unsere Schriften zu interessieren. Ich erzählte ihm die Geschichte unseres Volkes, von den Vätern Avraham, Jitzchak und Jisrael, von der Schöpfung und Adam und Chava, den ersten Menschen, und ihrer Vertreibung aus dem Garten Eden, von den großen Königen David und Schlomo – vom Untergang des Nordreiches, von der Zerstörung des Südreiches Jehuda und von der Verschleppung unseres Volkes nach Bavel. Ich erzählte von den Propheten – von Jescha'yahu und Jirmiyahu – und von den Liedern zum Lob des Herrn. Die Liebeslieder König Schlomos gefielen ihm natürlich am besten. Aber unser Glaube an den einen und einzigen Gott irritierte ihn.

„Ihr seid schon ein merkwürdiges Volk", sagte er. „Wie kann man einen Gott anbeten, der unsichtbar bleibt und nicht einmal seinen Namen sagen will! – 'Ich bin, der ich bin!' Es ist verrückt. Aber ich muß gestehen, dieser Satz fasziniert mich – ich weiß auch nicht, warum. Einfach verrückt! Ein Gott, der sich nie zeigt, von dem es kein Bild, keine Statue gibt – ein Gott, der nicht einmal einen Namen hat! Was hat er zu verbergen? Warum muß er sich verstecken? Wie könnt Ihr Juden euch einem einzigen Gott so auf Gedeih und Verderb auslie-

fern? Es macht mir Angst. Wenn ich Jude sein müßte, ich würde ersticken, glaube ich. Wenn euer Gott mich mit seinem Zorn verfolgte – wohin könnte ich fliehen, welchen anderen Gott könnte ich in meiner Not anflehen? Wenn Zeus mich strafen will, so kann ich mich doch immer noch zum Altar des Apollon, des Poseidon oder des Hermes flüchten! Oder besser noch zum Altar einer Göttin: zu Athene oder zu Hera oder Aphrodite, die vielleicht am ehesten seinen Zorn besänftigen kann. Ich finde es sehr beruhigend, daß es immer noch einen anderen Gott gibt, bei dem ich Zuflucht suchen kann! Es gibt uns Menschen ein Stück Freiheit den Göttern gegenüber! Und sollte ich gefrevelt haben, müßten selbst die Erinnyen mir Aufschub gewähren, wenn Gottvater Zeus es will. Wenn ich dann wie Orestes alt und lebenssatt von der Schlange gebissen werde, will ich mich nicht beklagen. Nein, euer einer und einziger Gott ist mir unheimlich! Und noch unheimlicher ist mir, daß ihr ihn weiter anbetet! Wohin hat es euch geführt? Eure Reiche sind zerstört worden – und selbst die Letzten der Hasmonäer hat er Rom in die Hände gegeben!"
„Auch die Griechen sind nur noch eine Provinz Roms", warf ich ein.
„Äußerlich, nur äußerlich, meine liebe Marjama. Sonst hat Rom alles von uns Griechen übernommen – die Götter, die Philosophie, die Mathematik – und die Künste sowieso! Rom selbst kann nichts anderes als marschieren und verwalten. Alles, was jenseits des Alltags liegt, muß Rom von anderen abschauen. Sie beten jetzt selbst die Isis der Ägypter und den Mithras der Parther an. Aber keinem Römer, noch weniger einem Griechen wird es je einfallen, euren unsichtbaren, zornigen Gott anzubeten."
Ich muß gestehen, daß ich im geheimen manchmal genau das dachte, was Alpheios mir spottend ins Gesicht sagte. Aber wenn er es sagte, war ich verletzt und gekränkt.
„Die Römer und Griechen fürchten nur die Beschneidung und die strengen Regeln, die sie als Juden befolgen müßten. Ihr sucht nur die Götter, die es euch leicht machen – und die selber die zehn Gebote unseres Herrn nicht einen Tag lang halten könnten. Ich denke zum Beispiel an das Verbot des Ehebruchs ..."
Ich sagte es so hochmütig und kalt, wie ich nur konnte. Alpheios merkte, daß er mich verletzt hatte, und lenkte ein. Es war für ihn kein ernsthafter Streit. Er wollte mich nur ein bißchen provozieren. Mit Alpheios konnte man nicht streiten. Es war ihm nichts ernst und nichts wichtig genug, um sich darüber zu ereifern oder gar in Zorn zu geraten. Für ihn mußte es bei dem heiter scharfsinnigen Geplänkel bleiben. Er lächelte mich an.

„Nur einem einzigen, alleinigen Gott kann es einfallen, dem Mann nur eine einzige Frau zuzugestehen! Einem einzigen Gott und einer einzigen Frau ausgeliefert! Schauderhaft!"
Ich verstand sehr gut, was er meinte, und lachte. Aber so schnell gab ich nicht auf.
„Und was ist mit Hera? Ihr verehrt sie als die Hüterin der Ehe. Sage mir doch, wozu? Warum verehrt ihr eine Göttin, die die Unverletzlichkeit der Ehe hütet, wenn nicht einmal eure Götter es fertigbringen, Treue zu halten?"
„Wir verehren die Hera nicht, um den Ehebruch zu verhindern, sondern weil die Ehe uns vor dem Chaos bewahrt. Sie schafft eine heilsame Ordnung und gibt uns Stabilität und Sicherheit. Die menschliche Gemeinschaft ist ohne die Heiligkeit der Ehe nicht denkbar. Was sollte ein Moment der Untreue ihr anhaben können? Aber Ordnung und Stabilität sind für sich allein genauso gefährlich und verderblich für den Menschen wie das Chaos. Es ist wie die Fahrt zwischen Skylla und Charybdis – man darf keinem von beiden zu nahe zu kommen. Sonst verschlingt uns Charybdis, oder Skylla zermalmt uns mit ihren Drachenzähnen."
Während er kurz innehielt, neuen Atem schöpfte, um fortzufahren, hörte ich auf einmal wie aus weiter Ferne die Worte: „Der Mensch ist nicht um des Schabbats willen da, sondern der Schabbat ist um des Menschen willen da ..." Alpheios Stimme riß mich aus meiner Versunkenheit.
„Deshalb ist es so gut, daß Hera nicht unsere einzige Göttin ist – auch wenn es ihr manchmal schwerfällt, das einzusehen. Das ist ja das ganze Unglück der Hera, daß kein Mensch und kein Gott die Ehe so streng und unverbrüchlich achten will und kann, wie sie es allen gerne weismachen möchte. Sieh doch nur, wie Zeus anfängt zu gähnen, wenn sie von der Heiligkeit der Ehe spricht, und wie schnell er sich nach solchen Worten verdrückt und ein kleines Abenteuerchen mit einer Nymphe oder Menschenfrau sucht. Und nicht einmal Hera schafft es, ihren eigenen Geboten getreu zu leben! Wie raffiniert dagegen doch euer Gott ist! Er läßt neben sich keinen anderen Gott und keine Göttin zu – und gerät damit erst gar nicht in die Versuchung, die Ehe zu brechen. Sehr praktisch für ihn! Nur die armen Menschen müssen sich mit seinem Treuegebot herumschlagen. Ich sage dir, euer Gott ist in Wahrheit eine Frau! Nur eine Frau kann auf solche Ideen und Gebote kommen!"
Ich konnte nicht anders, als wieder in Gelächter auszubrechen. So oder ähnlich verliefen alle unsere Gespräche über Religion. Zum Schluß

brachte er mich zum Lachen – und ich lachte selbst da, wo ich eigentlich nicht lachen wollte.

„Alpheios", fragte ich ihn einmal, „was ist dir eigentlich heilig? Gibt es nichts, wo dich ein Schauder erfaßt, wo du ins Zittern gerätst oder wo ein Gefühl der Ehrfurcht dich ergreift?"

„Laß mich überlegen. Ja, zuletzt schauderte mich als Kind bei den Gruselmärchen meiner Amme. Aber als ich die lichten Gefilde des Platon und des Sokrates betrat, hörte das Schaudern von selbst auf. Ich zittere, wenn es kalt ist und wenn ich friere – und ich erbebe in Ehrfurcht vor deiner Schönheit und Klugheit, wie du wissen solltest."

Zuerst glaubte ich, er wiche mir aus. Aber im Laufe der Zeit mit ihm lernte ich, daß er die Wahrheit gesprochen hatte – seine Wahrheit. Es war Alpheios, der mir ein Haus am Meer nahegelegt hatte. Es waren die frischere Luft, die reinigende Brise und der schöne Blick, die ihn dazu bewegt hatten. Aber er wußte nichts von der Verzauberung, die mich oft überkam, wenn ich lange hinaussah und Wasser und Himmel am Horizont verschwammen. Er hörte nicht die Stille in dem gleichmäßigen Heranrollen der Wellen. Er schauderte nicht vor der Gewalt des aufgepeitschten Meeres, wenn die Wogen schäumend herandonnerten.

Manchmal fragte er mich dann: „Wo bist du, Marjama?", zwickte mich sacht in den Arm, riß mich aus meiner Versunkenheit und zog mich in ein Gespräch über dieses oder jenes. Er mochte die Stille nicht. Und wenn ihm etwas heilig war, so waren es seine täglichen Vergnügungen: Spiel, Freude, Genuß – und die innere Genugtuung über einen geschliffenen Satz. Ernste Dinge langweilten, ja störten ihn – so wie ihm unsere Religion zu ernst und langweilig war. Und wenn ich darauf beharrte, waren dies die seltenen Fälle, wo er störrisch, unwirsch und ungehalten werden konnte. Ich gab es bald auf, ihn mit Themen zu behelligen, die er als bedrückend empfand.

Auch wenn wir vor allem in der ersten Zeit von unserer Religion und der Geschichte unseres Volkes gesprochen hatten, so hatte ich es vermieden, Jeschua auch nur mit einem Wort zu erwähnen. Manchmal wollte mir sein Name von den Lippen springen, wenn Alpheios die Strenge der Gebote und die eifernden Zedokijim und Pruschim kritisierte.

„Kein Wunder, daß ihr auf einen Maschiach warten müßt, der euch von alledem erlösen soll. Ihr glaubt, daß er euch von der Herrschaft Roms und Athens befreien wird. Aber ich glaube, ihr solltet euch erst einmal selbst befreien! Befreien von dem Gott der Hammelhirten, von einem Gott, der so tut, als ob es nur ein Volk und einen Gott gibt, der sich zu alledem auch noch in Unsichtbarkeit verstecken muß!

Wann merkt ihr Juden endlich, daß ihr seit langem die Weidegründe eurer Urväter verlassen habt und in einem Kosmos der Völker und Götter lebt?"
Es war merkwürdigerweise Alpheios, der mich zum ersten Mal bei der Verheißung des Maschiach an Jeschua denken ließ. Eine Verheißung ist eine Verheißung und ihre Erfüllung liegt unendlich fern in der Zukunft, sie hat mit den Menschen, die um uns sind, die wie ich und du sind, nichts zu tun. Vielleicht war es auch nur die Trennung von Jeschua, daß er mir plötzlich in einem ganz neuen Licht erschien. Ich setzte schon an, um von ihm zu erzählen – von seiner Liebe, von der Tiefe und Ursprünglichkeit seiner Lehre, von seinem lebendigen Geist, mit dem er die Gebote des Herrn neu und wundersam auslegte. Aber unter Alpheios' ungläubig spöttischen Augen würde sich Jeschuas Liebe in Liebesabenteuer mit den Frauen in seinem Gefolge verwandeln und sein Lehren in überhitztes Eifern oder langweiliges Predigen. „Dieses Land scheint im Übermaß selbsternannte Prediger und hitzköpfige Eiferer auszubrüten, die alles auf die Spitze treiben müssen", sagte er einmal. „Was euch fehlt, sind besonnene und kluge Leute, die die Dinge im Lot halten können." Jeschua gehörte kaum zu denen, die seinen Beifall finden würden. Also schwieg ich.
Dann und wann befiel mich ein Anfall von Schwermut. Einmal saß ich müde und lustlos im Haus. Mein Kopf war schwer und dumpf. Ich schob es auf den kühlen und verregneten Winter, der kein Ende nehmen wollte. Alpheios fand mich so.
„Aber Marjama, wenn du so im Dunkeln sitzt, wirst du ja ganz trübsinnig! Warum hast du die Blenden geschlossen? Es ist doch noch gar nicht heiß – und draußen scheint die Sonne!"
Er ging zu den Fenstern, öffnete sie und schob die Holzgitter beiseite. „Daß ihr Juden immer im Dunkel sitzen müßt, egal ob Sommer oder Winter! Habt ihr Angst vor der Sonne oder der Helligkeit? Es reicht doch, die Blenden in der Sommerhitze zu schließen! Aber ihr verschließt sie, ganz gleichgültig, ob es heiß oder kalt draußen ist, ob die Sonne scheint oder nicht! Nun, ist es nicht besser so?"
Er hatte alle Fenster und Türen aufgerissen. Das Sonnenlicht flutete herein. Farben leuchteten auf, wo vorher graues Halbdunkel gewesen war. Noch nie hatte ich den Raum so licht und freundlich gesehen. Die Wahrheit seiner Worte traf mich wie ein Schlag. Es stimmte. Wenn ich an mein Elternhaus oder an unser Haus in Tiberias dachte, so sah ich die Zimmer immer nur in einem dämmrigen Dunkel. Weder ich noch meine Eltern noch Jehuda noch Jochanan ben Ga'alyahu noch sonst jemand, den ich kannte, würde auf den Gedanken kommen, die

Räume der Sonne zu öffnen. Zu heiß und sengend brannte sie im Sommer, zu heftig stach ihr Licht in die Augen, als daß wir Sonne und Licht je als Freunde oder etwas Freundliches betrachtet hätten. Wir sahen in der Sonne den Feind, sperrten sie ohne nachzudenken aus und hielten das traurige Dämmerlicht für das Selbstverständliche, das Normale.
Nach diesem Vorfall achtete ich darauf, auf welcher Hausseite die Sonne schien und wie stark oder schwach. War sie erträglich, öffnete ich die Fenster und Türen und genoß die neue Helligkeit im Haus. Nur Schura grummelte manchmal. Es zwang sie dazu, viel öfter die Möbel zu polieren und gründlicher in den Ecken zu putzen. Wie unbefangen die Griechen selbst mit der glühenden Sonne umgingen! Wie Alpheios mit allem spielte, so spielte er mit ihr, ließ sie herein, wenn sie ihm genehm war, und verbannte sie nach draußen, wenn sie zu mächtig und stark brannte.
Dieses simple Fensteraufreißen sagte mir mehr über die Geisteshaltung der Griechen und ihre Denkweise als alle Bücher und Schriftrollen. Als hätte sich plötzlich eine geheime Pforte zu bisher verborgenen Tiefen geöffnet und einen Lichtschimmer bis in die Wurzeln ihres Denkens dringen lassen, leuchtete mir eine tiefere Dimension ihres Philosophierens auf. Was machte sie so anders im Vergleich zu uns? Woher kamen Alpheios' Leichtigkeit, seine Distanz zu allen Dingen, sein schamlos spottender Zynismus? Irgend etwas versetzte sie in die Lage, alles ganz unbefangen zu betrachten. Sie fragten nicht einmal nüchtern-praktisch wie die Römer: nützt es oder schadet es? Die Griechen spielten einfach mit allen Dingen. Und im Spiel fanden sie heraus, wofür es sich eignete: so wie ein Kind einen Kieselstein nimmt, ihn wirft und rollen läßt – und schließlich ein Murmelspiel erfindet. So wie eine Frau sich vor einen Spiegel oder eine Wasserschale setzt und in spielerischer Unbefangenheit ihre Locken mal über die Stirn zieht oder sie mit Bändern hochtürmt, um ihren Geliebten und Mann – oder ihre Freundinnen – zu überraschen, und so plötzlich eine neue Frisur erschafft.
Die Griechen waren in der Lage, auch die Sonne, die Sterne und die Berge, selbst das Meer mit einem solch spielerischen Blick zu betrachten. Selbst die Naturgewalten waren für sie nichts anderes als eine Murmel in ihrer Hand. Und was die Macht des Menschen überstieg, das hielten sie sich fern. Das erschien mir auf einmal als das Ungeheure, das Unerklärliche – ja das eigentlich Heidnische an ihnen: Wenn die Sonne zu sehr brannte, beteten sie nicht zu Gott, damit er die Kraft der Sonne eindämmte. Sie schlossen sie einfach aus ihren Häusern aus. Und wenn die Sonne im Herbst nicht mehr so

hoch steigen und nicht mehr so lange brennen konnte, so dankten sie nicht Gott, sondern öffneten die Fenster und Blenden und ließen sie wieder herein. Ich versuchte, mit Alpheios darüber zu sprechen.
„Du irrst, wenn du glaubst, daß wir alle Dinge ehrfurchtslos ansehen und mit ihnen nur wie mit einem Spielzeug spielen. Wir wissen sehr wohl, daß die Sonne nicht menschlicher, sondern nur göttlicher Gewalt gehorcht. Es ist die göttliche Macht des Helios, die aus ihr scheint. Vielleicht würden wir uns der Sonne und dem Helios ähnlich ausgeliefert fühlen wie ihr, wenn wir Helios allein verehren würden. Aber Helios ist nicht der einzige Gott, nicht die einzige göttliche Kraft. Wenn er der Erde und uns Menschen zürnt, so bitten wir Uranos, den Gott des Regens und der Wolken um seinen Segen."
„Und wenn es zu lange regnet, betet ihr wieder zu Helios?"
„Ja, so ähnlich. Es ist eine Frage des Gleichgewichts. Ich sagte es dir ja schon – es ist nicht gut, sich nur einem Gott auszuliefern. Auch die Götter wettstreiten untereinander – Sonne, Regen, Hitze, Kälte, Leben oder Tod, Überfluß oder Hunger, Krieg oder Frieden."
„Es hört sich so an, als benutztet ihr selbst die Götter für eure Zwecke. Du kannst doch nicht mit den Göttern spielen, die du verehrst! Aber ihr spielt sie gegeneinander aus!"
„Du siehst nur das Vordergründige, die Gestalten der Götter mit ihren Vorlieben und Abneigungen, mit ihren Streitereien und Intrigen. Aber auch die Götter müssen sich dem Gesetz des Kosmos beugen – und das ist das Gesetz des Wandels und der Harmonie. Keine göttliche Kraft, kein Gott hat das Recht auf Alleinherrschaft. Aber alle zusammen bilden die göttliche Ordnung und sind Harmonie. Es ist nicht alles schwarz oder weiß, liebe Marjama. Ihr Juden erkennt nur einen Gott an – alles andere ist nicht Gott und darum verworfen und muß erlöst werden. Nur weiß oder schwarz, Licht oder Dunkel, ja oder nein. Aber schau nur hinaus. Dort siehst du Farben – unendlich viele Farben und unzählige Formen! Ein unaufhörliches Wechsel- und Zusammenspiel. Alle Farben, alle Formen sind göttlich. Keine hat ein Vorrecht. So ist auch die göttliche Ordnung. Die Harmonie, das Ganze entsteht aus dem Zusammenspiel der Einzelkräfte."
„Aber wer hat diese Einzelkräfte geschaffen? Woher kommt deine 'göttliche Ordnung'? Du sagst selbst, Eure Götter sind nicht der letzte Grund des Seins. Das aber ist der Herr, so sagen wir. Er hat alles erschaffen – die Sonne, den Regen, die Farben, die Formen. Er ist der tiefste Grund!"
„Und wenn er all dies erschaffen hat – warum gibt er Euch nicht das Recht und die Freiheit, mit seinen Geschöpfen zu spielen? Wenn euer Herr uns geschaffen hat als die begrenzten Menschenwesen, die

wir sind, und die mächtige Sonne dazu, dann sollten wir uns an der Sonne und ihren Strahlen erfreuen dürfen, soweit wir sie mit unseren schwachen Körpern ertragen können. Und wo ihre Macht die unsere übersteigt, sollten wir uns zurückziehen und sie ausschließen dürfen. Warum sollten sich die Geschöpfe eures Herrn nicht gegenseitig erfreuen dürfen – soweit dies eben möglich ist?"

Ich wußte darauf nichts zu erwidern. Aber seine Worte schwangen noch lange in mir nach.

Wenn ich heute an unsere damaligen Diskussionen denke, so kommt es mir vor, als hätten wir über unsere Religionen gesprochen wie der Blinde mit dem Tauben: der Blinde sieht nicht, was ihm der Taube zeigt, und der Taube hört nicht, was der Blinde ihm sagt. Ich verstand dies alles erst sehr viel später. Ich nahm seine Leichtigkeit und Verspieltheit in allem – auch mir gegenüber – übel und schob es auf seine Götter. Und er schreckte vor meiner Schwere und Bedingungslosigkeit zurück und gab die Schuld meinem unsichtbaren Gott. Wenn ich jetzt daran denke, muß ich lachen: In seinen Augen war ich wohl so starrsinnig und eng, wie mir Jehuda erschienen war. Nur daß Alpheios sich mir entziehen konnte und alle Freiheit besaß, das Leben nach seinen Wünschen zu gestalten. Keiner von uns beiden traute sich, den anderen zu lieben ...

Im dritten Sommer wurde ich sehr krank. Ich bekam das Fieber. Wochenlang hielten mich Fieberschauer und Schüttelfröste an das Bett gefesselt. Alpheios ließ sich nicht blicken. Er schickte Früchte und Süßigkeiten, stärkende Wurzeln und sonstige Arzneien, von denen er sich Hilfe versprach. Ich erwartete gar nicht, daß er mich besuchen oder gar pflegen würde – zu groß war die Gefahr der Ansteckung. Schura kümmerte sich um mich und erwies sich als geschickte Pflegerin. Ich freute mich über die täglichen Zuwendungen und die Zettelchen, auf denen er seine Genesungswünsche und kleinen Nachrichten, Verse und Spöttereien vermerkte. Als ich im Herbst wieder zu Kräften kam und sicher war, daß ich vollständig geheilt war, besuchte er mich sofort.

Er kam mit strahlendem Gesicht, umarmte mich liebevoll – und ließ mich gleich darauf wieder los und musterte mich entsetzt.

„Mein Gott, wie mager du geworden bist! Überall staken die Knochen hervor! Du mußt jetzt gut und reichlich essen, damit du wieder rund und schön wirst wie früher!"

Wir unterhielten uns kurz. Dann verabschiedete er sich und kam erst nach drei Tagen wieder. Es dauerte fast ein halbes Jahr, bis sich mein Körper so weit erholt hatte, daß er nicht mehr dem einer mageren Dreizehnjährigen glich, sondern wieder weich und rund war wie zuvor. Die fahl gewordene Haut begann wieder zu schimmern, und meine Augen lagen nicht mehr in tiefen Höhlen. Statt in fettigen Strähnen herabzuhängen, glänzte mein glattes, dichtes Haar wieder in alter Fülle. Während meiner Genesung besuchte mich Alpheios viel seltener als sonst. Wir unterhielten uns, wir lachten und scherzten – wir schliefen manchmal zusammen. Aber ich hatte den Eindruck, daß er mein Lager eher mied. Erst als mein Körper wieder aufgeblüht war, kehrte sein Begehren zurück. Er kam wieder jeden Tag.

Mit mir war eine Veränderung vorgegangen. Ich merkte es selbst nicht gleich. Eigentlich erst, als Alpheios immer öfter meinen Mund suchte, als seine Hände nach meinem Leib tasteten, als er in Leidenschaft erglühte und meine Erwiderung suchte. Mein Körper, der durch einen Blick von ihm erzittert, der nur durch die Berührung seines kleinen Fingers aufgelodert war, blieb merkwürdig ruhig, brauchte lange, um entzündet zu werden. Anfangs schob ich es – wie er übrigens auch – auf die Folgen der langen Krankheit. Irgendwann erkannte ich, daß er mir gleichgültig geworden war.

Es war derselbe Alpheios, der mich küßte. Es waren dieselben spielerisch-kundigen Hände, die mich berührten. Es war derselbe muskulöse und straffe Körper, den ich umfaßte. Es war derselbe Geruch seiner schweißnassen Haut, den ich einsog. Aber während er glühte, blieben meine Sinne stumm und gefühllos. Es reizte ihn um so mehr. Er suchte, mich zu verführen, meine Leidenschaft neu zu entfachen. Je mehr er sich anstrengte, je kunstvoller und raffinierter er mich liebkoste, je aufregender er mit neuen Stellungen unser Liebesspiel zu würzen versuchte, um so seltener ließ ich mich von ihm mitreißen, um so stärker wurde mein Abneigung gegen seine Hände, gegen seinen Körper, gegen seine Kunstfertigkeit. Seine Annäherungen wurden mir unangenehm, ja lästig. Ich zog mich immer öfter zurück, nahm kaum noch an den Unternehmungen und Festen mit seinen Freunden teil – und schützte mich mit dem Vorwand, mit dem Frauen sich immer geholfen haben: ich sei noch zu krank und schwach. Ich war müde, hatte Kopfweh und tausend andere Wehwehchen und Unpäßlichkeiten.

Alpheios glaubte mir blind – oder wollte mir glauben, sonst hätte es seine Eitelkeit verletzt. Er nahm Rücksicht. Nach einigen Wochen besuchten mich besorgte Freunde und Freundinnen und erzählten mir, daß Alpheios sich da und dort mit anderen Frauen – „nur eine kleine Tänzerin, nichts Ernsthaftes“ – abgegeben hätte. Sie meinten es gut und wollten mich warnen. Anstelle der erwarteten Eifersucht und Angst verspürte ich nur Erleichterung. Wenn er an eine andere dachte, würde er mich dafür in Ruhe lassen. Ich brachte es nicht fertig, ihm offen ins Gesicht zu sagen, daß ich nichts mehr für ihn empfand.

Ich war ihm dankbar. Durch ihn hatte ich wieder zu lachen und zu leben angefangen. Aus der grauen Ödnis war heiteres, dahinplätscherndes Leben geworden. Aber diese heitere Belanglosigkeit fing an, mich unzufrieden zu machen.
In den Tagen und Wochen, als ich zitternd, schwitzend und fröstelnd im Fieber lag, war öfter das Bild Jeschuas vor mir aufgestiegen. Ich hatte versucht, es abzuwehren. Aber es ließ sich nicht abweisen. Ich sah wieder in seine liebenden Augen, hörte seine Stimme, sah seine fließenden Bewegungen, die ungekünstelten Gesten, die seiner inneren Harmonie und seiner Liebe entsprangen. Die Sehnsucht schnitt mir wie ein scharfes Messer ins Fleisch – und doch fühlte ich mich dabei klarer und frischer. Wenn Alpheios zu mir kam, verlöschte Jeschuas Bild vor meinen Augen. Und ich war froh darum gewesen. Aber nun löste all das, was mich früher an Alpheios fasziniert und mitgerissen hatte, nur noch Abwehr, Mißmut, Widerwillen aus. Nicht mehr getrieben von dem Sehnen des Körpers nach seiner Berührung, nach der Kraft seiner Arme und nach der Schwere seines Leibes, befreit von dem Begehren, Lust von ihm zu empfangen, erschrak ich vor dem Leben, das ich geführt hatte. Schal und oberflächlich erschienen mir unsere Gespräche, sinnlos und leer unser Treiben. Wir hatten geglaubt, mit Theaterbesuchen, Streitgesprächen, Tanzen, Trinken und Spielen unseren Geist zu bereichern. Dabei war alles, was wir gesucht hatten, nur Abwechslung und Zerstreuung gewesen. Wie die Läufer in der Arena hatten wir immer nur die gleichen Runden gedreht. Wir waren nie hinausgekommen. Nicht in die Welt, nicht zu den Menschen um uns herum. Und Gott und die Götter waren um so ferner, je öfter wir um sie stritten.
Am schlimmsten war es, daß ich seinen Berührungen nicht entgehen konnte. Ich beobachtete verwundert und mit kaltem Auge, was Alpheios mit mir anstellte. Was ich bisher nur unterschwellig geahnt, aber unwillig von mir fortgeschoben hatte und nicht hatte wissen wollen, erkannte ich jetzt in tiefer Scham. Alpheios war genauso kalt wie ich. Nur – er war es im Gegensatz zu mir immer gewesen. Er streichelte und liebkoste mich wie ein fingerfertiger Harfenspieler sein Instrument, der von der Musik, die er spielt, nicht ergriffen wird. Er war wie der innerste Kern eines alles hinwegreißenden Wirbelsturms selbst unbewegt, unberührt geblieben. Ich hatte immer gewußt, daß er mich nicht geliebt hatte. Aber selbst seine Lust war ohne Inbrunst gewesen. Plötzlich sah ich mich durch seine Augen: ein schönes Instrument, aus dem man alle Töne, alle Leidenschaften, alle Lüste herauskitzeln kann. Und die tiefste Befriedigung verschaffte ihm nicht der Rausch der Lust, sondern der Stolz, höchste Leidenschaft in mir ent-

fachen zu können. Es war der Stolz des Künstlers auf seine Kunstfertigkeit, es war die Befriedigung des Herrschers, einen anderen nach seinem Willen lenken zu können. In seinen Augen war ich nicht mehr als ein edles, feuriges Pferd, das er zu höchster Leistung und Willfährigkeit anspornen konnte.

Die Erkenntnis – als sie so klar vor meinen Augen stand, daß ich nicht mehr wegschauen konnte – stürzte mich in einen schwarzen Strudel des Ekels vor mir selbst. Wenn ich nur daran dachte, wie ich mich unter seinem kalt beobachtenden Blick ihm und der Lust meines Körpers hingegeben hatte – in seinen Augen nicht anders als ein wildes Tier, dann wurde mir übel vor Scham und Erniedrigung.

Ich versuchte vorsichtig und ohne seinen empfindlichen Stolz zu verletzen, mich von ihm zurückzuziehen. Es hatte genau den gegenteiligen Effekt. Alpheios liebte das Spiel über alles. Und am meisten das Spiel zwischen Mann und Frau, das sich für ihn im Suchen, Verstekken, Nachjagen und Stellen erschöpfte. Ich wurde wieder die geheimnisvolle schöne Fremde für ihn, die es zu erobern galt. Ich wurde wieder zur Göttin, die ihre Gunst schenkte oder vorenthielt, ganz wie es ihr gefiel, und deren Gründe im Verborgenen lagen, jenseits aller menschlichen Vorstellungskraft und Vernunft. Wenn ich ihn nicht empfing, hinterließ er kleine Zettel mit Versen an die 'Eisige Schönheit', an die 'Grausame Spröde', an die 'Strenge Artemis' und dergleichen mehr. Er gefiel sich in der Rolle des anbetend Schmachtenden, nannte mich seine Arethusa (auf seinen Namen anspielend) und stellte meine Schönheit über die Helenas und Aphrodites.

Ich bin sicher, hätte ich ihn umgekehrt mit meiner Liebe verfolgt, hätte ich nach seinem Kommen geseufzt und ihn nicht mehr gehen lassen wollen, wenn er einmal da war, hätte ich zu ihm von meinen tiefen Gefühlen gesprochen und das Wörtchen 'Heirat' anklingen lassen – ich hätte ihn von heute auf morgen nicht mehr gesehen. Er war empfindlich gegen alles, was ernst war. Und damit ihm der Ernst nicht zu nahe kam, ergriff er vorsorglich die Flucht, wenn er nur als kleines Wölkchen am Horizont auftauchte.

Ich hatte mich mehrere Tage verleugnen lassen, als er mich bei einem Abendspaziergang am Strand entlang abfing. Er grüßte mich in der gewohnt überschwenglichen Weise, aber sein Gesicht zeigte einen grimmigen Ausdruck.

„Wer ist es?" Er faßte meine Schulter mit hartem Griff. Ich wußte überhaupt nicht, was er meinte.

„Los, sag schon, wer ist der Kerl!" Ich mußte laut lachen, so absurd war der Gedanke. Gleichzeitig tat er mir leid. Ich hatte ihn noch nie in einer solchen Verfassung erlebt. Er versuchte mühsam, sich zu beherrschen. Aber aus seiner Stimme zitterten Wut und Ärger. Zum ersten Mal sprachen tiefere Gefühle aus ihm – und er war ihnen hilflos ausgeliefert.

„Du irrst, wenn du meinst, daß ich einen anderen Mann liebe. Es gibt niemanden."

„Und warum spielst du auf einmal die Spröde? Warum läßt du mich kaum an dich heran? Warum läßt du dich auf so plumpe Weise verleugnen? Meinst du, ich merke nicht, daß du dich verändert hast? Du hast einen Liebhaber hinter meinem Rücken! Sag mir, wer es ist – ich werde ihm eine Lektion erteilen, daß ihm Hören und Sehen vergeht!"

„Ich betrüge dich nicht. Ich sage dir, es gibt niemanden!"

„Lüg mich nicht an! Du bist völlig verändert! Wer steckt dahinter!"

Ich nahm meinen Mut zusammen.

„Ich hätte es dir schon früher sagen sollen. Aber ich wollte dich nicht kränken oder verletzen. Es gibt keinen anderen Mann. Ich empfinde nichts mehr für dich."

„Unsinn – Lüge! Warum solltest du mich nicht mehr lieben. Ich bin der gleiche geblieben! Ich liebe dich, ich verehre dich, du bist meine angebetete Göttin! Es gibt keinen Grund, warum du mich nicht mehr lieben solltest! Du gehörst mir! Ich überlasse dich keinem anderen!"

Mein Reden half nicht. Er hatte sich in die Vorstellung eines Nebenbuhlers so hineingesteigert, daß kein anderer Gedanke zu ihm durchdrang. Ich versuchte, mich seinem schmerzhaften Griff zu entwinden. Er umklammerte mich nur noch fester.

„Das hättest du wohl gerne! Möchtest zu deinem Liebhaber laufen und dich trösten lassen. Aber ich gebe dich nicht frei. Entweder du sagst mir jetzt seinen Namen, oder ich kitzele dir den Hals, damit du etwas gesprächiger wirst."

Er hatte plötzlich ein Messer in der Hand und fuchtelte mit der Klinge drohend vor meinem Gesicht. Er machte mir wirklich Angst. Aber ich durfte mich von der Angst nicht überwältigen lassen. Ich mußte ihm mit kalter Entschlossenheit begegnen. Sein wilder Blick war blind für mich geworden. Er sah mich nicht mehr – nicht mehr die Frau, die vor ihm stand und mit ihm zu reden versuchte. Er sah nur noch eine Marjama, die sich höhnisch lächelnd hinter seinem Rücken einem Liebhaber hingab und seine Liebe verlachte. Ich mußte meine ganze Kraft zusammennehmen.

„Ich weiß selbst nicht, warum ich nichts mehr für dich empfinde. Vielleicht hängt es mit der Krankheit zusammen. Es ist einfach nicht mehr wie früher. Es ist die Wahrheit. Es tut mir leid."

Alpheios hielt inne. Sein Blick gefror. Er ließ mich los und steckte das Messer zurück.

„Ich brauche dein Mitleid nicht.“ Er lachte auf. Sein Lachen war dünn, brüchig – wie von der Bitterkeit des Salzmeeres geätzt.
„Du bist auch nicht besser als irgendeine griechische oder römische Hure! Hat er dir ein größeres Haus geboten? Mehr Schmuck, mehr Luxus?“
Er sagte es langsam und gemessen, jedes Wort ein giftiger Pfeil.
„Du tust so ernst und gefühlvoll und so tief! Aber kaum findest du einen, der das Angebot erhöht, schon ist der alte Liebhaber abgeschrieben! Spring nur weiter – du bist doch nichts als ein gieriger, kleiner Floh, der einen neuen Wirt gefunden hat, dem er das Blut aussaugen kann! Und glaube nicht, daß du vor mir verbergen kannst, wen du nun beglückst. Ich werde es mir nicht nehmen lassen, deinem Liebhaber zu sagen, wie zufrieden ich mit dir war! Ich möchte ihm versichern, wie gut seine Dinare bei dir angelegt sind! Ach, und noch etwas, ehe ich es vergesse: Teile mir bitte noch mit, wenn du in dein neues Domizil wechselst, damit ich den Mietvertrag kündigen kann. Ich habe keine Lust zu zahlen, wenn ich keine Gegenleistung bekomme!“
Er hatte so laut gesprochen, daß ein paar Spaziergänger, die ebenfalls am Strand entlanggingen, neugierig zu uns herüberblickten. Ich konnte mich endlich losreißen und lief nach Hause. Alpheios folgte mir nicht.
So hatte er mir einen billigen Preis für das Haus gegeben – und mich gehalten wie eine käufliche Hetäre. Ich hatte es nicht gewußt. Aber Scham und Ekel würgten mich. Was hatte ich getan! Was für ein Leben hatte ich geführt! Ja, es war das Leben einer Hure, auch wenn ich die letzte bittere Wahrheit nicht gekannt hatte.
Aber das Maß meiner Erniedrigung war noch nicht voll. In den nächsten Tagen suchten mich einige seiner Freunde auf. Ich freute mich und hoffte, daß ich durch sie eine Versöhnung mit Alpheios herbeiführen konnte. Sie waren nicht wie sonst. Es war unmöglich, den Ton der freundschaftlich offenen Gespräche oder Neckereien anzuschlagen, der sonst zwischen uns herrschte. Kam ich auf Alpheios zu sprechen, wichen sie aus. Schwieg ich, musterten sie mich mit frechen, zudringlichen Augen. Machte ich einen Scherz, rückten sie vertraulich dicht an mich heran. Als ich sie zurechtwies, lachten sie höhnisch und sagten mit einem verächtlich wissenden Lächeln, daß ich nun auf das Versteckspielen verzichten könnte. Dann boten sie mir Geld und ‘Geschenke’. Ich hatte Mühe, sie loszuwerden. Sie kamen wieder und belagerten das Haus. Nur Alpheios ließ sich nicht mehr blicken. Ich hätte ihn nun auch nicht mehr vorgelassen. Was er im einzelnen über mich verbreitet hatte, weiß ich nicht. Einer, den ich mit Hilfe Schuras und des Türstehers hinauswerfen ließ, weil er sogar handgreiflich wur-

de, hatte zornig etwas von Spelunken geschrien, in denen ich mich nicht so zimperlich gezeigt hätte. Ich konnte mich nicht mehr auf die Straße wagen. Von Alpheios' Freunden, die ich auch als meine Freunde angesehen hatte, wurde ich mit lauten Anzüglichkeiten und Einladungen verfolgt. Die Frauen mieden mich, warfen mir eisige Blicke zu oder ließen in meiner Gegenwart verächtliche Bemerkungen fallen. Ich suchte Schutz in meinem Haus, das das Haus des Alpheios war – und ihre Augen, ihre Worten verfolgten mich durch Türen und Wände. Ich blickte in einen Spiegel, der mir hundertfach, ja tausendfach vergröbert und vergrößert meine Demütigung und meine Schande zurückwarf. Es war nicht genug, daß ich mich vor mir allein schämte. Jeder durfte seinen Hohn, seinen Spott auf mir abladen. Jeder durfte mit den Ausgeburten seiner schmutzigen Phantasie nach mir werfen. Man hätte mich genausogut auf dem Marktplatz nackt ausziehen und ausstellen können. Gegen das Geraune und Geflüstere hatte ich keine Waffe. Ich hatte keine eigenen Freunde in Caesarea. Wirkliche Freunde, mit denen ich mich verbunden fühlte, hatte ich nicht gefunden – und die, deren Einfluß mir hätte helfen können, hatte ich nie gesucht. Die einzigen, die zu mir hielten, waren Schura und der Türsteher. Sie wußten, was tatsächlich geschehen war. Aber ihr Wort hatte keine Macht.

Ich mußte fort aus dem Haus des Alpheios. Ich mußte fort aus Caesarea, fort von diesem Leben der Lust, des Vergnügens und der Schande, fort um jeden Preis, auch wenn ich noch nicht wußte, wohin ich mich wenden und was ich tun sollte. Tagelang brütete ich darüber, wie ich das Haus unbemerkt von Alpheios und seinen Freunden verlassen und seiner heimtückischen Rache und weiteren Verfolgung entgehen konnte. Wie immer, wenn man sich fruchtlos den Kopf zergrübelt, kam die Lösung von unerwarteter Seite und gänzlich überraschend. Ein Brief von Mariam traf ein – der erste Brief nach langem Schweigen. Ich hatte aufgehört, ihr zu antworten, einige Zeit nachdem ich Alpheios kennengelernt hatte. Vermutlich aus Scham. Ich hatte über die Gründe lieber nicht so genau nachdenken wollen und den Briefwechsel einfach einschlafen lassen. Es gab nichts, was ich ihr nach Jeschua von meinem Leben in Caesarea berichten konnte oder wollte. Irgendwann kamen auch von Mariam keine Briefe mehr.

Es war ein Brief, der durch viele Hände gegangen sein mußte. Das Papier war zerknittert und fleckig geworden. Dabei war sicher keiner der Überbringer absichtlich unachtsam mit einem kostbaren Brief umgegangen. Zitternd vor Erregung erbrach ich das Siegel. Aus den schon verlaufenen Buchstaben lächelten mir Mariams liebe, kluge

Augen entgegen, und durch den Schwall gedrechselter Schreiberfloskeln hörte ich ihre eigene, wahre Stimme:

*„Schalom Mirjam, liebste Freundin,*
*auch wenn du dich in Schweigen hüllst – in meinem Herzen bist du mir immer nah, und ich weiß, daß du ebenso fühlst. Was uns auch getrennt haben mag, zwischen uns ist es wie Schnee in der Sonne. Ich werde Pessach zusammen mit Jeschua in Jeruschalajim feiern. Er hält sich mit seinen Leuten schon seit einiger Zeit in der Umgebung der Stadt auf. Er hat viel Zulauf. Es gibt viele, die sogar behaupten, er sei der Maschiach und vom Herrn gesandt, das Land von den Fremden zu befreien. Aber das ist natürlich Unsinn. Einigen Leuten wird dies allerdings sehr zupaß kommen. Ich habe ein ungutes Gefühl. Vermutlich mache ich mir nur dumme Sorgen, wie es alle Mütter tun. Ich wünschte, du wärest bei mir und könntest mir den Kopf zurechtsetzen. Du bist viel klüger und welterfahrener als ich. Ich will dich nicht bedrängen – aber vielleicht hast du selbst vor, einmal nach Jeruschalajim zu kommen. Warum nicht zu Pessach? Die Stadt wird wieder überfüllt sein. Ich hinterlasse dir auf jeden Fall in der großen Herberge von Beit Lechem Nachricht, wo ich zu finden bin. Werden wir uns wiedersehen? Der Segen des Herrn ruhe auf dir! Schalom,*
*Mariam."*

Natürlich wollte ich nach Jeruschalajim. Natürlich wollte ich Mariam und Jeschua – Jeschua! – wiedersehen! Und mit dem Ziel Jeruschalajim vor Augen und der pochenden Freude kam mir auch der Einfall, wie ich meinem Leben in Caesarea unauffällig und unbemerkt von Alpheios' Freunden ein Ende bereiten konnte. Schura mußte mir unauffällig einfache Männerkleider und alles Notwendige für die Reise besorgen. Dann ließ ich ein junges Mädchen aus Schuras zahlreicher Verwandtschaft kommen, die etwa meine Statur haben sollte. Sie hatte sich in Männerkleidern als Schuras Neffe in unser Haus zu begeben. Schura war froh, ein wenig Gesellschaft und Hilfe zu bekommen. Ich verließ dann einige Tage später das Haus in den ausgetauschten Männerkleidern, nahm von einer tränenüberströmten Schura ganz öffentlich Abschied (Schura brauchte nicht einmal Theater zu spielen, so sorgte sie sich um mich) und verschwand als einfacher junger Mann in der Menge. Nur mit dem leichten Bündel der armen Leute auf dem Rücken machte ich mich als Nachum auf den Weg nach Jeruschalajim.
Für alle Welt und besonders für Alpheios' wachsame Freunde setzte Marjama bat Schlomo in Caesarea ihr Leben in gänzlicher Zurückge-

zogenheit fort. Nach drei Monaten – diese Spanne hielt ich für ausreichend, um meine Spuren zu verwischen – sollte Schura den Haushalt auflösen, die übrigen Diener entlohnen und selbst mit ihrer Verwandten in ihr Heimatdorf zurückkehren. Ich hatte ihr nicht gesagt, wohin mich meine Reise führen würde – nur unbestimmt von Verwandten auf dem Land gesprochen. Falls Alpheios hartnäckig meine Spur verfolgen wollte, sollte er in der Umgebung von Sidon suchen.
Ich eilte mit leichten Füßen hinauf nach Jeruschalajim. Kein Weg war zu steinig oder zu steil. In der heiligen Stadt warteten Mariam und Jeschua auf mich!

## 16. Kapitel: Die Höhle

Ich war so schnell wie möglich nach Jeruschalajim aufgebrochen, obwohl der Adar noch nicht vorüber war. Pessach begann erst in rund drei Wochen. Aber ich war froh, der Hölle von Caesarea entronnen zu sein. Jeder Schritt entfernte mich von Alpheios und seinen Freunden und brachte mich zu Mariam und zu Jeschua – wie sollte ich nicht fliegen! Meine Ungeduld, die beiden wiederzusehen, war so groß, daß ich die Zinnen und Kuppeln der heiligen Stadt links liegenließ und gleich weiter südwärts nach Beit Lechem zog. Zu meiner großen Enttäuschung fand ich dort weder Mariam noch Jeschua vor. Der geschäftige Wirt gab mir mitleidig bekümmert zu verstehen, daß keine Mariam aus Nazrath bei ihm abgestiegen war und auch keine Nachricht von ihr vorlag. Natürlich – ich war ja viel zu früh für Pessach gekommen. Purim war erst vor wenigen Tagen gefeiert worden! Ich fragte nach Jeschua, dem Sohn Mariams und Josefs aus Nazrath. Der Wirt zuckte hilflos die Schultern. Ich hatte die Frage falsch gestellt.
„Hast du nicht von einem Rav Jeschua aus dem Gallil gehört? Er soll in oder bei Jeruschalajim lehren und viele Anhänger haben?“
Seine Augen leuchteten auf.
„Ach, du suchst den Wunderrav! Diesen Jeschua meinst du! In ganz Jeruschalajim redet man von niemand anderem! Er soll in Beit Hinei einen Toten wieder lebendig gemacht haben! Einen vier Tage alten Toten, der schon gestunken hat! Er ging in die Grabkammer, und dann kam der Tote noch halb in seine Grabtücher gewickelt heraus! Lebendig und gesund! Das gab vielleicht einen Aufruhr! Ich bin Wirt und habe schon viel gesehen und viel gehört, aber noch niemals eine solche Geschichte. Entweder ist er ein großer Prophet und tatsächlich

vom Herrn gesandt oder er ist der König aller Betrüger! Vielleicht steckt er ja mit diesem La'asar unter einer Decke, um das Volk aufzuwiegeln. Das behaupten jedenfalls die Priester und die Pruschim. Aber wenn er wirklich ein Prophet des Herrn ist, dann ist er so groß wie Mosche, Eliyahu, Elischa und alle anderen zusammen! Dann ist er der Maschiach und ist gekommen, um unser Volk zu befreien! Dann wird er uns aus der Knechtschaft führen, wie einst Mosche die Söhne Jisraels aus Ägypten in das verheißene Land geführt hat! Er wird wie Jehoschua vor Jericho die Trompeten blasen, und die Römer werden mitsamt ihren Schildern und Helmen wie Spreu vom Wind verweht. Dann wird er unser König – größer als David und Schlomo! Und der Herr wird die Heiden und ihre Sündenstädte schlagen wie er Sdom und Amorah mit Feuer und Schwefel geschlagen hat! Dann werden wir jauchzen und frohlocken und dem Herrn Lieder singen und tanzen, und es wird ein großes Fest sein. An Pessach wird er sich zu erkennen geben! Wir alle warten darauf. *Wenn* er der Maschiach ist und kein falscher Prophet ..."

Er seufzte und starrte mich mit weit aufgerissenen Augen an, schwankend zwischen Sehnsucht und Hoffnung – und der Skepsis und Vorsicht eines geschäftstüchtigen Wirtes, der in seinem Leben schon zu viele Betrüger gesehen hat.

„Rav Jeschua ist kein Betrüger, das kann ich bezeugen. Ich kenne ihn."

„Dann sag ihm, wenn du zu ihm kommst, daß die Söhne Jisraels nur auf sein Wort, nur auf den Wink seines kleinen Fingers warten, damit wir endlich losschlagen können und die Römer ins Meer werfen! Aber wenn er wirklich der Maschiach ist, den der Herr zu unserer Rettung gesandt hat, so weiß er um unsere Not. Und er wird das Wort sprechen, wie der Herr es ihm befiehlt! Und wir werden ihm folgen, wie die Söhne Jisraels Mosche durch das Rote Meer und die ganze Wüste Sinai gefolgt sind. Das ganze Volk wird wie ein Mann hinter ihm stehen – denn der Herr ist mit ihm."

Es war überwältigend, weil gänzlich unerwartet, aus dem Mund dieses runden Wirts, der sich nur um seine Gäste und um gefüllte Teller und Becher und seinen Geldsack zu kümmern schien, eine solch feurig begeisterte Rede zu hören. Wo eben noch joviale Geschäftigkeit und nüchterne Berechnung geherrscht hatten, flammte mir kriegerischer Heldenmut entgegen, nicht unwürdig eines Jehuda HaMaqqavi oder eines David, der nur mit seiner Schleuder bewaffnet dem Riesen Goliath entgegentreten war.

„So finde ich Rav Jeschua in Beit Hinei?" fragte ich.

„Niemand weiß es genau. In Jeruschalajim ist er jedenfalls nicht. Das wüßte ich. In Beit Hinei wird man dir aber sicher sagen können, welchen Weg er genommen hat, wenn er nicht mehr dort ist.“
„Ich werde morgen nach Beit Hinei aufbrechen. Bekomme ich für diese Nacht eine Schlafstatt? Und kannst du mir den Weg nach Beit Hinei beschreiben?“
„Junger Freund, die ganze Herberge steht dir zur Verfügung! Um diese Zeit gibt es hier kaum Pilger. Und die wenigen, die kommen, finden in Jeruschalajim Platz. Erst zu Pessach ist alles so voll, daß du vor lauter Menschen den Boden nicht mehr siehst, nicht einmal ein herabgefallenes Brotkrümelchen.“
Dann beschrieb er mir bereitwillig den Weg. Ich mußte zurück nach Jeruschalajim und von dort der Straße ostwärts nach Jericho folgen. Dann würde ich bald in Beit Hinei sein.
Am nächsten Tag, einem milden Frühlingstag, brach ich sehr früh auf und kehrte wieder nach Jeruschalajim zurück. Ich hatte mich etwas über den Umweg über Beit Lechem geärgert. So kurz vor dem Ziel und dem Wiedersehen brannte ich vor Ungeduld wie die sprichwörtlichen Pferde, die kurz vor dem heimischen Stall immer schneller laufen. Wie der Wirt mir geraten hatte, verließ ich vor Jeruschalajim die Hauptstraße und hielt mich auf kleinen Wegen durch die hügeligen Felder und Olivenhaine. Ich hatte kaum einen Blick für die Umgebung, nahm nur verschwommen die silbergrün schimmernden alten Olivenbäume wahr. Dann verschlug es mir den Atem. Ich war nach langem Steigen ein Stück ebenen Weges gelaufen. Plötzlich öffnete sich vor mir jäh ein Abgrund. Ich stand auf der Spitze eines Berges, der steil nach drei Seiten abfiel. Links und rechts vor mir – als hätte die Hand des Herrn eine tiefe Furche gezogen und die ausgehobene Erde an den Seiten aufgetürmt – erstreckten sich zwei hohe Bergkämme und säumten das Tal vor mir, als schmückten sie eine Prachtstraße. Auf dem Berg zu meiner Linken sah ich die heilige Stadt, eingefaßt von gewaltigen Mauern. Und oben auf der Kuppe, fast zum Greifen nah, so schien es mir, glänzte strahlend das goldene Dach des Tempels. Ja, dieses schimmernd weiße Marmorgebäude mit seiner Strahlenkrone aus Gold war kein irdisches, kein Menschenhaus! Es war das Heiligtum des Herrn, Beit HaMikdasch. Ich sah hinüber zu der Heiligen Stadt, und es war, als hätte sich der Himmel geöffnet und mir einen Blick in sein Innerstes erlaubt. Ich wußte, der Verbrecher und Mörder Herodes hatte die Heilige Stadt und das Heiligtum des Herrn so glanzvoll erneuert. Er war der Schlächter der Letzten der Chaschmona'im, der rechtmäßigen Herrscher Jehudas. Wie er es von den Römern gelernt hatte, hatte Herodes gemordet, sein Ränkespiel

getrieben, Steuern erpreßt und unerhörte Macht und nie gesehenen Reichtum angehäuft. Aber der Herr wählte seine Knechte, wie es ihm gefiel, und nicht, wie es die Menschen für richtig hielten. Und der Herr hatte den Mörder, Schänder und Heiden Herodes gewählt und seine Hand geführt, um sein heiliges Haus verschönern und in seiner Herrlichkeit weithin leuchten zu lassen! Unten im Tal, zwischen Tempelberg links und dem dicht mit Olivenbäumen bepflanzten Berg auf der rechten Seite, hatte sich ein kleiner Fluß sein Bett gegraben – der Kidron, dessen Lauf mich auf die Straße nach Jericho führen würde. Aber mein Blick hing fest an der hocherbauten Stadt, an dem golden leuchtenden Heiligtum, das den Himmel zu berühren schien. Erst als die Mittagssonne so heftig niederbrannte, daß Mund und Augen trocken wurden, riß ich mich aus der Verzauberung und setzte den Weg fort. Ich stieg den steilen Abhang hinab und war in zwei Stunden in Beit Hinei.

Ich brauchte nicht lange nach dem Haus des La'asar zu fragen. Es war ein schönes und großes Haus inmitten eines großen Gartens mit Obst- und Mandelbäumen. Eine Menschentraube umlagerte das Eingangstor. Ich vermutete richtig: Wann immer sich das Tor öffnete, um einen der Bewohner vom Haus herein- oder herauszulassen, versuchten die neugierigen Gaffer einen Blick auf den 'Auferstandenen' zu erhaschen. Ich kämpfte mich zum Tor durch. Der Türsteher war der vielen Fragen wohl müde geworden und hüllte sich in abweisendes Schweigen gegenüber jedermann.

„Ich will nichts von dir oder von deinem Herrn! Aber sag mir, wo ich Rav Jeschua finde!"

Keine Reaktion.

„Warum fragst du ihn und nicht uns, junger Freund!" hörte ich einen der Umstehenden lachend rufen. (Ich trug noch immer Männerkleider, die sich auf der Reise als sehr nützlich erwiesen hatten.)

„So könnt Ihr mir sagen, wo ich den Rav finde?"

Ein jüngerer Mann mit einer langen roten Narbe über der linken Wange drängte sich zu mir.

„Er soll weiter nordwärts in die Wüstenberge gezogen sein! In die Gegend von Efrajim! Genaueres weiß niemand. Wir warten hier auf ihn, solange er in der Wüste weilt und in der Zwiesprache mit dem Herrn neue Kraft zum Schlag gegen die Römer sammelt. Wenn er wiederkommt, werden wir ihm zu Diensten sein. Ich sage dir: Er ist ein zweiter Mosche, nein, er ist sogar größer als Mosche selbst, denn er besiegt den Tod und macht Tote wieder lebendig!"

„Niemand ist größer als Mosche", rief daraufhin höhnisch ein älterer, fast zahnloser Mann. Er gehörte zu einer Gruppe, die etwas abseits

stand. „Davongelaufen ist er in die Wüste! Verkrochen hat er sich vor den Menschen, weil er Angst hat!“
„Na und? Auch Yonah ist vor seiner Aufgabe davongelaufen! Und so wie der Herr dem Wal befahl, Yonah auszuspeien und an Land zu werfen, wird er auch Rav Jeschua zu uns zurückbringen! Denn er ist der Maschiach, den der Herr erwählt und zu uns gesandt hat. Zu Pessach wird er nach Jeruschalajim kommen – er muß ganz einfach kommen! Und dann geht es den Römern und allen Gojjim im Land an den Kragen! Und ganz Jehuda und Eretz Jisrael wird wieder das Land des Herrn!“
Es gab viel Beifall und Gelächter, auch Hoch- und Kampfesrufe. Die Menschen waren von dem gleichen Geist beseelt wie der Wirt von Beit Lechem. Fast alle schienen hier so zu denken. Ihre Gesichter glühten. Ein Feuer war in ihnen entzündet worden, und es fehlte nur noch der Anführer, der ihre Wut bündeln und mit einem Wort, mit einem Zeichen freisetzen und gegen die verhaßte Besatzungsmacht lenken würde.
„Er hat La'asar, der schon vier Tage in der Gruft lag, wieder lebendig gemacht“, rief ein anderer, „sollen die Römer doch ihre Legionen auf uns hetzen und uns hauen, stechen und morden! Am Abend nach der Schlacht wird er uns alle wieder lebendig machen wie den La'asar! Der Herr ist mit ihm und mit uns! Gepriesen sei sein Name!“
Ein merkwürdiges Gefühl beschlich mich. Jeschua als Kriegsheld, als Befreier von Rom? Dieses Bild paßte nicht zu dem Jeschua, den ich kannte. Ich konnte mir nicht vorstellen, daß er, der immer nur Frieden und Liebe gelebt und gelehrt hatte, zum Schlachten und Metzeln aufrief. Aber das bange Gefühl blieb.
Über das Wunder an La'asar und dessen 'Auferstehung vom Tod' machte ich mir weit weniger Gedanken. In der Gegenwart Jeschuas hatte ich beides kennengelernt: echte Heilungen und Wunder – und den schier unbegrenzten Wunderglauben der Menschen. Aber vielleicht konnten ohne diesen Wunderglauben die wirklichen Wunder nicht geschehen. 'Dein Glaube hat dir geholfen', hatte Jeschua immer gesagt ...
Es war unmöglich, in Beit Hinei eine Herberge zu finden. Da die Sonne noch hoch stand, beschloß ich, gleich nach Efrajim weiterzuziehen.
Der Weg war schlecht und sehr schmal, gerade eine Ochsenkarrenspur breit. Er wand und schlängelte sich an den zerklüfteten Berghängen entlang, fiel hinab in die schon ausgetrockneten Flußtäler und stieg auf der anderen Seite wieder hinauf. In dieser Einöde begegnete ich keinem Menschen. Als der Ort noch immer nicht zu sehen war,

und die Sonne schon lange Schatten über die goldgelb bestrahlte Landschaft warf, waren meine Beine schwer und träge geworden. Ich bewegte mich nur noch stolpernd vorwärts. Der Boden war steinig und ließ keine Wagenspuren mehr erkennen. Plötzlich packte mich die Furcht, ich könnte den Weg verloren und mich in dieser menschenfeindlichen Wildnis verirrt haben. In dieser Furcht und Unsicherheit wurden meine Glieder doppelt so schwer und zitterten vor Anstrengung. Mein Verstand sagte mir, daß ich zurückgehen müßte, um die Wegspur wiederzufinden, und antwortete im gleichen Atemzug, daß ich mich bei der bald hereinbrechenden Dunkelheit erst recht verlaufen würde. Es war das beste, an Ort und Stelle zu bleiben und den nächsten Morgen abzuwarten. Im hellen Tageslicht würde ich den Weg wiederfinden. Außerdem war die Wahrscheinlichkeit, einem Bauern oder Händler über den Weg zu laufen, dann erheblich größer. Ich fand in der Nähe eine muldenartige Vertiefung, die sogar einigen Schutz gegen die kühlen Nachtwinde versprach. Der Berghang, auf dessen halber Höhe sich der Weg hinzog, war glücklicherweise nicht steil, so daß ich auch nicht Gefahr lief, versehentlich abzustürzen.

Es wurde eine kalte, eine ungemütliche Nacht. Ich zitterte und fror in der Wüstenkälte. Ungewohnte Geräusche ließen mich immer wieder hochschrecken. Sicher hausten hier wilde Tiere. Nicht einmal ein Feuer konnte ich machen. Die schmale Mondsichel gab nur wenig Licht und das auch nur, wenn die vorbeiziehenden Wolken sie nicht verdeckten. Ich zog den Mantel dichter um mich, hockte mich auf mein Bündel und lehnte mich an den Felsen. In meiner Angst betete ich zum Herrn und bat um seinen Schutz. Wenn ich so betete, lockerte die Angst ein wenig ihren Griff. Trotzdem schien die Zeit stillzustehen – die Nacht nahm kein Ende.

Dann ein scharrendes Geräusch über mir. Es wurde immer lauter. Steine lösten sich und rollten den Berg herab. Etwas näherte sich. Mensch oder Tier – ein großes Tier! Kalte Angst kroch in mir hoch. Sollte mich der Tod finden, bevor ich Jeschua wiedergefunden hatte? Sollten mein Aufbruch, mein Suchen, die ganze lange Wanderung von Caesarea nach Jeruschalajim und Beit Lechem, nach Beit Hinei und Efrajim nur dazu gedient haben, einer hungrigen Bestie den Magen zu füllen? In meiner wehen Einsamkeit und Verlassenheit schluchzte ich laut auf.

„Wer ist da?“ rief es laut. Wie ein Donnerschlag durchfuhr es mich. Diese Stimme kannte ich.

„Jeschua? Bist du es?“

„Wer ruft meinen Namen?“

Ich sprang auf.
„Ich bin es, Mirjam! Mirjam, die du geheilt hast! Mirjam, die dich verlassen hat und nun aus Caesarea gekommen ist, um dich zu suchen!"
Ich lachte und weinte und suchte das Dunkel nach seiner Gestalt ab. Ich hörte ihn den Hang hinunterspringen – dann stand er vor mir. Ich fiel ihm weinend in die Arme.
„Mirjam – du! Ich kann es nicht glauben! Ich habe gebetet und gebetet. Und der Herr hat mir dich gesandt! Dich von allen!"
Er griff sich an den Kopf, faßte meine Schultern, wie um sich zu vergewissern, daß er nicht träumte. Dann, als ihm meine Gegenwart zur Gewißheit geworden war, richtete er sich auf und sagte mit anderer Stimme:
„Komm mit – hier kannst du nicht bleiben. Nicht weit von hier gibt es eine Höhle, in der ich hause. Dort bist du sicher, und es ist wärmer als hier draußen."
Er half mir langsam und vorsichtig den Berg hinauf. Kurz vor der Kuppe öffnete sich der Fels. Ein dunkler Schlund gähnte uns entgegen, und Jeschua führte mich hinein. Er brachte mich zu einem Lager aus Stroh und getrockneten Moosflechten und bettete mich sanft darauf. So glücklich und aufgeregt ich durch unser Wiedersehen war – ich muß in Schlaf gefallen sein, kaum daß ich lag.
Ich wachte durch laute Stimmen auf. Als ich die Augen öffnete, fiel ein Streifen heller Sonne in die Höhle. Ich konnte nicht erkennen, wie spät es war. Ich war allein. Die Stimmen kamen vom Höhleneingang. Jeschua stand draußen und sprach mit einigen Männern. Dann erkannte ich langsam auch ihre Stimmen. Ich hörte Schim'on bar Yonahs sanften Baß, die fordernd-rechtende Stimme von Bar-Tolmai. Dann eine fremde Stimme – der Sprecher mußte noch recht jung sein. Dann eifrig bittend Jehuda aus Kriot.
„Seid doch leise! Ihr braucht in dieser Stille doch nicht so zu brüllen", hörte ich Jeschua halblaut. In dem sich anschließenden Gemurmel konnte ich zwar die einzelnen Sprecher erkennen – aber was sie sagten, drang nur undeutlich zu mir in die Höhle. Ab und zu schnappte ich ein Wort, einen Halbsatz auf. Allmählich setzte sich mir der Sinn zusammen: Jeschuas Schüler baten ihn inständig, mit ihnen zu kommen und nach Jeruschalajim zu ziehen. Jeschua weigerte sich mit harter Stimme und schickte sie fort. Lange ging es hin und her. Schließlich fügten sie sich murrend, nicht ohne die Ankündigung, am nächsten Morgen wiederzukommen und ihn dann zu holen.

„Geht doch endlich, laßt mich allein! Ich kann euch hier nicht gebrauchen. Wenn ihr etwas für mich tun wollt, dann geht und betet für mich und für euch auch!"
Ich hörte widerwillig gemurmelte Abschiedsworte und das Scharren sich entfernender Schritte. Ich hatte mich aufgerichtet, um den Wortwechsel besser verstehen zu können. Als es draußen still wurde, legte ich mich schnell wieder hin und stellte mich schlafend. Ich wollte so schnell nicht das Schicksal der früheren Gefährten erleiden.
Langsame, schwere Schritte näherten sich meinem Lager. Ich spürte Jeschuas Blick und öffnete unwillkürlich die Augen. Zum ersten Mal seit unserer Trennung sah ich sein Gesicht – und erschrak. Seine Wangen waren eingefallen, die Augen lagen tief zurückgesunken, aus ihnen sprach unendliche Müdigkeit. Der Bart und die Schläfenlocken waren grau gesträhnt. Falten und Schatten ließen nichts mehr von dem Glanz erkennen, der früher von ihm ausgegangen war. Ein alter, müder und gebeugter Mann stand vor mir. Er lächelte mich mühsam an. Seine Hände zitterten ein wenig, als er sie zum Gruß faltete.
„Jeschua, was ist mit dir", schrie ich unwillkürlich. „Bist du krank? Was hat dich so verändert? Kann ich dir helfen?"
Er ließ sich neben mir nieder, und die Art, wie er sich setzte, krampfte mir das Herz zusammen. Er ließ sich fallen, wie man einen Haufen alter Lumpen fallenläßt – gleichgültig, achtlos. Und das von Jeschua, dessen kleinste Bewegung früher nichts als gesammelte Energie, Liebe und Aufmerksamkeit gewesen war! Er saß neben mir mit gesenktem Kopf und schwieg. Ich wußte nicht, was ich sagen sollte.
„Ich bin am Ende, Mirjam", brach er dann endlich das Schweigen. „Das ist alles. Ich kann so nicht mehr weiter."
Es war verrückt. Ich war zu ihm geeilt, weil ich mir Hilfe erhofft hatte, seine Hilfe. Nun war er selbst völlig am Ende – ausgebrannt, leer. Selbst das Sprechen fiel ihm schwer. Nein, es stimmte nicht, daß ich zu ihm gezogen war, um seine Hilfe zu finden. In Wahrheit hatte ich ihn gesucht, weil ich ihn immer noch liebte und die Hoffnung nicht aufgegeben hatte, daß er seine Liebe doch noch zulassen würde. Als er so gebrochen vor mir saß, liebte ich ihn mehr denn je. Ich hatte ihn als den liebestrahlenden Rav und Mann geliebt und begehrt – nun mischte sich ein weicheres, zartes Gefühl hinein, die Sehnsucht, ihn in die Arme zu nehmen, ihn zu halten und zu beschützen. Ein fast mütterliches Gefühl.
„Wie ist es gekommen", fragte ich vorsichtig, „hast du dir zu wenig Ruhe gegönnt? Auf dem ganzen Weg hörte ich von dir, dem Wundermann, dem Maschiach, den der Herr gesandt hat und der Tote auferwecken kann! Man spricht nur von deiner Macht und Stärke – und

daß du die Römer vertreiben wirst! Man nennt dich den künftigen König von ganz Jisrael. Und nun finde ich dich – allein, krank und elend! Wie kommt das zusammen?"

„Verstehst du das nicht? Sie wollen nur ihre Wunder haben! Sie wollen einen Helden, einen Maschiach, einen Gottessohn, dem sie folgen und sich hingeben können. Sie wollen den mächtigen Krieger und König, der sie von den Römern befreit und der den Glanz der Könige David und Schlomo wieder zum Strahlen bringt. Das ist alles, was sie von mir sehen und verstehen. Und das, was ich ihnen eigentlich sage und predige, hören sie nicht – nicht einmal meine eigenen Schüler! Es ist, als ob man einem unverständigen Kinde alle Schätze der Welt zu Füßen legt, damit es sich das Kostbarste davon aussuchen kann. Und aus all den Schätzen wählt es sich einen bunten Flitterfetzen und läßt Gold, Silber und Edelsteine gleichgültig liegen! Ich will ihnen zu wahrem Glück verhelfen. Ich bringe ihnen das Beste und Höchste: die Liebe des Herrn, und sie sehen nur Macht, Kampf und Vorherrschaft! Ich lehre sie das ewige Leben, und sie glauben, die Steine von den Grabkammern wälzen zu können. Sie nehmen es als göttliche Versicherung, um gegen die Römer zu kämpfen. Ich kann sie ja wieder lebendig machen, wenn sie im Kampf sterben! Sie wollen von ihren Krankheiten und Gebrechen geheilt werden – aber Bosheit, Neid und Streitlust sollen weiter in ihren Herzen hausen dürfen. Daß die Priester, die Zedokijim und die Pruschim nichts begreifen und nichts wissen wollen, war mir schon klar. Aber selbst meine Schüler sehen und begreifen nichts. Es sind jetzt mehr als ein Dutzend. Sie leben mit mir und hören tagtäglich meine Worte. Sie sehen, was ich tue – und sie haben nichts anderes im Kopf, als sich zu fragen, wer unter ihnen der erste ist und wie oft sie sich untereinander vergeben müssen!

Es ist, als ob die Menschen in der Dürre der Wüste zum Herrn schrien, und er erbarmte sich ihrer und schickte ihnen in seiner unendlichen Liebe nicht nur ein kleines, dürftiges Rinnsal, sondern einen großen Strom. Und anstatt sich darüber zu freuen und dankbar das Wasser zu trinken, die trockene Erde damit zu wässern, Früchte anzubauen und das Land in einen Garten Eden zu verwandeln, trinken sie es mit saurer Miene und ärgern sich, daß der verhaßte Nachbar auch daraus schöpfen darf! Ich sehe wohl ihre Angst und die Gier, die sie so verblendet. Aber ich weiß nicht mehr, wie ich sie erreichen soll, und ich verliere alle Kraft und Geduld. Vor einiger Zeit habe ich in einem Wutanfall die Händler und Geldwechsler aus dem Tempel hinausgeworfen. Nach einer Stunde saßen sie natürlich alle wieder drinnen, und die Priester und Pruschim feixten und klopften sich vor Vergnü-

gen auf die Schenkel. 'Und so einer predigt die Liebe', sagten sie, 'jetzt habt ihr selbst seine Liebe sehen und schmecken können! Im Hause des Herrn, den er frech und dreist seinen Vater nennt, hat er gehaust wie ein Wilder, um nicht zu sagen, wie ein Irrer. Seine Liebe ist der Knüppel, und seine Lehre die Verhetzung aller wahrhaft Gerechten und Frommen!'
Ich habe den La'asar wieder zum Leben erweckt. Und anstatt sich zu fragen, wie und warum ich das getan habe, aus welcher Kraft und aus welchem Glauben, um es selbst erlernen und vollbringen zu können, wollen sie nur noch mehr Wunder. Sie machen mich zum Wundertier – zum Goldenen Kalb unter den Propheten. Das ist ja auch so viel einfacher, als selbst an den Vater zu glauben und selbst etwas zu tun. Anstatt sich selbst der Liebe des Vaters zu öffnen und darin zu leben, erniedrigen sie sich zu meinen Sklaven und beten mich wie Gott selbst an. Mirjam – ich habe völlig versagt. Ich weiß einfach nicht mehr weiter!
Du kennst vielleicht die Geschichte meiner Versuchung in der Wüste, nachdem ich mein Elternhaus verlassen hatte. Wie leicht es in der Wüste war, allen Verlockungen zu widerstehen! Ich hielt mich danach für immer gefeit. Wie blind, hochmütig, selbstgerecht und dumm ich war! In Wahrheit hat Satan gesiegt – und ich hatte es nicht einmal gemerkt! Erst jetzt haben sich mir die Augen geöffnet. Erst jetzt sehe ich, was ich getan habe! Erst jetzt sehe ich, wer ich bin: ein törichter kleiner Prophet, der glaubt, von Gott zu sprechen, und in Wahrheit nur sich selbst erhöht. Sie beten nicht mehr zu Gott – sie beten zu mir! Ich könnte lachen, wenn ich sehe, wie erfolgreich ich allen Versuchungen erlegen bin – wenn es mich nicht vor mir selbst so ekelte."
Ich schrie auf. Es war unerträglich, seine Selbstvorwürfe, seine Selbstzerfleischung mit anhören zu müssen.
„Nein, Mirjam, widersprich mir nicht. Du hast mich einmal beschuldigt, daß ich den Menschen nur Steine statt Brot gebe. Du hattest völlig recht."
„Aber das war doch im Zorn dahingeworfen", unterbrach ich ihn.
„Das ändert nichts an der Wahrheit. Laß mich weitersprechen. Ich will dir alles erklären. Ich will versuchen, es wenigstens einem Menschen zu erklären.
Damals in der Wüste hatte ich gefastet und allein vom Wasser einer kleinen Quelle gelebt. Nach vierzig Tagen spürte ich kaum noch meinen Körper. Ich hatte nicht einmal mehr Verlangen nach Brot oder anderer Nahrung. Ich fühlte mich so leicht und klar, als hätten mein Geist, meine Seele in frischem Wasser gebadet – ich war eins mit Gott und seiner Liebe. Die göttliche Liebe erfüllte mich mit einer solchen

Kraft und geistigen Klarheit, daß mein Körper zitterte und ich zu fürchten begann, es könnte ihn zerreißen. Ich mußte mich wieder stärken und etwas essen, um diesen Strom göttlicher Energie überhaupt aushalten zu können. Ich brach also das Fasten ab und ging zum nächsten Ort, um mir Brot zu besorgen. Ich ging – und meine Füße schienen nicht den Boden zu berühren. Eigentlich hatte ich keine Füße und keinen Körper mehr. Ich spürte keine Schwere, keine Begrenzung. Ich ging und verschmolz mit dem Boden, mit den Felsen – die Luft und mein Atem wurden eins, und es gab keine Trennung zwischen mir und der Erde oder dem Himmel. Als ich dies – immer noch durchströmt von dieser unendlichen Kraft und Liebe – verwundert feststellte, sagte ich mir: Wenn zwischen mir und den Felsen kein Unterschied ist, wenn wir in Wahrheit alle eins sind in Gott – wozu dann noch weitergehen? Dieser Stein zu meinen Füßen ist Stein, und er ist auch mein Körper. Und er ist das Brot, das ich suche. Es gibt keinen Unterschied. Die göttliche Kraft wird, wenn ich dies will, diesen Stein in frisches Brot verwandeln! Und in dem Augenblick, als mir das klar wurde, wußte ich, daß ich nie mehr hungern würde. Daß es mir niemals an etwas mangeln würde! Ich hatte gefastet, um zu erkennen, daß ich gar nicht fasten konnte! Alles, wonach mich je verlangte, hatte der Herr in meine Hand gegeben!
Ich nahm den Stein. Und die göttliche Kraft verwandelte ihn in Brot – in frisches, knuspriges, duftendes Brot! Ich sah mich, wie ich alle Steine und Felsen der Wüste mit einem Gedanken in alles verwandelte, was mir gerade einfiel: in Brot und Früchte für die Hungernden, in Häuser und Kleider für die frierenden Armen und Obdachlosen, in gutes Werkzeug für unsere Handwerker – selbst in Gold, Silber, Edelsteine und prächtige Gewänder. Wunderschöne Frauen umringten, bedienten und schmückten mich. Sie lächelten mir zu und warteten nur darauf, daß ich eine von ihnen herbeiwinkte und ihr meine Liebe schenkte. Und da – als ich alles hatte, was ich nur begehren oder wünschen konnte –, da befiel mich eine merkwürdige Unzufriedenheit. Und ich wußte, das Entscheidende, das Wirkliche, das Wichtigste fehlte: Der Herr war nicht mehr gegenwärtig. Ich spürte nicht mehr seine Liebe! All die kostbar glitzernden Dinge, die ich vor mir aufgetürmt hatte, erschienen mir leer und nichtig. Das Lächeln der Frauen gefror, und ich sah ihre Leiber welken. Ihre Augen grinsten mich aus Totenschädeln an, und statt ihrer zarten, schlanken Finger wanden sich mir eklige Würmer entgegen. Und ich erkannte, daß die Macht, die mich Stein in Brot verwandeln ließ, die Macht des Todes, des Verfalls und der Leere ist – denn der Herr, der lebendige Gott und Schöpfer allen Lebens, war nicht in ihnen und nicht mehr bei mir.

Es ist wahr, was geschrieben steht: Der Mensch lebt nicht vom Brot allein, sondern allein von dem, was aus der Liebe Gottes kommt. Da warf ich das Brot zur Erde, und es war wieder ein Stein wie vorher. Das war in der Wüste.
Aber dann kam ich zu den Menschen. Als sie mir ihren Hunger nach einem Bissen Brot entgegenschrien, hörte ich darin noch lauter, wie ihre Herzen nach der Liebe des Vaters schrien. Da gab ich ihnen Brot und Fische und füllte ihre Herzen mit der göttlichen Liebe, damit ihr Hunger gestillt würde. Und sie aßen die Brote und Fische und spürten die unendliche Liebe, die sie nie gekannt hatten. Aber in der Liebe, die sie durch mich erfuhren, übersahen sie die Liebe des Herrn, die in ihnen selbst wirkt und wie eine verschleierte Braut darauf wartet, vom Bräutigam erkannt zu werden. Und als sie gesättigt waren, vergaßen sie die göttliche Liebe, und zurück blieb das Wunder der Brote und Fische, das *ich* vollbracht hatte! Sie glaubten an mich und suchten nicht mehr den Herrn selbst. Weißt du noch, wie ich sagte, man solle nicht neuen Wein in alte Schläuche füllen? Aber ich selbst gab ihnen nicht lebendigen Wein, sondern nur leere Schläuche, Steine statt Brot und schöne Worte anstelle eigener, lebendiger Erfahrung.
Ich habe das Jammern und Klagen der Kranken und Sterbenden gehört und habe sie durch die unendliche Liebe des Vaters geheilt. Nun vertrauen sie mir und nicht dem Vater – und ich bin ihr Herr und Heiland. Als ich im Sturm auf dem Kinneret-Meer die Angst der Männer sah, ging ich erfüllt von der göttlichen Liebe hinaus auf das Wasser und glättete die Wellen des Meeres. Nun schreien sie in ihrer Angst zu mir, anstatt die Quelle der Hilfe in sich selbst zu suchen!
Ich habe Liebe verschenkt, ihre Bäuche mit Brot und Fischen gefüllt. Ich habe ihnen die Angst genommen und Kranke geheilt und von der Liebe des Herrn gesprochen. Nun streiten sie um meine Worte, aber den Geist sehen sie nicht. Ich habe nicht einen zu der Quelle führen können, aus der meine Liebe und meine Worte fließen. Ich habe nur leere Zisternen gefüllt. Und wenn sie die Zisternen ausgeschöpft haben, wissen sie nicht, wie sie frisches Wasser finden können. Anstatt sie anzustacheln, selbst auf die Suche nach der Quelle zu gehen, habe ich sie satt und träge gemacht."
„Wenn du nicht diese Liebe verschenkt und Kranke geheilt hättest, säße ich jetzt noch mit stierem Blick auf dem Tavor – ein Menschenklotz aus Stein, unfähig zu irgendeiner Regung", warf ich ein. Aber er achtete nicht auf meine Worte.
„Nun höre, wie ich auch der zweiten Versuchung erlegen bin: Als ich weiter durch die Wüste ging, sah ich von einem Berg fern das goldene

Dach des Beit HaMikdasch leuchten. Wie eine Perle die unscheinbaren Muschelschalen überglänzte es die kahlen Wüstenberge. Eine große Sehnsucht erfaßte mich. Ich wünschte mir, dort oben beim Tempel zu sein. Im gleichen Augenblick schwebte ich über dem Heiligtum. Ich sah das Gewimmel der Menschen in den Höfen, ich sah die dicht gedrängten Häuser und Dächer der Stadt und ich sah die Hügel ringsum mit ihren Feldern und Hainen, die hart bis an die nackte Wüste grenzten. Ich sah alles so deutlich und klar, als stünde ich tatsächlich auf den obersten Zinnen der Türme des Tempels.
'Wenn ich jetzt zum Herrn bete, daß er mich herabschweben und zu den Menschen sprechen läßt', schoß es mir durch den Kopf, 'dann werden sie dies als das göttliche Zeichen erkennen. Dann werden sie glauben, daß ich wahrhaft vom Vater berufen bin, um in seinem Namen zu sprechen und seine göttliche Liebe und Gnade zu verkünden. Im Angesicht dieses Zeichens werden sie sich nicht mehr von der Verachtung und den Drohungen der Priester und Pruschim einschüchtern lassen. Dann werden sie erkennen, daß der lebendige Gott der Gott der Liebe ist und nicht der Gott der Strafe und Rache, der einteilt in rein und unrein, in gerettet und verworfen! Wenn ich so über ihren Häuptern erscheine, wird es ein Ende haben mit dem ewigen Schreien der Priester nach Opfern und Opfergaben, mit dem Beharren der Pruschim auf ihren engen, trockenen Buchstabendeutungen. Mit diesem Zeichen wird der Vater ihre falschen Lehren ersticken, wie er damals die Opferfeuer Achavs und Jesevels erstickte und das Brandopfer des Eliyahu hoch auflodern ließ!' Und ich wußte, daß der Vater mein Gebet erhören würde, so wie er das Gebet Eliyahus erhört hatte.
Aber als ich Eliyahu und sein Opferfeuer so vor Augen sah, wußte ich auch, daß ich nicht vom Tempel herabschweben und nicht zu den Menschen sprechen durfte. Gott hatte allen Menschen durch Eliyahu sein Zeichen gegeben – und alle hatten sie daraufhin zum Herrn gebetet. Aber sie sahen nur seine Macht, die das eine Feuer zum Lodern und das andere zum Erlöschen bringt. Haben sie darum den lebendigen Gott in ihren Herzen gesehen oder gehört? Und nach Eliyahu kamen die Priester und Pruschim. Sie lehren die Allmacht des Herrn. Aber vom lebendigen Gott wissen sie so wenig wie Achav und Jesevel! Wenn ich vom Tempel herabgeschwebt wäre, hätten die Menschen darin ebenso nur die Macht und die Wunderkraft des Herrn gesehen. In ihren Herzen wären sie die gleichen geblieben. Und nach mir würden wieder Priester und andere kommen und dieses Zeichen auslegen. Sie würden darin wieder nur die Macht des Herrn sehen und verherrlichen. Aber seine Liebe hätten sie dadurch

ebensowenig erkannt wie die Zedokijim und Pruschim nach Eliyahu! Mit äußeren Zeichen und Wundern würde ich nichts erreichen – im Gegenteil.
So löste ich mich vom Tempel und ging weiter in die Wüste und fühlte mich ganz in Einklang mit den Worten der Torah: 'Du sollst Gott, deinen Herrn, nicht versuchen.'
Und was habe ich dann in Wirklichkeit getan? Einmal glaubte ich, daß Schim'on, Jehuda und Jochanan, den du noch nicht kennst, der eigenen, lebendigen göttlichen Erfahrung ganz nahe wären. Ich wollte ihnen dabei helfen. Ich dachte nicht mehr an den Tempel oder an Eliyahu, Achav und die Brandopfer. Ich wollte ja auch nicht die Größe des Herrn und meine Sendung beweisen. Ich wollte ganz still im Verborgenen wirken. Ich spürte nur ihre Sehnsucht, selbst die Stimme des Herrn zu hören. Also nahm ich sie mit auf einen Berg, wo wir ganz ungestört waren. Dann setzten wir uns, und ich riet ihnen, sich in der Stille ganz auf den Herrn zu konzentrieren. Ich betete zum himmlischen Vater, er möge sich ihnen offenbaren. Ich geriet in eine tiefe Versenkung. Ich war eins mit der Göttlichkeit des Vaters, und seine Göttlichkeit war eins mit mir. Als ich mich ihnen schließlich wieder zuwandte, starrten die drei mich so verängstigt und ehrfürchtig an, als sei ich nicht mehr von dieser Welt, sondern ein überirdisches Wesen. Auf meine Fragen stotterten sie heraus, was sie gesehen und erlebt hatten. Sie hatten nur auf mich geachtet. Dann hatten sie wohl die Tiefe und Kraft meiner Versenkung gespürt und wurden in diesem Sog selbst still und klar. Aber anstatt sich nun selbst ganz dem Herrn zu öffnen und ganz nach innen zu gehen, blieben sie auf halbem Weg stehen und starrten gebannt weiter nur auf mich. Dann 'sahen' sie neben mir Mosche und Eliyahu, ebenso 'verklärt' wie mich. Und sie hörten eine Stimme, die sagte: 'Dies ist mein lieber Sohn, an welchem ich Wohlgefallen habe.' Und das Verrückte ist: anstatt zu begreifen, daß *sie* die Stimme gehört hatten und daß *sie* damit gemeint waren – denn wir sind alle die Kinder des Vaters –, bezogen sie die Worte nur auf mich und sahen in ihnen den klaren Beweis, daß ich der Maschiach und ein göttliches Wesen bin. Ich war für sie der Sohn des Herrn. Im Grunde stimmt es ja auch – nur: dasselbe gilt für sie selbst und alle anderen Menschen auch! Aber anstatt ihre eigene göttliche Natur und Abstammung zu erkennen und mir endlich auch im Geiste Brüder zu werden und selbst zu sehen, anstatt mir nur zu glauben, trieb sie dieses Ereignis nur weiter weg von der eigenen göttlichen Erfahrung. Der Abstand verkleinerte sich nicht, wie ich gehofft hatte, er wurde riesengroß! Ich war Gottes Sohn – so hatte der Herr es ja selbst gesagt. Und sie waren nichts als unvollkommene menschliche Sünder,

Abkömmlinge Adams, geschaffen aus einem Lehmkloß! Ihre Verehrung für mich, ihre völlig kindliche Hingabe an mich steigerte sich in einem Ausmaß, daß ich zutiefst erschrak. Ich verbot ihnen strengstens, über das, was sie auf dem Berg gesehen und erlebt hatten, zu reden. Aber du kannst dir vorstellen, was sie an Andeutungen und geheimnisvollen Anspielungen von sich gaben. Schon ihre Blicke, ihre Gebärden, ihre ganze Haltung offenbarte jedem Menschen mit einigermaßen wachen Sinnen, daß etwas Besonderes vorgefallen sein mußte. Ihre Ergriffenheit, Ergebenheit und Ehrfurcht mir gegenüber sagten mehr als tausend Worte. So endete mein Versuch, sie der Gegenwart des Vaters näherzubringen ..."

Während er sprach, fing etwas in seinen Worten an, mich zu ärgern. Als er in einem langen, erschöpften Schweigen endete und seine Worte noch einmal an mir vorüberzogen, erkannte ich, was es war – und in einem plötzlichen Auflachen sagte ich:

„Warum hast du auch keine Frauen mit auf den Berg genommen?"

„Du lachst über mich?" In dem Dämmerlicht der Höhle erforschte er mein Gesicht. Dann trafen sich unsere Blicke – er verstand.

„Du meinst, wenn ich Frauen dabei gehabt hätte, hätten sie gehört: 'Dies ist meine liebe Tochter, an welcher ich Wohlgefallen habe' – und es wäre nicht zu diesem Mißverständnis gekommen?"

Er lachte – und sein hohles, schmerzverzerrtes Lachen tat mir genauso weh wie seine verzweifelte und hoffnungslose Rede zuvor.

Er nahm meine Hände. „Laß mich noch zu Ende erzählen. Du weißt noch nicht alles. Ich will dir erzählen, wie ich auch der dritten Versuchung glorreich erlegen bin. Nach meinem vierzigtägigen Fasten gelangte ich am Rand der Wüste auf einen Berg. Auf dem Hang gegenüber lag ein Dorf. Als ich hinüberschaute, wurden wie durch einen Zauber Berge und Täler durchsichtig, und Zeiten und Räume waren nicht mehr getrennt. Ich sah alle Reiche der Welt vor mir liegen, und ich sah ihr Schicksal durch alle Zeiten. Ich sah das Land unserer Väter in seiner ganzen Länge und Breite. Und mein Blick reichte weit und weiter darüber hinaus: ich sah das Land der Griechen und der Römer. Ich sah das Land der Perser und aller Völker im Osten, im Westen und im wilden Norden. Ich sah die Reiche dieser Länder kommen und gehen, ich sah die vergangenen und die künftigen Reiche dieser und aller Welten. Und ich sah, wie sich die Könige und ihre Völker vor mir neigten, ich sah die Priester Räucherwerk vor mir anzünden und vor mir auf die Knie sinken – und alle warteten nur darauf, daß ich das Wort sprach und sie rettete. Die Liebe des Herrn floß in mich ein und begann, aus mir zu leuchten. Das göttliche Licht überstrahlte die Länder und Völker. Ich spürte die unermeßliche Macht, die steinernen

Herzen zu erweichen und die Liebe des Vaters hineinfließen zu lassen. Ich brauchte es nur zu wollen, und alle Menschen würden die Liebe des Vaters selbst erfahren und erkennen. Allen würde sie offenbar, und jeder würde Gott in sich selbst wie im anderen erkennen. Haß und Feindschaft hätten ein Ende, und Liebe und Freundschaft regierten von da an allein. Ja, alle Liebe des Vaters war in diesem Augenblick in mir gebündelt – und an mir war es, alles Leid und Elend aus der Schöpfung zu tilgen. Ich konnte mit einem Schlag alle Menschen der Gegenwart, Vergangenheit und Zukunft aus ihrer Angst und Verblendung retten, wenn ich nur gewollt hätte.
Ich wollte schon das Wort sprechen – da erkannte ich meinen Frevel. Wer war denn ich, daß ich darüber urteilte, ob die Schöpfung des Vaters vollkommen oder unvollkommen war. Hatte der Vater von seiner Schöpfung nicht gesagt: 'Siehe, alles ist sehr gut!' Wer war ich, daß ich nur in das Dunkel des Leides starrte? In leuchtenden Lettern standen die Worte aus Ijov vor meinen Augen: 'Wo warst du, als ich die Erde gemacht habe. Weißt du, wer ihr das Maß gesetzt hat oder wer über sie eine Richtschnur gezogen hat?' Dies hatte der Herr dem Ijov aus dem Gewitter entgegengeschleudert, als das Ausmaß der Leiden Ijovs Fassungskraft überstieg und er in seiner Verzweiflung wagte, mit dem Herrn zu rechten. Ich hatte mit dem Herrn nicht gerechtet – ich hätte mich beinahe an seine Stelle gesetzt! Hatte ich denn Himmel und Erde erschaffen und zwischen Tag und Nacht geschieden? Hatte ich Licht und Dunkelheit, Freude und Leid getrennt? Wer war ich, daß ich mir anmaßte, in das Werk des Herrn einzugreifen und seiner Schöpfung das Ende zu bereiten? Denn wenn ich das Wort sprach – und Zeiten und Räume mit einem Schlag aufhob –, so war das das Ende aller Trennung und allen Leidens, und alles, was als Teil unvollkommen und bedürftig war, fand wieder ins Ganze. Wer war ich, daß ich alle Grenzen aufhob, um es 'besser' zu machen als der Herr selbst? Ich hatte die Macht, das Ende aller Tage und Zeiten herbeizuführen – aber es war in Wahrheit nicht meine eigene Macht, sondern die Macht des Vaters, der mir seine Liebe und Kraft verlieh.
Ich war nur ein kleines Werkzeug in der Hand dessen, der alles erschaffen hat. Und ich erkannte, daß es nicht bei mir, dem Werkzeug, sondern allein beim allmächtigen Vater lag, das Ende aller Zeiten und allen Leides zu bestimmen. Ich riß mich aus meinem Traum. Denn ein Traum war es, daß ich der Erlöser von allem Leid, von aller Angst und von aller Schuld sein sollte. Ein Traum, den mir der Satan des Stolzes, der Überhebung, der Verblendung und der Vermessenheit eingegeben hatte. Einen Augenblick lang hatte ich mich von der Un-

ermeßlichkeit und Fülle der Liebe überwältigen lassen und dabei weniger die Liebe als ihre Allmacht empfunden. 'Gebrauche deine Macht zur Rettung aller Menschen!' Das war die Stimme des Versuchers, der mich doch nur von der göttlichen Quelle abschneiden wollte. Da lachte ich über ihn und schwor mir, allein dem Herrn, dem lebendigen Gott, zu dienen, in dessen Händen allein das Ende von Himmel und Erde liegt. Immer wieder betete ich: Du sollst Gott, deinen Herrn, anbeten und ihm allein dienen.

Als ich in der Wüste auch dieser dritten Versuchung widerstanden hatte, fühlte ich mich so leicht, so durchdrungen von der göttlichen Liebe, daß ich – sicher vor allen kommenden Versuchungen – im Dienst des Vaters in die Welt hinausgehen und den Menschen seine Liebe verkünden wollte.

Ich habe versucht, den leidenden, verzweifelten und geängstigten Menschen die göttliche Liebe und Vergebung nahezubringen und sie auf den Tag des Herrn vorzubereiten, an dem alles Leiden ein Ende hat. Und dieser Tag ist nahe – ich weiß es. Denn der Herr liebt uns Menschen. Und in seiner Liebe wird er sich uns leidenden Menschen erbarmen! Darauf wollte ich die Menschen vorbereiten. Ich wollte es nicht mehr erzwingen, nicht mit übermenschlicher Zaubermacht, nicht mit einem gewaltigen Machtwort, sondern allein durch die Kraft der Liebe und des Vertrauens.

Aber das Elend war so groß, so unerschöpflich! Allein war ich ein verlorener Felsen im Ozean, der von den Fluten zu Sand zerrieben würde, statt sie zu bändigen. Also suchte ich Schüler. Schüler, die ich lehrte, und die hundertfach, tausendfach das weitertragen sollten, was ich sie gelehrt hatte. Die Schüler würden durch mich Gottes Liebe erfahren. Und diese Liebe würden sie weitertragen – bis zu der Stunde, da der Herr selbst das Ende aller Räume und Zeiten hereinbrechen ließ. Mit Schim'on fing es an. Und dann wurden es immer mehr, die ich um mich versammelte.

Und was habe ich getan? – Ich habe meine Schüler von ihrer gewohnten Arbeit weggelockt, die ihnen nicht nur Brot und ein Dach über dem Kopf gab, sondern auch die Freude und Genugtuung, für sich und ihre Familien sorgen zu können. Ich habe sie aus den Armen ihrer Frauen und Kinder gerissen. Ich glaubte, ich würde ihnen etwas Besseres geben. Sie sollten ein Leben der Heiligung führen. Ich hielt es ja auch nicht für nötig, ein Handwerk zu erlernen. Warum Zimmermann werden wie mein Vater? Ich diente dem Herrn – und der Herr sorgte für mich und die Meinen. Aber auf diese Weise trennte ich mich von den Menschen und erhob mich über sie und ihr Leben. Sie blieben in den Sorgen und Nöten des täglichen Daseins gefangen. Ich diente dem Herrn – und sie durften mir dienen. Ich nahm das Brot aus ihren abgearbeiten Händen und ließ mir den Wasserkrug reichen. Sicher – ich saß bei den Zöllnern, ich scheute nicht vor Huren und Ehebrechern oder Aussätzigen zurück, aber nur deshalb, weil ich wußte: Ich war göttlich und sie waren göttlich, aber ihre Sorgen und Ängste waren nicht meine Sorgen und Ängste. Ich wußte überhaupt nichts von Sorgen und Ängsten!

So habe ich auch meine Schüler zu Werkzeugen der göttlichen Liebe gemacht – aber eben zu Werkzeugen! Sie selbst habe ich nicht gesehen und im Grunde nicht geliebt. Ich habe nur ihre Unsicherheit und Angst noch vergrößert. Nun fragen sie mich besorgt bei jedem Schritt, den sie tun, bei jedem Wort, das sie sagen, ob sie auch recht handeln und richtig reden. Sie versuchen, meinen Willen und meine Wünsche von den Lippen abzulesen. Ihren eigenen Willen, ihr eigenes Denken, ihr eigenes Urteilen kennen sie nicht mehr. Sie sind wie Frauen, die ihrem Mann gefallen wollen und ihm folgen, ohne ihn zu verstehen. Anstatt ihnen zu helfen, habe ich sie zu unmündigen Kindern gemacht. Anstatt daß sie selbst zum Herrn beten, anstatt daß sie Gott in sich suchen und finden, suchen sie ihn bei mir, außer sich. Sie fragen mich nach dem Weg und nach dem rechten Tun. Sie fragen, weil sie mich für heiliger und Gott näher halten als sich selbst. Und sie werden wiederum von den einfachen Menschen gefragt, die das Land bestellen, die Handel treiben und die glauben, daß meine Schüler die Frömmeren und Heiligeren sind – näher an Gott, dem Herrn, als sie selbst. Aber in Wahrheit habe ich sie zu Hoffahrt und Überheblichkeit verführt, denn selbst in der größten Demut vor mir und dem Herrn glauben sie nun, besser zu sein als die übrigen Menschen und mehr zu wissen als sie. Ich habe ihnen Liebe und Demut gepredigt – und Stolz und Trennung erzeugt.

Ich habe ihnen gesagt, sie sollten nicht an das Böse der Römer denken – sondern sich von dem Bösen in ihrem Herzen befreien. Ich habe versucht, ihnen den Balken in ihren eigenen Augen zu zeigen, wenn sie sich über die Splitter in den Augen der anderen ereiferten. Und während ich gegen die Mauern der Gesetze anrannte und die Priester und Pruschim bloßstellte als die erbärmlichen Schacherer und Buchhalter des Herrn, der doch der Gott der Liebe ist, merkte ich nicht, wie ich neue Mauern aufrichtete – und neue Buchhalter und Schacherer heranzog. Wie meine Schüler sich abmühen, gut zu sein, ohne daß es aus ihrer Liebe fließt! Wie sie um so verzweifelter 'das Böse' draußen bei den anderen suchen, je weniger sie die Liebe in ihren eigenen Herzen finden! Sie möchten so sein wie ich – und weil sie es nicht sind, versuchen sie, ihre Schlechtigkeit vor sich und den

anderen zu verbergen und weisen lieber auf einen, der noch schlechter ist als sie. Jeder will als der Bessere dastehen – nur niemals als der, der er wirklich ist! Mirjam, ich habe sie zu Heuchlern gemacht, statt sie die sein zu lassen, die sie sind! Und wer ist erfolgreicher als ein Heuchler des Guten! Die Menschen laufen ihnen schon nach wie mir. Und sie sehen nicht, wie meine Jünger sich untereinander belauern und vergleichen, wer von ihnen 'der Bessere', der 'Frömmere' und 'Heiligere' ist.
Das Wort der Liebe gebiert Neid, Haß und Duckmäusertum. Und es gewährt unendliche Macht über Menschen, die an das Wort glauben – und nicht den Menschen sehen, der es ausspricht! Ich fürchte, ich bin so erfolgreich, daß sich Menschen und Völker noch Jahrhunderte und vielleicht Jahrtausende nach mir mit dem schönen Wort der Liebe abspeisen lassen, statt die Liebe selbst zu suchen. Und schlimmer noch: Wenn sie sich verzweifelt und vergeblich bemüht haben, diese Worte der Liebe zu leben, dann werden sie ihre Wut, daß sie versagt haben, an den anderen oder sogar am Nächsten auslassen!
Mirjam, ich habe euch verführt, bei mir, bei einem fehlbaren, sterblichen Wesen zu suchen, anstatt in eurem Innern. Und ich habe die Schüler zu Gefangenen meiner Lehre gemacht, anstatt sie in die Mitte ihrer eigenen Herzen zu führen. Nun verführen sie die anderen Menschen, ihr eigenes Göttlichsein zu vergessen und Gott in meinen Worten und Lehren zu suchen. Und vor allem lehren sie die Menschen, nicht mehr auf die eigene, sondern nur auf die Stimme der Propheten und Diener des Herrn zu hören.
Ohne daß ich es merkte, verfiel ich wieder dem Zauber der Macht – der Macht, über die Herzen der Menschen zu gebieten. Und ich verfiel der Angst, ich könnte mit meinen schwachen und begrenzten Kräften zu wenigen Menschen helfen, zu wenige Gott nahebringen. Ohne abzuwarten, bis sie selbst die Gegenwart des Herrn erfahren hatten, schickte ich die Schüler aus, in meinem Namen die Liebe des Vaters zu lehren. Ich gab ihnen meine 'Vollmacht'. Sie sollten nur an mich denken oder mich anrufen, wenn sie Hilfe brauchten. So tragen sie meine Hilflosigkeit und meine Angst immer weiter. Nicht sie selbst sprechen und segnen. Sie sind nur mein Mund und meine Hände dort, wo ich selbst nicht sprechen und nicht segnen kann. Sie lehren, was sie selbst nicht erfahren und nicht selbst gesehen und gehört haben. Wie ein dumpf wiederkäuendes Rind geben sie nur das weiter, was ich sie gelehrt habe.
Und weil sie selbst leer und bar jeder eigenen Erfahrung sind, werden sie sich immer nur auf meine Worte und Lehren verlassen. Das, was sie mit ihren verstopften Herzen, Augen und Ohren wahrgenommen

haben, werden sie so verzerrt und entstellt weitergeben. Und alles wird wieder sein wie nach Mosche und nach Eliyahu. Sie studieren meine Worte, meine Taten, meine Lehren – und wenn sie den inneren Sinn nicht begreifen, klammern sie sich an die Buchstaben und werfen ihr Wissen, ihren Kleingeist über die 'unwissenden, einfachen' Menschen, die in ihrer Ohnmacht immer gerne glauben, daß andere gesegneter sind als sie selbst.
So wie jetzt im Tempel die Priester zwischen den Gläubigen und dem Herrn stehen, so werden auch sie sich zu Mittlern des Göttlichen aufwerfen und die Herrschaft über die Herzen der Menschen an sich reißen, die die schlimmste Herrschaft von allen ist. Denn was vermögen Waffen und Gewalt, wenn sich das Herz in der göttlichen Liebe geborgen weiß? Wenn aber das Herz den Priestern und Gelehrten übergeben wird, die selbst nichts von der Liebe wissen und darum um so ängstlicher an Worten und Buchstaben kleben – dann waltet nicht Gott in den Herzen der Menschen, sondern es regiert der Satan der Macht und der Überhebung. Dann herrschen Argwohn und Feindschaft – die Menschen klammern sich an die kleinkarierten Bilder und die starren Auslegungen der Priester und Gelehrten. Sie machen die Worte Gottes zu ihren Götzen. Und weil sie nur an Götzen glauben und das lebendige, göttliche Ganze nicht sehen, werden sie sich bekämpfen und bekriegen – Götze schlägt Götze, und jedesmal erschlagen sie dabei den Menschen. Nun graut mir vor dem, was ich erzeugt habe. Es graut mir vor dem, was daraus erwachsen wird. Ich sehe Morden und erbarmungslose Kriege – alle im Namen des Glaubens und im Namen des Herrn, der doch namenlos und in allen Menschen und Lebewesen gegenwärtig ist.
Siehst du nun, wie meine Botschaft weiterfliegt und weitergetragen wird durch alle Reiche und Zeiten? Und wie die Menschen vor mir, dem Sohn und Vertreter Gottes auf Erden, und meiner Lehre niederfallen und mir huldigen werden? Wie es wieder Priester geben wird – diesmal in meinem Namen –, stellvertretend für mich, den Stellvertreter? Wie ich nicht mehr dem lebendigen Gott diene, sondern in Wahrheit dem Herrn der Verführung und der Macht?
Dies war die schlimmste aller Versuchungen: das unendliche Leid und das maßlose Elend der Menschen. Allen wollte ich helfen. Ich hatte der Versuchung widerstanden, selbst den Anbruch des ewigen Reiches zu bestimmen. Aber ich glaubte, die Menschen auf diesen Tag vorbereiten zu müssen. Ich wollte die Vielen zum Herrn führen. Und nicht ein einziger meiner Schüler, nicht einer der geheilten Kranken, nicht eine, die ich mit Brot und Fischen gesättigt habe, hat selbst wahrhaft die Liebe des Herrn geschaut. Sie lehren meine Worte, sie

wiederholen meine Taten – aber ihre Worte und Taten sind nicht erfüllt von der ursprünglichen, unmittelbaren und göttlichen Liebe des Herrn, sondern nur von der schwachen Liebe des Werkzeugs. Meine Liebe ist in ihren Augen ein Wunder, weil sie so umfassend ist, daß sie sie nicht begreifen und nachvollziehen können. Aber meine Liebe ist nur der matte Abglanz der wahren, göttlichen Liebe. Wo bleibt das Licht des Mondes, wenn die Sonne aufgeht? Keinen habe ich zum Sonnenlicht der ursprünglichen göttlichen Liebe geführt. Im Gegenteil: So wie sich die Scheibe des Mondes zuzeiten frech vor die Sonne schiebt und sie ganz verdeckt, so daß der Mond sich mit ihrem seitlich ausbrechenden schimmernden Strahlglanz wie mit einem Heiligenschein zu schmücken scheint, so habe ich mich vor den Herrn gestellt und mich zu seinem Mittler und Stellvertreter auf Erden erhoben und lasse den Heiligenschein um mich leuchten. Nun tanzen und flattern sie glücklich im Licht meiner Liebe wie die Nachtfalter, die das Mondlicht schon betört.
Mirjam, ich habe versagt – versagt, wo ich helfen wollte. Ich wollte sie wie ein guter Hirte auf die grüne Weide führen. Aber in Wahrheit habe ich sie den Wölfen zum Fraß vorgeworfen. Es war alles falsch, was ich gesagt und getan habe. Ich weiß nicht mehr, was ich tun soll! Seit Tagen sitze ich hier und bete zu Gott, er möge mir ein Zeichen senden, sein Licht, damit ich wieder klarsehe. Aber ich sehe und höre nichts. Draußen scheint vielleicht die Sonne – aber ich sehe nur Finsternis um mich, und keinen Weg, keine Hoffnung, dieser Finsternis zu entrinnen.
Ich kann die Gegenwart der Menschen nicht mehr ertragen – nicht mehr die Menge, die mich begafft und ein immer tolleres Wunder erwartet, und nicht mehr meine Schüler, die sich schon wie die Priester und Pruschim gebärden und sich weiser, klüger, besser, heiliger und demütiger vorkommen als der Rest der Menschheit! Und dann habe ich ihre kleinlichen Streitereien so satt! Wenn ich nicht einmal die Herzen meiner engsten und vertrautesten Gefährten für die Liebe des Vaters öffnen kann – was soll dann mein Lehren und Predigen? Gestern abend war ich so verzweifelt, daß ich meinem Leben ein Ende machen und mich von diesem Berg hinunterstürzen wollte. Ich hatte gebetet und gebetet – und hörte keine Antwort. Schließlich war ich so trostlos, daß ich aufstand und zum Gipfel hinaufstieg. Dann spürte ich eine Gegenwart und hörte wohl auch ein Geräusch. Ich kletterte hinab, um nachzusehen, was es war – und fand dich."
Er hob seinen Kopf und schaute mich lange und fragend an.
„Mirjam, du hast mir das Leben gerettet. Aber ich weiß eigentlich nicht, warum und wozu. Der Herr hat dich auf mein Beten und Fle-

hen geschickt, aber ich verstehe seine Antwort nicht. Mirjam, was soll ich nur tun? Sag mir, was ich tun soll!"
Die wiedererwachte Lebhaftigkeit, die nun aus ihm sprach, war vielleicht noch schrecklicher als die bleierne Schwere der ersten Stunden unseres Wiedersehens. Es war die Lebendigkeit tiefster Verzweiflung – einer so trostlos düsteren Verzweiflung, daß sie das Leben in ihm fast ausgebrannt, aufgezehrt hatte und selbst – wie die Glut von der Asche – erstickt zu sein schien. Jetzt, mit dem Wiedererwachen des Lebens, wachte auch sie wieder auf.
„Jeschua, so darfst du nicht sprechen! Du hast aus der Liebe Gottes gelebt und gelehrt. Ich weiß es doch selbst. Ohne deine Liebe wäre ich noch immer der fühllose Stein! Ohne Hoffnung, ohne Liebe – voller Haß auf Jehuda und alle Menschen! Deine Liebe hat mich wieder zum Leben erweckt. Und ich habe dich deswegen nicht angebetet! Ich habe dich wiedergeliebt – aber niemals wie einen Gott. Du weißt es ja. Ich habe dich als Lehrer, als Bruder und als Mann geliebt – aber niemals als Gott!"
Er sah mich an. Nie werde ich diesen Blick vergessen. Ein flehender Blick, geboren aus Verzweiflung und Gram, der nur eins sagte: „Rette mich." Es war, als ob in diesem Blick das Leid der Welt gesammelt wäre. Etwas wehrte sich in mir und wollte wegschauen, weglaufen – aber meine Augen blieben wie gebannt in seinen Blick getaucht, konnten sich nicht lösen, mußten sich öffnen und Schmerz und Verzweiflung in sich hineinfließen lassen, sie auffangen und halten. Ich weiß nicht, wie lange wir so gesessen waren. Die Zeit war still geworden und die Welt um uns verschwunden. Es gab nur uns beide – einen ewigen und vollen Augenblick nur uns beide. Wir waren die Welt – er und ich und eines zugleich. In diesem Moment, als die Welt verschwand, als sie sich in uns auflöste, durchdrang mich ein wunderbares Gefühl von Heiterkeit und Freiheit. Verzweiflung und Leiden waren verschwunden – aufgelöst wie Nebel von den Sonnenstrahlen. Und wo eben noch Dunkelheit herrschte, leuchtete die Sonne aus einem klarblauen Himmel. Wir sahen einander an – und wir sahen uns selbst und die Liebe, die uns verband. Nichts anderes gab es mehr – nur uns beide und unsere Liebe. Nackt und klar erkannten wir sie. Unsere Körper neigten einander zu. Unsere Hände fanden sich, langsam und zart, erfüllt von dem Wunder der Liebe. Unsere Leiber erzitterten unter der Berührung, ein Schauer inniger, zarter und dann immer mächtiger werdender Lust durchfloß meinen ganzen Leib. Unsere Augen blieben ineinander geheftet, unsere Blicke durchdrangen sich, tauchten in die Liebe des anderen und wurden in dieser Liebe gehalten und getragen. Alles floß aus dieser Liebe und münde-

te wieder in sie ein – unsere Berührungen, unsere Küsse, die Bewegungen unserer Leiber. Wir lösten unsere Kleider. Die Liebe trug uns und machte uns frei. Unsere Körper waren Körper, die geliebt wurden und die lieben durften. Nichts schob sich mehr zwischen unsere Liebe – kein Gedanke an Ehebruch oder an Verrat am Herrn, kein Gedanke an Schüler, Pruschim oder Jehuda oder Alpheios. Es gab überhaupt keine Gedanken. Nur Sehen, Fühlen, Spüren, Wahrnehmen – unsere Liebe und den langsamen Tanz unserer Körper, die einzig der Liebe und dem ihnen eingeborenen Gesetz folgten. Wir griffen nicht ein, wir lenkten nicht – wir ließen geschehen, hellwach, bis zum äußersten klar und bewußt. Es war, als höbe die Liebe die Trennung von Geist und Leib auf, als erführen plötzlich linke und rechte Hand, daß sie nicht eigene abgesonderte Wesen sind, sondern gleichberechtigte Teile eines größeren Ganzen – der Liebe selbst. Die Liebe selbst handelte, und mein Kopf schaute zu – der überwältigte Zeuge eines Geschehens, das nicht mehr den vertrauten Wegen und Gesetzen folgte, sondern sich eigene, neue Bahnen brach und alles Erlebte, Bekannte und Vorgestellte zum Einsturz brachte und auflöste.
Die Vereinigung geschah – in endlos gedehnter Zeit. Liebe, Freude, Verwunderung, Lust schwangen zwischen unseren Augen und Herzen, pulsierten durch unsere Körper. Der Rhythmus der Leiber beschleunigte sich – und wir ließen es geschehen, unsere Augen in Liebe getaucht. Die Liebe trug uns fort, riß uns mit in ihren gewaltigen Strom. Der Strom schwoll an, wurde immer mächtiger, drängender. In langen Wellen schwoll und stieg er an, hob mich empor, durchflutete mich immer heftiger, schneller, daß mich die Macht der Liebeswellen fast zu zerreißen drohte. Dann, als flössen Geist, Seele und Körper in einer einzigen mächtigen Welle zusammen, wurde ich in diesem allesdurchdringenden Strom hochgerissen, mein Körper bäumte sich auf und schwang nun, selbst Welle geworden, ekstatisch zuckend auf und ab.
Alle Grenzen, alle Begrenzungen schmolzen dahin, lösten sich auf. Mein Körper, meine Seele und mein Geist öffneten sich, dehnten sich – stießen an keine Grenzen mehr und verströmten sich in die Weite des Alls. Ja, sie wurden das All, das Universum. Denn in uns, mit uns, durch uns pulsierte das All, die ganze Schöpfung – es gab keine Trennung mehr. Das ganze All war nichts als dieses lebendige, liebende Pulsieren. Nichts war fest, nichts war Form. Es gab nur die lebendige, göttliche, tanzende Energie, die alles erschuf, die alles enthielt. Es gab keine Zeit, keinen Raum – nur ein unendliches, ewiges, liebendes, lebendiges göttliches Jetzt. Raum, Zeit, Körper, Farben und Töne tanzten miteinander – flossen zusammen und trennten sich wieder. So

schwebend und flüchtig wie Tanzfiguren, so schön und nicht greifbar wie die Töne eines Liedes, bildeten sich Formen und vergingen wieder. Die seltsamsten Verbindungen waren möglich. Alles und jedes konnte zu einer Einheit gewoben, vermischt oder getrennt sein. Mein Körper war eine bestimmte Art von Einheit. Aber statt fester Körper konnte es genausogut Einheiten der Farben oder Töne geben. Meine Wahrnehmung, meine Aufmerksamkeit bestimmte, was ich als Grundeinheit wählte – Farbe, Körper, Klang ... – Zwei und zwei ergaben nicht mehr notwendig vier, sondern konnten auch fünf oder eins oder drei sein – je nachdem, was ich als Eins ansah und dann verknüpfte. War die Eins ein fester Körper, eine Farbe, ein Ton, eine Zeit? Sah ich einen Körper, eine Fläche nur als Ganzes oder die Eckpunkte? Immer fiel das Ergebnis anders aus! – Das Gefüge von Raum und Zeit löste sich in ein Gespinst aufblinkender, tanzender Punkte auf. Es hing von mir ab, ob ich einen Körper, eine Gestalt durch die Räume und Zeiten verfolgte – oder in einem Punkt das Aufblitzen von Körpern und Räumen durch die Zeiten.

Alles löste sich in diesem wirbelnden Malstrom auf. Nichts Festes, nichts Greifbares gab es mehr – nur noch dieses Schwingen, das lebendige Chaos, das unablässig Formen gebar, sie wieder zerschmolz oder zerschlug und immer ins Formlose zurückholte. Es gab in Wahrheit keine Trennung von Mensch und Gott oder von Mensch und Tier und Pflanze und Stein. Wir alle – alles, was existierte: Menschen, Tiere, Pflanzen, Steine – waren dieses schwingende, tanzende Einatmen und Ausströmen. Wir waren alle aus demselben Stoff. In uns strömte, in uns pulsierte die gleiche göttliche Energie, die alles Leben schuf – die alles Leben war. Und genauso unergründlich und unauslotbar wie diese lebendige, liebende Energie waren wir selbst.

Wer war ich denn? Ein Mensch? Eine Frau? Eine Jüdin? Mirjam, die Tochter des Schimschon? Die Frau des Jehuda? Die Hure des Goj Alpheios oder die Geliebte des Rav Jeschua? War ich gut oder böse, schön, klug, alt, häßlich, arm, reich? All diese Bestimmungen, diese Festlegungen und Eingrenzungen lösten sich auf. Sie waren weniger fest und beständig als die Schaumkronen der aufgewühlten See. Schaumblasen waren unsere Vorstellungen – leuchtende, funkelnde Gischt, aufstiebend in allen Regenbogenfarben. Und dann fielen die Tröpfchen zurück ins Wasser – und nichts blieb übrig als diese strudelnde tanzende Energie, die neuen Schaum, neue Gischt aufwarf. Nichts blieb, wie es war – jeder Augenblick wurde neu geboren, jeden Augenblick wurde eine neue Mirjam geboren. Jeder Augenblick war offen und neu, nichts war festgelegt. Es galt im Großen und im Kleinen. Einmal war ich Mensch, dann eine Mücke, einmal eine

Frau, dann ein Mann, einmal eine Jüdin, dann eine Heidin, einmal gut – aber wann und wofür? Einmal schlecht – schlecht wann und wofür? Es war ein Schock – der Schock der unendlichen Liebe und Freude, die ich auf einmal in mir, in jedem Wesen und im ganzen Kosmos entdeckte. Sie schwang und wirkte in allem, was war. Und ich war Teil dieses unfaßbaren, unauslotbaren, unendlich liebenden, unendlich schwingenden Ganzen, und dies allein war Gott! Ich war Gott – und Gott war ich. Und Gott war ganz anders, als ich mir vorgestellt hatte. Auch anders als Jeschua uns gelehrt hatte! Gott war jenseits aller Vorstellungen und Beschreibungen. Denn Vorstellungen sind schon nicht mehr das Ganze – sie teilen in zwei: in den, der vorstellt, und in das, was vorgestellt wird. Wie kann ich, ein begrenzter Teil, mir das Unendliche vorstellen oder es beschreiben, das doch das Ganze ist? Gott war nicht der königliche Herrscher, der fern im Himmel über allen Welten und den Menschen thront. Er war auch nicht der liebende Vater, der über seine Kinder wacht und sie belohnt oder straft.

Gott, das ist jenes freudig liebende und lebendige Pulsieren und Schwingen in mir und in allem, das es gibt – im Größten wie im Kleinsten. Wie der unaufhörliche Tanz der Wellen im Auf und Ab, wie das Flimmern der Sterne – Aufscheinen und Verlöschen und ein neues Wiederaufscheinen. Ein unaufhörliches Tanzen – und im Tanz die Lust, die Freude, neue Formen und Gestalten auszuprobieren. Die göttliche Lebendigkeit – sie schwingt in jedem Lebewesen: in der kleinsten Ameise, im riesigen Elefanten und im Menschen. Sie bringt Bäume zum Wachsen, Blumen zum Blühen. Sie pulsiert im Sandkorn und im Fels – nur auf andere Art, so daß wir Menschen sie nicht wahrnehmen können. Sie schlüpft in die Gestalt von Sonne, Mond und Sternen und bringt sie zum Leuchten. Alle Gestalten, alle Formen, alle Farben – sie sind nur für unsere einfachen Augen, für unsere einfachen, begrenzten Sinne unterschieden. Wir sind alle eins, und von der gleichen göttlichen Kraft getragen und bestimmt. Wir tanzen nur verschiedene Schritte und Figuren. Denn der göttlichen Lebendigkeit gefällt es, sich zu begrenzen, sich aufzusplittern, zehntausend mal zehntausend Formen anzunehmen, um sich dann mit den begrenzten Sinnen verwundert selbst zu betrachten, die neue Form zu schmecken, zu erkunden und mit ihr zu spielen. Wie ein Schauspieler sich in die verschiedensten Personen und Charaktere verwandelt, um eine andere Daseinsform zu erfahren und darzustellen. Und wenn er am Ende des Stücks aus der Rolle schlüpft, so nur, um am nächsten Tag eine neue Rolle anzunehmen und einen anderen Charakter vorzustellen.

In unserer menschlichen Begrenztheit und mit unseren begrenzten Sinnen mag es uns so erscheinen, daß es Leben und Tod gibt. Dabei ist der Tod nur das Zerfallen einer bestimmten Form. Das Leben, diese ungeheure göttliche Energie, fließt weiter und ergießt sich in eine neue Form, um neues Dasein zu schmecken und auszukosten.
Der Tod hatte in diesem Augenblick seinen Schrecken verloren. Er war keine Vernichtung, kein Auslöschen – nur eine Verwandlung, ein Überleben und Weiterschwingen in einer neuen Form. So wie auch das begrenzte, menschliche Leben nichts als Verwandlung ist: vom lallenden Säugling zum krabbelnden Kind, dann zum Jugendlichen, zum Erwachsenen und wieder hin zum zahnlos lallenden Greis. Die Lebensphasen sind verschieden, aber jede Phase ist notwendig und hat ihren Sinn im Ganzen, keine hat einen höheren Rang als die andere, keine von ihnen ist mehr oder weniger, wichtiger oder wertloser als die andere. Nicht anders ist der Mensch von der Mücke verschieden, nach der er achtlos schlägt – in Wahrheit sind sie eines, denn sie sind aus dem gleichen göttlichen Stoff. Der Mensch steht nicht höher als die Mücke – und die Mücke nicht niedriger als der Mensch.
Und das Wunderbare ist, daß in diesem wirbelnden Tanz nichts festgelegt ist oder fest bleibt. Diese pulsierende Lebendigkeit verdichtet sich, begrenzt sich, ergießt sich in Formen und Gestalten, um sich gerade in dieser Begrenzung zu erfahren. Denn wie soll sich das Ganze erkennen, wenn es sich nicht aufsplittert, aufteilt – und dann in seiner unendlichen Gebrochenheit lächelnd wiederfindet? Was weiß das Licht von seinen Farben, wenn es sich nicht in den Wassertropfen hineinbegibt und in die sieben Regenbogenfarben zerspaltet?
So hatte sich die unendliche, schöpferische Kraft geteilt und hatte mich zu einem Menschen werden lassen. Aber was war das – ein Mensch? Ich war als Frau zur Welt gekommen. Aber was war das – eine Frau? Ich mußte es selbst erleben, selbst erfahren. Wozu hatte sich sonst die göttliche Energie in eine neue Form verwandelt? Wozu wurden sonst immer neue Formen und Wesen geboren? Glich denn eine Form, eine Gestalt einer anderen? Warum waren unsere Körper, unsere Gesichter so verschieden voneinander? Warum war der eine Mensch schnell und feurig und der andere langsam und bedächtig? Warum glich kein Auge dem anderen? Warum waren selbst die Tiere so verschieden voneinander? Und wenn wir zwischen der einen Ameise und einer anderen keinen Unterschied sehen können – liegt das an den Ameisen oder an unserem begrenzten Wahrnehmungsvermögen? Jede neue Form, jede neue Gestalt bietet eine neue Erfahrung –

die göttliche Lebendigkeit erlebt und erfährt sich durch die Mannigfaltigkeit aller ihrer Teile.
Darum sind auch die einzelnen Gestalten und Teile des Ganzen so unendlich wichtig und kostbar: Jedes noch so winzige oder kurzlebige Teilchen oder Lebewesen trägt zur Erkenntnis und zur Freude des Ganzen bei. Jedes Wesen, jeder Teil darf sich in seiner eigenen Form und Gestalt ganz entfalten und erfahren – denn so erkennen alle das Neue und Einzigartige, das mit ihm in die Welt gekommen ist.
Es war verrückt. Meine Aufgabe im Leben war es nicht, ein 'guter' Mensch zu sein, auch nicht eine gute und fromme Jüdin oder eine gehorsame Tochter und Ehefrau, eine treusorgende Mutter – meine Aufgabe war es, ich selbst zu sein – immer ganz ich selbst zu sein, jeden Augenblick von neuem! Genausogut hätte ich als Iuppiter verehrender Römer, als wilder, germanischer Barbar oder als Heuschrekke auf die Welt kommen können – um dann herauszufinden, was im Innersten meines Wesens angelegt war und es wachsen und gedeihen zu lassen. Ich, dieses Mirjam genannte menschliche Wesen, durfte ich selbst sein! Dazu war ich geboren worden – dieses eine und einzige Wesen zu sein und nichts anderes. Denn nur ich konnte ich sein und niemand sonst! Unendliche Freude, Erleichterung und Dankbarkeit erfüllten mich. Einfach die sein zu dürfen, die ich war! Nicht besser, nicht schlechter, nicht schöner, reicher, gesünder, edler, frömmer! So wie ich war, war ich gut – und alles, was existierte, war gut! Das ist unsere wahre Freiheit: dieses begrenzte Wesen auch *sein* zu dürfen, das wir sind. Unsere Begrenzung, unsere Einzigartigkeit ist unsere Freiheit, und keiner kann oder darf von uns verlangen, anders zu sein, als wir gerade sind! Niemand kann mir sagen, wer ich bin – wer sollte es denn auch wissen! Wer kann mir vorschreiben, wie ich sein soll? Wer könnte dem unerschöpflichen, unfaßbaren Göttlichen vorschreiben, welchen Weg es einschlagen, welche Form es annehmen soll! Werft doch das Netz eurer Vorstellungen und Vorschriften über mich – wollt ihr mit einem Sieb Wasser schöpfen? Wenn ihr meine Grenzen festlegen wollt – bestimmt doch erst eure eigenen, und seht, wie weit ihr damit kommt! Kein Gebote verkündender Herr, kein heidnischer Götze, kein Vater, kein Ehemann, kein Caesar und kein König kann mir sagen und vorschreiben, wer ich bin! Nicht einmal ich selbst kann es sagen oder vorgeben – aber ich darf es erfahren und in meinem Leben herausblühen lassen! So wie jedes Geschöpf sein eigenes Wesen zum Leben und Blühen bringen darf.
Und der Geist, das Bewußtsein, schaut bei diesem Wachsen und Blühen zu und freut sich über jede Erfahrung, die ihm diese neue Form, diese neue Gestalt bietet. Nichts ist feststehend und nichts ist

festgelegt. Es ist nur unser kleiner menschlicher Verstand, der sich an die Erinnerung klammert und aus einer Erfahrung schließt, so wie es einmal geschehen ist, müsse es nun immer und überall geschehen. Es ist der Verstand, der zu untersuchen und zu begreifen versucht – und wenn er etwas gelernt und durchschaut hat, dann ist er so stolz auf seine Erkenntnis, daß er sie am liebsten in den Himmel heben und dort für alle Ewigkeit bewahren möchte. Aber gerade das ist das Unglück und die Wurzel von soviel Übel: wenn der Verstand nicht mehr Diener der Erfahrung sein will, sondern ihr Herr! Wenn er die Deutungen und Begriffe, die er durch eine vergangene Erfahrung gewonnen hat, für wirklicher hält als die Erfahrung des Augenblicks! Wenn er nicht mehr nur Zeuge sein will, sondern selbst bestimmen und vorgeben! Wenn er die neu heranwachsenden Formen und Gestalten unter die Erkenntnisse der Vergangenheit zwingt und Leben, Lebendigkeit und Freude erstickt – bis sie sich eines Tages mit Gewalt selbst befreien oder durch Liebe aus ihrem Gefängnis erlöst werden. Warum hatte ich Jehuda nicht von selbst verlassen? Weil ich gelernt hatte, daß eine Frau ihren Mann aus eigenem Willen nicht verlassen darf. Anstatt von Augenblick zu Augenblick herauszufinden, was für mich gut und richtig war, hatte ich mich einem überlieferten Gebot unterworfen, das mit mir und meiner Wirklichkeit nichts zu tun hatte. Anstatt selbst das Neue, Wahre herauszufinden, war ich unter der harten Kruste alter Vorstellungen geblieben, bis ich selbst verkrustet und fast erstickt war.

Ich hatte nicht nur mein ungeborenes Kind verloren. Ich hatte auch nie die wahre Mirjam auf die Welt kommen lassen! Erst jetzt, in der Erfahrung der unendlichen Liebe erkannte ich, daß es eine Mirjam gab, von der noch niemand etwas wußte, nicht einmal ich selbst! Und erst jetzt erkannte ich, daß wir nicht nur einmal geboren werden – wir werden jeden Augenblick neu geboren! Und jeden Augenblick dürfen und müssen wir herausfinden, was von uns neu geboren werden will – und was es noch nie gab. Denn das ist unser Schatz: das lebendige Entstehen und Wachsen von neuen Formen und Gestalten, das Erkunden des Unbekannten, das Spiel mit dem noch nie Dagewesenen. Jeder Augenblick ist ein Samenkorn, von dem wir noch nicht wissen, was aus ihm herauswachsen wird. Unser Glück und unsere Freude ist es, dieses Samenkorn selbst zu sein – und heranwachsen zu dürfen in eine neue, unbekannte und verheißungsvolle Welt, die auf uns wartet und uns braucht, um auch sich ganz entfalten zu können! Unsere Einzigartigkeit, unsere Besonderheit ist der Edelstein, der zur Leuchtkraft des Ganzen beiträgt. Darum braucht die Schöpfung unser Dasein, um selbst ganz zu sein – so wie wir die Erfahrung

des Ganzen brauchen, um uns nicht als Ausgesetzte in der Weite des Kosmos verloren zu fühlen.
Ja, wir dürfen die sein, die wir sind. Und was wir sind, kommt aus unserem Innern, aus der lebendigen Quelle selbst. Wir brauchen nicht zu sein 'wie...', nämlich wie die anderen sind. Aber die Menschen wollen immer sein 'wie': Wir Juden hatten einen König gewollt wie die anderen Völker auch, wir wollten einen sichtbaren Gott wie die anderen Völker auch und schufen uns das goldene Kalb. Aber der lebendige Gott sagte aus dem brennenden Busch zu Mosche nicht: 'Ich bin wie ...' – er sagte 'Ich bin, der ich bin!' Und das ist auch unsere Wahrheit: 'Wir sind, die wir sind.' Und das ist alles. Jeder Vergleich schränkt die göttliche Schaffensfülle ein, begrenzt die schöpferische Vielfalt und leugnet die Einzigartigkeit jeder einzelnen Form. Das dritte Gebot hätte genauso lauten können: 'Du sollst nicht vergleichen – nicht Gott, nicht einen Menschen, nicht ein Geschöpf auf dieser Welt.' 'Du sollst dir kein Bildnis machen.' Sicher, wir Juden beten keine Götzenbilder an. Aber was ist mit unseren Geboten, was ist mit der Torah, in der kein Jud gestrichen und kein Nun hinzugefügt werden darf? Was ist mit den Vorstellungen und Bildnissen, die wir uns von der Welt und den Menschen machen? Machen wir uns etwa kein Bildnis, wenn gelehrt wird, 'Tue dies oder jenes nicht, sonst wird der Herr dich strafen!' Sind es keine begrenzten Bilder, wenn gelehrt wird, daß das Schwein unrein ist, daß die Frau unrein ist, wenn sie den Blutfluß hat, daß die Götzenanbeter im Sche'ol enden und keine Gnade finden? Alles, was existiert, was lebt und da ist, hat seinen Sinn und seinen Platz – selbst der Bösewicht, selbst der Heide, selbst unsere eigene Verblendung. Die allumfassende, göttliche Liebe ist so groß, daß sie uns auch in unserer Verirrung liebt, daß sie uns selbst mit blutbefleckten Händen und mit mordgierigen Herzen liebt. Denn auch unsere Verirrung und unsere Untaten gehören zum Ganzen – wie Schatten und Licht zusammengehören und in Wahrheit keine Gegensätze sind. Sie sind wie die zwei Seiten einer Münze – ohne Vorderseite keine Rückseite, ohne Rückseite keine Vorderseite. Nur weiß meist die Vorderseite nichts von der Rückseite und die Rückseite nichts von der Vorderseite. Jede hält sich für das Ganze, und in dieser Unwissenheit geraten sie in Streit. Sie vergleichen sich, sie bewerten sich – eine hält sich für besser als die andere. Hände und Füße sind unterschiedlich geformt und dienen verschiedenen Aufgaben. Es wäre töricht, wenn sie sich miteinander verglichen und sich wegen ihrer Unterschiede bekriegten – denn sie sind Teile eines Ganzen, unseres Körpers.
So ist es mit allen Lebewesen: Die Mücke, die mich in den Arm sticht, ist genauso ein Teil der Schöpfung wie alles, das existiert. Und selbst

die kleinste und 'geringste' Form ist demselben göttlichen Lieben entsprungen und vom Ganzen nicht unterschieden – so wie das kleinste Wassertröpfchen genauso Wasser ist wie das unendliche Meer. Und unsere Welt, die wir mit unseren Sinnen erfassen können, mag nur ein begrenzter Teil anderer Welten sein. Weitere Welten mögen neben uns und außer uns existieren, die wir nicht sehen und nicht wahrnehmen und doch so wirklich sind wie wir in unserer Welt. Und keine Welt ist höher oder niedriger als die andere, genausowenig wie der Mensch höher ist als das Tier oder die Tiere höher sind als die Pflanzen oder die Pflanzen höher als Erde, Steine und Felsen. In der unendlichen Vielfalt sind wir eins – gleich und verschieden, vereint und getrennt – denn ohne Berg gibt es kein Tal und ohne Tal keinen Berg. Sehen wir am Strand die Wellen des Meeres oder die Wellen des Windes? Es gibt keinen Unterschied, denn das Wassertal ist der Wellenberg des Windes und der Gipfel der Wasserwelle ist das Tal des Windes. Wind und Wasser sind ineinander verzahnt wie die Zapfen eines Schöpfrades.
Jeder und jedes ist zu seiner Zeit und an seinem bestimmten Platz im Gefüge des Ganzen. Wie ein Steinchen in einem Mosaik. Und wird nur ein Steinchen aus dem Mosaik herausgebrochen, so zerfällt das ganze Bild. Ohne dieses kleinen Steinchen, ohne die winzige Mücke, ohne mich wäre das Ganze nicht das Ganze, und ohne dieses unscheinbare Steinchen, ohne die lästige Mücke, ohne mich könnten die anderen Formen, Gestalten und Lebewesen nicht sie selbst sein. Alles hat seinen Sinn und seinen Platz im Ganzen. Ein großes Gefühl der Ehrfurcht und der Heiligkeit gegenüber allem, was 'da' war, erfaßte mich. Die lebendige, liebende Göttlichkeit war in mir und in allem und jedem – in jeder Pore unserer Haut, im Stäubchen auf einem Holztisch und im Holztisch selbst. Gott lebte in uns, um uns. Nie waren wir getrennt, nie waren wir Fremde – nie waren wir aus dem Garten Eden vertrieben worden: Wir selbst hielten nur die Augen vor ihm verschlossen! Als ob die Menschen oder irgendein Wesen je von dem lebendigen Göttlichen getrennt sein könnten! Das göttliche Leben pulsiert in uns, ob wir es wollen oder nicht, ob wir es wissen oder nicht. Aber nur wenn wir die Göttlichkeit in uns erkennen, sehen wir Gott in allem, was ist, und der Garten Eden ist die unvollkommene, sündhafte Welt rings um uns her.
Die ganze Welt in uns und um uns war Gott. Nicht nur wir Juden, selbst die Römer, die Pruschim, die Götzendiener – wir alle waren göttlich, weil die göttliche Liebe in uns pulsierte und uns formte. Selbst das ekelhafte, 'unreine' Schwein war göttlich – in ihm lebte und pulsierte die gleiche göttliche Lebendigkeit wie in mir. Selbst in den Ka-

kerlaken, die mir bisher als die widerlichsten Geschöpfe überhaupt erschienen waren, sah ich das göttliche Sein. Ich konnte sie plötzlich ganz ruhig und voller Ehrfurcht betrachten. Ich konnte mir sogar vorstellen, ein Schwein zu berühren, ohne vor Ekel oder aus Angst vor Unreinheit zurückzuschrecken. Ich wußte, ein Mensch, der zum Dieb oder Mörder geworden war, war so göttlich und liebenswert wie alle anderen Wesen auch – auch wenn die Tat noch so grausam, furchtbar und durch nichts zu rechtfertigen war. Wenn der Dieb stahl und der Mörder sein Opfer totschlug, wenn die Gojjim ihre Götzenbilder anbeteten, so waren sie doch rein, göttlich und geliebt wie alles, das existierte. Nur daß sie von Angst, Haß, Neid und Gier verblendet waren und die Einheit und Verwandtschaft von allem, was existierte, nicht wahrnahmen. Sie wußten nichts von ihrer eigenen Göttlichkeit und von der Liebe, die in ihnen lebte! Ich hatte es nicht gewußt. Genausowenig wie es Cajin gewußt hatte und darum seinen Bruder Avel erschlug. Aber Cajin war genauso göttlich und geliebt wie Avel – ein Geschöpf der Liebe selbst. Darum wurde auch das Zeichen auf Cajins Stirn geschrieben, damit niemand ihn erschlüge. So war nicht Avel unser Vorfahr, der den Weg zum Herrn, zum Göttlichen gefunden hatte, sondern es war Cajin, der finstere, mißtrauische, unwissende, neidische und haßerfüllte Cajin, der geboren war aus dem Mißtrauen Chavas und der Angst Adams und ihrer beider Scham.
Ich sah die langen Jahre meiner eigenen Verblendetheit und Unwissenheit. Trauer und Schmerz, so lange mein wahres Selbst, meine wahre Herkunft nicht erkannt zu haben, überkamen mich. Wie begrenzt und niedrig hatte ich mich selbst gesehen! Wie hatte ich mich von engen, törichten und unwahren Vorstellungen einfangen und einzwängen lassen! Erst mußte ich eine gute, sittsame Tochter sein, um die 'Liebe' und Anerkennung meiner Eltern zu gewinnen – und verlor sie sofort, als ich nicht mehr die war, die ich in ihren Augen zu sein hatte. Dann mußte ich eine gute, fügsame und nicht zu kluge Ehefrau sein, um Jehuda nicht zu ängstigen. Und selbst wenn ich um meiner Schönheit und Klugheit willen geliebt und geschätzt wurde, wie ich es bei Alpheios erlebt hatte – so hatte die Liebe immer nur einem begrenzten Teil von mir gegolten, nur einem Teil meines göttlichen Wesens. Und wenn ich mich damit zufrieden gab, so hatte ich mich verraten und erniedrigt – ich hatte den Teil für das Ganze genommen, Talmi für pures Gold. Und tief vor mir selbst verborgen hatte ich doch immer gewußt, daß dies nicht alles sein konnte – daß es mehr gab. Und diese Ahnung hatte mich unzufrieden gemacht, hatte mich all dem Leiden und Suchen ausgesetzt, hatte meine Abkehr von Jehuda und von Alpheios bewirkt. Und ich verstand das tiefe Leiden der

Menschen – ihre Ängste, ihren Ärger, ihren Groll, ihren Haß und ihren Neid –, hinter dem sich doch nichts anderes verbarg als die Enttäuschung, daß sie nach einer Liebe gesucht hatten, die sie nicht finden konnten, da, wo sie gesucht hatten.
Dabei, wie einfach und klar war alles. Die schaffende, schöpferische Liebe ist immer da! Sie ist unser tiefstes Wesen. Sie schenkt uns das Leben, schenkt uns unsere Gestalt – unsere einzigartige und unverwechselbare Gestalt! Denn gerade in seiner Einzigartigkeit hat jedes seinen Sinn und seine Aufgabe. Steht nicht geschrieben: 'Und der Herr sah alles an, was er gemacht hatte; und siehe da, es war sehr gut!' Ja, alles war gut und richtig – auch wir selbst waren 'gut'! Wir hatten es nur vergessen oder wagten nicht mehr, daran zu glauben. Wir hielten im göttlichen Lieben und Tanzen inne, fragten uns, ob es richtig sei, was wir taten. Wir beäugten, beurteilten und verurteilten uns und die anderen. Wir wollten es besser machen und verloren uns selbst und den Zugang zur göttlichen Liebe und zum göttlichen Sein.
All dies und tausend andere Gedanken schossen mir blitzartig durch den Kopf, als ich unendlich glücklich, voll tiefen inneren Friedens in Jeschuas Armen lag. Eigentlich dachte ich diese Gedanken nicht – vielmehr sah ich sie. Ich sah sie, wie man auf einem Berggipfel mit einem Blick einen ganzen Landstrich übersieht, den man später im Tal Stück für Stück abschreiten muß. Ich sah und wußte mit einem Mal soviel Neues, so unendlich viel – und meine bisherigen Vorstellungen, die ich nur von anderen übernommen, geliehen oder kritisiert hatte, lösten sich in der Klarheit und Weite des frischen, lebendigen Geistes auf. Jetzt sah ich *selbst* und unmittelbar! Zum ersten Mal erkannte ich den Verstand und sein Denken und Schließen in seiner Einäugigkeit und Begrenztheit. Als hätte ich eine Landschaft bisher nur auf einer Fläche aufgemalt gesehen und stände nun plötzlich mitten in ihr und könnte ihren Raum durchschreiten. Und erst in der räumlichen Wirklichkeit gliederte und ordnete sich auf einmal alles klar und sinnvoll, was vorher wirr, unzusammenhängend, falsch, verzerrt, unrein oder verboten schien. Und wenn ich diese neue räumliche Anordnung beschreiben will, so muß der Verstand das, was ich mit einem Blick gesehen habe, mühsam in einzelne Gedanken zerlegen und Wort für Wort, Satz für Satz aneinanderreihen. Es ist, als hätte ich einen wunderschönen Teppich gesehen und könnte sein Muster, seine Bilder nur dadurch beschreiben, daß ich seine Farben Fadenreihe für Fadenreihe aufzählte.
Jeschuas Stimme unterbrach die Flut der hereinbrechenden Bilder und Gedanken.

„Mirjam, was bin ich für ein Narr gewesen, was für ein dummer, törichter Narr – und ein eingebildeter und aufgeblasener Kerl dazu!"
Er lächelte mich dabei an, froh, erleichtert – und ein bißchen wehmütig. Wir fühlten beide dasselbe: Glück und unendliche Dankbarkeit und Freude darüber, endlich 'aufgewacht' zu sein, vermischt mit der Wehmut des Abschieds von Kindertagen, als ein Spielzeug, ein Stückchen Kuchen die ganze Welt bedeutet hatten – und ihr Verlust den Verlust einer ganzen Welt bedeutet hatte. So wie man später über diesen Schmerz lächelt, weil er einer begrenzten Sicht entsprang, so lächelten wir jetzt über unseren bisherigen Glauben, über unsere bisherigen Vorstellungen von Gott und seiner Schöpfung, die nicht Gott und nicht die Schöpfung waren, für die wir sie gehalten hatten. Jeschua sprach weiter – zu mir, zu sich –, erfüllt vom Zauber der Liebe, vom Wunder der Erfüllung und überwältigt von einer neuen Welt, die auch ihm aufgegangen war.
„Wenn ich daran denke, daß ich dieses Glück vor drei Jahren von mir gewiesen habe, daß ich dich habe gehen lassen, dann könnte ich über diese vergeudeten drei Jahre weinen, wenn ich jetzt nicht so glücklich wäre! Aber damals war ich nicht der, der ich jetzt bin. Ich habe es damals nicht besser gewußt! Ich habe dich fortgeschickt, weil ich Angst hatte, Gott zu verlieren. Ich wußte ja, daß ich dich mehr liebte als ihn! Ich wußte nur nicht, daß ich ihn erst mit dir wahrhaft finden würde – in dir, in mir, in allem! Ich war gefangen in der kindlichen Vorstellung von Gott, dem gütigen, liebevollen Vater – und ich war sein liebender, gehorsamer Sohn. Gott, der Vater! Ja, meine Angst war begründet, denn in der Liebe zur Frau, in der Liebe zu dir, hörte ich auf, nur Sohn und Kind zu sein. Ich wurde Mann und Gott selbst, so wie du Frau und Gott selbst bist.
Wie habe ich meinen Körper all die Zeit so mißachten können! Mein Herz war beim himmlischen Vater und seiner unendlichen, ewigen Liebe, und mein armer Körper war nichts als ein vergänglicher Lehmkloß – in seinem kurzen Dasein Leiden und Schmerzen, Krankheit und Altern unterworfen. Hatte ich nicht selbst gesehen, daß es in Wahrheit keine Trennung zwischen den Körpern gab? Der Fels in der Wüste war mein Fuß – und er war das frische Brot. Hatte ich nicht die Völker und Reiche durch alle Zeiten und Räume hindurchgesehen? Wie sollte diesem flüchtigen, schwachen Körper irgendwelche Bedeutung zukommen! Er war ein Erdenkloß, und erst der Atem, den der Vater ihm einhauchte, gab ihm das Leben! Mein Körper war das Gefäß meines Geistes, meiner Seele – und nur zu oft ein störendes und hinderliches Gefäß! Er hungerte, wenn ich betete, er fror in der Kälte, er brannte vor Durst in der Sommerhitze und wurde krank und

anfällig zu den unpassendsten Zeiten. Nicht daß ich ihn verachtete – der Körper war eine Schöpfung des Herrn. Aber dieser armselige Leib war wie die Pflanzen und Tiere, denen der Herr seinen Odem versagt hatte. Er war nur der Diener der göttlichen, ewigen Seele, die der Herr dem Menschen allein eingehaucht hatte. Ich sorgte für seine Gesundheit. Ich heilte ja auch Kranke und linderte ihre Schmerzen. Aber im übrigen achtete ich nicht auf ihn. Nicht auf die kurzen Freuden war ich aus – sondern auf die lange Seligkeit.

Dann kamst du. Du warst nicht nur eine schöne und kluge Frau – ich spürte deine Kraft, deinen Ernst, deine Bedingungslosigkeit – und deine Offenheit, deine Neugier, deinen echten Wissensdurst, dein Verlangen nach wirklichem Leben. Ich spürte, daß du mir verwandter und näher warst, daß du mich unmittelbarer verstandest als die anderen Schüler. Ich spürte deine Gegenwart, auch wenn du dich immer abseits hieltest und dich nie vordrängtest. Und ich hatte dich für einen kurzen Moment in meinen Armen gehalten, und mein Körper begann zu sprechen. Nicht das erste Mal – aber noch nie so heftig, so andauernd, so schmerzhaft in seiner Sehnsucht. Ich merkte, daß ich innerlich meine Worte immer an dich richtete, wenn ich zu den anderen oder zu einer großen Versammlung sprach. Du gewannst eine Macht über mich, die mir Angst machte. Denn ich dachte mehr an dich, an deine Liebe und an deinen Körper als an den Herrn und die ewige Seligkeit. Mein Körper war dein stärkster Verbündeter. Wenn ich beten wollte, sträubte er sich und verlangte nach dir. Wenn ich den Segen sprach, segnete ich dich. Deine Macht war so groß, daß ich meinen Glauben an den himmlischen Vater – daß ich meine Berufung, mein ganzes Dasein bedroht sah. Andererseits konnte und wollte ich dich auch nicht fortschicken. Du warst meine Schülerin. Ich wollte gerade dir die wahre, die unendliche Liebe Gottes nahebringen – und kämpfte verzweifelt gegen die Liebe zu dir, einer einzelnen Frau. Eine Liebe, die alle anderen Menschen ausschloß, erschien mir falsch und selbstsüchtig, fern von der grenzenlosen Liebe des Herrn. Ich wollte meine Liebe nicht beschränken und in zu große Nähe zu einem Menschen verstricken lassen. Warum sich in Vergänglichem verlieren? Zwei sterbliche Menschen – zwei sterbliche Körper. Ich wehrte mich dagegen, daß du für mich eine ganz besondere Bedeutung haben könntest. Alle Lebewesen waren bedeutend. Alle waren wir Geschöpfe des Herrn. Warum also diesem Körper, warum deiner Person mehr Liebe schenken als allen anderen? Für mich stand es fest, daß der Tag des Herrn ganz nah war – und an diesem Tag würde es zwischen uns sowieso keine Trennung mehr geben.

Ich weiß nicht, was damals in mich gefahren ist, daß ich dich zum Reden zwang. Ich wußte sehr gut, was dich so befangen machte. Ich glaube, ohne eine Klärung hätte ich es nicht mehr ausgehalten. Im Grunde wußte ich, daß du fortgehen würdest, wenn wir einmal offen gesprochen hatten. Denn du konntest diesen Zustand ebensowenig länger ertragen wie ich. Aber ich wehrte mich verzweifelt, die Trennung als Lösung anzunehmen. Manchmal erschienst du mir auch als eine neue, viel mächtigere Versuchung als die, die mir in der Wüste auferlegt wurden. Nicht, weil du mich verführen wolltest. Nein, ich wußte, daß es für dich genausowenig ein Spiel war wie für mich. Du warst nicht halbherzig; du liebtest mich ganz. Deine Seele, dein Geist, dein Körper liebten mich. Gerade darin schien sich die Heimtücke Satans zu verbergen – mit deiner unendlichen Liebe zu mir konnte er mich um so leichter in seine Gewalt bekommen. Als du mich dann einen Feigling nanntest und meine Liebe zu Gott beschimpftest und den Herrn selbst, war ich sicher, daß der Versucher mir in deiner Gestalt nahegetreten war. Mein Geist wurde wieder ruhig, meine Seele fand Frieden bei Gott. Nur mein Körper verlangte noch nach dir – wieder ein Zeichen der Versuchung! Mutter erzählte mir einmal beiläufig, daß du nach Caesarea gegangen seist. Ich war verblüfft, daß ihr Verbindung hattet. Und ich war entsetzt, daß es dich in dieses neue Bavel gezogen hatte! Nun war ich mir gewiß, daß du eine Prüfung warst, die der Vater mir auferlegt hatte. Du warst die größte Versuchung, meine härteste Prüfung – aber ich hatte auch diese Probe bestanden. Aber zum ersten Mal war ich nicht glücklich danach. Es war ein Sieg, der mich müde und kraftlos machte, anstatt zu erfrischen.

Natürlich hattest du recht – ich *war* ein jämmerlicher Feigling. Als ob es einen Unterschied zwischen der Liebe des unendlichen lebendigen Gottes und der begrenzten, vergänglichen Liebe zwischen Mann und Frau gäbe! Als ob Liebe sich aufspalten ließe! Als ob es eine Rolle spielte, was oder wen ich liebe – ob Gott in seiner Unendlichkeit oder eine sterbliche Frau wie dich! Das Entscheidende liegt nicht darin, ob ich eine kleine Blume oder den endlosen Himmel liebe – es liegt darin, *wie* ich liebe! Liebe ich ganz und gar – oder nur halbherzig, voller Vorbehalte? Nur wenn ich ganz liebe, bin ich dem Göttlichen nahe. Und wenn ich halbherzig liebe – nur einen Teil von Gott oder einen Teil von dir, dann verliere ich das Ganze und verliere Gott. Aber wenn ich dich ganz liebe, dann liebe ich auch Gott ganz. Und wenn ich Gott ganz liebe, liebe ich auch dich ganz – oder auch einen Kieselstein!

Mir ist jetzt erst klar geworden, daß ich in Wahrheit Gott nie ganz geliebt habe – weil ich auch mich und meinen Körper nicht geliebt habe! Nur deshalb konnte ich auf einen solchen Gedanken kommen, mit einem Schlag durch alle Räume und alle Zeiten die Menschen zu 'erleuchten'. Die störenden Körper spielten endlich keine Rolle mehr! Jetzt erst, nachdem ich meinen Körper in deiner und meiner Liebe erfahren habe, ist mir jedes existierende Stückchen Form so unendlich kostbar! Wie wunderbar und einzigartig unsere Körper sind! Wie eins mit dem anderen zusammenarbeitet und doch ganz verschieden voneinander ist! Augen, Ohren, Fingernägel, Magen, Blut – unser Geschlecht! Wie wunderbar auch diese Schöpfung ist! Wie wunderbar die göttliche Schöpfung, die sich in diese unendliche Vielfalt verwandelt – und immer weiter verwandelt! Pflanzen, Tiere, Erde, Steine – Wesen, Formen, Gestalten – alle einzigartig und alle aus demselben Stoff, aus dem wir selber sind! Mirjam, seit ich dich wirklich liebe, liebe ich nicht nur wahrhaft Gott – ich liebe plötzlich die ganze Welt und jedes winzige Sandkorn darin!
Ich habe immer nur gesehen, wie die Menschen leiden, weil sie sich in ihrer Angst und Unsicherheit an vergängliche Dinge und Vorstellungen geklammert und darin verloren haben. Sie haben nicht ganz zu lieben gewagt und Gott und die Liebe darüber verloren. Aber jetzt weiß ich auch, daß das gleiche Elend und das gleiche Leiden aus der Mißachtung des einzelnen Teils und seiner besonderen Form fließt. Wer nur die Unendlichkeit und die Ewigkeit liebt, vergißt Gott ebenso wie der, der nur das Sichtbare, Greifbare liebt. Es ist Frevel, wenn wir Menschen nur das vergängliche Fleisch, nur die begrenzte Form lieben. Aber ebenso frevelhaft ist es, nur den ewigen, unendlichen Geist und allein die unsterbliche Seele zu lieben. Das allein ist die lebendige Wirklichkeit: die Verschränkung von Unendlichkeit und Begrenztheit. Eines ist im anderen enthalten, eines verwandelt sich ins andere. Unendliches wandelt sich in Form, Form löst sich in Unendlichem. Der ewige, lebendige Geist taucht in Gestalten und Formen, verdichtet sich zu vergänglichen, aber einmaligen, einzigartigen und darum so kostbaren Körpern, nur um sich gleich wieder in neue Formen, Gestalten, Welten, Reiche und Zeiten zu verwandeln. Ein ewiges Tanzen in Formen und Figuren. Und meine Seele liebt deine Seele, mein Geist liebt deinen Geist – und mein Fleisch liebt dein Fleisch. Und in dir, durch dich, mit dir liebe ich die ganze Welt, den ganzen Kosmos – durch alle Zeiten und Räume hindurch! Denn in ihnen lebt die Liebe genauso wie zwischen dir und mir!"
Wir lachten. Jeschua zog mich an sich und küßte mich. Es gab keine Trennung zwischen uns. Er sprach aus, was ich selbst wußte, was ich

selbst erkannt hatte – mit ihm und durch ihn. Und wie wunderbar war es, mit dieser Erkenntnis nicht allein zu sein, sondern sie teilen zu können! Wir fanden wieder zueinander. Und mit unseren Leibern tanzte der Kosmos, es tanzten alle Engel und Dämonen. Es gab keinen Garten Eden, der auf uns wartete, es gab kein Sche'ol, das uns zu verschlingen drohte. Wir waren Teil der unendlichen lebendigen Liebe und eins mit ihr – weit jenseits vom Garten Eden und jenseits vom Sche'ol, die hinter uns verblaßten.

Es war Jeschua, der den Gesprächsfaden wieder aufnahm.

„Noch etwas ist mir klar geworden: Weil ich an dem falschen Bild von Gott als dem Vater hing – weil ich mich überhaupt an ein Bild von Gott klammerte –, predigte ich auch zu den Menschen wie ein Vater zu den Kindern – und wie Kinder hingen sie an meinen Lippen, glaubten blind meinen Gleichnissen und bestaunten ehrfürchtig meine Taten und Wunder. Aber Gott fanden sie dadurch nicht. Wenn der Lehrer selbst noch ein Kind ist – wie sollen seine Schüler erwachsen werden! All mein Lehren und Tun brachte sie keinen Fingerbreit näher zu Gott! Wie kann man auch von Gott sprechen – man kann ihn nur selbst erfahren! Anstatt zu reden, hätte ich mich ihnen verweigern müssen. Vielleicht wären sie dann selbst losgegangen – und der eine oder andere hätte Gott auch gefunden. Ich habe ihnen nur Worte, nur neue Lehren gegeben – und ein paar Wunder, die sie verwirren! Um so mehr sehen sie nun auf *mich*, anstatt selbst auf die Suche zu gehen! Anstatt sie freizugeben, habe ich sie immer stärker an mich gebunden! So sind sie unmündige Kinder geblieben.

Wie unglaublich dumm und töricht ich war! Wie kindisch und vermessen! Ich war der große Rav, der alles wußte! Ich wußte, was den Menschen fehlte und was sie wieder heil machen würde. Ich wußte natürlich auch, daß der Herr das Ende aller Zeiten vorgesehen hatte, damit alle Menschen ihn und seine Liebe erkannten und erfuhren. Ich lehrte die Liebe des Vaters – und wußte nicht, was Liebe ist!

Jetzt erst ist es mir klar geworden: Wirkliche, wahre Liebe liebt alles und jedes gerade so, wie es ist. Wahre Liebe liebt den Leib in seiner Vergänglichkeit und den einzelnen Menschen in seiner Besonderheit, Begrenztheit und Schwäche. Er liebt ihn in seiner Verblendung – selbst in seinem dunklen Haß, in seiner wütenden Feindschaft und in seiner Angst. Wahre Liebe drängt sich nicht auf. Sie hat keine Vorstellung, wie Menschen und Wesen und Dinge sein sollen. Sie ist nichts als unendliches Vertrauen in uns unvollkommene Wesen, daß wir von selbst – zu unserer Zeit und nach unserem Vermögen – wachsen und erkennen und das göttliche Ganze erfahren werden.

Wer sagt der Rose, daß sie eine Rose mit Blüten und Dornen sein soll? Die Rose weiß es selbst. Wer sagt der Tamariske, daß sie zu einem Baum heranwachsen soll? Die Tamariske weiß es selbst. Wer sagt den Vögeln unter dem Himmel, wohin sie fliegen sollen? Sie wissen es selbst! Warum sagen wir immer den Menschen, was sie sein oder werden sollen? Wissen sie es inwendig nicht selbst? Wie kann ein Teil des Ganzen wissen, was für die anderen Teile gut ist und was nicht? Ich habe den Menschen gepredigt, daß sie sich nicht um Essen und Kleidung zu sorgen brauchen. Ich habe ihnen die Lilien auf dem Felde gezeigt, die sich nicht um den nächsten Tag sorgen, nicht arbeiten und doch wachsen und gedeihen. Ich habe ihnen die Vögel gezeigt, die nicht säen, nicht ernten und nicht sammeln und doch von der göttlichen Liebe ernährt werden. Hätte ich nur geschwiegen! Aber ein Kind, das laufen lernt, fällt noch leicht hin, auch wenn es sich schon sicher fühlt. Was nützt das Weinen? Es muß aufstehen und versuchen, von neuem zu gehen, bis es sich frei und sicher bewegen kann! Was ich ihnen so altklug vorgehalten habe, habe ich tausendfach selbst getan! Sie sollten sich nicht um Essen und Kleidung sorgen – dafür sorgte ich mich um ihr Heil! Der Blinde ermahnte die Blinden – oder muß ich sagen, die Sehenden? Anstatt zu erkennen, daß die göttliche Liebe die Menschen so geschaffen hat, wie sie sind und daß sie so sein dürfen, wie sie jetzt gerade sind, wollte ich es erzwingen, sie vorzeitig aufzuwecken und schneller zu Gott führen! Als ob sie nicht längst in der göttlichen Liebe geborgen sind! Anstatt auf die allumfassende göttliche Liebe zu vertrauen, die jedes Wesen nach seiner Art und seiner Zeit wachsen läßt, habe ich auch noch Schüler ausgeschickt, damit sie die Menschen zu Gott führen!

Jetzt erst weiß ich: Wahre Liebe drängt sich nicht auf – sie zieht und zerrt nicht. Sie läßt wachsen und gedeihen und wartet geduldig auf das, was aus dem Samenkorn aufkeimen wird. Ist es denn Liebe, den noch geschlossenen Blütenkelch von außen aufzublättern, damit die Rose jetzt schon blüht? Ist es Liebe, den blinden Hundewelpen die Augen aufzureißen, bevor sie sie selbst öffnen? Ist es Liebe, das Kind vorzeitig aus dem Mutterleib herauszuschneiden, nur damit es endlich auf die Welt kommt? Ist es Liebe, den Menschen von Gott zu sprechen, bevor sie ihn selbst erkennen können und wollen? Ist es Liebe, das Herz der Menschen mit Angst und Schrecken zum Zittern zu bringen, nur damit es schneller Zuflucht bei Gott und der göttlichen Liebe sucht?

Das Kind lernt laufen und sprechen, wenn es dazu bereit und fähig ist. Genauso wird der Mensch die göttliche Liebe erfahren, wenn er selbst dazu bereit und fähig ist. Nicht ein göttlicher Herr bestimmt

Zeit und Stunde, da sich die göttliche Liebe offenbart – der Mensch wächst ihr von selbst entgegen. Und wenn er bereit ist, sich zu öffnen und sich der Liebe hinzugeben, dann wird er sie erkennen, so wie die Blüte die Sonne sieht, wenn sich die Knospe von selbst öffnet. Zu seiner eigenen Zeit wird jeder Mensch die göttliche Liebe finden und sich in ihr selbst erkennen. Niemand muß ihn dazu gewaltsam aufwecken oder hinführen.

Ist es nicht die Freude der Eltern, daß das Kind selbst seine Beine und Füße zu gebrauchen lernt – daß es selbst gehen und laufen kann? Ist es nicht die ganze Freude eines Kindes, selbst etwas zu tun: selbst zu gehen, selbst zu sprechen, sich selbst anzukleiden, selbst zu lesen und zu schreiben? Wäre es denn Liebe, wenn die Eltern die Beine und Füße ihres Kindes an Stecken binden und dann herumführen würden, damit es erfährt, was Gehen und Laufen ist? Ist nicht die Freude viel größer, wenn das Kind seine Fähigkeiten nach und nach selbst entdecken und selbst entfalten darf?

Die Eltern, die ihr Kind lieben, kommen nicht auf den Gedanken, ihm das Laufenlernen abzunehmen. Sie hören auf, das Kind auf ihren Armen zu tragen, wenn es selbst krabbeln und laufen will. Und sooft das Kind noch zu Boden fällt, werden sie es trösten. Aber sie lassen es weiter selbst Schritt vor Schritte setzen und schauen geduldig zu und freuen sich mit ihm, wenn es schließlich frei steht und geht. So sind wir Menschen geschaffen, selbst unseren Weg zu finden. Die unendliche göttliche Liebe wird uns immer trösten, wenn wir straucheln – aber den Weg müssen und dürfen wir selbst finden!

Ist darum die Freude, Gott zu finden, nicht viel größer, wenn jeder Mensch seine göttliche Natur selbst entdecken darf? Die göttliche Liebe läßt jeden Menschen seinen eigenen Weg wählen, läßt jedes Wesen seinem eigenen Pfad folgen – wann, wo und wie es will. Es gibt keine festgelegte Stunde – und keine vorgeschriebenen Straßen und Wege. Es braucht keine Wegweiser, keine Lehren, keine Lehrer! Wie wunderbar ist es, so frei und geborgen zugleich in dieser weiten und unendlich geduldigen Liebe zu leben!

Ich muß alles ganz anders anfangen – ich weiß nur noch nicht wie. Du wirst mir dabei helfen, Mirjam. Wenn sie morgen kommen, werde ich sie heimschicken. Ich höre auf, zu lehren und zu predigen. Ich bin kein Rav und kein Lehrer mehr. Und sie werden nicht mehr meine Schüler sein. Ich höre auf, ihnen den Weg zu weisen und ihnen die Freude am eigenen Tun und Erkennen zu rauben. Ich höre auf, *meine* Liebe und *mein* Wissen an ihre Stelle zu setzen. Ich hielt sie für schwach und unwissend und glaubte, sie brauchten meine Hilfe. Ich wollte sie stützen, so wie man einen Gebrechlichen mit einer Krücke stützt. Dabei

brauchen sie überhaupt keine Krücken! Im Gegenteil: Binde einen Gesunden an eine Krücke, und er wird krank! Genau das habe ich getan! Ich habe sie aus ihrem Leben gerissen und sie an meines gebunden. Jetzt sind sie hilfloser als je zuvor, denn sie haben einen Blick auf eine Macht und Liebe getan, die sie bis dahin nicht gekannt und nicht in sich verspürt haben. Nun glauben sie, sie müßten ebenso dazu fähig sein, und sind es doch nicht. Und aus Angst und Scham eifern sie mir blind in allem nach, anstatt darauf zu vertrauen, daß sie ganz natürlich und auf ihre eigene Weise zu dieser Liebe und Erkenntnis heranreifen. Jetzt sind sie unzufrieden mit sich und der Welt, weil sie sich selbst an etwas anderem messen und nicht mehr wagen, die zu sein, die sie sind. Ich habe sie mit meiner Gegenwart und meiner Liebe berauscht. Genauso gut hätte ich sie mit Wein oder Pflanzensäften trunken machen können! Und wie dem Trunkenen nach seinem Rausch erscheint ihnen ihr eigenes Leben ohne meine Gegenwart, ohne meine Liebe armselig und leer. Ich habe den Menschen nicht gegeben – sondern genommen. Ihr eigenes kleines und doch so kostbares, einzigartiges Leben habe ich in meine Hände genommen und nach meinem Gutdünken geknetet und geformt. Ich glaubte, sie zu heiligen und habe sie statt dessen wie ein Betrüger um ihr eigenes Leben, ihr eigenes Erkennen, ihr eigenes Wachsen gebracht!
Ja, ich höre auf, Lehrer und Rav zu sein. Ich schicke Schim'on und die anderen zurück. Ich werde sie von mir entwöhnen, wie man einen Trinker von seiner Sucht entwöhnt. Sie werden selbst ihren Weg finden. Ich habe es ihnen zu einfach gemacht, als ich sie um mich sammelte. Sie haben nur mich und meine Liebe gesehen – und nicht, daß sie selbst lieben können! Ich hätte sie bei ihren Frauen und Kindern lassen sollen. Sie sollen Gott bei ihnen suchen und nicht in meinen Lehren! Sie sollen Gott in ihrer Arbeit suchen! Ich habe sie von ihren Fischerkähnen weggeholt, um sie zu Menschenfischern zu machen. Ich schicke sie wieder zu ihren Kähnen zurück. Sie sollen wieder Fischer werden, die bei jedem Fischfang Gott selbst finden. Sie sollen Gott suchen bei ihren Feiern und in ihrer Krankheit und selbst im Tod. Und wenn sie Gott gefunden haben, sollen sie nicht darüber reden und anderen predigen, sondern bei ihrem Handwerk bleiben. Als ob sie reden müßten! Wenn sie die Quelle gefunden haben, werden sie überquellen vor Glück, so daß die Menschen um sie herum anfangen werden, sich zu fragen, welche Kraft sie beseelt, denn auch Unglück und Elend wird sie nicht mehr schrecken! Nicht lehren, nicht predigen – einfach leben. Alles andere kommt von selbst! Sie brauchen nur zu lieben! Im Grunde ist es ganz einfach! Soll ich sie nach

Hause schicken, damit sie ihre Frauen und Kindern wirklich anfangen zu lieben?“
Wir mußten beide lachen. Ich stellte mir die perplexen Gesichter von Schim‘on und besonders von Bar-Tolmai vor, wenn Jeschua ihnen diesen letzten Auftrag gab. Wir standen auf und traten vor die Höhle. Bergabwärts verengte sich die Schlucht – die schon steilen Berghänge verwandelten sich in wilde und schroffe Felswände. Spalten und Risse hatten sich wie Narben in den Fels gefressen, hatten die Wand zerfurcht, zersprengt und sie ausgehöhlt. Kahl, bizarr und wild waren diese Berge – und erhaben schön. Alles, was wir sahen, alles, was es gab, war schön. Die Welt war mit einem neuen Zauber umglänzt. Ich sah diese harte, abweisende Wüstenlandschaft mit ganz neuen Augen, hörte das Zirpen einer Grille mit neuen Ohren – erkannte diese Welt mit einem noch nie dagewesenes Gefühl der Gleichheit und Verbundenheit. Und in dieser neuen Sehweise, in dieser neuen, wunderbaren Erkenntnis, die die Frische eines eben erst angebrochenen Tages ausstrahlte, war auch noch das alte Sehen und Denken gegenwärtig, das sich über meine Unvernunft verwunderte, in einem Felsbrocken meinen Bruder zu erkennen und in dem glühenden Sonnenball meine Schwester.
Ich dachte plötzlich an Jehuda.
„Willst du mich auch zu meinem Mann zurückschicken – wie die anderen zu ihren Frauen?“
Langes Schweigen. Dann begann er zu lachen.
„Ich fürchte, ich werde es nie lernen! Schon wieder predige ich und weiß, was die Menschen tun und lassen sollen! Nein, ich werde sie nicht zurückschicken. Ich sage ihnen überhaupt nicht, was sie tun sollen. Ich werde einfach aufhören, ihr Rav zu sein. Ich höre auf, sie zu lehren. Dann müssen sie sich selbst etwas einfallen lassen! Und die übrigen – alle, die nur darauf warten, daß ich sie von den römischen Besatzern befreie –, nun, damit ist es auch vorbei! Mirjam, seit heute sehe ich keinen Unterschied mehr zwischen uns Juden und den Heiden und den anderen Völkern! Solange ich an Gott den Vater glaubte, war meine Liebe nur halb. Und auch meine Vorstellung von der Liebe des Vaters war nur eine halbe Liebe. Ich hatte vielleicht mehr von seiner Liebe gewußt als die Rabbanim und Zedokijim, die seine Liebe unterschlugen, um mit Drohungen und Strafen über das Volk zu herrschen. Aber ich hatte wie sie geglaubt, Gott sei der Gott Avrahams, Ya‘akovs und Josefs und der Söhne Jisraels. Wie tief, wie unermeßlich seine Liebe in Wahrheit ist, habe ich erst jetzt erfahren. Ich habe erfahren, daß er die Heiden auch als Heiden liebt, und nicht erst, wenn sie an ihn glauben und zu ihm beten. Und ich habe noch etwas

erfahren: wenn wir die Liebe zwischen Mann und Frau ausschließen, wenn wir die Kinder unseres Gottes bleiben, schließen wir noch viel mehr aus! Wir haben nicht nur die Gojjim von der Liebe Gottes ausgeschlossen, sondern auch die Tiere, die Pflanzen, die Erde, diese Felsen – alles, was uns nicht vom gleichen Geist erscheint! Nur weil wir nicht erkannt haben, daß Gott in Wahrheit überall und in allem und jedem ist. Es gibt kein Volk, bei dem Gott nicht wäre! Es gibt keinen Heiden, kein Wesen, kein Ding, in dem Gott nicht gegenwärtig wäre! Selbst in einem hartnäckig verblendeten Prediger, wie ich einer bin, ist Gott gegenwärtig!"
Wir lachten wieder. Es machte mich unendlich glücklich, daß Jeschua darüber lachen konnte, was ihn zuvor in tiefste Verzweiflung gestürzt hatte. Seine Füße spielten mit den Steinchen am Boden. Wir gingen langsam zu der Quelle, die zwischen Felsbrocken und Büschen versteckt war, um zu trinken und den Vorrat für die Nacht aufzufüllen. Plötzlich bückte er sich und hob ein ausgebleichtes Stück Holz auf, das seit urdenklichen Zeiten dort gelegen haben mochte oder von einer Wasserflut nach heftigen Regenfällen angeschwemmt worden war. Wir blieben bei der Quelle, die in einem dünnen Strahl floß. Aber ihr Wasser war klar und erfrischend. Jeschua setzte sich, spielte eine Zeitlang schweigend mit dem Holz und zog dann unversehens von irgendwoher ein Messer hervor und fing langsam an, in das Holz zu schneiden. Zwischendurch hob er es prüfend vor die Augen, drehte und wendete es, und schnitzte es dann langsam und andächtig weiter. Ich schaute ihm halb zu, halb hing ich meinen Gedanken nach. Plötzlich lachte er:
„Ich habe noch verdammt viel nachzuholen und zu lernen, wie man anständig mit einem Stück Holz umgeht!"
Er hielt mir sein Werk entgegen. Es war eine ziemlich grob geschnitzte menschliche Figur, die ihre Arme weit ausgestreckt hielt.
„So habe ich dich damals auf dem Tavor gesehen", sagte ich. „Du hattest die Arme ausgebreitet, als wolltest du die ganze Welt umarmen!"
„Nicht nur die ganze Welt, Mirjam! Jetzt umarme ich erst einmal dich. Ich habe viel zu lange immer nur alle umarmt. Jetzt umarme ich dich, dich Einzige, Einzigartige! Eigentlich solltest du das sein. Ich sah dich vor mir, wie du mit weit ausgebreiteten Armen auf mich zukommst!"
„Dann sind wir beide diese Figur! Man erkennt sowieso nicht, ob es Mann oder Frau ist."
„Wie schön dieses Schnitzen ist! Endlich einmal wieder etwas Neues tun und erfahren! Seit du gestern über mich hereingebrochen bist, ist wieder alles neu und aufregend! Irgendwie hatte ich mich damit ab-

gefunden, der Rav für alle zu sein. Immer war ich der, der an der Spitze steht, den alle fragen, den alle umdrängen und zu dem sie aufschauen. Ich war es, der ihnen sagte, was sie tun sollten – ich wußte alles, ich war alles für sie. Irgendwie war ich an meinem Ziel angelangt – und bis an mein Lebensende würde ich sie lehren, ihnen helfen und meine Liebe geben und schenken. Ich habe gar nicht gemerkt, wie langweilig mir das schon geworden war. In meinem Leben gab es nichts Neues mehr. Und ich war einsam geworden. Und jetzt, jetzt werde ich genau den umgekehrten Weg gehen, den ich bisher den anderen gewiesen habe. Ich höre auf, immer im Einklang mit allen Menschen leben zu wollen. Ich höre auf, allen zu predigen. Ich liebe eine einzelne Frau, und ich werde mich mit einzelnen Dingen beschäftigen. Mit diesem Holzstück zum Beispiel. Ich will schnitzen lernen. Ich habe bei meinem Vater viel gesehen und einiges, wie mir scheint, behalten. Ich will Körper und Figuren schnitzen. Ich will das Besondere jedes einzelnen Holzstücks herausfinden – und dann die Figur herausschnitzen, die in ihm steckt. Ich werde die Härte und Weichheit eines jeden Holzes studieren und seine Maserungen ertasten. Ich fange etwas Neues an – und dieses Neue wird sehr handfest sein! Wenn meine Schnitzereien im Laufe der Zeit zum Feuern benutzt werden oder wenn sie wurmstichig werden oder verfaulen – auch recht. Aber es ist schön, etwas Festes in Händen zu halten und es zu formen und zu gestalten. Das eine oder andere Stück findet vielleicht sogar einen Ehrenplatz in einem Haus, weil es schön geworden ist."

„Und wenn es jemand anbetet?" Ich wollte ihn nur necken.

„Dann soll er beten. Irgendwann wird auch dieses Stück und diese Form von selbst zerfallen oder im Feuer verbrennen. Jedenfalls werde ich nicht mehr lehren und predigen. Wir werden von hier fortgehen und irgendwo zusammen leben, einfach und schlicht. Ich werde wie mein Vater als Zimmermann arbeiten und zu meinem Vergnügen ein paar Sachen schnitzen. Und darin liegt meine Bestimmung und meine Aufgabe – hier, jetzt und heute. Und wer kommen und hören und sehen will – der komme, höre und sehe! Sie werden einen zufriedenen Hausvater vorfinden, der glücklich ist mit seiner Frau und mit seinen Kindern. Sie werden einen Zimmermann finden, der seine Arbeit liebt und der mit seiner Hand gerne über das Holz streicht. Und sie werden einen Jeschua finden, der abends gerne mit seinen Nachbarn plauscht und den Kindern Spielzeug schnitzt und ihnen Geschichten erzählt. Ich werde es wohl nie lassen können, ein bißchen zu erzählen und zu predigen ... Und sie werden eine Mirjam finden, die eine

glückliche Frau und Mutter ist – und eine große Gelehrte, meine Rabbati!
Wir werden zusammen herausfinden, wie und wann wir welchen Menschen helfen können. Ich glaube, es hat nur Sinn, den Menschen etwas zu sagen, wenn sie von selbst kommen. Wenn sie sich selbst auf den Weg begeben, um das zu erfahren, was wir heute erfahren haben. Wenn sie nicht mehr zu einem Propheten, einem Rav, dem Maschiach kommen, sondern zu einem Gleichen unter Gleichen ... so sehe ich es jetzt. Und wir werden es gemeinsam tun und gemeinsam entscheiden. Mann und Frau, in Liebe verbunden, gleich zu gleich."
Wir lachten und freuten uns wie die Kinder und spannen unsere Gedanken fort. Ich tanzte innerlich vor Glück – es strömte durch jede Faser meines Körpers. Manchmal, wenn ich Jeschua ansah, hob mich das Glück so hoch, daß ich schwerelos, körperlos zu schweben glaubte. Vielleicht haben wir ja nur deshalb einen Körper, damit wir unser Glück überhaupt ertragen können! Ich war meinem Leib jedenfalls dankbar, daß er mich noch auf der Erde, bei Jeschua hielt.
Irgendwann fragte ich Jeschua, wann er den Schülern seinen Entschluß mitteilen wollte.
Er seufzte tief auf.
„Mirjam – diesen Tag, diesen ersten gemeinsamen Tag, wollen wir für uns bleiben, ganz für uns allein. Morgen werden wir zu ihnen gehen. Morgen werden sie es früh genug erfahren."
Ein leichter Schatten flog über sein Gesicht. Ich strich über seine Wange. Er lachte.
„Es wird nicht einfach mit ihnen sein. Du wirst sie ja sehen. In den letzten drei Jahren sind sie noch starrsinniger und überheblicher geworden, als du sie kennengelernt hast. Schlimmer als ein zusammengepferchter Hammelhaufen."
Dann vergaßen wir die Schüler, Jeschuas Predigen, die Römer und die aufgestachelten Erwartungen des Volkes. Unsere Körper fanden von neuem zusammen und trennten sich wieder. Aber in Wahrheit waren wir nie getrennt. Nähe – Entfernung, es spielte keine Rolle mehr. Ob wir sprachen oder schwiegen, ob wir aßen oder schliefen. Wir waren eins – und zwei zugleich.
Alle Trennung war aufgehoben. Es gab auch keine Trennung zwischen uns und der Wüste, es gab keine Trennung zwischen uns und der anbrechenden Nacht. Wir liebten uns, ob unsere Körper sich vereinigten, ob wir uns nur still in den Armen hielten, ob wir schliefen oder ob wir aufstanden und in das schweigende Dunkel hinausgingen. Zum ersten Mal sah ich das Leuchten der Sterne in einer Wüstennacht. Als wäre ein trüber Schleier von meinen Augen fortgerissen

worden, funkelten sie nackt und klar – zum Greifen nahe. Nie hatte ich den Himmel schwärzer und tiefer, die Stille wirklich so still erlebt. Das Leuchten der Sterne, ihr Glitzern und Funkeln leuchtete, glitzerte und funkelte in mir, und ich atmete den unendlichen Himmel. In mir öffnete sich die schwarz schweigende Nacht. Ich war die Wüste, ich war die Nacht, ich war der Nachtfalter, der meine Wange streifte. Alles war ineinander verwoben. Wir gehörten zum Universum – zu den Sternen und zu den Steinen unter unseren Füßen. Wir waren nur ein kleines Fädchen in einem großen Teppich mit wunderbaren Bildern und Farben und Mustern. Aber ohne das kleine Fädchen, das wir waren, verlor der kosmische Teppich seinen Zusammenhalt und löste sich auf. Und ich wußte, daß ich, daß mein Dasein den ganzen weiten Kosmos zusammenhielt – die Sterne und den Himmel und die Erde. Ohne mich gäbe es sie in diesem Moment nicht, genausowenig wie es mich gäbe ohne sie. Alles, was in diesem Augenblick existierte, gehörte zusammen und bildete das Muster dieses einen Augenblicks. Selbst jeder winzige Augenblick hatte seine Tiefe, seine Farbe, seinen Klang, seinen eigenen Charakter. Zum ersten Mal schien es mir, als ob sich hinter dem vordergründigen Sternenglauben der Heiden, ihrem ängstlichen Fragen, ob die nahe oder ferne Konstellation von Venus oder Iuppiter ihnen Glück bringe, eine tiefere Wahrheit verbarg als der lächerliche und verächtliche Aberglauben, für den ich ihn gehalten hatte.
Und das Wunderbare an diesem kosmischen Teppich war, daß er lebendig war! Daß er von Augenblick zu Augenblick schwang und sich wandelte. Daß die Spann- und Webfäden der gleichen unerschöpflichen Energie entstammten, aus der auch ich geboren worden war und immer noch geboren wurde. Ein stetes Gebären und Wachsen – und was verging, floß in neue Form, nahm neue Gestalt an. Zum ersten Mal begriff ich: das Neue kann nur entstehen, wenn Altes stirbt und vergeht. Ohne Bewegung, ohne Wechsel, ohne Gehen gibt es kein Kommen. Jede Bewegung, selbst das Zittern eines Härchens im Wind, zerstört die Ruhe des Seins, löscht den Augenblick aus und gebiert einen neuen. Ohne Tod gibt es keine Geburt, keinen neuen Raum, keine neue Zeit. Und in Wahrheit gibt es keinen Tod und keine Geburt, sondern nur lebendiges Leben, das sich ständig wandelt und entfaltet und niemals stillsteht.
Warum sind die Gottessöhne zu den Menschenfrauen herabgestiegen und haben Kinder mit ihnen gezeugt? Warum nehmen die Götter der Heiden Menschen- oder Tiergestalt an, um sich mit den Menschen zu paaren? Was unsterblich ist, wandelt sich auch nicht – es bleibt sich immer gleich. Dem Unsterblichen geschieht nichts Neues.

Darum schlüpfen die unsterblichen Götter in die Leiber sterblicher Wesen, damit sie in der neuen Form, in der neuen Gestalt den Wandel und die Wandlung zu etwas Neuem erfahren! Denn wo alles gleich bleibt und die Wesen unsterblich und unvergänglich sind, ist Stillstand, ist Gleichförmigkeit, ist Erstarrung – und unendliche Langeweile. Der Tod – das ist das Geschenk des Lebens. Wie könnte es einen neuen Augenblick geben, wenn der alte nicht bereit wäre zu sterben, um neu geboren zu werden?
Ich hatte keine Angst mehr vor dem Tod. Was war der Tod, wenn nicht das Absterben eines Blattes, um ein anderes Blatt im nächsten Jahr an seine Stelle treten zu lassen? Der Baum bleibt am Leben und schlägt wieder aus. Und diese lebendige Kraft, die in uns strömt, die danach drängt, sich zu entfalten, zu gestalten, immer Neues zu gebären – nach meinem Tod würde sie neue Formen, neues Leben schaffen. Mein Leib würde sich in Maden und Fliegen verwandeln – und die lebendige Kraft würde in ihnen strömen wie in mir.
Manch dunkles Wort Heraklits wurde mir auf einmal klar. Er mußte etwas ähnliches erlebt haben wie wir: dieses Wandeln und Fließen von Augenblick zu Augenblick. Ja, niemand steigt zum zweiten Mal in denselben Fluß. Jeder Augenblick wird neu geboren und ist ein anderer als der vorangegangene. Ein Fluß steht niemals still, und wie der Fluß strömt das Leben weiter. Nichts wiederholt sich im Wandel der Zeit – und nichts im Raum ist gleich, was gleichzeitig ist. Jeder Stern ist verschieden vom anderen, jedes Sandkörnchen unterscheidet sich vom nächsten. Jedes Tier, jede Pflanze, jeder Mensch – alles, was existiert, ist in diesem Augenblick neu geboren und einzigartig! Jeder trägt mit seiner Farbe zum Muster des gesamten Teppichs bei. Wie kostbar wir sind in unserer Einzigartigkeit – und wie wenig wir davon wissen! Wie wenig ich davon gewußt hatte! Wie lächerlich und dumm es ist, zu glauben, durch Macht, Reichtum und Schmuck seinen Rang oder seine Schönheit zu erhöhen! Wie töricht und traurig der Glaube, durch Armut, Häßlichkeit oder Krankheit geringer zu sein als die anderen oder gar von Gott gestraft zu sein! Als ob wir unserer göttlichen Einzigartigkeit etwas hinzufügen oder von ihr wegnehmen könnten! Als ob irgendein anderer das könnte! Wir sind ja das unendliche Ganze! Wir sind das Universum – und beleidigen uns selbst, wenn wir glauben, daß ein Körnchen Gold oder die Herrschaft über andere uns erhöhen oder umgekehrt Mangel, Armut oder der Zwang der Knechtschaft uns erniedrigen könnten! Wir beleidigen Gott und uns selbst, wenn wir glauben, daß wir Gottes Liebe erst verdienen müssen. Gott ist das Ganze, und wir sind Gott! Warum nach dem Tropfen jagen, wenn wir der Ozean sind! Sicher – Gold und

Macht sind genauso Gott. Aber ebenso auch Dreck, Kot, Schweine und Würmer.
Gerade die Vielfalt der Bilder und Gestalten, die Fülle der Farben macht die Schönheit des Teppichs aus. Jede Farbe, jeder Faden trägt zum Ganzen bei: so auch wir Menschen und alle Lebewesen! Unsere Gestalt, unser Körper, unser Charakter, unser Denken – gerade daß wir als Teile verschieden sind, macht unsere Schönheit, unseren Wert aus! Und wir sündigen, wir freveln an Gott und uns selbst, wenn wir glauben, wir müßten anders sein, als wir gerade sind! Nur wenn niemand von uns als Kind verlangt, so gut oder so tüchtig oder so klug oder so schön wie das Nachbarkind zu sein – bleiben wir innerlich zufrieden und sind auch zufrieden mit Gott und mit der Welt. Aber wenn wir glauben, daß wir anders sein sollen, als wir geschaffen sind, versündigen wir uns gegen unser Selbst, gegen unser wahres göttliches Sein – und Ärger oder Verzweiflung kommen auf. Entweder Verzweiflung und Trauer, weil wir dem fremden Vorbild nicht genügen. Dann verkriechen wir uns und sehen die Welt in düsteren Farben und entwickeln nicht die Fähigkeiten, die uns wahrhaft mitgegeben sind. Oder es packt uns die Wut auf die anderen, die etwas von uns verlangen, das wir nicht erfüllen können. Und Trauer ist die Quelle unserer Begierden und Süchte, mit denen wir uns trösten. Dann behängen wir unsere Scham mit goldgewirkten Kleidern oder umgeben uns mit Knechten und Mägden. Und Wut gebiert Haß und Neid und Rachsucht – denn wie sollen wir anderen Glück und Zufriedenheit gönnen, wenn sie uns selbst nicht erlaubt sind?
An diesem Tag, in dieser Nacht brach alles zusammen, was ich bisher gewußt und geglaubt hatte. Und die Welt erstand wieder in einem neuen, tieferen, strahlenderen und liebenderen Licht. Ich sah nicht mehr das Trennende, das andere, das Falsche. Ich sah, wie alles zusammengehörte – wie kein Mosaiksteinchen als unpassend ausgesondert oder als fehlerhaft bemängelt werden kann. Jedes Mosaiksteinchen war gerade so und in dieser Form und in dieser Farbe am rechten Platz.
Es gab keine Juden und keine Gojjim mehr, keine Römer, Griechen, Syrer oder Samaritaner. Gab es nicht auch Griechen, die das Göttliche unmittelbar erfahren hatten? Wovon sonst sprach denn Platon in seinem Höhlengleichnis, wovon sonst sprachen Sokrates und Diotima, wenn sie – von Eros erfaßt – die Schönheit nicht nur im geliebten Freund, sondern in jeder Gestalt und Form erblickten? Wir Juden, die so stolz und hochmütig auf die Götzenstatuen und ihre Diener herablicken und ihnen verächtlich unser drittes Gebot 'Du sollst dir kein Bildnis machen' entgegenschleudern – wir sehen wohl die be-

grenzten Bilder der anderen, aber nicht unsere eigenen, begrenzten Bilder von Gott, an die wir glauben sollen.
Wir haben das Bild vom gestrengen Gott, vom eifersüchtigen und strafenden oder sich erbarmenden Gott: Gott will dieses Opfer und jenes nicht – Männer sind rein oder unrein, Frauen sind rein oder unrein. Wir haben das Bild vom Gott des Bundes, eines Bundes zwischen Gott und den Söhnen Jisraels. Wir haben das Bild eines Gottes der Vorschriften und Gebote, eines Wesens, mit dem man reden und rechten kann. Und hinter all den Bildern, dem Rankenwerk aus Geboten und Verboten, hinter dem wuchernden Unkraut von Sitten und Gebräuchen verbirgt sich nichts als 'Ich bin, der ich bin'. Denn das ist die Erfahrung aller, die existieren: 'Ich bin, der ich bin.' Ein Staubkorn ist nichts anderes als 'Ich bin, was ich bin' – darin liegt sein ganzer Sinn, mehr bedarf es nicht.
Die Gedanken flogen wie Sternschnuppen durch meinen Kopf, leuchteten auf, verglühten. Dann war nur noch Stille. Jeschua und ich lagen aneinander geschmiegt. Ich spürte seinen Leib, seine Liebe – unendliches Glück.
„Jeschua, ich bin so glücklich, so glücklich zu leben, einfach da zu sein! Wenn ich jetzt stürbe, so stürbe ich voller Dankbarkeit für jede Minute, die ich gelebt habe – und dafür, daß ich das erfahren durfte."
Mit seinen Fingern strich er mir zart über Hals und Nacken.
„Als könnten wir je sterben! Als stürben wir nicht jeden Augenblick, um im nächsten Augenblick wieder neu geboren zu werden! In Wahrheit sind wir unsterblich – wenn auch nicht auf so langweilige Weise, daß wir immer dieselben bleiben! Mir tun die Götter der Griechen und Ägypter leid: Sie verändern sich nie! Immer bleiben sie dieselben in ihrer Unsterblichkeit. Ich dagegen war bis gestern ein Prophet, der vom Herrn mehr wußte als alle anderen. Ich war Gott näher als die übrigen Menschen. Deshalb hatte ich Mitleid mit ihnen. Deshalb predigte ich ihnen und tröstete sie. Und heute bin ich ein anderer – ich weiß nicht einmal, wer. Es ist wunderbar! Ich fühle mich wie ein neugeborenes Knäblein, das eben die Augen geöffnet hat. Ich weiß nicht, was mir der Tag bringt. Ich weiß nicht, was ich tun werde – und darin liegt das Wunder! Und darum möchte ich auch nicht, daß du jetzt stirbst – oder auch ich. Ich möchte noch so viel Neues mit dir zusammen erleben! Dies ist ein neuer Anfang und noch kein Ende!"
Er sprach nur aus, was ich selbst fühlte und wünschte. Einen ewigen Augenblick war ich das ganze göttliche Universum gewesen, die göttliche, liebende Kraft, die unaufhörlich alles neu erschafft. Ich war das Ganze und vollkommen glücklich und wunschlos. Nun war ich wieder bereit, ein Teil zu sein: Mirjam, die Jeschua liebte. Bereit zu einem

Leben in menschlicher Begrenzung, um in dieser Begrenzung Neues zu erfahren. Das Wunder des Neuen ist es gerade, noch nie dagewesen zu sein! Es hat vorher nicht existiert, es ist vorher nicht gedacht worden – denn dann wäre es nicht neu, sondern nur das Fortführen, das Ausspinnen, Weiterverästeln von Vergangenem, längst Bekanntem. Es ist so neu und überraschend wie Wasser, wenn es plötzlich zu Dampf zerstiebt oder zu Eis gefriert. Als Erwachsene denken wir kaum noch darüber nach. Aber als Kind habe ich nicht glauben wollen, daß Wasser fest werden kann, bis in einem kalten Winter mein Vater einen Block Eis vom Chermon herbeischaffen ließ und mich geheimnisvoll lächelnd zu der schmelzenden Kostbarkeit führte.
Und so überrascht und voller Staunen wie damals fühlte ich mich jetzt. Und dabei noch argloser, vertrauensvoller: wie ein neugeborenes Kind, das mit blanken Augen zum ersten Mal in die Welt blickt – ganz Unschuld und Liebe. Ein Kind, das in die Welt gekommen ist, um zu lieben und geliebt zu werden. Ein Kind, das Liebe erwarten darf auf seinem ganzen Lebensweg. Ein Kind, das sich entwickeln und entfalten darf, was in seinem innersten Kern angelegt ist. Nicht zum Dienen und zum Nutzen sind wir auf dieser Welt. Aber wie gerne dienen wir anderen, wenn wir ganz wir selbst sein dürfen! Die ganze Welt zittert und schwingt in Liebe – und zum ersten Mal schwang ich selbst bewußt in dieser unendlichen Liebe, bereit, allen anderen Menschen, allen Wesen zu helfen, damit auch sie dieses Glück der Liebe erfahren können. Eine Schranke war zerbrochen, die mich von den Menschen und auch von den Tieren und Pflanzen getrennt hatte.
In unserer Familie hatte jeder nur an sich und an sein eigenes Glück gedacht, sorgsam darauf achtend, daß er nicht zu kurz käme. Als wäre die Liebe ein seltenes, kostbares Gut, das man am besten in eine Truhe sperrte, um damit um so sparsamer und haushälterischer umzugehen. Denn wer am meisten zurückbehielt, der konnte nach seinem Belieben Liebe und Gunst gewähren und Gegenliebe und andere Vorteile einfordern. Und nun war Liebe überall – in allem und jedem. Wie die weite, uns grenzenlos umgebende Luft umfächelte sie mich und floß durch mich hindurch. Warum hatte ich es vorher nicht gesehen? Warum hatten es meine Eltern, meine Geschwister nicht gesehen, warum sahen es die meisten Menschen nicht?
Als Jehuda mich zu Jeschua gebracht hatte, war ich bei ihm geblieben, weil seine Liebe so anders war als alles, was ich unter Liebe verstanden, erlebt und mir vorgestellt hatte. Es war eine Liebe, die mich sein ließ, wie ich war. Darum suchte und brauchte ich seine Liebe. Aber jetzt liebte ich selbst – und unsere Liebe hatte mir die Augen für die

Liebe der Welt geöffnet. Ist es nicht so, daß wir um so mehr lieben, je tiefer wir lieben?

Aber warum war es dann nicht schon mit Jehuda oder Alpheios geschehen? Jehuda und ich – wir hatten uns zumindest anfangs geliebt. Und doch konnte ich es nicht mit der Liebe vergleichen, die ich mit Jeschua erfuhr. Jehuda und ich hatten uns geliebt – und doch hatten wir Angst voreinander gehabt. Jehuda hatte mich aus dem kalten Geld- und Machtstreben meiner Familie gerissen. Aber er zitterte bei der Vorstellung, ihn oder seine Frau könnte der Zorn des Herrn treffen, wenn wir uns nicht streng an alle Gebote und Regeln hielten. Ich hatte seine Angst gespürt und später dagegen aufbegehrt. Aber ich hatte mich nicht von ihr befreit. Ich war die Gefangene der Angst wie er selbst.

Alpheios hatte all seine weicheren Empfindungen hinter einer Maske aus Ironie, Witz und Zynismus versteckt. Wie sollten da Liebe und Vertrauen aufkeimen? Selbst Jeschua, der Freieste, war ja noch gefangen in der Angst vor dem Herrn, als wir zum ersten Mal unsere Liebe bekannten.

Es ist nicht Haß – es ist Angst, die die wahre Widersacherin der Liebe ist. Angst, nicht die sein zu dürfen, die wir sind. Angst, nur dann Liebe zu finden, wenn wir anders sind. Wenn wir so sein sollen, wie Gott, seine Gebote, seine Priester und Gelehrten es uns vorschreiben oder wie unsere Eltern, Ehegatten, Freunde, und Nachbarn uns haben wollen. Diese Angst, nicht zu genügen, zu versagen, der Liebe nicht wert zu sein, verschließt unsere Herzen. Wie können wir andere lieben, wenn wir uns selbst nicht geliebt fühlen? Aus Angst vor Nichtliebe, vor Ablehnung, vor Verachtung versuchen wir die Liebe zu ertrotzen, zu erkämpfen, zu erkaufen. Wir bemühen uns, wir wollen gefallen, wir krallen uns an Schmuck und Kleider, häufen Gold und Ämter an, halten uns an Gebote und Regeln. Und wer unsere Liebe nicht erringen will, wer uns nicht wiederliebt, wer unsere Anstrengungen nicht vergilt, den verfolgen wir mit unserem Haß. Ohne Angst gibt es keinen Haß. In der steten Angst, nicht gut und schön genug für die Liebe zu sein, haben wir auch kein Vertrauen, daß uns jemand wohlgesonnen sein könnte. Hinter Freundlichkeit wittern wir Arglist und Verrat, hinter Entgegenkommen nur Schwäche, hinter Friedfertigkeit das listige Abwarten auf einen günstigen Zeitpunkt zum Überfall. Die Angst läßt uns hassen, was wir nicht kennen. Jeder Fremde wird zu einer Bedrohung und Gefahr. Denn je weniger wir einen Menschen kennen, um so schneller stellt sich unsere Angst zwischen ihn und uns und erklärt uns seine geheimen Absichten und bösartigen Pläne. Und was für den einzelnen Menschen gilt, gilt für die

Völker. Darum rüsten wir uns und schlagen wir lieber als erste zu, bevor die anderen zuschlagen. Wir stärken unsere Kampfkraft, wir streben nach Macht, wir hassen und unterwerfen fremde Völker – und noch mehr hassen wir die anderen, wenn wir die Unterlegenen, die Unterworfenen sind und ständig die eigene Ohnmacht zu spüren bekommen. Wenn die Angst bestätigt wird, wächst der Haß ins Unermeßliche. Wir Juden hassen die Römer, weil sie unsere Schwäche ausgenutzt und unser Land besetzt haben. Wir hassen sie, weil sie uns ausrauben, und die Armen ihre Kinder hungern sehen müssen, während die Römer und ihre Handlanger, die reichen Juden, in Luxus schwelgen. In unserem 'gerechten' Zorn übersehen wir, daß ohne die Römer unser Land durch Krieg und inneren Unfrieden zugrunde gegangen wäre und daß die Armen auch unter den jüdischen Königen Hunger gelitten haben.
Aber auch die Römer haben Angst – denn sonst würden sie sich nicht wie ein Geschwür in ihre Nachbarländer hineinfressen, um sie zu besetzen, zu beherrschen und auszuplündern. Als brenne Troja noch immer in ihrer Seele, als seien sie wie Aeneas noch immer auf der Flucht, als warteten die Nachbarvölker nur darauf, ihre neugegründete Stadt am Tiber zu überfallen und auszuplündern, erobern sie lieber selbst den ganzen Erdkreis. In Wahrheit sind sie genauso von nackter Angst besessen wie die von ihnen unterworfenen Völker. Angst steht gegen Angst. So wie Cajjin Angst hatte, als er Avel und sein gnädig aufgenommenes Opfer sah. Und so wie er in seiner Angst um die Liebe des Herrn seinen Bruder erschlug, so erschlagen uns die Römer aus Angst. Und die Juden und die anderen besetzten Völker schreien nach Rache – wieder aus Angst. Und keiner weiß von der Liebe, die Fülle und Freude ist. Keiner sieht den Bruder im anderen. Anstatt einander zu helfen, schlagen wir uns tot. Blind sind wir, wie junge Hunde oder Katzen, die ihre Augen noch nicht geöffnet haben. Erst seitdem ich liebe, liebe ich auch die Römer, die ich zwar schon lange nicht mehr gehaßt hatte, aber die mir fremd und gleichgültig geworden waren. Aber ohne die Erfahrung der Liebe mit Jeschua – wie hätte ich sie lieben können?
Ja, Jeschua und ich, wir waren wie Neugeborene. Wir blickten mit neuen, unschuldigen Augen in die Welt, so wie es ein Säugling tut. Ein Säugling weiß noch nicht, daß er zu einem Juden oder Römer heranwachsen wird, daß er einmal als Sklave den Kopf demütig zu senken hat und als Patrizier und Adliger stolz einherschreiten darf. Ein Säugling weiß noch nicht, daß er als Junge die Torah studieren, das Land bestellen oder ein Handwerk lernen wird und als Mädchen sittsames Betragen, die Hausarbeit und Gehorsam gegenüber dem

Ehemann. Ein Säugling weiß noch nicht, daß er als Jude einmal die Römer und Gojjim hassen und als Römer alle anderen Völker verachten wird. Das neugeborene Kind weiß noch nichts von den Geboten, von den Festlegungen und Regeln, die sein Leben, Denken und Handeln bestimmen werden.

Und was tun wir mit unseren Kindern, mit den neuen, den unbekannten Wesen? Wir können das Neue, das Unbestimmte, das Ungewisse gar nicht ertragen. Darum versuchen wir so schnell wie möglich zu vergessen, daß unsere Kinder neue Wesen sind, und machen sie zu tapferen Jungen und braven Mädchen, zu Römern und Juden, zu Herren und Sklaven. Wir zwingen sie in die überlieferten Formen und Vorstellungen und erwarten, daß sie genau das tun, was wir selbst gelehrt worden sind. Und wehe, ein Kind wagt, so anders und 'neu' zu sein, wie es geboren wurde! Dann wird es zurechtgewiesen, zurechtgestutzt, verwarnt und bedroht – alle Strafen des Herrn werden herabbeschworen, bis es zahm und fügsam geworden ist. Haben wir je gewagt, ein Kind wirklich zu lieben – das neue, das unbekannte, das fremde Wesen? Lieben wir denn das Unbekannte, das Fremde, wenn es uns unvermittelt und überraschend entgegentritt?

Oder schirmen wir uns nicht vor dem Fremden, dem anderen und dem Neuen ab! Immer fürchten wir das Unvorhergesehene, das Unbekannte! Wir fürchten das Göttliche, das Unendliche und darum immer Überraschende so sehr, daß wir lieber davonlaufen oder es sogar bekämpfen. Oder wir machen es zu einem Herrn, zu einem Götzen. Dieser Herr ist dann so freundlich, einen Bund mit uns zu schließen. Seine zehn Gebote sind seine Vertragsbedingungen, erweitert durch Hunderte von Nebengeboten, die den Ablauf des täglichen Lebens regeln. Wie klar, überschaubar und berechenbar dann das Göttliche wird! Und wenn das Unvorhergesehene, das wahrhaft Neue doch einmal zu uns durchbricht, klammern wir uns in unserer Angst an Opfer und Gebete und versuchen, das Neue einzudämmen, einzuschüchtern und in unsere vertrauten Formen zu zwängen. Wir geben uns Mühe, die Gebote zu befolgen, und versuchen, 'gut' zu sein, obwohl wir das Gute nicht sehen. Wenn wir Gott oder das Göttliche erkennen könnten, könnten wir nicht einmal gedankenlos nach einer Fliege schlagen, denn sie ist genau göttlich wie wir. Töte ich eine Fliege, zerkaue ich ein Weizenkorn, könnte ich mir genausogut einen Arm abhacken. Die Fliege, das Weizenkorn sind 'ich' genauso wie 'mein' Arm, 'mein' Körper. Und jedes Zerkauen eines Weizenkorns, jedes achtlose Zertreten eines Grashalms, jedes tödliche Zerklatschen einer Fliege ist Mord und vernichtet ein einmaliges, einzigartiges Lebewesen und damit eine ganze Welt. So wie jeder Mensch

einzigartig ist und eine ganze Welt, die nicht getötet und zerstört werden darf. Aber wir müssen morden, um zu leben, um unsere eigene Gestalt zu erhalten und zu stärken. Mit jeder Brotkrume, die wir kauen und schlucken, vernichten wir ein Stück Welt. Wie furchtbar ist diese Erkenntnis, wie schwer, sie auszuhalten! Nur geborgen in der göttlichen Liebe, geborgen im Wissen des Einsseins läßt sie sich ertragen. Nur dann sehen wir, daß jeder Tod eine Verwandlung ist und die Geburt einer neuen Welt – so wie wir selbst sterben werden und uns in etwas anderes verwandeln. Nur wenn das Alte bereit ist zu sterben, kann das Neue entstehen. Nur wenn meine Vorstellungen sterben, kann ein Kind sein neues, unbekanntes Wesen entfalten und zu dem einzigartigen Menschen aufblühen, der in ihm angelegt ist.
Der Tag dämmerte herauf. Die Umrisse der Berge, der Felszacken hoben sich immer schärfer vom Himmel ab. Dann krochen die ersten Sonnenstrahlen über den Boden, warfen endlose Schatten und verwandelten die Steine und Felsen in leuchtendes Gold. Ja, hier war der Garten Eden. Hier, mitten in der Wüste, mitten in unseren Herzen. Gott hatte uns nie daraus vertrieben. Wir hatten ihn nie verlassen. Er war immer da – um uns, in uns –, wir hatten ihn nur nicht mehr gesehen und ihn darum verloren geglaubt.

## 17. Kapitel: Die Schüler

Stimmen drangen zu uns herauf. Vier winzige, weiß gekleidete Gestalten bewegten sich unten im trockenen Flußbett. Felsbrocken und Geröll ließen kaum den sich schlängelnden Pfad erkennen.
„Sie kommen schon", seufzte Jeschua. Wir faßten uns an den Händen und erwarteten schweigend die Männer, die zwischen den Felsen nach oben stiegen. Es waren wie am Vortag Schim'on, Bar-Tolmai, Jehuda und ein fremder junger Mann. Sie hatten ein-, zweimal zu uns hinaufgeblickt. Da wir nach Osten standen und die Sonne hinter uns aufging, sahen sie wohl, daß Jeschua nicht allein war. Aber noch konnten sie nicht erkennen, wer neben ihm stand. Sie hatten genug damit zu tun, auf ihre Füße und auf den Pfad an dem steilen Berghang zu achten. Keuchend und schnaubend erklommen sie die Plattform. Als sie aufsahen und mich erblickten, erstarrten ihre Mienen.
„Mirjam!" sagte Schim'on fast erschrocken.
„Was hat *sie* denn hier zu suchen?" Das war natürlich Bar-Tolmai.

Der junge Fremde blieb stumm. Ebenso Jehuda, den ich wiederum mit höchstem Erstaunen musterte. Er war Jeschua verblüffend ähnlich geworden. Er sah tatsächlich aus wie Jeschua vor drei Jahren: der gleiche Bart, dieselbe Haltung, die gleiche weiße Kleidung. Selbst die Gesichtszüge schienen sich denen Jeschuas angeglichen zu haben. Ich suchte in seinem Gesicht den alten Jehuda. Aber je länger ich ihn betrachtete, um so undeutlicher wurden die Bilder meiner Erinnerung. Die Züge des Jehuda von damals verschwammen und mischten sich mit denen Jeschuas. Ich fragte mich, ob er in drei Jahren aussehen würde wie Jeschua heute.
„Mirjam, das ist Jochanan ben Savdai. Er ist der jüngere Bruder von Ya'akov. Er ist erst vor einiger Zeit zu uns gestoßen. Ich habe ihn lieb wie einen jüngeren Bruder."
Ein offenes, frisches Gesicht mit Augen, in denen unendliches Vertrauen lag. Vertrauen in die Welt und in seinen Rav, zu dem er in Bewunderung und grenzenloser Liebe aufschaute. Er sah nur flüchtig zu mir herüber und wendete seinen Blick gleich wieder zu seinem geliebten Rav.
Jeschua ließ meine Hand los.
„Wir kommen mit euch mit. Ich habe euch allen etwas Wichtiges zu sagen. Helft uns beim Zusammenräumen und Packen."
Wir gingen in die Höhle, um unsere wenigen Habseligkeiten zu bündeln. Die Männer folgten nach. Sie mußten unser Lager gesehen haben. Aber als wären hohe Mauern darum gebaut, schweiften ihre Blicke immer seitwärts vorbei oder hoch darüber hinweg. Ich rollte die Decken zusammen, und es war, als ob weder ich noch die Decken in ihren Augen existierten. Dann, als schnitte es mir tief und scharf ins Fleisch, verstand ich. Ich fühlte ihre Liebe, fühlte ihren Schmerz – den Schmerz, dem Rav nie so nahe zu kommen wie ich, Mirjam, die Frau. Ich konnte die Liebe ganz anders mit ihm teilen und ihm viel näher sein, als es ihnen, seinen Schülern, je vergönnt sein würde. Sie fühlten sich ausgeschlossen von etwas, das ihnen so lieb und teuer wie ihr eigenes Leben war. Sind nicht auch Kinder eifersüchtig auf die Liebe zwischen Vater und Mutter, wenn diese sich einander zuwenden und zurückziehen? Gerade so mußte es Schim'on und den anderen ergehen. Und der Schmerz des Ausgeschlossenseins, des nicht Teilhabenkönnens war ihnen unerträglich. Sie waren zutiefst verletzt und gekränkt. Ich spürte ihre Enttäuschung und auch ihren Zorn auf mich und Jeschua. Aber sie wagten nicht, ihn zu äußern.
Schweigend hatten wir unsere Bündel gepackt und geschultert. Schweigend zogen wir den steilen Pfad hinab und fanden schließlich den Eingang zur Schlucht, die nach Efrajim führte. Efrajim war ein ver-

schlafenes Nest, das hoch oben auf einem Bergkamm thronte. Ein kleiner Bach mäanderte seitlich in das Trockenbett unserer Schlucht. Dieser Bach mußte von einer kräftig sprudelnden Quelle gespeist werden, denn im Tal grünte alles. Hier hatten die Einwohner von Efrajim jedes Kav Land beackert und bepflanzt und auch die steilen Hänge mit Rebstöcken überzogen, so weit sie das Wasser hinauftragen konnten. Inmitten der Weinberge hatten die übrigen Schüler auf Jeschua und ihre Gefährten gewartet. Nun liefen sie uns freudestrahlend entgegen.

„Er kommt, er ist zurückgekehrt! Er ist wieder da!“ riefen sie, damit auch der letzte die freudige Nachricht vernahm. Wie Kinder den heimkehrenden Vater umstürmten, umringten sie Jeschua und hingen sich an ihn, als wollten sie ihn nie wieder loslassen. Es waren vielleicht zwanzig oder dreißig Männer, die sich um ihn scharten. Drei Frauen näherten sich zögernd mit glücklichen Gesichtern, wagten aber nicht, den Ring der Männer um Jeschua zu durchbrechen. Die große Menschenmenge, die sich nach der Auferstehung des La'asar erwartungsvoll an Jeschuas Fersen geheftet hatte, hatte sich schon verlaufen. Als Jeschua sich in die Wüste verkrochen hatte, hatte sie sich zerstreut wie eine Herde Schafe auf den Feldern, wenn der Hirte sie zu lange allein läßt.

„Geht es jetzt nach Jeruschalajim?“ bestürmten ihn die Männer mit ihren Fragen und gaben sich selbst die Antwort: „Und an Pessach sind wir in Jeruschalajim, und der Maschiach wird in sein Haus einziehen!“ Auch vereinzelte Rufe wie „Wehe den Römern, wenn der Maschiach naht“, waren zu hören.

Jeschua hob den Kopf. Sein Blick suchte mich in der Schar, die mich an den Rand gespült hatte. Als unsere Augen sich fanden, lächelten wir einander zu. Es war wie eine Besiegelung unserer Liebe und dessen, was uns die Liebe des vergangenen Tages und der Nacht offenbart hatte.

„Laßt mich los, ihr erdrückt mich ja“, rief er dann lachend den Männern zu. „Laßt mich etwas trinken. Mein Mund ist so staubig und trocken wie die Wüste! Ich habe euch etwas Wichtiges zu sagen.“

Ihre Gesichter glühten in freudiger Erwartung. Wasser und Weinkrüge wurden herbeigereicht. Ich schaute mich um und versuchte, Mariam in der Menge zu finden. Aber meine Augen konnten sie nirgends entdecken. Jeschua trank und wusch sich Gesicht und Hände. Dann stand er auf, um zu sprechen. Das Lärmen und Reden verstummte mit einem Schlag. Eine erwartungsvolle, andächtige Stille breitete sich aus.

„Vor Jahren habe ich euch zu mir gerufen und euch aufgefordert, mir nachzufolgen und euer Leben dem Herrn allein zu weihen. Ich habe euch gelehrt, daß der Tag des Herrn nahe ist und daß alle, die an ihn glauben, das Licht seines Antlitzes sehen und seine Herrlichkeit erkennen werden. Ich habe euch zu den Menschen des Gallil und Jehudas geschickt, damit ihr diese frohe Botschaft verkündet. Ich habe euch Macht gegeben, Besessene und Kranke zu heilen. Ich habe euch zu den Verlorenen des Hauses Jisrael gesandt, damit ihr sie auf das nahe Erscheinen des Herrn vorbereitet.
Jetzt sage ich euch, daß jeder von euch und jeder Mensch Gott finden wird. Ihr werdet ihn von selbst finden, so wie das Samenkorn aufbricht und die keimende Pflanze im Dunkel der Erde nach oben wächst, bis sie von selbst ins Sonnenlicht findet. Ihr braucht keinen Rav, keine Priester und keinen Tempel! Ihr braucht keine Lehrer und keine Mittler, ihr braucht auch mich nicht mehr. Ihr braucht keine Lehre. Ihr braucht nur auf die Stimme eures eigenen Herzens zu hören. Und wo ihr sie nicht hört, öffnet eure inneren Augen und Ohren, öffnet eure Herzen! Hört auf die Stimme eurer Liebe! Da, wo ihr liebt, laßt eure Liebe aufblühen, laßt euch ganz von ihr durchdringen und erfüllen. Wen oder was ihr liebt: eure Frauen und Kinder, eure Eltern, eure Nachbarn und eure Arbeit, liebt sie ganz! Dann werdet ihr Gott in eurer Liebe finden! Habt den Mut zu lieben, wagt zu lieben! Verzeiht denen, die euch Übles getan haben, und haltet euch weiter an die Liebe! In der Liebe, im Geliebten und in der Geliebten findet ihr den Herrn leichter als durch alle Gebete und Opfer. Denn die Liebe ist von Gott. Und wenn ihr liebt, wirkt Gott in euch selbst. Liebt – und Angst, Neid, Zorn, Groll, Haß werden von euch abfallen wie die alte Haut einer Schlange. Ihr werdet Gott in euch selbst finden. Das ist alles, was ich euch sagen kann und will.
Ich habe einsehen müssen, daß mein Lehren und Wirken euch mehr in die Irre als näher zu Gott geführt hat. Darum höre ich auf, euer Rav oder irgend jemandes Rav zu sein. Ich bin ein Mensch wie alle anderen auch, nicht mehr und nicht weniger. Ich will nicht mehr getrennt von den Menschen leben und nur Gast in ihrem Alltag sein. Ich werde den Alltag mit ihnen teilen und mein Brot selbst erarbeiten. Ich werde mit Mirjam eine Familie gründen. Ich werde leben und handeln, wie es mein Herz befiehlt. Wer meinen Rat sucht, soll ihn bekommen. Aber wer zu mir kommt, soll selbst fest im Leben und im Alltag verankert sein. Er soll sich selbst ernähren können und seine Frömmigkeit nicht gegen Gaben und Almosen verschachern. Keiner wird Gott dadurch dienen, daß er alles im Stich läßt und nur noch betet und an den Herrn denkt – und dann gnädig seinen Segen über

die Armen spricht, die nicht soviel Zeit und Kraft für das Gebet oder die Lehre des Herrn haben. Wenn ihr eure Frauen und Kinder und eure Arbeit nicht lieben könnt, dann wißt ihr auch nichts von der Liebe Gottes. Und wenn ihr nicht im Frieden mit euren Nachbarn leben könnt, wie könnt ihr dann vom Frieden des Herrn sprechen? Wir können nicht die heidnischen Fremden verachten und Gott zugleich lieben – denn auch sie sind seine Kinder! Wenn ihr eure Tiere nicht liebt und ehrt, wenn ihr sie statt dessen schlagt und Hunger und Durst leiden laßt, dann liebt und ehrt ihr auch nicht Gott, der alle Wesen erschaffen hat.
Geht heim und hört auf Euer Herz, das euch leiten wird. Denn es ist einfach und leicht, heilig zu sein in einer Gruppe von Heiligen. Ihr tragt alle ein Stirnband, auf dem geschrieben steht: 'Ich bin der Schüler eines großen Rav, des Maschiach, der gekommen ist, uns alle zu erlösen.' Und die Leute bestaunen euch mit kindlicher Ehrfurcht und bitten um euren Segen und euren Rat. Legt das Stirnband der Heiligkeit ab und hört allein auf die Stimme eures Herzens. Ihr seid auch heilig inmitten eures Zorns, eurer Angst und eures Ärgers. Ihr seid auch heilig inmitten des Spotts und der Verachtung von Nachbarn und Freunden, die euch nicht gleich verstehen werden. Aber haltet an eurem Herzen fest und vergeßt, daß ihr etwas Besonderes und heilig seid, und alles wird sich zum Segen auswirken.
Und vergeßt nicht: Jeder, der sich zwischen euch und Gott stellen und euch Gottes Willen und Ratschluß vermitteln will, ist ein Dieb und Räuber. Er macht euch zu seinen Sklaven, wo ihr doch frei geboren seid. Und wo er euch seine Hilfe und Fürsprache bei Gott verspricht, betrügt er euch, denn er hat nichts zu geben, was ihr nicht selbst schon hättet, wenn ihr nur bei euch selbst suchen wolltet! Und wenn ihr glaubt, den Schwachen und Verzweifelten helfen zu müssen, wenn ihr das Leiden der geplagten und kranken Menschen nicht mehr ertragen könnt, so denkt daran: wenn ihr euch dabei zum Vermittler zwischen ihnen und Gott macht, erringt ihr vielleicht Macht und Gewalt auf Erden. Aber euer Herz ist nicht bei Gott, sondern in der Finsternis.
Haben wir nicht schon einen Tempel der Priester und Schacherer? Es soll kein neuer Tempel auf dem alten errichtet werden! Es gibt genug Tempel bei uns und in der ganzen Welt. Als ob man den lebendigen Gott, das göttliche Leben in ein Haus einsperren könnte! Wir brauchen keine Bildnisse, keine Götzen und keine Tempel! Wir brauchen keine Heiligtümer und keine heiligen Schriften! Ich sehe den Tag kommen, an dem der goldene Tempel in der Heiligen Stadt vernichtet und verwüstet wird. Nehmt die Zerstörung als Zeichen, daß keine

Tempel mehr errichtet werden sollen. Denn jeder Platz, auf dem wir stehen, ist Gott. Die ganze Erde, der ganze Himmel ist sein Tempel. Er ist in uns, in unserem Leib. Er ist in jeder Blume, in jedem Baum, in jeder Schlange, in jedem Skorpion, in jeder Kreatur! Wozu also Tempel, Priester und heilige Schriften? Tempel und Priester, Bildnisse und Lehren schneiden euch ab vom Ganzen – und damit von Gott selbst! Ihr findet Gott überall und jederzeit: in eurem eigenen Herzen und in der Liebe. Nur darauf hört – auf niemanden und nichts sonst.
Das ist alles, was ich euch noch sagen kann. Ich habe mich geirrt und bin umgekehrt. Nun folgt eurem eigenen Herzen. Mich braucht ihr dazu nicht. Lebt wohl. Gottes Frieden und Segen sei mit euch."
Die Männer waren vertraut damit, Ungewohntes und Neues von ihrem Rav zu hören. Als Jeschua mit sich ins Gericht ging, behielten ihre Mienen den fromm andächtigen Ausdruck. Er war der Rav, der Meister, der Maschiach. Der Maschiach stellte sich allen Anfechtungen, allen Versuchungen, die der Gottesfeind Satan vor ihm auftürmte. Er schritt selbst durch die Finsternis des Sche'ol. Vielleicht machte er dabei Fehler. Aber er würde das Tal des Schreckens und der Dämonen durchwandern und als Sieger wieder heraustreten, herrlicher und strahlender als zuvor. Er würde alles wieder richten. Sie brauchten ihm nur zu folgen. Und dazu waren sie bereit – bedingungslos und bis in den Tod.
Erst als Jeschua geendet hatte und keine Anstalten machte weiterzusprechen, als er sich vielmehr aus ihrer Schar löste, ihnen zum Abschied zuwinkte und langsam zu mir herüberging, dämmerte ihnen die Ernsthaftigkeit und Endgültigkeit seiner Worte. Er hatte von Abschied gesprochen – und er hatte es so gemeint. Diesmal war es kein Gleichnis, keine Predigt, keine Unterweisung. Er hatte zu ihnen gesprochen wie ein Mensch zu seinesgleichen: von seinen Irrtümern und von seinem künftigen Tun. Und dieses künftige Tun sollte ohne sie stattfinden. Ihre andächtigen Mienen verwandelten sich in ungläubiges, fassungsloses Staunen. Als sie ihre Ohren und Herzen vor der Wahrheit nicht länger verschließen konnten, brach der Sturm los. „Das kann doch nicht sein! Das tust du nicht! Wir glauben dir nicht. Du willst uns nur prüfen!" riefen sie. Und der bleiche Schrecken auf ihren Gesichtern widerlegte ihre Worte, an die sie sich noch klammerten, um nicht in den Abgrund der Verlassenheit zu stürzen, den die Wirklichkeit plötzlich aufgerissen hatte.
„Aber wohin sollen wir denn gehen", fragte Schim'on in hilfloser Verwirrtheit, „du hast die Liebe Gottes gelebt, du hast uns gelehrt, daß das Reich Gottes anbrechen wird. Und wir haben an dich geglaubt.

Wir haben doch selbst gesehen, daß du der Maschiach bist, der Sohn des lebendigen Gottes. Wohin sollen wir denn gehen ohne dich?"
„Ich weiß es nicht", antwortete Jeschua. „Aber ihr werdet es herausfinden. Achtet dabei nicht so sehr auf Worte und Reden anderer. Achtet auf das, was in euch ist und um euch. Und vergeßt nicht: Die göttliche Liebe und meine Liebe werden immer mit euch sein!"
Ihre Verwirrung, ihre Ratlosigkeit verwandelten sich in Enttäuschung, Verzweiflung. Die großen, ungeschlachten Männer waren hilflos wie kleine Kinder, deren Mutter sie verlassen will. Sie waren dem Weinen nahe.
„Deine Liebe ist nicht mehr beim Herrn und nicht mehr bei uns! Sie ist bei diesem Weib, das dich verführt und verhext hat! Diese Schlange da hat dich selbst in der Wüste aufgespürt und dem Satan überliefert!" Bar-Tolmais zornig dröhnende Stimme übertönte alle.
Wie auf einen Schlag verstummten die Bitten und Rufe. Alle Augen richteten sich auf mich. Ich spürte ihre erschrockenen Blicke, ihr anfangs noch ungläubiges Staunen, dann die wachsende Feindseligkeit.
„Dieses Weib da hat ihn an dem geheimen Ort aufgespürt, wo unser Rav in Andacht und Versenkung Zwiesprache mit dem Herrn gehalten hat. Mit ihren teuflischen Verführungskünsten und ihrer verderbten Schönheit hat sie ihn geblendet und verzaubert, daß er uns und selbst den Herrn vergessen hat! Und sie hat ihn auch vergessen lassen, wozu der Herr ihn gesandt hat! Diese Tochter der Schlange da ist die Wurzel allen Übels!"
Bar-Tolmai hatte seinen Arm gegen mich gereckt. So mußte der Prophet Eliyahu seine Arme gegen die Verführerin und Götzendienerin Jesevel erhoben und das Volk Jisrael vor der Sünde gewarnt haben. Er sprach mit solcher Gewißheit, mit einer solch bedrohlichen, aus innerster Tiefe quellenden Sprachgewalt, daß ich mich einen Augenblick fragte, ob ich nicht wirklich die furchterregende Verderberin war, deren Bild er so tiefschwarz vor aller Augen malte. Einen kurzen Moment stand ich wie betäubt da – gelähmt von dem Haß, der mir entgegenströmte, und von meiner eigenen Unsicherheit und einem plötzlichen Gefühl von Schuld. Ein Blick zu Jeschua, und der Bann war gebrochen. Ich war wieder in unserer Liebe. Wir hatten uns in Liebe gefunden, ich hatte ihn nicht verführt – und er hatte sich nicht von mir verführen lassen. Die Liebe hatte uns zusammengeführt. Und in dieser Liebe war ich rein und frei von jeder Schuld.
„Du hast recht, Bar-Tolmai, ohne Mirjam würde ich euch nicht verlassen. Jedenfalls wäre ich nicht so schnell zu diesem Entschluß gekommen. Aber du irrst, wenn du glaubst, daß es ihre Schuld ist. Ich war längst am Ende des Weges, den wir zusammen gegangen sind. Ich

wußte nur nicht, was ich sonst tun sollte. Deshalb hatte ich mich von euch entfernt und in die Wüste zurückgezogen. Ich wollte Klarheit gewinnen. Ich wollte mich von euch und von allem freimachen, das meine Gedanken und mein Handeln bedrängte. Ich konnte eure anbetenden Gesichter, eure erwartungsvollen Mienen, eure Pläne und Machenschaften nicht mehr ertragen! Ihr habt auf mich gehofft – und euch selbst vergessen. Ich habe versucht, euch dazu zu bringen, auf den Herrn zu hören und allein ihm zu vertrauen. Aber meine Worte fielen auf steinigen Grund. Statt des Herrn habt ihr nur mich gesehen! Ihr habt mich zum Maschiach gemacht – und ihr wolltet mich zum König ausrufen! Darum ging ich in die Wüste. Ich wollte nach innen hören, auf die Stimme meines Herzens – und auf den Herrn, der zu uns in der Stille spricht.
Und Gott hat auf mein Beten und Flehen Mirjam zu mir gesandt. Durch sie ist mein Herz wieder weit und lebendig geworden. Mit und durch Mirjam habe ich erfahren, daß die grenzenlose göttliche Liebe die Begrenzung durch eine Form, durch eine bestimmte Gestalt nicht scheut! Als ob sie darin gefangen werden könnte! Als ob sie dadurch ihre Unendlichkeit aufgäbe! Durch Mirjam verlor ich meine Angst, in der Liebe zu einer Frau, in den Banden einer Familie, im täglichen Einerlei des Arbeitens und Broterwerbs den Herrn und seine ewige, unendliche Liebe zu verlieren und zu vergessen. Ich weiß jetzt, daß die wahre Liebe sich so klein machen und begrenzen kann, daß sie zum Sandkorn wird. Darum wird sie nicht weniger und nicht geringer. Und wenn ich nur ein Sandkorn liebe, so liebe ich darin immer auch Gott.
Ihr redet von der Liebe zum Herrn, unserem Gott. Ihr glaubt, daß ich ihn verrate und verlasse, wenn ich aufhöre, seine Liebe und sein Wort zu lehren. Ihr wißt ja nicht, daß ich von Gott und seiner Liebe überhaupt nicht getrennt sein kann, weil wir eins sind! Und auch ihr seid eins mit Gott! Ihr braucht mich nicht! Ihr braucht meine Lehre nicht! Liebt, wen und was ihr wollt – immer liebt ihr darin Gott, das lebendige Göttliche. Das habe ich mit Mirjam erfahren. Gottes Liebe ist viel größer und umfassender, als ich sie mir je vorgestellt hatte! Ich weiß es jetzt, und ihr werdet es auch erfahren. Nur solange ihr es nicht wißt und nicht erfahren habt, fühlt ihr euch von Gott getrennt und meint, ihr braucht einen Helfer, einen Maschiach, damit ihr Gnade vor seinen Augen findet. Darin liegt alles Unglück und Übel begründet. Das ist der eine einzige, große, furchtbare Irrtum, an dem ihr leidet: an dem Nichtwissen, daß ihr gar nicht von Gott getrennt seid noch je von ihm getrennt sein könnt. Nur aus Unwissenheit glaubt ihr, einem Lehrer, einem Maschiach folgen zu müssen! Aber wenn ihr

erkennt, daß ihr mit Gott eins seid, was immer ihr auch tut, dann werdet ihr über eure Angst von heute lachen, und ihr werdet meine Liebe zu Mirjam segnen, weil ihr erkennt, daß auch sie nichts als die göttliche Liebe ist."

„Aber sie ist das Weib eines anderen. Hast du das vielleicht vergessen? Oder hat dich die 'Liebe' zu diesem Weib dafür schon blind gemacht? Wir haben es mit eigenen Augen gesehen, wie ihr Mann sie zu dir gebracht hat. Die Ehebrecherin! Gesteinigt werden muß sie! Das ist das Gebot des Herrn!"

In seinem Zorn spie Bar-Tolmai fast zischend die Worte aus. Als hätte eine Schlange angriffsbereit ihren Kopf erhoben, erstarb das erregte Gemurmel, das Jeschuas Rede zum Schluß begleitet hatte.

Jeschua legte seinen Arm um meine Schultern.

„Und ich sage euch – wer seine Frau lieblos anschaut, der hat die Ehe gebrochen! Und noch eines: Was Gott trennt, das soll der Mensch nicht zusammenklammern. Mirjam und ihr Mann waren in ihrem Innern getrennt, lange bevor ihr Mann sie zu mir brachte. So hat Gott geschieden, was nicht mehr zusammengehörte. Dafür hat er uns beide in Liebe zusammengeführt. Und was Gott zusammenführt, das soll der Mensch nicht scheiden! Aber wenn ihr glaubt, daß wir Ehebrecher sind, dann nehme der, der ohne Schuld ist, den ersten Stein und werfe ihn auf mich!"

Keiner wagte, uns anzublicken. Keiner wagte es, auch nur seinen kleinen Finger zu rühren.

„Aber Rabbi", warf Jehuda nach langer Stille ein, „ist es denn nicht möglich, daß du Mirjam liebst und sie zu deiner Frau nimmst und dennoch unser Rav bleibst und uns unterweist? Wir brauchen dich, wir brauchen deine Lehre, wir brauchen dein Beispiel, deine Gegenwart – ohne dich sind wir ein verlorenes Häuflein!"

Auch andere Stimmen, wie die von Andrai, Schim'ons Bruder, erhoben sich:

„Und vergiß in deinem Glück nicht die unzähligen Menschen, die in Krankheit, Not und Elend auf dich hoffen – und die deine Hilfe noch viel mehr brauchen als wir! Willst du sie wirklich im Stich lassen? Wie sollen wir den Verzweifelten sagen, daß selbst du sie verlassen hast!"

„Du sagst, wir sollen auf Gott in uns selbst hören und glauben, daß er in uns ist! Wie sollen wir dies fassen und verstehen können? Bleibe bei uns, damit wir glauben lernen!" Das war der junge Jochanan.

„Wenn du gehst und uns und alle, die auf dich gehofft und dir vertraut haben, verläßt – wie werden die Priester und Pruschim frohlokken und triumphieren! Dann wird ihre Herrschaft strenger und schlimmer denn je. Anstatt die Liebe zu lehren wie du, werden sie Angst

und Schrecken vor dem Herrn im Volk verbreiten und ihm noch mehr Opfer und noch mehr Abgaben abpressen – schlimmer als die Römer!" Philippos, der Kluge, hatte so gesprochen, und alle nickten ihm zu. Dann wandten sie sich wieder flehend zu Jeschua.
Sie umringten, umdrängten ihn, griffen nach seinen Händen, nach seinem Umhang, sie warfen sich zu Boden und weinten. Ihr Schmerz, ihre Ratlosigkeit, ihre Verwirrung weinte und schrie in mir. Jeschua machte sich sanft und beharrlich von ihnen los und suchte, wieder meine Hand zu finden. Ich wollte ihm zurufen, daß er sich nicht so plötzlich von ihnen lösen sollte. Er sollte ihnen Zeit geben, sich daran zu gewöhnen. Ich fing seinen Blick auf. Ich las den Schmerz Schim'ons, Bar-Tolmais und der anderen auch in seinen Augen. Ich brauchte ihm nichts zu sagen und nichts zu raten.
Aber als hätte er meine Gedanken gelesen, sprach nun Jehuda: „Rabbi, wenn du von uns fortgehen willst, so wollen wir dich nicht festhalten, auch wenn wir nicht verstehen, was dich dazu treibt. Mein Herz zittert in Angst und Schmerz, wenn ich daran denke, daß ich dich nicht mehr sehen und hören darf, daß ich nie mehr durch deine Gegenwart und Liebe getröstet werde. Du bist mein Rabbi, den ich liebe und verehre. Und was du entschieden hast, dem muß ich mich fügen, ob ich will oder nicht. Aber eine Bitte laß mich doch aussprechen: Laß uns jetzt nicht in dieser Einöde zurück! Zieh nicht verstohlen wie ein Dieb im Morgengrauen von uns fort! Tu es offen und vor allen Menschen! Laß uns den Abschied mit einem Festmahl begehen. Laß uns noch einmal zusammen Pessach in Jeruschalajim feiern! Denn auch dieses Fest ist ein Mahl des Abschieds und der Angst und des Grauens. Laß uns zusammen des Tages gedenken, als der Herr umherging und jeden Erstgeborenen der Ägypter mit dem Tode schlug und nur die Söhne Jisraels verschonte, und laß uns deinen Abschied feiern – in Schmerz und Angst vor der Verlassenheit, die über uns kommt, und im Vertrauen auf den Herrn, der uns, wie einst unsere Väter, sicher durch die Wüste der Trostlosigkeit führen wird."
Nicht nur sein Aussehen hatte sich dem Jeschuas angeglichen, selbst seine Stimme klang wie Jeschuas Stimme. Er sprach sogar mit dem breiten nasalen nazranitischen Zungenschlag! Seine Redeweise war mild und sanft, wie durchtränkt von der göttlichen, heiligen Liebe. Nichts erinnerte mehr an den schalkhaft grinsenden Jehuda von einst. Er sprach wie Jeschua und sah aus wie Jeschua vor drei Jahren – aber er war nicht Jeschua. Nur im ersten Augenblick schien die Anverwandlung vollkommen zu sein. In seiner Stimme schwang kaum wahrnehmbar ein anderer Ton – ernster, bedeutsamer, gewichtiger als bei Jeschua. Er schien mir eine Spur langsamer und bedächtiger zu

sprechen, als es seine Natur war. Was bei Jeschua leicht und natürlich floß, klang aus Jehudas Mund unecht und hohl. Er war nicht Jeschua, aber er war auch nicht mehr Jehuda. Er hatte etwas Unwirkliches an sich, etwas Schattenhaftes, obwohl er leibhaftig und greifbar vor uns stand. Ein merkwürdiges Unbehagen beschlich mich, gepaart mit Mitleid und Trauer um den Jehuda, der er gewesen war.
„Ja, laß uns wenigstens zusammen den Abschied in Jeruschalajim feiern, wenn du schon fortgehen mußt", erhoben sich flehend die Stimmen, zu einem Chor vereint. „Komm mit uns nach Jeruschalajim! Hab Geduld mit uns! Wir müssen uns langsam an den Gedanken gewöhnen, daß du fortgehst!"
Jeschua und ich tauschten Blicke. Sie meinten es ernst. Untergründig spürten wir aber ihre verzweifelte Hoffnung, ihn während dieser Frist doch noch zum Bleiben bewegen zu können.
„Bitte verlaß uns nicht gleich! Erkläre selbst den Menschen, warum du nicht mehr unser Rav sein willst! Wie sollen wir es den Leuten verständlich machen, wenn wir es selbst nicht verstehen!"
Das war der junge Jochanan mit den sanften Augen.
„Mirjam .?"" In Jeschuas Augen stand die Frage, die ihm von seinen Schülern entgegenschrie. Wie ich ihn in diesem Moment liebte! Mein ganzes Sein, mein ganzes Wesen war von der Liebe zu ihm erfüllt. Aber in diesem Augenblick öffnete sich eine neue Tiefe, von der ich bis dahin nicht gewußt hatte, daß sie existierte. Wie können Worte ausdrücken oder auch nur andeuten, was in mir vorging! Selbst ein Spiegel kann ein getreueres Abbild der körperlichen Formen geben als Worte die Tiefe einer Empfindung. Wirf einen Stein in einen grundlosen Brunnen – niemals wird dich das Echo des Aufklatschens erreichen! Du mußt schon selbst der Stein sein!
Ich weiß nicht mehr, was ich gesagt oder getan habe. Irgendwann hörte ich den Jubel an mein Ohr branden. Jeschua hatte eingewilligt. Die überglücklichen, strahlenden Gesichter rührten mich. Die schreckliche Trennung war an ihnen vorübergegangen. Nun jubelten sie und vergaßen, daß die Trennung nur aufgeschoben, aber nicht aufgehoben war. Den ganzen Tag hingen sie in dichten Trauben um ihn und bestürmten ihn mit ihren Fragen.
Wir stiegen zum Dorf hinauf. Ich fragte nach dem Dorfältesten, ließ mir Jeschuas Quartier zeigen, richtete unser Lager und besprach mich mit den Frauen wegen des Essens. Ich fragte auch nach Mariam. Sie sagten mir, daß sie nach Beit Hinei zurückgekehrt sei, nachdem Jeschua sich in die Wüstenberge zurückgezogen hatte.
Als ich wieder hinauskam, ging ich nicht zu Jeschua, der immer noch von seinen Schülern umringt war, sondern folgte langsam einem Weg,

der sich auf dem Bergrücken entlangzog. Ich ging, bis die Häuser hinter einer Biegung verschwunden waren. Langsam ergriff die Stille der Wüste wieder Besitz von mir. Ich setzte mich auf einen großen Stein und starrte lange auf die Felsen und Berghänge. Immer noch war ich ganz von Freude und Liebe erfüllt. Jeder Stein zu meinen Füßen, die einsame Tamariske unten im Tal, alles erglänzte in dieser Liebe. Mit allem fühlte ich mich verbunden.

Bei Anbruch der Dämmerung kehrte ich zum Dorf zurück. Am Eingang warteten Schim'on und Jehuda auf mich. Schim'on war älter geworden. Seine Falten hatten sich vertieft. Aber seine Augen blickten noch mit derselben kindlichen Offenheit wie damals, als ich ihn bei Qana kennengelernt hatte. Beider Mienen waren sehr ernst. In ihren Gesichtern stand überdeutlich, was sie von mir wollten: Sie wollten Jeschua, ihren Rav. Ich hatte ihnen ihren Erlöser, den Maschiach, den Retter Jisraels weggenommen. Nun wollten sie ihn von mir wiederhaben. Ich las es in ihren Augen. Ich hörte es aus ihrem verlegenen Hüsteln und Räuspern, bevor sie ein Wort gesprochen hatten, und ich sah es an den fahrigen Bewegungen ihrer Hände, mit denen sie sich den Schweiß von der Stirn wischten, obwohl die Abendluft längst Abkühlung gebracht hatte. Ich schwieg und wartete auf das, was sie mir zu sagen hatten.

„Mirjam", begann schließlich Schim'on mit zitternder Stimme. Er hielt seinen Blick gesenkt. Auch Jehuda hielt seine Augen meist dicht am Boden. Seine Finger spielten nervös mit den Fransen seines Tallit. Ab und an streifte mich ein nervöser Blick. Der arme Junge. Ich verstand, was in ihm vorging. Heute stand eine andere Frau vor ihnen als damals, als ich mit Jehuda gekommen war. Ich glühte in meinem Glück – ich war die Schwester der Sonne. Die Strahlen schlugen aus mir heraus und ließen nichts Kleines, Enges und Ängstliches gelten. Alle sollten so glücklich sein und so strahlen können. Ich wünschte es Jehuda, der vor mir stand und den ich fast überwältigte – und ich wünschte es dem anderen Jehuda, dem Jehuda, der mich zu Jeschua gebracht hatte. Wenn sie doch nur glauben könnten, daß das Leben, daß das göttliche Leben es gut mit ihnen meinte und sie glücklich sehen wollte!

„Du weißt, daß wir dich gern haben. Du warst immer wie unsere Schwester. Wir haben es bedauert, als du damals fortgegangen bist." Schim'on nahm ich es ab, daß er in diesem Moment wirklich glaubte, was er sagte. Wäre Bar-Tolmai gekommen und hätte mir dies gesagt, ich hätte ihm ins Gesicht gelacht. So schwieg ich, um das Weitere zu hören.

„Jetzt bist du wiedergekommen – und wir haben uns gefreut. Aber zwischen dir und dem Rav ist etwas geschehen, das ihn völlig verändert hat. Wir sehen ihn, wir hören ihn. Aber es ist nicht mehr derselbe Rav, der zu uns spricht. Kann es denn sein, daß ein Weib eine solche Macht über ihn gewonnen hat, daß er alles aufgeben will, woran sein Herz bisher gehangen hat? Mirjam, du bist so schön und so klug! Du hast die Wahl unter den edelsten, besten, reichsten und klügsten Männern, die es unter den Söhnen Jisraels gibt! Und du sollst einen von ihnen glücklich machen, und er soll dich glücklich machen. Aber warum muß es gerade unser Rav sein? Und wenn es der Rav sein muß – warum willst du ihn dann für dich allein behalten? Unser Rav ist vom Herrn selbst berufen und beauftragt. Er wandelt in seinem Segen, um uns geschlagene, gedemütigte und leidende Menschen zu retten und uns die himmlische Liebe zu bringen. Warum willst du ihn von diesem Weg abbringen? Sieh doch, wie die Menschen auf ihn hoffen! Er ist das Licht, das in ihre Finsternis leuchtet. Willst du ihnen, den Ärmsten, dieses Licht rauben? Woran sollen sie sich dann halten, worauf dürfen sie noch hoffen? Es ist immer der Wunsch einer Frau, den Mann, den sie liebt, für sich zu behalten – für sich und die Kinder. Aber sieh doch, um wen es sich handelt. Willst du wirklich, daß Rav Jeschua, den der Herr als Maschiach gesandt hat, sein Leben als einfacher Familienvater und Zimmermann wie sein Vater vertut? Unser Rav ist zu Größerem berufen – er ist das Licht der Menschen! Soll er es in deinem Schoß verstecken? Deine große Schönheit hat ihn so geblendet und verzaubert, so daß er das Schreien der Menschen nach Hilfe und Rettung nicht mehr hört. Sollen diese Menschen der Verzweiflung überlassen bleiben, nur damit das Feuer deiner Lust höherschlagen kann? Ist unser Rav darum von Dorf zu Dorf, von Stadt zu Stadt gezogen, hat er darum die Menschen gelehrt und die Kranken geheilt, damit er nun in den Armen eines Weibes vergißt, was seine Aufgabe ist? Gib ihn frei – und Tausende und Abertausende, die er trösten und heilen wird, werden es dir danken und dich loben vor dem Herrn."
„Woher sollen sie es denn wissen", entfuhr es mir unwillkürlich mit alter Spottlust. „Willst du den Menschen jedesmal sagen: Das verdankst du Mirjam, daß Jeschua dich getröstet und geheilt hat – denn sie hat auf ihn verzichtet?"
Seine wässrigen, kindlichen Augen schauten mich fragend an. Mein Spott glitt an ihnen ab. Ich wurde ernst.
„Schim'on, ich kann nicht auf etwas verzichten, das ich nicht habe. Ich kann nicht auf Jeschua verzichten, weil ich ihn nicht besitze. Er ist frei zu tun und zu gehen, wie und wann es ihm beliebt. Er ist frei zu sagen

und zu entscheiden, was er für richtig hält. Ich habe keinen Zauber ausgesprochen oder ihn sonstwie verhext. Ich habe ihn nicht einmal darum gebeten! Es ist sein eigener freier Entschluß, euch zu verlassen und nicht länger zu lehren."

„Du hast ihn verführt, du Schlange, wie Chava unseren Vater Adam verführt hat. Natürlich brauchtest du kein Wort zu sagen oder ihn ausdrücklich zu bitten, nur noch für dich zu leben. Dafür bist du viel zu klug. Aber du hast ihn umgarnt, und er hat sich wie ein Fischlein in deinen Netzen verfangen. Du hast ihn so weit gebracht, daß er Gott in einem Weibe sieht! Du machst ihn zum Gespött der Menschen und der Welt! Jetzt schickt er uns sogar zurück zu unseren Familien – zu unseren Frauen und Kindern, die wir verlassen haben, weil er uns die Augen geöffnet und gezeigt hat, daß es mehr und Besseres gibt als das bißchen Lust in der Nacht und die Sorgen und das Gezänk am Tag. Durch ihn haben wir zum Herrn gefunden, in dessen Gnade wir alle zu Brüdern und Schwestern geworden sind! Dies ist die wahre Gemeinschaft der Heiligen – so hat es uns der Rav gelehrt! Wir sind Brüder und Schwestern im Geiste. Willst du nun ihn zu *deinem* Mann machen und für dich allein behalten?"

Jehuda war mit seinen Anschuldigungen losgestürmt wie ein junger Stier, der den Feind gesichtet hat. Aber zum Schluß hatte er sich wieder gefaßt und war in den liebevollen, sanften Ton gefallen, der so gespenstisch an Jeschua erinnerte. Ich blieb ruhig und gelassen, als er mich eine Verführerin nannte. Solch törichte Bezichtigungen konnte er nur vorbringen, weil er nicht wußte, was tatsächlich geschehen war. Sein Vorwurf, ich hielte Jeschua selbstsüchtig in meinen Armen fest, war viel schwerer abzutun.

„Nicht ich habe Jeschua von euch weggerissen. Er ist von selber fortgegangen – in die Wüste, um zu beten und um Klarheit zu gewinnen! Das wißt ihr nur zu gut. Als ich ihn in der Höhle fand, war er voller Verzweiflung und wünschte sich nur noch den Tod. Auch ohne mich wollte er alles aufgeben. Dazu brauchte er mich nicht mehr. Aber er fand durch mich – oder durch unsere Liebe – eine Antwort auf seine Frage, wie er weiterleben sollte, nämlich ohne euch, ohne zu predigen, ohne sich als Maschiach feiern zu lassen. In unserer Liebe und durch diese Liebe fand er Gott auf neue und ganz andere Weise. Er hat es euch gesagt: Sucht Gott in der Liebe und in euch selbst. Sucht nicht außen und nicht bei anderen, sucht nicht bei Jeschua oder bei einem Maschiach. Sonst überhört ihr das Göttliche, das aus eurem Innersten zu euch sprechen will!"

„Du brauchst uns nicht zu predigen. Wir haben sehr wohl gehört, was er gesagt hat. Vielleicht verstehen wir, die wir immer um ihn gewesen

sind, ihn ja noch. Aber was ist mit den anderen Menschen, was ist mit den Menschen in Jeruschalajim, die auf ihn warten? Sollen wir ihnen auch sagen 'Sucht in euch selbst den Herrn'? Sie werden nichts verstehen und nichts begreifen. Sie werden sich nur alleingelassen fühlen. Verlassen und verraten von dem, der sich als Heiland der Welt und als der Maschiach zu erkennen gegeben hat! Aber ich sage dir: Er kann uns und der Welt nicht davonlaufen. Wo er sich auch verstecken mag, da wird ihn der Herr finden und ihn seiner Aufgabe zuführen. Yonah mochte in seiner Furcht aufs Meer fliehen, statt dem Gebot des Herrn zu gehorchen und nach Niniveh zu gehen. Aber der Herr verfolgte ihn im Sturm. Und selbst als Yonah im Bauch des Wals gefangen saß, befahl der Herr dem Wal, ihn auszuspeien und an Land zu werfen. Und so wird es der Herr mit dem Maschiach tun, wenn er sich seinem Gebot entziehen will!"
Jehudas Zorn gewann die Oberhand über den sanftmütigen Schattenjeschua. Er hatte sich so in Fahrt geredet, daß er gar nicht merkte, wie er mir selbst das beste Argument bot.
„Was bittest du mich dann, Jeschua freizugeben, wenn der Herr es ohnehin nicht zulassen wird, daß er sich in meinem Schoß versteckt. Ich brauche Jeschua nicht freizugeben, weil ich ihn nicht festhalte. Und glaubt nicht, daß ich euch zu Gefallen freiwillig von hier fortgehen werde. Ich liebe Jeschua, und er liebt mich. Und solange diese Liebe besteht, werden wir zusammenbleiben, und nichts kann uns trennen. Du nicht – und nicht einmal 'der Herr'. Denn Gott ist Liebe und nichts anderes. Wie könnte er gegen uns sein! Wie könnte die Liebe gegen die Liebe sein!"
„Gotteslästerin, Schlange, Tochter der Lilith! Du magst Gewalt über unseren Rav haben. Doch der Tag naht, da wirst du weinen, und du wirst sehen, wem der Rav in Wahrheit gehört!"
„Was schreist du da, Jehuda? Warum bist du so zornig? Hat Mirjam dir etwas getan?"
Ohne daß wir es in unserem Streit bemerkt hatten, war Jeschua hinzugetreten. Die übrigen Schüler folgten in einigem Abstand. Er ging auf mich zu und legte seinen Arm um mich.
„Wenn ihr glaubt, daß Mirjam mich verhext hat, so irrt ihr euch gewaltig. Es ist allein meine Entscheidung, euch zu verlassen. Und wenn ich mich dazu habe breitschlagen lassen, mit euch nach Jeruschalajim zu ziehen, um noch einmal Pessach mit euch zu feiern, so habt ihr dies Mirjam zu verdanken, die für euch gebeten hat. Laßt sie also in Ruhe! Sie ist nicht schuld an meiner Veränderung – niemand ist es. Ich allein habe mich verändert. Oder vielmehr: Ich habe erkannt, daß ich in die falsche Richtung gegangen bin. Darum verlasse ich den bisherigen

Weg und schlage mir einen neuen Pfad. Wohin er mich führen wird, weiß ich noch nicht. Ich habe euch gelehrt, Brüder und Schwestern im Geiste zu sein. Das ist wahr, und das ist richtig. Aber es ist auch wahr, daß Gott uns als Männer und als Frauen erschaffen hat. Wir sind Geist *und* Körper. Denn auch der Körper ist von Gott geschaffen und heilig. Auch er ist es wert, geliebt und verehrt zu werden. Die wahre Liebe umfaßt Körper und Geist. Wenn ihr eure Frau als Frau *und* als Schwester liebt – von ganzem Herzen und von ganzer Seele –, dann trägt euch die Liebe über alle Grenzen des Körpers und des Geistes hinaus. Dann findet ihr die wahre Erfüllung, und ihr findet zu Gott."

Noch mit dem Arm um meine Schulter führte er mich langsam ins Dorf zurück. Schim'on und Jehuda und die anderen blieben stumm zurück. Nur langsam, scheu und in großem Abstand folgten sie uns. Diese Nacht verbrachten Jeschua und ich nur in unseren Armen liegend – wie Geschwister, Herz und Seele eins. Ohne auch nur ein Wort darüber zu sprechen, unterließen wir jede körperliche Zärtlichkeit. Wir wußten, daß die Wände Ohren hatten. Und wir wollten mit unserem Glück die Schüler nicht noch mehr verwunden. Am nächsten Tag brachen wir zum Fest nach Jeruschalajim auf.

## 18. Kapitel: Jeruschalajim

Obwohl Jeschua die strikte Anordnung gegeben hatte, über seine Rückkehr strengstes Stillschweigen zu bewahren, drängten sich in den Dörfern, durch die wir kamen, wieder Scharen jubelnder Menschen zu uns. Viele ließen ihren Pflug, ihr Werkzeug liegen und folgten uns nach, kaum daß sie Jeschua inmitten seiner Schülerschar erspäht hatten. Jeschua forderte sie vergeblich auf, wieder nach Hause und zu ihrer Arbeit zurückzukehren. Sie hielten es für Bescheidenheit und Demut vor dem Herrn und hefteten sich um so beharrlicher an seine Fersen. Es half auch nichts, als er Schim'on und den anderen drohte, seinen ursprünglichen Entschluß wahrzumachen und sie und die hoffnungsfrohe Menschenmenge auf der Stelle mit mir zu verlassen. Die Menschen folgten unbeirrt ihrem Maschiach und König, der allein dem Herrn und seinem Volk diente – und nicht sich selbst. Wie sollten sie ihn nicht lieben! Umsonst warfen sich die 'Leibwächter' der Menge entgegen. Mit ihren Leibern konnten sie Jeschua zwar vor den herandrängenden Menschen schützen, aber vertreiben ließen

sich die Freudetrunkenen nicht. Wie Heuschrecken sich nicht von Feuer, Wasser oder zuschlagenden Schaufeln schrecken lassen, so versagten vor der begeisterten, schreienden und jubelnden Menge alle Bitten und Drohungen.
Ein bunter Zug singender, tanzender Menschen wälzte sich durch die Berge Jehudas – hinauf zu der Stadt Jeruschalajim. Immer mehr Volk schloß sich uns an, umjubelte Jeschua mit Hoschanah-Geschrei und umtanzte uns in blinder, trunkener Vorfreude auf das Leben in ewiger und ungetrübter Glückseligkeit, zu dem Jeschua ihnen nun verhelfen würde. Ein Leben ohne Krankheiten und Gebrechen, ein Leben frei von den verhaßten Römern, ein Leben in Reichtum und Überfluß, ein Leben ohne die Drohungen der Priester und Pruschim – ein Leben ohne Tod, ohne Sterben, ein Leben in der Herrlichkeit des Herrn.
Jeschua und ich schwammen in diesem singenden, tanzenden Menschenstrom mit. Alles lachte und tanzte vor Glück, nicht anders als ich selbst. Jeder Schritt, jeder Laut war erfüllt von der Gegenwart der Liebe. Das Heben des kleinen Fingers war unendliche Liebe, war unendliches Glück. Jeder Atemzug sog Liebe ein und atmete Liebe aus. Das Glück durchströmte mich mit solch ungeheurer Fülle, daß es aus jeder Pore herausquoll, aus mir herausstrahlte. Ich fühlte mich so ungebärdig und voll Tatendrang wie ein junges Füllen. Nichts engte mehr ein, keine Last drückte mich. So frei, so voll überschüssiger Kraft und Lebensfreude hatte ich mich zuletzt als Kind gefühlt, wenn ich draußen mit meinen Brüdern herumgetobt war. Eine längst vergessene, versunkene Zeit wurde wieder lebendig, und ich fragte mich, wie sie hatte verlorengehen können. Wie müde, schlapp und lustlos war ich als Erwachsene geworden! Jetzt, als ich wieder vor Lebenslust und Freude zitterte, daß ich glaubte, fast zerspringen zu müssen, entdeckte ich auch das Geheimnis: Es war gerade diese unbewußte Freude, so kraftvoll und lebendig, so unbekümmert und ungestüm sein zu dürfen, die diese Freude wieder nährte. Und es waren Vorhaltungen, Blicke und Worte, die mir täglich etwas von dieser Freude genommen hatten – die mich zurechtgewiesen, zurechtgestutzt und zurechtgebogen hatten, bis aus mir eine gute jüdische Tochter geworden war. Es begann in der Zeit, als ich von meinen älteren Brüdern getrennt wurde und ihre Räume nicht mehr betreten durfte, als aus einem wilden Kind ein sittsames, gehorsames Mädchen geformt wurde, soweit das bei mir möglich war. Sicher war die Erziehung bei mir nicht ganz so erfolgreich angeschlagen wie bei meinen Schwestern, die zufrieden waren, wenn sie sich mit Schmuck und schönen Kleidern behängen durften. Aber wo war noch Raum für Freude geblieben? Schmuck,

Kleider, Haushalt hatten mich immer gelangweilt. Und als ich die wilden, abenteuerlichen Spiele aufgeben mußte, hatte ich mich in die Abenteuer des Geistes gestürzt. Alles wollte ich wissen, alles erkunden – so wie ich früher jeden Strauch, jeden Baum, jeden Stein auf unserem Gut erkundet hatte. Ich hatte es nicht einmal gemerkt, daß man mir ein Stück Freude ausgetrieben, die Freude verdünnt hatte. Und was die Erziehung meiner Eltern nicht zuwege gebracht hatte, vollendete Jehuda, als er meinen Fragen, Überlegungen und meinem Denken Grenzen setzte und sich ihnen schließlich ganz entzog. Und wieder ein Stück Freude war gestorben, als ich erkennen mußte, daß mir die Bibliothek des Jochanan ben Ga'alyahu für immer verschlossen bleiben würde, und sie war ganz erstorben, als mein Kind dem Aberglauben Avigails und Bathschevas geopfert worden war.

Im Lauf der Jahre und des Erwachsenwerdens hatte sich ein hauchdünner, unsichtbarer, aber dicht gewebter Schleier über mich gesenkt und sich wie eine zweite Haut um mich gelegt. Erst dämpfend, dann erstickend – und immer so unmerklich sanft, daß ich gar nicht bemerkt hatte, was mit mir geschah. Und es geschah ja nicht nur mir allein. Jetzt sah ich diesen Schleier auch bei den anderen Menschen. Wie er sie unsichtbar und unmerklich fesselte und drückte und in Schranken hielt – als brave, gehorsame Frauen, die sich außer Kindern nichts mehr wünschten, und deren Drang nach Bewegung und Freiheit sich in Wasserholen, Kochen, Putzen und den übrigen täglichen Verrichtungen erschöpfte. Und der unsichtbare Schleier aus Vorschriften und Gewohnheiten schnürte die Männer nicht weniger ein. Die Eltern und Vormünder bestimmten über ihre künftige Gattin und nicht sie selbst und ihre Liebe. Die Männer waren strengeren und umfangreicheren Reinheitsgeboten unterworfen als wir Frauen. Die Einhaltung dieser täglichen Reinigungszeremonien und Gebete zwängte ihr Leben in feste, vorgegebene Bahnen. Wo die Armut dies nicht zuließ, wurde ihr Herz von der Angst vor dem furchtbaren Gericht des Herrn verzehrt. Philhellenische Juden übten sich in stoischer Gelassenheit und erstickten alle weicheren Gefühle in sich. Und arm und reich stöhnte und litt unter den opferfordernden Priestern und den römischen Steuereintreibern, die sich nur 'auf die Gesetze' beriefen.

Aber jetzt, geborgen in der Liebe, so sein zu dürfen, wie ich war, spürte ich wieder den Strom der Freude und der Kraft, der mich als Kind so selbstverständlich getragen hatte, als müßte es immer so sein. Damals hatte ich nicht geahnt, wie leicht diese Freiheit und Unbeschwertheit verlorengehen kann. Jetzt, als ich meine Freiheit wiedergefunden hatte, als ich mich wieder im Strom unbändiger Lebensfreude fühlte, war ich nicht nur glücklich, sondern auch voll Dankbar-

keit gegenüber dem Schicksal, das mich diese Wiedergeburt erleben ließ.
Wieviel näher Kinder dem wahren Göttlichen sind! In ihnen strömt die göttliche Freude und Lebenskraft frei wie ein Bergbach nach den Frühlingsregen. Und wie wenig die Eltern, die Erwachsenen noch davon wissen! Nachdem man ihre eigene, kindliche Lebensfreude erstickt hat, ist ihnen selbst alles Ungebärdige, alles Heraussprudelnde und Offene verdächtig und muß ausgetrieben werden. Und das frische Wasser des Bergbaches versickert im Sumpf und Morast aus Mißtrauen, Angst, Neid, Habsucht und Stumpfheit gegenüber dem eigenen Leiden und dem Leiden der Mitmenschen und der Tiere.
In dem Getriebe um Jeschua war ich schnell von ihm fortgerissen und an den Rand der Menge gespült worden. Es machte mir nichts aus. Mit jeder Faser meines Herzens, mit jedem Schritt meiner Füße, in dem Pulsieren des wiedererwachten Lebensstroms war ich mit ihm verbunden. Wir gingen getrennt und waren doch untrennbar eins. Wie ich dieses Glück allen Menschen wünschte! So eins zu sein mit dem Geliebten und eins zu sein mit der ganzen Schöpfung!
Es war die Sehnsucht nach solch göttlich liebender Einheit, die die Menge um uns vorwärts trieb. Nur, was sich die Menschen erhofften, würde nicht in Erfüllung gehen, weil sie nicht dort suchten, wo das Glück dieser Liebe zu finden war. Statt dessen suchten sie, wo es gerade nicht war: in einer begrenzten Form oder begrenzten Vorstellung – bei einem strafenden, richtenden Vatergott, bei dem Liebe und Vergebung predigenden Jeschua, im Kampf gegen die Römer und Heiden. Sie suchten überall, nur nicht in sich selbst, wo sie die Quelle des göttlichen Daseins finden würden. So oft es Jeschua ihnen auch sagte: Sie verstanden nicht, was er meinte, weil sie zu gering von sich selbst dachten. Sie waren so klein und niedrig, und Gott war so hoch im Himmel – wie sollten sie ihn da in sich selbst finden? Priester, Amtsleute, Eltern lehrten ja nichts anderes, als daß der Mensch ein Nichts im Vergleich mit Gott sei. Sicher stand geschrieben, daß Gott den Menschen nach seinem Bild geschaffen hatte, daß göttlicher Odem ihn durchströmte. Aber diese Worte wirkten merkwürdig fern – nicht wirklich für sie selbst und ihr Leben. Sie mochten für Adam und Chava gegolten haben, solange sie im Garten Eden geweilt hatten. Aber durch ihre Sünde waren die Menschen aus ihrer Göttlichkeit gefallen und dem Tod anheimgegeben. Aus Erde und Staub waren sie erschaffen, und zu Erde und Staub sollten sie wieder werden, wie der Herr gesagt hatte. Wie also Gott und die göttliche Liebe in sich selbst suchen? Es wäre Gotteslästerung!

Bangigkeit und Sorge beschlichen mich, wenn ich die strahlenden, siegessicheren Mienen um mich sah. Was sie sich erhofften, konnte Jeschua ihnen nicht geben. Und was würde geschehen, wenn sie ihren Irrtum erkennen mußten? Und wenn sie, nach der Art enttäuschter Menschen, den Fehler nicht bei sich, sondern bei Jeschua suchen würden? Ich versuchte, mit Jeschua darüber zu sprechen. Es war fast unmöglich, zu ihm zu gelangen und ein paar Worte mit ihm zu wechseln.
„Warum machst du dir solche Gedanken und Sorgen? Was geschehen wird, wird geschehen, und es wird gut so sein. Alles geschieht am rechten Ort und zur rechten Zeit. Das ist das göttliche Gesetz. Hast du das schon vergessen, Mirjam?"
„Nein, natürlich nicht. Aber ich glaube allmählich, daß es ein Fehler war, ihnen nachzugeben und nach Jeruschalajim mitzugehen. Wir hätten uns in Efrajim von ihnen trennen sollen, wie du es vorhattest. Ich fürchte, es war falsch, Mitleid mit ihnen zu haben. Sie werden es dir nicht danken!"
„Ich will auch keinen Dank. Ich habe gesagt, ich komme mit nach Jeruschalajim, um mit ihnen Pessach zu feiern. Nach dem Fest werden wir unsere eigenen Wege gehen, wie ich es gesagt habe. Ich habe meinen Entschluß nicht geändert."
„Meinst du, wir können noch unsere eigenen Wege gehen, wenn wir einmal dort sind?"
Unsere Blicke fanden sich für einen kurzen Moment. Ein Moment, der stillstand, um uns die Fülle der Liebe fühlen zu lassen, die uns verband. Es gab keinen Weg, keine johlende Menschenmenge mehr – nur noch ein schweigendes Universum der Liebe, in dem die Menschen um uns herum erschienen und vergingen wie Sterne am Firmament. Als der Lärm wieder über mich hereinbrach, erkannte ich, daß er nicht verstanden hatte, wovon ich sprach.
Wie gut er Gott und die Liebe kannte – und wie wenig die Menschen und ihre Angst. Wie wenig ihren Haß, ihren Groll, ihren Zorn, wenn sie enttäuscht wurden – sie, die immer enttäuscht worden waren! Darum hingen sie ja so an Jeschua! Weil sie seine Liebe sahen und spürten, seine Wahrhaftigkeit, seine Redlichkeit, seine Selbstlosigkeit! Endlich einer, der nicht an sich – an seine Macht, an seinen Ruhm oder an seinen Geldsack – dachte. Endlich einer, der ihr Elend sah und nicht davor zurückscheute, einer, der ihre Krankheit, ihre Leiden, ihre Schmerzen sah – und zu ihnen kam und sie tröstete und heilte. Endlich einer, der das geheime Schreien nach Liebe in ihren Herzen hörte und ihnen Liebe schenkte! Ja, sie wollten zu essen und zu trinken haben, ihre Bäuche sollten gefüllt und die Römer vertrie-

ben werden. Die fetten Priester sollten verjagt werden, und den Pruschim in ihren Kleidern aus weißem Linnen, die sich immer nur um ihre Reinheit sorgten, denen wollten sie es zeigen! Aber sich den Bauch vollschlagen und ihr Mütchen an denen kühlen, die ihnen bisher nur mit Verachtung oder als Blutsauger begegnet waren, das war es nicht allein: Nein, es war auch die unbeschreibliche Freude und Dankbarkeit, daß da einer gekommen war, der ihnen vom Herrn erzählte und ihnen sagte, daß dieser Herr – der auch der Herr über die Römer, die Priester und Pruschim war – sie selbst in ihrer Armut, Krankheit und Unreinheit liebte. Und er bezeugte es mit seiner eigenen Liebe: mit seinem Respekt, den er noch dem Niedrigsten entgegenbrachte, mit seiner Sanftheit und Güte – und mit seiner Direktheit und Offenheit, wenn er den feisten Priestern und den finster drohenden Pruschim entgegentrat.
Wenn Jeschua sich weigerte, als Maschiach aufzutreten, wenn er den Königsthron nicht einforderte, wie es die Schüler und die Menschen um uns so selbstverständlich erwarteten, wenn er sich nicht mehr zu ihrem Fürsprecher machte, sondern sich mit mir zurückzog – wie würden die jetzt Freudetrunkenen reagieren? Würden sie es hinnehmen, sich damit abfinden und sich wieder verlaufen? Dahin zurückkehren, woher sie gekommen waren? Oder würden sie aufbegehren, zornig werden? Konnte Jeschua sie dann noch bändigen? Bisher hatte es keiner gewagt, ihm ein Haar zu krümmen. Vor seinem Blick voller Liebe waren ihre Herzen geschmolzen. Oder er hatte den Pruschim, die ihn mit ihren schlauen Fragen als Lästerer entlarven wollten, mit einer Stelle aus der Torah so klar und unwiderleglich geantwortet, daß es ihnen die Sprache verschlug und sie plötzlich dumm und täppisch vor aller Augen und Ohren dastanden. Was aber würde geschehen, wenn nicht einer oder drei gegen ihn aufstanden, sondern eine ganze Menschenmasse ihre Enttäuschung in Haß und Wut entladen würde?
Ich erkannte, daß es sinnlos war, mit Jeschua über meine aufkeimenden Ängste und Sorgen zu sprechen. Für ihn war das Böse der Menschen, ihre Angst, ihr unterschwelliger Haß auf die, denen es besser ging und von denen sie sich im Stich gelassen fühlten, so unwirklich wie für ein Kind die Gefahr, die von einem tollwütigen Hund ausgeht, wenn er noch freundlich wedelnd und winselnd angelaufen kommt. Die dunkle Seite der Menschen gab es für ihn nicht. Er sah in allen die ursprüngliche Liebe und das ursprüngliche, kindliche Vertrauen, mit dem wir alle auf die Welt kommen. Ihre Liebe, ihr Vertrauen mochten grausam enttäuscht und verschüttet worden sein, aber für ihn waren sie genauso vorhanden, als seien sie noch die kleinen Kin-

der, die einst vertrauensvoll ihre Arme um den Hals der Mutter gelegt hatten. Ich, die ich selbst zu diesen Enttäuschten und Verhärteten gehört hatte, hatte durch die Liebe zu ihm meine eigene Liebe und das ursprüngliche Vertrauen wiedergefunden. Aber erst mit der Entdeckung meiner eigenen Liebe und der Liebe, die den ganzen Kosmos bewegt und durchtränkt, entdeckte ich auch die Liebe und Güte als die ursprüngliche Lebensquelle in den Menschen, selbst wenn sie mit Haß und Rachsucht auf alles antworten, was ihnen als Ungerechtigkeit, als Verlassenwerden und als verdammende Gleichgültigkeit erscheint. Wie Jeschua sah ich ihre tiefe Sehnsucht nach Liebe, nach Gerechtigkeit, nach Sättigung und Heilung. Aber im Gegensatz zu Jeschua kannte ich auch die Ungeduld, die aus der langen, schmerzhaften Entbehrung kommt. Ich kannte das Mißtrauen, das jeder Verheißung entgegengebracht wird, und die Angst, daß auch diese Verheißung nur zu neuer Enttäuschung führte. Worauf sollten sie ihre übersteigerte, verzweifelte Hoffnung noch setzen können, wenn sich auch diesmal das ersehnte Ende ihrer Leiden als trügerischer Schein entpuppen würde – weil der, von dem sie sich alles erhofft hatten, sich von ihnen abwenden wollte? Ich kannte beide Seiten der menschlichen Seele – die dunkle und die helle. Jeschua kannte nur die helle, die lichte Seite und wollte von der dunklen nichts wissen. Das war seine Stärke. Er überwand Haß und Angst, indem er sie nicht wahrnahm und in jedem Menschen nur die Liebe sah, die in ihm wachsen wollte. Aber selbst seine Schüler fielen ja immer wieder in die alten Ängste und Sorgen zurück. Immer wieder brauchten sie den Blick in seine Augen, um darin ihren Haß, ihre Angst, ihren Neid zu vergessen und an die Kraft der Liebe zu glauben. Wie hatte schon sie die Ankündigung seines Weggehens geschreckt! Und wie würde die singende, tanzende, hoffnungstrunkene Menschenmenge reagieren, wenn Jeschua ihre Sehnsucht nicht stillte? Sie erwarteten, daß er sich zum König des Volkes Jisrael ausrufen und das Schwert gegen die Römer erheben würde. Sie würden ihm begeistert folgen – selbst in den Tod. Sie würden sich begeistert opfern, auch wenn sie der Übermacht der Römer nicht gewachsen wären. Aber wie sollten sie die plötzliche Leere ertragen, wenn Jeschua sie nicht mehr anführen wollte? Wenn er sie nicht zum Kampf gegen die Römer aufrief, was konnten sie sich dann noch erhoffen? Was würden sie tun?
Im nachhinein sieht es so aus, als hätte ich die kommenden Ereignisse vorhergesehen. So war es aber ganz und gar nicht. Was von heute aus gesehen mein Glück drohend überschattete, zeigte sich damals als winziges, graues Wölkchen an einem strahlend blauen, klaren Himmel. Ich war viel zu glücklich, um mir lange Gedanken über mögliches

Unheil zu machen. Ich war eine Frau, die liebte und geliebt wurde – und die in ihrer Liebe die ganze Welt liebte. Viel mehr als an Jeruschalajim dachte ich an unser zukünftiges gemeinsames Leben. Ich malte mir unser Zusammensein in Nazrath aus. Ich freute mich darauf, Mariam bald wiederzusehen, und lachte innerlich bei dem Gedanken an ihr Gesicht, wenn sie uns in Liebe vereint wiedersehen würde. Sie war die einzige, die sich wirklich über unser Glück freuen würde – und sie würde auch die einzige sein, die Jeschuas Entscheidung, sich vom öffentlichen Predigen und Lehren zurückzuziehen, gutheißen würde.
Am Abend gelangten wir nach Beit Hinei. Die Dorfbewohner kamen uns jubelnd entgegen. In ihren Händen hielten sie Brot, Salz und Früchte, die sie Jeschua und seinen Schülern und uns allen darboten. Die Welle des Glücks und der Zuversicht hob sich höher und höher. Eine nie erlebte Leichtigkeit und Freude ließ die Menschen singen und tanzen. Nicht einmal die Kinder an Purim waren so ausgelassen wie wir. Ich lachte mit – sang und tanzte es doch auch in mir, wenn auch die Freude aus einer anderen Quelle gespeist wurde.
Am Eingang des Dorfes standen ein paar Frauen. Unter ihnen erkannte ich Mariam. Ich lief auf sie zu, und wir fielen uns überglücklich in die Arme.
„So ist es also geschehen. Endlich!“ sagte sie mit aufleuchtenden Augen, als sie mich einen Augenblick lang musterte. Ich mußte lachen – vor Glück, daß sie sogleich verstanden hatte, und über meine Dummheit, daß ich sie so unterschätzt und geglaubt hatte, ihr mit Worten sagen zu müssen, was aus mir herausstrahlte. Ich berichtete ihr schnell, was geschehen war. Daß Jeschua mit mir nach Nazrath zurückkehren und dort ein neues Leben anfangen wollte. Sie hörte es mit tiefer Befriedigung.
„Aber warum zieht er dann wie ein römischer Feldherr im Triumph nach Jeruschalajim? Will er erst wie ein König und Befreier auftreten und dann sagen: ‘Liebe Leute, es tut mir leid – aber ich habe mich geirrt!’ Weiß er denn, was er da tut?“
Merkwürdig – die eigenen Besorgnisse und Befürchtungen erhalten oft einen unangenehm bedrohlichen Beiklang, wenn sie aus dem Munde anderer kommen. Mariam sprach ja nur das aus, was ich selbst Jeschua vorgehalten hatte. Trotzdem widersprach ich sofort und verteidigte ihn.
„Er hat Schim‘on und den anderen nur versprochen, den Abschied mit ihnen an Pessach in Jeruschalajim zu feiern – mehr nicht. Wir haben ja versucht, die Leute wieder nach Hause zu schicken. Aber sie

sind wie taub, sie lassen sich nicht abschütteln. Und immer neue schließen sich an, du siehst es ja selbst."
„Wenn sie nicht auf ihn hören wollen, sollte er sich nicht vor ihren Karren spannen lassen. Aber nun komm mit, du hast sicher Sehnsucht nach einem Bad. La'asar und seine Schwestern sind sehr gastfreundlich und werden dich willkommen heißen."
Ach, wie wohl mir Mariams nüchterne Worte taten. Inmitten all des trunkenen Taumels ein vernünftiger Mensch! Meine liebe Mariam, die unsere Liebe verstand, die unser Glück, meine Freude teilen konnte und doch mit beiden Beinen fest auf der Erde stand!
Sie führte mich durch die Menschenmenge zu dem Haus, vor dem ich schon einmal gestanden hatte. Jeschua und seine ältesten und vertrautesten Schüler waren bereits dort. Wir verbrachten diese Nacht und einige Tage in La'asars Haus. An diese Zeit entsinne ich mich nur noch dunkel. Ein Tag glich dem anderen – und in dieser Gleichförmigkeit schienen sie in der Erinnerung zu einem einzigen langen Tag zu verfließen.
Wir mußten uns im Haus versteckt halten, da sich unser 'Gefolge' vor dem Haus niedergelassen und die beachtliche Schar, die schon seit längerem das Haus des 'wiederauferstandenen Toten' umzingelt hatte, zu einem wahren Heerlager anschwellen ließ. Wir waren buchstäblich eingesperrt und abgeriegelt von der Außenwelt. Späher und Lauscher saßen selbst auf der Mauer, die das Haus und seinen Garten umfaßte. Jeder wollte selbst einen Blick auf den wundertätigen Rav und Maschiach werfen, jeder wollte dabei sein, wenn der Zug sich wieder in Bewegung setzen und zu seinem eigentlichen Ziel, der heiligen Stadt Jeruschalajim, aufbrechen würde. Wir konnten uns nicht einmal in den Garten hinauswagen, um frische Luft zu schnappen, weil sie sonst über die Mauer gestürmt wären. Wir warteten nur darauf, daß die Belagerer draußen die Geduld verlieren und endlich in ihre Dörfer und Häuser zurückkehren würden. Wir warteten vergeblich.
Ich erinnere mich an eine junge schöne Frau, die inmitten des häuslichen Trubels ruhig und fest den Dienern und Mägden ihre Anweisungen gab. Das war Marta, die jüngere Schwester La'asars, die ihm nach dem Tod der Eltern das Haus führte. Sie hatte mich mit der gleichen Ruhe und Freundlichkeit begrüßt, die sie allen und allem entgegenbrachte. Ich erinnere mich an die jüngste Schwester von Marta und La'asar, die auch Mirjam hieß. Ein junges, noch kindliches Mädchen mit übergroßen Augen, die so gebannt an Jeschua hingen, daß Marta sie in ihrer ruhigen, freundlichen Art ermahnte, ihre eigentlichen Gastgeberpflichten nicht zu vernachlässigen. Damit wa-

ren Mariam und ich gemeint. Die kleine Mirjam erschrak, wurde rot und entschuldigte sich tausendmal, und dann flog ihr Blick wieder zu Jeschua und ließ ihn nicht mehr los. Als Marta – etwas unwilliger als beim ersten Mal – ihr erneut Vorhaltungen machte, baten wir sie, Mirjam doch lieber ihrem Herzen folgen zu lassen als den Geboten der Höflichkeit,

Den Hausherrn La'asar, den Jeschua dem Tode entrissen haben sollte, sah ich nur an den Abenden, wenn wir alle zum Essen zusammenkamen. Vermutlich habe ich deshalb kein klares Bild vor Augen, wenn ich versuche, mich an ihn zu erinnern. Jeschua hatte vor, die verbleibenden Tage bis Pessach im Hause La'asars zu verbringen. Die Zahl der Menschen draußen hatte sich nach einigen Tagen des Wartens zwar verringert, aber das Haus blieb weiterhin so dicht umlagert, daß an einen Aufbruch nicht zu denken war.

Während Jeschua und ich schon daran dachten, uns heimlich allein nach Jeruschalajim fortzustehlen und die Schüler nachkommen zu lassen, drängten Schim'on, Bar-Tolmai und Jehuda darauf, endlich mit ihnen und der wartenden Schar draußen in die Heilige Stadt zu ziehen. Jeschua weigerte sich rundweg.

„Aber du mußt mit uns gehen – die Menschen glauben an dich und erwarten es von dir! Willst du ihnen alle Hoffnung nehmen?"

„Ich habe euch versprochen, nach Jeruschalajim zu gehen, um den Abschied mit euch beim Sedermahl zu feiern. Den Menschen draußen habe ich nichts versprochen. Schickt sie endlich nach Hause. Sagt ihnen, sie sollen nicht bei mir, sondern in sich selbst nach Gott suchen!"

Ihre Bitten wurden lauter, beschwörender, ungeduldiger. Zum ersten Mal hörte ich einen vorwurfsvollen Ton in ihrer Stimme.

„Du kannst uns – du kannst die Menschen nicht einfach so im Stich lassen! Wenn du sie verläßt, verlieren sie alle Hoffnung. Wer soll, wer kann ihnen denn noch helfen, wenn nicht du?"

Jeschua blieb ganz ruhig.

„Der Herr spricht nicht allein zu mir, sondern zu jedem Menschen. Er spricht zu euch und er spricht zu den Menschen da draußen. Ihr müßt nur eure Ohren öffnen. Alle Liebe und Kraft des Göttlichen findet ihr in euch selbst – wenn ihr nur anfangt, in euch selbst zu suchen. Ihr braucht nicht mich, und ihr braucht keine Priester. Ihr braucht nur darauf zu vertrauen, dann werdet ihr die Stimme Gottes in euch selbst hören!"

Sie verstanden nicht und ließen nicht ab, ihn mit den immer gleichen Bitten zu bestürmen.

„Warum verlangt ihr nicht, daß ich euch auch füttere und wasche? Das tut ihr doch auch selbst! Ihr seid wie Kinder, die noch nicht begriffen haben, daß sie auf eigenen Füßen stehen können, und nach Vater und Mutter schreien, weil sie getragen werden wollen."
„Aber du bist der Maschiach, den der Herr seinem Volk gesandt hat! Verweigere dich nicht! Komm mit nach Jeruschalajim zu deinem Volk. Es wird dich als seinen König und Erlöser empfangen!"
Jeschua verlor die Geduld.
„Und wie soll ich als Maschiach in Jeruschalajim einziehen? Auf einem Pferd mit vergoldetem Zaumzeug, wie es Herodes getan hat, oder im Triumphzug auf einem Wagen wie die römischen Statthalter? Oder soll ich die Adler des Herrn herbeirufen und auf ihren Schwingen in Jeruschalajim einschweben, damit alle sehen, daß ich auch der vom Herrn Auserwählte bin? Oder soll ich vielleicht der Prophezeiung folgen und auf einem weißen Eselsfüllen reiten, um meine Demut vor dem Herrn und die Reinheit meines Herzens vor allen zu beweisen?"
Nicht einmal sein Spott half. Schließlich stand er auf, um sich der Belagerung zu entziehen. Er war müde und erschöpft, obwohl wir den Tag in Muße verbracht hatten. Mit hitzig geröteten Gesichtern ließen sie enttäuscht von ihm ab. Auch wir Frauen zogen uns in unsere Gemächer zurück.
Dann kam der Tag, der völlig überraschend alles wendete. Jeschuas Schüler waren heimlich im Morgengrauen nach Jeruschalajim aufgebrochen. Und mit ihnen war die Menschenmenge draußen verschwunden. Wir waren an das Lärmen vor dem Haus schon so gewöhnt, daß die jähe Stille uns fast erschreckte. Dann ergaben wir uns ihrem Frieden. Heiterkeit und eine beschwingte Leichtigkeit breiteten sich wie nach einem Gewitter aus, wenn die Sturmböen die drückende Schwüle hinweggefegt haben.
Später meldete ein Hausdiener La'asars, daß Jeschuas Obergewand spurlos verschwunden war. Jeschua, der achtlos in solchen Dingen war, hatte es nicht einmal bemerkt. Er trug einen gefütterten Hausrock, den ihm La'asar geschenkt hatte, damit er in den noch immer kalten Nächten in den Bergen um Jeruschalajim nicht frieren mußte. Was wir zunächst für eine belanglose Kleinigkeit gehalten hatten, versetzte das Haus in helle Aufregung, als wir von einer anderen, weit wichtigeren und beunruhigenderen Begebenheit erfuhren.
Noch im Laufe des Morgens kehrte ein Diener aus Jeruschalajim zurück, der dort einige Tage lang die Geschäfte La'asars besorgt hatte. Als er Jeschua erblickte, fiel er wie ein Stein ohnmächtig zu Boden. Jeschua und ein paar Diener eilten herbei und hoben ihn auf. Nur

allmählich kehrte seine Besinnung zurück. Anfangs war er noch so verwirrt, daß er kein klares Wort herausbrachte. Erst nach und nach dämmerte uns der Sinn seines Gestammels.
„Herr, wie kannst du hier weilen, wo ich dich vor kaum einer Stunde vor der Stadt sah? Ich erkannte dich doch inmitten deiner Schüler! Du trugst ein weißes Kleid! Und die Menschen jubelten dir zu und priesen Tag und Stunde deines Kommens! Ich selbst konnte mich kaum von deinem Anblick losreißen, um zu meinem Herrn nach Beit Hinei zurückzukehren! So bist du wahrhaft ein Sohn Gottes, ein Engel, der mich unsichtbar überholt hat! Denn ich habe dich auf der Straße nicht gesehen, und ich bin doch vor dir aufgebrochen! Oder hast du die Gabe, an zwei Orten zugleich zu sein – hier bei meinem Herrn La'asar und vor den Toren der heiligen Stadt Jeruschalajim?"
„Rede keinen solchen Unsinn", versuchte ihn La'asar zurechtzuweisen. „Der Rav hat heute keinen Fuß vor die Haustür gesetzt! Nur seine Leute und das Volk da draußen sind nach Jeruschalajim gezogen."
„Aber ich habe ihn doch gesehen! Ich habe den Rav mit meinen eigenen Augen so deutlich vor dem Stadttor gesehen, wie ich ihn jetzt hier vor mir sehe! Verzeih, Herr, verzeih, Rabbi, wenn dein nichtswürdiger Knecht zu widersprechen wagt – aber ich kenne doch die Züge unseres Rav! Und wenn ihr mir nicht glauben wollt, so laßt mich beschreiben, was ich gesehen habe: Du warst es, Rabbi, in deinem weißen Gewand, wie es die Bauern des Gallil tragen. Aber es war von feinem Leinen und gegürtet mit einer gestickten Schärpe, die mit Schriftzeichen versehen war. Und die Menschen jubelten dir alle zu und riefen Hoschanah!"
„Das ist das verschwundene Gewand des Rav! Jemand muß es gestohlen haben!" rief der Hausdiener La'asars, der das Fehlen zuerst bemerkt hatte.
„Jehuda", entfuhr es mir unwillkürlich mit einem Krächzen in der Stimme. Aber alle hatten mich gehört und richteten ihre Blicke fragend auf mich.
Es war ein ungeheuerlicher Gedanke, der sich mir aufdrängte. Ich konnte und wollte selbst nicht daran glauben, aber er ließ sich nicht abweisen. Je heftiger ich mich gegen ihn wehrte, um so hartnäckiger kehrte er zurück.
„Was meinst du mit Jehuda?" fragte Jeschua schließlich. Ich glaube, alle wußten, woran ich gedacht hatte. Aber sie sträubten sich ebenso, Jehuda oder irgendeinem anderen Schüler eine solche Wahnsinnstat zuzutrauen. Es war eine Tat, die nur aus völliger Verzweiflung gebo-

ren sein konnte. Mariam nickte mir nachdenklich zu. Ich mußte tief Luft holen, ehe ich beginnen konnte.
„Ist euch denn noch nie aufgefallen, wie ähnlich der junge Jehuda aus Kriot Jeschua geworden ist? Als ich ihn jetzt nach drei Jahren zum ersten Mal wiedertraf, glaubte ich, Jeschua vor mir zu sehen! Beide sind etwa gleich groß und von gleicher Statur. Aber inzwischen kleidet sich Jehuda auch ganz wie Jeschua! Er hat Jeschuas Haltung angenommen. Er spricht wie Jeschua – sogar mit nazranitischem Akzent! Und seine Stimme hat plötzlich den gleichen Klang und Tonfall. Selbst seine Gesten und Gebärden gleichen denen Jeschuas. Und mit dem gleichen Bartschnitt sieht er Jeschua zum Verwechseln ähnlich, vor allem, wenn man weder Jeschua noch Jehuda näher kennt und beide nicht nebeneinander sieht!"
„Das stimmt, so ist es", riefen einzelne Stimmen. „Eine Frau ist gestern draußen vor Jehuda auf die Knie gefallen, küßte seine Füße und bat ihn um Heilung! Dabei redete sie ihn ehrfürchtig mit 'Rabbi und Maschiach' an! Jehuda war ganz erschrocken, die anderen auch. Dann sind die Umstehenden in Gelächter ausgebrochen, und Jehuda und die übrigen Schüler haben auch gelacht. Und später haben sie Jehuda gewaltig damit aufgezogen, bis er ganz wütend geworden ist."
„Wie kann man diesen Jehuda mit unserem Rav verwechseln, wenn man nur einmal in die Augen des Rav geschaut hat!" Die einzige, die so heftig widersprach, war die kleine Mirjam.
„Ich freue mich, daß ich für dich so unverwechselbar bin", sagte Jeschua lächelnd zu ihr. „Aber es deutet wirklich alles darauf hin, daß Jehuda an meiner Statt mit den anderen nach Jeruschalajim gezogen ist. Der arme Kerl. Und wie sollen die Leute in Jeruschalajim erkennen, daß er der Falsche ist? Sie sehen einen Mann in der Mitte seiner Schüler! Alle winken ihm begeistert und voller Verehrung zu. Da müssen sie doch glauben, daß er der wahre Rav ist. Vielleicht ist Jehuda ja auch der bessere Rav! Aber dann sollte er es unter seinem eigenen Namen sein – und nicht unter meinem!"
„Herr, er läßt sich wie ein König feiern! Und die Menschen jubeln ihm zu, als wäre er der Maschiach und nicht du!"
„Was willst du tun, Rabbi?" Marta stellte ruhig die Frage, die uns alle im stillen bewegte.
„Nun, wenn er in meinen Kleidern und unter meinem Namen nach Jeruschalajim ziehen kann, kann ich unter seinem Namen und in seinem Gewand in die Stadt gehen. Ich will sehen, daß ich das Schlimmste verhüte."
„Ich komme mit", erhoben sich mehrere Stimmen. Auch ich hatte es gerufen.

„Nein, ich gehe allein. Das ist eine Sache, die ich mit Jehuda und den anderen allein ausmachen muß."

Ein langer, schmerzlich liebender Blick traf mich. Ein Blick des Einsseins und des Abschieds.

Der Aufbruch kam so schnell, daß uns nicht einmal eine Umarmung oder ein paar vertrauliche Worte vergönnt waren. Die Stille des Hauses nach seinem hastigen Aufbruch war lähmend und bedrückend. Wie ein Häuflein verlorener Seelen in der Wüste blieben wir zurück. Es war eine Wüste, die das Herz diesmal nicht weit und leicht machte. Eine öde Wüstnis inmitten eines wohlbestellten und reich ausgestatteten Hauses, in dem die Diener umherhuschten und uns jeden Wunsch von den Augen ablasen.

Ich saß stumm neben Mariam, die ebenfalls ihren Gedanken nachhing. La'asar und Marta gingen ihren Geschäften nach und hatten so eine Ablenkung. Die kleine Mirjam saß bei uns, richtete ihre großen dunklen Augen abwechselnd auf uns und hoffte wohl, daß wir etwas zu dem Ereignis sagen würden. Sie selbst wagte nicht, unser Schweigen zu durchbrechen.

Ich hielt es in dem geschlossenen Raum nicht länger aus. Ich mußte hinaus und Luft schöpfen und den Druck auf Brust und Kopf loswerden. Der weite Himmel tat mir gut. Nur wenige Schritte im Freien, und ich wußte, was ich tun wollte.

„Ich breche morgen nach Jeruschalajim auf", sagte ich zu Mariam, die mir nach draußen gefolgt war. „Jeschua hat zwar gesagt, daß er die Angelegenheit allein mit den Männern regeln will – das soll er auch. Aber ich will in seiner Nähe sein, falls er meine Hilfe braucht. Kommst du mit?"

Mariam nickte. Ich hatte es nicht anders erwartet. Im Morgengrauen des nächsten Tages brachen wir nach Jeruschalajim auf. Ich hatte wieder meine Männerkleider angelegt. Die Straße war voll von Reisenden und Pilgern, die zum nahen Pessachfest in die Heilige Stadt zogen. Inmitten des Menschenstromes, der sich auf die Stadt zuwälzte, gingen wir als Mutter und Sohn unbeachtet und unbehelligt unseres Weges.

Ich war das erste Mal in Jeruschalajim. Der eine Tag, an dem ich die Stadt bereits auf der Suche nach Mariam und Jeschua gestreift hatte, zählte kaum. Die Heilige Stadt barst von Menschen und Tieren. Das Gewimmel auf den Straßen war überwältigend. Die Karren der Händler und Bauern blieben in dem Gedränge und Geschiebe hängen, schwankten gefährlich, als seien sie trunken geworden. Staub, Geschrei, Gestank und Gedränge fielen über uns her wie ein prasselnder Gewitterregen. In ihren Verkaufsständen priesen die Händler schreiend ihre Waren an, die Wagenlenker kämpften sich mit lautem Peitschenknallen durch das Gewühl. Pferde wieherten unruhig, Esel schrien, Hunde kläfften. Mitten in diesem Getümmel trieb ein Bauer seelenruhig seine blökende Schafherde durch die Gassen. Alles und jeder schien in Bewegung. Wie wenig heilig die Heilige Stadt wirkte – und wie unglaublich lebendig! Wie die unruhigen, kleinen Wellen einer stürmischen See wogte die Menge durch die Straßen und Gassen Jeruschalajims, und wir ließen uns von dem Strom forttragen, forttreiben. Ich spürte die überschäumende Lebendigkeit und die allgemeine Vorfreude auf das Fest so berauschend wie frischen, noch gärenden Wein. Inmitten meiner Sorgen um Jeschua fühlte ich mich, als wäre ich heimgekommen. Ich war glücklich.

„Es ist alles wie sonst – und doch ist es irgendwie anders", sagte Mariam. „Spürst du nicht auch diese Erwartung überall in der Luft?" Sie machte sich Sorgen. Der Freudenrausch, von dem ich mich anstekken ließ, beunruhigte sie. Wir begannen, nach Rav Jeschua und seinen Schülern zu forschen und wurden zum Tempel gewiesen. Dort, wo sich der falsche Rav aufhielt, würden wir auch Jeschua finden.

Als wir uns endlich zu dem großen Platz vor dem Beit HaMikdasch durchgekämpft hatten, bestätigte man uns mit freudestrahlenden Gesichtern, daß der Rav am Vortag mit seinen Schülern in die Stadt eingezogen war. „Nicht einmal König David wurde in seiner Stadt so begeistert empfangen wie unser Rav und Maschiach!" Hier auf dem Tempelvorplatz habe er eine so gottgewaltige Predigt gehalten, daß selbst die Mißtrauischen und Zweifler ihm zugejubelt hatten. Ja, der Geist des Herrn hatte aus seinen Worten geweht, und alle, die ihn gehört hatten, hätten vor Freude gejauchzt und geweint und dem Herrn Dank und Preis gesungen. Nun warteten sie gespannt auf die Wiederkehr des Maschiach und darauf, was er mit ihnen vorhatte. Heute hatte er sich noch nicht gezeigt.

Die Sonne stand schon niedrig im Westen. Mariam und ich mußten uns erst einmal nach einer Unterkunft umsehen. Am nächsten Tag würden wir Jehuda und seine Schüler sicher vor dem Tempel finden.

Am folgenden Morgen brachen wir sehr früh auf, um einen Platz mit guter Sicht zu bekommen. Wir waren nicht die einzigen, die so gedacht hatten: Der Tempelvorplatz war voll von erwartungsfroh gestimmten Menschen, die auf ihren 'Wunderrav' und Maschiach warteten. Wir warteten umsonst. Kein Maschiach kam, kein Jehuda, kein Jeschua. Kein einziger Schüler ließ sich blicken. Die Menschenmenge harrte geduldig aus. Erst als die Mittagssonne auf die Köpfe stach und die ersten Männer und Frauen ohnmächtig umfielen, löste sich die Versammlung enttäuscht auf. Die drei folgenden Tage verliefen

nicht anders. Jeden Tag nahm die Zahl der Menschen, die auf das Erscheinen des Maschiach warteten, ab. Selbst die Unentwegten fingen unzufrieden zu murren an. Warum, so begehrten sie auf, hat er erst gegen die Priester und die Römer gewettert – und warum verkriecht er sich jetzt in ein Mauseloch und wagt sich nicht mehr heraus? Die Ungewißheit brütete Gerüchte aus wie ein Stück verrottendes Fleisch die Fliegenmaden. Je düsterer und schwärzer die Gründe für sein Ausbleiben ausgemalt wurden, um so eher wurden sie geglaubt. Krankheit oder plötzlicher Tod waren viel zu harmlos, um lange erwogen zu werden. Nein, die Priester hatten ihn in ihre Hände bekommen und in die Verliese des Sanhedrin geworfen, damit er nie mehr seine Stimme gegen sie erheben konnte. Die Römer hatten ihn ergriffen und folterten ihn grausam, um seinen Widerstand und Kampfesgeist zu brechen. Andere erzählten, man habe ihn schon nach Yafo auf ein Schiff verschleppt, um die Befreiung durch seine Anhänger zu verhindern. Wieder andere behaupteten, der große Caesar in Rom selbst habe befohlen, den Maschiach vor sein Gericht zu bringen. Anderen Stimmen zufolge war er schon in die Sklaverei verkauft worden. Einer der größten und reichsten Sklavenhändler des Landes sei sehr plötzlich mit einer Karawane nach Osten aufgebrochen ...
Am vierten Tag des endlosen Wartens kündete schließlich heranbrandendes Hoschanah-Geschrei das Kommen des von allen Ersehnten an. Als der Jubel zu ohrenbetäubendem Lärm anschwoll, suchten Mariam und ich in der Umgebung der nahenden Schüler nach der vertrauten Gestalt Jeschuas. Es dauerte lange, bis die Gruppe so weit herangekommen war, daß wir Einzelheiten erkennen konnten. Die begeisterte Menge umwogte und umdrängte die kleine Schar so sehr, daß die Männer wie Treibgut schwimmend hierhin und dorthin getragen wurden. Aber so angestrengt wir auch Ausschau hielten, wir konnten Jeschua nirgends entdecken. Ich suchte Jeschua im Gewand Jehudas – und weil ich nach etwas Bestimmtem suchte, übersah ich, was ich nicht erwartet hatte. Nur zufällig streifte mein Blick den umjubelten 'Maschiach' in seinem weißen Gewand – es war Jeschua! Er selbst, Jeschua, nicht Jehuda, der inmitten seiner Schüler dem Tempel zustrebte. Und wie selbstverständlich befand sich Jehuda im Kreis der Schüler. Als wäre es niemals anders gewesen, war der Rav der Rav und die Schüler seine Schüler. So hatte alles ein gutes Ende gefunden! Erleichtert faßte ich Mariams Hand. Auch sie hatte Jeschua inmitten der Schüler entdeckt.
Die kleine Gruppe schien endlos lange zu brauchen, bis sie endlich vor den äußeren Toren des Tempels angelangt war. Dann drehte sich Jeschua der wartenden Menge zu. Es wurde still. Es war eine dichte,

gierige, ja spannungsgeladene Stille von drückender Erregtheit. Die Menschen warteten auf seine Worte, wie die Erde nach den langen heißen Sommermonaten auf die ersten Regentropfen wartet. Jeschuas Worte waren auf dem ganzen Platz deutlich zu vernehmen.
„Ich bin gekommen, um euch zu sagen, daß ihr frei seid!"
Ein Schrei aus tausend Kehlen antwortete. Das waren nicht mehr die Menschen, die fromm und andächtig zuhörten. Diese Menschen rasten und jubelten ihrem Anführer zu – entschlossen, nach seinen Befehlen zu handeln, wenn er nur das erlösende Wort sprach.
„Ihr seid frei, weil Gott in seiner unendlichen Liebe alle Menschen frei geschaffen hat. Er hat uns nach seinem göttlichen Ebenbild erschaffen. Darum kann der Mensch Gott schauen und seine Liebe erkennen."
Jeder Satz wurde mit aufheulendem Jubelgeschrei begrüßt. Es war das gleiche Gebrüll, das im Amphitheater in Caesarea aufsteigt, wenn ein neuer Gladiator die Arena betritt und triumphierend sein Schwert hochreckt. Als Jeschua auf seinen Wanderungen durch die Dörfer des Gallil zu den Menschen gesprochen hatte, hatte er sie zu andächtiger Hingabe verzaubert. Hier in Jeruschalajim war die aufgewühlte Menschenmasse nicht mehr willens oder fähig, die leisen Töne der Liebe zu vernehmen. Sie jubelten Jeschua zu wie irgendeinem Mächtigen, den sie bewunderten und von dem sie sich eine Änderung zum Besseren erhofften. Und sie waren bereit, sich seinem Willen und seiner Führung zu unterwerfen. Ein Wort, eine Geste – und sie würden dort zuschlagen, wohin er deuten würde.
„Ich sage euch, ihr seid frei in der Liebe Gottes, der uns alle erschaffen hat. Gott will keine Opfer von euch. Er braucht nicht mit Opfern versöhnt zu werden. Er will nicht das Blut von Tieren – er will nur eure Herzen. Er will, daß ihr ihn so liebt, wie er euch liebt. Das glaubt und darauf vertraut allein. Opfer und Gebote helfen euch nichts, wenn eure Herzen hart sind. Und wenn ihr wahrhaft liebt, braucht ihr keine Opfer und keine Gebote mehr! Dann wird allein euer Herz euch sagen, was ihr tun und was ihr lassen sollt."
„Dankt Gott für euer Leben und die Gaben, die er euch verliehen hat. Ihr braucht keine Priester, die für euch Opfer darbringen und sich damit mästen. Ihr braucht auch nicht die Pruschim, die euch das Joch der Gebote auferlegen und eurem Herzen Angst machen. Hört nicht auf die, die euch mit den Strafen des Herrn drohen. Sie wissen nichts von seiner Liebe! Vertraut nicht den Auslegungskünsten anderer, sondern eurem Herzen allein, das weiß, daß Gott euch liebt. Gebt euer Herz nicht in die Gewalt der Priester und Gelehrten. Denn wenn es einmal in ihren Händen schlägt, werden sie es drücken und pressen,

bis es vor Angst zittert, und sie werden es eng und hart machen, so wie ihre Herzen eng und hart geworden sind."
„Nicht der ist rein, der die Gebote hält, sondern der, der liebt."
„Euer Herz ist das wahre Geschenk Gottes! Füllt es mit Liebe und Achtung vor allem, was Gott geschaffen hat. Vertraut Gottes unendlicher Liebe, dann werdet ihr frei von Angst und Sorgen. Dann werdet ihr Gottes Liebe spüren und alles im Licht der Liebe sehen. Verlaßt die Dunkelheit der Angst, des Neides und des Hasses – denn Gott ist mit euch und in euch und leitet euch auf eurem Weg, wenn ihr nur auf ihn hören wollt."
„Darum sage ich euch: Ihr seid frei von allen Geboten, Priestern und allen Menschen, die sich zwischen euch und Gott stellen. Und ich sage euch: Ihr seid auch frei von mir! Ihr braucht keinen König und keinen Maschiach, der euch befreit. Ihr seid schon frei! Ihr braucht nur in euer Herz hineinzuhören."
„Und wie werden wir frei von den Römern? Führe uns, und befreie uns von dieser Pest, wie einst Mosche uns von dem Pharao befreit hat!" rief eine Stimme aus der Menge, die unruhig geworden war. Seine Worte waren ihnen dunkel geblieben.
„Wenn dein Herz in der Liebe zu Gott frei ist – dann kann kein Römer etwas gegen dich ausrichten oder dich unterdrücken."
„Und was ist mit den Steuern, die wir diesen heidnischen Blutsaugern zahlen müssen? Sind wir auch frei von diesen Steuern?"
Alles lachte – und wartete gespannt auf Jeschuas Antwort.
„Gebt mir bitte eine römische Münze", bat Jeschua. Hände streckten sich ihm entgegen.
„Und was seht ihr darauf?"
„Das Bild des Caesar! Das Bild von dem ungläubigen Hund in Rom!"
„Nun, so gebt dem Caesar, was des Caesars ist – und gebt Gott, was Gottes ist!"
Damit hatte niemand gerechnet. Einige lachten – die meisten blieben still. Vereinzelt hörte man unzufriedenes Murren.
„Also soll alles beim alten bleiben – der Caesar kann uns weiter auspressen. Er trinkt den Wein und uns bleibt die Maische."
„Es kommt nicht darauf an, was der römische Caesar bekommt oder ob er euren Wein trinkt. Es kommt darauf an, daß ihr euch der göttlichen Liebe öffnet und erkennt, daß ihr Kinder Gottes seid! Erst dann ändert sich alles! Denn *ihr* ändert euch dann! Und wenn ihr euch ändert, ändert sich auch der römische Caesar – wenn es das ist, was ihr wollt. Aber wenn ihr Gottes Liebe erkennt, wird der Caesar recht unwichtig für euch!"

Die unwillig schimpfenden Stimmen nahmen zu, wurden lauter. Die Menschen machten aus ihrer Enttäuschung keinen Hehl.
„Das soll er den Frauen und Kindern predigen, aber nicht uns. Wenn der Herr uns so liebt, soll er uns helfen, die Steuern zu zahlen oder uns von der römischen Plage befreien!"
„Selbst wenn ihr alle Römer ins Meer werft, bleiben eure Herzen voll Unfrieden und Haß. Wenn ihr ohne Liebe seid, wird euer Tun immer nur in neuem Haß und Streit enden."
Was Jeschua bei seiner Abschiedsrede mit seinen Schülern widerfahren war, wiederholte sich jetzt, als er zu den Tausenden sprach. Die Menschen sind immer bereit, die Gründe für ihre Not und ihr Mißgeschick bei anderen zu suchen. Sie sind bereit, gegen ihre Feinde loszuschlagen und warten nur auf einen, der sie dabei anführt. Aber wenn es darum geht, sich selbst zu ändern, die Angst aufzugeben und zu vertrauen, dann wenden sie sich enttäuscht ab. Auch jetzt: Ich sah die Veränderung in den Gesichtern um mich herum. Eine große Hoffnung hatte sie beseelt – und der, den sie zu ihrem Führer ausersehen hatten, ließ sie im Stich. Unsicherheit, Zweifel spiegelten sich in den Mienen. Vereinzelt war sogar höhnisches, verächtliches Gelächter zu hören. Es waren nur wenige, aus deren Gesichtern ich Verstehen las. Laut rief einer, was fast alle zu denken schienen:
„Vor ein paar Tagen hast du aber noch anders geredet! Du bist der Maschiach! Gib uns endlich das Zeichen, damit wir allem Unrecht und Elend ein Ende bereiten!"
„Damals habe ich euch gesagt, daß ..."
Weiter kam er nicht. Aus dem hohen Tor des Tempels trat ein ranghoher Priester, gefolgt von schwerbewaffneten Tempelwachen. Man konnte nicht hören, was er zu Jeschua sagte. Aber seine Gesten sprachen eine deutliche Sprache: Jeschua sollte aufhören, zu den Menschen zu reden und aus dem Tempelbezirk verschwinden – andernfalls ... Die Drohung war überdeutlich. Die Tempelwachen umstellten Jeschua und die Schüler in einem Halbkreis.
Jeschua hörte dem Priester schweigend und regungslos zu. Dann machte er lächelnd eine Verbeugung, winkte seinen Schülern – und ließ sich von den Tempelwächtern einen Weg durch die Menge bahnen und verschwand in einer Seitengasse.
„Warum läßt er sich denn von den Tempelpriestern vertreiben? Er ist doch der Maschiach! *Er* hat doch alle Macht!"
Das war die Stimme einer Frau. Beifälliges Gemurmel folgte ihren Worten.
„Er wird schon seine Gründe haben. Vielleicht will er sie nur in Sicherheit wiegen! Und dann wird er um so furchtbarer zuschlagen!"

„Ja, so ist es! Der Maschiach hat seine Gründe, weshalb er so gesprochen hat. Er gibt den Priestern und Römern nur eine Gnadenfrist! Aber nach den Feiertagen wird er seinen Arm gegen die Feinde des Herrn erheben, und der Tag des Gerichts wird anbrechen!"
In dieser Stunde begriff ich, daß es nicht genügt, die Wahrheit zu sagen. Die Menschen hören und sehen nur das, was sie hören und sehen wollen. Einige wenige Worte, und Jeschua war wieder der geliebte und verehrte Maschiach, ihr Retter und Erlöser. Langsam löste sich die Menschenmenge vor dem Tempel auf. Viele verharrten an Ort und Stelle, als fürchteten sie, das Entscheidende und Wichtigste der kommenden Tage zu verpassen.
Mariam und mich hielt es nicht an unseren Plätzen. Wir mußten Jeschua finden. Wir kämpften uns durch das Gedränge und mußten enttäuscht feststellen, daß wir ihn verloren hatten.

## 19. Kapitel: Der Verrat

Es dauerte fast den ganzen Tag, bis wir ihn eher zufällig wiederfanden. Wir hatten ihn und die Schüler in allen Herbergen und Schenken der Stadt gesucht. Dann sahen wir Philippos nur ein paar Ellen weit vor uns die Straße kreuzen. Wir folgten ihm und gelangten so zu einem vornehmen Haus in einer ruhigen Seitenstraße. Es gehörte Amitai ben Pelalja, der, wie wir später erfuhren, zu den Edlen der Stadt zählte und zahlreiche Felder, Äcker, Olivenhaine und auch eine Ölmühle vor den Toren der Stadt besaß. Man rühmte ihn als großherzigen und gerechten Mann.
Als Mariam sich als die Mutter Jeschuas zu erkennen gab, ließen uns die Torwächter ohne weiteres ins Haus. Drinnen empfing uns hektisches Treiben. Der Haushofmeister stand im Hof, schrie seine Befehle – und die Dienerschaft wirbelte und spritzte nach allen Seiten. Es war der Nachmittag vor Pessach. In den Häusern der Reichen waren die Lämmer geschlachtet und brieten im Ofen, damit sie, mit bitteren Kräutern gewürzt, bei Einbruch der Dunkelheit feierlich im Stehen verzehrt werden konnten. Pessach! In unserer Sorge um Jeschua hatten wir überhaupt nicht mehr an das Fest gedacht, dessentwegen wir ursprünglich nach Jeruschalajim gekommen waren.
Der Empfang war ähnlich großzügig und gastfreundlich wie bei La'asar, und Mariam führte mich als ihre junge Verwandte ein. Man

wies uns unsere Räume an und gab uns Gelegenheit zum Baden und Erfrischen. Als man uns dann zu Jeschua geleitete, war ich etwas beklommen, schließlich hatte er darauf bestanden, allein gegen die eigenmächtigen Schüler vorzugehen. Aber als wir uns endlich Auge in Auge gegenüberstanden, gab es nur die Freude des Wiederfindens und Zusammenseins. Nur unsere Liebe zählte. Jeschua war sichtlich glücklich und zufrieden. Es schien alles in Ordnung zu sein. Als hätte es niemals die heimliche Rebellion der Schüler gegeben, als hätte Jehuda sich niemals die Rolle des Rav und Maschiach angemaßt. Denn auch Jehuda befand sich so selbstverständlich im Kreis der Schüler, als wäre er niemals an Stelle seines geliebten Rav, von der Menge umjubelt, in die Heilige Stadt eingezogen. In diesem Augenblick begrüßten sie sogar uns freundlich, so freundlich, wie es ihnen möglich war – wobei ich eigentlich nur mich meine, denn Mariam, der Mutter ihres Rav, begegneten sie mit großer Ehrfurcht. Nur Philippos blickte mich merkwürdig, fast feindselig an, wie sonst nur Bar-Tolmai, dem meine Anwesenheit immer ein Dorn im Fleisch gewesen war.
Ich hatte zunächst keine Gelegenheit, weiter darüber nachzudenken, denn der Hausherr und seine Frau hießen uns auf das herzlichste willkommen. Amitai und Zipporah waren ein junges Paar, umringt von einer Schar tobender Kinder, die die beiden vergeblich zu bändigen versuchten. Sie waren unfähig, die Hand gegen die Kleinen zu erheben oder sie mit harten Worten zurechtzuweisen. Selten aber habe ich ein Paar gesehen, das soviel Liebe, Güte und Fröhlichkeit ausstrahlte. Jeder, der in ihre Nähe kam, fühlte sich sofort wohl. Ohne sich aufzudrängen, nahmen sie jeden Gast wie ein Familienmitglied auf. Es war ein Haus ohne Förmlichkeiten – wohltuend wie das Bad nach der langen Suche.
Etwa eine Stunde vor dem Fest versammelten wir uns alle in der großen Halle. Ich hatte wieder meine Frauenkleider angelegt und stand mit Mariam bei Zipporah und den anderen Frauen, als mir auffiel, daß die Schüler öfter zu mir herüberstarrten und in kleinen Grüppchen miteinander tuschelten. Mein erster Gedanke war, daß sie wieder etwas ausbrüteten, um Jeschua für sich zu behalten. Es stimmte auch. Aber noch mehr betraf es mich selbst.
Es dauerte nicht lange, und Bar-Tolmai erhob grollend seine Stimme. „Herr, dieses Weib da, mit dem du uns verlassen willst, ist deiner nicht würdig! Und deiner und unserer ist es nicht würdig, daß sie an diesem heiligen Tag – oder an irgendeinem anderen Tag des Herrn – an unserem Tisch liegt und das Brot mit uns bricht."
Es wurde sehr still in der großen Halle. Nur ein Säugling weinte und ließ uns die Stille erst recht spüren.

„Wenn du mir nicht glauben willst", fuhr Bar-Tolmai fort, „so frag doch Philippos! Der kann dir einiges über diese gottlose Sünderin, die dich zum Bösen verführt hat, erzählen! Eine Hure ist sie! Und schlimmer noch als eine Hure! Denn sie hat sich nicht nur für ein Schandgeld weggeworfen – sie hat vor dem Herrn gefrevelt und in Caesarea mit den Gojjim und ihren Götzen gehurt! Dafür gehört sie gesteinigt und aus der Gemeinschaft der Gerechten ausgestoßen! Denn die ewige Verdammnis des Herrn schwebt über ihrem Haupt und über allen, die sich mit ihr einlassen! – Siehst du nun, wie falsch es war, der Frau zu folgen und uns, deine getreuen Schüler, aufzugeben? Um deiner Liebe willen, Rabbi, die du uns gelehrt hast, wollen wir nicht so weit gehen, die Schlange zu zertreten, die dich mit ihren sündigen Künsten verführt hat. Aber bei dir bleiben kann sie auch nicht. Darum reiße sie aus deinem Herzen, schleudere die Schlange von dir, damit der Zorn des Herrn dich nicht treffe. Sie soll gehen und dir und uns nicht mehr vor Augen treten!"

Bar-Tolmai schloß zufrieden – überwältigt von seiner eigenen, unerhörten Milde.

„Bist du nun fertig?" fragte Jeschua. „Als ich versprochen hatte, zusammen mit euch Pessach in Jeruschalajim zu feiern, wußte ich nicht, daß ich zu einem Tribunal geladen würde. Was soll diese Anklage, wo es gilt, Abschied zu nehmen?"

„Aber Rabbi, siehst du denn nicht, daß die Gegenwart dieser Frau uns beschmutzt, das Fest besudelt und dem Herrn ein Greuel ist? Sie hat mit den Gojjim gehurt! Sie ist unrein und muß fort! Soll sie doch wieder zu den Griechen und Römern gehen! Da gehört sie hin! Jedenfalls kann sie nicht bei uns bleiben!"

Sie redeten alle auf einmal und bestürmten Jeschua, mich auf der Stelle fortzuschicken. Blicke voller Haß und Abscheu fielen zwischendurch auf mich, als könnten sie aus meinem lästerlichen Anblick neue Kraft und neue Argumente schöpfen.

Was wußten sie in ihrer Eifersucht und in ihrem Haß von der Liebe, die versteht und verzeiht? Sie klammerten sich immer noch lieber an die alten Gebote und Vorstellungen, die ihnen sagten, was recht und was unrecht war, anstatt es zu wagen, ihre Herzen zu öffnen und auf sich selbst zu hören! Genauso wenig, wie ich es gewagt hatte und in Haß und Zorn bei Jehuda geblieben war, anstatt ihn zu verlassen. Sie hielten mir meine Vergangenheit vor, in der ich nur Zerstreuung und Lust mit Alpheios gesucht und gegen das göttliche Wesen in mir gesündigt hatte. Aber sie sahen nicht die Gegenwart, die ganz von Liebe erfüllt war. Und weil ich ganz und rein liebte, fühlte ich keine Schuld. Und ich wußte auch, daß Jeschua es nicht anders sah. Trotz-

dem stand ich blutübergossen vor ihnen und fühlte erleichtert und dankbar, daß Mariam näher zu mir gerückt war und meine Hand ergriffen hatte. Aber es ging ja nicht um mich oder Mariam. Es ging allein um Jeschua, den sie nicht gehen lassen wollten – noch dazu mit einer, die in ihren Augen eine Ehebrecherin und Gotteslästerin war.
„Mirjam, hurst du noch? Betest du Götzen an? Ich weiß, du tust es nicht. Aber sage es laut diesen Kleingläubigen. Dann wird es keiner mehr wagen, Anklage gegen dich zu erheben."
„Ich habe Alpheios geliebt – mit der Liebe, zu der ich damals fähig war. Wenn ich gesündigt habe, dann nur, weil ich mich mit so wenig zufrieden gegeben habe und weil unsere Liebe so leichtfertig und kindisch war. Als ich unglücklich war, fand ich allein bei dem Griechen und Goj Alpheios ein Stück Heiterkeit und Freude, das mir half weiterzuleben. Sicher, es war ein Leben der Vergnügungen – nur Oberflächlichkeit und Leichtsinn. Aber Jeschua hatte mich mit meiner Liebe zurückgewiesen. Also gab ich mich mit dem zufrieden, was ich bekam. Es war keine tiefe Liebe zwischen mir und Alpheios. Wir zwangen dem Leben ab, was es uns nicht freiwillig schenken wollte. Ich habe kein Geld von ihm genommen. Daß er den größten Teil der Miete des Hauses bezahlte, habe ich erst erfahren, als ich mich von ihm trennen wollte. Und wenn ihr mir vorwerft, daß er ein ungläubiger Goj war, so hat er mich – jedenfalls bis zu unserer Trennung – freundlicher und respektvoller behandelt als manch guter und frommer Jude seine Ehefrau! Und meinen Glauben hat er nicht angetastet. Und ich habe seine Götter nicht angerufen oder ihnen geopfert. Das hat er auch nicht von mir verlangt. So unduldsam und engherzig war er nicht!"
Es lag mir noch viel mehr auf der Zunge, als ich gesagt hatte. Aber es war sinnlos, ihnen zu erklären, daß sie Alpheios' rachsüchtigen Verleumdungen aufgesessen waren. Sie hätten mir nicht geglaubt. Und selbst wenn doch, wäre da noch immer die Tatsache geblieben, daß ich als nicht geschiedene Ehefrau mit einem Goj gelebt und Unzucht getrieben hatte.
„Ihr seht, eure Vorwürfe gegen Mirjam sind unberechtigt und völlig grundlos. Vergeßt jetzt eure Angst und euren Groll, denn wir wollen feiern und der Befreiung der Söhne Jisraels aus der ägyptischen Herrschaft gedenken. Und im übrigen wollen wir uns an dem Lamm und den anderen köstlichen Speisen der Zipporah erfreuen. Der Duft aus der Küche kitzelt lieblicher in meiner Nase, als eure Rede in meinen Ohren klingt."
Wie immer fügten sie sich seinen Worten. Aber diesmal war der Unwille deutlich zu spüren. Jeschua hatte sie überrumpelt, und sie gehorchten unwillkürlich, wie aus alter Gewohnheit. Aber sie waren

nicht überzeugt. Ihre Gesichter hellten sich nur geringfügig auf. Sie begaben sich nur langsam und widerstrebend, mit noch eckigeren und schwerfälligeren Bewegungen als sonst, in den geschmückten Sederraum.

Nach dem zeremoniellen Teil des Festessens kam nur mühsam ein Gespräch auf. Die Schüler ließen Jeschua reden, während sie mit stumpfen Mienen auf den wohlschmeckenden, fein gewürzten Speisen herumkauten und sie mehr hinunterwürgten als mit Genuß zu verzehren. Amitai und Zipporah waren zu höfliche und Jeschua zu ergebene Gastgeber, um ein allgemeines Gespräch zu beginnen. Mariam fehlte offensichtlich die Lust, die Runde aufzumuntern, und ich sah keine Veranlassung, die mühsam geglätteten Wogen dadurch wieder aufzurühren, daß ich das Wort ergriff.

Jeschua hatte auch früher meist das Tischgespräch beherrscht. Die Schüler überließen ihm nur zu gerne das Wort. Sie hingen an seinen Lippen und ließen Jeschua einen Dauermonolog halten. Aber diesmal war es anders. Es fehlten die andächtigen und bewundernden Ahs und Ohs, es fehlten die kurz eingeworfenen Zwischenfragen, die ihn anfeuerten, seinen Gedankenfaden weiterzuspinnen. Sonst fanden seine Worte tausendfältiges Echo – heute fielen sie in eine dumpfe Leere. Blaß und dünn waren sie so. Und wie blaß und dünn Jeschua auf einmal aussah! Aber er gab nicht auf. Er kämpfte um sie. Er wollte seine Schüler verlassen, damit sie Gott selbst finden konnten. Aber er war für sie Gott. Und wenn er nun ging, so war es, als ob Gott sie verlassen würde. Und sie blieben allein zurück: trostlos, verlassen und hilflos. Jeschua redete ihnen gütlich zu. Er redete und redete. Es half nichts. Seine Stimme wurde angestrengt, dann heiser. Sie blieben stocksteif vor ihren Tellern. Eine traurigere, verzweifeltere Feier habe ich nie erlebt.

Jeschua sprach, als herrschte eitel Frieden und Eintracht unter uns. Mit keinem Wort ging er auf die Angriffe gegen mich ein. Aber er versuchte, den kommenden Abschied für sie einsichtiger und damit weniger bedrohlich zu machen.

„Ihr denkt sehr gering von der göttlichen Fülle, wenn ihr glaubt, daß sie nur mit meiner Hilfe offenbar wird. Ihr seht zuviel in mir – und zuwenig in allem anderen. Gott spricht durch mich – ja. Aber er spricht auch durch alles andere, was ist. Auch durch euch selbst. Wenn ihr nur sehen und hören wolltet!"

Er schloß mit einem Seufzer, fuhr dann aber mit neuem Schwung fort: „Wir feiern heute das Gedenken an den Auszug aus Ägypten. Wir danken dem Herrn, daß er unser Volk vor Hunderten von Jahren aus der ägyptischen Knechtschaft befreit hat. Ein schönes Erinnerungsfest und Grund zur Dankbarkeit und Freude. Aber vor lauter Erinnern vergessen wir meist, daß Gott uns jeden Tag, jeden Augenblick aus der Knechtschaft unseres Kleinmutes und unserer Angst befreien will und kann!"

„Klammert euch nicht an das Vergangene und nicht an einzelne Ereignisse und Personen. Wichtiger als Pessach, wichtiger als alle Propheten, wichtiger als der Maschiach und wichtiger, als ich je für euch sein kann, ist, daß ihr das göttliche Wirken in allem seht und erkennt und darauf hört, was Gott in euch selber spricht."

„Dieses Fleisch und das ungesäuerte Brot, das wir jetzt essen, und dieser Wein, den wir jetzt trinken, sind nicht weniger göttlich als das Allerheiligste im Beit HaMikdasch. Und dieses Brot und der einfache Wein offenbaren nicht weniger Gottes Gegenwart als die Wunder, die Gott durch Mosche bewirkte. Ihr seht nur mich, und ihr seht, daß Gott aus mir spricht. Aber ihr seht nicht, daß aus Fleisch, Brot und Wein Gott ebenso spricht. Denn in Wahrheit sind wir alle eines – Kinder der göttlichen Fülle und des göttlichen Wirkens. Zwischen euch und mir – und zwischen euch und den Speisen da auf dem Tisch – ist in Wahrheit kein Unterschied. Ich bin das Brot und der Wein – und Wein und Brot sind ich. Und ihr seid Wein und Brot – und Wein und Brot sind ihr. So wie ich und ihr in Wahrheit eines sind."

„Und wenn ich gehe, so bin ich in Wahrheit immer noch unter euch, denn ihr und ich, wir sind eines. Und der Wein und das Brot und das Fleisch da – die sind genauso ich und ihr."

„Auch wenn ihr jetzt vielleicht nicht verstehen könnt, was ich sage, so merkt euch doch eines: Bei allem, was ihr sagt und tut, beim Essen von Brot und beim Trinken von Wein, ist Gott immer gegenwärtig, so wie Gott in mir und in euch gegenwärtig ist. Alles, was ist, ist Gott – und darum gibt es keine Trennung zwischen uns. Ihr seid ich, ich bin ihr. Ich bin der Wein, den ihr trinkt, und ich bin das Brot, das ihr eßt. Ihr selbst seid das Brot, das ihr eßt, und ihr seid der Wein, den ihr trinkt. Denkt daran, wenn ich nicht mehr bei euch bin: In Wahrheit sind wir nicht getrennt und nicht geschieden."

Kein Nicken, kein Fragen, kein zustimmendes Gemurmel. Wie hochgemauerte Festungen mit dicht geschlossenen Luken vor dem angreifenden Feind saßen sie da und ließen die Worte Jeschuas abprallen oder über sich hinwegschießen. Jahre später erst, als mir die Lehren, die sie verbreiteten, zugetragen wurden, erkannte ich, daß sie ihn sehr wohl vernommen hatten. Nur gaben sie seinen Worten die Bedeutung, die ihr Geist fassen konnte.

Als Jeschua schließlich – ermüdet von dem dumpfen, widerspenstigen Schweigen – geendet hatte, legte sich die Stille wie ein nasses, schweres Tuch auf uns und ließ das Atmen schwer werden. Die so wohlschmeckenden Speisen lagen wie Steine im Magen. Wir waren erleichtert, als die Teller und Schüsseln fortgetragen und die kupfernen Wasserschalen zum Spülen der Hände hereingebracht wurden. Jeschua als dem Ehrengast hielt man zuerst eine Schale hin, in die duftende Rosenblätter gestreut waren.

Jeschua tauchte seine Hände hinein und streckte sie dann dem nachfolgenden Diener mit den Tüchern zum Abtrocknen entgegen, als er plötzlich stockte und wieder nach der Schale verlangte, die schon weitergewandert war. Er nahm das Gefäß und ging damit zum Platz von Schim'on und setzte es vor ihm auf den Boden.

„Gib mir deinen Fuß", sagte er. Ein Blitz hätte nicht plötzlicher in die Runde hineinkrachen können.

Schim'on verstand und verstand doch nicht. Oder vielmehr, er wollte nicht verstehen, was seine Ohren hörten und seine Augen sahen. Es war ein unerhörtes, ja ungeheuerliches Bild, das sich ihm bot: Sein geliebter Rav, in seinem Herzen der Maschiach, kniete vor seinem einfältigen Schüler Schim'on wie der niedrigste Knecht und verlangte nach seinen Füßen, um sie zu waschen!

Hätte man den Dienern, die die Schalen zum Händewaschen herumreichten, geboten, den Gästen die Füße zu waschen, hätten sie dieses Ansinnen empört von sich gewiesen, denn dies war niedere Arbeit und oblag der niederen Dienerschaft, die bei den Mahlzeiten nicht einmal in Erscheinung treten durfte.

Schim'on saß da – mit hochrotem Kopf, zu Tode erschrocken und völlig hilflos. Er wußte nicht, was er sagen oder tun sollte.

Jeschua wartete nicht lange, griff nach Schim'ons Bein, legte den Fuß in seinen Schoß und wusch ihn gründlich. Dann trocknete er ihn ebenso sorgfältig ab und nahm sich den anderen Fuß vor. Inzwischen hatte Schim'on die Sprache wiedergefunden. In seiner hilflosen Verlegenheit brach er stammelnd heraus:

„Was tust du da, Rabbi? Ich sollte doch deine Füße waschen, und du nicht meine!"

Er versuchte, seinen Fuß dem Griff Jeschuas zu entziehen, aber seine Abwehr war viel zu unbeholfen und halbherzig. Er liebte Jeschua zu sehr, um ihm irgend etwas abschlagen oder verwehren zu können – auch wenn es allem zuwiderlief, was er für richtig hielt.

Mit angehaltenem Atem – so still war es – verfolgte die Runde Jeschuas Tun. Als er auch den anderen Fuß getrocknet hatte, nahm er die Schüssel auf und setzte sie vor Andrai nieder, der neben seinem Bruder saß, und wiederholte die Prozedur. So ging er reihum und wusch allen die Füße – auch den Gastgebern Amitai und Zipporah,

auch seiner Mutter Mariam. Er befahl sogar den zitternden Dienern, sich vor ihm niederzusetzen, und wusch auch ihnen die Füße. Mit sprachlosem Entsetzen schauten alle zu und ließen es geschehen.
Mich hatte er ausgespart. Allen war es aufgefallen. Aber niemand hatte etwas gesagt. Erst als Jeschua die Schale den Dienern zurückgegeben und sich wieder gesetzt hatte, konnte Bar-Tolmai nicht mehr an sich halten und platzte heraus:
„Und was ist mit diesem Weib da? Warum hast du ihr nicht auch die Füße gewaschen?“ Dann schien ihm ein Gedanke zu kommen, und er brach in triumphierendes Lachen aus: „Sie ist also doch unrein, und nicht einmal du hast es gewagt, sie zu berühren, diese Hure und Götzendienerin!“
„Du irrst, Bar-Tolmai. Vielleicht war Mirjam unrein, wie du sagst. Aber sie hat den Weg der Liebe gefunden, der der Weg Gottes ist, und ist wieder rein geworden. Aber eure Herzen sind voller Haß und böser Gedanken. Deshalb habe ich eure Füße gewaschen. Denn die Füße sind ein Zeichen dafür, daß wir in diesem Leben immer wieder schmutzig werden. Aber mit Liebe im Herzen oder ein bißchen Wasser für die Füße werden wir wieder so rein, als hätte es den Schmutz nie gegeben. Bar-Tolmai, wenn dein Bruder oder Freund, wenn dein Kind in den Sumpf gefallen ist und vor Schlamm und Dreck starrend zu dir kommen – weist du dann verdammend mit dem Finger auf sie? Schaffst du nicht vielmehr Wasser herbei und schrubbst den Schmutz fort? Liebst du deinen Bruder, liebst du dein Kind nicht auch dann noch, wenn sie schmutzig geworden sind? Sind sie trotz ihres Schmutzes nicht noch immer dein Bruder, dein Freund, dein Kind? Was nützt es, den Schmutz zu verdammen und sich von dem Menschen abzuwenden! Du mußt ihn abkratzen und fortwaschen, damit der Mensch in seiner ganzen Reinheit wieder erstrahlt! Wenn ihr vom Wandern auf der Straße schmutzige Füße bekommt, glaubt ihr, daß ihr dann weniger wert seid als diejenigen, die im Haus mit sauberen Füßen geblieben sind? Glaubt ihr, daß Gott die Menschen weniger liebt, die draußen auf der Straße des Lebens schmutzig werden, als diejenigen, die sich nicht hinauswagen und immer hübsch ordentlich in ihren engen vier Wänden bleiben? Ich sage euch, es ist besser, den Schmutz im Gesicht seines Bruders, seiner Schwester, seines Kindes, seines Mannes und seiner Frau fortzuwaschen und sich an ihrer neuen Reinheit zu erfreuen, als auf das schmutzverschmierte Gesicht zu starren und zu verdammen und zu verstoßen.“
Seine Worte gefielen ihnen nicht. Sie blieben störrisch wie zu schwer beladene Esel, die nicht mehr vor und zurück wollen.

Bar-Tolmais Abscheu brach den Bann, der sie bisher in Ehrfurcht vor ihrem Rav gehalten hatte.
„Wenn du an diesem Weib festhältst, das in aller Augen nicht nur eine Ehebrecherin ist, sondern auch mit Götzendienern gehurt hat, dann bist du von nun an mein Rabbi nicht mehr. Du hast bisher zu uns gesprochen wie einer, aus dessen Mund der Herr selbst spricht. Deine göttliche Weisheit und deine Wunder waren so groß, daß du uns als der Maschiach erschienen bist. Und nun verfällst du einem Weib, das ein Greuel ist vor den Augen des Herrn, und widerrufst alles, was du früher gelehrt hast! Du verläßt und verrätst uns um einer Griechenhure willen! Als der große König Schlomo die Frauen der Gojjim zu sich holte und den Wegen ihrer Götzen verfiel, da strafte der Herr ihn und sein Haus und ganz Jisrael! Willst du nun ebenso den Zorn des Herrn auf dich laden und Unglück und Verderben über dich und uns und das ganze Volk bringen, anstatt dem Herrn und seinen Geboten zu folgen und der Maschiach zu sein, als der du uns gesandt bist?"
„Ich bin nicht der Maschiach, Bar-Tolmai. Das habe ich nie gesagt. Das habt immer nur ihr gesagt."
Bar-Tolmai warf sich zu voller Größe auf und hielt seinen Körper starr aufgerichtet, als müßte er einem übermächtigen Gegner Trotz bieten. „Dann sage ich dir: Du bist nicht der, für den wir dich gehalten haben – du hast uns belogen und betrogen. Und den Herrn, unseren Gott, hast du verraten! Du hast es gewagt, zu uns von der himmlischen Liebe des Vaters zu sprechen, du Heuchler! Du hast getan, als ob der Herr selbst aus dir spräche. Wir glaubten dir, wie wir nur dem Herrn glaubten. Du lehrtest uns seine Liebe, und wir eiferten dir nach, um die Liebe des Herrn zu erlangen. Aber kaum taucht diese Ehebrecherin wieder auf, diese Tochter Satans, die dich schon früher zu lästern wagte, und du verfällst wie geblendet ihrer zauberischen Schönheit! Statt vom Himmel und vom Herrn redest du auf einmal von einer Frau! Statt von der himmlischen, der göttlichen Liebe sprichst du von fleischlicher Lust! Nicht mehr der Herr – die Schlange, die Stimme des Sche'ol und der Versuchung, spricht aus dir! Du wagst es, dem Herrn zu widersprechen, du wagst es, sein Wort und seine Gebote zu leugnen! Du behauptest in frevlerischem Trotz, wir brauchten nicht mehr auf den Herrn, sondern nur noch auf uns selbst zu hören! Fürchtest du nicht, daß der Herr dich furchtbarer noch als die Schlange strafen wird? Sie versprach Adam und Chava nur, daß sie wie Gott wissen würden, was gut und böse ist. Aber du lehrst uns in deiner lästerlichen Überhebung, daß wir Gott selbst sind! Das ist es, Gottloser, was du jetzt predigst! Und wohin dies führt, das zeigst du uns

auch! Hat der Herr nicht geboten: Du sollst die Ehe heiligen? Aber du schläfst mit einer Frau, die einem anderen gehört. Hat der Herr nicht gesagt: Du sollst keine anderen Götter neben mir haben? Aber du treibst Unzucht mit einem Weib, das Götzen gedient und sich Götzendienern feilgeboten hat. Du hörst nicht mehr auf den Herrn, du folgst nicht mehr seinen Wegen! Du folgst nur noch deiner sündigen Lust und willst, daß wir es dir gleichtun! Wehe über dich! Du wirst der Rache des Herrn nicht entgehen! Der Herr der Heerscharen wird deine Überhebung strafen, wie er den aufrührerischen Engel gestraft hat! Er wird dich und diese Satanstochter in den Staub schmettern und zertreten und mit euch alle, die dir anhangen!
Die Pruschim und Zedokijim haben recht gehabt, als sie vor dir und deinen Lehren warnten! Sie erkannten mit schärferen Augen als wir die Zeichen der Überhebung und der Fäulnis. Denn nie hätte dich das Weib verführen können, wenn dein Herz gottesfürchtig und wahrhaft dem Herrn ergeben wäre. Mit einer hübschen Larve erreichte Satan bei dir, was ihm mit allen Übeln und Gebresten bei Ijov nicht gelungen ist! Nicht der Herr – Satan, der Versucher, spricht aus dir! Nun willst du uns und alle Welt mit deinen lästerlichen Reden dazu verleiten, daß auch wir die Allmacht des Herrn leugnen und unserem eigenen kleinen Willen folgen anstatt dem Willen Gottes! Wir sollen gutheißen, was der Herr verdammt hat! Damit willst du uns dem Satan und der ewigen Verdammnis anheimgeben! Aber wir haben den Satan, der aus dir spricht, erkannt und bleiben auf den Wegen des Herrn. Ich und alle, die deine Schüler waren – wir sagen uns los von dir auf ewig und geloben dem Herrn unsere Treue!
So nimm dieses Weib und geh fort von uns. Wir haben geglaubt, du wärst zu unserer Rettung und zu unserem Heil gesandt. Aber wer an dich glaubt, den ziehst du ins Verderben, und wer auf dich hört, der ist auf ewig verloren! Dein Weg und der aller, die dir folgen, führt ins Sche'ol. Nicht anders wird es dir, diesem Weib und deinen Anhängern ergehen als den Bewohnern von Sdom und Amorah, nicht anders als Datan, Korach und seinen Leuten und allen denen, die den Herrn und seinen heiligen Namen verleugnet und gelästert haben: Eure Seelen werden ausgerottet aus der Gemeinschaft Jisraels für ewige Zeiten!"
Unter den wütenden Anklagen Bar-Tolmais war Jeschuas Gesicht weiß geworden. Uns allen war das Blut in den Adern gefroren. Als Bar-Tolmai geendet hatte, herrschte Totenstille. Die anderen Schüler hielten ihre Köpfe gesenkt. Keiner sagte etwas. Kein Wort der Verteidigung, kein Wort der Widerrede. Sie dachten alle wie Bar-Tolmai.

Nur hatten sie nicht den Mut, es so offen zu bekennen wie dieser unerschrockene Kämpe.
Jeschua stand auf.
„Wenn ihr es so wollt, dann gehe ich. Komm, Mirjam."
Sie hielten ihn nicht. Keine Aufforderung zum Bleiben, keine Bitte um Verzeihung brach das Schweigen. Keine Hand streckte sich aus. Keiner stürzte vor die Tür, um den Ausgang zu versperren. Gemieden wie Aussätzige verließen wir das Haus. Mariam wollte uns folgen – und ließ sich wieder auf ihren Platz sinken, als Jeschua müde den Kopf schüttelte.
Draußen empfing uns der volle Mond, um uns den Weg zu leuchten. Aber wir wußten nicht, wohin wir gehen sollten. Es zog uns hinaus aus der Stadt, hinaus in die Berge, in die Wüste. Hinaus in die Weite, wo wir frei atmen konnten. Aber die Stadttore waren schon lange verschlossen. Überall patrouillierten die Stadtwachen und griffen jeden auf, der sich noch auf der Straße befand. Die Angst vor Unruhen war groß. Bei den übersteigerten Hoffnungen und Erwartungen der Menge, die sich in Jeruschalajim zum Fest zusammengefunden hatte, genügte ein Funken, um die ganze Stadt und vielleicht sogar das ganze Land in Aufruhr zur versetzen. Wir mußten uns sehr vorsichtig bewegen, um nicht von den Wachen entdeckt und festgenommen zu werden. Schließlich fanden wir eine geschützte Nische, in der wir uns bis zum Morgengrauen versteckt halten konnten.
Bar-Tolmais Worte waren wie die Dolchhiebe eines Wahnsinnigen auf uns niedergegangen. Und sie hatten Jeschua und mich mehr verwundet, als wenn er wirklich mit der Waffe in der Hand über uns hergefallen wäre. Ich zitterte in der Nachtkühle. Aber mehr noch ließen mich Bar-Tolmais haßerfüllte Worte frieren.
„Er war immer schon aufbrausend und leicht zu kränken", versuchte Jeschua mich zu beruhigen. Er sprach zu mir und zu sich selbst. An seiner Stimme erkannte ich, wie sehr auch ihn Bar-Tolmais Anklagen getroffen hatten.
„Ich habe ja gewußt, daß sie nichts begriffen und nichts verstanden haben – auch wenn ich es anfangs nur zu gerne glauben wollte. Aber ihr Herz ist unbeständig und wankelmütig. Manchmal können sie vor Liebe leuchten – und dann wieder scheint ihre Liebe verfinstert und tot wie der Mond in der Neumondnacht. Ich habe nicht geglaubt, daß es so weit kommen könnte. Statt Liebe nur Angst und Haß. Es ist nichts, aber auch gar nichts hängengeblieben. Es ist, als hätte ich jahrelang gegen eine Steinmauer angeredet. Was für ein Wahnsinn zu glauben, es bedürfte nur meiner Gegenwart und einiger Worte, um sie für immer und ewig von ihrer Angst zu befreien! Ich wollte sie

retten – und mit ihnen wollte ich die ganze Welt retten! Wie einfach ich mir das alles vorgestellt hatte: Ich lehre sie zu lieben – und sie tragen die Liebe weiter ... Es war schon schlimm genug, Jehuda in Jeruschalajim zu hören. Aber nach dem, was eben passiert ist, gebe ich die Hoffnung auf, daß man durch Lehren irgendeinem Menschen helfen und ihm die Angst nehmen kann. Das war die Versuchung, der ich erlegen bin: wie ein Gott und Schöpfer einzugreifen und verändern zu wollen, bevor die Zeit reif ist. Es war mein Stolz und Hochmut, die Knospe vorzeitig zum Erblühen zu bringen. Nun ist sie unter meinen Händen verdorrt!"

„Sie sind eingeschüchtert, Jeschua! Von Kindheit an haben sie gelernt, daß man den Herrn fürchten muß. Sie haben Angst vor seinem Strafgericht."

„Du sagst, sie sind eingeschüchtert. Das weiß ich nur zu gut. Sie kennen den Herrn nur als Quelle von Furcht und Strafe. Aber warum hast *du* dich dann von dieser Furcht befreien können? Warum ich – warum meine Mutter und mein Vater?"

„Ich weiß nur, daß ich dich liebe und daß du mich wiederliebst. Und seitdem weiß ich, daß die Liebe die Quelle von allem ist. Und Mariam weiß das auch. Wir haben darüber gesprochen. Aber so, wie du mich liebst, kannst du deine Schüler nicht lieben. Und so können sie dich nicht lieben. Ihr Körper bleibt hungrig. Du hättest sie nicht von ihren Frauen und Familien trennen sollen. Sie haben nicht einmal mehr vertraute Freunde. Sie sind sich Brüder im Geiste, weil sie dir und deiner Lehre nachgefolgt sind. Aber wem sind sie wirklich nah? Ihre ganze Liebe gilt dir – und du willst sie mit mir verlassen. Woran können sie sich festhalten? Sie haben nichts, wenn sie dich nicht haben."

Ich merkte, daß ihn meine offenen Worte noch mehr bedrückten.

„Aber sie lieben dich auch so sehr, daß ihnen die Liebe helfen wird, über ihren Verlust hinwegzukommen. Ich bin sicher, Bar-Tolmai bereut schon seine Worte." Jeschua ließ den Kopf hängen. „Und wenn nicht, so sind die anderen zur Vernunft gekommen und helfen ihm, den Weg wieder zu dir zu finden. Morgen, wenn es wieder Tag ist, werden sie nach dir suchen und dich um Verzeihung bitten."

„Mirjam, ich ertrage diese Stadt nicht. Ich muß hinaus ins Freie, um atmen zu können. Ich ertrage diese Heilssüchtigen nicht mehr, die nur darauf lauern, mit den anderen, die nicht zu ihnen gehören, abzurechnen, ihnen den Schädel einzuschlagen oder sich die Rache des Herrn auszumalen. Immer ist ihr Heil damit verbunden, daß es anderen um so schlechter gehen muß, je heiliger sie selber sind."

Ich mußte plötzlich lachen. „Weißt du, wie du jetzt redest? Wie ein Grieche oder Römer, richtig schön heidnisch. Laß mich an meinen Gott – Iuppiter oder Aphrodite – glauben, dann magst du in Frieden zu Apollon oder Artemis beten. Den Römern und Griechen ist es völlig gleich, woran du glaubst, solange du sie nur in Ruhe ihren Lieblingsgott anbeten läßt. Weißt du, daß sie über uns Juden nicht nur deswegen lächeln, weil wir nur einen Gott haben, der noch dazu unsichtbar ist, sondern auch weil wir so hartnäckig daran festhalten, daß man das Göttliche nur in einer festgelegten Weise oder in einer bestimmten Form anbeten kann? Sie lächeln über uns wie wir über Kinder, die glauben, ihre Lieblingsspeise müßte auch die der ganzen Welt sein! Und Sokrates, einer ihrer großen Weisen, mußte nicht darum sterben, weil er nicht mehr an die Stadtgötter Athens glaubte und statt dessen seinem Daimon folgte. Man richtete ihn hin, weil er Dinge aussprach, die die Macht der Obrigkeit gefährdeten. Weil er die Jugend selbständiges eigenes Denken lehrte, anstatt ihnen die altbekannten Wahrheiten vorzukäuen."

„Es scheint überall ziemlich gefährlich zu sein, selbst nach der Wahrheit zu suchen, anstatt sie gläubig von den Priestern und Lehrern zu übernehmen." Jeschua lächelte, auch wenn es ihm sichtlich schwerfiel. Er fuhr fort:

„Vielleicht ist es auch nur die gerechte Strafe für die, die vermessen allen Menschen den Weg zur Wahrheit weisen wollen. Du und ich, wir haben unsere Wahrheit gefunden. Warum soll sie für alle die gleiche sein?"

„Weil unsere Wahrheit sagt, daß wir frei geboren sind! Weil unsere Wahrheit sagt, daß wir uns geliebt fühlen dürfen! Weil dies das Erstgeburtsrecht aller Menschen und aller Wesen ist. Aber das weiß man erst wenn man liebt. Solange man in der Angst lebt, scheinen solche Worte frevelhaft. Vielleicht kannst du das nicht verstehen. *Du* bist als Kind nie eingeschüchtert worden. Du hast die Angst nie kennengelernt und nie lernen müssen. Aber sag einem Sklaven, daß er frei ist – und er wird es dir nicht glauben. Sag einem Knecht, daß er genausoviel wert ist wie sein Herr, und er fängt an zu zittern. Sag einer Frau, daß sie niemandem untertan ist – und sie fängt an zu schreien und zu klagen, wer sie und die Kinder dann ernähren wird! Sag den Menschen, daß sie ihrem König und den Priestern ebenbürtig sind – und sie erschrecken vor der Freiheit, die ihnen als Chaos und Gesetzlosigkeit erscheint. Sag einem Menschen, daß er göttlich ist – und für ihn ist es nichts als ein frevlerischer Gedanke, und er duckt sich weg, um der Strafe der Götter zu entgehen."

Jeschua lachte schmerzlich auf: „Und das schlimmste ist – sag den Menschen, daß unendliche Liebe der Grund allen Seins ist, und sie verstehen nur Lust und Zügellosigkeit. Die einen werden es als Freibrief nehmen und sich wie die Schweine in der neuen freien Lust suhlen, und die Mißtrauischen, Ängstlichen werden abwarten, nichts tun und sich nicht trauen – aber sich über die anderen entrüsten und ihr 'Davor haben wir ja immer gewarnt!' schreien. Und die ganz Klugen werden in Gelächter ausbrechen und mit dem Finger auf all die Grausamkeiten hinweisen, die wir Menschen uns antun. Und alles wird beim Alten bleiben: bei Angst, Schrecken, Furcht, Bosheit, Neid, Rachsucht – und bei Feindseligkeit und Mißtrauen gegenüber dieser Liebe. Mirjam, was sollen wir nur tun?"
„Es ist nicht alles beim Alten geblieben – *wir* haben uns verändert! Du und ich – und früher Mariam und dein Vater. Vielleicht haben sich noch ein paar Menschen verändert. Und sie haben sich verändert, weil sie die Liebe erfahren haben. Hast du einen Rav gebraucht, um diese Liebe zu erfahren? Ich habe zwar dich gebraucht – aber nicht als Rav, sondern als Mann, Bruder und Geliebter. Und was war mit deinen Eltern? Haben sie die Liebe erfahren, weil es ihnen jemand gesagt oder gepredigt hat? Wir sollten dem Wirken der Liebe einfach vertrauen! Sie hat uns geschaffen, sie trägt alles – sie bewirkt alles."
„Mit diesen Worten hast du Jahre meines Lebens überflüssig gemacht. Aber du hast ja recht. Und ich hatte es auch selbst gesehen. Weshalb war ich denn in die Wüste geflüchtet! Und doch schmerzt es höllisch. Ich wollte sie verlassen – aber so von ihnen als Frevler und Gotteslästerer fortgeschickt zu werden, ist furchtbar. Sie bedeuten mir viel mehr, als ich geahnt habe. Sie waren meine Freunde. Manchmal erschienen sie mir wie Kinder, so ahnungslos und ohne eigenes Wissen waren sie. Ich konnte ihnen erzählen, was ich wollte – sie glaubten es, auch wenn sie es nicht verstanden. Und ich behandelte sie auch oft wie Kinder. Jetzt komme ich mir wie ein Vater vor, den die aufrührerischen Söhne aus dem Haus jagen. Und in ihren Augen bin *ich* der Aufrührer, der Gott von seinem Thron stoßen will! – Meinst du wirklich, daß sie sich vielleicht noch anders besinnen und mich suchen werden? Ich möchte nur fort von hier. Aber so im Bösen, so im völligen Mißverstehen kann ich sie nicht verlassen. Verstehst du das?"
Ich nickte. „Ich bin gespannt, was unsere Kinder einmal tun werden, wenn sie groß sind. Ob sie so erwachsen werden, wie wir es gerne hätten."

Jeschua verstand und lachte. „Du hättest Jehuda an meiner Stelle erleben sollen! Er war unglaublich! Ich wünschte nur, er wäre mehr Jehuda als ein hochstaplerischer Jeschua gewesen!“
„Wie war das überhaupt? Ich habe nur das Gerede auf der Straße gehört. Was hat Jehuda getan und gesagt? Und wie hat Jehuda, wie haben die anderen reagiert, als du plötzlich vor ihnen aufgetaucht bist?“
„Wie Jehuda reagiert hat? Er hat gar nicht reagiert! Dafür die anderen um so schneller und geschickter. Du wirst es nicht glauben, aber sie haben mich glattweg überrumpelt. Ich hatte geglaubt, ich könnte vor sie hintreten und dem Spuk ein Ende machen. Statt dessen haben sie mich wie einen Tölpel weggeführt! Aber laß mich der Reihe nach erzählen. Fangen wir bei Jehuda, dem falschen Rav Jeschua, an.
Wie er mir später erzählte, war für ihn der Einzug in Jeruschalajim das Schlimmste, was er je erlebt hat. Es wurde ihm ganz mulmig, als die Menschenmassen von allen Seiten auf ihn zustürmten und ihm als Maschiach zujubelten! Als er nun zum ersten Mal selbst im Mittelpunkt der Verehrung stand, hätte er sich am liebsten verkrochen oder mich gesucht, um sich mir reuevoll zu Füßen zu werfen. Die anderen ließen es nicht zu. Sie zwangen ihn, dabeizubleiben und die Menschen nicht zu ‘enttäuschen’. Schließlich machte er gute Miene zum bösen Spiel und fing an, an seiner Rolle sogar Gefallen zu finden!
Stell dir vor: Als sie nach Jeruschalajim kamen, ‘stießen’ sie auf den Hängen des Olivenberges einen jungen weißen Esel! Sie banden ihn los und setzten Jehuda darauf, wie zur Bestätigung der Weissagung: ‘Siehe dein König kommt zu dir, ein Gerechter und ein Helfer, arm, und reitet auf einem Esel und auf einem jungen Füllen der Eselin’! So ritt Jehuda an der Spitze des riesigen Zuges auf einem weißen Esel vom Olivenberg hinunter. Vor Begeisterung hatten die Menschen in seinem Gefolge frische grüne Zweige von Büschen und Bäumen abgerissen und winkten ihm damit zu! Er muß wie ein König oder mindestens wie ein römischer Heerführer eingezogen sein. Du kannst dir vorstellen, welche Wirkung das auf das Volk gehabt hat. Die halbe Stadt strömte herbei, um ihm zu huldigen und sich vor ihm niederzuwerfen. Man geleitete ihn in einem Triumphzug sondergleichen durch die Straßen. Die Priester waren völlig überrascht und hilflos – die Römer offensichtlich auch. Man hatte mit einem solchen Menschenauflauf überhaupt nicht gerechnet. Sie ließen dem Volk freie Bahn und versuchten alles zu vermeiden, was den Zorn der Menschen erregen könnte. Ich glaube, sie hatten Angst, daß ein Aufstand unmittelbar bevorstand.

Ich war mittlerweile in Jeruschalajim angelangt und hatte mich durch die Menschenmassen zum Tempelvorplatz durchgekämpft, wo der große Rav und Maschiach sprechen sollte. Ich war zwar viel später aufgebrochen als Jehuda und die Menge. Aber alleine kam ich viel schneller vorwärts. Außerdem hielt ich mich unten auf der großen Straße, während sie und all die Menschen, die ihnen nachfolgten, den Pfad über den Kamm des Olivenbergs nahmen, um damit um so eindrucksvoller und sichtbar für die ganze Stadt einzuziehen. Sicher verloren sie auch viel Zeit, bis sie den Esel gefunden hatten. Und der große Zulauf beim Eintreffen in Jeruschalajim tat sein übriges, um ihr Vorankommen noch weiter zu verzögern. Ich war schon auf dem Tempelvorplatz, als sie dort eintrafen.
Ich stand also inmitten der Massen und wartete auf den verheißenen Maschiach wie alle anderen auch. Auf einmal wurde mir klar, daß dies das erste Mal seit langem war, daß ich mich unter Menschen befand, ohne von meiner Schülerschar umringt zu sein und ohne im Mittelpunkt zu stehen. Zum ersten Mal seit langem hörte ich, was die Menschen untereinander sprechen und wie sie sprechen, wenn sie unbefangen sind! Wenn sie nicht beeindruckt oder eingeschüchtert sind von dem Wunderrav, vor dem sie sich voll Angst oder voll Vertrauen niederwerfen. Sie wiederholten meine Worte, meine Lehren, meine Gleichnisse, und nichts war mehr so, wie ich es gesagt und gemeint hatte. Alles war entstellt. Nicht daß sie die Worte verändert hätten. Nein, das schlimme war gerade, daß sie meine Reden und Beispiele oft haargenau auswendig kannten. Aber sie lasen in meinen Worten *ihren* Sinn! Was ich bei Schim'on und den anderen befürchtet hatte – hier war es nackte Wirklichkeit. Sie haben gehört und gesehen, und sie haben nichts verstanden und nichts begriffen. Sie wiederholten meine Worte vom ewigen Leben – und was davon blieb, war die leibhaftige Auferstehung von den Toten!
Alles wartete nun darauf, daß der große Rav und Maschiach das Wort ergriff. Endlich sprach Jehuda. Er stand erhöht auf einem Karren, so daß man ihn gut sehen konnte. Er hat seine Sache nicht einmal schlecht gemacht, anfangs jedenfalls. Ich hörte einfach nur zu. Die Komik der Situation hatte mich gepackt, und ich war auch neugierig, wie er es anstellen würde. Dann beschlich mich ein merkwürdiges Gefühl. Es ist schon seltsam genug, wenn du jemanden siehst, der in deinem Namen und in deinem Gewand auftritt! Aber wenn du dann erlebst, wie er auch deine Gebärden vollkommen beherrscht, wie er die Stimme hebt und senkt wie du und an denselben Stellen Pausen macht wie du, dann kommst du dir plötzlich ziemlich lächerlich vor.

Es ist, als schautest du in einen Spiegel: Du siehst dich sprechen und bewegen, aber du hast keine Gewalt mehr über dein Spiegelbild. Es hat plötzlich einen eigenen Willen. Es handelt und sieht aus wie du selbst, aber es spricht, obwohl du stumm bleibst und dein Mund verschlossen ist. Und selbst das, was Jehuda sagte, hätte von mir sein können. Er sprach von der Liebe – wovon sonst! – und davon, daß alle Menschen selbst Zugang zu Gott und seiner Liebe finden könnten und keine Vermittler wie Pruschim oder Priester brauchten. Er sagte: 'Dem Herrn sind wir alle gleich nah und lieb. Nicht einmal der Hohepriester ist auch nur ein Tüpfelchen näher am Herrn als der schlimmste Sünder.' Das war nicht schlecht.
Aber von da fing er an, über die heuchlerischen Pruschim, die Zedokijim und die Priester herzuziehen, die das Himmelreich vor den Menschen zuschließen, um von unserer Angst und unseren Opfern zu leben. Das habe ich ja selbst auch immer gesagt. Aber er blieb dabei und malte in den schwärzesten Farben, wie sie für lange Gebete die Häuser der Witwen und Waisen fressen, wie sie mit langen, spitzen Fingern unbarmherzig die Tempelsteuer von den Armen einfordern, um Gottes Tempel mit Gold zu füllen, wie sie nach außen ihre Becher und Schüsseln reinhalten, sie aber heimlich mit Raub und Fraß füllen! Als Schlangen- und Otterngezücht verfluchte er sie! Er prangerte ihre Lieblosigkeit, ihre Habgier, ihre Grausamkeit an – um dann auf das Ende aller Tage zu kommen und genüßlich schwelgend das furchtbare Gericht des Herrn auszumalen, das sie erwartete: die entsetzlichen Martern der Vergeltung, das Blut der Gerechten, das in Strömen über sie kommen werde, die ewigen Qualen des Sche'ol. Und die Menschen jubelten ihm begeistert zu. Oh ja, von dem kommenden Gericht hat Jehuda vortrefflich zu sprechen gewußt. Er weidete sich geradezu an der Vorstellung, wie der Herr des Gerichts die Böcke von den Schafen scheiden würde. Hier die guten, gottesfürchtigen Lämmlein – dort die Widersacher und Sünder, die alle Qualen der Hölle erdulden müssen: und der Herr und seine Getreuen schauen dabei in Freude und Wonne zu! Er hat alles, was ich gesagt und gelehrt habe, ins Lieblose, Kleinliche und Rachsüchtige verwandelt. Und die Menschen heulten auf, gierig wie die Hundemeute, wenn sie sich auf die Beute stürzt, und ihre Augen glitzerten, wenn er von dem kommenden Strafgericht sprach. Ihre Sehnsucht gilt der Liebe und Vergebung – aber in Wirklichkeit sind sie nur auf das aus, was sie kennen, und das ist Bosheit, Strafe, Rache und Vergeltung.
Dann sprach er von dem kommenden Reich, wo Liebe, Frieden und Gerechtigkeit herrschen, wo es genug für alle zu essen gibt und wo ein gerechter König sein Gericht hält. Und schneller als ein Wimpern-

schlag war er wieder bei den Feinden, die alle vom Herrn geschlagen und vernichtet würden, um seine Macht und Herrlichkeit leuchten zu lassen.
Dafür erntete er wieder großes Jubelgeschrei.
'Du bist der Maschiach! Du bist der Sohn Gottes! Du bist unser König! Führe uns gegen unsere Feinde!' Nur ein Wort von Jehuda, und sie wären mit Brandfackeln zur Festung Antonia hinaufgezogen, um endlich mit den Römern abzurechnen. Jehuda schwamm wie verzückt auf dieser Woge der Anbetung und des Aufruhrs. Sein Gesicht glänzte verklärt, seine Stimme überschlug sich. Er fühlte sich als das Sprachrohr des Herrn, als einer seiner Propheten, vielleicht sogar als Maschiach selbst. Jeden Augenblick konnte er die Massen zum Brennen und Morden aufrufen. Ich konnte nicht länger nur zusehen. Ich schlug mich zu Jehuda durch, und die Leute machten sogar bereitwillig Platz, als ich ihnen sagte, daß ich ein Schüler des verehrten Rav da vorne sei. Du siehst, ein bißchen spielte ich das Spiel auch mit.
Du hättest ihre entgeisterten Gesichter sehen sollen, als ich plötzlich vor ihnen stand. Sie taten mir leid, als sie mich so ratlos und schuldbewußt anstarrten. Jehuda war so überwältigt von meinem plötzlichen Auftauchen, daß er mir gerade noch entsetzt in die Augen sehen konnte, dann stürzte er ohnmächtig vom Karren. Ein Aufstöhnen, ein Wehschrei ging durch die Menge, als Jehuda fiel und ihrem Blick entschwand. Dann brach ein unglaublicher Tumult los. Alles schrie, keiner wußte, was er tun sollte. Die Menschen glaubten an einen Anschlag der Priester oder sogar der Römer! Aber die Sorge um die Sicherheit des 'Maschiach' hielt sie zurück. Ich nutzte die Gelegenheit. Ich sprang zu Jehuda, half ihm mit auf, riß ihm dann mein weißes Obergewand vom Leib und zog es mir über. Dann kletterte ich auf den Karren und zeigte mich gesund und unversehrt den Menschen. Wieder lief ein Stöhnen durch die Menge – diesmal vor Erleichterung. Sie hatten auch den zweiten Tausch zwischen Jehuda und mir nicht bemerkt.
Gerade als ich mich räusperte und nun selbst sprechen und Jehudas Verdammungspredigt entschärfen wollte, traten Bar-Tolmai und Philippos links und rechts neben mich, packten mich an den Armen und 'halfen' mir von dem Karren, und Bar-Tolmai rief den Leuten mit seiner dröhnenden Stimme zu, daß ich noch geschwächt wäre und mich erst stärken müßte! Ich hätte seit dem Morgengrauen nichts gegessen und getrunken! Das Volk war es zufrieden und ließ uns ziehen. Ich war so verdutzt, daß ich mich nicht einmal gewehrt habe. Sie haben mich dann mehr oder weniger sanft zu Amitais Haus geleitet! Mirjam, sie haben bewußt verhindert, daß ich das Wort ergreife!

Sie wußten, daß ich ihr Bild vom mächtigen Maschiach und König einreißen würde. Sie wußten, daß ich den Menschen die Wahrheit sagen und ihnen das Ende meines Lehrens verkünden würde. Und es ist ihnen geradezu handstreichartig gelungen, dies zu verhindern – zunächst jedenfalls.
Als wir in Amitais Haus zum ersten Mal unter uns waren, habe ich ihnen natürlich den Kopf gewaschen und meinem Ärger freien Lauf gelassen. Sie hörten mir schuldbewußt zu wie Kinder, die etwas angestellt haben. Aber ich spürte ihre heimliche Befriedigung, daß ich gekommen war – denn das war es ja, was sie gewollt hatten. Und mit ihrer Verwechslungskomödie hatten sie es geschafft, daß ich in den Augen des Volkes wie ein Herrscher in die Heilige Stadt eingezogen war. Ich hatte dem Volk meine göttliche Botschaft verkündet. Ganz gleich, was ich noch tun oder lassen würde, sie hatten mich in die Falle gelockt. Statt zu einer stillen, kleinen Abschiedsfeier nach Jeruschalajim zu kommen, hatten sie mich als Rav und Maschiach in die Stadt gebracht, und ich mußte zusehen, wie ich aus dieser Falle wieder herauskam. Jetzt ist es ja sehr einfach: Wir brauchen am Morgen nur durch die Stadttore nach draußen gehen."
Er seufzte laut auf. „Mirjam, diese Stadt macht mich krank. Nichts als Steine und Mauern um uns herum. Und die Menschen selbst haben schon steinerne Gesichter. Die Stadt tötet alles, was lebendig ist. Sie tötet den Wind und verwandelt ihn in Gestank. Und ich merke, daß ich meine Nase töten muß, um diesen Gestank auszuhalten. Aber wenn meine Nase tot ist, wie kann ich mich dann noch an dem Duft der Blumen und der Kräuter auf den Wiesen erfreuen? Wenn alle fremd im Gedränge aneinander vorbeischieben – wie kann ich noch einem Menschen oder einer Blume nahe kommen? Die Felsen, so wie Gott sie geschaffen hat, genügen ihnen nicht mehr, sie müssen sie zu Steinen und Quadern hauen. Den lebendigen Gott, der aus einem brennenden Busch zu Mosche gesprochen hat, haben sie in einen goldenen, toten Tempel gesperrt. Sie haben ein festes Haus für den lebendigen Gott gebaut und seine Vögel daraus ausgeschlossen. Seine Worte haben sie zu toten Götzen gemacht, die sie mit ihren Auslegungen wie in ziseliertes Gold fassen. Nichts atmet mehr, nichts lebt! Noch lachen und schreien ihre Kinder – und schau nur, wie schnell ihre Augen müde und traurig werden, weil man ihr lebendiges Lachen getötet hat! Schau dir die traurigen Augen der Esel an, die ihre Lasten tragen müssen. Zum ersten Mal habe ich in die Augen eines Esels geschaut, weil einer nun mich hat tragen müssen. Mirjam, was macht diese Stadt aus ihren Menschen! Was hat sie aus Gott gemacht! Was wird diese Stadt aus dir und mir machen, wenn wir

hierbleiben! Sie wird meine Lehre ebenso in Gold und Edelsteine fassen, wie sie es mit allen Lehren getan hat. Worte gelten ihnen mehr als Menschen und Tiere und Pflanzen. Sie werden auch meine Worte auf die Goldwaage legen und sie dann messen und zählen, bis alles Leben daraus gewichen ist. Und dann werden sie auch meine Worte an die Menschen verkaufen, und vielleicht werden sie sogar mit meinen Worten töten! Mit meinen Worten, die gesagt wurden, um Leben zu wecken und zum Leben zu führen!
Auf diesem Platz ist mir klar geworden, daß man nicht nur aus Steinen Götzen machen kann. Mit Worten geht es noch viel besser! Generationen von Priestern und Gelehrten haben aus den Worten des Mosche ganze Götzenbibliotheken und Götzentempel errichtet. Und ich sehe, daß sie aus meinen Worten wieder nur Götzen machen werden. Jehuda und Bar-Tolmai sind schon die ersten Priester und Lehrer!"
Seine Stimmung näherte sich bedenklich jener tiefschwarzen Verzweiflung, in der ich ihn inmitten der Wüstenberge gefunden hatte. Ich faßte seine Hand. Er fuhr auf. Seine Finger entglitten mir und ballten sich zur Faust.
„Aber ich werde es nicht zulassen, daß sie alles töten und vernichten, was lebendig und göttlich ist."
Er seufzte schwer auf.
„Ich habe mich von ihrer Reue und Ergebenheit einlullen lassen. In Amitais Haus schworen sie mir tausend Eide, daß sie aufhören wollten, ihr eigenes Spiel in meinem Namen zu betreiben. Jehuda fiel mir nicht nur einmal zu Füßen, er fiel mir auch um den Hals. Er küßte meine Füße, meine Hände, meine Wangen und bat mich mit Tränen in den Augen um Verzeihung. Und Bar-Tolmai war angeblich nur um meine Gesundheit besorgt gewesen, weil ich so blaß ausgesehen hätte! Die anderen versicherten mir hoch und heilig, daß sie bei Jehudas verwerflicher Anmaßung nur mitgemacht hätten, um 'Schlimmeres zu verhüten'! Alle Verantwortung und alle Schuld wälzten sie auf den armen Jehuda, der so geknickt und aufgelöst war, daß er sich mit keinem Wort wehrte. Als ob ihre niedergeschlagenen Augen, ihre verlegenen Worte nicht laut genug ihre Schuld bekannten! Selbst Schim'on! Er sackte jedesmal weinend zusammen, wenn er mich nur ansah. Allerdings war er der einzige, der den Verrat zugab.
Sie beteuerten mir wieder und wieder ihre Liebe und Ergebenheit. Aber ihre Liebe und Ergebenheit galt dem alten Rav Jeschua und nicht dem, zu dem ich durch dich geworden bin. Sie bereuten den Verrat – und sie verrieten mich weiter, indem sie verhinderten, daß ich den Menschen draußen die Wahrheit sagte und meinen Abschied

bekanntgab. Sie hielten mich im Haus des Amitai fest. Jedesmal, wenn ich hinausgehen und zu den Menschen sprechen wollte, hatten sie einen neuen Vorwand, weshalb es besser war, im Haus zu bleiben und sich versteckt zu halten. Die Priester und die Römer hätten es auf mich abgesehen – man warte nur auf eine Gelegenheit, mich zu fassen. Sie wollten das Volk erst langsam auf meinen Abschied vorbereiten. Tausend vorgeschobene Gründe – und ich ließ mich von ihnen verwirren! Ich glaube, zum ersten Mal habe ich so etwas wie Angst gespürt. Nicht Angst um mich oder um meine Sicherheit. Dazu war ich viel zu glücklich. Aber ich dachte an dich. Mit dir wartete etwas Neues auf mich – ein neues Leben, das ich noch nicht kannte und das ich erfahren und erleben wollte. Mirjam, mit dir habe ich eine Lust auf das Leben wie nie zuvor. Es wird ein anderes Leben sein – etwas ganz anderes. Es ist neu und unbekannt. Ich habe Angst davor – und zugleich sehne ich mich danach. Es ist wie eine Geburt: Sie wird Schmerzen bereiten, und niemand weiß, wie sich das Kind entwickeln wird. Aber ich weiß, ohne dies Neue, ohne dich, ohne unser Zusammensein, ohne eine eigene, handfeste Arbeit hätte ich mein Leben nur halb gelebt. Und darum hänge ich jetzt am Leben, an diesem Leben mit dir. Ich habe keine Angst vor dem Tod. Aber ich habe Angst, das Leben beenden zu müssen, ohne es ganz in seiner Freude und in seiner Mühsal gelebt zu haben! Denn ich weiß, es wird auch eine Mühsal. Ich weiß nicht, ob ich genug Geschick besitze, um dich und unsere Kinder zu ernähren. Ich habe Angst, du könntest mir vorzeitig entrissen werden. Ich wußte inmitten des Ozeans göttlicher Liebe nicht, wie kostbar ein einziges Tröpfchen Leben sein kann – wenn es ein Leben mit dir ist!

Die Angst ist immer noch da – aber sie kann meinen Blick nicht mehr trüben. Heute morgen erkannte ich ihr Spiel. Ich merkte es an ihren verstohlen beobachtenden Augen und den besorgten Blicken, die sie über meinen Kopf hinweg tauschten. Sie lauerten auf Anzeichen dafür, daß ich wieder zur Vernunft käme! Wenn sie mit mir sprachen, mischte sich ein zärtlicher, behutsamer Ton in ihre Stimme, als bedürfte ich unendlicher Nachsicht und Schonung. Sie betrachteten mich als Kranken und warteten in der Abgeschiedenheit von Amitais Haus auf meine Genesung. Meine Krankheit warst du und mein aberwitziger Plan, sie zu verlassen. Und so wie man einen Fieberkranken im Bett hält, bis er wieder gesund und kräftig ist, wollten sie mich mit ihren Gründen an das Haus des Amitai fesseln, bis ich von meiner Verwirrung geheilt war. Als mir das heute morgen klar wurde, ließ ich mich nicht länger von ihren dunklen Prophezeiungen schrecken. Als sie mir wieder endlos alle Schwierigkeiten und Gefahren aufzählten,

fragte ich sie nur, ob ich ihr Gefangener wäre. Da gaben sie mir die Tür frei. Sie folgten mir wie ein Trupp Soldaten auf dem Weg zur letzten, entscheidenden Schlacht. Noch gaben sie nicht auf. In einer endlosen Litanei wiederholten sie alle Einwände und Befürchtungen. Die Priester warteten nur auf mich – sie würden mir eine Falle stellen und dergleichen mehr. Ich verlor schließlich die Geduld und fuhr sie an: 'Wenn Jehuda in meinem Namen und in meinem Gewand auch solch rachsüchtige Brandreden führt, muß man natürlich mit gewissen Reaktionen der Priester und Römer rechnen. Und jetzt laßt mich weitergehen und reden. Denn genau solche Reaktionen will ich verhindern! Heute werdet ihr die Zedokijim, die Pruschim und die Römer frohlokken hören, weil ich vor allen verkünde, daß ich ein für allemal mit dem Lehren und Predigen aufhöre!' Ihre Gesichter wurden aschgrau. Alles weitere hast du ja selbst erlebt."
Er lachte. „Und dann ließen mich nicht einmal die Priester zu Wort kommen! Wenn sie geahnt hätten, was ich eigentlich sagen wollte! Wenn sie nur ahnten, daß ich nur noch der bescheidene Zimmermann Jeschua ben Josef sein will! Mirjam, ich möchte nur noch fort mit dir! Weg von hier. Ein neues Leben mit dir beginnen! – Und dann denke ich an *sie*. Ich kann mir nicht vorstellen, daß dies das Ende gewesen sein soll. Jehuda, Bar-Tolmai, Schim'on und all die anderen. Ich weiß, daß Bar-Tolmai ein Dickschädel ist. Stolz und aufbrausend – und voller Verachtung gegenüber allen, die nicht so sind und nicht so denken wie er. Und noch immer hat es ihm hinterher leid getan, wenn so der alte Adam mit ihm durchgegangen ist. Vermutlich hast du recht: Er bereut schon längst, was er uns an den Kopf geworfen hat. Und die anderen bereuen, daß sie es haben geschehen lassen."
„Draußen auf dem Olivenberg gibt es doch einen Garten. Deine Mutter führte mich zu ihm, als wir nach dir suchten. Sie sagte, daß du dich dort öfter aufhältst, wenn du in Jeruschalajim bist. Wir könnten zu diesem Garten gehen und den Tag dort verbringen. Vielleicht findet doch der eine oder andere – Schim'on oder Jochanan – den Weg dorthin, um sich mit dir zu versöhnen."
Ich hatte noch nicht zu Ende gesprochen, da waren wir schon aufgestanden und schlugen die Gasse zu dem Stadttor ein, das zum Olivenberg führte. Der Tag dämmerte schon. Die volle Mondscheibe erblaßte im Morgengrauen. In der Kühle des anbrechenden Tages fröstelte ich. Jeschua legte seinen Arm um mich. Als wir zur Stadtmauer gelangten, stand das riesige Tor schon offen.
Wir erwarteten die aufsteigende Sonne im Garten, der, wie ich jetzt erfuhr, zu den Besitzungen Amitais ben Pelaljas gehörte. Der Wächter erkannte Jeschua und ließ uns freundlich und ehrerbietig hinein.

Wir saßen aneinander geschmiegt unter einem mächtigen Olivenbaum. Seine kleinen harten Blätter zitterten schwach im Wind. Im Licht der flachen, gelbwarmen Sonnenstrahlen bildeten ihre tanzenden Schatten geisterhaft fließende Figuren.
Wir saßen eingetaucht in Stille und Frieden und warteten – unruhig, voller Spannung. Das Fächeln der Blätter im Wind, das Rascheln der kleinen Tiere im trockenen Gras und Laub, das Singen der Vögel und selbst die vereinzelten Schreie der Esel waren Teil dieser Stille, die mir an diesem Tag fremd, ja fast unerträglich war. Jeschua fuhr bei jedem Geräusch auf, lauschte jedem Ton entgegen. Sein Blick heftete sich hoffnungsvoll auf den Weg, der zum Eingangstor führte. Wenn sich dann nicht die erwarteten Schritte oder Stimmen näherten, wenn sich nicht die vertrauten Gestalten der Schüler zeigten, sank er wieder in sich zusammen.
Die Sonne stieg höher, und die endlos langen Schatten der Bäume und Steine krochen langsam über den felsigen Boden, schrumpften zusammen, schienen dahinzuschmelzen.
„Wie merkwürdig", fiel mir auf einmal auf. „Morgens sind die Schatten so lang, und gegen Mittag sind sie fast verschwunden – im Sommer jedenfalls. Dabei bleiben die Dinge immer gleich groß, nur die Schatten ändern ihre Größe. Und die Sonne sieht überhaupt keine Schatten! Wenn wir immer da stehen würden, wo die Sonne steht, würden wir immer alles in vollem Glanze sehen – niemals die Schattenseiten der Dinge und der Menschen ..."
Es gelang mir nicht, Jeschua in ein Gespräch zu ziehen und abzulenken. Als wir in der aufkommenden Hitze Schutz und Schatten in einem dichteren Gehölz suchten, kamen zwei Dienerinnen des Hauses und brachten Erfrischungen. Dann hörten wir leichte Schritte.
„Hier habt ihr euch also verkrochen." Es war die Stimme Mariams, die an unser Ohr schlug, noch ehe ihre Gestalt durch das dichte Gebüsch zu erkennen war.
Bei aller Freude, sie zu sehen, muß sich die Enttäuschung überdeutlich auf unseren Gesichtern widergespiegelt haben. Sie kam allein.
„Tut mir leid – ich bin's nur", sagte sie lächelnd, als sie zu uns trat. „Ich habe nicht einen von diesen verstockten Burschen dazu bringen können, mitzukommen." Sie umarmte mich ebenso innig und herzlich wie Jeschua. Dies Zeichen ihrer Liebe gerade jetzt brachte mich fast zum Weinen. Sie verstand. Sie machte mir keine Vorwürfe – im Gegenteil. Sie billigte unsere Liebe, und sie unterstützte sie.
„So haben sie sich diesmal nicht besonnen", sagte Jeschua mit flacher Stimme.

„Nein. Im Gegenteil. Leider. Sie sind wegen Mirjam noch völlig außer sich. Sie kündigen dir die Gefolgschaft auf, wenn du an ihr festhältst. Sie sagen, du verrätst den Herrn und alles, was du sie bisher gelehrt hast. Sie sagen, du seist Satan ins Netz gegangen und den Götzen und der Hurerei verfallen."

Mariam lachte belustigt auf, als handelte es sich bei dem Ganzen um einen großartigen Witz. Und dann sahen wir selbst das Komische an der Sache und brachen in lautes Gelächter aus.

„Mein Gott", keuchte Jeschua. „Jetzt habe ich die Schüler, die ich immer wollte! Ich wollte immer, daß sie mir nicht nur blind gehorchen und in mir den allmächtigen Maschiach sehen. Deshalb habe ich mich von ihnen getrennt. Damit sie endlich auf eigenen Füßen stehen und auf die Stimme in ihrem Innern hören. Und dann weigern sie sich endlich, mir nachzueifern – und das kommt dabei heraus! Ich wollte nicht mehr zwischen ihnen und der göttlichen Stimme in ihnen selbst stehen – und kaum wende ich mich von ihnen ab, hören sie tatsächlich nicht mehr auf mich. Aber worauf hören sie dann? Auf die Stimme der Liebe und der göttlichen Einheit? Nichts da, sie hören nur wieder das laute Geschrei der Priester und Pruschim – sie hören Sünde, Gotteslästerung, Hurerei, Unreinheit, Schuld und Verdammung! Es ist zum Verzweifeln! Wenn ich bleibe, hängen sie an meinen Worten wie der Säugling an der Brust der Mutter. Und gehe ich, schreien sie nach der Brust ihrer alten Amme mit ihrer sauer gewordenen Milch! Wie kommt es, daß aus einem Säugling ein Kind wird, das gehen lernt und groß wird und sich als Erwachsener schließlich selbst ernähren kann – meine Schüler aber wie Raupen, die sich nicht verpuppen und zum Schmetterling auswachsen wollen, immer nur nach den Lehren anderer gieren, anstatt die Wahrheit selbst zu suchen und selbst zu entdecken?"

In komischer Verzweiflung hob er seine Hände zum Himmel, als wollte er ihm die Schüler überantworten. Während wir alle lachten, obwohl uns ganz ernst zumute war, erstarrten seine Arme für einen kurzen Augenblick in der Luft. Dann ließ er sie abrupt fallen.

„Ich bin auch nicht besser als all die Priester und Gelehrten, die sich mit ihrem Wissen brüsten und alle auf ihre Lehre festnageln müssen. Ich habe sie freigegeben – und kann es doch kaum ertragen, daß sie etwas tun oder glauben, was 'falsch' ist. Wie eine Glucke möchte ich ihnen am liebsten nachrennen und mich auf sie setzen und meine Flügel über sie breiten, damit sie dem Fuchs nicht in die Fänge laufen."

Wir lachten, und während wir noch lachten, verwandelte sich unsere Stimmung in Trübsal.

„Sie sind wie eine Hammelherde, die der Hirte auf eine fette Weide führt. Und ihnen fällt nichts anderes ein, als nach links und rechts in die dürre Wüste auszubrechen – oder zurück zum vertrauten Weidegrund zu laufen, den sie kahlgefressen haben und auf dem sie kein grünes Hälmchen mehr finden! Und das schlimme ist – ich hänge mehr an ihnen und ihrer Seligkeit, als für sie und mich gut ist! Was haben sie genau gesagt? Hat denn nicht einer für mich und Mirjam gesprochen?"

Mariam schüttelte mitleidig den Kopf. „Schim'on versuchte es, aber Bar-Tolmai schnitt ihm das Wort ab."

„Als ihr gegangen wart, blieben wir alle wie gelähmt zurück. Keiner konnte und wollte glauben, daß dies das Ende sein sollte. Schließlich stammelte Schim'on: 'Aber wir können den Rav doch nicht so gehen lassen!' Da trat Bar-Tolmai dazwischen: 'Er ist unser Rav nicht mehr! Niemand kann unser Rav sein, der den Herrn verleugnet und mit einer Götzendienerin hurt!' Er blickte so drohend um sich, daß niemand zu widersprechen wagte. Er hat die Männer einfach überwältigt. Sie kamen keinen Augenblick mehr zur Besinnung. Ich selbst war wegen seiner Frechheit und Unverschämtheit so aufgeregt, daß ich keinen klaren Gedanken fassen konnte.

'Unser Rav Jeschua' – es war übrigens das erste Mal, das ich Bar-Tolmai so vertraulich deinen Namen nennen hörte – 'ist vom Wege des Herrn abgeirrt und in die Fallgruben Satans gestürzt. Er hat sich von dem Geschöpf Asasels bestricken lassen, und sein Herz hat sich der Sünde zugekehrt. Aber wir werden nicht vergessen, was er uns gelehrt hat, als er noch mit uns auf den Wegen des Herrn gewandelt ist. Er hatte uns zu seinen Schülern gemacht, damit wir die Botschaft von der Liebe des Herrn weitertragen und seinen Segen allen bringen, die an ihn glauben. Und das wollen wir auch weiterhin tun. Nun hat der Herr in seiner göttlichen Gnade einen von uns ausgezeichnet. Er hat unseren Jehuda in Gestalt und Wesen dem Rav so ähnlich werden lassen, daß wir und alles Volk in ihm unseren Rav selbst erkennen, als er noch treu und gottesfürchtig allein der Stimme des Herrn gefolgt ist. Nun wird der Jüngere, der das Wort des himmlischen Vaters in seinem Herzen bewahrt hat, an die Stelle des Verräters treten, um das Werk des Herrn zu vollbringen. Jehuda, aus deinem Herzen spricht der Herr! Er hat seine Hand ausgereckt und an deinen Mund gerührt. Er hat dich zu seinem Mund gemacht, damit du in seinem Namen zu allem Volk sprichst! Er hat dich auserwählt, um von nun an unser Rav und Meister zu sein. Führe du uns, und führe die Menschen zum Heil. Wir werden dir folgen, wie wir dem Verräter treu gefolgt sind, als er noch dem Herrn treu war.' Bar-Tolmai hatte mit solcher Macht und Überzeugungskraft gesprochen, daß sie alle einstimmten und riefen: 'Ja, du bist unser wahrer Rav und Maschiach. Wir erkennen dich an! Du bist wie der Rav, als er uns gerufen hat – wir folgen dir!' Während sie in ihrer Begeisterung aufsprangen und Jehuda umringten, schlich ich mich aus dem Raum, ohne daß sie es merkten."

Jeschua hatte mit ruhiger Miene zugehört. Aber seine Hände krampften sich fortwährend zusammen, während Mariam erzählte.

„Sie werden ihn zum Maschiach und zum König ausrufen", sagte er mit bleierner, müder Stimme. „Alles, was ich gesagt und gelehrt habe, war umsonst. Sie werden dem Volk einen Helden geben, den es bewundern und verehren kann. Es wird sein, wie es immer war. Es wird wieder einen neuen David oder einen neuen Schlomo geben, und wenn es nur ein neuer Jehuda HaMaqqavi ist. Die Menschen werden ihm zujubeln – und sie werden die bleiben, die sie immer waren. Sie können sich einfach nicht vorstellen, daß in ihnen selbst dieser Held ist, daß das Göttliche in ihnen selbst wohnt. Es muß ihnen immer von außen, in kostbaren Gewändern oder mit klirrenden Waffen entgegentreten, damit sie daran glauben können!"

Er ballte plötzlich die Hände. „Es ist unerträglich! Warum hat Gott mich die Quelle allen Glücks und allen Leids erkennen lassen und mir dann die Macht vorenthalten, den Menschen diese Erkenntnis weiterzugeben? Wie furchtbar diese göttliche Liebe sein kann, die allen Wesen die Freiheit läßt – auch die Freiheit, in die Irre zu gehen und maßlos zu leiden! Warum muß ich sie sehenden Auges auf den Abgrund zulaufen lassen – und mit ihnen all die Menschen, die sie mit sich reißen? Sie werden das Volk zum Kampf gegen die Priester und Pruschim aufstacheln und gegen die Römer losschlagen! Und selbst wenn sie die Schlacht gewinnen sollten, was würde sich in ihren Herzen ändern? Zur Abwechslung wären sie die Sieger! Sie würden sich an den Unterlegenen rächen und so lange Unrecht auf Unrecht häufen, bis ein neuer Rebell im Namen des Herrn aufstehen und zum Kampf gegen sie aufrufen würde. Und wieder ginge alles von vorne los!"

Er hörte nicht auf, mit sich und der göttlichen Liebe zu hadern.

„Wenn ich eingreife, dann mache ich sie wieder zu gehorsamen Kindern oder Sklaven, die nicht selbst entscheiden können und dürfen. Greife ich nicht ein, lasse ich sie in ihrer Verblendung, wird Unglück und Leid über unzählige Menschen kommen. Oh Gott, was soll ich nur tun!"

Mariam und ich versuchten vergeblich, ihn zu beruhigen. Er hörte nicht. Dann versank er in stumme Verzweiflung.

Ich überließ das Reden Mariam. Jedesmal, wenn ich etwas sagen wollte, faßte mich eine merkwürdige Scheu. Ich konnte ihn nicht wie Mariam von den Schülern ablenken und auf das neue Leben weisen, das er mit mir führen wollte. Ich wußte nicht, wieviel Selbstsucht sich in meinen Worten verbarg. Denn wenn er bei den aufrührerischen Schülern blieb, war er mir verloren. Ich hatte Angst, ihn dabei zu einer Entscheidung zu meinen Gunsten zu verführen, also genau das zu tun, was mir Bar-Tolmai und die anderen vorwarfen. Jeschua mußte sich frei entscheiden. Er mußte selbst wissen, was ihm wichtig war und was er wollte. Ich wollte nicht noch einmal in zornige, enttäuschte Augen blicken, die mich anklagten, ihn von seinem eigentlichen Weg abgebracht zu haben. Die Erinnerung an Jehuda und an unsere Ehe hinderte mich, all das zu sagen, was ich vielleicht sonst gesagt hätte. Außerdem sprach Mariam.

„Du redest gerade, wie nur ein Priester reden kann! Nur ja oder nein, schwarz oder weiß, mit Macht das 'Gute' erzwingen – oder in duldender Liebe dem Bösen das Feld überlassen. Dabei weißt du es doch am besten. Seit deiner Kindheit hast du uns nichts anderes gepredigt! Nun wende es auf dich selbst an! Hast du denn kein Vertrauen, daß die Dinge sich von selbst in der richtigen Weise entwickeln können? Hast du kein Vertrauen in die göttliche Liebe, die alles nach ihren eigenen Gesetzen wachsen und reifen läßt? Der Bauer sät den Samen und muß warten, bis die Frucht von selbst auf dem Feld reift. Es liegt nicht in seiner Hand, ob er das Korn ernten und Brot backen kann oder ob er die Ernte Sturm und Hagel überlassen muß. Und wenn der gute Samen auf unfruchtbaren, steinigen Boden gefallen ist, so sieh zu, daß du beim nächsten Mal besser auf den Boden achtest! Lerne die Menschen kennen und entscheide erst dann, wem du predigst. Was kann der Boden dafür, wenn er karg und steinig ist? Was können deine Schüler dafür, wenn ihre Herzen einfältig und dumpf sind? Es ist vermessen, von ihnen zu erwarten, was über ihr Vermögen hinausgeht. Und wenn du jetzt schwankst, ob du eingreifen oder deinen Schülern freie Hand lassen sollst, so lerne daraus, daß Worte Waffen sein können – und überlege, was du zu wem sprichst. Du gibst einem Kind ja auch kein Messer in die Hand – oder einem Narren. Kinder und Narren sind nicht schlecht – auch nicht deine Jünger. Und Messer oder Worte sind genausowenig schlecht! Aber man muß wissen, wem man was gibt oder sagt! Und das hast du noch zu lernen! Und wenn du ein Kind oder einen Narren mit einem Messer in der Hand siehst, dann überlege nicht lange, was richtig oder falsch ist! Vertraue Gott und seiner unendlichen Liebe – und dann handle, wie es dein Herz befiehlt!"

Nach dieser Rede Mariams herrschte langes Schweigen.
„Ich bin sehr müde", sagte Jeschua, legte seinen Kopf in meinen Schoß und war schon eingeschlafen, bevor noch ein weiteres Wort gesprochen wurde. Mariam seufzte und stand auf.
„Ich bringe dir etwas zu essen", sagte sie. „Du kannst es sicher gut vertragen. Dein Gesicht ist in diesen Tagen ganz spitz geworden."
Sie kehrte mit Obst und anderen Erfrischungen zurück. Ich aß ohne Appetit, lustlos, kaute, ohne zu schmecken. Jeschuas Kopf lag schwer in meinem Schoß. Eine unendlich kostbare Last. Und gerade weil er mir so kostbar war, überflutete mich plötzlich eine unbestimmte Furcht. Ich wagte nicht, mich zu rühren. Auch als die Dunkelheit hereinbrach, blieb ich so sitzen. Mariam brachte uns Decken und setzte sich neben mich. Wir unterhielten uns leise, um Jeschua nicht zu stören. Wir sprachen nur über Belanglosigkeiten wie „Ist dir auch warm – möchtest du noch etwas zu essen". Dazwischen lagen lange Pausen. Wir hingen unseren Gedanken nach. Aber nie habe ich mich Mariam näher gefühlt als in dieser Nacht, als wir um Jeschua, den geliebten Mann und Sohn, bangten. Was brauchten wir noch Worte. Eine wußte, was die andere empfand.
Die ganze lange Nacht saßen wir so. Manchmal drehte sich Jeschua im Schlaf um. Dann bettete ich vorsichtig seinen Kopf auf das andere Bein. Es war eine klare kühle Nacht. Im Licht des Vollmondes waren nur wenige Sterne am Himmel zu sehen. Die helle Scheibe war von einem weiten Lichthof umringt. Ein Wüstensturm schien sich anzukündigen.
Einmal schien Jeschua aufzuwachen. Er bewegte sich unruhig – und dann hörte ich ihn murmeln: „Nein, nicht mein Wille geschehe, sondern der göttliche Wille!"
Als ich mich über sein Gesicht beugte, waren seine Augen geschlossen. Die Unruhe war von ihm gewichen, und er schlief friedlich, tief und fest. Langsam wanderte der Mond über die Weite des Himmels, erreichte seinen höchsten Stand und senkte sich dann nach Westen zum großen Meer hinab. Er stand noch über dem Horizont, als der erste helle Lichtschein des kommenden Tages über die Berge Mo'avs im Osten kroch. Es war jetzt sehr kalt. Wir froren selbst unter den Decken und warteten ungeduldig auf die wärmenden Strahlen der aufgehenden Sonne.
Dann gab es unvermittelt Lärm. Wir hörten Waffengeklirr, schwere Schritte und Männerstimmen. Im Nu waren wir von schwer bewaffneten Tempelwächtern umringt. Der schwache Lichtschein spiegelte sich auf ihren Rüstungen. Die Gesichter der Männer blieben unter

den Helmen verborgen. Einer trat mit gezogenem Schwert auf uns zu und fragte laut und herrisch nach hinten:
„Ist das der Mann?“ Niemand antwortete. Nur das Klirren der Rüstungen und das Scharren von Füßen auf dem Boden war zu hören. Dann, ungeduldig und noch lauter:
„Ich frage euch, ist das der Mann, den wir suchen. Antwortet, sonst ereilt euch sein Schicksal!“
Ich hörte flüsternde Stimmen im Hintergrund. Aber niemand antwortete. Inzwischen hatte ich mich gefaßt.
„Wer seid ihr, und was wollt ihr?“ fragte ich kalt. „Wer wagt es, den Frieden des Hauses Amitai ben Pelaljas mitten in der Nacht zu stören? Seht ihr nicht, daß mein Mann schläft? Stört ihn nicht!“
Der Anführer stampfte mit dem Fuß auf.
„Zum letzten Mal – ist das der Mann? Ja oder nein? Wenn ihr nicht gleich antwortet, spürt ihr die Schärfe meiner Klinge!“
Aus dem Hintergrund löste sich eine dunkle Gestalt und kam auf uns zu. Erst als er vor uns stand, erkannte ich unter der tief in die Stirn gezogenen Kapuze sein Gesicht.
„Schim‘on! Was soll das – was soll dieser Aufzug! Was wollen die bewaffneten Männer hier?“ Ich fuhr ihn mit leiser, aber herrischer Stimme an. Dabei wußte ich auch ohne seine Antwort, weshalb die Männer gekommen waren. Er stand vor uns und starrte auf Jeschua mit großen flehenden Augen. Jeschua war aufgewacht. Schim‘on brach in heftiges Weinen aus, fiel auf seine Knie, beugte sich vor und küßte Jeschua die Füße.
„Rabbi, Rabbi!“ stammelte er unter würgendem Schluchzen. Er umklammerte Jeschuas Füße. Unwillkürlich stieß ich ihn weg, so daß er hinfiel. Immer noch weinend, warf sich Schim‘on an seinen Hals und küßte ihm Gesicht und Hände. Aus der Gruppe der Männer löste sich eine weitere Gestalt. Es war Jehuda.
„Schalom, Rabbi.“ Er trat zu Jeschua, umarmte ihn und küßte seine Wangen. „Der Frieden des Herrn sei mit dir!“
Der Anführer der Bewaffneten machte ein Zeichen. Dann stürzten sich zwei seiner Leute auf Jeschua, rissen ihn hoch und hielten ihn mit den Armen nach hinten fest. Der Anführer trat vor ihn.
„Bist du der, der sich der Sohn des Herrn zu nennen wagt?“
Jeschua sah ihn frei und ohne Furcht an. „Ich bin es – so wie du es bist.“
Noch bevor er zu Ende gesprochen hatte, schlug ihm die Faust des Anführers ins Gesicht.

„Schweig mit deiner Gotteslästerei! Die Priester des Herrn warten schon auf dich. Im Sanhedrin kannst du dich vor ihnen verantworten. Du bist verhaftet. Führt ihn ab."
Eine hohe, dünne Stimme schrie „Nein!" – und ich erkannte, daß ich geschrien hatte. Ich war aufgesprungen und hatte mich auf die beiden Schergen gestürzt, die Jeschua wegführen wollten. Eine mörderische Wut war über mich gekommen. Ich schrie, kratzte, schlug und trat, die Tränen liefen mir übers Gesicht. Und dann gab es einen Teil von mir, der mir zusah und wußte, daß mein Wüten so sinnlos wie verrückt war. Die Soldaten taten nur das, was ihnen befohlen war. Und Schim'on und seine Genossen taten nur, was aus ihrer engen und begrenzten Sicht das richtige war. Mit meinem Schreien und Schlagen würde ich nichts ändern und nichts bewirken – weder die Verhaftung abwenden noch den Verrat der Schüler ungeschehen machen. Wie aus unendlich weiter Ferne hörte ich Jeschuas Stimme, die mich zu beruhigen suchte. Aber die wilde, die kämpfende Mirjam wollte sich nicht beruhigen, nicht besänftigen lassen.
„Das dürft ihr nicht! Ihr feigen Hunde! Er hat niemandem etwas getan! Man hat ihn verleumdet! Schim'on, du Schwein, du Verräter – was hast du getan! Du hast ihn verraten, ihn, der dir immer nur Liebe entgegengebracht hat." Die Bewaffneten lachten und wehrten sich wie nur zum Spaß. Ich hörte Mariam um Hilfe schreien und in dem Gelächter der Männer Jeschuas Stimme. Aber ich konnte nicht verstehen, was er sagte. Dann die kalte, knappe Stimme des Anführers: „Fort mit dir, Furie, Tochter Liliths."
Ich erhielt einen Schlag in den Bauch, daß mir die Luft wegblieb. Ich fiel keuchend zu Boden. Mariam stürzte weinend zu mir. Ich rappelte mich wieder auf.
„Nein, ihr könnt ihn nicht mitnehmen! Ich lasse das nicht zu! Diese Schweine haben ihn verleumdet!" Ich wollte dem Trupp nachlaufen und rannte in die bestürzten Gesichter von Schim'on, Andrai, Bar-Tolmai und den anderen. Sie hielten mich fest. Ich wütete gegen sie. Alles, was ich je an Haß und Wut gespürt hatte, erwachte wieder zu neuem Leben, flutete kochend hoch und entlud sich in einem Schwall unflätiger Worte und blindwütiger Schläge und Tritte gegen diese Männer. Ich bespie sie mit meinem Haß, mit meiner ohnmächtigen Wut. Vier Männer hatten zu tun, um mich festzuhalten. Dann brach ich erschöpft zusammen. Am Boden liegend, hörte ich fern, wie durch einen Nebel, Jeschuas Stimme rufen:
„Mirjam, nicht dein oder mein Wille geschehe! Vertraue der göttlichen Liebe allein!"
Dann verlor ich das Bewußtsein.

Ich erwachte in einem fremden, dämmrigen Raum. Mariams Gesicht beugte sich über mich. Sanft trocknete sie mir die Stirn. Mit einem Schlag war wieder alles gegenwärtig.
„Wo ist Jeschua? Wo haben sie ihn hingebracht? Haben sie ihn schon verurteilt?"
Mariam antwortete mit müder, brüchiger Stimme. Ihr Gesicht wirkte selbst in dem halbdunklen Raum grau und eingefallen.
„Die Priester verhören ihn noch. Als wir gestern im Garten vergeblich auf Jeschuas Schüler warteten, zog eine große Menschenmenge zum Haus des Amitai und schrie nach ihrem Rav und Maschiach. Sie hatten herausgefunden, wo er in der Stadt wohnte. Nun drängten sie zu ihm. Und Jehuda ließ sich von ihnen als 'Rav Jeschua' feiern. Wenn er bei seinem ersten Auftreten vielleicht noch einige Hemmungen und Skrupel hatte, so waren sie nach der Rede Bar-Tolmais und eurem Auszug völlig weggeblasen. Sie führten ihn im Triumphzug zum Tempelplatz. Jehuda sprach. Er muß sich als der wahre und rechtmäßige Retter und Maschiach vorgekommen sein. Er hat die Leute mit seiner Heiligkeit und Übermenschlichkeit so überwältigt, daß sie zu Boden gefallen sind und ihn angefleht haben, sie zu segnen und zu heilen! Es war wie ein Gottesdienst, so hat man mir jedenfalls berichtet.
Er malte ihnen die Freuden des Himmels aus und die Schrecken des Gehinnom. Ihm aber sei vom Herrn die Macht übergeben worden, sie aus den Banden der Verdammnis und der Schuld zu erlösen. Der Herr habe ihn, seinen Sohn, dazu berufen, die Menschen Gottes Liebe zu lehren und den Bußfertigen seine Gnade und Vergebung zu verkünden. Und er habe ihm die Macht verliehen, die Feinde des Herrn dem göttlichen Strafgericht zu überantworten! Wo immer die freche Brut Satans ihr Haupt erhebe, solle sie geschlagen und unbarmherzig ausgerottet werden! Und wer sich gegen ihn, den Maschiach und Erlöser, stelle wie die Priester und die Pruschim (und ganz besonders die Römer), den werde der Zorn des Herrn strafen und auf ewig der Verdammnis preisgeben.
Noch bevor er seine flammende Rede zu Ende geführt hatte, öffnete sich das große Tempeltor, und ein Strom von Priestern ergoß sich nach draußen. Und dann erschien der Hohepriester selbst in all seinem Gepränge, daß alles erschrocken und ehrfürchtig Platz machte. Selbst Schim'on und die anderen wichen zurück. Nur Jehuda behauptete aufrecht seinen Platz und wankte auch nicht unter dem strafenden

Blick des Hohepriesters. Nicht der Hohepriester, sondern einer seiner Ratgeber stellte ihn dann zur Rede.
'Wer bist du, daß du behauptest, du seist der Sohn des Herrn! Hat der Herr den Menschen nicht aus Erde erschaffen und ihm dann seinen Lebensodem eingehaucht? Und stammen wir nicht alle von Adam, dem ersten Menschen, ab? Oder willst du behaupten, du seist kein Sohn Adams, sondern der Herr habe dich mit einem sterblichen Weib gezeugt – so wie die Gojjim behaupten, daß ihre Götter zu den Menschenfrauen eingehen und Kinder mit ihnen zeugen?'
Jehuda muß sich in seiner Haut sehr unwohl gefühlt haben. Er wich aus und sagte etwas in dem Sinne, daß er vom Herrn berufen sei, so wie Eliyahu und Elischa vor ihm.
'Dann behauptest du also, daß du ein neuer Prophet bist! Aber Eliyahu und Elischa – und auch sonst alle Propheten – gaben sich damit zufrieden, Mund und Werkzeug des Herrn zu sein! Keiner war so vermessen, sich als der Sohn des Allmächtigen auszugeben! Aber du willst der Sohn des Herrn sein! So sprich und gib Antwort! Bringe uns deine Mutter, damit wir prüfen können, ob der Herr in sie eingegangen ist und sie von ihm empfangen hat! Das ist es doch, was du vorgibst – oder nicht?'
Jehuda wußte sich nicht anders zu helfen, als in wüste Beschimpfungen der Priester auszubrechen – sie seien die Geißeln der Armen, ein fressendes Geschwür, die geheime elfte Plage Ägyptens. Sie liebten es, sich überall obenan zu setzen und auf dem Markt gegrüßt und Meister tituliert zu werden. Aber so, wie sie sich jetzt vor dem Volk erhöhten, werde Gott sie am Tag seines Gerichts erniedrigen und in die höllische Verdammnis stoßen. Und die Menschen jubelten ihm zu, weil er es wagte, gegen die Priester vorzugehen und die Dinge beim Namen zu nennen. Was interessierte sie der spitzfindige Streit, ob er der Sohn Gottes oder nur ein Prophet war. Sie hoben Jehuda auf ihre Schultern und trugen ihn hinaus vor die Stadt, damit er auf einem größeren Gelände zu ihnen sprechen konnte. Inzwischen war der Tempelvorplatz nämlich so voll von Menschen, daß nicht einmal mehr ein Strohhalm zwischen sie gepaßt hätte. Auch in den Straßen und Gassen ringsum standen die Leute dicht an dicht. Die Priester und ihre Garde sahen dem Abzug ihres Feindes und der Menge tatenlos zu. Es war ihnen klar, daß die Menschen sie wie ein Mann hinweggefegt hätte, wenn sie nur den kleinen Finger gegen Jehuda gehoben hätten. Aber gefallen lassen konnten sie sich ein solches Auftreten natürlich auch nicht – also gab man den Befehl, ihn heimlich, im Schutze der Nacht, zu verhaften.

Ich glaube, die Frage nach seiner Gottessohnschaft muß Jehuda in große Angst versetzt haben. Er hatte einfach nachgeplappert, was Jeschua immer gepredigt hatte. Und da er nichts begriffen hatte, wußte er nicht, was und wie er antworten sollte. Er war wie ein altkluges Kind, das, ohne selbst zu wissen und zu verstehen, nur das wiederholt, was es bei den Eltern gehört hat. Und er war unfähig, eigene Worte, eigene Erklärungen zu finden, als er nicht mehr auf Jeschuas Reden und Gleichnisse zurückgreifen konnte. Sicher hatte er auch Angst, wenn er an mich dachte. Was ich wohl sagen würde, wenn man mich, Jeschuas Mutter, verhören würde! Und die anderen wußten genausogut, daß der ganze Schwindel auffliegen würde, wenn ich einmal vor Gericht stand.
Als dann die Häscher auftauchten, stritten sie in ihrer Angst alles ab. Sie sprachen von einer Verwechslung. Sie hätten nie etwas mit diesem Mann, der sich als Maschiach und Sohn des Gottes ausgebe, zu tun gehabt. Am lautesten schrie Jehuda. Er jammerte und verfluchte sein Schicksal, das ihm die unselige Ähnlichkeit mit diesem lästerlichen Rav Jeschua auferlegt hätte. Aber im Hause Amitais konnten sie auf Dauer doch nicht abstreiten, die Schüler Jeschuas gewesen zu sein. Amitai und seine Familie versuchten, ihnen zu helfen, ohne Jeschua dabei zu gefährden. Aber als man sie unter Druck setzte, bestätigten sie, daß der gesuchte Rav nicht anwesend war. Ob Jeschua oder Jehuda auf dem Tempelplatz und dann vor der Stadt zu den Menschen gesprochen hatte, konnten sie ehrlicherweise – und dadurch überzeugend – nicht beantworten, weil sie nicht dabeigewesen waren.
Die Schergen richteten also ihr Augenmerk auf den richtigen Jeschua, der sich irgendwo verborgen halten mußte – sicher aus Angst vor dem Gericht, das er mit seinen frevlerischen Reden zu erwarten hatte. Sie setzten den Schülern und der Familie Amitais mit ihren Drohungen so lange zu, bis sie alle möglichen Aufenthaltsorte und Verstecke aus ihnen herausgequetscht hatten. Darunter auch diesen Olivenhain, den Jeschua immer gerne aufsucht, wenn er in Jeruschalajim ist. Die Soldaten zwangen dann Schim'on, Jehuda und die anderen, mit ihnen zu gehen, um Jeschua zu identifizieren."
„Und das haben sie ja auch getan", warf ich bitter ein. Ich hatte Mariam bis dahin atemlos zugehört, begierig zu erfahren, was geschehen war. „Mit Küssen haben sie ihn verraten, die Heuchler! Und die anderen waren auch kein Jud besser! Wie Hunde, die vor dem Stärkeren kuschen! Erst war es Jeschua, den sie angebetet haben – und dann verraten sie ihn an seine Henker, weil sie vor ihren Schwertern zittern!"

„Sie sind einfältig und töricht – und sie haben Angst! Was erwartest du von ihnen? Sie sind nicht zum Heldentum geboren und erzogen worden. Sollen sie wie die römischen Krieger ihre Angst vergessen und drauflosschlagen? Jeschua hat sie Liebe gelehrt – und nicht Kampf und Krieg!"

„Nein, aber jede Mutter hätte in einer solchen Situation mehr Mut aufgebracht! Sie würde ihr Kind wie eine Löwin verteidigen, gerade weil sie es liebt! Nun sag mir, wo die Liebe dieser Männer geblieben ist! Was haben sie immer wieder beteuert, wie sehr sie ihren Rav lieben! Hohle Worte, das ist ihre Liebe und weiter nichts!"

Unter Mariams liebevollem Blick wurde mein Kopf langsam wieder klarer. Ich warf mich in ihre Arme.

„Du hast ja recht! Sie können nichts dafür. Sie sind ängstliche, verschreckte Kinder! Sie hingen an Jeschua, eben weil sie so wenig Vertrauen in sich und die göttliche Liebe hatten."

Ich sah Jeschua vor mir, wie sie ihn abführten, und den Blick, den er mir noch zuwarf. Aber dann packte mich wieder die Wut auf die, die ihn verraten hatten. Mehr als drei Jahre waren sie mit ihm, ihrem geliebten und verehrten Rav herumgezogen – und was hatten sie begriffen? Aber eben weil sie nichts begriffen hatten, hatten sie ihn verraten! Es nutzt nichts, von Liebe nur zu hören! Man muß sie ganz tief erfahren, um selbst lieben zu können! Sie hatten aufgehört, ihn zu lieben, als sie an seine Liebe nicht mehr glauben konnten. Und in ihrer Angst und Enttäuschung hatten sie ihn verraten – weil er in ihren Augen *sie* und alles, was er früher gesagt und getan hatte, verraten hatte.

Und dann sah ich es! Während ich noch voller Groll mit Jehuda, Bar Tolmai und dem wankelmütigen Schim'on und den Soldaten haderte, erkannte ich, daß ich mich ebensowenig von Liebe hatte leiten lassen, sondern von Angst und Wut. Schlimmer noch: Ich hatte gegen sie gekämpft und sie verachtet! Und zugleich hatte ich doch gewußt, daß es falsch war und daß mein Handeln nicht mehr aus der Liebe kam, die ich als Grund allen Seins erfahren hatte. Ich selbst hatte nicht auf die Stimme der Liebe gehört – ich hatte sie ebenso verraten wie Schim'on, Jehuda und die anderen.

Wo war mein Vertrauen geblieben! Es war, als ob die alte bittere und mißtrauische Mirjam wieder Besitz von mir ergriffen hätte und mich alles vergessen ließ, was ich in jener Nacht in der Höhle erfahren hatte. Die Erinnerung daran stieg nur langsam und unklar wie durch einen Nebel auf. Hatte ich denn nicht erkannt, daß *alles* gut war? War nicht *alles* Sein und Geschehen durchtränkt von der göttlichen Liebe? Und doch zerriß mir die Angst um Jeschua Herz und Eingeweide.

Wieder und wieder rief ich mir in Erinnerung, was ich in der Höhle erfahren hatte, fühlte wieder die Liebe und das Einssein mit Jeschua, mit der Natur und mit allem, was war. Allmählich kehrten Ruhe und Frieden in mir ein und lösten die Beklemmung der Brust und den Stein im Bauch.
Mit der wiedergewonnenen Ruhe und dem neuen, frischen Mut hörte ich auf, Gefahren an allen Ecken und Enden zu wittern. Sicher, man hatte Jeschua verhaftet und abgeführt. Aber im Verhör würde sich sehr schnell herausstellen, daß nicht er, sondern ein anderer an seiner Stelle das Wort geführt hatte. Jeschua hatte sich selbst nie als Maschiach ausgegeben. Wenn er sich als Sohn des Herrn bezeichnete, so wollte er damit nur sagen, daß das Göttliche nicht fern und hoch im Himmel wohnt, sondern in uns selbst wirkt. Die Göttlichkeit war kein ausschließliches Vorrecht oder eine besondere Gnade für ihn allein: Wir alle waren Töchter und Söhne des Göttlichen. In uns allen und durch uns lebte und wirkte Gott – im Höchsten und im Geringsten. Auch in Jehuda, der Jeschua verraten hatte, als er sich an seine Stelle gesetzt hatte, und ihn aus Angst zum zweiten Mal verriet, als er ihn den Schergen auslieferte. Mein Groll gegen die Verräter löste sich in Nichts auf. Sie konnten nicht anders, sie verstanden es nicht anders. Jeschua würde ihre Verblendung erklären und notfalls alles widerrufen, was Jehuda irrtümlich in seinem Namen gelehrt hatte. Er würde auch seine Schüler in Schutz nehmen. Er würde öffentlich bekanntgeben, daß er sich von seinen Schülern getrennt hatte und seine Lehrtätigkeit gänzlich aufgeben würde. Er würde auch verkünden, daß er Jeruschalajim verlassen und mit mir ein neues Leben beginnen wollte. Die Priester und Pruschim würden dies nur zu gerne hören, und ihn daraufhin sicher freilassen.
Ja, ich hatte meinen Frieden und mein Glück wiedergefunden. Die wahre Mirjam sprach wieder in mir. Ich streichelte Mariams Wangen. Obwohl sie äußerlich viel ruhiger geblieben war und mich sogar noch gepflegt hatte, verzehrten sie Angst und Sorge um Jeschua. Ich fühlte mich wieder frisch und lebendig. Voller Tatendurst sprang ich auf.
„Komm, Mariam, was sollen wir hier sitzen und uns ängstigen! Laß uns zum Sanhedrin gehen und sehen, ob wir mit Jeschua sprechen können. Sicher braucht er auch etwas zu essen und warme Kleidung."
„Ich war schon dort, aber man ließ mich nicht zu ihm. Nur die Sachen für ihn haben sie genommen. Ob man sie ihm ausgehändigt hat, weiß ich nicht!"
Ich ließ mich nicht beirren und bestand darauf, es erneut zu versuchen.

Wir befanden uns in einem Nebenhaus der Ölmühle. Die Hausleute gaben uns bereitwillig ein zweites Mal Brot, Früchte und einen Krug mit Wein, außerdem ein wollenes Obergewand und eine Decke für ihren geliebten Rav. Mein Schwung, meine neue Zuversicht steckten auch Mariam an. Energisch kämpften wir uns durch die Menschenmengen auf den Straßen. Das Fest dauerte ja noch an. Vor dem Gefängnis des Sanhedrin drängten sich die Familien, die ihren eingesperrten Angehörigen ein paar Festtagsbissen bringen wollten. Ich sah, daß man sie zwar gründlich durchsuchte, aber alle hineinließ. Sicher war befohlen, an den Feiertagen keine unnötige Strenge walten zu lassen. Man wollte Milde an den Tag legen. Als wir endlich am Tor angelangt waren und einen Wachmann nach Jeschua fragten, winkte der zunächst mit einem „Den darf niemand sehen" unwirsch ab. Aber dann schaute er mich auf einmal an. Ich weiß nicht, was er in meinem Blick las – oder ob ihn mein Äußeres bestach oder mein sicheres Auftreten beeindruckte. Jedenfalls wischte er sich seufzend die Stirn, stand auf und holte den wachhabenden Offizier. Der warf nur einen kurzen Blick auf uns beide und ließ uns mit einem nachlässigen Wink passieren.
Dann saßen wir in der stinkenden, winzigen und dunklen Zelle, in die man Jeschua gesteckt hatte.
„Ich habe Glück", lächelte er. „Wenn man wegen Gotteslästerung eingesperrt wird, bekommt man einen Raum ganz für sich allein. Damit man niemanden mit seinen frevlerischen Gedanken anstecken kann! In den anderen Zellen haben sie dreißig oder sogar fünfzig Leute zusammengepfercht, schlimmer als mancher Schinder seine Tiere im Stall. Sie sitzen und liegen in ihrer eigenen Notdurft. Im Vergleich zu ihnen habe ich einen Palast! Und die Einsamkeit und die Abgeschiedenheit der Wüste dazu! Nur du fehlst mir, Mirjam. Und du, Mutter, mach dir keine Sorgen! Ich fühle mich hier sehr wohl!"
Er, der in diesem finsteren, dumpfen Loch hausen mußte, versuchte uns zu trösten! Ich war froh, als ich sah, daß er nicht wirklich litt. Vielleicht war das Lager hart und kalt. Aber dank der Decke und dem Essen würde auch sein Körper nicht mehr frieren und hungern müssen.
Jeschua faßte meine Hand und sah mich an. Es ist vielleicht verrückt, aber wir beide waren in diesem Augenblick, in dieser Gefängniszelle vollkommen glücklich. Das Gefängnis, die Mauern, die stinkende Zelle waren immer noch da – aber einen winzigen Augenblick lang schienen die Steine ihre Festigkeit und Schwere verloren zu haben. Sie schienen zu schwingen, zu tanzen, sich vor den Augen aufzulösen wie die Speichen eines sich schnell drehenden Rades. Auch die Steine,

die Mauern waren Mittänzer in dem großen kosmischen Wirbeltanz des Glücks. Sie wirbelten nur so schnell, daß ihnen das Auge nicht mehr folgen konnte und sie normalerweise als etwas Undurchdringliches und Festes wahrnahm.
„Was werfen sie dir vor? Wollen sie dir einen Prozeß machen? Was hast du ihnen gesagt? Wann läßt man dich wieder frei?" fragte Mariam und riß uns aus dem selig tanzenden Jetzt. Und die Steine waren wieder dicht und fest, die Mauern undurchlässig und hielten Jeschua gefangen. Ich schämte mich vor Mariam. Sie litt bestimmt ebenso unter der Verhaftung ihres Sohnes. Aber während ich mich erst in Wut und Zorn gegen die Soldaten und Jehuda und seine Gefährten hatte hinreißen lassen und jetzt in unserer Liebe schwelgte, dachte sie umsichtig an das Nächstliegende und handelte. Sie hatte sich um mich schreiendes und wütendes Bündel gekümmert, sie war schon beim Gefängnis gewesen, als ich mich erschöpft der Verzweiflung ergeben hatte – und auch jetzt dachte sie nur daran, was zu tun war, um Jeschua so schnell wie möglich aus diesem Gefängnis herauszubekommen.
„Ich bin ein paarmal verhört worden. Übrigens sehr höflich, fast freundlich. Aber der eigentliche Prozeß beginnt erst nach den Feiertagen. Offiziell ruht der Sanhedrin. Sie fragen mich nach diesem und jenem – und meiden die heiklen Themen. Sie fragen mich erstaunlich wenig zu den beiden Ansprachen, die Jehuda in meinem Namen gehalten hat. Ich glaube, der Kernpunkt der Anklage wird in dieser Richtung liegen. Sie wollen nur nicht vorzeitig die Katze aus dem Sack lassen."
„Gut, dann haben wir genügend Zeit, um deine Verteidigung vorzubereiten." Mariam sprach schnell und entschieden. „Ich werde genug Leute auftreiben, die bezeugen können, daß nicht du, sondern Jehuda diese Kampfesreden gehalten und sich als Maschiach ausgegeben hat."
„Ich glaube, das haben sie inzwischen selbst herausgefunden. So dumm sind sie nicht. Aber es wird, fürchte ich, an der Anklage nichts ändern."
Mariam und ich blickten ihn erschrocken an.
„Du meinst, sie haben es auf dich abgesehen – so oder so?"
Jeschua nickte. „Jehudas törichte Reden sind ihnen nur ein willkommener Anlaß, um endlich mit mir abzurechnen. Sie wissen ganz genau, daß sie die angemaßte Herrlichkeit Jehudas vor dem Volk nur ein klein wenig abklopfen müssen, um diesen Maschiach als den Betrüger zu entlarven, der er ist. Aber dann bin immer noch ich da. Und ich bin viel gefährlicher. Ich sage nicht, daß ich der Maschiach bin. Ich will nicht der Anführer des Volkes sein wie Jehuda. Ich rufe nicht zum

Kampf auf – nicht gegen Ungerechtigkeit und nicht gegen die Römer. Ich bin deshalb gefährlicher, weil ich den Menschen sage, daß sie ihr eigener Anführer sein können. Ich lehre sie, daß sie den Herrn in sich selbst hören können, nicht erst aus dem Munde der Priester oder eines Maschiach! Mit einem, der wie Jehuda auftritt und behauptet, er sei Gottes Sohn und gesandt, die Menschen von den Römern und aller Ungerechtigkeit zu befreien, haben die Priester und Pruschim leichtes Spiel: Solange er schwach ist, können sie ihn mit ihren Fragen leicht in die Enge treiben und als Betrüger entlarven. Und hat er schon zuviel Volk für sich gewonnen, werden sie versuchen, sich mit ihm zu einigen, um ihn dann für ihre eigenen Zwecke einzuspannen. Aber was sollen sie mit einem machen, der sagt, daß alle Menschen, ob Mann, Frau, Römer oder Sklave, Gottes Kinder sind? Einer wie Jehuda kämpft mit ihnen um die Macht. Aber ich zeige den Menschen, daß die Macht der Priester hohl und angemaßt ist! Ich habe ihnen zu lange in den Ohren geklungen. Und sie sind es leid, daß da einer ständig sagt, daß sie völlig überflüssig sind und daß sie ihre Macht mit genau den Mittelchen behaupten, mit denen man Kindern Schrecken und Angst einjagt, um sie gefügig zu machen! Ich dagegen versuche, den Menschen die Angst zu nehmen und lehre sie, daß Gott in jedem Wesen, auch in ihnen selbst gegenwärtig ist und nur darauf wartet, daß sie seine Stimme hören. Also mache ich all die zu meinen Feinden, die vorgeben, daß allein sie den Willen des Herrn kennen und bei Gott Gehör finden – die Priester, die Pruschim und alle übrigen selbsternannten Verwalter des Göttlichen. Übrigens bin ich ziemlich sicher, daß es mir bei den Gojjim nicht anders erginge. Die Priester sind überall gleich, wenn sie sich als die allein von Gott eingesetzten Mittler aufspielen.
Das allerschlimmste bei ihnen ist, daß sie, die das Wort des Herrn den Menschen verkünden, ihn selbst nie gehört haben! Ich habe es gesehen, wenn ich ihnen beim Opfern zuschaute, ja wenn ich sie nur sprechen hörte. Ich meine nicht einmal nur jene Priester oder Pruschim, die beim Beten die Schekel zählen oder nur darauf achten, daß man sie in der ersten Reihe stehen sieht. Nein, ich meine auch jene, die fest an den Herrn glauben und die Gebote befolgen. Aber erst jetzt, da sie Stunden um Stunden vor mir sitzen und mich verhören, wird mir klar, wie wenig sie von dem Göttlichen in sich selbst wissen. Gerade darum klammern sie sich so an die Worte der Schrift, darum legen sie eines ums andere immer wieder neu aus. Sie suchen Halt in überlieferten, alten Worten, ja selbst in den Buchstaben, weil sie den Geist, aus dem sie geflossen sind, nicht kennen. Und ohne diesen ursprünglichen Geist sind die Worte genauso tot wie die Bilder und Statuen der

Gojjim, die sie so verachten! Wie erhaben sie auf diese Götzenanbeter herabschauen! Und wie sie doch selbst nur toten Wortgötzen verfallen sind. Mir ist ein Heide, der seinen Gott oder seine Göttin geschaut hat und dann sein unmittelbares Erlebnis in einem Bild oder in einer Statue zum Ausdruck bringt, lieber als jeder Priester oder Gelehrte, der nichts von dem lebendigen Göttlichen in sich weiß und die Bilder und Statuen und die Heiden verdammt, nur um gleich darauf dem Götzen der Worte und Buchstaben zu opfern! Wenn sie mir die Buchstaben und Worte der heiligen Schriften so vermodert und abgestorben um die Ohren schlagen, dann überkommen mich Trauer und Mitleid. Sie leben blind neben einer frischen, lebendigen Quelle und trinken sumpfiges, brackiges Wasser, das sie noch dazu von weither anschleppen müssen! Und wenn ich daran denke, daß eben diese bedauernswerten, unwissenden Tröpfe in ihrem Wahn glauben, ihr sumpfiges, brackiges Wasser, ihre toten Worte unter das Volk bringen zu müssen, wo doch überall frische Quellen sprudeln, dann packt mich eine namenlose Wut, und ich möchte sie allesamt am Genick packen und in die tiefste Tiefe des Tals Gehinnom schleudern! Selbst wenn ich es nicht offen sage – sie wissen genau, wie ich über sie denke. Sie spüren den Mangel ja selbst. Jedes Wort, das ich sage, erinnert sie schmerzhaft daran, daß sie nie den Zugang zu Gott gefunden haben. Und je öfter ich wiederhole, daß jedermann Gottes Stimme in sich hören kann, wenn er nur nach innen horcht und sein Herz in Liebe und Vertrauen öffnet, um so wütender macht es sie, daß gerade sie, die als Mittler zwischen Gott und den Menschen auftreten, fern und abgeschnitten von seiner lebendigen Wirklichkeit sind. Kein Wunder, daß sie mich lieber als Verbrecher und Gotteslästerer anprangern, als ihr eigenes Unvermögen einzugestehen – oder gar von ihren Ämtern zurückzutreten!
Sie werfen mir vor, daß ich mich als Maschiach oder als die wiederauferstandenen Propheten Eliyahu oder Elischa ausgebe. Ich soll meine lästerliche Anmaßung widerrufen oder Beweise für meine Berufung erbringen. Sie wollen, daß ich ihnen Wunder vorführe. Ich soll Ereignisse prophezeien und die Zukunft vorhersagen! Sie fragen mich, wie ich das Land von den Römern befreien will! Sie prüfen mich – und ich spüre ihre Angst, ob ich nicht vielleicht doch der Maschiach bin. Sie begreifen überhaupt nicht, worum es eigentlich geht – um die Menschen und ihren inneren Frieden, ihren ureigenen Zugang zum Göttlichen. Denn erst dann werden wir Frieden haben. Aber wie sollen sie verstehen, was meine ausgewählten Schüler nicht verstanden haben! Und selbst du Mirjam! Wo war dein Frieden, als sie mich verhaftet haben? Wütest du auch so, wenn mir ein Ziegelstein auf den Kopf

fällt? Grollst du Gott oder dem Ziegelstein, wenn er vom Dachfirst herabbricht? Die Dinge sind, wie sie sind – und es ist gut so. Und die Dinge geschehen nicht immer so, wie wir es uns wünschen. Sie bringen uns Schmerz, Krankheit und Tod. Wir mögen leiden oder trauern – aber dagegen wüten? Kämpfst du auch so wütend gegen das Meer, wenn es das Land überflutet und Mensch und Tier verschlingt? Beschimpfst du die Sonne, wenn sie alles Wasser aus dem Boden saugt, daß Weizen und Gras verdorren und Mensch und Tier verdursten?"
Er lächelte mich traurig und gleich wieder so verschmitzt an, daß ich unwillkürlich lachen mußte.
„Ich sehe es ja ein! Ich habe mich wie ein vierjähriges Kind benommen, das den Tisch schlägt, wenn es sich gestoßen hat. Aber wenn Menschen in ihrer Verblendung töricht oder gefährlich handeln, muß ich doch nicht tatenlos zusehen! Einem Kind, das mit einem Messer auf ein anderes losgeht, nehme ich doch auch das Messer weg! Und wenn man dich zu Unrecht verhaftet, muß ich dagegen einschreiten! Gegen Willkür und Ungerechtigkeit darf man sich doch wehren!"
„Komm du mir auch noch mit Wortklauberei! Du weißt genau, daß zwischen Wehren und Wüten ein beträchtlicher Unterschied liegt!"
„Könnt ihr beide vielleicht einen Augenblick daran denken, daß dies nicht der geeignete Ort ist, um endlos über Dinge zu verhandeln, die die Gefängnistüren keinen Fingerbreit öffnen! Es hat keinen Sinn, uns jetzt über Priester, Götzen und Ungerechtigkeit zu unterhalten! Überlegt lieber, was wir tun können, um Jeschua hier herauszubringen!"
Mariams energische und sehr ernst gesprochenen Worte holten uns auf die Erde zurück. Sie fuhr fort:
„Du sagst, daß sie dich auch dann nicht freigeben, wenn wir genug Zeugen finden, die bestätigen, daß nicht du, sondern Jehuda diese aufrührerischen Reden geführt hat. Was haben sie also noch gegen dich in der Hand, um dich verurteilen zu können?"
„Ganz einfach: Sie werden sagen, daß Jehuda nur öffentlich ausgesprochen und wiederholt hat, was ich bisher vertraulich im Kreis der Schüler gelehrt habe. Sie werden sagen, daß ich nur einen günstigen Zeitpunkt abwarten wollte, um mich als Maschiach zu erkennen zu geben und das Volk auf die Römer zu hetzen."
„Aber das müßten Jehuda und die anderen durch ihre Aussagen bezeugen!" entfuhr es mir – und dann schwieg ich betreten. Wie ein kalter Hauch aus einem tiefen Keller wehte mich die Einsicht an, daß sie genau das tun würden, um ihre Haut zu retten. Und Jeschua wußte es auch.
Nur Mariam wollte es nicht wahrhaben.

„Aber das werden sie doch nicht tun! Nicht nach all den Jahren der Liebe und Freundschaft, die euch verbunden hat! Vielleicht Jehuda und Bar-Tolmai – aber doch nicht Schim'on. Er hängt doch an dir wie ein kleines Kind! Nie würde er gegen dich aussagen!"
„Hat er vielleicht gesprochen, als man Jeschua verhaftet hat? Hat er vielleicht seinen Mund aufgemacht und gesagt: 'Hauptmann, das ist nicht der Mann, nach dem Ihr sucht. Jehuda hat an seiner Stelle gesprochen und falsche Behauptungen aufgestellt.' Er hat geschwiegen, wie alle geschwiegen haben! Und er ist zu Jeschua hingegangen und hat ihn geküßt. Du hast es selbst gesehen. Er war es, zusammen mit Jehuda, der ihnen Jeschua ans Messer geliefert hat!"
„Da war ihm sicher noch nicht klar, was das alles zu bedeuten hatte und was daraus entstehen würde! Sie waren enttäuscht, verletzt – und die Soldaten hatten sie die ganze Nacht durch Stadt und Feld geschleppt, und sie hatten Angst. Aber am hellen Tag werden sie die Wahrheit sagen! Vor Gericht werden sie aussagen, daß sich Jeschua niemals als der Maschiach ausgegeben hat – und auch nicht als 'Sohn Gottes', als wäre er einer dieser Halbgötter der Griechen oder Römer, die ihre Götter fortwährend mit den Menschen zeugen. Jeschua hat immer gesagt, daß nicht nur er, sondern wir alle Gottes Kinder sind. Und das werden sie auch mit ihrem Eid beschwören!"
Jeschua schwieg. Selbst in diesem Dunkel konnte ich sehen, wie es in ihm kämpfte – und wie er litt, wenn er an seine Schüler und Gefährten dachte. Er vertraute so wenig wie ich auf ihren plötzlichen Heldenmut. Dabei hätten sie früher, bevor er mit mir fortgehen wollte, wie Löwen gegen alle seine Feinde gekämpft, wenn er es nur zugelassen hätte. Dann sah ich die Lösung!
„Ich gehe zu ihnen und sage ihnen, daß du bei ihnen bleiben wirst. Ich sage ihnen, daß ich mich von dir trennen und zu meinem Ehemann zurückkehren werde. Wenn sie wissen, daß alles wieder so wird wie früher, werden sie für dich einstehen und die Wahrheit bekennen!"
„Es wird aber nicht mehr so sein wie früher. Ich werde nicht zu ihnen zurückkehren. Und du wirst nicht zu deinem Ehemann zurückgehen. Was für ein unsinniger Gedanke! Wir bleiben zusammen – und wenn ich hier wieder herauskomme, ziehen wir nach Nazrath oder lassen uns in einem anderen Ort nieder, wo uns niemand kennt. Und wir werden zusammenleben, wie wir es beschlossen haben."
„Aber das ist es doch!" rief Mariam, „warum sagt ihr das nicht den Priestern? Das einzige, was sie fürchten, ist doch nur, daß du das Volk gegen sie und die Römer aufhetzt. Wenn du ihnen versprichst, daß du nicht mehr öffentlich lehren und nur noch für dich und deine Familie

leben wirst, dann werden sie dich freigeben. Dann bist du keine Bedrohung mehr für sie!"
„Selbst wenn ich mich in dieser Weise verpflichten wollte, müssen sie sich noch lange nicht darauf einlassen. So wie ich ihre angstverwinkelten Gedankengänge kenne, werden sie darin nur eine Taktik sehen: Ein Versprechen, um mich freizukaufen, das ich nicht länger als einen Tag nach meiner Freilassung halten werde. Wer bürgt ihnen dafür, daß ich nicht doch wieder anfange zu lehren? Niemand. Nicht einmal ich selbst. Auch wenn ich jetzt nichts anderes möchte, als mit Mirjam das Leben eines Mannes und Familienvaters zu führen, will ich mir nicht für alle Ewigkeit selbst den Mund verschließen! Und glaubt nicht, daß der Fall für sie abgeschlossen wäre, selbst wenn sie mich auf mein Versprechen hin freiließen. Sie würden mir Spitzel auf den Hals hetzen. Jedes Wort müßte ich im Munde dreimal herumdrehen, bevor ich es ausspreche! Ständig müßte ich mich fragen und prüfen: Ist das schon eine verbotene Predigt oder noch ein offenes Wort unter Verwandten und Nachbarn? Und was darf ich meinen Kindern sagen? Darf ich sie noch zu ihrem eigenen Erleben und Denken ermutigen, oder muß ich sie den Priestern und Pruschim überlassen, die ihnen den alten Unsinn beibringen – und ihre Angst? Werden wir dann nicht bald selbst in dieser Angst leben? Ein einziges offenes Wort, und man wird mich, den Ernährer der Familie, ins Gefängnis werfen. Wirst du mich dann nicht vorwurfsvoll anschauen, weil ich so unbekümmert und unvorsichtig dahergeredet habe? Wird die ständige Angst vor einer Verhaftung uns nicht entzweien, werden nicht in dieser Angst Zank und Streit unsere Liebe wie Unkraut überwuchern?"
„Nein", rief ich, „einen solchen Handel einzugehen heißt bei lebendigem Leib zu sterben."
„Aber was werden sie dann mit dir tun?" rief Mariam. „Wenn deine Schüler gegen dich aussagen und du den Priestern kein Versprechen geben willst, was werden sie tun?"
„Sie werden mich wegen Gotteslästerung anklagen – und wenn sie mich schuldig sprechen, werde ich gesteinigt."
Mariam und ich schauten ihn entsetzt an. Ganz ruhig und klar hatte er es gesagt. Und wir wußten, es war die Wahrheit. Und schlimmer noch: Wir wußten, so würde es kommen!
Schließlich stammelte Mariam: „Aber können wir denn gar nichts tun? Sie können dich doch nicht wegen der paar dummen Worte von Jehuda steinigen!"
Plötzlich kam mir ein Gedanke. „Vielleicht können wir erreichen, daß die Sache nicht nur vor dem Sanhedrin, sondern auch vor einem römischen Gericht verhandelt wird. Wenn sie ihn zum Tode verurteilen

wollen, muß das doch von einem römischen Gericht entschieden werden! Da hat der Sanhedrin gar nichts zu sagen! Und den Römern sind unsere Glaubensstreitigkeiten völlig egal. Sie lachen doch nur noch über unsere theologischen Querelen. Und die ganze römisch-griechische Welt hat unsere endlosen Forderungen nach Rücksichtnahme auf die Besonderheiten unserer Religion mehr als satt. In ihren Augen sind wir nur Faulenzer und Drückeberger, wenn wir alle sieben Tage unsere Arbeit niederlegen und uns weigern, dem Caesar Soldaten zu stellen. Und sie halten uns für Narren, wenn wir ständig auf unseren einzigen, unsichtbaren Gott verweisen, der es uns verbietet, dem göttlichen Caesar im Beit HaMikdasch zu opfern und seine Standbilder aufzustellen. Der Präfekt Pontius Pilatus hat den Priestern sicher noch nicht verziehen, daß er die Legionsadler mit dem Bild des Tiberius aus Jeruschalajim entfernen mußte. Warum sollte er ihnen nicht einen Denkzettel verpassen und ihnen die Beute entreißen wollen? Und wenn er ein vernünftiger Mann ist, mit dem sich reden läßt, wird er ein Todesurteil gegen Jeschua gar nicht erst zulassen. Man muß ihm nur klarmachen, daß du nie gegen die römische Besatzung das Wort geführt hast und daß du auch nie zu einem Aufstand aufrufen wirst. Und das ist ja auch die Wahrheit!"
Mariam ergriff freudestrahlend meine Hand.
„Mirjam, du bist wunderbar! Gleich morgen gehen wir zu dem römischen Statthalter und erklären ihm die ganze Sache. Dann wird er sie an sein Gericht ziehen!"
Ich suchte Jeschuas Augen, denn er schwieg. Aber er lächelte mich an – mit einem Lächeln, das mich Gefängnis, Hinrichtung und Tod vergessen ließ.
„Wenn deine Augen so leuchten wie jetzt, wird niemand dich aufhalten. Der Statthalter von Jehuda, wer er auch sein mag, wird dir zu Füßen liegen! Wie ich! Wie schön du bist, Mirjam!"
„Nur weil deine Liebe mich schön macht", sagte ich. Wir sahen uns lächelnd in die Augen und küßten uns. Wie nah, wie vertraut wir einander waren! Wir benutzten die Worte der Liebenden und wußten, daß Ozeane voll solcher Worte nicht ausreichten, um das auszudrücken, was zwischen uns schwang. Kann es ein größeres Glück geben als das: zu wissen, daß man für den, den man liebt, genauso unendlich wichtig ist, wie er für einen selbst? Ein Gewebe aus tausend lebendigen Fäden verband uns und ließ uns ahnen, ja wissen, was im anderen vorging. Selbst in den Tagen, als wir getrennt waren, spürte ich, wenn er an mich dachte. Und ich wußte, daß er es fühlte, wenn meine Gedanken bei ihm waren. Wir waren miteinander vertraut, wie ich es niemals mit meinen Eltern gewesen war – auch nicht

als kleines Kind mit meiner Mutter. Es war, als gäbe es keine Schranken zwischen uns. Als wären unsere Körper nicht einzeln und getrennt, sondern flössen ineinander.
Am nächsten Tag standen Mariam und ich, gekleidet in unsere besten Gewänder, vor dem Palast des römischen Statthalters von Jehuda. Ich war sicher, daß wir beide Eindruck machen würden. Im übrigen hatte ich noch Geld aus der Schatulle meines Vaters bei mir, um die Wachen und Diener – falls notwendig – freundlich zu stimmen. Mit dem Präfekten würde ich schon zurechtkommen. Mariam war eine würdige, noch schöne Matrone. Selbst einem kalten Römer würde die liebende, besorgte Mutter das Herz erweichen, wenn sie in einer solch edlen Erscheinung vor ihm stand.
Ich trat zu den Wachen mit der Gelassenheit der Tochter einer angesehenen und reichen Familie, die gewohnt ist, daß man ihren Wünschen auf der Stelle nachkommt. Ich sprach nicht lauter oder herrischer als andere. Ich klimperte nicht einmal besonders mit dem Geld. Das tun nur die unerfahrenen Emporkömmlinge. Ich sprach einfach mit der selbstverständlichen Erwartung, daß man mir gehorchen würde – denn das allein ist das entscheidende –, und so geschah es auch. Wir hatten Glück. Der Präfekt Pontius Pilatus geruhte, an diesem Tag in Jeruschalajim, in seinem Palast zu weilen. Er war auch nicht auf der Jagd, nicht in einer Versammlung und auch nicht bei einem Ringkampf oder im Bad. Er hielt seine ganz gewöhnliche Morgenaudienz, und wir wurden ohne Schwierigkeiten vorgelassen.
Er war ein großer, schwerer Mann mit dicken Tränensäcken unter den Augen. Dabei war er noch jung. Nicht älter als Jeschua! Aber seine Augen waren die eines alten Mannes, der schon zuviel von der Welt gesehen hat und nichts mehr von ihr erwartet. Seine dünnen Locken klebten auf seinem runden Schädel. Seine Haut war schlaff und fahl – offenbar trank er zuviel und vergnügte sich mit Frauen, ohne sie zu lieben und in der Liebe Erfrischung zu finden. Seine Stimme war kräftig und tief, aber gänzlich ohne Interesse und Feuer. Er hörte sich die Bittgesuche mit derselben Gleichgültigkeit an, mit der er sie beschied. Seine zur Schau gestellte herrscherliche Langeweile lag schwer und drückend auf der ganzen Versammlung und schien den Bittstellern die Luft zum Atmen zu nehmen. Kurzatmig stotternd bemühten sie sich, ihr Anliegen so kurz und knapp wie möglich vorzubringen, und gaben sich mit der erstbesten Antwort zufrieden.
Ein kleiner Händler, dem von römischen Soldaten übel mitgespielt worden war – sie hatten unter nichtigen Vorwänden seinen Laden und seine Vorräte geplündert –, wandte sich zitternd ab, als Pontius Pilatus die ganze Schuld ihm selbst zuschob. Er hätte die tapferen

Krieger mutwillig gereizt. Der arme Mann wagte nicht zu widersprechen, obwohl jeder, auch der Präfekt, sah, daß es sich um einen ehrlichen, einfachen Menschen handelte, dem es nie einfallen würde, die Soldaten der Obrigkeit zu einem Streit herauszufordern.
Mariam und ich sahen uns an, als der Händler aschgrau und völlig benommen zum Ausgang wankte. Er hatte nicht nur den Schaden davongetragen, man hatte auch sein Recht und seine Aufrichtigkeit verhöhnt. Ich dachte an Jeschua im Gefängnis, und für einen kurzen Moment überfielen mich Zweifel und Angst. Bei diesem boshaften, gelangweilten Römer wollte ich Hilfe finden?
Aber als man uns aufrief, verschwanden alle Sorgen und Ängste. Ich trat vor – als die befehlsgewohnte Tochter meiner Eltern – und als eine Frau, die liebt. Als ich Pontius Pilatus ansah, und seine müden, kalten Augen wie aus weiter Ferne auf mir ruhten, empfand ich nichts als Mitleid für diesen Mann, der von dem Kostbarsten, das uns das Leben schenkt, nichts wußte und darum so müde war. Ich mußte ihn länger als ziemlich angeschaut haben. Denn plötzlich hoben sich seine Lider, sein kalter Blick richtete sich voll und starr auf mich. Er sah mir forschend in die Augen.
„Du hast keine Angst vor mir", sagte er langsam und verwundert. „Was willst du von mir, Frau?"
„Bitte schicke alle diese Leute weg, damit ich frei zu dir sprechen kann."
Es war frech und unerhört, was ich da sagte. Aber es tat seine Wirkung. Sein Schreiber verdrehte entsetzt die Augen, sein Leibwächter trat drohend einen Schritt vor, und unter den übrigen Bediensteten und Bittstellern brach heftiges Gemurmel und Geflüster aus.
„Glaubst du, daß du mir etwas so Wichtiges zu sagen hast, daß niemand es hören darf? Glaubst du, jeder Bittsteller könnte so einfach daherkommen und um eine Privataudienz bitten?"
„Nein, natürlich nicht. Ich bin ja auch heute die erste, die darum bittet. Und wenn es darum geht, daß dem Imperator Caesar die Zuständigkeit in einem Hochverratsprozeß entzogen wird, dann ist es wohl wichtig genug für eine Privataudienz."
Ich hatte den Statthalter ins Mark getroffen. Er fuhr hoch, so lebendig und schnell wie eine Schlange, die gleich zustoßen wird.
„Was redest du da? Wer will dem Caesar Zuständigkeiten entreißen? Von welchem Hochverrat sprichst du?"
„Ich kann erst frei reden, wenn ich mit dir allein bin."
Er war noch immer mehr als skeptisch. Aber ich hatte seine Neugier und auch sein Pflichtgefühl geweckt. Er war im Land Jehuda der Stellvertreter des Caesar. Und an dessen Herrschaft durfte nicht ge-

rüttelt werden. Mit einer Handbewegung schickte er alle hinaus – selbst seinen Leibwächter, seine Soldaten und seinen Schreiber.
„Jetzt rede, und wehe, du kommst mir mit irgendwelchen läppischen Kleinigkeiten wie alle anderen. Die sind wenigstens bescheiden und glauben nicht, daß ich nur dazu da bin, mich mit ihren banalen Beschwerden und Streitereien abzugeben. Ich lasse dich auspeitschen, wenn du mich zum Narren hältst!"
Ein Schauder überlief mich bei seinen kalten Worten. Dann schüttelte ich mich und dachte an Jeschua und an seine Liebe. Was konnte mich dieser Mann in seiner weißen Toga noch ängstigen oder einschüchtern! Schließlich war er ein Mensch wie alle anderen auch – und Jeschua saß im Gefängnis.
„Der Sanhedrin hält einen Rav gefangen, der wegen Gotteslästerung angeklagt werden soll. Die Priester und Rabbanim werfen ihm aber auch vor, zum Aufstand gegen die Römer aufzurufen. Eine solche Anklage fällt meines Wissens allein unter die römische Gerichtsbarkeit. Die Priester haben jedoch nicht vor, ihn dem römischen Gericht zu übergeben, denn er ist unschuldig. Unschuldig in beiden Punkten. Vor deinem unbestechlichen Gericht, edler Pontius Pilatus, würde seine Unschuld erwiesen. Und das wollen sie verhindern. Darum klagen sie ihn vor dem Sanhedrin wegen Aufruhrs an, ohne Euch davon in Kenntnis zu setzen."
„Dieser Rav – ist das dein Mann?" Er fragte vorsichtig lauernd.
„Nein, aber ich liebe ihn. Und das hier ist seine Mutter."
„Aha." Er lehnte sich zurück. Ich wußte, was er dachte: Zwei Frauen, die sich an jeden Strohhalm klammern, um ihren Mann, Bruder oder Sohn zu retten! Frauen und Liebe – etwas anderes haben sie nicht im Sinn! Wie recht er hatte! Nur glaubte er, daß die Sache damit erledigt wäre.
„Bevor du mich wegschickst oder auspeitschen läßt, weil ich deine Aufmerksamkeit über Gebühr in Anspruch genommen habe, bedenke, daß ich zwar für einen einfachen und in deinen Augen unbedeutenden Rav spreche, den wir lieben und der unschuldig ist. Aber als Statthalter des Caesar ist es deine Pflicht, darauf zu achten, daß das Recht gewahrt wird. Und was würde wohl der Caesar in Rom sagen, wenn er erführe, daß dir die jüdischen Priester einen Hochverratsprozeß aus der Hand gewunden haben? Muß er nicht annehmen, daß du dich gegen ihn verschworen hast und nun gemeinsame Sache mit uns Juden machst?"
„Du bist doch Jüdin, nicht wahr?" Er schaute mich prüfend an. Zum ersten Mal musterte er meine ganze Erscheinung, meine Kleidung. Dann wanderte sein Blick zu Mariam.

Was für eine Frage! Als ob ich noch wüßte, wer und was ich war! Konnte ich mich noch Jüdin nennen? Fühlte ich mich überhaupt noch als Jüdin? Aber hier war nicht der Ort und nicht die Zeit, die Frage zu klären, zu welchem Volk und zu welcher Religion ich noch gehörte.
„Ja, ich bin als Jüdin geboren – und Mariam auch."
„Dann sag mir doch, wie es kommt, daß eine Jüdin zum römischen Präfekten geht, um ihn vor den Machenschaften der jüdischen Priester zu warnen? Du kommst zu mir, einem Goj – so nennt ihr uns doch –, um mich gegen dein eigenes Volk und deine eigenen Priestern einzunehmen. Bei uns nennt man so etwas Hochverrat. Was hast du dazu zu sagen, Frau?"
„Ich verrate weder mein Volk noch unsere Priester. Ich versuche nur, einen unschuldigen Menschen vor dem Tod zu retten."
„Und dafür scheint dir jedes Mittel recht zu sein ..."
„Es geht um ein Menschenleben und um die Wahrheit. Wenn sie im Sanhedrin die Wahrheit hören und nach ihr urteilen wollten, stünde ich nicht vor dir. Es geht ihnen in diesem Fall nicht um Gerechtigkeit. Sie sind nur auf ein politisches Urteil aus. Jeschua hat ihnen zu oft unbequeme Wahrheiten ins Gesicht gesagt, als daß es eine Rolle spielte, daß er in diesem Fall unschuldig ist. Denn er wird für einen anderen angeklagt, der an seiner Stelle und in seinem Namen zum Aufruhr aufgerufen und gotteslästerliche Reden geführt hat."
„Und warum sollte ich Interesse an dieser Wahrheit haben? An der Wahrheit und Unschuld eines dahergelaufenen Wander- und Wunderrabbi, der das Volk in Verwirrung stürzt, der gegen die Priester hetzt und damit gegen die Ordnung und gegen Rom?"
„Also hat man dich doch in Kenntnis gesetzt!" Ich schluckte etwas, suchte nach einer Antwort für seine Frage. „Vielleicht mußt du dich auch nicht für die Wahrheit und seine Unschuld interessieren. Aber willst du das Recht und die Entscheidungen in Jehuda den Priestern und Rabbanim überlassen?"
Jetzt schluckte er. Er stützte sich mit den Armen auf den Sessel und richtete sich gerade auf. Zum ersten Mal bewegte er seinen schweren Körper.
„Erzähle mir, weshalb sie ihn anklagen und weshalb er deiner Meinung nach unschuldig ist. Aber fasse dich kurz und sprich klar."
Die Gedanken rasten in meinem Kopf. Das war der Moment, auf den ich gehofft, auf den ich alles gesetzt hatte. Ich holte tief Luft und begann. Ich sprach ruhig, klar, anschaulich und deutlich – und so knapp, daß ich bei ihm kein Anzeichen von Ungeduld oder Langeweile entdecken konnte. Als ich fertig war, räusperte sich Mariam und bekräftigte meine Worte. Es war das erste Mal, daß sie das Wort ergriff. Sie

sprach ganz schlicht und einfach. Vielleicht war die Wirkung ihrer Worte darum um so stärker.
„Herr, es ist alles so, wie Mirjam gesagt hat. Jeschua will das öffentliche Lehren aufgeben und als einfacher Handwerker und Familienvater leben. Er kam nur seiner Schüler zuliebe noch einmal nach Jeruschalajim, um mit ihnen den Abschied zu feiern. Und in ihrer Unwissenheit und in ihrem Schmerz haben sie dieses törichte Spiel der Verwechslung gespielt. Jetzt sind sie vor Angst wie gelähmt und wissen nicht, wie sie das Spiel beenden sollen, ohne ihren Kopf zu verlieren."
Pontius Pilatus schwieg lange. Die Ungewißheit lastete auf uns wie ein zu schwerer Gewichtsstein. Der Statthalter war selbst noch unschlüssig. Als er aber nach einem Seufzer tief Luft holte, wußte ich, daß wir gewonnen hatten. Alles, was jetzt noch von ihm kam, waren nur unbedeutende Scheingefechte, um unseren Sieg nicht zu glanzvoll ausfallen zu lassen. Ich würde seine Einwände leicht beiseiteschieben können.
„Du sagst, dein Rav will nicht mehr predigen. Aber sein Wort will er den Priestern auch nicht darauf geben. Warum sollte ich mehr Grund haben als eure Priester, ihm zu glauben?"
„Wenn er predigt, dann nur, um den Menschen zu helfen, innerlich frei zu werden und das Göttliche in allem und auch in sich selbst zu erkennen. Das gefällt den Priestern und Gelehrten nicht, die das Göttliche allein in den Geboten suchen und danach die Menschen lehren und lenken. Aber er hat noch nie gesagt, daß die Menschen keine Steuern an Rom zahlen sollen."
Seine Augen waren für einen kurzen Moment weit offen und starrten mich so durchdringend an, als wollten sie mich bis in den letzten Winkel der Seele erforschen. Fürchtete er, daß ich gekommen oder geschickt worden war, um ein Spiel mit ihm zu spielen, bei dem er nur der Spielstein, nicht aber der Spieler war?
„Die Menschen sollen frei werden, sagst du – oder vielmehr dein Rav. Heißt das aber nicht auch frei von Rom? Wird seine Freiheit sich nicht auch gegen Rom richten?"
Seine Frage traf ins Schwarze. Ich versuchte auszuweichen.
„Er wird niemals zum Kampf gegen Rom aufrufen – wie er übrigens auch nie zum Kampf gegen die Priester aufgerufen hat. Die Freiheit erkämpft man sich nicht gegen etwas. Glaubst du, die Menschen werden frei, wenn sie die Priester verjagen und Jeschua als Maschiach verehren und zum König Jehudas ausrufen? Wenn wir die Herrschaft Roms abschütteln, wird sich nur ein anderer an Roms Stelle setzen und die Menschen beherrschen. Es ist ziemlich gleichgültig, ob es ein

Römer oder ein Jude ist. Unter den Maqqavim waren die Menschen genausowenig frei wie heute. Wozu also gegen die Römer kämpfen! Wirklich frei ist man erst, wenn man die Mächtigen nicht mehr fürchtet. Dann spielt es keine Rolle mehr, wer die Macht hat – ob ein jüdischer Priester oder ein heidnischer römischer Präfekt, ob der römische Caesar selbst oder der König irgendeines unbedeutenden Landes. Jeschua will nicht die Mächtigen oben an der Spitze austauschen! Er will den Menschen zeigen, daß Macht und Herrschaft nicht das Eigentliche sind. Jede Herrschaft, egal ob man der stolze Mächtige ist oder der furchtsame Machtlose, macht uns geringer, als wir sind. Sie läßt uns vergessen, daß wir göttlich sind. Und das ist weit mehr. Macht gründet sich auf Angst vor dem Tod und vor dem Leiden. Die Liebe – und das ist das wahrhaft Göttliche in uns – fürchtet weder Tod noch Vergänglichkeit. Sie erträgt sogar Angst und Schmerz für den Geliebten."

Er hörte reglos zu. Ich holte tief Luft und fuhr fort.

„Du hast immer die Macht, einen Baum zu fällen, einen Menschen zu töten oder ein Kind unglücklich zu machen. Aber wo ist deine Macht oder die Macht Roms, einen Baum wachsen zu lassen, einem Menschen Leben zu schenken oder ein Lächeln auf das Gesicht eines Kindes zu zaubern? Diese Macht ist es, die uns glücklich macht und die uns Freude fühlen läßt. Und es ist diese Macht allein, die frei macht – ob unter jüdischer oder römischer Herrschaft!"

„Deine Worte klingen einem Verwaltungsmenschen wie mir lieblicher in den Ohren als das Säuseln der Äolsharfe. Bei Iuppiter – bitte entschuldige –, aber wer verwaltet, weiß, daß ein Land nur in Frieden gedeiht. Bäume müssen wachsen, Kinder geboren werden, Frauen lachen – der Handel muß blühen, und die Gelehrten müssen sich die Köpfe heißreden. Nur dann gibt es genug Weizen auf den Feldern, Oliven für die Ölpressen und Wein für die Krüge – und Steuern für den Caesar. Wenn dein Rav dies alles weiß, warum predigt er das nicht den Zeloten? Diese Hitzköpfe lauern uns tagtäglich hinter Straßensperren auf, sie überfallen unsere Wagenzüge, überall versuchen sie, Handel und Verkehr zum Erliegen zu bringen! Sie töten aus dem Hinterhalt unsere Soldaten und römische Kaufleute – und in ihrem blinden Haß schonen sie nicht einmal jüdische Reisende!"

„Die Römer reden erst wie Verwaltungsmenschen, wenn sie die anderen Länder unterworfen haben. Vorher ziehen sie mit Feuer und Schwert aus und machen jeden nieder, der sich ihnen entgegenstellt! Aber ..."

Mariams Nägel krallten sich in meine Hand. Wozu hatte ich mich fortreißen lassen! In einer Audienz bei dem Römer und Präfekten

Pontius Pilatus! Ich wußte, ich hätte das nicht sagen dürfen – nicht, wenn ich etwas von ihm wollte. Ein Bittsteller soll sich hüten, unangenehme Wahrheiten auszusprechen. Seine Augen funkelten mich kalt an, seine Lippen verzogen sich in spöttischer Abwehr. Aber er unterbrach mich nicht. Es war mir gelungen, sein Interesse zu wecken, und er genoß den Disput mit mir wie eine Katze, die mit einer Maus spielt und weiß, daß ihr Opfer nicht mehr entrinnen kann. Genüßlich abwartend beobachtete er unsere Verwirrung. Mein Trotz erwachte. Nein, so leicht wollte ich es ihm nicht machen.

„Rav Jeschua hat immer nur Gottes Liebe und Güte gelehrt. Auch den Zeloten. Aber sie hören nicht auf ihn! Sie verstehen ihn nicht, genausowenig wie die meisten Menschen! Nicht einmal seine Schüler haben ihn verstanden! Er hat eingesehen, wie sinnlos es ist, von Dingen zu sprechen, die sie nicht selbst sehen und verstehen. Wenn man das tut, entsteht nur Verwirrung. Es geht ihm wie einem Reisenden, der von fernen Ländern erzählt, die seine Zuhörer nie gesehen haben. Der eine versteht dies, der andere das. Der eine bezweifelt dies, der andere das. Und wenn der Reisende weitergezogen ist, fangen sie an, darüber zu streiten, wie es dort tatsächlich aussieht. Jeder tut so, als wenn er selbst dort gewesen wäre, und erzählt doch nur, was er selbst sich vorstellen und was er selbst glauben kann – und dann übertreibt jeder natürlich ein bißchen. Und schließlich gibt es ein vollkommenes Durcheinander, und der Streit wird immer heftiger. Und all das nur, weil kein einziger selbst die fernen Länder bereist hat. Würden sie allesamt dorthin aufbrechen, dann könnten sie sich durch eigenen Augenschein selbst davon überzeugen, was wahr und was unwahr ist. Aber so zerbrechen sie sich lieber die Köpfe über die Berichte des Reisenden und brechen niemals selbst auf. Darum hat Jeschua sich von seinen Schülern losgesagt, und darum will er auch nicht mehr öffentlich predigen."

„Aber du hast ihn offenbar verstanden. Hast du das alles von ihm gelernt?"

„Ich habe es mit ihm gelernt. Aber er hat es mich nicht gelehrt. Man kann es nur selbst erfahren."

„Jetzt redest du so dunkel wie einige dieser Griechen, die sich dem Kult von Eleusis verschrieben haben. Auch die Priester der ägyptischen Isis behaupten ja, daß sich die Göttin nur den Eingeweihten offenbart."

„Ich weiß zu wenig von den Eleusinischen Mysterien und den Kulten der Ägypter. Ich weiß nur, daß jeder diese Wahrheit erfahren kann, wenn er bereit ist zu lieben und sich hinzugeben."

Seine Augen wurden groß, gierig. „Also ist es so etwas wie der Kult der Astarte, wo sich die Frauen im Tempel jedem Fremden als dem Gott hingeben?"
Unwillkürlich mußte ich lachen.
„Warum sollen sich nur die Frauen hingeben? Warum sollen nicht auch die Männer lieben? Allerdings ist Jeschua der einzige Mann, den ich kenne, der sich in Liebe hingeben kann. Die anderen vor ihm ..."
Sein lüsterner Blick setzte mich in Verlegenheit. Er hatte mich völlig mißverstanden. Er musterte mich jetzt abschätzend – wie man das Zulächeln einer Frau mit lockeren Sitten abschätzt. Wenn ich weiter so verfänglich sprach, würde er bald von mir erwarten, daß ich ihn handgreiflich in der Kunst der Liebe und Hingabe unterrichtete. Ich mußte mich räuspern, um weitersprechen zu können.
„Herr, ich bin Witwe und war zweimal verheiratet, bevor ich Jeschua traf. Meine Gatten versicherten mir zwar, daß sie mich liebten, und ich glaubte ihnen damals, weil ich es nicht anders wußte. Aber im Grunde war ich in ihren Augen nicht viel mehr als ein Spielzeug, mit dem sie sich vergnügten und von dem sie ansonsten Gehorsam erwarteten. Aber das ist keine Liebe."
„Nein?" Er hatte sich wieder zurückgelehnt und zog spöttisch eine Augenbraue hoch. „Es ist wohl sehr schwer für euch Frauen, euch damit abzufinden, daß es für einen Mann etwas Wichtigeres gibt als seine Ehefrau."
„Und was ist für den Mann so wichtig?"
„Nun, sein Handwerk, seine Arbeit, der Staat, die Politik – alles Dinge, von denen ihr Frauen eben nichts versteht."
„Und wie kann ein Mann sein Handwerk verstehen, wenn er es nicht liebt? Wie kann er dem Staat dienen, wenn er ihn nicht liebt? Wie kann man Politik betreiben, wenn man die Menschen, denen sie dienen soll, nicht liebt? Ich sage dir, wenn du deine Aufgabe und Arbeit als Statthalter wirklich liebtest, würdest du nicht darauf achten, ob sie wichtig ist oder ob du damit Ehre oder Reichtum gewinnst, sondern du würdest sie tun, weil du sie liebst. Und du würdest nicht abwägen zwischen der Liebe zu deinem Amt und der Liebe zu deiner Frau. Du würdest sie beide lieben! Das Entscheidende ist nicht, was oder wen du liebst! Das Entscheidende ist, wie du liebst. Und man liebt erst wirklich, wenn man sich hingibt."
„Hingeben!" Verächtlicher konnte man ein Wort wohl nicht hinwerfen.
„Ja, Hingeben. Komisch – immer erwarten die Männer, daß sich die Frauen ihnen hingeben. Und anstatt ihre Hingabe mit ebensolcher

Hingabe zu beantworten, nehmen sie sie entgegen wie einen rechtmäßigen Tribut. Sie lassen sich die Liebe gefallen und fühlen sich dadurch als die Stärkeren und Mächtigeren."
„Natürlich. Der Mann muß stark sein. Wer sich hingibt, ist schwach. Darum lieben die Frauen auch besonders die starken Männer. Ist es nicht so?"
„Das mag wohl sein. Aber es ist ein Irrtum – auf beiden Seiten. Wer sich hingibt, gibt etwas. Der Gebende ist reich! Wer selbst nicht gibt, sondern immer nur nimmt, ist im Grunde arm. Nur Arme nehmen – sie haben nichts zu geben. Und ich glaube, die Männer, die die Liebe von ihren Frauen immer nur nehmen, aber niemals geben, sind in Wahrheit arm, sehr arm. Und insgeheim spüren sie es auch. Darum müssen sie immer mehr nehmen und nehmen. Und sie schauen nach anderen Frauen und nehmen auch deren Liebe. Sie heimsen sie ein wie ein siegreicher Kämpfer seine Trophäen."
„Sehr richtig, und die Frauen lieben am meisten den Mann, der der Beste ist. Im Sport, im Kampf, in der Politik – und in der Liebe!"
„Er weiß überhaupt nichts von der Liebe. Er rennt immer nur den Trophäen nach und vergleicht sich mit den anderen Männern. Haben die anderen mehr, haben sie weniger? Und immer müssen sie sich bedroht fühlen. Denn immer könnte ein anderer kommen, der mehr Trophäen vorweisen kann. Immer haben sie Angst, als Versager dazustehen. Noch nicht einmal so sehr vor den Frauen – die sind ja nicht so wichtig –, aber vor den anderen Männern, die erfolgreicher sind! Aber wer sich vergleicht, macht sich gering."
„Gering?"
„Sicher. Jeder von uns ist vollkommen in seiner Einzigartigkeit. Wer vollkommen ist, braucht sich nicht zu vergleichen. Aber das weiß und erfährt man erst, wenn man wirklich liebt."
„Du bist schön und klug – vielleicht zu klug für eine Frau."
Er blinzelte mich herausfordernd an. Der alte Trick. Wenn ihnen an einer Frau etwas nicht paßt, sagen sie, daß sie keine richtige Frau ist. Nur konnte ich ihm das nicht so unverblümt ins Gesicht sagen.
„Manchmal denke ich, daß ihr – daß die meisten Männer – in einer Frau nicht mehr sehen wollt als in einem Pferd. Sie soll schön und gesund sein, starke Söhne und schöne Töchter gebären, sie soll sanftmütig und gehorsam sein – und ihre Klugheit soll sich darauf beschränken, das zu erraten, was der Mann von ihr wünscht, und darüber keinen Geistesblitz mehr! Bloß keinen eigenen Kopf haben!"
Er lachte. „Ich würde dich gerne handzahm machen! Aber dein Rav würde das wohl nicht mögen. Er läßt dir ja sogar deinen Dickkopf!"
Jetzt war es an mir zu lachen.

„Dafür bleibt es für ihn spannend. Oder interessiert dich noch die Frau oder das Pferd, deren Willen du gebrochen hast?"
Wieder ein langer Blick.
„Und dein Rav liebt dich also. Er weiß, was Hingabe und Liebe ist. Was oder wen liebt er denn noch?"
„Er liebt alles, was ist – den Wind, die Sonne, die Nacht, den Sand unter seinen Füßen, er liebt die Menschen, die Pflanzen, die Tiere. Und weißt du auch, warum? Weil sich in allem und jedem das Göttliche offenbart. Man braucht keinen Gott im Himmel oder auf dem Olympos. Wenn man nur seine Augen öffnet und liebt, dann erkennt man das Göttliche in allem! Im Sandkorn, im Wurm, im Sklaven, in der Muße und beim Arbeiten, in seiner Frau oder in seinem Mann, in einem Juden und in einem Römer!"
„Danke für den Römer. Aber die Lehre deines Rav scheint wirklich gefährlich zu sein. Wenn wir keine Götter im Himmel brauchen, brauchen wir auch keine Priester mehr! Langsam fange ich an zu verstehen, warum eure Priester ihn so hassen! Unsere würden ihn auch hassen! Er macht sie überflüssig!"
„Das ist es ja! Deshalb wollen sie ihn um jeden Preis verurteilen! Deshalb benutzen sie seine Schüler, um ihm Dinge in den Mund zu legen, die er nie gesagt und nie gemeint hat!"
„Und im Grunde sind seine Schüler auch nur deshalb auf ihn wütend, weil er sie ebenfalls überflüssig gemacht hat, nicht wahr? Sie würden gerne weiter das Volk belehren und zum Glück führen! Nur deshalb spielen sie ihn den Priestern in die Hände, gegen die sie vorher mit deinem Rav gekämpft haben. Ist es nicht so?"
„Ja." Es war unglaublich – er verstand. Er verstand, worum es Jeschua und worum es den Priestern und den Schülern ging!
Ich blickte dankbar zu ihm auf – und erstarrte zur Salzsäule. Der Statthalter krümmte sich in seinem Sessel. Sein Gesicht war schmerzverzerrt, er rang nach Luft.
„Um Gottes willen, Herr, was fehlt dir – können wir etwas für dich tun?"
Mariam und ich sprangen zu seinem Sessel und wollten ihm helfen, sich aufzurichten. Sein schwerer Körper zuckte und bebte und glitt aus unseren Händen. Ich wandte mich schon zur Tür, um nach einem Arzt zu rufen, da öffnete sich sein Mund zu einem Röcheln:
„Nein, nein, es ist ja gut." Und dann lachte er – lachte und lachte. Sein Körper tanzte auf und ab wie ein schlingerndes Schiff auf stürmischen Meereswogen. Er warf sich vor und zurück, krümmte sich seitwärts, hielt sich das Zwerchfell. Aus seinen Augen liefen die Tränen wie Bäche, sein Mund war so weit aufgerissen, daß ich das Zäpfchen

auf und niederhüpfen sah. Und Pontius Pilatus lachte und lachte. Er rülpste, schluckte, röchelte, kicherte, keuchte, brüllte, winselte, hechelte, schnappte nach Luft, um weiterzulachen. Er schlug sich mit den Händen auf die Schenkel, er stampfte mit den Füßen, sein Bauch hüpfte und kollerte – und wenn sein Blick auf unsere verblüfften und verständnislosen Mienen fiel, entlud sich wiehernd und brüllend eine neue Lachsalve.

Ich weiß nicht, wie lange dieses Schauspiel vor uns ablief. Ich spürte nur, wie mein Gesicht versteinerte. Stumm und reglos warteten wir ab, bis seine Lachanfälle nachließen und endlich ganz aufhörten.

Schließlich lag er erschlafft und erschöpft in seinem Sessel. Er wischte sich befriedigt Augen und Nase.

„Du weißt nicht, warum ich so gelacht habe?“ fragte er – und gab sich selbst die Antwort. „Nein, natürlich nicht, sonst hättest du mitgelacht. Vielleicht aber auch nicht. Für dich und deinen Rav ist es vermutlich nicht so komisch!“

„Herr, ich verstehe nicht. Willst du nicht geruhen, uns deinen Spaß zu erklären?“

„Schade, daß du es nicht selbst gesehen hast“, begann er. „Aber dann wäre es auch nicht so komisch gewesen. Dein Rav lehrt also, daß jeder Gott selbst erkennen kann und daß man keine Priester als Vermittler braucht? Und warum hat er dann Schüler um sich geschart? Warum hat er sie in die Städte und Dörfer ausgeschickt? Hat er sie nicht darum gelehrt, daß sie später selbst Verkünder und damit Priester seiner Wahrheit werden sollten?“

Er fing wieder zu lachen an – keuchend, nur noch erschöpft schnaufend. Es war ein Lachen, geboren aus dem Willen, das Lachen noch einmal zu erzeugen und zu genießen, wenn es schon nicht mehr von selbst aufsteigt.

„Es war ein Fehler von ihm. Aber er hat ihn erst jetzt erkannt. Deshalb hat er sich von ihnen getrennt. Deshalb hat er sie nach Hause geschickt.“

„Aber offensichtlich lassen sie sich nicht mehr von ihm nach Hause schicken! Die neuen Priester haben Blut geleckt und gehorchen ihrem Meister nicht mehr! Sie wollen und sie werden Priester bleiben – lieber opfern sie ihren Meister den alten Priestern!“

„Aber wenn Jeschua sie verläßt und ihre falschen Lehren widerruft, wenn er vor allen verkündet, daß er nicht der Maschiach ist, wenn er nicht mehr öffentlich wirkt, dann können sie auch nicht mehr Priester sein. Was sollten sie dann noch lehren? Sie wollten doch nur die Lehre ihres Rav und Maschiach verbreiten!“

Er fing wieder an zu lachen, allerdings nicht mehr so überquellend, überbordend – fast gemütlich und voll nachsichtiger Geduld für die begriffsstutzige Bittstellerin.
„Hast du immer noch nicht begriffen, daß Priester keinen Deut an ihrem Gott oder an der Wahrheit interessiert sind? Priester lehren, um zu lenken und zu herrschen – und was sie lehren, von wem und worüber, ist ihnen völlig gleich! Glaubst du denn, unsere Priester interessieren sich für die Wahrheit der Götter? Vielleicht für die des Iuppiter und der Venus. Nein, je ferner und unzugänglicher ihre Götter sind, um so lieber sind sie ihnen. Sie lieben die dunklen Orakelsprüche. Um so leichter können sie dem Volk erzählen, was ihnen gerade richtig und gut erscheint – und was ihnen Opfer bringt! Und ich sage dir und deinem Rav eines: Ist einmal in einem Menschen der Priester geweckt, wirst du ihn nicht mehr los! Eher verrät er seinen Gott und wendet sich einem anderen zu. Ich sage sogar noch mehr: Da, wo es Priester gibt, gibt es keinen Gott mehr. Sie treiben das Göttliche aus jedem Winkel, aus jeder Ritze. Denn wenn die Götter noch sichtbar und erkennbar wären, könnte sie ja jeder selbst um Hilfe bitten! Dein Rav hat eine neue Brut von Priestern herangezüchtet – glaube bloß nicht, daß er noch ihr Herr und Meister ist. Ich sage dir und ihm: Sie haben durch ihn etwas Neues zu predigen gelernt. Und sie werden alle Unzufriedenen an sich ziehen und ihnen weismachen, daß das Böse und alle Übel der Welt durch ihre neue Lehre besiegt werden können. Sie werden Unfrieden stiften – so wie sie jetzt schon deinem Rav den Krieg erklärt haben. Dein Rav mag lehren, daß die Menschen sich selbst ändern und selbst lieben sollen. Seine Schüler werden lehren, daß die anderen sich ändern sollen und sie, die Priester, lieben sollen. Sie werden gegen die alten Priester wettern und gegen Rom. Und wenn sie genug Unzufriedene finden – und davon gibt es ja in unseren Zeiten mehr als genug –, dann werden sie auch genug eifrige Schüler finden und immer neue Priester heranziehen.
Du siehst, wie recht der Hohepriester hat, daß er einem so gefährlichen Mann mit einer gefährlichen neuen Lehre und gefährlichen neuen Priestern den Prozeß macht. Ich fürchte nur, daß es schon zu spät ist. Dein Rav allerdings ist nicht mehr so gefährlich. Die eigentliche Gefahr sind seine Schüler, die neuen Priester! Der Hohepriester ist etwas beschränkt, daß er *diese* Gefahr nicht erkennt. Aber der Betrüger erkennt nicht den Betrüger vor sich. Er glaubt noch, er könnte sich der Schüler bedienen."
„Wenn du den Prozeß an dich ziehst und Jeschua freisprichst, so kann und wird er sich öffentlich von seinen Schülern lossagen. Er wird den

Menschen sagen, daß sie nicht in seinem Namen sprechen. Er wird sie als Verräter bloßstellen. Welche Macht bleibt ihnen dann noch?"
„Ich fürchte nur, daß es für einen Freispruch schon zu spät ist."
„Dann willst du ihn nicht retten, sondern den Priestern überlassen?"
„Vielleicht wäre es das klügste. Priester wissen am besten, wie man mit Priestern umgeht."
„Aber eben sagtest du, der Hohepriester sei ..."
„Ja, sicher – er ist ein alter Trottel. Er hätte deinen Rav und seine Schüler gar nicht so lange herumziehen und ihre Lehren offen verbreiten lassen dürfen. Ich überdenke nur alle Möglichkeiten."
„Und Rom? Die Zuständigkeit des Caesar für einen Hochverratsprozeß?"
„Du sprichst vom Caesar und willst mich nur benutzen, wie der Hohepriester die Schüler deines Rav jetzt gegen ihn benutzt. Hältst du mich für so dumm, daß ich das nicht merke?"
Er beugte sich scherzhaft drohend vor. Er spielte immer noch. Die fette Katze genoß das Spiel mit der kleinen Maus.
„Wenn du sagst, daß es zu spät ist, dann ist es doch für dich unerheblich, ob Jeschua verurteilt wird oder nicht. Die Hauptgefahr siehst du doch in seinen Schülern, seinen angemaßten Priestern. Dann kannst du ihm auch das Leben retten – und den alten und den neuen Priestern ein Schnippchen schlagen. Dadurch wird sich für dich nichts ändern."
„Dein Rav hat eine sehr beredte Fürsprecherin – und eine sehr schöne dazu. Ich sehe, du zitterst um ihn. Und doch hast du keine Angst vor mir. Muß er es sein, den du liebst?"
Ein Strom eisiger Kälte kroch in mir hoch. Wenn ich es wagte, ihn abzuweisen, was war Jeschuas Leben dann noch wert?
„Ja, ich liebe ihn. Du kannst mich oder ihn deswegen töten lassen. Ich liebe das Leben, aber nicht um jeden Preis! Entweder mit ihm – oder gar nicht." Nicht ich sprach – etwas sprach aus mir. Ich weiß nicht, wer oder was. Es kam von selbst und ganz natürlich. Und das erstaunliche war, daß Pontius Pilatus dieses Bekenntnis ganz gelassen hinnahm.
„Nicht gleich so dramatisch. Es war mir nicht so ernst. Ein Spiel der Gedanken. Du hast so viel von Liebe geredet, daß mir der Mund wäßrig geworden ist. Aber ich fürchte, wenn ich dich gegen deinen Willen nehme, verwandelst du dich in meinem Bett in eine Tigerin. Es gibt bei Euch doch eine Geschichte von einer Frau, die einem feindlichen Feldherrn den Kopf abgeschlagen hat ..."
„Jehudith und Holofernes", warf ich ein.
„Ja, das mögen sie sein. Ich möchte jedenfalls nicht das Schicksal dieses Feldherrn teilen."

Ich lachte, und er fiel ein. Ich fühlte mich wieder frei – als wehte eine frische Brise durch den Raum.
„Du hast wirklich keine Angst! Das macht dich gefährlich und faszinierend. Vielleicht ist auch dein Rav so gefährlich und faszinierend. Wie kann Rom Menschen beherrschen, die keine Angst mehr haben? Was wird dann aus Rom?“
„Vielleicht braucht Rom dann keinen Caesar mehr – und keine Soldaten. Vielleicht wollen die Römer dann selbst diese Art von Macht nicht mehr. Vielleicht wollen sie dann einfach nur glücklich sein und leben. Vielleicht ist ihnen dann ein Lied, ein Vers, ein Bauwerk wichtiger als ihre Kriegskunst.“
„Damit wir so werden wie die Griechen? Zügellos, gewissenlos – bereit, jedem unsere Seele zu verkaufen? Mit einem letzten Rest hochmütiger Überlegenheit Schwert und Schild jedes barbarischen Eroberers küssen, dem es gerade einfällt, uns zu überrennen? Im Osten warten die Parther und andere kriegerische Stämme nur darauf, daß Rom schwach wird.“
„Wenn die Römer einmal frei von Angst sind, kann kein Eroberer sie beherrschen. Und wenn sie erkennen, daß das Leben ein kostbares Geschenk ist und viel zu wertvoll, um es durch Kampf und Krieg zu vergeuden, dann werden auch sie nicht mehr einreißen, sondern aufbauen, und Leben und Wachstum fördern, anstatt zu töten.“
„Du sprichst wie eine Träumerin. Und wenn das die Lehre deines Rav ist, dann ist auch er ein hoffnungsloser Träumer. Vielleicht *ist* er gefährlich – aber erst in Hunderten von Jahren. Jetzt hat Rom nichts von ihm zu befürchten. So schnell legen die Menschen nicht ihre Angst ab! Sag deinem Rav, ich helfe ihm unter einer Bedingung: Ich ziehe den Prozeß an mich und lasse ihn die Wahrheit sprechen, wenn er anschließend dieses Land verläßt. Du und seine Mutter und alle, die ihm nahestehen, können natürlich mit ihm gehen. Aber ich möchte ihn nicht mehr auf römischem Boden sehen, wenn die Lust zu Predigen wieder bei ihm durchbricht. Heißt es nicht: Die Katze läßt das Mausen nicht, auch wenn sie es dem Gott verspricht? Geht zu den Barbaren oder wohin ihr sonst wollt. Da ihr keine Angst vor den Mächtigen habt, dürfte dies keine zu beschwerliche Auflage sein.“
Er lehnte sich zurück und wartete auf meine Reaktion. Ich stand still und nickte nur leicht mit dem Kopf.
„Ich werde Jeschua von deiner Entscheidung unterrichten. Er wird sicher damit einverstanden sein, das Land zu verlassen. Ich danke dir für deine Großmut.“
Er gab noch kein Zeichen, daß wir entlassen waren. Also warteten wir. Dann sagte er langsam und mit einem boshaften Grinsen:

„Ich werde ihn am Leben lassen. Damit er sieht, was seine Schüler und künftigen Priester aus seiner Lehre machen. Vielleicht jagt ihm das die Angst ein, die Rom ihm nicht einflößen kann. Ihr könnt gehen."
„Was für ein merkwürdiger Mann", sagte Mariam, als wir draußen waren. „Ihm ist nichts heilig. Nicht einmal seine eigenen Götter."
„Ja, und wenn er uns hilft, dann nicht, um der Gerechtigkeit zu dienen, sondern um seine Rachsucht zu befriedigen."
„Am Schluß hat er mir richtig Angst gemacht."
„Mir auch." Ich warf den Kopf hoch und schüttelte mich, wie ein Hund das Wasser aus dem Fell schüttelt. Alle Angst war verschwunden.
„Ich glaube, er war am Schluß nur so bösartig, damit wir uns nicht einbilden, wir hätten ihn um den Finger gewickelt. Er will nicht, daß wir ihn für schwach halten!"
Wir lachten – wie von einer schweren Last befreit. Hochgemut und mit neuer Hoffnung verließen wir den Palast des Präfekten und begaben uns sofort zum Gefängnis, wo Jeschua sicher schon auf uns wartete. Hier empfing unser Überschwang einen harschen Dämpfer: Man ließ uns nicht mehr zu dem Gefangenen. Vielleicht hatten Spitzel des Sanhedrin schon von unserem Bittgang zum römischen Statthalter berichtet. Es gelang uns nur, einen Wächter zu bestechen, damit er Jeschua einen Zettel mit der Entscheidung des Statthalters zusteckte.
Dann blieb uns nichts anderes übrig, als uns die nächsten Tage in Geduld zu fassen und auf den Beginn des Prozesses vor dem Sanhedrin zu warten.

## 21. Kapitel: Der Prozeß

Der Prozeß war auf den dritten Tag nach den Pessachfeierlichkeiten festgesetzt. Nur unserer hartnäckigen Hoffnung, Jeschua doch noch im Gefängnis besuchen zu können, war es zu verdanken, daß wir bei Prozeßbeginn anwesend waren. Man hatte die Verhandlung einen Tag vorverlegt. Offensichtlich wollte man den Prozeß in der Öffentlichkeit herunterspielen, denn die Rabbanim fürchteten nichts mehr, als daß Jeschua die Zuhörer für sich einnehmen und zu Aufruhr und Gewalt aufrufen könnte. So fanden sich weit weniger Zuschauer ein,

als für den offiziellen Prozeßtag erwartet wurden. Gleich zu Beginn der Verhandlung wurde auch klar, daß man noch am selben Tag zu einem Urteil kommen wollte.
Mariam und ich erschraken, als sie Jeschua hereinführten. In den wenigen Tagen, die er im Gefängnis verbracht hatte, war er abgemagert. Er war unrasiert und ungewaschen. Die dunklen Schatten ließen seine Wangen noch eingefallener erscheinen. Er trug die alten, nun völlig verschmutzten Gewänder, in denen man ihn verhaftet hatte. Sie mußten ihm die Kleider, die wir ihm gebracht hatten, gleich nach unserem Besuch weggenommen haben. Schmutzig und zerlumpt stand er da – aber dann fanden seine Augen die meinen: Sie hatten ihm nichts anhaben können. Er strahlte mich an, seine Augen glänzten. Seine Haltung war ungebeugt.
Die Anklage zielte genau in die Richtung, die wir befürchtet hatten. Sie vermieden es, Jeschua als denjenigen zur Rechenschaft zu ziehen, der mit seinen Hetzpredigten vor Pessach das Volk zum Kampf gegen die Priester und Rom aufgerufen hatte. Dafür warf man ihm 'gotteslästerliche Reden' vor. Genau wie Jeschua es prophezeit hatte, legte man ihm alle Worte Jehudas in den Mund, die er 'seit Jahren im Kreis seiner Schüler' geäußert haben sollte. So gab man ihm keine Gelegenheit, sich gegen Jehudas angemaßte Rolle als Rav Jeschua und Maschiach zu wehren. All unsere Zeugen, die bereitwillig bestätigen wollten, daß an den beiden Tagen in Jeruschalajim nicht Jeschua, sondern Jehuda gegen die Priester und Römer gehetzt hatte, wurden gar nicht erst aufgerufen, weil es offiziell niemals um diese beiden Reden ging.
Dann trat Bar-Tolmai auf und bestätigte mit seiner Aussage die Vorwürfe der Anklage. Erstaunlicherweise fehlte Jehuda. Ich sah ihn nicht in der Gruppe der Schüler. Er wurde auch nicht als Zeuge aufgerufen. Aber alle anderen erzählten, was die Ankläger hören wollten. Ja, Jeschua habe sich immer als göttlicher Sohn des Herrn ausgegeben. Nur in der Öffentlichkeit habe er dies nicht tun wollen, weil er den rechten Zeitpunkt noch nicht für gekommen gehalten hätte. Aber er habe seinen Schülern aufgetragen, im Volk zu verbreiten, daß er der Maschiach sei, gesandt, um im Namen des Herrn die Menschen zu erlösen und von den Römern zu befreien. Aber er habe sich nicht als Maschiach zu erkennen geben wollen, bevor die Schar seiner Anhänger zahlreich und mächtig genug gewesen wäre, um sich gegen die Tempelwachen und die Römer zu behaupten. Selbst Schim'on wiederholte stammelnd und zitternd diese Anschuldigungen, auch wenn er nicht wagte, seinen Kopf zu heben und Jeschua in die Augen zu sehen.
Ich konnte all diese Lügen nicht mehr mitanhören.

„Du lügst, Schim'on, und du weißt es!“ schrie ich von meinem Zuschauerplatz in die Versammlung. „Ich war auch die Schülerin des Rav Jeschua! Es ist alles gelogen! Laßt mich als Zeugin aussagen!“
Es war völlig unsinnig zu hoffen, sie könnten mich als Zeugin zulassen. Das Zeugnis einer Frau war völlig unmaßgeblich. Schon mehr als drei angesehene, ehrbare und redliche Männer – noch dazu seine eigenen Schüler – hatten Jeschua gleichermaßen belastet. Ganz egal, was ich noch sagen und bezeugen würde: Sie würden mich erst gar nicht anhören, geschweige denn mir glauben wollen. Aber man zeigte ‘Milde’ und warf mich nicht gleich aus dem Gerichtssaal, sondern drohte mir dies nur an, falls ich mich noch einmal ungebührlich betragen sollte. Das Ganze war sinnlos und infam – und ich mußte den Mund halten, sonst hätten sie mich tatsächlich ausgeschlossen.
Dann wurde Jeschua selbst verhört.
„Gibst du zu, daß du behauptet hast, der Sohn Gottes zu sein?“
„Ja, ich bin es – wie du auch. Wie jeder, der in diesem Saal ist“, antwortete Jeschua geradeheraus.
„Antworte nur mit ja oder nein – keine langen Erklärungen! Bist du Gottes Sohn – ja oder nein?“
„Du sagst es.“
Der Priester, der ihn verhörte, riß seine Arme hoch und ließ sie so dramatisch zum Himmel gereckt stehen. Er schien auf die strafende Hand des Herrn zu warten, der diesen frechen Lästerer zu Boden schmettern und mit seinem Blitzstrahl zu einem Häuflein Asche verbrennen würde. Oder wartete er darauf, daß sich die Erde öffnete und Jeschua verschlang wie einst Datan und Korach und seine Leute, die gegen den Herrn gefrevelt hatten?
Im Zuschauerraum begann es zu rumoren.
Der Hohepriester erhob sich langsam und würdevoll von seinem Sitz. Sein Mund war fest zusammengepreßt. Nur seine weißen, dünnen Schläfenlocken bebten. ‘Er knirscht vor Wut mit den Zähnen’, dachte ich. Das ist das einzige, was mir von ihm in Erinnerung geblieben ist.
„Der Angeklagte hat soeben selbst das Ungeheuerliche eingestanden. Er hat Gott gelästert! Wir brauchen keine weiteren Zeugen zu befragen. Ihr habt alle den entsetzlichen Frevel vernommen! Er ist schuldig und des Todes! Das Verfahren ist beendet – man bringe ihn hinaus.“
Es ging alles so schnell, daß ich es kaum fassen konnte. Wie war es möglich, einen Menschen nach nur wenigen Sätzen zum Tode zu verurteilen! Man hatte ihm überhaupt keine Möglichkeit gelassen, sich gegen die Anschuldigungen zu verteidigen! Während ich bestürzt dem Geschehen folgte, merkte ich, wie naiv und gutgläubig ich

immer noch auf einen gerechten Prozeß gehofft hatte. Als ob man Jeschua je eine Chance geben wollte!
Die beiden Wächter, die links und rechts neben Jeschua postiert waren, wollten schon ihren Gefangenen abführen, als eine herrische Stimme laut und vernehmlich Einhalt gebot.
„Im Namen von Pontius Pilatus, des Präfekten von Judäa, des Stellvertreters des Caesar Imperator und des Senats und des römischen Volkes! Der Gefangene Jeschua ben Josef wird hiermit der römischen Gerichtsbarkeit überstellt! Allein das Gericht des Statthalters von Rom kann über Leben oder Tod eines Angeklagten entscheiden. Der Synhedrion überschreitet seine Befugnisse, wenn er ein Todesurteil verhängt – auch, wenn es vom Hohepriester persönlich verkündet wird. Jeschua ben Josef wird beschuldigt, zum Aufstand gegen den Caesar und das römische Volk aufgerufen zu haben. Ihm wird der Prozeß wegen Hochverrats gemacht."
Der römische Beamte, der so selbstsicher und arrogant gesprochen hatte, wie es dem Angehörigen einer Besatzungsmacht zukommt, legte dem Gericht ein Schreiben vor, das den Anspruch des Statthalters beglaubigte. Man las dem Hohepriester, der sich weigerte, das Schriftstück eines Goj in die Hand zu nehmen, den Inhalt des Schreibens vor. Der Hohepriester nickte nur – und Jeschua wurde zwei römischen Soldaten übergeben, die am Eingang des Gerichtssaales warteten.
Mariam und ich waren erleichtert – die Menschen um uns murrten unmutig. Sie waren schon nicht damit einverstanden gewesen, daß die Priester diesen Rav verurteilt hatten, der ihnen die Liebe und Güte des Herrn verkündet und sie vor den hochmütigen und Opfer fordernden Pruschim und Priestern in Schutz genommen hatte. Nur weil er sich selbst vor allen Ohren 'Sohn Gottes' genannt, die ungeheuerliche Gotteslästerung ausgesprochen hatte, hatten sie nicht gewagt zu protestieren. Aber es war eines, wegen Gotteslästerung vom Hohen Gericht zur Steinigung verurteilt, und ein anderes, von den verhaßten Römern vor Gericht gestellt und vielleicht wegen Hochverrats ans Kreuz geschlagen zu werden. Ein ähnlich ungerechtes Verfahren wie eben würden die Zuhörer von dem römischen Statthalter nicht dulden.
Pontius Pilatus setzte den Prozeß auf den übernächsten Tag fest. Eine große Menschenmenge hatte sich vor der Feste Antonia eingefunden, in der die Verhandlung stattfand. Mariam und ich nahmen es als gutes Zeichen, daß man Juden, Griechen und Römer unterschiedslos einließ. So war die große Halle voll von Juden, überwiegend Anhänger Jeschuas. Uns stand eine Geduldsprobe bevor, denn das Verfahren gegen Jeschua war nicht das einzige, das man für diesen Tag

anberaumt hatte. Vorher verurteilte man einen Dieb zu den Galeeren und sprach das Todesurteil über einen Räuber und einen Jungfrauenschänder.
Im Prozeß gegen Jeschua hatte man auch diesmal die Schüler als Zeugen vorgeladen. Und wieder fehlte Jehuda in der Gruppe. Er schien wie vom Erdboden verschwunden. Im Hause Amitai ben Pelaljas wußte man nichts von seinem Verbleib. Mariam hatte dort erfahren, daß sogar die übrigen Schüler nach ihm suchten. Die Verhandlung verlief ähnlich wie die vor dem Sanhedrin. Nur daß diesmal alle Fragen an die Zeugen den 'Hochverrat gegen Rom' betrafen und der Vorwurf der Gotteslästerung nicht mehr berührt wurde.
Jeschua hörte mit bleichem Gesicht zu, als Schim'on, Bar-Tolmai und die anderen bestätigten, daß er gegen die römische Besatzungsmacht gehetzt habe. Ja, er habe sich König von Jehuda genannt und habe dazu aufgerufen, die Römer aus dem Land zu jagen, um sich selbst zum König einzusetzen. Dieselben Männer, die ihm noch vor wenigen Tagen vorgeworfen hatten, den Herrn und sie und das ganze jüdische Volk wegen einer Hure im Stich zu lassen, statt sie gegen die Römer zu führen, beschuldigten ihn nun vor einem römischen Gericht, ein Feind der Römer zu sein und sie zum Kampf gegen die Besatzungsmacht aufgestachelt zu haben! Ich hörte sie, und alles in mir krampfte sich zusammen. Übelkeit stieg in mir auf, als wollte sich wenigstens mein Körper gegen diese infamen Beschuldigungen wehren und sie nicht länger herunterschlucken, sondern auswürgen. Aber um keinen Preis wollte ich die Verhandlung versäumen. So bezwang ich mich und blieb.
Jeschua wurde ins Verhör gerufen und vor den Sitz des Pontius Pilatus gebracht, der der Vernehmung der Schüler durch seinen Ankläger schweigend gefolgt war. Pontius Pilatus maß Jeschua mit einem langen Blick. Ich mußte innerlich lachen. Glaubte er etwa, Jeschua Angst einjagen zu können? Nein, er merkte wohl selbst, daß in den schmutzigen, zerfetzten Lumpen ein Mann steckte, den man nicht einschüchtern konnte. Respektvoll und fast freundlich stellte er seine Fragen.
„Also du bist der Mann, von dem man sagt, er sei der König der Juden, der gekommen ist, um das Joch Roms abzuschütteln und den Menschen Frieden und Gerechtigkeit zu bringen?"
„Ich weiß nicht, was man von mir sagt – aber ich habe versucht, die Menschen zu Liebe und Frieden zu führen."
„Und zu Gerechtigkeit und Freiheit ..."
„Ja. Wenn man liebt und den inneren Frieden gefunden hat, so ist man auch frei von aller Angst. Und man bringt es nicht mehr fertig, ungerecht zu sein."

„Wenn du den Menschen Freiheit und Gerechtigkeit bringen willst, so heißt das doch, daß in diesem Lande Gerechtigkeit und Frieden fehlen. Du willst also sagen, daß Rom seine Untertanen unterdrückt und ungerecht behandelt!"
„Wer herrschen will, muß unterdrücken. Ob Rom oder sonst ein Herrscher."
Erregtes Murmeln und Geflüster brandete auf. In den Schrecken, so etwas dem römischen Statthalter direkt ins Gesicht zu sagen, mischte sich Bewunderung und verstohlener Beifall. Dann wurde es wieder still. In atemloser Spannung wartete man darauf, was Jeschua dem Statthalter und Vertreter des allmächtigen Caesar in Rom als nächstes entgegenschleudern würde.
„Du willst also die Römer aus dem Land werfen und dich zum König der Juden ausrufen lassen?"
„Nein. Wozu? Es bliebe alles beim alten. Nur die Spitze würde ausgetauscht. Ob die Herrscher David, Schlomo, Herodes oder Tiberius heißen – für die Menschen bedeuten sie Angst, Sorge und Ungerechtigkeit."
Ein Aufstöhnen ging durch den Saal. Wie konnte er die großen Könige des Herrn, David und Schlomo, in einem Atemzug mit den Schlächtern und Ungeheuern Herodes und Tiberius nennen? Die römischen Beamten und Soldaten grinsten zufrieden.
„Dann willst du dich *nicht* zum König der Juden salben lassen?"
Pontius Pilatus' Stimme war schneidend geworden.
„Nein."
Die Stille, die diesem Wort folgte, war die Stille tiefster Enttäuschung. Dann eine Stimme aus dem Hintergrund:
„Der will ja nur seine Haut retten! Feigling! Verräter!"
„Ruhe!" Der römische Ankläger donnerte seinen Befehl in den Raum. Nur eine einzelne Stimme hatte sich gegen Jeschua erhoben. Aber die Stimmung hatte sich schlagartig verändert: Statt Bewunderung und Mitgefühl herrschte plötzlich nur noch gespanntes Abwarten – ungläubig noch, aber kälter, voller Mißtrauen, auf der haarfeinen Scheidelinie zwischen für und gegen ihn.
„Wenn du dich nicht zum König salben lassen willst, was sind dann deine Pläne? Was hast du vor?"
„Ich will nicht mehr lehren. Es hat keinen Sinn. Die Menschen werden dadurch nicht wirklich geändert. Ich habe daher beschlossen, mit der Frau, die ich liebe, fortzuziehen, eine Familie zu gründen, ein Handwerk auszuüben und unser Brot zu erwerben wie jeder andere Mann auch."

„Hab ichs nicht gesagt? Er hat die Hosen voll bis oben hin, der Feigling! Erst will er Gottes Sohn und König von Jehuda sein, aber wenn es ihm an den Kragen geht, dann flieht er in den warmen Schoß einer Frau."
Es war dieselbe Stimme wie vorhin. Und dann brach sie in ein verächtliches, höhnisches Gelächter aus. Andere fielen ein, lachten mit, erst zaghaft und hinter vorgehaltener Hand, dann lauter und immer lauter. Kann man einen Menschen durch Gelächter hinrichten? Hier geschah es. Das Blut pochte in meinen Schläfen, mein Hals wurde trocken.
„Das ist eine Lüge", schrie ich in das erbarmungslose Gelächter. „Er wollte schon gehen, bevor man ihn verhaftet hat. Nur deshalb haben ihn ja seine Schüler verraten!"
„Jetzt läßt er sich schon von einer Frau verteidigen, der Waschlappen!" brüllte einer vor uns hämisch, und dann hallte der ganze Raum von bösem, triumphierendem Gelächter wider. Alles lachte – die Juden, die Römer, auch der Statthalter lachte. Sein fetter Leib schwappte auf und nieder. Aufgerissene, lachende Münder starrten mich wie Augen an, und sie lachten und lachten – widerlich, keuchend, schwitzend, dumm und gnadenlos.
Mariams Hand zog mich wieder auf meinen Platz. „Sei doch still, du machst alles nur noch schlimmer!"
„Der König der Juden! Der Sohn des Herrn! Er predigt uns die Liebe des Herrn und meint die Titten seiner Schlunze!"
„Und die Römer! Vergeßt die Römer nicht! Wir sollen ja auch die Römer lieben! Sollen wir ihnen auch die Hand küssen – oder vielleicht noch etwas anderes? Vielleicht ist er ja bei den Griechen in die Schule gegangen und will uns ihre Kunst der Liebe lehren!"
„Die treibens ja sogar mit den Schweinen! Vielleicht sollen wir auch die lieben und küssen!"
„Da gehört er hin, der Arschkriecher! Zu den Griechen in den Schweinekoben!"
Ich konnte ihre bösartigen und zotigen Bemerkungen nicht mehr ertragen, auch wenn ich wußte, daß sie einer grenzenlosen Enttäuschung entsprangen. Sie hatten geglaubt, er wäre gekommen, um die Römer aus dem Land zu vertreiben. Der Maschiach, das war für sie der Schwertbringer und König, der Erlöser aus der römischen Knechtschaft! Und dieser Jeschua, an den sie geglaubt hatten, der kein Blatt vor den Mund genommen und der sich sogar mit den Priestern im Tempel angelegt hatte, dieser Jeschua machte vor dem römischen Statthalter plötzlich einen feigen Rückzieher! Er war in die Stadt Jeruschalajim als der vom Herrn gesandte Maschiach eingezogen, um für das

Volk des Herrn einzustehen. Aber wenn es darauf ankam, was tat er dann? Ließ er seinen Worten Taten folgen? Nein, er wollte sich nicht zum König der Juden salben lassen. Nein, er wollte die Römer nicht aus dem Lande jagen! Er hatte von der Liebe gesprochen – aber wo war seine Liebe für das Volk des Herrn? Wenn er sie wirklich liebte, würde er ihrem Elend auf Erden nicht ein Ende bereiten und sie von der Zwingherrschaft Roms befreien wollen? Nein, er wollte alles so lassen, wie es war – wenn er nur seine jämmerliche Haut retten und sich mit einer Frau ergötzen konnte.
Mit ihrem Hohn und Spott, mit ihren wüsten Beschimpfungen zogen sie in den Schmutz, woran sie selbst noch vor wenigen Augenblicken geglaubt hatten. Alles, was wahrhaft, echt und voll Liebe gewesen war, wurde in ihren Augen klein, schmutzig und gemein. Alles, was Jeschua bisher gesagt und getan hatte, entpuppte sich für sie als Heuchelei und plumpe Verführung.
Es war die Katastrophe. Auch wenn Pontius Pilatus Jeschua freisprach, würden sich die wütenden Menschen auf ihn stürzen und mit eigenen Händen zerreißen! Alles war zu spät. Egal, was Jeschua noch sagte, egal wie der Präfekt entschied – Jeschuas Leben war verwirkt. Meine Hoffnung, meine Zuversicht – sie waren zerfetzte Segel eines leckgeschlagenen Schiffes, das hilflos auf stürmischer See dahintrieb. Und dann fing ich den Blick des Statthalters auf. Der Präfekt saß da, wieder straff und gerade: die Verkörperung römischer Disziplin und Macht. Aber der Blick, den er mir zuwarf, ließ meinen Atem stocken. Der gefallene Engel Gottes hätte mich nicht teuflischer angrinsen können. Unter seinem Blick würgte ich und erbrach. Es war mir nicht einmal ein Trost, daß mein stinkender Auswurf über das Gewand meines Vordermannes lief, der besonders laut und hämisch gelacht hatte und sich nun angeekelt und voller Entrüstung zu reinigen versuchte. Mariam mußte mich hinausführen.
An der frischen Luft ging es mir allmählich besser. Inzwischen waren die Worte Jeschuas auch nach draußen getragen worden. Die Menschen auf dem Platz hatten gespannt den Verlauf des Prozesses verfolgt. Sie reagierten nicht anders als die Zuhörer drinnen. Empörung, Wut und Hohn gossen sie über ihren Helden aus, der sie feige im Stich gelassen hatte. Als der Urteilsspruch auf den Platz durchdrang, sprangen sie auf und brachen in ohrenbetäubenden Jubel aus.
„Schuldig, schuldig“, schrien und tanzten sie, „das geschieht dem Verräter recht! Schlagt ihn tot, den feigen Hund! Ans Kreuz mit dem Römerknecht!“
Ich war mit einem Mal so schwach, daß ich mich nicht mehr von der Stelle rühren konnte. Wie ein verletztes wildes Tier hätte ich mich am

liebsten in einer dunklen Höhle verkrochen, um meine Wunden zu lecken. Aber wie unter einem Bann blieben wir an diesem schrecklichen Ort, mußten den unflätigen Spott über den König der Juden ertragen, der nur König bei einer Frau sein wollte.
Mittlerweile hatte schon der nächste Prozeß begonnen. Man hatte einen ehemaligen Tempelwächter angeklagt, einen alten Haudegen namens Bar Abbas, der im Streit einen römischen Soldaten getötet hatte. Bar Abbas war ein stadtbekannter und gefürchteter Raufbold und Zechbruder. Wie immer hatte sich auch dieser Händel in einer Schenke entzündet. Die beiden Streithähne waren betrunken und hatten sich – angefeuert von ihren Trinkkumpanen – erst verspottet und dann mit immer wüsteren Beschimpfungen überhäuft. Nach den ersten Rempeleien fieberte alles der wilden Prügelei entgegen, die gleich losbrechen mußte. Aber als der Römer den Gott der Juden mit dem Ausruf verhöhnte, ein unsichtbarer Gott könne nur der Schutzgott der Diebe und Räuber sein, da war Bar Abbas mit gezogenem Schwert auf den Römer losgestürmt und hatte ihm mit einem Hieb den Schädel gespalten. In dem sich anschließenden Tumult konnten die Römer Bar Abbas erst überwältigen, nachdem Verstärkung von der Feste Antonia eingetroffen war. Das Volk begleitete Bar Abbas im Triumphzug zum Gefängnis. So wie die Menschen ihm früher alle Strafen Gottes an den Hals gewünscht hatten, als sie selbst noch Opfer seiner blindwütigen Schläge und Tritte gewesen waren, so liebten und verehrten sie ihn nun für diese Tat.
„Er hat dem Präfekten vor die Füße gespuckt!“ schrie einer oben von der Brüstung zu uns herunter. Und die Menge brach in wildes Jubelgeheul aus. „Das ist ein Mann“, schrien sie. „Der nimmt es mit den Römern auf! Wenn dieser Jeschua doch nur ein Quentchen von seinem Mumm hätte! Wo wären die Römer dann? Wir hätten sie allesamt zurück ins Meer geworfen!“ Die Jubel- und Hochrufe nahmen kein Ende. Man sang Loblieder auf Bar Abbas, man trank Wein auf sein Wohl. Die Stimmung auf dem Platz vor dem Gerichtsgebäude war so ausgelassen wie auf einem Festplatz an Purim.
Wie es nicht anders zu erwarten war, wurde auch er zum Tode verurteilt. „Der Herr wird mit dir sein in der Stunde deines Todes“, schrien die Frauen und segneten ihn, während die Männer noch einen kräftigen Schluck aus den Weinkrügen nahmen, die ihnen die Straßenhändler für teures Geld verkauften. „Auf dein Wohl, Bar Abbas! Möge dir im Garten Eden niemals der Wein ausgehen!“
Dann geschah etwas Merkwürdiges. Oben auf dem Wehrgang vor dem Gerichtssaal marschierten Soldaten auf und bildeten eine breite Gasse. Pontius Pilatus trat nach vorne an die Brüstung. Dann führten

die Wachen Jeschua und Bar Abbas heran und stellten sie links und rechts neben dem Statthalter auf. Die Menschenmenge folgte neugierig dem überraschenden Schauspiel. Von unten konnte man den Präfekt und die beiden Gefangenen gut sehen.
Pontius Pilatus hob seine Hand. Die Menge verstummte.
„Diese beiden Männer hier sind soeben zum Tod durch Kreuzigung verurteilt worden. Sie sind des Hochverrats, der Anstiftung zum Aufruhr – und Bar Abbas hier – auch des Mordes schuldig."
Totenstille herrschte jetzt auf dem gesamten Platz. Der Präfekt fuhr fort:
„Ich habe die Urteile im Namen des Caesar und des römischen Volkes gesprochen. Der Caesar ist gerecht. Deshalb mußte über diese Aufwiegler, Hochverräter und Mörder die Todesstrafe verhängt werden. Aber der Caesar ist auch gnädig. Und er achtet die religiösen Sitten und Gebräuche aller Völker, und ganz besonders die der Juden. Darum ist er aus Anlaß des Pessachfestes bereit, Gnade vor Recht ergehen zu lassen und einen der beiden Verurteilten freizugeben. Beide Männer hier sind wegen schlimmster Verbrechen verurteilt worden: Mord und Aufwiegelei gegen den Caesar Imperator und das römische Volk. Doch mir scheint, daß es sich bei Jeschua ben Josef aus Nazrath um einen harmlosen Träumer, vielleicht sogar nur um einen Verrückten handelt. Er will zwar König sein – aber er kann keiner Fliege etwas zuleide tun."
Verächtliches Gemurmel begleiteten seine Worte zu Jeschua. Vereinzelt hörte man höhnisches Gelächter.
„Bar Abbas hingegen ist den Behörden seit langem als Unruhestifter und gefährlicher Schläger bekannt – vor allem, wenn er trinkt. Und das tut er fast täglich."
Hochrufe auf Bar Abbas und Beifallsgebrüll beantworteten diesen Teil der Rede.
„Ich überlasse euch, dem Volk von Judäa, die Wahl zwischen den beiden Verbrechern. Freiheit und Leben für den einen – Tod und Kreuz für den anderen. *Ich* schlage euch vor, Jeschua freizugeben. Er will alle Menschen in Liebe versöhnen. Aber das ist nur mein Vorschlag – die Entscheidung liegt bei euch. Ich frage euch nun ..."
Der jubelnde Aufschrei der Menge verschluckte den Rest seiner Rede. Das Schreien, Klatschen und Stampfen war ohrenbetäubend. Die Menschen schrien und brüllten wie aus einer Kehle:
„Bar Abbas! Bar Abbas! Gib uns den Bar Abbas! Hoch Bar Abbas! Bar Abbas soll leben!" Rufe wie: „Nieder mit Jeschua, nieder mit dem Verräter!" mischten sich darunter.

Sie schrien nach Bar Abbas, der breit und mit einem triumphierenden Grinsen neben Pontius Pilatus stand. Wie schmal Jeschua neben diesem Schlagetot und dem schweren Pontius Pilatus wirkte. Wie zart und zerbrechlich, obwohl er den Kopf frei trug und den Blick nicht senkte.

Mit einer Handbewegung gebot Pontius Pilatus Ruhe.

„Wollt ihr Bar Abbas, den Mörder?"

„Jaaaa – Bar Abbas, Bar Abbas, Bar Abbas!!" Wie einen Hymnus schrien sie seinen Namen. Stampfend schlugen ihre Körper den Takt dazu.

Wieder eine Handbewegung des Präfekten. Pontius Pilatus ließ sich ein Becken bringen, tauchte seine Hände langsam in das Wasser und trocknete sie dann sorgsam ab.

„Ihr habt euch für Bar Abbas entschieden. Es ist eure Wahl, nicht die meine. Ich wasche meine Hände in Unschuld. Das Todesurteil gegen Jeschua ben Josef wird vollstreckt. Außerdem wird das Todesurteil des Synhedrion gegen ihn bestätigt. Bar Abbas ist frei!"

Mein Kopf dröhnte von dem Jubel, der diesen Worten folgte. Ein Freudentaumel erfaßte die Menge und ließ sie tanzen und singen. Wildfremde Menschen fielen sich in die Arme und küßten sich, andere reckten triumphierend ihre Faust in den Himmel und schrien „Bar Abbas", als wäre der Name des Mannes eine Offenbarung des Herrn.

Pontius Pilatus ließ seinen Blick suchend über die Menge schweifen. Und dann fand er mich unten am Aufgang der Treppe. Kalt amüsierte Augen sahen mich an, aus denen reine Bosheit glitzerte.

„Siehst du jetzt, wohin das Gerede von Liebe führt? Erkennst du jetzt, was die Menschen wirklich wollen? Sie lieben den Mörder und die Gewalt – und sie hassen den, der sie Liebe und Freiheit lehren will. Sie hassen seine Gewaltlosigkeit und seine Machtlosigkeit! Was kann er denn ausrichten? Du hast recht – *er* ist frei. Aber was verstehen *sie* davon? Sie wollen nicht mühsam gegen ihre Angst ankämpfen und irgendwann selbst frei werden – sie wollen satt und frei von römischer Herrschaft sein, und zwar hier und heute! Sie träumen davon, einmal voller Liebe zu sein – aber jetzt hassen sie uns Römer und brennen darauf, uns aufs Haupt zu schlagen!

Siehst du nun, wie leicht es ist, einen ehrlichen Mann der Lächerlichkeit preiszugeben und unschädlich zu machen? In Wahrheit ist dein Jeschua der Gefährlichere von beiden. Bar Abbas kann nur zuhauen. Er gibt den Menschen keine Vision. Der Totschläger trifft immer nur einzelne. Und selbst wenn er das Volk aufwiegeln und anführen könnte, wird er an der Macht Roms zerbrechen. Aber dein Jeschua kann Roms Macht unmerklich den Boden entziehen. Darum mußte ich deinen Rav opfern. Selbst wenn er freiwillig gehen und nie mehr öffentlich sprechen will – er hat die gefährliche Gabe, die Herzen der Menschen zu bewegen. Mit einem Wort könnte er das ganze Volk gegen uns führen! Ich baue nicht auf Versprechungen, sondern auf Taten. Darum muß ich ihn hinrichten lassen – und nicht den simplen Mörder!"

Die Zeit schien stillzustehen, während unsere Blicke ineinander versenkt waren. Ich weiß nicht, ob Pontius Pilatus wirklich so dachte und mir dies sagen wollte. Damals las ich diese Botschaft in seinen Augen. Erst später sollte ich erfahren, wozu Pontius Pilatus noch fähig war.

Dann war Jeschua fort, ohne daß ich gemerkt hatte, wann und wie er abgeführt worden war. Der Wehrgang war leer – auch der Statthalter und sein Gefolge waren verschwunden. Und um uns feierten die Menschen ihr Freudenfest. Ihr Held, Bar Abbas, war frei und mitten unter ihnen. Mariam und ich blieben vor der Festung und verharrten dort noch, als die Menge sich auflöste und in kleinen Gruppen davonzog, um in den Schenken bei Wein und Gesang weiterzufeiern.

## 22. Kapitel: Der Gekreuzigte

Die Sonne stand noch hoch, als sich ein Seitentor öffnete und ein Trupp römischer Soldaten herauskam. In ihrer Mitte führten sie einen blutüberströmten Mann. Er trug eine Krone aus Dornen auf dem Kopf, die man ihm tief in die Stirn gedrückt hatte. Auf seinen Schultern lastete ein riesiges hölzernes Kreuz, unter dessen Gewicht er fast zusammenbrach. Wo sich die Dornen in die Haut gegraben hatten, tropfte Blut heraus. Das ganze Gesicht war schon mit getrocknetem Blut überkrustet. Mariam und ich versuchten vergeblich, seine Züge zu erkennen.

Dann wurde ein Befehl gebrüllt, und die Soldaten marschierten im Gleichschritt los. Einer trieb den Gefangenen mit einer kurzen Peitsche vor sich her. Es war Jeschua. Der Schaft des Kreuzes auf seinen Schultern schleifte quietschend und knirschend auf dem glatten Pflaster. Nie werde ich dieses Geräusch vergessen. Wie Feuer, das gierig knisternd einen Holzscheit umzüngelt, bis es ihn lodernd ganz ergreift, fraß sich dieses Knirschen und Quietschen in mein Gedächtnis. Es wird darin leben bis an mein Ende. Der Zug bewegte sich aus der Stadt hinaus zum Richtplatz. Mariam und ich und einige wenige Mitleidige oder auch nur neugierige Gaffer folgten. Aus den umliegenden Straßen und Gassen lärmte das Lachen und Singen angetrunkener Menschen. Sie feierten immer noch die Freilassung des Bar Abbas. Einmal glaubte ich, den jungen Jochanan in der Menge zu erkennen. Als ich Mariam auf ihn aufmerksam machen wollte, war er verschwunden. Dann brach Jeschua unter dem Kreuz zusammen. Ich wollte hinzuspringen und ihm helfen, aber die Wachen senkten drohend ihre Lanzen und stellten sich jedem in den Weg. Auch ein Mann, der am Straßenrand gestanden hatte, wurde abgewehrt. Mit Peitschenhieben und Fußtritten trieben sie Jeschua wieder vorwärts. Als wir schon die Stadttore hinter uns gelassen hatten, sah ich an einer spitzen Wegbiegung, daß ein Trupp Soldaten mit zwei weiteren Verurteilten folgte, die ebenfalls ein Kreuz auf ihrem Rücken schleppten.

Mariam stolperte weinend neben mir her. Welche Kraft uns noch gehen ließ, weiß ich nicht. An diesem Tage fragte ich mich zu ersten Mal, welches die schrecklichere und grausamere Folter ist: am eigenen Leibe gepeinigt zu werden oder zusehen zu müssen, wie der Mensch, den man liebt, gequält und gemartert wird. Mir scheint, die Phantasie brennt uns die Qualen des Geliebten tausendmal grausamer in Fleisch und Seele, als wenn wir sie selbst erdulden müssen.

Am Richtplatz schlug man zuerst die beiden anderen Männer an die Kreuze. Ihr Aufheulen, ihre furchtbaren Schmerzensschreie, ihr qualvolles Stöhnen, ihr ersterbendes Wimmern waren unerträglich. Mir war, als schlüge man mir selbst die langen Nägel durch Hände und Füße. Ihr herzzerreißendes Flehen um einen schnellen Tod wurde mit brüllendem Gelächter beantwortet. Dann das Aufrichten der Kreuze – beide hingen nun mit ihrem vollen Gewicht an Händen und Füßen. Wie Messer schlitzten die Nägel das Fleisch weiter auf.

Warum hörte niemand ihr Schreien, ihren Schmerz! Was hatten sie verbrochen, daß sie so leiden mußten! Sie waren doch lebendige Wesen wie wir! Fühlte denn keiner der Soldaten, wie es sein mußte, wenn man an einer durchbohrten Hand hängen mußte? Was hatte sie so fühllos gemacht, so kalt und erbarmungslos, daß sie die Hinrichtung so geschäftsmäßig durchführen konnten, wie ein Händler ein Seidenband ausmißt oder einen Krug Wein verkauft? Es war die gleiche grausame Gleichgültigkeit, mit der kleine Jungen einer Spinne die Beine ausreißen oder einen Frosch aufblasen, bis er platzt. Dieselbe

fühllose Rohheit eines Bauern oder Händlers, der auf seinen Esel oder Ochsen eindrischt, bis er zusammenbricht. Dasselbe gleichgültige Weghören eines Mannes, der im Rausch seine Frau verprügelt, und die gleiche abwehrende Taubheit einer Frau, die vom Weinen ihres Kindes nicht gestört werden will, und erst recht nicht von dem eines fremden Kindes. Ich hätte die Grausamkeit eher ertragen, wenn sie die beiden Verbrecher voller Wut über ihre Schandtaten gekreuzigt hätten. Aber so hingen sie sich in die Seile und zogen mit einigen knappen Rufen ruckweise die Kreuze hoch als handelte es sich um die Segel eines Schiffes, die gerefft werden müßten.
Nachdem die Kreuze der beiden unbekannten Verbrecher aufgerichtet waren, wandten sich die Henker Jeschua zu. Ich konnte die Tortur nicht mitansehen. Ebensowenig Mariam. Wir hielten einander eng umschlungen und warteten mit pochenden Herzen auf den Hammerschlag, mit dem man ihm den ersten Nagel durch Fleisch und Knochen trieb. Ich hatte den Kopf in Mariams Nacken vergraben, die Lider fest zusammengepreßt. Aber vor den Bildern, die klarer und deutlicher als jedes Traumbild auf mich einstürmten, konnte ich die Augen nicht verschließen. Ich sah Jeschua, wie er dalag und auf den ersten Schlag wartete wie wir – aber er wartete allein. Ich riß mich von Mariam los. Wie eine Berserkerin stürzte ich mich auf die Soldaten und versuchte, mich zu Jeschua durchzukämpfen. Sie fingen mich lachend ab. Für sie war es nur Spaß, eine willkommene Abwechslung, die es ihnen erlaubte, mit einer vor Wut schäumenden Frau ihr Spiel zu treiben. Als wäre ich ein wilder Stier, vor dem sie vor Angst zitterten, ließen sie mich anstürmen, wichen aus, um mich hinterrücks zu packen und zurückzuwerfen und lockten mich zum nächsten Angriff. Schließlich ließen sie mich durch, Mariam folgte mir.
„Halt", schrie der Hauptmann und grobe Hände griffen nach uns „Durchsucht sie erst, ob sie nicht Waffen oder Gift bei sich tragen. Die Verurteilten dürfen nicht vorzeitig sterben!"
Sie tasteten uns ab, fühlten zwischen unseren Brüsten, fuhren zwischen unsere Schenkel. In ohnmächtiger Wut hörte ich ihre zotigen Bemerkungen, spürte ihren heißen, übelriechenden Atem. Nach einer endlos langen Zeit gaben sie uns frei.
„Nichts, sie haben nichts bei sich!"
Wir taumelten zu Boden. Ich raffte mich wieder auf und stürzte zu dem großen Kreuz, auf dem man Jeschua schon festgebunden hatte. Sein Kopf war zur Seite gesunken.
„Jeschua", schrie ich. „Ich bin's, Mirjam. Ich bin bei dir!"
Langsam wandte er seinen Kopf zu mir. Jehuda aus Kriot blickte mich an. Ich verstand nicht, konnte nicht verstehen – noch nicht.

„Jehuda? Was ist, wo ist Jeschua? Was haben sie mit Jeschua gemacht? Warum bist du am Kreuz?"
Oben am Schaft des Kreuz hatten die Soldaten eine Tafel mit der Inschrift 'Jeschua, König der Juden' befestigt.
Er wollte sprechen, aber nur ein gequältes Stöhnen entrang sich seiner Kehle. Man hatte ihn geschlagen und gefoltert. Jetzt, von nahem, sah ich unter der Blutkruste sein schmerzverzerrtes Gesicht, das Leiden in seinen Augen.
"... ich ... an seiner Stelle ...", würgte er schließlich langsam heraus. Seine Lippen waren aufgesprungen, sein Mund trocken. Schweißtropfen standen auf seiner Stirn. Schon jetzt hatte er das ausgemergelte gelbe Gesicht eines Toten.
„Jehuda!" Allmählich begann mein Verstand wieder zu arbeiten. Ich nahm mein Tuch und trocknete seine Stirn.
„Habt ihr Wasser? Bitte gebt ihm doch Wasser!" schrie ich den Soldaten zu. Einer kam mit einem Eimer und einem Schwamm. Ich riß ihm den Schwamm aus der Hand, tauchte ihn ins Wasser und drückte ihn Jehuda auf den Mund. Sein Körper bäumte sich auf, ein schwacher Schrei – und wüstes, ausgelassenes Gelächter von den Soldaten. Ich tauchte meinen Finger in die Flüssigkeit und leckte einen Tropfen ab. Es war kein Wasser. Sie hatten puren Essig gebracht!
Ich weinte vor ohnmächtiger Wut. Aber es hatte keinen Sinn, meinen Zorn an diesen fühllosen Barbaren auszulassen. Jehuda war wichtiger und brauchte meine Hilfe.
„Bitte verzeih mir, Jehuda – ich habe es nicht gewußt! Ich dachte, sie bringen tatsächlich Wasser!"
"... gut ... dann schneller ...". Ich verstand. Er würde so schneller sterben. Qualvoll, aber schnell. Wasser würde nur sein Leiden verlängern.
Dann sah ich einen langen Nagel und einen Hammer. Jehuda und ich müssen zugleich geschrien haben. Mit langsamen, sicheren Schlägen trieben sie den Nagel in das harte Holz – mitten durch Jehudas Hand. Sein schweißgebadeter Leib zitterte, als hätte er Schüttelfrost. Ich hielt Jehudas Kopf und flüsterte ihm irgendwelche Trostworte ins Ohr – was mir gerade einfiel. Als ob ich ein Kind trösten würde. Einfältige, sinnlose Worte, Worte, die den Schmerz nicht auslöschen konnten. Hilflose Worte, die gesprochen wurden, nur um gesprochen zu werden. „Ich bin da", sagten sie. „Ich bin bei dir, ich verlasse dich nicht, ich teile deinen Schmerz."
Die andere Hand wurde angenagelt. Dann die Füße. Beim Festnageln der Füße verlor Jehuda das Bewußtsein. Ich dankte Gott für diese Gnade. Kaum aber hatten die Soldaten es bemerkt, nahmen sie

den Essigschwamm und drückten ihn über seinen frischen Wunden aus.
„Wir müssen ihn wieder lebendig machen", schrien sie lachend. „So schnell und billig darf er sich nicht davonstehlen. Sonst hätten wir ihn ja gleich hängen können!"
Es war sinnlos, sie um Gnade anzuflehen oder um Nachsicht und Linderung seiner Schmerzen zu bitten. Wie blutrünstige Bestien sahen und hörten sie nichts mehr außer ihrer Mordlust. Dann zogen sie das Kreuz hoch, bis es schwankend in der vorgesehenen Verankerung Halt fand und knirschend und ächzend einrastete.
Damit war für die Soldaten die Arbeit getan. Sie ließen sich etwas abseits nieder und begannen mit der Verteilung der Habseligkeiten der Verurteilten, die ihnen von Rechts wegen zustanden. Auch daraus machten sie sich ein Vergnügen: Sie würfelten um sie. Als Jeschuas weißes Gewand an die Reihe kam, das man Jehuda übergezogen hatte, hätte ein Wanderer von ferne glauben können, sich einem Jahrmarkt und nicht einer Hinrichtungsstätte zu nähern. Jeschuas Kleid war aus gutem Leinen, wenn auch völlig verdreckt und blutgetränkt. Die Soldaten schrien sich die Einsätze in die Ohren und jubelten, als einer es endlich gewann.
Jehuda und die beiden anderen hingen an ihren Kreuzen und rührten sich nicht. Ab und zu stießen sie ein leises Wimmern und Stöhnen aus. Zum Sprechen oder Schreien fehlte ihnen schon die Kraft.
Mariam und ich standen am Fuß von Jehudas Kreuz und versuchten, ihm Mut und Trost zuzusprechen. Auch zu den beiden anderen, die offenbar keine Angehörigen hatten oder deren Angehörige von ihrem Schicksal nichts wußten, sprachen wir und sangen ihnen Trostlieder aus den Gesängen Davids. Im Hintergrund bohrte quälend die Frage, was mit Jeschua geschehen war.
Die Hitze der Mittagssonne war kaum auszuhalten. Die wenigen Schaulustigen, die sich das Spektakel nicht hatten entgehen lassen, waren schon lange in die kühlen Schatten der Stadtmauern und Häuser geflüchtet. Die Händler und Gaukler, die sonst die Zuschauer zu unterhalten und mit Wein und Süßigkeiten zu versorgen pflegten, waren diesmal nicht mitgekommen, sondern in der Stadt geblieben, um bei der großen Feier der Freilassung des Bar Abbas ihr Geschäft zu machen. Es war noch keine Stunde seit der Aufstellung der Kreuze vergangen, als wir mit den Soldaten und den drei Gekreuzigten allein waren.
Nachdem sie die Habseligkeiten der Verurteilten unter sich verteilt hatten, suchten sich die Soldaten ein schattiges Plätzchen unter einem nahestehenden Olivenbaum. Dort rasteten und schliefen sie,

während einer von ihnen Wache bei den Kreuzen hielt, damit weder wir noch andere Anverwandte die Sterbenden vorzeitig vom Kreuz nehmen oder ihnen Linderung verschaffen konnten.
Als erster starb der alte zahnlose Mann rechts neben Jehuda. Das Bewußtsein des herannahenden Todes verlieh Jehuda noch einmal neue Kräfte.
„Höre Jisrael“, betete er, „der Herr unser Gott ist ein einziger Gott!“ Und dann – aus grenzenloser Einsamkeit ein Schmerzensschrei: „Mein Gott, mein Gott, warum hast du mich verlassen? Ich heule, aber meine Hilfe ist fern!“ Dann leise, flüsternd: „Oh Rabbi, vergib mir! Ich wußte nicht, was ich tat! Wir alle haben es nicht gewußt!“
Dann fiel sein Kopf herab. Glücklicherweise schliefen die Soldaten, und auch der Wachhabende döste vor sich hin. Ob Jehuda schon tot war oder nur besinnungslos, wir wußten es nicht. Und kein Soldat kam mehr mit dem Essigschwamm, um ihn wieder ‘lebendig’ zu machen. Ich hoffte, daß er gleich tot war. Jedenfalls starb er, ohne das Bewußtsein wiedererlangt zu haben.
Wir blieben zu Füßen der Kreuze, bis auch der Dritte gestorben war und bis die Soldaten nach ihrem Nickerchen den Tod der drei festgestellt und ihre Leichname abgenommen hatten. Wir folgten dem Zug bis zu den Gräbern. Irgendein reicher Anhänger Jeschuas mußte nach der Verurteilung die große, prächtige Grabstätte für ihn gekauft haben. Es war ein Grab für Reiche und Vornehme, in das die Wächter den gekreuzigten Jehuda nun legten. Sie warfen ihn fast hinein, um nur schnell mit der Arbeit fertig zu werden und in die Stadt zurückzukommen. Mit großer Mühe rollten sie schließlich den Rollstein vor die Graböffnung. Ein Ungetüm von einem Stein. Sechs starke Männer konnten die große runde Scheibe kaum vom Fleck bewegen. Die Leichen der beiden anderen wurden in ein bereits ausgehobenes Erdloch geworfen und verscharrt. Dann eilten die Soldaten zurück in die Stadt.
Wir folgten ihnen so schnell wie möglich, verloren sie aber bald aus den Augen. Erst jetzt richteten sich all unsere Gedanken auf Jeschua. Was hatte Pontius Pilatus mit ihm gemacht? War er im geheimen hingerichtet worden, oder hatte man ihn freigelassen? Warum waren Jeschua und Jehuda vertauscht worden? Wie war Jehuda in die Hände der Römer geraten? Fragen über Fragen wirbelten durch unsere Köpfe. Die Ungewißheit quälte uns um so mehr, je länger wir alle Möglichkeiten durchdachten, ohne Wirklichkeit und Wahrheit zu kennen. Das schlimmste war, daß immer wieder neue Hoffnung aufblitzte und uns weismachen wollte, daß Jeschua noch am Leben war. Aber wir wagten nicht, daran zu glauben, um ihn nicht ein zweites

Mal zu verlieren. So schwankten wir zwischen Hoffnung und Verzweiflung, zwischen Glauben und Angst. In diesem Wechselbad der Gefühle, aufgewühlt von dem langsamen und elenden Sterben der drei Männer, ausgelaugt von der glühenden Hitze, taumelten wir zurück in die heilige Stadt Jeruschalajim, um dort endlich Klarheit über das Schicksal Jeschuas zu erlangen – bereit auch zur schrecklichsten Wahrheit.

Es war noch hell, als wir vor dem Palast des römischen Statthalters anlangten, der in dem weichen Licht der untergehenden Sonne golden erglänzte. Nein, er schien selbst zu strahlen – sein Mauerwerk schien sich in flüssige Sonnenstrahlen verwandelt zu haben. Seine leuchtende Schönheit traf mich wie ein Schlag. Dieser Palast war so unglaublich schön, geradezu unwirklich schön nach all dem Entsetzlichen, das wir gerade gesehen und erlebt hatten. Er strahlte in reiner Schönheit – ob Jeschua frei war oder gefoltert wurde, ob Jeschua noch lebte oder schon tot war. Der Palast war schön, ob ich ihn betrachtete oder nicht, ob ich seine Schönheit erkannte oder nicht, ob er der Palast eines Juden oder eines heidnischen Römers war. Für einen Augenblick ließ mich seine erhabene, fast unirdische Schönheit alle Ängste und Sorgen vergessen. Ringsum gingen die Menschen eilig oder gemächlich ihren Geschäften und Plänen nach. Manche sahen den Palast – viele sicher nicht. Sie hatten ihn zu oft gesehen. Sie waren mit ihren Sorgen, Kümmernissen oder Freuden beschäftigt. Jeder einzelne, der hier vorbeikam, hatte seine eigene Geschichte, sein eigenes Schicksal. Myriaden von großen bis winzigen Tieren bevölkerten diesen Platz. Die Fuhrleute kümmerten sich um ihre Mulis und Esel. Aber sie achteten nicht auf den Gesang der Vögel. Niemand achtete auf die winzigen Ameisen oder auf die Würmer und Asseln unter den Steinen. Niemand beachtete die Grashalme, die sich zwischen den Steinquadern hindurchzwängten, um dem Himmel entgegenzuwachsen. Wie eine Wolke in tausend kleine Regentröpfchen hatte sich das Ganze in Tausende von Einzelschicksalen zerspalten. Jeder Wassertropfen, jedes Wesen bildete eine eigene, seine Welt. Und alle glänzten sie im weichen, goldgelben Licht der untergehenden Sonne und waren doch eins und nicht voneinander getrennt.

Mariam zog mich weiter – weiter zu den bewaffneten Wachen des Pontius Pilatus, die Jeschua vielleicht schon in einem geheimen Verlies ermordet hatten. Wir fragten die Wachsoldaten nach ihm. Sie lachten uns aus. „Wißt ihr Weiber denn nicht, daß man ihn heute gekreuzigt hat? Ihn und zwei andere!“

Wir wagten nicht, von der Vertauschung zu sprechen, um Jeschua nicht zu gefährden, falls er bisher verschont worden war.

„Sie wissen genausowenig wie wir", flüsterte Mariam. Wie grau ihr Gesicht war, von Angst und Schrecken plötzlich gealtert. Meines war bestimmt genauso fahl und eingefallen. Aber als ich sie so sah, keimte eine wilde Entschlossenheit in mir auf. Vielleicht wird man auch immer doppelt so mutig, wenn man spürt, daß der andere genausoviel oder mehr Angst hat als man selbst.
„Ich gehe hinein und frage Pontius Pilatus selbst. Er wird schließlich wissen, was man mit ihm gemacht hat. Er muß es ja befohlen haben! Ich bitte noch einmal um eine Audienz!"
Mariam sah mich voll Zweifel und Furcht an. Ich spürte dankbar ihre Sorge um mich. Dann überwand auch bei ihr die Hoffnung die Angst.
„Gehe, Mirjam, Schutz und Segen des Herrn mögen dich begleiten."
Es ging leichter, als ich gedacht hatte. Die Höflinge erkannten mich wieder als die Frau, der die Gunst einer Einzelaudienz beim Präfekten gewährt worden war. Kurze Zeit später stand ich vor Pontius Pilatus. Diesmal hatte man mich nicht in den großen Audienzsaal geführt, sondern in einen kleineren, wohnlicheren Raum. In der Mitte plätscherte ein kleiner Springbrunnen. Die Wände schmückten diesmal nicht die Statuen der römischen Caesaren und Senatoren, sondern bunte Bilder friedlichen Landlebens – Bauern mit ihren Tieren auf den Feldern, Männer und Frauen bei der Weinlese und Kelter, tanzende Menschen beim Erntefest. Die Götter, die in den Gemälden dargestellt waren – wie der weintrinkende Dionysos, die Erdgöttin Demeter mit den Weizengarben in ihren Armen – gingen in dem bunten Treiben fast unter.
Bildete ich es mir nur ein oder war es Wirklichkeit: das belustigte, wissende Lächeln, das ich um seine Mundwinkel spielen sah? Pontius Pilatus begrüßte mich fast freundschaftlich. Gerade das machte mir mehr Angst, als wenn er mich als der hochmütige römische Statthalter empfangen hätte, den ich von der ersten Audienz her kannte.
„Setz dich, Mirjam, und nimm von den Erfrischungen. Du siehst müde und erhitzt aus. Diese Erdbeeren und Kirschen werden dir guttun."
Ich nahm ein paar Erdbeeren, blieb aber stehen, während ich die erste in den Mund steckte und ihren Saft die Kehle hinunterrinnen ließ.
„Herr, du bist sehr freundlich zu deiner unwürdigen Dienerin."
„Laß diese Floskeln. Du fühlst dich immerhin würdig genug, um innerhalb kürzester Zeit gleich zweimal um eine Privataudienz zu bitten."
Also gut, er wollte es so. Ich reckte das Kinn und sagte:
„Ich habe den Gekreuzigten gesehen. Es ist nicht Jeschua. Sie haben Jehuda ben Schim'on aus Kriot gekreuzigt. Ich bin gekommen, um nach dem Schicksal Jeschuas ..." – Mit Jeschuas Namen auf den Lip-

pen fiel meine ganze Selbstbeherrschung, die von Kindheit an geübte selbstbewußte Haltung der Tochter aus gutem Haus wie eine Schilfhütte im Sturm zusammen. Nach diesem furchtbaren Tag, nach Jeschuas Verurteilung, nach der grausamen Hinrichtung der drei Männer und der quälenden Ungewißheit über Jeschuas Schicksal ging es über meine Kräfte, diesem kalten Zyniker vor mir noch Hilfe und Gnade abzutrotzen. Ich weinte und schluchzte hemmungslos. „Bitte sag mir, ob er noch lebt!"
„Ja, ja, die Liebe. Du hast so viel und so begeistert von ihr geschwärmt! Von der Liebe und der Hingabe ..." Er seufzte – und schnurrte vor Behagen. Er war die Katze, ich die Maus. Das war das Spiel, das er liebte.
„Und was hat die Liebe aus dir, einer schönen, stolzen und vielleicht zu klugen Frau gemacht? Ein heulendes Bündel Elend, das nach dem Geliebten jammert. Wo ist nun deine Liebe zu allem und jedem? Liebt wahre Liebe nicht alles, also auch das Unglück? Oder habe ich dich mißverstanden? Hast du nicht gesagt, daß wahre Liebe frei von Angst macht? Warum zitterst du dann um deinen Geliebten? – Ich will dir sagen, was die Liebe aus Menschen macht: hilflose, hörige Wesen, Sklaven der Angst, jämmerliche Schwächlinge, die unfähig sind, ihr Leben selbst zu meistern! Sie sind wie die Blätter eines Baums, die sich vom Sturm losreißen lassen. Erst wirbeln sie jubelnd in die Höhe und lachen über die anderen Blätter, die fest und beständig am Baum hängenbleiben, aber dann sinken sie unaufhaltsam zu Boden, verwelken und verdorren und sind bald nur noch raschelndes, totes Laub, das Mensch und Tier achtlos niedertreten. So geht es allen verliebten Narren. Ein kurzer rauschhafter Flug zu den Sternen – und dann der tiefe Sturz auf die Erde. Man gibt schnell sehr viel auf, wenn man sich von der Vernunft losreißen und von der Liebe dahintreiben läßt ... Womit willst du jetzt meine Entscheidung beeinflussen? Beim ersten Mal warst du noch so klug, dich auf Argumente zu verlassen, und hast von meiner Zuständigkeit gesprochen. Willst du mich diesmal mit einem Schwall Tränen erweichen? Hast du sonst nichts zu bieten?"
Ich hörte seine Worte durch mein ohnmächtiges Schluchzen. Ich sah auf und erblickte in seinen Augen wieder das gierige Verlangen wie beim ersten Mal. Langsam gewann ich die Fassung zurück. Ich wischte mir mit dem Ärmel die Tränen aus dem Gesicht, schneuzte mir die Nase – und dann wußte ich, wie ich ihm zu antworten hatte.
„Ja", begann ich langsam, „du siehst hier das Elend der Liebe. Ich habe heute drei Menschen langsam und qualvoll sterben sehen. Ich war bei ihnen, bis der Tod sie erlöst hat. Jehuda war mir trotz seiner

Schuld nahe wie ein jüngerer Bruder – und ich mußte mit ansehen, wie er unmenschlich litt, bis er starb. Jetzt martert mich die Ungewißheit über Jeschuas Schicksal. Du siehst mein Unglück, mein Elend, meinen Schmerz und mein Leiden. Glaube nicht, daß ich gehofft oder erwartet habe, dich mit meinen Tränen zu rühren. Ich weiß, daß dich nur meine Stärke beeindruckt. Für dich ist Weichheit nichts als Schwäche. Und wer sich von seinen Gefühlen überwältigen läßt, den verachtest du, weil er nicht Herr seiner selbst ist. Ist es nicht so?"
„Du verstehst mich besser, als ich dachte. Ja, du hast recht. Ich verachte die, die sich selbst verlieren. Anstatt ihr Schicksal selbst zu bestimmen oder mannhaft zu ertragen, was die Götter uns auferlegen, geben sie mit ihrem ständigen Schwanken zwischen himmelhochjauchzender Liebe und jämmerlichem Wehgeschrei eine ziemlich klägliche Vorstellung. Keine Disziplin, keine Selbstbeherrschung. Ein Betragen, das eines Römers unwürdig ist. Das ist was für Griechen – oder Juden ...", fügte er fast rachsüchtig hinzu.
„Und trotz all meines Jammers und trotz meines Weinens bin ich diejenige, die dir etwas geben soll", antwortete ich und schaute ihn geradewegs an. „Ich sehe das Verlangen in deinen Augen. Du willst mich besitzen. Und meine Hingabe ist der Preis dafür, daß du mir sagst, was mit Jeschua geschehen ist."
„Es macht alles sehr viel einfacher, daß du die Situation richtig erkannt hast. Es hat doch seine Vorteile, es mit einer klugen Frau zu tun zu haben. Ja, wir schließen einen Handel. Deine Liebe gegen mein Wissen – und vielleicht seine Freilassung, wenn er noch lebt. Es wird dir ja nicht schwerfallen, da du so gerne liebst. Ist es für dich nicht das Wichtigste auf der Welt?"
„Herr, du verspottest meine Liebe und verachtest mich in meinem Leid und meiner Ohnmacht. Aber verachtest du auch die Sonne, wenn Wolken sie verhüllen und wenn Regenschauer ihre Strahlen verschlingen? Wie kannst du die Liebe verlachen, nur weil man am Geliebten hängt? Wer gibt dir das Recht, Glück und Freude der Liebe zu verachten, nur weil sie auch Leid und Unglück bringt? Wie könnte es Berge geben, wenn nicht auch die Täler wären? Es gibt das feste Land und es gibt Wasser und das unendliche Meer. Ist das Land stärker oder schwächer als das Wasser? Oder umgekehrt: Ist das Wasser stärker oder schwächer als das Land? Ist die Sonne schwach, wenn es regnet? Müssen wir das Wasser verachten, weil es in der Sonne zu nichts verdunstet? Lieber bin ich zehnmal im Unglück und habe doch einmal die Liebe erfahren! Wie kannst du dir anmaßen, mein Unglück zu verachten, wenn du nichts vom Glück und nichts von der Liebe weißt? Du hast sie ja nie gewagt! Du mei-

dest die Liebe doch nur, weil du ihre Schmerzen fürchtest. Mein Leiden ist nicht so groß wie deine Angst vor dem Leiden. Du bist wohl ein großer und mächtiger Herr – ein Fürst in diesem Land. Und doch bist du so armselig, daß du einer Unglücklichen nicht nur die Hilfe verweigerst, sondern auch noch alles von ihr haben willst, was sie zu geben hat! Ja, wer liebt, ist wehrlos und verwundbar. Aber lieber Liebesqualen erleiden, als wie ein Stein kalt und stumpf zu sein! Wenn ich liebe, leide, fühle, bin ich doch lebendig – und nicht tot bei lebendigem Leib wie du! In Wahrheit bist du der Schwache und der Arme von uns beiden! Mit einem erpresserischen Handel willst du erzwingen, was dir nicht freiwillig und in wahrer Liebe zuströmt."

„Schweig."

Es war mehr Unwillen als ein Befehl. Aber er konnte mir keine Angst mehr einjagen.

„Nein, jetzt will ich nicht mehr schweigen. Du könntest mein Leiden mit einem Wort beenden oder wenigstens lindern. Du könntest mich aus meiner Ungewißheit und Qual reißen, wenn du mir nur sagst, ob Jeschua noch lebt oder schon tot ist. Du hast kaltblütig die Kreuzigung von drei Männern angeordnet. Aber ihr Leiden konntest du nicht mit ansehen."

„Ich bin ein Römer und neige nicht zu Gefühlsduseleien. Wenn die Angelegenheit nicht so unwichtig gewesen wäre, wenn sie meine Anwesenheit erfordert hätte, hätte ich der Hinrichtung beigewohnt und mich wie ein Mann betragen – nicht anders als die römischen Soldaten, die die Kreuzigung durchgeführt haben. Oder haben sie etwa vor Mitleid gewinselt? Es sind drei Verbrecher hingerichtet worden, die nichts anderes verdient haben."

„Weißt du denn, was das Schicksal für dich oder die deinen noch bereithält? Du würdest nicht so sprechen, wenn man dir selbst einen Nagel durch Hände und Füße geschlagen hätte – oder vielleicht deiner Frau oder deinen Kindern. Dann würdest du *fühlen*, was es heißt, gekreuzigt zu werden! Aber dann wäre es zu spät."

„Mit solchen Schauerphantasien kannst du mich nicht erschrecken. Ich werde niemals am Kreuz hängen. Und genausowenig jemand aus meiner Familie. Selbst wenn wir eines Verbrechens schuldig werden, sind wir doch Römer und haben das Recht auf einen ehrenhaften Tod durch das Schwert."

„Und was dir nicht geschehen kann, das willst du dir auch nicht vorstellen?"

„Nein, warum? Wozu soll ich meinen Kopf mit üblen Phantasien belasten, die niemals Wirklichkeit werden? Ich bin keiner dieser griechischen Dichter, die immerfort weinen und winseln müssen und mit

ihrem Schicksal hadern. Ich bin ein römischer Beamter und tue nichts als meine Pflicht. Und ich zerbreche mir höchstens den Kopf darüber, wie ich meine Pflichten am besten erfüllen kann."
„So gehört es auch zu deiner Pflicht, mich hinzuhalten und in dein Bett zu locken, bevor du vielleicht so gnädig bist, mir Auskunft zu geben?"
„Es steht einem Römer immer gut an, die Angehörigen besiegter Völker hinzuhalten. Das erinnert sie besser als alles andere daran, wer die Macht im Lande hat. Und der Caesar verbietet es uns nicht, die Arbeit für das Wohl Roms mit unserem Privatvergnügen zu verbinden."
Ich lachte bitter auf. Sein Zynismus war unerträglich. Wenn sein Herz je zu einer Regung von Mitleid fähig war, so hielt er dies hinter einem unsichtbaren eisernen Brustharnisch verborgen. Er konnte befehlen – und was er wollte, das bekam er auch. Was gingen ihn Leid und Schmerz anderer an? Er musterte mich abwartend, fast genüßlich. Er hatte die Geduld des Siegers, der weiß, daß sein Opfer zu keinem Gegenschlag mehr fähig ist. Als mir die Ausweglosigkeit meiner Lage klar wurde, kam eine große Ruhe über mich. Merkwürdig, nicht nur der Sieger wird in der Gewißheit seiner Überlegenheit ruhig und gelassen – das Opfer ebenso, wenn es weiß, daß alle Gegenwehr nichts mehr an der Niederlage ändern kann.
„Nun gut, du bist der Gebieter. Aber wisse, wenn du mich nimmst, so wird es nicht anders sein, als wenn du die Tür meines Hauses mit der Axt einschlägst und wie ein Räuber und Plünderer einfällst. Du wirst nie erfahren, wie es ist, wenn ich dir voll Liebe entgegenlaufe, dir selbst die Tür öffne und dich freudig willkommen heiße!"
Die schweren Lider hoben sich nur wenig. Aber ich wußte, ich hatte seine Aufmerksamkeit auf etwas gelenkt, das er bisher nicht gesehen und nicht bedacht hatte. Da er schwieg, fuhr ich fort:
„Wie gering du von dir selber denkst! Für wie wenig liebenswert du dich hältst, wenn du die Liebe einer Frau erpressen mußt! Wieviel Angst muß in dir stecken, daß du nicht zu glauben wagst, daß eine Frau dich von selbst lieben könnte! Oder hast du Angst, daß die Frauen dich nur lieben, weil du reich und mächtig bist? Dann bist du noch ärmer dran, als ich dachte. Weil du nicht unterscheiden kannst zwischen echter und geheuchelter Liebe. Weil du nicht weißt, wie es ist, wenn zwei Menschen sich im Innersten finden und in ihrer gemeinsamen Liebe schwingen und leben. Glaubst du vielleicht, es ist Liebe, wenn man dir schmeichelt und dich schön und klug nennt und voll Bewunderung ansieht? Wer dich bewundert, kennt dich nicht. Bewunderer sehen nur dein Äußeres. Sie sehen nur, was mächtiger,

glänzender und schöner ist als sie selbst. Aber Lieben heißt einander verstehen – verstehen tief im Herzen! Wo bleiben wohl die Bewunderer und Schmeichler, wenn du kein reicher Herr mehr bist, sondern arm, alt und schwach? Dann wirst du keinen von ihnen mehr sehen. Aber wer dein Herz kennt, sieht dich und bleibt. Denn er sieht das Edelste und Kostbarste, das es gibt – und er sieht es in dir und in sich selbst. Hast du es so nötig, in der Bewunderung der Heuchler zu baden und Liebe erzwingen zu müssen, so daß sie keine mehr ist? Wo ist deine Größe, wenn du selbst nicht an sie zu glauben wagst?"
„Wie kannst du es wagen, so zu mir zu sprechen? Für diese Beleidigungen müßte ich dich auspeitschen lassen ..."
Er sprach mit einer seltsam kraftlosen Stimme. Meine Worte hatten ihn tatsächlich getroffen. Auf einmal saß mir kein hochmütiger römischer Statthalter mehr gegenüber, sondern ein ratloser, verloren aussehender Mann, dem plötzlich der Boden unter den Füßen weggerutscht war.
„Pontius Pilatus, wenn du aufhörst, daran zu denken, daß du ein römischer Herr bist, reich und mächtig, wenn du aufhörst, daran zu denken, daß du als Mann gegenüber einer Frau als Gebieter auftreten kannst, wenn du vergißt, daß du klüger und mächtiger bist als dein Gegenüber – vielleicht erkennst du dann den Menschen vor dir und gibst diesem Mann oder dieser Frau Gelegenheit, auch dich als Menschen zu sehen. Dann wirst du erkennen, wo das höchste Gut liegt. Du wirst erkennen, daß es in dir und in allen Wesen verborgen ist – göttlich, unendlich kostbar und verehrungswürdig. In deinem tiefsten Innern bist du viel reicher und edler und schöner und weiser, als es der gelangweilte römische Patrizier je sein kann."
Pilatus hatte seine Kraft und Selbstgewißheit wiedergewonnen. Er hatte gehört, daß ich ihn reich, edel, schön und weise genannt hatte. Mehr hatte er nicht verstanden, wie seine nächsten Worte bewiesen.
„Du bist unverschämt – und begehrenswerter denn je." Mit einer seltsamen Mischung aus der gewohnten Überheblichkeit und einer neuen, fast gerührten Weichheit lächelte er mich erwartungsvoll an.
„Du begehrst mich, aber du verstehst mich nicht. Dein Herz ist taub und stumm. Selbst wenn ich mit dir schlafen würde, mein Körper würde genauso stumm bleiben wie dein Herz. Es hat keinen Sinn, Herr. Bitte verzeih, daß ich dich mit meinem Besuch belästigt habe."
„Du willst gehen? Du willst nicht mehr wissen, was aus deinem Rav geworden ist?"
Er starrte mich ungläubig an.

„Ich möchte es wissen – mehr als alles andere auf der Welt. Aber du willst es mir ja nicht sagen. Und ich kann nicht länger zappeln. Ich habe die Kraft nicht mehr. Laß mich gehen."
Er schnaubte.
„Ich könnte dich nehmen, ob du willst oder nicht, ob du mich willkommen heißt oder nicht, ob du mich liebst oder nicht. Ich könnte meine Lust an dir kühlen, und das ist alles, was ich von dir will. Halte dich nicht für bedeutender, als du bist, nur weil ich dir zweimal die Gnade einer Einzelaudienz gewährt habe. Manche Römerin wäre glücklich, wenn sie mir so zu Diensten sein könnte. Ich brauchte dir nicht einmal zu sagen, was aus deinem Geliebten geworden ist. Niemand würde hier auf deine Schreie hören oder dir zu Hilfe kommen."
„Davon bin ich überzeugt. Aber denke daran, daß wir jüdischen Frauen nicht ganz so ergeben und hilflos sind wie vielleicht die römischen Frauen. Du selbst hast einmal Jehudith erwähnt, die dem fremden Feldherrn den Kopf abschlug. Glaube nicht, daß es dir besser erginge."
Er lachte mir ungläubig ins Gesicht. „Du willst mir drohen? Du willst mit mir kämpfen? Du, eine schwache Frau, willst mir den Kopf abschlagen? Zeige mir doch dein Schwert, damit ich Angst bekomme!"
Pontius Pilatus kam lachend auf mich zu.
Ich griff nach dem kleinen Messer, das neben der Obstschale lag, und hielt es vor meine Brust.
„Vielleicht kann ich dir nicht den Kopf abschlagen, aber ich kann zustechen. Und wenn ich dich nicht treffen kann, so kann ich mich wenigstens dir entziehen! Außerdem wartet draußen Mariam, die Mutter Jeschuas. Und wenn ich nicht lebend und heil diesen Palast verlasse, wird sie ein Heulen und Schreien veranstalten, daß dir und den Römern in Jeruschalajim die Ohren klingen werden. Die Menge hat heute den Tod Jeschuas gefordert – aber es ist etwas anderes, wenn seine Mutter wehklagt und wenn eine jüdische Frau in deinem Palast geschändet wird. Du wirst das jüdische Volk schneller vor deinen Toren finden, als dir lieb ist!"
„Warte, du Wahnsinnige!" Meine Warnung hatte ihn sichtlich beeindruckt.
Noch immer hielt ich mein Messer abwehrbereit. Er verneigte sich und zog sich wieder auf seinen Sessel zurück.
„Du bist nicht nur eine kluge und schöne Frau, du bist auch mutig. Du gefällst mir sehr. Aber du irrst, wenn du glaubst, daß ich Lust von einer Frau gegen ihren Willen begehre. Ich wollte dich nur ein wenig kitzeln – und sehen, was du tust, wenn du in die Enge getrieben wirst. Du hast dich geschlagen wie ein Mann! Ja, sogar ein römischer Soldat

hätte es nicht besser tun können! Ich lasse dich gehen. Zieh in Frieden, und nimm deinen Rav mit dir. – Ja, er lebt. Hast du vergessen, daß wir ein Abkommen getroffen hatten? Ich pflege meine Versprechen zu halten. Schon allein, um mich in Disziplin zu üben. Ich hatte es dir versprochen unter der Bedingung, daß dein Rav dieses Land verläßt und nie mehr einen Flecken Erde betritt, der unter römischer Herrschaft steht. Er mag gehen, wohin er will. Du kannst von mir aus mit ihm gehen."
Bei seinen Worten packte mich Schwindel – alles drehte sich. Jeschua lebte!
„Herr, darf ich jetzt noch ein paar Erfrischungen zu mir nehmen? Ich habe den ganzen Tag nichts gegessen."
Ich stopfte ein paar Erdbeeren und Nüsse in den Mund. Erst dann fiel mir ein, mich bei ihm zu bedanken. Er lachte und nickte. Dann klatschte er in die Hände, und sein Sekretär trat ein.
„Sie kann den Gefangenen abholen und mit ihm bei Einbruch der Dunkelheit die Stadt verlassen. Ach ja, draußen vor den Toren wartet noch seine Mutter. Hm, was sollen wir mit ihr tun ..."
„Laß mich zu ihr gehen und ihr alles sagen. Sie ist verschwiegen und wird das Leben ihres Sohnes nicht gefährden", warf ich hastig ein, immer noch halb benommen von der Eröffnung, daß Jeschua lebte. Oder spielte der Präfekt wieder mit mir und machte mir nur etwas vor? Ich wagte noch nicht, an seine Worte zu glauben. „Dürfen wir dann beide zu ihm? Ich verspreche auch in Mariams Namen, daß wir die Stadt verlassen und niemandem verraten werden, daß er noch lebt."
Er nickte und entließ mich mit einem gnädigen Wink. Er war wieder ganz förmlich. Nur noch der römische Statthalter, der einer Bittstellerin huldvoll eine Gnade gewährt. Als ich mich an der Tür noch einmal vor ihm verneigte, lag ein selbstzufriedenes, grausames Lächeln in seinem Gesicht. Hatte die Katze doch ihr Spiel gespielt und gewonnen?
Ich hatte mich schon umgedreht, da fing er noch einmal an zu sprechen.
„Dein Rav ist wahrhaftig und mutig. Und er ist ein Narr. Er hat großes Glück, daß er von dir so geliebt wird. Unter anderen Umständen würde ich euch gerne zu Freunden haben. Aber die Umstände sind nicht danach. Lebt wohl! Euer Gott möge euch beschützen!"
Ich konnte kaum glauben, was ich da gehört hatte. Ich drehte mich um und starrte ihn an. Das boshafte, zynische Lächeln spielte noch immer auf seinen Lippen. Und doch wußte ich, daß er ganz ernst gesprochen hatte. Aus seiner Stimme wehte mich ein düsterer Hauch

von Einsamkeit und Verlorenheit an. Wenn man zu den Mächtigen zählt – wem kann man noch vertrauen? War sein Zynismus nicht das einzige, was ihm geblieben war?
„Ich danke dir. Unter anderen Umständen hätte ich dich sehr gern zum Freund, Pontius Pilatus. Und vielleicht ändern sich die Umstände ja auch einmal!"
Ich lächelte ihn an und winkte ihm zu, dankbar und voller Glück. In der Höhle des Löwen hatte ich einen Menschen und Freund gefunden.
Dann lächelte auch er – und der Zynismus, die Boshaftigkeit waren wie weggewischt. Es war ein freies, ein bubenhaftes Lächeln. 'Haben wir es ihnen nicht gezeigt?' grinste es verschmitzt. 'Wir haben sie alle an der Nase herumgeführt! Und niemand hat es gemerkt. Noch nie hat mir einer eine 'gute Tat' zugetraut! Sie glauben immer, sie müßten mich kaufen! Ahh – wenn sie wüßten! Wenn sie nur eine Ahnung von meinem weichen Herzen hätten! Aber dann hätten sie keinen Respekt mehr vor mir. Sie würden mich nicht mehr fürchten und mir nicht mehr gehorchen. Die Disziplin ginge zum Teufel. Aber zwischen uns beiden und deinem Rav bleibt es ein Geheimnis, daß ich auch anders sein kann.'
Draußen war die Helligkeit, die den Palast golden umstrahlt hatte, dem glanzlosen Grau gewichen, das die Nacht ankündigt. Wie ein Häufchen Elend saß Mariam ganz unten auf den Stufen, die zum Palast führten. Ich sprang zu ihr und flüsterte ihr die Nachricht ins Ohr. Mariam blieb sitzen. Sie sah mich nicht an. Aber ihr Körper fing an zu zittern. Sie rang nach Worten.
„Sprich nicht, komm mit. Niemand sonst darf es erfahren!"
Ich führte sie nach oben, wo der junge Sekretär mit schon gut geschulter Langeweile in Gesicht und Haltung auf uns wartete. Sicher fragte er sich, was der Präfekt an uns beiden unbedeutenden Judenfrauen wohl gefunden haben mochte, daß er sich bereits zweimal mit uns abgab. Aber er war ein guter Römer und gewohnt, Befehle ohne Zögern auszuführen. Er geleitete uns zur Feste Antonia. An einem Seiteneingang empfing uns ein Wachsoldat und ging mit einer Leuchte voran. Er führte uns eine schmale Treppe hinunter. Unten erwarteten uns dunkle Gewölbe und enge Gänge, die man in den nackten Felsen gehauen hatte. Die Wände waren schwarz vom Ruß der Fackeln. Die Luft war dumpf, stickig und stank. Unsere Schritte hallten von den Wänden und Decken. Man führte uns an mehrfach verriegelten Türen vorbei, hinter denen verzweifelte Stimmen um Hilfe flehten. Meist schrien sie nach Wasser und Brot, einmal wurde jammernd nach ei-

nem Arzt verlangt. Der Wachsoldat führte uns vorüber, als ob er keinen Laut vernommen hätte.
Er brachte uns zu einem kleinen Raum, wo sich die Wächter mit Würfeln und Trinken die Zeit vertrieben, wenn sie nicht ihre Runden drehten.
„Setzt euch und wartet hier!“ sagte der Sekretär und flüsterte dem Wachhabenden einige Worte ins Ohr. Plötzlich ergriff mich Panik. War ich nicht doch einem bösen Spiel des Präfekten aufgesessen? Hatte man jetzt auch uns Frauen gefangengenommen? Sollten wir in diesen Kerkern den Rest unseres Lebens verbringen? Ich wagte nicht, Mariam anzublicken. Mein Herz klopfte so laut, daß ich Angst hatte, sie könnte es hören. Dann führte man Jeschua herein.
Er war immer noch so mager und bleich wie am Morgen im Gerichtssaal. Aber seine Augen leuchteten, als er uns sah. Unter den Blicken der Gefängniswärter, die jedes Wort, jede Geste von uns belauerten, feierten wir ein stummes Wiedersehen. Der Sekretär steckte mir ein Päckchen zu, das ich ausdrücklich erst außerhalb der Stadttore öffnen durfte.
Als draußen die Dunkelheit ganz hereingebrochen war, entließ man uns ins Freie. Ein Soldat begleitete uns bis zum Stadttor. Man öffnete eine Seitentür und ließ uns hinaus. Wir waren frei. Ich sog die köstlich kühle Nachtluft tief ein. Wieder frische Luft zu atmen! Dem stickigen Tag und dem noch stickigeren Gefängnis entronnen zu sein! Eine kühle, prickelnde Brise umfächelte und berauschte uns, machte unsere Köpfe und Gemüter wieder leicht und frei. Ich befand mich in einem Zustand der Klarheit und Wachheit, wie man ihn nur in seltenen, kostbaren Augenblicken erlebt. Es war, als wären die Sterne näher gerückt, als träten die Steine und Felsen aus dem Dunkel heraus, als lebten und tanzten sie – und alles in mir tanzte mit.
Erst nachdem wir ein gutes Stück gelaufen und die Schatten der Stadtmauern und des Palastes des Präfekten weit hinter uns gelassen hatten, fielen wir uns in die Arme und feierten nun wirklich unser Wiederfinden, unsere Freiheit und unser Glück.
„Wohin gehen wir?“ fragte Mariam, und ich erzählte von dem Gespräch mit Pontius Pilatus. Dann zog ich das kleine Päckchen heraus, das mir der Sekretär zugesteckt hatte.
„Das hat man mir im Palast gegeben – jetzt darf ich es öffnen. Vielleicht enthält es genauere Anweisungen.“
Ich schnürte das kleine Bündel auf. Es enthielt ein paar Fladenbrote und Datteln und einen kleinen Krug mit Wein. Ein paar Münzen fielen klirrend auf den felsigen Grund. Mariam las eine auf und hielt

sie ins Mondlicht. „Es ist eine Goldmünze! Er hat uns Gold mitgegeben!“
„Hier ist ein Schriftstück“, rief Jeschua, „aber ich kann Griechisch nicht lesen! Lies du!“ Er reichte mir die kleine Rolle.
Es war nicht einfach, in dem schwachen Mondlicht die Buchstaben zu entziffern, aber schließlich gelang es mir, und ich las vor:

*„An Mirjam aus Magdala, auch genannt Marjama bat Schlomo aus Sidon und ihren Rav Jeschua aus Nazareth.“*
Ich glaube, ich wurde rot, als ich diesen Gruß las. So hatte Pontius Pilatus auch von meinem Leben in Caesarea gewußt! Hatte er auch von Alpheios gewußt? Hatte er darum geglaubt, eine willige Bettgenossin in mir zu finden?
„Lies doch weiter!“ Jeschua schubste mich sanft. „Oder träumst du etwa vom Statthalter Pontius Pilatus?“
*„Du siehst, ich habe meine Erkundigungen über dich eingezogen. In Caesarea scheinst du nicht so spröde gewesen zu sein wie bei mir. Hat dein Rav diese Wandlung bewirkt? Ich verwünsche ihn, da er solche Macht über dich besitzt. Deine Strafe wird sein, daß es dir bei ihm schlechter ergehen wird als je bei mir.“*
Dann folgte ein lateinischer Einschub in einer anderen, einer kunstvollen Schreiberhandschrift. Anscheinend war das der offizielle Teil des Dokuments. Pontius Pilatus hatte den übrigen Text in den oberen und unteren Rand geschrieben.
*„Unter Aussetzung der verhängten Todesstrafe hat Rav Jeschua ben Josef binnen dreier Tage die Provinz Judäa zu verlassen. Desgleichen ist ihm nach Jahresfrist, gerechnet vom heutigen Tag an, der Aufenthalt in allen Ländern und Protektoraten des Römischen Reiches untersagt. Sollte er nach diesen Fristen noch auf besagten Gebieten angetroffen werden, ist sein Leben verwirkt. Ebenso ist es ihm bei sofortigem Vollzug der Todesstrafe verboten, sich innerhalb dieser Zeitspanne als Rav Jeschua aus Nazareth zu erkennen zu geben. Rav Jeschua bleibt auf Lebenszeit von allen Territorien des Römischen Reiches verbannt. Dies gilt insbesondere für die Provinz Judäa in ihren heutigen und künftigen Grenzen.“*
*„Ihr Narren Eures jüdischen Gottes – ich weiß nicht, was mich bei Euch mehr beeindruckt: Eure Halsstarrigkeit oder die wahnwitzige Ehrlichkeit und Aufrichtigkeit, die Euer Denken und Handeln bestimmt. Ich gebe zu, Eure Narrheit hat etwas Verführerisches. Ihr habt keine Angst vor dem Tod. Das gilt zwar auch für meine Soldaten, aber sie sind abgestumpft und kennen nichts anderes als Drill und Gehorsam. Sie wissen nichts vom Leben. Ihr hingegen liebt das Leben und fürchtet den Tod dennoch nicht. Aber am schlimmsten geht es den armen Tröpfen, die vor*

*dem Tod zittern und doch das Leben niemals gekannt haben – weil sie auch vor dem Leben zittern. Wenn ich alt bin, werde ich es vielleicht wagen, ein römischer alter Narr zu werden. Verlockend ist es schon – aber auch so gefährlich. Ich stelle fest, daß meine Angst vor dem Tod nicht so groß ist wie meine Angst vor der Lächerlichkeit.*
*Nehmt diese paar Geldstücke. Sie sollen Euch sicher über die Grenzen bringen und Euch für einen neuen Anfang nützlich sein. Brot, Wein und Datteln werden Euch helfen, den ersten Tag zu überstehen.*
*Am Schluß ein kleiner Rat: Rav Jeschua hat dem Predigen entsagt. Er tut gut daran, dabei zu bleiben. Hütet Euch, in Eurem Gastgeberland mit Predigen anzufangen. Der Plebs wird Euch immer mißverstehen, und die Priester werden Euch hassen und bekämpfen. Hat nicht einer Eurer Weisen gesagt: 'Wer Wissen bringt, bringt Schmerz, und ein wacher Sinn bringt viel Ärger'? Und ich möchte hinzufügen: 'Vieles Gewaltiges lebt, aber nichts ist gewaltiger als die Torheit des Menschengeschlechts!' Es wird Euch guttun, dies zu beherzigen. Die Dummheit ist eine große Macht, größer selbst als Euer komischer unsichtbarer Gott. Oder verlangt er in seiner unendlichen Liebe, daß Ihr Euch auch der Dummheit 'hingeben' sollt?*
*Euer Gott und alle Götter mögen Euch schützen. Lebt wohl.*
*P.P. – ein Freund„*

„Was für ein merkwürdiger Mann. Nie hätte ich ihm einen solchen Brief zugetraut", sagte Mariam voll Staunen und Bewunderung. „Und sogar Gold hat er uns mitgegeben!"
„Ich hätte es auch nicht geglaubt. Und was noch verrückter ist – er ist der erste und einzige Mann, der verstanden hat, worum es mir geht! Ich erkenne es an seiner Angst. Er weiß, was auf ihn zukommt, wenn er sein Wissen leben würde! Und er ist stark und selbstbewußt genug, um nicht unter die Fittiche eines jüdischen Rav oder irgendeines römischen Kultes zu kriechen. Mirjam, du hast ihn bekehrt! Eigentlich ist das gar nicht so verwunderlich! Du hast ja auch aus mir einen anderen Menschen gemacht!"
Jeschua lachte und zog mich in seine Arme. Seine Berührung, seine Nähe überflutete mich wie warm und sanft rieselnde Wellen. Er hielt mich, als sei ich das Kostbarste und Edelste und Wunderbarste auf der Welt. So halten Eltern ihre kleinen Kinder, wenn sie sie lieben. Wenn sie die zarten Fingerchen und Zehen bestaunen und dabei etwas von dem Wunder des Göttlichen ahnen, das etwas so Winziges, Kleines, Zerbrechliches und zugleich so Kostbares und Vollkommenes schaffen kann. Ich muß einmal so gehalten worden sein – ob von meinen Eltern oder einer liebevollen Amme oder Magd, ich kann

mich nicht erinnern. Aber das Gefühl hatte ich schon einmal erlebt, und ich fühlte mich auf einmal wieder als kleines Kind: geliebt, geschützt und geborgen in den Armen des Menschen, den ich am meisten liebte. Und ich erkannte das Zarte, Zerbrechliche und Kostbare und Vollkommene auch in Jeschua – und in allem, was mit uns lebte und existierte.

Aber dies war nicht die Zeit für Zärtlichkeiten – nicht nur, weil Mariam bei uns war. Wir mußten weiter und so schnell wie möglich einen großen Abstand zwischen uns und Jeruschalajim legen. Aber Jeschuas Gegenwart, sein Blick, sein Atem, sein leichter Schritt neben mir, sein Lächeln, seine stützende Hand erfüllten mein ganzes Sein. Und ich wußte, daß ebenso mein Blick, mein Atmen, mein Lächeln in seinem Innersten schwangen. Wir waren zwei Körper und doch eins.

Wir waren vom Stadttor der Straße ins Land hinaus gefolgt, ohne besonders darauf zu achten, wohin sie uns führte. Es war schon zu spät, als Mariam und ich erkannten, daß wir uns am Fuß des Richthügels befanden. Unser Erschrecken, unser unwillkürliches Zurückweichen ließen Jeschua aufmerken. Anfangs wollte er uns nur beruhigen, weil er annahm, wir fürchteten uns vor dem nächtlichen Spuk der bösen Geister der Hingerichteten. Das Grauen des Tages hielt mich wieder umfangen. Ich sah die Kreuze und hörte das Schreien und Stöhnen der Männer, durchlebte wieder den furchtbaren Anblick ihres langsamen Sterbens. Zu spät gewannen wir unsere Fassung wieder, um ihn noch mit ein paar harmlosen Erklärungen abspeisen zu können. Zu deutlich stand uns der Schrecken im Gesicht.

„Was bedeutet das? Was ist geschehen? Hat man heute jemanden hingerichtet? Wer war es?“

Es half kein Ausweichen, kein Bitten, kein Flehen, kein Ablenken. Wir mußten ihm alles erzählen. Selbst im schwachen Licht des Halbmondes konnten wir sehen, wie sein Gesicht erbleichte, als wir Jehudas Namen nannten.

„Führt mich zu seinem Grab!“

Wir folgten wortlos seinem Befehl, denn das war es: ein Befehl.

Wir gingen denselben schmalen, steinigen Weg wie schon einmal in der Mittagsglut des Tages. Mein Mund wurde wieder trocken, Übelkeit stieg hoch. Aber ich lief und stolperte weiter.

Das prächtige Grab, in das die Soldaten Jehuda so achtlos geworfen hatten und das so sorgsam mit dem riesigen Rollstein verschlossen worden war, gähnte uns mit tiefschwarzem Schlund entgegen. Es war offen. Der große runde Stein war zur Seite gerollt. Von dem Leichnam Jehudas war nichts zu sehen, keine Spur zu entdecken. Es war offensichtlich, daß man die Leiche beiseite geschafft hatte. Trotzdem suchten wir weiter. Erst als wir die Grabkammer Elle um Elle ausgetastet hatten, gaben wir auf und ließen uns draußen vor der Öffnung nieder. „Pontius Pilatus", sagte Mariam. „Er will sichergehen, daß die Vertauschung unbemerkt bleibt."

Ich nickte. „Er will sicher sein, daß du weiter für tot giltst. Und Jehudas Leichnam ist ein zu gefährlicher Zeuge. Er mußte ihn beseitigen. Du tot, Jehuda verschwunden. Sicher wird bald ein Gerücht aufkommen, das Jehudas Verschwinden erklären wird. Zwei Gegner mit einem Streich unschädlich gemacht! Kein Jeschua und kein Jehuda mehr, um das Volk aufzuwiegeln. Und Bar Abbas wird man bei einer Wirtshausschlägerei unauffällig aus dem Weg räumen, damit er auf der Woge der Heldenverehrung nicht noch auf dumme Gedanken kommt. So hat er alle Aufrührer unschädlich gemacht und steht beim Volk noch als gnädiger Herr da! Und er hat gegen den Sanhedrin die Gerichtshoheit des Caesar gewahrt. Was für ein Mann! Ein großer Politiker! Und ein kluger Mann!"

Jeschua saß währenddessen stumm neben uns. Und dann begriff ich. Mariam und ich redeten von Pontius Pilatus – und er dachte an Jehuda. Jehuda, der an seiner Stelle den Erlöser und Befreier gespielt hatte. Jehuda, der nun als falscher Maschiach und Gotteslästerer und Hochverräter gekreuzigt worden war. Tränen liefen über Jeschuas Gesicht. Als ich die Hand auf seine Schulter legte, schaute er auf und weinte laut.

„Ich wollte sie von der Übermacht meiner Gegenwart befreien – und habe statt dessen Jehuda in einen qualvollen Tod geschickt. Was ich auch tat, war falsch. Und er mußte für mich leiden und sterben!"

„Als er sich zum Maschiach ernannte und zum Kampf gegen die Römer aufrief, wußte er, daß er seinen Tod herbeiredete, wenn das Volk ihn nicht unterstützte. Er wußte, daß ihn die Priester wegen Gotteslästerei und die Römer wegen Hochverrats verhaften würden. Er hat auf eigene Faust gehandelt und gegen deinen Willen den Tod herausgefordert. Er ist nicht blind hineingerannt. Und am Schluß hat er dich um Verzeihung gebeten!" Ich sprach langsam und leise. Ich konnte ihn nicht erreichen.

„Er hat nicht gewußt, was er getan hat! Keiner von ihnen hat es gewußt! Habe ich denn gewußt, was ich getan habe? Habe ich zu ihnen von Liebe und Leben gesprochen, damit sie dadurch zu Tode kommen? Ich habe ihnen die Ewigkeit des Lebens klarzumachen versucht, damit sie ihre Angst vor dem Tod verlieren. Ich wollte sie leben lehren! Aber sie haben begonnen, den Traum vom Maschiach zu träumen, sich als Gottes Werkzeug zu fühlen – und haben darüber vergessen, ihr eigenes Leben zu führen! Ich habe gesehen, daß sie

nichts verstanden haben, und habe doch weitergepredigt. Und als sie immer noch nicht verstanden, da habe ich aufgegeben und sie fortgeschickt. Und das eine war falsch und das andere auch. Sie sind wie Lämmer, die nach ihrer Mutter oder dem Hirten blöken. Sie suchen immer einen Herrn, zu dem sie aufschauen können und der sie leitet. Und wenn sie keinen solchen Herrn finden, dann erhöhen sie lieber einen aus ihrer Herde. Die Hauptsache, ein Leithammel geht ihnen voran! Aber was hätte ich tun können – was hätte ich tun sollen?"
„Du hast das getan, was du in deiner Situation wissen und tun konntest. Jeschua, du bist nicht allwissend und allweise! Du bist göttlich, aber kein allwissender Gott! Du bist unendlich und begrenzt zugleich. Du weißt, daß du nicht der Maschiach bist und nicht für alle Menschen das Beste weißt – aber weißt du es auch für dich selber? Du fühlst dich verantwortlich und schuldig, wo du nur aus Liebe und Mitgefühl gehandelt hast. Sicher, du hast Schaden angerichtet. Aber wo ist die Schuld eines Kindes, das beim Spielen mit Pfeil und Bogen versehentlich seinen liebsten Freund erschießt? Du hast nicht im voraus sehen und erkennen können, was sie tun würden. Du bist nicht für ihr Handeln verantwortlich, sondern nur für deines!"
Meine Worte rauschten an ihm vorüber. Ich spürte es. Er widersprach nicht – er hörte kaum zu. Er war ganz in seinen Schmerz getaucht und gab sich allein die Schuld an Jehudas Tod. Es war unmöglich, ihm diese Schuld auszureden. Worte waren zu leicht, um in die Tiefe seines Schmerzes nachzufolgen.
Ich begriff erst sehr viel später, was in Jeschua vorgegangen sein muß. Ich erfuhr es, als ich selbst Mutter geworden war. War der kleine Jehuda krank geworden oder hatte er einmal weit über die gewohnte Zeit draußen auf den Straßen gespielt, ohne daß ich wußte, wo er sich befand – erhoben sich die Ängste wie ein bedrohlicher Hornissenschwarm und verfolgten mich mit den quälendsten Gedanken und Vorwürfen. Hatte ich ihm etwas Falsches zu essen gegeben oder hatte er im kalten Luftzug gelegen? Hatten Sklavenhändler ihn geraubt, hatte ein bösartiger Hund ihn angefallen, hatte ich ihn vielleicht gekränkt, daß er solange ausblieb? Alles Gedanken und Vorstellungen von furchtbarer, überzeugender Lebendigkeit, solange man um die Sicherheit des geliebten Kindes bangt. Und wie schnell lösen sie sich auf, wenn das Fieber sinkt, wenn der Knabe endlich mit leuchtenden Augen und erhitzt vom Spiel nach Hause kommt – von den Ängsten seiner Mutter nichts ahnend?
Durch unseren Sohn begriff ich, daß seine Schüler seine Kinder gewesen waren und er ihr Vater. Ohne ihn wäre Jehuda ben Schim'on, den er wie einen Sohn liebte, nie ans Kreuz genagelt worden. Jehuda

hatte nichts anderes getan, als vorzeitig und leichtsinnig gegen den Vater zu rebellieren und in dessen zu große Fußstapfen zu treten. Wie mußte es im Herzen eines liebenden Vaters aussehen, wenn der Sohn an seiner Stelle das Leben verlor? Mußte es ihm nicht wie ein Opfer erscheinen – ein Opfer, das der Sohn dem Vater dargebracht hatte? Immer werden sich Vater und Mutter beim Tod ihres Kindes Vorwürfe machen: nicht achtsam genug gewesen zu sein, das Unglück nicht verhindert zu haben. Niemand gibt ihnen Schuld, niemand macht ihnen Vorwürfe, im Gegenteil: Alle wollen sie trösten. Aber sie selbst geben sich die Schuld, die ganze Verantwortung.
Schuld und Trauer um den verlorenen, geopferten Schüler und Sohn zogen an diesem Tag in Jeschuas Innerstes und nisteten sich darin ein. Der bittere Schmerz der ersten Tage, die Selbstvorwürfe wichen im Lauf der Zeit einer stillen, wehmütigen Trauer, die alles andere aufsaugte und verschluckte wie der weiche, grundlose Boden eines Sumpfes. Die Freude fand keinen Widerhall mehr. Manchmal lachte oder lächelte er. Aber seinem Lachen fehlte die befreiende, lösende Kraft. Es sprudelte nicht mehr von selbst aus seinem Innern. Er lachte mit, wenn wir lachten, verstummte aber schnell. Alles was dann blieb, war ein Lächeln auf seinen Lippen, das aus weiter Ferne zu kommen schien und bald wieder dorthin verschwand. Ich nahm all diese Zeichen erst im Laufe der Zeit wahr. In den ersten Tagen überließ ich Jeschua seinem Schmerz. Nachts schlief ich unruhig und hatte furchtbare Träume: von schreienden, gefolterten Menschen und von blutverkrusteten Toten, die mich mit Nägeln in Händen und Füßen schreiend und wehklagend verfolgten. Ich war froh, daß ich mich am Tage mit Mariam über die anstehenden handfesten Fragen beraten konnte, in welchem Land wir Zuflucht suchen und wovon wir leben sollten. Jeschua beteiligte sich nicht an diesen Gesprächen. Es war ihm völlig gleichgültig, wo und wie sich sein zukünftiges Leben abspielen würde.
Wir waren wieder auf die Straße zurückgekehrt und folgten ihr nach Osten, weiter ins freie Land hinaus. Roms Herrschaft reichte weit. Seine Macht reichte im Westen jenseits des großen Meeres zu den Stämmen der Gallier und nach Süden, wo Ägypten lag. Von den großen Wüstengebieten im Südosten war für uns nichts zu erhoffen. Im Norden erstreckte sich die Herrschaft Roms über Syrien, Kilikien bis zum Hellespont.
„Wir könnten zu den Nabatäern gehen, nach Sela oder in eine andere Stadt. Aber es herrscht Feindschaft zwischen ihnen und uns seit Herodes."

„Nein, nicht zu den Nabatäern“, bekräftigte Mariam schnell.
„Und die Städte der Dekapolis scheinen mir noch weniger geeignet. Seit der Eroberung durch die Chaschmona'im sind sie uns Juden feindlich gesinnt. Daran hat auch die Befreiung durch die Römer nichts geändert.“
„Aber wir können doch nicht zu den Parthern, diesem wilden Volk!“
„Woher weißt du, daß sie so wild sind? Sie sind bestimmt zivilisierter als die barbarischen Kelten und Germanen im Norden!“
Wir versanken in Schweigen. Wir lagerten auf freiem Feld noch ziemlich nahe bei Jeruschalajim. In unser Schweigen drang das Blöken und Meckern von Schafen und Ziegen. Ein Hund bellte. Dann hörten wir den klagenden Gesang des Hirten, der wohl an irgendeinem Kummer leiden mochte: „An den Wassern Bavels sangen wir und weinten, wenn wir an Zion gedachten ...“
Das war es – auch Mariam hatte das Lied so verstanden. „Wir gehen nach Bavel. Dort gibt es immer noch eine große jüdische Gemeinde! Und wir sind außerhalb des römischen Herrschaftsgebiets!“
Es war so naheliegend und einleuchtend, daß wir uns wunderten, warum wir nicht gleich darauf gekommen waren. Jeschua hörte sich teilnahmslos unseren Vorschlag an und nickte. Mariam und ich beratschlagten den Reiseweg. Er sollte über Jericho, dann über den Jarden durch das Gebiet des Zehnstädtebundes und direkt durch die große Wüste nach Osten führen. Wir hielten es für besser, die Hauptstrecke der Karawanen über Damessek zu meiden. In Damessek gab es eine große römische Garnison. Nein, wir wollten den kürzeren, wenn auch gefährlicheren Weg durch die Wüste wagen, der uns schließlich ins Zweistromland bringen würde.
So wanderten wir weiter ostwärts. Wir zogen auf der Straße nach Jericho und erreichten bald Beit Hinei. Waren es Wochen, Monate oder nur ein paar Tage, seitdem Mariam und ich auf dieser Straße in die andere Richtung geschritten waren? Wir passierten das Dorf am Berghang noch in derselben Nacht. Wie Diebe und Räuber schlichen wir in der Dunkelheit um das Dorf und dachten an La'asar und seine Schwestern, die wir nie mehr sehen würden. Sicher würden sie jetzt um Jeschua trauern, während er draußen lebendig und wohlbehalten vorüberzog, ohne sich erkennen geben zu dürfen. Aber zu groß schien uns die Gefahr, daß jemand aus Beit Hinei Jeschua erkennen könnte. In Jericho besorgten wir uns Maultiere und kauften Kleider, Schuhe, Decken, Gefäße und Vorräte für die lange Reise. Erst hier dachte ich wieder an Pontius Pilatus, den machtbewußten Politiker, dessen Herz größer war, als er nach außen zu zeigen wagte. Der Inhalt seines Briefes schoß mir wieder durch den Kopf. So hatte er also Erkundi-

gungen über mich eingezogen und hatte von meinem zweifelhaften und anrüchigen Leben als Marjama bat Schlomo gewußt, ohne mir erpresserisch damit zu winken! Wieviel von dem Lügengespinst, das Alpheios gewoben hatte, war an mir hängengeblieben und hatte seine Vorstellung von mir geprägt? Zumindest durfte er darauf hoffen, daß eine jüdische Frau, die sich bereits einmal über die Grenzen der Ehrbarkeit und Anständigkeit hinweggesetzt hatte, sich sogar mit der Todsünde eines heidnischen Liebhabers beladen hatte, sich eher geschmeichelt als beleidigt fühlen würde, wenn er, ein vornehmer Römer und der mächtigste Mann im Land, ihrer Schönheit huldigend sein Begehren zum Ausdruck brachte. Um so mehr mußte ihn meine Verweigerung überrascht und befremdet haben. Ich lächelte bei dem Gedanken. Dann überfielen mich wieder die Sorgen der Gegenwart. Wir hatten nicht genug Zeit, um in Jericho auf eine Karawane nach Bavel zu warten. Auf dem Pferde- und Maultiermarkt rieten uns erfahrene Händler, nach Gerasa, einer Stadt der Dekapolis, zu ziehen und dort in aller Ruhe abzuwarten. Und einer von ihnen, Mano, ein freundlicher junger Nabatäer, bot seine Dienste an, uns sicher über den Jarden zu geleiten. Wir beschlossen, dem Rat der Händler zu folgen, und wurden auch mit Mano schnell einig. Sicher würden auch die Bewohner Gerasas uns Juden auf der Durchreise freundlicher aufnehmen, als wenn wir uns dauerhaft bei ihnen niederlassen wollten.

## 23. Kapitel: Jeschua

Am Morgen, als wir aufbrachen, um über den Jarden zu ziehen, sagte Mariam plötzlich: „Ich komme nicht mit. Ich kann nicht so weit fortgehen. Ich muß zurück nach Nazrath, zu meinen anderen Kindern und Enkelkindern. Sie brauchen mich mehr als ihr. Ihr braucht mich nicht. Ihr findet euren Weg."

Wir wußten, daß sie recht hatte, und widersprachen nicht lange. Der Abschied verlief dann hastig, fast überstürzt. Wir umarmten uns kurz, sprachen nur wenige, belanglose Worte. Unsere Augen blieben trokken, als hätten wir sie unter Jehudas Kreuz leergeweint. Aber als draußen vor dem Stadttor Mariams Gestalt kleiner und immer kleiner geworden war und schließlich im aufgewirbelten Staub der Straße ganz verschwand, ging ein schmerzhafter Stich durch meine Brust. Nun kamen die Tränen – langsam, unaufhaltsam, unerschöpflich. Ich weinte noch, als wir schon den Jarden erreicht hatten, und auch noch, als wir die kleine Furt durchquerten. Mariam war mir, wie nie meine eigene Mutter, meine wahre Mutter gewesen. Eine Mutter, Schwester und Freundin, bei der ich mich nicht verstellen und nichts zurückhalten, nichts verbergen mußte. Ich spürte dankbar ihre Liebe und Güte, ihre frische, lebendige Offenheit. Jeschua war wahrhaft ihr Sohn. In ihrer Liebe war er gediehen und hatte sich ohne furchteinflößende Kälte, ohne einengende Gebote und Strafen, ohne ängstliches Dukken und ohne falschen Stolz entfalten können. Wieviel wir beide ihr verdankten!

Die Berge von Mo'av türmten sich vor uns auf. Ein Sperriegel, so abweisend und ungeheuerlich in seiner Nacktheit und Unwirtlichkeit wie auf der anderen Seite des Jarden die Berge von Jehuda. Als wir langsam den gewundenen Pfad hinaufzogen, sah ich von einer scharfen Kehre aus wieder das Salzmeer, das tief im Tal wie ein riesiger Spiegel silbrig grau in der Sonne schimmerte. Schon von der Straße Jeruschalajims aus, die sich von den Bergen in die Senke des Jarden schlängelte, wäre ich am liebsten zu diesem verrufenen Meer geritten, um es von nahem zu sehen und das unheimliche Wasser zu kosten, das man nicht trinken darf, weil es so bitter und tödlich ist wie der Tod selbst. Ein Wasser aber, in dem jeder Mensch an der Oberfläche bleibt und nicht ertrinken kann! Ich hätte es gerne einmal ausprobiert: ins Wasser zu tauchen und nicht unterzugehen. Und wenn ich diesen Wunsch laut geäußert hätte, hätten mich Jeschua und Mariam nicht einmal für verrückt gehalten wie wohl die meisten Leute. Aber für solche Erkundungen hatten wir keine Zeit. Wir durften die Dreitagesfrist nicht überschreiten.

Die Reise nach Gerasa verlief ohne Zwischenfälle. Als wir den Paß auf der anderen Seite des Salzmeeres erreicht hatten, zeigte uns Mano den Berg Nevo, von dem aus einst Mosche das verheißene Land hatte sehen, aber nicht betreten dürfen. Wir genossen vom Paß aus den weiten Blick über die karge Felslandschaft. Unten in der Mitte des Tals konnten wir die Windungen des Jarden deutlich erkennen. Er war viel zu schmal, um das Wasser darin sehen zu können. Nur die Büsche und Bäume, die an seinen Ufern üppig gediehen, verrieten seinen Lauf. Dahinter dann Jericho – eine grüne Insel in der Senke zwischen den nackten, gelbbraunen Bergen. Jeruschalajim, die Heilige Stadt, lag verborgen hinter den Zacken und Kämmen der wilden Berge Jehudas. Von nun an würden wir die Türme und Dächer Jeruschalajims nur noch in der Erinnerung sehen.

Meine Augen hielten sich an der Landschaft fest, um den anderen Bildern zu entfliehen, die mich zu überwältigen drohten. Es waren die

Bilder der sterbenden drei Männer am Kreuz, der Freudentänze nach der Freilassung des Bar Abbas, der zornigen und hämisch lachenden Gesichter, die nach Jeschuas Tod schrien. Und es war der lauernde Blick des Pontius Pilatus. Das Glück, Jeschua lebend und körperlich unversehrt wiedergefunden zu haben, wurde überschattet von seiner Trauer um Jehuda, von seinen quälenden Schuldgefühlen und von seinem Schmerz um die Schüler, die sich von ihm abgewandt und ihn als Verräter und Lästerer verflucht hatten. Er litt schweigend, und ich litt mit ihm und konnte nur warten, daß die Zeit und meine Liebe seine Wunden heilen würden. So klammerten sich meine Augen an die kahlen Berge und Schluchten, an die gewaltigen, bizarr geformten Steinbrocken am Wegesrand und an die zerklüfteten Felswände, durch die sich feine dunkle Bänder und Linien zogen, als seien sie hineingemalt. Eine ungeheure Kraft ging von diesen Wüstenbergen aus – die Kraft einer brutalen Unschuld oder einer unschuldigen Brutalität. Sie waren einfach so, wie sie waren. Sie taten nichts, um den Menschen zu gefallen oder ihnen nützlich zu sein. Sie boten keine schattenspendenden Bäume, keine blühenden Blumen, keine süßen Früchte oder nahrhaften Nüsse, nicht einmal einen bescheidenen grünen Grasteppich, der ihre Spitzen und Zacken überwucherte und glättete und rundete. Es waren wilde, ungezähmte Berge und Felsen – und Mensch und Tier wagten nicht, hier seßhaft zu werden. Die Menschen mieden die Einöde und durchquerten sie nur in größter Eile und suchten Zuflucht in den Oasen, wo sie Wasser, Datteln und andere Menschen vorfanden.

Nur wo es Wasser gibt, verändern die Menschen die Erde. Sie machen sie zu ihrem Garten, den sie nach ihrem Gutdünken nutzen, so wie sie die wilden Tiere gezähmt und in nützliche Haustiere verwandelt haben. Hat der Herr nicht geboten: Macht euch die Erde untertan? Über die fruchtbare Erde sind die Menschen Herr, so wie Adonai, unser Gott, Herr über die Menschen ist. Wo es Wasser gibt, beherrschen die Menschen Erde, Pflanzen und Tiere – und was sie beherrschen, verachten und mißbrauchen sie. Nur diese kahlen Berge, diese nackten Felsen, die Wüsten dieser Erde, können die Menschen nicht beherrschen. Sie verweigern sich ihrem Zugriff, und Gott hat sie nicht in ihre Gewalt gegeben. Darum fürchten und hassen sie die Wüste. Darum sind sie als Wohnsitz grausamer Dämonen und Geister verschrien. Alle nur denkbaren Übel scheinen hier zu lauern. Und selbst diejenigen, die nicht abergläubisch sind, wie Pontius Pilatus, meiden diese wüsten Berge, weil sie weder Gewinn noch Macht versprechen. Für mich waren die Berge so unfaßbar, so unzähmbar und so 'unnütz' wie das Göttliche selbst. Kein Pflug konnte ihnen etwas anhaben,

keine Frucht konnte ihnen abgetrotzt werden. Die Händel der Menschen berührten sie nicht. Der Wille der Menschen brach sich an ihrer grenzenlosen Kargheit und Nutzlosigkeit. Sie erinnerten mich daran, daß es mehr gibt als die endlichen und beschränkten Ziele und Zwecke von uns Menschen. Diese Berge entziehen sich dem messenden, wägenden und wertenden Blick. Sie sind groß und erhaben in ihrer Unfaßlichkeit und Unbeherrschbarkeit. Zu glauben, das Unendliche fassen zu können, es ausdrücken, berechnen oder nur für sich besitzen zu wollen, war nichts anderes als der kindische Versuch, das Meer mit einem Sieb auszuschöpfen.
Und doch drängt es die Menschen mit nie versiegender Begierde, das Göttliche, dieses Unfaßbare, Unendliche, Formlose, in Formen zu pressen und es endlich, klein und faßbar zu machen. Die Gojjim zwängen es in Statuen und Bilder. Wir Juden pressen es in Worte und Schriften. Wir machen Gebote und Verbote daraus und nennen dies den göttlichen Willen. Und mehr noch: Wir glauben, daß dieses allumfassende Göttliche nur mit uns, dem jüdischen Volk, einen Bund geschlossen hat und daß wir auserwählt sind vor allen Völkern. Wie lachhaft! Scheint uns Juden denn eine andere Sonne als den Gojjim? Atmen wir eine andere Luft als die Römer oder Syrer? Ist die Erde bei uns anders als bei den Heiden? Wir glauben an den einen und einzigen Gott, den lebendigen Gott! Aber wir fürchten die Tempel und Priester der Gojjim wie den Aussatz. Wie ein dunkler Schatten lastet die Drohung der Unreinheit auf uns. Kann denn das Bild eines lasterhaften Caesar unserer Reinheit oder der Reinheit der Heiligen Stadt Jeruschalajim etwas anhaben? Wenn unser Herr der einzige und wahre Gott ist – wie könnten dann Götzen und Gojjim seine Heiligkeit mindern oder seine Erhabenheit antasten? Wie könnte seine unendliche Macht durch heidnische Götzen gefährdet werden?
Das Göttliche ist so unteilbar und eins wie das Wasser, das fließt, wohin es will und regnet, wo es will. Aber die meisten Menschen können mit diesem flüssigen Zustand nichts anfangen – sie müssen es in fester Form sehen. Es ist, als ob sie das Göttliche abkühlen und zu Eis gefrieren lassen müssen, damit sie es als feste Form ihrem Verstand faßbar und überschaubar machen können. Und wenn das Göttliche einmal in eine bestimmte Form gefaßt ist, dann lassen sie nichts anderes mehr als göttlich gelten. Auf einmal gibt es die Götter der Gojjim und den Gott der Juden – heilige Bilder, heilige Steine, heilige Worte, heilige Schriften. Als ob sich das Göttliche in Bildern, Steinen oder Worten einfangen ließe! Als ob sich Eisblöcke nicht jederzeit wieder verflüssigen und entgrenzen könnten! Darum haben die Priester auch solche Angst: Sie fürchten den eintretenden Prozeß

der Schmelze. Sie fürchten die Wärme, die Liebe. Sie halten sich lieber an die Kälte der Angst, der Furcht und Verehrung. Denn wenn alles heiß und flüssig wird, rinnt ihnen ihr Gottesbild unter den Händen weg, und ihre Gottesworte verdunsten wie Wasser in der Gluthitze der Wüste. Nichts bleibt als die vor Freude überschäumende und vibrierende göttliche Fülle, die ihr Amt nicht braucht.
Wie uns das Göttliche immer entgleitet, wenn wir es auf eine feste Form beschränken wollen! Wie es uns entschwindet, wenn wir nur noch die Unterschiede der Religionen sehen und nicht mehr den gemeinsamen Ursprung! Wie wir das Göttliche verlieren, wenn wir nur noch unsere eigenen Götter und Schriften und Gebote als heilig erkennen! Dann fürchten die Menschen jeden anderen Gott und jeden anderen, genauso begrenzten Glauben. Der fremde Gott wird zur Bedrohung. Und das zu Recht: denn die Sehnsucht der Menschen ist immer auf das Ganze gerichtet. Gibt man ihnen aber statt des lebendigen Ganzen eine begrenzte, beschränkte Form, einen begrenzten Glauben, erinnert sie jeder andere Glauben daran, daß sie betrogen wurden und nicht das göttliche Ganze haben. Es macht ihnen Angst. Und in ihrer Angst bekämpfen sie lieber die anderen Religionen anstatt der Wahrheit ins Auge zu sehen und zu erkennen, daß sie den Teil für das Ganze genommen haben. Nicht anders als ein Mann lieber seinen Nebenbuhler niederschlägt und glaubt, damit wieder seine Frau für sich gesichert zu haben, als vor sich selbst und den anderen einzugestehen, daß seine Frau ihn nicht mehr liebt.
Wie aufgeblasen, töricht und anmaßend die Vorstellungen und Ziele der Menschen im Angesicht der unnahbaren, stolzen Wüstenberge werden. 'Wir sind', sagen sie – voller Ruhe und Erhabenheit. 'Warum wollt ihr immer etwas?' lautet ihre verwunderte Frage. Jeder Berg, jeder Felsbrocken, jedes winzige Steinchen gibt sich dem Himmel preis – und ist frei. Was ist diesen Bergen, diesen Steinen Rom oder der goldene Tempel in Jeruschalajim? Was ist ihnen Pontius Pilatus oder der Hohepriester? Was sind ihnen die Menschen, was sind ihnen Jeschua und Mirjam? Die Reiche und Religionen kommen und gehen, Menschen und Tiere werden geboren und vergehen. Sie, die Berge und Steine, bleiben. Etwas von ihrer Ruhe und Freiheit floß in mich wie heilender Balsam.
Auch Jeschua spürte diesen Frieden. Wir waren noch eine Tagesreise von Philadelphia entfernt, der nächstgrößeren Stadt auf unserer Fahrt und der ersten der Dekapolis.
„Laß uns hier irgendwo in den Bergen bleiben", sagte er plötzlich. „Ich will noch nicht in das Getriebe der Städte. Ich bin selbst noch viel zu durcheinander."

Mano war hellauf entsetzt, als wir ihm unseren Wunsch mitteilten. Er erhob alle Einwände, die ein vernünftiger Mensch nur erheben kann. Er warnte uns vor den wilden Tieren, vor räuberischen Nomaden und vor den bösen Dschinnen. Wir würden uns verlaufen und verdursten und verhungern. Er rührte uns mit seiner verzweifelten Sorge. Aber wir beharrten auf unserem Plan.
Schließlich führte er uns mit sichtlichem Widerwillen und mit der Miene einer gekränkten wohlmeinenden Seele zu einer winzigen Quelle in einem tief eingeschnittenen Flußtal. In der Mitte des nach der Winterzeit ausgetrockneten Flußbettes wuchsen entlang eines dünnen Rinnsals ein paar Büsche und grünes Gras und bezeugten so den Segen der Quelle. Eine Akazie am Ende des Tals überschattete die mächtigen Felsbrocken, die sich über dem kleinen Quellbecken auftürmten. Mano suchte nach einer Höhle, von der er gehört hatte und die uns vor Wind und Wetter und wilden Tieren schützen sollte. Schließlich hatte er sie gefunden. Sie war groß und trocken, der Boden aus Fels und nur mit einer dünnen Schicht Sand bedeckt. Irgendwo weiter hinten mußte es eine Öffnung nach oben geben, denn Licht fiel hinein und verlieh ihr einen hellen, freundlichen Charakter. 'Ihr seid willkommen', schien sie zu sagen. Wir luden Decken und Vorräte ab und brachten sie hinein.
Als Mano sich widerstrebend von den Verrückten verabschiedete, die sich auch noch dafür bedankten, daß er sie in der Wüste allein ließ, sagte er verwirrt und hilflos. „Hier in der Wüste seid ihr meine Gäste, und ich trage die Verantwortung für euer Leben. Ich schicke euch jeden Tag einen Mann von dem Stamme der Banu An-Nabi. Er wird euch neue Vorräte bringen, und durch ihn könnt ihr mich rufen, wenn ihr weiterziehen wollt. Der Frieden Du-Scharas sei mit euch.“
Dann waren wir allein. Endlich wieder allein – und wieder in einer Höhle! Ringsum nur Frieden und Stille.
Jeschua ging hinaus und setzte sich an die Quelle, tauchte eine Hand in das klare Wasser und spielte mit den Wellen und den kleinen Wirbeln, die sich um die größeren Steine bildeten. Während ich die Höhle ein wenig wohnlich herrichtete, warf ich immer wieder einen Blick nach draußen und beobachtete Jeschua mit einem wehmütigen Glück, wie er sich so selbstvergessen dem Spiel des plätschernden Wassers hingab. Wir redeten an diesem Tag nicht viel. Wir aßen ein wenig von den Vorräten, tranken das kühle, frische Wasser und unternahmen nach dem Abklingen der Mittagshitze einen kleinen Erkundungsgang den Bach entlang. Es tat uns beiden gut, wieder die Stille der Wüste zu spüren, in die sich das Surren und Zirpen der Insekten oder das raschelnde Davonhuschen einer aufgestörten Eidechse wie selbstverständlich einbettete.

Nachts lagen wir eng umschlungen in der Höhle. Wir hielten uns wie Kinder, die sich aus Angst vor unbekannten Gefahren aneinanderklammern. Nur daß wir keine Angst vor wilden Tieren oder dem undurchdringlichen Dunkel der Höhle hatten, sondern die Bedrohung und die Angst aus unserem eigenen Innern kam. Jeschuas Düsternis und Verzweiflung sogen mich wie ein schwarzer Strudel wieder in die tote, steinerne Ödnis, der ich seit der Begegnung mit Jeschua für immer entronnen zu sein glaubte. Wenn ich mich diesem Sog diesmal entziehen konnte, so lag dies an der unauslöschlichen Erinnerung an die andere Höhle – an die Erfahrung der unendlichen Liebe, an die Erkenntnis der göttlichen Gegenwart in allem Sein. Wieder und wieder beschwor ich das tiefe Erlebnis der Liebe, als sich Angst, Schuld und Schmerz in strahlender Liebe aufgelöst hatten, als ich alles Sein als lebendige, liebende Einheit gesehen hatte. Ich hielt Jeschua fest in meinen Armen – und sah den gekreuzigten Jehuda und seinen zermarterten Leib vor meinen Augen. Im Wiedererleben der Liebe wußte ich, daß die Liebe selbst dieses Leiden, selbst diese Martern willig trug, daß sein Leben und Sterben einen tiefen Sinn hatte, auch wenn niemand sagen konnte – auch ich nicht –, worin der Sinn seines Lebens und seines Leidens lag. Konnte ich denn sagen, worin der Sinn meines Lebens bestand? Ich wußte nur, daß es falsch war, mit den Mitteln des Verstandes nach einer Antwort zu suchen. Damals, in der allumfassenden Liebe, die von der Liebe zu Jeschua getragen war und zugleich über sie hinausging, damals wußte ich. Damals hatte ich es unmittelbar erfahren und gesehen. Die Antwort lag im Sein, im Leben selbst – im Erkennen und Erfahren des Ganzen. Damals hatte ich das Leiden verstanden und annehmen können – auch mein Leiden in der Ehe mit Jehuda. Ich hatte auch die Erniedrigung durch Alpheios bejahen können. Und ich wußte, daß ich im Einssein mit der göttlichen Liebe sogar den schrecklichen Kreuzestod bejaht hätte, wenn ich ihn hätte erleiden müssen. Alles hatte zum Leben gehört. Damit tröstete ich mich, auch wenn mir jetzt das qualvolle Sterben Jehudas am Kreuz sinnlos und fern aller Liebe erschien.
Nur langsam und schwach gelang es mir, die Wahrheit der Liebe wieder zu sehen, sie zu erleben und nicht bloß zu erinnern. Die Wahrheit, die mich damals in ihrer Klarheit, Deutlichkeit und Fülle überwältigt hatte, winkte jetzt nur mit flüchtigen, blassen Schattenbildern zu mir herüber. Aber ich wußte – es war nicht die Wahrheit, die verblaßt war. Schrecken und Angst hatten meine Sinne getrübt. Und doch gaben die blassen Schatten noch genug Trost. Allmählich spürte ich, wie auch Jeschua ruhiger wurde, wie sein verspannter Körper sich dehnte und löste und er irgendwann friedlich einschlief.

Als ich aufwachte, war Jeschua schon aufgestanden und wartete draußen auf mich. Er lächelte.
„Ich habe heute nacht von Jehuda geträumt“, sagte er. „Er war tot und ging doch neben mir. Es war wieder wie früher. Wir waren uns nah, so nahe, wie wir uns im Leben nie nahegekommen sind. Ich weiß, er hat mir verziehen. Es hat in Wahrheit nichts zu verzeihen gegeben.“
Er lachte über seine Dummheit und über meine, mich seinetwegen zu sorgen. Er sagte mir, er wolle an die Holzköpfe von Schülern keinen Gedanken mehr verschwenden. Sie kämen schon alleine durch – besser wahrscheinlich, als er es sich vorstellen könnte. Für ein paar Stunden hielt die Erleichterung an. Er war froh und unbeschwert. Dann kam der Mann, den Mano uns geschickt hatte, um für das Wohl seiner Gäste zu sorgen. Er schritt sicher und leichtfüßig durch das Geröll, obwohl er auf den Schultern eine schwere Last trug. Eine tote Gazelle, die er wohl auf dem Weg mit Pfeil und Bogen erlegt hatte. Er grüßte uns nur kurz – und begann dann mit dem Häuten und Ausweiden des Tieres. Während seiner Arbeit sang er eine eintönige Melodie, in die er seinen ganzen Jägerstolz und seine Zufriedenheit, daß er das schnelle Tier erbeutet hatte, hineinlegte. Er war ein junger, kräftiger Mann mit geschickten Fingern, die von selbst zu wissen schienen, was sie tun mußten. Ich war froh und dankbar für das Fleisch. Eine Fleischbrühe würde Jeschua guttun und seinen geschwächten Körper kräftigen. Erst dann bemerkte ich das tiefe Verwundetsein in seinen Augen, die auf die flinken Hände unseres Besuchers starrten. Es war wohl das erste Mal seit langem – oder überhaupt –, daß er dieses blutige Geschäft sah. Normalerweise war dies Frauenarbeit, und die Mädchen werden schon recht früh mit dieser Kunst vertraut gemacht. Wie sollte sonst der Braten auf den Tisch kommen, woraus sollten sonst die Schuhe für die Familie gefertigt werden, wie sollten sonst die Federn in die Kissen kommen? Ich hatte mich bei Jehudith wie Tausende anderer Mädchen und junger Frauen vor mir und nach mir an solche Arbeiten gewöhnen müssen. Ich hatte es dabei immer vermieden, auf die Köpfe der geschlachteten Tiere und besonders auf ihre Augen zu sehen. Aber es war der Kopf der Gazelle und die toten, gebrochenen Augen, die Jeschua anstarrte, während der junge Mann ihren Leib häutete und ausweidete.
„Jeschua, bitte schau doch, ob du nicht trockenes Holz finden kannst“, bat ich und schickte ihn von dem grausigen Anblick fort, der ihn gebannt hielt. Folgsam wie ein Kind stand er auf und zog los. Am Rand des kleinen Baches wuchsen genug Büsche, aus denen abgestorbene Äste herausragten oder zur Erde gefallen waren.

Als er zurückkam, hatte ich selbst schon ein paar Äste gefunden und ein Feuer angezündet. Das Fleisch schmorte in würzig duftendem Salbei, der hier im Überfluß wuchs. Der junge Mann, ein Verwandter von Mano, war schon gegangen. Er hatte beharrlich jede Einladung, mit uns zu essen, ausgeschlagen. Ich glaube, wir waren ihm mit unserem absonderlichen Wunsch, in dieser Einsamkeit zu hausen, unheimlich. Und im Grunde meines Herzens war ich erleichtert und dankbar, als er davonging. So konnte ich ungestört mit Jeschua sprechen, ohne auf den jungen Besucher Rücksicht nehmen zu müssen.
Jeschua weigerte sich, auch nur einen Bissen von dem Fleisch, nur einen Löffel von der Brühe zu kosten. Statt herzhaft zuzulangen, wie ich es mir vorgestellt hatte, kaute er widerwillig auf dem trockenen Brot herum, das der Junge ebenfalls mitgebracht hatte. Wie töricht ich gewesen war, das nicht vorauszusehen! Trotzdem oder vielleicht gerade deswegen packte mich plötzlich die Wut.
„So", sagte ich, „das Pessachlamm hast du guten Gewissens essen können. Aber da hast du ja auch nicht mitansehen müssen, wie man es geschlachtet und ausgeweidet hat. Glaubst du nicht, daß es auch lieber weitergelebt hätte, statt zu sterben wie diese Gazelle, die du nun nicht essen willst, weil du ihre Augen gesehen hast?"
„Ich kann überhaupt keine Tiere mehr essen. Ich esse von nun an kein Fleisch mehr", sagte er nach einer Pause sehr leise und fast demütig. „Ich kann es nicht mehr ertragen, daß sie sterben müssen, damit ich lebe."
Mein Zorn schmolz so jäh dahin, wie er gekommen war. Ich verstand. „Du sprichst von den Tieren – und du siehst Jehuda vor dir. Ist es nicht so?"
Er nickte. Da kam sie wieder, die Welle der Düsternis und Verzweiflung. Instinktiv begann ich, mich gegen sie zu wehren, aber anstatt nach oben zu Licht und Luft zu gelangen, geriet ich selbst immer tiefer in ihren Sog. Ich wollte ihm so gerne helfen – ihm etwas sagen, ihn trösten. Aber alle Worte, die mir einfielen, waren so dürr und trocken wie Stroh. Sie stachen, anstatt ein weiches Polster abzugeben. Und anstatt ihn warm zu betten, fielen sie auseinander – und darunter kam der nackte, kalte Fels zum Vorschein. Mein Blick fiel auf unseren Maulesel, und wie ein höhnender Spiegel meiner Verwirrung und hilflosen Verzweiflung zermahlte er gerade langsam und bedächtig die mitgebrachten Hafer- und Hirsebündel zwischen seinen langen Zähnen. Ein trockener Stengel hing zwischen seinen Lippen, und schnaubend spuckte er ihn aus, nachdem er die Körner hinuntergeschluckt hatte. Ich sprang auf und holte mir einen Halm, an dem noch die Körner hingen.

„Da, iß", sagte ich und hielt Jeschua den Hafer hin.
„Willst du nun auch kein Brot mehr essen, weil die Körner für dich sterben müssen, anstatt keimen zu dürfen und Frucht zu tragen?"
Er zwirbelte den Halm zwischen seinen Fingern.
„Wenn nichts und niemand wegen dir sterben darf, darfst du auch keinen Schritt und keinen Atemzug mehr tun!" fuhr ich fort. „Mit jedem Schritt und mit jedem Luftholen vernichtest du Leben, ob du willst oder nicht! Und selbst wenn du still sitzenbleibst und ein Tuch vor Nase und Mund bindest, damit nicht die winzigste Mücke und auch nicht das kleinste Samenkorn getötet wird – so vernichtest du mit jedem Atemzug noch den Augenblick, der eben war. Wie willst du überhaupt leben, ohne zu töten? Oder willst du dich selber töten – und wieder Leben töten?"
Als Jeschua nicht antwortete, sondern ins Leere starrte, fuhr ich fort: „Wie willst du leben, ohne zu töten? Wie hast du dir bisher vergeben können? Wie hast du bisher anderen vergeben können? Hast du bisher nicht Huren, Zöllnern und selbst Mördern vergeben? Und jetzt willst du dir selbst nicht vergeben, weil ein Tier sterben mußte, um dich zu ernähren – und weil ein Mensch in seinem Wahn deine Worte mißverstanden und sie zum Kämpfen und Hetzen mißbraucht hat und dafür hingerichtet wurde? Jehuda ist nicht gestorben, weil er dir folgte, sondern weil er dir *nicht* folgte."
„Er ist dem alten Jeschua gefolgt, der glaubte, daß er sie um sich versammeln müßte und daß er sie durch sein Leben und seine Worte etwas lehren könnte", sagte er schließlich müde. „Hätte ihn der alte Jeschua nicht aus seinem bisherigen Leben gerissen, wäre er nicht am Kreuz gestorben."
„Und hätte der alte Jeschua ihn nicht herausgerissen, wäre er vielleicht ebenso jämmerlich am Kreuz gestorben. Woher willst du wissen, daß es ihm ohne dich besser ergangen wäre? Woher willst du wissen, welches Leben besser für ihn war? Bist du allwissend? Du bist immer noch der alte Jeschua! Früher glaubtest du, du hättest die Macht, ihn zu einem besseren Leben zu führen. Heute glaubst du, daß er durch deine Macht über ihn getötet wurde. Aber immer bist du es, der über sein Leben bestimmt – nicht Jehuda selbst! Wie mächtig, wie allgewaltig du dich einschätzt und wie hilflos und unmündig Jehuda selbst!"
Er zog sich wieder ins Schweigen zurück, und ich bedrängte ihn nicht weiter. In der Kühle der Abenddämmerung stiegen wir an einem nicht so steilen Hang des Flußtales hinauf. Jeschua eilte vorneweg, ich folgte ihm. Gerade als er den oberen Rand erreicht hatte und sich nach oben auf die Felsfläche schwingen wollte, löste sich ein Stein unter

seinen Füßen und kollerte nach unten. Auf seinem Weg riß er andere Steine mit sich. Schließlich ergossen sich in einer wirbelnden Staubwolke Hunderte rollender, springender, klackender Steine hinunter ins Flußbett. Es war eine unbedeutende, eine kleine Lawine. Die Steine waren nicht einmal handtellergroß. Keinen einzigen Felsbrocken hatten sie herausbrechen und mitreißen können. Wie oft schon hatten wir auf unserer Wanderung solche kleinen Steinlawinen losgebrochen, ohne ihnen auch nur einen Augenblick lang Beachtung zu schenken. Nur hier, in der Stille der Wüste und in der Stille unseres Schweigens, sprangen die Steine überlaut, ja lärmend. Ihr Klicken und Kollern, Aufprallen und Fortspringen ließ uns aufmerken. Oben auf dem Rand der Schlucht setzten wir uns auf einen Felsen, von dem aus wir weit über das bereits verschattete Tal blicken konnten. Die Bergkämme ringsum leuchteten in purpurnem Rot.
„Nur ein Schritt – und ein Stein löst sich von seinem Platz. Ich kann ihn nicht mehr aufhalten und nicht verhindern, daß er andere Steine mitreißt. Nur ein kleiner Schritt – und ich setze etwas in Gang, über das ich keine Macht mehr habe. Der Stein wird nach unten rollen, andere Steine werden ihm folgen. Und sie kommen erst zur Ruhe, wenn sie unten angelangt sind. Ein Schritt, und ich habe das Tal und diesen Hang verändert, ob ich es wollte oder nicht."
„Ohne dich wären die Steine nicht heruntergerollt. Aber sie mußten daliegen, damit sie hinunterrollen konnten! Du, dein Fuß, dein Schritt und die Steine mußten zusammenkommen, damit es die Lawine gab. Das eine ist nicht ohne das andere."
„Und Jehuda mußte mich treffen, damit ich ihn aus seinem Leben herausreißen konnte. Es hing von uns beiden ab. Das willst du doch sagen, nicht wahr?"
„Denk an deinen Traum: Er gibt dir keine Schuld. Er ist dein Freund! Es ist dir verziehen, wie allen Sündern verziehen ist."
„Ich weiß – und trotzdem ist es ein Rätsel und seltsam und wunderbar. Ich darf vorwärtsgehen, und wenn ich Unheil bewirke, so hält und trägt mich doch die Liebe. Und aus Liebe wird mir verziehen. Selbst dem Mörder wird verziehen, und doch gibt es keinen Freibrief für Mord. Ich bin frei – und doch in Liebe gebunden, nicht zu schaden. Denn alle Wesen sind geliebt. Ich darf fehlgehen, aber es nicht absichtlich tun. Wenn ich weitergehe und weiterlebe, werde ich unwissentlich und unwillentlich immer Schaden und Verderben anrichten – und immer ist mir vergeben. Und selbst wenn mich Zorn und Wut packen oder ich aus Überhebung Unheil säe – immer ist mir vergeben, und niemand darf mich richten."
„Und Cajin erschlug seinen Bruder Avel. Aber der Herr schützte sein

Leben, auf daß niemand ihn richte. Sind wir nicht alle Nachfahren Cajins?"
Jeschua lachte plötzlich auf. „Jetzt denke ich plötzlich wieder an das Kind, das laufen lernt. Es möchte laufen – und fällt doch wieder und wieder hin. Aber immer wieder rappelt es sich hoch und läuft von neuem los! Es verzagt nicht, es zweifelt nicht an sich selbst, es fragt nicht nach Schuld. Es stürzt, weint eine Weile – und macht den nächsten Anlauf."
„Und es glaubt nicht, auf ewig verdammt zu sein, nur weil es ein paar Mal hinfällt und etwas falsch gemacht hat. Es wird sich so lange aufrichten und von neuem losgehen, bis es endlich laufen gelernt hat."
„Und keine Mutter, kein Vater wird es ausschimpfen, weil es hingefallen ist. Im Gegenteil: Sie werden es trösten und ermutigen, es von neuem zu versuchen." Er lächelte mich an. „So wie du mich ermutigst, weiterzugehen und von vorne anzufangen. Du hast recht, Mirjam, von meiner Trauer, von meiner Selbstzerfleischung wird Jehuda nicht wieder lebendig. Laß mich aufrappeln, laß uns weitergehen zu einem neuen Leben, zu einem neuen Dasein. Ich werde meine Schritte und Worte diesmal achtsamer setzen – damit nicht so leicht ein zweiter Stein oder ein zweiter Jehuda in die Tiefe gerissen wird."
Er faßte meine Hand. Und Hand in Hand stiegen wir wieder zu der Quelle und zu unserer Höhle hinab. Diesmal verlangte Jeschua nach dem Fleisch und verspeiste es mit großem Appetit.
„Ich danke dir, Gazelle, für dein wohlschmeckendes Fleisch, das meinen Hunger stillt", sagte er leise, „eines Tages werde ich diesen Leib zurückgeben und ihn denen überlassen, die dann hungrig sind. Was ich heute töte und esse, das gebe ich mit meinem Tod weiter. Jehuda, ich danke dir, daß du mit mir gegangen bist und mir die Augen geöffnet hast. Ohne dich und die anderen wäre ich noch in meiner Blindheit gefangen. Ich hätte nichts gelernt. Was du mir gegeben hast, will ich weitergeben. Ich danke dir, Jehuda, daß du mir verziehen hast!"
Als drei Tage später Mano nach uns schaute, brachen wir mit ihm auf. Wir erreichten bald Philadelphia und zogen gleich nordwärts weiter. Zwei Tage später trafen wir in Gerasa ein. Die Stadt der Artemis hatte sich zum alljährlichen großen Fest der Göttin geschmückt. Die Straßen waren überfüllt mit Pilgern aus der ganzen Umgebung. Die riesige Anlage des Tempels erregte Staunen und Bewunderung bei allen, die sie sahen. Gerasa war eine reiche Handelsstadt. Vor dem Zeustempel beim Südtor hatte man mit dem Bau eines größeren Forums und eines Theaters begonnen. Viele alte Häuser, die ihren Bewohnern zu klein und unscheinbar geworden waren, wurden abgerissen und durch neue, prächtigere Bauten ersetzt.

Auch wir waren von der Schönheit der Tempelanlage beeindruckt. Aber in dem festlichen Trubel, der noch zwei Wochen andauern sollte, fühlten wir uns nicht wohl. Wir konnten in der Stadt sowieso nicht bleiben. In den Herbergen, in den Häusern fand sich kein Platz. So zogen wir weiter nach Norden und kamen nach Gadara. Dort wollten wir die Monate bis zum Herbst verbringen, denn jeder warnte uns, in der Gluthitze des Sommers die große Wüste zu durchqueren, die das Zweistromland von Syrien und dem Zehnstädtebund trennt. Wir blieben dann aber noch den ganzen Winter und setzten die Reise nach Bavel erst bei Anbruch des nächsten Frühjahrs fort.

Gadara war ein kleines Städtchen, hoch auf den Bergklippen gelegen, die steil zum Yarmuk abfielen. Es war ein merkwürdiges Gefühl für mich, auf den Hängen jenseits des Kinneret-Meeres zu stehen und morgens, wenn die Luft noch klar und durchsichtig war, die weißen Häuser von Tiberias herüberleuchten zu sehen. Tiberias und Migdal lagen auf einmal wieder so nah vor mir, nur eine Tagesreise über den Kinneret entfernt. Und doch waren die Stätten meiner Kindheit und Jugend so fern und unerreichbar wie meine Kindheit und Jugend selbst. Manchmal fragte ich mich, wie es drüben auf der anderen Seite meinen Eltern und Geschwistern erging. Und ich dachte auch an Jehuda – an Jehuda, meinen Ehemann –, der mit mir geschlagen war wie der gekreuzigte Jehuda mit Jeschua. Ob er noch in Tiberias lebte? Ob er noch die lernfaulen Söhne Jochanan ben Ga'alyahus und Bathschevas unterrichtete? Wenn ich an ihn dachte, dann mit Trauer und Mitgefühl. Ich wünschte ihm von Herzen, daß er inzwischen glücklich geworden war. Ich wünschte ihm, daß er endlich den Scheidungsbrief ausgestellt und wieder geheiratet hatte. Ich wünschte ihm eine Frau, die ihm das sein konnte, was ich nicht war: die gute Ehefrau, die für ihn sorgte und die sich nicht mehr wünschte, als Jehuda und die Gebote ihr einräumten.

Gadara war zwar längst nicht so groß und geschäftig wie Philadelphia oder gar Gerasa, das mit seinem berühmten Artemistempel Pilger und Gläubige aus allen umliegenden Ländern anzog. Aber Gadara besaß warme Quellen an den Ufern des Yarmuk, die in großen Bekken gestaut wurden, ehe sie dem Fluß zugeleitet wurden. Wegen dieser warmen Quellen war Gadara bei Kranken sehr beliebt, vor allem bei jenen, die sich den Aufenthalt in dem teuer gewordenen Tiberias nicht leisten konnten. Auch Jeschua und ich genossen die warmen Bäder an den kühlen regnerischen Wintertagen, wenn die schneebedeckten Hänge des Chermon strahlendweiß in der Ferne schimmerten.

Die Bewohner von Gadara-Peraía, wie sie es nannten, waren überwiegend keine Juden, aber sie mieden das Schweinefleisch wie wir. Ich fand viele Ähnlichkeiten zwischen ihnen und den Menschen des Gallil. Es waren Leute der Berge. Mit der Einsamkeit vertraut und vorsichtig gegenüber Fremden, aber Verwandten, Freunden und dem Gast gegenüber von der unendlichen Herzlichkeit und Hilfsbereitschaft, die dem Wissen entspringt, daß man in der Einöde aufeinander angewiesen ist. Wegen der warmen Quellen waren sie Fremde gewohnt, und sie behandelten uns höflich und freundlich, sicher nicht zuletzt, weil wir unserem Hauswirt pünktlich die monatliche Miete zahlten.

Es waren die gleichen grünen Berghänge wie die auf der anderen Seite des Kinneret, es war der gleiche Menschenschlag. Aber dazwischen lag eine Grenze – und diesseits und jenseits verehrten die Menschen andere Götter. Schon als wir hinter Jericho den Jarden überquert hatten, hatte ich mich gewundert, auf dem anderen Ufer die gleiche Landschaft zu finden – je nach Sonneneinstrahlung denselben weißgelben oder rötlich schimmernden Stein, dieselben schwarzen, rotbraunen und weißen Bänder, dieselben gezackten Felstürme und Klippen, dann wieder runde Kuppen, wie von einer Riesenhand zugeschliffen. Ohne weiter darüber nachzudenken, hatte ich damals irgendwie erwartet, jenseits der Grenze auch eine andere Landschaft vorzufinden. Aber die Straße, die sich von Jericho nach Philadelphia die Berge hinaufschlängelte, war von der Straße, die von Jeruschalajim nach Jericho hinunterführte, kaum zu unterscheiden.

Hier im Norden waren die Berge von dichtem Grün bedeckt – jedenfalls im Winter und im Frühling. Aus der Tiefe leuchtete der blaue Kinneret. Und sein Blau war nicht anders, ob man es von Westen oder von Osten aus sah. Es ist nicht die Landschaft, es sind die Menschen, die die Grenzen ziehen. Es sind die Menschen, die das offene Land zerteilen, ‘ihre’ Landstücke für sich behalten und andere dazuerobern wollen. Nachdem sich die Juden unter den Maqqavim von der Herrschaft der Seleukiden befreit hatten, waren sie ausgezogen und hatten Peraía unterworfen und ihre Eroberung bis zum machtvollen Auftreten Roms in der Gestalt des Pompeius gehalten. Wie alle Herrscher hatten die Juden vergessen, daß sie selbst vor nicht allzulanger Zeit unter fremder Herrschaft gelitten hatten. Sie hatten der Bevölkerung Peraías den Gott Jisraels aufgezwungen, den Glauben an den Gott Avrahams, Jitzchaks und Ya‘akovs. Sie hatten die griechischen Tempel zerstört und die nicht bekehrungswilligen Götzenanhänger erschlagen oder vertrieben. Dann hatte Rom Jehuda erobert und den besetzten Ländern die Unabhängigkeit versprochen und gegeben. Nun wurden die jüdischen Battei HaKnesset zerstört, die griechischen Tempel wiederaufgebaut und neue römische errichtet. Diesmal wurden die Juden ermordet oder vertrieben. Immer fanden die Kämpfe um die richtigen und wahren Götter statt. Aber die, die im Namen ihrer Götter zum Krieg aufriefen und die Kämpfer segneten, wußten von dem Göttlichen nichts, denn das Göttliche kennt keine Grenzen. Das Göttliche braucht keinen Kampf um seinen Namen oder zu seiner Ehre. Es braucht keine Anbetung und keine Opfer. Denn es wird dadurch nicht mehr oder weniger, und die Menschen werden nicht besser oder schlechter. Wer das Göttliche in allen Dingen erkennt, der kann nicht mehr für diesen oder jenen Gott kämpfen. Er verliert die Lust an Eroberungen und Kriegen, die er als kindisch-grausame Spiele enttäuschter Seelen begreift. Für ihn sind die Grenzen und Unterschiede zwischen Völkern, Göttern und Menschen so belanglos wie der Unterschied zwischen den Wellenbergen und Wellentälern des unendlichen Ozeans: zu erkennen, aber ohne eigene, feste Substanz. Die Gadarener verehrten ihre griechischen Götter wie wir Juden unseren unsichtbaren Herrn. Auch wenn bei den meisten alles äußerlich geworden war – bei den Griechen die Statuen, bei uns Juden die Gesetze – so war die Ehrfurcht vor dem Göttlichen dieselbe. Nur daß sich diese Ehrfurcht bei den meisten Menschen an einer äußeren Gestalt, an einer bestimmten Form, an einem bestimmten Ritual oder Gesetz entzünden muß. Aber immer ist es die gleiche Frömmigkeit und die gleiche Ehrfurcht, die dem Göttlichen entgegengebracht wird – weil es sich den menschlichen Absichten und Zwecken nicht unterordnen läßt.

Es war ein frommes und leichtlebiges Völkchen, bei dem wir in Gadara lebten. Zum ersten Mal fand ich diese Leichtigkeit auch in mir selbst. Alles, was ich in Caesarea nur äußerlich und zur Zerstreuung, aber ohne innere Beteiligung mitgemacht hatte, erfüllte mich nun mit Leben und Freude. In Caesarea war ich wie ein verschlossener Krug gewesen, der nichts in sich hereingelassen und nichts von sich herausgelassen hatte. In Gadara befand ich mich in einem seltsamen Rausch – einem Rausch von höchster Leichtigkeit, Klarheit und bewußtem Wahrnehmen, der nichts mit der dumpfen Schwere nach dem Genuß von Wein oder berauschenden Pflanzensäften zu tun hat.

Gadara besaß zwei Theater. Eines für die Dramen der griechischen und römischen Dichter, das wir oft besuchten, ein anderes, das größere, für die Wettkämpfe, die weit mehr Zuschauer anzogen. Ich kannte diese Vergnügungen aus Caesarea. Für Jeschua waren sie neu, und mit großen Augen und offenen Sinnen nahm er alles auf. Es gefielen ihm nicht nur die großen griechischen Tragödien, sondern auch die Ringkämpfe und Wagenrennen. In Caesarea hatte ich die gymnasti-

schen Wettkämpfe möglichst gemieden. Damals hatte ich die Griechen für ihre Verherrlichung, ja Anbetung des Körpers sogar verachtet. Jetzt begriff ich ihre Freude. Jetzt erlebte ich ja selbst die Lust am eigenen Körper. Ich spürte selbst die Kraft und Energie, die in ihm floß. Ich verstand die Lust, die Glieder zu bewegen, zu rennen, laufen, springen, hüpfen und zu tanzen. Ich genoß die Wachheit aller Sinne. Der Körper war ja ebenso Tempel des Göttlichen wie der Geist. Jetzt empfand ich auch die Unschuld, den nackten Körper der Sonne entgegenzustrecken und dem Fächeln des Windes darzubieten. Wir Juden hüllen uns immer ein. Selbst Gott soll uns nicht nackt sehen, nicht einmal unser Haupthaar. Wenn wir beten, bedecken wir den Körper. Die Griechen weihen den nackten Körper ihren Göttern. Die unbefangene Körperlichkeit gefiel uns. Wir beschränkten uns nicht mehr nur auf die Besuche der Bäder. Jeschua ging ins Stadion und übte sich im Ringkampf und Diskuswerfen. Als es mit dem nächsten Frühjahr wärmer wurde, fanden wir am Ufer des Yarmuk einen geschützten Fleck, wo wir ungestört nackt baden und uns in der Sonne trocknen lassen konnten. Jeschuas gedrungener Körper wurde muskulös. Er war braungebrannt und strotzte vor Gesundheit.
„Allmählich verstehe ich, warum die Griechen den Wettkampf so lieben. Ich fange sogar an zu begreifen, warum so viele Männer den Krieg lieben“, sagte er einmal und fuhr lächelnd fort, als ich ihn ungläubig anstarrte:
„Im Wettkampf stehst du deinem Gegner mit allen deinen Sinnen gegenüber. Du bist eins im Denken, Handeln und Fühlen. Du ringst ja nicht nur mit dem Körper. Nein, auch deine Seele und dein Geist müssen dabeisein. Jeden Augenblick bist du ganz gefordert, so wie du gerade bist. Und du mußt dich auf den Gegner einstellen, so wie er gerade ist. Jeden Augenblick kann sich die Situation ändern, jeden Augenblick mußt du vollkommen wach sein. Nur ein kurzes Nachlassen – und du hast verloren. Du hast keine Zeit zum Überlegen. Vorstellungen nützen nichts. Du mußt die Wirklichkeit wahrnehmen und augenblicklich handeln. Es klingt verrückt: Aber im Wettkampf sind die Kämpfer frei! Wirklich frei von all den einengenden Vorstellungen, wie die Welt sein soll, frei von Geboten und von den endlosen Streitereien, was gut und was böse ist. Sie können nicht reden und nicht streiten – sie müssen handeln, ganz und ungeteilt. Im Kampf sind sie endlich eins.
Außerdem stehen sich die Kämpfer gleichberechtigt gegenüber. Es gibt keinen Herrn mehr und keinen Knecht. Im Kampf sind sie ebenbürtig. Im Kampf können Diener und Sklaven vergessen, daß sie Diener und Sklaven sind – die, die immer gehorchen müssen. Im Kampf

kann ihnen niemand mehr etwas sagen oder befehlen. Und das gibt ihnen ein ungeheures Gefühl von Freiheit und höchster Lebendigkeit. Sie fühlen sich auf einmal so frei und so lebendig, daß sie sogar den Tod vergessen und die Angst vor dem Sterben verlieren. Ich dachte immer, daß Kampf und Krieg sinnlos und nur böse sind – ich habe nie die andere Seite gesehen: dieses berauschende Gefühl der Lebendigkeit und Freiheit, dieses Einssein mit sich selbst. Es war mir bisher nicht klar, daß die Männer diese Lebendigkeit und Freiheit, dieses Einssein meist nur im Kampf – egal ob Wettkampf oder Krieg – erfahren. Wenn sie nur wüßten, daß sie dieses Einssein in der Liebe noch viel tiefer erleben könnten! Aber das können sie sich nicht vorstellen, daran glauben sie nicht und davon wollen sie nichts wissen. Es kämpfen gerade die am verbissensten, die sonst wenig Freiheit kennen. Wer unter einem ungerechten Herrn leidet, wird ein wütender, rachsüchtiger Kämpfer. Er sucht geradezu den Kampf, weil er hier die einzige Möglichkeit findet, sich frei zu fühlen. Sie sind wie Kettenhunde, die den Kampf lieben, weil sie nur zum Kampf von der Kette genommen werden. Freiheit ist für sie Kampf. Das ist die einzige Wahrheit, die sie kennen. Und es nutzt überhaupt nichts, wenn ich ihnen von ihrer inneren Freiheit erzähle – weil sie dann gleich zum Schwert greifen und alles niedermachen, was sich ihnen in den Weg stellt. Wie Kettenhunde wissen sie nichts von Liebe und Vertrauen. Wenn du einen Kettenhund streichelst, wird er dich in die Hand beißen. Als ich noch Liebe und Freiheit 'lehrte', wußte ich nicht, daß Freiheit sehr leicht verstanden, Liebe aber nur sehr langsam gelernt und gefühlt wird. Ich habe sie im Grunde immer überfordert."

Er seufzte und ließ das Thema fallen. Ich wußte, daß er an Jehuda dachte, an Schim'on und Bar Tolmai und die anderen. Wir wußten nicht, was aus ihnen geworden war. Wir hatten einige Briefe mit Mariam wechseln können. Aber wir erhielten keine Antwort auf unsere Fragen nach dem Schicksal von Jeschuas Schülern. Vielleicht hatte auch sie nichts von ihnen gehört.

Jeschua freundete sich mit den Kindern der Nachbarschaft an, die ihn wie einen großen Bruder liebten, der immer für sie da war. Es waren nicht die Kleinigkeiten, Früchte oder Süßigkeiten, die er ihnen zusteckte. Auch nicht die Spielsachen, die er ihnen schnitzte. Sie spürten ganz einfach, daß er sie genauso wichtig und ernst nahm wie einen Erwachsenen. Sie spürten, daß er sie liebte und ihre Gesellschaft und Spiele genoß. Die Gadarener ahmten die Griechen nach und ließen ihren Kindern sehr viel mehr Freiheit als wir Juden. Sie durften länger spielen und mußten nicht so früh mit Lernen und Arbeiten anfangen. Sie mußten auch nicht so viel lernen und arbeiten. Die Gadarener verzärtelten ihre Kinder, aber sie nahmen sie nicht ernst. Sie schenkten ihnen Süßigkeiten und schöne Kleider und Spielsachen, wenn sie es sich leisten konnten. Aber sie hörten ihren Kindern nicht zu. Nicht ihren Wünschen, nicht ihren Gedanken. Sie achteten die Kinder so gering wie ihre Frauen und Sklaven. Ihre Worte, ihre Talente, ihre Wünsche fanden nur Beachtung, wenn sie dem Vater, Mann und Herrn nützlich schienen.

Im Laufe der Zeit erkannten wir auch, daß die Liebe der Griechen zum Körper sehr viel bedingter, eingeschränkter war, als es uns anfangs erschienen war. Sie erkannten das Göttliche im Körper nur, wenn der Körper schön, ebenmäßig und jung war. Es war die körperliche Schönheit, die sie faszinierte und die sie verherrlichten. Aber nichts und niemand war in ihren Augen lächerlicher als alte Männer oder Frauen, die mit ihren faltigen Leibern öffentliche Bäder zu besuchen wagten oder gar noch Liebe begehrten. Nein, der Körper durfte nicht alt, nicht krank, nicht fett oder knochig oder in anderer Weise ungestalt sein. Nur ein schöner Körper war es wert, gezeigt und geliebt zu werden. Und wer mit einem solch schönen und jungen Körper gesegnet war, pflegte und salbte ihn. Und wurde ihr Körper älter und unansehnlich, trauerten sie ihrer Jugend nach, beneideten in zunehmender Verbitterung die Jungen und begannen, sich selbst zu verachten und für wertlos zu halten.

Ich habe die Anhänger der griechischen und auch der römischen Götter oft duldsamer und offener gefunden als uns Juden. Aber sie schrecken merkwürdig vor Tod, Krankheit und Mißgestalt zurück. Als starre ihnen ein Dämon entgegen, der sie des Göttlichen berauben könnte. Wie muß Sokrates inmitten der Schönheitstrunkenen unter seiner Häßlichkeit gelitten haben! Wie dankbar muß er gewesen sein, als Diotima ihm die Augen für die grenzenlose Schönheit des göttlichen Ganzen öffnete und er auch seinen häßlichen Körper als schön erkennen durfte ... War es das Wissen um die Unausweichlichkeit des Alterns, Häßlichwerdens und des Todes, vor dem sie so zitterten, daß sie wie Alpheios und seine Freunde die Tage lieber in Spiel und Zerstreuung verbrachten, als an das Altern und den kommenden Verfall erinnert zu werden?

Am Ende des Winters, als die Mandelbäume in voller Blüte standen, schlossen wir uns einer Karawane an und setzten die große Reise nach Bavel fort. Sechs Wochen später erreichten wir die große Stadt im Zweistromland.

Das Land Bavel überwältigte uns durch seine schiere Größe, durch seinen Reichtum und durch das satte Grün, das sich bis zum Horizont dehnte, wohin man auch blickte. Die große, mächtige Stadt Bavel war gefallen und geschleift. Nur noch traurige Überreste zeugten von ihrer einstigen Größe. Sie war zu einer bedeutungslosen Provinzstadt herabgesunken. Es gab nur noch ein paar Tempel, in denen die Priester Marduks ihr Amt versahen. Das große, einst übermächtige Bavel, an dessen Flußufern unsere Väter in der Verbannung gesessen und vor Sehnsucht nach Jeruschalajim geweint hatten, mochte noch von seiner einstigen Größe träumen, hatte sich aber längst mit der Herrschaft der fremden Eroberer abgefunden, ob es nun die Perser, Griechen oder Parther waren. Träge geworden wie der breit dahinfließende Euphrat, ergaben sich die Bewohner der Stadt der Gluthitze der Flußebene. Das Wissen um die politische Bedeutungslosigkeit hing wie eine bleigraue Wolke über den Menschen und ihren Gedanken.
Aber trotz aller Niederlagen und Plünderungen durch fremde Eroberer war das Land immer noch reich. Es war der Reichtum seiner Erde und seines Wassers, das von den beiden großen Strömen in nie versiegender Fülle herangetragen wurde. Das ganze riesige Land war eine einzige unermeßliche Oase. Es war, als ob sich die üppigen Gärten und Haine Jerichos vom Chermon und bis nach Alexandria erstreckten. Von der fetten, schwarzen Erde, die diesen Reichtum hervorbrachte, sah man nichts – nur das wechselnde Grün der Felder, der Dattelpalmen, der Obstbäume und der Weinstöcke. Kein Fleckchen blieb ungenutzt. Zwei bis drei Ernten im Jahr konnten die Bauern einbringen. Nach der Öde und Leere der Wüstenebene brach diese verschwenderische Fülle alle Sinne betäubend über uns herein. Unsere Augen, die an die Weite und Eintönigkeit der östlichen Wüste gewöhnt waren, wurden wie von einem in der Nähe einschlagenden Blitz geblendet – nur daß die vertraute Einförmigkeit nicht mehr zurückkehrte und das überwältigende grüne Farbenspiel blieb. Ungläubig blinzelnd, als warteten wir darauf, daß sich das hundertfache Grün als Trugbild erwies, schauten wir umher und fanden darin riesige, betörend duftende und in allen Farben prangende Blütenkelche, große, glänzende Früchte, gesunde, rundbäuchige Tiere mit sanftem Blick und Menschen in grellbunten Gewändern, die mit der Farbenpracht des blühenden Landes zu wetteifern schienen.
Kein Wunder, daß viele Juden auch nach der Aufhebung der Verbannung lieber auf dieser fetten, mit Früchten überquellenden Erde ge-

blieben waren, als in das karge, verwüstete Land ihrer Väter zurückzukehren. Nach siebzig Jahren war den meisten das Land am Euphrat zur neuen Heimat geworden. Die Heimkehr nach Zion, lang ersehnt und mit heißen Tränen erweint, war zu einer Schimäre verkommen, zu einem Traum, dem man nachhing, an dessen Verwirklichung man aber nicht mehr zu glauben wagte. Als die persischen Eroberer die Erlaubnis zur Rückkehr gegeben hatten und der Traum hatte Wirklichkeit werden können, war die Freude groß und die Bereitschaft zum Aufbruch gering. So lebten fast überall noch Juden im Lande Bavel – in den Städten und auf dem Land. Nach ihrer Verschleppung war den Juden oft Neuland überlassen worden. In diesen neugegründeten Gemeinden lebten mehr Juden als Einheimische. Die jetzigen Herrscher, die Parther, regierten die unterworfenen Völker mit lockerer Hand. Sie ließen sie ihre inneren Angelegenheiten selbst verwalten und erlaubten ihnen eigene Richter und Gemeindevorstände. Nur die Steuern mußten pünktlich abgeführt werden – darin waren sich alle Herrscher gleich. Die Parther waren aber immerhin so großzügig oder so weise, die Kuh nicht verhungern zu lassen, die sie melkten. So blieb den Bewohnern genug zum Leben, auch wenn sie gegen die Steuern murrten. Aber sie waren zu satt und zu träge, um ernsthaft aufzubegehren. Mir schien – und das gilt heute mehr denn je –, daß die Römer viel von den Parthern lernen könnten, was die Beherrschung und Verwaltung fremder Länder betrifft.
Wir ließen uns in Bavel nieder, wo es eine beachtliche jüdische Gemeinde gab. Die Juden hatten sich von dem behaglichen Wohlleben der Einheimischen nur zu gerne anstecken lassen. Sie bestellten das Land, trieben Handel oder gingen einem Handwerk nach, wie es Sitte des Landes war. Die Reichen hatten einen Landsitz vor den Toren der Stadt, wo sie sich im Schatten gefiederter Palmenblätter Kühlung zufächeln und ihr Wohlbehagen noch dadurch steigern ließen, daß diese wunderbaren Schattenspender die Quelle ihres Reichtums waren. Denn blickten sie nach oben, so sahen sie die Datteln in dichten Büscheln beieinander stehen – nur darauf harrend, daß eine Menschenhand sie herunterschüttelte und ihrer Bestimmung zuführte, nämlich das Vermögen ihres Besitzers zu mehren. Selbst die Armen der Stadt konnten sich einige Tauben oder sogar Hühner halten und hatten nicht nur an den großen Feiertagen Fleisch in ihren Töpfen. Das Brot war billig, zu jeder Jahreszeit gab es Früchte im Überfluß – und die Menschen hatten genug Zeit und Geld, sich und ihre Gewänder zu schmücken.
Obwohl sich die Juden Bavels ganz dem Wohlleben der Umgebung angepaßt hatten, so hingen sie mit kindlicher Ergebenheit und Sehn-

sucht am Heiligtum in Jeruschalajim. Je mehr Geld und Reichtümer ihnen das Land der großen Hure schenkte, um so großzügiger spendeten sie dem fernen Beit HaMikdasch, oder sie machten sich sogar selbst auf, um in das heilige Land ihrer Väter zu reisen und den Herrn an seinem Wohnort zu verehren. Es ist schon merkwürdig, wie wir den Herrn, unseren Gott, als allmächtig und allgegenwärtig verehren – und dann doch glauben, daß er an manchen Orten den Menschen näher ist als an anderen. Daß manche Orte darum heiliger sein sollen als andere. Als wäre Gott nicht überall gegenwärtig, als höre er nicht überall die Gebete, als könne er nicht überall gnädig und barmherzig sein. Nein, in Jeruschalajim war Gott irgendwie mehr Gott, war der Tempel heiliger als die Gebetshäuser anderswo, fanden Gebete dort eher sein Gehör als hier inmitten diesen Reichtums, dessen sie sich fast schämten, wenn sie von einer Pilgerfahrt nach Jeruschalajim zurückgekehrt waren. Sie fühlten sich dann reiner und frömmer, schwangen düstere Reden über das prasserische Wohlleben und die verweichlichenden Genüsse, die das Land seinen Bewohnern so überreichlich bot. Und nachdem sie ausgiebig über den Mummenschanz golddurchwirkter Kleider, über Geräte aus getriebenem Silber und sündhaft teure Gewürze zum Verfeinern der üppigen Speisen gewettert hatten, ergaben sie sich nur zu gerne wieder dem großen warmen Strom des Wohllebens und Genusses – anfangs vielleicht noch mit schlechtem Gewissen, später wurde diese Stimme allmählich leiser und verstummte nach einer größeren Spende an den fernen Tempel in Jeruschalajim schließlich ganz.
Im übrigen lebte in ihnen der gleiche Stolz auf die große Vergangenheit Bavels wie in allen Menschen und Volksgruppen, die sich vor längerer Zeit im Zweistromland niedergelassen hatten. Irgendein Fluch erzürnter Götter oder feindseliger Dämonen hatte Bavel die seit Urzeiten bestehende Vormachtstellung entrissen und das Los, die Geschicke der Völker zu bestimmen, nach Norden zu den Parthern und westwärts nach Rom geworfen, nachdem Bavel erst von den Persern und dann von den Griechen unterworfen worden war. Auch wenn Bavels Macht, Menschen- und Handelsströme zu lenken, längst geschwunden war, fühlten sich seine Bewohner und die Juden mitten unter ihnen immer noch im Zentrum des Geschehens. Zwar trafen keine Tributzahlungen mehr ein, mit denen man prächtige Paläste, Brunnen und Wasserspiele bauen konnte. Es gab nicht mehr genug Geld, um weitläufige Erholungsgärten anzulegen und das Volk mit großartigen Vergnügungsfesten zu unterhalten. Aber bevölkerten nicht immer noch Kaufleute aus aller Herren Länder die Straßen und Plät-

ze? Brachten sie nicht immer noch alle Herrlichkeiten der Welt zu den Marktplätzen Bavels?
Hier trafen sich Römer und Griechen neben Ägyptern, Syrern und Nabatäern und Parthern mit den Kaufleuten des Ostens, die den mühsamen Weg durch die Wüsten oder über die Meere auf sich genommen hatten, um Handel zu treiben. Braune Gesichter, die doch ganz anders geschnitten waren als die der Nubier, eingehüllt in malerisch bunte Gewänder. Gelbe Gesichter mit geschlitzten Augen, die Seide aus dem sagenhaften Sin brachten. Alle Gestalten, Sprachen und Farben trafen sich hier. Und wir, die wir wie die Kinder diese ungewohnt aussehenden und seltsam gekleideten Fremden bestaunten, wurden deswegen als die Provinzler belächelt, die wir ja auch waren. Wer in Bavel lebte, begegnete diesem bunten und so aufregenden Völkergemisch mit der Gelassenheit des Weltstädters, dessen Stolz es ist, sich durch nichts überraschen zu lassen. Nichts war zu merkwürdig, nichts zu seltsam oder zu fremdartig, um ihr Erstaunen oder ihre Bewunderung zu erregen. Die weltläufigen Bavlim ließen ihren Blick mit dem Ausdruck des gleichmütig gelangweilten 'Kenn ich schon' über Fremdes wie über Vertrautes gleiten. Nur Kinder und Provinzler zeigten offen, wie beeindruckt sie waren, und gafften und staunten.
Nichts war für die Einwohner Bavels beleidigender, als für Provinzler gehalten zu werden. Und gerade weil die mächtige Stadt zur Provinzstadt herabgesunken war, gaben sie sich alle Mühe, ihre Provinzialität vor den Besuchern – und am meisten vor sich selbst – zu verbergen. Um so hochmütiger und herablassender waren sie gegen jeden Provinzler, den es aus einer anderer Weltecke zu ihnen verschlagen hatte. Ihn traf der ganze mitleidige bis hochnäsige Spott, den sie selbst so sehr zu ernten fürchteten. Und wer aus Jeruschalajim kam, war Provinzler in ihren Augen – von den kleineren Städten oder den ländlichen Gebieten Jehudas oder des Gallil ganz zu schweigen. Wir merkten es an ihren leicht überheblich belustigten Blicken, wenn wir unsere Fragen stellten. Sie konnten an den Gewändern erkennen, aus welchen Ländern die Fremden stammten – sie kannten ihre Münzen, sogar ein paar Worte oder Sprüche der fremden Sprachen. Sie wußten, zu welchen Göttern die Fremden beteten und wer ihre Könige waren. Jeder größere Handel oder Tausch wurde mit festlichen Gelagen besiegelt. Man traf sich, aß und trank miteinander, sprach über die Familie, das Gedeihen der Frucht auf den Feldern und auch ganz vorsichtig über die Politik der Herrscher. Dies alles war so selbstverständlich wie der tägliche Umgang der Juden von Bavel mit den Einheimischen selbst.

Aber ungeachtet des täglichen Umgangs mit den heidnischen Bewohnern Bavels und den angereisten Händlern achteten die Juden peinlich genau auf die Einhaltung der Gebote und der Gesetze – vielleicht deshalb so überstreng, weil sie fern von dem Heiligtum lebten und weil sie von den Juden Jehudas als ebenbürtig anerkannt sein wollten. Sie litten unter einer geradezu panischen Angst, man könnte ihnen Läßlichkeiten vorwerfen oder sie sogar der Vermischung mit den Gojjim beschuldigen. Nicht der Schatten des Verdachts durfte auf sie fallen, daß sie sich vielleicht mit den heidnischen Kulten und Riten angefreundet oder gar eingelassen hätten. Ich wußte nicht, ob es in den jüdischen Gemeinden Alexandrias oder Roms ähnlich zuging, aber mir schien, daß sich die jüdischen Gemeinden mit zunehmender Entfernung von Jeruschalajim enger und strenger an die Einhaltung der Gesetze klammerten, als je die Einwohner Jeruschalajims, die sich vielleicht durch die Nähe des Tempels auch dem Herrn näher fühlten. Es war ein merkwürdiges Gemisch aus Weltläufigkeit und Enge, das wir bei den Juden Bavels vorfanden.
Wir ahnten nichts von diesen Empfindlichkeiten. Hätten wir gewußt, was auf uns zukam, hätten wir uns nicht als Juden zu erkennen gegeben, die ein paar Schwierigkeiten mit der römischen Besatzungsmacht bekommen hatten. Aber so hatten wir die Tür zu der jüdischen Gemeinde geöffnet, die uns herzlich und mit offenen Armen aufnahm, aber wie selbstverständlich davon ausging, daß wir uns strikt an alle Regeln und Gebote hielten. Wir hatten die Goldstücke des Pontius Pilatus in die Gerätschaften verwandelt, die ein Zimmermann für seine Arbeit braucht. Außerdem hatten wir den nötigen Hausrat und ein paar Kleidungsstücke gekauft. Zu spät stellten wir fest, wohin wir gelangt waren – wir hatten kein Geld mehr und saßen fest. Und ich war schwanger. Jeschua weigerte sich, alles wieder zu verkaufen und mit mir in eine unsichere Zukunft weiterzuziehen, solange das Kind nicht geboren war.
Er, der bisher so unbekümmert von Ort zu Ort gestreift war und keinen Gedanken daran verschwendet hatte, wo er nachts eine Bleibe finden würde, entwickelte sich zu einem vorsichtigen und fast überfürsorglichen Familienvater. Er achtete darauf, die Gebote zu befolgen und keinen Anstoß zu erregen. Manchmal mußte ich lachen, wenn ich den Jeschua von Bavel mit dem Jeschua des Gallil oder der Höhle von Efrajim verglich. Er erinnerte mich merkwürdig an die Zeit in Tiberias, wo mich Jehuda gezwungen hatte, nur das zu leben, was die Torah für mich vorsah: die gehorsame Hausfrau und Ehefrau. Aber diesmal war es doch ganz anders, denn Jeschua und ich hielten uns nur äußerlich daran – unter uns waren wir uns einig. Wir folgten

den Riten – und gaben ihnen unseren eigenen Sinn. Wir unterlegten den Geboten unsere eigene Bedeutung, sahen sie von dem göttlichen Geist erfüllt und führten sie mit leichtem Sinn aus – mehr wie Kinder, die ein Spiel spielen und sich für die Dauer des Spiels streng an seine Regeln halten – und doch dabei wissen, daß im nächsten Spiel ganz andere Regeln gelten werden. Ich fragte mich nur manchmal, wie lange wir dieses Spiel durchhalten würden.

Was in Gadara begonnen hatte, setzte sich in Bavel fort. Aber was uns in Gadara so leichtgefallen war, weil wir uns fremden Sitten und Bräuchen beugten, die sowieso nie verbindlich für uns gewesen waren, fiel es mir in Bavel anfangs sehr viel schwerer. Die jüdischen Gebote beherrschten das Leben in unerbittlicher Strenge – und gerade weil oder obwohl sie mir kaum noch etwas bedeuteten, spürte ich ihre Macht immer noch unmittelbar in mir selbst – war doch das Kind in mir noch lebendig, das all das einmal geglaubt und ernst genommen hatte, so wie die Menschen hier und in Jeruschalajim immer noch ehrfürchtig daran glaubten. Die alten Wurzeln waren noch mächtig – und oft ertappte ich mich, wie ich in ähnliche Wut und Verzweiflung geriet wie damals bei Jehudith oder in Tiberias, wenn ich mit zweierlei Geschirr arbeiten und Regeln folgen mußte, in denen ich keinen Sinn mehr sah.

Es war die Schattengestalt der alten Mirjam, die wieder von mir Besitz ergreifen wollte, und die sich gegen jede Unterwerfung auflehnte und die in jeder Spielregel wieder ein demütigendes, drohend forderndes Gesetz sah, das meine Freiheit beschnitt, meinen Stolz kränkte und wie eine Wolke erstickend auf mir lastete. Jeschua nahm mich dann in die Arme und riß mich aus Verzagtheit und Wut.

„Denke daran – wir sind hier Gäste wie in Gadara. Der Gast richtet sich nach den Regeln und Gebräuchen des Gastgebers, auch wenn sie nicht seine eigenen sind. Das Wasser umspielt die Felsklippen, die sich seinem Lauf entgegenstellen, und fließt einfach weiter. Und weil es weiterfließt, muß schließlich der Fels weichen. Das fließende Wasser höhlt ihn aus – und wenn es ihn zerrieben hat, trägt es ihn sogar mit sich fort. Fließ weiter – und sei dem Felsen nicht böse. Er kann dich nicht aufhalten, wenn du ihn umgehst!“

Dann konnte ich befreit lachen – bis ich mich an dem nächsten Felsbrocken stieß. Aber sei es, daß die Felsbrocken seltener wurden oder daß ich wirklich lernte, sie zu umschwimmen – allmählich verloren sie ihre Bedrohlichkeit. Wie das Wasser dem Flußbett folgt, gehorchte ich äußerlich den Formen und Regeln, wie es von uns erwartet wurde – und innerlich ließ ich sie hinter mir. Ja, es waren noch dieselben Regeln und Gebote – aber ich war nicht mehr dieselbe, auch wenn ich

sie befolgte. Sie waren mir nicht mehr die eiserne, einschnürende und die Glieder fesselnde Rüstung – sie umflatterten mich lose wie ein zerschlissenes Gewand, aus dem ich herausgewachsen war. Jeschuas Gegenwart half. Seine Liebe, unser Verstehen waren wie heilender Balsam auf all meinen Wunden. Seine Worte stärkten mich, wie auffrischender Wind die Segel bläht und das Schiff wieder flottmacht. Das Glück unserer Liebe trug mich durch die Widrigkeiten des Alltags. Waren es überhaupt noch Widrigkeiten? Was sich mir früher als unüberwindliches Hindernis drohend in den Weg gestellt hatte, schrumpfte zu einem Markstein am Wegesrand. Eine heitere Zufriedenheit erfüllte mich – und das Leben strahlte zurück, was ich aussandte. In diesem Land fanden wir Freunde – Juden wie Heiden –, die der Liebe größere Macht in ihrem Leben einräumten als der Angst. Und manchen zog es zu uns, der zwischen Angst und Liebe schwankte – aber dann doch bereit war, der Kraft der Liebe mehr zu vertrauen, als den Zorn des Herrn zu fürchten.
Es waren keine Aufsehen erregenden oder zahlreichen 'Bekehrungen', wie Jeschua sie in seinen Wanderzeiten im Gallil bewirkt hatte. Aber vielleicht gingen sie tiefer und waren wirksamer, weil sie in das alltägliche Leben eingebunden waren. Sie wirkten sich im kleinen aus – im Umgang mit ihren Ehemännern und Ehefrauen, mit ihren Kindern, mit ihren Dienstboten und Sklaven und vielleicht sogar im Umgang mit den Rabbanim und den Behörden. Es war ein freundliches Unterlaufen und Aushöhlen der Gesetze. Äußerlich blieb alles, wie es die Gebote verlangten – aber von innen her änderten wir die Bedeutung der Inhalte und der Symbole. Wir lachten mehr, als es bis dahin üblich war. Wir halfen uns gegenseitig, nicht weil der Herr es gebot, sondern weil wir uns verbunden fühlten. Die Kinder sprachen zutraulicher, weil man ihnen zuhörte. Es waren winzige Änderungen – nicht anders als das Aufziehen einer kleinen Wolke am Horizont, die aber einmal den lang ersehnten Regen bringen wird.
Manchmal dachte ich mit einem Gemisch aus Verwunderung und Belustigung darüber nach, daß wir nun in Bavel lebten, der Stadt, deren hochfahrende Einwohner den gewaltigen Turmbau begonnen hatten, um damit an den Himmel und an die Götter selbst heranzureichen. Und als der Turm kurz vor seiner Vollendung stand, fuhr Gott hernieder und verwirrte ihre Sprache, so daß sie einander nicht mehr verstehen konnten, im Streit auseinanderliefen und den Bau des Turmes vergaßen. Waren es nicht Hochmut und Überhebung der Menschen, die zu dem Turmbau führten und diese Verwirrung bewirkten? Und wird nicht auch dann ein neuer Turm in den Himmel gebaut, wenn das Göttliche nicht mehr in allem gesehen wird, wenn sich die

äußeren Formen verfestigen und verselbständigen, wenn die Unterschiede des Glaubens mehr zählen als die gemeinsame Wurzel, wenn die Religionen sich voneinander abgrenzen, wenn Priester ihre Götter nur dadurch zu ehren glauben, daß sie die Götter der anderen herabsetzen, wenn ein Glaube, ein Gott meint, allen anderen überlegen zu sein? Und muß ein solcher Glaube nicht dasselbe Schicksal erleiden wie der Turm von Bavel, weil er in seiner Anmaßung nur sich selbst, aber nicht mehr das Göttliche sieht und darum zum hohlen Götzen wird? Muß dann nicht eines Tages das lebendige Göttliche in seiner formlosen Urgestalt wie heiße Lava aus dem Erdinnern hervorschießen und in seinem reißenden Feuerstrom all die großartigen Tempel und Heiligtümer, all die geweihten Altäre zertrümmern und die heiligen Schriften zu Asche verglühen?
Und dann wieder kommt das Neue nicht mit einem Trompetenstoß, nicht mit dem Aufheulen eines gewaltigen Sturms oder dem grollendem Beben der Erde. Es kann ganz unmerklich kommen, unscheinbar, unbedeutend – so klein und winzig, daß niemand es beachtet oder gar für eine Bedrohung hält. Ein Kind wächst so im Leib der Mutter. Zuerst gar nicht spürbar – dann gelegentlich ein Zucken, Sichrühren oder sogar Strampeln. Und schließlich ist das Kind da – klein, hilflos und unendlich bedürftig. Aber welche Macht liegt in seinem Blick, in seinem vertrauensvollen Lächeln und dem jämmerlichen Weinen, wenn es sich verlassen fühlt! Wissen Vater und Mutter, was aus diesem Kind wird – wie es sich entwickeln, sie selbst verändern und ihr Leben bestimmen wird? Wissen die Nachbarn, seine Spielkameraden, weiß der Dorfälteste, weiß der Rav, was aus ihm wird? Niemand weiß es. Alles wird sich erst durch sein Leben entfalten. So winzig klein der Anfang! Und geheimnisvoll und unerklärlich wie sein Anfang wird sein Schicksal und Ende sein: rätselhaft und wunderbar wie das Leben selbst und alles Sein.
Diesmal freute ich mich über die Schwangerschaft von Anfang an. Ich genoß sie in vollen Zügen. Jeschua und ich, wir freuten uns auf unser Kind. Etwas Neues würde in die Welt treten, für alle sichtbar. Ob es ein Junge oder ein Mädchen würde, es spielte keine Rolle. Die Segenssprüche unserer Nachbarn und Freunde nahmen wir dankbar entgegen und hörten nicht auf ihre traditionellen Wünsche wie: Möge es ein Knabe sein, der der Stolz seiner Eltern wird, möge er ein ebenso guter Zimmermann wie sein Vater werden und seinen Eltern Ehre machen, möge er verständig die Schrift auslegen und die Gnade des Herrn finden, möge der Herr ihn segnen und zu einem großen Rav werden lassen ... Die gut gemeinten, von Herzen kommenden Wünsche nahmen kein Ende. Wir freuten uns darauf, die Neigungen, die

Fähigkeiten, die Ziele unseres Kindes zu entdecken. Wie würde das Neue sein, das sich vor unseren Augen entfalten würde? Wir wollten uns überraschen lassen und das neue, unbekannte Wesen willkommen heißen – in welcher Gestalt, mit welcher Begabung oder mit welchem Charakter es sich auch entwickeln würde.
Wie leicht diesmal die Geburt verlief! Wir hatten eine gute Hebamme ausfindig gemacht. Jeschua blieb die ganze Zeit dabei und half, auch wenn der Amme das anfangs nicht gefallen wollte. Aber sie mußte Jeschuas Sanftheit und die Geschicklichkeit seiner Hände anerkennen. Zum Schluß bot sie ihm spitzbübisch grinsend an, ihn als Schüler aufzunehmen und auszubilden.
Wir nannten den Knaben Jehuda. Es war gar keine Frage. Zuerst hatten wir daran gedacht, dem Kind einen ganz neuen Namen zu geben, einen Namen, der noch nicht existierte – so wie unser Junge bisher nicht existiert hatte, sondern als neues Wesen auf die Welt gekommen war. Wir dachten an HeChadasch, der Neue, oder sogar an eine sinnlose, aber klangvolle Buchstabenfolge, die es so bisher noch nicht gegeben hatte. Kelaer oder Armana. Aber im gleichen Augenblick sahen wir die entsetzten Gesichter unserer Nachbarn vor uns, die uns wahrscheinlich einer heidnischen Götzendienerei verdächtigen würden, wenn wir einen so fremd klingenden und unjüdischen Namen wählen würden. Also gaben wir ihm den Namen Jehuda – den allervertrautesten und bekanntesten Namen. Der Name, der den Dank an Gott für das Geschenk unseres Kindes enthielt – und der Name, der in unser beider Leben eine große und unglückliche Rolle gespielt hatte. In einem ihrer letzten Briefe hatte Mariam geschrieben, daß mein Ehemann Jehuda in Tiberias am Fieber gestorben war. Woher sie dies erfahren hatte, weiß ich nicht. Aber die Nachricht erfüllte mich mit Schmerz und Trauer. Gerade auch deshalb nannten wir den Kleinen Jehuda: Mit dem neuen Wesen konnte sich auch der Name wieder neu entwickeln. Denn nicht der Name galt, sondern der lebendige Mensch, der ihn trug. Unser Kind würde dem Namen Jehuda einen neuen Inhalt, einen neuen Sinn geben.
Bei aller Eingeschränktheit durch die strengen jüdischen Gebote bedeutete Bavel für mich Reichtum und Glück: Leben mit Jeschua und unserem kleinen Jehuda und einigen wenigen neuen Freunden. Die Tage flossen ruhig und träge dahin. Der Quell, der sich durch die Felsen zwängen mußte, um ans Tageslicht zu gelangen, der kleine Gebirgsbach, der ungeduldig von Stein zu Stein gehüpft war und sich vor hohen Felswänden aufgestaut hatte, um sich dann gischtsprühend seinen Weg zu bahnen, der Fluß, der in endlos kreisenden Strudeln auf der Stelle zu verharren schien, hatte sich in einen tief und

ruhig dahinfließenden Strom verwandelt, dessen Oberfläche kaum noch ein Kräuseln zeigte.
Jeschua war ein guter Zimmermann, aber nicht sonderlich geschäftstüchtig, so daß ich froh war, daß ich einem unserer Freunde, einem Schreiber und Übersetzer für Griechisch und Latein, zur Hand gehen konnte und ein Zubrot für unsere kleine Familie verdiente. Aus Vergnügen und zur Freude der Kinder fing Jeschua an, kleine Figuren zu schnitzen, mit denen sie spielen konnten. Er schnitzte ihnen Tiere, Häuser, Bäume und Wagen und fand selbst die größte Freude daran, die Gestalten aus den Holzstücken herauswachsen zu sehen. Einige strenggläubige Nachbarn betrachteten seine Schnitzereien mit mißtrauischen Augen. Sie witterten die Nähe zu den Götzenbildern der Heiden und beriefen sich auf das Bildnisverbot, als ob Kinder auf den Gedanken kämen, ihr Spielzeug anzubeten. Glücklicherweise blieb es meist bei besorgten Ermahnungen, und wir hörten nur selten das traurig-trotzige Weinen einiger Kinder, denen man die gefährlichen Spielsachen weggenommen hatte.
Unmerklich, wie das Neue kommen kann, kann das, woran unser Herz hängt, schwinden und plötzlich vergehen. Kurz nach Jehudas viertem Geburtstag starb Jeschua. Ist es wichtig zu wissen, wie und woran er starb? Spielt es eine Rolle, ob er an einer Krankheit starb oder bei einem räuberischen Überfall oder weil er einen Wurf Kätzchen aus einem brennenden Haus rettete? Ich weiß, was man jetzt über seinen Tod erzählt: Nicht nur, daß er am Kreuz gestorben ist, wie es durch Pontius Pilatus vorgetäuscht wurde, sondern auch, daß er vom Tode auferstanden ist! Und einer, der ihn nicht einmal gekannt hat, behauptet, er sei für unsere Sünden gestorben! Gott habe sich in seinem Sohn für uns geopfert! Was für eine absurde Behauptung! Wenn ich die Wahrheit erzählte und berichtete, wie Jeschua wirklich gestorben ist, würde mir das heute niemand mehr glauben – und wenn doch, würden sich nur neue Legenden um seinen Tod bilden, die nicht den Menschen helfen, wie Jeschua es gewollt hat, sondern nur denen, die diese Legenden verbreiten.
Er starb – wie wir alle sterben werden. Wie soll etwas Neues entstehen, wenn das, was jetzt ist, nicht Platz macht und vergeht? Das erst wäre der wahre Tod: wenn alles stillstünde, wenn alles so verharrte, wie es gerade ist, und keine Veränderung eintreten, kein neues Leben beginnen könnte. Dieses Wissen tief in meinem Innern, das in der Liebe zwischen Jeschua und mir geboren war, half mir langsam über den furchtbaren Schlag hinweg. Es brauchte lange, denn es war ein Wissen aus der Erinnerung, einer mächtigen Erinnerung zwar, aber sie konnte den gegenwärtigen Schmerz über seinen Verlust nicht be-

zwingen. Mein Verstand erinnerte sich an den Sinn des Todes, aber nur schwach meine Gefühle. Und meine Augen wollten nichts davon wissen und suchten Jeschua überall. Wenn ich über den Markt und durch die Straßen ging, gaukelten sie mir sein Bild, seine Gestalt vor. Jeder, der Jeschua nur ein bißchen ähnlich sah, traf mich ins Herz und weckte meine Sehnsucht – ich wollte zu ihm eilen, wieder in seine Augen blicken. Meine Hände wollten ihn berühren, mein Leib schrie nach ihm. Mein Herz, mein Körper wollten nicht verstehen, daß er tot war – sie wollten nicht begreifen, daß sie ihn nie mehr sehen, nie mehr sprechen, nie mehr berühren würden. Und wenn der Verstand es Herz, Leib, Augen, Ohren und Händen einzureden, einzuhämmern versuchte, bäumten sie sich auf und schrien, nein, nein, das dürfe, das könne so nicht sein.

Der Schmerz regierte mich – ein durchdringender, schneidender und mich oft fast zerreißender Schmerz. Aber es war ein lebendiger Schmerz. Bis dahin hatte ich nicht gewußt, daß es auch unterschiedliche Arten des Schmerzes gibt, so wie Freude und Glück ganz unterschiedlich geartet sein können. Mit Jehuda hatte ich den Schmerz der wütend aufbegehrenden Ohnmacht erlebt, der mich schließlich betäubte und sich in steinerne Fühllosigkeit verwandelte, als ich mein Gefängnisdasein nicht länger ertrug. Als ich Jeschua verlassen hatte und nach Caesarea gegangen war, war es der Schmerz der gerade gefundenen, aber nicht zugelassenen Liebe gewesen: Wut und Trauer um das, was hätte sein können und doch nicht geworden war. Der Schmerz der Enttäuschung über Jeschuas Angst vor Gott. Dann der Schmerz durch Alpheios, der ein Schmerz um mich selber war. Der Schmerz der Selbstverachtung und der Scham, weil es für Alpheios nicht um Liebe gegangen war, sondern um seine Eitelkeit und seinen Stolz als Mann und Liebhaber. Mit seinem Witz, mit seiner Liebenswürdigkeit und Bewunderung hatte er mich zu einem Werkzeug erniedrigt: zum Spiel- und Werkzeug seiner Überlegenheit. Und ich hatte es geschehen lassen. Das war das Schlimmste von allem.

Jeschuas Tod war purer, blanker Schmerz – ohne Nebengeschmack, ohne Nebenbedeutung. Es war nichts als der Verlust einer Gegenwart, die ich wie die Luft zum Atmen brauchte. Hätte man mir mit einer Axt in den Leib geschlagen, der Schmerz hätte nicht so tief treffen können. Die Wehen bei Jehudas Geburt waren nichts im Vergleich zu dieser Qual. Meine Seele, mein Körper schrien nach Jeschua, ein reißender Wolf wütete in meinem Innern und ließ mich aufschluchzen, wenn ich nur an Jeschua dachte – und ich dachte immer an ihn. Ich bewegte mich in einer Umgebung, in der alles an ihn erinnerte und die sich in eine leere, blutlose Schattenwelt verwandelte, weil er

nicht mehr darin gegenwärtig war. Wir waren so innig verbunden – mein ganzes Dasein war nichts als ein Austausch mit ihm. Als er mir entrissen wurde, war es nicht anders, als hätte man mich der Länge nach gespalten. So wie ich vorher in unserer Liebe gelebt hatte, so lebte ich jetzt in diesem Schmerz – und ich gab mich ihm hin, wie ich mich der Liebe hingegeben hatte. Ich empfand ihn als reinen, gesunden Schmerz. Es war ein Schmerz, wie ihn vielleicht ein Tier empfindet, wenn es tödlich verwundet ist. So wie ich Jeschua ganz geliebt hatte, empfand ich nun den Schmerz seines Verlustes ganz. Es war der tiefste Schmerz und der reinste, unschuldigste. Es war ein Schmerz, der nichts mit Schuld oder Versagen zu tun hatte. Darum konnte ich ihn ertragen und mich ihm ergeben und – so merkwürdig dies auch klingen mag – ihn auch bejahen. Tod und Schmerz waren mit der Unschuld eines Orkans gekommen, der Bäume durch die Luft wirbelt und die Menschen damit erschlägt. Mit der Unschuld der bebenden Erde, die die Häuser zerbricht und die Menschen unter ihren Trümmern begräbt. Mit der Unschuld des Meeres, das die Schiffe im Sturm verschlingt, und die Unschuld der Wüste, die die Menschen verdursten läßt. Kann man hassen, was außerhalb der eigenen Gewalt liegt und eigenen, fremden Gesetzen folgt, kann man sich von solcher Allgewalt gekränkt fühlen?
Die Wunde heilte nur sehr langsam – aber ohne zu schwären. Sie bricht nicht mehr auf, der Schmerz beutelt mich nicht mehr. Aber der Schnitt ging so tief, daß er nie ganz verheilte. Die Narben sind noch da. Wenn ich jetzt an Jeschua denke, packt mich nicht mehr der wütende Schmerz des Verlustes, nur noch eine wehmütige Trauer, daß er so früh gegangen ist und daß ich so lange ohne ihn bin. Nichts und niemand kann ihn ersetzen. Auch nicht der kleine Jehuda, ohne den ich vermutlich nicht überlebt hätte. Er war der einzige, der mich aus meinem Schmerz herausreißen konnte.
Unsere Freunde kümmerten sich rührend um uns. Ich wäre bei ihnen geblieben, hätte mich Mariam nicht gebeten zurückzukehren, nachdem ich ihr von Jeschuas Tod geschrieben hatte. Ich verkaufte alles, was wir in Bavel besaßen, und machte mich mit Jehuda auf die mühsame, lange Heimreise. Von Mariam kamen beunruhigende Nachrichten: nichts Genaues – nur daß Jeschuas Schüler sehr rührig geworden waren und in Jeschuas Namen predigten. „Du und ich, wir kennen die Wahrheit", schrieb sie. „Wir müssen etwas gegen ihre Eigenmächtigkeiten und falschen Behauptungen tun. Aber ich kann es nicht allein – ich brauche Deine Hilfe. Komm bald!"
Der Schmerz über Jeschuas Verlust war noch so beherrschend, daß ich kaum darüber nachdachte, was ihre dunklen Andeutungen im

einzelnen bedeuten mochten. Es kostete mich schon alle Kraft, den Verkauf unserer Habseligkeiten zu bewerkstelligen, eine Karawane zu finden, die uns mitnehmen würde, und alle sonstigen Vorkehrungen für die Reise zu treffen.
Da die Verbannung nur für Jeschua galt, hatte ich diesmal keine Bedenken, den bequemeren nördlichen Weg über Palmyra und Damessek zu wählen. Die Reise verlief reibungslos und glücklich, soweit ich in meinem Schmerz noch glücklich sein konnte. Aber als wir endlich aufgebrochen waren und den Euphrat entlang nordwärts zogen, fand ich Trost in der weiten grünen Landschaft. Die Landbewohner luden uns freundlich und liebenswürdig zu ihren abendlichen Feuern. Sie waren großzügige Gastgeber, zufrieden in ihrem sicheren, seßhaften Wohlleben und begierig, etwas von der Welt draußen zu erfahren, die die Karawanenzüge zu ihnen brachte. Obwohl die Heimreise um Wochen länger dauerte als damals unsere Reise durch die Wüste, hatte ich das Gefühl, daß sie sehr viel schneller verlief.
Nach der Ankunft in Jericho schrieb ich gleich Mariam. Ich hatte noch genug Geld, um ein Haus zu mieten und dort auf ihre Antwort zu warten. Ich scheute davor zurück, mich direkt zu ihr nach Nazrath zu begeben. Ich wollte sie und ihre Familie nicht in Schwierigkeiten bringen. Vielleicht wurden sie noch von den Leuten des Pontius Pilatus bespitzelt, vielleicht hielt auch der Sanhedrin noch ein wachsames Auge auf die Familie des Rav Jeschua. Ich wußte auch nicht, wie die Brüder Jeschuas mich und unseren Sohn aufnehmen würden. Sie hatten sich immer an Jeschuas freiem Lebenswandel und an seiner respektlosen Auslegung der Schriften gestoßen. Ich wollte nicht als die Hure ihres Bruders empfangen werden.
Ich wartete in Jericho auf Mariams Antwort – und hoffte insgeheim, daß anstelle eines Briefes sie selbst eintreffen würde. Ich hatte ihr von Jehuda geschrieben, und ich war sicher, daß sie es kaum erwarten konnte, ihren Enkel und Jeschuas Sohn in ihre Arme zu schließen. Ich wartete sehr lange – dann schrieb ich einen zweiten Brief. Vielleicht war der erste nie angekommen. Danach erhielt ich ein kurzes Schreiben von Re'uven, dem ältesten Bruder Jeschuas, mit der Nachricht, daß seine Mutter vor mehr als drei Monaten gestorben war.
Es war ein fürchterlicher Schlag – erst Jeschua, dann Mariam. Die beiden Menschen, die ich – abgesehen von dem kleinen Jehuda – am meisten geliebt hatte, und die mich geliebt und verstanden hatten. Allein in dieser Welt zurückgelassen, saß ich in Jericho, einer fremden Stadt, in der ich niemanden kannte – nur am Leben gehalten durch meinen kleinen Sohn. Er war es, der verhinderte, daß die alte Mirjam wieder Besitz von mir ergriff. Wenn die Verzweiflung mich überwälti-

gen wollte oder starre Teilnahmslosigkeit sich wieder auszubreiten drohte, riß er mich mit seinem Lachen und Weinen, seinem Spielen und Quengeln aus der Düsternis und ließ wieder Liebe und Zuversicht in mir aufleuchten.
Dann nahmen mich die Forderungen des Lebens und Überlebens in Beschlag. Es war nicht leicht, als Frau allein und ohne den Schutz ihrer Familie ein Auskommen zu finden. Ich gab mich – in leichter Abwandlung des Namens – als die Witwe Jehoschua ben Josefs aus, um Schwierigkeiten mit den Behörden zu vermeiden. Die Kreuzigung des Rav Jeschua war sicher noch nicht vergessen. Als seine Witwe hätte ich mit unangenehmen Fragen oder Verfügungen rechnen müssen. Ich wollte bleiben – nicht unbedingt in Jericho, obwohl sich das im weiteren Verlauf so ergab. Ich hatte daran gedacht, nach Bavel zurückzukehren. Aber so wohl ich mich bei den Freunden dort gefühlt hatte – gerade als Jeschua gestorben war, fühlte ich mich eingeengt durch die große Stadt. Ich war es von Kind an zu sehr gewöhnt, in der wilden Natur umherzustreifen. Und selbst wenn ich die Tore Bavels hinter mir ließ, gelangte ich immer nur auf bestelltes Land. Dicht an dicht nur Felder und Haine, überall wohlmeinende Menschen, die nicht verstanden, daß jemand allein sein wollte und die Stille suchte. In dem üppigen Grün ähnelte Jericho dem großen Bavel. Aber vor den Toren Jerichos lagen die Berge der Wüste, kahl, nackt, von den Menschen gemieden – also genau die Luft zum Atmen, die ich suchte und brauchte.
In dem dicht besiedelten Land von Bavel war es mir zum ersten Mal aufgefallen: Die Menschen sind andauernd so damit beschäftigt, sich gegen andere zu behaupten und zu wehren, daß sie kaum noch Zeit und Kraft haben, ihre Phantasie spielen zu lassen und etwas Neues zu ersinnen – neue, bessere Handwerksgeräte, wirksamere Methoden zur Bewirtschaftung der Felder, vielleicht auch neue Lieder und Tänze, neue Gedichte und Theaterstücke, neue Gedanken und Philosophien. Vielleicht würden sie dann Gott suchen, dort, wo er war – in den Feldern, auf den Wiesen, in der Wüste –, nicht nur in den dunklen Tempeln und strengen Schriften, die die Menschen einschüchtern und zu willfährigen Dienern der Priester machen. In der Stille der Wüste konnte ich mich von den Händeln mit Menschen lösen. Wie kleinlich und dumm schienen mir dann die Streitereien, in die ich mich hatte verstricken lassen! War ich in der freien Natur – den kleinen Jehuda an der Hand –, dann schwand aller Ärger von selbst. Ich kam zur Ruhe – und in der Ruhe fand ich oft neue, frische Antworten und Lösungen, auf die ich in der Erregung nicht gekommen war.

Es hatte viel Widerstand und Gerede gegeben, als ich in Jericho für mich allein ein Haus mietete und meine Dienste als Schreiberin und Übersetzerin öffentlich anbot. Aber ich fand Hilfe und Unterstützung des örtlichen Rav, eines gütigen alten Mannes, der es nicht übers Herz brachte, eine Witwe mit einem kleinen Kind allein auf die milden Almosen zu verweisen, nur weil es für eine Frau ungehörig war, sich ihren Unterhalt selbst zu verdienen. Er besann sich vielmehr auf die Heilige Schrift – und rezitierte dann während der nächsten Lesung im Beit HaKnesset die Kapitel, in denen von der Richterin Dvorah die Rede war und von der mutigen Jehudith und der Königin Esther. Mit diesen Beispielen tatkräftiger Frauen nahm er meinen Widersachern den Wind aus den Segeln – und mehr noch: Er wies sie darauf hin, daß in der jüdischen Geschichte die Frauen immer geehrt worden seien. Es sei vielmehr eine Eigenart der Römer, die Frauen als Eigentum des Vaters und Mannes anzusehen, die darum öffentlich nicht in Erscheinung treten dürften. Das stopfte auch das letzte böswillige Maul. Bald hatte ich ein regelmäßiges Einkommen, und nach einigen Jahren konnte ich das Haus, das ich jetzt bewohne, kaufen und auch genügend Dienerschaft anheuern, um mich ganz der Erziehung Jehudas und meinen eigenen Interessen zuzuwenden.

Da ich durch meine Arbeit mit vielen Menschen in Berührung kam, hörte ich bald von den Gerüchten, in denen von Jeschua als dem gekreuzigten und vom Tode wiederauferstandenen Maschiach die Rede war. Als ich mich eingehender erkundigte, erfuhr ich, daß diese Geschichten und Jeschuas 'Lehren' von seinen Schülern in ganz Jehuda, in Jeruschalajim und auch im Gallil verbreitet wurden. Es war schlimmer gekommen, als Jeschua und ich es je befürchtet hatten. Ich verstand jetzt die dunklen Andeutungen Mariams – und ihre Hilflosigkeit. Es ging mir nicht anders.

Was mich zunächst nur bruchstückhaft erreichte, war immer wieder die Behauptung, daß Jeschua nach seinem Tode wieder auferstanden war. Ich hielt es zunächst nicht für verwunderlich, denn sicher gab es zahlreiche Menschen, die ihn noch nach seiner Verbannung gesehen hatten. Wir hatten uns schließlich nicht mehr versteckt, nachdem wir den Jarden überquert hatten. Der eine oder andere mochte uns auch noch in Gerasa oder Gadara oder sogar in Bavel gesehen haben. Vermutlich hatten auch einige Reisende, denen wir auf ihrem Weg nach Jeruschalajim begegnet waren, Jeschua erkannt. Wenn sie dann in Jeruschalajim stolz herumerzählten, daß sie den berühmten Wunderrav gesehen hatten, hielt man ihnen die Geschichte seiner Kreuzigung entgegen. Anfangs erklärte man sich diese Widersprüche sicher mit Verwechslungen und Täuschungen. Aber es muß die Bewohner

von Jeruschalajim – und erst recht Jeschuas Schüler – zunehmend verwirrt haben, als die Zeugnisse von solchen Begegnungen nicht abreißen wollten. Wenn sie noch dazu von durchaus verläßlichen Personen gestützt wurden, muß dies die Gewißheit über Jeschuas Tod mehr und mehr erschüttert haben. Zu denjenigen, die uns tatsächlich gesehen hatten, gesellten sich sicher auch noch unzählige andere, die – von der Kreuzigung nichts ahnend – irgendwo den Rav zu sehen geglaubt hatten. Dann gab es wie immer auch die Sensationshungrigen, die sich wichtig machen und gesehen haben wollten, was alle anderen gesehen hatten. So verdichteten sich wahre Berichte mit vermeintlichen und erfundenen zu der unumstößlichen Gewißheit, daß der gekreuzigte Rav noch lebte. Und da man ihn überall im Lande gesehen haben wollte, stürzte dies die kleine Schar seiner Schüler, die bei der Kreuzigung selbst nicht dabeigewesen waren, begreiflicherweise in noch größere Verwirrung.
Als erstes stellten sie genauere Nachforschungen an. Was lag näher, als zu seinem Grab zu gehen und sich zu vergewissern, daß sich Jeschuas Leichnam dort befand. Ich kann mir gut ihre Aufregung vorstellen, als sie heimlich in der Nacht zum Grab geschlichen kamen, es offen fanden und die Leiche verschwunden war. Im Angesicht des leeren Grabes – waren sie da noch zu vernünftigen Überlegungen imstande? Vernünftiges Denken und Urteilen war ohnehin nicht ihre besondere Stärke. Ein ruhiger, besonnener Mensch hätte sich vielleicht gefragt, ob Jeschua die Qualen der Kreuzigung überlebt hatte, ob er von Freunden aus dem Grab befreit und irgendwo in einem Versteck gesund gepflegt worden war. Er hätte vielleicht auch in Betracht gezogen, daß der Schüler Jehuda, der seinem Rav zum Verwechseln ähnlich sah, ebenso spurlos verschwunden war, und hätte sich gefragt, ob es da einen Zusammenhang geben könnte ...
Aber der einfältig gläubige Schim'on und der aufbrausende Bar-Tolmai waren eben nicht ruhig und nicht besonnen – und die übrigen ebensowenig. Sie waren einfache Menschen des Volkes, nicht darin geschult, mit ihren eigenen Augen zu sehen, mit ihrem eigenen Kopf zu denken. Was ihnen ein Gelehrter sagte, das glaubten sie blind – und standen sie vor einem Rätsel, für das es keine augenscheinliche Erklärung gab, mußte es sich um etwas Übernatürliches, um ein göttliches Wunder handeln. Lag es für sie nicht auch nahe, als erstes ein Wunder zu vermuten? Hatten sie im Gefolge von Jeschua nicht tagtäglich Wunderbares erlebt? War es nicht auch Jeschuas Wunderkraft, die sie in ihren Bann gezogen hatte? Das Wunder des Weines, die Heilung der Kranken und Besessenen – und nicht zuletzt: die Erwekkung der Toten! Waren sie nicht dabeigewesen, als die tote Tochter

des Ja'ir wieder zum Leben erwachte und als man den La'asar lebend aus den Totentüchern wickelte? War es nicht sogar ganz folgerichtig, daß ihr Rav, der das ewige Leben gelehrt und seine Macht über Leben und Tod so augenfällig und wunderbar bewiesen hatte, sein eigenes Leben dem Tod wieder entreißen konnte? Ja, der Segen des Herrn ruhte auf ihm – er hatte dem Tode getrotzt und war ins Leben zurückgekehrt. Und das Wunder, das der Herr an ihm getan hatte, war das göttliche Zeichen, daß er wahrhaft der Maschiach und der König Jisraels war – und der Sohn des Herrn! Sie waren immer zusammengezuckt, wenn Jeschua so ungeheuerlich in seiner Selbstverständlichkeit von sich als Sohn Gottes gesprochen hatte. Noch ungeheuerlicher war es, daß sie alle Gottes Söhne sein sollten! Wie, der jähzornige Bar-Tolmai sollte Gottes Sohn sein? Und der schlichte Schim'on, den jeder übers Ohr hauen konnte? Nein, sie hatten sich viel zu gering geschätzt, um so etwas glauben zu können. Mit dem Rav war es etwas anderes – und doch: Irgendwie war es ihnen immer lästerlich erschienen, wenn Jeschua sich selbst so erhöhte. Wenn er ein Wunder tat, besänftigte das ihre Zweifel, aber wenn er bei ihnen saß und aß und trank wie jedermann auch und wie alle über die Witze lachte, die erzählt wurden, dann konnten sie sich nicht mehr vorstellen, daß so einer Gottes Sohn sein sollte. Und als er sich mir zugewandt und sie und Gottes Auftrag im Stich gelassen hatte – da hatten sich ihre schlimmsten Ängste und Zweifel auf das klarste bestätigt: Er war ein Verräter, ein Heuchler, ein Lästerer.
Und nun die Auferstehung! Es überstieg ihre Fassungskraft. Nicht er – *sie* hatten falsch gesprochen und falsches Zeugnis abgelegt! Er war ans Kreuz genagelt worden, gestorben – und vom Herrn, dem Vater, errettet worden! Ja, er *war* der Auserwählte des Herrn, er *war* sein Sohn – und nun waren *sie* es, die ihn verraten und ans Kreuz gebracht hatten! Sie hatten versucht, Gottes unerforschliche Pläne zu durchkreuzen. Alles, was sie für richtig und gut gehalten hatten, war falsch gewesen. Alles, was sie angezweifelt und verworfen hatten, hatte sich als wahr erwiesen! Das Wunder der Auferstehung schmetterte sie nieder – denn Gott der Herr selbst hatte gesprochen: für seinen Sohn Jeschua – und gegen sie, seine verräterischen Schüler. Was hatten sie getan! Ihre Schuld schrie ihnen aus dem leeren Grab entgegen, ein brüllender, schwarzer Schlund, gierig darauf wartend, sie zu verschlingen. Sie flohen in die Stadt zurück.
Dort wartete man schon auf sie – das Häuflein Getreuer, die unbeirrt an Rav Jeschua als den Maschiach geglaubt, und die anderen, die nach den wundersamen Berichten von seiner Auferstehung reuevoll den Glauben an ihn wiedergefunden hatten. Die Gläubigen bestürm-

ten nun sie, die falschen, verräterischen Schüler, mit ihren Fragen. Alles wollten sie wissen. Die Schüler mußten zugeben, daß das Grab leer gewesen war. Die Fragen hörten nicht auf. Wer den Stein beiseite gerollt hatte, wer von ihnen dabeigewesen war, wann ihnen der Maschiach nach der Kreuzigung erschienen war? Die Gläubigen zweifelten nicht daran, daß sich der Rav zuerst seinen auserwählten Schülern gezeigt hatte. Die Schüler stockten, sie stotterten. Man hielt sie für Geheimniskrämer. Aus irgendwelchen Gründen wollten sie nicht mit der Sprache herausrücken. Man fragte genauer, hartnäckiger. Man fragte nach Mariam und nach mir, denn es gab glaubwürdige Zeugen, die uns zusammen mit Jeschua gesehen hatten. Die Schüler wollten nichts als Ruhe. Sie wollten sich miteinander besprechen. Man ließ sie nicht. Sie schwiegen, sie drucksten herum. Es half nichts. Irgendeine Notlüge mußte her, um die beharrlichen Frager loszuwerden. Irgendeiner, der dem Druck nicht mehr standhalten konnte, sagte dann etwas.
Nein, sie waren nicht dabeigewesen, als der große Rollstein weggeräumt wurde. Nein, keiner von ihnen war Zeuge der Auferstehung. Es waren die beiden Frauen – seine Mutter und diese Mirjam (beide waren gottlob nicht mehr in Jeruschalajim). Die Gläubigen stürzten sich wie ein Rudel Wölfe auf diese Brocken. Anstatt sich damit zufrieden zu geben, war ihr Appetit nun erst recht geweckt. Alles wollten sie wissen. Wann war ihnen der Maschiach erschienen, was hatte er ihnen gesagt? Als sie abwehrten und schwiegen, glaubte man, sie wollten den Leuten etwas Bedeutsames vorenthalten. Hatte er ihnen geboten zu schweigen? Was waren seine Aufträge? War die Zeit noch nicht reif, seine Pläne zu enthüllen? Würde er bald kommen, um die letzte Schlacht gegen die Römer anzuführen? Alles Sichwinden und Wenden half nichts.
Irgendwann erlagen sie der gläubigen Inbrunst, die ihnen entgegenschlug, den hoffnungsfroh leuchtenden Gesichtern, den geballten Erwartungen. Irgendwann ergaben sie sich dem Sog und ließen sich von der Begeisterung fortreißen. Hatte nicht jeder von ihnen einmal geglaubt, Jeschua vor sich gesehen zu haben, obwohl der Rav gekreuzigt worden und gestorben war? Damals hatten sie die Erscheinung verleugnet und als Täuschung abgetan. Einer fing an und bekannte, daß er ihn gesehen hatte. Die anderen fielen ein. Ja, der Rav und Maschiach war ihnen erschienen, aber er hatte ihnen geboten zu schweigen. Dann gelang es ihnen endlich, die Frager loszuwerden. Keiner wagte, dem anderen ins Gesicht zu sehen. Sie zerstreuten sich, um allein zu sein. Hatten sie zunächst Ruhe vor den Fragern gefunden – die Fragen selbst ließen sie nicht mehr los. Wohin sie sich auch verkrochen, die

Fragen nach dem Auferstanden verfolgten und peinigten sie. Und die Gestalt Jeschuas, die sie wie ein flüchtiger Schatten verfolgt hatte, wurde schärfer, deutlicher. Er schien zu ihnen zu sprechen. Sie hörten seine Stimme. Sie hatten gesehen, wonach man sie gefragt hatte – nun sahen sie Jeschua überall. Sie zwinkerten mit den Augen, um die Trugbilder, die sich ihnen aufdrängten, zum Verschwinden zu bringen. Anfangs gelang es ihnen. Aber die Bilder kehrten zurück, wurden immer mächtiger, klarer, farbiger. Aber was sie loszuwerden versuchten, ersehnten sie inbrünstig in geheimer Qual. Wie, den anderen – Leuten, die ihn kaum gekannt hatten – hatte er sich gezeigt, und vor ihnen, den nächsten und engsten Gefährten, hielt er sich verborgen? Die unerschütterliche Gewißheit der Gläubigen, daß er ihnen, seinen Schülern, erschienen war, übertrug sich auf sie selbst. Irgendwann fanden sie es ganz selbstverständlich, daß sie nicht ihren Einbildungen erlegen waren, sondern den Auferstandenen selbst gesehen und gesprochen hatten.

Spielt es eine Rolle, ob er ihnen tatsächlich erschienen war oder ob ihr überhitztes Gemüt ihnen ein täuschend echtes Bild vorgegaukelt hatte? Entscheidend war ihre feste Überzeugung, ihn gesehen, ihn gesprochen zu haben. Gibt es nicht auch zwischen Menschen, die sich sehr nahe stehen, jene unerklärliche Verbundenheit, die uns plötzlich wissen läßt, daß der Geliebte in Gefahr ist, die uns sein Bild vor Augen stellt, obwohl wir meilenweit voneinander getrennt sind? Ich selbst habe es zweimal erlebt, daß ich ganz instinktiv wußte, daß der kleine Jehuda in Gefahr war. Einmal drängte es mich, alles stehen und liegen zu lassen, um nach ihm zu suchen. Ich fand ihn auf der Straße, etwas weiter vom Haus entfernt als sonst, umringt von einer wild johlenden Meute von Gassenjungen, die ihr Mütchen an ihm kühlen und vielleicht auch manch erlittene Kränkung an dem kleineren und schwächeren Kind auslassen wollten. Das andere Mal fand ich ihn, halb von einer Geröllawine verschüttet, draußen in der Wüste, wo er gerne spielte. Da ich ihn auf meinen Streifzügen oft mitgenommen hatte, kannte er nicht die Angst der Stadtbewohner vor den Geistern der Wüste.

Jeschua dachte oft und viel an seine Schüler. In seinem Innersten war er noch mit ihnen verbunden – so wie sie mit ihm verbunden waren. Vielleicht hatte er wirklich zu ihnen gesprochen – in einer anderen Wirklichkeit als der sichtbaren, was sie – da sie von seinem Tod überzeugt waren – als Auferstehung eines Toten zum Leben verstehen mußten. Oder war ihnen auf diese Weise der gekreuzigte Jehuda erschienen? Denn sie berichteten von den Wundmalen an seinen

Händen und Füßen. Aber vermutlich sahen sie auch hier nur das, was sie zu sehen erwarteten.
Nun da sie selbst davon überzeugt waren, verkündeten sie das Wunder von Jeschuas Auferstehung überall. Ihre Versammlungen fanden einen ungeheuren Zulauf. Bei vielen war vergessen, daß dieser Rav sie zutiefst enttäuscht hatte. Vergessen war, daß man diesen Rav als Lügner, Scharlatan und Gotteslästerer verlacht und ans Kreuz geschrien hatte. Ihre Gemüter, die allen Verheißungen bereitwillig Glauben schenkten, gaben sich nur zu gerne dem Wunder seiner Auferstehung und der Überwindung des Todes hin. Und noch leichter glaubten die, die zum ersten Mal von Rav Jeschua hörten: von seinen Wundern, von seiner Liebe und seiner Auferstehung. Ja, er war der Maschiach! Er hatte die Schrecken des Tals Gehinnom durchwandert und dem Tod die Siegel der Macht entrissen. Er ruhte wahrhaft in der Gnade des Herrn! Und wer ihm folgte und an ihn glaubte, dem waren alle Sünden vergeben, dem standen die Tore des Himmels offen.
Wenn ich nun vor sie hinträte und sagte, daß nicht Jeschua, sondern Jehuda gekreuzigt worden war und daß es keine Auferstehung von den Toten gegeben hatte, sondern daß Jeschua einen natürlichen Tod gefunden hatte, so mußte sich das in ihren Augen als bösartiger Angriff auf ihren neuen Trost und ihre neue Zuversicht ausnehmen. Sie würden mir kein einziges Wort glauben. Warum sollten sie sich auch aus ihrer freudigen Erhebung und dem Triumph über den Tod wieder in den Abgrund ihrer alten Verzweiflung und ihrer Angst zurückstoßen lassen!
Sie würden mir gar nicht zuhören, nicht zuhören wollen. Und auf Unterstützung und Verständnis von seiten der Schüler zu hoffen, hielt ich von vornherein für aussichtslos. Sie würden sich am meisten dagegen wehren, vor aller Augen als jämmerliche Verräter dazustehen, die den Rav den Römern ausgeliefert hatten. Sie hatten inzwischen dem verschwundenen Jehuda, dem sie einmal die Stellvertreterrolle aufgedrängt hatten, die Alleinschuld am Verrat zugeschoben. *Er* war es gewesen, der Jeschua bei den Priestern angezeigt hatte. Selbst der eigentliche Vorwurf, nämlich daß der Rav gotteslästerliche Behauptungen aufgestellt und verkündet hatte, geriet immer mehr in den Hintergrund. An seine Stelle trat das Gerücht, daß Jehuda wegen dreißig Schekel den Maschiach und Erlöser verraten und gegen ihn ausgesagt hatte. Und sein spurloses Verschwinden ließ sich ganz einfach mit der Reue über seine Untat erklären: In der Erkenntnis seiner Schuld habe er sich selbst gerichtet und an einem Baum aufgehängt. Aus den Gerüchten wurden Gewißheiten, die niemand mehr anzweifelte. Die Schüler nannten ihn auch nicht mehr mit dem vertrau-

ten Namen Jehuda, noch weniger mit seinem ganzen Namen Jehuda ben Schim'on – sie sprachen von ihm als jenem gewissen Judas, dem Mann aus Kriot. Sie verwendeten die griechische Namensform, als würde die Nähe zum heidnischen Hellenentum seinen Verrat wahrscheinlicher machen. Genausowenig wie Mariam konnte ich dagegen etwas ausrichten. Vielleicht hätten wir, wenn wir in Jeruschalajim geblieben wären, beide zusammen die Wahrheit glaubhaft machen können. Aber Jeschua und ich waren nach Gadara und Bavel gezogen, und Mariam war in den Gallil zurückgekehrt, wo sie viel zu spät von den umlaufenden Gerüchten, Geschichten und Lehren erfahren hatte, die sich wie ein dichtes undurchdringliches Gespinst um 'den Tod und die Auferstehung' ihres Sohnes gelegt hatten.

Ich hatte es anfangs nicht an Versuchen fehlen lassen, die Wahrheit über Jeschuas Leben und Sterben zu erzählen – und auch klarzustellen, was unter Tod und ewigem Leben zu verstehen war: nicht die Auferstehung von den Toten, sondern das Weiterleben des Göttlichen in immer neuen Brechungen, neuen Formen, neuen Gestalten. Ich war sogar nach Jeruschalajim gezogen. Den kleinen Jehuda hatte ich sicherheitshalber in der Obhut einer freundlichen, fürsorglichen Nachbarin gelassen. Am glimpflichsten kam ich noch davon, wenn man mich einfach auslachte. In den Augen der meisten war ich nichts als eine verrückte Frau, der in der Hitze das Hirn geschmolzen war – von dem angeblich die Frauen ohnehin nicht sehr viel haben. Manche sahen in mir eine Wichtigtuerin, die sich damit brüsten wollte, die Geliebte des Rav gewesen zu sein. Bei nicht wenigen erregte ich eine Art heiligen Zorns über meine Unverschämtheit, solch anstößige Lügenmärchen über den Erwählten des Herrn und Maschiach zu verbreiten.

Ich hatte sorgsam darauf geachtet, daß meine Wege nicht die der Schüler kreuzten. Was ich von ihnen zu erwarten hatte, war mir klar. Doch es mußte sich wie ein Lauffeuer in der kleinen Gemeinde der Nazranijim, wie sie sich inzwischen nannten, herumgesprochen haben, daß eine Frau aufgetaucht war, die behauptete, die berühmte Mirjam aus Migdal zu sein, die mit der Mutter des Gesalbten als erste das Grab des Auferstandenen offen und leer vorgefunden hatte. Noch am ersten Abend in Jeruschalajim kam Schim'on zu mir in die Herberge. Es war ein langes, fruchtloses Gespräch, das wir miteinander führten. Schim'on tat mir leid. Er weinte und bereute, daß er den Rav verraten hatte. Aber der Verrat beschränkte sich mittlerweile darauf, daß er bei Jeschuas Festnahme geleugnet hatte, ihn zu kennen und sein Schüler zu sein. Er sprach von unserem 'geliebten Rav Jeschua', als hätte Jeschua sich nie von ihnen trennen wollen, als hätten sie ihn nie mit Vorwürfen meinetwegen überschüttet und des Verrats am Herrn bezichtigt. Er war wieder zu dem Rav Jeschua geworden, den sie gekannt und geliebt hatten: der sie um sich geschart, der sie Gottes Liebe gelehrt und dann ausgeschickt hatte, die frohe Botschaft allen Menschen zu bringen. Als Toter konnte er sich ihnen nicht mehr entziehen. Als Toter gehörte er wieder ihnen.

Wie kann man mit jemanden streiten, der glaubt, was er sagt! Scham und Schuld hatten kahle Flecken in sein Gedächtnis gefressen. Was zu schrecklich war, als daß er es gesagt oder getan haben könnte, war aus seiner Erinnerung verschwunden oder fand den Zugang in die Gegenwart nicht mehr. Nicht einmal an die Verstoßung nach unserem letzten gemeinsamen Mahl konnte oder wollte er sich erinnern. Im Gegenteil: Er warf mir vor, alles falsch oder viel schlimmer und schrecklicher darzustellen, als es gewesen war. Niemand habe sich gegen mich gewendet – sie hätten immer nur Liebe und Achtung für mich empfunden. Sie seien von jeglicher Eifersucht auf mich frei gewesen. Sie hätten Jeschua auch niemals vorgeworfen, seinen göttlichen Auftrag zu verraten. Das war allein Judas gewesen – nicht sie. Es war allein dieser Judas, der klein, schäbig und hinterhältig gegen ein paar Geldstücke den geliebten Rav Jeschua an die Priester verraten hatte. Natürlich sei der Mann am Kreuz Rav Jeschua und nicht Judas gewesen. Hatte der Herr nicht durch seine Zeichen bezeugt, daß der Gekreuzigte wahrhaft sein göttlicher Sohn und Maschiach war? Hatte sich nicht in der Stunde seines Todes die Sonne verfinstert und die Erde gegrollt? War im Tempel nicht der Vorhang zum Allerheiligsten mitten entzweigerissen? Als ich ihm sagte, daß ich mit Jeschua glücklich in Bavel gelebt hatte (den Sohn verschwieg ich, aus Sorge, sie könnten Hand an ihn legen – in der einen oder anderen Absicht), schaute er mich ungläubig verwundert an. Es war der Blick, aus dem gütig und freundlich herausschimmerte, daß mein Geist sich durch die Hinrichtung des Rav verwirrt hatte und daß ich mir Dinge einbildete, die nicht geschehen waren. Kurz, Schim'on gab mir zu verstehen, daß ich schließlich schon einmal die Welt im Wahn gesehen hatte. Deswegen sei ich ja zu Jeschua gebracht worden: weil ich krank und von Dämonen besessen gewesen war.

Als ich auf meiner Wahrheit beharrte, wurde er bekümmert, sein Gesicht legte sich in tausend Falten. Ob mir klar wäre, was geschehen würde, wenn die anderen Schüler von meinen wilden Behauptungen erführen, Bar-Tolmai zum Beispiel. Er habe Angst um mich. Bar-Tolmai wäre in seinem Zorn fähig, Dinge zu tun, die er hinterher bereuen würde. Ich könnte zu großem Schaden kommen. Schließlich würde ich mich selbst des Ehebruchs bezichtigen – und auch noch den Namen des geliebten Rav Jeschua in den Schmutz ziehen, der doch der Gesandte und Gesalbte des Herrn selbst war! Der Rav und Maschiach habe zwar öfter von Abschied gesprochen – aber niemals, um sich seinem göttlichen Auftrag zu entziehen und bei einer Frau zu liegen! Er habe dabei nur an sein nahes Ende und an den grausamen Tod gedacht, den ihm Gott geoffenbart hatte. Er, Schim'on, müsse um meine Sicherheit fürchten, wenn ich meine gotteslästerlichen Behauptungen weiter in aller Öffentlichkeit verbreitete und den Maschiach so übel verleumdete. Ob ich den Zorn der Gläubigen herausfordern wollte? Das Verrückte war, daß er ganz ernsthaft und aufrichtig besorgt um mein Wohlergehen sprach. Seine kindlichen Augen blickten mich offen und ehrlich an. Er merkte nicht einmal, daß er mir drohte. *Er* würde ja auch nie Hand an mich legen. Er warnte mich nur vor den anderen!

Ich sah plötzlich wieder die wütende, brüllende Menge vor meinen Augen, wie sie nach Jeschuas Tod geschrien hatte. So würden sie auch nach meinem Tod schreien! Das verschloß mir endgültig den Mund. Um meines Kindes willen durfte ich mein Leben nicht gefährden. Aber auch ohne die Sorge um Jehuda – hätte ich mein Leben für eine Wahrheit, die niemand wollte, aufs Spiel setzen sollen? Diese Frage hat mich lange bewegt – jahrelang. Und immer wieder bin ich zu demselben Ergebnis gekommen: Es wäre völlig sinnlos gewesen – so sinnlos wie der Tod Jehudas am Kreuz. In den Augen der alten Griechen wäre ich vielleicht wie Antigone eine Heldin gewesen, auch für die Zeloten. Pontius Pilatus und Alpheios hätten es lächerlich gefunden, für die Wahrheit zu sterben. Hätte man mich damals vor Gericht unter Eid nach der Wahrheit gefragt, ich hätte nichts unterschlagen und nichts beschönigt, auch wenn man mich dafür hingerichtet hätte. Ich hätte die Wahrheit gesagt, solange ich nur für mein eigenes Leben verantwortlich war und nicht für das meines kleinen Sohnes. Aber sterben, um den Leuten eine Wahrheit nachzuwerfen, die sie nicht wollten und auch nicht verstanden? Jeschua hatte von der Wahrheit, von der Freiheit in Liebe gesprochen und war kläglich gescheitert. Mit dieser Freiheit hatten sie nichts anfangen können. Ja, wenn er von der Freiheit von Rom, von der Freiheit von Bedrückung, von der Freiheit von Armut gesprochen hätte! Aber vor der inneren Freiheit hatten sie Angst. Immer brauchten sie noch einen, der sie leitete – und der die Verantwortung trug.

Wahrheit und Freiheit waren zu schwer für sie, solange ihre Liebe zu klein war, um sie zu tragen. Sie klammerten sich an die Liebe, die Jeschua früher gepredigt hatte. Aber das war die Liebe zwischen Vater und Kind. Gott und die, die in seinem Namen sprachen, waren die

Starken, die Schützenden, die sie, die Schwachen, Hilflosen, liebevoll an die Hand nahmen und leiteten. Sie brauchten jemanden, der ihnen sagte, was der Herr von ihnen wollte, was recht und unrecht, was gut und böse war. Sie konnten es sich nicht vorstellen und glauben, daß sie in der Liebe selbst erkennen und wissen können, was zu tun ist. Denn nur die Liebe weiß, daß jede Situation, jeder Moment einmalig ist – und ein Handeln nach seinem eigenen Gesetz erfordert. Nichts ist ein für allemal gut oder böse, recht oder unrecht. Der Kot von Mensch und Tier ist schädlich für den Menschen, wenn man ihn nicht beseitigt, aber guter Dünger für die Pflanzen. Eine harte Zurechtweisung kann den einen Menschen zur Vernunft bringen – den anderen in Verzweiflung stürzen oder zu einer Torheit verleiten. Ein Löwe ist ein schönes, edles Tier – und doch kann er einen Menschen anfallen und töten. Ist er gut – ist er schlecht? Wie anstrengend es für die Menschen ist, in jeder Situation herauszufinden, was recht und was unrecht ist, wenn man dabei nicht vom Strom der Liebe getragen wird. Darum wollen sie lieber, daß die Dinge von vornherein als gut oder schlecht gekennzeichnet sind, damit sie ein für allemal wissen, was sie tun oder lassen müssen.

Ich versicherte Schim'on, daß ich von nun an schweigen und sie mit meiner Wahrheit in Ruhe lassen würde. Von mir aus könnten sie lehren und predigen, was sie wollten. Ihr Rav Jeschua sei nicht der Mann Jeschua, den ich gekannt und geliebt hätte. Schim'on verabschiedete sich mit einem Gemisch aus Erleichterung und heimlichem Schuldbewußtsein. Seitdem ließen sie mich unbehelligt. Und ich habe mein Wort gehalten und bis zum heutigen Tag geschwiegen.

Sie lehren nun die Religion der Liebe – aber sie wagen noch immer nicht, ihren Körper zu lieben. Sie lehren eine Liebe, die die Tiere und Pflanzen nicht kennt – und eine himmlische Liebe, die befiehlt zu lieben, wo vielleicht Gleichgültigkeit und Abneigung herrschen. Es ist eine Religion der Liebe, die nicht wartet, bis die Liebe von selbst aus dem Innern quillt, sondern sie mit Worten vorgibt und mit Taten vorheuchelt. Sie stiften ihre Kinder zu falscher Demut und Ergebenheit an. Sie lassen sie nicht auf die Stimme Gottes in ihrem Innern hören, sondern allein auf die Stimme ihrer Eltern, der Priester und der neuen Rabbanim, durch die Gott zu ihnen spricht.

Sie predigen die Liebe. Aber weil sie sie nicht fühlen, leben sie in der Angst vor der Sünde: der Sünde ihrer Lieblosigkeit. Wie viele Selbstvorwürfe und Zweifel werden dadurch ganz unnötig ins Leben gerufen! Und wieviel rachsüchtige Selbstgerechtigkeit und Neid und Bosheit! Wie sie nun nach den andern und ihren Fehlern schielen, um von sich selbst abzulenken! Als Kinder haben wir uns so verhalten,

wenn wir von den Lehrern oder den Eltern gemaßregelt wurden: „Aber die anderen haben das auch getan“ – oder „Die haben viel Schlimmeres getan, nämlich ...“
Wer einmal das Zeichen des Sünders auf seiner Stirne brennen fühlt – wie kann er noch die Harmlosen, Unschuldigen um sich ertragen? Er wird so lange nach ihren Sünden suchen, er wird so lange stöbern und im Schmutz wühlen, bis er den Makel des Sündhaften auch bei ihnen gefunden hat. Dann wird er hohnlachend und triumphierend seine Entdeckung verkünden. Vielleicht fühlt er sich einen Augenblick lang besser, aber die eigene Sünde wird dadurch nicht ausgelöscht, sondern bleibt an ihm haften bis an sein Lebensende. Also wird er immer weiter nach Sündern suchen – und Mitsünder finden. Denn nur Mitsünder erleichtern sein Los und trösten ihn damit, daß er in seiner Schuld nicht allein ist. Und sie beweisen ihm, daß keiner besser oder makelloser ist als er selbst.
Sie träumen von der Liebe, aber sie lieben nicht. Denn wer liebt, nimmt alles so, wie es ist – in dieser besonderen Form, in dieser besonderen Gestalt, egal ob ‘schön’ oder ‘häßlich’, ‘gut’ oder ‘böse’. Sie aber machen sich ein Bild von der Welt, wie sie sein soll, und nicht, wie sie ist. Sie wollen lieben – aber sie lieben diese Welt nicht, wenn sie auf das Ende aller Tage warten und den Anbruch der Gottesherrschaft herbeisehnen. Als ob Gott je fern oder getrennt von seiner Schöpfung wäre! Sie lieben die Geschöpfe dieser Erde nicht, wenn sie glauben, daß die Welt erst dann gut ist, wenn Löwe und Lamm friedlich beieinander liegen. Sie lieben auch die Menschen nicht, wenn sie verlangen, daß immer Liebe zwischen ihnen herrschen soll! Und wer nicht immer lieben kann und nicht so gut ist, wie er sein sollte, der ist ein Sünder! Sie bescheiden sich nicht mit der Frage: Wie kann ich leben, daß ich die Menschen und die Dinge erkenne und in ihrer Eigenart und Besonderheit lieben lerne?
Die Schüler lehren Jeschuas Liebe. Aber sie sehen überall nur Sünde und Sünder in einer sündhaften Welt. Und weil sie überall, auch in sich selbst, nur Sünde sehen, ist das Schreien nach Erlösung so groß! Seit neuestem lehren sie sogar, daß Jeschua am Kreuz für ihre Schuld gestorben ist und die Sünden der Menschen auf sich genommen hat. Aber welche Sünden? Was ist denn Sünde? Der Mensch irrt und ist in seiner Unwissenheit, die nichts als Liebelosigkeit und Angst ist, zu furchtbaren Greueln fähig. Worin besteht die Sünde eines wilden Tieres, das – in die Ecke getrieben – den Menschen anfällt und tötet, um zu überleben? Man schützt sich vor ihm – aber worin ist es sündhaft, warum muß Gott ihm vergeben? Wer liebt, liebt auch das wilde Tier – und nimmt sich dabei in acht, daß es ihn nicht auffrißt! Sie

lehren, daß es Jeschuas göttlicher Auftrag war, am Kreuz für alle Menschen zu sterben. Aber ist denn ein Mensch je dadurch gerechter und besser geworden, weil ein anderer für ihn gestorben ist? Erfährt er dadurch Liebe? Im Gegenteil! Das Maß seiner Schuld verdoppelt sich! Er hat nicht nur gesündigt – ein anderer hat dafür die Schuld auf sich genommen und büßt für ihn freiwillig mit seinem Leben! Steht er dann nicht auf ewig in dessen Schuld? Wie kann ich weiterleben und je wieder Freude empfinden, wenn einer für mich gestorben ist! Wie lange hatte Jeschua unter der Schuld gelitten, weil Jehuda an seiner Stelle gekreuzigt worden war! Welch ungeheure Erwartung lastet nun auf mir, mich dieses Opfers auch wert zu erweisen! Verpflichtet ein solches Opfer nicht dazu, nun doppelt 'gut' und 'liebevoll' zu sein? Wenn ich dann doch wieder 'sündige', bin ich dann nicht ganz und gar verwerflich? Solche Opfer gebieten immer nur weitere Opfer. Nun werden sie ihrem Rav und Maschiach darin nacheifern, ebenso opfern zu können wie er selbst! Sie sind Kinder – und wie Kinder lernen sie durch Nachahmung. Hat Gott sich durch seinen Sohn für die Menschen geopfert – was könnte ihm gefälliger sein, als das Opfer des Menschen für Gott! Darin wird ihre wahre Nachfolge bestehen: im Opfern und nicht in der Liebe. So wie sich der Maschiach für sie geopfert hat, so werden sie sich für den Maschiach opfern! Sie werden ihr Glück, ihre Freude und ihre Körper opfern, weil ihr Meister seinen Körper geopfert hat. Der Rav hat gelitten – also werden auch sie leiden, um ihm näher zu sein.
Sie lehren Jeschuas Liebe – aber von seiner Liebe zu mir wollten sie nichts wissen. Und heute verschweigen sie, daß es unsere Liebe je gegeben hat. Sie lehren eine Religion der Liebe. Es ist eine Liebe, die die Wahrheit leugnet. Was aber ist Liebe ohne Wahrheit? Ich weiß nicht, wohin dies führen wird. Pontius Pilatus hat die Wahrheit nicht geleugnet. Er hat sie gesehen und sein Handeln danach ausgerichtet. Aber er war ohne Liebe. Und was ist Wahrheit ohne Liebe!
Ich habe versucht, meine Wahrheit und meine Liebe zu leben, so gut ich konnte. Ein merkwürdiges Leben, in dem ich mich mit allen Pflanzen, Tieren und Menschen verbunden fühle. Aber Antwort, Verstehen, wenn man das so sagen kann, finde ich mehr bei den Pflanzen und Tieren als bei den Menschen. Die Pflanzen gedeihen wunderbar. Die Tiere, die ich pflege, fassen Vertrauen zu mir – oft mehr als zu ihren 'Herren'. Die Kinder lieben mich – aber wenn sie größer werden, entgleiten sie mir. Wie ihre Eltern fangen sie an zu unterscheiden: nach Rang und Namen, nach gut und böse, nach schön und häßlich, dumm und gescheit. Die jüdischen Kinder spielen nicht mehr mit den römischen und die Römerkinder nicht mehr mit den jüdischen. Jedes

Volk bleibt für sich und beäugt argwöhnisch die 'anderen' und ihre Götter.
Anfangs hielt man mich sogar für eine Spionin, weil ich nicht die üblichen Unterschiede machte, wenn ich Freundschaften schloß. Es ist auch nicht so, daß ich immer dazu fähig bin, alles in seiner Göttlichkeit zu lieben, nur weil ich es einmal als gut und göttlich erkannt habe. Wir sind ja nicht nur göttlich – sondern auch begrenzte Form. Wir haben einen abgegrenzten Körper, unterschiedliche Temperamente, Eigenschaften und Begabungen. So suche ich mir die Menschen zu Freunden, bei denen ich mich wohlfühle, die zu mir passen – egal, welchem Volk und welchem Glauben sie angehören, und egal, wie hoch oder niedrig sie gestellt sind.
Äußerlich beugte ich mich wie in Bavel den Geboten. Als Witwe – noch dazu ohne den Schutz der Familie – beobachtete man mich genau. Ich wollte nicht unnötig den Zorn der Eiferer wecken und Jehudas und mein Leben gefährden. Also hielt ich mich auch an die Speisevorschriften und an das meiste übrige, auch wenn ich oft lieber anders gewählt und entschieden hätte. Ich unterrichtete Jehuda in allen Geboten und Gebräuchen. Als er älter und verständiger wurde, lehrte ich ihn, nach dem Sinn jedes Gebotes und jedes Brauches zu fragen. Ich brauchte ihn nicht zu belehren, daß es auch andere, wichtigere Dinge gibt. Er hatte von klein auf sein eigenes Herz hören und seiner inneren Stimme folgen dürfen, wenn er sich nicht selbst oder anderen damit schadete. Er begriff schnell, zwischen den eigenen Wünschen und gewichtigen äußeren Geboten abzuwägen. Und wie gerne ein Kind lernt, wenn es auch das lernen darf, wonach es fragt! Es findet seinen Weg schon selbst – aber Eltern und Lehrer müssen auch das Zutrauen haben, daß es in seinem Innern besser als sie oder jeder andere Mensch weiß, welches der richtige Weg ist.
Glücklicherweise ist Jehuda nicht übermäßig am Studium der Schriften interessiert. Er ist auch nicht besonders ehrgeizig. Er spielte schon als kleines Kind sehr gerne mit den geschnitzten Figürchen Jeschuas, die ich für ihn aufbewahrt hatte. Jetzt schnitzt und zimmert er selbst. Er hat ein gutes Gefühl für das Holz – seine Tiere scheinen zu leben. Er ist mehr ein Künstler als ein Zimmermann. Und wenn er auch einfach und bescheiden ist, so weiß er doch sehr gut, was er will und was nicht. Und er hat eine unbeschreiblich liebenswürdige Art, Konflikte mit anderen erst gar nicht aufkommen zu lassen. Das macht mich wirklich stolz – oder besser: glücklich. Denn ich bin wohl kaum dafür verantwortlich. Vielleicht habe ich zu viel Leid und Enttäuschungen in meinem Leben erfahren – vielleicht bin ich aber auch nur jähzornig und zu ungeduldig. Und wenn Juden verächtlich über die

Römer und Samaritaner herziehen, dann langweile ich mich – oder fange an, mich über ihre dumme Einseitigkeit und Beschränktheit zu ärgern. Und genauso ergeht es mir, wenn dumme, arrogante Römer die religiöse Verbohrtheit der Juden und ihren eifersüchtigen unsichtbaren Gott lächerlich machen. Keiner kennt den anderen wirklich – aber jeder weiß, wie schlecht und dumm der andere ist!

Das Wunderbare an Pflanzen und Tieren ist, daß sie keine Vorstellungen und keine Vorurteile haben. Sie leben ganz aus ihrem inneren Trieb und nach ihren eigenen Bedürfnissen. Sie schreiben ihrem Gegenüber und der Welt nicht vor, wie sie zu sein haben. Aber sie spüren die Liebe, die man ihnen entgegenbringt, und antworten mit ebensolcher Liebe und unglaublicher Feinfühligkeit. Ich habe die Tiere wahrhaft kennen- und liebengelernt. Und es schmerzt mich unendlich, wenn ich sehe, wie sie geschunden, geschlagen und getreten werden. Wie man sie hungern und dursten läßt! Wie sie unnötig gequält werden, bevor man sie schlachtet. Wie roh man ihnen die Füße zusammenbindet und sie dann kopfüber zum Markt trägt. Die Tiere schreien und klagen, ihr Elend gellt in unseren Ohren – aber die Menschen sind taub. Sie hören ja auch nicht die Schreie ihrer Mitmenschen, nicht einmal die ihrer Kinder. Hat man denn je ihre eigenen Schreie gehört? Ich weiß es nur zu gut. Ich war selbst dumpf und fühllos. Ich verschwendete keinen Gedanken an die Tiere und an ihr Wohlergehen. Machte ich mir denn Gedanken um die Diener und Mägde im Haus meines Vaters? Was sie fühlten, was sie dachten? Sie hatten einfach für mich dazusein – und zu verschwinden, wenn ich sie nicht mehr brauchte. Mir selbst war es doch nicht anders ergangen. Ja, ich stamme aus einem wohlhabenden Haus und wurde verwöhnt. Aber wir Kinder durften nur zu den Eltern, wenn es ihnen genehm war. Und störten wir sie, trugen uns schnell die Diener fort. Habe ich als Kind nach meiner Mutter geweint? Ich weiß es nicht mehr. Aber erst als ich wieder an die Liebe glauben konnte, als ich darauf vertrauen durfte, daß ich geliebt wurde, so wie ich war, da fühlte ich auch zum ersten Mal die Liebe zu allen Wesen rings um mich her. Alles, was bisher fremd und getrennt von mir war, war auf einmal so nahe und vertraut. Erst da wußte ich, daß Knechte und Mägde genauso fühlen wie ich, daß Tiere leiden und sich freuen können und daß Pflanzen so sehnsüchtig der Sonne entgegenwachsen, wie wir dem geliebten Menschen entgegenlaufen.

Manchmal stelle ich mir vor, daß Zeiten kommen, in denen die Menschen nicht mehr nur nach außen schielen und nicht mehr nur dem Beifall anderer nachlaufen, die es doch nicht wissen – sondern allein auf sich selbst und ihr Inneres hören. Denn wenn sie ihre eigene

Stimme vernehmen, dann hören sie zum ersten Mal auch die innere, wirkliche Stimme aller anderen Wesen! Es wäre wunderbar, wenn die Menschen aufhörten, nur nachzubeten, was schon ihre Vorfahren ohne inneres Verstehen nachgebetet haben. Nicht einfach alles über Gott und sein Wesen und seine Gebote zu lernen und zu wissen, sondern Gott selbst erfahren – und aus dieser gegenwärtigen Erfahrung heraus zu leben und zu handeln!

Und wenn ich euch beiden dies alles erzählt habe, Schoschana und Yoram, so nur darum, damit ihr aufhört, euer Glück bei anderen zu suchen, anstatt bei euch selbst. Ich habe euch das alles erzählt, um euch beiden zu helfen – und um eure Liebe wieder aufblühen zu lassen.

Ich habe mehr aus meinem Leben erzählt, als ich eigentlich wollte – von Jeschua, von seinem und meinem Leben und von dem, was wir erfahren haben. Aber ich sage euch eines: Was er und ich erfahren haben, was wir glauben und geglaubt haben, ist völlig unwichtig. Wichtig ist allein, was ihr selbst erfahrt und was ihr in euch selbst vernehmt! Ist es etwas Lebendiges, etwas, das aus eurem Innern kommt – oder nur der Aufguß dessen, das man euch gelehrt hat oder was ihr gehört, gelesen oder studiert habt?

Jeschua ist nicht darum gestorben, daß ihr ihm in allem nachfolgt und ihn nachahmt. Ihr seid nicht Jeschua, und ihr seid nicht ich. Ihr seid Yoram und Schoschana – zwei eigene, einzigartige Wesen. Nur darum gibt es den Tod – damit das Göttliche Raum hat, sich in einer neuen Form, in einer neuen Gestalt zu offenbaren und selbst zu erfahren. Und diese neue Form, diese neue Gestalt seid ihr! Der alte hohe Baum liegt darnieder. Nun können die jungen, kleinen und noch schwachen Pflänzchen ihre Zweige und Blätter der Sonne entgegenstrecken und wachsen und gedeihen. Und das, was die Sonne für die Pflanzen ist – das ist die Liebe für den Menschen und die Tiere. Ohne sie kann nichts und niemand recht gedeihen und wachsen.

Ihr liebt euch beide immer noch. Ohne diese Liebe hätte ich kein Wort über mein Leben verloren. Darum sage ich euch: Vergeßt eure Zweifel, vergeßt euer Mißtrauen, vergeßt eure Angst. Wagt zu lieben! Liebt einander – ganz! Ohne Vorbehalt, ohne Verstellung, ohne Vorstellungen, wie es sein soll. Laßt nur eure Herzen sprechen. Eure Körper folgen dann schon – und der Geist wird staunend zusehen, was geschieht, wenn er nicht mehr eingreift, nicht mehr überwacht, nichts mehr vorschreibt. Laßt euch von dem Strom der Liebe forttragen, und euer Geist wird erwachen – und selbst sehen und selbst erkennen: euch selbst – und die ganze Welt in euch und um euch!

YORAM II

## 25. Kapitel: Der Aufbruch

Mirjam schwieg. Sie hatte ernst und aufrichtig gesprochen – und doch schwang manchmal ein leicht spöttisch-belustigter Ton in der Stimme, als spürte sie meine Zweifel und Vorbehalte. Du mußt mir ja nicht glauben, sagte ihr Ton, *du* wolltest, daß ich erzähle. Nun sieh zu, was du damit anfangen kannst!

Sie hatte den ganzen Tag und fast die ganze Nacht hindurch erzählt. Über den Bergen im Osten zeigte sich schon ein heller Lichtstreif. Frischer Wind hatte sich erhoben und strich angenehm über die Haut. Irgendwann, als Mirjam sich vom Erzählstrom hatte forttragen lassen und Schoschana selbst ganz davon gefangen war, war ich aus meinem Schlaf 'erwacht', hatte mich etwas geräkelt und dann wie selbstverständlich mit zugehört. Als Mirjam von ihrer Ehe mit Jehuda erzählte, wagten Schoschana und ich uns nicht anzusehen. Mir war abwechselnd heiß und kalt. In dem blinden, selbstgerechten Jehuda sah ich die abstoßende Fratze meiner selbst. Nur daß ich im Unterschied zu Mirjams Ehemann Schoschana nicht verstoßen hatte, sondern sie so brutal mißhandelt und vergewaltigt hatte, daß sie fortgelaufen war. Eine schreckliche Angst befiel mich. Schoschana wollte mich nicht mehr – so wie Mirjam Jehuda nicht mehr gewollt hatte. Ich hatte sie auch nicht mehr verdient. Irgendwo auf der Welt gab es sicher einen anderen, klügeren und besseren Mann, der Schoschana wirklich glücklich machen würde. Das schien mir der Sinn von Mirjams Lebensbericht, den sie mir auf diese Weise schonend vermitteln wollte.

Die Geschichte mit Alpheios war mir eher peinlich. Mußte sie so offen und schamlos über ihre Lust und ihre innersten Geheimnisse sprechen? Es fiel mir schwer, die Achtung ihr gegenüber zu bewahren. Wie hatte sie sich so vergessen und einem Goj hingeben können! Ich war erst beruhigt, als sie das Schändliche ihres Lebens und Treibens selbst eingesehen und bereut hatte.

Dann ihr Wiedersehen mit Rav Jeschua. Ich war sehr gespannt auf ihre Schilderung der letzten Wunder, des letzten Pessachmahls, der Kreuzigung und seiner wundersamen Auferstehung. Hatte sie ihn über Liebe und Ehe sprechen hören? Dann die völlig unerwartete Wendung – die Nacht in der Höhle. Als hätte sie es berechnet, war die Dunkelheit inzwischen hereingebrochen. Und aus dem Dunkel sprach Mirjams Stimme. Die Bilder, die vor meinem inneren Auge aufstiegen, waren seltsame Bilder von einer Höhle – und von Schoschana und mir darin. Ich wußte nicht mehr, ob ich atmete, saß oder stand, ob mein Körper überhaupt noch da war. Ich hörte Mirjams Worte und sah mich und Schoschana wieder in jener Nacht, als wir uns so innig nah wie nie zuvor gewesen waren. Ich erinnerte mich wieder an die ungeheuren Wellen der Lust, an das Gefühl, von ihnen fortgetragen und aufgelöst zu werden – und an den Anfall furchtbarer Angst, weil ich nicht wußte, wohin dieser Strom mich reißen und was mit mir geschehen würde. Ich hatte gekämpft und hatte standgehalten. Ich hatte mit Entsetzen und Schrecken erlebt, wie Schoschana sich willenlos und mit wilden Zuckungen ihres Körpers den Wogen der Lust überließ und hatte sie darum verachtet. Nun beschrieb diese alte Frau das seltsame Erlebnis dieser Vereinigung, als wäre sie dabeigewesen. Auch sie hatte es erlebt – und Rav Jeschua hatte es ebenfalls erlebt. Nur hatte er nicht dagegen angekämpft, hatte sich nicht dagegengestemmt. Er hatte sich wie Schoschana und Mirjam diesen übermächtigen Wellen hingegeben, hatte sich durchfluten und fortreißen lassen. Sollte er so die wahre Liebe Gottes gefunden haben? Jetzt erst begriff ich, warum Mirjam uns ihre Geschichte erzählte. Um dieser Hingabe an die Liebe willen, vor der ich zurückgeschreckt war. Sollte es denn keine dämonische Bedrohung, kein Auslöschen sein, kein frevlerisches Überhöhen und Vergöttlichen der Geliebten? Lag hier die Antwort von all dem, wonach ich gesucht hatte? Hoffnung, Zweifel, plötzliche überschäumende Freude, dann wieder Angst und Zittern wechselten in einem wilden Durcheinander. Schoschanas Gegenwart, ihr Atmen, ihr Duft, ihr Körper dicht neben mir waren so überwältigend, daß es mich vor Sehnsucht fast zerriß. Ich spürte, daß Schoschana ebenso aufgewühlt war. Aufrecht und gespannt wie eine Bogensehne saß sie neben mir und lauschte jedem Wort entgegen. Mirjam hatte erfahren, was sie selbst erlebt hatte. Aber Mirjams Liebe und Hingabe waren nicht abgewehrt, nicht besudelt und nicht zertreten worden. Niemand hatte ihrer Liebe mit Verachtung und Schändung geantwortet, wie ich es getan hatte. Zum ersten Mal dämmerte mir etwas von dem Schrecken, dem Schmerz, den Schoschana erfahren haben mußte. Im Augenblick tiefsten Vertrauens und vollkommener Hingabe, als sie von innigster Liebe und Zartheit erfüllt war, hatte sie kein Gegenvertrauen, keine Gegenhingabe und keine Gegenliebe gefunden, sondern war nur auf Kälte, Abweisung und Abscheu gestoßen. Mit meiner Angst und Verachtung hatte ich etwas beschmutzt, das schön, kostbar – und von unendlicher Bedeutung war. Ich hatte nicht nur sie und mich besudelt – ich hatte dieses

Schöne und Kostbare, ich hatte die Liebe selbst besudelt und häßlich gemacht. Und Schoschana fürchtete sie jetzt, so wie sie mich fürchtete. Und dann, während Mirjam weitersprach, spürte ich halbbewußt, wie sich Schoschanas Verkrampfung lockerte, wie ihre Spannung sich löste. Mirjams Worte wuschen die rohen Schläge aus ihrem Körper. Sie schwemmten das Gift meiner kalten Verachtung aus ihrer Seele – und die Erinnerung an ihre Liebe, an ihr Vertrauen durfte ohne Scham zurückkehren. Mirjam hatte erlebt, was sie erlebt hatte – und es war nichts als Liebe gewesen. Es war nichts Häßliches, Schändliches, für das sie sich schämen mußte. Was meine verächtlichen Augen, meine harten Worte, meine unbarmherzigen Fäuste beschmutzt, verdreht und geschlagen hatten, wurde jetzt geheilt, zurechtgerückt und erstrahlte im reinen Glanz der Liebe. Es zuckte mir in den Fingern, sie zu berühren – aber ich wagte nicht, die Hand auszustrecken und Schoschana vielleicht wieder zu erschrecken. Mirjams Worte waren heilender Balsam für ihre Wunden. Ob sie Schoschana zu mir zurückführen würden, darüber wagte ich noch nicht nachzudenken.
Mirjam erzählte unerschütterlich weiter, geriet in fernere, ruhigere Gewässer und ließ mir Zeit, meinen verwirrten Geist wieder zu beruhigen.
Zwischendurch meldete sich der Hunger – wir machten kurze Pausen, um etwas zu essen und zu trinken. In die Stadt zurückkehren wollten wir noch nicht. Schoschana und ich drängten Mirjam, bis zum Ende weiterzuerzählen. Dies war eine Geschichte für die nächtliche Stille und die Weite der Wüste. Die Sterne leuchteten in einer Klarheit, als hätte ich sie lange Zeit nur durch einen Schleier gesehen. Zu Hause in Sela und in Qimron HaSchamajim hatten sie so geleuchtet. Aber das lag lange, lange Jahre zurück. Und als ich in Sela Schoschana wiedergefunden hatte, hatten meine Augen nur sie gesehen und den Sternen keinen Blick gegönnt.
Ich muß gestehen, daß ich Mirjams Bericht von dem Verrat der Schüler und den weiteren Ereignissen längst nicht mit derselben inneren Bewegung und Anteilnahme folgte wie ihrer Schilderung von dem Wiedersehen in der Höhle. Zu dicht saß Schoschana neben mir, zu hell brannten Sehnsucht und Liebe, als daß ich mehr als die halbe Aufmerksamkeit hätte aufbringen können. Ich glaube, Mirjam erwartete das auch gar nicht. Sie war ganz in ihre eigenen, lebendig gewordenen Erinnerungen und Gedanken eingetaucht. Schoschana war wieder verschlossen, in sich versunken. Ich wußte nicht, was in ihr vorging.
Im Morgengrauen stiegen wir schweigend den Berg hinunter. Die schwüle, duftgeschwängerte Luft Jerichos überfiel uns wie die Schwa-

den eines römischen Dampfbades. Die Spannung der klaren Nacht zerbrach. Mit einem Mal fühlte ich mich schlaff und müde. Ohne ein Bad zu nehmen, ohne selbst an Schoschana weiter denken zu können, warf ich mich aufs Bett und schlief augenblicklich ein.
Es war heller Tag, als ich erwachte. Schoschana lag neben mir und schlief noch. Ihre Brust hob und senkte sich kaum sichtbar – nur die Nasenflügel zitterten und ließen Leben erkennen. Ihr Schlaf war friedvoll und still wie der eines kleinen Kindes. Wie friedlich und ungeschützt sie dalag – und so zart und zerbrechlich ihr Körper. Unendlich nah und vertraut war sie mir – das Kostbarste, das es für mich auf der Welt gab. Plötzliche Angst mischte sich in meine Sehnsucht. Wie ein Blitz traf mich der Gedanke, daß ich sie doch verloren hatte. Und ich konnte nichts tun, konnte sie nicht halten, mußte sie gehen lassen und blieb in ohnmächtiger Liebe allein zurück. Da schlug Schoschana die Augen auf. Wie dunkles, stilles Wasser glänzten sie mich an. Ich sah in ihre offenen Augen – und es gab keine Wand mehr zwischen uns. Es gab überhaupt nichts mehr zwischen uns – wir schauten einander ins Innerste, und jeder erkannte das Innerste des anderen. Wir waren nackt voreinander – nicht unsere Körper, aber unsere Seelen, unsere Herzen. Nichts war mehr wichtig als diese aufgerissene, nie geahnte unendliche Nähe. War es noch wichtig, daß ich ein Mann war und sie eine Frau? Waren unsere Namen, war unsere Vergangenheit noch wichtig? Nichts hatte mehr Macht über uns außer dieser Nähe. Und wir beide wußten: Ohne diese Nähe konnten wir nicht mehr leben. Ich brauchte Schoschana, Schoschana brauchte mich – jeder wußte es vom anderen. Es gab nichts zu sagen, nichts zu verbergen, nichts zu beschönigen. Und doch konnten wir alles sagen, ohne uns schämen zu müssen. Wir hatten keine Angst mehr voreinander. Wir waren das, was wir waren. Die Grenze zwischen Ich und Du hatte ihre Bedeutung verloren. Wir waren immer noch verschiedene Menschen, immer noch Mann und Frau – nur war die Grenze zwischen uns durchsichtig, ja flüssig geworden. Als mischten sich unsere Seelen – und blieben doch jede, was sie waren. Ich war nicht sicher, ob das Liebe war – jedenfalls hatte es nichts mit der Liebe zu tun, die wir bisher gekannt und erlebt hatten. Es war, als hätte ich zu meinem vertrauten Ich ein zweites, ebenso vertrautes Ich hinzugewonnen – und dieses Ich war Schoschana.
Die Zeit verstrich nicht, sie stand nicht still – wir waren mitten in ihr. Wenn wir uns nur von ihrem Strom tragen ließen, würde sie uns dorthin bringen, wo das Ziel all unserer Wünsche und Sehnsucht lag. Wir mußten nicht eingreifen, nichts dazutun, nicht einmal den kleinen Finger heben. Jeder Versuch, etwas zu *tun*, würde uns wieder trennen

und uns aus der Mitte des Stromes werfen. Das unablässige Spiel der Gedanken, Bilder und Erinnerungen hatte aufgehört. Mein Geist war ruhig und klar – wie ein spiegelglattes Wasser, durch das man bis zum Grund sehen kann. Zum ersten Mal war er nicht 'auf dem Sprung' – in der törichten Meinung, alles lenken und steuern zu müssen. Zum ersten Mal durfte er sich sorglos zurücklehnen und einfach nur zuschauen. Wir waren zu Zuschauern unseres innersten Wollens und Werdens geworden – unseres gemeinsamen Wollens und Werdens. Im Strom der Zeit würde sich alles von selbst entfalten.

Weggeblasen war meine Angst, nicht den rechten Augenblick zu treffen, nicht das rechte Wort zu finden. Es gab kein sinnlos quälendes Fragen mehr, wann und wie ich sie zum ersten Mal wieder berühren durfte. Ich mußte ihr nichts mehr beweisen, nichts mehr vorstellen oder darstellen. Ich mußte sie nicht mehr zurückgewinnen. Sie war ja da – und zum ersten Mal begriff ich, was sie bei mir gesucht und nie gefunden hatte. Wie einfach und selbstverständlich alles war. Wie einfach die Nähe ist, wenn man sie nicht herzustellen versucht! Alles entwickelt sich ja von selbst – wenn man es nur läßt!

Jetzt verstand ich, wovon Mirjam gesprochen hatte! Man muß einer Blume nicht sagen, daß sie nach oben wachsen soll. Man muß dem Wind nicht sagen, daß er wehen soll. Alle Dinge geschehen nach ihren eigenen verborgenen, göttlichen Anlagen und Gesetzen. Der menschliche Geist darf sich glücklich schätzen, wenn er dabei zuschauen und etwas von diesen Gesetzen verstehen darf. Und die Gebote sind nichts anderes als Stein gewordener Ausdruck dessen, was lebendig in uns und in allen Wesen wirkt. Ja, auf steinerne Tafeln schrieb Gott seine Gebote für Mosche – aber zu glauben, der Stein oder die Gebote seien das Entscheidende, das vermag nur der ängstliche, verwirrte Geist, wenn er den Lebensstrom in sich selbst nicht mehr spürt und erkennt.

Ein neues Leben hatte seinen Anfang genommen, ein neues Leben Schoschana und Yoram – Yoram und Schoschana. Wenn wir uns in dieser inneren Nähe hielten, war alles andere keine Frage, keine ängstigende Ungewißheit mehr. Irgendwann würden sich auch unsere Leiber finden und verschmelzen, so wie unsere Seelen verschmolzen waren zu einer neuen Einheit. Das Wann und Wie verlor jede Bedeutung. Unsere Körper würden es von selbst wissen – was brauchte sich unser Geist darum zu sorgen? Eine Rose im Tal Scharon hatte Wurzeln geschlagen – nun würde sie von selbst wachsen und blühen und Frucht tragen. Die Zeit bis dahin wollten wir kosten, schmecken, genießen – nichts war zu gering oder zu klein zwischen uns, daß es nicht eine tiefe, neue Bedeutung gewann. Es sind die geheimen Kräf-

te des Wachsens und Entfaltens, die ich zum ersten Mal spürte – und ein Wunder erschien es mir und eine Gnade, dies zu erfahren und mit Schoschana zu teilen.
Die Tage vergingen. Staunend wie Kinder in einer unbekannten Welt sahen wir die vertraute Umgebung wie zum ersten Mal. Nicht nur wir waren neu geboren – alles um uns herum folgte dieser zarten und doch so mächtig singenden Melodie, für die ich bisher taub gewesen war. Alles hörte auf das Lied der Liebe – alles geschah in Liebe oder in Sehnsucht nach Liebe, mochte das Wissen um die Liebe in den Herzen und Köpfen noch so verzerrt oder verdunkelt sein. In dieser Liebe drängte alles zum Wachsen und Entfalten, zum Geborenwerden zu etwas Neuem und Unbekanntem.
Es war eine andere Art von Freude und Glück, die Schoschana und ich nun kennenlernten. Nicht die harmlos selige Freude unserer ersten Liebe, nicht das überwältigende, fast schmerzhafte Gefühl des Glücks. Die trennende Mauer, die jetzt zwischen mir und Schoschana niedergebrochen war, war auch zwischen uns und allen Dingen und Wesen verschwunden. Jetzt erst verstand ich wahrhaft Mirjams Worte – weil sie nicht länger Berichte von einer anderen, fremden Welt waren. Jetzt hatte ich diese fremde Welt selbst betreten und sah sie mit meinen eigenen Augen: Und es war nichts als die alte vertraute Welt, nur daß meine Augen schärfer und liebevoller geworden waren! Jetzt verstand ich Mirjams Liebe zu den Pflanzen und den Tieren – denn ich sah sie nicht mehr mit den alten, gleichgültigen Augen, die sie nur nach ihrem Nutzen und Ertrag beurteilten. Der wahre Gärtner wartet nicht nur auf die Früchte: Er sieht die kleinen Pflänzchen heranwachsen, er sieht sie Triebe und Blätter bilden – er freut sich an ihrem Aufwachsen und Blühen und nimmt dankbar ihre Früchte entgegen. Zum ersten Mal sah ich einem Hund in die Augen und erkannte darin den seelenvollen Blick, der liebt, wie wir lieben. Ich schämte mich meiner bisherigen Gedankenlosigkeit, Härte und Gleichgültigkeit gegenüber allen diesen Wesen, in denen doch das lebendig ist, was in uns lebendig ist.
Es ist eine ganz andere Art zu sehen und zu denken, wenn man alles von innen heraus sieht und versteht. Alles, was ist, existiert aus eigenem Recht – nicht nur zum gegenseitigen Nutzen, und erst recht nicht zum alleinigen Nutzen des Menschen. Vielleicht hat Gott uns erlaubt, allen Wesen und Dingen Namen zu geben. Aber er hat uns gewiß nicht das Recht gegeben, sie zu unterwerfen, sie zu mißhandeln und rücksichtslos zu nutzen. Ein Baum wächst nicht, nur um wahllos verfeuert zu werden oder um Paläste damit zu bauen. Tiere

werden nicht geboren, damit sie geschlagen, in dunkle Ställe gepfercht und ohne Wasser und Futter gelassen werden.
Es ist merkwürdig, wie dieses Sehen von innen heraus alle äußeren Unterscheidungen und Trennungen bedeutungslos, ja lächerlich werden läßt. Was soll die Unterscheidung zwischen Römern, Griechen, Juden, Syrern und Persern und Parthern? Warum fragen wir, woran die Menschen glauben und welche Götter sie verehren, anstatt darauf zu achten, mit welcher Ehrfurcht sie allem Lebendigen begegnen? Was soll die Unterscheidung von rein und unrein, heilig und nicht heilig – da doch alles, was ist, heilig und rein ist! Wir haben gelernt, daß der Tempel heilig, die Gräber unrein, Lämmer rein und Schweine unrein sind. Und doch habe ich keinen Goj gesehen, der an Schweinefleisch gestorben ist, wenn das Tier nur gesund war. Und von einem kranken Hammel stirbt der Mensch genauso wie von einem kranken Schwein. Warum soll die Frau unrein sein, wenn sie ihre Blutung hat – warum soll der Mann seinen Kopf bedecken, wenn er betet? Sind seine Haare unrein? Vor Gott – der eben diese Haare geschaffen hat?
Wenn ich an die Priester im Tempel von Jeruschalajim, der 'Heiligen' Stadt, denke, muß ich lachen – und weinen. Ich lache und weine über ihre törichten Versuche, die Reinheit des Tempels zu wahren und sie gegen die Legionsadler der Römer und die Caesarenstatuen zu verteidigen. Als wäre nicht jedes Haus, jede Hütte ebenso heilig – ob in Jeruschalajim oder im heidnischen Rom, ob es von einem Juden bewohnt wird oder von einem Goj. Ich lache und weine wegen ihrer ängstlichen Sorge, Gottes heiliges Haus könnte nicht genug gewürdigt oder sogar entweiht werden! Die ganze Erde, der ganze Himmel sind doch sein Haus! Wie kleinmütig ist der Glaube an die Allmacht Gottes, wenn Worte oder Taten eines törichten Menschen seine Heiligkeit beflecken oder herabsetzen könnten! Wo soll denn die Scheidelinie zwischen heilig und unheilig verlaufen – zwischen Gottnähe und Gottferne? Wie kann auch nur ein Sandkorn in einem römischen Tempel Gott fern sein – ist es doch Ausdruck und Form des Göttlichen selbst!
Wie sinnlos sind die Grenzen, die Menschen zwischen sich, ihren Ländern und Völkern ziehen! Ob ein Römer oder Jude die Geschicke dieses Landes bestimmt, ist völlig bedeutungslos! Wichtig ist nur, ob er auf das Trennende oder auf das Verbindende zwischen den Menschen und den Wesen sieht. Sieht er sie alle als Geschöpfe des Göttlichen – gleichgültig, welcher Religion, welchem Volk sie angehören oder nicht? Nur dann ist er gerecht. Ist es nicht völlig unerheblich, ob ein Jude oder Römer oder Grieche oder ein Herrscher aus Aschur

oder Persien die Steuern erhebt – solange er sie ohne Ansehen der Person nur nach der Höhe des Vermögens bemißt? Verwendet er die Steuern zum Nutzen des Volkes – oder schaufelt er alles in seine Privatschatulle? Besetzt er die Ämter mit fähigen Köpfen oder mit schmarotzenden Verwandten? Will er die Menschen seinem Willen, seinem Denken und seinem Glauben unterwerfen – oder sieht er das göttliche Lebens- und Entfaltungsrecht in jedem Wesen, so daß er jedem mit Achtung und Ehrfurcht entgegentritt und die Menschen nach ihren eigenen Gesetzen denken und handeln läßt? Und selbst da, wo sie irren, fehlen und töricht sind – gebietet es ihr göttliches Wesen nicht, daß wir ihnen trotzdem Achtung und Respekt entgegenbringen?

Wer alle Lebewesen so von innen sieht, ist unfähig, sie beherrschen, verletzen oder in sonst einer Weise schädigen zu wollen. Sie sind ihm Verwandte, Freunde – ein weiteres 'Ich' in anderer Gestalt. Wo sie uns bedrohen oder schaden, dürfen wir uns schützen, soweit es notwendig ist – aber mehr auch nicht. Rache und Vergeltung können erlittenes Unrecht nicht ausgleichen oder den Verlust eines Menschen ersetzen. Das Lebendige in uns sucht sich andere Wege und erschafft neue Formen, um uns zu neuem Glück zu führen.

Mirjam freute sich über unsere Versöhnung – die man Versöhnung eigentlich nicht nennen kann, weil etwas völlig Neues zwischen uns seinen Anfang genommen hatte.

„Ich bin glücklich, daß ihr glücklich seid und daß ich zu eurem Glück beitragen konnte", sagte sie. „Und mir hat es nicht nur gutgetan, all das Vergangene noch einmal zurückzuholen und wiederzuerleben – ich bin selbst dabei wieder jung und weich geworden. Ich glaube, im Lauf der Jahre hat die alte Mirjam mit ihrer Ungeduld und ihrem Zorn wieder zuviel an Boden gewonnen. Ich bin wieder härter geworden und sehe zu oft nur die töricht-ängstlichen Begrenzungen und Verblendungen der Menschen. Ich sehe mit Schmerzen, was sie sein könnten – wenn sie sich von Liebe statt von Angst leiten ließen. Und ich ärgere mich oft über ihre Dummheit, wenn sie so blind anderen nachlaufen anstatt auf ihre innere Stimme zu hören. Ich sehe zu oft, was sie *nicht* sind, anstatt darauf zu vertrauen, daß sie von selbst ihren Weg finden – so wie ihr ihn gefunden habt. Ich muß darüber nachdenken. Eines steht fest – ihr habt mir ebensoviel geholfen wie ich euch. Ihr seid die ersten, denen ich meine Geschichte erzählt habe und mit denen ich sie teilen konnte. Eines Tages werde ich sie auch Jehuda erzählen – aber jetzt ist er noch zu jung. Er würde zuviel nur mit dem Kopf verstehen, noch nicht aus eigenem Leben begreifen. Das könnte zu den bekannten Verwirrungen führen, die Jeschua und ich gerade vermeiden wollten. Wenn er einmal liebt – wie ihr liebt, wie Jeschua und ich uns geliebt haben –, dann werde ich sprechen, und dann wird er verstehen."

„Du hast uns zusammengeführt, Mirjam, als ich schon nicht mehr daran glauben konnte", sagte Schoschana. „Hast du niemals daran gedacht, zu Jehuda, deinem Mann, zurückzukehren – und ihm das zu sagen und zu erzählen, was du uns erzählt hast? Nein, natürlich nicht", fuhr sie fort, als Mirjam lächelnd den Kopf schüttelte. „Ich weiß nicht, ob ich mich nach Yoram noch einem anderen Mann zuwenden könnte. Und du hattest Jeschuas Sohn ..."

„Jehuda war schon tot, als ich von Bavel zurückkam. Aber auch wenn er noch gelebt hätte, wäre ich nicht zu ihm gegangen. Wenn ich ihm erzählt hätte, daß ich nicht nur Jeschuas Schülerin, sondern auch seine Geliebte war – was für eine wunderbare Bezeichnung im Gegensatz zur Ehefrau! –, dann hätte er mich vor das nächste Gericht geschleppt und als Ehebrecherin verklagt."

Nach einer kurzen Pause fuhr sie fort. „Ich habe mich aber selbst manchmal gefragt, ob es nicht auch zwischen uns einen Neuanfang hätte geben können. Und immer kam ich nach einigem Überlegen zu der Antwort, daß es nicht möglich gewesen wäre. Ich glaube, ich habe ihn nie wirklich geliebt. Ich habe genausowenig zu seiner innersten Tiefe gefunden wie er zu meiner. Ich hatte den Rebellen und Streiter Gottes in ihm geliebt. Ich junges Ding hatte seinen Mut bewundert, seine Geradheit, seine Aufrichtigkeit, als er, der kleine, unbedeutende Lehrer, sich nicht von unserem Geld, unserer Macht einschüchtern ließ, sondern unerschütterlich an Gott und seinen Geboten festhielt, die wichtiger und höher waren als alles, was wir für bedeutsam hielten. Er setzte etwas anderes, Neues dagegen – er verachtete uns fast, weil unsere Gedanken mehr um Kleider, Schmuck, Pferde und alle möglichen Zerstreuungen kreisten, als auf dem Weg des Herrn zu wandeln. Er sprach zu meiner Leere, zu meiner Unzufriedenheit mit diesem oberflächlichen Leben. Denn irgendwie spürte und wußte ich schon damals, daß das Leben nicht nur daraus bestand, gut zu essen, schön gekleidet zu sein, über Diener zu befehlen und über Macht und Reichtum zu verfügen. Es war auch nicht nur die Verliebtheit in einen hübschen, feurigen jungen Mann, der mich mit glutvollen Augen anstarrte, wenn er sich unbeobachtet fühlte. Wenn es nur Verliebtheit gewesen wäre, hätte ich vor Kummer geseufzt und geweint und nachts von ihm geträumt. Aber ich hätte ihn nie geheiratet und all dem Glanz des Reichtums entsagt. Ich hätte einen langweiligen oder interessanten, einen dummen oder klugen, aber auf jeden Fall den reichen jungen Mann aus bester Familie geheiratet, den meine Eltern

für mich ausgesucht hätten, und hätte mir dann – wie so viele Frauen der wohlhabenden Kreise – fürs Herz und Bett einen Liebhaber gewählt. Aber einem armen Schlucker wie Jehuda nachfolgen? – Niemals!
Nur war dann Jehuda nicht der Rebell, für den ich ihn gehalten hatte, jedenfalls nicht Rebell genug. Er holte mich aus der hohlen Betriebsamkeit und Eitelkeit meines Elternhauses, die mir zu schal und eng geworden war, ohne daß ich es recht gewußt hatte, nur um mich in ein Gefängnis von Geboten und Regeln zu führen, die für ihn unbedingtes Gesetz waren und die er befolgte, weil man ihn es so gelehrt hatte – nicht weil er sie als sinnvoll und wahr und wirklich erlebt hatte. Er war nicht bereit, sie in Frage zu stellen, sie an der Wirklichkeit zu überprüfen, ihre Gültigkeit an seinem inneren Gefühl, an seinem eigenen Gewissen zu messen. Statt dessen richtete er sein Leben, seine Gefühle und sein Gewissen nach den Geboten aus und fühlte sich immer schuldiger und sündiger, wenn er oder ich dabei versagten."
„Warum bist du nicht weggelaufen wie Schoschana?" fragte ich. „Jehuda war doch auch nicht anders als ich. Für mich war Schoschana meine Frau – und sie hatte nicht nur den Gesetzen, sondern auch mir zu gehorchen. Wenn Schoschana damals von mir verlangt hätte, ihretwegen die Gebote nicht so streng zu halten oder Dinge zu tun, die man nicht tat' – zum Beispiel eine Frau in eine Bibliothek zu lassen –, hätte ich ihr ins Gesicht gelacht. Und wenn sie bei ihren Vorstellungen geblieben wäre, wenn sie auf ihrem Willen beharrt hätte, wenn sie sich störrisch meinem Willen widersetzt hätte, hätte ich sie sicherlich 'geziemend' in ihre Schranken gewiesen und notfalls sogar gezüchtigt. Erst als sie von mir fortgelaufen war, merkte ich, was sie mir bedeutete – und daß aller Glaube und alles, was ich für richtig gehalten hatte, mir nicht mehr half."
„Das war wohl meine Begrenzung", lächelte Mirjam. „Ich war viel zu sehr die verwöhnte reiche Tochter, gewöhnt an Sicherheit und an ein festes Haus, als daß ich mir überhaupt hätte vorstellen können, wegzulaufen. Wohin hätte ich denn fliehen sollen – zurück zu meinen Eltern oder zu meinen Geschwistern? Dazu war ich viel zu stolz. Das galt für alle Verwandten. Und allein leben – als Frau? Das wäre mir damals als der kürzeste Weg ins Hurenhaus erschienen. Wenn man so arm war wie du, Schoschana, kann einen Unsicherheit und Armut nicht mehr schrecken. Aber für mich war es völlig undenkbar, nicht zu wissen, wo ich am nächsten Tag mein Brot finden würde."
Sie stockte plötzlich, lächelte Schoschana an und fuhr fort:
„Seltsam! Mir fällt gerade auf, daß ich in diesem Zusammenhang nie an das Geld meines Vaters gedacht habe! Ich glaube, ich hatte so viel

Angst vor dem Dasein allein, daß ich mir eine Zukunft als entlaufene Ehefrau nicht vorstellen konnte. Das Geld meines Vaters änderte daran überhaupt nichts. In dieser Beziehung war ich viel hilfloser als du. Es gab keinen Lichtblick, ich sah überhaupt keinen Ausweg. Ich konnte weder fort – noch ertrug ich es zu bleiben. So wurde ich innerlich zu Stein. Jehuda und ich – wir waren beide hilflose Gefangene unserer beengten Vorstellungen. Und dann brachte Jehuda mich zu Jeschua. Im Grunde verdanke ich ihm meine Befreiung. Erst durch Jeschua fand ich die Freiheit, die Wahrheit. Nein, mehr als das: das lebendige Leben! Er zeigte mir, daß man die Dinge und Ereignisse einfach so bejahen kann, wie sie sind. Und daß ich so sein durfte, wie ich war. Das war es, was ich gesucht hatte. Einfach *sein* zu dürfen! – Welche Befreiung!
Und dann hat Jehuda mich auch nie gesucht, wie du Schoschana gesucht hast. Er hätte mich ja bei Jeschua finden können. Aber er tat es nicht. Seine Liebe war nicht so tief, daß er dafür nur ein Jud der Gebote angezweifelt oder sogar geopfert hätte. Es hat ihn nicht so getroffen, nicht so erschüttert, daß ich als Schülerin bei Jeschua blieb und nicht mit ihm zurückkehrte. So wie ich in ihm den Rebellen geliebt hatte, hatte er vielleicht in mir nur das kluge, schöne Mädchen geliebt, das nun sein geworden war, und das seinetwegen auf Macht und Reichtum verzichtet hatte. Ich schmeichelte seinem Stolz. Und viel tiefer ging seine Liebe nicht."
„Es war dumm von mir, so zu fragen", sagte Schoschana. „Bitte verzeih, Mirjam. Ich bin nicht du, und Yoram ist nicht Jehuda. Es war dumm, davon auszugehen, ihr hättet ebenso handeln können oder zueinanderfinden können wie wir."
Mirjam lachte. „Das ist immer das alte Übel! Immer wieder vergleichen wir uns mit anderen und erwarten, daß andere so denken und handeln wie wir selbst. Tröste dich, es wird dir noch oft so gehen. Auch wenn du es im Grunde besser weißt. Die alten Gewohnheiten haben lange Wurzeln, und es ist leichter, einem Hund ein neues Kunststück beizubringen, als ihm ein altes abzugewöhnen. Sagt mir lieber, was ihr nun tun wollt. Wo werdet ihr leben? In Jeruschalajim oder in Sela? Oder denkt ihr an einen anderen Ort für euer neues Leben?"
Schoschana und ich hatten beschlossen, wieder nach Jeruschalajim zurückzukehren, wo ich mich dringend um meine Geschäfte kümmern mußte. Wir fürchteten die alten Schatten nicht. Außerdem freute ich mich darauf, den kleinen David und seine Familie wiederzusehen. Er und Chanan – würden sie nicht gute Spielkameraden werden?
Auch Jehuda war unsere Versöhnung und unser neugewonnenes Glück nicht entgangen. In seiner stillen Art machte er nicht viele

Worte darum. Aber wir merkten an unzähligen Kleinigkeiten, wie sehr er sich mit uns freute. Er lud uns jetzt beide zusammen zu seinen Spaziergängen ein. Zum ersten Mal zeigte er uns seine Schnitzereien. Ich war verblüfft, wie genau er die Gestalten und Maße der Tiere getroffen hatte. Er mußte die Hunde, Katzen, Füchse und Vögel in den Käfigen und draußen in der freien Natur lange und gründlich beobachtet haben. Mit welcher Meisterschaft er ihr Wesen in einem Stück Holz einfing und ihre natürliche Anmut und Lebendigkeit zum Ausdruck brachte!

„Du bist ein großer Künstler", sagte Schoschana ganz unwillkürlich. „Du solltest deine Werke nicht so verstecken!"

Jehuda lächelte zufrieden in sich hinein – ohne einen Anflug von Eitelkeit. Wir sprachen nicht mehr sehr viel darüber. Aber als er von unserer Entscheidung hörte, daß wir nach Jeruschalajim zurückkehren wollten, kam er zu uns und bat, uns begleiten zu dürfen. Seine Bitte überraschte uns alle – auch Mirjam. Aber ohne auf unser Staunen zu achten, fuhr er fort:

„Ich habe alles gelernt, was ein Schnitzer hier in Jericho lernen kann. Aber das ist nicht alles. Es gibt noch so vieles, was ich wissen und verstehen möchte. Ich möchte die Werke von anderen, von den großen Künstlern sehen, von denen ich hier nur höre, aber nie etwas zu sehen bekomme. Ich möchte hinaus in die Welt und einen Lehrer suchen, von dem ich noch etwas lernen kann. Ich möchte auch nicht nur Tiere aus Holz schnitzen – ich möchte die Kunst der Bildhauerei lernen. Ich möchte Menschen darstellen. Aber wo und bei wem könnte ich das in diesem Lande lernen, in dem ich meine Arbeiten versteckt halten muß, weil ich mir kein Bildnis machen darf! Ich möchte nach Ephesos und nach Griechenland – vielleicht auch nach Rom. Ich möchte alles sehen und studieren! Ich will etwas Schönes und Wahrhaftiges schaffen, und ich weiß, daß ich gute Arbeit leiste. Aber wenn ich hier in Jericho bleibe, kann ich nur einen Bruchteil von dem ausdrücken, was ich eigentlich möchte und könnte. Deshalb bitte ich euch, mich mitzunehmen. Ich will für dich arbeiten, Yoram, und bei dir das Handelsgeschäft lernen, wenn du erlaubst. Und wenn ich dann in deinem Auftrag auf Reisen gehen könnte ..."

Er blickte mich sehnsüchtig und voller Hoffnung an. Ich mußte lächeln. Als würde ich ihn nicht mit tausend Freuden wie einen zweiten Sohn und Freund bei mir aufnehmen und unterstützen. Mirjam ließ mich jedoch gar nicht zu Worte kommen:

„Du brauchst nicht bei Yoram zu arbeiten und in seinen Geschäften zu reisen. Du hast genug Geld, um alle Schnitzer und Bildhauer der Welt besuchen zu können, jedenfalls, wenn du nicht allzu verschwen-

derisch damit umgehst und bescheiden lebst. Der größte Teil meines Erbes liegt immer noch am Berg Tavor begraben. Als ich in Caesarea lebte, habe ich höchstens ein Viertel davon verbraucht. Später habe ich es nie mehr angerührt! Nach Bavel konnten wir in der Eile das Gold nicht mitnehmen. Und dann habe ich es verrückterweise vergessen! Das hätte mir einer weissagen sollen, als ich noch mit Jehuda verheiratet war! Jeschua und ich, wir konnten unser Brot selbst verdienen. Und ich bin stolz darauf, daß ich das immer noch kann. Ich brauche das Geld nicht mehr. Du kannst es ganz für dich und deine Reisen verwenden. Ich bin froh, daß es nun doch zu etwas nutze ist!"
„Und uns wird es eine Freude sein, dich als Gast bei uns willkommen zu heißen! Ich werde dich mit Empfehlungen an meine Geschäftsfreunde ausstatten, damit du auf deinen Reisen immer eine sichere Bleibe findest und geschützt bist auf all deinen Wegen", fiel ich ein.
„Und Mirjam reist mit uns – denn wie sollte Jehuda sonst das Versteck des Geldes finden?" ergänzte Schoschana.
Ihr Vorschlag war so einleuchtend und in seiner Folge so beglückend, daß wir auf der Stelle beschlossen, daß alles so und nicht anders geschehen sollte. Denn auf diese Weise wurde der gefürchtete Abschied von Mirjam wunderbar hinausgeschoben.
Zu einer großen Familie vereint, reisten wir schließlich – auch zur großen Freude Chanans – mit Mirjam und Jehuda zurück nach Jeruschalajim. Als ich meine Geschäfte wieder einigermaßen geordnet hatte, zog ich mit Mirjam und Jehuda zum Berg Tavor, wo wir das silberne Kästchen unangetastet in seinem Versteck fanden. Wieder zu Hause in Jeruschalajim, rüsteten wir Jehuda mit allem Nötigen für die lange, weite Reise in den Norden aus und nahmen schließlich wehmütig Abschied von einem etwas bläßlich und bang aussehenden Jehuda, der aber voller Entschlossenheit seinen neuen Zielen zustrebte.
Noch schwerer fiel uns dann der Abschied von Mirjam. Unser neues Glück konnte den Schmerz nicht überdecken, als wir uns von ihr trennen mußten. Wir hatten sie bis vor die Stadttore begleitet und winkten ihr nach, als sie langsam mit ihrer Karawane in den kahlen, gelbbraunen Bergen Jehudas verschwand. Jericho liegt zwar nur zwei bequeme Tagesreisen von Jeruschalajim entfernt. Aber in diesen unruhigen Zeiten, in denen Menschenleben so wenig gelten, in denen Krankheit und Tod schnell und unmerklich wie ein Windhauch über uns kommen, mußten wir uns verabschieden, als wäre es für immer. Es war nur ein geringer Trost, daß wir uns versprochen hatten, uns regelmäßig zu schreiben und zu besuchen.
Was verdanken wir dieser Frau! Nicht nur mein Leben, das sie allen Gefahren zum Trotz gerettet und durch ihre Pflege wieder heil ge-

macht hat. Wir verdanken ihr unsere Wiedergeburt, eine Wiedergeburt in Liebe und zu einem neuen, erfüllten Leben. Und jenseits aller Dankbarkeit schwingt eine tiefe Verbundenheit und Freundschaft zwischen uns, wie es nur zwischen Menschen und Wesen möglich ist, mit denen man unverstellt und wahrhaftig aus dem Innersten sprechen kann.

Es hat noch einen Grund gegeben, weshalb wir wieder nach Jeruschalajim zurückgekehrt sind. Diese Stadt, die vom Streit der verschiedenen Parteien so zerrissen ist, braucht vielleicht Menschen, die nicht nur Unterschiede, sondern mehr das Gemeinsame, das Verbindende sehen. Darf man die Stadt den Hetzern und Kämpfern überlassen, denen es nur um die Macht oder die richtige Religion und nicht um den Frieden unter den Menschen geht?

Wie ich diese zerrissene, zerstrittene Stadt und seine zerstrittenen, verfeindeten Menschen liebe – mehr fast als mein heimatliches Sela und die Menschen dort. Die Sehnsucht meiner Mutter hat in mir tiefere Wurzeln geschlagen, als ich es je für möglich gehalten habe. Rav Jeschua hat versucht, die Menschen durch sein Lehren zum wahren Frieden zu bringen. Schoschana und ich werden versuchen, den Frieden, der in uns ist, zum Wachsen und Blühen zu bringen.

So beende ich in tiefem Frieden diese Niederschrift, die ich als gequälter Mann, innerlich zerrissen wie dieses Land, begonnen habe. Ich habe sie fortgeschrieben nach der Erzählung Mirjams auf dem Berg bei Jericho und nach ihren späteren, ausführlicheren Berichten und Schilderungen.

„Warum willst du alles aufschreiben und festhalten?“ hatte sie sich zunächst gesperrt, als ich sie bei einem Besuch in Jericho für meine Aufzeichnungen nach weiteren Einzelheiten fragte. Ihr Ton war nicht unfreundlich, aber merklich kühler als sonst. Wir saßen im Innenhof. Ein Stück weit vor uns spielten Schoschana und Chanan mit einem kleinen Hund. Schoschana war wieder schwanger. „Willst du es machen wie die da in Jeruschalajim und die Menschen mit einer neuen Heiligen Schrift beglücken?“ fuhr Mirjam spöttisch fort.

Ich hatte mit ihrem Widerstand gerechnet. „Liebe Mirjam“, begann ich, „ich habe damals bei dir in Jericho angefangen zu schreiben, als ich in meinem Leben nicht mehr weiter wußte. Wenn ich damals nicht geschrieben hätte, wäre ich verzweifelt oder vielleicht wahnsinnig geworden. Dann hast du gesprochen und mir die Augen zu einem neuen Sehen und zu einem neuen Glück geöffnet. Nun muß ich schreiben, weil ich glücklich bin und weil ich ersticke, wenn ich schweigen muß. Ich will nicht nur mein Unglück, meine Verzweiflung verstehen, ich will auch mein Glück verstehen können! *Du* hast dich aus deiner

Liebe heraus den Kranken und den Tieren und den Pflanzen zugewandt – *ich* muß mein Glück in Worte kleiden, damit auch mein Verstand es begreifen kann! Ich schreibe nur für mich und vielleicht noch für meine Kinder und Kindeskinder. Was sie damit anfangen werden, weiß ich nicht und will ich auch nicht bestimmen. Aber ich wünsche jedem, der meine Schrift lesen wird, daß er das tiefe Glück und den inneren Frieden findet, wie wir es gefunden haben. Durch dich, Mirjam!"

Wir sahen uns an. In Mirjams Augen standen Tränen. „Yoram, mein Freund", sagte sie mit sehr weicher Stimme und nahm mich in ihre Arme. Auch mir kamen die Tränen. Wir hielten uns lange und fest umschlungen. Als wir uns lächelnd losließen, gab sie geduldig Antwort auf alle Fragen, die ich ihr stellte.

Und wenn ihr, meine Kinder und Kindeskinder, nun diese Rollen selbst lest und euch fragt, ob sich auch alles so zugetragen hat, wie ich es niedergeschrieben habe, dann sage ich euch: Es ist nicht wichtig, was sich wo, wann und wie zugetragen hat, sondern nur das ist wichtig, was sich in euren Herzen zuträgt. Und das Wunder der Liebe, von dem Mirjam uns berichtet hat, das Erkennen des Einsseins mit allen Wesen und Dingen, das ist die einzige Wahrheit, die es zu berichten gibt. Und ich hätte dieses Wunder nicht aufschreiben und bezeugen können, hätte ich es nicht selbst erfahren und selbst erlebt.

*****

Wir sind auf der Flucht. Jeruschalajim ist zerstört – zerstört durch uns Juden selbst, zerstört durch die Uneinigkeit und die Machtkämpfe der drei Zelotenführer. Sie kämpften noch um die Vorherrschaft, als die römischen Legionen des Titus die Stadt umzingelt hatten. Auch dann noch, als die äußere Stadtmauer gefallen und die furchtbare Hungersnot ausgebrochen war. Dabei hatte Titus noch einmal ausrufen lassen, daß er die Menschen und den Tempel verschonen würde, wenn die Stadt kapitulierte. Aber sie haben jeden niedergemacht, der dem Versprechen des Titus vertrauen und sich seiner Übermacht ergeben wollte. Als mein Vater Jochanan von Gischala und Schim'on bar Giora anflehte, die Menschen nicht länger verhungern zu lassen, hieb ihm Schim'on mit seinem Schwert den Kopf ab und schrie, der Herr werde sein Volk und seine Stadt gegen die Heiden zum Sieg führen! Jetzt haben die Römer die Stadt geschleift und verwüstet. Der Tempel ging in Flammen auf. Wer nicht erschlagen oder Hungers gestorben ist, wurde in die Gefangenschaft geführt. Meine Mutter starb auf der Flucht an Erschöpfung. Ich will nach Sela. Die Familie

meines Vaters wird mir helfen, zu meinem Bruder Chanan zu kommen. Er hält sich bei Jehuda ben Jehoschua in der Nähe von Antiochia auf. Seine Mutter, meine liebe 'Großmutter' Mirjam, nach der ich genannt bin, ist schon lange tot.
Wir haben fast nichts mehr zu essen und zu trinken. Auch Waffen fehlen uns. Überall lauern räuberische Nomaden, die es auf die letzten Habseligkeiten von uns Flüchtlingen abgesehen haben. Wir hoffen, morgen die Festung Machairos zu erreichen. Aber dieses letzte Wegstück durch die wilden Berge und Schluchten Mo'avs ist das gefährlichste. Ob wir morgen Wasser oder den Tod finden werden, weiß ich nicht.
Darum verstecke ich die Rollen meines Vaters in dieser Höhle, die ich auf der Suche nach etwas Eßbarem entdeckt habe. Wenn ich sie nicht mehr für die Familie retten kann, so mögen sie dem, der sie findet, eine ebensolche Quelle der Freude sein, wie sie es für meine Eltern waren. Ich habe Angst – aber wenn ich in den schwarzen Nachthimmel schaue, vergeht die Angst, und ich sehne mich danach, mich in dieser warmen Schwärze aufzulösen. Aus seiner Tiefe leuchtet das Lächeln meiner Mutter, mit dem sie mich angesehen hat, als sie mir einmal sagte, daß die Liebe selbst da wartet, wo wir sie am wenigsten vermuten. Und Himmel und Sterne und das Lächeln meiner Mutter sagen mir, daß ich keine Angst zu haben brauche – daß ich nicht allein bin und nicht verlorengehe, was auch geschieht ...

*Mirjam bat Yoram,*
*geschrieben am Fünfzehnten des Monats Av im Jahr 3830, dem zweiten Regierungsjahr des T. Flavius Vespasianus Imperator Caesar.*

# Personenverzeichnis

| | |
|---|---|
| Aloysius van der Muylen SJ | Archäologe und Jesuitenpater |
| Yael Atzmany | israelische Semitistin in Amerika, befreundet mit Pater Aloysius |
| **Yoram bar Am** | der Erzähler aus Sela (= Petra) in Nabatäa |
| (Yoram bin Chanan | sein eigentlicher nabatäischer Name, den er abgelegt hat) |
| **Schoschana** | seine Frau |
| Chanan und Mirjam | seine Kinder |
| Chanan bin Avdat | sein Vater |
| Rachel bat Micha | seine Mutter |
| Schamsija | seine Amme |
| **Schim'on ben Ahasja** | Haupt der Gemeinde von Qimron HaSchamajim (Qumran), Lehrer von Yoram bar Am |
| Elieser ben Nachum | Lehrer von Yoram Bar Am in Tveriah (Tiberias) |
| | |
| Publius Marcellus Cassius | Kommandant von Jericho |
| Gnaeus Marcellus Cassius | sein Sohn (10 Jahre) |
| Gad | Diener von Yoram Bar Am |
| | |
| David | kleiner Junge, den Yoram Bar Am rettete |
| Rivka | seine Mutter |
| Natan | sein Vater |

| | |
|---|---|
| **Mirjam** bat Schimschon | Maria Magdalena<br>aus Migdal |
| Ya'akov | Mirjams jüngster Bruder |
| **Jehuda ben Jehoschua** | Mirjams Sohn (und der von Jeschua ben Josef), etwa 16-17 |
| | |
| **Jehuda ben Matthitiyahu** | Ehemann von Maria Magdalena, Pharisäer |
| Jehudit | Jehudas Mutter |
| Aharon | sein jüngerer Bruder (15) |
| Schulamit | seine jüngere Schwester (13) |
| Esther | seine jüngste Schwester (10) |
| | |
| Jochanaan ben Ga'alyahu | Arzt und Arbeitgeber von Jehuda in Tiberias |
| Batscheva | seine Frau |
| | |
| Rav Gerschon | Dämonenaustreiber in Tiberias |
| Marcus Numilius Curtius | vermeintlicher Bewerber von Mirjam |
| | |
| Nurit | Magd bei Mirjam in Jericho |
| Merav | Magd bei Mirjam in Tiberias |
| Silpa, Avigail, Ne'ema | Hebammen in Tiberias |
| | |
| Marjama bat Schlomo | Tarnname Mirjams in Caesarea |
| **Alpheios** aus Mytilene, Sohn | Mirjams Liebhaber in Caesarea |
| des Achates | griechischer Schriftsteller |
| Eurydamas | Buchhändler in Caesarea |

| | |
|---|---|
| **Jeschua** | Jesus |
| Josef ben Eli | sein Vater |
| **Mariam** | seine Mutter |
| Re'uven | Jeschuas ältester Bruder |
| Pinchas ben Gavriel | Rabbi in Jeruschalajim |
| **Die Schüler (Jünger):** | |
| Schim'on bar Yonah | Simon Petrus |
| Andrai bar Yonah | Andreas, Bruder von Schim'on (Simon Petrus) |
| Ya'akov ben Savdai | Jakobus, Sohn des Zebedäus |
| Jochanan ben Savdai | Johannes (Bruder des Jakobus) |
| Philippos | Philippus |
| **Bar-Tolmai** | Bartholomäus |
| Toma | Thomas |
| Mattai | Matthäus, der Zöllner |
| Ya'akov ben Chalfai | Jakobus, Sohn des Alphäus |
| Libai HaMechuneh Taddai | Lebedäus genannt Thaddäus |
| Schim'on HaQanai | Simon von Qana |
| Jehuda ben Schim'on, | Judas Ischariot aus Kriot |
| Ascher | Bruder des Schim'on aus Qana<br>Gastgeber der Hochzeit |
| La'asar (aus Beit Hinei) | Lazarus (aus Bethanien) |
| Marta, Mirjam | seine Schwestern |
| Amitai ben Pelalja | Gastgeber Jeschuas und der Schüler in Jeruschalajim |
| Zipporah | seine Frau |
| Pontius Pilatus | römischer Praefekt von Judäa, Statthalter des Caesar (Amtsperiode 26 – 36 n. Chr. – Der historische Pontius Pilatus wurde wegen zu großer Brutalität bei seiner Amtsführung, zuletzt gegen die Samaritaner, abgesetzt und nach Vienna (Vienne) in Gallien verbannt. Daß er selbst aus Gallien stammt, ist meine Erfindung.) |

# Register:

**Zur Aussprache im Hebräischen**: Meist werden die Worte auf der letzten Silbe betont, z. B. also Adám. Der Umlaut ei (wie in Beit) wird wie ej ausgesprochen (ähnlich wie im Englischen: Weight, im Französischen Soleil, während der Umlaut ai der Aussprache in Kaiser oder Mai entspricht. Die Vokale ie werden im Hebräischen getrennt ausgesprochen, also Gavri'el wie auch im Deutschen Gabriel.

**Avel**
Abel. Sohn Adams und Evas, der von seinem Bruder Kain erschlagen wurde, nachdem Gott das Opfer Abels gnädig angenommen, das Opfer Kains aber verworfen hatte. Gott verfluchte Kain, machte ihm aber ein Zeichen, damit niemand ihn erschlüge. Sein Tod sollte siebenfach gerächt werden. (1. Mose, Kap. 4)

**Achav**
Ahab. König des Nordreiches Israel. Verheiratet mit Jesevel (Isebel), der Tochter des Königs von Sidon, einer Anhängerin des Baalkultes. Unter ihrem Einfluß kam es zur Verfolgung der jüdischen Propheten und Priester. Der Prophet Eliyahu (Elias) forderte die Baalspriester zum Gottesurteil heraus. Vor allem Volk sollte jeder seinem Gott opfern, aber die Opfer durften nicht von Menschenhand entzündet werden. Die Baalspriester riefen ihre Baalim vergeblich um Feuer an. Aber „das Feuer des Herrn fiel herab und fraß Brandopfer, Holz, Steine und Erde und leckte das Wasser auf in der Grube." Angesichts dieses Wunders kehrte das Volk reumütig zu Gott zurück. (1. Könige, Kap. 18, 38).

**Adar**
Zwölfter Monat des jüdischen Mondkalenders. Entspricht etwa März.

**Adonai**
Hebräisch: mein Herr (von Adon). Der Name Gottes durfte nicht ausgesprochen werden. (Nach dem 2. Gebot: „Du sollst den Namen des Herrn, deines Gottes, nicht mißbrauchen; denn der Herr wird den nicht ungestraft lassen, der seinen Namen mißbraucht.") Man umschrieb 'Gott' mit 'Herr' (Adonai), oft auch nur mit 'Der Name' (HaSchem).

**Aeneas**
Griechischer Sagenheld aus Homers „Ilias". Sohn des Anchises und der Göttin Aphrodite. Verwandter des Königs Priamos von Troja. Nach dem Untergang Trojas führte er die kleine Schar der Trojaner, die sich in Freiheit

retten konnte, über Karthago und Sizilien nach Latium in Italien. Sein Enkel Romulus gründete die Stadt Rom.

**Aharon**

Aaron, Bruder des Propheten Mosche (Moses). Als Gott Moses beauftragt, beim Pharao für das Volk Israel zu sprechen, wendet Moses ein, daß der Pharao ihn nicht anhören wird, „denn ich bin von unbeschnittenen Lippen". (1. Mose 6, 12+30). Gott gibt ihm die Weisung, seinen redebegabten Bruder Aaron vor dem Pharao sprechen zu lassen. (1. Mose 7, 1 ff.)

**Al-Lat**

Nabatäische weibliche Gottheit

**Amor und Psyche**

Märchen aus „Der goldene Esel" von Apuleius (Römischer Schriftsteller des 2. Jh. n. Chr. aus Nordafrika). Ich gehe aber davon aus, daß das Märchen von Amor (Eros) und Psyche lange vorher mündlich erzählt wurde. Der Weissagung nach soll die Königstochter Psyche am Tag ihrer Hochzeit einem Ungeheuer geopfert werden. Psyche ist so schön, daß selbst Aphrodite eifersüchtig auf sie wird. Sie schickt ihren Sohn Eros aus, um sie zu verderben. Der Gott ist von Psyches Schönheit so getroffen, daß er sie zur Frau nimmt. Allerdings naht er ihr nur im Dunkel und verbietet ihr, ihn bei Licht zu sehen. Angestachelt von ihren neugierigen Schwestern, bricht Psyche das Verbot und betrachtet ihn heimlich mit einer Kerze. Sie erkennt entzückt den Gott. Eros wacht durch einen heißen Wachstropfen auf und verläßt Psyche zornentbrannt. Bis Psyche mit ihrem Gatten glücklich wieder vereint ist, muß sie den Zorn der Göttin Aphrodite beschwichtigen und dazu schwierige Aufgaben erfüllen, die sie bis in den Hades hinunterführen. Das Thema des Märchens wurde in vielen Varianten immer wieder neu erzählt, z.B. in Bechsteins Märchensammlung als „Singendes, springendes Löwenäckerchen", zuletzt im Disneyfilm „Die Schöne und das Biest". Für mich am schönsten ist die Cocteau-Verfilmung „La Belle et la Bête".

**Amorah**

Gomorrha

**Antigone**

Griechische Sagengestalt. Tochter des thebanischen Königs Ödipus. Nach Sophokles verweigerte sie Kreon, dem Nachfolger des Ödipus, den Gehorsam, der sie dafür mit dem Tod bestrafte. Gegen sein ausdrückliches Verbot bestattete sie die Leichname ihrer Brüder, die sich im Streit erschlagen hatten. Das Gesetz der Götter stehe höher als das Menschengesetz.

**Antiochia**

Stadt in Nordsyrien. Heute Antakia in der Türkei.

**Aphrodite**
Griechische Göttin der Liebe (bei den Römern Venus)

**apokryphe Schriften**
'Verborgene', 'unechte' Schriften. So nennt man die jüdischen und christlichen Berichte, die nicht zum offiziellen Kanon des Alten oder Neuen Testament gehören, aber als wertvolle, legendenhafte Ergänzungen zur Bibel überliefert wurden.

**Apollon**
Griechischer Gott der Weissagung, der Musik und Dichtung. Sohn des Zeus und der Leto, Zwillingsbruder der Artemis. Später wurde Apollon auch mit dem Sonnengott gleichgesetzt. Er erhielt den Beinamen „der Strahlende". Seine Strahlen hatten die Kraft zu reinigen und alles Verderbte zu vernichten.

**Arbel**
Berg am See Genezareth bei Tiberias

**Artemis**
Griechische Göttin der Jagd, Herrin der Tiere, jungfräuliche Geburtshelferin, Muttergöttin. Tochter des Zeus und der Leto, Zwillingsschwester des Apollon

**Asasel**
Teufel, Wüstendämon, gefallener Engel

**Aschmodai**
Asmodi. Böser Geist

**Aschur**
Assur, Assyrien

**Av**
Ab. Fünfter Monat des jüdischen Mondkalenders. Umfaßt den letzen Teil des Juli und einen Teil August. An einem 9. Av wurden sowohl der erste Tempel des Moses zerstört (durch die Babylonier) als auch der zweite, herodianische Tempel, diesmal durch die Römer, 70 n. Chr.

**Avel**
Abel. Sohn Adams und Evas. Von seinem Bruder Kain erschlagen, nachdem Gott das Opfer Abels gnädig angenommen, das Opfer Kains aber verworfen hatte. (1. Mose, Kap. 4)

**Avraham ben Jochai**
Ich weiß nicht mehr, wie ich auf diesen Namen gekommen bin. Ich glaube, ich habe ihn und den Titel seiner Schrift erfunden. Sollte es sich doch um eine historische Person handeln, wäre ich für eine Nachricht dankbar.

**Ba'alsevuv**

Beelzebub. „Herr der Fliegen". Name des Herrschers der Dämonen. Vermutlich nach dem „Baal-Sevuv" des Gottes der Philister von Ekron (2. Könige Kap. 1,2).

**Barak**

Feldherr unter der Richterin Dvorah (Deborah). Er schlug die Kanaaniter unter Sisera am Berg Tavor (Karte) (Richter, Kap. 4, 6 ff.)

**Battei HaKnesset (Pl), Beit HaKnesset,**

Synagoge (Haus der Versammlung)

**Bavel**

Babylon, Babylonien (Karte)

**Bavlim**

Die Bewohner Babylons, Babyloniens

**Behemoth**

Untier, Ungeheuer (ursprünglich wohl Nilpferd)

**Beit HaKnesset, Battei HaKnesset (Pl)**

Synagoge (Haus der Versammlung)

**Beit HaMikdasch**

Der Tempel in Jerusalem (Haus des Heiligtums). (Karte)

**Beit Hinei**

Bethanien. Ein kleines Dorf östlich von Jerusalem. (Karte)

**Beit Lechem**

Bethlehem (Karte)

**Beit Sche'an**

Griech. Name Skythopolis. Stadt des Zehnstädtebundes (Dekapolis). (Karte)

**Belial**

Satan, Teufel, Verderbtheit

**Caesarea**

Stadt am Mittelmeer. Gegründet ( 22 – 10 v. Chr.) von Herodes dem Großen. Später Hauptstadt der römischen Provinz Judäa. Sitz der römischen Präfekten und späteren Prokuratoren. (Karte)

**Caesarea Philippi**

Stadt am Südhang des Hermongebirges. Philippos, der Sohn Herodes des Großen und Tetrarch der nördlichen Provinz Judäa, machte sie zu seiner Hauptstadt (Karte)

**Cajin**

Kain. Sohn Adams und Evas. Er erschlug seinen Bruder Avel (Abel), nachdem Gott das Opfer Abels gnädig angenommen, das Opfer Kains aber verworfen hatte. Gott verfluchte ihn, machte ihm aber ein Zeichen, damit niemand ihn erschlüge. Sein Tod sollte siebenfach gerächt werden. (1. Mose, Kap. 4)

**Charybdis**

Griechisches Seeungeheuer. Meeresstrudel. Nach der Sage ein gefräßiges Weib, das an der Meerenge von Sizilien – gegenüber von Skylla – saß und alle Vorüberfahrenden mit dem Tod bedrohte. Sie fraß ganze Schiffe mit allem, was darin war, auf. Die Meerenge war in der Antike gefürchtet, denn man hielt es für unmöglich, beiden Ungeheuern zugleich auszuweichen.

**Chaschmona'im**

Hasmonäer – siehe Maqqavi (Makkabäer)

**Chava**

Eva. Adams Frau.

**Chermon**

Hermon. (Dschebel al Scheich, arab.) Die Hänge des Hermongebirges bilden den Abschluß des Antilibanon nach Süden. Von Israel aus bilden sie eine mächtige Mauer im Norden. Der höchste Berg ist 2759 m hoch. (Karte)

**Chitti**

Hethiter. Im Alten Testament werden sie als Bewohner Kanaans genannt. In welchem Zusammenhang sie mit dem hethitischen Reich in Kleinasien stehen, ist unklar.

**Chivi**

Heviter. Einer der kanaanäischen Volksstämme, die vor Israel in Kanaan lebten.

**Chuppa**

Hochzeitsbaldachin

**Damessek**

Damaskus (Karte)

**Dekapolis**

Zehnstädtebund

**Datan**

Er erhob sich mit der Rotte Korachs gegen Moses in der Wüste. Sie zweifelten Moses' Führungsrolle an und wollten das Volk wieder zu den Fleischtöpfen Ägyptens zurückführen. Gott bestrafte sie, in dem er die

Aufständischen von der Erde verschlingen ließ (4. Mose Kapitel 16). Sie gelten als ausgeschlossen aus der Gemeinschaft Israels für alle Zeiten. Sie werden am Jüngsten Tag auch nicht auferstehen. Ihr Schicksal wird in der Mischna oft als warnendes Beispiel erwähnt.

**Dionysos**

Griechischer Gott des Weines, des Obstbaus. Später vor allem des rauschhaften Entzückens

**Diotima**

Griechische Priesterin aus Mantinea. Durch sie soll Sokrates zur wahren Schau des Schönen und der Liebe (Eros) gefunden haben. (Platon, Symposion)

**Dschinn**

(arabisch) Geist, Dämon

**Dovrat**

Daberath, Dorf am Berg Tabor, (Josua 19,12), heutiges Dabburiya, vermutlich „Dabaritta" bei Flavius Josephus (Karte)

**Dunkelnacht**

Neumond. (Die Bezeichnung „Dunkelnacht" ist meine Erfindung.)

**Du-Schara**

nabatäische männliche Gottheit

**Dvorah**

Deborah. Richterin über das Volk Israel in der Zeit nach der Landnahme durch Josua. (Richter Kap. 4)

**Edom**

Bergland östlich und südöstlich vom Toten Meer. Stammesgebiet der Edomiter, Nachfahren Esaus, Jakobs Bruder. Später von den Nabatäern erobert.

**Ein Gedi**

Oase am Westufer des Toten Meeres (Karte)

**Efrajim**

Ephraim oder Ephrem (Johannes 11,54), ein Dorf bei Jerusalem; nicht zu verwechseln mit dem Stammesnamen bzw. Vornamen Ephraim (Karte)

**Eliyahu**

Elias. Prophet zur Zeit des Königs Ahabs und dessen Frau Isebel. Er ging gegen die Götzendienerei der Baalspriester vor, indem er sie zum Gottesurteil herausforderte. Vor allem Volk sollte jeder seinem Gott opfern, aber die Opfer durften nicht von Menschenhand entzündet werden. Die Baalspriester riefen ihre Baalim vergeblich um Feuer an. Aber „das Feuer des Herrn fiel herab und fraß Brandopfer, Holz, Steine und Erde und leckte das Wasser auf in der Grube." Angesichts dieses Wunders kehrte das Volk reumütig zu Gott zurück. (1. Könige, Kap. 18, 38).

**Elischa**

Elisa. Nachfolger des Propheten Eliyahu (Elias) unter den Königen des Nordreiches Israel Yoram, Jehu, Yoahas und Yoasch. Von ihm werden viele Wunder berichtet, darunter auch die Auferweckung eines Toten. (2. Könige, Kap. 4, 8-37)

**Eretz Jisrael**

Land Israel. Das von Gott verheißene Land.

**Erinnyen**

Griechische Rachegöttinen

**Eros**

Griechischer Gott der Liebe, der mächtigste der Götter. Der Schöpfer alles Erschaffenen. Es gibt verschiedene Versionen über seine Herkunft. Nach einer soll er der Sohn der Aphrodite sein – so im Märchen Amor und Psyche

**Esav**

Esau. Der Bruder Ya'akovs (Jakobs), dem er für ein Linsengericht sein Erstgeburtsrecht verkaufte.

**Esther**

Nach dem Buch Esther war sie die Frau des persischen Königs Ahasveros (Xerxes I.) Sie bewahrte die Juden vor einem Anschlag des Minister Haman. Die Juden feiern zur Erinnerung an diese Rettung das Purimfest.

**Essener**

Jüdische Sekte um die Zeitenwende, die streng alle rituellen Reinheitsgebote einhalten wollte, um am Jüngsten Tag zu „den Söhnen des Lichts" gezählt zu werden. Die Mitglieder schlossen sich zu brüderlichen Gemeinschaften zusammen. Sie lehnten Eigentum und auch die Ehe ab. Man vermutet, daß Qumran am Toten Meer eine ihrer Siedlungen war.

**Gadara**

Stadt des Zehnstädtebundes (Dekapolis), heute Umm Qais in Jordanien (Karte)

**Gallil**

Galiläa (zum Gebiet des Herodes Antipas gehörig) (Karte)

**Gehinnom**

Tal Hinnom, auch Gehenna. Unterhalb Jerusalems im Südwesten gelegen. Hölle, Unterwelt. Das Tal wurde als Begräbnisstätte benutzt. Daher wohl sein Ruf als Tal der Toten, der Unreinen und der Hölle.

**Gerasa**
Stadt des Zehnstädtebundes (Dekapolis), heute Jerash in Jordanien (Karte)

**Gymnasion**
Bei den Griechen die Stätte körperlicher Übungen, später Schule, auch Philosophenschule

**Gil'ad**
Gilead. Das Ostjordanland vom See Genezareth bis zum Toten Meer

**Gilboa**
Berge südöstlich der Jesreelebene

**Goj, Gojjim**
hebr. Volk. Aus Gojjim = Völker, d.h. alle nichtjüdischen Völker, entwickelte sich die Bezeichnung für alle Nichtjuden im Sinne von Heiden. In diesem engeren Sinne ist ein Goj ein Heide oder ein Jude, der die Gebote nicht hält.

**Hades**
In der griechischen Sage die Unterwelt, das Schattenreich der Toten

**Häretiker**
Ketzer; einer der Lehren vertritt, die vom kirchlichen Dogma abweichen

**Halacha**
Mündliche Lehre. Die Weiterentwicklung der biblischen Gebote durch die mündliche Lehre der Gelehrten (Pruschim, Pharisäer).

**Haretat**
Aretas, nabatäischer Name. Der Erbauer der Grabstätte am Eingang Petras war vermutlich Aretas IV., König von Nabatäa. Heutiger Name der Stätte ist arab. Khaznet Firoun (Schatzhaus des Pharao)

**Helena**
In der griechischen Sage „die schönste Frau der Welt". Die Göttin Aphrodite versprach sie Paris, dem Sohn des Priamos, zur Frau, obwohl sie mit Menelaos, dem König von Sparta verheiratet war. Als Paris sie dann nach Troja entführte, entbrannte der zehnjährige Krieg zwischen den Griechen und Troja.

**Helios**
Griechischer Sonnengott

**Herodes der Große**
Sohn des Idumäers Antipater und einer jüdischen Mutter. Prokurator Judäas unter Julius Caesar, unter Augustus zum König ernannt. Seine Regierungszeit war von 37 – 4 v. Chr. Herodes war beim Volk unbeliebt bis

verhaßt. Einmal, weil er nur Halbjude war, zum anderen, weil er den rechtmäßigen König Judäas aus dem Stamm Jehuda HaMaqqavis, einen Hasmonäer, gestürzt hatte und später hinrichten ließ. Es half ihm nichts, daß er die Hasmonäertochter Mariamne heiratete. Auch nicht, daß unter seiner Herrschaft das Land im Frieden gedieh und die Baukunst durch seine Förderung einen großen Aufschwung erfuhr. Er war ein Mensch, der von Mißtrauen und Neid erfüllt war. Sein Argwohn richtete sich gegen alle Angehörigen der Hasmonäer, zuletzt selbst gegen seine eigene Frau und die gemeinsamen Kinder. Er ließ sie alle hinrichten oder ermorden.

**Herodes Antipas**

Sohn Herodes des Großen und nach dessen Tod Tetrarch von Galiläa und Peräa. Er eiferte seinem Vater nach und intrigierte gegen seine Brüder, um die Alleinherrschaft zu erlangen. Er gründete die Stadt Tiberias am See Genezareth und machte sie zu seiner Hauptstadt. Er war beim Volk noch unbeliebter als sein Vater.

**Höhlengleichnis**

Platon, Politeia (Vom Staat). Im 7. Buch findet sich das berühmte Höhlengleichnis: Sokrates sagt darin, daß unser Erkenntnisstand dem von Menschen gleiche, die in einer Höhle fest angekettet säßen und auf der Wand vor ihnen Schattenspiele von Gestalten beobachteten, die draußen vor dem Höhleneingang vorüberzögen. Da sie auch ihren Kopf nicht zum Höhleneingang drehen und die Gestalten selbst sehen könnten, sei ihre Kenntnis immer nur auf die Schattenrisse beschränkt, die das Licht von draußen in die Höhle werfe. Die angeketteten Menschen richteten nun ihre Anstrengungen darauf, anhand dieser Schattenbilder die Welt draußen zu beschreiben. Wenn nun aber einer von ihnen plötzlich befreit würde und selbst nach oben steigen und die Höhle verlassen dürfe, dann würde er im Tageslicht die wahre Gestalt der vorüberziehenden Wesen sehen. Er würde erkennen, daß er bisher nur Schattenformen wahrgenommen hat. Wenn er nun zu seinen Gefährten in die Höhle zurückkehre und von seiner wahren Schau berichte, würden sie ihm nicht glauben. Denn seine Sicht sei nun im Dunkeln getrübt und im Erkennen der Schatten nicht mehr geübt. Sie würden ihm vorhalten, mit verdorbenen Augen zurückgekommen zu sein. Es lohne sich nicht, nach oben zu steigen, sondern sei schädlich, und jeder, der sie aus ihren Fesseln zu befreien versuche, gehöre umgebracht.

**Hoschanah**

Hosianna (eigentlich: Hilf! Errette!)

**Hulda**

Prophetin zur Zeit Königs Josia von Juda (um 620 v. Chr.). Ihre Prophezeiungen eines künftigen Strafgerichts über Jerusalem wegen der allgemeinen

Götzendienerei veranlaßten den König zu Reformen im ganzen Land. Abwendung von den heidnischen Kulten und Rückkehr zum Gott Davids.

**Ijov**

Hiob. Buch der Bibel. Die Gestalt des Hiob wurde zum Sinnbild des leidenden Menschen: Im Streit mit Gott zweifelt Satan die Frömmigkeit des gottesfürchtigen Hiob an. Es sei leicht, so fromm zu sein, wenn man mit vielen Kindern und Reichtum gesegnet sei. Gott läßt Satan Hiob versuchen. Hiob verliert sein ganzes Vermögen, seine Kinder werden getötet. Hiob vertraut weiter Gott, selbst als er mit Aussatz geschlagen wird und seine Frau ihn auffordert, sich von Gott abzuwenden. Drei Freunde kommen und versuchen, Hiob zu trösten und zu belehren. Gott strafe nicht zu unrecht. Hiob weiß sich unschuldig und ruft Gott selbst zur Rechenschaft. Gott erscheint Hiob in „einem Wetter". Hiob erkennt Gottes Größe, beugt sich demütig seinem Willen. Gott macht seinem Leiden ein Ende. Hiob wird doppelt mit Kindern und Reichtum gesegnet. Er stirbt alt und lebenssatt.

**Ianus**

Römischer Gott, über dessen Herkunft und Bedeutung es schon im Altertum die verschiedensten Vorstellungen gab: Wegen seines Namens (ianua = Tür) und seines Doppelgesichts galt er als Gott der Türen und Tore, andere sahen in ihm den ursprünglichen Gott des Krieges (erst später durch Mars überlagert). Die Türen seines Heiligtums waren während des Friedens geschlossen und in Kriegszeiten geöffnet. Er wurde auch als Gott des Anfangs verehrt.

**Ischtar**

Auch Astarte, Aschera. Phönizisch-Kanaanäische weibliche Gottheit. Die Himmelskönigin, Mondgöttin, Mutter allen Lebens, Liebes- und Fruchtbarkeitsgöttin. Mit ihrer Verehrung war die kultische Prostitution verbunden

**Iulia**

Tochter des Kaisers Augustus, Gattin des Tiberius (Nachfolgers des Augustus). Wegen ihres lasterhaften Lebenswandels verbannte sie ihr Vater auf die kleine Insel Pandateria.

**Iuppiter**

Jupiter. Der oberste römische Gott (Zeus bei den Griechen).

**Ja'ir**

Jairus (griech). Jesus weckte die verstorbene Tochter des Ja'ir wieder zum Leben. Matthäus Kap. 9,18; Markus Kap. 5, 22; Lukas Kap. 8, 41.

**Jarden**

Jordan. Der wichtigste Fluß Palästinas. Er entspringt mit drei Quellflüssen im Hermongebiet, fließt durch den See Genezareth und mündet in das Tote Meer. (Karte)

**Jehonatan**

Jonathan, der älteste Sohn des Königs Scha'ul (Saul), der treue, selbstlose Freund Davids, den Gott zum Nachfolger Sauls ausersehen hatte. Während Saul David nach dem Leben trachtete, verteidigte und schützte Jonathan den Freund. Er anerkannte Davids Berufung zum König (1. Sam. Kap. 23, 17). In der Schlacht gegen die Philister auf den Bergen Gilboa fielen Saul und Jonathan.

**Jehoschua**

Josua. Sohn des Nun. Feldherr des Moses. Nach dessen Tod führte er das Volk Jisrael in das „gelobte Land". Die Eroberung des Landes ist von Wundern begleitet. Der Einsturz der Mauern von Jericho durch die Trompeten (Josua Kap. 5, 13 – 6, 27), bei Gibeon und Ajalon stehen Sonne und Mond still (Josua Kap. 10, 12-14)

**Jehuda**

1. Judas (männlicher Name: dem Herrn sei Dank, 1. Mose Kap. 29,35),
2. Judäa. Stammes- und Gebietsname. Nach dem Tod Herodes des Großen zunächst unter der Herrschaft des Ethnarchen Archelaus, dann unter direkter Verwaltung der römischen Präfekten bzw. Prokuratoren. (Karte)

**Jehuda Ha Maqqavi**

Judas Makkabäus. Einer der fünf Söhne des Priesters Mattathias, die den Aufstand gegen die griechisch-seleukidische Herrschaft anführten. Judas Makkabäus eroberte im Jahr 165 v. Chr. Jerusalem und weihte den Tempel neu, den König Antiochus IV. Epiphanes durch Plünderung und Verwüstung entweiht hatte.

**Jehudith**

Judith. Nach dem apokryphen Buch Judith. Sie wird als schöne, fromme und kluge Witwe beschrieben. Sie rettete eine belagerte Stadt, indem sie Holofernes, einen Feldherrn des Nebukadnezar, verführte und ihm dann mit seinem eigenen Schwert den Kopf abschlug.

**Jeruschalajim**

Jerusalem (Karte)

**Jescha'yahu**

Der Prophet Jesaja

**Jesevel**

Isebel, die Frau des Königs Achav (Ahab). (ca. 871-872 v. Chr., 1. Könige, Kap. 16 – 21). Tochter des Königs von Sidon, Anhängerin des Baalkultes. Unter ihrem Einfluß kam es zur Verfolgung der jüdischen Propheten und Priester im Nordreich Israel. Der Prophet Eliyahu (Elias) forderte die mächtig gewordenen Baalspriester zum Gottesurteil heraus. Vor allem Volk sollte jeder seinem Gott opfern, aber die Opfer durften nicht von

Menschenhand entzündet werden. Die Baalspriester riefen ihre Baalim vergeblich um Feuer an. Aber „das Feuer des Herrn fiel herab und fraß Brandopfer, Holz, Steine und Erde und leckte das Wasser auf in der Grube.“ (1. Könige, Kap. 18, 38).

**Jesre'el**

Tal oder Ebene Jesreel oder Esdraelon, die sich zwischen dem Karmelgebirge, den Bergen Gilboas und den Hügeln Untergaliläas erstreckt. (Karte)

**Jirmiyahu**

Der Prophet Jeremias

**Jochanan von Gischala**

Einer der drei Zelotenführer, die den großen Aufstand gegen Rom (66 – 70 n. Chr.) anführten. Laut Flavius Josephus („Der jüdische Krieg“) kämpften die Zelotenführer mehr gegeneinander, als ihre Kräfte vereint gegen die Römer zu richten.

**Josef**

Josef, der Sohn Ya'akovs (Jakobs). Die eifersüchtigen älteren Brüder verkauften Josef nach Ägypten und täuschten dem Vater Josefs Tod vor.

**Jud**

Hebräischer Buchstabe i,j (der kleinste im Alphabet; ein winziges Häkchen, so klein wie ein I-Punkt: „y“)

**Juno**

Juno, die oberste weibliche Gottheit bei den Römern (Hera bei den Griechen). Gattin des Jupiter (Zeus).

**Kanaan**

Palästina. Das Land, das Gott Mose und dem Volk Israel verhieß, als sie aus Ägypten aufbrachen. (Karte)

**kascher**

Koscher (rituell rein)

**Kav**

Hebräisch: kleinstes Flächenmaß, auch im Sinne von: kleinstes Stückchen oder Fleckchen Land

**Ketubah**

Ehevertrag, der die Mitgift bestimmt und die Höhe des Vermögens, das der Frau im Falle einer Scheidung zusteht.

**Kidron, Kidrontal**

Tal und Trockenfluß (nur wasserführend im Winter) an der Ostgrenze des alten Jerusalem.

**Kinneret, Kinneret-Meer**
See Genezareth (Karte)

**Kinor**
hebr. Harfe

**Kleopatra**
Ägyptische Königin, die Letzte der Ptolemäer. Die Römer unter Gaius Iulius Caesar unterwarfen Ägypten und machten es zur römischen Provinz. Aber Caesar und später Marcus Antonius erlagen der Schönheit und Klugheit der Königin.

**Kna'ani**
Kanaanäer. Bewohner Kanaans, bevor die Juden es unter Josua eroberten.

**Korach**
Meist „Rotte Korach". Zusammen mit Datan lehnte sich Korach mit seinen Anhängern in der Wüste gegen Moses auf. Sie zweifelten Moses' Führungsrolle an und wollten das Volk wieder zu den Fleischtöpfen Ägyptens zurückführen. Gott bestrafte sie, in dem er die Aufständischen von der Erde verschlingen ließ (4. Mose Kapitel 16). Sie gelten als ausgeschlossen aus der Gemeinschaft Israels für alle Zeiten. Sie werden am Jüngsten Tag auch nicht auferstehen. Ihr Schicksal wird in der Mischna oft als warnendes Beispiel erwähnt.

**Kosmos, Kosmologie**
Universum, Weltall, Weltordnung; die Theorien über die Entwicklung und Beschaffenheit des Kosmos

**Kroisos**
Krösus. Lydischer König, der wegen seines großen Reichtum berühmt war.

**Ktesiphon**
Stadt in Babylonien, am Tigris gelegen (Karte)

**LeChajjim**
Hebräischer Trinkspruch: Zum Wohl, Prost, eigentlich: auf die Lebenden, auf ein langes Leben

**Lilith**
Im Alten Testament: dämonisches Nachtgespenst in Frauengestalt; in späteren talmudischen Zeiten galt sie als Adams erste Frau (nach dem ersten Schöpfungsbericht, 1. Mose Kap. 1, 27: „Und Gott schuf den Menschen ihm zum Bilde, zum Bilde Gottes schuf er ihn; und schuf sie einen Mann und ein Weib".) Eva, das Geschöpf der Rippe, wurde Adam erst im zweiten Schöpfungsbericht als Gehilfin beigegeben (1. Mose, Kap.1, 22) Offensichtlich hatte auch schon Adam Schwierigkeiten mit einer gleichbe-

rechtigten und selbstbewußten Frau. Er verstieß Lilith und gab sich mit Eva zufrieden.

**Livia**

Livia, Frau des Kaisers Augustus und Mutter des Tiberius. Berühmt und berüchtigt wegen ihrer Klugheit und Skrupellosigkeit.

**Mänade, Mänaden**

Gespielinnen des Dionysos, die ihn in ekstatischer Trunkenheit und Verzückung auf seinen Streifzügen durch die Bergwälder begleiteten. Später genereller Begriff für rasendes Weib.

**Maqqavi, Maqqavim**

Makkabäer (Singular, Plural). Familienname der Anführer im jüdischen Aufstand gegen die griechisch-seleukidische Herrschaft. Mit der Annahme der erblichen Hohenpriesterwürde und des Königstitel um 100 v. Chr. wird dieses Fürstenhaus meist als Haus der Hasmonäer (Chaschmona'im) bezeichnet.

**Marduk**

Der oberste Gott Babyloniens

**Mariamne**

Gattin Herodes des Großen. Sie entstammte dem Königshaus der Chaschmona'im (Hasmonäer)

**Mars**

Der römische Gott der Eroberung und des Krieges (entspricht dem griechischen Ares)

**Maschiach**

Messias

**Medusa**

Griechische Sagengestalt. Dritte der Gorgonenschwestern: Frauen von außerordentlicher Schönheit, die wegen ihres Stolzes von den Göttern in schlangenhaarige Ungeheuer verwandelt wurden. Ihr Anblick war so entsetzlich, daß jeder, der sie ansah, in Stein verwandelt wurde.

**Mercurius**

Merkur. Römischer Gott des Handels und Wandels, der Unterhandlungen und Verträge, auch der List, Verschlagenheit und Intrigen; Schutzgott der Redner und Diebe, gilt auch als Erfinder der Gymnastik, Erfinder der Flöte.

**Migdal**

Magdala , Ort am Westufer des Sees Genezareth (Karte)

**Millim**

jüdische Münze

**Mo'av**
Moab, Stammesgebiet der Moabiter, Landschaft südöstlich vom Toten Meer (Karte)

**Moloch**
Kanaanäisch-phönizische Gottheit (vermutlich dem Baal verwandt). Man opferte ihm Kinder. (2. Könige Kap. 23, 10) Sein erzenes Standbild, ein stierköpfiges Ungeheuer, wurde glühend gemacht und verzehrte dann die in seinen Arm gelegten Opfer.

**Mosche**
Der Prophet Moses, der die Stämme Israels aus der ägyptischen Gefangenschaft ins Gelobte Land führte.

**Mukawwir**
Machärus (Machairos ) – Festung Herodes des Großen am Ostufer des Toten Meeres, heutiges Mukawwir in Jordanien (Karte)

**Nabatäa, Nabatäer**
Stammesgebiet der Nabatäer, eines arabischen Stammes. Sie eroberten und besiedelten das Gebiet der Edomiter südöstlich des Toten Meeres. Das Nabatäereich bestand von etwa 300 v. Chr. bis 106 n. Chr., als es zur Provinz Roms wurde. In der Blütezeit erstreckte es sich vom Golf von Aqaba bis zum Mittelmeer (Gaza) und nach Norden bis Damaskus und Palmyra. Die Hauptstadt war Petra. (Karte)

**Nazranijim**
Christen (Nazarener)

**Nazrath**
Nazareth, Stadt in Galiläa (Karte)

**Nevo**
Berg Nebo. Berg im moabitischen Ostjordanland, heute in Jordanien. Von seinem Gipfel aus durfte Moses das verheißene Land Kanaan vor seinem Tod noch sehen, aber nicht mehr betreten. (5. Mose, Kap. 32, 49-52), (Karte)

**Nun**
Hebräischer Buchstabe (N)

**Odem**
Atem, der göttliche Lebensatem. „Und Gott der Herr machte den Menschen aus einem Erdenkloß, und er blies ihm ein den lebendigen Odem in seine Nase. Und also ward der Mensch eine lebendige Seele." 1. Mose, Kap. 2, 7

**Odysseus**
Griechischer Sagenheld. Berühmt wegen seiner Klugheit und List.

**Oidipos**

Ödipus. Sagenhafter griechischer König von Theben, dem bei seiner Geburt geweissagt wurde, daß er seinen Vater töten und seine Mutter heiraten werde. Die entsetzten Eltern ließen den Säugling aussetzen. Ödipus wuchs auf, ohne seine Herkunft zu kennen. Als die Prophezeiung sich erfüllte und Ödipus die Wahrheit erfuhr, blendete er sich selbst und trat die Herrschaft an seinen Bruder Kreon ab.

**Olivenberg**

Ölberg, gegenüber dem Tempelberg von Jerusalem gelegen

**Orestes**

Griechische Sagengestalt. Sohn des Königs Agamemnon von Mykene und dessen Frau Klytämnestra. Als Agamemnon nach zehnjähriger Abwesenheit vom trojanischen Krieg zurückkehrte, ermordete ihn Klytämnestra zusammen mit ihrem Geliebten. Orestes rächte den Mord an seinem Vater und erschlug die Mörder. Wegen des Muttermordes verfolgten ihn die Rachegöttinen, die Erinnyen. Erst das Urteil der Athene gewährt ihm Entsühnung. Orestes starb hochbetagt an einem Schlangenbiß.

**Palmyra**

Oasenstadt in Nordsyrien (Karte)

**Parther**

Iranisches Reitervolk, das sich nach dem von den Persern eroberten Gebiet Parthiens nannte (248-247 v. Chr.). Danach rasche Ausbreitung des Herrschaftsgebiets vom Euphrat bis zum Indus. Ständige Kämpfe und Kriegszüge mit Rom um die Vorherrschaft im Vorderen Orient. Ihre Hauptstadt war Ekbatana.

**Parusch, Pruschim**

Pharisäer. Die Gelehrten, die fest an der Torah festhielten, aber auch die Tradition der Halacha – die mündliche Weiterentwicklung der Gebote – anerkannten. Hauptkennzeichen war ihre Strenge in allen Fragen der rituellen Reinheit und Unreinheit. Dadurch starke Absonderung von der breiten Masse des Volkes.

**Peraía**

Peräa. Gebiet nordöstlich des Sees Genezareth, zum Herrschaftsgebiet des Herodes Antipas gehörig. (Karte)

**Persepolis**

Persische Stadt in der Nähe des heutigen Schiras

**Pessach**

Das jüdische Passahfest, das zur Erinnerung an den Auszug aus Ägypten gefeiert wird.

**Philadelphia**

Stadt des Zehnstädtebundes (Dekapolis), heutiges Amman (Karte)

**Philhellene**

„Freund der Griechen", Freund der griechischen Kulur. Der nabatäische König Aretas III (87 – 62 v. Chr.) z. B. führte den Beinamen Philhellene

**Philon von Alexandria**

Jüdisch-hellenistischer Theologe und Religionsphilosoph. Geboren 15/10 v. Chr. Sein Leben liegt weitgehend im Dunkeln. Man weiß von einer Wallfahrt nach Jerusalem und von einem Aufenthalt in Rom, wo er bei Caligula vorsprach, um die Juden Alexandrias gegen die Übergriffe des Präfekten Flaccus zu schützen.

**Plischtim**

Philister

**Politeia**

Platon, Vom Staat. Platon zitiert im 5. Buch Sokrates, der die These aufstellt, daß Frauen die gleiche Erziehung und Ausbildung wie Männer bekommen sollten. Er verweist auf die Merkwürdigkeit, daß wir nur bei Menschen einen Unterschied nach Geschlechtszugehörigkeit machen. Bei Tieren setze man z. B. unterschiedslos Hündinnen und Rüden für Hüte- und Wachdienste ein. Hier achte man nur die Fähigkeiten des individuellen Tieres. Man dürfe die Begabungen der Frauen genausowenig brachliegen lassen. Frauen sollten wie Männer unterrichtet und im Wettkampf trainiert werden, damit die Besten beiderlei Geschlechtes dem Staat dienen können.

**Pompeius**

Römischer Feldherr und Konsul. Schlug die Parther und gewann große Gebiete im Osten, darunter Syrien. Eroberte 63 v. Chr. Judäa, das unter den Hasmonäern eine kurze Zeit der Selbständigkeit erlebte. Später zunächst mit Gaius Iulius Caesar und Crassus Verbündeter gegen den römischen Senat im ersten römischen Triumvirat. Im anschließenden Kampf um die Vorherrschaft unterlag Pompeius.

**Potiphar**

Kämmerer und Oberster der Leibwache des ägyptischen Pharao zur Zeit Josefs. Er kaufte Josef und machte ihn zu seinem Hausverwalter. Sein Name ist vor allem wegen seiner Frau bekannt, die Josef zu verführen versuchte. Als Josef sich ihren Annäherungen widersetzte, verleumdete sie ihn. Josef kam in Kerkerhaft.

**Pruschim, Parusch**

Pharisäer. Die Gelehrten, die fest an der Torah festhielten, aber auch die Tradition der Halacha – die mündliche Weiterentwicklung der Gebote – anerkannten. Hauptkennzeichen war ihre Strenge in allen Fragen der rituellen Reinheit und Unreinheit. Dadurch starke Absonderung von der breiten Masse des Volkes.

**Prutah**
Jüdische Kupfermünze (die kleinste Münzeinheit)

**Qana**
Kana, Ort in Galiläa nahe Nazareth (Karte)

**Qimron HaSchamajim**
Qumran. Qimron HaSchamajim ist ein Phantasienamen. Ich habe das arabische Qumran (zwei Monde oder die beiden Himmelslichter Sonne und Mond ) zu Qimron hebraisiert. Qimron ist der Bogen, das Gewölbe. Qimron HaSchamajim bedeutet dann Himmelsgewölbe. Wahrscheinlich war Qumran eine Siedlung der Essener am Toten Meer. (Karte)

**Rachel**
Tochter Labans, um die Ya'akov (Jakob) warb. Er mußte seinem Onkel Laban sieben Jahre um sie dienen. Dann schob der ihm bei der Hochzeit die ältere Tochter Lea unter. Jakob diente ihm noch einmal sieben Jahre, bis er endlich seine geliebte Rachel bekam. (1. Mose Kap. 29, 6 f., 16 ff.)

**Rachim**
Aramäisch: Liebling, Schatz; hier im abfällig-ironischen Sinn „Schätzchen", Hohlköpfe

**Rav, Rabbanim (Pl.)**
Meister, Titel und Anrede der Gelehrten

**Salzmeer**
Totes Meer (Karte)

**Sanhedrin, Synhedrion**
Der jüdische Gerichtshof

**Sarah**
Frau Abrahams. Sie lachte, als sie die Weissagung hörte, daß sie binnen eines Jahres einen Sohn gebären sollte („denn sie waren beide, Abraham und Sarah, alt und wohl betagt, also daß es Sarah nicht mehr ging nach der Weiber Weise.") 1. Mose 18, 10 ff.

**Schabbat**
Sabbat. Der siebente Tag in der Woche, an dem Gott nach der Schöpfung ausruhte. Der Tag ist darum geheiligt und soll ganz Gott gewidmet werden. (Das 3. Gebot), 2. Mose Kap. 19, 9-11.

**Schalom**
Hebräisch: Frieden

**Scharon**
Tal oder Ebene Saron. Küstenebene entlang des Mittelmeers zwischen dem Karmelgebirge bei Haifa und dem heutigen Tel Aviv/Yafo. Zu biblischen Zeiten bekannt durch seine Wälder und Blumen. Hohelied Salomos: Kap. 2, 1 („Ich bin eine Blume zu Saron und eine Rose im Tal.")

**Scha'ul**
Saul. Der erste König Israels. Zu seinem Nachfolger bestimmte Gott allerdings nicht seinen Sohn Jonathan, sondern David, den Saul wegen dieser Berufung mit Haß verfolgte. Seine Mordversuche schlugen fehl.

**Sched**
Teufel, Dämon

**Schekel**
Jüdische Münze

**Sche'ol**
Hölle, Unterwelt

**Schim'on bar Giora.**
Einer der drei Zelotenführer, die den großen Aufstand gegen Rom (66 – 70 n. Chr.) anführten. Laut Flavius Josephus („Der jüdische Krieg") kämpften die Zelotenführer mehr gegeneinander, als ihre Kräfte vereint gegen die Römer zu richten.

**Schir HaSchirim**
Buch des Alten Testamentes: Lied der Lieder (= Hohes Lied Salomo)

**Schlomo**
Salomo

**Schochet**
Schächter. Schlachter, der nach den rituellen Reinheitsvorschriften schlachtet.

**Schüler**
Die Jünger Jesu'

**Sch'va**
Saba, Herkunft der sagenumwobenen Königin von Saba (heutiger Yemen)

**Schwuot**
Wochenfest, jüdisches Fest, zeitlich anschließend an Pessach (Passah)

**Sdom**
Sodom

**Sebaste**
Von Herodes dem Großen gegründete Stadt. Sie entstand auf dem Gebiet des alten Schomron (Samaria)

**Seder**
Häusliches Feiermahl an den beiden ersten Pessachtagen

**Seth**
Sohn Adams und Evas (1. Mose, Kap. 4, 25)

**Sela, Petra**

Petra, Hauptstadt der Nabatäer. Es ist nicht sicher, ob Petra mit dem altisraelischen Sela (aus Jeremia 49,16-17) identisch ist. Beide Namen haben dieselbe Bedeutung: Fels. (Karte)

**Sidon**

Syrische Stadt am Mittelmeer, heute das libanesische Saida (Karte)

**Skylla**

Griechisches Meeresungeheuer in Frauengestalt. Sie hatte sechs lange Hälse mit sechs Köpfen, die aus Hunger und Wildheit immerzu brüllten. Im Rachen befanden sich drei Reihen Zähne. Skylla saß auf einem hohem Felsen an der Meerenge von Sizilien gegenüber von Charybdis und fiel wie diese die vorüberfahrenden Schiffe an. Die Meerenge war in der Antike gefürchtet, denn man hielt es für unmöglich, beiden Ungeheuern zugleich auszuweichen.

**Söhne Zadoks**

Essener. Im Gegensatz zu den Sadduzäern, die sich nach dem Priester Zadok nannten, hielten sich die Essener für die wahren Söhne Zadoks und Bewahrer der ursprünglichen Tradition, d.h. näher an der Thora und näher an den Geboten.

**Sokrates**

Griechischer Philosoph, um 470 – 399 v. Chr. Begründer der attischen Philosophie als Liebe zur Weisheit und zum Schönen. Hinrichtung durch Gift. Man warf ihm verächtliche Haltung gegenüber den Göttern Athens und zersetzenden Einfluß auf die Jugend vor. Es ging dabei nicht um den inneren Glauben an die Götter, sondern um die äußere Respektsbezeigung.

**Sanhedrin, Synhedrion**

Der jüdische Gerichtshof

**Tallit, Talliot (Plural)**

Gebetsschal

**Tavor**

Berg Tabor in Galiläa (Karte)

**Teman**

Yemen

**Tetrarch**

Griechisch: Vierfürst. Oberhaupt eines Stammes oder einer Landschaft. Nach dem Tod des Königs Herodes des Großen wurde sein Reich unter seine drei Söhne aufgeteilt, die nur den Rang des Tetrarchen erhielten.

**Tiberius**

Römischer Kaiser nach Augustus. 42 v. Chr. – 37 n. Chr. Er galt als mißtrauisch, geizig, trunksüchtig. Die zeitgenössischen Schriftsteller warfen ihm einen ausschweifenden Lebenswandel vor.

**Torah**

Thora, eigentlich nur die fünf Bücher Mose, bezeichnet meist die ganze jüdische Bibel

**Tveriah**

Tiberias. Die von Herodes Antipas gegründete Stadt am See Genezareth. Benannt zu Ehren des Kaisers Tiberius. (Karte)

**Weiße Brüder**

Die Essenergemeinde in Qimron HaSchamajim (Qumran), der Yoram zeitweise angehörte. Die Bezeichnung „Weiße Brüder" ist meine Erfindung.

**Ya'akov**

Jakob, Stammvater Israels, Sohn Jitzchaks (Isaaks) und Rivkahs (Rebekka). Seine zwölf Söhne bildeten die Stämme Israels.

**Yafo**

Hebräisch: Jaffa, heute Tel Aviv-Yafo. Stadt am Mittelmeer. (Karte)

**Yarmuk**

Fluß im Ostjordanland. Er fließt südlich des Sees Genezareth in den Jordan. Heute bildet er streckenweise die Grenze im Dreiländereck zwischen Jordanien, Syrien und Israel. (Karte)

**Yonah**

Der Prophet Jona. Gott schickte Jona in die Stadt Niniveh, um ihren Untergang zu weissagen. Der Prophet fürchtete sich vor diesem Auftrag und floh zu Schiff nach Tharsos. Gott ließ einen großen Sturm aufkommen, der sich erst legte, als sich Jona von den verängstigten Seeleuten ins Meer werfen ließ, um sie zu schonen. Ein großer Walfisch fing den Propheten auf und behielt ihn drei Tage in seinem Leib. Erst als sich Jona Gottes Willen beugte, spie ihn der Wal an Land und Jona ging nach Niniveh. Dort predigte er so erfolgreich, daß Gott beschloß, Niniveh nicht zu zerstören. Jona, Kap. 1 und 2

**Zeus**

der oberste Gott in der griechischen Sage (Jupiter bei den Römern)

**Zion**

Jerusalem. Ursprünglich die alte Jebusiterburg, die David eroberte und zu seiner Stadt machte. Der Name Zion kennzeichnete dann den heiligen Tempelberg und schließlich ganz Jerusalem

# Zitate

**Prolog**

„Wenn einer einen einzigen Mann Israels getötet hat, so ist es, als ob er eine ganze Welt getötet hat. Wenn einer einen einzigen Mann Israels gerettet hat, so ist es, als ob er eine ganze Welt gerettet hat." Mischna, Sanhedrin, 4, 5

**1. Kapitel: Jericho**

„Es ist alles ganz eitel (vergeblich), sprach der Prediger, es ist alles ganz eitel." Prediger 1. Kapitel, 2 ff.

„aber Sela (=Petra, Edom) ist verdammt zur Wüste" Jeremia 49. Kapitel, 16-17

**2. Kapitel: Unrein**

„Sarah lachte" Frau Abrahams. Sie lachte, als sie die Weissagung hörte, daß sie binnen eines Jahres einen Sohn gebären sollte („denn sie waren beide, Abraham und Sarah, alt und wohl betagt, also daß es Sarah nicht mehr ging nach der Weiber Weise.") 1. Mose 18. Kapitel, 10 ff.

**3. Kapitel: Schoschana**

„seid fruchtbar und mehret euch" 1. Mose 1. Kapitel, 28

„Kraft und Schönheit sind ihr Gewand, und sie lacht des kommenden Tages" , Sprüche 31. Kapitel, 25

„Wer aber nach Unglück ringt, dem wird's begegnen", Sprüche 11. Kapitel, 27

„Ein verkehrtes Herz findet nichts Gutes", Sprüche 17. Kapitel, 20

**4. Kapitel: Die Nazranijim**

„Wer unter euch ohne Sünde ist, der werfe den ersten Stein auf sie." Die Geschichte der Ehebrecherin, Johannes 8. Kapitel, 7

„Mann und Frau sind ein Fleisch", 1. Mose 2. Kapitel, 24; Matthäus 19. Kap., 5

„Was Gott zusammengefügt hat, soll der Mensch nicht scheiden", Matthäus 19. Kapitel, 6

„Und wer verläßt sein Haus, oder Bruder oder Schwester oder Vater oder Mutter oder Weib oder Kinder oder Äcker um meines Namens willen, der wird hundertfältig ernten und das ewige Leben erben", Matthäus 19. Kapitel, 29

„Manche kommen verschnitten auf die Welt, andere werden von Menschen verschnitten – und wieder andere verschneiden sich selbst um des Himmelreichs willen", Matthäus 19. Kap:, 12

„Ein Mensch fand einen Schatz im Acker. Da ging er hin und verkaufte alles, was er hatte und kaufte den Acker. Und das andere Gleichnis: Ein Kaufmann suchte gute Perlen. Als er eine köstliche Perle fand, ging er hin, verkaufte alles, was er hatte, und kaufte die eine Perle...", Matthäus 13. Kapitel, 44 ff.

„Ein Kaufmann suchte gute Perlen. Als er eine köstliche Perle fand, ging er hin, verkaufte alles, was er hatte, und kaufte die eine Perle." Matthäus 13. Kap., 45-46

„besser ist zu heiraten, als sich in Leidenschaft zu verzehren oder Huren aufzusuchen." 1. Korinther 7. Kapitel, 1 ff.

„wenn du dem Fleischlichen Raum gibst, so wird dein Geist fleischlich, und du bist dem Tod verfallen. Wenn du aber den Heiligen Geist in deinem Herzen wohnen läßt, dann bist du geistlich gesinnt und wirst selig werden." Römer 8. Kapitel, 5

**7. Kapitel: Die Heirat**

„Mit dem Herrn rang" , Name Jisrael, 2. Mose 32. Kapitel, 25-29

„Wo du hingehen wirst, da will auch ich hingehen; wo du bleibst, da bleibe ich auch. Wo du stirbst, da sterbe ich auch, da will ich auch begraben werden!" Ruth 1. Kapitel, 16/17

**8. Kapitel: Jehuda**

„Jehoschua" , Buch Josua, 19. Kapitel, 12: Dovrat (Daberath), Dorf am Berg Tabor, heutiges Dabburiya, vermutlich „Dabaritta" bei Flavius Josephus

**9. Kapitel: Die Entfremdung**

Der Herr aber habe die Frau dem Manne als Gehilfin beigegeben, 1. Mose 2. Kapitel,18

Der Herr habe geboten, daß der Mann über die Frau herrsche, 1. Mose 3. Kap.,16

„Hat nicht sogar ein gesetzeskundiger Bastard Vorrang vor einem unwissenden Hohen Priester ...", Mischna, Horayot 3,8 (4. Teil, Nesikin)

„Griechische Bücher sollten am besten gar nicht mehr gelesen werden dürfen." Mischna, Sotah 9,14, Talmud, Sotah 49b (nur Mindermeinungen!)

„...daß es dem Herrn mißfällt, wenn sich der Mann von seiner Frau trennen will, nur weil sie ihm Verdruß bereitet". Maleachi 2. Kapitel, 16

Höhlengleichnis in Platon: Politeia (Vom Staat), 7. Buch

**10. Kapitel: Die Besessene**

„Steht es nicht in der Torah, daß der des Todes sterben soll, der bei seines Vaters Weib schläft" 3. Mose 18. Kapitel, 8; 2. Mose 20. Kapitel, 11

„Ist es nicht verboten, die Blöße seiner Mutter aufzudecken", 3. Mose 18. Kap., 7

„Sollen Bruder und Schwester nicht ausgerottet werden, wenn sie ihre Blöße aufgedeckt haben", 3. Mose 20. Kapitel, 17

„Laß dich nicht gelüsten nach dem Haus deines Nächsten", 2. Mose 20. Kap., 17

„der Herr [hat] versprochen, die Kna'ani, die Chivi, die Chitti und die Plischtim aus ihren Häusern zu jagen und sie den Söhnen Jisraels zu übergeben", 2. Mose 23. Kapitel, 28

**11. Kapitel: Die Begegnung**

„Er soll dein Herr sein," , 1. Mose 3. Kapitel, 16

**12. Kapitel: Der Rav und seine Schüler**

„Liebe deinen Nächsten wie dich selbst", 3. Mose 19. Kapitel, 18

„Der Schabbat ist um des Menschen willen gemacht, und nicht der Mensch um des Schabbats willen." Markus 2. Kapitel, 27. In unserer Gesellschaft müßte man wohl sagen: „Die Leistung ist um des Menschen willen da, und nicht der Mensch um der Leistung willen."

Das dritte Gebot: „Sechs Tage sollst du arbeiten und alle deine Dinge beschicken; aber am siebenten Tag ist der Sabbat des Herrn, deines Gottes; da sollst du kein Werk tun noch dein Sohn noch deine Tochter noch dein Knecht noch deine Magd noch dein Vieh noch dein Fremdling, der in deinen Toren ist. Denn in sechs Tagen hat der Herr Himmel und Erde gemacht und das Meer und alles, was darinnen ist, und ruhete am siebenten Tage. Darum segnete der Herr den Sabbattag und heiligte ihn." 2. Mose 19. Kapitel, 9-11

**14. Kapitel: Mariam**

„verbrannte uns das Feuer der Liebe nicht und seine Flammen sengten uns nicht", Anspielung auf Jesaja 43. Kapitel, 2

**16. Kapitel: Die Höhle**

„Du sollst Gott, deinen Herrn, nicht versuchen" , 5. Mose, 6. Kapitel, 16 (Matthäus 4. Kapitel, 7)

„Wo warst du, als ich die Erde gemacht habe. Weißt du, wer ihr das Maß gesetzt hat oder wer über sie eine Richtschnur gezogen hat?", Hiob 38. Kapitel, 4-5

„Und der Herr sah alles an, was er gemacht hatte; und siehe da, es war sehr gut!", 1. Mose 1. Kapitel, 31

„Gottessöhne", 1. Mose 6. Kapitel, 4

**18. Kapitel: Jeruschalajim**

„Staub und Asche" 1. Mose 3. Kapitel,19; Prediger 12. Kapitel, 7

„Yonah", Jona Kapitel 1 und 2

„weißes Eselsfüllen", Sacharja 9. Kapitel, 9

**19. Kapitel: Der Verrat**

„Siehe der König kommt..." , Sacharja, 9. Kapitel, 9

**20. Kapitel: Der Präfekt**

„alle sieben Tage unsere Arbeit niederlegen" (das dritte Gebot ): so Seneca (nach Mireille Hadas-Lebel, Flavius Josephus, New York /Toronto, S. 54). Dort findet sich eine ganze Liste der damaligen Vorurteile. Petronius z.B. verwunderte sich, daß die Juden kein Schwein aßen und schloß daraus, daß sie das Schwein als Gottheit verehrten.)

Jehudith und Holofernes, siehe Buch Judith, eine apokryphe Schrift des Alten Testaments

**22. Kapitel: Der Gekreuzigte:**

„Höre Jisrael“, der Herr, unser Gott, ist ein einiger Gott, 5. Buch Mose, 4. Kapitel, 6, Markus 12. Kapitel, 29

„Mein Gott, mein Gott – warum hast du mich verlassen? Ich heule, aber meine Hilfe ist fern!“ Psalm 22,2, vgl. Matth. 27. Kapitel, 46

„Wer Wissen bringt, bringt Schmerz, und ein wacher Sinn bringt viel Ärger.“ Prediger Sal. 1,18 (nach der Übertragung von Erasmus von Rotterdam: Lob der Torheit bei Reclam)

„Vieles Gewaltige lebt – aber nichts ist gewaltiger als die Torheit des Menschengeschlechts“, Sophokles, Antigone, in der Verfremdung von Horst Geyer: Über die Dummheit

„An den Wassern Bavels sangen wir und weinten, wenn wir an Zion gedachten...“ Psalm 137, 1

# Nachwort und Danksagungen

## Einiges zu Historie, Geographie und Namen

Was den geschichtlichen Hintergrund des Romans betrifft, so habe ich mich – wie alle Historiker – auf Flavius Josephus' 'Jüdische Altertümer' und 'Der jüdische Krieg' gestützt, vor allem auf die Passagen über die Essener und deren Glaubensvorstellungen und Bräuche. Ob Qumran tatsächlich eine Siedlung dieser Sekte war, wie man nach den Rollenfunden und den ersten Ausgrabungen zunächst vermutete, ist heute wissenschaftlich umstritten, muß aber eine Romanschreiberin nicht binden. Überhaupt steht die aktuelle Qumran-Diskussion um die Veröffentlichung der Rollen in keinerlei Beziehung zu meinen Roman, obwohl der Prolog darauf hinzuweisen scheint. Als ich im April 1989 gleich mit dem Prolog begann, bewegte der Streit um die Qumranfragmente vorerst nur die Fachleute, zu denen ich nicht gehöre.

Für mich war es ein faszinierendes Unterfangen, die Fülle und Farbigkeit der unterschiedlichen Denk-, Sprach- und Glaubensweisen darzustellen, die sich damals auf kleinstem Raum zusammenballten. Man muß sich einmal vorstellen, daß in einem kleinen Land nicht nur eine, sondern neben den regionalen Dialekten mindestens vier Sprachen zugleich gesprochen wurden: die breite Bevölkerung sprach Aramäisch, das dem Hebräischen sehr nah verwandt ist; in der Gegend von Jerusalem wurde vermutlich noch Hebräisch gesprochen. Im übrigen war die Sprache des Alten Testamentes nur noch als die Sprache der Torah und des Kultes lebendig. Latein als die Verwaltungssprache der Besatzer wurde von den Gebildeten, von den Händlern, Politikern und all denen gesprochen die sich von der Besatzungs- und Weltmacht Vorteile versprachen. Griechisch, die Sprache der früheren Großmacht galt immer noch als die Sprache der Kultur und der Zivilisation. Sie war die Sprache der Gebildeten und der Künstler, auch die der überregional agierenden großen Kaufherren. Die Übergänge zwischen den Gruppen waren fließend, und es gab sicher viele Überschneidungen – analphabetische Gassenjungen, die bettelnd oder feilschend mit lateinischen Sprachbrocken reiche Römer belagerten, Eltern, die beeindruckt von dem fremden Klang ihren Kindern lateinische oder griechische Namen gaben, Gelehrte, die sich begierig auf das Wissen fremder Völker stürzten oder es als gefährlich und sittenverderbend verdammten. Man muß nicht einmal bis in die östlichen Mittelmeerregionen reisen, um Parallelen zu unserer Zeit zu

entdecken. Ich erinnere nur an die deutschen Maiks und Jacquelines. Weltweit hat heute das Englische die Funktion des damaligen Latein eingenommen, Französisch ist als Sprache des 'Bildungsbürgertums' durchaus präsent, allerdings nicht in der starken Bedeutung, die das Griechische unter der Herrschaft Roms behauptet hat. Dafür habe ich in Ägypten noch selbst erlebt, wie Angehörige der Oberschicht im vornehmen Gesira-Klub französisch miteinander sprachen – in bewußter Ablehnung der eigenen arabischen Muttersprache und auch in Verweigerung des Englischen, der Sprache der letzten Kolonialherren. In Ägypten habe ich auch in den Jahren 1975-1977 das Heraufdämmern des muslimischen Fundamentalismus erlebt, der sich eng und streng auf die Gesetze der eigenen Religion besann und gegen alles 'Westliche' als das 'Materielle', 'Verdorbene' zu artikulieren begann. Es war ein faszinierendes Gleichzeitigsein von verschiedenen Kulturen und Denk- und Lebensweisen.
Die Orte Magdala (= Migdal im Hebräischen) und all die Orte, die Jesus bis zur Kreuzigung in Jerusalem aufsucht, entsprechen der biblischen Überlieferung.
Bis auf zwei Ausnahmen, den Fluß Yarmuk und Qumran, deren Namen aus dem Arabischen kommen, habe ich die hebräischen Namensformen verwenden können. Yarmuk habe ich einfach gelassen. Bei Qumran als Sitz der essenischen Sekte habe ich den Namen frei in Qimron hebraisiert. Qumran bezeichnet die beiden Himmelslichter, Sonne und Mond (eigentlich die zwei Monde). Darin steckt auch die Sichel des Mondes, überhaupt die Bogenform. Im Hebräischen ist dies Qimron: Bogen, Gewölbe. So machte ich daraus den Himmelsbogen (Qimron-HaSchamajim).
Das Dorf Dovrat am Berg Tabor wird im alten Testament erwähnt. Ob es noch im ersten Jahrhundert der Zeitenwende existierte, weiß ich nicht, nehme es aber an. An gleicher Stelle existiert heute das arabische Dorf Dabburiya.
Bei den persönlichen und geographischen Eigennamen habe ich aus der Sicht der damaligen Zeit heraus geschrieben und die ursprünglichen jüdisch-hebräisch-aramäischen Namen verwendet, nicht ihre gräzisierten Formen, wie sie durch die griechischen Übersetzung der Evangelien gebräuchlich wurden. Ebenso wie wir von München und nicht von Munich reden, sprachen die Juden Judäas damals (und heute) von Jeruschalajim und nicht von Jerusalem, von Beit Lechem (Haus des Brotes) und nicht von Bethlehem. Also auch Jeschua statt Jesus, Mirjam statt Maria (bzw. Mariam und Marjama für Jesus Mutter und das Pseudonym Mirjams als abgeleitete Namensformen zur leichteren Unterscheidung der Personen). Es ist vielleicht ungewohnt,

Schim'on statt Simon zu lesen, Schlomo statt Salomo. Aber wir nennen heute Jitzchak Rabin auch nicht Isaak Rabin, Yehudi Menuhin nicht Judas. Es gibt noch eine andere Parallele: für unsere inzwischen Englisch gewohnten Ohren klingen die frühen Filmsynchronisationen der fünfziger Jahre eher komisch, wenn sich die amerikanischen Figuren mit Heinz (statt Henry), Micha'el (statt Maikel) anreden oder wenn Elizabeth brav deutsch ausgesprochen wird.

Wie die Hauptstadt Nabatäas von den Nabatäern genannt wurde, liegt im Dunkel der Geschichte (jedenfalls nach meinem Erkenntnisstand). Da sich der nabatäische Berichterstatter Yoram mehr als Jude denn als Nabatäer empfindet, habe ich mich für die hebräische Form 'Sela' statt für die geläufige griechische Namensform Petra entschieden. In beiden Sprachen bedeutet der Namen 'Felsen'.

Probleme gab es für mich bei den möglichen Doppelbezeichnungen: Sprach man von Tiberias oder Tveriah, war 'Sanhedrin' allgemeingebräuchlich oder benutzte man das griechische Original 'Synhedrion'? Ich habe mich von Fall zu Fall entschieden: Die mehrsprachige Mirjam zieht meist die originalsprachliche Form vor, während Yoram immer die hebräische Bezeichnung benutzt und Pontius Pilatus natürlich die lateinische bzw. griechische Form gebraucht. Bei der Frage, welche Bezeichnung Yoram benutzen würde, wenn es um die Wahl zwischen griechischer und lateinischer Sprachform ging (Gymnasion oder Gymnasium), habe ich mich für die 'altmodischere', griechische Variante entschieden, nach dem Motto: die Sprache des früheren Kolonialherrn ist der des jetzigen vorzuziehen.

Bei der Transkription der hebräischen Namen bin ich vielfach von der wissenschaftlich üblichen Praxis abgewichen. Ich hielt mich an die sephardische Aussprache des Neuhebräischen, so wie es in Israel heute gesprochen wird. Dabei mache ich die Unterscheidung zwischen den geschlossenen und den als Reibelaut gesprochenen Konsonanten mit, auch wenn dafür im Hebräischen nur ein Buchstaben steht. Ich schrieb 'B' für das hebräische Beit wenn es für unsere Ohren wie 'B' ausgesprochen wird, und 'V' wenn derselbe Buchstabe zum Reibelaut wechselt, also 'Dovrat' statt Dabrath oder Daberath, Avraham statt Abraham, Re'uven statt Ruben. Im Hebräischen können sich Vokale wie im Deutschen hart an hart stoßen (wie bei Be'amter). Ich habe diese Trennung durch den Apostroph angedeutet und mit einen umgedrehten Apostroph das Ayin, dort wo es bei der Aussprache eine Rolle spielt, z.B. bei Ya'akov, Schim'on. Ich war auch nicht sehr konsequent bei der Umschrift des hebräischen Jud in der konsonantischen Form. Vor den dunklen Vokalen entschied ich mich meist für Y (Yoram, Ya'akov), vor den hellen für J (Jeschua, Jitzchak).

## Danksagungen

Zuerst möchte ich mich ganz herzlich bei Michaela Merz, der Geschäftsführerin von callisto germany.net GmbH, bedanken, die sich großzügig bereit erklärte, die erste Auflage meines Romans kostenlos im Internet zu veröffentlichen (damalige Adresse: http://www.literatur.de). Ebenso herzlich danke ich Herbert Nill von germany.net, der mir dabei half, die Landkarten fürs Netz aufzubereiten und alle Text- und Bilddateien einzuspielen.
Ich danke ganz herzlich Gisela Hufbauer für das Titelbild des Paares im Geiste des Zen und Mariam Dessaive für mein Photo auf dem Buchdeckel.
Mit meiner freien Umschrift des Hebräischen habe ich Lucie Renner vom Seminar für Judaistik der Frankfurter Universität (jetzt in Berlin) anfangs fast zur Verzweiflung getrieben. Ich möchte sie daher an dieser Stelle von aller Verantwortung freisprechen und mich bei ihr ganz herzlich für ihren fachkundigen und sehr wertvollen Rat bedanken.
Ebenso herzlich möchte ich mich bei meinen FreundInnen bedanken, die mich während des Schreibens moralisch und seelisch unterstützten und mich immer ermunterten, am Stoff und am Computer zu bleiben. Ganz besonders danke ich Ulrich Müller-Oberhäuser und Dr. Jörg Salaquarda, die das fertige Manuskript nicht nur durchlasen und lobten (was eine unbekannte Schreiberin wie Manna in der Wüste braucht), sondern sich auch die Mühe machten, ihre kritisch-konstruktiven Anmerkungen schriftlich konkret zu Papier zu bringen, so daß ich länger darüber nachdenken und mich langsam mit dem Gedanken befreunden konnte, daß Änderungen hier und da tatsächlich angebracht waren.
Für die zwei Landkarten im Bucheinband möchte ich mich ganz herzlich bei Herrn Professor Dr. Günter Stemberger vom Institut für Judaistik der Universität Wien und dem Verlag C.H. Beck in München bedanken, die mir freundlich erlaubt haben, ihre Karten aus dem Band: Günter Stemberger, Das klassische Judentum, Beck'sche Elementarbücher, C.H. Beck'sche Verlagsbuchhandlung, München im Computer einzuscannen und für den Roman anzupassen.
Zu großem Dank bin ich auch meinem ehemaligen Halbtagsarbeitgeber, dem Bankhaus Schröder Münchmeyer Hengst & CO in Frankfurt und meinen Vorgesetzten verpflichtet, die mir großzügig erlaub-

ten, Laserdrucker und Fotokopierer zur Vervielfältigung des Manuskriptes und der Leseproben zu benutzen. Ein ganz besonders herzliches Dankeschön gilt Lilli Leopold, die das Einscannen der Landkarten besorgte.
An dieser Stelle möchte ich auch Christiane Lege meinen Dank aussprechen, die mit unendlicher Gründlichkeit und Geduld das Manuskript lektoriert hat.
Und zuletzt noch einmal meinen großen und herzlichen Dank an den Deutschen Akademischen Austauschdienst (DAAD), der mir ein Stipendium für juristische Studien in Ägypten gab und mir verziehen hat, daß ich mit leeren Händen zurückkam und nur auf ein noch zu schreibendes Buch mit völlig anderer Thematik verwies. Ich hoffe, mit diesem Roman, der ohne meinen Aufenthalt in Kairo nie geschrieben worden wäre, auch etwas im Geiste des völkerverbindenden Grundgedanken des DAAD geschaffen zu haben – und vielleicht auch einen wissenschaftlich nicht uninteressanten Beitrag zur 'Mannigfaltigkeit religiöser Erfahrung' im Sinne William James'.

*Regina Berlinghof, im Oktober 1996 / August 1998*

## Anmerkung zur Taschenbuchausgabe

Ich freue mich sehr, daß „Mirjam. Maria Magdalena und Jesus"von den Lesern so gut angenommen wurde, daß der Roman nun auch als Taschenbuch erscheinen kann.
Die Erde hat sich um einige Jahre weitergedreht. Der Nahe Osten ist nach verheißungsvollen Ansätzen immer noch nicht befriedet. Katholische und evangelische Christen streiten sich darum, ob sie gemeinsam das Abendmahl einnehmen dürfen, die Amtskirchen beharren darauf, daß Europa nur christlich geprägt sein darf. Fundamentalisten aller Religionen unterdrücken immer noch die Rechte von Mädchen und Frauen, und die Führungsmacht Amerika scheint einen militanten christlichen Fundamentalismus zu verfallen.
So hoffe ich, mit diesem Buch dazu beizutragen, daß die Menschen die Verantwortung selbst in die Hand nehmen und in ihrem eigenen Leben starre Grenzen, Dogmen, Ideologien und Vorurteile durch Liebe, unbefangene eigene Wahrnehmung und Vernunft aufbrechen und überwinden. Wenn die Schäflein weglaufen, werden eines Tages vielleicht auch Hardliner, Päpste, Amtskirchenträger und Dogmengläubige aufwachen.

*Regina Berlinghof, im Juli 2003*